U0923153

全宋词评注

第七卷

评注者:（按编写顺序排列）

刘庆云　罗忠族　周笃文　李汝伦
梁鉴江　唐景凯　何　严　潘　慎
孙安邦　冯俊伶　张厚余　赵木兰
欧明俊

目　录

魏了翁

魏了翁(1178—1237),字华父,蒲江(今四川蒲江)人。庆元五年(1199)进士第二人及第。开禧初以武学博士对策,谏开边事,御史劾其狂妄,遂请外补。筑室白鹤山(四川邛崃县西)下,授徒讲义理之学。后历知遂宁、潼川,权尚书工部侍郎,同签书枢密院事,督视京湖军马,以资政殿学士致仕。事见《宋史》四百三十七卷。著有《鹤山词》,收词近二百首,均为酬赠之作,尤多寿词,常于议论中抒发忧国爱民之思,而于颂寿之时难免以谀佞栏入风雅。因以议论为词,殊少意味,然亦间有气势浑灏之作。

[集评]

黄玉林云:"鹤山先生晚与真西山齐名,有词附《鹤山集》,皆寿词之得体者。"(姜方锬《蜀词人评传》引)

杨慎云:"道学宗派,永不作艳语。……宋代寿词,无有过之者。"(《词品》卷五)

吴衡照云:"生日献词,盛于宋时。以谀佞之笔,栏入风雅,不幸而传,岂不倒却文章架子。……至于魏华父则非此不作,不可解已。"(《莲子居词话》卷三)

谢章铤云:"竹垞曰:宣政而后,士大夫争为献寿之词,连篇累牍,殊无意味。至魏华父则非此不作矣,置之不录可也。按此说本于花庵,然华父鹤山长短句三卷,虽未臻上乘,亦未尝全作谀辞。"(《赌棋山庄词话续编》卷一)

蝶恋花[①]

和孙蒲江□□上元词[②]

又见王正班玉瑞[③]。霁月光风，恰与元宵际。横玉一声天似水[④]，阳春到处皆生意。　十载奔驰今我里[⑤]。昔□元非，未信今皆是。风月惺惺人自醉[⑥]，却将醉眼看荣悴。

［注释］

①调名据紫芝漫抄本《鹤山长短句补注》，下俱同。　②蒲江：县名，今四川境内。　上元：农历正月十五为上元节。　③王正（zhēng）：周王正月。此指嘉定元年正月。　班：颁布。　玉瑞：玉制之符信。　④横玉：玉笛。　⑤十载：作者庆元五年（1199）于临安中进士，开禧三年（1207）返故里，此词当作于嘉定元年（1208）初。　⑥惺惺：古有惺惺惜惺惺之语，此处用其意，谓堪怜爱也。

水调歌头

虞永康刚简　所筑美功堂于城南，以端午落成。唐涪州赋《水调歌头》，即席次韵[①]

江水自石纽[②]，灌口怒腾辉[③]。便如黑水北出，迤逦到三危[④]。百尺长虹夭矫，两岸苍龙偃蹇[⑤]，翠碧互因依。古树百夫长[⑥]，修竹万竿旗。　画堂开，风与月，巧相随。使君领客行乐[⑦]，旌纛立披披[⑧]。慨想二江遗迹[⑨]，更想三闾忠愤[⑩]，此日最为宜。推本美功意，禹甸六章诗[⑪]。

［注释］

①虞刚简：南宋名将虞允文之孙。　永康：县名。故址在今四川达县西北。　美功堂：魏了翁《和虞永康美功堂诗》有“游人翕翕蒲江头”语，

知此当在蒲江县城南。 涪州:地名,即今四川涪陵。 ②石纽:地名。相传为夏禹诞生之地,在今四川汶川县。 ③灌口:地名。在今四川灌县。 ④黑水:水名。或谓为今怒江上游哈拉乌苏河(蒙语,即黑河意),或谓为今之澜沧江。 三危:山名。在今甘肃敦煌县境。《尚书·禹贡》:"导黑水至于三危。" ⑤夭矫:屈伸自如。 偃蹇:高耸。司马相如《上林赋》:"夭矫枝格,偃蹇杪颠。" ⑥百夫长:本为统帅百人之卒帅,此以之形容壮伟。 ⑦使君:汉时对州郡长官之称,后世袭用之。 使:《全宋词》作"史",今从《四库全书》本改。 ⑧旌纛(dào):旗帜。纛,为仪仗后之大旗。 披披:飘动貌。 ⑨二江遗迹:秦昭王时蜀郡守李冰凿离堆,避沫水害,分岷江为内外二支,修堤作堰,即今之都江堰。 ⑩三闾:三闾大夫之简称,春秋楚官名。屈原曾任此职。 ⑪"禹甸"句:本《诗经·小雅·信南山》"信彼南山,维禹甸之"。郑玄笺谓甸方八里,禹立为丘甸之法。后人称中国九州之地为禹甸。该诗共六章。

[集评]

草莱云:"此章虽不免以议论入词,然却能从大处落墨,具排山倒海之势,气魄极宏大。"

水调歌头

张茶马□□生日[①]六月十八日

轻露淪残暑[②],蟾影插高寒。团团只似前夕,持向老莱看[③]。九秩元开父算[④],六甲更逢儿换[⑤],梧竹拥檀栾[⑥]。都把方寸地,散作万云烟。 锦边城[⑦],云间戍[⑧],雪中山[⑨]。风流老监在此[⑩],忧顾赖渠宽[⑪]。天上玉颜合笑,堂上酡颜如酒,家国两平安。又恐玉川子[⑫],茗碗送飞翰[⑬]。

[注释]

①茶马:官职名。为以内地之茶易外藩之马,宋置茶马司掌榷茶之

利，置四川提举茶马二员，分治茶马事。参见《宋史·兵志》。 ②瀹（yuè）：洗濯。 ③老莱：即春秋楚隐士老莱子。行年七十，父母犹存，孝养父母，至老不衰。 ④秩：十年为一秩。 ⑤六甲：用天干地支相配计算时日，其中有甲子、甲戌、甲申、甲午、甲辰、甲寅，称六甲。 ⑥梧竹：梧，凤凰所栖。竹实，凤凰所食。“非梧桐不止，非练实不食。”见《庄子·秋水》。此以佳木喻子孙优秀。 檀栾：秀美貌。“修竹檀栾。”见枚乘《梁王菟园赋》。 ⑦锦边城：即锦城。成都之别称。 ⑧云间：即云中。今山西大同。 ⑨雪中山：即雪山，祁连山。 ⑩风流老监：贺知章曾任秘书监，世称贺监。性旷放，善谈笑，工诗，长于草隶。 ⑪赖渠宽：此言赖他（张茶马）为国分忧、任责。 渠：他。 ⑫玉川子：唐诗人卢仝之号。 ⑬“茗碗”句：谓饮茶飞笔作文。卢仝《走笔谢孟谏议寄新茶》诗云：“三碗搜枯肠，唯有文字五千卷。……七碗吃不得也，唯觉两腋习习清风生。蓬莱山，在何处？玉川子，乘此清风欲归去。”

水调歌头

杨崇庆熹生日①

风露浸秋色，烟雨媚湖弦②。旌旗十里小队，拟约醮坛仙。身在黄旗朱邸③，名在玉皇香案④，底事个人传。正恐未免耳⑤，惊搅日高眠。 虎分符⑥，龙握节⑦，鹿御辒⑧。于君本亦馀事，所乐不存焉。一点春风和气，无限蓝田种子，渺渺玉生烟⑨。富贵谁不有，借问此何缘。

[注释]

①杨熹：为作者岳丈。《鹤山集》中有《次韵外舅杨崇庆熹以诗相贻》、《哭外舅杨提刑熹文》等诗文。 崇庆：宋淳熙年间所置府名。即今四川崇庆县。 ②湖弦：湖边。 ③黄旗朱邸：指朝官。 ④玉皇：天帝之称，亦曰玉帝。 ⑤未免耳：《世说新语·排调》谓谢安未仕时，其兄弟已有富贵者，车服豪华，倾动人物，安妻戏言：“大丈夫不当如是耶？”安捉鼻曰：“但恐不免耳。”语用此事。 ⑥虎分符：古有虎形铜铸兵符，背有铭文。分两半，右半留中，左半授统兵将帅或地方长官。 ⑦龙握节：出《周

礼·地官·掌节》,“凡邦国之使节,山国用虎节,大国用人节,泽国用龙节。” 节:符节,古使臣执以示信之物。 ⑧轓(fān):车之通称。 ⑨“无限”二句:蓝田产美玉,因以蓝田生玉喻父生佳子。

水调歌头

赵运判师岃生日①

万里蜀山险,难似上青天②。谁知间有、人心之险甚山川。赖得皇华星使③,满载春风和气,来自鉴湖边。要识方寸地,四十万云烟。 佩珑璁④,冠昱爚⑤,组蝉联⑥。眼前富贵馀事,所乐不存焉。闻道汉家子政⑦,博考兰台载籍⑧,胸次著千年。会有太一老⑨,同结海山缘⑩。

[注释]

①运判:官名。即转运判官,与转运使、转运副使共掌漕运之事。岃:“会”之古字。赵岃,字叔会,太祖八世孙。 ②“万里”二句:语出李白《蜀道难》“蜀道之难,难于上青天”。 ③皇华:《诗经》有《皇皇者华》篇,《诗序》谓为君遣使臣之作。后以为使人或出使之典故。 星使:古天文家谓天节八星主使臣持节,因称皇帝之使者为星使。 ④珑璁(lóng cōng):金玉之声。 ⑤昱爚(yù yuè):光耀貌。 ⑥组:古官员佩玉所系丝带。 ⑦子政:汉刘向之字。 ⑧兰台:汉宫廷藏书处。 ⑨太一:神名。《史记·封禅书》:“天神贵者太一。” ⑩海山缘:即仙缘。传说沧海之中,有蓬莱、方丈、瀛洲三神山。见《初学记》引《博物志》。

念奴娇

广汉士民送别用韩推官韵为谢①

万人遮道,拨不断、争挽房湖逐客②。臣罪既盈应九死③,全荷君王矜恻④。况是当年,曾将愚技,十字街头立。

恩波浩荡，孤忠未报涓滴。　　世事应若穿杨[⑤]，一弦不到，前发皆虚的。自判此生元有分[⑥]，不管筮违龟食[⑦]。靴帽丛中，渔樵席上，无入非吾得。倚湖一笑，夜深群动皆息[⑧]。

［注释］

①广汉：县名。即今四川广汉县。　推官：为节度使、观察使等之属官。　②房湖：即房公湖，唐房琯为刺史时所凿，在广汉县。　逐客：被朝廷贬谪之人。此为作者自称。　③“臣罪”句：指开禧初上书谏韩侂胄开边被劾奏为狂妄之事。　九死：多次近于死亡。“虽九死其犹未悔。”见屈原《离骚》。　④矜恻：怜悯。　⑤穿杨：楚养由基善射，去杨叶百步，百发百中。见《史记·周本纪》。　⑥有分：有定分，有定限。　⑦筮违龟食：违背龟筮所卜吉凶。古时占卜用龟，筮用蓍，视其象与数以定吉凶。　⑧群动皆息：语出陶渊明《饮酒》诗“日入群动息，归鸟趋林鸣”。群动，指各种动物。

临江仙

杜安人生日[①]

九十秋光三十八[②]，新居初度称觞[③]。青衫彩服列郎娘。孙枝无处著，犹欠两东床[④]。　　尽是当年亲手种，如今满院芬芳。只凭方寸答苍苍。个中无尽藏[⑤]，谁弱又谁强。

［注释］

①安人：宋制，正、从六品朝奉郎以上，母、妻并封安人称号。　②九十秋光：秋季九十天，故云。　③称觞：举杯祝酒。崔寔《四民月令》：“子妇孙曾，各上椒酒于其家长，称觞举寿。”　④东床：女婿。晋郗鉴向王导求婿，王家诸郎咸自矜持，唯羲之坦腹东床。事见《世说新语·雅量》。后遂以东床称女婿。　⑤无尽藏：佛教语。《大乘义章·无尽藏义》：“德广

难穷，名曰无尽，无尽之德苞含曰藏。”后用以表无穷无尽之意。

临江仙

送嘉甫弟赴眉山

细雨斜风驱晓瘴，绰开坦坦长途[①]。青车秣马问程初，梅梢迎候骑[②]，雁影度平芜。　行己不论官小大[③]，穷探不间精粗[④]。只从厚处作规模，简编迂事业，屋漏拙功夫[⑤]。

[注释]

①绰：宽也。　②候骑(jì)：巡逻侦察之骑兵。　③行己：处己之一身也。　④穷探：极力探寻。　⑤屋漏：本《诗经·大雅·抑》“相在尔室，尚不愧于屋漏”。指为人光明正大。

感皇恩

和阎广安□□感皇恩韵[①]

三峡打头风[②]，吹回荆步[③]。坎止流行谩随遇[④]。须臾风静，重踏西来旧武[⑤]。世间忧喜地，分明觑。　喜事虽新，忧端依旧，徒为岷峨且欢舞[⑥]。阴云掩映，天末扣阍无路[⑦]。一鞭归去也，鸥为侣。

[注释]

①广安：北宋置广安郡，治所在今四川广安县。　②打头风：逆风。③荆步：荆江泊舟处。步，通“埠”。　④坎止流行：谓不强求进退。贾谊《鹏鸟赋》：“乘流则逝兮，得坎则止。”　⑤旧武：旧迹。　⑥岷峨：岷山北支，其南为峨眉山，因称峨眉山为岷峨。　⑦“阴云”二句：当指上书谏韩侂胄开边遭弹劾事，沉冤莫白。　叩阍：吏民冤抑诣阙自愬者，曰叩阍。

水龙吟

登白鹤山，借前韵呈同游诸丈[①]

阑风长雨连宵[②]，昨朝晴色随轩骤。松声花气，江烟浦树，如相迎候。山送青来[③]，僧随麦去，山为吾有。更搘筇直上[④]，薜萝深处，云垂幄，藓成甃[⑤]。　未至相如独后，对山尊、劝酬多又[⑥]。记曾犯雪，重来已是，绿肥红瘦[⑦]。好语时闻，忧端未歇，倚风搔首[⑧]。谩持觞自慰，冰山安在[⑨]，此山如旧。

[**注释**]

①此词当作于嘉定元年(1208)春。　白鹤山:在四川邛崃县。　②阑风:彭大翼《山堂肆考》曰,“风不已曰阑风。”　③山送青来:语本王安石《书湖阴先生壁》诗“两山排闼送青来”。　④搘(zhī)筇:拄杖。⑤甃(zhòu):井壁。　⑥山尊:即山樽。刻有山云图纹之盛酒器。　酬(chōu):主人复酌宾劝酒。　⑦绿肥红瘦:语出李清照《如梦令》“应是绿肥红瘦”。　⑧搔首:有所思貌。　⑨冰山:冰山遇日即融,以喻显赫一时,不可久恃之权势。此词末作者自注云:“去冬来时,侂无恙也。”　注者按:韩侂胄专权十三年,于开禧三年(1207)十一月被史弥远等所杀。由此知“冰山”乃指侂胄。

满江红

次韵西叔兄咏兰[①]

玉质金相[②]，长自守、闲庭阍室[③]。对黄昏月冷，朦胧雾浥。知我者希常我贵，于人不即而人即。彼云云、谩自怨灵均，伤兰植。[④]　鹈鴂乱，春芳寂[⑤]。络纬叫[⑥]，池英摘[⑦]。惟国香耐久[⑧]，素秋同德[⑨]。既向静中观性分，偏于发处知生色。待到头、声臭两无时，真闻识。

[注释]

①西叔:词人表兄高崇,嘉定进士,官至知黎州兼管内安抚使,著有《周易解》。事见《宋元学案》卷八十。 ②玉质金相:金玉之资质。“追琢其章,金玉其相。”见《诗经·大雅·棫朴》。 ③闲:别本作“间”,通。 ④作者自注:“屈平、子建愤世之不见知,《离骚》常以兰自况,而子建亦谓秋兰可喻桂树冬荣。” ⑤“鶗鴂”二句:语本“恐鶗鴂之先鸣兮,使夫百草为之不芳。”见屈原《离骚》。 ⑥络纬:即莎鸡,俗名纺织娘。 ⑦池英:指荷花。 ⑧国香:极香之花。 ⑨素秋:古五行说以金配秋,其色白,故称。

水调歌头

吴制置猎生日①

世界要扶助,人物载耆英②。茫茫四海,谁识今代有厖臣③。万顷青湖佳气,一片紫岩心事④,天付与斯人。耸耸铁冠吏,表表白云卿⑤。 海沮漳⑥,城汉郢⑦,宅峨岷。规摹妙处,胸次纳纳几沧瀛⑧。未说令公二纪⑨,先看武公百岁⑩,年与学俱新⑪。星弁百僚准⑫,天宇四时春。

[注释]

①吴猎:字德夫,潭州醴陵(今湖南县名)人。南宋嘉定年间曾以敷文阁学士任四川安抚制置使兼知成都府。见《宋史·吴猎传》。 ②耆英:年高优异之人。 ③厖(máng)臣:大臣。 ④紫岩心事:张浚,号紫岩,南渡名将重臣。以恢复为己任。 ⑤表表:卓立,特出。 ⑥海沮漳:吴猎曾主管荆湖北路安抚司公事,知江陵府。为防金兵袭击,筑上海、中海、下海。见《宋史》本传。 海:汇聚。 沮漳:沮水出湖北保康县西南,东南流与漳水合,流经江陵入长江。 ⑦郢:楚都城,在今湖北江陵县境。 ⑧纳纳:广大包容貌。 ⑨令公:隋唐以来,凡任中书令者,称令公。 ⑩武公:《史记·卫康叔世家》言卫武公曾将兵佐周王平戎。吴猎在抗金、平叛方面均有武功,故以之称美。 ⑪年与学俱新:猎初从张栻学,乾通初,朱熹会栻于潭,猎又亲炙湖湘之学。事见《宋史》本传。 ⑫星弁:官员帽上

之玉饰,如星之明。

南乡子

和黄侍郎畴若见贻生日韵[①]

万里载浮名,忆昔从容下帝京。冉冉七年如昨梦[②],分明。赢得存存夜气清[③]。　　谁使滥专城[④],有罪当诛尚薄刑[⑤]。细数当时同省士[⑥],皆卿。落落韶阳独九龄[⑦]。

［注释］

①黄侍郎:黄畴若,字伯庸,隆兴丰城(今属江西)人,曾权礼部郎官、户部侍郎,进文华阁待制知成都府。见《宋史·黄畴若传》。　侍郎:中书、门下及尚书省所属各部长官之副职。　②七年:作者庆元五年(1199)登进士第,曾任国子正、武学博士等职,开禧二年(1206)因与主战之韩侂胄不合,遂请外补,前后凡七年。见《宋史·魏了翁传》。　③存存:犹存在。　④专城:指主宰一州之州牧、太守等地方长官。　⑤有罪:开禧元年(1205),韩侂胄谋北伐,作者上书言国力衰弱,不可开边。御史徐柟劾其狂妄。　⑥省:官署名。尚书、中书、门下各官署皆设禁中,因称省。作者曾任秘书省正字。　⑦九龄:唐代张九龄,韶州曲江人。开元间任中书侍郎同中书门下平章事,后迁中书令。因遭李林甫谗忌,罢政事,贬荆州长史。见《新唐书·张九龄传》。

水调歌头

张致政□□生日

冬至子之半,玉筦罅微阳[①]。壶中别有天地[②],转觉日增长。一样金章紫服[③],一样朱颜绿鬓,翁季俨相望[④]。翁是修何行,未已且方将[⑤]。　　玉生烟,兰竞秀,彩成行[⑥]。翁无他智,只把一念答苍苍。今日列城桃李,他日八荒雨露,都是乃翁庄。要数义方训,不说窦家郎[⑦]。

[注释]

①玉筦:乐器。筦,同“管”。 罅(xià):孔窍开也。 微阳:初生阳气。 ②“壶中”句:张申为云台治官,常悬一壶,变化为天地,中有日月,如世间。见《云笈七签·二十八治》。此处谓饮酒之中别有一番境界。 ③金章:金印。 紫服:高位者所服之紫色衣服。 ④翁季:翁与稚。 ⑤方将:犹方且,将要。 ⑥“玉生烟”三句:此谓子孙佳秀。 ⑦窦家郎:五代后周窦禹钧教子有方,五子相继登科。见《宋史·窦仪传》。

临江仙

杨子有德辅母夫人生日

尚忆去年称寿日,彩衣犹带天香[①]。今年还见雁成行。两头娘子拜,笑领伯仁觞[②]。 知是几年培植底,如今满院芬芳。只凭方寸答苍苍。春风来不断,点缀艳阳妆。

[注释]

①天香:异香。 ②伯仁觞:伯仁,晋周青之字,善饮酒,为仆射略无醒日。见《晋书·周青传》。

水调歌头

妇生朝李倅□同其女载酒为寿用韵谢之[①]

曾向君王说,臣愿守嘉州[②]。风流别乘初届[③],元在越王楼。湖上龟鱼何事,桥上雁犀谁使,争挽海山舟。便遣旧姻娅[④],解后作斯游[⑤]。 晚风清,初暑涨,暮云收。公堂高会[⑥],恍疑仙女下罗浮[⑦]。好是中郎有女[⑧],况是史君有妇[⑨],同对藕花洲。拟把鹤山月,换却鉴湖秋。

[注释]

①倅(cuì):古时地方官之副职。 ②嘉州:南宋为嘉定府,即今四川乐山。 ③别乘:即别驾,指李倅。 ④姻娅:婿父称姻,两婿互称为娅。后泛指有婚姻关系之亲戚。 ⑤解后:同"邂逅",偶然相遇。 ⑥公堂:贵族之厅堂。 ⑦罗浮:山名。在广东增城、博罗、河源等县间,传云葛洪于此得仙术。 ⑧中郎:东汉蔡邕为左中郎将,人称蔡中郎,其女蔡琰有文名。此以琰比李倅之女。 ⑨使君有妇:本汉乐府《陌上桑》"使君自有妇,罗敷自有夫"。此处"使君"当是作者自指。

临江仙

张邛州师夔生日①

腰著万钉犀玉带②,肘垂斗大金章。非关性分总寻常。要知真乐处,彩服鬓毛苍。 浩荡春风生玉树,蒸成满院芬芳。斗城无处著韶光③。会归天上去,长捧伯仁觞。

[注释]

①邛州:地名,即今四川邛崃。 ②犀玉带:以犀角与玉制成之佩饰。带,《全宋词》原作"夸",今据《四库全书》本改。 ③斗城:小城。

水调歌头

赵运判师岕生日 四月十一日

有匪碧岩使①,满腹鉴湖秋。不居上界官府,来作散仙游②。长珮高冠人伟,组练锦袍官贵③,清献旧风流④。杓柄长多少⑤,洗尽蜀民愁。 鵕鸃冠⑥,貂尾案⑦,鹭鸶辀⑧。时来正恐不免,留滞剑南州⑨。帘卷西州风雨⑩,庭伫百城歌鼓⑪,桃李翠云稠⑫。谁谓蜀山远,只在殿山头。

[注释]

①有匪:有文采貌。匪,通“斐”。 碧岩使:来自水清岩碧地之使者。碧岩,即绿岩。 ②“不居”二句:语出韩愈《酬让给事曲江荷花行见寄》诗“上界真人足官府,岂如散仙鞭笞鸾凤终日相追陪”。 ③组练:一般指组甲与被练,转为军队之称。此当指丝织有纹之绶缨之类。 ④“清献”句:谓师岩风概似前时赵抃。《宋史·赵抃传》言抃衢州人,曾官益州路转运使,又两知成都府,声称甚美,卒谥清献。观词中“鉴湖”语,知师岩亦浙中人,与抃既同乡,又同姓(或抃之后人),且先后同官蜀中转运,故云。⑤杓柄:指北斗七星之柄部三星。 ⑥鵔鸃(xùn yí)冠:以有文彩之赤雉毛羽为饰之冠。 ⑦貂尾案:插有貂尾之几案。 ⑧辀(zhōu):车。⑨剑南:唐置剑南道,以在剑阁之南得名。治所在益州(今四川成都)。⑩西州:指蜀中。因蜀在西,故称。 ⑪百城:多城。 ⑫稠:别本作“绸”,今据《四库全书》本改。

贺新郎

张总领□□生日①

家住峨山趾。暑风轻、双泉漱玉②,五坡攒翠。坡上主人归无计,梦泛沧波清泚。曾拜奏、前旒十二③。愿上皇华将亲去④,及翁儿、未老相扶曳。乘款段⑤,过闾里。

玺书未报人相谓⑥。倚西风、胡尘涨野,隐忧如猬⑦。就似东门贤父子⑧,只恐荣亲犹未。待洗尽、岷峨憔悴。便把手中长杓柄,为八荒,更作无边施⑨。却上表,乞归侍。

[注释]

①总领:官名。南宋诸将拥兵,其权甚重。故设由朝官充任之总领,掌控御前车马文字,稍分各将之权。 ②漱玉:指山泉击石,飞流溅白,晶莹如玉。 ③前旒十二:天子之冕,有十二旒(悬垂之玉串)。 ④皇华:皇帝使者。 ⑤款段:马行迟缓貌。借指驽马。 ⑥玺书:用印章封记之

文书。 ⑦如猬：如猬毛。喻众多。"反者如猬毛而起。"见《汉书·贾谊传》。 ⑧东门贤父子：疏广为太子太傅，其兄子疏受为太子少傅，朝廷以为荣。二人同时告老还乡，公卿大夫饯行于长安东门外。事见《汉书·疏广传》。后因指还乡退居。 ⑨施（yì）：延及。

鹧鸪天

管待李眉州□□劝酒①

十载交盟可重寻，剩于棠茇细论心②。云遮晚日供秋思③，风递荷香作晚阴④。 纡胜引⑤，豁尘襟，未须紫马去骎骎⑥。玻璃无计留君住，但乞天公三日霖。

［注释］

①眉州：州名。治所在今四川眉山。 ②棠茇（bá）：本《诗经·召南·甘棠》"蔽芾甘棠，勿剪勿伐，召伯所茇"。谓召伯止宿于甘棠下，赞其清廉，此用其意。 茇：住宿。 ③遮：别本作"障"，今据《四库全书》本改。 ④香：别本作"书"，今据《四库全书》本改。 ⑤纡胜引：围绕胜友。"广筵散泛爱，逸爵纡胜引。"见殷仲文《南州桓公九井作》。 ⑥骎骎：马行疾。

水调歌头

管待李参政壁劝酒①

落日下平楚②，秋色到方塘。人间袢暑难耐③，独有此清凉。龙卷八荒霖雨④，鹤闷十州风露⑤，回薄水云乡⑥。欲识千里润，记取玉流芳。 石兰衣⑦，江蓠佩⑧，芰荷裳⑨。个中自有服媚⑩，何必锦名堂。吸取玻璃清涨，唤起逍遥旧梦，人物俨相望。矫首望归路，三十六虚皇⑪。

[注释]

①李壁:一作李璧,字季章,号雁湖,丹棱(今四川丹棱)人。宁宗时,与韩侂胄主战,官参知政事。后居遂宁府。《宋史》有李壁小传。 ②平楚:登高见树梢平齐。楚,丛木也。 ③袢(pàn)暑:犹言溽暑,炎暑。 ④八荒:八方荒远之地。 ⑤闷:关闭。 ⑥回薄:转迫也。 ⑦石兰:香草。兰之一种。 ⑧江蓠:香草名。 ⑨芰荷裳:"制芰荷以为衣兮,集芙蓉以为裳。"见屈原《离骚》。芰,菱叶也。 ⑩服媚:谓佩之于身而爱悦之也。 ⑪虚皇:道教神名。

贺新郎

管待杨伯昌子谟劝酒[①]

独立西风里。渺无尘、明河挂斗,碧天如洗。鸩鹊楼前迎风处[②],吹堕乘槎星使[③]。弄札札、机中巧思。织就天孙云锦段[④],尚轻阴、朱阁留纤翳。亲为挽,天潢水[⑤]。

等闲富贵浮云似[⑥]。须存留、几分清论,护持元气。曾把古今兴亡事,奏向前旒十二。虽去国、言犹在耳。念我独兮谁与共,谩凝思、一日如三岁[⑦]。夜耿耿,不皇寐[⑧]。

[注释]

①杨子谟:字伯昌,家居潼川(今四川三台),孝宗时举进士,曾任蜀中州郡长官,除成都府路提点刑狱。事见魏了翁《中大夫秘阁修撰致仕杨公墓志铭》(《鹤山集》卷七十四)。 ②鸩鹊楼:南朝楼阁名。在今江苏南京。"春风试暖昭阳殿,明月还过鸩鹊楼。"见李白《永王东巡歌》。 ③星使:皇帝之使者。 ④天孙:织女星。"天孙为织云锦裳,飘然乘风来帝旁。"见苏轼《潮州韩文公庙碑》。 ⑤天潢:天河。"乘天潢之泛泛兮,浮云汉之汤汤。"见张衡《思玄赋》。 ⑥"等闲"句:"不义而富且贵,于我如浮云。"见《论语·述而》。 ⑦"一日"句:"一日不见,如三秋兮。"见《诗经·王风·采葛》。 ⑧皇:通"遑"。闲暇。

水调歌头

李提刑冲佑塈生日①

浡露浸秋色②，零雨濯湖弦。做成特地风月，管领老臞仙。雁落村间柸影③，鱼识桥边柱杖，虑澹境长偏④。只恐未免耳，惊搅日高眠。　龙握节，貂插案，鹿衔鐇。于公元只馀事，所乐不存焉。手植蓝田种子，无数阶庭成树，郁郁紫生烟。富贵姑勿道，借问此何缘。

[注释]

①提刑：官名，提点刑狱之省称。　塈：别本作"垩"，今据《四库全书》本改。　②浡：形容露水多。　③柸：同"杯"。　④"虑澹"句：意同陶渊明《饮酒》诗"心远地自偏"。

水调歌头

王总领□□生日　八月六日

轻露淪残暑，哉魄拟初弦①。天台万八千丈②，中有紫霞仙③。正理中枢旧武④，却忆邻环昨梦⑤，重上蜀青天。只守伯禽法⑥，驷野万云烟⑦。　锦川星，郎位宿⑧，又移躔⑨。为无结辈十数⑩，踏遍蜀山川。人识绍兴奉使⑪，家有显谟科约⑫，慧命得公传⑬。从此造朝去，两地亦青毡⑭。

[注释]

①哉魄：才生魄。哉，通"才"。　魄：月。　②天台：山名。在今浙江天台县北。　③紫霞仙：利州刺史王承赏奏，长山杨谟洞中有神仙，服色黄紫。遂改洞名为紫霞，事见《录异记》。　④中枢：旧称兵部为中枢。　⑤邻环：邻近杨贵妃生地。杨贵妃小字玉环。父玄琰，蜀州司户。贵妃生于

蜀。见《杨太真外传》。 ⑥伯禽法：伯禽，周公之子，封鲁公。《诗经·鲁颂·駉》毛诗序，谓该诗颂鲁僖公能遵伯禽之法，俭以足用，宽以爱民，务农重穀，牧于坰野。 ⑦駉野：言肥马在郊野，重耕牧也。 ⑧郎位：星辰名。“其星昭然，所以象郎位也。”见《史记·天官书》。 ⑨移躔(chán)：星辰运行。 ⑩为无：梁高祖宴席问群臣曰：“朕为有为无？”王份曰：“陛下应万物为有，体至理为无。”见《梁书·王份传》。 ⑪绍兴：南宋高宗年号。 ⑫显谟：宋有显谟阁，置直学士、待制之职。见《宋史·职官志》。 科约：规约。 ⑬慧命：佛家语，智慧之命。 ⑭青毡：青色毛毡。转谓儒素之代词。

水调歌头

利路杨宪熹生日①

岁岁为公寿，著语不能新。自公持节北去，我亦有遐征。坐我碧瑶洞府，被我石楠嘉荫②，冰柱向人清。待屈西风指，王事有期程。 我尝闻，由汉水③，达河津④。痴牛騃女会处⑤，应有泛槎人。便向汉川东畔，直透银河左界，去上白云京⑥。袖有传婿研⑦，我欲丐馀芬。

[注释]

①利路：即利州路，在今四川广元一带。 杨熹：作者岳丈。 ②石楠：常绿灌木，高七八尺，叶椭圆，大而厚。 ③汉水：源出陕西强宁县北嶓冢山，东南流经陕西南部入湖北，至汉阳入长江。 ④河津：即龙门(今山西河津县境)。此处含天河渡口之意。 ⑤痴牛騃女：指牛郎、织女。 ⑥白云京：仙人所居。“乘彼白云，游于帝乡。”见《庄子·天地》。⑦传婿研：晏殊有古砚，为夫人王氏旧物。后殊婿富郑公，郑公婿冯文简，文简孙婿蔡彦清等俱为执政，诸女相授，号传婿砚。事见《挥麈录》。研，通“砚”。

摸鱼儿

送张总领

知年来、几番拜疏[①]，但言归去归去。问归有底匆忙事，得凭陈情良苦。天未许，将花绶藻衣，为插仪庭羽[②]。掉头不顾。念白髮翁儿，本来天分，不是折腰具。　从头数，多少汉庭簪组。滔滔车马成雾。争如祖帐东门外，父子缥缥高举[③]。峨眉下、有几许湖山，无著春风处。留君不住。但远景楼前[④]，追陪杖屦，莫忘却、别时语。

[注释]

①拜疏：进奏章。　②仪庭羽：朝官头上之佩饰。此指归朝任职。③"争如"二句：用汉疏广与其侄疏受称病归乡故实。　祖帐：饯别时所设之帐幕。　缥缥：轻举貌，同"飘飘"。"凤缥缥其高逝兮，夫固自引而远去。"见贾谊《吊屈原赋》。　④远景楼：在眉州（今四川眉山）。

朝中措

和赵黎州□□陪李参政壁游醴泉西园[①]

沙堤除道火成城[②]，换得午桥清[③]。寒色般添酒令，野芳抵当铜羹[④]。　松馨花气，岸容山意，浦思溪情。谁记一时胜引[⑤]，坐中喜得闲平[⑥]。

[注释]

①黎州：州名。治所在今四川江源县北。　醴泉西园：《鹤山词》中有《鹧鸪天·次韵史少弼致政赋李参政壁西园海棠》，知醴泉西园乃李壁所建园林。　②沙堤：唐宰相出行，载沙填路，称沙堤。李壁为参知政事（副宰相），故用此故实。　火成城：李肇《唐国史补》载，百官已集，宰相后至，列烛多至数百炬，谓之火城。　③午桥：午桥庄为唐宰相裴度之别墅，

在河南洛阳县南。　④铏羹:盛于铏器中之五味羹。　铏:两耳三足之食器。　⑤胜引:胜友。　⑥闲:《全宋词》作“间”,今据《四库全书》本改。

[集评]

草莱云:“此词风流闲雅,颇类欧公。‘松馨花气,岸容山意,浦思溪情’三语尤佳。”

水调歌头

李参政壁生日　十一月二十四日

曾记武林日[①],岁上德星堂[②]。相君襟度夷雅[③],容我少年狂。辇路升平风月[④],禁陌清时钟鼓[⑤],嗺送紫霞觞[⑥]。回首十年事,解后衮衣乡[⑦]。　古今梦,元一辙,谩千场。纷纷间较目睫[⑧],谁解识方将[⑨]。霜落南山秋实,风卷北邻夜燎,世事正匆忙。天意那可问,只愿善人昌。

[注释]

①武林:本为山名,即今浙江杭州灵隐山。后多用指杭州,此指南宋首府临安。　②德星:岁星,即木星。古谓岁星所在有福,故称德星。③相君:丞相,宰相。“天下之事皆决于相君。”见《史记·范雎蔡泽列传》。　夷雅:平雅。　④辇路:天子车驾常经之路。　⑤禁陌:谓天子之宫居及京师市街。　⑥紫霞觞:原为菊之一种,此疑指菊花酒。　嗺:作者自注:“子须反,撮口也。”　⑦衮衣乡:公卿汇聚之地。　⑧间较:过于计较。　间:近、密。　目睫:目不见睫,喻眼光短浅。“远求而近遗,如目不见睫。”见王安石《再用前韵寄蔡天启》。　⑨方将:将来。

临江仙

送袁黎州柟

晓色昽瞛云日澹[1]，绰开坦坦长途。西宁太守问程初[2]。梅梢迎候骑，柳树困平芜。　九折邛崃浑可事[3]，不妨叱驭先驱。平平岂是策真无。抚摩迂事业[4]，细密钝功夫[5]。

[注释]

①昽瞛：日初明貌。　②西宁太守：袁柟此行系至蜀中西部任职，故称。　③九折邛崃：邛崃山在四川荥经县西有九折坂。　④抚摩：安抚，抚慰。宋理宗诏曰："咨尔旬宣之寄，牧守之臣，轻徭薄赋，一意抚摩。"见《宋史》卷四十五。　⑤细密：烦琐也。"虽好细密，百姓安之。"见《北史·房谟传》。

水调歌头

安大使丙生日[1]

人物正寥阔[2]，有美万夫望。七年填拊方面[3]，帷幄自金汤[4]。千尺玉龙衔诏，六尺宝靮照路[5]，载绩满旂常[6]。富贵姑勿道，难得此芬芳。　尝试看，今古梦，几千场。人情但较目睫，谁解识方将。霜落南山秋实，风卷北邻夜燎，世事正匆忙。海内知公者，只愿寿而臧[7]。

[注释]

①安丙：字子文，广安（今属四川）人。开禧年间平蜀中吴曦之叛有功，知兴州（利州西路治所）安抚使兼四川宣抚副使。事见《宋史·安丙传》。　②寥阔：茫然无所见。　③填拊：即镇抚。填（zhèn），通"镇"。拊，通"抚"。　④金汤：金城汤池之省，喻坚固也。　⑤靮（dí）：马缰。

⑥旂常:旗名。古代王用太常,诸侯用旂,以作纪功授勋之仪制。 ⑦臧:善也。

临江仙

上元放灯,约束妓前灯火

怪见江乡文物地,轻豪争逐春妍。银花斜亸紫金鞭。千灯浑是泪,一笑不论钱。 今岁遨头穷相眼[①],繁华不学常年。只余底事索人怜。诗书真气味,农扈老风烟[②]。

[注释]

①遨头:宋代成都习俗,自开岁至四月中旬,蜀人多宴游于浣花溪。四月十九日,太守出游,士女纵观,称太守为遨头。参见陆游《老学庵笔记》。 ②农扈:掌农务之官。

[集评]

谢章铤云:"《临江仙·上元放灯约束妓前灯火》云:'千灯浑是泪,一笑不论钱。'……则不可谓非有心人也。"(《赌棋山庄词话续编》卷一)

鹧鸪天

次韵史少弼致政赋李参政壁西园海棠[①]

日日春风满范围,海棠又发去年枝。月笼火树更深后[②],露滴燕支晓起时[③]。 看不足,醉为期。宵征宁问角巾欹[④]。一春好处无多子,不分西园掇取归[⑤]。

[注释]

①致政:还政事于君。 ②"月笼"句:本苏轼《海棠》"只恐夜深花睡去,故烧高烛照红妆"。 ③燕支:同"胭脂"。 ④角巾:东汉郭泰,外出遇雨,头巾一角陷下。人争效之。后称巾之有角者为角巾。 ⑤不分

(fèn):不曾料想。

［集评］

草莱云:“此词咏海棠,尽扫道学气。‘宵征宁问角巾攲’,具风流潇洒之态,殊可爱也。”

临江仙

同日李提刑垕亦有词因次韵

脚踏西郊红世界,才知春意分明。不须更说锦官城[①]。春来游冶骑,得得为渠停。　停到花眠人且去,酒杯苦欲留行。直须醉饮到参横[②]。不因歌白雪[③],三日作狂酲[④]。

［注释］

①锦官城:锦官为主治锦之官,因以为城名。故址在今四川成都市南。后称成都城为锦官城。　②参(shēn):星座名。即猎户座之七颗亮星。　③白雪:歌曲名。“客有歌于郢中者……其为阳春白雪,国中属而和者,不过数十人。”见宋玉《对楚王问》。　④酲:病酒。

柳梢青

郡圃新开云月湖,约客试小舫

撺掇花枝[①],趱那天气[②],一半春休。未分真休,平湖新涨,稚绿初抽。　等闲作个扁舟,便都把、湖光卷收。世事元来,都缘本有,不在他求。

［注释］

①撺掇:怂恿,劝诱。　②趱(zǎn):赶行,快行。

摸鱼儿

饯黄侍郎畴若劝酒

向江头、几回凝望，垂杨那畔舟才舣[1]。江神似识东归意，故放一篙春水。却总被，三百里人家，祖帐连天起。且行且止。便为汝迟留，三朝两日，如此只如此。　还须看，世上忧端如猬。一枰白黑棋子，肥边瘦腹都闲事[2]。毕竟到头何似。当此际，要默识沉思，一著惺惺地[3]。目前谁是。料当局诸公，敛容缩手，日夜待公至。

[注释]

①舣(yǐ)：停泊岸边。　②"一枰"二句：谓世事变化如棋，与己无关，实为牢骚语。　肥边瘦腹：指棋子布局。　③惺惺：机警。

水调歌头

杨提刑子谟生日

有匪碧岩使[1]，长珮奏琅球[2]。门前初暑才涨，一室淡于秋。帘卷峨眉烟雨，袖挟西川风露，满眼绿阴稠。人物眇然甚，得似此风流。　此何时，公犹滞，剑南州。分明忧在目睫，只凭付悠悠。未问人谋当否，须信天生贤哲，不只等闲休。努力崇明德[3]，巨浸要平舟[4]。

[注释]

①匪：通"斐"，文彩隆盛貌。　②琅球：美玉。　③明德：完美之德行。　④巨浸：大湖泽。

[集评]

草莱云："'帘卷峨眉烟雨，袖挟西川风露，满眼绿阴稠'数语，浩然高歌，气势不凡，大有苏辛风度。惜有句无篇耳。”

贺新郎

赵茶马师岃生日

汉使来何许[①]。到如今、天边又是，薰弦三度[②]。见说山深人睡稳，细雨自催茶户。向滴博、云间看取[③]。料得权奇空却后[④]，指浮云、万里追风去。跨燕越，抹秦楚[⑤]。

不妨且为斯人驻。正年来、忧端未歇，壮怀谁吐。顷刻阴晴千万态，怎解绸缪未雨[⑥]。算此事、谁宽西顾。待洗岷峨凄怆气，为八荒、更著深长虑。间两社[⑦]，辅明主。

[注释]

①汉使：赵师岃本江东人，乃朝廷派出之官员，故云。此以汉代宋。②薰弦：弹奏薰风（南风）之曲。　三度：三年。　③滴博：亦称“的博”。山名。在今四川理县。唐韦皋分兵出西山，逾的博岭，围维州，即此。云间：即云中。　④权奇：马善行貌。　⑤抹：扫，闪过。　⑥绸缪未雨：喻防患于未然。　⑦两社：周社与亳社之间，执政大臣之居所。

念奴娇

鲜于安抚□□劝酒[①]

固陵江上[②]，暮云急、一夜打头风雨。催送春江船上水[③]，笑指故山归去[④]。靴帽丛中，渔樵席上，总是安行处。惟馀旧话，为公今日拈取。　　见说家近岷山，翠云平楚，万古青如故。要把平生三万轴，换取山灵分付[⑤]。庐阜嵩高[⑥]，睢阳岳麓[⑦]，会与岷为伍。及时须做，鬓边应未迟暮。[⑧]

[注释]

①安抚:即安抚使,宋时为掌管一方军事、民政之官。 ②固陵:浙江萧山西兴之旧名。为钱塘江渡口。 ③《全宋词》注:"催"原作"嗺",从《永乐大典》卷一万二千零四十三"酒"字韵改。 ④"故"字原缺,今据《四库全书》本补。 ⑤山灵:山神。 ⑥庐阜:庐山。 嵩高:嵩山。 ⑦睢阳:地名,在河南商丘南。 岳麓:山名,在今湖南长沙。 ⑧作者自注:"顷得手帖曾及此,故云。"

木兰花慢

生日谢寄居见任官载酒,三十七岁

怕年来年去,渐雅志、易华颠。叹梦里青藜[1],向边银信[2],望外朱轓[3]。十年竟成何事[4],虽万钟、于我曷加焉[5]。海上潮生潮落,山头云去云还。 人生天地两仪间[6],只住百来年。今三纪虚过[7],七旬强半[8],四帙看看[9]。当时只忧未见,恐如今、见得又徒然。夜静花间明露,晓凉竹外晴烟。

[注释]

①青藜:拐杖。 ②向:别本原作"间",今从《四库全书》本改。 银信:谓佳讯也,华翰也。 ③朱轓:涂朱漆之车箱。 ④十年:作者开禧二年(1206)离京补外,至嘉定八年(1215)三十七岁生辰,恰历时十载。 ⑤"万钟"句:本《孟子·告子》"万钟则不辨礼义而受之,万钟于我何加焉"。 ⑥两仪:本《易经·系辞》"是故易有太极,是生两仪"。 ⑦三纪:三十六年。⑧七旬:七十。 ⑨四秩:四十。

[集评]

草莱云:"了翁词间有好语,如此词中'海上潮生潮落,山头云去云还','夜静花间明露,晓凉竹外晴烟',或具任其自然之理趣,或见清新静谧之境界,均有可采。然于全词言,尚未能妙合无痕。"

满江红

张总领□□生日　六月十八日

有美人兮[①]，招不至、几回凝伫。应只为、家山自好，不堪他顾。忙里抽头真得计，闲中袖手看成趣。念从前、出处总无心，天分付。　　云冉冉，更吞吐。泉活活，无朝暮。与自家意思，一般容与[②]。月壑晓寒垂叶露，风窗午睡连山雨。看苍颜、白髮两闲人，摩今古[③]。

［注释］

①美人：所怀念之人。　②容与：安闲自得貌。　③摩：切磋，研究。

满江红

和李提刑垩见贻生日韵

宇宙中间，还独笑、谁疏谁密。正从容行处，山停川溢。钟鼎勒铭模物象[①]，山林赐路开行荜[②]。要不如、胸次只熙熙[③]，无今昔。　　便百中，穿牙戟[④]。怕六凿[⑤]，生虚室[⑥]。为幽香小伫，旋供吟笔。人事未须劳预虑，天公浑不消余力。看雨馀、云卷约帘旌，明红日。

［注释］

①钟鼎勒铭：于钟鼎上铭刻记事表功文字。　②行荜：道上之草。③熙熙：温和欢乐貌。　④穿牙戟：射中军门的戟仗。戟上横支曰戟牙。⑤六凿：指喜、怒、哀、乐、爱、恶。　凿：孔。　⑥虚室：空静之心。

鹧鸪天

送宇文侍郎□□知汉州劝酒[①]

尚忆都门祖帐时，重来动是十年期。云拖暮雨留行色，露挟秋凉入酒卮。　湖上雁，水边犀，未须矫首叹来迟。北风满地尘沙暗，宣室方劳丙夜思[②]。

[注释]

①汉州：州名。唐置，宋时称德阳郡，即今四川广汉。　②"宣室"句：贾谊谪为长沙王太傅。汉文帝思之，召问于宣室，夜半虚席询鬼神事。见《汉书·文帝纪》。　宣室：未央宫中有宣室殿。　丙夜：三更时。

满江红

李提刑坙生日

秋意泠然[①]，对宇宙、一尊相属[②]。君看取、都无凝滞[③]，天机纯熟[④]。水拍池塘鸿雁聚，露浓庭畹芝兰馥。笑何曾、一事上眉头，萦心曲。　兴不浅，船明玉。人更健，巾横幅。问人间底处[⑤]，升沉迟速。气压晴岩虹半吐[⑥]，眼明平楚云相逐。但年年、屈指问西风，篘新醁[⑦]。

[注释]

①泠然：清凉。　②相属：相劝。属，同"嘱"。　③无凝滞：圆融。"圣人不凝滞于物，而能与世推移。"见《楚辞·渔父》。　④天机：天赋之悟性。　⑤底处：何处。　⑥晴：别本作"暗"，今从《四库全书》本改。⑦篘（chōu）：竹制漉酒器。

鹧鸪天

次韵李参政壁朝阳阁落成

月落星稀露气香，烟销日出晓光凉。天东扶木三千丈[①]，一片丹心似许长。　　淇以北[②]，洛之阳[③]，买花移竹且迷藏。九重阊阖开黄道[④]，未信低回两鬓霜。

[注释]

①扶木：传说中之神木，即扶桑。　②淇：水名。源出淇山，在今河南北部。　③洛：洛河，源出陕西洛南，入河南注入黄河。　阳：水之北。④九重：宫禁。　阊阖：宫之正门。　黄道：太阳在天上经行之道。亦指天子之行道。

满江红

李参政壁生日

湖水平漪，与我意、一般容与。任多少、双凫乘雁[①]，落花飞絮。露冷云寒烟外竹，霜明日洁梅边路。怪天随、人意作阴晴，无非数[②]。　　方寸地，图书府。老太史[③]，亲分付。况身名四海，未为不遇。用舍行藏皆有命[④]，时来将相还须做。且闲中、袖手阅时人，摩今古。

[注释]

①乘（shèng）雁：四雁为乘。　②数：命运。　③太史：官名。古代为史官之任，兼掌星历。　④用舍行藏：被任用则行其道，不用即退而隐居。“用之则行，舍之则藏。”见《论语·述而》。

虞美人

邓倅子美生日

许时闭户闲疏散[1],风月无人管。自从阳律一番新[2],又把前回风月、送西邻。　浮云富贵非公愿,只愿公身健。更教剩活百来年,此老终须不枉、在人间。

[注释]

①许时:许多时。　②阳律:音乐术语。古律制共分十二律,奇数称"律",偶数称"吕",总称六律、六吕。"阳为六律,阴为六吕。"见《汉书·律历志上》。

醉落魄

任隆庆之母正月十一日生,隆庆十三日生日

无边春色,试从汉谕堂边觅[1]。儿前上寿孙扶掖。九十娘娘,身是五朝客[2]。　眼前富贵浑闲历,个中真乐天然的。儿孙强劝持馀沥[3]。娘道休休,明日儿生日。

[注释]

①汉谕堂:作者自注,"堂名汉谕"。　②五朝:指宋钦宗、高宗、孝宗、光宗、宁宗五朝。　③馀沥:残酒。

水调歌头

燕甲戌进士归自都城[1]

古说士夫郡,犹欠殿头魁[2]。记曾分付公等,行矣勉之哉[3]。世事弈棋无定,甲子循环复尔[4],不免且低回。人物价自定,万事付衔杯。　试与公,同握手,上春台[5]。

繁红丽紫何限，转首便尘埃。欲识化工定处，须向报秋时节，未用较先开。休道屋犹矮[⑥]，卿相个中来。

[注释]

①燕：同“宴”。　甲戌：宁宗嘉定七年（1214）。　②殿头魁：状元曰魁，魏了翁为第二名，故云犹欠殿头魁。　③“行矣”句：勉力而行。　④环：别本作“还”，今从《四库全书》本改。　⑤春台：登眺游玩胜处。　⑥屋犹矮：张生为华阳簿，为守令所抑，叹曰：“大丈夫有凌云盖世之志，而拘于下位，若立身于矮屋中，使人抬头不得。”见《开元天宝遗事》。

临江仙

张静甫之母夫人生日

天为西南分八使，更分四道蕃臣[①]。争如齿宿彩衣新[②]。亲年开百岁，又见子生孙。　一度平反供一笑，无边桃李皆春。便归天上极恩荣。为君图寿母[③]，更看太夫人[④]。

[注释]

①四道蕃臣：指成都府、梓州、利州、夔州四路安抚使。又上言“八使”，则或谓四路转运、提刑也。　②齿宿：指老年人。　③作者自注：“去年曾以寿母图为献。”　④太夫人：古称官僚豪绅之母为太夫人。

鹧鸪天

叔母生日　前数月，西叔方以女妻唐述之，故末联云云

遥想庭闱上寿时[①]，芝兰玉树俨成围[②]。问娘鼎鼎修何行[③]，一样都生及第儿。　春淡沲[④]，日熹微，两头娘子玉东西[⑤]。一杯更为诸孙寿，子舍新来恰上楣[⑥]。

[注释]

①庭闱:亲之所居,后用指父母。 ②芝兰玉树:喻优秀子弟。谢安问子侄:子弟亦何预人事而正欲使其佳?谢玄曰:"譬如芝兰玉树,欲使其生于庭耳。"见《世说新语·言语》。 ③鼎鼎:形体宽舒也。 ④淡沲(duò):形容春日风光明净。 ⑤玉东西:玉酒杯。"谢人深劝玉东西。"见范成大《丙午新正书怀》。 ⑥子舍:别于正房之旁室。 上楣:唐民谣有"男不封侯女作妃,看女却为门上楣"。见陈鸿《长恨歌传》。后称女子为门楣,上楣,当指女子被人相中。

柳梢青

某既赋小阕为叔母寿,因复惟念昔者未尝不得与称觞之列,今迎侍不果。又以简书不克往侍,缺然于怀。再遣小阕,托诸兄代劝

记得年年,阿奴碌碌[①],常在眼前。彩舫吴天,锦轮蜀地,阅尽山川。 今年苦恋家园,便咫尺、千山万山。但想称觞,三荆树下[②],丛桂堂边[③]。

[注释]

①阿奴:尊长称卑幼之词。 ②三荆:一株三枝之荆树,喻同胞兄弟。 ③丛桂:桂花丛中,此隐栖者之所亲也。

谒金门

次韵虞万州刚简以谒金门曲为叔母寿[①]

那复有,气味酞于春酒。犹向故乡怀印绶,相过何日又。 吐出心肠锦绣[②],问我阿娘依旧[③]。娘亦祝君如柏寿,相看霜雪后[④]。

[注释]

①万州：州名。治所在今四川万县。 ②心肠锦绣：赞文词华美。③问：问候。 ④"娘亦祝君"二句：谓寿如松柏，长青不断。

清平乐

即席和李参政壁白笑花[①]

蓝田玉种，为我酬清供。香压冰肌犹怕重，更倩留仙群捧。 看花美倩偏工，举花消息方浓[②]。此笑知谁领解，无言犹倚东风。 （以上《鹤山先生大全文集》卷九十四）

[注释]

①白笑花：即含笑花。三四月开花，花白色，香浓郁。 ②消息：犹言荣枯盛衰。此处偏用荣、盛义。

清平乐

次韵李提刑坙白笑词并呈李参政壁

谁分天种，来上花鬘供[①]。绿叶素云姿雅重，那得愁心频捧[②]。 他花自是无工，不关香淡香浓。才问为谁含笑，盈盈靴面皱风[③]。

[注释]

①花鬘（mán）：古天竺人用花连贯成串加于身首上之饰物。 ②愁心频捧：越国美女西施，因患心病而捧心皱眉。参见《庄子·天运》。 ③靴面：欧阳修《归田录》卷二言田元均为三司使，势家子弟亲戚多求司库务，田虽厌之而未欲峻拒，每温颜强笑以遣之。尝谓人曰："作三司使数年，强笑多矣，直笑得面似靴皮。"

临江仙

约李彭州垔兄弟看荔丹有赋[1]

双荔堂前呼大撇，虬枝看取垂垂。帝怜尘土著冰姿。故教冻雨过[2]，浴出万红衣。　绿幄赪圆高下处[3]，中含玉色清夷。涴人应笑太真肥[4]。破除千古恨，须待谪仙诗[5]。

[注释]

①彭州:州名。治所在今四川彭水。　荔丹:荔枝成熟时呈深红色。唐时蜀中涪州一带产荔枝。　②冻雨:暴雨。　③绿幄:绿色篷帐。　赪(chēng):红色。　④涴人:沐浴之人。　太真:杨贵妃字。贵妃生于蜀，嗜荔枝。事见《杨太真外传》。　⑤“破除”二句:疑指李白《清平调词》，中有“解释春风无限恨，沉香亭北倚栏干”语。　谪仙:指李白。李白《对酒忆贺监诗序》云:“太子宾客贺公于长安紫极宫一见余，呼余为谪仙人。”

浣溪沙

李参政壁领客访环湖瑞莲席间索赋[1]

晓镜摇空髻竿丫，夜盘承露掌分叉[2]。翠芳绰约总无华。　欲往从之空怅望，潜虽伏矣莫藏遮。淤泥深处瑞莲花。

[注释]

①环湖:在眉州。　②夜盘承露:汉武帝时于神明台作承露盘，以铜仙人舒掌接甘露。参见《汉书·郊祀志》、《三辅黄图》。此喻承零露之荷叶。

浣溪沙

李参政壁赋《浣溪沙》三首再次韵谢之

一日嘉名万口传，都凭新乐播芳鲜[①]。非关呈瑞作人妍[②]。　地褊不妨金步稳[③]，境幽生怕鼓声填。馀尊相与重留连。

[注释]

①新乐：指李壁填制之《浣溪沙》。　②作人妍：使人美好。　③金步稳：舞步娴熟。

浣溪沙

密叶留香护境天[①]，好风时雨媚清涟[②]。亭亭双秀倚湖弦。　造化曾居公掌握，呈祥宁许百花先。聊占棣萼蒂芳连[③]。[④]

[注释]

①境天：疑是镜天之讹，湖光似镜，曰镜天。　②媚清涟：本谢灵运《过始宁墅》“白云抱幽石，绿筱媚清涟”。　③棣萼：犹棣华。　④作者自注：“柳子厚双莲表：双花擢秀，连蒂垂芳。”　注者按：双莲表应为《嘉莲表》。

浣溪沙

试问伊谁若是班[①]，二乔铜雀锁孱颜[②]。千年痕露尚余潸。　羞向眼前供妩媚，独于静处惬幽娴。人情多少逐河间[③]。

[注释]

①班:依次排列。 ②"二乔"句:本于杜牧《赤壁》"东风不与周郎便,铜雀春深锁二乔"。原为拟想,此则化为实事。 二乔:大乔、小乔,东吴著名美女,孙策、周瑜之夫人。此喻并蒂莲。 铜雀:台名。曹操所置。故址在今河北临漳县西南。 孱颜:高峻貌,同"巉岩"。"峥嵘孱颜,下视南山。"见李华《含元殿赋》。 ③逐河间:讽时人贪财利。汉乐府《城上乌童谣》:"车班班,入河间。河间姹女工数钱。"语出此。河间姹女指汉灵帝母永乐太后,尝教灵帝卖官受钱。事见《后汉书·五行志》。

贺新郎

生日谢寓公载酒[①]

只记来时节。又三年、朱炜过了[②],恰如时霎。独立薰风苍凉外,笑傍环湖花月。多少事、欲拈还辍。扶木之阴三千丈,远茫茫、无计推华发。容易过,三十八。
此身待向清尊说。似江头、泛乎不系,扁舟一叶。将我东西南北去,都任长年旋折。风不定、川云如撇。惟有君恩浑未报,又故山、猿鹤催归切。将进酒,缓歌阕。

[注释]

①寓公:寄居他乡有官吏之身份者。 ②朱炜:意同朱明。 炜:光彩鲜明貌,指夏季。

满江红

和李参政壁惠生日

物象芸芸,知几许、功夫来格[①]。更时把、荷衣芰制,从容平熨。云淡天空诗献状,竹深花静机藏密[②]。对窗前、屏岫老仪刑[③],真颜色。 商古道[④],谁俦匹。评今士，谁钧敌。向平舟问雁，久闲霜翮[5]。枰上举棋元不定[6]，磨边旋蚁何曾息[7]。倘天公、有意要平治[8]，饶华髮[9]。

［注释］

①格：穷究。 ②机：事物变化之所由。 ③仪刑：犹言法式、模范。 ④古道：古时之学术、政治道理。 ⑤闲：别本作“间”，今从《四库全书》本改。 ⑥“举棋”句：本《左传·襄公二十五年》“弈者举棋不定，不胜其耦”。后喻作事犹疑不决。 元：原来。 ⑦磨边旋蚁：喻人之行为难脱大环境之范围。《晋书·天文志》载，天旁转如推磨左行，日月右行，随天左转。如蚁行磨上，磨左旋而蚁右去，磨疾蚁迟，故不得不随磨左回。 ⑧平治：治国平天下。 ⑨饶：添也。

［集评］

草莱云：“此词老到而富气势，语古道今，纵谈天下，识见颇深，襟抱亦自不凡。读之不以议论为嫌，反觉撼人心魄。”

念奴娇

送简池宋倅□□之官即席赋①

修姱人物[2]，元如许、谁把屏星留却[3]。弄破峨眉山月影[4]，似作平分消息。卷雾名谭[5]，翳云长袖[6]，未称三池客[7]。且然袖手，人间烦暑方剧。 分手未见前期，风前耿耿[8]，目断斜阳角。亦欲乘风归去也[9]，问讯故山猿鹤。统鼓催鸡[10]，挥弦送雁[11]，转首成乖各。愿加餐饭[12]，书来频寄新作。

［注释］

①简池：地名。属简州（辖境相当于四川简阳县地），简州因此得名。②修姱：洁美。 ③屏星：星名。屏二星一作天屏，在玉井南，一云在参右

足。见《宋书·天文志》。 ④“弄破”句:屏星属二十八宿中之参宿,分野为古益州。简阳在沱江中游,与峨眉山相距不远,故云。 ⑤卷雾名谭:善谈者众,致呵气成雾。谭同“谈”。 ⑥翳云长袖:语本《晏子春秋·杂编》“张袂成阴”。此处当指舞者众多,谚有“长袖善舞”之说。 ⑦三池客:炼丹术语,此指道家。 ⑧耿耿:烦躁不安貌。 ⑨“乘风”句:用苏轼《水调歌头》“我欲乘风归去”。 ⑩紞(dǎn)鼓:鼓声。 紞:击鼓声。 ⑪挥弦送雁:语本嵇康《赠秀才入军》“目送归鸿,手挥五弦”。用为送别意。 ⑫加餐饭:语本《古诗十九首》“努力加餐饭”。

贺新郎

虞万州刚简生日,用所惠词韵

久向闲边著。对沧江、烟轻日淡,雨疏云薄。一片闲心无人会,独倚团团羊角[1]。便舍瑟、铿然而作[2]。容室中间分明见[3],暮鸢飞、不尽天空阔。青山外,断霞末。

看来此意无今昨。都不论、穷通得失[4],镇长和乐[5]。此道舒之弥八极,卷却不盈一握。但长把、根基恢拓。将相时来皆可做,似君家、祖烈弥关洛[6]。康国步,整戎略。

[注释]

①团团羊角:旋风,曲行如羊角。见《庄子·逍遥游》。 ②“便舍瑟”句:谓起身。孔子问曾点志何如,点“鼓瑟希,铿尔,舍瑟而作。”见《论语·先进》。作,起也。 ③容室:小室,能容置其身之地。 ④穷通:困顿与显达。“古之得道者,穷亦乐,通亦乐,所乐非穷通也。”见《庄子·让王》。 ⑤镇:常,久。 ⑥“祖烈”句:虞刚简之祖父虞允文出将入相,威名远播。 祖烈:祖宗之功业显赫。

鹊桥仙

七夕之明日载酒李彭州玺家即席赋

银潢濯月[①]，金茎团露[②]，一日清于一日。昨宵云雨暗河桥，似刬地、不如今夕[③]。　　乘查信断[④]，搘机人去[⑤]，误了桥边消息。天孙问我巧何如，正为怕、不曾陈乞[⑥]。

［注释］

①银潢：银河。　②金茎：承露盘之铜柱。　③刬地：反而。　④查：木筏，通“槎”。　⑤搘(zhī)机：支撑织机。　⑥陈乞：陈瓜果等乞巧。七夕之期，妇人结彩楼，穿七孔针，陈瓜果于庭中以乞巧。见《荆楚岁时记》。

水调歌头

李彭州玺生日

促织谁遣汝，唧唧不能休。揽衣起舞[①]，四顾河汉淡如油。露下南山荟蔚[②]，风抹西湖菱芰，客感浩悠悠。尚此推不去，岁寿两公侯。　　自侯归，闲日月，几春秋。东方千骑，何事白首去为州[③]。会有葛公清侣[④]，携上神仙官府，玉案侍前旒。却袖经纶手[⑤]，归伴赤松游[⑥]。

［注释］

①舞：别本作“观”，今从《四库全书》本改。　②荟蔚：草木繁密貌。③“东方”二句：反用汉乐府《陌上桑》“东方千馀骑，夫婿居上头。……三十侍中郎，四十专城居”句意。原为夸耀之词。　为州：为州郡长官。④葛公：晋葛洪。洪自号抱朴子，好神仙导养之法，相传于罗浮山得道成仙。　⑤经纶：本意为整理丝纶，后引伸为筹划治理国家大事。　⑥赤松游：本《史记·留侯世家》“愿弃人间事，欲从赤松子游耳”。　赤松：即赤松子，传说中之神仙。

八声甘州

王总卿□□生日

自王家无怨住襄城[①],世总生贤。似谢阶兰玉[②],马庭梧竹[③],一一堪怜。富贵关人何事,且问此何缘。又踏前朝脚,领蜀山川。　　点检重关复阁[④],尚甘棠匝地[⑤],乔木参天。中兴规画,父老至今传。六十年、山河未改,只芳菲、不断紧相联。相将又,参陪宰席[⑥],还似当年。

[注释]

①襄城:县名,战国魏襄城邑,秦置县。今属河南。　②兰玉:即芝兰玉树,喻优秀子弟。　③梧竹:以佳木喻子弟优秀。　④点检:查核,清理。　阁:阁道。　⑤甘棠:《诗经·召南·甘棠》颂召伯南巡憩于甘棠树下,后以甘棠作为对地方官吏政绩之颂词。　⑥宰席:主谋划之位置。

贺新郎

别李参政壁[①]

此别情何限。最关情、一林醒石[②],重湖宾雁[③]。几度南楼携手上[④],十二阑干凭暖。肯容我,樽前疏散。底事匆匆催人去,黯西风、别恨千千万[⑤]。截不断,整仍乱。
三年瞥忽如飞电。记从前、心情双亮。意词交划。千古黎苏登临意[⑥],人道于今重见。又分付、水流冰泮[⑦]。满腹馀疑今谁问,上牛头、净拭乾坤眼[⑧]。聊尔耳,恐不免。

[注释]

①别李参政:此作于嘉定八年(1215)魏了翁知眉州任满时。　②醒石:醒酒石。唐李德裕于洛阳平泉别墅置珍木怪石,中有醒酒石,醉则踞之。见《旧五代史·李敬义传》。　③宾雁:雁也。雁年年易地为宾客。

④“几度”句：晋庾亮在武昌，殷浩、王胡之之徒乘秋夜共登南楼。俄而亮至，诸贤欲起而避之。亮曰：“诸君少住，老子于此处兴复不浅。”见《世说新语·容止》。　南楼：亦名玩月楼，在湖北鄂城县南。　⑤“黯西风”句：语本江淹《别赋》“黯然销魂者，唯别而已矣”。　⑥黎苏：未详。　⑦冰泮：冰溶，解冻。　⑧牛头：山名，以形似牛头得名。在四川三台县西南。

贺新郎

许遂宁奕生日[①]

多少龙头客[②]。数从前、何官不做，清名难得。万里将旜归报汉[③]，青琐还应催当夕[④]。又一叶、扁舟去国。许史庐前车成雾，未如公、正怕云霄逼。留不尽，二三策。

一声千里楼前笛。遏天涯、浮云不断，镇长秋色。试上层楼分明看，无数水遥山碧。问此意、有谁曾识。独抱孤衷苍茫外，满阑干，都是长安日[⑤]。终有待，佐皇极。

［注释］

①许奕：字成子，简州（今四川简阳）人。庆元五年（1199）宁宗亲擢进士第一。历任起居舍人、吏部侍郎等职，后以显谟阁学士知泸州、遂宁府。事见《宋史·许奕传》。　②龙头：科举时代对状元之称呼。　③将旜（zhān）：指出使金国。旜，同“毡”，毛毯。此指金人。　④青琐：宫门上所镂之青色图纹，后亦指宫门。　琐：别本作“锁”，今从《四库全书》本改。　⑤长安日：指朝廷君王。

虞美人

和瞻叔兄除夕[①]

一年一度屠苏酒[②]，老我惊多又。明年岂是更无年，已是虚过、三十八年前。　　世间何物堪称好，家有斑衣老[3]。相期他日早还归,怕似瞻由、出处不曾齐[4]。

[注释]

①瞻叔:词人表兄高定子字瞻叔,嘉泰进士,官至签书枢密院事兼参知政事。见《宋史》本传。 ②屠苏酒:俗说屠苏乃草庵名。居草庵之人于除夕遗药一帖浸水中,次日取水兑酒饮之,称屠苏酒。见唐韩谔《岁华纪丽》"进屠苏"注。古时农历初一饮屠苏酒之习俗,见《荆楚岁时记》。③斑衣:彩衣。老莱子年七十,常着彩衣为父母戏。见《初学记》卷十七。④瞻由:苏轼字子瞻与苏辙字子由之合称。苏氏兄弟曾相约早退,为闲居之乐。见苏辙《逍遥堂会宿并引》。

念奴娇

刘左史光祖生日[1]

岸容山意,随春好,人在春风独立。立尽闲云来又去,目断一天红日。岂不怀归,于焉信宿[2],此意无人识。只看鬓发,丝丝都为人白。 风露正满人间,齁齁睡息[3],浑不知南北。要上南山披荟蔚,谁是同心相觅。天运无穷,事机难料,只有储才急[4]。愿公寿考[5],养成元祐人物[6]。

[注释]

①刘光祖,字德修,简州(今四川简阳)人。宁宗朝,任侍御史、司农少卿,进起居舍人,迁起居郎。后知遂宁府、潼川府。见《宋史·刘光祖传》。左史:对门下省起居郎之称。 ②信宿:连宿两夜,见《左传·庄公三年》。③齁齁(hōu):鼾声。 ④储才:刘光祖于孝宗时论恢复事,请上以太祖用人为法。见《宋史》本传。 ⑤考:老。"周王寿考,遐不作人。"见《诗经·大雅·棫朴》。 ⑥元祐人物:指元祐(宋哲宗年号)年间执政之司马光、吕公著等及起用之苏轼、程颐等人。光宗朝,光祖上书论宋朝学术近古则国势尊安,至庆历嘉祐盛,不幸坏于熙丰之邪说,幸而元祐君子起而救之。见《宋史·刘光祖传》。

朝中措

和刘左史光祖人日游南山追和去春词韵①

天公只解作丰年，不相治游天②。小队春旗不动，行庖晚突无烟③。　吟鬚捻断，寒炉拨尽，雁自天边。唤起主人失笑，寒灰依旧重燃。④

[注释]

①人日：农历正月初七日。　②相：助也。　③行庖：流动之烹饪设备。　突：烟囱。　④作者自注：“公所论圣忌日事凡历二十年，而所上疏亦半年馀才见施行，故云。”

洞庭春色

元夕行灯，轿上赋《洞庭春色》呈刘左史①

花帽檐行，宝钗梁畔，还是上元。看去年芳草，如今又绿，当时皓月，此夕仍圆。节序驱人人不解，道岁岁年年都一般。看承处，有烛龙照夜②，铁凤连天③。　东风不知倦客，又吹向楼阁山颠。任管弦闹处，诗豪得志，绮罗香里，侠少当权。客与溪翁无一事，但随俗簪花含笑看④。无限意，更醉骑花影，饱看丰年。

[注释]

①洞庭春色：词调名，即《沁园春》。　②烛龙：元夕以草缚成龙，用青幕遮草上，密置灯烛万盏，望之如双龙飞走之状。见吴自牧《梦粱录》。③铁凤：建筑物上作铁凤凰，张两翼如飞状。　④随俗簪花：宋俗不惟妇女簪花，男子、文武百僚亦有簪花于冠、幞之习。参见《宋史·舆服志》。

鹧鸪天

次韵刘左史光祖自和去年元夕词

春漏逢欢恐不深[①],银花火树粲成林。酒中和乐无穷味,烛里光明一寸心。　金马朔[②],玉堂寻[③],风流文献未如今。连宵坐我东风里,春满肝脾月满襟。

[注释]

①春漏:春日之漏刻,即春日之时刻。　②金马朔:汉武帝时,东方朔待诏金马门,参见《史记·滑稽列传》。　③玉堂寻:汉哀帝时李寻待诏玉堂殿,见《汉书·李寻传》。

念奴娇

刘左史光祖夫人生日

刘郎初度随春到[①],尚记彩衣春立。又上夫人千岁寿,相望不争旬日[②]。琴瑟仪刑[③],山河态度,长是春风识。都将和气,蒸成满院红白。　我被五斗红陈[④],三升官酒[⑤],驱到郪城北[⑥]。解后相逢同一笑,此会几年难觅。宝蜡烧春,花光缟夜[⑦],未放觥筹急。天然真乐,倘来知是疣物[⑧]。

[注释]

①"刘郎"句:刘光祖正月十日生日。　②不争旬日:刘光祖夫人正月十九日生日。见《词苑萃编》卷二十三。　③琴瑟:喻夫妇和谐。　④红陈:陈腐之米。　⑤官酒:官卖之酒。　⑥郪城:指郪县。治所在今四川三台。　⑦缟夜:如白昼之夜。　⑧倘来:无意得来。"况荣宠贵盛,倘来物也。"见《新唐书·纪王慎传》。　疣物:赘瘤,多馀之物。

步蟾宫[①]

同官载酒为叔母寿[②]，次韵为谢。时自潼过遂[③]

射洪官酒元曾醉[④]，又六十八年重至。长江驿畔水如蓝，也应似、向人重翠。　人生岂必高官贵，愿长对、诗书习气。陶家髻子作宾筵[⑤]，有如个、嘉宾也未[⑥]。[⑦]

[注释]

①步蟾宫：别本原作《玉楼春》，但下注云"按调此乃《步蟾宫》"，因据改。　②同官：同事。　③潼：潼川府。　遂：遂宁府。　④射洪：县名，在今四川境内。　⑤陶家髻子：陶侃孤贫。范逵过坊，无以款客。其母乃截髮以市酒肴，乐饮极欢。后遂为殷勤待客之典。见《晋书·陶侃传》。宾筵：宴宾客之筵席。　⑥如个：若个，哪个。　⑦作者自注："外祖谯公，初任射洪簿，再为长江令，叔母生于射洪，故云。"

贺新郎

叔母生日用许侍郎奕所和去岁词韵为谢

谁主谁为客。叹人生、别离容易，会逢难得。省户高门十年梦[①]，瞥忽浑如昨夕。风不定、乱云飞急。本自无心图富贵，也元知、富贵无缘逼。且还我，兔园策[②]。

谁知一曲柯亭笛[③]，向天涯、依然解后，长安本色[④]。怪我阿嬃今老眼[⑤]，已是看朱成碧[⑥]。但犹记、黄裳曾识[⑦]。多谢殷勤无以报，愿阿嬃、长健如今日。送公去，上霄极[⑧]。

[注释]

①省：官署名。汉时尚书、中书、门下皆设禁中，因称为省。后沿用之。　十年：许奕擢进士第一后即在都城任官，约为十年。　②兔园策：书名。策，一作"册"。唐虞世南撰，纂古今事四十八门，皆偶语，后行于民

间,村野以授学童。 ③柯亭笛:相传东汉末,蔡邕经会稽柯亭,见屋东椽竹,取以作笛,能发妙声。见《后汉书·蔡邕传》注。 ④长安本色:许奕在朝,以国事为怀,以直谏闻名。事见《宋史》本传。 ⑤阿瓕(mí):阿母。 ⑥看朱成碧:本梁王僧孺《夜愁示诸宾诗》"谁知心眼乱,看朱忽成碧"。 ⑦黄裳:喻中和以居臣职。黄为中央之色、忠信之义,裳为腰之服以象臣下。 ⑧上霄极:上云霄极高处,喻归朝为大臣。

洞仙歌

和虞万州刚简所惠叔母生日词韵

人生一世,如此元如此。造化都从起时起。看庭前桃李,弄蕊开花,还又看,一度成阴结子。 母寿亲认取,叶叶枝枝,一气分来结成底。更得故人书,遗我新词,把寸心、分明指似。信过眼、浮华几何时,剩培植根心[1],等闲千岁。

[注释]

①根心:仁义礼智赖以产生之精神修养。"仁义礼智根于心。"见《孟子·尽心》。

西江月

妇生日许侍郎奕载酒用韵为谢

曾记刘安鸡犬,误随鼎灶登仙[1]。十年尘土涴行缠[2],怪见霞觞频劝。 会合元非择地,乖逢宁得非天。妇闻风月正婵娟[3],亲泼床头醅面[4]。

[注释]

①"曾记"二句:淮南王刘安临去时,馀药器置在中庭,鸡犬舐啄之,尽得升天。故鸡鸣天上,犬吠云中。事见《神仙传》。 ②行缠:缠腿布。

③㛹(pián)娟:美好貌。 ④醅面:指酒面之碧色泡沫。

念奴娇

叔母生日,刘左史光祖以余春时所与为寿词韵见贶。复用韵谢之

梦中犹记,来时路、五马踟躕攒立[①]。江北城南春澹沲[②],山锁一天晴日。伊轧征车,徊徨去意,只有东风识。如今远在,谁人伴我浮白[③]。 天外一曲阳春[④],依然有脚,来到萱堂北[⑤]。不是奇情双照亮,肯寄鳞鸿相觅。酒引曹醇[⑥],歌翻楚调,触拨归心急。醉魂时绕,莺花世界风物。

[注释]

①五马踟躕:太守车驾用五马。"使君从南来,五马立踟躕。"见汉乐府《陌上桑》。 踟躕:徘徊不前。 ②沲:同"沱"。 ③浮白:浮一大白。饮尽杯中之酒。 ④阳春:本为古曲名。此指刘光祖所填寿词。⑤萱堂北:指母亲或母亲居处。"焉得谖(萱)草,言树之背。"(意谓于母亲所居之北堂种萱草)见《诗经·卫风·伯兮》。 ⑥曹醇:汉曹参代萧何为相,一遵何之约束,日夜饮醇酒;卿大夫及宾客欲言者,辄饮以醇酒。见《史记·曹相国世家》。

水调歌头

叔母生日

人道三十九,岁暮日斜时。儿今如许,才觉三十九年非[①]。昨被玉山搂取,今仗牛山挽住[②],役役不知疲[③]。自己未能信,漫仕亦何为[④]。 亦何为,应自叹,不如归。问归亦有何好,堂上彩成围。上下东冈南陌,来往北邻西舍,遏地看儿啼[⑤]。富贵适然耳[⑥],此乐几人知。

[注释]

①“才觉”句:有所觉悟知往日之非。“蘧伯玉年五十而知四十九年非。”见《淮南子·原道训》。 ②“昨被”二句:作者三十九岁知潼川,此前知遂宁郡事,故云。 玉山:当即玉堂山,在遂宁境内。 牛山:即牛头山。在四川三台县西南。 搂:《全宋词》作“楼”,今从《四库全书》本改。 ③役役:劳作不息貌。“终身役役,而不见其成功。”见《庄子·齐物论》。 ④漫仕:徒然为官。 ⑤逷(tì):远。 ⑥适然:偶然。

蝶恋花

和费五九丈□□见惠生日韵

早岁腾身阶辇路[①]。秋月春风,只作浑闲度。手挟雷公驱电母[②],袖中双剑蛟龙舞。 如此壮心空浪许。四十明朝,忍把流年数。又过一番生日去,寿觞羞对亲朋举。

[注释]

①阶(jī):登,升。 ②“手挟”句:当本于徐陵《与陈司空书》“摇山荡谷,驱电乘雷”之语。

[集评]

草莱云:“此词感流年之易逝,‘壮心空浪许’,荦荦有志节,为魏氏寿词中之豪雄者。”

醉蓬莱

新亭落成约刘左史光祖和见惠生日韵

又一番雨过,倚阁炎威,探支秋色[①]。前度刘郎,为故园一出。黄髮丝丝,赤心片片,俨中朝人物。诗里香山[②],酒中六一[③],花前康节[④]。 倦客才归,新亭恰就，萱径荫浓，蔔林香发[⑤]。尊酒相逢，看露花风叶。跃跃精神，生生意思，入眼浑如涤。更祝天公，收回积潦[⑥]，放开晴日。[⑦]

[注释]

①探支：预支。 ②香山：唐白居易之号。 ③六一：宋欧阳修之号。 ④康节：宋邵雍之谥。 ⑤蔔(pú)：即薝(zhān)蔔，花名，梵语，义译为郁金香。 ⑥积潦(lǎo)：积水。 ⑦作者自注："久雨，故云。"

江城子

次韵李参政壁见贻生日

水花湖荡翠连天。记年年，甚因缘。鬥鸭阑干[①]，云雾踏青妍。人似风流唐太白，披紫绮[②]，卧青莲[③]。 如今别思浩如川。欲腾骞，隔风烟。月到天心，人影在长编[④]。只有此身飞不去，翔雁侧，狎鸥边。

[注释]

①鬥鸭：以鸭相鬥为戏。东吴建昌侯(孙)虑于堂前作鬥鸭栏，颇施小巧，见《三国志·吴书·陆逊传》。 ②紫绮：裘衣名。 ③青莲：李白青年时代住彰明(今四川绵阳县境)青莲乡。 ④长编：编史者先编各书所载与本编有关系之事，依次排列，谓之长编。

贺新郎

和许侍郎奕韵

千里楼前客。数从前、几般契分[①]，更谁同得。尚记流莺催人去，又见莎鸡当夕[②]。叹天运、相煎何急[③]。幸自江山皆吾土[④]，被南薰、吹信还相逼[⑤]。临大路，控长策[⑥]。

向来风月苏家笛[⑦]。问天边、玉堂何似[⑧],黄冈秋色[⑨]。万事无心随处好,风定一川澄碧。些个事、非公谁识。我亦年来知此意,但聪明、不及于前日。谁为我,指无极[⑩]。

[注释]

①契分:投合无间之情分。 ②莎鸡:虫名,又名络纬,纺织娘。 ③相煎何急:喻兄弟或内部一方压迫另一方。魏曹植受曹丕迫害,七步成诗,有"本是同根生,相煎何太急"语,见《世说新语·文学》。 ④吾土:故乡。 ⑤南薰:本诗歌名,南风之薰之简称,指和煦之南风。 ⑥长策:长鞭。"振长策而御宇内。"见贾谊《过秦论》。 ⑦"向来"句:赞苏轼襟怀洒落。苏轼于元丰五年(1082)贬谪黄州(州治黄冈县),作《赤壁赋》,中有清风明月之描写,又有"吹洞箫者,倚歌而和之"等语。 ⑧玉堂:宫殿之美称。 ⑨黄冈秋色:苏轼《赤壁赋》所写乃秋夜所见所感,故云。 ⑩无极:无穷尽。

满江红

贺刘左史光祖进职奉祠[①]

许大才名,知几许、功夫做得。独自殿、三朝耆旧[②],岿然山立。出处只从心打当,去留不管人忻戚。抱孤衷、脉脉倚秋风,无人识。　龙可养,凡鳞匹。鸾可挚[③],凡禽敌。便翩然归作,玉龙仙客。枰上举棋元不定,磨边旋蚁何曾息。倘天公、有意要平治,须华髮。

[注释]

①刘光祖于嘉定年间升显谟阁直学士提举玉隆万寿宫。见《宋史》本传。 奉祠:宋设祠禄之官,有宫观史、提举宫观等职,俾食其禄。 ②殿:镇守。 三朝:指孝宗、光宗、宁宗。 ③挚:攫取。

江城子

刘左史光祖别席和韵

一襟满贮梓城春[①]。笑声频，笔挥银[②]。自有江山，长是管将迎[③]。不似如今归去客，云外步[④]，水边身。　萧然今代杰魁人。混光尘[⑤]，越精神。不把浮云[⑥]，轩冕拂天真[⑦]。化洽堂边应创见[⑧]，人物旧，榜颜新[⑨]。

[注释]

①梓城：即隋唐时之梓州，宋为潼川府，治所在今四川三台。　②银：银钩。状书法笔势之遒劲。　③将：送。　④云外步：山耸云外，人行山上，谓之云外步。　⑤混光尘：将光荣与尘浊混同看待。　⑥浮云：指富贵，语出《论语·述而》"不义而富且贵，于我如浮云"。　⑦轩冕：卿大夫之车轩与冕服，此指官位爵禄。　⑧化洽：教化普施浃洽。　⑨榜颜：匾额，榜额。

江城子

约刘左史光祖谢会再和

如公何地不阳春[①]。往来频，醉倾银[②]，闻道河阳[③]，童稚正欢迎。移向德威堂上著，疑潞国[④]，是前身。　行人还又送行人。夜无尘，对丰神。自古心知，别语转情真[⑤]。须信人生归去好，三径旧[⑥]，四时新。

[注释]

①阳春：喻清平盛世。　②银：白色之酒。　③河阳：县名。故地在今河南孟州。此当指刘光祖提举西京嵩山崇福宫事。　④潞国：指北宋文彦博。仁宗朝彦博以河阳三城节度使同平章事判河南府，封潞国公。⑤"别语"句：本范成大《送唐彦博宰安封》"天涯会面难，岁晚情话真"。⑥三径：两汉末，蒋诩辞官隐居，于院中辟三径，唯与求仲、羊仲往来。见《三辅决录》。后常以三径指家园。

江城子

约刘左史光祖谢会再和

西来紫马倦行春[①]。上书频，阙排银。愿听臣归，子舍便将迎。又为老臣全晚节，关教化，系臣身。　帝心终眷老成人。想音尘，倍留神。且把闲风，淡月与全真。出处如公都有数，今古梦，几番新。

[注释]

①西来紫马："使君骑紫马，捧拥从西来。"见杜甫《山寺》。　紫马：栗毛马，亦名紫骝。

江城子

同官酌酒相贺再和前韵

与君同醉梓州春。不辞频，漏更银。尚记梅时，出郭喜相迎。又对西风斟别酒，云过眼，月分身。　倘来官职不关人。等微尘，苦劳神。更向中间，谩说假和真。只有交朋关分义[①]，无久近，与陈新。

[注释]

①分义：情义。

鹧鸪天

别许侍郎奕即席赋

公在春官我已归[①]，公来东蜀我居西[②]。及公自遂移潼日，正我由潼使遂时。　如有碍，巧相违。人生禁得几分飞。只祈彼此身长健，同处何曾有别离。

[注释]

①“公在”句：魏了翁于开禧二年(1206)由临安返蜀，许奕在朝任权礼部侍郎，故云。 春官：唐武则天光宅年间改礼部为春官，旋复旧。后春官遂成礼部之别称。 ②“公来”句：许奕原知遂宁府，了翁知潼川府，均在蜀中。潼川在遂宁西北。

木兰花慢

许侍郎奕生日 十月二十四日

记北人骑屋，看龙首、许仲元①。自拥节来归②，持荷直上③，谁与争先。好官到头做彻，些儿欠缺便徒然。我爱庆元龙首，当春不逐时妍。 人生天地两仪间。且住百来年。数初度庚寅，未来甲子④，尽自宽闲。太平竟须公等，终不成、造物谩生贤。拓取面前路径，著身常要平宽。

[注释]

①龙首：宋人对状元之称呼。许奕庆元五年(1199)宁宗亲擢进士第一。 ②拥节：即持节。古使臣出行，持节符以示信。 ③持荷：指为君王倚重之臣。 ④甲子：岁月、年岁之代称。

木兰花慢

宴遂宁新进士

记薰风殿上，曾当暑、侍君王。看绛服临轩①，白袍当殿②，流汗翻浆。今年诏书催发，趁槐庭、初夏午阴凉。瘦马行时腊雪，叠猿啼处年光。 大科异等士之常③。难得姓名香。叹陋习相承，驹辕垂耳④，麟楦成行⑤。平生学为何事，到得时、遇主忍留藏。看取杏花归路⑥，身名浑是芬芳。

[注释]

①绛服:深红色之服。《宋史·舆服志》载,朝会时,执事高品以下,并服介帻绛服大带。 ②白袍:学子未仕者之服。 ③大科:为擢拔非常之士,由皇帝举持的特别考试,科目由皇帝自定,唐曰制举,至宋曰大科。"谁其识者有欧阳,大科异等固其常。"见陈师道《赠三苏公》。 ④驹辕:少壮之马所驾车。 ⑤麟楦:即麒麟楦。喻虚有其表之人。《朝野佥载》载,唐杨炯每呼朝士为麒麟楦,如以麒麟之形覆之驴上,终为驴也。楦,木制鞋楦。 ⑥"杏花"句:唐时进士赐宴之所为杏苑。

木兰花慢

即席和韵

问梅花月里,谁解唱、小秦王[①]。向三叠声中[②],兰桡荃棹,桂醑椒浆。明朝濮渝江上[③],对暮云、平野北风凉。准拟八千里路,破除九十春光[④]。 砚涵槐影漾旂常。披拂御炉香[⑤]。念人世难逢,玉阶方寸[⑥],陛楯颜行[⑦]。休言举人文字,系一生、穷达与行藏。凡卉都随岁换,幽兰不为人芳[⑧]。

[注释]

①小秦王:词牌名,即《阳关曲》。 ②三叠:《阳关曲》三叠成歌。③濮渝:二水名。濮水在河南境内;渝水即四川境内之嘉陵江,因流经渝州而得名。此处二水连用,侧重点在渝水。 ④九十春光:春季九十日,故云。 ⑤御炉:天子之香炉。 ⑥玉阶:宫中之美丽阶台。"玉阶彤庭。"见班固《西都赋》。 ⑦陛楯:侍卫于帝侧之执楯者。 颜行:见"颜行犹雁行,在前行"。《汉书·严助传》"颜行"注。 ⑧"幽兰"句:意出《孔子家语》"芝兰生于深谷,不以无人而不芳"。

西江月

《西江月》梦中作，觉后浑能省记。独欠第五句，因足成之。晓起大雪

一段同云似练[①]，更无剩幅间边。玉娥不怕五更寒，剪就飞花片片。　　酒里吟边竞爽，枝头枝底争妍。入春无物不芳鲜，只我依然颜面。

［注释］

①同云：云成一色将下雪之迹象。

减字木兰花

许侍郎奕硕人生日[①]　十二月二十二日

新符旧历，交割新年馀七日。谁识春华，元住东川太守家[②]。　　一年一曲，拟尽形容无可祝。愿似庭梅，长向春风伴斗魁[③]。

［注释］

①硕人：妇人封赠之号。宋政和初，定命妇等级大夫以上封硕人。②东川：镇名。唐肃宗时置东川镇节度使，治梓州（今四川三台），宋仍之。见《读史方舆纪要》。时许奕知潼川。　③斗魁：北斗七星之第一至第四星为魁。

满江红

刘左史光祖生日　正月十日

见说新来，把闲事、都齐阁束。日用处、浑无凝滞，天机纯熟。帘卷春风琴静好，庭移晓日兰芬馥。笑可曾，些

子上眉头，萦心曲。　　吞宇宙，船明玉。批风月[1]，诗成轴。问人间底处，升沉荣辱。与我言兮虽我愿[2]，不吾以也吾常足[3]。但年年、先后放灯时[4]，筝新醁。

[注释]

①批风月：批风抹月之省。即吟风弄月。　②与我言兮：谓愿与我交结。《诗经·郑风·狡童》："彼狡童兮，不与我言兮。"此截取其语意用之。　③不吾以也：不以吾年少长而难言。"以吾一日长乎尔，毋吾以也。"见《论语·先进》。　④作者自注："先后放灯，并谓夫人十九日生日也。"

海棠春令

同官约瞻叔兄□□饮于郡圃海棠花下，遣酒代劝

东君惯得花无赖[1]，看不尽、冶容娇态。拟傍小车来，又被轻阴绐[2]。　　阴晴长是随人改，且特地、留花相待。荣悴故寻常，生意长于海。

[注释]

①东君：日神。　无赖：爱极而憎骂之语。　②绐（dài）：欺骗。

临江仙

与同官饮于海棠花下，烧烛照花，即席赋

自有天然真富贵，本来不为人妍。谨将醉眼著繁边。更擎高烛照，惊搅夜深眠。　　花不能言还自笑，何须有许多般。满空明月四垂天。柳边红沁露，竹外翠微烟[1]。

[注释]

①翠微：山气轻缥。

朝中措

次韵同官约瞻叔兄□□及杨仲博约赏郡圃牡丹，并遣酒代劝

玳筵绮席绣芙蓉[①]，客意乐融融。吟罢风头摆翠，醉馀日脚沉红。　简书绊我[②]，赏心无托，笑口难逢。梦草闲眠暮雨[③]，落花独倚春风。

[注释]

①玳筵：盛筵。　②简书：古时书于简，谓简书。后用以泛称文书、信札。　③梦草：草名，一名怀梦草。据云怀之即可入梦。

临江仙

东叔兄生日[①]

去岁玉堂山下住[②]，母旁后弟前哥。今年作县古松坡[③]。静参朱祭酒[④]，闲印马头陀[⑤]。　去路更无山隔断，春风跋马经过。不妨缓辔尽婆娑[⑥]。愿申临别语，长使得天多[⑦]。

[注释]

①东叔：词人表兄高载字东叔，以进士历知灵泉县（故治在今四川遂宁县东）。事见《宋元学案》卷八十。　②玉堂山：即玉山，在遂宁境内。　③作县：作县令。齐刘玄明为山阴令，大著名绩。傅琰子问之，玄明曰："作县，唯日食一升饭，而莫饮酒。"见《南齐书·傅琰传》。　④静参：参悟。玄思冥想，探究其理。　朱祭酒：唐朱桃椎。桃椎，益州成都人，淡泊绝俗，长史高士廉备礼以请，不答，瞪视而出。士廉曰："祭酒其使我以无事治蜀邪！"乃简条目，薄赋敛，州大治。见《新唐书》卷一百九十六。　⑤印：符合。　马头陀：即唐僧道一。道一，汉州（今四川广汉）人，姓马氏，故称马祖，又称马大师。著有《马

祖道一禅师语录》。 头陀:梵语称僧人为头陀。 ⑥婆娑:盘旋。⑦得天:得天道。

柳梢青

小圃牡丹盛开,旧朋毕至。小阕寓意

昨夕相逢。烟苞沁绿,月艳羞红。旭日生时,初春景里,太极光中[1]。 别来三日东风。已非复、吴中阿蒙[2]。须信中间,阴阳大造,雨露新功。

[注释]

①太极:古人称原始浑沌之气为太极。《易经·系辞上》:“易有太极,是生两仪。” ②“别来”二句:三国时吴将吕蒙初不知书,孙权劝之,乃笃志好学。后鲁肃过蒙言议,讶其识见英博。拊其背曰:“非复吴下阿蒙!”蒙亦答云:“士别三日,即更刮目相待。”事见《三国志·吴书·吕蒙传》裴松之《注》。

[集评]

山木云:“上阕写牡丹,‘烟苞’‘月艳’云云,殊为清丽新颖。下阕称旧朋,但用阿蒙一事,亦甚精切洗炼。”

小重山

叔母生日,每岁兄弟多以校试,莫遂彩衣团栾之乐[1]。今岁复尔,良以缺然。小词寄五兄代劝

养得儿男百不中[2]。年年随举子,踏春风[3]。寿觞庭院燕泥融。将雏处,长是半西东。 移孝便为忠。儿行虽在远,母心同。若将一念答天公。归来拜,也胜橘双红[4]。

[注释]

①彩衣团栾之乐：传说春秋时楚人老莱子至孝，行年七十，尚着五彩衣，作小儿戏以娱亲。事见《初学记》卷十七。　②不中：犹不好。杨万里《白菊》诗："霜后黄花顿不中，犹馀白菊鬥霜浓。"　③"年年"二句：一作"年年蚕蚁阵，作元戎"。　举子：科举时代应试者由州郡荐举，称举子。唐李淖《秦中岁时记》："槐花黄，举子忙。"　④橘双红：《三国志·吴书·陆绩传》言绩六岁见袁术，于座中怀橘，谓欲归以遗母，术大奇之。

[集评]

山木云："此作出语诙谐，别见风趣。"

南柯子

即席次韵张太傅方，为叔母生日赋[①]

暮雨收尘马[②]，薰风起箨龙[③]。夜凉人锁武成宫[④]。却忆亲旁、寿饼荐油葱。　谁锡诗人类[⑤]，应晞颍谷封[⑥]。儿行虽远母心通。触拨今宵、梦逐彩云东[⑦]。

[注释]

①据《宋史》词人本传及词中"人锁武成宫"语，知此词乃嘉泰三年或四年（1203 或 1204）官武学博士时作。张方字义立，资中（今四川资中县）人，官至兵部侍郎，太子太傅，有《亨泉稿》百卷，事见《宋元学案》卷七十二。　②尘马：指游氛。《庄子·逍遥游》："野马也，尘埃也，生物之以息相吹也。"　③箨（tuò）龙：竹之别名。苏轼《和文与可洋川园池筼筜谷》诗："汉川修竹贱如蓬，斤斧何曾赦箨龙。"　④武成宫：即武成庙。唐肃宗时追封周代开国功臣吕尚为武成王，置武成庙以祀之，宋沿其祀。了翁嘉泰三年至四年官武学博士，或因祀事宿庙中，故云。　⑤谁锡诗人类：称美张方以孝道勉人为善。《诗经·大雅·既醉》："孝子不匮，永锡尔类。"　⑥应晞颍谷封：晞，慕也。春秋时郑人颍考叔为颍谷封人，郑伯怨其母，考叔以言行感悟之，使为母子如初。事见《左传·隐公元年》。别本"晞"字作"睎"，"颍"字作"颖"，显误。　⑦触拨：触动，撩拨。

眼儿媚

瞻叔兄生日　五月三日

梦魂不踏正牙班①，直作五云闲②。简编真乐③，壎篪雅韵④，菽水清欢⑤。　都将瞥忽荣华事⑥，春梦晓云看。只期他日，实头受用⑦，不耐高官⑧。

[注释]

①正牙班：本指郡吏参见郡守之班列，借指瞻叔仕宦之地。牙通"衙"。　②五云闲：谓不亲事笔札。《新唐书·韦陟传》言陟常使侍妾代裁答，己唯署名，自谓所书陟字若五朵云。　③简编真乐：指读书之乐。韩愈《符读书城南》诗："灯火稍可观，简编可卷舒。"　④壎篪（xūn chí）雅韵：喻兄弟和睦。《诗经·小雅·何人斯》："伯氏吹壎，仲氏吹篪。"壎：古代土制乐器，形状像鸡蛋，有六孔。　篪：古代竹管乐器，像笛子，有八孔。　⑤菽水清欢：喻奉养简朴。《礼记·檀弓下》："啜菽饮水，尽其欢，斯之谓孝。"　⑥瞥忽：犹瞬息，转盼。　⑦实头：实际，实在。"头"字别本作"愿"，音义俱不合，依《四库》本改。　⑧不耐：犹不愿。别本作"大耐"，显误，故改。下首云"不爱高官"，意与此同，亦足为证。

眼儿媚

南叔兄生日用前韵①　五月六日

不居上界列仙班②，梅隐寄幽闲③。玉堂云晓④，玉珍雨夜⑤，总是真欢。　如兄才誉居人上，鹏路正看看⑥。只祈兄弟，长随母健，不爱高官⑦。

[注释]

①南叔兄：词人表兄高稼，字南叔，蒲江人。嘉定七年（1214）进士，历官知荣州、阆州、沔州，兼关外四州安抚使。元兵入侵，死事于沔。著有《缩斋类稿》三十卷。事见《宋史》本传。　②上界列仙班：天上仙官班

列，借指朝官班列。韩愈《酬卢给事曲江荷花行见寄》诗："上界真人足官府，岂如散仙鞭笞鸾凤终日相追陪。" ③梅隐：指北宋处士林逋。《梦溪笔谈》卷十言逋隐居西湖孤山，好植梅养鹤，故云。 ④玉堂：指玉堂山，在四川遂宁县境内。 ⑤玉珍：未详所指。 ⑥鹏路：喻远大前程。《庄子·逍遥游》："鹏之徙于南冥也，水击三千里，抟扶摇而上者九万里，去以六月息者也。" ⑦不爱高官：意出苏轼《辛丑十一月十九日既与子由别于郑州西门之外马上赋诗一篇寄之》："寒灯相对忆畴昔，夜雨何时听萧瑟。君知此意不可忘，慎勿苦爱高官职。"

洞仙歌

次韵许侍郎奕为叔母生日

寿觞庭户，正柳明桃炫。拟斫江鱼鲙银线。被春风吹入、花锦城中，惟有梦，时到轻轩翠幰[①]。　　归来春已过，桃柳成阴，但喜庭闱镇强健。更得故人书，遗我瑰词，应重记、去年相见。望白鹤朱霞杳难攀，谩芳草如烟，青青河畔[②]。

[注释]

①翠幰(xiǎn)：翠色(或以翠羽为饰)之车帷，富贵人家妇女所用。②青青河畔：语出蔡邕《饮马长城窟行》"青青河畔草，绵绵思远道"。

鹧鸪天

又次韵为妇安人生日

夫子同年第太常[①]。偶然二内[②]亦同乡。其间更有真同处，道义场中无别香[③]。　　花入思，绣为肠。不妨冬月作重阳[④]。家人但歉今年会，犹欠腰金与鞠黄[⑤][⑥]。

［注释］

①"夫子"句：言许奕与己同年及第。太常即太常寺，主礼乐及考试诸事务，见《通典·职官》。 ②二内：旧时称妻为内，二内指许妻与己妻。 ③无别香：指意气相投。"同声相应，同气相求"之意。 ④冬月作重阳：苏轼《和陶己酉岁九月九日并引》有"十月初吉，菊始开，乃与客作重九"云云，即其事。 ⑤腰金：腰悬金印，指为高官。白居易《六十六》诗："瘦觉腰金重，衰怜鬓雪繁。" 鞠黄：古后妃及九卿贵妇之春服，其色如鞠尘，象桑叶始生，故又名黄桑服。见《周礼·天官·内司服》郑玄《注》。 ⑥作者自注："冬月重阳，用东坡事。鞠黄，夫人鞠衣也。"

满江红

叔母生日，刘左史光祖以余正月十日所与为寿词韵见贻。至是始克再用韵谢之

彼美人兮[①]，不肯为、时人妆束。空自爱、北窗睡美[②]，东邻醅熟[③]。不道有人成离索，直教无计分膏馥。望鹤飞、不到暮云高，阑干曲。 驹在谷，人金玉[④]。槃在陆，人宽轴[⑤]。笑吾今何苦，耐司空辱[⑥]。应为嗷嗷乌反哺[⑦]，真成落落蛇安足[⑧]。到梓州、旧事上心来[⑨]，呼杯醁。

（以上五十五首《鹤山先生大全文集》卷九十五）

［注释］

①彼美人兮：语出《诗经·邶风·简兮》"云谁之思，西方美人。彼美人兮，西方之人兮"。 ②北窗睡美：本陶渊明《与子俨等疏》"五六月中，北窗下卧，遇凉风暂至，自谓是羲皇上人"。 ③东邻醅熟：《世说新语·任诞》言，阮籍邻家妇当垆酤酒，籍常从妇饮，醉即眠妇侧。其夫始颇有疑，伺察之，终无他意。 ④"驹在谷"二句：赞女子之美。语出《诗经·小雅·白驹》："皎皎白驹，在彼空谷。生蒭一束，其人如玉。毋金玉尔音，而有遐心。" ⑤"槃在陆"二句：赞许归隐山林的有道之士。语出《诗经·卫风·考槃》"考槃在涧，硕人之宽"，及"考槃在陆，硕人之轴"。⑥耐司空辱：犹言宜司空辱。 司空：官名，周为六卿之一，汉魏为三公之

一，唐宋时为大臣加官。详下言“旧事”，疑为开禧初谏开边遭奏劾而发。若然，则司空乃借指韩侂胄，以其居宰辅之任，位同汉之三公也。 ⑦乌反哺：语出晋成公绥《乌赋》“雏既壮而能飞兮，乃衔食而反哺”。 ⑧蛇安足：《战国策·齐策》有画蛇添足之寓言，此借喻为多馀无用之意。⑨梓州：州名，故治在今四川三台。

眼儿媚

再和班字韵，谢南叔兄见贻生日①

北风不竞帝师班②，雨足橘槔闲③。且容湖使④，静中藏拙，忙里偷欢。　一枰黑白终何若，未可目前看⑤。自量愚分，不堪世用，只称田官⑥。

[注释]

①《宋史》词人本传言嘉定八年（1215）迁潼川路转运判官，词中有“且容湖使”语，知此词当作于迁潼川运判之后。别本“南叔兄”下有二空格，《四库》本无，依《四库》本。 ②“北风”句：《左传·襄公十八年》载师旷言晋楚事云，“吾骤歌北风，又歌南风，南风不竞，多死声，楚必无功。” ③“雨足”句：橘槔为井上汲水之具，雨足则不用汲水灌田，故云。 ④湖使：指漕运之官。 ⑤“一枰”二句：意出杜甫《秋兴八首》之四“闻道长安似弈棋，百年世事不胜悲”。盖以黑白棋子相攻喻政局犹未可料也。 ⑥田官：掌农事之官。

洞庭春色

生日谢同官　六月八日①

四十之年，头颅如此，岂不自知。正东家尼父，叹无闻日②，邹人孟子，不动心时③。顾我未能真自信，算三十九年浑是非④。随禄仕，便加齐卿相，于我何为。　人间郁蒸难耐，谁借我五万蒲葵⑤。上玉台百尺，天连野树，高楼千里,江射晴晖[⑥]。此意分明谁与会,但时把瑶笙和月吹。吾归矣,有鸿相与和,鹤自由飞。

[注释]

①词人生于淳熙五年(1178),据词中"四十"之语,知此词作于嘉定十一年(1218)。 ②"正东家"二句:《论语·子罕》载孔子(尼父)语云,"四十五十而无闻焉,斯亦不足畏也矣。" ③"邹人"二句:《孟子·公孙丑上》谓公孙丑问孟子,若加齐之卿相,则动心否?孟子答云:"否。我四十不动心。" ④"顾我"二句:意出《淮南子·原道训》"蘧伯玉年五十而知四十九年之非"。 ⑤蒲葵:植物名,叶可制扇。此即指蒲扇。 ⑥"上玉台"四句:此因"郁蒸难耐"而为设想之辞。玉台为高台之美称。"树"、"高"二字别本缺,依《四库》本补。

水调歌头

送赵阆州希异之官[①]

冻雨洗烦浊,烈日霁威光。逸人去作太守,旗志倍精芒。莎外马蹄香湿,柳下旍阴晨润,景气踏苍苍。夹道气成雾[②],我独犯颜行[③]。 对颜行,斟尾酒[④],点头纲[⑤]。请君釂此[⑥],更伴顷刻笑谭香。为问锦屏富贵,孰与熙宁谏议[⑦],千古蔚仪章[⑧]。世道正颓靡,此意倘毋忘。

[注释]

①赵阆州希异:赵希异事迹未详。阆州旧治在今四川阆中县。 ②"夹道"句:谓夹道迎者甚众,致呼气成雾也。 ③颜行:前行士卒。《管子·轻重》:"若此则士争前战,为颜行。"此用为敬辞,借指赵氏。 ④尾酒:酿酒时后出之薄酒,见《丹铅录》。 ⑤头纲:首先运往京城之春茶。见《北苑茶录》。 ⑥釂:饮尽杯中之酒。 ⑦熙宁谏议:疑指赵概于宋神宗熙宁间所上奏议及《谏林》。 ⑧仪章:仪范风采。

洞庭春色

再用初八日韵谢通判运管以下[1]

安石声名[2]，买臣富贵[3]，我不敢知。谩杨舟泛泛，浮湛随水[4]，阊门轨轨，开阖从时[5]。满目浮荣何与我，只赢得一场闲是非。诚知此，问不归何待，不饮胡为。　岩松涧篁易老，应只能、采菽烹葵[6]。看风沙漠漠，未清紫逻[7]。烟云冉冉，时露晴晖。谁唤当年刘越石，为携取胡笳乘月吹[8]。吾无用，但寤言独宿，奋不能飞。

[注释]

①通判：职官名。宋初为限制藩镇权势，于诸州府置通判一员，与知州、知府共理政事。　运管：职官名，为转运使司管勾之省称，掌出纳文移诸事。　②安石：晋谢安字安石，有重名，隐居东山时，朝命屡下皆不出，时人相与言："安石不肯出，将如苍生何？"事见《晋书》本传。　③买臣：汉朱买臣字翁子，吴县人。家贫好学，卖薪自给，不废读诵，后为会稽太守。事见《汉书》本传。　④"漫杨舟"二句：语出《诗经·小雅·菁菁者莪》"泛泛杨舟，载沉载浮"。别本"杨舟"作"扬州"，显误。　⑤"阊门"二句：意出《离骚》"吾令帝阍开关兮，倚阊阖而望予"。阊门为春秋时吴都城门。《吴越春秋·阖闾内传》云："立阊门者以象天门，通阊阖风也。"此以阊门代阊阖，谓朝廷也。　轨轨：车辙众多貌。　⑥采菽烹葵：喻隐居。《诗经·小雅·小宛》："中原有菽，广民采之。"又《豳风·七月》："七月烹葵及菽。"　⑦紫逻：山名，在河南汝阳县东，相传山口为夏禹所凿，导汝水东出。杜甫《送贾阁老出汝州》："宫殿青门隔，云山紫逻深。"　⑧"谁唤"二句：晋刘琨字越石，魏昌（今河北无极）人，历官并州刺史、大将军、都督并冀幽三州诸军事，长年率兵防守西北边境。传说胡骑围晋阳（今山西太原），城中窘迫无计，琨乃乘月登楼清啸，中夜及向晓复吹胡笳，敌军闻之皆思乡流涕，弃围而去。事见《晋书》琨本传。

[集评]

山木云:“此调辞气清刚,声情雅壮,一腔忧愤皆顿挫以出之,特见沉著厚重。其中化用前人事语亦流转自然,无拘牵补缀痕迹。”

鹧鸪天

次韵东叔兄见贻生日

内贵何妨知我希[1],芳荪纽佩石兰衣[2]。不教尘外专云壑[3],准向人间驾使骓[4]。 忧国梦,绕端闱[5]。静言思奋不能飞。时因风雨思畴昔[6],叹两苏公盍不归[7]。

[注释]

①内贵:内心贵重。 ②“芳荪”句:以服饰芳华喻情性高洁,犹《离骚》之“制芰荷以为衣兮,集芙蓉以为裳”也。 ③专云壑:专管云烟山壑,喻隐居。 ④驾使骓:乘坐使者之车,喻出仕。 骓:驾于车侧之马,代指车。 ⑤端闱:即端门,皇宫正南大门。见《史记·吕太后本纪》。 ⑥思畴昔:意出苏轼《辛丑十一月十九日既与子由别于郑州西门之外马上赋诗一篇寄之》“寒灯相对忆畴昔,夜雨何时听萧瑟。君知此意不可忘,慎勿苦爱高官职”。 ⑦两苏公:指苏轼兄弟。

水调歌头

次韵高才卿恭叔见贻生日因以为寿[1]

桃李眩春昼,松柏傲霜时。春妍不必皆是,晚秀未为非。画斧河边瘴雾[2],叱驭关前险阻[3],马竭复人疲。胡不效侪等,趣取好官为。 居之安[4],于胥乐[5],咏而归[6]。毡裘鸩舌成市[7],书史俨相围[8]。月淡秋亭烽影,日静春斋铃索[9],未听杜鹃啼。美酒无深巷,莫道不吾知。

[注释]

①高才卿恭叔:事迹未详。据字,殆亦高稼南叔之兄弟行。 ②"画斧"句:画斧即绣斧。《汉书·武帝纪》言武帝尝遣直指使衣绣衣捧斧至各地巡捕"群盗",后遂以"绣斧"称皇帝特遣巡捕使臣。此用马援事。《后汉书·马援传》言援尝受命征交阯,甚为瘴雾所苦,军吏疫死者十四五。后又征五溪,复为江河湿毒所困,士卒多疫死,援亦中病卒。 ③"叱驭"句:汉王阳为益州刺史,行至邛崃九折坂,因道险而返。及王尊为刺史,行至其地,乃叱驭而过。事见《汉书·王尊传》。 ④居之安:语出《孟子·离娄下》"君子深造之以道,欲其自得之也。自得之,则居之安"。⑤于胥乐:安乐也。语出《诗经·大雅·公刘》"笃公刘,于胥斯原,既庶既繁,既顺迺宣,而无咏叹"。 ⑥咏而归:语出《论语·先进》"浴乎沂,风乎舞雩,咏而归"。 ⑦毡裘:即毛衣,古时游牧民族所服,借指其境土及人民。《战国策·赵策二》:"燕必致毡裘狗马之地。" 鴂舌:形容音特异如鶗鴂。《孟子·滕文公上》:"今也南蛮鴂舌之人,非先王之道。" ⑧书史:指典籍。 ⑨铃索:系铃之索。

小重山

次韵刘左史光祖和三月十八日词见贻生日

开汉江山落手中,满门花粲烂,锦蒙戎①。与人和气乐融融②。应怜我,留滞剑南东③。 风味两文忠④。恍如畴昔夜,一尊同。如今海内几刘公。觇天意⑤,犹在笑颜红。

[注释]

①"开汉"三句:刘邦为汉代开国之君,因而刘姓氏族繁盛,光祖亦其后裔,故以类之。 烂:别本作"阑"。 ②乐融融:语出《左传·隐公元年》郑庄赋诗"大隧之中,其乐也融融"。 ③剑南东:指蜀中剑阁以南偏东之地。 ④两文忠:宋时谥文忠者甚众,此或指欧阳修、苏轼二人而言,以其名望尤高也。 ⑤觇(chān):窥视,观测。

临江仙

次韵李参政壁见贻生日

闲放楼前千里目[①],天边云大如囷。秋风入帽露华新。无端忧国梦,应到守封臣。　旧弼如今都有几,长教燕坐申申[②]。折杨笑面背阳春[③]。忧酲头欲雪,渴梦肺生尘[④]。

[注释]

①"闲放"句:意出王之涣《登鹳鹊楼》诗"欲穷千里目,更上一层楼"。②燕坐申申:语出《论语·述而》"子之燕居,申申如也,夭夭如也"。燕坐:即燕居,闲居之意。申申:舒和貌。③"折杨"句:折杨、阳春皆古曲名,前者俗而后者雅。《庄子·天地》:"大声不入于里耳,《折杨》、《皇荂》,则嗑然而笑。"④"渴梦"句:语出卢仝《访含曦上人》诗"三入寺,曦未来。辘轳无绳井百尺,渴心归去生尘埃"。别本作"浊梦",显误,故改。

水调歌头

贺许侍郎奕得孙

三十作龙首[①],四十珥貂蝉[②]。幡然携取名节,锦绣蜀山川[③]。揽辔扶桑初晓,饮马咸池未旰,来日尽宽闲[④]。兹事亦云足,所乐不存焉。　女垂髫[⑤],儿分鼎[⑥],妇供鲜[⑦]。尊章青鬓未改[⑧],和气玉生烟[⑨]。造物犹嫌缺陷,要启公侯衮衮[⑩],又畀贯嘉贤[⑪]。公更厚封植[⑫],自古有丰年[⑬]。

[注释]

①作龙首:指许氏中进士第一。②珥貂蝉:指许氏官礼部侍郎。汉魏以来,侍中以上高官著金蝉冠,珥貂为饰,故云。③"幡然"二句:

指许氏入蜀为郡守。 幡然：即翻然，忽然。 名节：指郡守之名衔与符节。 ④“揽辔”三句：谓许氏来日方长。语出《离骚》“饮余马于咸池兮，揽余辔乎扶桑”。 咸池：为神话中水名。 扶桑：为神话中木名， ⑤垂髫：古时儿童不束髮，谓之垂髫。陶渊明《桃花源记》：“黄髮垂髫，并怡然自乐。” ⑥分鼎：谓取鼎中之美味以献。 ⑦供鲜：供献鲜美食物。 ⑧尊章：即舅姑。 ⑨玉生烟：《困学纪闻》卷一引司空图语“戴容州叔纶谓诗家之景如蓝田日暖，良玉生烟”。此处借用，喻家人相处融洽。 ⑩公侯衮衮：谓子孙相继为公侯。 ⑪“又畀”句：指许氏得佳孙。 畀(bì)：赐予。贾嘉：汉贾谊之孙，武帝时为郡守，昭帝时为九卿，见《史记·屈原贾生列传》。 《全宋词》注：“又畀贾嘉贤”，一作“更著一灯传”。 ⑫封植：即培植。 ⑬丰年：本《诗经·周颂·丰年》“丰年多黍多稌”。此用以祝其子孙繁茂。

临江仙

杜安人生日

七夕长留河汉女①，重阳又属骚人②。只馀八八号佳辰③。中和无与拟④，捧作一家春⑤。 俗事萦人何日了，随缘女嫁男婚⑥。却将不系自由身⑦，闲中书日月，随处弄儿孙。

[注释]

①“七夕”句：古俗称夏历七月七日夜为七夕，谓天上牛郎织女一年一度于此夕相会，见《荆楚岁时记》。 ②“重阳”句：古俗以夏历九月九日为重阳，文人多于此日相约登高，饮酒赋诗为乐。见《岁时广记》。 ③“只馀”句：古人以夏历八月八日为“致月”，谓此日得阴阳之正平，见《周礼·春官》“致月”《注》。 ④“中和”句：此承上言八八之辰最得中和之气，其他节日皆不能比拟。 ⑤捧作：犹“揉作”。 ⑥随缘：佛家以外物自触为缘，应其缘而动为随缘，即顺其自然之意。语出《北齐书·陆法和传》。 ⑦不系：无拘无束之意。

贺新郎

九日席上呈诸友

旧日重阳日，叹满城、阑风伏雨[①]，寂寥萧瑟。造物翻腾新机杼，不踏诗人陈迹[②]。都扫荡、一天云物。挟客凭高西风外，暮鸢飞、不尽秋空碧。真意思，浩无极。

糕诗酒帽茱萸席[③]。算今朝、无谁不饮，有谁真得[④]。子美不生渊明老[⑤]，千载寥寥佳客。无限事、欲忘还忆。金气高明弓力劲[⑥]，正不堪、回首南山北[⑦]。谁弋雁，问消息[⑧]。

[注释]

①阑风伏雨：语出杜甫《秋雨叹》之二“阑风伏雨秋纷纷，四海八荒同一云”。宋赵子栎《注》：“阑珊之风，沉伏之雨，言其风雨之不已也。”别本“伏”字作“去”，显误，故改。 ②不踏诗人陈迹：即不作重阳风雨。宋潘大临《寄谢无逸书》有“满城风雨近重阳”之句，故云。 ③“糕诗”句：古俗于重阳前一二日以蒸糕相赠（见《东京梦华录》卷八）。又于九日登高饮酒赋诗，佩茱萸以辟恶（见《艺文类聚》卷四）。又晋孟嘉为大将军桓温长史，九日随温游龙山，风吹帽落，嘉都不觉，席间以为笑乐（见陶渊明《孟府君传》），此并用三事。 ④真得：指真得酒中趣。陶渊明《孟府君传》言桓温尝问孟嘉：“酒有何好，而卿嗜之？”嘉笑云：“明公但不得酒中趣耳。” ⑤“子美”句：言诗人难得。子美，杜甫字。渊明，即陶渊明。 ⑥“金气”句：古五行说谓西方属金，其气为秋，金气即秋气。《宋史·赵普传》载普尝言事云，“时涉秋序，边庭早凉，弓劲马肥，我军久困。” ⑦南山北：指祁连山北失陷之地。 ⑧“谁弋雁”二句：《汉书·苏武传》言武使匈奴，匈奴单于迫降不从，乃使牧羊于无人之地。汉廷求武，匈奴诡称武死。后汉使复至匈奴，知武所在，乃诡称汉帝射得一雁，足系帛书，言武在某泽中。单于惊谢，武遂归汉。此用其事以讽朝廷无意恢复中原失地。

[集评]

山木云："上阕言节候，以旧岁满城风雨引出此时一天澄碧，既见笔墨灵动，亦觉光景清新。下阕写情怀，于宾朋欢会中忽及中原失地，词之境界遂高。回视徒夸歌酒者，有虎啸虫吟之别矣。"

阮郎归

送赵监丞□□赴利路提刑[①]

西风吹信趣征鞍[②]，日高鸿雁寒。稻粱啄尽不留残[③]，侬归阿那边。　无倚著[④]，只苍天。将心何处安。长教子骏满人间[⑤]，犹令侬意宽。

[注释]

①监丞：职官名，有国子监丞、司天监丞、将作监丞等等，未详赵所任何职。　利路提刑：利州路提点刑狱公事之省称。　②信：使者，指赵。③"稻粱"句：意出杜甫《同诸公登慈恩寺塔》诗"君看随阳雁，各有稻粱谋"。　④倚著：依托，凭借。　⑤子骏满人间：北宋鲜于侁字子骏，阆州（今四川阆中）人，为官清正，声称甚美。司马光尝曰："安得如侁百辈布列天下乎！"事见《宋史·鲜于侁传》。

阮郎归[①]

送客归来道中再得数语

骊驹未彻客乘鞍[②]，征鞭摇晚寒。雁边酲梦角惊残，关山斜日边。　求道地[③]，托恩天[④]，人情久亦安。转移都在笑颦间，鄙夫应也宽。

[注释]

①阮郎归：别本原作《浣溪沙》，但下按云：按调应是《阮郎归》，因据改。　②"骊驹"句：言客去甚急。　骊驹：《诗》逸篇名，告别之歌，见

《汉书·王式传》。 未彻:未唱罢。"彻"《全宋词》作"撤",误,依《四库》本改。 ③求道地:求人疏通,以解危困。《汉书·田延年传》:"霍将军召问延年,欲为道地。"《注》:"为之开通道路,使有安全之地也。" ④托恩天:托人庇护,以保平安。

浣溪沙[①]

茂叔兄□□生日[②]

云外群鸿逐稻粱,独乘下泽少游乡[③]。赤心片片为人忙。 俗事萦缠何日了,自身活计孰为长[④],闭门书卷圣贤香[⑤]。

[注释]

①浣溪沙:别本原作"同上",但下按云:按此首方是《浣溪沙》,因据改。 ②茂叔:名未详,此其字,或为高载东叔、高崇西叔、高稼南叔及高定子瞻叔之兄弟行。 ③"独乘"句:谓不远出仕宦。《后汉书·马援传》引援弟少游语云:"士生一世,但取衣食足,乘下泽车,御款段马,为郡椽吏,守坟墓,乡里称善人,斯可矣。" ④活计:犹言生活。 ⑤"闭门"句:谓读书可得圣贤芳洁情性。

沁园春

许侍郎奕生日

惠我田畴[①],拯民水火[②],春满蜀东[③]。更山连睥睨,长蛇隐雾[④],江移略约,雌霓横空[⑤]。人卧流苏行席上[⑥],公心事夕阑晨枕中[⑦]。长自苦,算无人识得,只有天公。

天教百般如愿,也应是、天眼惺憁[⑧]。看田间泥饮,门无夜打,水滨庐处,户有朝春。拟上公堂,称兕爵酒,未抵人间春意浓。无可愿,愿城池永与,公寿无穷[⑨]。

[注释]

①惠我田畴：语出《左传·襄公三十年》“我有子弟，子产诲之。我有田畴，子产殖之”。 ②拯民水火：语出《孟子·梁惠王下》“今燕虐其民，王往而征之，民以为拯己于水火之中也”。 ③春满蜀东：谓许奕所在多惠政。奕曾知泸州、遂宁府及潼川府，皆在蜀之东部。 ④“更山连”二句：形容山岭连接城墙，宛若长蛇之隐雾。南朝梁王筠《和卫新渝侯巡城诗》：“罘罳分晓色，睥睨连秋雾。” 睥睨：为城上短墙。 ⑤“江移”二句：形容流星掠过江面，恍如雌霓（副虹）之横空。别本作“红移略约，睢霓横空”，与上二句“山”字失对，显误，故改。又“约”字作“略”，“雌”字作“睢”，亦误，据《四库》本改。“江移略约”下作者自注：“扶握切，流星也。” ⑥人卧流苏：谓世人贪享安乐。 流苏：以彩羽或丝穗为饰之帷帐。 行席上：谓许奕笃行儒道。《礼记·儒行》：“儒有席上之珍以待聘。” ⑦“心事”句：谓许奕志趣淡泊。谢灵运《拟魏太子邺中集诗徐幹序》：“少无宦情，有箕颍之心事，故仕世多素辞。”“夕阑晨枕”疑当作“夕岚晨霭”。 ⑧惺憁：“惺憁，了慧也。”见《广韵》。 ⑨“拟上公堂”六句：意出《诗经·豳风·七月》“跻彼公堂，称彼兕觥，万寿无疆”。

[集评]

山木云：“此作语甚雅健，‘山连睥睨’数句写景尤工，‘田间泥饮’数句叙事亦美，但结意未能免俗耳。”

水调歌头

李参政壁生日

宇宙一大物，掌握付诸人。人心不满方寸，坱圠浩无垠[①]。或者寒蝉自比[②]，不尔秃犀贻笑[③]，龊龊竟何成[④]。胡不引贤者，相与共弥纶[⑤]。　未如何，尝试使，问苍旻[⑥]。四时迭起代谢，有屈岂无伸。昨夜伶伦声里[⑦]，一气排阴直上，阳德与时新[⑧]。道长自今日[⑨]，持此庆生申[⑩]。

[注释]

①"坱圠"(yǎng yà)句:语出贾谊《鹏鸟赋》"大钧播物,坱圠无垠"。"坱圠者,弥漫也"。"圠"字别本作"北",误。 ②寒蝉自比:语出《后汉书·杜密传》"刘胜位为大夫,见礼上宾,而知善不荐,闻恶不言,隐情惜亡,自同寒蝉,此罪人也"。 ③秃犀贻笑:《新唐书·杜佑传》言佑孙悰虽出入将相,而才不周用,且厚自奉养,未尝荐进幽隐,时人讥为秃角犀,谓徒有虚名也。 ④龂龂:拘谨貌。《史记·货殖列传》:"邹鲁滨洙泗,犹有周公遗风,俗好儒,备于礼,故其民龂龂。" ⑤弥纶:弥补,匡济。朱熹《答张敬夫书》:"窃恐未然之间,卒有事变,而名不正,弥纶又疏,无复有著乎处也。" ⑥苍旻:即苍天。诗:"愿君语高风,为余问苍旻。" ⑦伶伦:传说为黄帝时乐官,见《吕氏春秋》。 ⑧阳德:即阳气。《周礼·春官·大宗伯》:"以天产作阴德,以中礼防之;以地产作阳德,以和乐防之。"《注》:"阳德,阳气在人者。" ⑨道长:谓正道日长。 ⑩生申:本为降生申伯(周初名臣)之义,后用为生辰之美称。《诗经·大雅·崧高》:"维岳降神,生甫及申。"

[集评]

山木云:"上阕愤其远谪,既道义凛然。下阕望其复用,亦情意切至。通首雅壮,无一俗笔。"

眼儿媚

刘监丞翊之生日[①]

乃翁表里玉无瑕[②],浑是得天多[③]。一生受用,不完全处,都补填他。　郎君心念和平处[④],似得十分家。天何以报,重重印字,滴滴檐窠[⑤]。

[注释]

①刘翊之:未详其人。 ②乃翁:指刘翊之之父。 ③得天:得天道。《易经·恒·彖传》:"日月得天而能久照,四时变化而能久成。" ④郎君:指刘翊之。 ⑤"重重"二句:谓子肖其父,孙肖其子,如字出于印,水滴于檐。

乌夜啼

西叔兄生日

不肯呈身觅举[①]，那能随俗为官。梅花寒飐书窗月[②]，一味溧阳酸[③]。　　梅里无边春事，书中千古遐观[④]。邻翁不识清闲乐，惊见满堂欢。

[注释]

①觅举：指干谒高官以求荐举。《新唐书·薛登传》："方今举士，已乖其本。明诏方下，固已驱驰府寺之廷，出入王公之第，陈篇希恩，奏记誓报，故俗号举人皆称觅举。觅者，自求也，非彼知之义。"　②飐：风吹动物。　③溧阳：别本作"漂阳"，《四库》本作"溧阳"，意俱难晓。韩愈《荐士诗》有"酸寒溧阳尉，五十几何耄"，殆为孟郊作，可供参考。　④"书中"句：意出陶渊明《赠羊长史》："得知千载外，正赖古人书。"

虞美人

许侍郎奕硕人生日[①]

无端嫁得龙头客[②]，富贵长相迫。云深碧落记骖鸾[③]，又逐东方千骑、到人间。　　妇前百拜儿称寿，季也参行酒。最怜小女太憨生[④]，约住两头娘子、索新声[⑤]。

[注释]

①硕人：宋时贵妇第四等封号，指许奕之妻。　②龙头客：状元之美称，指许奕。　③骖鸾：即乘鸾，乘凤。《列仙传》言秦穆公女弄玉嫁萧史，居凤台，日吹箫作凤鸣，后乘凤凰仙去。借喻许奕夫妇婚后和谐。　④太憨生：即太娇痴。　⑤约住：拦住，缠住。

浪淘沙

刘左史光祖之生正月十日李夫人之生以十九日赋两词寄之

老眼静中看，知我其天。纷纷得失了无关。花柳乾坤春世界，著我中间。　　世念久阑珊[①]，随寓随安。人情犹望衮衣还[②]。我愿时清无一事，尽使公闲。

[注释]

①阑珊：衰落之意。白居易《咏怀》诗："白髪满头归得也，诗情酒兴渐阑珊。"　②衮衣：古时帝王及上公所着绣龙礼服，亦称衮服。《诗经·豳风·九罭》："我覯之子，衮衣绣裳。"

浪淘沙

鹤外倚楼看，云飐晴天。天高鸡犬碍云关[①]。掉臂双仙留不彻[②]，还住人间[③]。　　客珮振珊珊[④]，来贺平安。年年直待卷灯还[⑤]。似是天公偏著意，占破春闲。

[注释]

①鸡犬碍云关：传说淮南王刘安得道，举家升天，鸡犬皆仙。事见汉王充《论衡·道虚》。　②不彻：犹言不从。《诗经·小雅·十月之交》："天命不彻，我不敢效我友自逸。"谓自逸而不从天命也。　③住：《全宋词》作"任"，因形近而误，依《四库》本改。　④珊珊：玉佩之声。　⑤卷灯：即收灯。宋时都市自正月十四夜张灯，至十八夜收灯，一连五夜为灯会，纵士民游观。事见范成大《石湖集》卷二十三《上元纪吴中节物》。

玉楼人[①]

叔母庆七十

儿前捧劝孙扶掖，共庆贺、娘娘七秩[②]。此杯不比寻常，百年间、才是省陌[③]。 眼前彩绣成行立。已应是、天公偏惜。何须胜觅长年[④]，且只消、一百二十。

［注释］

①玉楼人：别本原作《木兰花令》，但下按云：按调此乃《玉楼人》，因据改。 ②七秩：古人计年寿以十岁为一秩，七秩即七十。 ③省陌：古时金钱以百数，足一百者谓之足陌，不足一百者谓之省陌。陌借为百。 ④胜觅：犹多求。 胜：《全宋词》作“剩”。

醉落魄

东叔兄生日

才难如此，一门生许奇男子[①]。长公更是惺惺底[②]。千百年间，一寸心为纸[③]。 人知公在诗书里，天知公在诗书外[④]。人间百顺由公起[⑤]。公把无心，总备人间事[⑥]。

［注释］

①“一门”句：指高氏兄弟多人皆有才名。 ②长公：指东叔。汉张挚、宋苏轼皆字长公，为兄弟排行居长之意，故亦称长兄为长公。 ③心为纸：心在书籍中。 ④“人知”二句：谓东叔非唯学养深，而且情性厚。 ⑤百顺：一切和顺之意。 ⑥无心：指无机心。《庄子·天地》：“机心存于胸中则纯白不备。”

小重山

叔母生日同官载酒用去年词韵

风雨移春醉梦中。忽然吹信息，堕泸戎[①]。青炜风物换朱融[②]。吾归矣，家在月明东。 公等为人忠[③]。年年称母寿，一尊同。恨无佳句可酬公。相期意，滴滴小槽红[④]。

[注释]

①泸戎:即泸州(今四川泸州)。泸为少数民族聚居地,故称“戎”。史传言词人于嘉定十年(1217)迁知泸州,词当作于此时。 ②青炜(huī):即青阳,指春时。《汉书·王莽传》“青炜登平”《注》:“言青阳之气始上升以成万物。” 朱融:即朱明,指夏日。《国语·郑语》“祝融”《注》:“融,明也。”《尔雅·释天》:“夏为朱明。” ③为人忠:语出《论语·学而》:“为人谋而不忠乎?” ④小槽红:指酒。李贺《将进酒》:“小槽酒滴珍珠红。”

临江仙

叔母生日次韵许侍郎奕临江仙为寿

春院绣帘垂罣罭[①],一天风月横陈[②]。慈亲初度纪嘉名[③]。每从歌舞地,犹记杰魁人[④]。 大句忽随乌鹊至[⑤],恍如前岁逢春[⑥]。只祈岁岁及兹辰。天风吹宝唾[⑦],华彩动文星[⑧]。

[注释]

①罣罭(sù):网眼细密貌。李贺《春坊正字剑子歌》:“挼丝团金悬罣罭,神光欲截蓝田玉。” ②横陈:展露也。司马相如《好色赋》:“玉体横陈。” ③初度纪嘉名:语出《离骚》“皇览揆余初度兮,肇锡余以嘉名”。初度即生辰。 ④杰魁人:指许奕。奕曾中进士第一,故云。 ⑤乌鹊:称美许奕之辞。《旧唐书·李元恒传》言恒守润州,有惠政。及去任,吏民遮留,乌鹊亦群飞而拥行车。 ⑥前岁逢春:称美许奕辞句清丽。语出司空图《诗品·自然》“俱道适往,著手成春。如逢花开,如瞻岁新”。⑦宝唾:此亦称美许奕辞句之语。李白《妾薄命》诗:“唾咳落九天,随风生珠玉。” ⑧文星:即文昌星,又称文曲星,旧传主文运之星宿,亦以美称才华杰出之人。

水调歌头

叔母生日同家人劝酒①

涪右金华宅②，上有蔚蓝天。当年玉女何事③，未摆世间缘。要把平夷心事④，散作吉祥种子⑤，春暖玉生烟。回首生处所，更欲与周旋⑥。　　自归来，生处所，已三年。山头白鹤候我⑦，应讶久留连。已作秋风归梦⑧，忽递春风消息，吹我著泸川⑨。安得且归去，绵上饱耕眠⑩。

［注释］

①据词中"忽递春风消息，吹我著泸川"语，知此词亦作于嘉定十年(1217)迁官泸州时。　②涪右金华宅：美称叔母生地。　涪右：涪江（即涪水，内水，源出川北雪栏山，南流至合川入嘉陵江）之北。　金华宅：传说中仙女居处，见《金华玉女丹经》。　③玉女：传说中仙女。　④平夷心事：即和平心性。"平夷"语出班固《东都赋》，原指道路平坦，借指心地和平。　⑤吉祥种子：美称叔母儿孙，佛家传说帝释天之女为吉祥天女（见《最胜王经》），故云。　⑥周旋：应酬，交往。《韩非子·解老》："夫道以与世周旋者，其建生也长，持禄也久。"　⑦"山头"句：四川邛崃县西白鹤山上有鹤山书堂，词人兄弟曾读书于此，故云。　⑧秋风归梦：《晋书·张翰传》言翰在洛阳为大司马东曹椽，见秋风起，思吴中莼羹鲈脍，遂辞官归去。　⑨泸川：即泸水，为四川雅砻江下游及其与金沙江会合后一段江流之名称，此借指泸州。　⑩绵上：绵水（即绵阳河）边上，借指词人家乡。

八声甘州

约程漕使遇孙初筵劝酒①

记幡然、持节下青云②，巴月几成弦③。待竹枝歌彻④，讼棠匝地⑤，扉草连天⑥。却寻当年旧梦，来使蜀东川⑦。人物寥寥甚，禁许回旋⑧。　　愧我推挤不去⑨，尚新官对旧，后任如前。与故人饮酒,月露泻明䴘[10]。叹书生、康时无计[11],谩忧思、时堕酒痕边。且只愿、早休兵甲,长见丰年。

[注释]

①程漕使遇孙:程遇孙字叔达,陵州仁寿(今四川仁寿)人,官至潼川路转运使(即漕使),见《宋元学案》卷七十二。 ②持节下青云:古时皇帝遣使,皆执符节以示信,谓之持节。又以朝廷崇高,故谓朝官出使为下青云。 ③"巴月"句:谓程氏入蜀已数月。 巴:巴山,蜀中名山,代指蜀。 成弦:月半圆。 ④竹枝:蜀中民间曲调名。唐白居易、刘禹锡等皆有《竹枝词》。 ⑤讼棠:旧传周初贤臣召伯循行南国,听讼田间,尝憩止甘棠树下,后人思其德而护其树,并作歌美之。事见《诗经·召南·甘棠》朱熹《集传》释文。 ⑥扉草:未详所出。郑玄教书南山中,庭下草长尺馀,号书带草,或指此类。 ⑦蜀东川:宋潼川路旧治在今四川三台县,属蜀东,故云。 ⑧禁许回旋:犹言怎堪如此迁转折腾。 ⑨推挤:本谓排挤,此用为更替之意。 ⑩明䴘:明涓,皎洁也。 䴘:通"涓"。 ⑪康时:匡时,济时也。 康:通"匡"。

贺新郎

次韵费五十九丈□□题秋山阁[1],有感时事

霞下天垂宇。倚阑干、月华都在,大明生处[2]。扶木元高三千丈[3],不分闲云无数[4]。谩转却、人间朝暮。万古兴亡心一寸,只涓涓、日夜随流注。奈与世,不同趣。 齐封冀甸今何许[5]。百年间,欲招不住,欲推不去。闸断河流障海水,未放游鱼甫甫[6]。叹多少、英雄尘土。挟客凭高西风外,问举头、还见南山否[7]。花烂熳,草蕃庶。

[注释]

①秋山阁:未详所在。 ②大明生处:指东方。大明为日月之代称。《管子·内业》:"鉴于大清,视于大明。"《注》:"(大明)日月也。" ③扶

木:神话中仙木,见《山海经·大荒东经》。 ④不分:不乐之意。杜甫《送路侍御入朝》诗:“不分桃花红似锦,生憎柳絮白于绵。” ⑤齐封:齐封谓齐之封地。太公望吕尚佐周武王率师灭纣,以功封于齐(故都在今山东临淄市),事见《史记·齐太公世家》。 冀甸:谓冀之郊甸。冀,周代国名(故都在今山西河津县东北冀亭),后灭于晋,事见《左传·僖公二年》。 ⑥甫甫:众多貌。 ⑦南山:指祁连山。山北为中原失地。

[集评]

山木云:“起笔高远,甚见壮怀。结末四句复更激昂,且于情中出景,自然深厚。通首沉郁顿挫,堪与稼轩、同甫忧时诸作媲美。”

江城子

次韵西叔兄访王宣干万①

梦随瘦马渡晨烟,月犹弦,稻初眠②。宇宙平宽,著我一人闲。梦破枇杷香满袂,应唤我,驻行鞯。③ 雁声砧杵落晴川。抚流年,叹区缘④。随世功名,未信果谁贤。目断孤云东北角,离复合,断还连。⑤

[注释]

①王宣干万:王万,字万里,蒲江人,历官至知绍兴府。事见《宋元学案》卷八十一。宣干为宣抚使司干办公事之省称。 ②稻初眠:稻初熟也。稻熟则穗重而秆倒伏,故云。 ③作者自注:“王氏之门枇杷花正开。” ④区缘:即尘缘。区,寰区也,尘世也。 ⑤作者自注:“时闻山东河北归附之人方费区处。”

喜迁莺

即席次韵南叔兄同亲友饯王万里万回宣幕①

鬓霜盈握。叹刍牧荒墟,稻粱衰索。落日牛羊,晚云鸿雁，傍地飞空无托。牧人困和雨睡，田父醉连云酌。醉梦未醒，虎嗥川谷，麏惊林薄[2]。　离别。谁不恶[3]。心事同时，都不论离合。眼底时几[4]，鼻端人物[5]，谁辨北征东略。最怜世途局趣[6]，只道书生疏阔。无可赠君，松阴庭院，菊华篱落[7]。

[注释]

①宣幕：宣抚使司幕府之省称。　②麏（jūn）：獐子。　林薄：草木丛杂之处。　③"离别"二句：《世说新语·言语》载谢安谓王羲之云，"中年伤于哀乐，与亲友别，辄作数日恶。"　④眼底时几：指瞬息机遇。《尚书·益稷》："敕天之命，惟时惟几。"陈与义《春日作》："忽有好诗生眼底，安排句法已难寻。"　⑤鼻端人物：指富贵中人。《世说新语·排调》言谢安未仕时，其兄弟已有富贵者。安妻戏谓安："大丈夫不当如是耶？"安捉鼻曰："但恐不免耳。"　⑥局趣：同"局促"，窘迫也。　⑦"无可赠君"三句：意出陶弘景《诏问山中何所有赋诗以答》"山中何所有，岭上多白云。只可自怡悦，不堪持赠君"。

满江红

即席次韵宋权县彝约客[1]

世道何常，都一似、水流云出[2]。叹自古、燕巾滥宝[3]，楚山迷璧[4]。老我如今观变熟，行藏语嘿惟时适[5]。似沧溟、容得乘禽飞，双凫集[6]。　花露晓，松风夕。经味永，山光吸[7]。历岩中考第[8]，案头月日[9]。物欲强时心节制，才资弱处书扶掖。拟棕鞋、桐帽了平生，投簪舄[10]。

[注释]

①宋权县彝：宋彝，事迹不详。　权县：权知县事，即代理知县。　②水流云出：喻事物变化无常。苏轼《与谢民师推官书》称其诗文"大约如行

云流水，初无定质”。 ③燕巾滥宝：喻庸才谬获尊宠。《后汉书·应劭传》“宋愚夫亦宝燕石”《注》引《阙子》云，宋之愚人得燕石而以为大宝，归而藏之，裹以缇巾十袭。 ④楚山迷璧：喻贤才枉遭屈辱。《韩非氏·和氏》言楚人卞和得璞于荆山，献之厉王，以为诈而刖其左足。后又献之武王，复以为诈而刖其右足。及文王立，和抱璞哭于山中，王使玉工剖其璞，果得宝璧。 ⑤行藏：指出仕或退隐。《论语·述而》记孔子谓颜渊云：“用之则行，舍之则藏，唯吾与尔有是夫！” 语嘿：指言论或缄默。南朝陈张正见《白头吟》：“语默妍媸际，沉浮毁誉中。” ⑥乘禽飞，双凫集：意出扬雄《解嘲》“乘雁集不为之多，双凫飞不为之少”。 乘禽：乘和群处之禽，乘亦“双”义，语见《周礼·秋官·掌客》。双凫别为县令故实，“《后汉书·王乔传》言乔为县令，往来不见车骑，但见双凫，举罗张之，乃其履也”。 ⑦“经味永”二句：谓儒家经典意味深长，研玩之如吸取山光，令人怡悦。 ⑧岩中：喻山野隐居。《后汉书·逸民传论》：“旌帛蒲车，相望于岩中矣。” 考第：指官吏考核。《旧唐书·柳冕传》：“元日陈贡棐，集于朝堂，唱其考第，进贤以兴善，简不省以黜恶。” ⑨案头月日：指仕宦生涯。官吏案头常有文书简牍须加料理，故云。 ⑩“拟棕鞋”二句：谓欲辞官归隐。棕鞋桐帽，野人所着。冠簪履舄，官吏服饰。 舄（xì）：鞋。

水调歌头

即席和李潼川壵韵①

清燕卧霜角②，月魄几回哉。一声云雁清叫，推枕赋归来③。流水落花去路④，画象棠阴陈迹⑤，霄观傍楼台。别忆入梅艳⑥，愁色上田莱⑦。 记来时，惊列缺⑧，走吴回⑨。人间都失匕箸⑩，老婢亦惊猜。匹马晓风鞭袖，孤堞暮烟烽柝⑪，挥却挂蛇杯⑫。不负此邦去，笑口也应开⑬。

［注释］

①李潼川壵：李壵，字季允，眉州丹棱（今四川丹棱）人。历官知潼川

府，礼部侍郎，终资政殿学士。与父焘、兄壁俱有才名，蜀人比之三苏。著有《李文肃集》。事迹见《宋史》本传。 ②“清燕”句：安居静处，卧听《霜天晓角》。 ③赋归来：辞官归隐。晋陶渊明为彭泽令，到官八十馀日即自免而去，有《归去来兮辞》。 ④“流水”句：意出秦观《江城子》（南来飞燕北飞鸿）阕“饮散落花流水各西东。后会不知何处是，烟浪远，暮云重”。 ⑤“画象”句：谓李氏有惠政，去后人当思之也。语出《汉书·武帝纪》“朕闻昔在唐虞，画象而民不犯”。 ⑥“别忆”句：意出陆凯《赠范晔》诗“折梅逢驿使，寄与陇头人。江南无所有，聊赠一枝春”。 ⑦田莱：田野草莱。 ⑧列缺：闪电。李白《梦游天姥吟留别》：“列缺霹雳，丘峦崩摧。” ⑨吴回：神话中火神，又名祝融，见《吕氏春秋·孟夏纪》。 ⑩失匕箸：《三国志·蜀先主传》言曹操尝于席间谓刘备，“今天下英雄，惟使君与操耳。”备闻之大惊，失匕箸。 ⑪“孤堞”句：想象李埴赴任途中艰苦。 孤堞(dié)：孤城寒堞。 烽柝：烽烟警柝。 ⑫挂蛇杯：《晋书·乐广传》言广宴客，客见杯中有蛇，归而成病。广闻之，复邀客饮，使知蛇乃弓影，客病即释。 ⑬“笑口”句：变用杜牧《九日齐安登高》诗“人世难逢开口笑”句意。

水调歌头

约李潼川饮，即席赋

昨夜严家集[①]，霜斗飐晴天[②]。乾坤如许空阔，著我两人闲。醉帽三更月影，别袂一帘花气，语隽不知还[③]。二十年间事，肝肺写明蠲[④]。 记相逢，一似昨，两经年。风波闹处，推出心胆至今寒。也为故人饮酒，也念邦人怀旧，姑为驻征鞍。未忍作离语，留待月华圆。

[注释]

①作者自注：“是夕饮于严氏园。” ②霜斗：霜华星斗。 ③语隽：语多理趣，引人入胜。 ④明蠲(juān)：明净高洁。

［集评］

山木云："清雅俊逸，一气流转，兼见真率淳厚，可谓情采并茂。"

水调歌头

贺李潼川埴改知常德府①

更尽一杯酒②，春近武陵源③。源头父老迎笑，人似老癯仙④。检校露桃风叶，问讯渚莎江草，点检旧风烟。世界要人拄，公独卧闲边。　叹从来，分宇宙，有山川。主宾均是寄耳⑤，赢得鬓毛斑。最苦中年相别⑥，更是人才难得，相劝且加餐⑦。归为玉昆说⑧，时寄我平安。

［注释］

①常德府：今湖南常德。　②"更尽"句：语出王维《送元二使安西》"劝君更尽一杯酒，西出阳关无故人"。　③武陵源：陶渊明《桃花源记》言晋太元中，武陵渔者缘溪行，入桃花源，俨然世外乐土，既出复寻，竟不可得。故后世亦称桃花源为武陵源。　④癯仙：清瘦仙人。　⑤主宾：指筵席主人及宾客。　⑥"最苦"句：用谢安事。《世说新语·排调》言谢安未仕时，其兄弟已有富贵者。安妻戏谓安："大丈夫不当如是耶？"安捉鼻曰："但恐不免耳。"　⑦"相劝"句：意出《后汉书·桓荣传》："愿君慎疾加餐，重爱玉体。"　⑧玉昆：尊称他人兄弟语。此指李埴之兄李壁。

水调歌头

刘左史光祖生日庆八十

山岳会元气①，初度首王春②。扶持许大穹壤③，全德付耆英④。二万九千日力⑤，四百八旬甲子⑥，酿此杰魁人。玉剑卧霜斗⑦，金锁掣天扃⑧。　学宗师，人气脉，国精神。不应闲处袖手，试与入经纶⑨。磊落磻溪感遇⑩，迢递彭篯岁月[11]，远到漆园椿[12]。用舍关时运，一片老臣心[13]。

[注释]

①元气：指天地间元始混一之气。《汉书·律历志》："太极元气，函三为一。"即谓天、地、人皆元气所生。 ②王春：本《春秋经》"元年春，王正月"，表示了尊王的大一统观念。"初度"句，是说刘光祖生于正月。 ③穹壤：即天地。 ④耆英：高年英杰。 ⑤日力：一日之力。 ⑥甲子：古人以天干、地支相配纪年，亦以纪日。天干十以甲为首，地支十二以子为首，每循环一周为数六十，称一甲子。 ⑦"玉剑"句：状凌晨候朝情景。玉剑：贵官佩饰。 ⑧"金锁"句：状宫门开启情景。 金锁：宫门铜锁。 ⑨经纶：缫丝时理出丝绪称经，编丝成线称纶，引申为治理国事。 ⑩磻溪感遇：旧传吕尚家贫，年七十馀尚钓于磻溪（渭水支流），周文王见而奇之，用为将。尚感其机遇，尽心为之，为率师灭纣。事见《史记·齐太公世家》。 ⑪彭篯（jiàn）岁月：传说上古有篯铿者，尧封之于彭，称为彭祖，寿八百岁。 ⑫漆园椿：传说战国时庄周曾为漆园吏，故以漆园称之。《庄子·逍遥游》云："上古有大椿者，以八千岁为春，八千岁为秋，此大年也。" ⑬老臣心：语出杜甫《蜀相》诗"三顾频烦天下计，两朝开济老臣心"。

鹧鸪天

十五日同宪使观灯马上得数语①

解后皇华并辔游[2]，追随世好学风流。儿童拍手拦街笑，只是酸寒魏梓州[3]。 千炬烛，数声讴。不知白了几人头。惺憁两眼看来惯，且得人心乐便休[4]。

[注释]

①宪使：提点刑狱公事之尊称。 ②解后：同"邂逅"，不期而遇。皇华：帝王使臣。 ③魏梓州：词人时知梓州（旧治在今四川三台），故以自指。 ④"且得"句：意出《孟子·梁惠王上》"古之人与民偕乐，故能乐也"。 休：好也。

鹧鸪天

六十日再赋

两使星前秉烛游[①]，滔滔车马九河流。耳听宣政升平曲[②]，目断炎兴未复州[③]。　闻鼓吹，强欢讴。被人嗺送作遨头[④]。凭谁为扫妖氛静，却与人间快活休。

[注释]

①两使：指前阕“宪使”与词人自身。　秉烛游：即夜游。李白《春夜宴从弟桃李园序》：“古人秉烛夜游，良有以也。”　②宣政：宣和、政和，皆宋徽宋年号。　③炎兴：建炎、绍兴，皆宋高宗年号。　④嗺（suī）送：劝勉之词。

临江仙

再和四年前遂宁所赋韵[①]

一点阳和浑在里[②]，时来尔许芳妍。春风吹上醉痕边。隽欢欺浅酌[③]，清晤失佳眠。　聊把繁华开笑口，须臾雨送风般[④]。因花识得自家天。炯然长不夜，活处欲生烟。

[注释]

①遂宁：府名，旧治在今四川遂宁。　②阳和：阳春和气。　③隽欢：犹言极欢。　隽：特异也。　④般：同“搬”。

柳梢青

汪提刑杲宜人生日[①]

庄敏传家，文安嫡胄，文惠诸孙[②]。两大相辉，晋秦匹国[③],韩姑盈门[④]。　天风吹下双轩,恰趁得、酴醾牡丹[⑤]。锦绣光中,殿春不老[⑥],阅岁长存[⑦]。

[注释]

①汪提刑杲宜人:据本阕及后阕,知汪杲为汪澈后人,历官提刑、漕使,馀不详。宜人为宋时贵妇第七等封号,指杲妻洪氏。　②"庄敏传家"三句:称美汪杲夫妇出身名门。庄敏为汪澈谥号,澈饶州(今江西上饶)人,字明远,官至参知政事,枢密使。文安为洪遵谥号,遵字景严,番阳(今江西鄱阳)人,官至同知枢密院事。文惠为洪适谥号,适字景伯,官至同中书门下平章事兼枢密使。三人事迹均见《宋史》本传。澈为杲之祖,故云"传家"。遵为杲妻之祖,故云"嫡胄"。适为杲妻伯祖,故云"诸孙"。　③晋秦匹国:喻汪、洪两家结亲。春秋时秦晋两国通婚联盟,故云。　④韩姑盈门:喻汪、洪联姻盛况。春秋时韩侯夫人姓姞氏,称韩姞。《诗经·大雅·韩奕》:"诸娣从之,祁祁如云。韩侯顾之,烂其盈门。蹶父孔武,靡国不到。为韩姞相攸,莫如韩乐。"　⑤"天风"二句:谓汪杲夫妇皆降生于春暖花开之时。　⑥殿春:镇守春光。　⑦阅岁:经历岁月。

蝶恋花

饯汪漕使杲劝酒

可煞潼人真慕顾[①]。接得官时,只道来何暮。岁岁何曾搑得住[②],遂人又见迎将去[③]。　谩自儿曹相尔汝[④]。心事同时,千里元相梧[⑤]。况是棠阴随处处,秋江夜月春空雾[⑥]。

[注释]

①可煞:犹云可是。　潼人:潼川府人。　真慕顾:犹云真仰慕。　②搑(chōng)得住:犹云留得住。　③"遂人"句:谓汪杲即将移官遂宁。　④谩自:犹云徒自。　儿曹:犹云尔曹,指潼人。　相尔汝:亲昵貌。韩愈《听颖师弹琴》:"昵昵儿女语,恩怨相尔汝。"　⑤梧:读去声,对面也。通"晤"。　⑥"况是"二句:称美汪杲之惠爱如月雾之广被。

菩萨蛮

王子振辰应生日同书院诸公各赋一阕[①]

鸣蝉泊雨晴云湿[②]，游龙翦岸涪江碧[③]。气候尔和平，满家浑是春。　公堂虽有酒，不敌公真有。寿宿对魁星[④]，颊红衫鬓青。

［注释］

①王子振：子振为其字，辰应为其名。　②泊雨：泊通"薄"，泊雨即薄雨，微雨也。　③翦岸：翦通"浅"，翦岸即浅岸。　④寿宿：星名，即老人星，古人以为主长寿之星。　魁星：星名，北斗七星之一，古人以为主文运之星。

青玉案

次西叔兄送南叔兄赴钤干见寄韵[①]

中年怕踏长亭路[②]。便自有、离愁苦。一自送君趋幕府，惺憁莺舌[③]，呢喃燕觜[④]，那解春无语。　三年山月移朝暮，独倚松风等闲度。到得除书萦绊住[⑤]，却愁不似，当时皓月，长伴君来去。

［注释］

①赴钤干：指赴潼川府路都钤辖司干办公事任，见《宋史·高稼传》。②"中年"句：古人送客于十里长亭饯别，故云。　③惺憁莺舌：语出元稹《春六十韵》诗"燕巢才点缀，莺舌最惺憁"。　④呢喃燕觜：燕语亲昵。觜，同"嘴"。　⑤"到得"句：意出韦应物《除尚书郎别善福精舍》诗"除书忽到门，冠带始拘束"。旧称朝廷授官诏令为除书。

西江月

即席和书院诸友

早厌人间腐鼠，要希云外飞皇[①]。羲和不肯系朝阳，任向鬓边来往[②]。 出谷声中气味[③]，编蒲册里晶光[④]。至今心胆为渠狂[⑤]，梦倚银潢天上[⑥]。

[注释]

①“早厌”二句：意出李商隐《安定城楼》诗“不知腐鼠成滋味，猜意鹓雏竟未休”。 腐鼠：喻世俗禄位。 飞皇：即鹓雏，凤凰之别名，此喻高洁情志。 ②“羲和”二句：谓岁月不待人。 羲和：神话中日之御者，见《山海经·大荒南经》。 ③出谷：语出《诗经·小雅·伐木》“出自幽谷，迁于乔木”。以喻升迁。 ④编蒲：《汉书·路温舒传》言温舒幼时牧羊，取泽中蒲叶，编以写书。后遂以编蒲喻苦学。 ⑤心胆为渠狂：化用苏轼《江城子·密州出猎》“老夫聊发少年狂”及“酒酣胸胆尚开张”句意。 ⑥银潢：即银河。

水调歌头

虞简州刚简生日[①]

牛酒享宾客，焦烂列前荣。有人先事早计，残突伴孤星[②]。香火家家绘象，鼛鼓村村祠宇，剪不断人情[③]。清唳九皋鹤，唤起梦魂惺[④]。 白蘋洲，芳草渡，玉湖亭[⑤]。画帘挂起箓簌，一卷易同盟[⑥]。携手锦江籧隐[⑦]，觌面墨池玄叟[⑧]，扶杖蜀君平[⑨]。三老輾然笑[⑩]，云散太空清。

[注释]

①虞刚简：虞允文之孙，官至利州路提刑，有治绩，事见《宋史·虞允文传》及《宋元学案》卷七十二。 简州：今四川简阳。 ②“牛酒”四句：

谓虞刚简言事有先见而遭冷遇。传说齐人淳于髡见邻家突（烟囱）直而旁有积薪，虑失火，劝其曲突徙薪，邻家不听。后竟失火，人共救得息，于是杀牛置酒。先言者不为功，而救火者焦头烂额为上客。事见《淮南子·说山训》高诱《注》。 ③"香火"三句：谓虞刚简有善政，州民感念，所在皆绘象立祠，敬事之如神明。 鼛（gāo）鼓：大鼓。 ④"清唳"二句：谓虞刚简议论卓伟，能振聋发聩。《诗经·小雅·鹤鸣》："鹤鸣于九皋，声闻于野。""鹤鸣于九皋，声闻于天。" 惺：清醒。 ⑤"白蘋洲"三句：谓虞刚简公馀放情山水。 ⑥"画帘"二句：谓虞刚简暇日潜心读《易》。 ⑦锦江箍隐：程颐《语录》言蜀中有箍桶者精通易理，就质所疑，酬应如响，问其姓名则不答而去。 ⑧墨池玄叟：《成都古今记》言汉扬雄宅后有墨池，又雄尝草《太玄经》，故以此称之。 ⑨蜀君平：汉严遵字君平，卜筮于成都市中，日得百钱足自养，即闭肆下帘读《老子》。事见《汉书·王吉传》。 ⑩三老：乡官名。《汉书·百官公卿表》："十亭一乡，乡有三老。" 辴（chǎn）然：舒颜笑貌。《庄子·达生》："桓公辴然而笑。"

［集评］

山木云："此调用事颇多，却仍意脉通畅，语气流转，且起笔突兀，结语高远，虽为寿词，亦自不俗。"

临江仙

应提刑懋之生日①

红杏花边曾共赏②，天涯还是相逢。人言契分两重重③。谁知声利外，别有一般同。　　炯炯奇情双亮处④，天光水色相通。磨中旋蚁渺何穷⑤。共扶天事业，此意政须公⑥。

［注释］

①应懋之：据本阕题语及首句，知为了翁同年（庆元五年）进士，历官提刑，馀未详。 ②"红杏"句：唐时长安曲江池西南有杏园，为新进士游宴之地。刘沧《及第后宴曲江》诗："及第新春选胜游，杏园初宴曲江头。"

因亦以观杏喻及第。此言“共赏”，乃同年及第也。 ③“人言”句：谓同年及第，又同地为官，似有多重缘分。 ④奇情双亮：语出陶渊明《读史述·管鲍》“奇情双亮，令名俱完”。 ⑤磨中旋蚁：《晋书·天文志上》言日月运行天地之间，譬如蚁行磨石之上。此处用之，有当如磨蚁运行不止之意，故下云“共扶天事业”也。 ⑥政：通“正”。

[集评]

山木云：“上阕叙交情，既轻声利而重道义。下阕言旧愿，复勉以励志节而济时世，立意甚高，吐辞亦雅。”

临江仙

范遂宁子长生日和所惠词韵报之[1]

千里楼高人与并，个中彻地通天[2]。秋风吹髪半成宣[3]。都将强岁月，空对旧山川[4]。 养就人才端有意，公今三祖差肩[5]。偏轻偏重几番船[6]。要公常把柂，容我老闲边。

[注释]

①范遂宁子长：范子长，字少才，范镇裔孙。华阳（今四川双流）人，历官知泸州（今四川泸州），时知遂宁府（旧治在今四川遂宁）。精于理学，学者称双流先生，事见《宋元学案》卷七十二。 ②彻地通天：谓彻上彻下，贯通理道。朱熹《近思录·存养》：“居处恭，执事敬，与人忠，此是彻上彻下语。” ③宣：髪斑白。 ④“都将”二句：谓子长与己身俱在强壮之年而未得展其抱负，空对旧日山川而兴叹惋。 ⑤三祖差肩：谓子长学理精深，差堪与其祖先范镇、范祖禹（镇之从孙）、范冲（祖禹子）比肩。 ⑥“偏轻偏重”句：以船身左右倾斜喻朝政动荡不安。

临江仙

茂叔兄生日

占断人间闲富贵，长秋应是长春。前山推月上帘旌。缓觞寻旧友，急拍按新声[①]。　时倚晴空看过雁，几州明月关情[②]。知君早已倦青冥[③]。时来那得免[④]，事业一窗萤[⑤]。

[注释]

①“缓觞”二句：别本“寻”字作“焆”，“急”字作“勾”，皆意晦难晓，兹依《四库》本改。　②“时倚”二句：隐用苏轼《水调歌头》（明月几时有）“不应有恨，何事长向别时圆”及“但愿人长久，千里共婵娟”等语意。苏词兼怀其弟子由，茂叔亦有兄弟东叔、西叔、南叔、瞻叔等散在数州为官，故云。　③倦青冥：指厌倦富贵。旧时以作高官为上青云。青冥即青云之意。　④时来那得免：用谢安事。《世说新语·排调》谓谢安未仕时，其兄弟已有富贵者，车服豪华，倾动人物，安妻戏言：“大丈夫不当如是耶？”安捉鼻曰：“但恐不免耳。”语用此事。　⑤“事业”句：谓读书原为做一番事业。《晋书·车胤传》言胤家贫无油，夏夜囊萤照书，后遂称书室为萤窗。

满江红

送西叔兄之官成都

逢著公卿，谁不道、人才难得。须认取、天根一点[①]，几曾休息。未问人间多少士，一门男子头头立[②]。只其间、如许广文君[③]，谁人识。　冠盖会，渔樵席。豪气度，清标格[④]。要安排稳当，讲帷词掖[⑤]。蜀泮堂堂元不恶[⑥]，犹嫌偏恵天西壁。嘱公卿、著眼看乾坤，搜人物。

[注释]

①天根：指天性，天赋。贾谊《新书·等齐》：“人之情不异，面目状貌

同类,贵贱之别,非人天根著于形容也。” ②“一门”句:指西叔兄弟多人皆有美才。 ③如许广文君:指西叔兄弟多人皆有高才。唐郑虔曾为广文馆博士,诗、书、画皆精妙,故云。 ④“冠盖”四句:指西叔及其兄弟无论仕(冠盖会中)、隐(渔樵席上)皆见豪气与清标。 ⑤讲帷:指侍讲、侍读一类官职。 词掖:指翰林学士、知制诰一类官职。讲帷词掖:皆掖垣近臣,位极清贵。 ⑥蜀泮:古称州学为泮宫,时西叔受命为成都学官,故以蜀泮称之。

最高楼

刘左史光祖生日①

天生耆德②,占断四时先③。春院落,锦山川。万家灯市明朱紫④,一庭花艳傍貂蝉⑤。妇承姑,翁抱息⑥,子差肩。 匼匝是、文公开九秩⑦,陆续看、武公逾九十⑧。从九九,到千千。海风谩送天鸡舞⑨,蛰雷未唤蛰龙眠⑩。且从他,歌缓缓,鼓咽咽⑪。

[注释]

①最高楼:别本原作《千秋岁引》,但下按云:按调应是《最高楼》,因据改。 ②耆德:厚德,亦指厚德之人。 ③“占断”句:指光祖生于初春。④朱紫:朱衣紫绶,贵官服饰。 ⑤貂蝉:金蝉珥貂,贵官冠饰。 ⑥抱息:即抱孙。 ⑦“匼匝(kē zā)”句:谓儿孙环绕,花团锦簇,恰似北宋宰相文彦博庆八十生辰景象。 匼匝:周绕貌。 开九秩:始入九十之年。 作者自注:温公作文潞庆八十乐语。 ⑧武公逾九十:《国语·楚语上》言卫武公年逾九十精爽不衰。 ⑨天鸡:神话中仙禽。传说天鸡栖于桃都树上,日出照木,天鸡即鸣,天下鸡皆鸣。见《初学记》卷三十。 ⑩“蛰雷”句:谓时在惊蛰之前,春雷未动,眠龙未醒。 蛰龙:潜眠蛰中之龙,即潜龙。《文言》:“潜龙勿用,阳气潜藏。” ⑪咽咽(yān):有节奏的鼓声。

醉落魄

人日南山约应提刑懋之

无边春色，人情苦向南山觅。村村箫鼓家家笛。祈麦祈蚕[1]，来趁元正七[2]。　翁前子后孙扶掖[3]，商行贾坐农耕织。须知此意无今昔。会得为人，日日是人日。

[注释]

①祈麦祈蚕：会祀谷神蚕神，祈求麦蚕丰收。陆游《春夏之交风日清美欣然有赋》之一："户户祈蚕喧鼓笛，村村乘雨筑陂塘。"　②元正七：元春（初春）正月七日，即人日。　③扶掖：扶持。

南乡子

上元马上口占呈应提刑懋之[1]

连夕雨盈畴，先为农家做麦秋[2]。更放年头晴甲子[3]，知不。应是天公及尔游[4]。　随事与民求[5]，又与随时验乐忧。民气乐时天亦好，休休[6]。为尔簪花插满头[7]。

[注释]

①上元：古俗以农历正月十五日为上元节。　②"连夕"二句：谓春雨足则麦苗盛，可望丰收。　③晴甲子：即晴天。　④天公及尔游：天公与尔农夫交好。　⑤随事与民求：谓事事符合人民需求。　⑥休休：休为美善之意，此重言之，犹云"好！好"！　⑦"为尔"句：化用杜牧《九日齐安登高》诗"尘世难逢开口笑，菊花须插满头归"语意。

水调歌头

过凌云和张太博方①

千古峨眉月，照我别离杯②。故人中岁聚散，脉脉若为怀。醉帽三更风雨，别袂一帘山色，为放笑眉开。握手道旧故，抵掌论人才③。　山中人，灶间婢，亦惊猜。江头新涨催发，欲去重徘徊。世事丝丝满鬓，岁月匆匆上面，渴梦肺生埃④。酒罢听客去，公亦赋归来⑤。

［注释］

①凌云：山名，亦寺名，在嘉州（今四川乐山）城中。　②“千古”二句：隐用李白《峨眉山月歌送蜀僧晏入中京》诗意。　③抵掌：击掌。《战国策·秦策二》：“（苏秦）见说赵王于华屋之下，抵掌而谈，赵王大悦。”④“渴梦”句：语出卢仝《访含曦上人》诗“三入寺，曦未来。辘轳无绳井百尺，渴心归去生尘埃”。别本作“浊梦”，显误，故改。　⑤“酒罢”二句：用陶渊明事。萧统《陶渊明传》言渊明好客，且极真率，客来无论贵贱皆为设酒，若先自醉，便语客：“我醉欲眠，卿可去。”

水调歌头

张太博方送别壁津楼再赋即席和①

舣棹汉嘉口②，更尽渭城杯③。凌云山色，似为行客苦伤怀。横出半天烟雨，锁定一川风景，未放客船开。想见此楼上，阅尽蜀人才。　山猿鹤，江鸥鹭，亦相猜。滔滔日夜东注，全璧几人回④。客亦莞然成笑⑤，多少醉生梦死，转首总成埃。信屈四时耳，寒暑往还来⑥。

［注释］

①壁津楼：楼名，在嘉州城东岷江边。　②舣棹：即泊舟。　汉嘉口：

指嘉州城东岷江渡口。 ③渭城杯：即别离杯。王维《送元二使安西》诗有“渭城朝雨浥轻尘”及“劝君更尽一杯酒”之句，故云。 ④“滔滔”二句：谓自古以来，江流不息，然如蔺相如之能完璧归赵者有几？“滔滔”句用苏轼《念奴娇·赤壁怀古》“大江东去，浪淘尽、千古风流人物”语意。 ⑤莞然：微笑貌。 ⑥“信屈”二句：谓人生老不复壮，死不复生，不及寒暑之往而复来。 信屈：伸屈。“信”通“伸”。

满江红

次韵黄叙州□□①

风引舟来，恰趁得、东楼嘉集。正满眼、轻红重碧②，照筵浮席。更是姓黄人作守，重新墨妙亭遗迹③。对暮天、疏雨话乡情，更筹急④。 嗟世眼，迷朱碧⑤。矜气势，才呼吸⑥。彼蔡章安在⑦，千年黄笔⑧。腐鼠那能鹓凤吓⑨，怒蜩未信冥鹏翼⑩。与使君、酌酒酹兴亡⑪，浇今昔。

[注释]

①叙州：州名，今四川宜宾。 ②轻红重碧：指桌上果酒。杜甫《宴戎州杨使君东楼》诗：“重碧拈春酒，轻红擘荔枝。” ③墨妙亭：亭名，在今四川宜宾市东，亭中藏有北宋名家黄庭坚笔迹。 ④更筹急：因话乡情，宾主欢洽，忽已夜深，故觉更筹（报更鼓柝）太急。 ⑤“嗟世眼”二句：慨世人不辨贤愚美恶。南朝梁王僧孺《夜愁示诸宾》诗：“谁知心眼乱，看朱忽成碧。” ⑥“矜气势”二句：谓矜夸气焰权势者为时短暂，呼吸之间已成乌有。 ⑦蔡：指北宋蔡京笔迹。京始以进书画惑徽宗，因缘窃得政柄，乃结党营私，肆意为恶，尤穷极险毒以排除异己，尝自书元祐党碑遍颁州郡，后终失势，碑既毁弃，京亦贬死。 章：章惇，哲宗时为相，重用蔡京，大反元祐党人。事见《宋史·奸臣传》。 ⑧千年黄笔：指黄庭坚笔迹。 ⑨“腐鼠”句：《庄子·秋水》言鹓雏（凤凰）“非梧桐不止，非练实（竹实）不食，非醴泉不饮”，鸱不知其高洁，犹恐夺己之腐鼠，乃仰视之曰：“吓”。 ⑩“怒蜩（tiáo）”句：《庄子·逍遥游》言鹏之翼“若垂天之云”，鹏之飞“抟扶摇而上者九万里”，而蜩与学鸠笑之，谓不若己之低

飞。 蜩:蝉。 ⑪使君:《全宋词》作“史君”。

水调歌头

次韵黄叙州□□

烟雨敛江色,江水大于杯。篷窗一枕霄梦[①],忽忽到无怀[②]。苦被江头新涨,推起天涯倦客,万里片帆开。收用到我辈,天下岂无才。 路漫漫,行又止,信还猜。渊鱼得失有分,须载月明回[③]。寄语鹤山亲友,若访吾庐花柳,为我扫烟埃。去去党无辱[④],振袂早归来。

[注释]

①霄梦:即宵梦。霄通“宵”。 ②无怀:传说中古帝名。陶渊明《五柳先生传》:“酬觞赋诗,以乐其志,无怀氏之民与?葛天氏之民与?” ③“渊鱼”二句:意谓鱼沉渊下,虽忍饥而无残身之害。若浮水上,则虽得食而有丧生之虞。仕宦亦如之,故终须归隐也。 ④党:通“傥”,或也。《史记·淮阴侯列传》:“吕后欲召(韩信),恐其党不就,乃与萧相国谋。”

霜天晓角[①]

次韵虞夔宪刚简[②], 新作巴绿亭[③]

江横山簇。柏箭森如束。满眼飞蓬撩乱,知几几、未膏沐[④]。 快意忽破竹[⑤]。一奁明翠玉。千古江山只么[⑥],人都道、为君绿。

[注释]

①霜天晓角:别本原作《卜算子》,但下按云,按调此乃《霜天晓角》,因据改。 ②夔宪:夔州路提刑之略称。 ③巴绿亭:亭名,在夔州(今四川奉节)城外长江边。 ④“满眼”二句:语出《诗经·卫风·伯兮》“自伯

之东,首如飞蓬。岂无膏沐,谁适为容”。 ⑤破竹:形容快意之极,吹笛过猛,致笛管破裂。 ⑥只么:犹云只如此。

贺新郎

生日前数日杨仲博约载酒见访即席次韵[1]

风定波纹细。夜无尘、云迷地轴,月流天位。摇曳飞来江山鹤[2],犹作故乡嘹唳[3]。清境里、伴人无睡。应叹余生舟似泛[4],浪涛中、几度身尝试。书有恨,剑无气。
从渠俗耳追繁吹[5]。抚空明、一窗寒簟,对人如砥[6]。梦倚银河天外立,云露惺惺满袂[7]。看多少、人间嬉戏。要话斯心无分付[8],路茫茫、还有亲朋至[9]。应为我,倒罍洗[10]。

[注释]

①杨仲博约:杨约,字仲博,据词中“故乡”、“亲朋”等语,知为词人同乡亲友,馀事未详。 ②摇曳:轻摇貌。“曳”字别本作“裔”,依《四库》本改。 ③嘹唳:形容声音凄厉。谢朓《从戎曲》:“嘹唳清笳转,萧条边马烦。” ④舟似泛:语出《庄子·列御寇》“泛若不系之舟,虚而遨游者也”。 ⑤繁吹:繁杂乐声。韩愈《幽怀》诗:“凝妆耀洲渚,繁吹荡人心。” ⑥如砥:指竹簟如磨石之冷而滑。 ⑦惺惺:清醒貌。言分明记得梦中情景。 ⑧无分付:犹云无可发抒。许棐《夜泊长河》诗:“满怀风月无分付,却借邻翁短笛吹。” ⑨“路茫茫”句:意出《论语·学而》“有朋自远方来,不亦乐乎”。 ⑩倒罍洗:倾倒杯盏。 洗:酒具。

卜算子

李季允辜约登鄂州南楼即席次韵[1]

携月上南楼,月已穿云去。莫照峨眉最上峰,同在峰前住[2]。 东望极青齐[3],西顾穷商许[4]。酒到忧边总未知，犹认胡床处[⑤]。

[注释]

①鄂州南楼：鄂州，州名，旧治在今湖北鄂城。城南有南楼，为著名古迹，又名玩月楼。②“莫照”二句：峨眉为蜀中名山，词人与李埴皆蜀人，故云“同在峰前住”。言“莫照”者，恐引动乡愁也。③青齐：青州（旧治在今山东益都）与齐州（旧治在今山东历城）。④商许：商州（旧治在今河南商丘）与许州（旧治在今河南许昌）。⑤胡床：指庾亮坐榻。《世说新语·容止》言晋太尉庾亮在武昌，秋夜登南楼，据胡床，与殷浩诸人咏谑。

[集评]

山木云：“此调造语雅丽，用事精切，兼见洗炼自然之美，为小令中本色当行之作。”

卜算子

李季允埴同总漕载酒□湖相送即席再和[①]

能得几时留，王事催人去[②]。翠荡涵空酒满船，苦要留人住。　身世两悠悠，飘泊知何许。但得心亲志合时[③]，都是相逢处。

[注释]

①总漕：总领漕事，即转运使。②王事：为君王服役之事。《诗经·小雅·北山》：“或栖迟偃仰，或王事鞅掌。”③心亲：情意相亲。杜甫《寄李十二白二十韵》：“乞归优诏许，遇我宿心亲。”

卜算子

李季允曾为白芙蕖赋《卜算子》[①]。至是久旱得雨，借前韵有赋

风雨满空霏，总得江山妙。洗出湖光镜似明，不受纤尘涴[②]。　心事竟堪凭，天意真难料。呼吸丰年顷刻间[③]，也合轩渠笑[④]。

[注释]

①白芙蕖：即白荷花。　②涴：污染也。　③呼吸：瞬间。　④轩渠：朗爽笑貌。《后汉书·古术传·蓟子训》："儿识父母，轩渠笑悦，欲往就之。"

水调歌头

次韵西叔詹叔兄嘉甫弟惠生日□词

昨梦鹤山去，风景逐时新。藕花拍满栏槛，松竹被池频[①]。尽日兄酥弟酪，触处言鲭义牒，相对只翁卿[②]。梦觉帝乡远，有酒为谁倾。　忽飞来，天外句[③]，梦中人[④]。便思归扫岩岫，横竹挂朝绅[⑤]。坐看九衢车马，鞭策长安日月，檐阁太玄经[⑥]。只说来时节，金气已高明。

[注释]

①被池频：（松竹）长满水边。　频：通"濒"，水边。　②"尽日"三句：谓梦中众多兄弟相聚，处处欢声笑语，人人情深义重，宛如饮酥酪（乳制精美食物）而食鲭牒（鲭鱼与肉片），醒来则唯翁卿一人相对而已。"相对"句与下"梦觉"句倒置。　翁卿：作者自注："高魏山弟。"　③天外句：奇妙之句，指西叔诸人惠词。唐李中《冬日书怀寄惟真大师》："诗成天外句，棋覆夜中围。"　④梦中人：梦中所见之人。晏几道《鹧鸪天》（彩袖殷勤捧玉钟）："今宵剩把银缸照，犹恐相逢是梦中。"　⑤"便思"二句：别本

原作“自怜何事,强把麋鹿裹朝绅”,但下注云,“一作‘便思归扫岩岫,横竹挂朝绅。’”此注所录辞意殊胜,因据以易之。

木兰花慢

孙靖州应龙生日[①] 八月八日

恰秋光四十[②],箕斗外[③],月初弦。笑浅濑平芜,寒城小市,掌许山川。半生梦魂不到,与君侯、岁岁此周旋。鞍马空销髀肉[④],兜牟未换貂蝉[⑤]。 人生天地两仪间,须住百馀年。数重卦三三[⑥],后天八八[⑦],来日千千。面前路头尽阔,放规模、运量十分宽[⑧]。官职终还分定,儿孙也靠心传[⑨]。

[注释]

①孙靖州应龙:靖州,宋徽宗时新建州名,旧治在今湖南靖县。孙应龙,时为知州,馀未详。 ②恰秋光四十:指孙氏年方四十。 ③箕斗:二星宿名,又称南箕北斗。 ④“鞍马”句:旧传刘备平生不离鞍马,髀肉皆销。后兵败依刘表,久不复骑,髀肉复生,乃慨然泫涕,自悲功业未建而老将至。事见《三国志·蜀书·蜀先主传》裴《注》。 ⑤兜牟:亦作兜鍪、兜鍪,古时战士头盔。 ⑥重卦三三:《周易》以乾坤震兑离巽坎艮八卦相重,演为六十四卦,是谓重卦。三三为九,卦九为“小畜”。《象传》释云:“风行天上,小畜。君子以懿文德。”此借以称美孙氏德才高尚。 ⑦后天八八:古人以胎在母腹为先天,既出为后天。八八为六十四,《周易》卦六十四为“未济”。《序卦》云:“物不可穷也,故受之以未济终焉。”此借以称美孙氏前程无限。 ⑧规模:指事业。 运量:指襟抱。《庄子·知北游》:“运量万物而不匮。” ⑨心传:以心得相传授。朱熹《四书集注·中庸》叙:“此篇乃孔门传授心法。”

[集评]

山木云:“用《周易》卦事入词,既费解,亦寡味,殊不足取。”

水调歌头

又孙靖州应龙生日

九十九峰下，百二十年州[①]。西风吹起客梦，月满驿南楼。影入天河左界[②]，辰在寿星向上[③]，还是去年秋。要和木兰曲[④]，载酒寿君侯。　天边信[⑤]，云外步[⑥]，去难留[⑦]。寿觞庭院依旧，已带别离愁。离合钟情未免，行止关人何事，浪白世间头。将相时来作，身健百无忧。

[注释]

①"九十九峰下"二句：靖州在群山之中，又始建于宋徽宗崇宁初，至词人谪居其地时约历百二十年，故云。参见《宋史·地理志四》及词人本传。　②"影入"句：日影落入银河南面。　③"辰在"句：北极星见于老人星上方。　④木兰曲：指孙氏所作调名中有"木兰"字样之歌词。　⑤天边信：指朝廷诏命。　⑥云外步：指升迁高位。　⑦去难留：指任满将去。

水调歌头

范靖州良辅生日[①]　十月二十□日

犹记端门外，鞭袖五更寒[②]。一声天上钟析，金锁掣重关[③]。君向紫宸上阁[④]。我侍玉皇香案[⑤]，都号舍人班[⑥]。梦觉帝乡远，相对两苍颜。　玉围腰，金系肘，绣笼鞲[⑦]。乡人衮衮严近[⑧]，五马度荆山[⑨]。收拾五湖气度[⑩]，卷束蟠胸兵甲[⑪]，春意满人间。天锡公纯嘏[⑫]，气象自平宽。

[注释]

①范靖州良辅：范良辅，时继孙应龙知靖州，馀未详。　②"犹记"二句：追叙同在朝廷为官时事。　端门：宫殿正南大门，旧时朝官于拂晓

前乘马至门外等候入宫朝见皇帝，故云。 ③“一声”二句：谓一闻宫中报晓钟柝之声，重重宫门即次第开启。 ④紫宸上阁：紫宸殿前高阁。宋时朝官有“阁门宣赞舍人”之职，范必曾居此官，故云。 ⑤“我侍”句：玉皇香案，皇帝座前香案。词人曾官“起居舍人”，立侍皇帝座前，故云。 ⑥舍人班：旧时群臣朝见皇帝，皆按官职分班侍立，舍人班即同官舍人之朝班。 ⑦“玉围腰”三句：形容范氏服饰尊贵，即腰围玉带，肘系金印，鞍笼锦绣。 ⑧“乡人”句：谓地方父老皆尊敬亲近。 衮衮：相继不绝貌。 严：敬也。近：亲也。 ⑨五马：州郡长官车驾，见《汉官仪》。 荆山：荆湖北路境内山名（在今湖北漳县之西）。范自临安（今杭州）受命赴靖州，必经湖北地域，故云。 ⑩五湖气度：指高世之襟怀。《吴越春秋》言范蠡为越王勾践画策灭吴，功成即弃官浮五湖而去。 ⑪蟠胸兵甲：喻过人韬略。 ⑫纯嘏：犹云厚福。《诗经·小雅·宾之初筵》：“锡尔纯嘏，子孙其湛。”

鹧鸪天

靖州江通判埙生日①

日上牛头度岁辰②，黄钟吹龠煦乾坤③。弦歌堂上三称寿④，风月亭前又见君。 人似旧，景长新。明朝六桂侍双椿⑤。蛮邦父老惊曾见⑥，得似君家别有春。

[注释]

①江埙：时官靖州通判，馀未详。 ②牛头：山名，多处有之，皆以形似牛头而称之，此当指在靖州者。 ③“黄钟”句：古人谓乐声与时气相感应，故有按律候气之事，谓黄钟律应则春气始生。 龠（yuè）：古管乐器，似笛而短小。 煦：温暖也。 ④弦歌：《论语·阳货》云“子之武城，闻弦歌之声”，朱熹《集注》：“时子游为武城宰，以礼乐为教，故邑人皆弦歌也。”后遂以“弦歌”称美地方官吏。 ⑤六桂侍双椿：五代后周窦禹钧五子皆登科第，冯道有《赠窦十》诗“灵椿一株老，丹桂五枝芳”。此借用其语意，祝江氏诸子成才，夫妇长寿。 ⑥蛮邦：靖州地僻，且多苗民，故当时以此称之。

满江红

和虞婿惠生日[①]

月上南箕，还认得、去年星历。知谁把、一天星象，荡摩朝昔[②]。若使平生浑自弃[③]，如今老大何嗟及[④]。更年来、偏得钝工夫，蹉跎力[⑤]。　溪瘴碍，蛮烟隔。穹壤断，江山窄[⑥]。纵燕巾滥宝，楚山囚玉。小小穷通都未问[⑦]，忍闻同气相煎急[⑧]。诵虞郎、百字短长诗[⑨]，忧何极。

[注释]

①虞婿：未详其人。殆其女夫。　惠：赠。指寿词。　②荡摩朝昔：即迁移朝夕。　昔：通“夕”。　③自弃：自甘堕落。　④老大何嗟及：语出乐府古辞《长歌行》“少壮不努力，老大徒伤悲”。　⑤“更年来”二句：此愤激之语。词人以刚直敢言而遭贬斥，谪居荒远之地，无所施其抱负，因而韬光养晦，聊以自安，故云。　⑥“溪瘴碍”四句：极言靖州气候恶劣，地势险狭。　⑦穷通都未问：意出《庄子·让王》“古之得道者，穷亦乐，通亦乐，所乐非穷通也”。　⑧同气相煎急：《世说新语·文学》言曹丕尝令其弟植于七步中作诗，不成者行大法。植应声便为诗曰：“煮豆燃豆萁，漉菽以为汁。其在釜下燃，豆在釜中泣。本是同根生，相煎何太急。”后遂以之喻兄弟相逼。　⑨百字短长诗：指虞氏所作同调词。

鹧鸪天

范靖州良辅生日　十月二十一日。二十三日交十一月节

谁把璿玑运化工[①]，参旗又挂玉梅东[②]。三三律琯声馀亥[③]，九九玄经卦起中[④]。　新岁月，旧游从。一觞还似去年冬。人间事会无终极，分付翘关老令公[⑤]。

[注释]

①“谁把”句:即谁操四时变化之权力。 璿玑(xuán jī):古天体观测器。 化工:天地造化之力。 ②参旗:星座名,即猎户座七亮星,以排列如旗形,故称参旗。 ③三三律琯:为九寸定音玉管,即黄钟律,见《礼记·月令》“律中黄钟”《注》。 声馀亥:指律声与仲冬之气相应。旧时以十二地支分属十二月令,亥属十二月,馀亥为十一月,即题文所云“交十一月节”。 ④“九九”句:旧俗以冬至为入九,自翌日起数八十一日曰九九,谓九九足则春暖寒消。《太玄经》云:“陈其九九,以为数生。”又以冬至为中至,故曰“卦起中”。 ⑤分付:交付也。 翘关:唐武举科目,略如今之举重。 老令公:唐名将郭子仪累官至中书令,故尊称令公。 作者自注:“郭令公以武举翘关负米科。”

菩萨蛮

江通判埙生日

东窗五老峰前月,南窗九叠坡前雪。推出侍郎山,著君窗户间[①]。 离骚乡里住[②],恰记庚寅度[③]。挹取芷兰芳[④],酌君千岁觞。

[注释]

①“东窗”四句:形容江氏居室环境清幽。五老峰、九叠坡及侍郎山当在靖州。 ②“离骚”句:屈原曾放逐于沅湘间,作《离骚》以抒愤,靖州亦沅湘间地,故云。 ③“恰记”句:本《离骚》“惟庚寅吾以降”。江氏或亦生于庚寅,故有此语。 ④芷兰芬:指芳洁如芷兰之美酒。

木兰花慢[①]

绵州表兄生日绍定壬辰五月[②]

被东风吹送,都看尽、蜀山川[③]。向涪水西来,东山右去,剑阁南旋[④]。家家露餐风宿[⑤],数旬间、浑不见炊烟。

踏遍王孙草畔，眼明帝子城边[⑥]。　万家赤子日高眠[⑦]，丝管夜喧阗[⑧]。自梓遂而东[⑨]，岷峨向里[⑩]，汉益从前[⑪]。人人里歌涂咏，愿君侯、长与作蕃宣[⑫]。我愿时清无事，早归相伴华颠[⑬]。

［注释］

①木兰花慢：别本原作“念奴娇”，但词后注云：按调此首乃《木兰花慢》，因据改。　②绵州表兄：即高定子，时知绵州（今四川绵阳）。事见《宋史》本传。据题注，知此词作于宋理宗绍定五年（1232）。　③蜀山川：《全宋词》作“蜀三川”，依《四库》本改。　④“向涪水”三句：略述绵州地理方位。涪水即涪江。东山在德阳县东。剑阁指大小剑山间栈道。⑤露餐风宿：状行程艰苦。苏轼《游山呈通判承议写寄参寥师》：“遇胜即徜徉，风餐兼露宿。”　⑥帝子：帝子城，指成都。帝，指望帝，蜀王也。⑦赤子：本指婴儿，借指百姓。　⑧丝管夜喧阗（tián）：意出杜甫《赠花卿》诗“锦城丝管日纷纷，半入江风半入云”。　阗：充满。　⑨梓遂：梓州（旧治在今四川梓潼）与遂州（旧治在今四川遂宁）。　⑩岷峨：岷山（在四川松潘县北，绵延川、甘边境）与峨眉山（在四川峨眉县西南）。　⑪汉益：汉州（旧治在今四川德阳）与益州（今四川成都）。　⑫蕃宣：语出《诗经·大雅·崧高》“四国于蕃，四方于宣”。蕃指屏障境土，宣指宣扬教化。　⑬华颠：即暮年之意。　华：鬓斑白。　颠：头顶。

贺新郎

荣州表兄生日[①]

幸有天遮蔽。为西南、空虚一面，挺生男子[②]。塞下将军支颐卧，夜半揽衣推起，扫十万、胡人如洗[③]。见说巴山稍马退，也都因、粮运如流水[④]。剑以北，一人耳[⑤]。
十年梦断斜阳外。恰归来、菖蒲蘸酒，祝兄千岁[⑥]。入从出藩谁不是[⑦]，谁是难兄难弟[⑧]。正乐意、融融未已[⑨]。莫趣东方千骑去，愿时平、华皓长相对[⑩]。闲富贵，只如此。

[注释]

①荣州表兄:即高稼,时知荣州。事见《宋史》本传。 ②“幸有”三句:意出《诗经·大雅·崧高》“维岳降神,生甫及申”。时元兵入侵西南,守将多庸懦,稼独率众坚守,屡立战功,故云。 ③“塞下”三句:指高稼忧劳国事,且善用兵。 支颐卧:以手托颊而坐睡。 揽衣推起:披衣推枕而起。 ④“见说”二句:元兵入侵巴山,稼时知洋州(旧治在陕西省洋县),既督军拒抗,又自任饷给,故云。事见《宋史·高稼传》。 稍(shuò):同“槊”,古代兵器。 ⑤“剑以北”二句:谓当时剑阁以北抗击元兵最力者惟稼一人。《宋史·高稼传》:“当是时,文臣之在军中者惟稼一人。” ⑥“恰归来”二句:高稼生辰在端午后一日,故云。 菖蒲蘸酒:用菖蒲浸酒。《荆楚岁时记》:“端午节以菖蒲一寸九节者泛酒以辟瘟气。” ⑦入从出藩:入为侍从之官,出为藩镇之官。 ⑧难兄难弟:谓兄弟皆佳,难分高下。《世说新语·德行》载陈寔评陈纪(元方)、陈谌(季方)兄弟云:“元方难为兄,季方难为弟。” ⑨“正乐意”句:语出《左传·隐公元年》:“其乐也融融。” ⑩华皓:华髮皓首。

水调歌头

高嘉定生日和所惠韵①

高氏八千石②,驺哄溢街坊③。庸夫俗子,夸道锦绣裹家乡。谁识书生心事,各要济时行己④,肯顾利名场。用我吾所欲,不用亦何伤。 汉嘉守⑤,凡阅历,几麾幢⑥。便教入从出节⑦,都是分之常。但愿国安人寿,更只专城也好⑧,不用较强梁⑨。准拟耆英会⑩,倚杖看人忙。

[注释]

①高嘉定:高稼诸弟之一,字泰叔,历官知嘉州。 ②“高氏”句:汉九卿、郎将及郡守秩禄皆二千石(指禄米数,十斗为石),遂以二千石称其职位。高氏兄弟中稼、崇、定子及嘉定四人皆历官知州,故称八千石。 ③驺哄:旧时为官员开道引马之随从。 ④济时:指匡济时世。《国语·周

语》："宽所以保本也，肃所以济时也。" 行己：谓自处其身。 ⑤汉嘉：即嘉州，今四川乐山市。因境近汉时汉嘉旧县，故别有此称。 ⑥麾幢：旧时郡守以上官员仪仗。 ⑦入从出节：入为侍从，出为节镇。 ⑧专城：旧时谓郡守专城而居，故即以指代其职位。 ⑨强梁：本义为强横。《庄子·应帝王》："有人于此，向疾强梁。"此用为强弱之意。 ⑩耆英会：北宋文彦博留守西京，聚洛阳士大夫年高者十二人于富弼宅宴饮赋诗，时人称为"洛阳耆英会"。事见《淄水燕谈录》卷四。

水调歌头

送蒋成父公顺①

风雪锢迁客②，闭户紧蒙头③。一声门外剥啄④，客有从予游。直自离骚国里，行到林间屋畔，万里入双眸⑤。世态随炎去，此意澹于秋。 感毕逋⑥，怀秸鞠⑦，咏夫不⑧。寻师学道虽乐，吾母有离忧⑨。岁晚巫云峡雨⑩，春日楚烟湘月⑪，诗思满归舟。来日重过我，应记火西流⑫。

［注释］

①蒋成父：蒋公顺，字成父，清湘（今广西全县）人。精研理学，从了翁游七年，官黔南（今四川黔江）尉。事见《宋元学案》卷八十。 ②迁客：贬谪远方之人。 ③蒙头：引被覆面而卧。 ④剥啄：叩门声。 ⑤"直自"三句：《宋史》词人本传言其谪居靖州时，士"不远千里负书从学"，成父从游必始于此时，后复职知泸州，成父必又从至其地，故云。 行到林间：作者自注："鹤山人，子云师。" ⑥毕逋：乌尾摇动貌，亦代指乌。顾况《乌夜啼》："毕逋拨刺月衔城，八九雏飞其母惊。" ⑦秸鞠：鸤鸠之别名。《诗经·曹风·鸤鸠》："鸤鸠在桑，其子七兮。"朱熹《集传》云："鸤鸠，秸鞠也，亦名戴胜，今之布谷也。饲子朝从上下，暮从下上，平均一也。" ⑧夫不：即布谷鸟。 作者自注："雏也，兴不遑将父母。" ⑨"寻师"二句：作者自注，"韩退之云：欧阳詹捨父母之养以来京师，虽有离忧，其志乐也。此语有碍，今反之。" ⑩巫云峡雨：指成父归途将下巫峡。 ⑪楚烟湘月：指成父归途将过湘川。 ⑫火西流：指送别成父时在七月。

《诗经·豳风·七月》:“七月流火,九月授衣。”

[集评]

山木云:“此作首叙成父始来从游情景,次述成父辗转从游经历,复下‘世态’二语概其清操,皆为后来惜别铺垫。换头极写成父思亲之心,更反用韩愈送欧阳詹语以褒扬之。‘岁晚’二句即因其将归而拟想途中逸兴。歇拍乃承势托出惜别之意。通篇章法细密而文理自然,且于真率淳厚之中兼见风流蕴藉之致。”

摸鱼儿

高嘉定生日泰叔

记年时、三星明处[①],尊前携手相语。家山幸有瓜和芋,何苦投身官府。谁知道,尚随逐风华,为蜀分南土[②]。依前廉取[③],便卷却旌麾[④],提将绣斧[⑤],天口笑应许[⑥]。　逢初度,从头要为君数,怕君惊落前箸。天东扶木三千丈,不照关河烟雨。谁砥柱[⑦],想造物生才,肯恁无分付[⑧]。九州风露,待公等归来,为清天步[⑨],容我赋归去。

[注释]

①年时:犹云当年。　三星:指参宿三星。《诗经·唐风·绸缪》:“绸缪束薪,三星在天。”　②为蜀分南土:指为蜀南一州长吏。　③廉取:不苟取。　④卷却旌麾:指卸去郡守官职。　旌麾:郡守仪仗。　⑤提将绣斧:指升迁执法大吏。绣斧即“绣衣持斧”,见《汉书·武帝纪》。　⑥天口:君口之尊称。　⑦砥柱:山名,在河南三门峡近处黄河中,因其屹立中流,遂以喻支撑危局之英杰。　⑧分付:犹云交付,安排。苏轼《洞仙歌·江南腊尽》:“早梅花开后,分付新春与垂柳。”　⑨天步:指时运。

水调歌头

上巳和黄成之韵[1]

尚记春归日，锦绣裹江城。谁推日驭西去[2]，水认故乡痕。鱼鸟自飞自跃，红紫谁开谁落，天运渺无声[3]。四序镇如此，当当复亭亭[4]。　　是何年，修禊事，畅幽情[5]。竞传元巳天气，别是一般清。便引郑郊溱洧[6]，不道孔门沂泗[7]，大道掌如平[8]。待挽迷津者[9]，都向此中行。

［注释］

①上巳：古俗以三月上旬巳日为上巳，亦称元巳，士女皆于此日出游。黄成之事迹未详。　②日驭：即日御。《广雅》："日御谓之羲和。"　③天运：指天体运行。　④"四序"二句：谓四时更替长消井然有序。　⑤"是何年"三句：古俗于上巳节相邀至水边嬉游采兰，谓可辟恶，称为修禊，晋王羲之曾于永和九年（353）集亲友于会稽山阴（今浙江绍兴）之兰亭为修禊事，并作《兰亭集序》云："虽无丝竹管弦之乐，一觞一咏，亦足以畅叙幽情。"　⑥郑郊溱洧：《诗经·郑风·溱洧》叙士女春游之乐，旧儒谓为淫诗。溱、洧皆郑郊水名。　⑦孔门沂泗：沂、泗二水皆流经孔子故乡曲阜。孔子曾于此地教授生徒，故以之代指儒学。　⑧"大道"句：谓儒道平坦如掌。　⑨迷津者：即迷路者，指背离儒道之人。

唐多令

中　秋

轻露濯秋风，新楼插太空。更遭逢、解事天公[1]。为唤羲和驱六马，将杲日、挂帘栊[2]。　　日影正沉红，须臾月在东。百万家、乐意融融。民意乐时天亦好，聊与众、一尊同[3]。

[注释]

①解事:通晓事理,善知人意。 ②杲日:犹言旭日。《说文》:“杲,明也。” ③“民意”二句:谓天随人意,宜与民同乐。

唐多令

别吴毅夫、赵仲权、史敏叔、朱择善[①]

朔雪上征衣,春风送客归。万杨华、数点榴枝。春事无多天不管,教烂熳、任离披[②]。 开谢本同机[③],荣枯自一时。算天公、不遣春知。但得溶溶生意在,随冷暖、镇芳菲[④]。

[注释]

①吴、赵、史、朱:吴潜,字毅夫,宣州宁国(今安徽宣城县)人,官至左丞相,《宋史》有传。赵、史、朱三人事迹未详。 ②任离披:任其枝叶纷披。别本“任”作“住”,语意难通,依《四库》本改。 ③同机:同一机理(指出于自然)。《庄子·至乐》:“万物皆出于机,皆入于机。” ④“但得”二句:谓但使心中长有生气,则随时皆有佳境。

[集评]

山木云:“上阕写春残景象,已隐含惜别之情。下阕即眼前物色生发,既寓慰勉,亦见旷达。构思颇密,造语亦新。”

水调歌头

江东漕使兄高瞻叔生日 端平丙申五月[①]

堪怪两外府[②],使传载朝缨[③]。虽云身在江表,都号汉公卿。莫是才堪世用,莫是有人吹送[④],中外尔联荣。天运自消息[⑤],龙蠖不关情[⑥]。 更寻思,谁得失,孰亏成。

潜鱼要向深渺，犹恐太分明。且愿时清无事，长把书生阁束[⑦]，归践对床盟[⑧]。强似抗尘俗，岁岁上陪京[⑨]。

[注释]

①江东漕使兄：瞻叔时官江南东路转运判官，故以此称之。据题下自注，知此词作于宋理宗端平三年（1236）。 ②两外府：指瞻叔及其兄南叔（时官利州路提刑）。 ③使传：使者所乘驿道车马。 朝缨：朝官冠缨。 ④吹送：荐引之意。 ⑤消息：即消长。 ⑥"龙蠖"句：谓得失不关于心。 龙：传说为可乘云雨而飞腾变化之灵物，故以喻得志。 蠖（huò）：即尺蠖，蠕行时屈伸其体，故以喻失意。 ⑦阁束：弃置不用之意。晋庾翼颇轻殷浩诸人，尝言："此辈宜束之高阁，俟天下清定，然后议其所任耳。"事见《世说新语·豪爽》刘孝标《注》。 ⑧对床盟：对床而眠之盟约。苏轼《东府雨中别子由》诗："对床定悠悠，夜雨空萧瑟。" ⑨陪京：指南宋都城临安（今浙江杭州）。宋都本在汴京（今河南开封），故称临安为陪京。

水调歌头

建康留守陈尚书韡生日[①]

天地一大物，扶植要人才。人才谁是，不肯随俗强追陪。与我言兮我愿，莫我知兮谁怨，全仗帝为媒[②]。此意久寥阔[③]，今见者留台[④]。 笏围腰[⑤]，书创屋[⑥]，骑笼街[⑦]。时贤白尽鬓发，老子抑名斋[⑧]。更取堂名淇绿[⑨]，要把北山万竹[⑩]，一日倚云栽。自处只如此，将相任时来。

[注释]

①陈韡：福州侯官（今福建闽侯）人，字子华，历官建康行宫留守，兵部尚书，参知政事兼同知枢密院事。 ②"全仗"句：犹言全凭老天作主，即听其自然之意。 ③寥阔：空虚之意。 ④留台：留守之尊称。 ⑤笏围腰：即腰系笏版。《春明退朝录》卷中："太宗制笏头带以赐辅臣，其罢免

尚亦服之。” ⑥书创屋：谓藏书极多，至于挤破书屋。 ⑦骑笼街：言骑从众盛，笼街而过。 ⑧“时贤”二句：谓时人皆为谋求禄位而劳神焦思，至于白尽鬓髮，陈氏则以“抑斋”名其居室，深见廉退之志。 ⑨淇绿：本《诗经·卫风·淇奥》“瞻彼淇奥，绿竹猗猗”。旧儒谓为颂美武公清德之作，故陈氏名其别墅曰“淇绿堂”。 ⑩北山：即钟山，因在建康府（今江苏南京）之北而得名。

唐多令

淮西总领蔡少卿范生日[①]

人物盛乾淳[②]，东嘉最得人[③]。费江山、几许精神。我已后时犹遍识，君子子、又相亲[④]。 秋入塞垣新[⑤]，风寒上醉痕。万百般、倚靠苍旻[⑥]。只愿诸贤长寿健，容我老、著闲身[⑦]。

［注释］

①蔡范：瑞安（今属浙江）人，字遵甫，历官知衢州，淮西总领，至吏部侍郎。见《宋元学案》卷五十三。 ②乾淳：指宋孝宗乾道、淳熙年代。 ③东嘉：指南宋浙江东路温州永嘉郡，蔡范家乡瑞安属永嘉。 ④君子：指蔡范之父幼学，字行之，宁宗朝官至兵部尚书，《宋史》有传。 ⑤塞垣：边塞之地。时宋金以淮水为界，故称淮西（即淮西路，今皖北豫东一带）为塞垣。 ⑥苍旻：即苍天。孟郊《赠李观》诗：“愿君语高风，为余问苍旻。” ⑦著闲身：“著”别本作“看”，意不可通，依《四库》本改。

木兰花慢

中秋新河[①]

正秋阴盛处，忽荡起、一冰轮[②]。甚汉魏从前，才人胜士，断简残文。都无一词赏玩，更拟将、美色似非伦[③]。此意谁能领会，自夸光景长新[④]。 得阴多处倍精神[⑤]，俗眼转增明。向大第高楼，痴儿騃女，脆竹繁茵⑥。此心到头未稳，莫古人、真不及今人。坐看两仪消长，静观千古浇淳⑦。

[注释]

①新河：水名，即老鹳河，在江苏省江宁县西南。词人尝受命督视江淮军马，故至其地。 ②冰轮：指月。朱庆馀《十六夜月》诗："昨夜忽已过，冰轮始觉亏。" ③"更拟将"句：谓以月喻美女似比拟不伦。 ④光景长新：语出李德裕《文章论》，"譬诸日月，虽终古常见，而光景常新，此所以为灵物也。" ⑤"得阴"句：古人以日为阳精，月为阴精，故谓阴气愈盛则月色愈明。 ⑥脆竹繁茵：脆竹指竹制乐器，繁茵指华美茵褥，旧时富贵人家以茵褥垫坐，以歌舞宴客，故以之代指豪华筵席。 ⑦浇淳：指世风之浇薄与淳厚。

[集评]

山木云："此调盖有慨于当时风气萎靡而作，颇见济世之壮心，词语亦甚雅健。然谓月明乃阴盛之象，以玩月为浇薄之徵，则又见宋儒理学之迂腐矣。"

八声甘州

偶　书

被西风，吹不断新愁，吾归欲安归。望秦云苍澹①，蜀山渺漭②，楚泽平漪③。鸿雁依人正急，不奈稻粱稀④。独立苍茫外，数遍群飞⑤。　多少曹苻气势，只数舟燥苇，一局枯棋⑥。更元颜何事，花玉困重围⑦。算眼前、未知谁恃，恃苍天、终古限华夷。还须念，人谋如旧，天意难知。

（以上八十一首《鹤山先生大全文集》卷九十六）

[注释]

①苍澹:苍茫惨澹。"澹"字别本作"憺",盖因形近而误,依《四库》本改。 ②渺莽:茫远貌。"莽"别本作"莽",亦因形近而误,依《四库》本改。 ③平漪:平远微波貌。 ④"鸿雁"二句:意出杜甫《同诸公登慈恩寺塔》诗"君看随阳雁,各有稻粱谋"。 ⑤"独立"二句:意出杜甫《乐游园歌》"此身饮罢无归处,独立苍茫自咏诗"。 ⑥"多少"三句:用曹操、苻坚事。 ⑦"更元颜"二句:《宋史·虞允文传》载,绍兴三十一年(1161),金主完颜亮帅重兵攻宋,允文督军拒战,大破之,亮遂为部将所杀。《鹤林玉露》卷一谓亮之来,乃因闻柳永《望海潮》词,有慕于江南富丽(柳词中有"珠玑"、"荷花"等语),"遂起投鞭渡江之志"。

[集评]

山木云:"此调先凭西风起兴,放眼山川,寓言鸿雁,长吟远慕,心事浩茫。后借怀古抒情,寄意苍天,沉忧时事,声辞顿挫,感慨深广。全词气象恢宏,情彩悲壮,真压卷之作也。"

李从周

李从周，生卒不详，字肩吾，一字子我，号蠙洲。四川彭山人，一说临邛人。与魏了翁交厚，著有《字通》一书，甚为魏所推许。《蠙洲词》已佚，有赵万里辑本。

玲珑四犯

初拨琵琶，未肯信，知音真个稀少。尽日芳情，萦系玉人怀抱。须待化作杨花，特地过、旧家池沼。想绮窗、刺绣迟了，半缕茜茸微绕[①]。 旧时眉妩贪相恼[②]。到春来、为谁浓扫[③]。新归燕子都曾识，不敢教知道。长是倦出绣幕，向梦里、重谋一笑。怎得同携手，花阶月地，把愁勾了。

（《阳春白雪》卷四）

[注释]

①茜茸：红色的丝线。茸，通“绒”。 ②眉妩：娇巧的眉毛。 ③浓扫：浓描。

抛球乐

风罥蔫红雨易晴[①]，病花中酒过清明[②]。绮窗幽梦乱于柳，罗袖泪痕凝似饧[③]。冷地思量著，春色三停早二停。

（《阳春白雪》卷六）

[注释]

①罥（juàn）：挂住。 蔫红：枯萎的红花。 ②中酒：为酒所伤。③饧（xíng）：饴糖。

谒金门

花似匝[①],两点翠蛾愁压。人又不来春且恰[②],谁留春一霎。 消尽水沉金鸭[③],写尽杏笺红蜡[④]。可奈薄情如此黠,寄书浑不答。

[注释]

①匝:周,环绕。 ②恰:正好,最好。 ③水沉:沉香,一名水沉香。 金鸭:鸭形铜香炉。 ④杏笺:杏黄色信笺。 红蜡:红烛。

一丛花令

梨花随月过中庭,月色冷如银。金闺平帖阳台路[①],恨酥雨、不扫行云[②]。妆褪臂闲,髻慵簪卸,盟海浪花沉。

洞箫清吹最关情,腔拍懒温寻。知音一去教谁听,再拈起、指法都生[③]。天阔雁稀,帘空莺悄,相傍又春深。

(以上二首见《阳春白雪》卷七)

[注释]

①平帖:挨近。 阳台路:指男女欢会之地。 ②行云:女子的行踪。 ③都生:意谓手法生疏了。

风流子

双燕立虹梁[①],东风外、烟雨湿流光。望芳草云连,怕经南浦,葡萄波涨,怎博西凉[②]。空记省,浅妆眉晕敛,胃袖唾痕香。春满绮罗,小莺捎蝶,夜留弦索,幺凤求凰[③]。

江湖飘零久,频回首、无奈触绪难忘。谁信温柔牢落[④],翻坠愁乡。仗玉笺铜爵[⑤],花间陶写[⑥],宝钗金镜,月底平章[⑦]。十二主家楼苑[⑧]，应念萧郎[⑨]。

（《阳春白雪》卷八）

[注释]

①虹梁：华美的屋梁。 ②西凉：指西凉乐曲。 博：博得，欣赏之意。 ③么凤：孤凤。 ④牢落：落魄。 ⑤玉笺：玉色的信纸。 铜爵：铜质酒杯。 ⑥陶写：消遣。 ⑦平章：议论、评判。 ⑧十二楼：五城十二楼为仙人居处。见《汉书·郊祀志》。 ⑨萧郎：男子的美称。

清平乐

美人娇小，镜里容颜好。秀色侵人春帐晓，郎去几时重到。　　叮咛记取儿家[①]，碧云隐映红霞。直下小桥流水，门前一树桃花。

[注释]

①儿家：女儿住处。

[集评]

陆辅之云："'叮咛记取儿家，碧云隐映红霞。直下小桥流水，门前一树桃花。'列为警句九十二则之一。"（《词旨》下）

风入松

冬　至

霜风连夜做冬晴，晓日千门。香葭暖透黄钟管[①]，正玉台、彩笔书云[②]。竹外南枝意早[③]，数花开对清樽。
香闺女伴笑轻盈，倦绣停针。花砖一线添红景[④]，看从今、迤逦新春。寒食相逢何处，百单五个黄昏[⑤]。

[注释]

①“香葭”句:旧说冬至节,律合黄钟。塞管内之葭灰,阳气动则灰飞。见《后汉书·律历志》。 ②书云:古代观察天象,并加记录,叫书云。 ③南枝:指梅花。 ④一线添红景:谓冬至后,日影每日增长一线。魏晋宫中常有测影之戏。 ⑤百单五个黄昏:“冬至后一百五日谓之寒食。”见《荆楚岁时记》。

乌夜啼

径藓痕沿碧甃[1],檐花影压红阑[2]。今年春事浑无几,游冶懒情悭[3]。 旧梦莺莺沁水[4],新愁燕燕长干[5]。重门十二帘休卷,三月尚春寒。

[注释]

①碧甃(zhòu):绿色的井壁。 ②红阑:红色的井栏。 ③悭(qiān):吝、少。 ④沁水:汉明帝女沁水公主有园林名沁园。此指贵家池馆。 ⑤长干:即《长干曲》,为儿女情爱之歌。

清平乐

东风无用,吹得愁眉重。有意迎春无意送,门外湿云如梦。 韶光九十悭悭[1],俊游回首关山[2]。燕子可怜人去,海棠不分春寒[3]。

[注释]

①“韶光”句:言春光三月,只九十天,太短了。 ②俊游:青春快游。 ③不分:不乐,不甘愿。

鹧鸪天

绿色吴笺覆古苔[1],濡毫重拟赋幽怀[2]。杏花帘外莺将老，杨柳楼前燕不来。　倚玉枕，坠瑶钗。午窗轻梦绕秦淮。玉鞭何处贪游冶，寻遍春风十二街[③]。

（以上五首见《绝妙好词》卷三）

（以上李从周词十首，用赵万里辑《蠙洲词》）

［注释］

①吴笺：吴地产的信笺。　古苔：纸上的苔纹古色古香。　②濡毫：蘸墨。　③十二街：指京城的街道。唐长安皇城南北七街，东西五街。白居易《登乐游园望》："下视十二街，绿树间红尘。"

卢祖皋

卢祖皋,生卒不详,字申之,又字次夔,号蒲江,永嘉(今属浙江)人。庆元五年(1199)进士。历官秘书省正字、著作佐郎、权直学士院等职。楼钥之甥,学有渊源。有《蒲江词稿》。

宴清都

初 春

春讯飞琼管[①],风日薄、度墙啼鸟声乱[②]。江城次第,笙歌翠合,绮罗香暖。溶溶涧渌冰泮,醉梦里、年华暗换。料黛眉重锁隋堤[③],芳心还动梁苑[④]。 新来雁阔云音,鸾分鉴影[⑤],无计重见。啼春细雨,笼愁澹月,恁时庭院。离肠未语先断,算犹有、凭高望眼。更那堪、芳草连天,飞梅弄晚。

[注释]

①琼管:玉笛。 春讯:指笛声传来春天的信息。 ②风日薄:指云淡风轻。 ③隋堤:指运河,隋代修成,故名。 ④梁苑:即西汉梁孝王所建兔园。后指文人雅集之所。 ⑤鸾分鉴影:罽宾王获孤鸾,欲其鸣,悬镜照之。鸾鸟睹影悲鸣,一奋而死。事见范泰《鸾鸟诗序》。

[集评]

陈廷焯云:"此词绝幽怨,神似梅溪写境。"(《大雅集》卷三)

鱼游春水

离愁禁不去[①],好梦别来无觅处。风翻征袂,触目年芳如许。软红尘里鸣鞭镫，拾翠丛中句伴侣[②]。都负岁时，暗关情绪。　　昨夜山阴杜宇，似把归期惊倦旅。遥知楼倚东风，凝颦暗数。宝香拂拂遗鸳锦，心事悠悠寻燕语。芳草暮寒，乱花微雨。

[注释]

①禁不去：排除不掉。　②句伴侣：勾引、寻找女伴。　句：通“勾”。

倦寻芳

香泥垒燕[①]，密叶巢莺，春晦寒浅。花径风柔，著地舞茵红软[②]。鬥草烟欺罗袂薄[③]，秋千影落春游倦。醉归来，记宝帐歌慵[④]，锦屏香暖。　　别来怅、光阴容易，还又酴醾，牡丹开遍。妒恨疏狂，那更柳花迎面。鸿羽难凭芳信短[⑤]，长安犹近归期远[⑥]。倚危楼，但镇日、绣帘高卷。

[注释]

①香泥垒燕：燕衔香泥垒窝。　②舞茵红软：落花满地像红软的地毯。　茵：地毯。　③烟欺罗袂薄：云烟寒重，罗衣生凉。　④歌慵：歌声倦怠。　⑤鸿羽：指书信。传说大雁可以传书。　⑥长安：首都，此指临安杭州。

江城子

画楼帘幕卷新晴[①]。掩银屏，晓寒轻[②]。坠粉飘香，日日唤愁生。暗数十年湖上路，能几度，著娉婷[③]。　　年华空自感飘零。拥春酲[④]，对谁醒。天阔云闲，无处觅箫声。载酒买花年少事，浑不似，旧心情。

[注释]

①"画楼"句:指卷起画楼帘幕来观赏初晴的景色。 ②"掩银屏"二句:指晓间的寒气笼罩在银屏上。 ③娉婷:姿态轻盈的女郎。 ④春醒:春酒。

[集评]

况周颐云:"卢申之《江城子》后段云:'年华空自感飘流……载酒买花年少事,浑不似,旧心情。'与刘龙洲词:'欲买桂花同载酒,终不似,少年游',可称异曲同工。然终不如少陵之'诗酒当堪驱使在,未须料理白头人'为倔强可喜。"(《蕙风词话》卷二)

江城子

寿外姑外舅[①]

护霜云日霭晴空。锦围中,卷香风。弄玉乘鸾[②],人自蕊珠宫[③]。天遣岁寒为伴侣,还待得,谪仙翁。 等闲随处是春功。笑相从,寸心同。不羡鱼轩[④],蝉冕共荣封[⑤]。只爱阶庭兰玉秀,梅不老,对乔松。

[注释]

①外姑外舅:岳母曰外姑,岳父曰外舅。据《醉梅花》注,其外舅为赵西林。 ②弄玉:秦穆公女。传说萧史吹箫引凤,弄玉乘之,一同仙去。 ③蕊珠宫:仙宫。 ④鱼轩:贵妇人乘坐的车舆。 ⑤蝉冕:貂蝉之冠,贵官帽饰。

江城子

外舅作梅坡因寿日作此

小山初筑自天成。架危亭,与云平。面面梅花,阑槛十分清。唤得长淮春意满,香暗度,月微明。 数枝长忆傍岩扃[1]。杖履轻，醉中行。笑问东风，何日是归程。只怕和羹消息近[2]，天未许，遂幽情。

[注释]

①岩扃（jiōng）：山岩上的院宇。 扃：门窗。 ②和羹：指宰相辅助君王综理国政。语出《尚书·说命》“若作和羹，尔惟盐梅”。

西江月

燕掠晴丝袅袅[1]，鱼吹水叶粼粼[2]。禁街微雨洒香尘[3]，寒食清明相近。 漫著宫罗试暖，闲呼社酒酬春[4]。晚风帘幕悄无人，二十四番花讯。

[注释]

①晴丝：小虫所吐的游丝。 ②水叶：水波。 ③禁街：天街，指首都皇宫周围的大街。 ④社酒：春社时饮的酒。 旧俗以立春后第五个戊日为春社日，乡民祭神以祈好年。

画堂春

玉屏回梦月平阑[1]，元来香冷衣单[2]。柳风特地更将寒，吹上眉端。 云羽未回征雁[3]，镜花空舞双鸾。去年芳径又斓斑，门掩春闲。

[注释]

①玉屏：用玉石镶嵌的精美屏风。 ②元来：即原来。 ③云羽：云中的雁翅。

[集评]

周济云：“蒲江小令，时有佳趣。长篇则枯寂无味，此才小也。”（《介

存斋论词杂著》)

画堂春

柳黄移上袂罗单[1],酒醒娇鬟风鬟[2]。茗瓯才试鹧鸪斑[3],沉炷熏残[4]。　　夜雨可无归梦,晓风何处征鞍。海棠开了尚凭阑,刬地春寒[5]。

[注释]

①柳黄:像新柳一样嫩黄的颜色。 ②娇鬟:娇美低垂的髮髻。 ③鹧鸪斑:茶盏名,上有鹧鸪斑点。杨万里《陈蹇叔郎中别送新茶》诗:"鹧斑碗面云萦宇,免褐瓯心雪作泓。" ④沉炷:沉香。 ⑤刬地:忽然地。

画堂春

柳塘风紧絮交飞,漾花一水平池。暖香飘径日迟迟[1],何处酴醾。　　胡蝶梦中寒浅,杜鹃声里春归。镜容不似旧家时,羞对清溪。

[注释]

①迟迟:阳光明丽貌。

[集评]

笃文云:"晚春景物,历历如见。平池水满,蝶絮交飞。开到酴醾花事了,惜春之感,油然而生。下起'镜容'、'羞对'之句,便觉自然而然。"

清平乐

镜屏开晓[1],寒入宫罗峭[2]。脉脉不知春又老,帘外舞红多少。　　旧时驻马香阶,如今细雨苍苔。残梦不堪重理[③]，一双胡蝶飞来。

[注释]

①镜屏：镜奁，梳妆台。 ②"寒入"句：即寒峭之气侵入罗衣。 ③重理：重温，重续。

[集评]

王闿运云："《清平乐·锦屏开晓》'亦恰到好处，未免有意。'"（《湘绮楼词评》）

清平乐

柳边深院，燕语明如剪[①]。消息无凭听又懒，隔断画屏双扇。 宝杯金缕红牙[②]，醉魂几度儿家。何处一春游荡，梦中犹恨杨花。

[注释]

①燕语明如剪：燕声清脆明快。 ②"宝杯"句：饮酒听歌之意。 宝杯：贵重的酒杯。 金缕：即《金缕曲》，歌名。 红牙：檀板，指乐器。

[集评]

况周颐云："何处一春游荡，梦中犹恨杨花，是加倍写法。"（《蕙风词话》卷二）

清平乐

玉肌春瘦，别凤离鸾后。柳外画船看翠袖，眼艳风流依旧。 杏梁语燕绸缪[①]，可堪前梦悠悠[②]。几度欲成花雨，断云还过南楼[③]。

[注释]

①杏梁:文杏木所制的华贵屋梁。晏殊《采桑子》:"燕子双双,依旧衔泥入杏梁。" ②可堪:哪堪,不堪。 ③断云:短云,飘忽即过的片云。

清平乐

庚申中吴对雪[①]

朔风凝沍[②],不放云来去。稚柳回春能几许[③],一夜满城飞絮。 羊羔酒面频倾,护寒香缓娇屏。唤取雪儿对舞[④],看他若个轻盈。

[注释]

①中吴:苏州,旧称中吴。 ②凝沍(hù):冻云凝定不动。 ③稚柳:嫩柳,柳芽。 ④雪儿:唐李密之歌姬,名雪儿,轻盈善舞。

乌夜啼

几曲微风按柳,生香暖日蒸花[①]。鸳鸯睡足芳塘晚,新绿小窗纱。 尺素难将情绪[②],嫩罗还试年华。凭高无处寻残梦,春思入琵琶。

[注释]

①"生香"句:犹言暖日使花绚丽而生香。 ②难将:难以传递。

乌夜啼

照水飞禽鬥影,舞风小径低花[①]。征鸿排尽相思字,音信落谁家。 系恨腰围顿减[②],禁愁酒力难加[③]。楼高日暮休帘卷,芳草满天涯。

[注释]

①“舞风”句：风吹过小径，花为之低垂。“低”字，使动用法。 ②“系恨”句：犹言相思使人消瘦。 ③禁愁：排愁。

乌夜啼

柳色津头泫绿[①]，桃花渡口啼红[②]。一春又负西湖醉，离恨雨声中。　　客袂迢迢西塞[③]，馀寒剪剪东风[④]。谁家拂水飞来燕，惆怅小楼东。

[注释]

①泫绿：闪耀着绿色。 ②啼红：形容花瓣上流淌着雨滴。 ③西塞：西塞山，在浙江湖州。 ④剪剪：形容风轻微而带有寒意。此处意为阵阵。

乌夜啼

西　湖

漾暖纹波飐飐[①]，吹晴丝雨濛濛。轻衫短帽西湖路，花气扑春骢[②]。　　鬥草褰衣湿翠[③]，秋千瞥眼飞红。日长不放春醪困[④]，立尽海棠风。

[注释]

①飐飐：摇荡貌。 ②春骢：游春骏马。毛色青白者曰骢。 ③褰衣：撩起衣服。 ④春醪：春酒。

乌夜啼

段段寒沙浅水，萧萧暮雨孤篷。香罗不共征衫远[①]，砧杵客愁中[②]。　　别恨慵看杨柳，归期暗数芙蓉[③]。碧梧声到纱窗晓，昨夜几秋风。

[注释]

①香罗：绫罗的美称。　②砧杵：古代捣衣时，置衣砧上，以杵捣之。此指替游子赶制寒衣。　③芙蓉：荷花之别名。此处暗喻夫容，表示对丈夫的思念。

谒金门

风不定，移去移来帘影。一雨林塘新绿净，杏梁归燕并。　　翠袖玉屏金镜，日薄绮疏人静[①]。心事一春疑酒病[②]，鸟啼花满径。

[注释]

①绮疏：绮窗的棂格稀疏。　②酒病：病酒，饮酒过量以致病。

[集评]

梁启超云："麦丈云：'静境妙观'。"（《饮冰室评词》）

谒金门

兰棹举，相趁落红飞去[①]。一隙轻帘凝睇处，柳丝牵不住。　　昨日翠蛾金缕[②]，今夜碧波烟渚。好梦无凭窗又雨，天涯知几许。

[注释]

①相趁：相伴。《历代诗馀》本作"相逐"。　②翠蛾：翠眉，指歌女。　金缕：歌曲名。

谒金门

闲院宇，独自行来行去。花片无声帘外雨，峭寒生碧树。　做弄清明时序[①]，料理春酲情绪[②]。忆得归时停棹处，画桥看落絮。

[注释]

①做弄：做出，妆扮出。　②料理：安排，打点。

[集评]

笃文云："词咏飞絮。曰做弄，曰料理，以及独自行来行去，等等，皆由此引发。而不明说，直到最后才予叫破，此其所以为佳也。"

谒金门

深院静，隔叶鸣禽相应。金鸭云寒闲梦醒[①]，转帘花月影。　闲步碧阶香径，辨翠残红慵整[②]。明日阴晴犹未定，试教移小艇。

[注释]

①金鸭：铜质鸭形香炉。　云寒：香雾生凉。　②辨翠残红：形容凋零的红花绿叶。

谒金门

寒半退，斜掩小屏珠翠[①]。柳眼才醒桃欲醉，日高帘影碎。　暗解鸳鸯罗带[②]，独立晚风谁会[③]。心事悠悠人好在，画桥流水外。

[注释]

①斜掩小屏:即小屏斜掩,谓房门半开。　珠翠:指首饰满头的女子。　②"暗解"句:悄悄地解下绣有鸳鸯的罗带,表示要赠给自己的情人。　③谁会:谁能识得此时的心意。

谒金门

人寂寞,帘外翠阴如幄[①]。团扇藤床花间错[②],雨边残梦觉。　　翠浅粉销香薄,临镜不忺梳掠[③]。新恨悠悠无处托,棋声闲院落。

[注释]

①如幄:有如帐篷。　②间错:花木参差不齐。　③忺(xiān):愿。

谒金门

闲睡足,冰柱乱敲寒玉[①]。簇簇庭阴嘉树绿,晚蝉声断续。　　一雨藕花新浴,香破小窗幽独。重理焦桐寻旧曲[②],隔墙风动竹。

[注释]

①冰柱:冰弦玉柱,指筝瑟之类的乐器。　寒玉:形容声音如玉声清脆寒凉。　②焦桐:焦尾琴。东汉时吴人烧桐为炊。蔡邕闻火裂之音,知为美材,用以制琴,果为重宝。

谒金门

香漠漠,低卷水风池阁。玉腕笼纱金半约[①],睡浓团扇落。　　雨后凉生云薄[②],女伴棹歌声乐。采得双莲迎笑剥[3]，柳阴多处泊。

[注释]

①金半约：金镯松松地箍在手腕上。　②雨后：《历代诗馀》本作“雨过”。　③双莲：并蒂莲。

谒金门

秋几许，荒蓼败荷烟渚[1]。贴水飞鸥江欲暮，风帆追急羽[2]。　蝶梦转头无据[3]，愁到曲屏深处。寒入双城扃绣户，也应闻细雨。

[注释]

①荒蓼（liǎo）：荒芜的蓼草。蓼，水草名。　②风帆追急羽：形容舟行之速。帆船快驶，可以追赶急飞的鸟翼。　③蝶梦：思家之梦。蝶梦，语出庄子。唐崔涂《春夕》诗“胡蝶梦中家万里，子规枝上月三更”，此用其意。

谒金门

罗袖褪[1]，短鬓独搔谁恨[2]。叶叶秋声风衮衮[3]，万端心一寸。　钗凤镜鸾谁问，想见粉香啼损。倩尽飞鸿终未稳[4]，夜来寒陡顿。

[注释]

①褪：脱去。　②短鬓：短发。指老人短发稀疏。　③衮衮：象声词，义同萧萧。　④倩：请。

鹧鸪天

纤指轻拈小研红[1]，自调宫羽按歌童[2]。寒馀芍药阑边雨，香落酴醾架底风。　闲意态，小房栊。丁宁须满玉西东[3]。一春醉得莺花老，不似年时怨玉容。

[注释]

①小研红：小巧压印图案的红色纸笺。　②宫羽：音乐曲度名。古分宫、商、角、徵、羽、变宫、变徵七音。　③玉西东：酒杯名。多作“玉东西”。“美酒玉东西”，见黄山谷《次韵吉老诗》。

鹧鸪天

庭绿初圆结荫浓，香沟收拾旧梢红[1]。池塘少歇鸣蛙雨，帘幕轻回舞燕风。　春又老，笑谁同。澹烟斜日小楼东。相思一曲临风笛，吹过云山第几重。

[注释]

①“香沟”句：谓枝梢上的红花俱随沟水流去，一年春事已告结束。

[集评]

笃文云：“圆融明媚，声情俱好。神似片玉，一结尤有远韵，蒲江集中最佳之作。”

鹧鸪天

岸柳黄深绿已垂。庭花红遍白还飞[1]。几回画蜡银台梦[2]，双字香罗金缕衣。　山浅澹，水茫瀰[3]。顿无消息许多时。杏梁知有新来燕，下却重帘不放归。

[注释]

①红遍白还飞：花由红变白然后飘零。　②“几回”句：意谓多次梦到银台画蜡的欢乐场面。　③茫瀰：茫茫，水大貌。

踏莎行

夜雨灯深，春风寒浅，梅姿雪态怜娇软[①]。锦笺闲轴旧缄情[②]，酒边一顾清歌遍。　　玉局弹愁[③]，冰弦写怨，几时纤手教重见。小楼低隔一街尘，为谁长恁巫山远[④]。

［注释］

①梅姿雪态：即梅雪般风度，形容女子风致高雅。　②缄情：寄情。　③玉局：棋盘之美称。　④巫山远：巫山神女，此指意中的情人。可望而不可即，故有巫山远之喟叹。

琴调相思引

陆续鸣鸠呼晓晴[①]，霏微残雾湿春城。未成梅雨[②]，先做麦寒轻。　　长日愔愔花又落[③]，短屏曲曲酒初醒。小舟无绪，闲带牡丹行。

［注释］

①鸠呼：俗传鸠鸟阴则逐其妇，晴则呼之。《埤雅》：“天欲雨，鸠逐妇。既雨，鸠呼妇。”　②梅雨：即黄梅雨。指四五月间梅子黄落时之雨。　③愔愔：幽静貌。

琴调相思引

同子高舣舟叶家庄[①]

夹岸垂杨步障深[②]。露桥横截影沉沉。数家篱落，一晌晚凉侵。　　闲倚短篙停夜月，静看双翅落栖禽。久无羁思[③]，前事忽惊心。

[注释]

①舣舟:泊船。 ②步障:贵官出行时所设遮挡风尘之屏幕,此处用来形容浓密的垂杨。 ③羁思:作客他乡的情思。

眼儿媚

玉钩清晓上帘衣[①],香雾湿春枝。馀寒逗雨[②],罗裙无赖,重暖金猊[③]。 柳边谁寄东风缆,流水只年时。无人为记,天涯归思,梁燕空飞。

[注释]

①上帘衣:钩起帘帷。 ②逗雨:变化为雨。 ③金猊:饰有狮子(猊)模样的铜香炉。

更漏子

玉钩裁[①],罗袜浅[②],心事漫拈针线。钗半亸[③],鬓慵梳,新来消瘦无。 江南路,花无数,春梦不知何处。帘影转,暝禽西[④],看看眉黛低。

[注释]

①玉钩:新月一弯,如玉钩高挂。 ②罗袜浅:指罗袜颜色浅淡。 ③半亸:半垂。 ④暝禽:入睡之禽鸟。

更漏子

蓼花繁,桐叶下[①],寂寂梦回凉夜。城角断[②],砌蛩悲[③],月高风起时。 衣上泪,谁堪寄,一寸妾心千里。人北去,雁南征,满庭秋草生。

[注释]

①桐叶下：桐叶飘落，秋天到了。　②城角断：城上画角声声，令人凄断。　③砌蛩悲：阶前的蟋蟀吟声凄切。

锦园春三犯[①]

赋牡丹

昼长人倦。正凋红涨绿，懒莺忙燕[②]。丝雨濛晴，放珠帘高卷[③]。神仙笑宴，半醒醉、彩鸾飞遍[④]。碧玉阑干，青油幢幕[⑤]，沉香庭院[⑥]。　洛阳图画旧见。向天香深处，犹认娇面[⑦]。雾縠霞绡[⑧]，闹绮罗裁剪[⑨]。情高意远。怕容易、晓风吹散[⑩]。一笑何妨，银台换蜡，铜壶催箭[⑪]。

[注释]

①锦园春三犯：此词兼采《解连环》、《醉蓬莱》、《雪狮儿》三调音律，故称锦园春三犯，亦名《辘轳金井》、《四犯剪梅花》。　②"昼长"三句下原注："解连环"。　③"丝雨"二句下原注："醉蓬莱"。　④"神仙"二句下原注："雪狮儿"。　又，《全宋词》注："彩"字原空格，从《花草粹编》卷九补。　⑤青油幢幕：用青油涂饰的车盖与帐幕。南齐苏小小曾乘油壁香车游西湖。晏殊《寓意》诗："油壁香车不再逢，峡云无迹任西东。"与此意近。　⑥"碧玉"三句下原注："醉蓬莱"。　⑦"洛阳"三句下原注："解连环"。　⑧雾縠霞绡：像云雾和彩霞一样轻软美丽的罗绮。　⑨"雾縠"二句下原注："醉蓬莱"。　⑩"情高"二句下原注："雪狮儿"。　⑪铜壶催箭：铜壶滴漏，古代计时器，中央立箭以表刻度，水减而箭刻显露，故云催箭。　"一笑"三句下原注："醉蓬莱"。

锦园春三犯

赋海棠

醉痕潮玉。爱柔英未吐，露丛如簇[①]。绝艳矜春，分流芳金谷[2]。风梳雨沐,耿空抱、夜阑清淑[3]。杜老情疏,黄州赋冷,谁怜幽独[4]。　　玉环睡醒未足。记传榆试火,高照宫烛[5]。锦幄风翻,渺春容难续[6]。迷红怨绿。漫惟有、旧愁相触[7]。一舸东游,何时更约,西飞鸿鹄[8]。

[注释]

①“醉痕”三句下原注:“解连环”。　醉痕潮玉:如玉晕酒红,此指海棠作苞时状态。　②“绝艳”二句下原注:“醉蓬莱”。　矜春:骄春,独艳于春时。　金谷:石崇在洛阳建金谷园,富艳冠天下。　③“风梳”二句下原注:“雪狮儿”。　④“杜老”三句下原注:“醉蓬莱”。　杜老情疏:杜甫诗中无咏海棠者,故东坡诗云“恰似西川杜工部,海棠虽好不留诗”。见《春渚纪闻》。　黄州赋冷:东坡贬黄州团练副使安置作前后《赤壁赋》。　⑤玉环:杨贵妃小字玉环。唐明皇召玉环,“妃被酒新起。帝曰:此乃海棠花睡未足耳。”见《杨妃传》。　传榆试火:古俗寒食改火。春用榆柳,钻取新火,颁赐臣民。韩翃诗:“日暮汉宫传蜡烛,轻烟散入五侯家。”即此。“玉环”三句下原注:“解连环”。　⑥“锦幄”二句下原注:“醉蓬莱”。　⑦“迷红”二句下原注:“雪狮儿”。　⑧“一舸”三句下原注:“醉蓬莱”。

水龙吟

赋芍药

杜鹃啼老春红,翠阴满眼愁无奈。飞来何处,凤軿鸾驭[1],霞裾云佩[2]。风槛娇凭,露梢慵亸,酒浓微退。念洛阳人去[3],香魂又返,依然是,风流在。　　银烛光摇彩翠,画堂深、莫辞沉醉。十年一觉,扬州春梦[4],离愁似海。浩态难留[5],粉香吹散,几时重会。向尊前笑折[6],一枝红玉,帽檐斜戴。

[注释]

①凤辩鸾驭：乘鸾凤之车。　辩：后妃之车。　②霞裾云佩：美如云霞之衣服与佩饰。　裾：衣襟。　③洛阳人去：指牡丹。旧传扬州芍药乃洛阳牡丹根株所变。张孝祥《踏莎行》“洛阳根株，江南栽种，天香国色千金重”，即为此意。　④扬州春梦：本杜牧《遣怀》诗“十年一觉扬州梦，赢得青楼薄幸名”。　⑤浩态：大方的仪态。韩愈《芍药》：“浩态狂香惜未逢，红灯烁烁绿盘笼。”　⑥唐氏按：“尊”字原为空格，据《全芳备祖》前集卷三“芍药门”补。

水龙吟

赋酴醿

荡红流水无声[①]，暮烟细草黏天远。低回倦蝶，往来忙燕，芳期顿懒。绿雾迷墙，翠虬腾架[②]，雪明香暖。笑依依欲挽，春风教住，还疑是，相逢晚。　不似梅妆瘦减，占人间、丰神萧散。攀条弄蕊，天涯犹记，曲阑小院。老去情怀，酒边风味，有时重见。对枕帏空想，东床旧梦[③]，带将离恨[④]。

[注释]

①“荡红”句：指落花在水中漂荡。　②翠虬：绿色的枝条如虬龙一样盘旋于架上。　③东床：指女婿。王羲之闻郗鉴派人选婿，独不为所动，在东床坦腹卧。鉴以为佳，乃以女妻之。事见《晋书·王羲之传》。④离恨：“恨”字失韵，据杨慎《词品》当作“怨”字。

[集评]

杨慎云：“卢申之……有《蒲江词》一卷，乐章甚工，字字可入律吕。彭传师于吴江作钓雪亭，擅渔人之窟宅，以供诗境也。约赵子野、翁灵舒诸人赋之，惟申之擅场。”（《词品》卷四）

笃文云：“申之此词多隐括前人诗句：‘笑依依欲挽，春风教住’许昂胥以为出宋人酴醾诗‘强挽春风留一醉’。‘酒边风味’三句，出山谷诗‘名字因壶酒，风流付枕帏。’方虚谷亦云：‘酴醾本唐书，酒名，世以花似酒之色，故得名，而亦为枕囊帏者也。’其用功之深，由此可见。”

水龙吟

淮西重午[①]

会昌湖上扁舟[②]，几年不醉西山路。流光又是，宫衣初试，安榴半吐。千里江山，满川烟草，薰风淮楚。念离骚恨远，独醒人去[③]，阑干外，谁怀古。　　亦有鱼龙戏舞，艳晴川、绮罗歌鼓。乡情节意，尊前同是，天涯羁旅。涨渌池塘，翠阴庭院，归期无据。问明年此夜，一眉新月，照人何处。

[注释]

①淮西：即淮西路。南宋时置淮水上游寿春以及安庆诸州县为淮西路。　重午：端午。　②会昌湖：在作者故乡永嘉。唐会昌四年太守韦庸重浚，因以为名。　③独醒人去：指屈原。屈原《渔父》：“众人皆醉，我独醒，是以见放。”

水龙吟

世间谁似蓬仙[①]，坐间八秩齐眉寿[②]。兰阶更喜，孙枝相映[③]，红芳绿秀。鹤舞修庭[④]，鹭飞青嶂，帘垂晴昼。向闲中时有，奚囊背锦[⑤]，开松户，看云岫。　　不羡印金垂斗[⑥]，笑纷纷、白云苍狗[⑦]。银髯似戟，红颜如炼，风流依旧。野□晴初，陇梅花下，玉笙吹酒。怅今年又是，题笺寄远，倩传杯手。

［注释］

①蓬仙：蓬莱仙境的仙人。 ②八秩：即八十岁。 ③孙枝：孙儿。陆游《三三孙十一月九日生日，翁翁为赋诗为寿》："正过重阳一月时，龟堂欢喜抱孙枝。" ④修庭：宽广的庭院。 修：长。 ⑤奚囊：奚奴（小书僮）所背之锦囊。《唐书·李贺传》："贺每旦日出，骑马，从小奚奴，背负古锦囊。遇所得，书投囊中。暮归，足成之。" ⑥印金垂斗：即佩带黄金斗印，做大官之意。 ⑦白云苍狗：谓世事变幻无定。杜甫《可叹》诗："天上浮云如白衣，斯须变幻为苍狗。"

渡江云

赋荷花

锦云香满镜，岸巾横笛[1]，浮醉一舟轻。别愁萦短鬓，晚凉池阁，此地忽逢迎。柄圆攲绿[2]，倚风流、还恁娉婷。凭画阑，嫣然输笑[3]，无语寄心情。 盈盈。露华匀玉，日影酣红，记晚妆慵整。还暗惊、人间离合，羞对池萍。三年一觉西湖梦，又等闲、金井秋声[4]。销魂久，夜深月冷风清。

［注释］

①岸巾：犹岸帻。把头巾掀起，露出前额。表洒脱，不拘束。 ②攲（qī）绿：斜出的绿柄。 ③输笑：送笑。 ④金井：雕饰华美的井阑。杜甫诗："砚寒金井水，檐动玉壶冰。"

洞仙歌

赋茉莉

玉肌翠袖，较似酴醾瘦。几度熏醒夜窗酒，问炎洲何事，得许清凉，尘不到，一段冰壶剪就[1]。 晚来庭户悄，暗数流光，细拾芳英黯回首。念日暮江东[2]，偏为魂销，人易老、幽韵清标似旧。正簟纹如水帐如烟，更奈向，月明露浓时候。

[注释]

①冰壶:盛冰的玉壶,多借指月亮。 剪就:犹言画出。 ②日暮江东:本杜甫《春日忆李白》"渭北春天树,江东日暮云"。

洞仙歌

月痕霜晕[①],雪染冰裁剪。车马尘中甚曾见[②],自扬州吟罢,踏遍西湖,堪爱处,偏是情高韵远。 冷香惊梦破,姑射人归[③],图画空遗旧妆面。问何事东君,先与春心,还又是、容易飞花片片。对暮寒修竹哽无言,更画角层城,夜闻吹怨。

[注释]

①月痕霜晕:犹言花色白如霜月。 ②甚曾见:何曾见。 ③姑射(yiè):本《庄子·逍遥游》"藐姑射之山,有神人居焉,肌肤若冰雪,淖约若处子"。

洞仙歌

辛未岁,攻媿舅氏辇石筑山于东楼之下[①],幽深窈窕,与十州三岛相为胜概[②]。攻媿辞荣念归而未获也,赋此寿之

东楼佳丽,缥缈风烟表。幻得楼山更深窈。有苍崖乔木,石磴鸣泉,尘不到,掩映十洲三岛。 平生丘壑趣,圭衮何心[③],自是清时重元老。想月下云根,鹤唳猿吟,人犹道、作计归游太早。待他年功退学商颜[④],却旋种木奴[⑤],缓寻瑶草。

[注释]

①攻媿舅氏：楼钥，号攻媿，为作者之舅。　媿：同“愧”。　②十洲三岛：指神仙境界。汉武帝闻王母说巨海中有祖、瀛、玄、炎等十洲。见《十洲记》。　三岛：即蓬莱三岛，传为仙人所居。　③圭衮：指出仕于朝。　圭：玉器，朝见帝王时所执。　衮：朝服。　④商颜：商山亦名商颜。汉初有四皓隐居商山。司空图诗“一种老人能算度，磻溪心迹愧商颜”即用此意。⑤木奴：柑橘之别名。

洞仙歌

上　寿[①]

梅窗雪屋，还赋蓬仙寿。闻说今年胜于旧。有芝书催下[②]，竹史颁春[③]，山好处，留待文章太守。　商霖消息近[④]，缥缈闲云，一笑无心又出岫。纵高卧十年，八秩初开，天未许、闲向人间袖手。问西州千骑几时来，对月鹤霜猿，也教知否。

[注释]

①上寿：据前《江城子》外舅筑梅坡词，知此为寿其岳父之作。　②芝书：紫泥诏书，指皇上颁赐之贺寿诏书。　③竹史：青史，指朝廷的文书。　④商霖：指复出为相。殷相傅说隐于傅岩，高宗访得之，令为宰相。作《说命》有“若岁大旱，令汝作霖雨”之语。

洞仙歌

寿外舅

扁舟入浙，便有家山意。全胜轺车驾边地[①]。爱官尘不到，书眼争明，称寿处，春傍梅花影里。　平生丘壑志，未老求闲[②]，天亦徘徊就归计。想叠嶂双溪，千骑弓刀，浑不似、白石山中胜趣。怕竹屋梅窗欲成时，又飞诏东山[③]，谢公催起。

[注释]

①轺（yáo）车：轻便的公车。　驾边：指首都。　②求闲：退隐。③东山：谢安隐居上虞东山，优游山水，朝廷下书征之不往。

望江南

疏雨过，芳节到戎葵[①]。缠臂细交纹线缕，称身初试碧绡衣，闲步小亭池。　　花下意，脉脉有谁知。试把花梢和恨数，因看胡蝶著双飞，凝扇立多时。

[注释]

①戎葵：即蜀葵，花开五瓣，有红、黄、紫诸色。夏日开花，似木槿而大。

临江仙

南馆西池迎笑处，轻行不耐冰绡[①]。粉香飞过碧阑桥。芙蕖争态度，杨柳学飘飖。　　醉里鸾飙乘月去[②]，碧云依旧迢迢。深情谁为寄娇娆。簟纹风外展，香篆过边销[③]。

[注释]

①冰绡：指白而薄的丝袍。　②鸾飙：鸾鸟乘风，比喻女仙。　③香篆：燃点盘香，其烟上升如篆文。

[集评]

笃文云：“此为寄情之作。‘芙蕖争态度’，写其风致娇美。‘杨柳学飘飖’，言其步履轻盈。‘碧云依旧迢迢’，则一去无迹，只剩思念了。”

临江仙

韩蕲王之曾孙市船招饮[1]，女乐颇盛。夜深，出一小姬，曰胜胜，年十二岁。独立吹笙，声调婉抑，四座叹赏。已而再拜乞词，为赋此曲

洞府堂深花气满，娉婷绿展红围[2]。个中年少出琼姬。双笼金约腕，独把玉参差[3]。　子晋台前无鹤驭[4]，人间空有清诗。何如娇小贮帘帷。仙风知有待，凉月渐当时。

[注释]

①韩蕲王：韩世忠，封蕲王。　市船：购船。　招饮：请去饮酒。②绿展红围：形容美女如云，为红颜绿黛女郎所包围。　③玉参差：玉笙。　④子晋：王子乔，名晋，周灵王太子。相传好吹笙，后乘鹤仙去。此指韩王孙。

临江仙

跨鹤云间犹未久[1]，风流全胜年时。唤回和气上梅枝。酒边春市动，琴外画帘垂。　长是细吟攻媿寿[2]，还歌连桂新词。早催凫舄向南飞[3]。一官传鼎鼐[4]，四海看埙篪[5]。

[注释]

①跨鹤云间：指退出官场，归返林泉。　②攻媿寿：为攻媿舅（楼钥）作的寿词。　③凫舄：鞋。东汉王乔相传能飞行。东汉时为叶县令，每月上朝不见车骑，但见双凫从东方飞来。太史举网罗之，得双舄（鞋），为尚书官属所赐履。见《汉书·王乔传》。　④鼎鼐：大鼎为鼐。宰相治理天下，如鼎之调味。后以喻为相者。　⑤埙篪（xūn chí）：乐器。　埙：土音，刚而浊；篪：竹音，柔而清。相配有序，始能美听，后多用为兄弟和睦之称。

丑奴儿慢

湘筠展梦[1],还是带恨攲枕。对千顷、风荷凉艳,水竹清阴。半掩龟纱[2],几回小语月华侵。娉婷何处,回首画桥,朱户沉沉。　　闻道近时,题红传素[3],长是沾襟。想当日、冰弦弹断,总废清音。准拟归来,扇鸾钗凤巧相寻。如今无奈,七十二峰,刬地云深。

[注释]

①湘筠:用湘妃竹编成的竹席。　②龟纱:指将纱眼织成六角形似龟文的窗帘。　③题红传素:题诗红叶以传情素。参见《云溪友议》、《流红记》诸书。

木兰花慢

汀莲凋晚艳,又蘋末、起秋风。漫搔首徐吟,微云河汉[1],疏雨梧桐。飘零倦寻酒残,记那回、歌管小楼中。玉果蛛丝暗卜[2],钿钗蝉鬓轻笼。　　吴云别后重重[3],凉宴几时同。纵人间信有,犀灵鹊喜[4],密意难通。双星分携最苦[5],念经年、犹有一相逢。寂寞桥边旧月,可堪频照西东。

[注释]

①微云河汉:本孟浩然诗"微云淡河汉,疏雨滴梧桐"。自然入妙,为人盛称。　②玉果:柑橘。见皮日休《早春以橘子寄鲁望》诗。　③吴云:指苏州一带。　④犀灵:犹灵犀,"心有灵犀一点通"言相思之情能够互相理解。　⑤双星:牛郎、织女。

[集评]

先著云："三调（笃文按：指同调三首词）甚平，然不败目。"（《词洁辑评》卷五）

木兰花慢

赋雪

洒窗声未定，怪襟袖、峭寒欺。渐邑界空明[①]，山河表里[②]，玉幻琼移。天边占春最早，万花中、不遣一尘飞。清想吟鞭瘦倚，醉怜歌锦红围。　谁知，未去心期[③]。慵酒更慵诗。算可人惟有[④]，光浮茗椀，香浸梅枝。长安又惊岁换，笑吹来、空点鬓成丝。一舸沧江浩渺，几回归梦参差。

[注释]

①邑界：城郭。　空明：透明。　②表里：内外。　③心期：心愿。④可人：使人满意。

木兰花慢

别西湖两诗僧

嫩寒催客棹[①]，载酒去、载诗归。正红叶漫山，清泉漱石，多少心期。三生溪桥话别[②]，怅薜萝、犹惹翠云衣。不似今番醉梦，帝城几度斜晖。　鸿飞，烟水㳽㳽[③]。回首处，只君知。念吴江鹭忆，孤山鹤怨，依旧东西。高峰梦醒云起，是瘦吟、窗底忆君时[④]。何日还寻后约，为余先寄梅枝。

[注释]

①嫩寒：浅寒、微寒。　客棹：客船。　②三生：佛家语，指前生、今生、

来生。杭州北山莲花寺后,有三生石,以风景著称。 ③渺渺:茫茫。 ④瘦吟:苦吟。

木兰花慢

寿具舍使母夫人①

翠阴春昼永,乍帘幕、暖飘香。正玉节来归②,斑衣戏舞③,□□荧煌。椿期始开九秩,看芝兰、奕叶早传芳。都把一门瑞气,酿成九酝霞觞④。 相将⑤,诏墨趣星郎⑥。乐事未渠央。渐锦封鸾诰,鱼轩象服,争贲萱堂⑦。西池献桃未熟⑧,醉西湖、日日想偏长。紫燕黄鹂院落,牡丹红药时光。

[注释]

①寿具舍使母:为具舍人的母亲作寿词。 舍使:舍人而兼使节之职。 ②玉节:遣使所用之符节,以玉为之,曰玉节。 ③斑衣:老莱子穿彩衣作戏以娱亲,称斑衣戏采。见《高士传》。 ④九酝霞觞:仙酒。⑤相将:持捧着。 ⑥诏墨:诏书。 星郎:郎官,指具舍人。 ⑦贲:光临之意。 ⑧西池:即西天瑶池,王母所居。

木兰花慢

先君买屋蒲江,半属叶氏,似之五兄方并得之①。因举六秩之庆,并致贺札

向蒲江佳处,报新葺、小亭轩。有碧嶂青池,幽花瘦竹,白鹭苍烟。年华再周甲子,对黄庭、心事只翛然②。都占壶天岁月③,便成行地神仙。 十年,微禄萦牵。梦绕浙东船。更吾庐才喜,藩篱尽剖,门巷初全。何时归来拜寿,尽团栾、笑语玉尊前。吟寄疏梅驿外,思随飞雁行边。

[注释]

①方并得之：刚才兼并到手。 ②黄庭：道家经书。 ③壶天：道家仙境。

浣溪沙

午睡醒来策瘦筇[1]，几痕茸绿径苔封。石榴初□舞裙红。 中酒情怀滋味薄[2]，肥梅天气带衣慵。日长门巷雨馀风。

[注释]

①瘦筇(qióng)：竹杖。筇(邛)地竹枝瘦劲，故名。 ②中酒：醉酒。

卜算子

续续露蛩鸣[1]，索索风梧语[2]。瘦骨从来不奈秋，一夜秋如许。 簟冷卷风漪，髻滑抛云缕。展转无人共此情，画角吹残雨。

[注释]

①露蛩(qióng)：野地的蟋蟀。 ②索索：象声词，同"瑟瑟"。

卜算子

双鬓晚风前，一笛秋云外[1]。木叶飞时看好山，山亦于人耐[2]。 意到偶题诗，饮少先成醉。笑折花枝步短檐，此意无人会。

[注释]

①"一笛"句:意谓远方(云外)传来了笛声。 ②耐:愿意。李白《送殷淑》:"惜别耐取醉,鸣榔且长谣。"

[集评]

笃文云:"'木叶飞时看好山,山亦于人耐。'思曲而意工,佳句也。"

卜算子

水 仙

佩解洛波遥[1],弦冷湘江渺[2]。月底盈盈误不归,独立风尘表。 窗绮护幽妍,瓶玉扶轻袅。别后知谁语素心,寂寞山寒峭。

[注释]

①佩解洛波遥:本曹植《洛神赋》"愿诚素之先达兮,解玉佩以要(邀)之"。这是以洛神比水仙花,表示倾慕之意。 ②弦冷湘江渺:本钱起《湘灵鼓瑟》"曲终人不见,江上数峰青"。这是以湘水女神比水仙之清冷。

卜算子

忆梅花

寒谷耿春姿[1],遥夜乘幽兴。忆得和香载月归,醉里清魂醒。 霜月解随人,不解将疏影[2]。想见江南万斛愁,云卧衣裳冷[3]。

[注释]

①耿春姿:言梅花带来了光明的春色。 耿:光明。 ②疏影:本林逋《山园小梅》诗"疏影横斜水清浅"。 ③云卧衣裳冷:本杜甫《游龙门奉先寺》诗"天阙象纬逼,云卧衣裳冷"。这里是将梅花人格化,

刻画出一幅高寒境界。

满庭芳

辛未岁，闻表兄王和叔秘监林屋既成，乃作彩舫，幅巾雪鬓[①]，徜徉湖山间，望之为蓬瀛仙翁也。因赋此以寿之，俾舟人歌以和渔唱

盘谷居成[②]，辋川图就[③]，便从鸥鹭寻盟。泛溪窈窕，游钓寄高情。尚忆儿童旧地，疏帘外、烟雨新晴。微吟罢，渔歌响答，欸乃醉中听[④]。　　蓬瀛。归计早，下帆坐阅，涛浪堪惊。爱闲身长占，风澹波平。夜雪何时访戴[⑤]，梅花下、同款柴扃。还知否，清时未许，野渡有舟横。

[注释]

①幅巾：以全幅缣绢裹头曰幅巾。　②盘谷：河南济源有盘谷。李愿隐居于此。韩愈有《李愿归盘谷序》。　③辋川：在陕西蓝田。王维居此，作有《辋川图》。　④欸乃：渔唱之声。　⑤访戴：东晋王徽之尝雪夜泛舟剡溪访戴逵，至门而返。人问其故，曰："吾本乘兴而行，兴尽而返，何必见戴？"见《世说新语·任诞》。

夜行船

暖入新梢风又起[①]，秋千外、雾萦丝细。鸠侣寒轻[②]，燕泥香重，人在杏花窗里。　　十二银屏山四倚，春醪困、共篝沉水[③]。却说当时，柳啼花怨，魂梦为君迢递。

[注释]

①新梢：柳梢。　②鸠侣：指布谷。　③沉水：沉香之别名。胡宿《侯家诗》："沉水熏衣白璧堂。"

瑞鹤仙

赋芙蓉

坡诗云:“芙蓉城中花冥冥。谁其主者石与丁。中有一人长眉青。炯如微月澹疏星。”故末章及之①

江南秋欲遍。正莼际鲈分②,酒边鳌荐。青林雁霜浅。问风流何事,试华偏晚③。凌波步远,误池馆、薰风笑宴。梦回时,细剪荷衣,尚倚半酣妆面。　深院。绮霞低映,步障横陈,暮天慵倦。无言笑倩。尊前恨,仗谁遣。似重来鹤驭④,锦城依旧⑤,无复仙风宛转。念疏星澹月,长眉甚时再见。

[注释]

①注者按:题从《永乐大典》补。　芙蓉城:苏东坡有《芙蓉城》诗,写王迥与周瑶游芙蓉城事。语涉仙鬼,乃游戏文字。　石:指石曼卿,相传死后为芙蓉城主。见《宋人轶事汇编》。　丁:指丁度。见《石林燕语》。　芙蓉:荷花之别名。　②莼(chún)际鲈分:即莼菜鲈鱼上市的时分,指秋天。　③试华偏晚:唐氏按,此句原为空格,据《永乐大典》卷五百四十“蓉”字韵引《卢祖皋集》补。　④鹤驭:鹤驾,乘鹤归来。　⑤锦城:成都一名“锦官城”。

菩萨蛮

芙蓉香卸桐阴薄①,水窗未雨凉先觉②。何处理秋裳,月高砧杵长③。　袂罗新恨悄,展转屏山晓④。长是卷帘时,翠禽相对飞。

[注释]

①桐阴薄:桐叶飘零,树阴稀薄。　②水窗:向水的楼台。　③砧杵

长：砧杵声声，捣练裁制秋衣。 ④展转：辗转反侧，失眠之状。

菩萨蛮

烛房花幌参差见[①]，疏帘镇日萦愁眼。巫峡小山屏[②]，梦云犹未成[③]。 带霜边雁落，双字宫罗薄[④]。二十四阑干，夜来相对寒。

[注释]

①花幌：绣花帷帐。 ②“巫峡”句：指雕绘成巫峡的小屏风。 ③梦云：指与情人的欢会。“旦为行云，暮为行雨”，为宋玉《高唐赋序》所述的梦境。 ④双字：犹言双层。

菩萨蛮

翠楼十二阑干曲[①]，雨痕新染蒲桃绿。时节又黄昏，东风深闭门。 玉箫吹未彻[②]，窗影梅花月。无语只低眉，闲拈双荔枝[③]。

[注释]

①十二楼：仙家楼阁。李白诗：“天上白玉京，十二楼五城。” ②玉箫：美人所吹之华丽箫管。周邦彦《蓦山溪》：“玉箫金管不共美人游。因个甚，烟雾底，偏爱莼羹美。” ③双荔枝：并蒂荔枝，暗喻企盼团圆的心情。

鹊桥仙

菊

寒丛弄日，宝钿承露[①]，篱落亭亭相倚。当年彭泽未归来[②]，料独抱、幽香一世。 疏风冷雨，澹烟残照，日日重阳天气。帽檐已是半攲斜,问瓮里、新篘熟未[3]。

[注释]

①宝钿:金花曰“钿”,此指黄菊。 ②彭泽:陶渊明曾为彭泽令,号陶彭泽。 ③新篘(chōu):新酿制的酒。 篘:滤酒用的竹器。

鹊桥仙

寿谢法□

槐阴闳暑[1],荷风清梦,满院双成俦侣[2]。阶庭一笑玉兰新,把酒更、重逢初度[3]。 丹书漫启[4],青云垂上,莫忘八篇奇语[5]。功成休驾玉霄云,且长占、赤城佳处[6]。

[注释]

①闳暑:敛暑。 ②双成:董双成,传为西王母侍女。 ③初度:出生之日曰“初度”。 ④丹书:丹经,炼丹之书。 ⑤八篇奇语:汉刘安好道术,有八公诣门,传授仙术,白日升天。见《水经·淝水八公山注》。 ⑥赤城:传说中的仙境。庾信《奉答赐酒》:“仙童下赤城,仙酒饷王平。”

鹊桥仙

澄江晓碧,君山秋静[1],人与江山俱秀。最声吹下紫泥封[2],看宣献、风流依旧[3]。 □袍对引,鱼轩徐驾,小队旌旗陪后。万家指点寿星明,更把菊、登高时候。

[注释]

①君山:洞庭湖中岛名。 ②最声:政声称最,受到表彰。 紫泥封:指朝廷颁发的紫泥诏书。 ③宣献风流:本梅尧臣《观宋中道书画》诗“君谟善书能别书,宣献家藏天下无”。 宣献:宋绶,字公垂。谥宣献。家藏万卷,古帖名画尤多,为时所称。

摸鱼儿

九日登姑苏台

怪西风、晓来敧帽[①]，年华还是重九。天机衮衮山新瘦[②]，客子情怀谁剖。微雨后。更雁带边寒，袅袅欺罗袖。慵荷倦柳。悄不似黄花，田田照眼[③]，风味尽如旧。

登临地，寂寞崇台最久。阑干几度搔首。翻云覆雨无穷事，流水斜阳知否。吟未就。但衰草荒烟，商略愁时候[④]。闲愁浪有[⑤]。总输与渊明，东篱醉舞，身世付杯酒。

［注释］

①敧帽：落帽之意。孟嘉为桓温参军，重阳登龙山，风吹落帽，嘉不觉。桓命孙盛作文嘲之。事见《晋书·孟嘉传》。　②天机衮衮：造化之气，自然流转。　衮衮：流动意。　③田田：丰盛貌。　④商略：酝酿。⑤浪有：空有。

夜飞鹊慢

骄嘶破清晓[①]，分恨临期[②]。花下恁月明知。馀光是处散离思，最怜香霭霏霏。牵衣揾弹泪，问凄风愁露，划地东西。留鞭换佩，怕匆匆、已是迟迟。　凉怯几番罗袂，还燕别文梁，萤点书帏。一自秋娘迢递[③]，黄金对酒，争忍轻挥。新来院落，雁难寻、帘幕长垂。怕凋梧敲径，惊回旧梦，应也颦眉。

［注释］

①骄嘶：骏马嘶鸣。　②分恨：离恨。　③秋娘：歌女之通称。白居易《琵琶行》："妆成每被秋娘妒。"

秋　霁

虹雨才收，正抱叶残蝉，渐老云木。银汉飞星，玉壶零露，万里素秋如沐。倚鞶抱独，盼娇曾记郎心目[①]。向艳歌偏爱，赋情多处寄衷曲[②]。　凄凉漫有，旧月阑干[③]，夜凉无因，重照颓玉[④]。扇纨收、鸾孤蠹损[⑤]，一番愁绪黯相触。回首寒云空雁足。露井零乱，已是负了桐阴，可堪轻误，满篱种菊。

[注释]

①盼娇：娇盼，美人的眼神。　②衷曲：心曲。　③阑干：横斜。④颓玉：即玉山颓之倒装，醉倒之意。《世说新语·容止》："嵇叔夜之为人也……其醉也，傀俄若玉山之将崩。"　⑤鸾孤蠹损：画有鸾凤的团扇被蠹虫蛀蚀。

虞美人

九月游虎丘[①]

清尊黄菊红萸佩，两度云岩醉。帽檐今日更清狂，冷雨疏风著意、过重阳。　故宫历历遗烟树[②]，往事知何处。漫山秋色好题诗，吟罢阑干、独自立多时。

[注释]

①九月：当作"九日"。　虎丘：山名，在苏州。　②故宫：指吴王宫殿。

渔家傲

小阁腾腾人似醉[①]，鸣阶簌簌霜林坠。起向楼头看雪意。雪犹未[②]，雁声一片江风起。　宦里从容何日是，偷闲著便寻幽事。见说小桥清浅水，梅欲蕊，吟边陡觉添风味。

［注释］

①腾腾：瞢腾，醉貌。 ②雪犹未：《彊村丛书》本“雪”作“云”。

渔家傲

檐玉敲寒声不定[①]，水仙瓶里梅相映。半缕篝香云欲暝，窗几静，月华时送琅玕影[②]。 不用五湖寻小艇[③]，吾庐剩有闲风景。薄醉起来行藓径，多幽兴，悠然一霎风吹醒。

［注释］

①檐玉：檐间的冰柱。 ②琅玕影：竹影。 ③五湖：泛指太湖一带。

渔家傲

寿白石[①]

白石山中风景异，先生日日怀归计。何事黄冈飞雪地[②]，偏著意，画堂却为东坡起。 人说前身坡老是，文章气节浑相似。只待鼎彝勋业遂[③]，梅花外，归来长向山中醉。

［注释］

①白石：此为黄岩老之号，与姜夔之号白石有别。姜白石为布衣之士，不得以勋业相勉。 ②黄冈：即黄州，东坡曾贬于此。 ③鼎：食器。彝：酒尊。 鼎彝：皆朝廷重器，颁赐元老大臣者。这里是期望寿翁建立大勋业之意。

醉梅花

叶行之府判自号从好居士[①],外舅赵西林先生上足也[②]。文学政事皆不愧师承。宣路虽不逮[③],而寿过之。结屋姑苏台之北,种花弄孙以自适,世念甚轻[④]。今七十有四矣,耳目聪明,髭鬓未白。因其初度,赋《醉梅花》一首寿之

传得西林一派清,年华垂过欠官称[⑤]。居无多地花常好,客有来时鹤自鸣。　　分蕊馆[⑥],驻屏星[⑦]。齐眉相对眼尤明。弄孙教子婆娑醉,岁岁疏梅入寿觥[⑧]。

[注释]

①府判:州府通判。　②上足:高足弟子,门生。　③宣路:指仕途。朝廷选将命相诏书曰“宣麻”。　不逮:不及。　④世念:名利之心。⑤垂过:刚刚超过。　⑥蕊馆:仙馆。　⑦屏星:州郡通判所乘之车,前有挡尘隔屏,曰屏星。　⑧寿觥:祝寿之酒盏。

贺新郎

彭传师于吴江三高堂之前作钓雪亭,盖擅渔人之窟宅,以供诗境也。赵子野约余赋之

挽住风前柳。问鸱夷、当日扁舟[①],近曾来否。月落潮生无限事,零乱茶烟未久。漫留得、莼鲈依旧。可是从来功名误,抚荒祠、谁继风流后[②]。今古恨,一搔首。
江涵雁影梅花瘦[③]。四无尘、雪飞风起,夜窗如昼。万里乾坤清绝处,付与渔翁钓叟。又恰是、题诗时候。猛拍阑干呼鸥鹭,道他年、我亦垂纶手[④]。飞过我,共尊酒。

[注释]

①鸱夷:范蠡佐勾践灭吴,后乘扁舟经太湖入海,至齐国,变姓名曰鸱

夷。 ②荒祠：指供有范蠡、张翰、陆龟蒙的三高堂。 ③江涵雁影：本杜牧《九日齐山登高诗》“江涵秋影雁初飞”。 ④垂纶：垂钓。

［集评］

魏庆之云：“彭传师于吴江三高堂之前，作钓雪亭，蒲江为之赋词云‘挽住风前柳！’无一字不佳，每一咏之，所谓如行山阴道中，山水映发，使人应接不暇也。”（《诗人玉屑》卷二十一引《中兴词话》）

杨慎云：“卢申之，名祖皋，邛州人。有《蒲江词》一卷，乐章甚工，字字可入律吕。彭传师于吴江作钓雪亭，擅渔人之窟宅，以供诗境也。约赵子野、翁灵舒诸人赋之，惟申之擅场。”（《词品》卷四）

沁园春

双溪狎鸥①

几叶凋枫，半篙寒日，傍桥系船。爱洞门深锁，人间福地，双溪分占，天上星躔②。破帽皲寒，短鞭敲月，此地经行知几年。空赢得，似沈郎消瘦③，还欠诗篇。 沙鸥伴我愁眠，向水驿风亭红蓼边。有村醪可饮，且须同醉，溪鱼堪鲙，切莫论钱。笠泽波头④，垂虹桥上⑤，橙蟹肥时霜满天。相随否，算江南江北，惟有君闲。

［注释］

①双溪：浙江金华有双溪。 ②星躔：星辰运行的轨道。 ③沈郎：沈约，曾任东阳（辖金华）太守，建有八咏楼。 ④笠泽：即松江，又名松陵，吴江。 ⑤垂虹：桥名，在吴江县。

沁园春

戊辰岁寿攻媿舅①

台色齐辉②，一点长庚③，夜来更明。渐日添宫线④，功催补衮[5],春回梅萼,香趁调羹。鹤禁班高[6],槐庭恩重[7],八秩骎骎人共荣。谁知道,纵身居公辅,心似书生。

东楼见说初成,有帘卷江山万里横。想高情长羡,碧云出处,清时未计,绿野经营[8]。东阁郎君[9],南宫进士[10],管领孙枝扶寿觥。齐眉醉,笑尊前乐事,真个全并[11]。

[注释]

①戊辰:宋宁宗嘉定元年(1208)楼钥年七十二。韩侂胄伏诛,起任楼钥为吏部尚书,签书枢密院事。 ②台色:犹台星高照。 ③长庚:即太白星。 ④日添宫线:魏晋宫中以红线量日影。冬至后,日添长一线。见《岁时记》。 ⑤补衮:补益国政。衮衣,三公宰辅之礼服。 ⑥鹤禁:太子所居之地。 ⑦槐庭:学士院第三厅前有巨槐,旧传居此院者,多为宰相。见《梦溪笔谈》。 ⑧绿野:堂名。唐裴度退休后,于洛阳午桥建绿野堂以娱老。 ⑨东阁:汉公孙弘为相,开东阁以延揽贤士。 ⑩南宫:古尚书省之别称。 ⑪全并:全备。

贺新郎

姑苏台观雪

十顷涵空碧。画图中、峥嵘幻玉[1],乱零吹壁。倚遍危阑吟不尽,把酒风前岸帻[2]。记当日、西湖为客。谁剪吴松江上水[3],笑乾坤、奇事成儿剧[4]。还照我,夜窗白。

崇台目断清无极。引枝筇、琼瑶步软,印登临屐。娃馆娉婷知何在[5],泪粉愁浓恨积。故化作、飞花狼藉。旧事悠悠浑莫问,有玉蟾、醉里曾相识[6]。聊伴我,夜吹笛。

[注释]

①峥嵘幻玉:形容雪花如玉屑满天。 ②帻:头巾。 岸帻:把帻掀

起露出前额。表洒脱,不拘束。 ③剪水:犹言击水泛舟。 ④儿剧:儿戏。 ⑤娃馆:馆娃宫。吴王夫差为西施所建,旧址在灵岩山上。 ⑥玉蟾:月亮。旧传月中有蟾蜍,故称。

贺新郎

送曹西士宰建昌①

万里岷峨路。笑归来、野逸萧闲,旧时风度。玉陛金闺春引处②,迟却京华步武③。漫赢得、西湖佳趣。香篆琴丝帘影外,有朝云、夜月和鸥鹭。都辨我,醉中句。

飞凫又报匡庐去④。怕赤霄、班里依然⑤,有人留取。头黑功名浑好在,漫浪从渠赋予⑥。但爱我、襟期相遇。满把一觞为君寿,有风荷、万顷摇清暑。聊为此,酹金缕。

[注释]

①宰建昌:当建昌县令。建昌,江西县名。 ②玉陛:朝廷。 金闺:尚书省之别称。 ③步武:步伐。 ④匡庐:庐山,与建昌相近。 ⑤赤霄:朝堂。 ⑥从渠:听他,由他。

太常引

趋省闻桂偶成①

梦回金井卸梧桐,嘶马带疏钟。草面露痕浓。渐薄袖、清寒暗通。 天低绛阙②,云浮碧海,残月尚朦胧。吹面桂花风,峭不似、红尘道中③。

[注释]

①省:谓尚书省。 ②绛阙:犹言紫宸、丹阙,指朝廷。 ③峭:清凉。陆游《秋思》:"寒气侵帘已峭深。"

小阑干

种桂戏成[①]

露华深酿古香浓，一树□云丛[②]。窗间试与，闲培秋事，聊寄幽悰[③]。　　钩帘静对西风晚，尘外小房栊。轻阴澹日，浅寒清月，想见山中。

[注释]

①戏成：戏作。　②一树□云丛：据《全芳备祖》，"□"当作"出"。谓云雾中伸出一枝桂花。　③幽悰：幽情。

倚阑令[①]

惜春心[②]，步花阴，怕春深。风飐游丝吹落絮，满园林。　　日长帘幕沉沉，朱阑畔、斜亸琼簪。笑摘梨花闲照水，贴眉心。

[注释]

①倚阑令：即《春光好》。　②唐氏按："心"字原为空格，据《花草粹编》卷二补。

满江红

齐云月酌[①]

楼倚晴空，炎云净、晚来风力。沧海外、等闲吹上，满轮寒壁。河汉低垂天欲近，乾坤浩荡秋无极。凭阑干、衣袂拂青冥，知何夕。　　登眺地，追畴昔[②]。吴越事[③]，皆陈迹。对清光只有，醉吟消得。万古悠悠惟月在，浮生衮衮空头白。自骑鲸、仙去有谁知[④]，遥相忆。

[注释]

①齐云：楼名，在长洲县。　月酌：月下饮酒。　②畴昔：往昔。③吴越事：越王勾践灭吴之事。　④骑鲸：传李白自称海上骑鲸客。

满江红

寿王永叔秘监表兄[①]

拟问扁舟，归来趁、蓬莱寿席。还又向、月城迢递[②]，岁寒为客。多竹襟期居已就，一川图画□堪觅。想玉笙、霜鹤拥蹁跹，真仙伯。　身早退，头翻黑。心最懒，闲偏适。更新来膝下，始看袍色。安石正多人望在[③]，子公何用缄书力[④]。但年年、把酒为梅花，寻消息。

[注释]

①王永叔秘监：前《满庭芳》词有"闻表兄王和叔秘监林屋既成"之语，与"永叔"或为兄弟，俟考。　②月城：城外小城。　③安石：谢安，字安石。隐居东山，举世望其出仕。　④子公：陈汤，字子公。西汉陈咸遗书陈汤曰："既蒙子公力，得入帝城，死不恨矣。"后竟入为少府。见《汉书·陈咸传》。

烛影摇红

十月十四日寿藏春孟侍郎

千载风云，庆符良月先呈瑞[①]。旧家阴郭帝恩浓[②]，圭衮公侯地。不道蝉联鼎贵，对秋灯、依然风味。紫囊归去，绿野闲来，青毡都未[③]。　琴鹤相随，小山花竹便幽意。满襟和气是藏春，日觉诗名起。已动金瓯姓字。早梅□，□□□□。□□□□，□□□□，□□□□。

[注释]

①庆符:吉光。 良月:十四日,月将圆,故称良月。 ②阴、郭:汉光武帝皇后阴氏,被废。立郭氏,其子继位,即汉明帝。此言孟侍郎为皇后族人。 ③青毡:清寒儒者之代称。《晋书·王羲之传附王献之》载,偷儿入室,盗物都尽,王献之曰:“青毡我家旧物,可特置之。”

月城春[①]

寿无为赵秘书[②]

五云腾晓。望凝香画戟,恍然蓬岛[③]。玉露冰壶,照神仙风表[④]。诗书坐啸,唤淮楚、满城春好[⑤]。雨谷催耕,风帘戏鼓,家家欢笑[⑥]。 南湖细吟未了。看金莲夜直,丹凤飞诏[⑦]。鬓影青青,办功名多少[⑧]。持杯满酾,听千里、载歌难老[⑨]。试问尊前,蟠桃次第,红芳犹小[⑩]。

[注释]

①月城春:又名《锦园春三犯》。 ②无为:县名,今属安徽。 ③“五云”三句下原注:“解连环”。 五云:五彩祥云。 画戟:戟上加画饰的兵器。此指贵官的仪卫。 ④“玉露”二句下原注:“醉蓬莱”。 ⑤“诗书”二句下原注:“雪狮儿”。 ⑥“雨谷”三句下原注:“醉蓬莱”。 ⑦“南湖”三句下原注:“解连环”。 金莲:金莲烛,皇上所用。 夜直:夜晚在宫禁值班,上赐金莲烛照明。 ⑧“鬓影”二句下原注:“醉蓬莱”。 ⑨“持杯”二句下原注:“雪狮儿”。 ⑩“试问”三句下原注:“醉蓬莱”。

临江仙

六鹤飞来松帐晓[①],菊迟梅早年光[②]。西池移宴到萱堂[③]。笙箫清弄玉,环佩暖回香。 未问诰花金五色[④],新来乐事难量。双添雏凤趁称觞。争书八十字,分抱彩衣旁[⑤]。

(以上《彊村丛书》本《蒲江词藁》)

［注释］

①六鹤：堂名，在嘉兴。宋知州邓根建。　②菊迟梅早：菊花已谢，梅尚未开。　③萱堂：母亲住所。　④诰花：诰命。　⑤彩衣：即五彩斑衣，老莱子穿彩衣作戏以娱亲，称斑衣戏彩。见《高士传》。

贺新郎

春色元无主①。荷东君、著意看承②，等闲分付。多少无情风与浪，又那更、蝶欺蜂妒。算燕雀、眼前无数。纵使帘栊能爱护，到如今、已是成迟暮③。芳草碧，遮归路。

看看做到难言处。怕宣郎、轻转旌旗④，易歌襦袴⑤。月满西楼弦索静⑥，云蔽昆城阆府⑦。便恁地、一帆轻举。独倚阑干愁拍碎，惨玉容、泪眼如红雨。去与住，两难诉。⑧

［注释］

①元无主：即原没有主人。　②荷东君：承蒙春神眷爱。　③迟暮：暮年。　④宣郎：宣差使者。　⑤襦袴：上衣曰襦。袴，通“裤”。“平生无襦，今五袴”，为歌颂丰足之词。见《后汉书·廉范传》。　⑥弦索：弹拨乐器。　⑦昆城阆府：昆仑山、阆苑，指仙界。　⑧《全宋词》注：《豹隐纪谈》载平江妓送太守词，引或云：是蒲江卢申之作。

存目词

调名	首句	出处	附注
洞仙歌	溶溶泄泄	《蒲江词藁》	无名氏词，见《乐府雅词拾遗》卷上
好事近	雁外雨丝丝	《蒲江词》	此吴文英词，见《中兴以来绝妙词选》卷十

孙居敬

孙居敬,号畸庵,生卒不详,与卢祖皋同时,有和词。周泳先《唐宋金元词钩沉》有辑本《畸庵词》一卷。

喜迁莺

晓 行

宿酲初愈[1]。更花焰频催,叶蕉重举。浓露沾丛,薰风入樾[2],黄叶马头飞舞。梦结尚依征旆,笛怨谁教渔谱[3]。村路转,见寒机灯在[4],晨炊人语。 无据,堪恨处。残月满襟,不念人羁旅。天接山光,云拖雁影,多少别离情绪。绣被香温密叠,罗帕粉痕重护。这滋味,最不堪两鬓,菱花羞觑[5]。 (《阳春白雪》卷三)

[注释]

①宿酲:宿酒,昨夜之酒。 ②樾(yuè):树阴。 ③渔谱:渔歌。 ④寒机:在寒夜中织布。 ⑤菱花:古代有菱花镜。 羞觑:羞于瞧看。

临江仙

西 湖

触事老来情绪懒[1],西湖债未曾还。试呼小艇访孤山。昔年鸥鹤侣,总笑鬓斓斑[2]。 仙去坡翁山耐久[3],烟霏空翠凭阑。日斜尚觉酒肠宽。水云天共色,欸乃一声间[4]。

[注释]

①触事:感事。 ②斓斑:头发花白。 ③坡翁:苏东坡。 ④欸乃:渔歌之声。

临江仙

摘索枝头何处玉[①],吹来万里春风。须臾陆地遍芙蓉。珠帘和气扑,一笑夺炉红。　　文字红裙相间出,主人钟鼎仙翁[②]。清谈隽语与香浓[③]。太平欢意远,人在玉壶中[④]。

[注释]

①何处玉:玉指梅花色白,与玉相似。 ②钟鼎:钟鸣鼎食,指富贵人家。 ③隽语:语言高雅不俗。 ④玉壶:美玉之壶,此指高洁美好的环境。

贺新郎

次卢申之韵[①]

风月为佳节。更湖光、平铺十里,水晶宫阙,若向孤山邀俗驾,只恐梅花凄咽。有图画、天然如揭[②]。好着骚人冰雪句,走龙蛇、醉墨成三绝[③]。尘世事,谩如发。
真须脚踏层冰滑。倚高寒、身疑羽化[④],水平天阔。目送云边双白鹭,杳杳冲烟出没。□□□、□□□□[⑤]。唤醒儿曹梁甑梦[⑥],把逍遥、齐物从头说[⑦]。洗夜光[⑧],弄明月。

（以上三首见《永乐大典》卷二千二百六十五“湖”字韵引孙居敬《畸庵词》）

[注释]

①次卢申之韵:即和卢祖皋韵之词。按卢作已不存。 ②揭:昭示,展现。 ③走龙蛇:此指写字之姿态。 三绝:此指画、词与字俱超妙。 ④羽化:道家以得道飞升比之虫类之羽化。 ⑤注者按:原无空格,据律补。 ⑥梁甑梦:未详。意当与"浮生一梦"相近。 儿曹:儿辈。 ⑦逍遥、齐物:皆《庄子》篇名。 ⑧夜光:月亮。

风入松

次韵代赠人

王孙去后几时归[①],音信全稀。绿痕染遍天涯草,更小红、已破桃枝。此恨无人共说,梦回月满楼时。 只应明月照心期,一向舒眉。若还早遂蓝桥约[②],更不举、玉戋东西[③]。怎望黄金屋贮[④],只图夸道于飞[⑤]。

[注释]

①王孙:指离家的游子。"王孙游兮不归,春草生兮萋萋",见小山《招隐士》。 ②蓝桥约:相传裴航遇女仙云英于蓝桥。地在陕西蓝田县。 ③东西:酒杯,亦名玉东西。 ④黄金屋:贮娇之所。汉武帝幼时对长公主曰:"若得阿娇,当以金屋贮之。"见《汉武故事》。 ⑤于飞:于飞之乐,指缔结良缘。

风入松

画梁燕子报新归,好语全稀。庭芳侵亚红相对[①],却羞见、蕊蕊枝枝。说与吹箫旧侣[②],痴心指望多时。 朝云暮雨失欢期,碧画谁眉。凝愁立处桐阴转,又还是、红日将西。谩道梅花纸帐[③],鸳鸯终待双飞。

(以上二首见《永乐大典》卷三千零零六"人"字韵)

［注释］

①偎亚：低拂。元稹《红芍药》："烟轻琉璃升，风亚珊瑚朵。"　②吹箫旧侣：指夫妻。仙人萧史吹箫引凤，弄玉乘之，夫妇飞升而去。见刘向《列仙传》。　③梅花纸帐：林洪《山家清事》有梅花纸帐。用细白楮作帐罩之，内安文具、香炉等。

好事近

渔村即事

买断一川云[①]，团结樵歌渔笛。莫向此中轻说，汙天然寒碧[②]。　短篷穿菊更移枨[③]，香满不须摘。搔首断霞夕影，散银原千尺。（《永乐大典》三千五百八十"村"字韵）

［注释］

①买断：独占之意。　②汙：同"污"。　③枨：杖。

西江月

次韵席上作

翠幄轻寒护夜，寒妆靓暖宜春[①]。酒筹诗令逐时新，仙佩朋簪清兴[②]。　凤炬呈妍栗栗[③]，水仙照座盈盈。约君策马贺升平[④]，回首尊前风韵。

（《永乐大典》卷二万零三百五十三"席"字韵引孙居敬《畸庵词》）

［注释］

①靓（jìng）：美丽。　②朋簪：朋友聚合。　簪：首笄，挽髮之具。③凤炬：凤烛。　栗栗：烛光。　④策马：鞭马。　升平：太平。

郑梦协

郑梦协,字南谷,玉山人,生卒不详。

八声甘州

大江流日夜,客心愁、不禁晚来风。把英雄□气,兴衰馀事,吹散无踪。但有山围故国,依旧夕阳中。直北神州路[①],几点飞鸿。　欲问周郎赤壁,叹沙沉断戟,烟锁艨艟[②]。听波声如语,空乱荻花丛。甚云间、平安信少,到黄昏、偏映落霞红。莼鲈美[③],扁舟归去,相伴渔翁。

(《阳春白雪》卷六)

[注释]

①直北:正北。　②艨艟(méng chōng):大型战船。　③莼鲈:莼菜鲈鱼羹为湖乡美味。东晋张翰为此辞官归隐,事见《晋书·张翰传》。

真德秀

真德秀(1178—1235)，字希元，一字景元，浦城(今属福建)人。庆元五年(1199)进士，历官校书郎、起居舍人、翰林学士，除参知政事等职，进资政殿大学士。为学以朱熹为宗，称西山先生。

蝶恋花

两岸月桥花半吐①。红透肌香②，暗把游人误。尽道武陵溪上路③，不知迷入江南去。　　先自冰霜真态度。何事枝头，点点胭脂汙④。莫是东君嫌淡素，问花花又娇无语。

（《全芳备祖》前集卷四“红梅门”）

[注释]

①月桥：拱形的石桥。　②红透肌香：指红梅。　③武陵溪：桃花源。　④胭脂汙(wū)：被胭脂染红。　汙：同“污”。

留元刚

留元刚(1179—?),字茂潜,号云麓子。永春(今福建晋江)人。开禧元年(1205),举博学宏词,授秘书省正字。嘉定二年(1209),太子舍人。累迁起居舍人,出知温州、赣州,后罢职,有《云麓集》。

满江红

泛舟武夷,午炊仙游馆,次吕居仁韵[①]

风送清篙,沿流泝、武夷九曲[②]。回首处,虹桥无复,慢亭遗屋。翠壁云屏临钓石,银河雪瀑飞寒玉。想当年、铁笛倚林吹[③],秋空绿。　　褰荇带,搘筇竹[④]。披荷芰,餐椒菊。问丹崖碧岭,底堪重辱。青笈不妨娱老眼[⑤],乌靴未许污吾足[⑥]。恰仙游、一枕梦醒来,胡麻熟[⑦]。

(《阳春白雪》外集)

[注释]

①吕居仁:吕本中字,世称东莱先生。　②泝:同“溯”,逆流而上。③铁笛:本朱熹《铁笛亭序》“(武夷山中之隐者刘君)善吹铁笛,有穿云裂石之声”。　④褰荇带、搘筇竹:此二句六字,依吕本仁原作韵,在“披荷芰,餐椒菊”六字之下。当是抄者误置,宜改。　褰:揭起。　搘(zhī):支,拄。　⑤青笈:道书。　⑥乌靴:朝靴。　⑦胡麻:即胡麻饭,神仙食物。刘晨、阮肇入天台采药,遇女仙,食以胡麻饭。见《幽明录》。

熊　节

熊节,字端操,生卒不详,初名汝舟,字元用,建阳崇泰里(今属福建)人。庆元五年(1199)进士。官通直郎,知闽清县事。

朝中措

寿刘仲吉

麒麟早贵挂朝冠①,自合侍金銮。收拾经纶事业②,从容游戏人间。　只今侍彩③,符分楚甸④,名在蓬山⑤。直待疏封大国⑥,秋光长映朱颜。

(《翰墨大全》丙集卷十四)

[注释]

①麒麟早贵:喻少年入仕。　麒麟:瑞兽,此指贵人。　②经纶事业:指治理国家的大事。　③侍彩:以彩衣作戏,博得父母欢心。　④符分楚甸:即出任楚地州郡官职。　符:印信。　⑤蓬山:仙境。　⑥疏封大国:诰封大国,指朝廷对大臣的恩宠,封国公之类的虚衔。

范 炎

范炎,字黄中,生卒不详,辛弃疾之婿。祖邦彦,邢州唐山人。绍兴中,南徙润州(今江苏镇江)。炎以恩授新淦主簿、德安司理、知晋陵。官宣教郎,真德秀帅湖南辟为湖南转运司主管。年四十,以母老弃官归养。特授朝散郎、提举华州云台观。自号闲静先生,卒于家。有诗集,今不传。

沁园春

庆杨平

襟韵何如[①],文雅风流,王谢辈人[②]。问传家何物,多书插架,放怀无可[③],有酒盈樽。一咏一谈,悠然高致,似醉当年曲水春[④]。还知否,壮胸中万卷,笔下千军。
门前我有佳宾,但明月、清风更此君[⑤]。喜西庐息驾,心间胜日[⑥],东皇倚杖[⑦],目送行云。闻道君王,玉堂佳处,欲诏长杨奏赋孙[⑧]。功名看,一枝丹桂[⑨],两树灵椿[⑩]。

(《截江网》卷六)

[注释]

①襟韵:心襟风度。 ②王谢:东晋王导、谢安等贵家子弟。 ③无可:无奈、无计。 ④曲水春:指王羲之等修禊兰亭,曲水流觞之事。 ⑤此君:指竹。“何可一日无此君”,见《晋书·王徽之传》。 ⑥心间:“间”通“闲”。 胜日:风和日丽之时。 ⑦东皇:司春之神,此指春天。 ⑧长杨奏赋:汉扬雄有《长杨赋》。 ⑨一枝丹桂:喻及第登科。窦禹钧五子俱登科,冯道赠诗曰“灵椿一树老,丹桂五枝芳”。 ⑩灵椿:传说中的神树,此指父亲。

汪相如

汪相如，生卒不详，字平叔，自号篁竿，嘉定元年（1208）进士，曾官南陵县尉。

水调歌

寿退休丞相

指点縠江水[①]，遥认作琼醅。介公眉寿[②]，年年倾入紫霞杯[③]。寿与江流无尽，人在壶天不老[④]，谈笑领春回。昨夜瞻南极[⑤]，列宿拱中台[⑥]。　补天工[⑦]，取日手，济时材。不应勇退，归来绿野宴瑶台[⑧]。天要先生调燮[⑨]，人要先生休养，虚左待重来[⑩]。再捧长生箓[⑪]，依旧面三槐[⑫]。

（《截江网》卷四）

［注释］

①縠江：即瀔江，在浙江金华境内。　②介：祝。　介寿，即祝寿。③紫霞：仙酒名。　④壶天：仙境。　⑤南极：南极星，旧传主长寿之星。⑥列宿：天上星宿。　中台：尚书省之别名。　⑦补天工：修补天缺之手段。　⑧绿野：堂名，唐裴度退居洛阳，于午桥筑绿野堂以自娱。　⑨调燮：调和鼎鼐，燮理阴阳，指宰相治国之事。　⑩虚左：空出上位。古以左为上。　⑪长生箓：道家仙箓。　⑫面三槐：面对三槐，为三公（宰相）之位。“朝士面槐，三公位焉”，见《周礼》。

张敬斋

张敬斋,生卒不详。宋徐光溥《自号录》云:“张延祚,自号敬斋。”另至元《嘉禾志》卷三十二又载有张敬斋诗,不知是否一人?

贺新郎

寿欧阳新卿

卓荦欧阳子[①],是江山、毓秀钟灵[②],异才间世。怜则韵光三月暮[③],蓂叶尧阶有四[④]。正天启、悬弧盛事[⑤]。金鸭亭亭书云篆[⑥],散非烟、南极真仙至。来为尔,荐嘉瑞。

神清洞府丹书字[⑦]。拥笙歌、绮席高张,更罗珠翠。个里长春人不老,仙籍玉环暗记[⑧]。但判取、酶酶沉醉[⑨]。拟作新诗八千首,待一年、一献称俾尔[⑩]。耆而艾[⑪],昌而炽[⑫]。

(《永乐大典》卷七千三百二十九“郎”字韵引宋《张敬斋诗集》)

[注释]

①卓荦(luò):特出。“荦”原作“茕”。 ②毓秀钟灵:谓为江山灵秀之气所孕育。 ③怜:疑为“恰”字形讹所致。 ④蓂叶:即蓂荚,一日一荚。 有四:初四日也。旧传生于尧阶,用以记日,又称历荚。 ⑤悬弧:古俗生男,悬弧(弓)于门。 ⑥金鸭:铜质鸭形香炉。 ⑦丹书:道书。 ⑧玉环暗记:羊祜五岁时,令乳母至邻人李氏桑树中取得玉环,人以为李氏子为羊祜之前生。见《晋书·羊祜传》。这是以羊祜比欧阳新卿。 ⑨判取:换取。 酶酶:大醉貌。 ⑩称俾尔:称颂和赠送给你。尔:你。 ⑪耆而艾:又老寿又显得年轻。 ⑫昌而炽:昌盛、红火。

徐　照

徐照(？—1211)，字道晖，又字灵晖，号山民，永嘉(今浙江永嘉)人。工诗，与赵师秀、翁卷、徐玑称永嘉四灵。

瑞鹧鸪

雨多庭石上苔文，门外春光老几分。为把旧书藏宝带[①]，误翻残酒湿绡裙[②]。　风头花片难装缀，愁里莺声怯听闻。恰似翦刀裁破恨[③]，半随妾处半随君。

(《阳春白雪》卷一)

[注释]

①旧书：旧信。　宝带：华美的腰带。　②绡裙：丝绸质地的衣裙。　③翦刀：剪刀。

[集评]

笃文云："把莺声比作剪刀，触动了心头的离恨，语巧而意新。"

南歌子

帘影筛金线[①]，炉烟篆翠丝[②]。菰芽新出满盆池。唤起玉瓶添水、养鱼儿。　意取钗虫碧[③]，慵梳髻翅垂。相思无处说相思。笑把画罗小扇、觅春词。

(《阳春白雪》卷三)

[注释]

①筛金线：指日光从竹帘缝隙中透过。　②篆翠丝：绿色的炉烟袅袅呈圆形上升。　③意取：欲取。

[集评]

李佳云:“词家有作,往往未能竟体无疵。每首中,要亦不乏警句。摘而出之,遂觉片羽可珍。……徐山民云:‘相思无处说相思。笑把画罗小扇、觅春词。’”(《左庵词话》)

清平乐

绿围红绕,一枕屏山晓[①]。怪得今朝偏起早,笑道牡丹开了。　　迎人卷上珠帘,小螺未拂眉尖[②]。贪教玉笼鹦鹉,杨花飞满妆奁。

[注释]

①屏山:指帐中小屏风。　②小螺:即黛螺,青绿色染料,女子画眉每用之。

[集评]

王闿运云:“(《清平乐》绿围红绕)眼前景,当如此写法。”(《湘绮楼词评》)

阮郎归

绿杨庭户静沉沉,杨花吹满襟。晚来闲向水边寻,惊飞双浴禽。　　分别后,忍登临,暮寒天气阴。妾心移得在君心,方知人恨深。　(以上二首见《阳春白雪》卷四)

[集评]

陈辅之云:“警句。(指‘妾心移得在君心,方知人恨深。’)”(《词旨》下)

王士祯云:“顾太尉‘换我心,为你心,始知相忆深。’自是透情语。徐山民‘妾心移得在君心,方知人恨深。’全袭此。然已为柳七一派滥觞。”(《花草蒙拾》)

玉楼春

萤飞月里无光色，波水不摇楼影直。每怜宿粉涴啼痕①，懒把旧书观字迹。　　枯荷露重时闻滴，君梦不来谁阻隔。妾身不畏浙江风，飞去飞来方瞬息。

（《阳春白雪》卷五）

[注释]

①宿粉：原先涂抹的香粉。　涴（wò）：沾污。

[集评]

笃文云："妾身二句，意谓我的魂梦不怕浙江风浪，瞬息就飞到你的身边。以白描语，直抒情思，灵晖确有特色。"

可　昙

可昙,生卒不详,号北山法师。

渔家傲

赞净土[①]　并序

我家渔父[②],不比泛常。一丈六之身材,三十二之相好。说聪明也,孔仲尼安可齐肩;论道德也,李伯阳故应缩首[③]。绝伦武略,独战退八万四千魔兵;盖世良才,复论败九十六种外道。拱身誓水,坐断爱河。披忍辱之蓑衣,遮无明之烟雨。慈悲帆挂,方便风吹。撑般若之扁舟[④],游死生之苦海。誓山月白,觉海风清。约汩没之众生,归涅槃之篮笼[⑤]。如斯旨趣,即是平生。暂歇钓竿,乃留诗曰:

家居常寂本优游,来执鱼竿苦海头。
直待众生都入手,此时方始不垂钩。

曾讲弥陀经十遍[⑥],孤山疏钞频舒卷[⑦]。事理圆融文义显。多方便,到头只劝生莲苑[⑧]。　　本性弥陀随体现,唯心净土何曾远。十万程途从事见。休分辨,临终但自亲行转。

[注释]

①净土:即净土宗,为佛教八派之一。此宗依《无量寿纪》提倡观佛、念佛以求生极乐净土为宗旨。　②我家渔父:此指释迦牟尼。一丈六尺身材,三十二种相好,皆是关于释迦的传说。　③李伯阳:李聃,字伯阳。　④般若:梵语智慧之意。　⑤涅槃:佛家以归真返本谓之涅槃,亦曰圆寂。　⑥弥陀经:即《阿弥陀佛经》。　⑦疏抄:注疏与抄本。　⑧莲苑:净土宗称极乐世界为莲邦,亦称莲苑。

渔家傲

四色莲华间绿荷，一莲华载一弥陀。
莫疑净土程途远，日日人生雨点多。

我佛莲华随步踏，黄金妙相青螺髮[①]。因地曾将洪誓发。四十八，众生尽度成菩萨[②]。　宫殿红香华影合，宝阶三道琉璃阔。水鸟树林皆念法。声嘈囋[③]，空中零乱天华撒[④]。

[注释]

①青螺髮：释迦佛卷髮如青螺。　②菩萨：菩提萨埵的简称，佛教指将自己与众生一齐从苦恼与愚痴中解脱出来的道者为菩萨，是比佛低一级的觉道者。　③嘈囋（zá）：吵闹。　④天华：即天花。

渔家傲

行树阴阴布七重，宝华珠网共玲珑[①]。
百千种乐俱鸣处[②]，天雨曼陀散碧空[③]。

彼土因何名极乐，莲华九品无三恶[④]。虽有频伽并白鹤。非彰灼[⑤]，如来变化宣流作。　九品一生离五浊[⑥]，自然身挂珠璎珞。宛转白毫生额角[⑦]。长辉烁，百千业障都消却。

[注释]

①珠网：以宝珠编织成璎珞，作为佛饰。　②鸣处：一作“时作”。③曼陀：圆满具足，周遍法界。　④三恶：即三恶道：地狱、饿鬼、畜生等三道。　⑤彰灼：一作“真托”。　⑥五浊：佛家谓世界有五浊：众生浊、见浊、烦恼浊、命浊、劫浊。　⑦白毫：佛家传说：世尊眉间有白毫，能放白毫光。

渔家傲

六方诸佛说诚言，舌相三千广赞宣。
池上托生莲九品，未知生向那枝边。

佛赞西方经现在，广长舌相三千界[①]。为要众生生信解。临终迈，不修净业犹何时。　七宝池塘波一派，莲华朵朵车轮大。华内托生真自在。分三辈，阿鞞跋致长无退[②]。

[注释]

①广长舌：本《大智度论》“佛出广长舌，覆面致髮际”。　三千界：三千大千世界之省称。　②阿鞞跋致：菩萨阶位名，无退让之意。

渔家傲

但得莲中托化来，从教经劫未华开。
华中快乐同忉利[①]，不比人间父母胎。

鹦鹉频伽知几支[②]，音声和雅鸣朝夕。演畅五根并五力[③]。令人忆，心飞恨不身生翼。　从是西方十万亿，山长水远谁人识。唯是观门归路直[④]。真消息，坐澄劫水琉璃碧[⑤]。

[注释]

①忉(dāo)利：佛经所说三十三天为忉利天。　②频伽：即迦陵频伽，鸟名，能出妙音，听者无厌。　③五根：信根、精世根、念根、定根、慧根。　五力：信力、精进力、念力、定力、慧力。　④观门：即观心法门，佛家究事观理，皆以观心法门为参悟捷径。　⑤“坐澄”句：意谓坐禅到劫水澄清，变成碧琉璃一样。

渔家傲

兀坐初修水观成[①]，微风不动翠波平。
幽深境界谁人见，一片琉璃照眼明。

清净乐邦吾本郡，娑婆流浪因贪吝[②]。冉冉思归霜入鬓[③]。深嗟恨，塞鸿不解传音信。　落日尽边沙隐隐[④]，向西望处归应近。天乐是时相接引。宜精进，紫金台上谁无分[⑤]。

［注释］

①兀坐：孤坐。　水观：一种通过观水而入禅定的修持之法。见《楞严经》。　②娑婆：犹婆娑，徘徊不去，贪恋之意。　③冉冉：一作“荏苒”。　④沙：一作“山”。　⑤紫金台：此指极乐之净土境界。贯休《秋夜怀嵩少》诗“紫金地上三更月，红藕香中一病身”与此意近。

渔家傲

乐邦清净本吾家，既有归期岂惮赊[①]。
行计会须勤策进，淹留无虑在天涯。

理性本来长自在，灵通昭彻光无碍。因被无明风恼害[②]。真如海[③]，等闲吹动波千派。　五蕴山头云叆叇[④]，遮藏心月无光彩。六贼会须知悔改[⑤]。除贪爱，刹那跳出娑婆界。

［注释］

①惮赊：怕远。　②无明：佛经谓痴愚无智慧为无明。　③真如：佛家谓真实如常的法性实相为真如。　④五蕴：佛家谓色、受、想、行、识为五蕴。　叆叇：云盛貌。　⑤六贼：即色、声、香、味、触、法六尘。以眼等六根为媒介劫夺一切善法，故曰六贼。

渔家傲

混然凡圣本同途，一点灵明体一如[①]。
只为妄情随物转，至今颠倒未逢渠[②]。

为厌娑婆求净土，驰情送想存朝暮。谁信不劳移一步[③]。西方去，楼台隐隐云深处。 珠网为光华作雨，金沙布地无尘土。怎不教人思去路。心专注，坐观落日如悬鼓。

[注释]

①一如：即真如。《文殊般若经》："不思议佛法，等无分别皆乘一如，成最正觉。" ②逢渠：逢着它。 ③不劳：不消，不须。

渔家傲

清风为我拂寥泬[①]，不许残云遮屋角。
禅居深掩静无人，坐看一轮红日落。

四相相催生病老[②]，死魔不定朝难保。争似寅昏持佛号[③]。西方好，树林水鸟称三宝[④]。 磨灭等闲髭鬓皓，乐邦行计唯宜早。万亿国邦非远道。休烦恼，一弹指顷能行到[⑤]。

[注释]

①寥泬(xuè)：寂寥，寂静。 ②四相：即果报四相谓生、老、病、死。③寅昏：朝暮。寅时相当于清晨四、五点钟。 ④三宝：佛家以佛(大觉之人)、法(佛所说之教法)、僧(依佛之教法而修业者)为三宝。 ⑤弹指：顷刻。佛家以二十念为瞬，二十瞬为弹指。

渔家傲

经赞弥陀愿力强，劣夫为喻从轮王[①]。
四天一日行周遍，西去应非道路长。

人世罪冤知底数[②]，前程不是无冥府[③]。争似静焚香一炷。无行住，声声称念弥陀父。　罪业尽消生有处，弥陀愿力堪凭据。十念一心存旦暮。西方路，功成足步红莲去[④]。

[注释]

①轮王：即转轮王。有金、银、铜、铁四轮王，各御宝轮，转遊其国。②底数：无数。　底：何。　③冥府：阴曹地府。　④红莲：红色的莲云。

渔家傲

谁知端坐却能游，顷刻心飞到玉楼。
竹影月移来户牖[①]，便疑行树在檐头。

万事到头无益已，寻思只有修行是[②]。若送此心游宝地[③]。还容易，坐观落日当西坠。　万顷红光归眼际，眼开眼闭长明媚。此观成时知法味。心欢喜，临终决定生莲里[④]。

[注释]

①户牖：窗户。　②是：一作“事”。　③宝地：即宝坊，指佛寺。　④生莲里：转生莲花世界，谓佛界净土。

渔家傲

九品莲华次第排，也应荷叶翠相挨。
未知何日生莲界，无奈晨昏甚挂怀。

西望乐邦云杳隔，一钩新月弯弯白。意欲往生何计策。劳魂魄[①]，弥陀一念声千百。　金殿玉楼为屋宅，七重行树强松柏。华里托生非血脉。真高格[②]，乐天不是蓬莱客[③]。

[注释]

①劳魂魄：谓费尽心思。　②格：一作“极”。　③乐天：白居易，晚号乐天居士，信奉佛法。　蓬莱：指道家所说的蓬莱仙境。

渔家傲

遍看玉轴与琅函[①]，若劝劳生脱世凡。
净土好修还不肯，莫教披却有毛衫[②]。

富贵经中谈净域，赤珠玛瑙为严饰。彼土众生当晓色。擎衣裓[③]，妙华供养他方佛。　稚小嬉游随没溺[④]，娑婆是苦何曾识。忻厌迩来方有力[⑤]。从朝夕，静焚一炷香凝碧。

[注释]

①玉轴琅函：以玉为轴，以琅（美玉）为函，此指释典。　②有毛衫：指投胎畜生道。　③衣裓（gé）：僧衣。　④没溺：沉溺。　没：一作“波”。⑤忻厌：心安。

渔家傲

既有身心求净土，可无门路去娑婆。
修行也只无多子[①]，十念功成一刹那。

文墨尖新无处用，已将名利浑如梦。一串数珠随手弄。休千种[②]，唯闻念佛心欢勇。　滉漾空中仙乐动[③]，笙箫声细天风送。接引凡夫归圣众。香云捧，男儿此日方崇重[④]。

[注释]

①无多子：没多少。　②休千种：意谓不须信奉别的佛教仪轨，光念佛即可。　③滉漾：荡漾。　④方崇重：才受到推崇与重视。

渔家傲

览遍经文与律仪，频频唯劝念阿弥。
一声消尽千生业，何况唠唠久诵持。

休纵心猿驰意马[①]，牢将系念绳头把。说破十疑因智者。争传写，庐山又结莲华社[②]。　十八大贤居会下，功成五色云西驾。诸上善人都在那。相迎迓，聚头只说无生话[③]。

[注释]

①心猿意马：比喻心意浮躁放荡如猿马之难以驾驭。　②莲社：佛教净土僧最早的结社。晋代高僧慧远于庐山东林寺与僧俗十八贤结社念佛。因寺池有白莲，故称。　③无生：没有生灭，不生不灭。

渔家傲

池边行树不全遮,袅袅金桥露半斜。
忽见化生新佛子,红莲开处噪频伽。

三十六般包一袋[①]。脓囊臭秽犹贪爱。恰似蜣螂推粪块。无停待。朝朝只在尘中勘[②]。　若解坚心生重悔。宁拘恶逆并魁脍[③]。一念能消千劫罪。生华内,满身璎珞鸣珂佩[④]。

[注释]

①三十六般:多般多样。三十六,虚言数目繁多。　②勘(lǎi):推。③魁脍:刽子手。　④鸣珂:贵人乘马以玉为饰,行则发声,曰鸣珂。

渔家傲

纷纷世态尽空华,讲外无馀挂齿牙。
一串数珠新换线,阿弥陀佛做冤家[①]。

一点神魂初托魄,青莲华里琉璃宅。毫相法音非间隔[②]。虽明白,到头不似金台客[③]。　九品高低随报获,或经劫数华方拆[④]。若是我生心性窄。应煎迫,未开须把莲华擘[⑤]。

[注释]

①冤家:此处反用,亲昵之意。　②毫相:即眉间发白毫光之法相。法音:佛音。　③金台客:传说中的神仙住处。　④方拆:方开。　⑤擘(bò):拆开。

渔家傲

菊脑姜牙一饭馀[1]，其他安敢费功夫。
从今十指无闲暇，且尽平生弄数珠。

净土故乡嗟乍别，天涯流浪经时节。老去染沾眉鬓雪。思归切，闻声愿寄辽天月。　念念时时修净业，临终佛定来迎接。有誓表为诚实说。广长舌，三千遍覆红莲叶[2]。

[注释]

①菊脑、姜牙：皆佐餐之物。道潜《次韵子瞻饭别诗》："葵心菊脑厌甘凉。" 姜牙：即姜芽。　②红莲叶：红莲世界，指极乐世界。

渔家傲

唯将焚诵是平生，夜夜哰哰一二更。
只影自怜尘世外，风前月下恣经行[1]。

善导可嗟今已往，化来老少皆归向[2]。佛念一声分一镪[3]。声才响，一声一佛虚空上[4]。　八万四千奇妙相[5]，光明寿命皆无量。金色臂垂千万丈。鹅王掌[6]，誓来迎接归安养。

[注释]

①恣经行：任意行动。　②归向：归顺、皈依。　③一镪（qiāng）：一锭银子。　镪：钱串。引申为成串的钱。　④虚空：天上。　⑤八万四千：极言其多。《净印法门经》：若菩萨解了义，故即于八万四千法蕴，皆能受持读诵。　⑥鹅王掌：佛有三十二相。其一为"鹅王"，其手指、足指之间，有缦网似鹅足。

渔家傲

暮鼓晨鸡不住催,逡巡容貌变衰颓[1]。
莫言白髮浑闲事,总是无常信息来。

西土纹成东土坏[2],星飞一点千华界。勿讶神魂生去快。无遮碍,乐邦只在同居内。　八德池深华又大[3],跏趺端坐莲华载[4]。耳听法音心悟解。低头拜,从今跳出胞胎外。

(以上见《大正新修大藏经》四十七卷《乐邦文献》卷五)

[注释]

①逡巡:延宕。　②西土纹成:犹言华丽庄严的西方极乐世界已在眼前。　③八德池:即八功德水。　④跏趺:结跏趺坐。两足交叉置于股上为全跏坐,单足置股上为半跏坐,可以减少妄念,集中思想。

净　圆

净圆，生卒不详，号白云法师。

望江南

婆婆苦[1]

娑婆苦，长劫受轮回。不断苦因离火宅[2]，只随业报入胞胎[3]。辜负这灵台[4]。　朝又暮，寒暑急相催。一个幻身能几日，百端机巧衮尘埃[5]。何得出头来。

[注释]

①娑婆：梵语，意译为忍。《法华经》："何因缘故名曰娑婆！是诸众生忍受三毒及诸烦恼，是故彼界名曰忍土。"即指尘世。　②火宅：佛教语，指充满众苦的尘世。　③业报：佛教谓造成善恶果报的原因叫业因。一切因果报应曰果报。　④灵台：指灵明的心。　⑤衮：通"滚"。

望江南

娑婆苦

娑婆苦，身世一浮萍。蚊蚋睫中争小利[1]，蜗牛角上窃虚名。一点气难平。　人我盛[2]，日夜长无明[3]。地狱争头成队入[4]，西方无个肯修行。空死复空生。

[注释]

①蚊蚋（ruì）：蚊虫。　睫中：眼中。　睫：睫毛。　②人我：即人我见，执着于自我之意。　③无明：佛家谓痴愚无智慧曰无明。　④争：一作"尽"。

望江南

娑婆苦

娑婆苦，情念骤如风。六贼村中无暂息[①]，四蛇箧内更相攻[②]。谁是主人公。　　无慧力，爱网转关笼。一向四楞低搭地[③]，不思两脚欲梢空。前路更匆匆。

[注释]

①六贼：佛教谓色、声、香、味、触、法等六尘为六贼。　②四蛇：以四毒蛇喻地水火风之四大。见《涅槃经》。　③四楞：四边、四方。

望江南

娑婆苦

娑婆苦，生老病无常[①]。九窍腥臊流秽污，一包脓血贮皮囊。争弱又争强。　　随妄想，耽欲更荒唐[②]。念佛看经云著相[③]，破斋毁戒却无妨。只恐有阎王。

[注释]

①无常：佛教谓一切事物都处于生灭变异之中，称之为无常。　②耽欲：贪欲。　③著相：有意识做出来的事情。

望江南

娑婆苦

娑婆苦，终日走尘寰。不觉年光随逝水，那堪白髪换朱颜。六趣任循环[①]。　　今与古，谁肯死前闲。危脆利名才入手[②]，虚华财色便追攀。荣辱片时间。

[注释]

①六趣：即佛家所说的众生轮回的六道：天道、人道、阿修罗道、畜生道、饿鬼道和地狱道。　②危脆：危险、脆弱、短暂之意。

望江南

娑婆苦

娑婆苦，光影急如流。宠辱悲欢何日了，是非人我几时休。生死路悠悠。　　三界里[1]，水面一浮沤[2]。纵使英雄功盖世，只留白骨掩荒丘。何似早回头。

[注释]

①三界：佛家指众生轮回的欲界、色界和无色界为三界。　②浮沤：浮起的水泡。

望江南

西方好

西方好，随念即超群。一点灵光随落日[1]，万端尘事付浮云。人世自纷纷。　　凝望处，决定去栖神[2]。金地经行光里步[3]，玉楼宴坐定中身。方好任天真。

[注释]

①灵光：指人良善的本性。　②栖神：佛家指入定为栖神。　③金地：佛教谓菩萨住处以黄金铺地。见《释氏要览》。

望江南

西方好

西方好，琼树耸高空。弥覆七重珠宝网[1]，庄严百亿妙华宫。宫里众天童。　金地上，栏楯绕重重[2]。华雨飘飖香散漫，乐音嘹亮鼓清风。闻者乐无穷。

[注释]

①弥覆：遍覆。　②栏楯：栏杆。

望江南

西方好

西方好，七宝甃成池[1]。四色好华敷菡萏[2]，八功德水泛清漪[3]。除渴又除饥。　池岸上，楼殿势飞翚[4]。碧玉雕栏填玛瑙，黄金危栋间玻璃。随处发光辉。

[注释]

①七宝：《法华经》以金、银、琉璃、砗磲、玛瑙、珍珠、玫瑰为七宝。甃：砌。　②敷：盛开。　菡萏（hàn dàn）：荷花之别名。　③八功德水：佛家称极乐世界浴池之水有：甘、冷、软、轻、清净、不臭、不损喉、不伤腹等八种功德。　④飞翚（huī）：疾飞，形容屋檐有飞动之势。

望江南

西方好

西方好，群鸟美音声。华下和鸣歌六度[1]，光中哀雅赞三乘[2]。闻者悟无生[3]。　三恶道[4]，犹自不知名。皆是佛慈亲变化，欲宣法语警迷情。心地顿圆明[5]。

[注释]

①六度：指由生死之彼岸度到涅槃之彼岸的六种法门：布施、持戒、忍辱、精进、静虑、智慧。　②三乘：一般指小乘（声闻乘）、中乘（缘觉乘）、

大乘(菩萨乘)。 ③无生:佛家谓不生不灭之真谛。 ④三恶道:指地狱、畜生、饿鬼等三道。 ⑤圆明:彻悟。

望江南

西方好

西方好,清旦供尤佳。缥缈仙云随宝仗,轻盈衣裓贮天华[1]。十万去非赊。　诸佛土,随念遍河沙[2]。莲掌抚摩亲授记[3],潮音清妙响频伽[4]。时至即还家。

[注释]

①衣裓:僧衣。 ②河沙:恒河沙数,形容多得无法计数。 ③莲掌:佛掌。 ④潮音:指众僧诵经之声。 频伽:鸟名,佛经谓常在极乐界鸣叫。

望江南

西方好

西方好,我佛大慈悲。但具三心圆十念[1],即登九品越三祇[2]。神力不思议。　临报尽,接引定无疑。普愿众生同系念,金台天乐共迎时。弹指到莲池[3]。

（以上见《大正新修大藏经》四十七卷《乐邦文类》卷五）

[注释]

①三心:过去心、现在心、未来心。 十念:指念修行、念佛、念法、念比丘僧、念戒、念施、念天、念休息、念安般、念身、念死。见《增一阿含经三十四》。 ②三祇:即三大阿僧祇之略称。意为旷大劫,无数长时。 ③莲池:指佛家的极乐净土。

刘学箕

刘学箕,字习之,号种春子,福建崇安人。刘学箕有家学,其曾祖刘韐死于靖康之难,其祖刘子翚为通判兴化军,后辞官归隐讲学十七年,自号病翁,人称屏山先生,为名儒。朱熹曾受教其门下。有诗传世,也写词,《全宋词》收四阕。刘学箕深受祖父影响,隐居不仕终身。家有池馆,筑方是闲堂,有《方是闲居士小稿》二卷。刘淮称其"诗摩香山之垒,词拍稼轩之肩"(见《宋诗纪事》卷六十三)。

松江哨遍

长桥,天下绝景也。松江太湖,举目千里,风涛不作,水面砥平。归帆征棹,相望于黄芦烟草之际。去来乎桥之左右者,若非人世,极画工之巧所莫能形容。每来维舟,未尝即去,徜徉延伫,意尽然后行。至欲作数语以状风景胜概,辞不意逮,笔随句阁,良可慨叹。已未冬,自云阳归闽。腊月望后一日,漏下二鼓,舣舟桥西,披衣登垂虹。时夜将半,雪月交辉。水天一色,顾影长啸,不知身之寄于旅。返而登舟,谓偕行者周生曰:佳哉斯景也,讵可无乐乎?于是相与破霜蟹,斫细鳞,持两螯,举大白[①],歌赤壁之赋[②]。酒酣乐甚。周生请曰:今日之事,安可无一言以识之?余曰:然。遂檃括坡仙之语,为哨遍一阕,词成而歌之。生笑曰:以公之才,岂不能自寓意数语,而乃缀缉古人之词章,得不为名文疵乎?余曰:不然。昔坡仙盖尝以靖节之词寄声乎此曲矣[③],人莫有非之者。余虽不敏,不敢自亚于昔人。然捧心效颦[④],不自知丑,盖有之矣。而寓意于言之所乐,则虽贤不肖抑何异哉。今取其言之足以寄吾意者,而为之歌,知所以自乐耳,子何哂焉[⑤]

木叶尽凋,湖色接天,雪月明江水。凌万顷、一苇纵所之,若凭虚驭风仙子[⑥]。听洞箫、绵延不绝如缕,馀音袅袅游丝曳。乃举酒赋诗，玉鳞霜蟹，是中风味偏美。任满头堆絮雪花飞，更月澹篷窗冻云垂。山郁苍苍，桥卧沉沉，夜鹊惊起。　　噫，倚兰桨兮。我今恍惚遗身世。渔樵甘放浪，蜉蝣然、寄天地[⑦]。叹富贵何时，功名浪语[⑧]，人生寓乐虽情尔。知逝者如斯，盈虚如彼[⑨]，则知变者如是。且物生宇宙各有司[⑩]。非己有，纤毫莫得之。委吾心、耳目所寄。用之而不竭，取则不吾禁，自色自声，本非有意。望东来孤鹤缟其衣。快乘之、从此仙矣。

[注释]

①大白：酒杯。　②赤壁之赋：指苏东坡前后《赤壁赋》。　③坡仙：苏东坡。　靖节：陶渊明号。指东坡所写陶之《归去来辞》为《哨遍》。　④捧心效颦：西施心病，以手捧胸口，皱眉。村中有丑女东施，模仿其态，人称"东施效颦"。　⑤哂（shěn）：笑。　⑥凭虚驭风：腾空驾风。　⑦蜉蝣：小虫，能飞而不远，因雨而生，朝生夕死。　⑧浪语：无根据的空话、闲话。　⑨盈虚：盈，满；虚，空。喻人生得失。　⑩有司：一为人各有其所司事，又有官府为有司。

[集评]

李汝伦云："词好，多用东坡词汇，词意一改'缀辑古人词章'，然自成格调。不过是'取其言之足以寄吾意者'，另有情味，使人忘记其所自来。小序亦好，不逊于词。"

蝶恋花

北津夜雪

灯火已收正月半。一夜东风，吹得寒威转[①]。怪得美人贪睡暖，飞瑛积玉千林变[②]。　　道是柳绵春尚浅。比著梅花,花已都零乱。漠漠一天迷望眼,多情更把征衣点。

[注释]

①寒威:寒气凛冽。 ②瑛:灵玉。 飞瑛积玉:形容飞雪与积雪。

[集评]

李汝伦云:"不用写雪故实、老套,清俊流丽。末言'征衣',显示作者不忘家国。"

贺新郎

代黄端夫 白牡丹,京师妓李师师也[1]。画者曲尽其妙,输棋者赋之

午睡莺惊起。鬓云偏、鬅松未整[2],凤钗斜坠。宿酒残妆无意绪,春恨春愁如水。谁共说、厌厌情味。手展流苏腰肢瘦,叹黄金、两钿香消臂[3]。心事远,仗谁寄。

帘栊渐是槐风细。对梧桐、清阴满院,夏初天气。回首春空梨花梦,屈指从头暗记。叹薄幸、抛人容易[4]。目断孤鸿沉双鲤[5],恨萧郎、不寄相思字。幽恨积,黛眉翠。

[注释]

①李师师:汴京(今河南开封)人,著名妓女。 ②鬅(chōng)松:蓬松。 ③金钿:金制妇女首饰。 ④薄幸:薄情,负心。 ⑤双鲤:喻书信。

[集评]

李汝伦云:"上片,画中人丽影,结句过片挑起下片。梨花梦,言往日繁华消歇,'二月梨花如梦短'也,屈指,往事多也。薄幸,应指宋徽宗。此词实为愤徽宗失国及其被掳北去,藉画中人口耳。"

忆王孙

清明病酒

淑景韶光晴昼[1]，帘外雨、欲无还有。流莺枝上转新声，梦初醒、厌厌病酒。　　天连碧草凝情久，思旧事、不堪搔首。怀人有恨水云深，又绿暗、桥西柳。

[注释]

①淑景：清景，美景。

[集评]

李汝伦云："《乐府指迷》云：'结句须要放开，含有馀不尽之意，以景结情最好。'此词可为一例。"

恋绣衾

闺　怨

柳絮风翻高下飞，雨笼晴、香径尚泥[1]。女伴笑、踏青好，凤钗偏、花压鬓垂。　　乱莺双燕春情绪，搅愁心、欲诉向谁。人问道、因谁瘦，捻青梅、闲敛黛眉。

[注释]

①尚泥：土地未干。

[集评]

李汝伦云："写人神态如画。"

惜分飞

柳　絮

池上楼台堤上路，尽日悠扬飞舞。欲下还重举，又随胡蝶墙东去。　　糁径飘空无定处[1]，来往绿窗朱户。却被春风妒，送将蛛网留连住。

［注释］

①糁径：落花小径。

［集评］

李汝伦云："写柳絮，实是刺人。"

浣溪沙

木　犀

天上仙人萼绿华[1]，何年分种小山家。九秋风露滋窗纱。

密密翠罗攒玉叶，团团黄粟刻金花。一枝归插鬓云斜。

［注释］

①萼：环于花蕊外之片状花瓣。

贺新郎

近闻北虏衰乱[1]，诸公未有劝上修饬内治以待外攘者。书生感愤不能已，用辛稼轩金缕词韵述怀[2]。此词盖鹭鸶林寄陈同甫者[3]，韵险甚。稼轩自和凡三篇，语意俱到。捧心效颦，辄不自揆，同志毋以其迂而废其言

往事何堪说。念人生、消磨寒暑，漫营裘葛。少日功

名频看镜，绿鬓鬅鬙未雪。渐老矣、愁生华发。国耻家仇何年报[4]，痛伤神、遥望关河月。悲愤积，付湘瑟。 人生未可随时别。守忠诚、不替天意，自能符合。误国诸人今何在，回首怨深次骨[5]。叹南北、久成离绝。中夜闻鸡狂起舞[6]，袖青蛇、戛击光磨铁[7]。三太息，眦空裂[8][9]。

［注释］

①北虏：指金人。 ②辛稼轩金缕词：见辛弃疾词，词署《贺新郎》。③鹭鸶林：辛弃疾送陈亮之处。 ④家仇：刘曾祖因抗金死，故云。 ⑤次骨：入骨，极言怨深。 ⑥闻鸡：用祖逖、刘琨为恢复河山，闻鸡起舞事。⑦青蛇：剑。 戛（jiá）击：敲击。 ⑧眦（zì）：目眶。 ⑨唐氏按：此首《永乐大典》卷一万零八百七十七"虏"字韵引作国朝刘习之词，盖误以为明人。

［集评］

李汝伦云："词人一片爱国赤诚，敌忾情绪。怒南宋朝廷君臣上下不思恢复土地，使国家南北'久成离绝'，而言不能已者。词不假修饰，直抒胸臆，'中夜闻鸡狂起舞'，并非消沉田野，甘心隐士，然也只能落得'三太息，眦空裂'而已。情词气慨，不逊陆、辛、孝祥诸人同一主题名作。"

贺新郎

再韵赋梅

东阁凭诗说。对丰姿、飘然杖屦[1]，澹然巾葛[2]。竹外一枝斜更好，玉质冰肌粲雪。谁折向、满头宣发[3]。水驿云窗烟庭院，更宜晴、宜雨还宜月。霜夜永，景萧瑟。 孤芳夐与群芳别[4]。陇程遥、攀条难寄[5]，碧云惊合。桃李漫山空春艳，不比仙风道骨。有潇洒、清新奇绝。我被幽香相懊恼，宋广平[6]，岂但心如铁。飞暗度，石吹裂[7]。

[注释]

①杖屦:手杖和鞋子。 ②巾葛:葛质头巾。 ③宣髪:髪斑白。 ④敻:同"迥",表示程度。 ⑤条:柳条。 ⑥宋广平:唐代名相宋璟,以正直刚毅著称,他曾赋梅。 ⑦注者按:东坡梅诗"昨夜东风吹石裂,暗随飞雪度关山"。

[集评]

李汝伦云:"颂梅,亦对梅诉说隐居心情,'敻与群芳别',不愿与凡俗同流,别寓寄意。"

贺新郎

再韵赋雪

晓听儿曹说[①]。道前村、疏梅莫与,蔽萧缠葛[②]。急与呼童诛剪尽,趁此江天暮雪。唤小艇、渔翁鹤髪。凛冽寒风吹酒面,与何人、共泛山阴月。归浩叹,御琴瑟。

世寰恍惚山川别。望琼楼、玉宇相映,烂银环合。冰柱雪车新句就,不疗饥肠病骨。奈野鸟、千山飞绝。我笑书生贫亦甚,诵布衾、岁久寒如铁。儿恶卧,踏里裂[③]。

[注释]

①儿曹:儿辈。 ②萧:蒿类植物。 葛:蔓草。 ③"诵布衾"三句:化用杜甫诗句"布衾多年冷似铁,儿童恶卧踏里裂"。

[集评]

李汝伦云:"爱梅、惜梅,演成护梅行动以及对坏事物之不能容忍。写雪,主旨落在对贫寒书生之同情。一为体物,一为悯人,令千百年使读者油然起敬。"

又:"三首词全用稼轩《贺新郎》韵,想见作者对稼轩词之仰慕诚服。"

满江红

避　暑

午转槐阴，正炎暑、侵肌似醉。问何处、披襟散髪，解衣扬袂[①]。傍沼茅亭杨柳绿，倚崖草阁梧桐翠。唤玉人、纤手掬清泉[②]，生凉意。　开枕簟[③]，浮瓜芰[④]。琼液浅，歌喉细。对文禽雪鹭[⑤]，助成幽致。十顷碧莲潇洒国，万竿修竹清凉世。算此时、情绪有谁同，吾侬自[⑥]。

[注释]

①袂：衣袖。　②掬：捧取。　③枕簟：枕头、竹席。　④瓜芰：瓜和菱角。　⑤文禽：羽毛纹理美的鸟。此指鸳鸯。　雪鹭：白鹭。　⑥吾侬：我自己。

满江红

双头莲

一柄双花，低翠盖、呈祥现美。人正在、薰风亭上，满襟如水。二陆比方夸俊少[①]，两乔相并修容止[②]。雨初晴、午永鬥红酣，真奇耳。　双白鹭，双赪鲤[③]。飞与泳，俱来此。绾双鬟天上[④]，侍香童子。双剑丰城双孕秀[⑤]，双凫叶县双趋起[⑥]。谩空谈、国士本无双[⑦]，今双矣。

[注释]

①二陆：晋人陆机、陆云兄弟，并有文名，人称二陆。　②两乔：大乔、小乔，三国时人，二姐妹皆美女。　③赪（chēng）鲤：红鲤鱼。　④绾双鬟：打两个髮结。　⑤双剑：即龙泉剑、太阿剑。　⑥凫：野鸭。　双凫：《后汉书·方术传》载方术家王乔能变双鞋为双凫。　⑦国士：勇力、智能在国内之出类拔萃者，“国士无双”指韩信。

[集评]

李汝伦云:“先以二陆,继以二乔比花,后以世间各种成双事物比拟。‘今双矣’隐以莲自比。”

沁园春

叹世

浮利虚名,算来何用,蜗角蝇头[①]。笑劳生一梦,两轮催逼[②],脆如朝露,轻若春沤[③]。有限精神,无穷世路,劫劫忙忙谁肯休。堪惊叹,叹痴人未悟,终日营求。 百年光景云浮[④],把意马心猿须早收[⑤]。有真仙秘诀,飧霞导引[⑥],丹砂铅汞[⑦],早与身谋。闲是闲非,他强我弱,一任从教风马牛[⑧]。还知道,上蓬莱稳路,八表神游。

[注释]

①蜗角蝇头:形容微小利害。 ②两轮:日、月。 ③春沤:春天水中气泡。 ④百年:人之一生。 ⑤意马心猿:佛家语。谓心如猿似马之难控。 ⑥飧霞、导引:皆道家养生术。 ⑦丹砂、铅汞:道家炼丹用和服食的药物、矿物,称服之可养生、长生直至成仙。 ⑧风马牛:不相及,不相干。

[集评]

李汝伦云:“感慨世人追名逐利、营求无已之归于虚幻。然企图用道家神仙之术代替之,消极逃世,幻想旧之仙道。同样归之虚幻。词为世人所开药方,不足取。”

念奴娇

次韵范正之柳絮

水轩沙岸,午风轻、飘动一天晴雪。日色晶荧光眩眼,细逐游丝明灭。帘幕中间，楼台侧畔，浑是瑶瑛积[①]。缀松黏竹，恍然如对三绝[②]。　　遥认仿佛飞花，花非还似，恼乱多情客。点染春衫无定度[③]，又转沈香亭北。密密疏疏，斜斜整整，似雪难分别。坡仙不见，后人有口何说。

[注释]

①瑶瑛：白色玉石，形容柳絮。　②三绝：指文章之情、事、辞皆美，或指诗、书、画皆高过他人，皆可称三绝，此处指松、竹、柳絮。　③无定度：随便、任意。

[集评]

李汝伦云："柳絮在词人眼中写得姿彩纷呈。先如'晴雪'，后似'瑶瑛'，雪是其落，瑶是其积。仿佛梅花，附于松竹，面是颂，实是讥。下片写其似花非花，似雪非雪，却进入皇苑。是假花，又是假雪，引出东坡之句，有口何说，谈了又如何？"

念奴娇

次人韵

断虹开霁，净秋容、点点初收微雨。夕下生阴山影澹，缥渺烟云吞吐。乌帽风偏[①]，青鞋沙软[②]，误入桃溪坞。多情鸥鹭，偶来忽又飞去。　　日暮修竹佳人[③]，雾绡琼佩[④]，绰约疑仙侣。愧我禅心春尽絮，不逐东风飞舞。红叶题诗，紫云传恨，密意渠能诉。此情疏隔，不关楼外烟树。

[注释]

①乌帽：即乌纱帽，原为官帽，俗称乌帽，普通人所戴。　②青鞋：村野人所着。杜甫诗："吾独何为在泥滓，青鞋布袜从此始。"　③"日暮"

句:本杜甫《佳人》“绝代有佳人,幽居在空谷。……天寒翠袖薄,日暮倚修竹”。 ④雾绡琼佩:所穿之纱,其薄如雾,所佩之衣饰如玉。

菩萨蛮

暮涛掀浪溪流急,单衣未试春寒力。是处绿阴浓,春深杨柳风。 人依溪岸住,酒美忘归去。巢燕坠芹泥[1],幽禽花外啼。

[注释]

①芹泥:燕子筑巢的泥。杜甫《徐步》:“芹泥随燕嘴,花蕊上蜂头。”

菩萨蛮

鸦儿学画犹嫌丑[1],佯羞步步随娘后。春浅瘦花枝,凝愁为阿谁。 那回筵畔见,有意相留恋。只恐后期愆[2],章台飞柳绵[3]。

[注释]

①鸦儿:小女孩,犹丫头。 ②愆(qiān):失掉,错过。 ③用章台柳故事,见孟棨《本事诗》,此处指恋人。

鹧鸪天

赋 雪

楼外银屏入望赊[1],楼前鸥鹭舞交加[2]。穿林淅沥飞琼屑,度嶂缤纷过柳花。 歌白雪,醉流霞。晚寒寒似夜来些。明朝酒醒掀帘幕,帘幕依然卖酒家。

[注释]

①银屏：原指镶银屏风，此喻雪大。 赊：远，稀疏，此取后意。②鸥鹭：形容雪之飞舞。

西江月

世事从来无据，人生自古难凭。茫如天水有云萍，聚散任他形影。 每怪东阳瘦损[①]，常嗤骑省多情[②]。如今我也瘦棱棱，却喜青青两鬓。

[注释]

①东阳瘦损：语出李商隐诗“为凭何逊休联句，瘦尽东阳姓沈人”。沈指沈约，南朝作家、理论家。作过东阳太守。因其瘦，称沈腰。 ②骑省：南朝诗人潘岳，曾官散骑省。

水调歌头

饮垂虹

三载役京口[①]，十度过松江。垂虹亭下烟水，长是映篷窗。钓得锦鳞成鲙，快把双螯浩饮，豪气未能降。醉舞影零乱，心逐浪舂撞[②]。 景苍茫，歌欸乃，石空硿[③]。蒹葭深处，适意鱼鸟自双双。便拟轻舟短棹，明月清风长共，与世绝纷尨[④]。嘉遁有真隐[⑤]，不羡鹿门庞[⑥]。

[注释]

①役：行役。 京口：今江苏镇江。 ②舂撞：冲击。 舂：通“冲”。 ③空硿（kōng）：石落声。 ④尨（máng）：犬，多毛而色杂。纷尨：此处言纷乱。 ⑤遁：意即遁世，逃世。 真隐：真正的隐士。杜甫《独酌》：“薄劣渐真隐，幽偏得自怡。” ⑥鹿门：鹿门山，在湖北襄阳。鹿门庞：汉末庞德公隐此，庞为历史上著名隐士。

醉落魄

用范石湖韵[1]

江头离席,晚潮双舻催行色。往来属玉双飞白[2]。笑我多情,犹作未归客。　　红尘奔走何时息,归心还似投林翼。角巾醉里从攲侧[3]。独立东风,天际露岑碧[4]。

[注释]

①范石湖:词人范成大之号。　②属玉:一种水禽,似鸭而大,长颈赤目。　③角巾:隐士所戴。高适《适侯少府》:"江海有扁舟,丘园有角巾。"　攲侧:斜靠、歪倒。　④露岑碧:显露绿色小山。

长相思

西湖夜醉

湖山横,湖水平,买个湖船一叶轻,傍湖随柳行。　　秋风清,秋月明,谁捣秋砧烟外声[1],悲秋无尽情。

[注释]

①砧(zhēn):捣衣石。

鹧鸪天

发舟安康,朋游见留,往复三用韵

芳草萋萋入眼浓,一年花事又匆匆。吐舒桃脸今朝雨,零落梅妆昨夜风。　　云接野,水连空。画阑十二倚谁同[1]。两眉新恨无分付,独立苍苔数落红[2]。

[注释]

①画阑十二:精美的栏干群,此指所欢住所。 ②落红:落花。

鹧鸪天

梦绕天涯去意浓,客愁春恨两匆匆。绿波初涨桃花浪,画鹢轻随柳絮风[①]。　无笔力,判虚空。关山千里两心同。鱼书雁字都休问,只看啼痕翠袖红。

[注释]

①画鹢:水鸟,似鹭而稍大。此指游船。

鹧鸪天

山色都如归兴浓,春融融处客匆匆。岸花影里莺吟雾,江阁阴中燕受风。　凭画楯[①],睇层空[②]。情衷待说几时同。不如且尽樽中绿,图得酶酶醉脸红[③]。

[注释]

①画楯(shǔn):画栏横木。 ②睇(dì):斜视、流盼。 ③酶酶:大醉。

菩萨蛮

杏花

昨日杏花春满树,今晨雨过香填路。零落软胭脂,湿红无力飞。　转头春易去,春色归何处。待密与春期[①],春归人也归。

[注释]

①期:相约。

浣溪沙

送连景昭归三山[1]

来日江头柳带香,去时篱下菊花黄。人生离别几凄凉。　　拂面红尘飞冉冉,背人白日去堂堂。尺书休负雁南翔。

[注释]

①三山:在江苏南京西南。李白《登金陵凤凰台》:"三山半落青天外,二水中分白鹭洲。"又江苏镇江之金山、焦山、北固山亦称三山,此处指前者。

眼儿媚

十年不见柳腰肢,契阔几何时[1]。天遥地远,秋悲春恨,只在双眉。　　雁声今夜楼西畔,情愫渺难期。杏花风景,梧桐夜月,都是相思。

[注释]

①契阔:离散。《诗经 · 邶风 · 击鼓》:"死生契阔,与子成说。"

桃园忆故人

暮霞散绮西溪浦,天上晴云开絮。清绝梅花几树,恼乱春愁处。　　小桥流水人来去,沙岸浴鸥飞鹭。谁画江南好处,著我闲巾屦[1]。

[注释]

①巾屦:头巾、鞋子。

唐多令

登多景楼

何处浣离忧[1],消除许大愁[2]。望长江、衮衮东流。一去乡关能几日,才屈指、又中秋。　芦叶满汀洲,沙矶小艇收[3]。醉归来、明月江楼。欲把情怀输写尽,终不似、少年游。

[注释]

①浣:洗。　②许大:很大,这大。　③沙矶:沙岸而有石。

小重山

春水东流一苇杭[1]。春情剪不断,汉江长。江花江草为谁芳。浑不似,沙暖睡鸳鸯。　且道不思量。怕他知得后,痛肝肠。路遥天阔水茫茫。成病也,教我怎禁当[2]。

[注释]

①一苇:一叶小舟。　②禁当:禁受,承当。

行香子

鄱阳食鱼[1]

雪白肥鳒[2],墨黑修鲇。柳穿腮、小大相兼。金刀批脔[3],鲜活甘甜。或时熝[4],或时煮,或时腌。　揎腕佳人[5],玉手纤纤。缕银丝、取意无厌。羹须澹煮,滋味重添。滴儿醯[⑥],呷儿酒[⑦],撮儿盐。

[注释]

①食鱼:"食"字原缺,据《四库全书》本补。 ②鳒(jiān):鱼名。比目鱼的一种。 ③脔(luán):切成块状的鱼肉。此处指鱼。 ④爊(āo):煨烤。 ⑤揎(xuān)腕:援袖露臂。 ⑥醯(xī):醋。 ⑦呷(xiā):吸饮。

临江仙

富池岸下[①]

人在空江烟浪里,叶舟轻似浮沤。此心无怨也无忧。汉江迷望眼,衮衮直东流。 两岸荻芦青不断,四山冈岭绸缪[②]。晚风吹袂冷飕飕。谁知三伏暑,全似菊花秋。

[注释]

①富池:湖北阳新县长江西岸,有富池口镇。 ②绸缪:亲密、缠绕。形容层峦叠嶂,连绵不绝。

渔家傲

白湖观捕鱼

汉水悠悠还漾漾,渔翁出没穿风浪。千尺丝纶垂两桨。收又放,月明长在烟波上。 钓得活鳞鳊缩项[①],篘成玉液香浮盎[②]。醉倒自歌歌自唱。轻袅缆,碧芦红蓼清滩傍。

[注释]

①鳊缩项:即缩项鳊,鱼名,以肥美著名。 ②篘(chōu):滤酒用的竹具。 玉液:酒名。 盎(àng):盛酒之具。

菩萨蛮

鄂渚岸下[1]

烟汀一抹蒹葭渚，风亭两下荷花浦。月色漾波浮，波流月自留。　若耶溪上女[2]，两两三三去。眉黛敛羞蛾，采菱随棹歌。

[注释]

①鄂渚：地名，今湖北武昌。屈原《涉江》：“乘鄂渚而反顾兮，欸秋冬之绪风。”　②若耶溪：在浙江，西施浣纱处，此指水边女子美如西施。

乌夜啼

夜泊阳子江[1]

长亭急管生愁，楚天秋。落日寒鸦飞尽、水悠悠。
红蓼岸，白蘋散，浴轻鸥。人在碧云深处、倚高楼。

[注释]

①阳子江：《四库》本作“扬子江”，是。

虞美人

寒来暑往何时了，世故催人老。一人口插几张匙，何用波波劫劫、没休时。　饥来吃饭困来睡，莫把身为累。谁能较短与量长，落叶西风一梦、熟黄粱[1]。

[注释]

①黄粱：黄粱梦。沈既济《枕中记》载，有卢生梦中荣华富贵，醒后，所煮黄粱尚未熟，后人以黄粱梦喻富贵之暂短、虚妄。

贺新郎

送郑材卿

莫向愁人说。叹人生、不如意事，十常七八。是则中年伤怀抱，客里何堪送客。又添取、一襟凄咽。岸柳凋零秋容澹，黯消凝、怎忍轻攀折[①]。重会面，甚时节。 杏花丽日梅花雪。记当时、一觞一咏，楚云湘月。别后君休劳春梦，转眼江南塞北。莫漫被、闲愁萦结。且判离筵今夕醉，霎时间、便见兰舟发。空怅望，水云阔。

（以上汲古阁景元钞本《方是闲居士小稿》卷下）

[注释]

①消凝：消亦作销。形容心情凄楚，感伤。柳永《夜半乐》：“对此佳景，顿觉消凝，惹成愁绪。”

林正大

林正大，生卒不详，字敬之，号随庵，永嘉（今浙江温州）人。开禧时，曾为严州（隋唐时称睦州，宋改严州，辖今浙江桐庐、建德、淳安）学官，精于音律，喜用词体概括古人著名诗文，以披之管弦。著有《风雅遗音》二卷。

括酹江月

杜工部《醉时歌》：诸公衮衮登台省，广文先生官独冷。甲第纷纷厌粱肉，广文先生饭不足。先生有道出羲皇，先生有才过屈宋。德尊一代常坎轲，名垂万古知何用。杜陵野客人更嗤，被褐短窄鬓如丝。日籴太仓五升米，时赴郑老同襟期。得钱即相觅，沽酒不复疑。忘形到尔汝，痛饮真吾师。清夜沉沉动春酌，灯前细雨檐花落。但觉高歌有鬼神，焉知饿死填沟壑。相如逸才亲涤器，子云识字终投阁。先生早赋归去来，石田茅屋荒苍苔。儒术于我何有哉，孔丘盗跖俱尘埃。不须闻此意惨怆，生前相遇且衔杯

诸公台省①，问先生何事②，冷官如许③。甲第纷纷粱肉厌④，应怪先生无此。道出羲皇⑤，才过屈宋⑥，空有名垂古。得钱沽酒，忘形欲到尔汝。　好是清夜沉沉，共开春酌，细听檐花雨。茅屋石田荒已久⑦，总待先生归去。司马子云⑧，孔丘盗跖，到了俱尘土。不须闻此，生前杯酒相遇。

[注释]

①台省：唐时政府高级机关。　②先生：指郑虔。天宝时被授为广文馆博士。广文馆，衙署名；博士，官名。郑诗、书、画皆精，玄宗曾亲题“郑虔三绝”。　③冷：闲散、冷落。　④甲第：高官府第。　粱肉：细粮、大肉。　⑤羲皇：伏羲。　⑥屈宋：屈原、宋玉。　⑦石田：多石而贫瘠之

田。 ⑧司马:汉大文学家司马相如。 子云:汉文学家扬雄,曾跳楼自杀(未死)。

水调歌

送敬则赴袁州教官

人笑杜陵客[1],短褐鬓如丝[2]。得钱沽酒,时赴郑老同襟期[3]。清夜沉沉春酌,歌语灯前细雨,相觅不相疑。忘形到尔汝[4],痛饮真吾师。 问先生,今去也,早归来。先生去后,石田茅屋恐苍苔。休怪相如涤器,莫学子云投阁,儒术亦佳哉。谁道官独冷,衮衮上兰台[5]。

[注释]

①杜陵客:杜甫。 ②短褐:短衣。 ③襟期:襟怀、抱负。 ④忘形尔汝:不分你我。 ⑤兰台:官府名,唐高宗时以秘书省为兰台。

满江红

衮衮诸公,嗟独冷、先生官薄。夸甲第、纷纷粱肉,谩甘寥寞。道出羲皇知有用,才过屈宋人谁若。剩得钱、沽酒两忘形,更酬酢。 清夜永,开春酌。听细雨,檐花落。但高歌不管,饿填沟壑[1]。司马逸才亲涤器,子云识字终投阁。且生前、相遇共相欢,衔杯乐。

[注释]

①饿填沟壑:饿死于路边沟壑。

括一丛花

杜工部《饮中八仙歌》：知章骑马似乘船[1]，眼花落井水底眠。汝阳三斗始朝天[2]，道逢麹车口流涎，恨不移封向酒泉。左相日兴费万钱[3]，饮如长鲸吸百川，衔杯乐圣称世贤。宗之潇潇美少年[4]，举觞白眼望青天，皎如玉树临风前。苏晋长斋绣佛前[5]，醉中往往爱逃禅[6]。李白一斗诗百篇，长安市上酒家眠。天子呼来不上船，自称臣是酒中仙。张旭三杯草圣传[7]，脱帽露顶王公前，挥毫落纸如云烟。焦遂五斗方卓然[8]，高谈雄辩惊四筵

知章骑马似乘船，落井眼花圆。汝阳三斗朝天去，左丞相、鲸吸长川。潇洒宗之，皎如玉树，举盏望青天。

长斋苏晋爱逃禅，李白富诗篇。三杯草圣传张旭，更焦遂、五斗惊筵。一笑相逢，衔杯乐圣[9]，同是饮中仙。

[注释]

①知章：贺知章，会稽永兴人。自号四明狂客，诗人，曾因大醉而失足落井。　②汝阳：李琎。唐宗室，曾封汝阳王。　③左相：左丞相李适之。　④宗之：崔宗之。　⑤苏晋：进士出身，官至中书舍人，被称为后来之王粲。　⑥逃禅：不守佛戒。　⑦张旭：唐代大书法家，善草书，被誉为“草圣”。　⑧焦遂：当时一布衣，无官之普通书生。　⑨乐圣：魏时称清酒为圣人，浊酒为贤人。　乐：喜欢。

括贺新凉

王逸少《兰亭记》：永和九年，岁在癸丑，暮春之初，会于会稽山阴之兰亭[1]，修禊事也[2]。群贤毕至，少长咸集。此地有崇山峻岭，茂林修竹，又有清流激湍，映带左右，引以为流觞曲水，列坐其次。虽无丝竹管弦之盛，一觞一咏，亦足以畅叙幽情。是日也，天朗气清，惠风和畅，仰观宇宙之大，俯察品类之盛[3]。所以游目骋怀，足以极视听之娱，信可乐也。夫人之相

与,俯仰一世。或取诸怀抱,晤言一室之内,或因寄所托,放浪形骸之外。虽取舍万殊,静躁不同,当其欣于所遇,暂得于己,快然自足,不知老之将至。及其所之既倦,情随事迁,感慨系之矣。向之所欣,俯仰之间,已为陈迹,犹不能不以之兴怀。况修短随化,终期于尽。古人云:死生亦大矣。岂不痛哉!每览昔人兴感之由,若合一契,未尝不临文嗟悼,不能喻之于怀。固知一死生为虚诞,齐彭殇为妄作。后之视今,亦犹今之视昔,悲夫!故列叙时人,录其所述,虽世殊事异,所以兴怀,其致一也。后之览者,亦将有感于斯文

兰亭当日事。有崇山、茂林修竹,群贤毕至。湍急清流相映带,旁引流觞曲水。但畅叙、幽情而已。一咏一觞真足乐,厌管弦丝竹纷尘耳。春正暮,共修禊。　惠风和畅新天气。骋高怀、仰观宇宙,俯察品类。俯仰之间因所寄,放浪形骸之外。曾不知、老之将至。感慨旧游成陈迹,念人生、行乐都能几。后视今,犹昔尔。

[注释]

①兰亭:在浙江绍兴兰渚山下。　②禊:禊事,为祓除不祥而举行之仪式。　修:动词,举行之意。　③品类:各种物类。

括酹江月

陶渊明《归去来》:归去来兮,田园将芜胡不归。既自以心为形役,奚惆怅而独悲。悟已往之不谏,知来者之可追。识迷途其未远,觉今是而昨非。舟遥遥以轻飏,风飘飘而吹衣。问征夫以前途,恨晨光之熹微。乃瞻衡宇,载欣载奔。僮仆欢迎,稚子候门。三径就荒,松菊犹存。携幼入室,有酒盈尊。引壶觞以自酌,盼庭柯以怡颜。倚南窗以寄傲,审容膝之易安。园日涉以成趣,门虽设而常关。策扶老以游憩,时矫首而遐观。云无心以出岫,鸟倦飞而知还。景翳翳以将入,抚孤松

而盘桓。归去来兮，请息交以绝游。世与我而相遗，复驾言兮焉求。悦亲戚之情话，乐琴书以消忧。农人告予以春及，将有事于西畴。或命巾车，或棹孤舟。既窈窕以寻壑，亦崎岖而经邱。木欣欣以向荣，泉涓涓而始流。喜万物之得时，感吾生之行休。已矣哉！寓形宇内复几时，曷不委心任去留，胡为乎遑遑欲何之！富贵非吾愿，帝乡不可期。怀良辰以孤往，或执杖而耘耔。登东皋以舒啸，临清流而赋诗。聊乘化以归尽，乐夫天命复奚疑

问陶彭泽[①]，有田园活计，归来何晚。昨梦皆非今觉是，实迷途其未远。松菊犹存，壶觞自酌，寄傲南窗畔。闲云出岫，更看飞鸟投倦。　　归去请息交游，驾言焉往[②]，独把琴书玩。孤棹巾车邱壑趣，物与吾生何恨[③]。宇内寓形，帝乡安所[④]，富贵非吾愿。乐夫天命，聊乘化以归尽[⑤]。

[注释]

①陶彭泽：陶潜曾为彭泽令。　②驾言：驾车。　言：语助。　③何恨："恨"字出韵，疑为"限"字之讹。　④帝乡：仙乡。　⑤乘化：顺从自然的变化。　归尽：享尽年寿。

括沁园春

刘伯伦《酒德颂》[①]：有大人先生，以天地为一朝，万期为须臾。日月为扃牖，八荒为庭衢[②]。行无辙迹，居无室庐。幕天席地[③]，纵意所如。止则操卮执觚，动则挈榼提壶。维酒是务，焉知其馀。有贵介公子，搢绅处士。闻吾风声，议其所以。乃奋袂攘衿，怒目切齿。陈说礼法，是非锋起。先生于是方捧罂承槽，衔杯漱醪。奋髯箕踞，枕麹藉糟。无思无虑，其乐陶陶。兀然而醉，恍然而醒。静听不闻雷霆之声，熟视不睹泰山之形。不觉寒暑之切肌，嗜欲之感情。俯观万物，扰扰焉如江汉之浮萍。二豪侍侧焉，如蜾蠃之与螟蛉

大人先生，高怀逸兴，酒肉寓名。纵幕天席地，居无庐室，以八荒为域，日月为扃[4]。贵介时豪[5]，搢绅处士[6]，未解先生酒适情。徒劳尔，谩是非锋起，有耳谁听。先生，挈榼提罂[7]。更箕踞衔杯枕麹生[8]。但无思无虑，陶陶自得，任兀然而醉，恍然而醒。静听无闻，熟视无睹，以醉为乡乐性真。谁知我，彼二豪犹是[9]，蜾蠃螟蛉[10]。

[注释]

①刘伯伦：刘伶，晋人，与阮籍、嵇康等为"竹林七贤"，《酒德颂》为其名作。 ②八荒：荒远之地，指全部地域。 ③幕天席地：以天为帐，以地为席。 ④扃(jiōng)：门栓。 ⑤贵介：大贵族。 ⑥搢(jìn)绅：士大夫。 ⑦挈：提。 榼(kē)：盛酒器。 罂(yīng)：盛酒器，小口大腹。⑧箕踞：一种不拘礼节、轻慢无态的坐姿。形容傲慢。 ⑨二豪：即指"贵介时豪、搢绅处士"。 ⑩蜾蠃(guǒ luǒ)：细腰蜂。

括水调歌

韩文公《送李愿归盘谷序》[1]：太行之阳有盘谷。盘谷之间，泉甘而土肥，草木丛茂，居民鲜少。或曰：谓其环两山之间，故曰盘。或曰：是谷也，宅幽而势阻，隐者之所盘旋。友人李愿居之。愿之言曰：人之称大丈夫者，我知之矣。利泽施于人，名声昭于时。坐于庙堂，进退百官，而佐天子出令；其在外，则树旗旄，罗弓矢，武夫前呵，从者塞途；供给之人，各执其物，夹道而疾驰。喜有赏，怒有刑，才俊满前，道古今而誉盛德，入耳而不烦；曲眉丰颊，清声而便体，秀外而慧中，飘轻裾，翳长袖，粉白黛绿者，列屋而闲居，妒宠而负势，争妍而取怜；大丈夫之遇知于天子，用力于当世者之所为也。吾非恶此而逃之，是有命焉，不可幸而致也。穷居而野处，升高而望远，坐茂树以终日，濯清泉以自洁。采于山、美可茹，钓于水、鲜可食，起居无时、惟适之安。与其有誉于前，孰若无毁于其后！与其有乐于身，孰若无忧于其心！车服不维，刀锯不加，理乱不知，黜陟不闻，大丈夫不遇于时者之所为也，我则行之。伺候于公卿之门，奔走于形势之途，足将进而趦趄，口将言而嗫嚅，处汙秽而不羞，触刑辟而诛戮，侥幸于万一，老死而后止者，其为人贤不肖何如也。昌黎韩愈闻其言而壮之，与之酒而为之歌曰："盘之中，维子之宫。盘之土，维子之稼。盘之泉，可濯可沿。盘之阻，谁争子所。窈而深，廓其有容。缭而曲，如往而复。嗟盘之乐兮，乐且无央。虎豹远迹兮，蛟龙遁藏。鬼神守护兮，呵禁不祥。饮且食兮寿而康。无不足兮奚所望。膏吾车兮秣吾马，从子于盘兮，终吾生以徜徉。"

太行有盘谷，隐者所翱翔，丈夫行世，磊磊落落信行藏[②]。遇则声名利泽[③]，不遇采山钓水，何似两俱忘。谁解盘中趣，与酒为歌章。　　问何如，盘之乐，乐无央。远驱虎豹，蛟龙于此亦潜藏。盘土可耕可稼，盘水可沿可濯，饮食寿而康。膏车秣吾马[④]，从子以徜徉[⑤]。

[注释]

①李愿：韩愈友人。因厌弃贵族生活到太行山盘谷作隐士，自号"盘谷子"。　②行藏：起居、行止。可出则行，不可行则藏（退隐）。　③利泽：恩惠、利益。　④膏车：用油脂涂饰车。　秣：粮秣，此处用作喂意。⑤从子：随从你。　子：你的尊称。

括摸鱼儿

王绩《醉乡记》[①]：醉之乡，其去中国，不知其几千里也。其土旷然无涯，无丘陵阪险；其气和平一揆，无晦明寒暑；其俗大同，无邑居聚落；其人甚精，无憎爱喜怒，吸风饮露，不食五谷，其寝于于，其行徐徐，与鸟兽鱼鳖杂处，不知有舟车器械之用。昔者黄帝氏尝获游其都，归而杳然丧其天下，以为结绳之政已薄矣。降及尧舜，作为千钟百壶之献，因姑射神人以假道，盖至其边鄙，终身太平。禹、汤立法，礼烦乐杂，数十代与醉乡隔。其臣羲和，弃甲子而逃，冀臻其乡，失路而道夭，故天下遂不宁。

至乎末孙桀纣,怒而升其糟丘,阶级千仞,南向而望,卒不见醉乡。武王得志于世,乃命公旦立酒人氏之职,典司五齐,拓土七千里,仅与醉乡达焉,三十年刑措不用。下逮幽厉,迄于秦汉,中国丧乱,遂与醉乡绝。而臣下之爱道者,往往窃至。阮嗣宗、陶渊明等十数人,并游于醉乡,没身不返,死葬其壤,中国以为酒仙云。嗟乎,醉乡氏之俗,岂古华胥氏之国乎,何其淳寂也如是。余将游焉,故为之记

醉之乡、其去中国,不知其几千里。其土平旷无涯际,其气和平一揆[②]。无寒暑,无聚落居城,无怒而无喜。昔黄帝氏。仅获造其都[③],归而遂悟,结绳已非矣[④]。及尧舜,盖亦至其边鄙[⑤]。终身太平而治。武王得志于周世[⑥],命立酒人之氏[⑦]。从此后,独阮籍渊明,往往逃而至。何其淳寂。岂古华胥[⑧],将游是境,余故为之记。

[注释]

①王绩:初唐诗人,少年被称为"神仙童子",嗜饮。在门下省作官,每日酒三升,说"良酿可恋",自称"斗酒学士"。 ②揆:尺度、准则。此指风气习尚之一致。 ③造:访问。 ④结绳:上古于绳上打结记事。⑤边鄙:边境。 ⑥武王:周代立国之王,姬发。 ⑦酒人之氏:管理酿酒之官员。 ⑧华胥:古代传说中之理想国。

括声声慢

杜工部《丽人行》:三月三日天气新,长安水边多丽人。态浓意远淑且真,肌理细腻骨肉匀。绣罗衣裳照暮春。蹙金孔雀银麒麟。头上何所有?翠微匐叶垂鬓唇,背后何所见?珠压腰衱稳称身。就中云幕椒房亲,赐名大国虢与秦。紫驼之峰出翠釜,水精之盘行素鳞。犀筋厌饫久未下,銮刀缕切空纷纶。黄门飞鞚不动尘,御厨丝络送八珍。箫鼓哀吟感鬼神,宾从杂遝实要津。后来鞍马何逡巡。当轩下马入锦茵。杨花落雪覆白蘋,

青鸟飞去衔红巾。炙手可热势绝伦，慎莫近前丞相嗔

暮春天气，争看长安，水边多丽人人。意远态浓，肌理骨肉轻匀。绣罗衣裳照映，尽蹙金、孔雀麒麟①。夸荣贵，是椒房云幕②，恩宠无伦。　簇簇紫驼翠釜③，间水精盘里④，缕鲙纷纶⑤。御送珍羞⑥，夹道箫鼓横陈。后来宾从杂遝⑦，认青鸾、飞舞红巾⑧。扶下马，似杨花、翻入锦茵。

[注释]

①蹙金：衣上附有绣金之图案，如孔雀、麒麟。　②椒房：皇宫中后妃所居处，也代指后妃。　云幕：本《西京杂记》"成帝设云幄、云帐、云幕于甘泉紫殿，世谓三云殿"。云幕，谓铺设幕帐如云雾也。　③紫驼：骆驼，其驼峰肉美。　④水精盘：水晶所制盘子。　《全宋词》注："间"去声。　⑤缕鲙：切作丝状鱼肉。　⑥珍羞：珍奇食物。　⑦宾从：宾客、从人。　遝(tà)：及，到。　杂遝：堆积意，言其多。　⑧青鸾：神话中传递书信之鸟，又称青鸟。

括贺新凉

欧阳公《醉翁亭记》：环滁皆山也。其西南诸峰，林壑尤美，望之蔚然而深秀者，琅邪也。山行六七里，渐闻水声，潺潺而泻出于两峰之间者，酿泉也。峰回路转，有亭翼然，临于泉上者，醉翁亭也。作亭者谁，山之僧智仙也。名之者谁，太守自谓也。太守与客来饮于此，饮少辄醉，而年又最高，故自号曰醉翁也。醉翁之意不在酒，在乎山水之间也。山水之乐，得之心而寓之酒也。若夫日出而林霏开，云归而岩穴暝，晦明变化者，山间之朝暮也。野芳发而幽香，佳木秀而繁阴，风霜高洁，水涸而石出者，山间之四时也。朝而往，暮而归，四时之景不同，而乐亦无穷也。至于负者歌于涂，行者休于树，前者呼，后者应，伛偻提携，往来而不绝者，滁人之游也。临溪而渔，溪深而鱼肥，

酿泉为酒，泉香而酒洌，山肴野蔌，杂然而前陈者，太守宴也。宴酣而乐，非丝非竹，射者中，弈者胜，觥筹交错，起坐而喧哗者，众宾欢也。苍颜白髮，颓然乎其间者，太守醉也。已而夕阳在山，人影散乱，太守归而宾客从也。树林阴翳，鸟声上下，游人去而禽鸟乐也。然而禽鸟知山林之乐，而不知人之乐；人知从太守游而乐，不知太守之乐其乐也。醉能同其乐，醒能述以文者，太守也。太守谓谁，庐陵欧阳修也

环滁皆山也[①]。望西南、蔚然深秀者，琅邪也[②]。泉水潺潺峰路转，上有醉翁亭也。亭、太守自名之也[③]。试问醉翁何所乐，乐在乎、山水之间也。得之心、寓酒也。　四时之景无穷也。看林霏、日出云归，自朝暮也。交错觥筹酣宴处[④]，肴蔌杂然陈也[⑤]。知太守、游而乐也。太守醉归宾客从，拥苍颜白髮颓然也。太守谁，醉翁也。

［注释］

①环滁：安徽滁县，当时称滁州。　②琅邪：山名，在滁州西南十里。因东晋琅邪王曾于此避难而得名。　③太守：州郡长官，宋知州、知府皆可称为太守。　④觥：角状酒杯。　筹：酒筹，饮酒时记数量，多用竹制。⑤肴蔌：肉食与菜蔬。

括水调歌

欧阳公《庐山高》：庐山高哉，几千仞兮，盘根几百里，巀然屹立乎长江。长江西来走其下，是为杨澜左里兮，洪涛巨浪，日夕相舂撞。云消风止水镜净，泊舟登岸而远望兮，上摩青苍以晻霭，下压后土之鸿庞。试往造乎其间兮，攀缘石磴窥空谾。千岩万壑响松桧，悬崖巨石飞流淙。水声聒聒乱人耳，六月飞雪洒石矼。仙翁释子，亦往往而逢兮，吾尝恶其学幻而言哤。但见丹霞翠壁，远近映楼阁；晨钟暮鼓，杳霭罗幡幢。幽花野草，不知其名兮，风吹露湿香涧谷，时有白鹤飞来双。幽寻远去

不可极，便欲绝世遗纷痝。羡君买田筑室老其下，插秧盈畴兮、酿酒盈缸。欲令浮岚暖翠千万状，坐卧常对乎轩窗。君怀磊砢有至宝，世俗不辨珉与矼。策名为吏二十载，青衫白首困一邦。宠荣声利，不可以苟屈兮，自非青云白石有深趣，其气兀硉何由降。丈夫壮节似君少，嗟我欲说，安得巨笔如长杠

庐山几千仞，屹立并长江[①]。杨澜左里[②]，洪涛巨浪日舂撞。风止雪消冰净，相与泊舟登岸，攀磴望空谾[③]。岩壑响松桧，巨石激流淙。　事幽寻，遗世俗，绝纷痝[④]。幽花野草香满，时有鹤飞双。羡子买田筑室，欲使浮岚暖翠，坐卧对轩窗。我欲为君说，安得笔如杠。

[注释]

①《全宋词》注："并"音"彷"。　②杨澜：扬起波澜。　左里：即左蠡，在鄱阳湖都昌县境。　③谾（lóng）：山涧长大。　④纷痝（máng）：纷繁世务。

括酹江月

东坡《前赤壁赋》[①]：壬戌之秋，七月既望，苏子与客，泛舟游于赤壁之下。清风徐来，水波不兴。举酒属客，诵明月之诗，歌窈窕之章。少焉，月出于东山之上，徘徊于斗牛之间。白露横江，水光接天。纵一苇之所如，凌万顷之茫然。浩浩乎如凭虚御风，而不知其所止；飘飘乎如遗世独立，羽化而登仙。于是饮酒乐甚，扣舷而歌之。歌曰："桂棹兮兰桨。击空明兮泝流光。渺渺兮余怀，望美人兮天一方。"客有吹洞箫者，倚歌而和之，其声呜呜然，如怨如慕，如泣如诉，馀音袅袅，不绝如缕。舞幽壑之潜蛟，泣孤舟之嫠妇。苏子愀然，正襟危坐，而问客曰：何为其然也？客曰："月朗星稀。乌鹊南飞。"此非曹孟德之诗乎！西望夏口，东望武昌，山川相缪，郁乎苍苍，此非孟德之困于周郎者乎！方其破荆州，下江陵，顺流而东也，舳舻千里，旌旗蔽空，酾酒临江，横槊赋诗，固一世之雄也，而今

安在哉！况我与子，渔樵于江渚之上，侣鱼虾而友麋鹿。驾一叶之扁舟，举匏樽以相属。寄蜉蝣于天地，渺沧海之一粟。哀我生之须臾，羡长江之无穷。挟飞仙以遨游，抱明月而长终。知不可乎骤得，托遗响于悲风。苏子曰：客亦知夫水与月乎？逝者如斯，而未尝往也；盈虚者如彼，而卒莫消长也。盖将自其变者而观之，则天地曾不能以一瞬；自其不变者而观之，则物与我皆无尽也，而又何羡乎。且夫天地之间，物各有主。苟非吾之所有，虽一毫而莫取。惟江上之清风，与山间之明月，耳得之而为声，目遇之而成色，取之无尽，用之不竭。是造物者之无尽藏也，而吾与子之所共适。客喜而笑，洗盏更酌。肴核既尽，杯盘狼藉。相与枕藉乎舟中，不知东方之既白

泛舟赤壁，正风徐波静，举尊属客②。渺渺予怀天一望，万顷凭虚独立③。桂桨空明，洞箫声彻，怨慕还凄恻④。星稀月淡，江山依旧陈迹。　　因念酾酒临江，赋诗横槊⑤，好在今安适。谩寄蜉蝣天地尔⑥，瞬目盈虚消息⑦。江上清风，山间明月，与子欢无极。翻然一笑，不知东方既白。

[注释]

①宋元丰二年，东坡被贬湖北黄州，游黄州赤壁，作两篇《赤壁赋》，此为第一篇。　②属客：对客劝酒。　③凭虚：对着天空。　④怨慕：怨中思念。　⑤赋诗横槊：赤壁之战时，曹操曾横槊赋诗。　槊：兵器中一种。⑥蜉蝣：小虫，命短，生存数小时。　⑦盈虚：月满月缺，指时间变化。

括酹江月

东坡《后赤壁赋》：是岁十月之望，步自雪堂，将归于临皋。二客从予过黄泥之坂。霜露既降，草木尽脱。人影在地，仰见明月，顾而乐之，行歌相答。已而叹曰：有客无酒，有酒无肴，月白风清，如此良夜何！客曰：今者薄暮，举网得鱼，巨口细

鳞，状似松江之鲈。顾安所得酒乎？归而谋诸妇。妇曰：我有斗酒，藏之久矣，以待子不时之须。于是携酒与鱼，复游于赤壁之下。江流有声，断岸千尺，山高月小，水落石出。曾日月之几何，而江山不可复识矣！予乃摄衣而上，履巉岩，披蒙茸。踞虎豹，登虬龙，攀栖鹘之危巢，俯冯夷之幽宫。盖二客不能从焉。划然长啸，草木震动。山鸣谷应，风起水涌。予亦悄然而悲，肃然而恐，凛乎其不可留也。返而登舟，放乎中流，听其所止而休焉。时夜将半，四顾寂寥。适有孤鹤，横江东来，翅如车轮，玄裳缟衣，戛然长鸣，掠予舟而西也。须臾客去，予亦就睡。梦一道士，羽衣蹁跹，过临皋之下，揖予而言曰：赤壁之游乐乎？问其姓名，俯而不答。呜呼噫嘻，我知之矣！畴昔之夜，飞鸣而过我者，非子也耶！道士顾笑，予亦惊寤，开户视之，不见其处

雪堂闲步[①]，过临皋、霜净晚林木落[②]。月白风清如此夜，与客行歌相答。网举松鲈，手携斗酒，赤壁重寻约。悲歌长啸，划然声动寥廓。　试问日月几何，江流山色，今日应如昨。履遍巉岩风露冷[③]，水面怒涛惊跃。一叶中流，听其所止，适有孤飞鹤。横江东下，问予赤壁游乐。

（以上明刊本《风雅遗音》卷上）

[注释]

①雪堂：东坡在黄州所筑。　②临皋：雪堂所在地，黄州东南，长江北岸。　③履遍：走遍。

括水调歌

欧阳公《昼锦堂记》[①]：仕宦而至将相，富贵而归故乡，此人情之所荣，而今昔之所同也。盖士方穷时，困阨闾里，庸人孺子，皆得易而侮之，若季子不礼于其嫂，买臣见弃于其妻。一旦高车驷马，旗旄导前而骑卒拥后，夹道之人，相与骈肩累迹，瞻望咨嗟，而所谓庸夫愚妇，奔走骇汗，羞愧俯伏，以自悔罪于车

尘马足之间,而莫敢仰视。此一介之士得志于当时,而意气之盛,昔人比之衣锦之荣者也。惟大丞相魏国公则不然。公,相人也,世有令德,为时名卿。公自少时,擢高科,登显仕,海内之士,闻下风而望馀光者,盖亦有年矣。所谓将相而富贵,皆公所宜素有,非如穷阨之人,侥幸得志于一时,出于庸夫庸妇之不意,以惊骇而夸耀之也。然则高牙大纛不足为公荣,桓圭衮冕不足为公贵,惟德被生民,功施社稷,勒之金石,播之声诗,以耀后世,而垂无穷,此公之志,而士亦以此望于公也,岂止夸一时而荣一乡哉!公在至和中,尝以武康之节来治于相,乃作昼锦之堂于后圃。既又刻诗于石,以遗相人。其言以快恩仇、矜名誉为可薄,盖不以昔人之所夸者为荣,而以为戒,于此见公之视富贵为如何,而其志岂易量哉!故能出入将相,勤劳王家,而夷险一节,至于临大节、决大议,垂绅正笏、不动声色,而措天下于泰山之安,可谓社稷之臣矣。其丰功盛烈,所以铭彝鼎而被弦歌者,乃邦家之光,非闾里之荣也。余虽不获登公之堂,幸尝窃诵公之诗,乐公之志有成,而喜为天下道也,于是乎书

仕宦至卿相,富贵好归乡[②]。高车驷马[③],都人夹道共瞻望。意气当年尤盛,荣比昔人衣锦,昼锦以名堂。海内知名士,久矣望馀光。　大丈夫,荣与贵,视寻常。丰功令德,要将尧舜致君王。事业光施社稷,勋烈遍铭彝鼎[④],此志孰能量。妙语勒金石[⑤],千古一欧阳。

[注释]

①昼锦堂:宋韩琦于相州所建。　②富贵好归乡:本《史记·项羽本纪》"富贵不还故乡,如锦衣夜行"。　③高车驷马:车盖高,贵者乘。古时车用四马,故称驾车之马为驷马。　④铭:刻铸。　彝、鼎:皆青铜器。铭彝鼎:刻功勋于彝、鼎上。　⑤勒:刻。　金:指彝鼎。　石:指石碑。

括贺新凉

山谷《送王郎》[①]:酌君以蒲城桑落之酒,泛君以湘纍秋菊

之英，赠君以黟川点漆之墨，送君以阳关堕泪之声，酒浇胸次之磊隗，菊制短世之颓龄，墨以传万古文章之印，歌以写平时兄弟之情。江山千里头俱白，骨肉十年眼终青。连床夜语鸡戒晓，书囊无底谈未了。有功翰墨乃如此，何恨远别音书少。炊沙作糜终不饱。镂冰文章费工巧。要须心地收汗马，孔孟行世日杲杲。有弟有弟力持家。妇能养姑供珍鲑。儿大诗书女丝麻。公但读书煮春茶

酌以蒲城酒[②]。撷湘累、秋英满泛[③]，介君眉寿[④]。赠君点漆黟川墨[⑤]，与印文章大手。问此别、相逢难又。三叠阳关声堕泪[⑥]，写平时、兄弟情长久。离别事，古来有。

十年骨肉情何厚。对江山千里，共期白首。夜雨连床追旧事，惟恨音书渐少。便只恐、炊沙不饱[⑦]。翰墨新功收汗马[⑧]，话书囊、无底何时了。欢未足，听鸡晓。

[注释]

①王郎：王纯亮，字世弼，黄山谷之妹婿。　②蒲城酒：又名桑落酒。③湘累：屈原。　秋英：菊花，以菊花瓣泡水饮之。屈原《离骚》："夕飧秋菊之落英。"　④眉寿：古人以眉长为寿相，因祝寿曰眉寿。《诗经·豳风·七月》："为此春酒，以介眉寿。"　介：助词。　⑤黟（yī）川：今安徽黟县。产墨有名。　⑥三叠阳关：唐王维《渭城曲》为送别之名诗。　⑦炊沙：又作炒沙。佛教《楞严经》谓以砂石为饭，只成热沙，终不是饭。　⑧汗马：战马出汗，喻战功。此意作出好文章。

括水调歌

范文正《听真上人琴歌》[①]：银河耿耿霜棱棱，西窗月色寒如冰。江上一扣朱丝绳，万籁不起秋光凝。伏羲归天忽千古，我闻遗音泪如雨。嗟嗟不及郑卫儿，北里南邻竟歌舞。竟歌舞，何时休。师襄堂上心悠悠。击浮金，戛鸣玉，老龙秋啼沧海底，幼猿暮啸寒山曲。陇头瑟瑟咽流泉，洞庭萧萧落寒木。

此声感物何大灵,十二衔珠下仙鹄。为予再奏南风诗,神人和畅瞬无为。为予试弹广陵散,鬼物方哀晋方乱。乃知圣人情虑深,将治四海先治琴。兴亡哀乐不我道,坐中可见天下心。感公遗我正始音

耿耿银潢净[2],窗月莹如冰。朱丝一扣[3],万籁不起冷光凝[4]。千古遗音犹在,一洗淫哇郑卫[5],北里与南陵[6]。孰识兴亡事,哀乐不同情。　　咽流泉,戛鸣玉,击浮金。老龙啼晓,幼猿忽复暮山吟[7]。为我临风再奏,仙鹄翩翻十二,感物一何灵。此曲谁当听,四海有知音。

[注释]

①范文正:范仲淹,卒谥文正。　真上人:和尚法号,姓名不详。②银潢:银河。　③朱丝:红色琴弦。　④万籁:指各种声音。　⑤淫哇:歌声淫荡。嵇康《养生论》:"目惑玄黄,耳务淫哇。"　⑥南陵:范诗原作为"南邻"。　⑦"老龙、幼猿"二句:形容琴声之动人。

括满江红

山谷《听宋宗儒摘阮歌》[1]:翰林尚书宋公子,文采风流今尚尔。自疑耆域是前身,囊中探丸起人死。貌如千载孤松枝,落魄酒中无定止。得钱百万送酒家,一笑不问今馀几。手挥琵琶送飞鸿,促弦聒醉惊客起。寒虫促织月笼秋,独雁叫群天拍水。楚国羁臣放十年,汉宫佳人嫁千里。深闺洞房语恩怨,紫燕黄鹂韵桃李。楚狂行歌惊世人,渔父拏舟在葭苇。问君枯木著朱绳,可能道人意中事。君言此物传数姓,玄璧庚庚有横理。闭门三月传国工。身今亲见阮仲容。我有江南一丘壑,安得与君醉其中,曲肱听君写松风

落魄高人,拚百万、青铜一醉[2]。挥素手、朱绳一抹[3],四筵惊起。催织寒虫秋弄月[4],叫群独雁天浮水。更黄鹂、紫燕对春风,争繁脆。　　悲楚国,羁臣意[5]。怜汉

女[6]，逾千里。似深闺恩怨，共相汝尔。我有江南丘壑趣，此弦能道心中事。要曲肱、时听写松风[7]，云窗里。

[注释]

①山谷：黄庭坚。 摘阮：阮，乐器名，为晋代阮咸所创制，形似琵琶故名。摘，即弹奏。 ②青铜：钱。 ③朱绳：朱弦。 ④催织：蟋蟀。以下数句皆形容所弹如虫鸟之鸣。 ⑤羁臣：指屈原。 ⑥汉女：指王昭君。 ⑦曲肱：曲臂（垫在头下以为枕）。

括朝中措

山谷《水仙花》：凌波仙子生尘袜，水上轻盈步微月。是谁招此断肠魂？种作寒花寄愁绝。含香体素欲倾城，山矾是弟梅是兄。坐对真成被花恼，出门一笑大江横

凌波仙子袜生尘[1]，水上步轻盈。种作寒花愁绝，断肠谁与招魂。 天教付与，含香体素，倾国倾城。寂寞岁寒为伴，藉他矾弟梅兄[2]。

[注释]

①凌波仙子：本曹植《洛神赋》“凌波微步，罗袜生尘”。 ②矾弟梅兄：以山矾花为弟，以梅花为兄。 矾：常绿灌木，开小白花，名郑花。王安石甚爱之，为作诗，然嫌花名不好，黄山谷乃为更名为山矾。

括满江红

韩子苍《题伯时画太一真人》[1]：太一真人莲叶舟，脱巾露髮寒飕飕。轻风为帆浪为楫，卧看玉宇浮中流。中流荡漾翠绡舞，稳如龙骧万斛举。不是峰头十丈花，世间那得叶如许。龙眠画手老入神，尺素幻出真天人。恍然坐我水仙府，苍烟万顷波衮粼。玉堂学士今刘向，禁直岧峣九天上。不须对此融心

神,会植青藜夜相访

太一真人,莲叶向、中流荡漾。凌万顷、风为帆席,浪为轻桨。乱舞翠绡云雾薄[②],卧看玉宇琉璃晃。似飘然、万斛举龙骧[③],随波荡。　　太华顶[④],花十丈。飘一叶,借清赏。倩龙眠老手[⑤],为渠摹放[⑥]。鳌禁岧峣谁寓直[⑦],玉堂学士今刘向[⑧]。要清宵、特地杖青藜[⑨],来相访。

[注释]

①韩子苍:名韩驹,苏辙的学生,诗人。　伯时:名画家李公麟,其画为太一真人卧于一莲叶,执书仰读,韩题诗《太一真人莲叶图》。　太一真人:又作太乙真人,道教仙人。　②绡:薄纱。　③龙骧:龙之腾跃。　④太华:西岳山名。　⑤龙眠:山名,在安徽桐城。李公麟晚年居此。李与诗人李亮公、书家李元中称“龙眠三李”,李公麟自号龙眠山人。　⑥摹放:意即写真。　⑦鳌禁:宫中官署,掌文翰。　寓直:值班、值宿。　⑧刘向:西汉人,多著述。自称“太一之精”之老人向他传经。词因以刘向比李公麟。　⑨青藜:传说太一之精为助刘向读书,夜间点燃青藜。

括贺新凉

东坡《书林和靖诗后》[①]:吴侬生长湖山曲,呼吸湖光饮山渌。不论世外隐君子,佣奴贩妇皆冰玉。先生可是绝俗人,神清骨冷无由俗。我不识君曾梦见,瞳子瞭然光可烛。遗篇妙字处处有,步绕西湖看不足。诗如东野不言寒,书似西台差少肉。平生高节已难继,将死微言犹可录。自言不作封禅书,更有悲吟白头曲。我笑吴人不好事,好作祠堂傍修竹。不然配食水仙王,一盏寒泉荐秋菊

生长湖山曲[②]。羡吴儿、呼吸湖光,饱餐山渌[③]。世外不须论隐逸,谁似先生冰玉。自骨冷、神清无俗。我不识君曾梦见,炯双瞳、碧色光相烛[④]。遗妙语,看不足。
生平高节难为续。到如今、凛凛风生,言犹可录。不作相

如封禅稿，身后谁荣谁辱。争肯效、白头吟曲。好与水仙为伴侣，傍西湖、湖畔修修竹。时一酹，荐秋菊[5]。

[注释]

①林和靖：宋人，名逋。隐于西湖孤山，终生不仕不娶，以梅为妻，以鹤为子。 ②曲：湖山深处。 ③山渌：山泉。 ④炯：光亮。 相烛：相照。 ⑤荐：祭。

括水调歌

范文正《岳阳楼记》：庆历四年春，滕子京谪守巴陵。越明年，政通人和，百废具兴。乃重修岳阳楼，增其旧制，刻唐贤今人诗赋于其上，属余作文记之。予观夫巴陵胜状，在洞庭一湖。衔远山，吞长江，浩浩荡荡，横无际涯，朝晖夕阴，气象万千，此则岳阳楼之大观也，前人之述备矣。然则北通巫峡，南极潇湘，迁客骚人，多会于此，览物之情，得无异乎！若夫霪雨霏霏，连日不开，阴风怒号，浊浪排空，日星隐耀，山岳潜形，商旅不行，樯倾楫摧，薄暮冥冥，虎啸猿啼。登斯楼也，则有去国怀乡，忧谗畏讥，满目萧然，感极而悲者矣。至若春和景明，波澜不惊，上下天光，一碧万顷，沙鸥翔集，锦鳞游泳，岸芷汀兰，郁郁青青；而或长烟一空，皓月千里，浮光耀金，静影沉壁，渔歌互答，此乐何极。登斯楼也，则有心旷神怡，宠辱皆忘，把酒临风，其喜洋洋者矣。嗟乎！予尝求古仁人之心，或异二者之为。何哉？不以物喜，不以己悲。居庙堂之高，则忧其民；处江湖之远，则忧其君。是进亦忧，退亦忧。然则何时而乐耶？其必曰：先天下之忧而忧，后天下之乐而乐欤！噫，微斯人，吾谁与归！时六年九月二十五日记

欲状巴陵胜[1]，千古岳之阳。洞庭在目，远衔山色俯长江。浩浩横无涯际，爽气北通巫峡，南望极潇湘[2]。骚人与迁客，览物兴尤长。 锦鳞游，汀兰郁，水鸥翔。波澜万顷，碧色上下一天光。皓月浮金千里，把酒登楼对

景，喜极自洋洋。忧乐有谁会，宠辱两俱忘。

[注释]

①巴陵：岳阳又名。　②潇湘：泛指湘江一带。

括木兰花慢

李白《将进酒》：君不见黄河之水天上来，奔流到海不复回。君不见高堂明镜悲白发，朝如青丝暮成雪。人生得意须尽欢，莫使金尊空对月。天生我材必有用，千金散尽还复来。烹羔宰牛且为乐，会须一饮三百杯。岑夫子、丹丘生。将进酒，君莫停！与君歌一曲，请君为我听。钟鼎玉帛不足贵，但愿长醉不愿醒。古来贤达皆寂寞，惟有饮者留其名。陈王昔时宴平乐，斗酒十千恣欢谑。主人何为言少钱，且须沽酒对君酌。五花马，千金裘。呼儿将出换美酒，与尔同消万古愁

黄河天上派[①]，到东海、去难收。况镜里堪悲，星星白髮，早上人头[②]。人生尽欢得意，把金尊、对月莫空休。天赋君材有用，千金散聚何忧。　　请君听我一清讴。钟鼎复奚求[③]。但烂醉春风，古来惟有，饮者名留。陈王昔时宴乐，拚十千、斗酒恣欢游[④]。莫惜貂裘将换，与消千古闲愁。

[注释]

①派：流。　②早：注，"去声"。　③钟鼎：将名字铸于钟或鼎之上，指建立功业。　奚求：何求。　④十千：本曹植《名都篇》"我得宴平乐，美酒斗十千"。　十千：十千钱，言其价贵。

括水调歌

王禹偁《黄州竹楼记》[1]：黄冈之地多竹，大者如椽，竹工破之，刳去其节，用代陶瓦，比屋皆然，以其价廉而工省也。子城西北隅，雉堞圮毁，蓁莽芜秽，因作小楼二间，与月波楼通。远吞山光，平挹江濑，幽阒寥敻，不可具状。夏宜急雨，有瀑布声；冬宜密雪，有碎玉声；宜鼓琴，琴调和畅；宜咏诗，诗韵清绝；宜围棋，子声丁丁然；宜投壶，矢声铮铮然。皆竹楼之助也。公退之暇，披鹤氅衣，戴华阳巾，手执周易一卷，焚香嘿坐，消遣世虑。江山之外，但见风帆、沙鸟、烟云、竹树而已。待其酒力醒，茶烟歇，送夕阳，迎素月，亦谪居之胜概也。彼齐云、落星，高则高矣；井幹、丽谯，华则华矣，止于贮妓女，藏歌舞，非骚人之事，吾所不取。吾闻竹工云：竹之为瓦，仅支十稔；若重覆之，得二十稔。忆吾以至道乙未岁，自翰林出滁上。丙申，移广陵。丁酉，入西掖。戊戌岁除日，有齐安之命。己亥闰三月，到郡。四年之间，奔走不暇，未知明年又在何处，岂惧竹楼之易朽乎！幸后人与我同志，嗣而葺之，庶斯楼之不朽也。咸平四年月日记

听说竹楼好，佳地占黄冈。月波相接[2]，俯临江濑挹山光[3]。急雨檐喧瀑布[4]，密雪瓴敲碎玉[5]，幽阒兴尤长[6]。琴调更虚畅，诗韵转清扬。　公退暇，披鹤氅[7]，戴华阳[8]。手披周易，消磨世虑坐焚香。缥缈烟云竹树，迎接夕阳素月，胜概总难量。欲辨骚人事，瀹茗漱清觞[9]。

［注释］

①王禹偁：宋济州巨野人，字元之，为官以敢言著称。曾上书《御戎十策》。后因著《太宗实录》而被贬黄州。　②月波：月波楼，黄州名建筑，遗迹犹存。　③江濑：江水湍息之地。　④“急雨”句：形容楼上流下雨水。　⑤瓴（líng）：盛水器，形容雪声。　⑥阒（qù）：静寂。　⑦鹤氅：羽制长袍，道家所披。　⑧华阳：巾名。　⑨瀹（yuè）：煮茶。

括清平乐

李白《采莲曲》:若耶溪旁采莲女,笑隔荷花共人语。日照新妆水底明,风飘香袖空中举。岸上谁家游冶郎,三三五五映垂杨。紫骝嘶入落花去,见此踌躇空断肠

若耶溪女[①],笑隔荷花语。日照新妆明楚楚[②],香袖风飘轻举[③]。　谁家白面游郎,两三遥映垂杨。醉踏落花归去,踌躇空断柔肠[④]。

[注释]

①若耶溪:在浙江诸暨,西施浣纱地。　②楚楚:光洁明丽貌。　③飘:摇动。　④踌躇:徘徊失意貌。

括满江红

玉川子《有所思》[①]:当时我醉美人家,美人颜色娇如花。今日美人弃我去,青楼珠箔天之涯。娟娟姮娥月,三五盈又缺。翠眉蝉鬓生别离,一望不见心断绝。心断绝,几千里。梦中醉卧巫山云,觉来泪滴湘江水。湘江两岸花木深,美人不见愁人心。含愁更奏绿绮琴,调歌弦绝无知音。美人兮美人,不知为暮雨兮为朝云。相思一夜梅花发,忽到窗前疑是君

为忆当时,沉醉里、青楼弄月。闲想像、绣帏珠箔,魂飞心折。羞向姮娥谈旧事,几经三五盈还缺。望翠眉、蝉鬓一天涯[②],伤离别。　寻作梦,巫云结。流别泪,湘江咽。对花深两岸,忽添悲切。试与含愁弹绿绮,知音不遇弦空绝。忽窗前、一夜寄相思,梅花发。

[注释]

①玉川子:唐诗人卢仝号,诗集名《玉川子集》。　②蝉鬓:喻妇女鬓

髮之精巧。

括满江红

东坡《海棠》(寓居定惠院之东,杂花满山,有海棠一株,土人不知其贵也。):江城地瘴蕃草木,只有梅花苦幽独。嫣然一笑竹篱间,桃李漫山总粗俗。也知造物有深意,故遣佳人在空谷。自当富贵出天姿,不待金盘荐华屋。朱唇得酒晕生脸,翠袖卷纱红映肉。林深雾暗晓光迟,日暖风轻春睡足。雨中有泪亦凄惨,月下无人更清淑。先生食饱无一事,散步逍遥自扪腹。不问人家与僧舍,拄杖敲门看修竹。忽然绝艳照衰朽,叹息无言揩病目。陋邦何处得此花,无乃好事移西蜀。寸根千里不易到,衔子飞来定鸿鹄。天涯流落俱可念,为饮一尊歌此曲。明朝酒醒还独来,雪落纷纷那忍触

寂寞江城,拚只共[①]、梅花幽独。揩病眼、佳人何许[②],嫣然空谷[③]。幻出天姿真富贵,朱唇滞酒红生肉。笑漫山、繁李与夭桃,俱粗俗。　迟日丽,春睡足。明月照,尤清淑。算移根千里,远从西蜀[④]。流落天涯应可念,为渠剧饮仍歌曲[⑤]。怕明朝、酒醒落纷纷,那忍触。

[注释]

①拚:通“拚”,不顾一切。　②何许:何处。　③嫣然:姣美貌。　④西蜀:四川,传说海棠从蜀中移植而来。此处写东坡怀乡情绪,亦东坡自喻。⑤剧饮:大喝。

括水调歌

李白《襄阳歌》:落日欲没岘山西,倒著接䍦花下迷。襄阳小儿齐拍手,拦街争唱白铜鞮。傍人借问笑何事,笑杀山翁醉似泥。鸬鹚杓、鹦鹉杯,百年三万六千日,一日须倾三百杯。遥看汉水鸭头绿,恰似蒲萄初发醅。此江若变作春酒,垒麹便

筑糟丘台。金鞍骏马换少妾,笑坐金鞍歌落梅。车傍侧挂一壶酒,凤笙龙篼行相催。咸阳市上叹黄犬,何如月下倾金罍。君不见、晋朝羊公一片石,龟龙剥落生莓苔。泪亦不能为之堕,心亦不能为之哀。清风明月不用一钱买,玉山自倒非人推。舒州杓、力士铛,李白与尔同死生。襄王云雨今安在,江水东流猿夜声

落日岘山下[①],倒著接䍦回[②]。傍人笑问山翁[③],日日醉归来。三万六千长日,一日杯倾三百,罍麴筑糟台[④]。汉水鸭头绿[⑤],变酒入金罍。　白铜鞮[⑥],鸬鹚杓[⑦],鹦鹉杯[⑧]。轻车快马,凤笙龙篼更相催。自有清风明月,刚道不须钱买,对此玉山颓[⑨]。水自东流去,猿自夜声哀。

[注释]

①岘山:在今湖北襄阳市南。　②接䍦:帽子。　倒:倒戴着。③山翁:晋山简,曾出镇襄阳。　④罍(léi):大酒尊。　糟台:即李诗“糟丘台”,积酒糟而成叫糟丘。　⑤鸭头绿:水碧绿,清澈。　⑥白铜鞮:南朝齐末梁初民歌,原作“白铜蹄”。　⑦鸬鹚杓:长把杓子,其颈刻为鸬鹚形。　⑧鹦鹉杯:鹦鹉嘴内弯,其杯形似,故名。　⑨玉山颓:晋时嵇康醉倒,人谓“其醉也,傀俄若玉山之将崩”。后人以玉山倾、玉山颓形容醉倒。

括江神子

欧阳修《明妃曲》[①]:胡人以鞍马为家,射猎为俗。泉甘草美无常处,鸟惊兽骇争驰逐。谁将汉女嫁胡儿,风沙无情貌如玉。身行不见中国人,马上自作思归曲 。推手为琵却手琶。胡人共听亦咨嗟。玉颜流落死天涯,琵琶却传来汉家。汉宫争按新声谱,遗恨已深声更苦。纤纤女手生洞房,学得琵琶不下堂。不识黄云出塞路,岂知此声能断肠

狂胡鞍马自为家。遣宫娃[②],嫁胡沙[③]。万里风烟,行

不见京华。马上思归哀怨极，推却手[④]，奏琵琶。　胡儿共听亦咨嗟[⑤]。貌如花，落天涯。谁按新声，争向汉宫夸。纤手不知离别苦，肠欲断，恨如麻。

[注释]

①明妃：即王昭君。　②宫娃：年轻宫女，此指昭君。　③胡沙：胡人沙漠之地。　④推却手：原诗："推手为琵却手琶"。《释名·释乐器》："枇杷（琵琶）本出于胡中，马上所鼓也。推手前曰枇，引手却为杷。象其鼓时，因以为名也。"　⑤胡儿：青壮年之胡人。

括意难忘

李白《蜀道难》：噫嘘嚱、危乎高哉，蜀道之难难于上青天！蚕丛及鱼凫，开国何茫然。尔来四万八千岁，不与秦塞通人烟。西当太白有鸟道，可以横绝峨眉巅。地崩山摧壮士死，然后天梯石栈相句连。上有横河断海之浮云，下有冲波逆折之回川。黄鹤之飞尚不能过，猿猱欲度愁攀缘。青泥何盘盘，百步九折萦岩峦，扪参历井仰胁息，以手拊膺坐长叹。问君西游何当还，畏涂巉岩不可攀。但见悲鸟号古木，雄飞呼雌达林间。又闻子规啼夜月，愁空山。蜀道之难难于上青天，使人听此凋朱颜。连峰去天不盈尺，枯松倒挂倚绝壁。飞湍瀑流争喧豗，砯崖转石万壑雷。其险也若此，嗟尔远道之人，胡为乎来哉！剑阁峥嵘而崔嵬，一夫当关，万夫莫开。所守或匪亲，化为狼与豺。朝避猛虎，夕避长蛇。磨牙吮血，杀人如麻。锦城虽云乐，不如早还家。蜀道之难难于上青天，侧身西望长咨嗟

蜀道登天，望峨眉横绝，石栈相连[①]。西来当鸟道[②]，逆浪俯回川。猿与鹤，莫攀缘，九折耸岩峦。算咫尺、扪参历井[③]，回首长叹。　西游何日当还。听子规啼月[④]，愁减朱颜。连峰天一握，飞瀑壑争喧。排剑阁，越天关。

豺虎乱朝昏。问锦城⑤,虽云乐土,何似家山。

[注释]

①石栈:山险难通之处,凿石为路,称栈道。 ②鸟道:指飞鸟可过之路。 ③扪参历景:参、井,星座名。皆夸张其高而险。 ④子规:杜鹃鸟,其鸣声似"不如归去"。 ⑤锦城:成都。

括沁园春

白乐天《庐山草堂记》:匡庐奇秀,甲天下大山。山北峰曰香炉,峰北寺曰遗爱寺。介峰寺间,其境胜绝,又甲庐山。元和十一年秋,太原人白乐天见而爱之,若远行客过故乡,恋恋不能去,因面峰腋寺,作为草堂。明年春,草堂成。三间两柱,二室四牖,广袤丰杀,一称心力。洞北户,来阴风,防徂暑也;敞南甍,纳阳日,虞祁寒也。木斲而已,不加丹;墙圬而已,不加白。碱阶用石,幂窗用纸,竹帘纻帏,率称是焉。堂中设木榻四,素屏二,漆琴一张、儒道佛书各三两卷。乐天既来为主,仰观山、俯听泉,旁睨竹树云石,自辰至酉,应接不暇。俄而物诱气随,外适内和,一宿体宁,再宿心恬,三宿后颓然嗒然,不知其然而然。自问其故。答曰:是居也,前有平地,轮广十丈;中有平台,半乎地;台南有方池,倍乎台。环池多山竹野卉,池中生白莲白鱼。又南抵石涧,夹涧有古松老杉,大仅十人围,高不知几百尺,修柯戛云,低枝拂潭,如幢竖、如盖张、如龙蛇走。松下多灌丛,萝茑叶蔓骈织,承翳日月,光不到地,盛夏风气,如八九月时。下铺白石,为出入道。堂北五步,据层崖积石,嵌空垤堄,杂木异草,盖覆其上,绿阴蒙蒙,朱实离离,不识其名,四时一色。又有飞泉植茗,就以烹燀,好事者见,可以永日。堂东有瀑布,水悬三尺,泻阶隅、落石渠,昏晓如练色,夜中如环佩、琴、筑声。堂西倚北崖右址,以剖竹架空,引崖上泉,脉分线悬,自檐注砌,累累如贯珠,霏微如雨露,滴沥飘洒,随风远去。其四旁耳目杖履可及者,春有锦绣谷花,夏有石门涧云,秋有虎溪月,冬有炉峰雪,阴晴显晦,昏旦含吐,千变万状，不可殚纪觇缕而言，故云甲庐山者。噫！凡人丰一屋，华一箦，而起居其间，尚不免有骄稳之态。今我为是物主，物至致知，各以类至，又安得不外适内和，体宁心恬哉！昔永、远、宗、雷辈十八人，同入此山，老死不返，去我千载，我知其心以是哉！矧余自思，从幼迨老，若白屋、若朱门，凡所止，虽一日二日，聊覆篑土为台，聚拳石为山，环斗水为池，其喜山水病癖如此。一旦蹇剥，来佐江郡，郡守以优容抚我，庐山以灵胜待我，是天与我时，地与我所，卒获所好，又何求焉！尚以冗员所羁，馀累未尽，或往或来，未遑宁处。待余异日，弟妹婚嫁毕。司马岁秩满，出处行止，得以自遂，则必左手引妻子，右手抱琴书，终老于斯，以成就我平生之志。清泉白石，实闻此言。时三月二十七日，始居新堂。四月九日，与河南元集虚、范阳张允中、南阳张深之、东西二林长老凑公、朗、满、晦、坚等凡二十有二人，具斋施茶果以乐之，因为草堂记

庐阜诸峰[①]，炉峰绝胜[②]，草堂介焉[③]。敞明窗净室，素屏虚榻，要仰观山色，俯听流泉。中有池台，旁多竹卉，夹涧杉松高刺天[④]。堂之北，据层崖积石，绿荫浓鲜。堂东瀑布飞悬，似雨露霏微珠贯穿。有春花秋月，夏云冬雪，阴晴显晦[⑤]，雾吐烟吞。右抱琴书，左携妻子，杖屦从容尽暮年[⑥]。平生志，赖清泉白石，实听余言。

[注释]

①庐阜：庐山。　②炉峰：庐山中之香炉峰。　③介：在其中间。④刺：《全宋词》注，仓历反。　⑤显晦：明暗。　⑥杖屦：手杖与鞋子。

括摸鱼儿

叶清臣《松江秋泛赋》[①]：泽国秋晴，天高水平。遥山晚碧，别浦寒清。循游具区之野，纵泛吴松之澨。东瞰沧海，西瞻洞庭。槁叶微下，斜阳半明。樵风归兮自朝暮，汐溜满兮谁

送迎。浩霜空兮一色，横霁景兮千名。于是积潦未收，长江无际。澄澜万顷，扁舟独诣。社橘初黄，汀葭馀翠。惊鹭朋飞，别鹄孤唳。听渔榔之递响，闻牧笛之长吹。既览物以放怀，亦思人而结欷。若夫寇敌初平，霸图方盛。均忧待济，同安则病。鱼贪饵而登钩，鹿走险而忘命。一旦辞禄，扬舲高泳。功崇不居，名存斯令。达识先明，孤风孰竞。又若金耀不融，浴尘其蒙。宗城寡扞，王国争雄。拂衣洛右，振耀江东。托翠纶兮波上，脍蝉翼兮柈中。傥即时之有适，遑我后之为恫。至于著书笠泽，端居甫里。两桨汀洲，片帆烟水。夕醉酒垆，朝盘鱼市。浮游尘外之物，啸傲人间之世。富词客之多才，剧骚人之清思。缅三子之芳徽，谅随时之有宜。非才高见弃于荣路，乃道大不客于祸机。申屠临河而蹈壅，伯夷登山而食薇。皆有谓而然尔，岂得已而用之。别有执简仙瀛，持荷帝柱。晨韬史氏之笔，暮握使臣之斧。登览有澄清之心，临遣动光华之赋。荷从欲之流兹，尉远游之以惧。肇提封之所履，属方割之此忧。将浚疏于汇川，其拯济乎珍畴。转白鹤之新渚，据青龙之上游。濯埃垢于缁袂，刮病膜乎昏眸。左引任公之钓，右援仲由之桴②。思勤官而裕民，乃善利之远猷。彼全身以远害，盖孔臧于自谋。鲜鳞在俎，真茶满瓯。少回俗士之驾，亦未可为兹江之羞

泛松江、水遥山碧③，清寒微动秋浦④。霜云霁色横无际，别鹄惊鸿无数⑤。朝又暮。听牧笛长吹，隐隐渔榔度⑥。骚人才子。既览物兴怀，浮游尘外，啸傲剧清思。

人间世，扰扰荣途要路⑦。瀛洲琼馆安所⑧。轩裳何似渔蓑兴⑨，萧散龙游鹤渚。须归去。办双桨孤帆，云月和烟雨。江湖伴侣。趁社橘初黄，汀葭馀翠，成我莼鲈趣⑩。

[注释]

①叶清臣：苏州长洲人，字道卿。仁宗时为两浙转运使，翰林学士。论时政得失，每触权贵，善诗文，有名。 ②桴：木排。音同“浮”。 ③松江：即吴淞江，太湖支流，东与黄浦江汇合入海。 ④浦：水滨。 ⑤鹄：

鹤。 鸿:雁。 ⑥渔榔:渔人驱鱼工具。柳永《夜半乐》:“残日下,渔人鸣榔归去。” ⑦荣途:官途。 ⑧瀛州琼馆:传说海中仙人居处。 安所:何在。 ⑨轩裳:高贵的车马与衣服,指高贵的人。 ⑩莼鲈:《晋书·张翰传》载,张翰因见秋风起,乃思念吴中家乡莼羹、鲈脍,因辞官回家。后用为思念故乡之典,即“莼羹鲈脍之思”。

括意难忘

山谷《煎茶赋》:汹汹乎如涧松之发清吹,皓皓乎如春空之行白云。宾主欲眠而同味,水茗相投而不浑。苦口利病,解胶涤昏。未尝一日不放箸而策茗碗之勋者也。余尝为嗣直瀹茗,因录其涤烦破睡之功,为之甲乙。建溪如割。双井如虚。日铸如劈。其馀苦则辛螫,甘则底滞。呕酸寒胃,令人失睡。亦未足与议。或曰:无甚高论,敢问其次?涪翁曰:味江之罗山,严道之蒙顶。黔阳之都濡、高株,泸川之纳溪、梅岭,夷陵之压砖,邛之火井。不得已而去于三,则六者亦可酌兔褐之瓯,瀹鱼眼之鼎者也。或者又曰:寒中瘠气,莫甚于茶。或济之盐,句贼破家。滑窍走水,又况鸡苏之与胡麻!涪翁于是酌岐雷之醪醴,参伊圣之汤液。斮附子如博投,以熬葛仙之垩。去蓤而用盐,去橘而用姜。不夺茗味,而佐以草石之良。所以固太仓而坚作强。于是有胡桃、松实、庵摩、鸭脚、勃贺、蘪芜、水苏、甘菊。既加臭味,亦厚宾客。前四后四,各用其一。少则美,多则恶。发挥其精神,又益于咀嚼。盖大匠无可弃之材,太平非一士之略。厥初贪味隽永,速化汤饼。乃至中夜,不眠耿耿。既作温齐,殊可屡歃。如以六经济三尺法。虽有除治,与人安乐。宾至则煎,去则就榻。不游轩后之华胥,则化庄周之蝴蝶

汹汹松风。更浮云皓皓,轻度春空。精神新发越①,宾主少从容②。犀箸厌③,涤昏懵④。茗碗珂策奇功⑤。待试与,平章甲乙,为问涪翁⑥。 建溪日铸争雄⑦。笑罗山梅岭⑧,不数严邛⑨。胡桃添味永,甘菊助香浓。投美

剂，与和同[10]。雪满兔瓯溶[11]。便一枕，庄周蝶梦，安乐窝中[12]。

[注释]

①发越：散发。 ②少：略略，稍稍。 ③犀箸：犀角筷子。杜甫《丽人行》："犀箸厌饫久未下，鸾刀切缕空纷纷。" ④涤昏懵：令人清醒。 ⑤茗碗：茶碗。 策：建立。 ⑥涪翁：黄山谷之号。 ⑦建溪、日铸：茶名。建溪，福建水名，闽江支流；日铸，山名，在浙江绍兴。二地皆产名茶。 ⑧罗山：淮南有罗山，见《地理通释》。 梅岭：在粤、赣二省交界处。 ⑨严邛：地名。严，严州，在浙江；邛，邛州，在四川邛崃。此指二地所产茶。⑩和同：调合、调味。 ⑪兔瓯：盛茶器。陆游有"兔瓯供茗粥，睡思一洗空"之句。 ⑫安乐窝：宋人邵雍称其住处为安乐窝，自号安乐先生。

括酹江月

李白《送张承祖之东都序》[1]：吁咄哉！仆书室坐愁，亦已久矣。每思欲遐登蓬莱，极目四海，手弄白日，顶摩青穹，挥斥幽愤，不可得也。而金骨未变，玉颜已缁，何尝不扪松伤心，抚鹤叹息。误学书剑，薄游人间，紫禁九重，碧山万里，有才无命，甘于后时。刘表不用于祢衡，暂来江夏；贺循喜逢于张翰，且乐船中。遇达人张侯，大雅君子。统泛舟之役，在清川之湄。谈玄赋诗，连兴数月。醉尽花柳，赏穷江夏。王命有程，告以于迈。烟景晚色，惨为愁容。系飞帆于半天，泛渌水于遥海。欲去不去，更开芳尊。乐虽寰中，趣逸天外。平生酣畅，未若此时。至于清谈浩歌，雄笔丽藻，笑饮醁酒，醉挥素琴，余实不愧于古人也。扬袂远别，何时归来。想洛阳之秋风，鲙鲈鱼以相待。诗可赠远，无乃阙乎

坐愁书室，谩临风、遐想蓬莱高致[2]。抚鹤扪松长叹息，失足误来人世。紫禁九重[3]，碧山万里，无路鸣珂珮[4]。江山胜处，且寻花柳倾醉。 不堪送客清川，系帆渌

水，烟景供憔悴。更举芳尊浇别恨，逸趣浮游天外。雄笔横挥，素琴轻拍，一笑成扬袂[5]。洛阳秋早，归时同赏鲈鲙。

[注释]

①李白原作题为《暮春江夏送张祖监丞之东都序》。 ②蓬莱：传说海中仙岛。 ③紫禁：皇宫。 ④珂珮：朝服上的玉佩。 ⑤袂：衣袖。扬袂：意为扬手。

括酹江月

东坡《月夜与客饮杏花下》：杏花飞帘散馀春，明月入户寻幽人。褰衣步月踏花影，炯如流水涵青蘋。花间置酒清香发，争挽长条落香雪。山城薄酒不堪饮，劝君且吸杯中月。洞箫声断月明中，惟忧月落酒杯空，明朝卷地春风恶，但见绿叶栖残红

杏花春晚，散馀芳、著处萦帘穿箔[1]。唤起幽人明月夜，步月褰衣行乐[2]。置酒花前，清香争发，雪挽长条落[3]。山城薄酒，共君一笑同酌。　　且须眼底柔英，尊中清影，放待杯行数。莫遣洞箫声断处，月落杯空牢寞[4]。只恐明朝，残红栖绿，卷地东风恶。更须来岁，花时携酒寻约。

[注释]

①萦帘穿箔：杏花香气缭绕穿过珠帘。 ②褰（qiān）衣：撩衣。③雪挽长条落：挽花枝落下香雪。 ④牢寞：寂寞。

括水调歌

李贺《高轩过》①：华裾织翠青如葱，金环压辔摇玲珑。马蹄隐耳声隆隆，入门下马气如虹。云是东京才子、文章钜公。

二十八宿罗心胸,元精耿耿贯当中。殿前作赋声摩空,笔补造化天无功。庞眉书客感秋蓬,谁知死草生华风!我今垂翅附冥鸿,他日不羞蛇作龙

华裾织翡翠[2],金辔闹珑璁[3]。宝蹄轻稳,香尘满地骤隆隆。云是东京才子[4],名擅文章钜伯[5],一世独推雄。高盖拥宾从[6],下马气如虹。 运元精[7],钟神秀[8],贯当中。磊磊落落,二十八宿列心胸[9]。前殿当年奏赋,笔补天工造化[10],声价欲摩空。却笑庞眉客[11],垂翅附冥鸿[12]。

[注释]

①高轩:高车,大官所乘。《说文》:"轩,大夫以上乘车也。"此处指韩愈、皇甫湜。二人因爱李贺之才而乘车造访李贺。诗原注:"韩员外愈、皇甫侍郎湜见过,因而命作。" ②华裾织翡翠:华丽的官服,绣有翡翠。 ③金辔闹珑璁:金马缰上镶玉,摇动时发出响声。 ④东京才子:指皇甫湜,皇甫曾任东都(东京)判官。 ⑤文章钜伯:指韩愈,文章大家。 ⑥高盖:车上的伞盖。 ⑦元:天。 元精,天之精气。《后汉书》:"元精所生,王之佐臣。" ⑧钟神秀:聚集神奇秀美。 ⑨二十八宿:古代天文学将恒星分为二十八宿,四方各有七宿。比喻二人胸中多学多才。 ⑩造化:指自然界。 天工:如天然造成,非人力所能。 天工造化:极言二人文章高妙。 ⑪庞眉客:李贺自称。 庞,《诗经传》:"庞,厚也",《广雅》:"庞,丰也"。李贺"细瘦通眉"。见《李长吉小传》。 ⑫附冥鸿:追附鸿鸟向天飞去,是李贺对韩愈、皇甫湜的谦词。

括虞美人

刘禹锡《武昌老人说笛歌》[1]:武昌老人七十馀,手把庾令相闻书。自言年少学吹笛,早事曹王曾赏激。往年征镇戍蕲州,楚山萧萧笛竹秋。当时买林恣搜索,典却身上乌貂裘。古苔苍苍封老节,石上孤生饱风雪。商声五音随指发,水中龙应行云绝。曾将黄鹤楼上吹,一声占尽秋江月。如今老去兴独迟,音韵高低耳不知。气力已无心尚在,时时一曲梦中吹

武昌七十庞眉叟，学笛从年少。萧萧笛竹楚山秋，当日买林、曾典黑貂裘。　一声占尽秋江月，天外行云绝[②]。如今老去兴犹迟[③]，尚想时时、一曲梦中吹。

［注释］

①刘禹锡：唐杰出诗人，字梦得，洛阳人。　②行云绝：极言笛声之高妙，响遏行云之意。　③兴犹迟：虽老迈而兴致未尽之意。

括江神子

山谷《题杜子美浣花醉归图》[①]：拾遗流落锦宫城，故人作尹眼为青。碧鸡坊西结茅屋，百花潭水濯冠缨。故衣未补新衣绽，空蟠胸中书万卷。探道欲度羲皇前，论诗未觉国风远。干戈峥嵘暗宇县，杜陵韦曲无鸡犬。老妻稚子且眼前，弟妹漂零不相见。此公乐易真可人，园翁溪友肯卜邻。邻家有酒邀皆去，得意鱼鸟来相亲。浣花酒船散车骑，野墙无主看桃李。宗文守家宗武扶，落日蹇驴驮醉起。愿闻解兵脱兜鍪，老儒不用千户侯。中原未得平安报，醉里眉攒万国愁。生绡铺墙粉墨落，平生忠义命寂寞。儿呼不苏驴失脚。犹恐醒来有新作。常使诗人拜画图，煎胶续弦千古无

拾遗流落锦宫城[②]。故人情，眼为青。时向百花[③]，潭水濯冠缨。韦曲杜陵行乐地[④]，尘土暗，叹漂零。　园翁溪友总比邻。酒盈尊，肯相亲。落日蹇驴[⑤]，扶醉两眉颦。磊落平生忠义胆，诗与酒，醉还醒。

［注释］

①浣花：溪名。杜甫的草堂，在成都浣花溪畔。　②拾遗：唐代官名，杜甫曾任左拾遗。　锦官城：成都。　③百花：草堂北有百花潭。　④韦曲：唐代长安名胜。　杜陵：在长安东南，杜甫曾住于此。　⑤蹇驴：跛驴。

括沁园春

范文正《严先生祠堂记》：先生，汉光武之故人也，相尚以道。及帝握赤符，乘六龙，得圣人之时，臣妾亿兆，天下孰加焉，惟先生以节高之。既而动星象，归江湖，得圣人之清，泥涂轩冕，天下孰加焉，惟光武以礼下之。在蛊之上九，众方有为，而独不事王侯，高尚其志，先生以之。在屯之初九，阳德方亨，而能以贵下贱，大得民也，光武以之。盖先生之心，出乎日月之上；光武之器，包乎天地之外。微先生，不能成光武之大；微光武，岂能遂先生之高哉！而使贪夫廉、懦夫立，是有大功于名教也。某来守是邦，始构堂而奠焉。乃复其为后者四家，以奉祠事。又从而歌曰："云山苍苍，江水泱泱。先生之风，山高水长。"

子陵先生[①]，故人光武[②]，以道相忘。幸炎符在握[③]，六龙在御[④]，臣来亿兆[⑤]，阳德方刚[⑥]。自是先生，独全高节，归去江湖乐未央。动星象[⑦]，被羊裘傲睨[⑧]，一世轩裳。

高哉不事侯王[⑨]。爱此地山高水更长。盖先生心地，超乎日月，又谁如光武，器量包荒[⑩]。立懦廉顽[⑪]，有功名教[⑫]，万世清风更激扬。无古今[⑬]，想云山郁郁，江水泱泱。

[注释]

①子陵：严子陵，名光，会稽余姚人。 ②光武：东汉光武帝刘秀，少年时与严子陵同学。 ③炎符：汉代皇帝自称以火德王，称炎汉。刘秀灭了王莽，恢复汉朝，重新掌握炎汉，故称炎符在握。 ④六龙：本《易经·乾卦》"时乘六龙以御天"。《淮南子》："爰止羲和，爰息六螭。"注云："日乘车驾以六龙。" ⑤臣来亿兆：亿兆人民都来臣服或称臣。 ⑥阳德：阳气。 方刚：正强。 ⑦动星象：刘秀称帝后，屡邀严子陵入朝作官，严不肯。后以见故人名义邀严进京。与严子陵共眠，睡中严以足置刘秀腹上。翌日太史奏称："客星(侵)犯帝(星)座。" ⑧被羊裘：严子陵披羊裘垂钓。 傲睨：不正面看。此言严子陵傲视富贵和皇帝威势。 ⑨不

事侯王：不给侯王作事。⑩器量包荒：言光武帝有大器量，不怪罪严子陵。⑪立懦廉顽：本《孟子·万章上》"故闻伯夷之风者，顽夫廉，懦夫有立志"。伯夷，商朝人，商亡，不为周朝作事。《孟子正义》说，顽字古时都是贪字。如此，则是贪夫也能廉洁，懦夫也能刚强起来。⑫名教：封建礼教，讲究正名定分。⑬无今古：无论古今。

括临江仙

李白《春夜宴诸从弟桃李园序》：夫天地者，万物之逆旅；光阴者，百代之过客。而浮生若梦，为欢几何？古人秉烛夜游，良有以也。况阳春召我以烟景，大块假我以文章。会桃李之芳园，序天伦之乐事。群季俊秀，皆为惠连；吾人咏歌，独惭康乐。幽赏未已，高谈转清。开琼筵以坐花，飞羽觞而醉月。不有佳作，何伸雅怀。如诗不成，罚依金谷酒数

须信乾坤如逆旅①，都来一梦浮生②。夜游秉烛尽欢情。阳春烟景媚③，乐事史来并④。　座上群公皆俊秀，高谈幽赏俱清。飞觞醉月莫辞频。休论金谷罚⑤，七步看诗成⑥。

[注释]

①逆旅：旅舍、旅馆。②浮生：人生。③烟景：春天雨多，雾多，故称春景为烟景。④并：交并。⑤金谷罚：晋石崇建金谷园，宴客赋诗，凡无诗者罚酒三尊。⑥七步：魏曹植七步成诗，言成诗敏捷。

括酹江月

李白《清平调》辞：开元中，禁中初重木芍药，即今牡丹也。得四本：红、紫、浅红通白者，上移植于沉香亭前。花方繁开，上乘照夜车，太真妃以步辇从。诏选梨园弟子，得乐一十六色。李龟年以歌擅一时，手持檀版，将欲歌。上曰：赏名花，对妃子，焉用旧乐？命以金花笺宣赐翰林供奉李白立进《清平

调》辞三章。白承诏旨,宿酲犹未解,援笔赋之。

云想衣裳花想容,春风拂槛露花浓。若非群玉山头见,会向瑶台月下逢。

一枝红艳露凝香,云雨巫山枉断肠。借问汉宫谁得似,可怜飞燕舞红妆。

名花倾国两相欢,长得君王带笑看。解释春风无限恨,沉香亭北倚阑干。

辞进,促龟年歌之。太真妃持颇黎七宝杯,酌西凉州蒲萄酒,笑领歌辞,意甚厚。饮罢,敛绣巾重拜。上自是顾李白尤异于诸学士云

开元盛日[①],爱名花绝品,浅红深紫。云想衣裳□□映[②],曲槛软风微度[③]。群玉山头[④],瑶台月下,一□香凝露。嫣然倾国,巫山肠断云雨[⑤]。 借问标格风流,汉宫谁似,飞燕红妆舞[⑥]。解释春风无限恨[⑦],博得君王笑语。七宝杯深,蒲萄酒满,胜赏今何许。沉香亭北[⑧],倚阑终日凝伫。 (以上明刊本《风雅遗音》卷下)

[注释]

①开元:唐玄宗年号。 ②云想衣裳:看见衣裳想到云,极言衣裳之美,此指杨贵妃。 ③曲槛:水边栏杆。 槛:栏杆上横木。 ④群玉山:神话中西王母住处。 ⑤巫山:楚襄王与神女相会处,三峡之一。 ⑥飞燕:赵飞燕,汉成帝宫女,因美而善舞,被诏封为皇后。 ⑦解释:解开。 ⑧沉香亭:在兴庆宫内,玄宗与贵妃经常游乐处。

[集评]

李汝伦云:“林正大留于人间者,即此四十一首改写前人诗文赋的词。此类事在宋代并非他一人。苏东坡改写过韩愈的《听颖师弹琴》为《水调歌头》、陶渊明《归去来辞》为《哨遍》(《苕溪渔隐丛话》作《般涉调·哨遍》,非),都是说使它们‘以就音律’。他和黄山谷还都分别给张志和《渔歌子》增词添句。但看来不过是兴之所至,偶而为之。林正大则否,这似已成为一种嗜好。他选取了前代或同代诸大家的名著,一一进行改写。

林的同时人刘学箕以东坡的《赤壁赋》写《松江哨遍》，然是藉东坡酒杯，浇自家块垒。林正大则意图用词的形式概括前人一些名作的精神，但并不成功。这像改造穿响屧的西施为宋明以后的小脚女人。或者是拆了'七宝楼台'，组装成另外一种东西。作者无疑倾倒于这些名作，想付诸音律，意图无可非议。惜不理解一件成熟艺术作品构成的完整性。它不同于小说、叙事诗的改编为戏剧、电影。那已是另一种艺术创作。而林正大则只是取下原作的一些零部件，一些肢体肌肉，组成同样的东西，可给人的感觉却是支离破碎。虽然也不乏一些可以称道的东西，但似乎是侵犯了前人的知识产权。"

又："当然，也可从中叫人体会出词之于文、于诗、于赋的区别所在。林正大的劳绩，大约也只在此，算是给他的些许安慰。"

洪咨夔

洪咨夔(1176—1236),字舜俞,号平斋。於潜(今浙江临安境)人。嘉定二年(1209)进士,授如皋主簿;又应博学宏词科,荐历成都通判,迁金部员外郎。累官监察御史,刑部尚书,翰林学士知制诰,加端明殿学士。劾罢枢密使薛极,朝纲大振;其后言不能用,乞去,不允。卒谥忠文。工文辞,有《平斋词》一卷,其词轩爽快畅,起句喜用成语。

沁园春

寿俞紫薇①

诗不云乎,蒹葭苍苍,白露为霜②。看高山乔木,青云老干,英华滋液,亦敛而藏。匠石操斤游林下③,便一举采之充栋梁。须知道,是天将大任,翕处还张④。　薇郎玉佩丁当。问何事、午桥花竹庄⑤。又星回岁换,腊残春浅⑥。锦熏笼紫⑦,粟玉杯黄⑧。唤起东风,吹醒宿酒⑨,把甲子、从头重数将⑩。明朝去,趁传柑宴近⑪,满袖天香。

[注释]

①俞紫薇:即俞烈,字若晦。临安(今浙江杭州)人。仕至中书舍人。　②“蒹葭”二句:袭用《诗经·秦风·蒹葭》句。　③斤:斧。④“是天”二句:“故天将降大任于斯人也,必先苦其心志,劳其筋骨,饿其体肤,空乏其身,行拂乱其所为,所以动心忍性,曾益其所不能。”见《孟子·告子下》。　翕(xī):敛缩。　⑤午桥:地名,在河南洛阳南。唐裴度别墅所在。乃诗人游赏之地。　⑥腊:古时阴历十二月祭名,称阴历十二月为“腊月”。此即腊月之意。　⑦锦熏笼:植物名,即瑞香花。　⑧粟玉杯:粟玉,水仙之别称。其花平展如盘,内有副冠,色黄,形如杯,故称“金盏银台”。　⑨宿酒:隔夜的酒,此指隔夜酒醉。　⑩甲子:“六十甲子”

之省称。天干、地支相配，自甲子至癸亥，其数六十，为一周。　⑪传柑：上元夜，贵戚以黄柑相遗，谓之“传柑”。见《荆楚岁时记》。

［集评］

李调元云：“洪咨夔《平斋词》喜用成语作起句。如《沁园春》云：‘诗不云乎，蒹葭苍苍，白露为霜。’又云：‘归去来兮，杜宇声声，道不如归。’皆极自然。按《宋史》，公毁邓艾祠，更祠诸葛武侯。告其民曰：‘毋事仇仇而忘父母。’其忠鲠直亮可知，故其词轩轩多爽致。”（《雨村词话》卷三）

冯煦云：“平斋工于发端，其《沁园春》凡四首，一曰‘诗不云乎，蒹葭苍苍，白露为霜。’二曰：‘归去来兮，杜宇声声，道不如归。’三曰：‘饮马咸池，揽辔昆仑，横骛九州。’四曰：‘秋气悲哉，薄寒中人，皇皇何之。’皆有振衣千仞气象，惜其下并不称。”（《蒿庵论词》　注者按：此评误题“论洪瑹词”）

沁园春

次黄宰韵①

归去来兮，杜宇声声②，道不如归③。正新烟百五④，雨留酒病⑤，落红一尺，风妒花期。睡起绿窗，销残香篆⑥，手板楮颐还倒持⑦。无人解，自追游仙梦，作送春诗。　风流不似年时，把别墅江山供弈棋。空一川芳草，半池晴絮，歌翻长恨，赋续怀离⑧。桃叶渡头⑨，沉香亭北⑩，往事悠悠难重思。徘徊处，看鸣鸠唤妇，乳燕将儿。

［注释］

①黄宰：即黄机，字几仲。尝仕州郡之职。　②杜宇：传说古蜀国国王。周末始称帝于蜀，号曰望帝；让位于其相开明。时值仲春，子鹃啼鸣，蜀人呼鹃鸟为“杜鹃”以寄怀念之情。一谓与其相妻通，惭而亡去，魂化为鹃。见《蜀王本纪》、《华阳国志·蜀志》。后因亦称杜鹃鸟为“杜宇”。③道不如归：杜鹃鸟鸣声像“不如归去”。　④新烟百五：意即春三月寒食

节。　新烟:犹“新火”。古钻燧取火,四时用木不同,故有新火、旧火之称。“司爟掌行火之政令,四时变国火,以救时疾。”见《周礼·夏官·司爟》。“新火、旧火,理应有异。”见《北史·王邵传》。唐宋明清日沿古制赐百官新火。　百五:一百零五之数。寒食节在冬至后一百零五日,见《荆楚岁时记》。　⑤酒病:酒后不适。　⑥香篆:焚香时,烟缕萦绕如篆。　⑦手板楮颐:以手板支撑下巴。　手板:朝笏。朝时所执,以玉、象牙等为之,用以记事备忘。“笏,晋、宋以来谓之手板。”见《文献通考·王礼考》。　楮:通“支”。　颐:下巴。　⑧“歌翻”二句:吟白居易《长恨歌》诗以表达心中之恨,读江淹《别赋》以抒离情。　⑨桃叶渡:津渡名。晋王献之送爱妾桃叶处。故址在今江苏南京秦淮河畔,此指送别之地。⑩沉香亭:亭名。在唐宫禁中。玄宗与贵妃赏木芍药,召李白作《清平乐》之所,见《杨太真外传》。此借指与情人幽会之地。

沁园春

寿淮东制置①

饮马咸池,总辔昆仑②,横骛九州③。庆中兴机会,天生山甫④,非常事业,天授留侯⑤。左搏龙蛇,右驯虎兕⑥,万里中原谈笑收。功名早,便貂蝉猎猎⑦,飞出兜牟⑧。　新氓无限欢讴⑨,尽卖剑卖刀归买牛⑩。正麦摇熏吹⑪,黄迷断垄,秧涵朝雨,绿遍平畴。眼底太平,不图再见,罗拜焚香青海头⑫。从今去,愿君王万岁,元帅千秋。⑬

[注释]

①淮东制置:即淮南东路制置使。制置使,官名,南宋制置使掌管本路各州军马屯务。此时崔与之为制置使。洪为属官。　②“饮马”二句:“饮余马于咸池兮,总余辔乎扶桑。”见屈原《离骚》。　咸池:神话地名,传为日浴之处。“日出于旸谷,浴于咸池。”见《淮南子·天文训》。　③骛(wù):交驰。　④山甫:仲山甫。一作“中山甫”。鲁献公仲子,姬姓。　⑤留侯:指张良。　⑥兕(sì):古犀牛之属。　⑦貂蝉:汉侍从官冠饰。　⑧兜牟:头

盔。亦作“兜鍪”。 ⑨氓(méng)：古时指农村居民。 ⑩卖剑卖刀买牛：谓舍剽掠而事农作。 ⑪熏吹：犹熏风。东南风，八风之一。 ⑫青海头：青海边，此代指边疆。 ⑬注者按：此首别误作洪遵词，见《花草粹编》卷十二。

沁园春

用周潜夫韵①

秋气悲哉，薄寒中人，皇皇何之②。更黄花吹雨，苍苔滑屐，栏空鬥鸭③，床老支龟④。静里跫音⑤，明边眉睫，蹴踏星河天脱羁⑥。清谈久，顿两忘妍丑，嫫姆西施⑦。

濂溪家住江湄⑧，爱出水芙蓉清绝姿。好光风霁月，一团和气，尸居龙见，神动天随⑨。著察工夫⑩，诚存体段，个里语言文字非。君家事，莫空将太极⑪，散打图碑。

[注释]

①周潜夫：其人不详。似周敦颐后人。 ②“秋气”三句：“欧阳子方夜读书，闻有声自西南来者，悚然而听之……”“噫嘻悲哉！此秋声也，胡为而来哉？”见欧阳修《秋声赋》。 ③栏空鬥鸭：谓鬥鸭栏中，已无鸭儿相鬥。 ④床老支龟：谓支床之龟，在秋风中老去。 ⑤跫音：足音。⑥“蹴踏”句：意谓无拘无束、漫无边际地交谈。 羁(jī)：马缰绳。比喻受束缚。 ⑦嫫(mó)姆：古丑妇名。传为黄帝妻。 ⑧濂溪：周敦颐，字茂叔，世称濂溪先生。 ⑨“好光风”四句：写周敦颐胸襟、修养、精神。 尸居龙见(xiàn)：静如尸，动如龙。 神动天随：谓神行在天，无拘无束。⑩著察：明察。 ⑪太极：指《太极图说》。

风流子

和杨帅芍①

锦幄醉荼醿②，狻猊暖、银蒜压烟霏③。正韩范安边[4],欧苏领客[5],红芳庭院,绿荫窗扉。著句挽春春肯住[6],更判羽觞挥[7]。金系花腰,玉匀人面,娇慵无力,娅姹相依[8]。　　繁华都能几,青油幕、好与遮护晴晖。寄语东君[9],莫教一片轻飞。向温馨深处,留欢卜夜,月移花影,露裛人衣[10]。只恐明朝西垣[11],有诏催归。

[注释]

①杨帅:其人不详。　芍:指咏芍药之作。　②锦幄:锦制之帷幕。荼蘼:植物名,亦称"酴醾"。　③狻猊(suān ní):即狮子。此指狮子状之熏炉。　银蒜:银质之簾押。形似蒜,故名。　④韩范:指宋韩琦、范仲淹。二人在兵间久,威望高,朝廷倚重,世称"韩范"。　⑤欧苏:欧阳修与苏轼。均宋代文坛领袖,入"唐宋八大家"之列。　⑥肯:怎肯。　⑦羽觞:古代用以饮酒之耳杯。雀形,有头、尾、羽翼。　⑧娅姹:妖娆貌。⑨东君:春神。　⑩裛(yì):通"浥",沾湿。　⑪西垣:中书省之别称,在宫殿西,故名。

贺新郎

寿成都孙宰[1]

露洗秋光透。指岷峨、无边峭碧[2],与君为寿。万里同随琴鹤到[3],只愿人情长久。尽头白、眼青如旧[4]。从臾功名三尺剑[5],倚函关、风雨蛟龙吼[6]。谈笑取,印如斗[7]。

从今尽展眉峰皱。看诸郎、翩翩黄甲[8],班班蓝绶[9]。一簇孙枝扶膝下[10],翠竹碧梧争秀[11]。便嘉庆、图中都有。花影婆娑清昼永,护新凉、更著丝簧手[12]。欢未尽,剩添酒。

[注释]

①孙宰:孙正叔,宣城人,曾任成都宰令。　②岷峨:岷山和峨眉山。

③琴鹤:均古高士自娱之物。 ④眼青:犹“青眼”。 ⑤从臾:同“怂恿”。从旁动之,劝励。 ⑥函关:即函谷关。在今河南灵宝东北。 ⑦印:指官印。 ⑧黄甲:科举甲科及第者,以黄纸书其名附卷末,故称“黄甲”。此指科举高中。 ⑨蓝绶:蓝色之印绶。“蓝绶乍称新学士,白衫初脱旧神仙。”见乔己《送司空学士赴京》诗。此指拜官授印。 ⑩枝:分支的。⑪“翠竹”句:喻奋发向上。 ⑫丝簧:泛指乐器。

贺新郎

寿程於潜①

风软帘花约。玉壶天、芙蕖欲盖②,筼筜初槊③。宿霭收阴晴色定④,一点星明碧落⑤。光拍满、浮溪岞崿⑥。银栉铁冠风物古⑦,更秧青、麦熟蚕登箔。欢取酒,为君酌。

华堂衮绣今如昨⑧。长官清、水晶灯照⑨,珊瑚钩琢⑩。富贵功名知有样,晨起一声檐鹊。便好趁、六更宫钥⑪。龙尾朝回长燕喜⑫,宝香深、醉引莱衣著⑬。吹紫凤⑭,舞黄鹤。

[注释]

①程於潜:其人不详。 ②玉壶:高洁之意。“洛阳亲友如相问,一片冰心在玉壶。”见王昌龄《芙蓉楼送辛渐》诗。 芙蕖:荷花。 ③“筼筜(yún dāng)”句:谓筼筜竹长得像长矛的样子。 筼筜:大竹名。 槊(shuò):长矛。 ④宿霭:隔夜的雾霭。 ⑤碧落:碧空。 ⑥岞崿(zuò è):山深险貌。 ⑦“银栉”句:栉,旧时妇女之髪饰。“山人醉后铁冠落,溪女笑时银栉低。”见苏轼《於潜令刁同年野翁亭》诗。 ⑧衮(gǔn):皇帝及三公礼服。 ⑨“长官清”句:喻知事之明。宋刘随为言事官,以清正名,蜀人号为水晶灯笼。事见《宋史·刘随传》。 ⑩珊瑚钩琢:喻富于文采。“飘飘青琐郎,文采珊瑚钩。”见杜甫《奉同郭给事汤东灵湫作》诗。 ⑪六更:宋宫中,五更过后,梆鼓交作,始开宫门,俗称六更。 ⑫龙尾:龙尾道。殿前之甬道。 ⑬莱衣:周老莱子年七十着五彩

衣以娱亲,世人称其衣曰“莱衣”。 ⑭紫凤:当指凤箫。“……舜作箫韶九成,凤凰来仪,其形参差,像凤之翼。”见《风俗通·声音》。后因称箫声为“凤箫”。

贺新郎

咏梅用甄龙友韵[①]

放了孤山鹤[②]。向西湖、问讯水边,嫩寒篱落。试粉盈盈微见面[③],一点芳心先著。正日暮、烟轻云薄。欲揽清香和月咽,倩冯夷、为洗黄金杓[④]。花向我,劝多酌。 单于吹彻今成昨[⑤]。未甘渠、琢玉为堂,把春留却。倚遍黄昏栏十二,知被儿曹先觉[⑥]。更笑杀、卢仝赤脚[⑦]。但得东风先手在,管绿阴、好践青青约。方寸事[⑧],两眉角。

[注释]

①甄龙友:作者友人。原唱已佚。另有《贺新郎》(思远楼前路),今存。 ②孤山鹤:林逋,字君复,钱塘(今浙江杭州)人。终身不仕,放游江淮间,久之,归隐西湖孤山,赏梅养鹤,称其“梅妻鹤子”。见《宋史·隐逸传》。 ③“试粉”句:“章台路,还见褪粉梅梢,试花桃树。”见周邦彦《瑞龙吟》词。 盈盈:仪态美好貌。 ④冯(píng)夷:传说中之水神名。 ⑤单于:曲调名。唐大角曲有《大单于》、《小单于》、《大梅花》、《小梅花》等曲。“一曲单于暮烽起,扶苏城上月如钩。”见韦庄《绥州》诗。 ⑥儿曹:儿辈。 ⑦卢仝赤脚:谓婢也。“玉川先生洛城里,破屋数间而已矣。一奴长须不裹头,一婢赤脚老无齿。”见韩愈《寄卢仝》诗,卢仝自号玉川子。 ⑧方寸事:心事。方寸,指心。

贺新郎

谁识昂昂鹤。且随缘、剩水残山[①],东村西落。世事几番新局面,看底却高三著[②]。况转首、西山日薄。雪意压檐梅索笑[③]，任柄长、柄短邻家杓。篘小瓮[④]，动孤酌。

见花忆得年时昨。正微醺、独步黄昏，被花迷却。冷月吹香春弄影，么凤梢头先觉[⑤]。恍梦断、罗浮山脚[⑥]。欲寄心期无驿使[⑦]，想凌寒、不奈腰肢约[⑧]。空凭暖，画栏角。

[注释]

①剩水残山：言国土分裂，山河不整。“南朝无限伤心事，都在残山剩水中。”见王燧《题赵仲穆画》诗。 ②看底：看到极处，看透。 ③索笑：取笑。 ④篘(chōu)：竹制酒具，用以滤酒。 ⑤么凤：鸟名。亦名桐花凤、倒挂子。 ⑥罗浮山：在广东东江北岸，增城、博罗、河源交界处。 ⑦“欲寄”句：陆凯与范晔友善，自江南寄梅花一枝赠给在长安的范晔，并寄《赠范晔》诗。 ⑧约：缠束。

[集评]

况周颐云：“《贺新郎》两词仍以清疏擅胜。唯前阕‘觉’、‘脚’两韵，后阕起调三韵，体格近似辛、刘耳。”(《历代词人考略》)

汉宫春

老人庆七十[①]

南极仙翁，占太微元盖[②]，洞府为家[③]。身骑若木倒景[④]，手弄青霞。芙蓉飞旆[⑤]，映一川、新绿平沙[⑥]。好与问，东风结子，几回开遍桃花。　况是初元玉历[⑦]，更循环数起，希有年华。长把清明夜气，养就丹砂[⑧]。麻姑送酒[⑨]，安期生、遗枣如瓜[⑩]。欢醉后，呼儿烹试，头纲小凤团茶[⑪]。

[注释]

①老人：此指其父，名铖，号谷隐，有诗名。 ②太微：星官名。三垣之上

垣。位于北斗之南,轸翼之北。有星十,以五帝座为中枢成屏藩状。　元盖:元龟之甲壳,古用以占卜。　③洞府:犹洞天。道教称神仙居处。　④若木:古代树名。生于昆仑山极西处,日落之地。　景:“影”之本字。　⑤芙蓉:莲之别称。　旆(pèi):泛指旌旗。句谓莲叶像飘扬的旗帜。　⑥平沙:平坦的沙滩或沙洲。　⑦初元玉历:谓新年元日。　玉历:正朔,一年第一天开始之时。　⑧丹砂:古时道家炼仙药的原料,此指仙药。　⑨“麻姑”句:麻姑,古代神话中之女仙。葛洪《神仙传》谓为建昌人。东汉桓帝时应王方平召,降于蔡经家,年十八九,能掷米成珠。自言曾见东海三为桑田。相传她在绛珠沙畔以灵芝酿酒,为西王母祝寿。　⑩“安期生”句:安期生,古代神话中之仙人。传为秦琅邪(治所在今山东胶南琅邪台西北)人,受学于河上人,卖药海边,时人呼千岁公。始皇东游,与语三日夜。始别谓始皇曰:后数十年求我蓬莱山下。始皇遣使入海求之,未至辄遇风波而返。汉武帝时李少君言:游海上,见安期生食巨枣如瓜。见《史记》卷二十八、《列仙传》、《高士传》、《陔馀丛考》卷三十四。　⑪头纲:白茶、胜雪等新茶仲春前送至京师,号为“头纲”。“唯白茶与胜雪,自惊蛰前兴役,浃日乃成,飞骑疾驱不出仲春。已至京师,号为‘头纲玉芽’。”见熊蕃《宣和北苑贡茶录》序。

夏初临

铁瓮栽荷,铜彝种菊[①],胆瓶萱草榴花[②]。庭户深沉,画图低映窗纱。数枝奇石谽谺[③]。染宣和、瑞露明霞[④]。於菟长啸[⑤],风林未鸣,霜草先斜。　　雪丝香里,冰粉光中,兴来进酒,睡起分茶。轻雷急雨,银篁迸插檐牙[⑥]。凉入琵琶。枕帏开、又送蟾华[⑦]。问生涯,山林朝市,取次人家[⑧]。

[注释]

①彝(yí):彝器。亦作“尊彝”。古代青铜器中礼器之通称。青铜器不能定名者,亦泛称为“彝”。　②胆瓶:颈细长,腹大而圆,形如悬胆的瓶。　萱草:亦名黄花、忘忧草,又借指母亲。　③谽谺(hān xiā):同“谽

岈”。山深貌。 ④宣和：宋宫殿名。 瑞露：甘露。 ⑤於菟（wū tú）：虎之别称。 ⑥篁：泛指竹子。 银篁：初生竹子布满白色竹粉，故曰“银篁”。 ⑦蟾华：犹蟾光，月光。 ⑧取次：挨次，次第。

满江红

送雨迎晴，花事过、一庭芳草。帘影动、归来双燕，似悲还笑。笑我不知人意变，悲人空为韶华老[①]。满天涯、都是别离愁，无人扫。 海棠晚，荼蘼早。飞絮急，青梅小。把风流酝藉，向谁倾倒。秋水盈盈魂梦远[②]，春云漠漠音期悄[③]。最关情、鹎鵊一声催[④]，窗纱晓。

［注释］

①韶华：美好的时光，多指春光。 ②秋水盈盈：“盈盈一水间，脉脉不得语。”见《古诗十九首》。 盈盈：水清浅貌。 ③漠漠：寂静无声。 ④鹎鵊（bēi jiá）：亦作“批颊”。又称催明鸟、夏鸡。

［集评］

梁鉴江云：“写闺中别绪，广漠而凌乱。‘别’而又‘变’，则非寻常别恨。悱恻缠绵，哀感无限。‘满天’二句写离愁，不落前人窠臼，‘无人扫’三字甚新。”

满江红

老人游东山，追和俞贰卿词[①]，谨用韵

把酒西风，浑莫问、主宾谁恶[②]。千古事、几□遇合，几人流落。肝胆轮囷溟渤小[③]，精神浩荡蓬莱薄[④]。望拒霜、红处是东山[⑤]，长如昨。 苍苔迹，何曾削。黄叶梦[⑥]，何难觉。等春云出岫[⑦]，秋波归壑。老子婆娑风度远,佳人缥缈腰肢约。况登高、节过又登高[8],须多酌。

[注释]

①俞贰卿:其人不详。 ②浑:全。 ③肝胆:喻真诚的心意。 轮囷:高大貌。此有博大之意,与下句“浩荡”义近。 溟渤:大海。 ④蓬莱:古代传说中三神山之一。 薄:迫近。 ⑤拒霜:即木芙蓉。夏秋间开花,始开色白,隔日渐红。 ⑥黄叶梦:谓秋天之梦。 ⑦岫(xiù):山穴。 ⑧节过又登高:作者自注,闰九月。

天 香

寿朱尚书[1]

云母屏开[2],博山炉熨[3],人间南极星现[4]。酥篆千秋,灯图百子[5],酒浪花光照面。堂深戏彩,任父老、儿童争劝。耆艾相将潞国[6],精明恰如清献[7]。 春风飘香合殿[8]。仗云齐、漏迟宫箭[9]。正好簪荷入侍,帕柑传宴[10]。日月华虫茜绚[11]。便与试,胸中五纹线[12]。寿域长开,洪钧长转[13]。

[注释]

①朱尚书:其人不详。 ②云母屏:镶嵌云母的屏风。 ③博山炉:焚香器具。盖成山形,并雕有羽人、走兽等,故名。 ④南极星:星名。一名南极老人星。《史记·天官书》谓“常以秋分时候现于南郊”。古人认为主人之寿考及天下安宁。 ⑤“酥篆”二句:谓酥油灯的篆烟像“千秋”的字样,灯上绘着百子的图形。“十万军成百万灯,酥油香暖夜如蒸。”见薛能《影灯夜》诗。 ⑥耆(qí)艾:年老也。古以六十为耆,五十为艾。 相将:相伴。 潞国:潞国公,文彦博封号。文彦博,北宋大臣,历四朝,任将相五十载,年九十二而卒。有《潞公集》,尝与司马光等十三人为洛阳耆英会。 ⑦清献:赵抃,字阅道,衢州西安(今浙江衢县)人,北宋景祐进士。为殿中御史,弹劾不避权贵,时称“铁面御史”。历知成都及虔、杭、越等

州。年七十六而卒。有《赵清献集》。 ⑧合：满。 ⑨仗：仪仗。 漏：古代滴水计时器，此借指时刻。 宫箭：宫中漏箭，用以定漏刻。 ⑩帕柑传宴：上元夜，贵戚以黄柑相赠，谓“传柑”。事见《荆楚岁时记》。 帕柑：以帕包柑。 ⑪华虫：雉之别名，与日月同为古礼服绘饰。九卿以下用华虫七章。见《后汉书·舆服志》。 茜（qiàn）绚：红艳绚丽。 茜：茜草，其根可作大红色染料。 ⑫五纹线：喻文章。“平生五色线，愿补舜衣裳。”见杜牧《郡斋独酌》诗。 ⑬洪钧：指天。

水调歌头

送曹侍郎归永嘉①

四海止斋老②，百世水心翁③。都将不尽事业，付与道俱东。气脉中庸大学④，体统采薇天保⑤，几疏柘袍红⑥。千仞倚寥碧⑦，一点驾归鸿。 扈江蓠⑧，贯薜荔⑨，制芙蓉⑩。午桥绿野深处⑪，心与境俱融。搏控乾坤龙马⑫，簸弄坎离日月⑬，苍鬓映方瞳⑭。只恐又催诏，飞度橘花风。

[注释]

①曹侍郎：其人不详。 ②止斋：陈傅良。是永嘉学派代表人物，有《止斋文集》。人称止斋先生。 ③水心：叶适，字正则，宋永嘉（今属浙江）人。志意慷慨，以经济自负。登淳熙进士，召为太学正，迁博士。宁宗时累官宝文阁待制，兼江淮制置使。侂胄诛，劾适附侂胄，遂夺职。杜门著述，自成一家，学者称水心先生。有《水心文集》、《水心外集》。 ④中庸大学：均为儒家经典，与《论语》、《孟子》列为“四书”。 ⑤采薇天保：均《诗经·小雅》篇名。 ⑥疏：奏章。 柘袍：柘木汁所染赤黄色之袍。天子所服。见李时珍《本草纲目·柘》“集解”。此代指天子。 ⑦寥碧：犹碧空。 寥：天空。 ⑧扈江蓠：“扈江离与辟芷兮，纫秋兰以为佩”。见屈原《离骚》。 ⑨贯薜荔：“揽木根以结茝兮，贯薜荔之落蕊。”见屈原《离骚》。 ⑩制芙蓉：“制芰荷以为衣兮，集芙蓉以为裳。”见屈原《离

骚》。 ⑪午桥:地名。诗人游赏之地。在河南洛阳南。 ⑫搏控:掌控,与下句“簸”、“弄”均占卜动作。 乾:八卦之一,象征天。 坤:八卦之一,象征地。 龙马:背负八卦之神马。“是龙马负图而出。”见《礼运·河出马图》疏。此借指八卦。 ⑬坎:八卦之一,象征水。 离:八卦之一,象征火。 ⑭方瞳:方形之目。长寿之征。

水调歌头

中夏望前一夕步月①

如此好明月,梅里自来无②。炎云溽雾收尽,宇宙一冰壶。浅濑乍分随合③,清影欲连还断,滉漾玉浮图④。风物庾楼似⑤,秋思欠菰蒲⑥。 醉魂醒,尘骨换,我非吾。琼箫紫凤何许⑦,风露足清都⑧。君看流光多处,缥缈澼洸人立⑨,白与藕花俱。只恐姮娥妒⑩,凉透粟生肤⑪。

[注释]

①望:阴历十五日为望日。 ②梅里:地名。在今江苏无锡东南。 ③濑:流经沙石上的急水。 ④滉漾:犹“汪洋”。 ⑤庾楼:楼名,在今湖北鄂城。传为晋庾亮所建,一名庾公楼。 ⑥菰(gū)蒲:均水生植物。菰基部形成肥大嫩茎,称“茭白”,可食用。蒲可制席,嫩蒲可食。 ⑦紫凤:指凤箫。“……舜作箫韶九成,凤凰来仪,其形参差,像凤之翼。”见《风俗通·声音》。后因称箫为“凤箫”。 ⑧都:美盛。 ⑨澼洸(pì guāng):当作“洴澼洸”。澼洸,漂洸,一说击絮声;洸,绵絮。谓漂洗绵絮。 ⑩姮娥:嫦娥。 ⑪粟生肤:因寒冷皮肤起粟状疙瘩。

念奴娇

老人用僧仲殊韵咏荷花横披,谨和①

香山老矣②,正商量不下,去留蛮素③。独立踌躇肠欲断,一段若耶溪女④。水底新妆,空中香袖,斜日疏风浦⑤。

向人欲语，垂杨清荫多处。　便好花里唤船，碧筒白酒，微吸荷心苦[6]。佳月一钩天四碧，隐约明波横注。雪藕逢丝[7]，擘莲见薏[8]，枕簟凉如雨[9]。一双宿鹭，伴人永夜翘伫。

[注释]

①僧仲殊：俗姓张，名挥。与东坡交好。著名诗僧。　②香山：白居易晚年号香山居士。　③蛮素：小蛮、樊素。白居易家伎。白氏有“樱桃樊素口，杨柳小蛮腰”之句。　④若耶溪女：指西施。若耶溪传为西施浣纱处。　⑤浦：水滨。　⑥“碧筒”二句：郑公悫三伏避暑，取大莲叶置砚格上，盛酒三升，以簪刺叶，令酒与柄通，屈茎吸之，名曰“碧筒酒”。事见《琅琊代醉篇·碧筒》。　⑦雪藕：白色之嫩藕。　⑧擘（bò）：剖。　薏：莲子心。　⑨簟（diàn）：竹席。

念奴娇

敬借老人灯韵为寿

光风霁月[1]，信行窝到处[2]，人间天上。一笑唤回新造化[3]，满眼翠舒红放。脑后功名，脚跟富贵，梦断春旗仗[4]。辐巾萧散[5]，任他虮虱龙象[6]。　正是杨柳初眠，海棠半睡，锦绣天开障。鹤骨松筋年望八[7]，得醉不妨澜浪[8]。节过烧灯[9]，时催修禊[10]，迎面韶华荡[11]。宗文扶著[12]，问翁马首何向[13]。

[注释]

①光风霁月：喻人品质之清朗。　②行窝：宋邵雍居室名。“好事者别作屋如雍所居，以候其行，名曰‘行窝’。”见《宋史·邵雍传》。　③造化：运气、福气。　④梦断：梦醒。　⑤辐巾：谓不加冠也。　⑥“任他”句：不管是小人物还是大人物。　虮：虱的卵子。此喻位卑者。　龙象：佛家语。谓有最大能力者，此喻位高者。　⑦鹤骨松筋：谓长寿之身。

⑧澜浪:放浪。 ⑨节过烧灯:谓过了灯节。阴历正月十五日前后,民间放灯为戏,俗称“灯节”。 ⑩修禊:古人于阴历三月上旬巳日(魏以后定为三月三日)到水边嬉戏,以除灾祛邪,谓之“修禊”。 ⑪韶华:美好的时光。多指春光。 ⑫宗文:杜甫有子曰宗文。此为自指。 ⑬马首何向:谓随其所往,不稍违背。与“马首是瞻”意同。

更漏子

次黄宰夜闻桂香①

眼生花,灯缀粟②,人在黄金列屋。金缕细,道冠明,胆瓶凉意生③。 缓歌弦,停酒斝④。待得香风吹下。斜月转,断云回⑤。风流不让梅。

[注释]

①次:次韵。依所和诗之韵及其用韵次序写诗,亦称步韵。 ②灯缀粟:谓灯焰如粟。 ③胆瓶:颈细长,腹圆而大,形像悬胆之瓶。 ④斝(jiǎ):古代酒器。青铜制,圆口三足,用于温酒,盛行于商代及西周初期,此借指酒杯。 ⑤断云:犹片云。

好事近

次曹提管春行①

二十四番风②,才见一番花鸟。已是有人春瘦,正远山横峭。踏青底用十分晴③,半阴晴方好。深院日长睡起,又海棠开了。

[注释]

①曹提管:其人不详。 提管:即提举。提举有管理、管领之意,为主管某一专项事务之官,故此处称“提管”。 ②二十四番风:即二十四番花信风。应花期而至之风,省称“花信风”。自小寒至谷雨凡八气,百二十

日，五日为一候，计二十四候，每候应一种花信。

朝中措

送同官满归[①]

荷花香里藕丝风，人在水晶宫。天上桥成喜鹊[②]，云边帆认归鸿。　去天尺五城南杜[③]，趣对柘袍红[④]。若问安边长策，莫须浪说和戎[⑤]。

[注释]

①同官：官职相同者。　满：任满。　②"天上"句："织女七夕当渡河，使鹊为桥。"见《风俗通》。　③天：指皇帝。"去天尺五"谓在皇帝身边，离皇帝很近。　城南杜：指贵族居处。长安城南杜陵多豪门。④趣：通"趋"。小步而行，表示恭敬。　对：应对。　⑤浪说：随便说。和戎：与外族维持和平关系。

朝中措

次杨仲禹韵[①]

翠盆红药护觥筹[②]，风物似扬州。春事一声杜宇[③]，人生能几狐裘。　有山可买，有书可读，不愿封留[④]。一任东风辇路[⑤]，群公苍佩鸣璆[⑥]。

[注释]

①杨仲禹：其人不详。　②药：芍药。　觥（gōng）：古代青铜酒器。此泛指酒器。　筹：酒筹，饮酒时用以计数的筹子。　③杜宇：杜鹃鸟之别称。　④封留：封为留侯。张良，字子房，传为城父（今安徽亳县东南）人，其祖与父为韩相。秦灭韩后，于博浪沙击秦始皇未中。后归刘邦，为其谋士，助其灭楚。汉朝建立，封为留侯。　⑤辇路：天子御车所经之道。　⑥苍佩：苍色佩玉。　鸣璆（qiú）：谓美玉相击而发出声响。璆，同"球"，美玉。

朝中措

寿章君举[1]

滂葩七十二滩春[2]，钟瑞石麒麟[3]。流水行云才思，光风霁月精神[4]。　金蕉进酒[5]，斑衣起舞[6]，喜气津津[7]。群玉峰头环珮[8]，紫薇花底丝纶。

[注释]

①章君举：其人不详。　②滂葩：未详，疑同“滂薄”，大也。　③钟：聚。　瑞：吉祥。　④光风霁月：喻人品质之清朗。　⑤金蕉：酒器，金爵也。　⑥斑衣：斑斓之衣。此代指着斑斓之衣的舞者。　⑦津津：盈满貌。　⑧群玉峰：神话传说中之仙山。西王母所居。“若非群玉山头见，会向瑶台月下逢。”见李白《清平调》。

点绛唇

次张伯修韵[1]

花事无多，笙歌绾取东风住[2]。玉彝雕俎[3]，楼外更筹屡[4]。　醉唤骊驹[5]，催上天梯去。君知否，半边铜虎[6]，邓艾经行路[7]。

[注释]

①张伯修：作者友人，有唱和往来。　②笙：笙管乐器。殷周时已流行。　绾(wǎn)：系。　取：语助词。表示动作进行。　③玉彝：玉制之酒器。　俎：古代祭祀时用以载牲的礼器。雕俎，指绘饰的木制礼器。　④更筹：报更的竹筊。　⑤骊(lí)驹：纯黑之马。　⑥铜虎：亦称铜虎符、铜符。古代帝王授与臣属兵权和发兵用的信物。　⑦邓艾：三国魏棘阳(治所在今河南南阳南)人，字士载。破蜀有功，诏进太尉。钟会疾而构之，诬以谋反，为监军卫瓘所杀。见《三国志·魏书·邓艾传》。

西江月

寿章叔厚[①]

庭下宜男萱草[②]，墙头结子榴花[③]。非烟非雾富平家[④]，人物风流如画。　宝月曾修玉斧[⑤]，银河欲泛仙槎[⑥]。美人睡起绿云斜[⑦]，一笑扶将寿斝[⑧]。

［注释］

①章叔厚：其人不详。　②宜男：萱草之别称。亦名忘忧草。　③榴：即石榴，夏季开花，花多橙红。　④非烟非雾：谓实在而非虚幻也。　富平：指富平侯。“其封安世为富平侯。”见《汉书·张安世传》。　⑤“宝月”句：传月中有桂，高五百丈，吴刚常斫之，树随创随合，见《酉阳杂俎·天咫》。　玉斧：指吴刚斫桂之斧。　⑥“银河”句：传海上年年八月有浮槎，来去不失期。有人乘槎至天河。“有城郭状，宫中有织妇，见一丈夫牵牛渚次饮之。”见《博物志·杂说》。　⑦绿云：喻美人黑髪。　⑧斝（jiǎ）：古代青铜酒器，此为酒器之代称。

浣溪沙

寿子有[①]

苍鹤飞来水竹幽，初弦凉月一帘秋[②]。木犀花底试新篘[③]。　凤咮砚供无尽藏[④]，龙飞榜占最高头。慈闱洗眼看封侯[⑤]。

［注释］

①子有：作者同乡友人，有诗词唱和。　②初弦：上弦。阴历初七、初八。　③木犀：即桂花。　篘（chōu）：滤酒竹器。　④咮（zhù）：鸟声，此用如动词，作鸟鸣解。　⑤慈闱：母之代称。　洗眼看：“马头渐向扬州郭，为报时人洗眼看。”见章孝标《及第》诗。

浣溪沙

用吴叔永韵[1]

细雨斜风寂寞秋，黄花压鬓替人羞。归舟云树负箜篌[2]。　燕子楼寒迷楚梦[3]，凤凰池暖惬秦讴[4]。暮云凝碧可禁愁。

[注释]

①吴叔永：吴泳，字叔永，号鹤林。潼川（治所在今四川三台）人。嘉定进士，累官直舍人院，吏部侍郎、刑部尚书、宝章阁学士、泉州知州，有《鹤林集》。　②箜篌："箜篌入梦"之省。见《仙传拾遗》。原谓梦见未来成为己妻之女子，此指未婚妻。　③燕子楼：楼名，唐张建封镇徐州，筑此楼以居关盼盼。　楚梦：楚王云雨之梦。楚王梦与神女会于高唐，神女自言"旦为行云，暮为行雨"。见宋玉《高唐赋序》。后"楚梦"、"云雨"均指男女欢情。　④凤凰池：禁中池名。又称中书省为"凤凰池"。"一举首登龙虎榜，十年身到凤凰池。"见李昉《贺吕蒙正》诗。　秦讴：秦地歌曲。

浣溪沙

寿蔡子及[1]

小雨轻霜作嫩寒，蜡梅开尽菊花乾。清香收拾贮诗肝。　文武两魁前样在，功名四谏后来看[2]。麻姑进酒斗阑干[3]。

[注释]

①蔡子及：其人不详。　②四谏：以直谏著称之四谏官。指庆历间之余靖、欧阳修、蔡襄、王素。见《东轩笔录》。　③斗：星斗。　阑干：纵横散乱貌。

浣溪沙

六曲屏山似去年。雪花欺得怕寒肩。小窗和月照无眠。　笔点轻澌心欲折[1]，烛摇斜吹泪空煎。伴人梅影更堪怜。

［注释］

①澌（sī）：通“凘”，流水。

菩萨蛮

和子有韵

翠翘花艾年时昨[1]，鬥新五采同心索[2]。含笑祝千秋，长眉如莫愁[3]。　流光旋磨蚁[4]，换调重拈起。深院竹和丝[5]，皱红裁舞衣。

［注释］

①翠翘：妇女头饰，似翠鸟尾之长毛，故名。　②同心索：即同心结。以锦带绾为连环状，以喻相爱，因名。　③莫愁：古乐府中所言女子。一曰石城（在今湖北钟祥）人，一曰洛阳（今属河南）人。　④“流光”句：“故日月实东行，而天牵之以西没，譬之于蚁行磨石之上，磨右旋而蚁右去，磨疾而蚁迟，故不得不随磨以左回焉。”见《晋书·天文志》。　流光：谓光阴逝如流水。　⑤竹和丝：竹制管乐器与弦乐器。此泛指乐声。

鹧鸪天

为老人寿

天理从来屈有信[1]，东风到处物皆春。门前骢马权奇种[2]，台上慈乌反哺心[3]。　花岛屐，柳湖尊[4]。好将长健傲长贫。诸孙认取翁翁意，插架诗书不负人。

[注释]

①信(shēn)：通"伸"。 ②骢(cōng)：青白色之马。 权奇：马善行貌。 ③慈乌：乌名。鸣禽类，体小，嘴长而细，以昆虫为食。知反哺，故名。 ④尊：酒器之泛称。

蝶恋花

画斛黄花寒更好[1]。人爱花繁，却被花催老。旧恨新愁谁酝造，带围暗减知多少。 开眼万般浑是恼。只仗微醺[2]，假寐宽怀抱。隔屋愁眉春思早，数声啼破池塘草[3]。

[注释]

①斛(hú)：量器名。 画斛：绘饰之斛。 ②醺(xūn)：酒醉貌。 ③"数声"句："池塘生春草，园柳变鸣禽。"见谢灵运《登池上楼》诗。

临江仙

万紫千红鬟上粉，聚成一撮精神。宣和宫样太清真[1]。韶风摇斗帐[2]，芳露湿纶巾[3]。 消得流莺花底滑，一声惊起梁尘。扶将芍药牡丹春。光浮金盏面，香到玉池津[4]。

[注释]

①宣和：宋宫名。 宫样：宫样妆。宫中式样之妆扮。 ②韶风：和美之风。 斗帐：小帐，形如覆斗，故称。 ③纶巾：古丝制之头巾。 ④玉池：池之美称。 津：渡口。

南乡子[①]

风雨过芳晨，多少愁红恨紫尘。两点眉尖凝远碧[②]，纷纷。又被杨花误一春。　　金凤压娇云[③]，睡起纱窗背欠伸。心事欲言言不尽，沉沉。乳燕雏莺触拨人[④]。

[注释]

①注者按：原作《行香子》，误，兹从汲古阁本《平斋词》。又，汲古阁本《平斋词》注：或作贺方回。　②远碧：远山翠绿之色。　③金凤：金凤钗。凤凰形之金钗。　娇云：喻女子之髪。　④触拨：撩拨。

眼儿媚

平沙芳草渡头村[①]，绿遍去年痕[②]。游丝下上[③]，流莺来往，无限销魂。　　绮窗深静人归晚，金鸭水沉温[④]。海棠影下，子规声里[⑤]，立尽黄昏。

[注释]

①平沙：平坦之沙滩或沙洲。　②痕：指足迹。　③游丝：蜘蛛等昆虫所吐的丝，因其飘荡于空中，故称。　④金鸭：鸭形之金属香炉。　水沉：沉水，沉水香，即沉香。　⑤子规：杜鹃鸟之别称。

眼儿媚

寿钱德成[①]

花光灯影浸帘栊，蓬岛现仙翁[②]，瑶裾织翠[③]，诗瞳点碧，酒脸潮红。　　窦郎阴德知多少[④]，万卷奏新功。前庭梧竹，后园桃李，无限春风。

[注释]

①钱德成:其人不详。 ②蓬岛:即蓬莱。传说中三仙山之一。③瑶裾:犹仙衣。 裾:衣前襟。 ④窦郎:疑指窦仪。窦仪,五代、宋初蓟州渔阳(今天津蓟县)人,字可象。五代后晋进士,后汉、后周、宋代俱为官。宋太祖时任工部尚书,判大理寺事,奉命主撰《建隆重定刑统》三十卷、《建隆编敕》四卷。

南乡子

德清舟中和老人韵[1]

霜月冷婷婷[2],夹岸芦花雪点成。短艇水晶宫里系,闲情。谁道芙蓉更有城[3]。 阿鹊数归程[4],人倚低窗小画屏。莫恨年华飞上鬓,堪凭。一度春风一度莺。

[注释]

①德清:县名,今属浙江。 ②霜月:霜夜之寒月。 婷婷:美好貌。③芙蓉城:传为仙人所居。 ④阿鹊:同"阿叱",嚏声。民间传说,打喷嚏为有人想念自己。

[集评]

梁鉴江云:"'莫恨'句,句意新巧。以嚏声入词而不伤其雅。通篇词意俱清。"

祝英台近

为老人寿

脸长红,眉半白,老鹤饱风露。岁换星移,禄运又交午[1]。须知命带将来,福推不去,稳做个、荣华彭祖[2]。 记初度。谢他紫燕黄鹂,争先送好语。春满湖山,历历旧游处。管教柳外行厨,花边步屧[3],长占断、好晴奇雨。

[注释]

①交午：交上吉祥的午运。 ②彭祖：传说中之寿星。姓篯名铿，颛顼玄孙，生于夏，年八百馀岁。殷时为大夫，托病不问政事。见《神仙传》、《列仙传》。 ③屧（xiè）：木板拖鞋。亦泛指鞋。

谒金门

寿梦祥[1]

春正美，满眼万红千紫。收拾群香归瓮蚁[2]，长年花信里[3]。 深院帘栊如水，双燕呢喃芳垒[4]。唾碧轻衫人送喜，梅梢新结子。

[注释]

①梦祥：其人不详。 ②瓮：盛酒器。 蚁：浮蚁。谓酒沫、酒滓，此指酒。 ③花信：开花之信息。 ④垒：指燕巢。

谒金门

九 日[1]

开笑口，又是茱萸重九[2]。好水佳山长似旧，健如黄犊走。 菊蕊峥峥如豆，风雨轻寒初透。檐外鹊声谁送酒，莫闲金碗手。

[注释]

①九日：即重九日，重阳节。 ②茱萸：植物名，香味浓烈，可入药。古人重九佩茱萸以祛邪恶。

卜算子

簸弄柳梢春，呼吸花心露。倦粉娇黄扇底风，尽向眉心度。　　唤醒海棠红，约住樱桃素。上到瑶台最上层[①]，共跨青鸾去[②]。[③]

[注释]

①瑶台：神仙居处。　②青鸾：古代传说中鸟名。多赤色者曰凤，多青色者曰鸾。　③作者自注："后句梦中得"。

卜算子

芍药打团红，萱草成窝绿。帘卷疏风燕子归，依旧卢仝屋[①]。　　贫放麴生疏[②]，闲到青奴熟[③]。扫地焚香伴老仙，人胜连环玉[④]。

[注释]

①卢仝：号玉川子，唐范阳（治所在今河北涿县）人。隐居读书，不愿仕进。有《玉川子诗集》，好饮茶，为茶歌，句多奇警，此作者以卢仝自喻。　②麴：酒麴，此代指酒徒。　③青奴：竹夫人之别称，暑日衾中取凉之具。　④"人胜"句：谓人可解玉连环也。连环玉多环贯联，不可解。秦昭王尝遣使者遗君王后玉连环，曰："齐多智，而解此环否？"君王后以示群臣，群臣不知解。君王后引椎破之，谓秦使曰："谨以解矣。"见《战国策·齐策》。

柳梢青

老人生日

野服纶巾[①]，白须红颊，无限阳春。二满三平[②]，粗衣淡饭，钟鼎山林[③]。　　尊前喜气轮囷[④]，道蚕麦、今朝甲申。天放新晴，人占一饱，老子宽心。

（以上校汲古阁本《平斋词》）

［注释］

①野服：平民之服。 纶巾：丝制头巾。 ②二满三平：即“三平二满”，谓满足也。孙居昉为士大夫发药，多不受谢，自号四休居士。山谷问其说，四休笑曰：“粗茶淡饭，饱即休；补被遮寒，暖即休；三平二满，过即休；不贪不妒，老即休。”山谷曰：“此安乐法也。夫少欲者，不伐之家也；知足者，极乐之国也。”见黄庭坚《四休居士诗序》。 ③“钟鼎”句：谓为官与归隐。钟鼎，在朝为官。山林，在野归隐。“钟鼎山林各天性，浊醪粗饭任吾年。”见杜甫《清明》诗。 ④轮囷：屈曲貌。此谓盘屈。

天仙子

寿陈倅八月十五①

风月分将秋一半，昨夜月明今夜满。有人笙鹤御风来②，玉绳转③，银河淡，凉入天孙云锦段④。 笑捻桂枝香婉娩⑤，十字金书光照眼⑥。看看细札促归来，漏声缓⑦，珂声远⑧，夜宿玉堂谁是伴⑨。

（《翰墨大全》丁集卷三）

［注释］

①陈倅：其人不详。 ②笙鹤：驾鹤吹笙，指仙人。 ③玉绳：星名。即北斗第五星玉衡北之天乙、太乙两小星。 ④天孙：星名，即织女星。“织女，天帝孙也。”见《汉书·天文志》。 ⑤婉娩：温顺妩媚貌。 ⑥金书：以金泥所书之文字。 ⑦漏：古代滴水计时器。 ⑧珂：马勒之饰物。 ⑨玉堂：指豪贵之居宅。

赵与洽

赵与洽,生卒年不详,字景周,号戆庵。秦王德芳九世孙。绍定二年(1229)进士,曾官安抚司干办公事。其词哀婉沉挚。

摸鱼儿

梅

甚幽人、被花勾引,庭皋遥夜来去[①]。江空岁晚谁为伴,只有琼枝玉树。愁绝处,望万里瑶台[②],梦断迷归路[③]。花还解语[④]。更雪琢精神,冰相韵度,粉黛尽如土。
飘仙袂,曾缀蕊珠鹓鹭[⑤]。云茵月障千步。莫教衣袖天香冷,恐怨美人迟暮。更起舞,任斗转参横[⑥],翠羽曾知否[⑦]。尘缘自误。终待骖鸾,乘风共去,长作此花主。

(《阳春白雪》卷六)

[注释]

①皋:近水高地。 ②瑶台:神仙居处。 ③梦断:梦醒。 ④花解语:太液池千叶莲开,明皇与妃子共赏,指妃子谓左右曰:"何如此解语花耶?"见《开元天宝遗事》。 ⑤"曾缀"句:谓点缀宫中朝臣之服饰。"居黄绾白,鹓鹭成行。"见《隋书·音乐志》。 蕊珠:宫殿名,宋真宗建。鹓鹭:鹓雏与鹭。鹓鹭飞行有次,因以喻朝臣。 ⑥斗:星官名。斗星共五星,属天市垣,在武仙座内。 参:星名,二十八宿之一。 ⑦"翠羽"句:"有翠禽小小,枝上同宿。"见姜夔《疏影》词。

江城梅花引

单衾寒引画龙声[①]。雨初晴,月微明。竹外溪边,低见一枝横。澹月疏花三四点,尚春浅,早相看、似有情。

夜来袖冷暗香凝。恨半销，酒半醒。靓妆照影，未忺整、雪艳冰清。只恐不禁、愁绝易飘零。待得南楼三弄彻、君试看[2]，比从前、更瘦生[3]。 （《阳春白雪》卷七）

[注释]

①衾：被子。 画龙：指龙笛。龙笛七孔，横吹，管首制龙头，衔同心结带。"龙笛吟寒水，天河落晓星。"见李白《陪宋中丞武昌夜饮怀古》诗。"旧时月色，算几番照我，梅边吹笛。"见姜夔《暗香》词，"单衾"句化用其意。 ②三弄：琴曲名，亦名《梅花引》、《梅花曲》、《玉妃引》。据晋桓伊所作笛曲改编而成，此当指原笛曲。 ③生：语助词，无义。

李致远

李致远,其人不详。洪咨夔《平斋文集》卷八有《送李致远安远簿》诗。宋别有李致远见丞相李忠定公长短句,时代较早。今姑编于此。

碧牡丹

破镜重圆,分钗合钿[①],重寻绣户珠箔[②]。说与从前,不是我情薄。都缘利役名牵,飘蓬无定,翻成轻负。别后情怀,有万千牢落[③]。　　经时最苦分携,都为伊、甘心寂寞。纵满眼、闲花媚柳,终是强欢不乐。待凭鳞羽[④],说与相思,水远天长又难托。而今幸已再逢,把轻离断却。

(《花草粹编》卷九)

[注释]

①钿(tián):首饰之一种。以金翠珠玉等制成花形。　②珠箔:珍珠制成或饰以珍珠之帘子。或称“珠帘”。　③牢落:无所寄托貌。　④鳞羽:即“鳞鸿”。鱼与雁,谓书札也。

张　琳

张琳,生卒年、字号、籍贯、科举、著述均不详,官都监。

失调名

持节助调羹。　　（《密斋笔记》卷三）

邬 虙

邬虙,字文伯,生卒不详。抚州(今江西抚州)人。

翻香令

醉和春恨拍阑干[①],宝香半灺倩谁翻[②]。丁宁告、东风道,小楼空,斜月杏花寒。 梦魂无夜不关山,江南千里霎时间。且留得、鸾光在[③],等归时,双照泪痕干[④]。[⑤]

(《阳春白雪》卷七)

[注释]

①阑干:同"栏干"。 ②灺(xiè):灯烛灭。 倩:请。 ③鸾光:犹鸾镜,妆镜。 ④"双照"句:"何时倚虚幌,双照泪痕干?"见杜甫《月夜》诗。 ⑤此首原题邬文伯作。

[集评]

梁鉴江云:"本篇写月夜怀人。上片从对方着笔,怀人之情曲折而动人;下片直抒怀人之情,梦魂句写情之深,江南句写情之切。不独以杜诗入词,手法亦与杜甫《月夜》诗相类。"

冯　镕

冯镕，字景范，夔州（今四川奉节）人。其他不详。嘉泰间乡贡进士。

如梦令

题龙脊石

素养浩然之气，铁石心肠谁拟。蒿目县前江[①]，不逐队鱼游戏。藏器，藏器。只等时乘奋起。[②]

（《历代词人考略》引况周仪《鱼龙文字记》）

[注释]

①蒿目：极目远望。　②作者自注："嘉泰壬戌仲春，乡进士冯镕景范游此，因成《如梦令》一阕，书之于石。"

刘 镇

刘镇，字叔安，号随如，南海（今广州广州）人。约1216年前后在世。嘉泰二年（1202）进士，兄弟皆以文鸣于时，镇工词，风格新丽。有《随如百咏》，今不存。

念奴娇

调冰弄雪，想花神清梦，徘徊南土。一夏天香收不起，付与蕊仙无语。秀入精神，凉生肌骨，销尽人间暑。稼轩愁绝，惜花还胜儿女[①]。　长记歌酒阑珊，开时向晚，笑浥金茎露[②]。月浸栏干天似水，谁伴秋娘窗户[③]。困殢云鬟[④]，醉攲风帽[⑤]，总是牵情处。返魂何在，玉川风味如许[⑥]。

（《全芳备祖》前集卷二十五"素馨门"）

[注释]

①"稼轩"二句：辛弃疾（稼轩）《稼轩长短句》有咏花词多篇，表现作者惜花之情。　②浥（yì）：湿润。　金茎：承露盘之铜柱，汉武帝所造。　③秋娘：唐代金陵女子，姓杜，名秋，善歌。先为李锜妾，后入宫宠于宪宗。穆宗立，为皇子傅姆。皇子废，赐归故里，老而无依。见杜牧《杜秋娘诗序》。后用作妇人年老色衰者之泛称。　④殢（tì）：滞留。　云鬟：云状之环形髮髻。　⑤攲（qī）：倾侧。　⑥玉川风味：卢仝的风度，以喻素馨之高洁。卢仝，唐诗人，自号玉川子，范阳（治所在今河北涿州）人。少时隐居，刻苦攻读，不愿仕进。曾作月蚀诗讥讽当朝宦官。甘露之变，因宿王涯家，与王涯同时被害。　风味：风度，风采。

行香子

赠柳儿行[①]

露叶烟条，天与多娇。算风流、张绪难消[②]。恼人春思，政自无聊[③]。赖敛愁眉，酣醉眼，减围腰。　风絮相邀，蝶弄莺嘲。最关情、是短长桥。解骖分袂[④]，催上兰桡。更绿波平，红日坠，碧云遥。

（《全芳备祖》后集卷十七“杨柳门”）

[注释]

①《全宋词》注：题从《花庵词选补》。　②“算风流”句：张绪，南齐吴郡（今江苏苏州）人，字思曼。少有文才，善谈玄理，风姿清雅。官至国子祭酒。武帝置蜀柳于灵和殿前，尝曰：“此柳风流可爱，似张绪当年。”见《南齐书》卷三十三。　③政：通“正”。　④分袂（mèi）：分手，离别。

沁园春

和刘潜夫送孙花翁韵[①]

谁似花翁，长年湖海，蹇驴弊裘[②]。想红尘醉帽，青楼歌扇[③]，挥金谈笑，惜玉风流。吴下阿蒙[④]，江南老贺[⑤]，肯为良田二顷谋。人间世，算到头一梦，蝼蚁王侯[⑥]。　悠悠，吾道何求。况白首相逢说旧游。记疏风淡月，寒灯古寺，平章诗境[⑦]，分付糟丘[⑧]。聚散抟沙[⑨]，炎凉转烛，归去来兮万事休[⑩]。无何有，问从前那个，骑鹤扬州[⑪]。

[注释]

①刘潜夫：刘克庄字潜夫。　孙花翁：孙惟信，字季蕃，号花翁，与刘克庄交好。　②蹇（jiǎn）：跛足。　③青楼：指妓院。　④吴下阿蒙：指吕蒙。“学识英博，非复吴下阿蒙”为鲁肃赞扬吕蒙进步神速之

语。　⑤江南老贺:指唐诗人贺知章。贺知章字季真,自号四明狂客,越州永兴(今浙江萧山)人。官至秘书监。后还乡为道士,以诗酒为乐。　⑥"算到头"二句:淳于棼梦入槐安国,娶公主为妻,任南柯太守,享尽荣华富贵,后战败被遣回。醒后见槐树南枝下有蚁穴,即梦中所历。见李公佐《南柯太守传》。　⑦平章:品评。　⑧糟丘:酒糟堆成之山丘。　⑨抟(tuān):将散碎之物捏聚为团。　⑩归去来兮:"归去来兮,田园将芜胡不归!"见陶渊明《归去来兮辞》。　⑪"骑鹤"句:谓数者兼得。"有客相从,各言所志。或愿为扬州刺史,或愿多资财,或愿骑鹤上升。其一人曰:'腰缠十万贯,骑鹤上扬州。'欲兼三者。"见殷芸《小说》。

沁园春

题西宗云山楼

爽气西来,玉削群峰,千杉万松。望疏林清旷,晴烟紫翠,雪边回棹,柳外闻钟。夜月琼田,夕阳金界,倒影楼台表里空。桥阴曲,是旧来忠定[①],手种芙蓉。　仙翁,心事谁同。付鱼鸟相望一笑中。向月梅香底,招邀和靖[②],云山高处,问讯梁公[③]。物象搜奇,风流怀古,消得文章万丈虹。沉吟久,想依依春树,人在江东[④]。

[注释]

①忠定:李纲,宋大臣。字伯纪,邵武(今属福建)人。政和进士,官至宰相。积极抗金,屡受排斥,卒谥忠定。著有《梁溪集》、《靖康传信录》等。　②和靖:林逋,北宋诗人。　③梁公:梁鸿,字伯鸾,东汉扶风平陵(今陕西咸阳西北)人。家贫博学,与妻孟光隐居霸陵山中,作《五噫歌》讥讽执政者,为朝廷所忌,遂隐姓埋名东逃齐鲁。后往吴依皋伯通,为人佣工舂米,著书十馀篇,今不存。　④"想依依"二句:"渭北春天树,江东日暮云。"见杜甫《春日怀李白》诗。

[**集评**]

潘飞声云："刘叔安先生名镇，南海人。嘉泰壬戌进士，自号随如子，有《随如百咏》。其词格高气远，情致绵邈，而才足以运之，为宋代词家特出。《沁园春·题西宗云山楼》云：……又《花心动·题临安新亭》云：……此等词用意摛藻，宛转浑雅，总不轻下一笔，真是大家手笔。"（《粤词雅》）

花心动

临安新亭[①]

鸠雨催晴，遍园林、一番绿娇红媚。柳外金衣[②]，花底香须，消得艳阳天气。障泥步锦寻芳路[③]，称来往、纵横珠翠。笑携手，旗亭问酒[④]，更酬春思。　　还记东山乐事。向歌雪香中，伴春沉醉。粉袖殢人，彩笔题诗，陶写老来风味。夜深银烛明如昼，待归去、看承花睡。梦云散，屏山半熏沉水[⑤]。

[**注释**]

①临安：南宋府名，治所在今浙江杭州。绍兴八年（1138）定都于此。　②金衣：谓金色鸟羽，莺之别称。　③障泥：马鞯，垫于鞍下，垂于马背两侧以挡泥土，故名。　④旗亭：酒楼也。　⑤沉水：沉水香。沉香之别名。

汉宫春

郑贺守席上怀旧[①]

日软风柔，望暖红连岛，晴绿平川。寻芳拾蕊，胜伴陌上鲜妍。玉骢归路[②]，记青门、曾堕吟鞭[③]。人去后，庭花弄影，一帘香月娟娟[④]。　　追念旧游何在，叹佳期虚度，锦瑟华年[⑤]。博山夜来烬冷[⑥]，谁换沉烟[⑦]。屏帏半掩，奈梦云、不到愁边。春易老，相思无据，闲情分付鱼笺[⑧]。

[注释]

①守:官名,刺史、太守等之省称。 贺守:似是贺州太守。其他不详。 ②玉骢:骢,青白色的马。亦泛指马。玉骢,骢之美者。 ③青门:长安城东门。 ④娟娟:美好貌。 ⑤锦瑟华年:"锦瑟无端五十弦,一弦一柱思华年。"见李商隐《锦瑟》诗。 ⑥博山:指博山炉,香炉名。⑦沉烟:燃烧沉香之烟。 ⑧鱼笺:谓书信。"客从远方来,遗我双鲤鱼。呼童烹鲤鱼,中有尺素书。"见古乐府《饮马长城窟行》。

水龙吟

丙子立春怀内[①]

三山腊雪才消[②],夜来谁转回寅斗[③]。试灯帘幕,送寒幡胜[④],暗香携手。少日欢娱,旧游零落,异乡歌酒。到而今,生怕春来大早[⑤],空赢得、两眉皱。 春到兰湖少住,肯殷勤、访梅寻柳。相思人远,带围宽减,粉痕消瘦。双燕无凭,尺书难表[⑥],甚时回首。想画栏、倚遍东风,闲负却、桃花咒[⑦]。

[注释]

①内:对妻之称。 ②腊雪:阴历十二月之雪。 ③回寅斗:北斗转回到寅的位置,意谓立春。 ④幡胜:金、银、罗、彩所制之饰物。"立春,奉内朝者,皆赐幡胜。"见《宋史·礼志》。 ⑤大:通"太"。 ⑥尺书:简短之书信,犹尺牍。 ⑦桃花咒:此指虚度春光之怨也。

[集评]

谢章铤云:"若夫伉俪情深,不特刘叔安有《水龙吟》,史邦卿有《寿楼春》、《夜行船》。"(《赌棋山庄词话》卷十一)

水龙吟

庚寅寄远[1]

老来惯与春相识，长记伤春如故。去年今日，旧愁新恨，送将风絮。粉泪羞红，黛眉颦翠，推愁不去。任琐窗深闭[2]，屏山半掩[3]，还别有、愁来路。　回首画桥烟水，念故人、匆匆何处。客情怀远，云迷北树[4]，草连南浦[5]。离合悲欢，去留迟速，问春无语。笑刘郎，不道无桃可种[6]，苦留春住。

[注释]

①庚寅：宋理宗绍定三年（1230）。　②琐窗：镂刻花纹之窗。　③屏山：屏风上所绘山形。此指绘有山形之屏风。　④云迷北树："渭北春天树，江东日暮云。"见杜甫《春日怀李白》诗。　⑤草连南浦："王孙游兮不归，春草生兮萋萋。"见《楚辞·招隐士》。"春草碧色，春水渌波。送君南浦，伤如之何！"见江淹《别赋》。　⑥"笑刘郎"二句："百亩庭中半是苔，桃花净尽菜花开。种桃道士归何处？前度刘郎今又来。"见刘禹锡《再游玄都观》诗。

[集评]

潘飞声云："昔人谓柳耆卿情有馀而才不足，夫以屯田犹未能两者俱兼，况他人哉！《随如集》《汉宫春·郑贺守席上怀古》云……又《水龙吟·庚寅寄远》云……二词情文交至，不知较之耆卿如何。"（《粤词雅》）

水龙吟

丙戌清明和章质夫韵[1]

弄晴台馆收烟候，时有燕泥香坠。宿酲未解[2]，单衣初试，腾腾春思。前度桃花，去年人面，重门深闭[3]。记彩鸾别后[④],青骢归去,长亭路、芳尘起。 十二屏山遍倚,任苍苔、点红如缀。黄昏人静,暖香吹月,一帘花碎。芳意婆娑,绿阴风雨,画桥烟水。笑多情司马,留春无计,湿青衫泪[⑤]。

[注释]

①丙戌:宋理宗宝庆二年(1226)。 章质夫:章楶,字质夫,苏轼友人。 ②宿:隔夜的。 酲(chéng):酒醒后如病态的困倦。 ③"前度"三句:唐崔护清明独游长安城南,见一庄居,花木丛萃,乃谒而扣门求饮。有女子启关,以杯水相赠,设床命坐,独倚小桃枝伫立而意属厚焉。来岁清明,崔往寻之,则门扃无人,因题诗于左扉曰:"去年今日此门中,人面桃花相映红。人面只今(一作"不知")何处去,桃花依旧笑春风。"见孟棨《本事诗·情感》。 ④鸾:传说中凤凰一类的鸟。 ⑤"笑多情"三句:白居易元和十年(815)贬江州司马,明年秋,送客湓浦口,闻舟中琵琶女夜弹琵琶并诉说其身世,因作《琵琶行》诗,结云:"座中泣下谁最多?江州司马青衫湿。"见白居易《琵琶行》诗并序。

[集评]

潘飞声云:"《随如集》中《丙戌清明和章质夫韵》,调《水龙吟》云……《丙子元夕》调《庆春泽》云……情思婉妙,读者疑为白石道人集中作。"(《粤词雅》)

庆春泽

丙子元夕[①]

灯火烘春,楼台浸月,良宵一刻千金。锦步承莲,彩云簇仗难寻。蓬壶影动星球转[②],映两行、宝珥瑶簪[③]。恣嬉游,玉漏声催,未歇芳心。 笙歌十里夸张地,记年时行乐,憔悴而今。客里情怀,伴人闲笑闲吟。小桃未静刘郎老[④],把相思、细写瑶琴。怕归来,红紫欺风,三径成阴[⑤]。

[注释]

①丙子：宋宁宗嘉定九年（1216）。 ②蓬壶：传说之海上仙山。 ③珥：女子之珠玉耳饰。 ④"小桃"句：见刘禹锡《再游玄都观》诗。 ⑤三径："蒋诩归乡里，荆棘塞门，舍中有三径，不出，唯求仲、羊仲从之游。"见《三辅决录》卷一。后因指归隐所居之田园。"三径就荒，松菊犹存。"见陶渊明《归去来兮辞》。

[集评]

杨慎云："元夕《庆春泽》一首，入《草堂》选。"（《词品》卷六）

蝶恋花

丁丑七夕①

谁送凉蟾消夜暑。河汉迢迢②，牛女何曾渡。乞得巧来无用处，世间枉费闲针缕。　　人在江南烟水路。头白鸳鸯，不道分飞苦。信远翻嗔乌鹊误③，眉山暗锁巫阳雨④。

[注释]

①丁丑：宋宁宗嘉定十年（1217）。 ②河汉：银河。 ③乌鹊："织女七夕当渡河，使鹊为桥。"见韩鄂《岁华纪丽》卷三引《风俗通》。 ④眉山：指美人之眉。 巫阳雨：谓男女之欢合。楚王梦与女神会于高唐，神女去而辞曰："妾在巫山之阳，高丘之阻，旦为朝云，暮为行雨，朝朝暮暮，阳台之下。"见宋玉《高唐赋序》。

柳梢青

七　夕

乾鹊收声，湿萤度影，庭院秋香。步月移阴，梳云约翠①，人在回廊。　　醺醺宿酒残妆②，待付与、温柔醉乡。

却扇藏娇，牵衣索笑，今夜差凉[3]。

[注释]

①梳云约翠：梳着云鬟，束着翠髮。 ②宿酒：隔夜之酒。 ③差：略。

柳梢青

戏简高菊磵[1]

瞥眼光阴。章台旧路[2]，杨柳春深。尚忆风流，殢人倚玉[3]，替客挥金。 高阳醉后分襟[4]。想妒雨、嗔云到今[5]。消息真时，笑啼难处，方表人心。

[注释]

①简：书简。 高菊磵：高翥，字九万，号菊磵，馀姚人。 ②章台：汉长安街名。旧作妓院之地的代称。“章台路，还见褪粉梅梢，试花桃树。”见周邦彦《瑞龙吟》词。 ③殢（tì）：滞留。 玉：指玉人，美人。 ④高阳：古乡名。秦末高阳郦食其自称“高阳酒徒”。此作者以“高阳酒徒”自况。 分襟：离别，与“分袂”同。 ⑤雨、云：指男女欢合。

江神子[1]

吊方检详[2]

思君梦里说邯郸[3]。未成欢，已炊残。断送春归，风雨霎时间。空有生前医国手，医不到，子孙寒。 欲登诗境吊方干[4]。倩谁看[5]，北邙山[6]。落落晨星，不见暮云还[7]。莫在人间寻食客，寻见后，匹如闲[8]。

[注释]

①别本原误《小重山》，今正。 ②方检详：其人不详。 ③梦里说邯

郸：做着"邯郸梦"。卢生于邯郸客舍昼寐入梦，历尽荣华富贵。及醒，主人炊黄粱犹未熟。见沈既济《枕中记》。　④方干：唐新定人，字雄飞。为人质野，貌寝缺唇，故有司不与科名。隐会稽之镜湖，终身不仕。没后，宰相张文蔚奏文人不第者十五人，干列其数，追赐及第，后进私谥为玄英先生。见《唐才子传》卷七，此以比方检详。　⑤倩：请。　⑥北邙山：即邙山，亦作"北芒"。在洛阳北。东汉及北魏王侯公卿多葬此，后用以泛指墓地。⑦"不见"句："渭北春天树，江东日暮云。"见杜甫《春日忆李白》诗。⑧匹如闲：等闲、平常。"过湖未得匹如闲，荷华湖心泊画船。"杨万里诗中语。

临江仙

代闺怨

荡紫飘红芳信断，都无人问秾纤。吟鞭倚醉问凉蟾[①]。香消金缕篆[②]，尘压宝妆奁[③]。　梦峡朝云飞不到，一春离绪厌厌[④]。却疑归燕碍重帘。心期花底误，眉恨柳边添。[⑤]

[注释]

①吟鞭：诗人之马鞭。　凉蟾：犹凉月。蟾，喻月也。"残霞弄影，孤蟾浮天。"见《宋史·乐志》。"照他几许人肠断，玉兔银蟾远不知。"见白居易《中秋月》诗。　②金缕篆：如金缕、篆文之香烟。　③妆奁：梳妆用之镜匣。　④厌厌：精神不振貌。　⑤注者按：金绳武本《花草粹编》卷十三此首误作刘仙伦词。

浣溪沙

丁亥饯元宵[①]

帘幕收灯断续红，歌台人散彩云空。夜寒归路噤鱼龙[②]。　宿醉未消花市月，芳心已逐柳塘风。丁宁莺燕莫匆匆[③]。

[注释]

①丁亥：宋理宗宝庆三年(1227)。　②噤：闭口不语。　③丁宁：同“叮咛”。

清平乐

赵园避暑

柳阴庭院，帘约风前燕[1]。著雨荷花红半敛，消得盈盈绿扇[2]。　竹光野色生寒，玉纤雪藕冰盘。长记酒醒人静，暗香吹月栏干。

[注释]

①约：掠也。“风约帘衣归燕急，水摇扇影戏鱼惊。”见周邦彦《浣溪沙》词。　②盈盈：仪态美好貌。　盈盈绿扇：指荷叶。

贺新郎

题王守西湖书院[1]

云淡天垂野。望晴郊、疏烟半卷，断红低跨。老树连阴藏远景，十里湖光照夜。香不尽、真山图画。春满轩窗无著处，更银蟾、冷浸鸳鸯瓦[2]。人共境，转幽雅。　文章太守归来也。似当年、和靖风流，小孤山下。问讯佩兰餐菊友，曾约梅兄入社。待付与、竹臞陶写。尘外闲寻行乐地，任傍人、歌舞喧台榭。诗世界，有王谢。

[注释]

①王守：其人不详。　②银蟾：银色之月，此指月光。　鸳鸯瓦：互相成对的瓦。

江神子

三月晦日西湖饯春[①]

送春曾到百花洲。夕阳收，暮云留。想伴花神，骑鹤上扬州。回首湖山情味淡，重把酒，更登楼。　相思南浦古津头。未拿舟，已惊鸥。柳外归鸦，点点是离愁。空倚阳关三叠曲，歌不尽，水东流。

［注释］

①晦日：阴历月终之日。

阮郎归

寒阴漠漠夜来霜，阶庭风叶黄。归鸦数点带斜阳，谁家砧杵忙[①]。　灯弄幌[②]，月浸廊，熏笼添宝香[③]。小屏低枕怯更长，和云入醉乡。

［注释］

①砧：捣衣石。　杵（chǔ）：捣衣木槌。　②幌：布幔。　③熏笼：罩在熏炉上的笼子。

［集评］

杨慎云："又有《阮郎归》云……亦清丽可诵。"（《词品》卷五）

阮郎归

丹　桂

金茎浥露未成霜[①]，西风只旧凉。蕊仙何事换霞妆[②]，恼人秋思长。　香世界，锦文章，花神不覆藏。小山骚客政清狂[3]，同花入醉乡。

[注释]

①金茎：承露盘之铜柱。汉武帝造。　浥：湿润。　②蕊仙：即花神。　③小山：淮南王小山之省称。汉高祖封子长为淮南王。文帝时反，赦徙，死于蜀道。子安嗣之。安服食求仙，传有白日飞升之说。小山即指安。　政：通“正”。

玉楼春

东山探梅

泠泠水向桥东去，漠漠云归溪上住。疏风淡月有来时，流水行云无觅处。　佳人独立相思苦，薄袖欺寒修竹暮。白头空负雪边春，著意问春春不语。

（以上二十二首见花庵《中兴以来绝妙词选》卷八）

木兰花慢

看纤云护月，湛河汉，夜声收。正玉麈生风[1]，银床坠露[2]，凉叶飕飕。襟怀静吞八表[3]，莫登山临水易惊秋。闲想多情宋玉，旧来空替人愁。　温柔，乡解老秋不[4]。丝竹间秦讴。向橙橘香边，持螯把酒，聊伴清游。骚人自应念远，与黄花、评泊晋风流[5]。明日莼鲈兴动，待寻江上归舟。

（《阳春白雪》卷四）

[注释]

①麈(zhǔ)：尘拂。麈尾之省称。　②银床：银色之井口。“风筝吹玉柱，露井冻银床。”见杜甫《冬日洛城北谒玄元皇帝庙，庙有吴道子画五圣图》诗。　③八表：八方以外极远之处。　④不(fǒu)：同“否”。　⑤评泊：评论。

感皇恩

寿赵路公八十[①]

八十最风流，那谁不喜。况是精神可人意。太公当日[②]，未必荣华如此。儿孙列两行，莱衣戏。 好景良辰，满堂和气。唱个新词管教美。愿同彭祖，尚有八百来岁。十分才一分，那里暨[③]。 （《寿亲养老新书》）

[注释]

①赵路：其人不详。 ②太公：指姜太公。 ③暨（jì）：至，到。

踏莎行

赠周节推宠姬[①]

兰斛藏香[②]，梅瓶浸玉，炉烟半袅屏山曲[③]。谁烧银烛照黄昏，有人正倚萧萧竹[④]。 白雪歌翻[⑤]，红牙板促[⑥]，周郎自是难回目[⑦]。禁寒不饮告推人，春风吹聚眉尖绿。 （《翰墨大全》后丙集卷四）

[注释]

①周节推：其人不详。 ②斛（hú）：量器名。 ③袅：犹袅袅。烟缭绕上升貌。 ④“有人”句：“天寒翠袖薄，日暮倚修竹。”见杜甫《佳人》诗。 ⑤白雪歌：琴曲名，一名《白雪曲》。“中有鸣琴焉，臣援而鼓之，为《幽兰》、《白雪》之曲。”见宋玉《讽赋》。 ⑥红牙板：调节乐曲板眼之拍板或牙板，以檀木为之，色红，故名。 ⑦“周郎”句：“瑜少精意于音乐，虽三爵之后，其有阙误，瑜必知之，知之必顾，故时人谣曰：‘曲有误，周郎顾。’”见《三国志·吴书·周瑜传》。

绛都春

清 明

和风乍扇，又还是去年，清明重到。喜见燕子，巧说千般如人道。墙头陌上青梅小，是处有、闲花芳草。偶然思想，前欢醉赏，牡丹时候。 当此三春媚景[①]，好连宵恣乐，情怀歌酒。纵有珠珍，难买红颜长年少。从他乌兔茫茫走[②]。更莫待、花残莺老。恁时欢笑，休把万金换了。

（《类编草堂诗馀》卷三）

（以上刘镇词二十六首用赵万里辑《随如百咏》）

［注释］

①三春：春季。 ②乌兔：谓日月。"日者，太阳之精，积而成乌象。乌，阳之类，其数奇。月者，阴精之宗，积而成兽象。兔，阴之类，其数耦。"见张衡《灵宪序》。又有"日中乌"、"月中兔"之说，见《文选·左思〈吴都赋〉》注。

［集评］

沈雄云："刘潜夫云：'随如乐府，丽不至亵，新不犯陈、周、柳、辛、陆之能事，庶乎兼之。'"又："《柳塘词话》云：'泰定中，进士刘叔安有《随如百咏》，富贵蕴藉，不屑为无意味句者。其词皆时令物情之什。'"（《古今词话·词评》卷上）

存目词

调名	首句	出处	附注
齐天乐	疏疏几点黄梅雨	《词学筌蹄》卷四	杨无咎作，见《逃禅词》

调名	首句	出处	附注
喜迁莺	梅霖初歇	《词学筌蹄》卷八	黄裳作，见《演山先生集》卷三十
念奴娇	嫩凉生晓	《广群芳谱》卷五《天时谱·秋》	张辑作，见《东泽绮语》

张　侃

张侃，字直夫，本居邗城（今江苏扬州），后徙吴兴（今属浙江）。生卒年不详，约宋宁宗开禧中前后在世。知枢密院张岩之子。嘉定十六年（1223）自金坛解组，宝庆二年（1226）宰句容，端平二年（1235）镇江签判。其父谄媚权奸，为世所诉。独侃志趣萧散，浮沉末僚。与赵师秀、周文璞游，皆恬淡之士。侃工诗，闲谈有致，有《拙轩集》六卷。其词疏淡朴质。尝为词序云："靡丽不失为《国风》之正，闲雅不失为《骚》《雅》之赋，摹拟《玉台》，不失为齐梁之工，则情为性用，未闻为道之累。"（周密《浩然斋词话》）

秦楼月

冰肌削，水沉香透胭脂萼[①]，胭脂萼，怕愁贪睡，等闲梳掠。　　花前莫惜添杯酌，五更嫌怕春风恶。春风恶，东君不管[②]，此情谁托。

[注释]

①水沉香：沉水香，即沉香。　②东君：春神。

月上海棠

南枝消息凭谁送，北枝寒、清晓破馀冻。横溪浸疏影，月黄昏、暗香浮动[①]。真仙种，不与梨花同梦。　　洛阳姚魏争先贡[②]，妒纷纷、红紫眩新宠。尽雪压风欺，□和羹、此时须用。烦珍重，莫作桓伊三弄[③]。

[注释]

①“月黄昏”句:“疏影横斜水清浅,暗香浮动月黄昏。”见林逋《山园小梅》诗。 ②姚魏:姚黄魏紫。牡丹之二种。昔洛阳姚魏二家所种,姚黄者,千叶黄花,出于民姚氏家;魏紫者,千叶肉红花,出于魏相仁溥家。见欧阳修《洛阳牡丹记》。 ③桓伊三弄:桓伊,东晋谯国铚县(今安徽宿县西)人。初为淮南太守,累迁都督豫州诸军事,西中郎将,豫州刺史。曾与谢玄、谢琰大破苻坚于淝水,封永修县侯。官至都督江州荆州十郡、豫州四郡军事、江州刺史。善吹笛,时誉为“江左第一”。作笛曲《三调》,传《神奇秘谱》所载琴曲《梅花三弄》据此改编。

感皇恩

元夕后二日,同彦敬郎中饮洪宣慰山园红梅下,得《感皇恩》二阕[①]

佳处记曾游,十年重到。罨画湖山最春早[②]。红梅几时,一夜东风开了。矮松修竹外、依然好。 玉色醺酣,香团娇小。消得金尊共倾倒[③]。满怀风味,前度何郎今老[④]。徘徊疏影里、花应笑。

[注释]

①彦敬:其人不详。 郎中:为其官职。 洪宣慰:其人不详。 宣慰:宣慰使之省称,官名。 ②罨(yǎn)画:指杂色的彩画。 ③尊:酒器之泛称。 ④何郎:指梁朝诗人何逊。何逊有《早梅》诗,见《艺文类聚》。

感皇恩

换骨有丹砂,阿谁传与。爱惜芳心不轻吐。客来烂熳,解得此情良苦。有时三两点、胭脂雨。 旧说江南,红罗亭下,未必春光便如许。认桃辨杏[①],最是渠家低处。问花曾怨不、娇无语[②]。

（以上四首见《永乐大典》卷二千八百零九“梅”字韵引《拙轩初稿》）

[注释]

①“认桃”句：本石曼卿《红梅》诗“认桃无绿叶，辨杏有青枝”。②不（fǒu）：同“否”。

曾 揆

曾揆，字舜卿，号阇翁，南丰（今属江西）人。《全宋词》收揆词五首。《天机馀锦》收其词三十馀首，待考。

西江月

檐雨轻敲夜夜，墙云低度朝朝。日长天气已无聊，何况洞房人悄。　眉共新荷不展，心随垂柳频摇。午眠仿佛见金翘[1]，惊觉数声啼鸟。　（《绝妙好词》卷三）

[注释]

①金翘：妇人首饰。

谒金门[1]

山衔日，泪洒西风独立。一叶扁舟流水急，转头无处觅。　去则而今已去，忆则如何不忆。明日到家应记得，寄书回雁翼[2]。

[注释]

①注者按：《词综》卷二十八录此首作曾允元词。金绳武本《花草粹编》卷六作曾揆词，兹从之。以下《谒金门》、《眼儿媚》、《南柯子》三首亦从金绳武本《花草粹编》卷六、卷七及卷九。　②“寄书”句：苏武困匈奴，汉求武等，匈奴诡言武死。后汉使复至匈奴，常惠“教使者谓单于，言天子射上林中，得雁，足系帛书，言武等在某泽中”。见《汉书》卷五十四。

谒金门

深院寂，一点春灯衔壁。空说销愁须酒力，病多禁未

得。　遥望西楼咫尺，争信今宵思忆[1]。伴我枕头双泪湿，梧桐秋雨滴。　（以上二首《花草粹编》卷六）

[注释]

①争：怎，怎么。

眼儿媚

芙蓉帐冷翠衾单[1]，魂梦几曾闲。怎禁未许，茫茫烟水，叠叠云山。　去时频把归期约，远不过春残。而今已是，荷花开了，犹倚栏干。　（《花草粹编》卷七）

[注释]

①芙蓉帐：以芙蓉花染缯为帐，又帐绣芙蓉花者，亦称芙蓉帐。

南柯子

桐叶凉生夜，藕花香满时。几多离思有谁知，遥望盈盈一水、抵天涯[1]。　雨洒征衣泪，月颦分镜眉。相逢又是隔年期，不似画桥归燕、解于飞[2]。

（《花草粹编》卷九）

[注释]

①盈盈一水："盈盈一水间，脉脉不得语。"见《古诗十九首》。盈盈，水清浅貌。　②于飞：飞。于，语助词，无义。

曹　豳

曹豳（1170—1250），字西士，号东亩（一作东畎），瑞安（今属浙江）人。嘉泰进士。累官左司谏，与王万、郭磊卿、徐清叟俱负直声，时号“嘉熙四谏”。迁吏部侍郎不拜。后起知福州，再以侍郎召，为台臣所沮而未果。以宝章阁待制致仕。卒谥文恭。

西　河

和王潜斋韵①

今日事，何人弄得如此。漫漫白骨蔽川原，恨何日已。关河万里寂无烟，月明空照芦苇。　漫哀痛，无及矣，无情莫问江水。西风落日惨新亭，几人堕泪②。战和何者是良筹，扶危但看天意。　只今寂寞薮泽里，岂无人、高卧闾里。试问安危谁寄，定相将、有诏催公起。须信前书言犹未。（《中兴以来绝妙词选》卷九）

[注释]

①王潜斋：王埜，字子文，号潜斋，金华人。官至端明殿学士。②“西风”二句：东晋名士宴于新亭（地名，在今江苏江宁），有感于国土沦丧，叹息泪下。见《晋书·王导传》。

[集评]

贺裳云：“曹西士《西河》首句‘今日事，何人弄得如此’，王实之‘首尾四年台省，好官都做一回’，刘克庄‘老师付受文章脉’，呜呼，笔墨何辜，竟至此乎。”（《皱水轩词筌》）

陈廷焯云：“若王子文之《西河》，曹西士之《水调歌头》，李秋田之《贺新凉》等类，慷慨发越，终病浅显。”（《白雨斋词话》卷二）

又："二帝蒙尘，偷安南渡，苟有人心者，未有不拔剑斫地也。南渡后词，如……曹西士《西河》云……"（《白雨斋词话》卷六）

红窗迥

春闱期近也，望帝乡迢迢，犹在天际。懊恨这一双脚底，一日厮赶上五六十里[①]。　争气，扶持我去。转得官归，恁时赏你[②]。穿对朝靴，安排你在轿儿里。更选个、宫样鞋，夜间伴你。[③]　（《庶斋老学丛谈》卷中之下）

[注释]

①厮：贱役也。　②恁（rèn）：那。　③唐氏按：此首别又误作曹组词，见《词苑萃编》卷二十二。

[集评]

沈雄云："徐士俊云：曹西士为《红窗迥》自慰其足云：'扶持我去，搏得官归。恁时赏对朝靴，安排你在轿儿里。更选对宫样鞋儿，夜间伴你。'殊欠典雅。"（《古今词话·词品》下卷）

周文璞

周文璞，字晋仙，号方泉、野斋、山楹。阳谷（今属山东）人。生年不详，卒于嘉定十四年（1221），曾官溧阳县丞。有《方泉先生诗集》。

一剪梅

风韵萧疏玉一团，更著梅花，轻袅云鬟[①]。这回不是恋江南，只是温柔，天上人间。　　赋罢闲情共倚阑。江月庭芜，总是销魂。流苏斜掩烛花寒，一样眉尖，两处关山。

（《绝妙好词》卷一）

［注释］

①云鬟：云状之环形髮髻。

浪淘沙

还了酒家钱，便好安眠。大槐宫里著貂蝉[①]。行到江南知是梦，雪压渔船。　　盘礴古梅边[②]，也信前缘。鹅黄雪白又醒然。一事最奇君听取，明日新年。

（《张雨贞居词》）

［注释］

①“大槐”句：谓做富贵梦，淳于棼梦入槐安国，历尽富贵，后战败被遣回。醒后见槐树南枝下有蚁穴，知为梦中所历。见李公佐《南柯太守传》。　貂蝉：汉代侍从官冠上饰物。　②盘礴：犹“磅礴”。

王武子

王武子，一名子武，字文翁，丰城（今属江西）人。生卒年不详。开禧元年（1205）进士，曾为江夏尉。

朝中措

画眉人去掩兰房[①]，金鸭懒熏香[②]。有恨只弹珠泪，无人与说衷肠。　玉颜云鬓，春花夜月，辜负韶光。闲看枕屏风上，不如画底鸳鸯。　（《阳春白雪》卷三）

［注释］

①兰房：妇女居室之美称。　②金鸭：金属所铸鸭形香炉。

玉楼春

闻　笛

红楼十二春寒恻，楼角何人吹玉笛。天津桥上旧曾听，三十六宫秋草碧[①]。　昭华人去无消息[②]，江上青山空晚色。一声落尽短亭花[③]，无数行人归未得[④]。

（《花草粹编》卷六）

［注释］

①三十六宫：汉宫殿之数。"离宫则三十六所。"见班固《西都赋》。后言帝王宫殿之多。　②昭华：池名。"齐景公出弋昭华之池。"见《韩诗外传》卷九。　③短亭：道旁亭舍，多作饯别之处。"十里一长亭，五里一短亭。"见《白孔六帖》卷九。　④《全宋词》注：此首《花草粹编》卷六题王子武作。杨慎《诗品》卷一以此首为无名氏作。惟杨慎《词林万选》卷二又以为杜安世作，《升庵诗话》卷九又引"玉楼十二春寒恻"句以为许奕作，自相矛盾。茅映《词的》卷二又误以为晏几道词。

魏子敬

魏子敬，生卒、里籍及事迹均不详。有《云溪乐府》四卷，不传。

生查子

愁盈镜里山，心叠琴中恨。露湿玉阑秋，香伴银屏冷。　云归月正圆，雁到人无信。孤损凤皇钗，立尽梧桐影。

（《浩然斋雅谈》卷下）

韩 噿

韩噿,字子耕,号萧闲。居里及生卒年均不详,嘉定(1208)前后在世。工词。况周颐云:“韩子耕词妙处,在一‘鬆’字。非功力甚深不办。”(《蕙风词话》卷二)

高阳台

除 夜

频听银签,重燃绛蜡①,年华衮衮惊心②。饯旧迎新,能消几刻光阴。老来可惯通宵饮,待不眠、还怕寒侵。掩清尊,多谢梅花,伴我微吟。 邻娃已试春妆了③,更蜂腰簇翠,燕股横金。勾引东风,也知芳思难禁。朱颜那有年年好,逞艳游、赢取如今。恣登临,残雪楼台,迟日园林。

(《阳春白雪》卷二)

[注释]

①绛蜡:红烛。 绛:大红色。 ②衮衮:连续不断貌。 ③娃:年轻女子。“邻娃尽著绣裆襦,独自提筐采蚕叶。”见陆龟蒙《陌上桑》诗。

浪淘沙

莫上玉楼看①,花雨斑斑。四垂罗幕护朝寒。燕子不知人去也,飞认阑干。 回首几关山,后会应难。相逢只有梦魂间。可奈梦随春漏短②,不到江南。

[注释]

①玉楼:华丽的高楼。 ②漏:古代滴水计时器。

浪淘沙

丰乐楼[①]

裙色草初青，鸭绿波轻。试花霏雨湿春晴。三十六梯人不到[②]，独唤瑶筝。　艇子忆逢迎，依旧多情。朱门只合锁娉婷[③]。却逐彩鸾归去路[④]，香陌春城[⑤]。

（以上二首见《阳春白雪》卷四）

［注释］

①丰乐楼：在杭州府西涌金门外，初名众乐亭，又名耸翠楼，政和中易名丰乐楼。《咸淳临安志》云，楼据西湖之会，千峰环绕，一碧万顷，柳汀花坞，历历槛间。而游桡画船，棹讴堤唱，往往会合于楼下，为游览之最。故赵子真、韩子耕、吴梦窗皆有题丰乐楼词。　②三十六梯：言楼高。"江上楼高二十梯，梯梯登遍与云齐。"见刘禹锡《楼上》诗。　③合：应当。　④彩鸾：钟陵西山有游帷观，每至中秋，车马喧阗。太和末有书生文箫游此，睹一姝甚丽，吟曰："若能相伴涉仙坛，应得文箫驾彩鸾。自有绣襦并甲帐，琼台不怕雪霜寒。"生意其神仙，植足不去，姝亦相盼，引生至绝顶坦然之地。俄有仙童持天判曰："吴彩鸾以私欲泄天机，谪为民妻一纪。"姝乃与生下归钟陵。见裴铏《传奇》。　⑤香陌：花径。

［集评］

梁鉴江云："见草色而思'裙'，登高楼以'独唤'，至歇拍下一'逐'字，相思之情层层推进。又以初春绚丽之景反衬己之孤寂，愁怀越显。'香陌春城'云云，则李后主'离恨恰如春草，更行更远还生'也。"

长相思

郎恩深，妾思深，只为恩深便有今。回纹辜旧吟[①]。

云沉沉，水沉沉，一点坚如百炼金。郎应知妾心。

[注释]

①回纹:指回文旋图诗。窦滔获罪戍流沙,其妻苏蕙织锦为回文旋图诗相赠。见《晋书·列女列传》。据说它"五色相宣,纵横八寸,题诗二百馀首,计八百馀言,纵横反复,皆成章句"。见武则天《璇玑图序》。

长相思

杜娘家[①],谢娘家[②],楼压官桥柳半遮[③],帘波漾彩霞。
拾飞花,怨飞花,望断郎来日又斜[④],东风吹鬓鸦[⑤]。

[注释]

①杜娘:故事人物,唐金陵女子,姓杜,名秋。先为节度使李锜妾,穆宗立,为皇子保姆。皇子废,秋娘还乡,穷老无依。见杜牧《杜秋娘诗序》。旧以泛指女子之年老色衰者。词中作为女子之泛称。　②谢娘:谓妓女。"谢娘,本谓文女,如谢道蕴是也,今以指妓。"见徐渭《南词叙录》。　③官桥:官家之桥。　④望断:望尽。　⑤鬓鸦:美而黑之鬓发。

长相思

夜萧萧,梦萧萧,又趁杨花到谢桥[①],凤沉明月箫[②]。
来迢迢,去迢迢,枉把吟笺寄寂寥,飞鸿不受招。

(以上三首见《阳春白雪》卷五)

(以上韩嘐词六首,用赵万里辑《萧闲词》)

[注释]

①谢桥:谢家之桥,泛指桥。　②凤箫:即排箫。"舜作箫韶九成,凤凰来仪,其形参差,像凤之翼。"见《风俗通·声音》。后因作为箫之称。

卓　田

卓田，生卒年不详，字稼翁，号西山，建阳（今属福建）人。约嘉泰三年（1203）前后在世，开禧元年（1205）进士。生平事迹不详。能赋，善小词。

好事近

三衢买舟①

奏赋谒金门②，行尽云山无数。尚有江天一半，买扁舟东去。　波神眼底识英雄，阁住半空雨。唤起一帆风力，去青天尺五。

［注释］

①三衢：地名。即衢州，以境内三衢山得名，治所在今浙江衢州。　买舟：雇船也。　②金门：汉宫门名。一名金马门。

昭君怨

送人赴上庠①

千里功名岐路，几緉英雄草屦②。八座与三台③，个中来。　壮士寸心如铁，有泪不沾离别。剑未斩楼兰④，莫空还。

［注释］

①上庠：国子监。　②緉（liǎng）：古代计算鞋的量词，亦作"两"，犹双。　屦（jù）：草、麻、葛等制之单底鞋。　③八座：东汉以六尚书并令仆射二人为八座；魏以五曹尚书、二仆射、一令为八座；宋齐八座与魏同；隋以六尚书、左右仆射及令为八座；唐与隋同。宋五尚书、二仆射、一令为八

座。见《通典·职官典·历代尚书》及《宋书·百官志》。　三台:汉代对尚书、御使、谒者之总称。尚书为中台,御史为宪台,谒者为外台,合称“三台”。词中八座、三台,泛指高官。　④楼兰:汉西域诸国之一,此借指金。

品　令

新　秋

立秋十日,早露出新凉面。斜风急雨,战退炎光一半。月上纱窗,疑是广寒宫殿。　无端宋玉[①],撩乱生悲怨。一年好处,都被秋光占断[②]。你且思量,今夜怎生消遣。

（以上三首见《中兴以来绝妙词选》卷七）

［注释］

①宋玉:战国楚辞赋家。生卒年不详,后于屈原,或称为屈原弟子。曾事顷襄王,与唐勒、景差“皆好辞而以赋见称,然皆祖屈原之从容辞令,终莫敢直谏”。见《史记·屈原觅生列传》。　②断:尽。

眼儿媚

题苏小楼

丈夫只手把吴钩[①],能断万人头。如何铁石,打作心肺,却为花柔。　尝观项籍并刘季[②],一怒世人愁。只因撞着,虞姬戚氏[③],豪杰都休。

（《古今合璧事类备要》外集卷五十七）

［注释］

①吴钩:古代吴地所制之刀,弯形,后泛指锋利的刀剑。　②项籍:项羽,名籍,下相(今江苏宿迁西南)人。　③虞姬:项羽姬妾。

[集评]

杨慎云："三山卓田，字稼翁，能赋驰声。尝作词云：'丈夫只手把吴钩……'其为人溺志可想。"（《词品拾遗》）

吴世昌云："此讽词也，未可指为溺志。"（《词林新话》）

酹江月

寿詹守生日在武夷设醮①

武夷山字，是使君衔上②，新来带得。便觉闲中多胜事，满眼烟霞泉石。云卷尘劳，风生芒竹，去作山中客。晓坛朝罢，自然五福天锡③。　当此弧矢悬门④，步虚声远⑤，直透云霄碧。替却燕姬皓齿⑥，洗尽人间筝笛。九曲溪深，千岩壁峭，大寿应难匹。辑车有待⑦，日边飞下消息⑧。

（《截江网》卷五）

[注释]

①詹守：其人不详。　醮（jiào）：祷神祭礼之一种。后专指僧道为消灾而设的道场。此乃为祝寿祈福而设。　②使君：汉为刺史之称，后用以对州郡长官之尊称。　③五福：一曰寿，二曰富，三曰康宁，四曰攸好德，五曰考终命。见《尚书·洪范》。　锡：赐。　④弧矢悬门：古俗生男子悬矢于门以示有四方之志。此享生辰。　⑤步虚声：谓道士诵经声。　⑥注者按：此句缺一字。　燕姬：燕地之美女。　⑦辑：车舆也。　⑧日：喻国君。

沁园春

庆友人陈碧山①

才大文豪，朱衣暗里②，今须点头。奈兰宫一跌③，槐黄时候④。银袍逐浪⑤，韦带随流⑥。过尽鹤书⑦，阅周鹗表⑧，必竟都无名字留。空长恨，蒉终不第⑨，齿且先侯⑩。

休愁，有路堪由。最喜徐卿百不忧[11]。正椿松未老，芝兰竞秀[12]，奇毛雏凤，骍角犁牛[13]。汉殿少年，新丰逆旅[14]，岂肯卑微名位休。行将见，长沙召贾[15]，御史除周[16]。

（《截江网》卷六）

[注释]

①陈碧山：其人不详。　②朱衣：红色官服。　③兰宫：兰木所构之宫室，喻其芳美。此指宫殿。　兰宫一跌：谓殿试受挫。　④槐黄：科举考试之时。科举时代，阴历七月考试，正槐花黄时，故称。　⑤银袍：白衣。古未仕者着白衣，因以为无功名者之称。　⑥韦带：未仕者之服。《后汉书·周磐传》："居贫养母，俭薄不充，尝诵《诗》至《汝坟》之卒章，慨然而叹，乃解韦带，就孝廉之举。"李贤注："以韦皮为带，未仕之服也；求仕则服革带，故解之。"　⑦鹤书：书体名。一曰"鹤头书"。古时用以招贤纳士之诏书。　⑧鹗表："鸷鸟累百，不如一鹗。使衡立朝，必有可观。"见孔融《荐祢衡表》。后因称推荐有才能之人为"鹗荐"，推荐人所上之书为"鹗表"。　⑨蕡终不第：刘蕡，字去华，昌平（今属北京）人。宝历二年（826）擢进士第，博学善文，尤精《左氏春秋》。好谈王霸大略，耿介疾恶，慨然有澄清之志。时宦官专权，横制天下，蕡常愤惋。大和二年（828）举贤良方正能直言极谏。考官睹蕡条对，皆叹服，以为汉之晁、董无以过之，而宦官当途，不敢取。登科人李郃谓人曰："刘蕡不第，我辈登科，实厚颜矣。"见《旧唐书》卷一百九十下。　⑩齿且先侯：汉高祖初定天下，为平息诸将争功，先封仇人雍齿为什方侯。众皆安。　⑪徐卿百不忧：言其有子而佳，就不会忧愁。杜甫《徐卿二子歌》："君不见徐卿二子生绝奇，感应吉梦相追随。孔子释氏亲抱送，并是天下麒麟儿。"　⑫芝兰："芝兰玉树"之省。喻子弟佳。　⑬骍角犁牛：谓其子必用于世。"子谓仲弓曰：犁牛之子，骍且角，虽欲勿用，山川其舍诸？"见《论语·雍也》。　骍角：犹"骍牛"，赤色之牛。　犁牛：黄白相间之牛。　⑭"新丰"句：谓少年倜傥。"新丰美酒斗十千，咸阳游侠多少年。"见王维《少年行》诗。此化用其意。　逆旅：客舍。　⑮"长沙"句：贾谊，西汉政治家、文学家。洛阳（今河南洛阳东）人。少以才为郡人称誉。廷尉吴公荐于文帝，任为博士。后迁太中大夫，为周勃、灌婴排斥，贬为长沙王太傅。　⑯除：拜官

受职。 周：周昌。汉初御史，刘邦惮之。

满庭芳

寿富者 三月十八

柳暗千株，蓂翻三荚[①]，当年神岳生申[②]。画堂庆会，今日贺生辰。宝鸭檀烟熏馥[③]，颂椒觞、醽醁频斟[④]。殷勤劝，歌喉宛转，恣乐醉红裙。 荣华兼富贵，如君素享，胜似簪缨[⑤]。虽田彭倚顿[⑥]，未足多称。好是钱流地上，仓箱积、赈济饥贫。多阴德，子孙昌盛，指日绿袍新[⑦]。

（《翰墨大全》丁集卷二）

[注释]

①蓂荚：古传说中瑞草名。一名“历荚”。自初一至十五，日生一荚；十六至月尾，日落一荚；故看荚数而知何日。 蓂翻三荚：即蓂荚落去三叶，为“三月十八”。 ②神岳生申：崧岳降神，才生了周代名臣申伯，后世常以此作为生日祝辞。 ③宝鸭：鸭形香炉。 ④椒觞：或称“椒酒”。置有椒实之酒也。旧俗元旦子孙向家长进椒酒。“正月一日，长幼以次拜贺，进椒酒。”见《荆楚岁时记》。 醽醁（líng lù）：酒名。 ⑤簪缨：为官者之称。古达官贵人以簪和缨将冠固定于头。 ⑥田彭倚顿：田，指田文，即孟尝君。战国时齐国贵族。彭，指彭祖。传说中故事人物。姓篯名铿，颛顼玄孙，生于夏代，八百馀岁。倚顿，战国时富者。“天下有倚顿、陶朱、卜祝之富。”见《韩非子·解老》。 ⑦绿袍：官员所服。

锦 溪

宋洪扬祖、张巽均称锦溪先生,未知此为何人。

木兰花

和人女试倅[①]

华堂庆晬,一岁应须千百岁。乐事如何,寿酒斟时妹拜哥。　爹夸利市,笑道看看生舍弟。同著莱衣[②],玉树森森奉寿卮。

(《翰墨大全》丙集卷三)

[注释]

①试倅:“试晬”之讹。　试晬(zuì):周岁试儿也。晬,婴儿满百日或周岁之称。　②著莱衣:谓奉亲至孝。老莱子年七十着五彩衣以娱亲,世称其衣曰“莱衣”。

壶中天

寿陈碧山　十一月十五日

骑鲸直上,问姮娥何日[①],天生英杰。笑下琼楼,还报道,甫近迎长佳节[②]。万里无云,一天如水,拥出新团月。正当此夜,文星飞下天阙[③]。　蟾苑元有高枝[④],至今犹待,自是无心折[⑤]。只爱林泉供笑傲,吟出阳春白雪。冠玉精神[⑥],希夷仙种[⑦],秘受长生诀。蓬壶不老[⑧],待看兰玉英发[⑨]。

[注释]

①姮娥:嫦娥。　②甫:方。　迎长佳节:冬至日,日影渐长,故云。③文星:亦称文曲星、文昌星。星之主文运者。　④蟾苑:即蟾宫。科举

中第曰登蟾宫。 元：本来。 ⑤折：指蟾宫折桂。喻科举登第。 ⑥冠玉：男子貌美之称。 ⑦希夷：本《老子》“视之不见曰夷，听之不闻曰希”。河上公注：“无色曰夷，无声曰希。”又，宋修道隐居者抟，号希夷先生。 ⑧蓬壶：古传说中海上仙山。 ⑨兰玉：芝兰玉树的略语，喻指优秀子弟。

满江红

寿八十老人 十一月十六日

蓬岛仙翁，元来是、神钟岳渎[①]。喜遇生申时节[②]，一阳来复[③]。蓂荚合朝曾舞翠[④]，月华昨夜圆如玉。展红笺、泚笔染新章[⑤]，从头录。 渭川叟[⑥]，非钓禄。鲁公子，非徼福[⑦]。况家传、胡氏长生箓[⑧]。点额婴儿腾好语[⑨]，殷勤捧献杯中绿。更九番、屈指篯铿年[⑩]，为君祝。

（以上二首《翰墨大全》丁集卷四）

［注释］

①岳渎（dú）：五岳四渎；五岳，东岳泰山，南岳衡山，西岳华山，北岳恒山，中岳嵩山；四渎，东渎大淮，南渎大江（长江），西渎大河（黄河），北渎大济。为山川之总称。 ②生申：崧岳降神，才生了周代名臣申伯，后世常以此作为生日祝辞。 ③一阳来复：谓冬至日，阴极而阳始至。 ④蓂荚合朝：阴历十五日。蓂荚，一名“历荚”。传说中瑞草名。月一日生一荚，至十五日皆满，故云“合”。至十六日则去荚。 ⑤泚（cǐ）笔：以笔蘸墨。 ⑥渭川叟：指周吕尚，尝钓于渭水之滨，后为文王举用。 ⑦“鲁公”二句：“寡君愿徼福于周公、鲁公以事君……”见《左传·文公十二年》。 徼：通“邀”。 ⑧长生箓：长生符。 ⑨点额：吉祥之意。民以朱水点儿额头，“名为天灸”。见《荆楚岁时记》。 ⑩篯铿：即彭祖。《全宋词》注：篯子老聃。

李仲光

李仲光,生卒年不详,字景温,号肯堂,崇安(今属福建)人。开禧元年(1205)进士。赵汝腾称为奇才,每以才高见忌。官汀州、雷州教授。出调湖南幕属而卒。工诗文,有《肯堂集》,不传。

鹊桥仙

寿赵帅①

诗书元帅,风流人物,看取方瞳如漆②。铜驼陌上若相逢③,当一笑、摩挲金狄④。　相门事业,中书考第⑤,未数汾阳功绩⑥。若将六十寿行年,才数得、百分之一。

(《截江网》卷四)

[注释]

①赵帅:其人不详。　②取:语助词,无义。　方瞳:目有异相,长寿之征。眼方者寿千岁。见《南史·陶弘景传》。　③铜驼陌:铜驼街。汉洛阳街名。俗云:"金马门外集众贤,铜驼陌上集少年。"　④金狄:金人,即铜人。秦始皇销天下兵器,铸金人十二,各重千斤。"即金狄也"。见《博物志》。　⑤中书:指中书令,中书省长官。唐极有名望者授此官,多以相臣为之。　⑥汾阳:指汾阳王郭子仪。唐郭子仪封汾阳郡王,寿高至八十馀岁。

百字令

寿冯宪①。是日,宴于古羊寺桃花下

小红开也,问韶华、今年何事春早。尽道福星临照久②,勾引东风仙岛。一点恩光,列城生意,万物无枯槁。

圜扉深处[3]，也应满地芳草。　　却怪有脚阳春[4]，如何移向崆峒了[5]。父老牵衣留不住，只有攀援遮道。翠柏杯中，蟠桃花下，君看朱颜好。路人遥指，他年黄阁元老[6]。

（《截江网》卷五）

［注释］

①冯宪：其人不详。　②福星：福之神。　③圜扉：同“圆扉”，狱门也。　④有脚阳春：言所至之处，如阳光照物。喻为政惠爱。宋璟为太守，爱民恤物，时人谓为“有脚阳春”。见《开元天宝遗事》。　⑤注者按：“移向”上下缺二字。　崆峒：山名，在甘肃平凉西。　⑥黄阁：汉丞相听事阁，谓之“黄阁”。不敢洞开朱门，以别于人主，故以黄涂之，以示谦。见《尚书·礼志》。又唐门下省，以黄涂门，谓之“黄阁”。见《名义考》。

鹊桥仙

自　寿

焚香清坐，呼童瀹茗[1]，聊当一杯春酒。不须歌舞倩红裙[2]，为祝百千长寿。　　诗书万卷，绮琴三弄[3]，更有新词千首。从今日日与遨游，便是天长地久。

（《截江网》卷六）

［注释］

①瀹（yuè）：煮。　②倩（qiàn）：请。　红裙：借指美女。　③绮琴：精美的琴。　三弄：指《梅花三弄》。又名《梅花引》、《梅花曲》、《玉妃引》，琴曲名。

孙惟信

孙惟信(1179—1243),字季蕃,号花翁,祖籍开封(治所在今河南开封市)人。淳熙六年生,淳祐三年卒,年六十五岁,以祖荫调监,不乐,弃去。寄身江湖,留苏杭最久,名重江浙间。气度疏旷,善雅谈,为公卿所重。每倚声度曲,散髮横笛,或奋袖起舞,悲歌慷慨。工长短句,有《花翁集》一卷传世。

失调名

四十九岁自寿

寿花戴了,山童问、华庚多少①。待瞒来、又怕旁人笑,况戒腊、淳熙可考②。大衍之用恰恰好③,学易后、尚一年小④。谢屐唐衣眉山帽⑤,薰风送下蓬岛⑥。　生巧,吕翁昨夜钟离早⑦。又曾参、两个先生道,又也曾偷桃啖枣⑧。百屋堆钱都不要,更不要、衮衣茸纛⑨。但要酒星花星照,鹘笑到老⑩。(《后村大全集》卷一百七十六《诗话》后集)

[注释]

①华庚:犹年岁。　②戒腊:僧人受戒之年数。　淳熙:宋孝宗年号。　③大衍之用:四十九之数。"大衍之数五十,其用四十九。"见《周易·系辞传》。　④易:《周易》之省称,又称《易经》。　⑤谢屐:谢灵运之特制木屐。谢灵运寻山陟岭,必造幽峻岩嶂,常着木屐,上山则去其前齿,下山则去其后齿。见《世说新语·任诞》。　唐衣:唐装。唐代之装束。　眉山帽:苏轼所戴之帽。因轼为眉山(今属四川)人,故得此称。⑥薰风:东南风、和风。　蓬岛:神话传说中仙人所居之岛。　⑦吕翁:指吕洞宾。神话传说中八仙之一,名岩,号纯阳子。传为唐京兆人,或谓河中府(今山西永济)人。两举进士不第,遂浪迹江湖,六十四岁时遇汉钟

离，授以丹诀。曾修道于终南山，后游历各地，自称回道人。 钟离：汉钟离，名权，传为八仙之一。受铁拐李指点上山学道。后飞剑除虎、点金济世，终得升天。其传说当始于五代、北宋。《宣和书谱》卷十九言其"自谓生于汉"，后遂称汉钟离。 ⑧偷桃："东都献短人，呼东方朔曰：'王母种桃，三千岁一结子，此儿不良，已三偷之矣。'"见《汉武故事》。 ⑨衮衣：亦称"衮服"，即卷龙衣。皇帝及上公礼服。 茸纛（dào）：以绒绣饰之大旗。 茸：通"绒"。刺绣用之丝缕。 纛：军队或仪仗之大旗。 ⑩鹘笑：疑为"鹘突"之误。鹘突，不晓事也，犹糊涂。

风流子

三叠古阳关①，轻寒噤、清月满征鞍。记玉笋揽衣②，翠囊亲赠，绣巾揾脸③，金柳初攀。自回首，燕台云掩冉④，凤阁雨阑珊⑤。天有尽头，水无西注，鬓难留黑，带易成宽。 啼妆，东风悄，菱花在⑥，拟倩锦字封还⑦。应想恨蛾凝黛⑧，慵髻堆鬟。奈情逐事迁，心随春老，梦和香冷，欢与花残。闲煞唾茸窗阁，十二屏山。

（《阳春白雪》卷三）

［注释］

①古阳关：即《阳关曲》。 ②玉笋：喻美人手指。 ③揾（wèn）：揩拭。 ④燕台：台名。战国时燕昭王置金招天下贤士之所。一名黄金台。 掩冉：萦绕貌。 ⑤凤阁：唐武则天光宅元年（684）改中书省为凤阁。此借指朝廷。 ⑥菱花：菱花镜。古以铜为镜，背刻菱花，或形似菱花，故名。 ⑦倩：请，央求。 锦字：前秦将军窦滔妻苏蕙，善属文。滔徙流沙，蕙因织绵为回文以寄离思。其诗回环诵读，皆能成文。 ⑧蛾："蛾眉"之省称。

烛影摇红

一朵鞓红[①]，宝钗压髻东风溜。年时也是牡丹时，相见花边酒。初试夹纱半袖，与花枝、盈盈鬥秀[②]。对花临景，为景牵情，因花感旧。　　题叶无凭，曲沟流水空回首[③]。梦云不入小山屏[④]，真个欢难偶。别后知他安否，软红街、清明还又[⑤]。絮飞春尽，天远书沉，日长人瘦。

（《阳春白雪》卷三）

[注释]

①鞓(tīng)红：牡丹之一种。出青州，亦名青州红。　②盈盈：仪态美好貌。　鬥秀：比美。　③"题叶"二句：唐僖宗时，宫女韩氏以红叶题诗，自御沟中流出，为于祐所得。祐亦题一叶，投沟上，韩氏亦得而藏之。后帝放宫女三千，祐适娶韩，既成礼，各取红叶相示。　④山屏：绘饰山形之小屏风。　⑤软红街：犹软红香土，言街市繁华。

[集评]

查礼云："词之情味缠绵，笔力幽秀，读之令人涵泳不尽。"(《铜鼓书堂词话》)

李佳云："词家有作，往往未能竟体无疵。每首中，要亦不乏警句，摘而出之，遂觉片羽可珍。如……孙花翁云：'絮飞春尽，天远思深，日长人瘦。'"(《左庵词话》卷下)

清平乐

秋娘窗户[①]，梦入阳台雨[②]。小别殷勤留不住，恨满飞花落絮。　　一天晓月檐西，马嘶风拂罗衣。分付许多风致，送人行下楼儿。

[注释]

①秋娘：杜秋娘。后亦代指女子。 ②梦入阳台雨：即巫山云雨之事，喻指男女欢合。

阮郎归

满阶红影月昏黄，玉炉催换香。碧窗娇困懒梳妆，粉沾金缕裳。 鸾髻耸[1]，黛眉长，烛光分两行。许谁骑鹤上维扬[2]，温柔和醉乡。（以上二首见《阳春白雪》卷四）

[注释]

①鸾髻：鸾形之髮髻。 ②骑鹤上维扬："腰缠十万贯，骑鹤上扬州。"见殷芸《小说》。 维扬：扬州之别称。

南乡子

璧月小红楼[1]，听得吹箫忆旧游。霜冷阑干天似水，扬州，薄幸声名总是愁[2]。 尘暗鹔鹴裘[3]，针线曾劳玉指柔。一梦觉来三十载，休休，空为梅花白了头。

（《阳春白雪》卷五）

[注释]

①璧月：谓月圆如璧。 红楼：华美之楼房，多指富家女子居处。②薄幸声名："十年一觉扬州梦，赢得青楼薄幸名。"见杜牧《遣怀》诗。③鹔鹴：鸟名，雁属，颈长色绿。其毛羽可为名裘。

夜合花

风叶敲窗，露蛩吟甃[1]，谢娘庭院秋宵[2]。凤屏半掩[3]，钗花映烛红摇。润玉暖[4]，腻云娇[5]。染芳情、香透鲛绡[⑥]。断魂留梦,烟迷楚驿,月冷蓝桥[⑦]。 谁念卖药文箫[⑧]。望仙城路杳,莺燕迢迢[⑨]。罗衫暗摺,兰痕粉迹都销。流水远,乱花飘。苦相思、宽尽春腰[⑩]。几时重恁[⑪],玉骢过处[⑫],小袖轻招。[⑬] (《阳春白雪》卷六)

[注释]

①蛩(qióng):蟋蟀。 甃(zhòu):井壁。 ②谢娘:妓女之代称。③凤屏:绘凤之屏风。 ④润玉:喻女子肌肤。 ⑤腻云:喻女子头发。⑥鲛绡:传说中鲛人所织之绡。亦泛指薄纱。 ⑦蓝桥:桥名,故址在今陕西蓝田东南蓝水上,世传其地有仙窟,乃唐裴航遇云英处。 ⑧文箫:传奇中人名。中秋游钟陵遇仙女吴彩鸾,结为夫妇。见裴铏《传奇》。⑨莺燕:指所爱之妓。 ⑩宽:指衣带宽,即人消瘦。 ⑪恁(rèn):如此,这样。 ⑫骢(cōng):青白色的马,亦泛指马。 ⑬注者按:《词学丛书》本《阳春白雪》,此首无撰人姓氏。

昼锦堂

薄袖禁寒,轻妆媚晚,落梅庭院春妍。映户盈盈[①],回倩笑、整花钿[②]。柳裁云剪腰支小,凤蟠鸦耸髻鬟偏[③]。东风里,香步翠摇[④],蓝桥那日因缘。 婵娟[⑤]。留慧盼,浑当了、匆匆密爱深怜。梦过阑干,犹认冷月秋千。杏梢空闹相思眼[⑥],燕翎难系断肠笺。银屏下,争信有人[⑦],真个病也天天。 (《阳春白雪》卷八)

[注释]

①盈盈:仪态美好貌。 ②倩:笑靥美好貌。 钿:金玉所制之花形首饰。 ③凤蟠鸦耸:形容髻鬟。 ④步摇:古代妇女首饰之一种。“步摇,上有垂珠,步则摇动也。”见《释名·释首饰》。 ⑤婵娟:美好貌,亦指美人。 ⑥“杏梢”句:“绿杨烟外晓寒轻,红杏枝头春意闹。”见宋祁《玉楼春》词。 ⑦争:通“怎”。

醉思凡

吹箫跨鸾，香销夜阑。杏花楼上春残，绣罗衾半闲[①]。衣宽带宽，千山万山。断肠十二阑干，更斜阳暮寒。

（《绝妙好词》卷二）

[注释]

①衾：被子，此指大被。

水龙吟

除　夕

小童教写桃符[①]，道人还了常年例。神前灶下，祓除清净[②]，献花酌水。祷告些儿，也都不是，求名求利。但吟诗写字，分数上面，略精进、尽足矣。　饮量添教不醉。好时节、逢场作戏。驱傩爆竹[③]，软饧酥豆[④]，通宵不睡。四海皆兄弟，阿鹊也、同添一岁[⑤]。愿家家户户，和和顺顺，乐升平世。

[注释]

①桃符：古时新年，以二桃木板书神荼、郁垒二神名，悬于门旁，用以驱邪，谓之“桃符”。后用为春联之别称。　②祓（fú）除：古代除灾祛邪仪式之一种。　③傩（nuó）：古时腊月驱逐疫鬼仪式。　④饧（táng）：“糖”之古字。后特指以麦芽或谷芽所制之糖。　⑤阿鹊：嚏声。

望远行

元　夕

又还到元宵台榭[①]。记轻衫短帽，酒朋诗社。烂漫向、罗绮丛中，驰骋风流俊雅。转头是、三十年话。量减才悭，自觉是、欢情衰谢。但一点难忘，酒痕香帕。如今雪鬓霜髭，嬉游不忺深夜[②]。怕相逢、风前月下。[③]

（以上二首见《浩然斋雅谈》卷下）

（以上孙惟信词十一首，用赵万里辑《花翁词》）

[注释]

①榭：高台上之敞屋。 ②忺（xiān）：高兴，适意。 ③《浩然斋雅谈》云：古词有《元夕·望远行》，翁宾旸谓是孙季蕃词，然集中无之。

[集评]

沈义父云："孙花翁有好词，亦善运意；但雅正中忽有一两句市井句，可惜。"（《乐府指迷》）

沈雄云："至施乘之、孙季藩盛以词鸣，沈伯时《乐府指迷》亦为矜誉。"（《古今词话·词品》下卷）

张端义

张端义(1179—?),字正夫,自号荃翁,郑州(今属河南)人,居苏州。少读书,兼习技击。端平中,应诏三上书,坐妄言,韶州安置,复谪居化州而卒。有《贵耳集》一卷、二集一卷、三集一卷。其于前人词作,多有的评。

失调名

怨春红艳冷。（《贵耳集》卷上[①]）

[注释]

①注者按:《贵耳集》所载不云是诗或词,依其风格乃词,故收于此。

倦寻芳

晓听社雨[①],犹带馀寒,尚侵襟袖。插柳千门,相近禁烟时候[②]。鬟坠搔头深旧恨[③],臂宽条脱添新瘦[④]。卷重帘,看双飞燕羽,舞庭花昼。　谁共语、春来怕酒。一段情怀,灯暗更后。罨画屏山[⑤],今夜梦魂还又。愁墨题笺鱼浪远[⑥],粉香染泪鲛绡透[⑦]。待相逢,想鸳衾、凤帏依旧[⑧]。（《阳春白雪》卷五）

[注释]

①社雨:社日之雨。古时春、秋两季祭祀土神之日。多在立春、立秋后第五个戊日,此指春社。　②禁烟:犹禁火。旧俗清明前一日为“寒食”,不举火,故称“禁火”或“禁烟”。　③搔头:首饰名,簪之别称。　④条脱:手镯。　⑤罨(yǎn)画:彩色画。　屏山:屏风之山形绘饰。　⑥鱼浪远:谓路途遥远,书信难传。“客从远方来,遗我双鲤鱼。呼儿烹鲤鱼,中有尺

素书。”见古乐府《饮马长城窟行》。 ⑦鲛绡:传说中鲛人所织之绡,亦泛指薄纱。此指手帕。 ⑧鸳衾:夫妇共寝之被。 凤帏:凤饰之帐幕或帐子。

卫元卿

卫元卿，生卒年不详，洋州（今陕西洋县）人。尝领乡荐。

谒金门[①]

花过雨，又是一番红素。燕子归来愁不语，故巢无觅处。　谁在玉楼歌舞[②]，谁在玉关辛苦[③]。若使边尘吹得去，东风侯万户[④]。（《贵耳集》卷上）

[注释]

①注者按：此词《阳春白雪》卷七作李好古、《花草粹编》卷三作李好义，未知孰是。　②玉楼：华丽之高楼。　③玉关：玉门关之省称。此借指边关。　④侯：用如动词。封侯。

[集评]

梁鉴江云："写戍边归家所感。上片以烂漫之春花，映衬家园破败之惨痛，是景语亦是情语。下片直书所感。一二句以'玉楼'、'玉关'对举，语直而意深。三四句将抒情议论推向高潮，突出题旨。通篇语浅而意深。风格类唐五代。"

齐天乐

填温飞卿《江南曲》[①]

藕花洲上芙蓉楫[②]，羞郎故移深处。弄影萍开，搴香袖罥[③]，鸂鶒双双飞去[④]。垂鞭笑顾。问住否横塘，试窥帘户。妙舞妍歌，甚时相见定相许。　归来憔悴锦帐，久尘金犊幰[⑤]，连娟黛眉颦妩[⑥]。扇底红铅[⑦]，愁痕暗渍，消得腰支如杵。鸾弦解语[⑧]。镇明月西南[⑨]，伴人凄楚。闷

拾杨花,等闲春又负。(《历代诗馀》卷八十二)

［注释］

①温飞卿:温庭筠,原名岐,字飞卿。太原(今属山西)人,唐诗人、词人。约生于元和七年(812),卒于咸通七年(866),官国子助教。文思敏捷,精于音律。其诗辞藻华美,词多写闺情,格调秾艳,现存六十馀首,大部分收入《花间集》。原有集,不传;现存《温庭筠诗集》、《金奁集》为后人所辑。 ②芙蓉:荷花之别称。 楫(jí):短桨。此代指船。 ③搴(qiān):拔取。 罥(juàn):挂。 ④鸂鶒(xī chì):水鸟名。或称“紫鸳鸯”。 ⑤金犊幰(xiàn):华美的牛车。 幰:车帷。 ⑥连娟:弯曲而纤细,细长,一作“联娟”。 ⑦红铅:胭脂、铅粉。犹红粉,女子化妆品。⑧鸾弦:弦乐器。 ⑨镇:长久。

彭　止

彭止，生卒年不详，字应期，号漫者，崇安（今属福建）人。其诗清雅典丽，有《刻鹄集》，不传。

满庭芳

寿平交五十[①]

月闰清秋，时逢诞节，画堂瑞气多多[②]。遥瞻南极，瑞彩照盘坡[③]。好是年才五十，身当贵、福比山河。无些事，方裙短褐[④]，时复自高歌。　欢娱，当此际，香燃宝鸭，酒酌金荷[⑤]。恣柳腰樱口，左右森罗。纵有人人捧拥，争得似、正面嫦娥。思量取[⑥]，朱颜未老，好事莫蹉跎。

（《翰墨大全》丁集卷一）

［注释］

①平交：其人不详。　②画堂：华丽的堂舍。　③盘坡：住地名。④短褐：粗布短衣。"褐"，别本作"揭"，误。　⑤金荷：金荷叶杯之省。金制荷叶形之杯。　⑥取：语助词，表示动作进行。

留春令

夜来小雨三更作，近水处、小桃开却。玉女向晓掀朱箔[①]，似与花枝有约。　绿池上、柳腰纤弱。燕子过、谁家院落。春衫试着香罗薄，无奈东风太恶。

（《崇安县志》卷六）

［注释］

①玉女：美女。　箔：苇或秫秆织成之帘。

陈 韡

陈韡(1178—1260),字子华,号抑斋,侯官(今福建闽侯)人。开禧元年(1205)进士。历官至兵部尚书、参知政事、知枢密院事。卒赠少师,谥忠肃。

兰陵王

角声切[1],何处梅梢弄雪。还乡梦,玉井楼前[2],千朵芙蕖插空碧[3]。邻翁问消息,为说红尘倦客。应怜笑、弓剑旌旗,底事留人未归得[4]。　淮山旧相识。记急处笙歌,静里锋镝[5]。隋堤杨柳犹春色[6]。嗟十载人事,几番棋局,青油年少已鬓白[7]。漫惆怅京国。　朱墨,困无力。似病鹤樊笼,老骥羁勒。夕阳不系栖林翼。待添竹东圃,种松西陌。功名休问,吾老矣,付俊杰。

(《阳春白雪》卷七)

[注释]

①角:古代军中乐器之一种。 ②玉井:美井也。 ③芙蕖:荷花,或作"芙渠"、"扶渠"。 ④底:何,什么。 ⑤锋镝:刀箭。泛指兵器。引申为战争之义。 锋:刀口。 镝:箭头。 ⑥隋堤:隋炀帝开通济渠,沿河筑堤,世称"隋堤"。沿堤遍植杨柳。 ⑦青油:指青油幕。涂以青油之幕。"从军古云乐,谈笑青油幕。"见李正封《郾城》诗。

临江仙

陈守美任[1]

三十四年台榭[2],八千馀里江津[3]。去时杨柳正轻颦。重来桃李少,不似旧时春。　风扫半空烟雨,玉虹翠浪如新[4]。可怜笳鼓送行人。白头梳上见，归梦枕边频。

（《翰墨大全》庚集卷十五）

[注释]

①陈守美任：其人不详，当是送其赴任之作。　②榭：高台上之敞屋。　③津：渡口。　④玉虹：桥之美称。

哨　遍

陈抑斋乞致仕[1]

多病倦游，在家又贫，毕竟如何是。十万钱，骑鹤更扬州[2]，是人间几曾有底[3]。算一生，大都能消几屐[4]，劳神到老成何事。趁齿落已双，髪丝在两[5]，归寻闲里滋味。不见青云路，有危机。金缕歌声[6]，渐变成悲。待思大东门[7]，忆鹤华亭[8]，悔之晚矣。　休，归去来兮[9]，北山幸有闲田地。地瘠宜瓜菜，引泉凿成方沚[10]。这仲子蔬园，三公不换[11]，况东陵自来瓜美[12]。间走马溪头，倚阑垂钓，解衣自濯清泚[13]。酿山泉、时复一中之[14]，琴横膝。古淡无弦有音徽[15]，送归鸿、暮云千里。蓬莱自古无路[16]，玄圃何时到[17]，只消曲几蒲团，镇日闲庐打眭[18]，这乾坤日月[19]，更远游、问他王子[20]。

（《翰墨大全》庚集卷十五）

[注释]

①陈抑斋：作者自号抑斋。此题当为后人所加。　致仕：辞官。　②"十万钱"二句：有客相从，各言其志。或愿为扬州刺史，或愿多资财，或愿骑鹤上升，其一人欲三者兼得，云："腰缠十万贯，骑鹤上扬州。"见殷芸《小说》。　③底：犹言"的"。　④消几屐：需用几双鞋。　⑤髪丝在两：谓髪黑白兼有。　⑥金缕歌：指《金缕衣》。　⑦大东门：指"东门黄犬"，不可得之典。秦二世二年（前208）七月，李斯论腰斩于咸阳市。"斯出狱，

与其中子俱执,顾谓其中子曰:'吾欲与若复牵黄犬,俱出东门逐狡兔,岂可得乎?'遂父子相哭,而夷三族。"见《史记·李斯列传》。 ⑧鹤华亭:指"华亭鹤唳",不可复闻之悲。陆机以羁旅入宦,因有功而居群士之右,皆有怨心,遂谮之于颖。颖怒,使人收机。机叹曰:"华亭鹤唳,岂可复闻乎!"遂遇害。见《晋书·陆机传》。 ⑨归去来兮:出自陶渊明《归去来兮辞》。⑩沚(zhǐ):水中小洲。 ⑪三公:所指历代不同:东汉以太尉、司徒、司空为三公;唐宋仍之,然仅得虚名,已无实职。 ⑫东陵瓜:"召平者,故秦东陵侯。秦破,归布衣,贫,种瓜于长安城东,瓜美,故世俗谓之'东陵瓜',从召平以为名也。"见《史记·萧相国世家》。 ⑬泚(cǐ):鲜明貌。 ⑭中(zhòng)之:指中酒,饮酒大醉不醒状。 ⑮音徽:美音。 ⑯蓬莱:传说中三仙山之一。 ⑰玄圃:谓仙境,或作"悬圃"。 ⑱镇:整。 眭(huī):目光深注貌。 ⑲乾坤:指天地。 ⑳王子:名晋,字子晋,传为周灵王太子,见《列仙传》。

方千里

方千里(约1122年前后在世),三衢(今浙江衢州)人,曾官舒州签判。有《和清真词》,所作皆步周邦彦词韵者。

瑞龙吟

楼前路。愁对万点风花,数行烟树。依依斜日红收,暮山翠接,平芜尽处。　小留伫。还是画栏凭暖,半扃朱户[①]。帘栊尽日无人,消凝怅望,时时自语。　堪恨行云难系[②],赋情杨柳,徘徊犹舞。追想向来欢娱,怀抱非故。题红寄绿,魂断江南句[③]。何时见、轻衫雾唾,芳茵莲步[④],燕子西飞去。为人试道,相思闷绪,空有肠千缕。清泪满,斑斑多于春雨。忍看鬟髮,密堆飞絮。

[注释]

①扃(jiōng):关闭。　②行云:指行人。　③江南句:本楚宋玉《招魂》"目极千里兮伤春心,魂兮归来哀江南"。北周庾信作有《哀江南》赋,抒写乡关之思。　④莲步:指美人的舞步。

琐窗寒

燕子池塘,黄鹂院落,海棠庭户。东君暗许[①],借与轻风柔雨。奈春光困人正浓,画栏小立慵无语。念冶游时节,融怡天气,异乡愁旅。　朝暮,凝情处。叹聚散悲欢,岁常十五。连飞并羽[②],未抵鸳朋凤侣。算章台、杨柳尚存[③],楚娥鬟影依旧否。再相逢、拚解雕鞍,燕乐同杯俎。

[注释]

①东君:司春之神。 ②并羽:成双结伴的禽类。 ③章台:古台阁名,在陕西长安故城西南。 章台杨柳:唐韩翃有姬柳氏失散,韩作《章台柳》诗以表思念。后指游狎之地。

风流子

春色遍横塘[1]。年华巧、过雨湿残阳。正一带翠摇,嫩莎平野。万枝红滴,繁杏低墙。恼人是,燕飞盘软舞,莺语咽轻簧。还忆旧游,禁烟寒食[2],共追清赏,曲水流觞[3]。 回思欢娱处,人空老,花影尚占西厢[4]。堪惜翠眉环坐,云鬓分行。看恋柳烟光,遮丝藏絮,妒花风雨,飘粉吹香。都为酒驱歌使,应也无妨。

[注释]

①横塘:地名,一在江苏南京西南,一在江苏吴县西南。 ②寒食:节令名。在农历清明前一或二天。南朝梁宗懔《荆楚岁时记》:"去冬节一百五日,即有疾风甚雨,谓之寒食,禁火三日,造饧大麦粥。" ③曲水流觞:弯曲的水边,流动的酒杯。古代风俗于农历三月上旬巳日,在水滨结聚宴饮,以祓除不祥。后来并置酒杯于水面,使之流至各家座前供饮,称为曲水流觞。

渡江云

长亭今古道[1],水流暗响,渺渺杂风沙。倦游惊岁晚,自叹相思,万里梦还家。愁凝望结,但掩泪、慵整铅华[2]。更漏长,酒醒人语,睥睨有啼鸦[3]。 伤嗟。回肠千缕,泪眼双垂,遏离情不下。还暗思、香翻香烬[4],深闭窗纱。依稀看遍江南画,记隐隐、烟霭蒹葭。空健羡[5],鸳鸯共宿丛花。

[注释]

①长亭:旅途中行人休憩、饯别之地。唐《白孔六帖 · 馆驿》:“十里一长亭,五里一短亭。” ②铅华:搽脸之化妆粉末。 ③睥睨:窥察。北齐颜之推《颜氏家训 · 诫兵》:“睥睨宫闱,幸灾乐祸。” ④香翻:当作“同翻”。见詹安泰《宋词散论》。 ⑤健羡:很羡慕。

应天长

嫩黄上柳[1],新绿涨池,东风艳冶天色。又见乍晴还雨,年华傍寒食。春依旧,身是客。对丽景、易伤岑寂。怅凝望、一带平芜,剪就茵藉[2]。　　前度少年场,醉记旗亭[3],联句遍窗壁。调笑映墙红粉,参差水边宅。芦鞭懒过故陌。恨未老、渐成尘迹。谩无语,立尽斜阳,怀抱谁识。

[注释]

①嫩黄:淡黄色。宋王安石《春风》诗:“日借嫩黄初着柳,雨摧新绿稍为田。” ②茵藉:草垫,供人坐卧用。晋孙绰《游天台赋》:“藉萋萋之纤草,荫落落之长松。” ③旗亭:酒楼。宋范成大《揽辔录》:“过相州市,有秦楼、翠楼、康乐楼、月白风清楼,皆旗亭也。”

荔枝香

胜日登临幽趣,乘兴去。翠壁古木千章,林影生寒雾。空濛冷湿人衣,山路元无雨。深涧、斗泻飞泉溜甘乳[1]。　　渔唱晚,看小棹、归前浦。笑指官桥,风飐酒旗斜举[2]。还脱宫袍,一醉芳杯倒鹦鹉[3]。幸有雕章蜡炬[4]。

[注释]

①斗泻:直泻。 斗:通“陡”。 ②酒旗:酒家所用的招子,即酒帘。唐张籍《江南曲》:“长干午日沽春酒,高高酒旗悬江口。” ③鹦鹉:指鹦鹉杯,即海螺盏。唐骆宾王《荡子从军赋》:“凤凰楼上罢吹箫,鹦鹉杯中休劝酒。” ④雕章:雕刻华美的蜡烛。

荔枝香

小园花梢雨歇,浪羞泫。碧瓦光霁,罗幕香浮,莺啼燕语交加,是处池馆春遍。风外、认得笙歌近远。 醉魂半萦,夜酒吹未散。暗忆年时,正日赴、西池宴。笑携艳质,郢曲新声妙如剪[1]。有愁容易排遣。

[注释]

①郢曲:楚国歌曲。 郢:楚国国都。

还京乐

岁华惯,每到和风丽日欢再理。为妙歌新调,粲然一曲,千金轻费[1]。记夜阑沉醉,更衣换酒珠玑委。帐画烛摇影,易积银盘红泪。 向笙歌底。问何人、能道平生,聚合欢娱,离别兴味。谁怜露浥烟笼,尽栽培、艳桃秾李。谩萦牵,空坐隔千山,情遥万水。纵有丹青笔[2],应难摹画憔悴。

[注释]

①千金轻费:指不惜贵重代价。 ②丹青:丹砂和青雘,指绘画用的颜料,比喻鲜明显著。

扫花游

野亭话别，恨露草芊绵，晓风酸楚[1]。怨丝恨缕。正杨花碎玉，满城雪舞。耿耿无言，暗洒阑干泪雨。片帆去，纵百种避愁，愁早知处。　离思都几许。但渐惯征尘，斗迷归路[2]。乱山似俎。更重江浪淼，易沉书素。瞪目销魂，自觉孤吟调苦。小留伫，隔前村、数声箫鼓。

[注释]

①晓风酸楚：指冷风刺目，令人垂泪生悲。　②斗迷归路：顿然不知归路。　斗：通“陡”。

解连环

素封谁托。空寒潮浪叠，乱山云邈。对倦景，无语消魂，但香断露晞[1]，絮飞风薄。杜宇声中，动多少、客情离索。远阑干伫立，暗记那回，赏遍花药。　依依岁华自若。更低烟暮草，残照孤角[2]。□叹息、故里春光[3]，有幽圃名园，算也闲却。早早归休，渐过了芳条华萼。趁良时，按歌唤舞，旧家院落。

[注释]

①露晞：露干。　②孤角：指凄凉的军号声。　③《全宋词》注：原无空格。校语云，上脱一字。

玲珑四犯

倾国名姝[1]，似晕雪匀酥，无限娇艳。素质闲姿，天赋淡蛾丰脸。还是睡起慵妆，顾鬓影、翠云零乱。怅平生、把鉴惊换。依约琐窗逢见。　绣帏凝想鸳鸯荐[②]。画屏烘、兽烟葱茜[③]。依红傍粉怜香玉,聊慰风流眼。空叹倦客断肠,奈听彻、残更急点。仗梦魂一到,花月底、休飘散。

[注释]

①倾国名姝:指绝色的女子。　②荐:垫席。　③兽烟:兽形香炉冒出的香烟。　葱茜:青绿色,这里指烟色。

丹凤吟

宛转回肠离绪,懒倚危栏[①],愁登高阁。相思何处,人在绣帏罗幕。芳年艳齿,枉消虚过,会合丝轻,因缘蝉薄。暗想飞云骤雨,雾隔烟遮,相去还是天角。　怅望不将梦到,素书谩说波浪恶。纵有青青髮,渐吴霜妆点[②],容易凋铄。欢期何晚,忽忽坐惊摇落。顾影无言,清泪湿、但丝丝盈握。染斑客袖,归日须问著。

[注释]

①危栏:高楼上的栏槛。　②霜:指白髮。

满江红

为忆仙姿,相思恨、缠绵未足。从别后、沈郎消瘦[①],带围如束。消息三年沉过处,关山千里无飞肉[②]。算谁知、中有不平心,弹棋局[③]。　空想像,金钗卜。时展玩,回纹曲。许何时重到,琐窗华屋。长得一生花里活,软红深处鸳鸯宿。也胜如、骑马著征衫,京尘扑。

[注释]

①沈郎:指词中男子。梁沈约以多病而腰围减损,后世因而以沈腰表示身体消瘦,事见《梁书·沈约传》。 ②飞肉:指禽鸟。汉扬雄《太玄经》:"明珠弹于飞肉,其得不复。" ③弹棋局:指弈棋的事。弹棋是汉魏时博戏,两人对局,白黑棋原各六枚,至魏改用十六棋,唐又增为二十四棋。参看唐柳宗元《序棋》等。

瑞鹤仙

看青山绕郭。更暮草萋萋,疏烟漠漠。无风自花落。欲黄昏,谁向官楼吹角[①]。刚肠顿弱。恨别来、辜负厚约。想香闺念旧,还忆去年,共举杯酌。　　寂寞。光阴虚度,未说离愁,泪痕先阁。珠帘翠幕。除相见,是奇药。况中年已后,凭高临远,情怀终是易恶。早归休,月地云阶[②],剩追笑乐。

[注释]

①角:古乐器名。出于我国西北地区游牧民族,多用作军号。 ②月地云阶:约略指美好的自然环境。

西平乐

倦踏征尘,厌驱匹马,凝望故国犹赊[①]。孤馆今宵,乱山何许,平林漠漠烟遮。怅过眼光阴似瞬,回首欢娱异昔,流年迅景,霜风败苇惊沙。无奈轻离易别,千里意,制泪独长嗟[②]。　　绮窗人远,青门信杳[③],叙影何时,重见云斜。空怨忆、吹箫韵曲,旋锦回文[④],想象宫商蠹损[⑤],机杼生尘,谁为新装晕素华。那信自怜,悠飏梦蝶,浮没书鳞,纵有心情,尽为相思,争如傍早归家。

[注释]

①赊:遥远。 ②制泪:止泪,忍住流泪。 ③青门:泛指京城城门。汉长安东南门本名宿城门,因门为青色,故俗称青门。 ④回文:指字字回旋往返都能成义可诵的文体,传以南朝宋苏伯玉妻《盘中诗》为最古。 ⑤蠹损:蠹虫啮蚀而致残损。

浪淘沙

素秋霁,云横旷野,浪拍孤堞[1]。柔橹悲声顿发,骊歌恨曲未阕。念一寸回肠千缕结。柳条在、忍使攀折。但怅惘章台路多少,相思拚愁绝。 凄切。去程浩渺空阔。奈断梗孤蓬,西风外、蔌蔌残吹咽。应暗为行人,伤念离别。泪波易竭。凝怨怀、羞睹当时明月。烟浪无穷青山叠,鱼封远、雁书渐歇[2]。甚时合、金钗分处缺。谩飘荡、海角天涯,再见日,应怜两鬓玲珑雪。

[注释]

①孤堞:残破零落的城墙。 ②鱼封:指书信。汉蔡邕《饮马长城窟行》:"客从远方来,遗我双鲤鱼。呼儿烹鲤鱼,中有尺素书。" 雁书:指书信。梁王僧孺《捣衣》:"尺素在鱼肠,寸心凭雁足。"

忆旧游

念花边玉漏[1],帐里鸾笙,曾款良宵。镂鸭吹香雾,更轻风动竹,韵响潇潇。画檐皓月初挂,帘幕縠纹摇。记罢曲更衣,挑灯细语,酒晕全消。 迢迢。旧时路,纵下马铜驼[2],谁听扬镳[3]。奈可怜庭院,又徘徊虚过,清梦难招。断魂暗想幽会,回首渺星桥[4]。试仿佛仙源[5],重寻当日千树桃。

[注释]

①玉漏：玉制的计时器具。唐苏味道《正月十五日》诗："金吾不禁夜，玉漏莫相催。" ②铜驼：铜铸的骆驼。晋陆机《洛阳记》："汉铸铜驼两枚，在宫之南四会道，夹路相对。" ③镳：马嚼子。 ④星桥：银河之桥，即神话中的鹊桥。唐李商隐《七夕》："鸾扇斜分凤幄开，星桥横过鹊飞回。" ⑤仙源：神仙居住之地。唐王维《桃源行》诗："春来遍是桃花水，不辨仙源何处寻。"

蓦山溪

园林晴昼，花上黄蜂尾[①]。莺语怯游人，又还傍、绿杨深避。曲池斜径，草色碧于蓝，栏倦倚，帘半起，魂断斜阳里。　　江南春尽，渺渺平桥水。身在一天涯，问此恨、何时是已。飞帆轻桨，催送莫愁来，歌舞地，尊酒底，不羡东邻美[②]。

[注释]

①黄蜂：《全宋词》作黄峰，于意不合，据《宋六十家词》改。②东邻：指东边的美女，即"东家之子"。见宋玉《登徒子好色赋》。

少年游

丹青闲展小屏山，香烬一丝寒。织锦回纹，生绡红泪[①]，不语自羞看。　　相思念远关河隔，终日望征鞍。不识单栖，忍教良夜，魂梦觅长安。

[注释]

①生绡红泪：传说南海海底鲛人能织绡，其眼可泣珠。唐唐彦谦《无题》诗："云色鲛绡拭泪颜，一帘春雨杏花寒。"

少年游

东风无力飏轻丝,芳草雨馀姿。浅绿还池[1],轻黄归柳[2],老去愿春迟。　　栏干凭暖慵回首,闲把小花枝。怯酒情怀,恼人天气,消瘦有谁知。

[注释]

①浅绿还池:指池水又变成浅绿色。　②轻黄归柳:指柳叶又回到嫩黄色。

秋蕊香

一枕盘莺锦暖[1],初起懒匀妆面。绿云袅娜映娇眼[2],酒入桃腮晕浅。　　翠帘半卷香萦线,碍飞燕。画屏浅立意闲远,春锁深沉小院。

[注释]

①盘莺:盘旋回转飞翔的莺,此指锦被图案。　②绿云袅娜:绿云轻盈起伏地飘动,此指女子头髮。

渔家傲

烛彩花光明似昼,罗帏夜出倾城秀。红锦纹茵双凤斗[1]。看舞后,腰肢宛胜章台柳。　　眼尾春娇波态溜,金樽笑捧纤纤袖。一阵粉香吹散酒。更漏久,消魂独自归时候。

[注释]

①红锦纹茵:指锦制之垫褥。

渔家傲

冷叶啼螿声恻恻，银床晓起清霜积。魂断江南烟水国[①]。书难得，相思此意无人识。　　绿鬓金钗年少客，愁来懒傍菱花仄[②]。雾阁云窗闲枕席。情何适，杯盈珠泪还偷滴。

［注释］

①江南：泛指长江以南的地区。　烟水国：指江湖烟波。宋张耒《次韵张公远》诗："肠断吴王烟水国，扁舟何日逐鸱夷。"　②菱花仄：菱花镜的旁边。古铜镜形状为六角的或镜背刻有菱花的，叫菱花镜。后诗文常称镜为菱花。

南乡子

西北有高楼，淡霭残烟渐渐收。几阵凉风生客袖，飕飕。心逐年华衮衮流[①]。　　花卉满前头，老懒心情万事休。独倚栏干无一语，回眸。鼓角声中唤起愁[②]。

［注释］

①衮衮：谓相继不绝。唐杜甫《醉时歌》："诸公衮衮登台省，广文先生官独冷。"　②鼓角：战鼓和号角，军中用以传号令和壮军势。或指乐鼓和乐器。唐杜甫《阁夜》诗："五更鼓角声悲壮，三峡星河影动摇。"

望江南

春色暮，短艇舣长堤[①]。飞絮空随花上下，啼莺占断水东西。来往燕争泥。　　桑柘绿，归去觅前蹊。夜瓮酒香从蚁閗[②]，晓窗眠足任鸡啼。犹胜旅情凄。

[注释]

①艇:轻便小船。唐温庭筠《西洲词》:"艇子摇两桨,催过石头城。" 舣:靠拢,停泊。晋左思《蜀都赋》:"试水客,舣轻舟。" ②蚁:酒滓。酒上浮起的绿色泡沫称绿蚁,故酒又称绿蚁。 蚁鬥:酒沫浮动貌。

浣沙溪

杨柳依依窣地垂[1],麹尘波影渐平池[2]。霏微细雨出鱼儿。 先自别来容易瘦,那堪春去不胜悲。腰肢宽尽缕金衣。

[注释]

①窣地:垂地。 ②麹尘:指淡黄色。麹为酒母,其上生菌如尘,色淡黄。唐白居易《山石榴寄元九》诗:"千芳万叶一时新,嫩紫殷红鲜麹尘。"

浣沙溪

无数流莺远近飞[1],垂杨袅袅弄晴晖。断肠声里送春归。 鬓影空思香雾湿,袜尘还想步波微。去年花下酒阑时[2]。

[注释]

①流莺:指莺鸟。莺鸟鸣声圆转,故称流莺。 ②阑:残尽。汉蔡琰《胡笳十八拍》:"山高地阔兮见汝无期,更深夜阑兮梦汝来斯。"

浣沙溪

清泪斑斑著意垂,消魂迢递一天涯。谁能万里布长梯[1]。 先自楼台飞粉絮,可堪帘幕卷金泥[2]。相思心上乳莺啼。

[注释]

①长梯：指连接远程的登高用具。　②金泥：指用以饰物的金粉。

迎春乐

参差风铎鸣高屋[①]，渐惊觉、清眠熟。看夕阳倒影花阴速，双燕子、归来宿。　　几曲危肠愁易束[②]。问雪鬓、何时重绿。料想此情同，应暗损、香肌玉。

[注释]

①风铎：凤凰形状的风铃。后周王仁裕《开元天宝遗事》："……岐王宫中，于竹林内悬碎玉片子……号为占风铎。"　②危肠：约略指忧惧的心思。

迎春乐

红深绿暗春无迹，芳心荡、冶游客。记摇鞭跋马铜驼陌[①]，凝睇认、珠帘侧。　　絮满愁城风卷白，递多少、相思消息。何处约欢期，芳草外、高楼北。

[注释]

①跋马：勒马回转。

点绛唇

池馆春深，海棠枝上斑斑雨。酒旗斜举，风滚杨花絮。　　游子征衫，凭暖阑干处。空凝伫。杜鹃啼苦，还报南楼鼓[①]。

[注释]

①南楼:古楼台,也叫玩月楼。在湖北鄂城南部。《世说新语·容止》:“庾太尉(亮)在武昌,秋夜气佳景清,与属吏殷浩、王胡之之徒登南楼。”

一落索

月影娟娟明秀,帘波吹皱。徘徊空度可怜宵,谩问道、因谁瘦。　　不见芳音长久,鳞鸿空有[1]。渭城西路恨依然[2],尚梦想、青青柳。

[注释]

①鳞鸿:指鱼和雁,代称书信。传说鱼雁能够传书。宋黎铉《王十七自京垂访作此送之》诗:“只就鳞鸿求远信,敢言车马访贫家。” ②渭城:地名,秦咸阳,汉称新城,又称渭城,故址在今陕西长安县西。唐王维《送元二使安西》诗:“渭城朝雨浥轻尘。”

一落索

心抵江莲长苦,凌波人去。厌厌消瘦不胜衣,恨清泪、多于雨。　　旧曲慵歌琼树[1],谁传香素。碧溪流水过楼前,问红叶、来何处。

[注释]

①琼树:比喻美好的人品。唐李白《三山望金陵寄殷淑》诗:“耿耿忆琼树,天涯寄一颜。”

垂丝钓

锦鳞绣羽[1],难传愁态颦妩。岸草际天,云影垂絮。人何许,谩并栏倚柱。　　烟光暮,怅榆钱满路[2]。送春殢酒，欢期幽会希遇。彩箫凤侣，回首分携处。双脸吹愁雨，无限语，再见时记否。

[注释]

①锦鳞绣羽：指鲜艳华丽的鱼和鸟。暗指传递书信的鱼鸟。②榆钱：指榆树的果实。榆树未生叶而先生荚，榆荚形状似钱而小，联缀成串，故称榆钱。

满庭芳

山色澄秋，水光融日，浮萍飘碎还圆。数行征雁，分破白鸥烟。高下回塘暗谷，写幽思、终日溅溅。闲凝望，残霞暝霭，何处一渔船。　　江南，思旧隐，筠轩野径①，茅舍疏椽。惯携壶花下，攲帽风前。想象渊明旧节，琴中趣、何必疏弦。归欤计，不将五斗②，输与北窗眠。

[注释]

①筠轩：竹檐。　②五斗：指五斗米，古代低级官吏的微薄薪俸。晋陶渊明为彭泽令，吏白应束带见郡遣督邮，潜叹曰："吾不能为五斗米折腰，拳拳事乡里小人。"后解印去县。宋范成大《初入湖湘怀南州诸官》诗："怀哉千金躯，博此五斗米。"

隔浦莲

垂杨烟湿嫩葆①，别屿环清窈。绀影浮新涨，夷犹终日鱼鸟，花妥庭下草。鸣蝉闹，暗绿藏台沼。　　野轩小，攲眠断梦，闲书风叶颠倒。诗怀酒思，悔费十年昏晓。投老红尘倦再到。愁觉，悠然心寄天表②。

[注释]

①嫩葆:初生草丛。 ②天表:天外。汉班固《西都赋》:"排飞闼而上出,若游目于天表。"

法曲献仙音

庭叶飘寒,砌蛩催织,夜色迢迢难度。细剔灯花,再添香兽,凄凉洞房朱户。见凤枕、羞孤另[①],相思洒红雨[②]。

有谁语。道年来,为郎憔悴。音问隔、回首后期尚阻。寂寞两愁山,锁闲情、无限颦妩。嫩雪消肌,试罗衣、宽尽腰素[③]。问何时梦里,趁得好风飞去。

[注释]

①孤另:孤零。另,通"零"。 ②红雨:红泪,血泪。 ③腰素:白色生绢制成的腰带。

过秦楼

柳拂鹅黄[①],草揉螺黛[②],院落雨痕才断。蜂鬚雾湿,燕嘴泥融,陌上细风频扇。多少艳景关心,长苦春光,疾如飞箭。对东风忍负,西园清赏,翠深香远。 空暗忆、醉走铜驼,闲敲金镫,倦迹素衣尘染。因花瘦觉,为酒情钟,绿鬓几番催变。何况逢迎向人,眉黛供愁,娇波回倩。料相思此际,浓似飞红万点[③]。

[注释]

①柳拂鹅黄:幼鹅毛色黄嫩,故以喻娇嫩淡黄之柳。 ②螺黛:螺子黛的简称,又号为蛾绿螺子黛。画眉的墨,出波斯国。宋欧阳修《阮郎归》词:"浅螺黛,淡燕脂,闲妆取次宜。" ③浓似飞红万点:或作"浓于空里,

乱红千点”。

［集评］

潘游龙云:“‘蜂鬟雾湿,燕嘴泥融’,语极藻艳。”(《古今诗馀醉》)

侧 犯

四山翠合,一溪碧绕秋容靓。波定,见鹭立鱼跳动平镜。修林散步屧[①],古木通幽径。风静,烟雾直、池塘倒晴影。　　流年旧事,老矣尘心莹。还暗省,点吴霜、憔悴愧潘令[②]。梦忆江南,小园路迥。愁听,叶落辘轳金井。

［注释］

①步屧:散步。　屧:木板拖鞋。唐杜甫《遭田父泥饮美严中丞》诗:“步屧随春风,村村自花柳。”　②潘令:指晋潘岳。岳曾任河阳令。

塞翁吟

暮色催更鼓,庭户月影胧瞻。记旧迹、玉楼东。看枕上芙蓉。云屏几轴江南画,香篆烬暖烟空[①]。睡起处,绣衾重。尚残酒潮红[②]。　　忡忡。从分散,歌稀宴小,怀丽质,浑如梦中。苦寂寞、离情万绪,似秋后、怯雨芭蕉,不展愁封。何时细语,此夕相思,曾对西风。

［注释］

①香篆:香炷,其烟缭绕如篆文,故称。苏轼《上元夜赴儋守召独坐有感》诗:“灯花结尽吾犹梦,香篆消时汝欲为。”　②潮红:面部发红。

苏幕遮

扇留风,冰却暑。夏木阴阴,相对黄鹂语。薄晚轻阴还阁雨。远岸烟深,仿佛菱歌举。　　燕归来,花落去。几度逢迎,几度伤羁旅。油壁西陵人识否[1]。好约追凉,小舣蒹葭浦。

[注释]

①油壁:指油壁车,妇女所乘,因车壁以油涂饰而得名。唐罗隐《江南行》诗:"西陵路边月悄悄,油壁轻车苏小小。"　西陵:地名,在杭州,苏小小葬于此。

浣沙溪

菱藕花开来路香,满船丝竹载西凉[1]。波摇髮彩粉生光。　　翡翠双飞寻密浦,鸳鸯浓睡倚回塘。闲情须与酒商量。

[注释]

①西凉:指传自西凉的乐曲。　西凉:甘肃武威。

浣沙溪

密约深期卒未成,藏钩春酒坐频倾[1]。向人娇艳夜亭亭[2]。　　相顾无言情易觉,归来单枕梦犹惊。眼梢怨泪几时晴。

[注释]

①藏钩:古代的一种游戏。唐李白《宫中行乐词》:"更怜花月夜,宫

女笑藏钩。” ②亭亭:修长秀美。

浣沙溪

面面虚堂水照空，天然一朵玉芙蓉。千娇百媚语惺憁。　未散娇云轻亸鬓[1]，欲融轻雪乍凝胸[2]。石榴裙衩为谁红[3]。

[注释]

①亸鬓:下垂的鬓发。 ②凝胸:洁白的胸脯。 ③石榴裙:大红裙。

浣沙溪

刻样衣裳巧刻缯[1]。彩枝环绕万年藤。生香吹透縠蚕冰。　嫩水带山娇不断，湿云堆岭腻无声。香肩婀娜许谁凭[2]。

[注释]

①缯:丝织物的总称，古谓之帛，汉谓之缯。 ②婀娜:柔美貌。魏曹植《洛城赋》:“华容婀娜，令我忘餐。”

[集评]

卓人月云:“清可沁脾，绮能消骨。”(《古今词统》卷四)

点绛唇

闲荡兰舟，翠娥仙袂风中举[1]。鸳鸯深浦，绿暗曾来路。　留恋荷香，薄晚慵归去。还相顾，练波澄素[2]，月上潮生处。

[注释]

①袂:古代衣袖称袂。楚屈原《湘夫人》:“捐余袂兮江中,遗余褋兮澧浦。” ②练:白色。齐谢朓《晚登三山还望京邑》诗:“馀霞散成绮,澄江静如练。”

诉衷情

远山重叠乱山盘,江上晚风酸[1]。秋容更兼残日,枫叶照人丹。 书未到,梦犹闲,鬓先斑。凭高无语,征雁知愁[2],声断云间。

[注释]

①风酸:秋风刺眼。唐李贺《金铜仙人辞汉歌》:“魏官牵车指千里,东关酸风射眸子。” ②征雁:远飞的鸿雁。

风流子

河梁携手别[1],临歧语,共约踏青归[2]。自双燕再来,断无音信,海棠开了,还又参差。料此际,笑随花便面,醉骋锦障泥。不忆故园,粉愁香怨,忍教华屋,绿惨红悲。

旧家歌舞地,生疏久,尘暗凤缕罗衣。何限可怜心事,难诉欢期。但两点愁蛾[3],才开重敛,几行清泪,欲制还垂。争表为郎憔悴,相见方知。

[注释]

①河梁:桥梁,指送别之地。旧题汉李陵《与苏武》诗:“携手上河梁,游子暮何之?” ②踏青:春日郊游。古代踏青日期,或正月八日,或二月二日,或三月三日,后世则多在清明。 ③蛾:指眉毛。

华胥引

长亭无数，羁客将归，故园换叶。乳鸭随波，轻蘋满渚时共唼[①]。接眼春色何穷，更橹声伊轧。思忆前欢，未言心已愁怯。　欺鬓吴霜，恨星星、又还盈镊。锦纹鱼素[②]，那堪重翻再阅。粉指香痕依旧，在绣裳鸳箧。多少相思，皱成眉上千叠。

注释

①唼（shà）：鱼鸟吃食声。　②锦纹鱼素：指回文织锦诗和鱼腹送来的相思书信。

宴清都

暮色闻津鼓。烟波碧、数行征雁时度。轻榔聚网[①]，长歌和楫，水村渔户。行人又落天涯，但怅望、高阳伴侣[②]。记旧日、酒卸宫袍，马酬少妾词赋[③]。　如今鬓影萧然，相逢似雪，徒话愁苦。芳尘暗陌，残花遍野，岁华空去。垂杨翠拂门径，尚梦想、当时住处。纵早归、绿渐成阴，青娥在否。

[注释]

①榔：渔人驱鱼的条木。宋柳永《夜半乐》词："残日下，渔人鸣榔归去。"　②高阳：古代城邑名，故地在今河北保定。汉刘邦引兵过高阳，郦食其人谒，自称高阳酒徒，终受重用。　③马酬少妾：鲍生以小妾与外弟韦生换马，事在唐开成初年。见《异闻录》。

四园竹

花骢纵策[①]，制泪掩斜扉。玉炉细袅[②]，鸳被半闲，萧瑟罗帏。银漏声[3],那更杂、疏疏雨里,此时怀抱谁知。恨凄其[4]。西窗自剪寒花,沉吟暗数归期。最爱深情密意,无限当年,往复诗辞。千万纸,甚近日、人来字渐稀。

[**注释**]

①骢:青白杂色的马。　策:马鞭。　②玉炉:指香炉,焚香器。③银漏:漏壶,古计时器。漏壶以铜为之,一般称铜漏。　④凄其:即寒凉,凄怆。其,是词尾。

齐天乐

碧纱窗外黄鹂语[1],声声似愁春晚。岸柳飘绵,庭花堕雪,惟有平芜如剪。重门尚掩。看风动疏帘,浪铺湘簟[2]。暗想前欢,旧游心事寄诗卷。　鳞鸿音信未睹,梦魂寻访后,关山又隔无限。客馆愁思,天涯倦迹,几许良宵展转。闲情意远。记密阁深闺,绣衾罗荐[3]。睡起无人,料应眉黛敛。

[**注释**]

①黄鹂:鸟名,即黄莺。　②湘簟:一种竹席。湘地产竹称斑竹,用斑竹编成的席称湘簟。　③荐:献,进。

木兰花

溶溶水映娟娟秀,浅约宫妆笼翠袖。舞馀杨柳乍萦风,睡起海棠犹带酒。　憔悴萧郎缘底瘦[1]。那日花前相见后。西窗疑是故人来,费得罗笺诗几首[2]。

[注释]

①萧郎：原指梁武帝萧衍，后泛指女子钟情之人。唐崔郊《赠去婢》诗："侯门一入深如海，从此萧郎是路人。" ②笺：小幅而精美的纸张。唐薛涛好制小笺，世称薛涛笺。

霜叶飞

塞云垂地，堤烟重，燕鸿初度江表[1]。露荷风柳向人疏，台榭还清悄。恨脉脉、离情怨晓。相思魂梦银屏小。奈倦客征衣，自遍拂尘埃，玉镜羞照。　　无限静陌幽坊，追欢寻赏，未落人后先到。少年心事转头空，况老来怀抱。尽绿叶红英过了[2]，离声慵整当时调。问丽质，从憔悴，消减腰围，似郎多少。

[注释]

①江表：长江之外，指长江以南地区。　②红英：红花。

蕙兰芳

庭院雨晴，倚斜照、睡馀双鹜。正学染修蛾，官柳细匀黛绿[1]。绣帘半卷，透笑语、琐窗华屋。带脆声咽韵，远近时闻丝竹。　　乍著单衣，才拈圆扇，气候暄燠[2]。趁骄马香车，同按绣坊画曲。人生如寄，浪勤耳目。归醉乡，犹胜旅情愁独。

[注释]

①官柳：原指官府种植的柳树，后也泛指道旁的柳树。唐杜甫《西郊》诗："市桥官柳细，江路野梅香。" ②暄燠：温暖。

塞垣春

四远天垂野，向晚景，雕鞍卸。吴蓝滴草[①]，塞绵藏柳[②]，风物堪画。对雨收雾霁初情也，正陌上、烟光洒。听黄鹂、啼红树，短长音□如写[③]。　怀抱几多愁，年时趁、欢会幽雅。尽日足相思，奈春昼难夜。念征尘、满堆襟袖，那堪更、独游花阴下。一别鬓毛减，镜中霜满把。

［注释］

①吴蓝滴草：指吴地蓝草，不可作染料。　②塞绵藏柳：指塞地柳树已经飞花。　③□：原校，脱一字，据补空格。　注者按：一本作“短长音调”，可从。

丁香结

烟湿高花，雨藏低叶，为谁翠消红陨[①]。叹水流波迅。抚艳景、尚有轻阴馀润。乳莺啼处路，思归意、泪眼暗忍。青青榆荚满地，纵买闲愁难尽。　勾引。正记著年时，乍怯春寒阵阵。小阁幽窗，残妆剩粉，黛眉曾晕[②]。迢递魂梦万里，恨断柔肠寸。知何时重见，空为相思瘦损。

［注释］

①翠消红陨：指女子红颜衰落，翠眉失色。　②黛眉：黛画之眉，指女子美眉。　黛：青黑色的颜料。

氐州第一

朝日融怡，天气艳冶，桃英杏萼犹小。燕垒初营[①]，蜂衙乍散[②]，池面烟光缥缈。芳草如薰，更潋滟、波光相照。

锦绣萦回，丹青映发，未容春老。　　倦客自嗟清兴少。念归计、梦魂飞绕。浪阔鱼沉，云高雁阻，瞪目添愁抱。忆香闺、临丽景，无人伴、轻颦浅笑。想像消魂，怨东风、孤衾独晓。

[注释]

①燕垒：燕子所筑的巢。　②蜂衙：众蜂簇拥蜂王，如朝拜屏卫，故称蜂衙。

解蹀躞

院宇无人晴昼，静看帘波舞。自怜春晚，漂流尚羁旅。那况泪湿征衣，恨添客鬓，终日子规声苦[①]。　　动离绪。谩徘徊愁步[②]，何时再相遇。旧欢如昨，匆匆楚台雨[③]。别后南北天涯，梦魂犹记关山，屡随书去。

[注释]

①子规：鸟名，即杜鹃。　②谩：注者按：谩字上下脱一字。　③楚台雨：指男女幽会之事。

少年游

人如秾李[①]，香濛翠缕，芳酒嫩于橙。宝烛烘香，珠帘闲夜，银字理鸾笙[②]。　　归时醉面春风醒，花雾隔疏更。低辗雕轮，轻栊骄马[③]，相伴月中行。

[注释]

①秾李：指鲜艳的李花，比喻女子之美，古代桃李并称。　②银字：笙之别名。　唐氏按："字"原作"宇"，从朱居易校《和清真词》。　③栊：通

"拢",持控。

庆春宫

宿霭笼晴[1],层云遮日,送春望断愁城。篱落堆花,帘栊飞絮,更堪远近莺声。岁华流转,似行蚁、盘旋万星[2]。人生如寄,利锁名缰,何用萦萦。　　骎骎皓髪相迎。斜照难留,朝雾多零。宜趁良辰,何妨高会,为酬月皎风清。舞台歌榭,遇得旅、欢期易成。莫辞杯酒,天赋吾曹,特地钟情。

[注释]

①宿霭:夜间积存的云雾。　②行蚁:爬行的蚂蚁。古人借蚁行磨上指人生沉迷劳碌。宋黄庭坚《僧景宣相访寄法王航禅师》诗:"一丝不挂鱼脱渊,万古同为蚁旋磨。"

醉桃源

良宵相对一灯青[1],相思写研绫[2]。去时情泪滴红冰,西风吹涕零。　　愁宛转,意飞腾,晴窗穿纸蝇。梦知关塞不堪行,忆君犹问程。

[注释]

①灯青:指青灯之光。油灯其光青荧,故称青灯。　②研绫:用石碾压而光鲜之绫。宋周邦彦《虞美人》:"研绫小字夜来封,斜倚曲阑,凝睇数归鸿。"

醉桃源

鸳鸯浓睡碧溪沙,荷花深处家。快风收电掣金蛇[1],

凉波流素华[②]。　吴国艳，楚宫娃[③]，红潮连翠霞。坐来忽忽烛光斜，城头闻乱鸦[④]。

[注释]

①金蛇：喻闪电之光。　②素华：月色。　③艳、娃：美女。　④乱鸦：群鸦杂鸣之声。

点绛唇

绿叶阴阴，满城风雨催梅润[①]。画楼人近。朝雾来芳信[②]。　从解雕鞍，休数花吹阵。无多闷，燕催莺趁，付与春归恨。

[注释]

①催梅：江南梅子黄熟时，常遇阴雨湿润天气，故称风雨催梅。②芳信：春天的讯息。

夜游宫

一带垂杨蘸水，映芳草、萋萋千里。跋马回堤少年子[①]，拥青蛾[②]，向红楼，南酒市。　拚饮莺花底，恣欢笑、粉融香坠。不趁临分醉中起，但依稀，写柔情，留蜀纸[③]。

[注释]

①跋马：回转马头。　②青蛾：美女。　③蜀纸：指蜀笺。自唐以来，蜀地所产笺纸负有盛名，统称蜀笺。

夜游宫

城上昏烟四敛，画楼外、陡听更点[①]。千里相思梦中见。恨年华，逐东流，随急箭。　帘影参差转[②]，夜初过、水沉烟乱。剩枕馀衾故人远。忆闲窗，亸云鬓[③]，低粉面。

[注释]

①陡：突然，顿时。宋汪莘《忆秦娥》："村南北，夜来陡觉霜风急。"　②参差：不齐貌。　③亸：下垂。　鬓：疑当作"鬟"。

诉衷情

一钩新月淡于霜，杨柳渐分行。征尘厌堆襟袂，鸡唱促晨装。　淮水阔，楚山长[①]，暗悲伤。重阳天气，杯酒黄花[②]，还寄他乡。

[注释]

①淮水阔，楚山长：指征途遥远。　淮水：古四渎之一，今称淮河。楚山：楚国河山。　②杯酒黄花：黄花，即菊花。旧俗于重阳日佩茱萸，食饵，饮菊花酒。

伤情怨

闲愁眉上翠小，尽春衫宽了。舞鉴孤鸾，严妆羞独照。　王孙音信尚渺。度寒食、禁烟须到。趁赏芳菲，今年春事早。

红林檎近

花幕高烧烛，兽炉深炷香。寒色上楼阁，春威遍池塘[①]。多情天孙罢织，故与玉女穿窗。素脸浅约宫装，风韵胜笙簧。　　游冶寻旧侣，尊酒老吾乡。清歌度曲，何妨尘落雕梁。任瑶阶平尺，珠帘人报，剩拚酩酊飞羽觞[②]。

［注释］

①春威：春寒。　②羽觞：酒器。作雀鸟状，左右形为两翼。楚宋玉《招魂》："瑶浆密勺，实羽觞些。"

红林檎近

晓起山光惨，晚来花意寒。映月衣纤缟，因风佩琅玕[①]。三弄江梅听彻[②]，几点岸柳飘残。宛然舞曲初翻，帘影卷波澜。　　把酒同唤醒，促膝小留欢。清狂痛饮，能消多少杯盘。况人生如寄，相逢半老，岁华休作容易看。

［注释］

①琅玕：美玉。此指佩玉叮当声。　②三弄江梅：乐曲一曲称一弄，琴曲有《梅花三弄》。

满路花

帘筛月影金[①]，风卷杨花雪[②]。天边鸿雁少，音尘绝。春光欲暮，客心归心折。江湖波浪阔。目断家山，料应易过佳节。　　柔情千点，杜宇枝头血。危肠馀寸许，谁能接。眠思梦忆，不似今番切，欲对何人说。揽镜沉吟，瘦来须有差别。

[注释]

①金:指金黄色。 ②雪:指雪白色。唐白居易《别行简》诗:"漠漠病眼花,星星愁鬓雪。"

解语花

长空淡碧,素魄凝辉①,星斗寒相射。凤楼鸳瓦②。天风动,冉冉珮环高下。歌清韵雅。对好景、芳樽满把。花雾浓,灯火荧煌,笑语烘兰麝③。 千斛明珠照夜。况人如图画,明艳容冶。绣巾香帕。归来路,缓逐杏鞯骄马④。笙歌散也。愁万炬、绛莲分谢。更漏残,惊听西楼,吹小梅初罢⑤。

[注释]

①素魄:月的别称。 ②鸳瓦:即鸳鸯瓦,互相成对的瓦。 ③兰麝:兰与麝香。宋鲍照《中兴歌》:"彩墀散兰麝,风起自生芳。" ④杏鞯:杏黄色的鞍鞯。 ⑤小梅:指乐曲。笛曲中有《梅花落》。

六么令

照人明艳,肌雪消繁燠①。娇云慢垂柔领,绀髪浓于沐②。微晕红潮一线,拂拂桃腮熟。群芳难逐。天香国艳,试比春兰共秋菊。 当时相见恨晚,彼此萦心目。别后空忆仙姿,路隔吹箫玉。何处栏干十二,缥缈阳台曲③。佳期重卜。都将离恨,拚与尊前细留嘱。

[注释]

①燠:热。 ②绀髪:指毛髮颜色,束毛髮为绀琉璃色,故称绀髪。 ③阳台:传说中台名,亦指男女合欢之所。

倒犯

尽日、任梧桐自飞，翠阶慵扫。闲云散缟[①]，秋容莹、暮天清窈。斜阳到地，楼阁参差帘栊悄。嫩袖舞凉飔，拂拂生林表。荡尘襟，写名醥[②]。　携手故园，胜事寻踪，松篁幽径窎[③]。曲沼瞰静绿，荫檐影、龟鱼小。信倦迹、归来好。倩叮咛、长安游子道。任鬓发霜侵，莫待菱花照。醉乡深处老。

[注释]

①缟(gǎo)：细白的生绢。　②写：宣泄。　醥(piǎo)：清酒。晋左思《蜀都赋》："觞以清醥，鲜以紫鳞。"　③窎(diào)：深邃。

大酺

正夕阳闲，秋光淡，鸳瓦参差华屋。高低帘幕迥，但风摇环珮，细声频触。瘦怯单衣，凉生两袖，零乱庭梧窗竹。相思谁能会，是归程客梦，路谙心熟。况时节黄昏，闲门人静，凭栏身独。　欢情何太速。岁华似、飞马驰轻毂[①]。谩自叹、河阳青鬓，苒苒如霜，把菱花、怅然凝目。老去疏狂减，思堕策、小坊幽曲[②]。趁游乐、繁华国。回首无绪，清泪纷于红菽，话愁更堪剪烛。

[注释]

①毂：车轮。《汉书·食货志》："转毂百数。"　②堕策：下马。　策：马鞭。

玉烛新

海 棠

海棠初雨后。似露粉妆成，肉红团就。太真帐里，春眠醒、缓蹙楼前宫漏。潮生酒晕，独自倚、阑干时候。吹鬓影、斜立东风，馀寒半侵罗袖。　骊山宫殿无人[①]，想笑问君王，艳容如否。万花竞鬥。难比并、丽美巧匀丰瘦。闺房挺秀，□一顾、丹铅低首[②]。应对、羯鼓声中[③]，清歌美奏。

[注释]

①骊山宫殿：骊山，在今陕西临潼东南。山西北麓有温泉，建有华清池。　②原校：脱一字。据补一空格。　③应对："对"字上下缺一字。羯鼓：古羯族乐器，形如漆桶，下以小牙床承之，击用二杖，音声急促高烈。羯：为古匈奴族别部。

花 犯

荷 花

渚风低[①]，芙蓉万朵，清妍赋情味。雾绡红缀。看曼立分行[②]，闲淡佳丽。靓姿艳冶相扶倚，高低纷愠喜。正晓色、懒窥妆面，娇眠欹翠被。　秋光为花且徘徊，朱颜迎缟露，还应憔悴。腰肢小，腮痕嫩、更堪飘坠。风流事、旧宫暗锁，谁复见、尘生香步里。谩叹息、玉儿何许[③]，繁华空逝水。

[注释]

①渚：水中小块陆地。　②曼：修长。　③玉儿：指美人。南齐东昏侯潘妃小字玉儿。

丑奴儿

凌波台畔花如剪，几点吴霜，烟淡云黄。东阁何人见晚妆[①]。 江南春近书千里，谁寄清香，别墅横塘。鼓角声中又夕阳。

[注释]

①东阁：东厢房楼。《木兰诗》："开我东阁门，坐我西阁床。"

水龙吟

海　棠

锦城春色移根[①]，丽姿迥压江南地。琼酥拂脸，彩云满袖，群芳羞避。双燕来时，暮寒庭院，雨藏烟闭。正□□未足，宫妆尚怯，还轻洒胭脂泪。 长是欢游花底。怕东风、陡成怨吹。高烧银烛，梁州催按[②]，歌声渐起。绿态多慵，红情不语，动摇人意。算吴宫独步[③]，昭阳第一[④]，可依稀比。

[注释]

①锦城：成都的别称，又称锦官城，以所产锦鲜明得名。 ②梁州：即《梁州令》，古教坊曲名。 ③吴宫：即西施所居之馆娃宫。 ④昭阳：宫殿名，指皇后之宫。汉有昭阳殿，赵飞燕曾居之。汉班固《西都赋》："昭阳转盛，隆乎孝成。"

六　丑

看流莺度柳，似急响、金梭飞掷。护巢占泥，翩翩飞燕翼，昨梦前迹。暗数欢娱处，艳花幽草，纵冶游南国。

芳心荡漾如波泽。系马青门[1],停车紫陌。年华转头堪惜。奈离襟别袂,容易疏隔。　　人间春寂,谩云容暮碧。远水沉双鲤、无信息[2]。天涯渐老羁客。叹良宵漏断,独眠愁极。吴霜皎、半侵华帻。谁复省十载,匀香晕粉,髻倾鬟侧。相思意、不离潮汐。想旧家、接酒巡歌计,今难再得。

[注释]

①青门:汉长安城东南门,后泛指京城城门,本名宿城门,俗因门为青色,呼为青门。　②双鲤:指书信。

虞美人

花台响彻歌声暖,白日林中短。春心摇荡客魂消[1],搓粉揉香排比、一团娇。　　重来犹自寻芳径,吹鬓东风影。步金莲处绿苔封[2],不见彩云双袖、舞惊鸿。

[注释]

①春心:指怀春的心情。　②金莲:指女子的纤足。

虞美人

高楼远阁花飞遍,急雨捎池面。翛翛杨柳不知门[1],多少乱莺啼处、暮烟昏。　　银钩小字题芳絮[2],宛转回文语。可怜单枕梦行云,肠断江南千里、未归人。

[注释]

①翛翛(xiāo):象声词,犹萧萧。　②银钩:指书法笔姿遒劲。

兰陵王

晚烟直，池沼波痕皱碧。年芳为、花态柳情，挼粉揉蓝酿春色。繁华记上国[①]。曾识，倾城幼客。风流是、联句送钩[②]，笺绿绡红递书尺。　行云去无迹。念暖响歌台，香雾瑶席[③]。当时谁信盟言食。知一岁离聚，几多间阻，人生如梦寄堠驿[④]。况分散南北。　悲恻，万愁积。奈鸾凤欢疏，鱼雁音寂。天涯何处相思极。但目断芳草，恨随塞笛。那堪庭院，更听得，夜雨滴。

[注释]

①上国：此指汴京。　②联句：赋诗时人各一句或几句，合而成篇叫联句，最早联句有汉武帝及诸臣合作的柏梁诗。　送钩：送物令人猜之雅戏，曰送钩。　③瑶席：以玉所饰之席，或说以仙草瑶草编成的坐席，皆状华贵之意。屈原《东皇太一》："瑶席兮玉瑱，盍将把兮琼芳。"　④堠(hòu)：标记里程的土堆，五里支堠，十里双堠。　驿：传递官方文书的车马，或指驿站，汉制三十里置驿。

蝶恋花

漏泄东君消息后。短叶长条，著意遮轩牖。嫩比鹅黄初熟酒[①]。染匀巧费春风手。　万缕筛金新月透[②]。入夜柔情，还胜朝来秀。彩笔雕章知几首，可人标韵无新旧。

[注释]

①鹅黄：酒名。唐杜甫《舟前小鹅儿》诗："鹅儿黄似酒，对酒爱新鹅。"　②筛金：指光芒闪耀放射的金黄月色。

蝶恋花

一搦腰肢初见后。恰似娉婷[1],十五藏朱牖。春色恼人浓抵酒,风前脉脉如招手。　　黛染修眉蛾绿透[2]。态婉仪闲,自是闺房秀。堪惜年华同转首,女郎台畔春依旧。

[注释]

①娉婷:姿态美好貌。汉辛延年《羽林郎》诗:"不意金吾子,娉婷过我庐。" ②蛾绿:妇女画眉用的青黑颜料。

蝶恋花

碎玉飞花寒食后。薄影行风,终日穿疏牖。有客思归还把酒,闲吹倦絮轻黏手。　　雪满愁城寒欲透。飘尽残英,翠幄成秾秀[1]。张绪风流今白首[2],少年襟度难如旧。

[注释]

①翠幄:翠羽装饰的篷帐。此指绿树成阴。 ②张绪:人名,南朝齐吴郡人。其人美风姿,清简寡欲。

蝶恋花

翠浪蓝光新雨后[1]。整整斜斜,高下笼窗牖。万斛深倾重碧酒,量愁知落何人手。　　栊雾梳烟晴色透。照影回风,一段嫣然秀。白下门东空引首[2],藏鸦枝叶长怀旧。

[注释]

①翠浪:青绿色的树浪。 ②白下:地名,故城在今江苏南京市北,今亦称南京市为白下。

西　河

钱　塘

都会地,东南王气须记[①]。龙盘凤舞到钱塘[②],瑞烟回起。画图彩笔写西湖[③],波光溶漾无际。　　翠栏最宜半倚,柳阴骏马谁系。鳞差观阁接飞翚,衔庐万垒。倒空碧浸软琉璃,云收天净如水。　　夕阳照晚听近市,沸笙箫、欢动闾里。比屋乐逢尧世,好相将载酒寻歌玄对[④],酬答年华莺花里。

[注释]

①王气:古代指象征帝王运数的祥瑞之气。北周庾信《哀江南赋序》:"将非江表王气,终于三百年乎?" ②钱塘:江名,浙江的下游。 ③西湖:指杭州市西的西湖,又称明圣湖、钱塘湖。湖周三十里,三面环山,为著名游览胜地。 ④玄对:精微玄妙的应对。

三部乐

帘卷窗明,听杜宇乍啼,漏声初绝[①]。乱云收尽,天际□留残月[②]。奈相送、行客将归,怅去程渐促,霁色催发。断魂别浦,自上孤舟如叶。　　悠悠音信易隔。纵怨怀恨语,到见时难说。堪嗟水流急景,霜飞华髮。想家山、路穷望睫。空倚仗、魂亲梦切。不似嫩朵[③],犹能替、离绪千结。

[注释]

①漏声:铜壶滴漏之声。 漏:古计时器。唐杜甫《奉和贾至舍人早朝大明宫》诗:"五夜漏声催晓箭,九重春色醉仙桃。" ②原校:脱一字。③嫩朵:新花。

菩萨蛮

黄鸡晓唱玲珑曲[1],人生两鬓无重绿。官柳系行舟[2],相思独倚楼。 来时花未发,去后纷如雪。春色不堪看,萧萧风雨寒。

[注释]

①黄鸡:雄鸡。 玲珑:玉声,比喻鸡鸣之声。 ②官柳:官道旁之柳树。

品 令

露晞烟静[1],寂寥转、梧桐寒影。天际历历征鸿近。被风吹散,声断无行阵。 秋思客怀多少恨,谩厌厌谁问。晕残兰炧香消印[2]。梦魂长定,愁伴更筹尽[3]。

[注释]

①晞(xī):干燥。 ②炧(xiè):即"灺",灯烛灰烬。唐元稹《通州丁溪馆夜别李景信》诗:"离床别脸睡还开,灯灺暗飘珠蔌蔌。" 唐氏按:"炧"原作"地"。校语云,应"炧"。 ③更筹:古代夜间报更的牌。古代一夜分为五更,每更两小时。梁庾肩吾《奉和春夜应令》诗:"烧香知夜漏,刻烛验更筹。"

玉楼春

华堂银烛堆红泪,解说离人多少意。恨从别后恨无穷，愁到浓时惟一味。　　江南渭北三千里[①]，憔悴相思何日已。马蹄清晓草黏天[②]，庭院黄昏花满地。

[注释]

①渭北：指渭河流域。“渭北春天树，江东日暮云”为杜甫《春日忆李白》句，此亦怀友之作。　②草黏天：指一种仿佛天空草地相连的烟雾迷濛的状态。宋秦观《满庭芳》：“山抹微云，天粘衰草。”

满路花

莺飞翠柳摇，鱼跃浮萍破。班班红杏子，交榴火[①]。池台昼永，缭绕花阴裹。山色遥供座。枕簟清凉，北窗时唤高卧。　　翻思少年，走马铜驼左[②]。归来敲镫月，留关锁。年华老矣，事逐浮云过。今吾非故我。那日尊前，只今问有谁呵。

（以上校汲古阁本《和清真词》九十三首）

[注释]

①榴火：指颜色像石榴花一样火红。　②铜驼：在洛阳皇宫之外，有铜驼街。

[集评]

花庵词客云：“方千里，三衢人，尽是和周美成调。”（《古今词话·词评》上卷）

毛晋云：“美成当徽庙时提举大晟乐府，每制一调，名流辄依律赓唱。独东楚方千里、乐安杨泽民有《和清真全词》各一卷，或合为《三英集》行世。花庵词客止选千里《过秦楼》、《风流子》、《诉衷情》三阕而泽民不载，岂杨劣于方耶。”（《宋六十名家词·和清真词跋》）

沈雄云：“方千里词，见汲古阁新刻六十家。《过秦楼》、《风流子》是和词之出一头地者。”（《古今词话·词评》上卷）

《四库全书总目》云:“此集皆和周邦彦词,邦彦妙解声律,为词家之冠。……故千里和词,字字奉为标准。”(《四库全书总目》卷一百九十八《集部·词曲类一》)

吴　泳

吴泳(1181—?),字叔泳,一作叔永,号鹤林,潼州(今四川三台)人。宁宗嘉定元年(1208)进士。历官军器少监、秘书丞、秘书少监、起居舍人、权吏部侍郎、兼直学士院、权刑部尚书、宝章阁学士、知泉州等。原著《鹤林集》多已散佚,清人据《永乐大典》辑成《鹤林集》四十卷。其词见于《鹤林集》及《永乐大典》,《全宋词》载其多首。为人不忌权贵,敢于直言进谏。曾提出《西陲八议》、《保蜀三策》和《救蜀四策》等,指出战争、酷吏之害更猛于火。词篇较多祝寿、欢宴之作,这类作品格调比较淡泊自得,也有一些伤别感时之作。多有寄寓,立意比较高远,语言比较朴素,风格比较遒劲。

沁园春

生日自述

鶗鴂鸣兮[①],卉木萋止,维暮之春。笑憨翁渐老[②],年加三豆[③],戱郎多事,诗记三星[④]。六十有三,高吟勇退,只有尧夫、范景仁[⑤]。从今去,且亭前放鹤,溪上垂纶。
交亲散落如云,仅留得尊前康健身。有一编书传,一囊诗稿,一枰棋谱,一卷茶经。红杏尚书[⑥],碧桃学士,看了虚名都赚人。成何事,独青山有趣,白髮无情。

[注释]

①鶗鴂:杜鹃鸟,一名鹈鴂。　②憨翁:呆老头,自己谦称。　③三豆:三具高足食器。年六十者享之。见《礼记·乡饮酒》。　④三星:指心宿三星。“绸缪束薪,三星在天。”见《诗经·唐风·绸缪》。亦曰指参宿三星。　⑤尧夫:邵雍,字尧夫。　范景仁:范镇,字景仁。皆名重一代之人物。　⑥红杏尚书:指宋祁。宋祁曾官工部尚书,有“红杏枝头春意闹”

句,因称“红杏尚书”。

摸鱼儿

生日自述

甚一般、化工模子,铸成一个拙底。生来不向春头上,却跨暮春婪尾[①]。蓦省记。早冉冉花阴,澈澈循除水[②]。虽然恁地。但笑咏春风,闲推鸣瑟,别自有真意。

从前看,三十七年都未,醉生声利场里。浮云破处窗涵月,唤得自家醒起。别料理,那玉燕石麟,不当真符瑞[②]。彻头地位,也须是长年,闻些好语,作个标月指[③]。

[注释]

①婪尾:或作“蓝尾”。唐代称宴饮时酒至末座为婪尾酒。芍药殿春,唐末文人谓为婪尾春。白居易《岁日家宴戏示弟侄等……》诗:“岁盏后推蓝尾酒。” ②澈澈(guó):流水声。 除:阶除。 ③标月指:把过生日当作记录日月的指标。

沁园春

生日和蓬莱仙降词

春事阑斑,桐花烂漫,不堪凤栖。叹交枰世道[①],容容是福,危航宦海,了了成痴。邵子豪情[②],乐天狂态[③],六十六年才觉非。溪山畔,要看承风月,舍我其谁。 文章高下随时,料织锦应须用锦机。愧老无健笔,高凌月胁,病无佳句,下解人颐。君昔东坡,我今韩愈[④],造化一炉如小儿。都休管,看龟翻荷露,燕落芹泥。

[注释]

①枰：棋盘。 ②邵子豪情：《全宋词》注，邵尧夫有六十六岁吟。③乐天狂态：白乐天有六十六岁诗。 ④君昔东坡，我今韩愈：东坡即苏轼，北宋作家。韩愈，中唐作家。 作者自注："仙自云：某即坡仙。还以韩愈相戏。"

满江红

洪都生日不张乐[1]，自述

手摘桐花，怅还是、春风婪尾。按锦瑟、一弦一柱，又添一岁。紫马西来疑是梦[2]，朱衣双引浑如醉[3]。较香山、七十欠三年[4]，吾衰矣。 红袖却，青尊止。檀板住，琼杯废。淡香凝一室，自观生意。事业不堪霜满镜，文章底用花如绮。笑江滨、游女尚高歌，滕王记[5]。

[注释]

①洪都：江西南昌。 不张乐：不设歌舞。 ②紫马：贵官车马。杜甫《山寺诗》："使君骑紫马，捧拥从西来。" ③朱衣：红色的官服。 ④作者自注："乐天六十七岁诗云：共把十千沽一斗，相看七十欠三年。" ⑤滕王记：唐李元婴为滕王，官洪州都督时建滕王阁，王勃作有《滕王阁序》，具有盛名。

满江红

寿范潼川[1] 并序

嘉定甲申之秋，七月良夜，梦归家山，过鹤林之下。见老鹤翩跹，从西南来，方瞳而朱顶，玉立而长身，其色内白，其气孔神，殆类有道者。既寤，作而曰："岂絜庵老仙诞日之祥耶？"遂书此梦，演成《满江红》一阕，为斯文寿

梦绕家山，曾访问、鹤林遗迹。见老鹤、翩跹飞下，方

瞳如漆。蕙帐香消形色静,玉笙吹彻丰神逸。梦醒来、忽记鹤归时,翁生日。　　南陌杖[2],东山屐[3]。红楼酒,青霄笛。料中梁何似,涪江今夕。君不见洛阳耆英会,花前雅放诗闲适。独北都、留守未归来[4],七十一。

[注释]

①范潼川:字絜庵,又字潔斋。　②南陌杖:在南面道路上使用的拐杖。借指一种自由自在的生活状态。　③东山:山名,在浙江上虞西南。晋谢安曾隐居于此。　屐:木屐,底有二齿,以行泥地。借一种用具表现一种自由自在的生活状态。　④北都留守:即范潼川,号鹤庵,时任北都留守。

水龙吟

寿李长孺[1]

清江社雨初晴[2],秋香吹彻高堂晓。天然带得,酒星风骨,诗囊才调。沔水春深[3],屏山月淡[4],吟鞭俱到。算一生绕遍,瑶阶玉树,如君样、人间少。　　未放鹤归华表。伴仙翁、依然天杪。知他费几,雁边红粒,马边青草。待得清夷[5],彩衣花绶,哄堂一笑。且和平心事,等闲博个,千秋不老。

[注释]

①李长孺:李曾伯字长儒,官至沿海制置使。　②清江:今江西县名。　③沔水:一名沮水。出陕西勉县,西南入汉水。　④屏山:县名,今属四川。　⑤清夷:太平,清和之世。

[集评]

况周颐云:"'算一生绕遍……人间少',吴叔永《水龙吟·寿李长孺》句,寿词能此等语,视寻常歌诵功德,何止仙尘、糟玉之别。"(《蕙风词话续编》)

鹊桥仙

寿崔菊坡[1]

二童一马，素琴独鹤，长与仙翁为伴。自从分付益州来[2]，便蔚有、隆中人望。　　边烽白羽[3]，军符赤籍[4]，弄得不成模样。愿公福德厚如山，为扶起、坤陲一半[5]。

［注释］

①崔菊坡：即崔与之。增城人。仕至观文殿大学士。　②益州：州名，在今四川境内。　③白羽：箭的别称。　④赤籍：同“尺籍”，兵籍。⑤坤陲：指西南边陲。

清平乐

寿吴毅夫[1]

梅霖未歇[2]，直透菖华节。荔子才丹栀子白，抬贴诞弥嘉月。　　峨冠蝉尾翛翛，整衣鹤骨彯彯[3]。闻道彩云深处，新添弄玉吹箫。

［注释］

①吴毅夫：即吴潜，官至左丞相。　②梅霖：梅雨。江南梅子黄熟时，常阴雨连绵，称梅雨。　③彯彯（piāo）：翻飞貌。

贺新凉

宣城寿季永弟[1]

碧嶂青江路。近重阳、不寒不暖，不风不雨。杜宇花残银杏过，犹有秋英未吐。但日对、南山延伫。碧落仙人骑赤鲤[2]。渺风烟、不上瞿塘去。来伴我、宛陵住[3]。

西风画角高堂暮。炙银灯、疏帘影里，笑呼儿女。爷作嘉兴新太守[④]，囝拜鹗书天府[⑤]。况哥共、白头相聚。天分从来钟至乐，更谁思、野鸭鸳鸯语。提大斗，酌寒露。

[注释]

①季永：吴昌裔，字季永，嘉定进士，作者之弟。　②赤鲤：传说中的仙骑。梁江淹《采石上菖蒲》诗："赤鲤倘可乘，云雾不复还。"　③宛陵：汉县名，隋改名宣城县，即今安徽宣城。　④嘉兴：县名，今属浙江。　⑤囝（nān）：小孩，儿子。　鹗书：举荐之书。

渔家傲

寿季武博

翠隐红藏春尚薄，百花头上梅先觉。清晓寒城闻画角。云一握，鸦翻诏墨天边落[①]。　碧眼棱棱言谔谔，谏书犹自留黄阁[②]。世事翻腾谁认错。休话著，绿尊且举鸬鹚杓[③]。

[注释]

①鸦：借指黑色。　②黄阁：汉丞相听事阁及汉以后三公官署厅门涂黄色，故称黄阁。　③鸬鹚：水鸟名，俗称水老鸦。　鸬鹚杓：刻有鸬鹚形状的酒具。唐李白《襄阳歌》："鸬鹚杓，鹦鹉杯，百年三万六千日，一日须倾三百杯。"

八声甘州

寿魏鹤山[①]

又一番、泸水出牂牁[②]。江声汹鸣鼍。正南人争望，转移虎节，弹压鲸波。未见元戎羽葆，民气已冲和。不待禁中选，李牧廉颇。　　却顾边陲以北，似乘航共济，亡楫中河。纵缆头襦尾，其奈不牢何。□明公、一襟忠愤[3]，想誓江、无日不酣歌。当津者，岂应袖手，长宴江沱。

［注释］

①魏鹤山：即魏了翁。在蜀十七年，累官司至浙东安抚使。　②牂牁(zāng kē)：贵州境内水名。　③□：原无空格，从彊村丛书《鹤林词》。

青玉案

寿季永弟

杏花时候匆匆别，又欲迫、黄花节。过了三年经八月。骊驹声里，青鸿头畔，几见刀头折[1]。　　诸生立尽门前雪，半偈重翻为渠说[2]。且莫从头烹瓠叶。已呼童稚，多藏酒秫，共醉陶彭泽[3]。

［注释］

①刀头：刀头有"环"，环、还同音，因以刀头为"还"的隐语。　②偈：佛经中的颂词。　③彭泽：县名，今属江西。晋陶潜曾为彭泽令。

谒金门

宣城鹿鸣宴[1]

将进酒[2]，吹起黄钟清调[3]。手按玉笙寒尚峭，陇梅春已透[4]。　　蓝染溪光绿皱，花簇马蹄红鬥。尽使宛陵人说道，状元今岁又。

［注释］

①鹿鸣宴：唐地方科举考试后，州县长官举行的中举人共赴的宴会。

因宴时奏《诗经·鹿鸣》之章,故名。宋殿试文武两榜状元之设宴,亦称鹿鸣宴。 ②将进酒:汉乐府铙歌名,内容大多为游乐饮宴。 ③黄钟:古乐十二律之一,声调洪大响亮。 ④陇:通“垄”,丘垄。

谒金门

温州鹿鸣宴

金榜揭,都是鹿鸣仙客。手按玉笙寒尚怯,倚梅歌一阕。 柳拂御街明月,莺扑上林残雪[①]。前岁杏花元一色,马蹄归路滑。

[注释]

①上林:古代苑名,地在陕西。苑中畜禽兽,供皇帝春秋打猎。汉武帝时广三百里,设离宫七十所。

柳梢青

孙园赏牡丹

元九不回[①],胡三不问[②],花说与谁。赖得东皇,调停春住,句管花飞[③]。 庭前密打红围。想孙子、兵来出奇[④]。似恁丰神,谁人刚道,色比明妃[⑤]。

[注释]

①元九:元稹,排行第九。 ②胡三:元之友人,有问牡丹诗。 ③句(gōu)管:管理。 ④孙子:孙武,春秋齐人,作有《孙子兵法》。 ⑤明妃:汉元帝宫人王嫱字昭君,晋人避司马昭(文帝)讳,改称明君,又称明妃。

摸鱼儿

郫县宴同官[1]

倚南墙、几回凝伫，绿筠冉冉如故[2]。帝城景色缘何事，一半花枝风雨。收听取。这气象精神，则要人来做。当留客处，且遇酒高歌，逢场戏剧，莫作皱眉事。　那个是，紫佩飞霞仙侣，骎骎云步如许。清闲笑我如鸥鹭，不肯对松觅句。萍散聚，又明月、还寻锦里烟霞路。浮名自误，待好好归来，携筒载酒，同访子云去[3]。

[注释]

①郫（pí）：四川县名，在成都附近。　②筠：竹的别称。　③子云：扬雄之字。

水龙吟

六月宴双溪

修篁翠葆人家[1]，分明水鉴光中住。就中得要，危亭瞰渌，小桥当路。一榻桃笙[2]，半窗竹简，清凉如许。纵武陵佳丽[3]，若耶深窈[4]，那得似、双溪趣。　一夜檐花落枕，想鱼天、涨痕新露。多君唤我，扫花坐晚，解衣逃暑。脍切银丝，酒招玉友[5]，曲歌金缕。愿张郎[6]，长与莲花相似，朝朝暮暮。

[注释]

①篁：竹林，竹田。　翠葆：绿阴。　②桃笙：用桃枝竹编的竹席。③武陵：古郡名，在今湖南常德。　④若耶：溪名，在若耶山下。相传西施曾浣纱于此，故又名浣纱溪。　⑤玉友：指酒。　⑥张郎：唐武则天幸臣张宗昌貌美似莲花。

鱼游春水

神泉春日赋

东里韶光早，百舌枝头啼碎了[①]。溪梅开尽，池水绿波还皱。种柳先生觉意阑[②]，看花君子非年少[③]。心似淡云，梦随芳草。 满地松花不扫，镇日春愁萦怀抱。谁能击筑长歌[④]，吹笳清啸。寄声玉关行人道，未报君恩难便老。鸡塞雨寒[⑤]，戍楼烟渺。

[注释]

①百舌：鸟名。以其鸣声反复如百鸟之音，故名。 ②种柳先生：晋陶潜宅旁种柳五株，称五柳先生。 ③看花君子：唐进士及第者，习俗在长安城内看花。 ④击筑长歌：筑，古乐器名。荆轲刺秦王之前，高渐离击筑，荆轲和而歌。 ⑤鸡塞：边塞名，在今内蒙古境内。

祝英台

春日感怀

小池塘，闲院落，薄薄见山影[①]。杨柳风来，吹彻醉魂醒。有时低按秦筝，高歌水调，落花外、纷纷人境。

猛深省。但有竹屋三间，莲田二顷。便可休官，日对漏壶永。假饶是、红杏尚书[②]，碧桃学士，买不得、朱颜芳景。

[注释]

①薄薄：濛朦。 ②假饶：即使，假如。

千秋岁

寿友人

松舟桂楫，苕霅溪头别[①]。秋后雨，春前雪。书凭湖雁寄，手把江蓠折。人未老，相看元似来时节。　芳草鸣鶗鴂，野菜飞黄蝶。时易去，愁难说。析波浮玉醴[②]，换火翻银叶[③]。拚醉也，马蹄归踏梨花月。

[注释]

①苕霅：均水名。在浙江境内，入太湖。　②醴：甜酒。　③换火：即改火。寒食后，改用新火以应节气。　银叶：银质杯盏。

上西平

雪　词

似斜斜，才整整，又霏霏。今夜里、窗户先知。嫌春未透，故穿庭树作花飞。起来寻访剡溪人[①]，半压桥低。

兔园册[②]，渔江画，兰房曲，竹丘诗。怎模得、似当时。天寒堕指，问谁能解白登围[③]。也须凭酒遣挐担[④]，击乱鹅池[⑤]。

[注释]

①剡溪：水名，曹娥江的上游，在浙江嵊县南。　②兔园册：童蒙教本。　③白登：山名，在山西大同市东，汉高祖曾被匈奴冒顿围困于此。④挐（ráo）：桨。　担：扁担。　挐担：此指击鹅鸭之器具。　⑤鹅池：唐李愬取蔡州（今河南汝南），令击鹅池以乱军声，遂破之。

沁园春

洪都病中,闻计浣章成父读示刘潜夫往岁辞建宁初命之词而壮之,因和一首寄呈①

夸说洪都,西滕王阁,北豫章台。对雨帘半卷,江横如旧,沟亭敧压,梯上无媒②。但有江山,更无豪杰,拔脚风尘外一杯。题千墨,须杜陵老手,太白天才。　力能笔走风雷,人道是闽乡老万回③。把崇天普地,层胸荡出,横今竖古,信手拈来。使翰墨场,著伏波老④,上马犹堪矍铄哉。今耄矣,独莼鲈在梦,泉石萦怀。

[注释]

①洪都:江西南昌的别称。　刘潜夫:即刘克庄。刘词即《沁园春》(何处相逢)。　②无媒:没有了解与引荐自己的人。　③"人道"句:谓令英雄坐老于闽乡。　万回:言其多。　④伏波老:马援,字伏波。

满江红

和吴毅甫

伶俐聪明,都不似、阿奴碌碌①。渐欲买、青山路隐,白云同宿。半醉尽教乌帻堕,熟眠休管屏风触。算人生、能有几时闲,金乌速。　粗粗饭,天仓粟②。浊浊酒,天家禄。更钓鲜采薇③,有何不足。君不见当年金谷事④,绿珠弄笛椒涂屋⑤。到而今、富贵一场空,终非福。

[注释]

①阿奴:对自己的谦称。　②天仓:皇家粮仓。　③钓鲜:钓鱼。　④金谷:地名,在河南洛阳西北。晋石崇于此筑有金谷园。　⑤绿珠:晋石崇歌伎,善吹笛,石崇败后跳楼自杀。

卜算子

和史子威瑞梅①

漠漠雨其濛，湛湛江之永。冻压溪桥不见花，安得杯中影。　明水未登彝②，饰玉先浮鼎③。寄语清居山上翁，驿使催归近。

[注释]

①史子威：即史秀温，青衣（今四川雅安）人，官至秘书少监。　②明水：古代祭祀时用铜鉴所取的露水。　彝：古代青铜祭器的通称。③饰玉：祭祀时用的玉器。　鼎：古代国之重器。

满江红

仓江分韵送晏钤干词

元帅筹边，谁肯办、向前一著。大丞相、孙儿挺伟，素闲兵略。杨柳依依烟在眼，檀车啴啴春浮脚①。更何妨、二十五长亭，横冰槊②。　登剑栈，怀关洛。机易去，愁难割。岂而今全是，从前都错。鹿走未知真局面，兽穷渐近空篱落。早经营、勋业复归来，江头酌。

[注释]

①檀车：兵车。　啴啴（tān）：众盛貌。　②槊：古代兵器，即长矛。

洞仙歌

惜春和李元膺①

翠柔香嫩，乍春风庭院。换却幽人读书眼。淡鹅黄袅袅，玉破梢头，莺未啭，绿皱池波尚浅。　王孙才别后，长负芳时，碧草萋萋绣裀软。海棠桃花雨，红湿青衫，春心荡，不省花飞减半。待持酒高堂、劝东皇[2]，且爱惜芳菲，留春借暖。

[注释]

①李元膺：东平（今山东）人。北宋末人。有《洞仙歌》探春之词，一时传颂。　②东皇：春神。

上西平

送陈舍人

跨征鞍，横战槊，上襄州[1]。便匹马、蹴踏高秋。芙蓉未折，笛声吹起塞云愁。男儿若欲树功名，须向前头。

凤雏寒[2]，龙骨朽[3]，蛟渚暗[4]，鹿门幽[5]。阅人物、渺渺如沤[6]。棋头已动，也须高著局心筹。莫将一片广长舌[7]，博取封侯。

[注释]

①襄州：州名，春秋时楚地，后为南阳郡地。　②凤雏：幼凤，喻俊杰。　③龙：三国诸葛孔明人称卧龙。　④蛟渚：牛渚。温峤燃犀照见渚中蛟龙头角。见《异苑》。　⑤鹿门：山名，在湖北襄阳境内，唐孟浩然曾隐居于此。　⑥沤：水上气泡。　⑦广长舌：本指佛舌广而长可伸至鬓际。此喻能言善辩。

贺新凉

送游景仁赴夔漕[1]

额扣龙墀苦[2]。对南宫、春风侍女，掉头不顾。烽火连营家万里，漠漠黄沙吹雾。莽关塞、白狼玄兔[3]。如此江山俱破碎，似输棋、局满枰无路。弹血泪，迸如雨。轻帆且问夔州戍。俯江流、桑田屡改，阵图犹故。抱此孤忠长耿耿，痛恨年华不与。但月落、荒洲绝屿。君与鹤山皆人杰[4]，倘功名、到手还须做。平滟滪，洗石鼓。

[注释]

①游景仁：游似，字景仁，南充人。淳祐中任丞相。　夔：夔州。春秋时为夔子国，蜀汉改巴东郡。　②额扣：叩首苦练。扣，通"叩"。　龙墀：朝廷。　③白狼、玄兔：北国关塞名。此指金人所占失地。　④鹤山：魏了翁，字鹤山，曾任兵部侍郎。

青玉案

送张伯修赴宣府[1]

玉骢已向关头路，待携取、功名去。慷慨不歌桃叶渡[2]。囊书犹在，剑花未落，富有经纶处。　从军缅想当年赋，纵局局翻新只如许。但恐归来秋色暮。薰炉茗碗[3]，葵根瓠叶[4]，落莫灯前雨。

[注释]

①宣府：地名。秦鄣郡地，汉改为丹阳郡，又改为宣城郡，隋改为宣州，在今安徽宣城县。　②桃叶渡：渡口名，地在南京秦淮河畔。相传晋王献之曾在此歌送其妾桃叶，因而得名。　③茗碗：盛茶器皿。　④瓠叶：指瓠之叶。蔬菜名。

满江红

送魏鹤山都督

白鹤山人，被推作、诸军都督。对朔雪边云[1]，上马龙光酴郁[2]。戊己营西连太白[3],甲丁旗尾扪箕宿[4]。倚梅花、听得凯歌声,横吹曲。　　船易漏,袽难沃[5]。柯易烂[6],棋难复。阅勋名好样,只推吾蜀。风撼藕塘猩鬼泣,月吞采石鲸鲵戮[7]。管明年、缚取敌人回,持钧轴[8]。

[注释]

①朔雪:北方之雪。　②龙光:宝剑之光。　③戊己:汉有戊己校尉,掌控西域兵事。　太白:星名,即金星,多以此喻兵事。　④甲丁旗:当指战旗。　箕宿:星名,二十八宿之一,东方苍龙七宿之末宿。　⑤袽(rú):败絮,败衣。　沃:美好。　⑥柯:柯柄,斧柄。王质观仙人下棋,不觉柯烂。见《述异志》。　⑦"风撼"二句:藕塘镇,在今安徽定远。刘锜于绍兴十一年(1141)败金兵于此。　采石:在安徽当涂。虞允文绍兴三十一年(1161)大败金主完颜亮于此。刘、虞皆蜀人。猩鬼、鲸鲵,指金兵。⑧钧轴:喻执掌国政(宰相)职位。钧以制陶,轴以转车。

满江红

和吴毅夫送行

倦客无家,且随寓、瞻乌爰止[1]。浪占得、清溪一曲,水鲜山美。菡萏香浮几案上,芙蓉月落吟窗里。纵结庐、虽不是吾庐,聊复尔。　　人似玉,神如水。歌古调,传新意。问老庞何日[2],携家来此。后著岂无棋对待,前锋自有诗当底。若新秋、京口酒船来,仍命寄。

[注释]

①瞻乌:本《诗经·小雅·正月》"瞻乌爰止,于谁之屋"。后以瞻乌比喻乱世流离失所的人民。　②老庞:唐庞蕴,衡阳人,信佛,举家入道。称庞居士。

八声甘州

和季永弟思归

每逢人、都道早归休,何曾猛归来。有邵平瓜圃。渊明菊径,谁肯徘徊。底是无波去处,空弄一竿桅。富贵非吾事,野马浮埃[①]。　况值清和时候,正青梅未熟,煮酒新开[②]。共倒冠落佩[③],宁使别人猜。满朱檐、残花败絮,欲问君、移取石榴栽。青湖上,低低架屋,浅浅衔杯。

(以上《鹤林集》卷四十)

[注释]

①野马:指田野间蒸腾浮游的水气、尘埃。②青梅、煮酒:以青梅入酒中加温,为古代饮酒的一种方法。③倒冠落佩:脱掉官服,放浪形骸,表示归隐之意。

贺新郎

游西湖和李微之校勘[①]

一片湖光净。被游人、撑船刺破,宝菱花镜。和靖不来东坡去,欠了骚人逸韵。但翠葆、玉钗横鬓。碧藕花中人家住,恨幽香、可爱不可近,沙鹭起,晚风进。　功名得手真奇隽[②]。黯离怀、长堤翠柳,系愁难尽。世上浮荣一时好,人品百年论定。且牢守、文章密印[③]。秘馆词人能度曲,更不消、檀板标苏姓[④]。凌浩渺,纳光景。

[注释]

①李微之:即李心传,井研人,官至国史编修官。②奇隽:奇妙。③密印:秘诀。④苏姓:苏东坡。

满江红

再游西湖和李微之

风约湖船，微摆撼、水光山色。纵夹岸、秋芳冷淡，亦随风拆。荷芰尚堪骚客制[①]，兰茗犹许诗人摘[②]。最关情、疏雨画桥西，宜探索。　　蓬岛上[③]，神仙宅。苍玉佩，青城客[④]。把从前文字，委诸河伯[⑤]。涵浸胸中今古藏，编排掌上乾坤策。却仍携、新草阜陵书[⑥]，归山泽。

（以上二首见《永乐大典》卷二千二百六十五“湖”字韵）

[注释]

①芰:菱角,两角者为菱,四角者为芰。　②茗:草名,可以入药。③蓬岛:即蓬莱山,传说为仙人所居之地。　④青城:山名,在四川灌县西南,为道家第五洞天。　⑤河伯:传说之河神。　⑥阜陵:宋孝宗之别称。

洞庭春色

元　夕

金柝声中[①]，铁衣影里，仍旧上元。况银花辮鬓，看承春色，蜡珠照坐，暖热丰年。宝月分明无缺玷，须洗尽黄云别看天。无限意，且平开莲浦，小作桃源。　　灯花夜来有喜，捷书便、驰至军前。向乐棚高处，何妨颂圣[②]，体筵侧傍[③]，仍与中贤。不会山人行乐意，道刚把风花作事权。言不尽，倩梅吹汉曲，莺答虞弦。[④]

[注释]

①金柝(tuò):刁斗,军用铜器。白天煮饭,晚上打更。　②颂圣:谚曰酒清者为圣人,浊者为贤人。　③体筵:当作醴筵,酒筵也。　④注者按:古乐府汉横吹曲有《梅花落》。杨巨源《圣寿无疆辞》云:“莺歌答舜弦。”

洞庭春色

三神泉元夕①

兰切膏凝，柳沟燧落②，光景乍新。正石坛人静，风清绮陌，朱筵灯闹，雨压香尘。不似潘郎花作县，且管勾江山当主人。看承处，有帘犀透月，蜡凤烧云。　裴回五花泉上③，问谁解攻打愁城。算人生行乐，不须富贵，官居游适，必就高明。山寺归来簪花笑，笑老去犹能强作春。无限事，愿长开醉眼，饱看升平。

[注释]

①三神泉元夕：元夕，即上元节之夜，也叫元宵。　唐氏按：原书“三”字大写，疑是“又”字之误，题或应作“神泉元夕”。　②“兰切”二句：“切”，疑为“砌”字之讹。言兰径、柳沟之灯火俱熄。　③裴回：往返回旋，同“徘徊”。

菩萨蛮

莺花旧恨凭谁雪，也须管句灯时节。黄已上眉峰①，小槽初滴红②。　好天佳月夕，结珮飞霞客③。醒恐不如酲④，何妨独屡更。

（以上三首见《永乐大典》卷二万零三百五十四“夕”字韵引吴泳《鹤林集》）

[注释]

①已：疑是“色”字之误。　眉峰：形容女子眉毛美好如远峰。　②小槽：酒槽，注酒器具。唐李贺《将进酒》：“琉璃钟，琥珀浓，小槽酒滴珍珠红。”　③珮：玉佩，佩带的饰物。　④酲：病酒。

[集评]

《四库全书总目》云:“史称所著有《鹤林集》……放佚之馀,篇什尚夥,亦可见其著作之富矣。泳时南宋末造,正权奸在位,国势日蹙之时,独能正色昌言,力折史弥远之锋,无所回屈,可谓古之遗直。”(《四库全书总目》卷一百六十二《集部·别集类十五》)

又云:“泳于山川阨塞,筹画了如,慷慨敷陈,悉中窾要……非揣摩臆断者比,实可以补史所未备。其他章疏表奏,明辨骏发,亦颇有眉山苏氏之风。”(同上)

李　铨

李铨，生卒年不详，宋宁宗时人，曾官通判。

点绛唇

一朵千金[①]，帝城谷雨初晴后[②]。粉拖香透，雅称群芳首。　把酒题诗，遐想欢如旧。花知否，故人清瘦，长忆同携手。

（《全芳备祖》前集卷二"牡丹门"）

[注释]

①一朵千金：指牡丹，有花王之称。　②帝城：指帝都，即京城。　谷雨：节气名，二十四节气之一。

王大烈

王大烈，生卒年不详，宋晋江（今属福建）人。嘉定四年（1211）进士。

鹊桥仙

寿宗女

银潢流派[①]，嫦娥出世，正是麦秋天气[②]。荧煌一点寿星明[③]，又恰向、今宵呈瑞。　　佳儿龙跳，荣封迩止[④]，试问遐龄知几。从今旋数一千年，待足了、依前数起。

（《截江网》卷六）

［注释］

①银潢：即天河，此指寿星出身皇族。　②麦秋：指农历四月。时为麦收季节，故称。　③荧煌：光亮貌。　④迩止：将至。指封赏将颁。

蓦山溪

寿生女

东风吹物，渐入韶华媚[①]。和气散千门，更灵鹊、前村报喜。月宫仙子，昨夜下瑶台，人传道，诞兰房，喜把金盆洗。　　中郎传业[②]，此事今如意。遥想画堂中，有葱葱、云烟滃瑞[③]。休言前日，玉燕不来投[④]，看释氏，到明年，又送麒麟至[⑤]。

（《翰墨大全》丙集卷三）

［注释］

①韶华：美好的年华，指人的青春。　②中郎：蔡邕，有女蔡文姬。③滃（wěng）瑞：瑞气弥漫。　④玉燕：玉燕来投，为生贵子之兆。　⑤麒麟：传说兽名，雄曰麒，雌曰麟。借喻杰出的人物。

程公许

程公许(1182—1251)，字季与，一字希颖，叙州(今四川宜宾)人。嘉定四年(1211)进士，历官通判、将作少监、秘书少监、太常少卿、宗正少卿、起居舍人、中书舍人、礼部侍郎、权刑部尚书和宝章阁学士等。其人少知孝顺，敬爱亲戚备至。毕生冲淡寡欲，食无重味，一裘至十数年不易。为官节约费用，不增民赋，着力开发利源，敢于奏论朝政得失，因而屡遭排挤。原著《尘缶集》多已散佚，清人据《永乐大典》辑成《沧州尘缶编》十四卷。

念奴娇

中秋玩月，忆山谷"共倒金荷家万里，难得尊前相属"之句，怅然有怀，借韵作一首

晓凉散策①，恨西风不贷，一池残绿。谁与冰轮抟玉斧②，恰好今宵圆足。树杪翻光③，莎庭转影④，零乱昆台玉⑤。荡胸清露，闲须浇下醽醁⑥。　　休问湖海飘零，老人心事，似倚岩枯木。万里亲知应健否，脉脉此情谁属。世虑难平，天高难问，倚遍阑干曲。不妨随寓，买园催种松竹。

[注释]

①散策：扶杖缓行。　②玉斧：神话中伐月斧。　抟：通"挥"。　③树杪：树梢，木末。　④莎：草名。　⑤昆台玉：指昆仑山的美玉。通常用以比喻意志高洁者。　⑥醽醁：酒名。

沁园春

用履斋多景楼韵①

万里飘萍，送江入海，过古润州②。正羁怀无奈，凭高纵览，濛濛烟雨，簇簇渔舟。南北区分，江山形胜，忧愤令人扶上楼。沉凝久，任斜飞雪片，急洒貂裘。　英风追想孙刘。似黑白两奁棋未收。把烟霞饶与，坡仙米老③，丹青难觅，摩诘营丘④。斗野号风，海门残照，长与人间管领愁。凭谁问，借天河一挽，洗甲兵休。

［注释］

①履斋：吴潜，字毅夫，号履斋。　②润州：地名，旧治即今江苏镇江。③坡仙米老：宋作家苏轼、米芾。苏轼诗文纵横飘逸，词开豪放一派，书画均有名。米芾性好洁，善画山水。　④摩诘营丘：唐王维字摩诘，宋李成营丘人，俱工书画。

水调歌头

和吴秀岩韵

驼褐倚禅榻①，丝鬓飏茶烟。谁知老子方寸，历历著千年。试问汗青馀几，一笑腰黄萦梦②，我自乐天全。出处两无累，赢取日高眠。　八千里，西望眼，断霞边。弁苍苕碧③，随分风月不论钱。执手还成轻别，何日归来投社，玉海得同编④。经世付时杰，觅个钓鱼船。

（以上三首见《阳春白雪》外集）

［注释］

①驼褐：用驼毛织的毛衣。　②腰黄：腰悬金印。　③弁：弁山。苕：苕溪，在浙江湖州附近。　④玉海：书名，王应麟编著。

［集评］

《四库全书总目》云："公许冲淡自守，而在朝谠直敢言，不避权倖。屡为群小龉龁，不安其位而去。当代推其风节。"（《四库全书总目》卷一百六十二《集部·别集类十五》）

又云："初不以文采见长，然所作才气磅礴，风发泉涌，往往下笔不能自休。"（同上）

又云："惟永乐大典载有公许诗文，……又有公许自序一篇，……至古今体诗，据自序本以一官为一集。……今姑就所存者裒辑掇拾，分类编次，釐为十四卷。大抵直抒胸臆，畅所欲言。虽不以锻炼为工，而词旨昌明，议论切实，终为有道之言。"（同上）

包 恢

包恢(1182—1268),字宏父,号宏斋,建昌(今江西南城)人。少即得闻心性之旨,并开讲大学,其言高明,诸父惊焉。宁宗嘉定十三年(1220)进士。历官通判、知州、转运使、权经略使、大理少卿、提点刑狱、秘阁修撰、大理卿、枢密都承旨、权礼部侍郎、中书舍人、权刑部侍郎、华文阁直学士、签书枢密院事和资政殿学士等。封南城县侯,卒赠少保,谥文。为人刚正不屈,历官所至,破豪猾,去奸民,治蛊狱,政声赫然。原著《敝帚稿略》多已散佚。清人据《永乐大典》辑成《敝帚稿略》八卷,共得文七十馀篇,诗八十馀首。所作大多疏通畅达,沛然有馀。

水调歌头

三月初三

羽觞随曲水,佳气溢双清。真贤瑞世,恰与真圣日同生[①]。出侍红云一朵[②],出按皇华六辔[③],特地福吾闽。底是长生箓,八郡咏歌声。 奏天子,倾义廪[④],济饥民。南州指使,青州公案一般仁。却恐紫泥有诏,社稷重臣事业,非晚觐严宸[⑤]。来岁这般节,宣劝玉堂人。

(《翰墨大全》丁集卷三)

[注释]

①真圣:指当今天子。 ②出侍:注者按,"出"当作"入"。 ③皇华:《诗经》篇名。遣臣出使时奏之。 六辔:古代一车四马,马各二辔,共八辔。其中两骖内辔系在轼前,御者只执六辔。 ④廪:粮仓。 ⑤严宸:皇帝。

[集评]

《四库全书总目》云："恢平生不以文名，史传亦绝不及其著作。惟元刘勋《隐居通议》有云：恢以学文为时师表，平生为人作丰碑巨刻。每下笔辄汪洋放肆，根据义理，娓娓不穷。盖其学力深厚，不可涯涘云云，独推重之甚至。今观所作，大都疏通畅达，沛然有馀。"（《四库全书总目》卷一百六十三《集部·别集类十六》）

又云："其奏扎诸篇，亦剀切详明，得敷奏之体。"（同上）

岳　甫

岳甫，生卒年不详，字大用，宋相州汤阴（今河南汤阴）人，岳飞之孙。淳熙十三年（1186）以朝奉郎知台州，兼提举本路常平茶监。后移知明州。十五年（1188）除尚书左司郎官。

水调歌头

编修楼公易镇武昌，安阳岳甫作歌头一阕，奉祖行色。甫再拜

鲁口天下壮[①]，襟楚带三吴[②]。山川表里营垒，屯列拱神都。鹦鹉洲前处士，黄鹤楼中仙客，拍手试招呼。莫诵昔人句，不食武昌鱼。　望樊冈，过赤壁，想雄图。寂寥霸气，应笑当日阿瞒疏。收拾周黄策略[③]，成就孙刘基业，未信赏音无。我醉君起舞，明日隔江湖。

［注释］

①鲁口：夏口之别称，即汉口。　②襟楚：襟带楚地。　③周黄：周瑜、黄盖。

满江红

甫敬赋《满江红》，敬祝百千遐算[①]。甫再拜

碧海迢遥，曾窥见、赤城楼堞[②]。因傲睨尘寰，犹带凭虚仙骨。武库胸中兵十万，文场笔阵诗千百。记向来、小试听胪传[③]，居前列。　世间事，都未说。亲为大，官毫末。况诸郎钟庆，夙龄英发。银菟颁符方易地[④]，金銮寓

直行趋阙。更相期、尽节早归来，传丹诀。

（以上二首见《宝真斋法书赞》卷二十八）

［注释］

①遐算：长寿。 ②赤城：仙山名。 ③胪传：殿试揭榜唱名曰传胪。 ④银菟：银制兔形兵符。 菟：《篇》、《韵》皆音兔。“银菟”一作“铜虎”。

岳　珂

岳珂(1182—1234),字肃之,号亦斋,又号倦翁、东几,相州汤阴(今河南汤阴)人,岳飞之孙,岳霖之子。历官管内劝农使、知嘉兴、朝奉郎、守军器监、淮东总领、户部侍郎、淮东总领兼制置使和宝谟阁学士。封邺侯。收藏文物颇富,并精于鉴赏。著有《九经三传沿革例》、《愧郯录》、《桯史》、《金陀粹编》、《宝真斋法书赞》和《玉楮集》等,有的为愤于其祖岳飞蒙冤而作。《全宋词》收其词八首,风格慷慨悲壮,属辛弃疾一派。

木兰花慢

试晨妆淡伫,正疏雨、过含章[①]。早巧额回春[②],岭云护雪,十里清香。何人剪冰缀玉,仗化工、施巧付东皇。瘦尽绮窗寒魄,凄凉画角斜阳。　　孤山西畔水云乡,篱落亚疏篁。问多少幽姿,半归图画,半入诗囊。如今梦回帝国,尚迟迟、依约带湖光。多谢胆瓶重见[③],不堪三弄横羌。

(《全芳备祖》前集卷一"梅花门")

[注释]

①含章:含章殿名。　②巧额:南朝宋寿阳公主,卧含章殿下,梅花落额上遂成梅花妆。　③胆瓶:长颈大腹的花瓶。

六州歌头

海棠开后,红雨洒江渍[①]。春风路,窥杏非[②],剪葵榛,绕梅魂。满院禽声悄,扶醉起,初睡足,诮不似,玉奴辈[③],负东昏。回首曲江,多少花边卧,高家麒麟。谩名缰利锁，何日濯尘缨。几绊浮生。遣区惊[④]。　　试从今数，春归日，留不住，掩重门[⑤]。风雨遇，归阆女，战吴军。费温存。总被流莺笑，英烂熳，误间关。诗卷债，负便腹，遂吟肝。长记风光流转，问少陵、曾与春言。便联镳相约，一醉卧红云。画角城阉。（《全芳备祖》前集卷七“海棠门”）

[注释]

①江渍（fén）：江边，沿江的高地。　②杏非：不辞，于律亦不合，疑为“韭”字之讹。　③玉奴：南齐东昏侯妃潘氏，小字玉奴。　④遣区惊：“区”字不辞，疑为“人”字之讹。　⑤掩重门：“门”字以下各韵脚皆出韵，疑有误。

醉落魄

铜彝绣箔[①]，风流不到临春阁。婆娑清影来岩壑。梅魄兰魂，香染九秋萼。　　蕊仙拥下青瑶幕，粟肌透入黄金约[②]。有人奚西逢鱼摸[③]。欲插还羞，重把鬓云掠。

（《全芳备祖》前集卷十三“岩桂花门”[④]）

[注释]

①彝：古代青铜祭器的通称。　箔：帘。　②粟：形容桂花小如粟粒。　③奚西：义不可解。疑为“溪西”之讹。　④注者按：以上三词均不见于今本《全芳备祖》。

满江红

小院深深，悄镇日、阴晴无据[①]。春未足、闺愁难寄，琴心谁与[②]。曲径穿花寻蛱蝶，虚栏傍日教鹦鹉。笑十三、杨柳女儿腰，东风舞。　　云外月，风前絮。情与恨，长如许。想绮窗今夜，为谁凝伫。洛浦梦回留珮客[3]，秦楼声断吹箫侣[4]。正黄昏时候杏花寒，廉纤雨。

（《阳春白雪》卷四）

[注释]

①镇日：整天。　②琴心：琴音表露出的情思。　③洛浦：洛水之滨。曹植有《洛神赋》。　④秦楼：本为弄玉之楼，此指吃喝玩乐之所。吹箫侣指弄玉夫妇。

生查子

芙蓉清夜游，杨柳黄昏约。小院碧苔深，润透双鸳薄[1]。　暖玉惯春娇，簌簌花钿落。缺月故窥人，影转阑干角。

（《绝妙好词》卷一）

[注释]

①双鸳：绣有双鸳的鞋子。　薄：湿透。

祝英台近

登多景楼[1]

瓮城高[2]，盘径近，十里笋舆稳[3]。欲驾还休，风雨苦无准。古来多少英雄，平沙遗恨。又总被、长江流尽。　倩谁问，因甚衣带中分，吾家自畦畛[4]。落日潮头，慢写属镂愤[5]。断肠烟树扬州，兴亡休论。正愁尽、河山双鬓。

（《京口三山志》卷三）

[注释]

①多景楼：古迹名，在今江苏镇江北固山甘露寺内。　②瓮城：指铁

瓮城，江苏镇江子城，相传为吴孙权所建，固若金城，故名。 ③笋舆：即竹舆，用竹编成的轿子。 ④畦畛（zhěn）：原指田间的界道，引申为界限，隔阂。 ⑤属镂：剑名。吴王赐子胥属镂剑令自尽。

祝英台近

北固亭[1]

澹烟横，层雾敛，胜概分雄占[2]。月下鸣榔，风急怒涛飐。关河无限清愁，不堪临鉴，正霜鬓、秋风尘染。 漫登览。极目万里沙场，事业频看剑。古往今来，南北限天堑。倚楼谁弄新声，重城正掩。历历数、西州更点[3]。

（《词品》卷五）

[注释]

①北固亭：古迹名。在江苏镇江东北北固山上，又称北顾亭。 ②分雄占：为雄豪所割据、占领。 ③西州：南京别称。在台城西。

酹江月

天然灵种[1]，遍尘寰、不许一枝分植。瀛海沉沉群玉宴，迥出八仙标格。珠幄留云，翠绡笼雪，浅露宫黄额。无双亭下[2]，未容凡卉连壁。 犹是射虎归来，朱阑独倚，曾作东风客。素态自羞时态改，何必铅华倾国[3]。舞影鸾孤，绕心蝶倦，占断春消息。月明十里，坐中还记曾识。

（《曹璿琼花集》卷三）

[注释]

①灵种：天生的仙种，此指扬州琼花。 ②无双亭：亭名，在今江苏江都。 ③铅华：搽脸之粉。

[集评]

江尚质云:“倦翁登北固亭,寄调于《祝英台近》,忠愤感慨。与稼轩《永遇乐》词千古江山相伯仲。”(《古今词话·词评》上卷)

《玉楮集评》云:“岳倦翁登北固亭,赋《祝英台近》,其末云:‘倚楼休弄清声,重城门掩。历历数、西州更点。’真佳句也。”(《历代词话》卷八)

《四库全书总目》云:“玉楮集八卷,宋岳珂撰。……此集共诗三百八十五首。……是集其五十八岁所编。名曰玉楮,盖取列子刻玉为楮叶,三年而成之意也。……自叙云,木以不材寿,雁以不鸣弃,牺尊以青黄丧,大瓠以浮游取。盖有慨乎其言之也。虽时伤浅露,少诗人一唱三叹之致,而轩爽磊落,气格亦有可观。”(《四库全书总目》卷一百六十四《集部·别集类十七》)

朱　藻

朱藻，一作朱澡，号野逸，处州缙云（今浙江缙云）人。绍兴末年（1162）进士。浦城（今福建浦城）知县。下车伊始，即约民垦荒田，满三年始征税；兴学校，暇日召集属吏训以诗书、法律。期满，升江陵府（治所在今湖北江陵）知府，官至焕章阁待制。南宋词人赵闻礼《阳春白雪》卷五、宋末词人周密《绝妙好词》卷六，皆录其《采桑子》一首。诸家书目未见著录其集，唯存此词，吉光片羽，流传人间，可谓幸矣。事见《处州会志》。

采桑子

障泥油壁人归后[①]，满院花阴，楼影沉沉，中有伤春一片心。　　闲穿绿树寻梅子，斜日笼明，团扇风轻，一径杨花不避人。（《阳春白雪》卷五）

[注释]

①障泥：以厚布或锦缎垂于马腹两侧，用以遮挡尘土或泥水者。见《世说新语》卷五。　油壁：妇女所乘之华贵马车，因车壁系以油涂饰而名。《钱塘苏小小》："妾乘油壁车，郎骑青骢马。"见《玉台新咏》卷十。

[集评]

何严云："'一径杨花不避人'，写景状物，妙语传神。"

陈以庄

陈以庄，生卒不详，字敬叟，号月溪，建宁府建安县（今福建建瓯）人。诗人黄铢（子厚）之甥。诗句清新，尤擅词名，才气清拔，力量宏放，险夷浓淡，深浅密疏，各极其态。至其为人，旷达如列御寇、庄周，饮酒如阮嗣宗、李太白，行草篆隶如张颠、李潮，乐府如温飞卿、韩致光。盖其所长，非复一事。原著《陈敬叟集》已散佚。事见刘克庄《陈敬叟集序》。存词三首。

水龙吟

记钱塘之恨①

晚来江阔潮平，越船吴榜催人去。稽山滴翠，胥涛溅恨②，一襟离绪。访柳章台③，问桃仙浦④，物华如故。向秋娘渡口⑤，泰娘桥畔⑥，依稀是、相逢处。　窈窕青门紫曲，茜罗新、衣翻金缕。旧音恍记，轻拢慢捻，哀弦危柱。金屋难成，阿娇已远⑦，不堪春暮。听一声杜宇，红殷绿老，雨花风絮。

[注释]

①明人蒋一葵《尧山堂外纪》云："至元丙子（1276）正月十八，元师至杭，谢、全两后北行，陈敬叟制《水龙吟》，记钱塘之恨。"又杨慎《词品》卷五云："是时谢太后年七十馀，故有'金屋阿娇，不堪春暮'之句。又以秋娘、泰娘比之，盖惜其不能死也。有愧于苻登之毛氏、窦建德之曹氏多矣。"又云："妇人不足责，误国至此者，秦桧、贾似道，可胜诛哉！"　②稽山滴翠，胥涛溅恨：至元丙子（十三年）五月，宋主㬎及全太后至燕；八月，宋太皇太后谢氏，北赴大都。亡国辱身之痛，会稽山为之滴翠（垂泪），浙江潮（子胥涛）为之溅恨。　③访柳章台：韩翃有姬柳氏，在安史乱中分

散，翃《章台柳》有句云："纵使长条似旧垂，亦应攀折他人手。"后柳氏为蕃将沙吒利所劫，翃用许俊之计夺还。事见孟棨《本事诗》。 ④问桃仙浦：东汉永平五年，刘晨、阮肇上天台山采药，迷路，遇二仙女，邀至家中成亲，众仙女持桃贺喜。居半年思家，至家探问，人间已历七代。刘、阮重入天台访旧，仙女踪迹渺然。事见刘义庆《幽明录》。 ⑤秋娘：杜秋娘，唐金陵人，年十五为李锜妾。元和年间李锜叛唐被诛，秋娘籍没入宫，有宠于宪宗。穆宗即位，放还故乡，穷老以终。事见杜牧《杜秋娘》诗。 ⑥泰娘：原为民间歌伎，韦执谊为吴郡太守得之，纳为妾，携归京师。元和初，韦死，泰娘又归蕲州刺史张愻。愻因罪贬，泰娘又流落民间。事见刘禹锡《泰娘歌序》。 ⑦阿娇：汉武帝姑母长公主之女，武帝四岁时封胶东王，长公主抱置膝上，问欲得妇否？答曰："若得阿娇作妇，当作金屋贮之。"及武帝即位，立阿娇为皇后。后来失宠，废居长门宫。事见班固《汉武故事》。

［集评］

何严云："此词以稽山滴翠、胥涛溅恨起，以红殷绿老、雨花风絮终，写来何等凄婉，何等沉痛，所谓长歌以当哭也。"

贺新郎

和刘潜夫韵①

晓梦莺呼起。便安排、诗家厨传，酒家行李②。点检花边新雨露，春在万家生齿③。道官似、锦溪清驶。但使有人耕绿野，正不妨、鼓吹频来此。方觅句，且夷俟④。

画桥西畔多春意。记年年、曾来几度，落花流水。行到水穷云起处⑤，依约辋川竹里⑥。兴未属、王孙公子。料想明年端门里⑦，有传柑宴罢黄封醉⑧。肯回首，万杉底。

（以上二首《中兴以来绝妙词选》卷十）

［注释］

①刘潜夫：刘克庄，字潜夫，号后村，是南宋著名词人。曾填《贺新郎》

词数十首,敬叟次韵和此词。　②诗家厨传,酒家行李:指诗人外出饮酒赋诗,所须携带的文具与饮具,以及交通工具等。“厨”指饮食,“传”指车马。“厨传”见《汉书·宣帝纪》。　③万家生齿:万户人家。　生齿:人民。《周礼·秋官·小司寇》:“登民数,自生齿以上,登于天府。”　④夷俟(sì):箕踞而坐。《论语·宪问》:“原壤夷俟。”　⑤行到水穷云起处:本王维《终南别业》诗“行到水穷处,坐看云起时”。见《王摩诘全集》卷三。　⑥辋川竹里:指王维辋川山庄中之竹里馆。为山庄中二十景点之一。　⑦端门:宫殿南面正门。　⑧传柑:北宋年代上元之夜,宫中宴近臣时,贵戚宫人有以黄柑相赠之习俗,谓之“传柑”。见《岁时广记·上元》。　黄封:酒名。旧时宫廷所酿之酒,用黄罗帕加封,故名。苏轼《岐亭》诗:“为我取黄封,亲拆官泥赤。”

蓦山溪

寿种春翁

亭兰风蕙,昨日山阴曲。又过五峰来,听华堂、管弦丝竹。今年风物,著意庆生朝,玄鹤舞①,黑猿吟②,花下眠青鹿③。　　九龄五福④,盛事人皆祝。谁识种春翁⑤,等浮云、飞蟲过目⑥。上方渴士,忠节起闻孙,金坡近,玉堂深,莫羡春田绿。

(《截江网》卷六)

[注释]

①玄鹤:比喻长寿。鹤千岁则苍,二千岁则黑,所谓玄鹤也。见晋人崔豹《古今注》卷中《鸟兽第四》。“玄”字原缺,据《全宋词》注补。　②黑猿:比喻长寿。《古今注》卷中《鸟兽第四》:“猿五百岁化为玃(jué)。”梁人范云《四色诗》:“玄豹藏暮雨,黑猿凌夜寒。”　③花下眠青鹿:谓环境幽雅。李咸用《雪十二韵》诗:“石苔青鹿卧。”见《全唐诗》卷六百四十五。　④九龄:谓高寿。《礼记·文王世子》:文王谓武王曰:女何梦矣?武王对曰:梦帝与我九龄。文王曰:我百岁,与你三岁。文王九十七而终,武王九十三而终。　五福:旧谓人生五种幸福。一寿,二福,三康宁,四攸好德,五考终命。　⑤种春翁:南京刘学箕,字习之,闲居不仕,自号种春子。家饶池

馆，有堂曰“方是闲”，又号方是闲居士。著有《方是闲居士小稿》二卷。刘淮序称其笔力豪放，“诗摩香山之垒，词拍稼轩之肩。”见《四库提要》卷三十一。 ⑥飞蠚（wén）：箭名。 蠚：同“蚊”。

存目词

《历代诗馀》卷九载陈以庄《菩萨蛮》词“举头忽见衡阳雁”一首，乃《尊前集》所载李白词。杨金本《草堂诗馀前集》卷下作陈达叟词。

苏　洞

苏洞(jiǒng),字召叟,一作绍叟。绍兴府山阴县(今浙江绍兴)人。右仆射苏颂之四世孙。少从其祖宦游入蜀,长而落拓走四方。曾入建康幕府,终偃蹇不遇而老死。生平往来唱和者,有当世词人辛弃疾、刘过、姜夔等人,皆一时名士。洞尝从陆游学诗,渊源有自,故其所作,深刻淬炼,自出清新。在江湖诗派中,卓然特出。其词曲雅遒劲,不愧作者,亦一时之秀。宋人《游宦纪闻》云绍叟有《泠然诗集》十卷,已散佚。《四库总目》从《永乐大典》辑存《泠然斋集》八卷,存词两首。

摸鱼儿

忆刘改之①

望关河、试穷遥眼,新愁似丝千缕。刘郎豪气今何在,应是九疑三楚②。堪恨处,便拚得、一生寂寞长羁旅。无人寄语。但吊麦伤桃③,边松倚竹,空忆旧诗句。
文章事,到底将身自误。功名难料迟暮。鹑衣箪食年年瘦,受侮世间儿女。君信否。尽县簿高门,岁晚谁青顾。何如引起,任槎上张骞④,山中李广⑤,商略尽风度。

[注释]

①刘改之:刘过(1154—1206),字改之,有《龙洲集》。　②九疑:山名,亦作九嶷。蟠基苍梧之野,峰秀数郡之间。罗岩九举,异岭同势,游者疑焉,故曰九疑山。见《水经注》卷三十八。山在今湖南宁远县南。　三楚:古地区名。有南楚、东楚、西楚之分。见《史记·货殖列传》与《汉书·高帝纪》注。后多用以泛指湘、鄂一带。　③吊麦伤桃:用唐人刘禹锡讽刺新贵和培植新贵的当权者的典故。刘诗云:"玄都观里桃千树,尽是刘郎去后栽。"又《引》云:有道士植仙桃满观,如红霞。今重游玄都观,

荡然无复一树，唯兔葵、燕麦动摇于春风耳。见《刘禹锡集》卷二十四。④槎上张骞：汉使张骞渡西海，至大秦。西海之滨，有小昆仑，高万丈，方八百里，以寻河源。事见《博物志》卷一。故后世有“博望槎”、“张骞槎”之目。 ⑤山中李广：李广数奇，功多不侯，而部下校尉以军功封侯者数十人。后击匈奴，兵败被俘，以计脱，当斩，赎为庶人，常射猎于蓝田山中。事见《史记·李将军列传》。

雨中花

余往时忆刘改之，作《摸鱼儿》，颇为朋友间所喜，然改之尚未之见也。数日前，忽闻改之去世，怅惘殆不胜言。因忆改之每聚首，爱歌《雨中花》，悲壮激烈，令人鼓舞。辄倚此声，以寓余思。凡未忘吾改之者，幸为我和之①

十载尊前，放歌起舞，人间酒户诗流。尽期君凌厉，羽翮高秋。世事几如人意，儒冠还负身谋②。叹天生李广，才气无双，不得封侯。 榆关万里，一去飘然，片云甚处神州。应怅望、家人父子，重见无由。陇水寂寥传恨，淮山宛转供愁。这回休也，燕鸿南北，长隔英游。

（以上二首见《游宦纪闻》卷八）

[注释]

①据小序：此词作于宁宗开禧二年（1206）。 ②儒冠还负身谋：谓儒冠多误事业。杜甫《奉赠韦左丞丈二十二韵》：“纨绔不饿死，儒冠多误身。”见《杜少陵集》卷一。

许 玠

许玠，字介之。睢州襄邑（今河南睢县）人。玠乃经学大师魏了翁门生。玠作学问，始杂而不精，浮而不实。离开师门后，了翁尝与之书信，劝其涵泳体习，务自收敛，以趋于实。宋理宗端平三年（1236），以荐授衡州（治所在今湖南衡阳）户掾（即户曹参军，掌管户籍、田宅、徭役事）。著有《东溪诗稿》，已失传，今存词一首。

菩萨蛮

西风又转芦花雪，故人犹隔关山月。金雁一声悲①，玉腮双泪垂。　　绣衾寒不暖，愁远天无岸。夜夜卜灯花②，几时郎到家。（《阳春白雪》卷七）

[注释]

①金雁：此指华丽之筝柱。温庭筠《赠弹筝人》诗："钿蝉金雁皆零落，一曲《伊州》泪万行。"见《温飞卿诗集》卷五。　②卜灯花：盼灯结花，带来吉兆。灯心馀烬，爆成花形，谓之"灯花"。古人以灯花为吉兆，故有灯花卜吉之说。见《西京杂记》卷三。此种民俗，流传至近代。

[集评]

何严云："写思妇情志，语挚情真。如见其人，如闻其声。"

王 迈

王迈(1184—1248),字实之(《宋史》本传作贯之,误),兴化军仙游(今福建仙游)人。工诗能文,尤长于词。宋宁宗嘉定十年(1217)进士第四名,授秘书省正字。出为潭州观察使推官。迈以学问词章出身,为人伉直,尤谙世务,历任赣州、吉州通判,皆有政绩。因朝廷再相乔行之,上疏谏曰:"旧相奸邪刻薄,天下所知,复用,则诸君子空于一网矣。"帝为之动容。出知邵武军。郑清之再相,召入为朝请郎。卒,赠司农少卿。今存《臞轩集》十六卷。主要事迹见刘克庄《臞轩王少卿墓志铭》。

水调歌头

寿黄殿讲母

天上一灯满,引起万灯明。不知今夕何夕,平地有蓬瀛[①]。西母瑶池称寿[②],南守锋车催觐[③],二美一时并。一点魁星现,长侍老人星。　心事好,天与寿,鬓长青。不将钟鼎为乐,念念在朝廷。此母宜生此子,须有医时良策,寿国福苍生。子自坐黄阁[④],母自课黄庭[⑤]。

[注释]

①蓬瀛:蓬莱、瀛洲,海中仙山。此处借指黄殿讲家祝寿之堂。　②西母瑶池称寿:穆天子觞西王母于瑶池之上。见《穆天子传》卷三。　③南守锋车催觐:指从南方州郡朝觐之车。　锋车:即"追锋车"省称,如轺车,取其迅。见《晋书·舆服志》。　④黄阁:汉代丞相听事阁及汉以后三公官署厅门,涂以黄色,故称黄阁。见《汉旧仪》。　⑤黄庭:《黄庭经》之省称。《黄庭经》,为道家养生修炼之经典。

沁园春

尹和靖，宣政间，不为权臣诎，隐于洛中。及兵起，全家受祸，老先生独以身免。贤者之不出如此。杨龟山屡出，不合又去，未几又出。靖康之变，以谏议大夫从驾入金营。贤者之出，竟如此。谨详二先生出处之节，求质正于西山真先生，遂成此词以呈

人物渺然，蕙兰椒艾，孰臭孰香。昔尹公和靖[①]，与龟山老[②]，虽同名节，却异行藏。尹在当年，深居养道，亲见兵戈兴洛阳。杨虽出，又何畀于蔡，何救于章[③]。　公今为尹为杨，这一著须平心较量。正南洲潢弄，西淮鼎沸，廷绅噤舌，举国如狂。招鹤亭前，居然高卧，许大乾坤谁主张。公须起，要擎天一柱，支架明堂[④]。

[注释]

①尹和靖：尹焞，字彦明，一字德充，河南洛阳人。靖康末(1126)，种师道荐，焞恳还山，赐号“和靖处士”。绍兴八年(1138)，任秘书少监，时金人来讲和，焞书上非之，又移书斥秦桧，桧恨之。十二年准其告老致仕。见《宋史》卷四百二十八。　②龟山老：指杨时，字立中，南剑将乐(今福建将乐)人。师事程颢、程颐。历知浏阳、馀杭、萧山三县，皆有惠政。任荆州教授，四方之士不远千里而来，号曰“龟山先生”。靖康之变，任右谏议大夫兼侍讲。高宗即位，致仕。卒谥文靖。见《宋史》卷四百二十八。　③蔡、章：蔡指蔡京，章指章惇。京助章惇尽复熙丰之政，力排元祐党人，贬窜元祐党人略尽，误国害民，遂有靖康之变。杨时曾奏“蔡京用事二十馀年，蠹国害民”。时罢官。　④明堂：古代帝王宣明政教之殿堂。此代指朝廷。

贺新郎

呈刘后村[①]，时自桂林被召到莆，又遭烦言

出了罗浮洞[②]。有多情、梅花雪片，殷勤相送。见说翛然琴鹤外，诗压牛腰较重[③]。去管甚、群儿嘲弄。岭海三年持翠节，料无时、不作家山梦。驰玉勒，归金凤[④]。
一门朱紫环昆仲。看阶庭、森森兰玉，慈颜欢动。宰相时来须著做，且舞莱衣侍奉[⑤]。却不信、大才难用。时事多艰人物少，使中兴、谁辨浯溪颂[⑥]。为大厦，要梁栋。

［注释］

①刘后村：刘克庄，字潜夫，号后村居士，南宋莆田人。工诗能词，著有《后村居士大全集》一百九十六卷。 ②罗浮洞：在广东省罗浮山上，相传为葛洪修道成仙之地，道教列为第七洞天。 ③诗压牛腰：形容诗稿之多。李白《醉后赠王历阳》诗："书秃千兔毫，诗载两牛腰。"见《李太白集》卷十二。 ④作者自注："金凤池，乃所居也。" ⑤莱衣：相传春秋时老莱子侍奉双亲至孝，行年七十，着五彩衣，戏弄舞蹈以娱亲。见《艺文类聚》卷二十引。 ⑥浯溪颂：即《大唐中兴颂》，元结上元二年（761）所撰，刻于湖南祁阳县城西南四里之浯溪江边崖石上，故又名《浯溪颂》。

贺新郎

丁未守邵武[①]，宴同官

此是河清宴[②]。觉朝来、薰风满入，生绡团扇。太守愁眉才一展，且喜街头米贱。且莫管、官租难办。绕砌苔钱无限数，更莲池、雨过珠零乱。尽买得，凌波面。
家山乐事真堪羡。记年时、荔支新熟，荷筒齐劝。底事来寻蕉鹿梦[③]，赢得乾忙似箭。笑富贵、都如邮传[④]。做了丰年还百姓，便莼鲈、归兴催张翰[⑤]。看卿等，上霄汉[⑥]。

[注释]

①丁未守邵武:理宗淳祐七年(1247)作者任邵武军知州时宴同官,次年已死,故知此诗作于是年。　②河清宴:谓太平时代的宴会。黄河水浊,少有清时。古人因以河清比喻太平时代。　③蕉鹿梦:蕉通"樵"。郑人于山野采薪,遇鹿,击而毙之,藏于城壕中,覆以柴薪。俄而忘其藏处,遂以为是作了一场梦。见《列子·周穆王》。后来用以比喻梦幻无凭。　④邮传(zhuàn):驿站传递,比喻迅速。欧阳修《自勉》诗:"官居处处如邮传,谁得三年作主人?"见《欧阳文忠集》卷十一。　⑤莼鲈:张翰在洛阳做官,看到秋风一起,忽然想到家乡吴中的莼羹、菰菜、鲈鱼脍,便欣然命驾回乡,说:"人生贵适志,何能羁宦数千里,以邀名爵乎?"见《世说新语·识鉴》。　⑥霄汉:天空极高处,因以喻朝廷。

贺新郎

送赵伯泳侍郎守温陵

忆昔同时召。正青山、亲提玉尺[①],量材廊庙。当日班行比元屿,北玉西珠照耀。一转首、宫商移调。君自乌台登骑省[②],觉精神、风采增清峭。数贤者,一不肖[③]。酒酣耳热惟长啸。便翩翩、辍班荷橐,一麾闽峤。堪笑狂生无用处,垂老云耕月钓。这富贵、非由人要。畴昔评君如玉雪,好翛然、琴鹤风尘表。清献后[④],又有赵。

(以上五首《臞轩集》卷十六)

[注释]

①玉尺:美玉所制之尺。荀勗善音律,每殿廷作乐,自调宫商,自谓无不谐韵。阮咸妙赏音律,时称"神解"。然荀勗每次作乐,阮咸谓之不调。后有一田夫耕于野,得周时玉尺,荀试以此尺校己所治钟鼓金石丝竹,皆觉短一黍,于是始服阮咸神识。见《世说新语》卷五。后世便以"玉尺"作为衡量才识之尺度。李白《上清宝鼎诗》:"仙人持玉尺,度君多少才。"见《全唐诗》卷一百八十五。　②乌台:即御史台。或称御史府为乌府。汉

时御史府宿舍区有柏树，常有野乌数千栖宿其上，故称。见《汉书·朱博传》。 ③不肖：自指，乃谦词。 ④清献：指赵抃，曾官殿中侍御史，弹劾不避权贵，人称“铁面御史”。知成都尹时，匹马入蜀，以一琴一鹤自随。官至参知政事。卒谥“清献”。见《宋史》卷三百一十六。

贺新郎

为后村母夫人寿

璎珞珠垂缕。看花冠、端容丽服，补陀岩主[①]。只坐尘缘蹉一念，朱紫丛中得度。人世福、夫人兼五。银鹿诸孙来定省[②]，对金屏、绣幕辉云母。人顶礼，柳行路[③]。

朝朝口诵琅函句。觉从来、寿人福善，老天无误。消得天恩封福国，锦诰鸾翔凤舞。听来岁、日边佳语[④]。上殿肩舆帘蹙绣，遣佳儿、扶掖天应许。笑陈媪、三题柱[⑤]。

[注释]

①补陀：即普陀山。在今浙江普陀县东，与九华、峨眉、五台并称佛教四大名山。 ②银鹿：谓子侄护侍殷勤。 银鹿：颜岘之家僮。岘为鲁公侄。遣银鹿至苏州侍奉鲁公，殷勤备至。事见《唐国史补》。 ③柳行：作者自注：“所居地名柳行。” ④日边：指京师或天子左右。高蟾《下第后献高侍郎》诗：“天上碧桃和露种，日边红杏倚云栽。”见《又玄集》。 ⑤作者自注：“有陈夫人者，题闽帅片柱云：尝侍父、从夫、及就养，三至此廨。”

摸鱼儿

闽漕王幼学作碧湾丹嶂堂，歌此词，以墨本见寄，依韵和之

昔元城、一生清峭[①]，南都高卧坚壁。留耕便是元城样，何肯枉吾寻尺[②]。曾直笔，说社稷安危，屡叩龙墀额。明时逐客。却惠顾丹山，来持翠节，对此一湾碧。 澄

清暇，无奈登临有癖。梅山时访仙迹。神仙偏喜公心事，一见莞然前席[3]。闲不得。有先见蓍龟，消得君王忆。天阍不隔。要济险孤舟，支倾一柱，公外向谁觅。

[注释]

①元城：即刘安世，字器之，从学于司马光。累迁谏议大夫。生性刚直，面折廷争，权臣震慑，人称"殿上虎"。章惇、蔡京恶之，屡遭贬谪。见《宋史》卷三百四十五。有《尽言集》十三卷。见《四库提要》。　②何肯枉吾寻尺：谓其弹劾权贵，尽言不讳，置生死于度外。《诗经·鲁颂·閟宫》："是断是度，是寻是尺。"　③前席：移座位向前表示钦重。

沁园春

迎方右史德润[1]

首尾四年，台省好官，都做一回。便前头更有，合当做底，何妨且恁，猛省归来。甲第新成，开尊行乐，脆管繁弦十二钗。回头笑，这狂生无用，削尽官阶。　　狂生真个狂哉，泼性气、年来全未灰。有龙鳞凤翼，不能攀附[2]，牛衣渔具[3]，早已安排。烂煮园蔬，熟煨山芋，白髮苍颜穷秀才。官休做，莫狂无处著，送去琼崖。

[注释]

①方右史：方大琮，字德润，号壶山。曾官右史，罢归故里。　②"有龙鳞"二句：比喻依附帝王以立功业。李渊报李密书："欣戴大弟，攀鳞附翼。"见温大雅《大唐创业起居注》卷二。　③牛衣渔具：为牛御寒之蓑衣，捕鱼之工具。比喻或作农夫，或为渔翁。

念奴娇

熙春台宴同官[①]

层台云外，阅古今、多少兴衰成败。老木千章，若个是、南国甘棠遗爱[②]。群籁号风，繁阴蔽日，有此清凉界。宾朋在坐，朗然心目明快。　更向会景亭前，登高吊古，此景何人会。岁岁春来春又去，独有灵台春在[③]。早稻炊香，晚禾摇穗，管取三登泰。酿成春酒，把杯行乐须再。　　（以上四首花庵《中兴以来绝妙词选》卷九）

[注释]

①熙春台：故址在今福建邵武县城西熙春山上，为一郡最高处。附近有会景亭，登临眺望，“井邑万瓦鳞次，左瞰清流，右临碧沼”。见《方舆胜览》卷十。　②甘棠遗爱：歌颂官吏政绩之词。传说周武王时，召伯巡行南国，曾憩甘棠树下，后人思其政德，因作《甘棠》诗，有云：“蔽芾甘棠，勿剪勿败，召伯所憩。”见《诗经·召南·甘棠》。　③灵台：西周台名。《诗经·大雅·灵台》：“经始灵台，经之营之。”王迈词借指熙春台。

沁园春

寿史君黄少卿[①]

一笑樽前，数雄甲辰[②]，几位上台。有唐裴相[③]，徜徉绿野，我朝富老[④]，游戏昆台。淮蔡功成，惊天动地，似胜单车和虏回[⑤]。谁知道，活流民数万，赛过平淮。　君侯初度奇哉，五百岁、三贤前后来。任朱幡西向，不妨为富，义旗北指，也解为裴。将相功名，时来便做，且醉红蕖三百杯。相期处，要千年汗竹[⑥]，名节崔嵬。

（《截江网》卷五）

[注释]

①史君黄：似即史弥巩，曾监都进奏院，出典江东刑狱，岁旱，赈活百馀万口。 ②数雄甲辰：屡屡称雄于甲辰同年。 ③唐裴相：指裴度，唐宪宗元和十年(815)六月拜相。十二年八月亲自带兵赴淮西，十月擒吴元济，淮西贼平。晚年，因宦官用事，裴度避祸于洛阳。于午桥置别墅，名曰绿野堂，与诗人白居易、刘禹锡，以诗酒琴书自乐。当时之士，皆从之游。见《旧唐书》卷一百七十。 ④我朝富老：指富弼，宋仁宗庆历八年(1048)秋，河朔大水，流民四出就食，富弼时为京东路安抚使。劝富民出粟，益以官廪，并得公私庐舍十馀万区，安置流民，凡活流民五十馀万人。见《宋史》卷三百一十三。 ⑤单车和虏：唐代宗永泰元年(765)，郭子仪镇河东。仆固怀恩诱吐蕃、回纥、党项等三十万军南下入寇，京师震恐。急召子仪，子仪以数十骑见回纥。回纥皆下马齐拜，曰："果吾父也。"子仪召其首领饮酒，欢言如初。见《旧唐书》卷一百二十。 ⑥汗竹：汗青，即青史。

贺新郎

寿右史　正月初七

曾侍螭头立[1]。吐危言、婴鳞编虎[2]，扶持鳌极[3]。谁炼精金铸刚卯[4]，气节毅然镇国。肯顾恋、眼前官职。碧水丹山持翠节，这福星、特为吾闽出。发义廪，无难色。

如今世道难扶植。直还他、温公德量[5]，魏公风力[6]。此事又关宗社福，仍系苍生休戚。且称寿、公生人日[7]。炼得内丹成熟后，看河车、常运方瞳碧[8]。五百岁，作良弼。

[注释]

①螭(chī)头：宫殿前雕刻螭头形状之石阶。唐时置起居舍人，随宰相入殿，直第二螭头，分立左右。见《新唐书·百官志》卷二。宋代置左右史，左史记事，右史记言。 ②婴鳞编虎：触逆鳞，捋虎鬚。此指冒生命之险，

直言敢谏。《韩非子·说难》：龙之喉下，有逆鳞径尺，人婴之者，则必杀人。人主亦有逆鳞。《庄子·盗跖》：编虎鬚，几不免虎口哉！　③扶持鳌极：比喻支撑与保护朝廷。相传大海中有五山，随波上下。天帝命禺强使巨鳌十五只，轮流举头而戴之，五山始峙立不动。见《列子·汤问》。　④刚卯：汉朝人佩于身上之避邪物。用金玉等材料，于正月卯日制成，上刻"莫我敢当"等字。见《汉书·王莽传》注。　⑤温公：即司马光，字君实。天下以为真宰相，田夫野老皆称司马相公。神宗崩，哲宗幼，光将归洛阳，民遮道聚观，曰："公无归洛，留相天子，活百姓。"见《宋史》卷三百三十六。　⑥魏公：指韩琦，任陕西经略安抚招讨使时，与范仲淹久在军中，名重一时，朝廷倚以为重。边人谣曰："军中有一韩，西贼闻之心胆寒；军中有一范，西贼闻之惊破胆。"见《事文类聚外集》卷七引《名臣传》。　⑦人日：晋人董勋《答问礼俗》曰"正月一日为鸡，二日为狗，三日为猪，四日为羊，五日为牛，六日为马，七日为人"。见《初学记》卷四引。　⑧河车：道家语。称北方正气名河车，炼丹所用之铅汞，与河车结合，始能成丹。　方瞳：方形瞳孔。道家谓方瞳者寿千岁。有黄髮老人五人，"耳出于顶，瞳子皆方"。见晋人王嘉《拾遗记》卷三。

瑞鹤仙

寿叶路钤　二月初一

芳菲春二月，正软红尘里，踏青时节。山川孕人杰，好赤城丹洞，丰姿奇绝。云霄阀阅，个精神、清如玉雪。看谈兵议论，风霆舞剑，刚肠如铁。　闻说，年方英妙，已向城边、飞书驰捷。誓清击楫[1]，宁久此，淹车辙。对花朝称寿[2]，朱颜未老，尽有功名事业。便张韩刘岳传名[3]，何如一叶。

［注释］

①击楫：晋自永兴以后，黄河南北各地相次已沦为地方割据，祖逖渡江北伐，中流击楫而誓曰："祖逖不能清中原而复济者，有如大江。"见《晋

书·祖逖传》。　②花朝:旧俗以农历二月十五日为花朝节。吴自牧《梦粱录》:"仲春十五日,为花朝节,浙间风俗,以为春序正中,百花争放之时,最堪游赏。"　③张韩刘岳:指南宋中兴四大名将。即张俊、韩世忠、刘锜、岳飞。

满江红

寿黄殿讲母　正月十四

明日元宵,蔼佳气、清凉金粟[①]。人道是、史君寿母,宴瑶池曲。九十春来萱草茂,三千年后蟠桃熟。看鳌头、名字未多时,分符竹。　熏宝篆,张银烛。佳庆事,人人祝。况平反阴德,在长生箓。最喜芸香怀玉燕[②],安排锦帐骑银鹿[③]。待雕轩、文驷上堤沙[④],如天福。

[注释]

①金粟:指元宵之灯花。　②怀玉燕:即玉燕投怀,为生子之兆。传说唐人张说母梦玉燕飞投入怀,因有孕,生张说。见《开元天宝遗事》卷上。后来张说为唐代著名宰相。　③银鹿:《穆天子传》天子赐曹奴之鹿,白银之麤。此指朝廷颁赐礼品。　④堤沙:即沙堤。唐制拜相,则以沙铺路。

满江红

寿赵宰　二月初一

轻暖轻寒,正春满、河阳花县[①]。谁报道,金铃声响[②],百花开遍。天上谪仙人瑞世,佛中有宰官身现。好看承、金母上瑶池,开华宴。　争捧取,金樽劝。更把取,丹砂炼。要朱颜长对,舞裙歌扇。准拟来年称寿日,沉香亭里春生面。有安期、大枣伴蟠桃[③],年年献。

(以上四首见《翰墨大全》丁集卷二)

[注释]

①河阳花县：河阳，在今河南孟州。白居易《白帖》："潘岳为河阳令，县中满种桃李，人号曰'河阳一县花'，传为美谈。"　②金铃声响：天宝初，宁王至春时，于后园中，纫红丝为绳，密缀金铃，系于花梢之上，每有乌鹊翔集，则令园吏掣铃索以惊之，盖惜花之故也。见王仁裕《开元天宝遗事·花上金铃》条。　③安期大枣：方士李少君谓汉武帝曰"臣尝游海上，见安期生食巨枣，大如瓜"。见《史记·封禅书》。　蟠桃：传说中之仙桃。

念奴娇

寿洪运管[①]　五月初五

见山堂上，画帘卷、犹是清和天气。绿水红莲，雅称得、瑶碧冰壶标致。名在丹台，籍通紫府，游戏人间世。三洪华阀[②]，自应生此人瑞。　好是佳旦称觞，斑衣拜舞，有鹓雏相对。后院婵娟争劝酒，端午彩丝双系[③]。管取来年，雪罗风葛[④]，荣被君恩赐。黑头公相，直须眉寿千岁[⑤]。

（《翰墨大全》丙集卷十三、又丁集卷三）

[注释]

①注者按：丙集题作"寿漕幕"，此从丁集。　②三洪：南宋洪适、洪遵、洪迈兄弟三人，先后中博学宏词科，皆以博学能文著称，时称"三洪"。见《宋史》卷三百七十三。　③端午彩丝双系：五月五日，以五彩丝系臂者，辟兵及鬼，令人不病瘟。见《艺文类聚》卷四引。　④雪罗风葛：雪白的罗衣，轻飘的葛巾，贵者所服。　⑤眉寿：旧俗以为眉长者为寿征。《诗经·豳风·七月》："为此春酒，以介眉寿。"

水龙吟

寿刘无竞　十月三十

橙黄橘绿佳期[①]，诘朝又报阳来复[②]。笼葱瑞气，天教蟠绕，名门乔木。上界仙人，来游西塾，骖鸾跨鹤。有如椽彩笔[3]，笺天万字，□呈了、琅玕腹[4]。　不愿班行鸣玉。问君王、再分符竹[5]。棣华辉映[6]，庭萱春好，举杯相属。伯氏乘轺，诸公须又，安排除目。这堆床牙笏[7]，人人道是，太夫人福。

（《翰墨大全》丁集卷四）

[注释]

①橙黄橘绿佳期：本苏轼《赠刘景文》诗"荷尽已无擎雨盖，菊残犹有傲霜枝。一年好景君须记，最是橙黄橘绿时"。　②诘朝：明旦、明日。《左传·成公二年》："诘朝请见。"　阳来复：冬至日阴气终，阳气复。③如椽彩笔：喻大手笔。王珣梦中有人以大笔如椽与之即觉，语人云："此当有大手笔事"，见《晋书》卷六十五。　④□：原无空格，赵辑《臞轩词》补。　琅玕腹：即指腹有文采。　⑤符竹：汉郡守受竹使符。后来便以"符竹"作为出任郡守的典故。白居易《忠州刺史上表》云："况居符竹之寄，荣幸实多。"　⑥棣华：喻兄弟。见《诗经·小雅·棠棣》。　⑦牙：原误作"无"，赵辑校正。

沁园春

孟守美任

臞老今朝[1]，载酒渡江，送孟吉州。遇舟之人士，来前问政，此公官去，莫也宜留。老子曰嘻，我游宦海，几度遭他风打头。君休问，但正因遇坎[2]，行则乘流。　江皋一叶惊秋。雁过也、严明白鹭洲[3]。笑如今休顾，从前堕甑[4]，无心相逐，等是虚舟[5]。啄黍鸡肥，新篘酒熟，且作山中万户侯[6]。林泉好，却输公一著，先我归休。

（《翰墨大全》庚集卷十五）

[注释]

①臞（qú）老：作者自指。　臞：瘦。　②坎：卦名。为水与险阻的象

征。 ③严明:分明。 ④堕甑:比喻事已过去,不必介意。孟敏客中旅居太原,荷甑堕地,不顾而去。郭林宗见而问之,孟曰:“甑已破矣,视之何益?”见《后汉书》卷六十八。 ⑤虚舟:比喻胸怀坦荡。《晋书·谢安传赞》:“太保浮沉,旷若虚舟。” ⑥山中万户侯:借指“山中宰相”陶弘景。陶隐居茅山,梁武帝礼聘不出,而恩遇愈笃,书问不绝。国家每有大事,无不前来询问。时人谓为“山中宰相”。见《南史·隐逸传下》。

南歌子

谢送菊花糕

家里逢重九,新篘熟浊醪。弟兄乘兴共登高。右手茱杯,左手笑持螯。 官里逢重九,归心切大刀[①]。美人痛饮读离骚。因感秋英、饷我菊花糕。

（《翰墨大全》后甲集卷十）

[注释]

①归心切大刀:谓思归心切。李陵留匈奴,汉使任立政见陵,用手多次摸刀环。环、还音近,暗示陵归汉。见《汉书·李陵传》。后世用大刀头作为还的隐语。《玉台新咏》卷十《古绝句》云:“藁砧今何在？山上复有山,何当大刀头,破镜飞上天。”意即指此。

沁园春

凤山出二宠姬歌余词[①]

夜来斗庵,左顾绿云,右盼素娥。好态浓意远,随宜梳洗,轻轻莲步,艳艳秋波。妒宠争妍,娇痴无际,齐劝诗翁金巨罗[②]。翁微笑、□一时饮尽,谁少谁多。 月娥。唱后颜酡。莫也怕、浮云妒月么。问苏州刺史,旧欢如梦,江州司马,衫湿如何。翠幕空垂,唾花无迹,忍听樽前飞燕歌。销凝处，正潇潇烟雨，遍恼东坡。

（《翰墨大全》后丙集卷四）

（以上王迈词十九首，用赵万里辑《臞轩词》）

［注释］

①凤山：吕人龙号凤山。景定进士，淳安人。　②金叵罗：古代黄金酒杯。齐武帝宴群臣，于座中失金叵罗，窦泰令饮者皆脱帽，于祖珽髻上得之。见《北齐书·祖珽传》。

叶路钤

叶路钤，生卒、籍贯、字号皆无考。词人王迈同时人。迈有《瑞鹤仙·寿叶路钤》词，云其“谈兵议论，风霆舞剑，刚肠如铁”；又云“年方英妙，已向边城，飞书驰捷，誓清击楫”。知其曾为军人，有志恢复中原，立过军功。存词两首。

贺新凉

寿吴权郡

共审搀七日之书云[1]，西方生妙喜佛；占四时之福地，南极现老人星。人歌海沂之康[2]，天锡河沙之算[3]。太守与我同理[4]，已传趣诏之音；丈夫何以假为，伫看即真之拜[5]。某方欣御李[6]，幸际生申，敬翻《贺新凉》之腔，虔致《归朝欢》之祝

伛指循良吏[7]，只吴公、传不书名[8]，一人而已。仿佛三生来展骥，就种棠阴千里。又还是、治平为最。绣线渐添红日影，恰搀前、七日冬书至。吾道长，佛出世。

公清但酌螺川水。屏星躔次吴头，极星先比。节谊家声香国史，中有千秋生意。宜衮衮、公侯昌炽。充育登庸元有样[9]，况甬东、一脉山东气[10]。珠峰畔，又呈瑞。

[注释]

①共：恭。　搀：先于，早于之意。　书云：冬至之日，俗有“书云”之习。此言早于冬至七日出生。　②海沂：海边，海内。　③河沙之算：数目极多。此指长寿。　④同理：同事。　理：治理。　⑤即真：由权代改为正式任命。　⑥御李：指亲近贤者。　李：李膺。事见《后汉书·李膺传》。　⑦伛指：屈指。　⑧吴公：汉文帝时为河南太守，治平为天下第一，征以为廷尉。闻贾谊有才华，荐于帝，帝召谊为博士。见《汉书·贾谊传》，传只书“河南守吴公”，而不书其名。　⑨“充育”句：举贤才而用之。

充育:吴充、吴育兄弟,俱登相位。 ⑩甬东:古地名,即今浙江舟山群岛。

水调歌头

寿太守黄少卿

天启黄旗运,复见汉黄香[①]。名高黄榜,飞黄腾踏入鸳行。文彩苏黄而上[②],政事龚黄而右[③],黄纸选循良。黄见眉间色,卿月照黄堂。 调黄钟,舞黄鹤,醉鹅黄。黄云催熟,黄童老叟庆金穰。闲展黄庭一卷,自爱黄花晚节,黄阁日偏长。印佩黄金斗,黄髮半苍苍。

(以上二首见《截江网》卷五)

[注释]

①黄香:东汉江夏人。事亲至孝,博学能文章,官至尚书令。见《后汉书·文苑传》。 ②苏黄:指北宋苏轼和黄庭坚。哲宗元祐后,诗人迭起,或波澜富而句律疏,或煅炼精而情性远,要之,不出苏黄二体而已。见刘克庄《后村集》卷一百七十四。 ③龚黄:指汉代循吏龚遂与黄霸。 龚遂:字少卿,宣帝时,为渤海太守,开仓济贫,劝民农桑。民皆卖剑买牛,境内大治。见《汉书·循吏传》。 黄霸:任扬州刺史,得吏民之心。汉世言治民吏,以霸为第一。见《汉书·循吏传》。

[集评]

何严云:“十九句长调,句句用黄字。在古今诗词中,实属仅见。既无凑泊之嫌,翻有典雅之感。在祝寿庆酬词中,亦算佳作。”

曾开国

曾开国，南宋词人，生卒、字号、爵里皆无考，存词一首。

摸鱼儿

寿吴权州①

望层霄、五云开处，屏星光射螺浦。复来七日冬将至，恰则岳神生甫②。梅半吐。试索笑、巡檐稍稍香风度。花娇欲语。问昔日治平，吴公无传③，今请为公述。
歌襦裤④，玉粒家家丰贮。因人岂关天数。金城千里谁能护，前召又逢后杜。□□□。见说道、长安新筑沙堤路⑤。班催鹭序，春色醉蟠桃，胸中色线⑥，待把衮衣补⑦。

（《截江网》卷五）

［注释］

①注者按：此首上片末句有衍字，下半片原无空格，据律补。或“今请为公”下夺一字。而“歌襦裤”三字，属下半首。　何严按：唐说是。上片末句，应是五字，所夺之字，疑是“述”字，试直接补上。而“歌襦裤”三字，移作下片首句。今从之。　②岳神生甫：生日。《诗经·大雅·崧高》：“维岳降神，生甫及申。维申及甫，维周之翰。”此乃借用周卿士尹吉甫送申伯与甫侯就封于南邦，以屏藩周室，来比喻吴氏任州官以屏藩宗室。③吴公：汉上蔡人，文帝时为河南太守，治平为天下第一。征为廷尉。为太守时已闻贾谊才华，乃荐贾生为博士。吴公史不书名，亦无专传，仅载数语于《汉书·贾谊传》。　④歌襦裤：即唱《襦裤之歌》，以颂惠民之政。东汉廉范，字叔度，任蜀郡太守，有政绩，百姓作歌颂之云：“廉叔度，来何暮？不禁火，民安作。平生无襦今五裤。”见《后汉书·廉范传》。　⑤长安：此指南宋首都临安，即今浙江杭州。自汉至唐，多建都于长安。后世诗词中，遂以“长安”作为帝都的代称。　⑥胸中色线：指胸中才华。杜牧《郡斋独酌》诗：“平生五色线，愿补舜衣裳。”见《樊川文集》卷一。　⑦衮衣：帝王服衮龙之衣。　补：意即补救时政或帝王过失。

彭　耜

彭耜,字季益,号南岳先生,自号鹤林,称鹤林靖,南宋福州长乐(今福建长乐)人,官拜大都功。其他事迹已无考。存词三首。

十二时

素馨花、在枝无几,秋入阑干十二。那茉莉、如今已矣。只有兰英菊蕊。霜蟹年时,香橙天气,总是悲秋意。问宋玉、当日如何,对此凄凉风月,怎生存济。　还未知、幽人心事,望得眼穿心碎。青鸟不来[①],彩鸾何处[②],云锁三山翠。是碧霄有路,要归归又无计。　奈何他、水长天远,身又何曾生翼。手捻芙蓉,耳听鸿雁,怕有丹书至。纵人间富贵,一岁复一岁。此心终日绕香盘,在篆畦儿里[③]。

[注释]

①青鸟:神话中之西王母使者。《汉武故事》曰,七月七日,上于承华殿斋,忽有一青鸟从西而来。上问东方朔,朔曰:此西王母使者。有顷,西王母至。　按:《汉武故事》此条已佚,散见《初学记》及《续谈助》引。②彩鸾:神话中之仙女。钟陵西山,有游帷观。太和末,有书生文箫于观中睹一少女甚丽,少女吟曰:“若能相伴陟仙坛,应得文箫驾彩鸾。”乃引文箫至绝顶。俄有仙童持天书曰:“吴彩鸾以私欲泄天机,谪为民妻一纪。”女乃与文生下归钟陵。事见裴铏《传奇》。　③篆畦:篆香的烟道。

喜迁莺

吾家何处。对落日残鸦,乱花飞絮。五湖四海,千岩万壑，已把此生分付。怎得海棠心绪[①]，更没鸳鸯债负。春正好，叹流光有限，老山无数。　　归去。君试觑，紫燕黄鹂，愁怕韶华暮。细雨斜风，断烟芳草，暑往寒来几度。锁却心猿意马，缚住金乌玉兔。今古事，似一江流水，此怀难诉。　　（以上二首附见葛长庚《玉蟾先生诗馀》）

［注释］

①海棠心绪：对海棠的爱惜心情。苏轼《海棠》诗："只恐夜深花睡去，故烧高烛照红妆。"见《苏东坡集》卷十三。

婆罗门引

寿长老

中秋皓月，隔霄光倍照尘寰。九龙喷香水[①]，胜沉檀。白象珠明协瑞[②]、尊者诞人间。世称生佛子，派接清原。[③]

（《截江网》卷六）

［注释］

①九龙喷香水：乘九龙喷香之车下生人间，喻指佛子降生。　②白象：佛教故事。象有大威力，而其性柔顺，故菩萨自兜率天降下，或乘六牙之白象，或自化白象而入摩耶夫人之胎。《宗轮论》："一切菩萨，入母胎时，作白象形。"　③唐氏按：此首原题南岳作。

赵 葵

赵葵(1186—1266),字南仲,号信庵,潭州衡山(今湖南衡山)人。年少随父赵方在军中,富有胆略。时金兵犯边,葵多次大败金兵,斩俘副统军以下数万人,救金兵所掠子女万馀,缴获敌军辎重器横如山积,以军功补承务郎,迁滁州刺史。平李全之乱有功,升兵部侍郎。理宗淳祐九年(1249),特授光禄大夫,拜右丞相,兼枢密使。度宗咸淳二年(1266)致仕,特授少师,进封冀国公。葵出将入相四十馀年,卒,赠太傅,谥忠靖。工诗,善画墨梅,有《行营杂录》、《信庵集》各一卷。存词一首。

南乡子

束髮领西藩[①],百万雄兵掌握间。召到庙堂无一事[②],遭弹[③],昨日公卿今日闲。　拂晓出长安[④],莫待西风割面寒。羞见钱塘江上柳,何颜,瘦仆牵驴过远山。

(《钱塘遗事》卷三)

[注释]

①西藩:西部藩镇。宁宗嘉定十四年(1221),赵葵知枣阳军,治所在今湖北省枣阳县。　②召到庙堂:赵葵于淳祐九年召入朝廷,拜右丞相兼枢密使。　③遭弹:赵葵拜相,“言者以宰相须用读书人”,加以弹劾,葵罢为观文殿学士,寻判潭州、湖南安抚史,词即为此而作。　④长安:自秦至唐多建都于长安,后人诗文中,因以长安作为帝都的代称。此指南宋首都临安,治所在钱塘(今浙江杭州)。

[集评]

何严云:“通篇语重意深,情绪悲愤,读之使人感慨。南宋所以亡国,何足怪哉!”

方味道

方味道，生卒、字号、爵里均无考，存词一首。

庄椿岁

寿赵丞相

恭审某官，间期淑气，特立高标。仰维岳之生贤，一朝献颂；赋缁衣而入相，四海同声。欣逢五百年之期，愿上八千岁之祝。可占耆艾，曷尽形容。音寄《水龙吟》，名为《庄椿岁》。倘蒙省览，万有荣光

纶巾少驻家山，北窗睡觉南薰起。黄庭细看，长生秘诀，神仙奇趣。奈此苍生，愿苏炎热[①]，仰为霖雨[②]。趁丹心未老，将整顿乾坤，手为经理。　好是今年庆事，抱奇孙、一门佳气。蓬山振佩[③]，麟符重锡[④]，褒纶新美。玉树参庭[⑤]，桂枝分种[⑥]，香浮兰芷。看他年、接武三槐[⑦]，长是伴、庄椿岁。[⑧]

（《截江网》卷四）

［注释］

①炎热：犹疾苦。　苏炎热：指救民于火热之中。　②霖雨：犹甘霖。为霖雨：指施恩泽于人民。《尚书·说命》："若岁大旱，用汝作霖雨。"　③蓬山振佩：指赵丞相振玉佩于帝殿。　④麟符：此指相印。徐铉《还过东都诗》："麟符上相恩偏厚。"　⑤玉树：比喻姿貌秀美，才干优异。魏明帝使后弟毛曾与夏侯玄共坐，时人谓"蒹葭倚玉树"。事见《世说新语·容止》。　⑥桂枝：比喻出类拔萃。郤诜迁雍州刺史，晋武帝问曰："卿以为何如？"诜对曰："臣举贤良对策，为天下第一，犹桂林之一枝。"事见《晋书·郤诜传》。　⑦三槐：周代宫外植三槐，大臣朝见天子时，三公面向三槐而立。事见《周礼·秋官·朝士》。　⑧唐氏按：此首别又误作解昉词，见《填词图谱》卷五。

黄　机

黄机,生卒不详,字几仲,一字几叔,号竹斋,婺州东阳(今浙江东阳)人。尝参州郡幕宾,游踪多在吴楚之间。与淮东总领兼制置使岳珂以词唱酬尤多。珂为岳飞之孙,故黄机所赠珂词,亦皆沉郁苍凉,不复作草媚花香之语。官至郴州永兴县令。有《竹斋诗馀》一卷传世,存词九十六首。

沁园春

奉柬章史君再游西园

问讯西园,一春几何,君今再游。记流觞亭北[①],偷拈酒戏,凌云台上[②],暗度诗阄。略略花痕,差差柳意,十日不来红绿稠。须重醉,便功名了后,白髮争休。　定谁骑鹤扬州[③]。任书放床头盏瓮头。况殷勤莺燕,能歌更舞,轻狂蜂蝶,欲去还留。岁月易忘,姓名须载,笔势翩翩回万牛[④]。归来晚,有烛明金剪,香暖珠篝[⑤]。

[注释]

①流觞亭:此指兰亭,在今浙江绍兴西南。王羲之修褉兰亭,为流觞曲水之戏。见《兰亭集序》。　②凌云台:此指越王台,在今绍兴卧龙山之西。气象开豁,极目千里,为登临胜地。　③骑鹤扬州:形容一种妄想。数人同行,各言所愿:或愿作扬州刺史,或愿多财,或愿骑鹤飞升。其中一人曰:"腰缠十万贯,骑鹤上扬州。"欲兼三者。见南朝殷芸《小说》。④回万牛:形容书法或诗文之气势,雄浑有力。黄庭坚诗云:"张子笔端可以回万牛。"　⑤珠篝:贵重华丽的熏衣笼。陆游《熏笼》诗:"不惜衣篝重换火,却缘微润得香多。"

沁园春

寿

六月云初[①]，人争议公，公无阻伤。记传飞急羽[②]，舟还海道，弥漫白水，路入沙场。万姓三军，倚公为命，法有逗遛公自当。君还信，似崔嵬砥柱，屹立瞿塘。　此行阴德难量，到论定才知滋味长。看鱼肥蟹健，妻孥共乐，酒馀稻熟[③]，翁媪相将。何以报公，祝公千岁，多少人家烧夜香[④]。凌烟上[⑤]，更声名凛凛，冠剑堂堂。

[注释]

①云初："云"，语助，无义。　②急羽：紧急文书，插以羽毛。　③馀：字书无馀字。疑是"烰"（fú）之误。烰，指酒气上升。见《尔雅·释训》郭璞注。　④烧夜香：宋代有"烧夜香"以礼神拜佛为人祝福之习，苏轼有"楼下谁家烧夜香"之句。京城外，有崔府君庙，崔府君六月六日生，百姓多所献送，烧夜香。事见《东京梦华录》卷八。　⑤凌烟：阁名，阁内绘有功臣图像。唐凌烟阁故址在长安。贞观十七年（643），太宗图画长孙无忌至秦叔宝等二十四人于凌烟阁。太宗亲为之赞，褚遂良题阁匾，阎立本画像。见唐人刘肃《大唐新语》卷十一。

沁园春

寿

问讯梅梢，小春近也，花应渐开。记华堂此日，红牙丝竹[①]，欢声昨夜，翠玉樽罍[②]。雾节童童[③]，金旓曳曳[④]，人自阆风玄圃来[⑤]。嬉游处，任沧波变陆[⑥]，劫火成灰[⑦]。

行天看取龙媒[⑧]，笑卫霍当年如此哉[⑨]。有笔头文字，何妨挥洒，胸中兵甲，解洗氛埃。见说君王，防秋才了[⑩]，便著芝泥封诏催[⑪]。功名事，付孱颜燕石[⑫]，突兀云台[⑬]。

[注释]

①红牙:调节乐曲拍节之拍板,多用檀木制成,色红,故名。 ②翠玉樽罍:翠玉制的酒器。 ③雾节童童:雾中旌节光洁貌。 ④旓(shāo):旌旗上之飘带。 曳曳:飘荡貌。 ⑤阆风玄圃:山岭名,在昆仑山上。相传为神仙所居之所。东方朔曰:昆仑三角,其一正北,名阆风岭;其一正西,名玄圃堂;其一正东,名昆仑宫。见《海内十洲记》。 ⑥沧波变陆:即"沧海桑田"之意,比喻世事变化之大。麻姑云:"已见东海三为桑田。"见葛洪《神仙传·王远》。 ⑦劫火成灰:即劫火变成馀灰,喻世变之巨大。汉武帝凿昆明池底,得黑灰,问东方朔。方朔曰,可问西域人。后竺法兰来中国,众人问之,竺法兰云:"世界终尽,劫火洞烧,此灰是也。"见南朝梁人慧皎《高僧传》卷一。 ⑧"行天"句:谓神骏之马驰于太空。比喻才气纵横,无拘无束。 ⑨卫霍:汉代名将卫青与霍去病。 ⑩防秋:古代北方每至秋天,异族经常入侵,届时边军须加强防卫,谓之"防秋"。 ⑪芝泥:即印泥。 ⑫孱颜燕石:指《燕然山铭》。东汉窦宪大破匈奴,登燕然山,刻石纪功,命班固作《燕然山铭》。 孱颜:犹巉岩,高峻貌。 ⑬云台:汉宫中台名。台在洛阳南宫,汉明帝绘中兴功臣像三十二人于云台。

沁园春

次岳总干韵①

日过西窗,客枕梦回,庭空放衙。记海棠洞里,泥金宝斝,酴醿架下,油壁钿车。醉墨题诗,蔷薇露重②,满壁飞鸦行整斜③。争知道,向如今漂泊,望断天涯。 小桃一半蒸霞,更两岸垂杨浑未花。便解貂贳酒④,消磨春恨,量珠买笑⑤,酬答年华。对面青山,招之不至,说与浮云休苦遮。山深处,见炊烟又起,知有人家。

[注释]

①岳总干:指岳珂。岳珂官至淮东总领制置使,故省称"岳总干"。岳珂现存词八首,黄机共"次岳总干韵"六首,现仅存《六州歌头》一首,其他

五首已失传。 ②蔷薇雾重："有情芍药含春泪，无力蔷薇卧晚枝。"见秦观《春雨》诗。 ③满壁飞鸦：指壁上题诗的草书墨迹。"忽来案上翻墨汁，涂抹诗书如老鸦。"见卢仝《示添丁》诗，后以"涂鸦"比喻书法幼稚，多用作谦辞。 ④解貂贳酒：解貂裘以易酒，形容名士的风流放诞。司马相如携卓文君还成都，以鹔鹴裘向市人贳酒。见《西京杂记》卷二。 ⑤量珠买笑：晋人石崇为交趾采访使，以真珠三斛买绿珠为妾。见唐人刘恂《岭表录异》第四条。 唐氏按："量"原作"星"。毛校：应"量"。

沁园春

廖总干席上

暑风轻微，梅腮渐红，麦须未黄。恨牡丹多病，医治费巧，酴醾易老，点缀无方。客里光阴，愁中意绪，想美人兮山水长。销凝处，有龙丝坠简[①]，来唤持觞。 华堂剩贮春光，粲一行珠玑时样妆。更燕留轻态，词翻古调，莺娇欲啭，曲度新腔。玉漏声沉，银潢影泻[②]，殢酒犹烧心字香[③]。归来也，判明虬永日[④]，瑞锦鸳鸯。

[注释]

①龙丝：指乐器。"凤管龙丝，杂商飙而共奏。"见宋之问《早秋上阳宫侍宴序》。 坠简：柬指信柬。"崇山坠简。"见李善《进文选序》。 ②银潢：即银河。 ③殢(tì)酒：病酒。"殢酒困花。"见秦观《梦扬州》词。 ④明虬：此处形容明亮的太阳，与下文瑞锦鸳鸯相对。

沁园春

为潘郴州寿

问讯仙翁[①]，殷勤为底[②]，来万山中。想橘边丹井[③]，鹤寻旧约[④]，松间碧洞[⑤]，鹿养新茸。雾节亭亭，星旓曳曳，导以浮丘双玉童[⑥]。嬉游处，尽祥烟瑞雨，霁月光风。欢声已与天通，更日夜郴江流向东[⑦]。定催归有谓，泥香芝检，留行无计，路熟花骢。入侍严凝，密陪清燕，吴水欢然相会逢。年年里，对春如酒好，酒似春浓。

［注释］

①仙翁：指苏耽。汉文帝时桂阳（今湖南郴州）人，在郡城东北七里牛脾山修道成仙，乘鹤飞升。事见葛洪《神仙传》卷九。　②唐氏按："殷"原作"因"，毛校：应"殷"。　③橘边丹井：故址在今苏仙岭苏仙翁故宅。见南宋祝穆《方舆胜览》卷二十五。　④鹤寻旧约：苏仙翁飞升之后，有白鹤来止郡城东北楼上，人或挟弹弹之。鹤以爪攫楼板如漆书云："城郭是，人民非，三百甲子一来归，吾是苏君弹何为？"事见《神仙传》卷九。⑤松间碧洞：指苏仙岭白鹿洞。苏仙翁家贫，常自牧牛，乘一鹿，牛则徘徊侧近，不驱自归。事见《神仙传》卷九。苏仙岭尚存白鹿洞、苏仙观、跨鹤台等古迹。　⑥浮丘：即浮丘公，相传古仙人。　⑦郴江流向东：江在今湖南郴州。秦观《踏莎行·郴州旅舍》："郴江幸自绕郴山，为谁流下潇湘去？"

［集评］

何严云："此词佳境，在'春如酒好、酒似春浓'八字。"

沁园春

送徐孟坚秩满还朝

人物眇然，落落晓星，如君几何。有飘摇长袖，工持月斧[①]，寂寥遗韵，妙鼓云和[②]。政事文章，特其馀事，英气横空时浩歌。还堪笑，似龙文古鼎[③]，谁复摩挲。　青丝系马庭柯，为小驻寿君金叵罗[④]。说一时伟望，齐高岳麓，二年遗爱，拍满湘波。世事多端，细凭商略，痛处不须言语多。从今去，好经从乌府[⑤]，蹑上銮坡[⑥]。

[注释]

①月斧：古代传说。月乃七宝合成。后喻能文者为“修月手”。苏轼《王文玉挽词》：“才名谁似广文寒，月斧云斤琢肺肝。” ②云和：山名。因产琴瑟著称，后遂作为琴瑟等乐器之通称。李白《寄远》诗：“纤手弄云和。”钱起《省试湘灵鼓瑟》诗：“善鼓云和瑟，常闻帝子灵。” ③龙文古鼎：饰以龙形花纹之古鼎。 ④金叵（pǒ）罗：亦作“金颇罗”。金制酒杯。齐世祖宴僚属，于酒席中失金叵罗，令饮者皆脱帽，于祖珽髮髻上得之。事见《北史》卷四十七。 ⑤乌府：西汉御史府吏舍中柏树，常有野乌数千栖宿其上，晨去暮来。后称御史府为乌府或乌台。事见《汉书》卷八十三。 ⑥躐（liè）上：踏上。 銮坡：翰林院之别称。

沁园春

送赵运使之江西

有美一人[①]，昔在何居，今方见之。俨琼缨翠弁，气清芬只[②]，珠幢绛节，光陆离兮。吾道非耶[③]，世情复尔，天骥昂藏不受羁。还知否，定曲高寡和[④]，才大难施。 行吟湘水之湄，看云卷云舒无定姿。想粲然长笑，物皆有用，时哉易失，我亦奚为。袖手旁观，何如小试，欲脱囊中失利锥[⑤]。君休叹，正梅花将发，尘满征衣。

[注释]

①有美一人：指所怀念之人。此指赵转运使。“云谁之思，西方美人。”见《诗经·邶风·简兮》。 ②只：语助词。“母也天只，不谅人只！”见《诗经·鄘风·柏舟》。 ③吾道非耶：我之学说错乎？楚昭王聘孔子，孔子往。陈蔡发兵围孔子，孔子曰：“诗云：‘非兕非虎，率彼旷野。’吾道非乎，吾奚为至于此？”见《孔子家语》。 ④曲高寡和：比喻知音难得。典出宋玉《对楚王问》。宋玉曰：客有歌于郢中，其始曰《下里》《巴人》，和者数千人；其次曰《阳阿》《薤露》，和者数百人；其次曰《阳春》《白雪》，和者数十人；其次引商刻羽，杂以流徵（zhǐ），和者数人而已。 ⑤脱囊：脱

颖而出。比喻才华显露。

八声甘州

为遁斋寿[①]

问仙翁、底事到人间，人间足嬉游。向文边书意，诗边著语，□满南州[②]。逸韵高情总似，野水荡孤舟。所未能忘者，药鼎茶瓯。　政恐功名相溷[③]，便扶摇直上，龙尾螭头[④]。想尘缘终薄，归去老菟裘[⑤]。有当年、东邻西舍，办鸡豚、相与燕春秋。阶庭里，儿孙衮衮[⑥]，飞度骅骝[⑦]。

[注释]

①遁斋：郭应祥(1156—?)，字承禧，号遁斋，南宋临江军(今江西清江)人。尝仕宦楚越间，《文献通考》著录其《笑笑词》一卷。《全宋词》谓其生于绍兴二十八年(1158)，误。其《丙寅(1206)生日自作》云："老子开年年五十。"又《己巳生日自作》云："屈指新年五十三。"可证其生于绍兴二十六年丙子，而非二十八年戊寅。　②□满南州：疑脱"名"字或"誉"字。　③溷(hùn)：打扰。　④龙尾螭头：指中书舍人或起居舍人一类清要官员。　龙尾：皇宫内升殿之斜坡道。　螭头：殿前雕有螭头之石阶。⑤菟裘：指告第退隐之处。菟裘，地名。故址在今山东泗水县境。羽父请杀桓公，公曰："使营菟裘，吾将老焉。"见《左传·隐公十一年》。　⑥衮衮(gǔn)：相继不绝。杜甫《醉时歌》："诸公衮衮登台省。"　⑦骅骝：赤色骏马。

乳燕飞

次岳总干韵

击碎珊瑚树[①]。为留春、怕春欲去，驶如风雨。春不留兮君休问，付与流莺自语。但莫赋、绿波南浦。世上功名花梢露。政何如、一笑翻金缕。系白日，莫教暮。
苍头引马城西路。趁池亭、荻芽尚短，梅心未苦。小雨欲晴晴不定，漠漠云飞轻絮。算行乐、春来几度。鞭影不摇鞍小据。过横塘、试把前山数[②]。双白鹭，忽飞去。

［注释］

①击碎珊瑚树：石崇与王恺争豪，恺以高二尺珊瑚树示崇，崇以铁如意击碎，恺惋惜。崇以四尺珊瑚树还之，恺惘然自失。 ②横塘：在江苏吴县西南十里。有横塘桥，上有亭，颜曰“横塘古渡”。风景殊胜。见《姑苏志》。

乳燕飞

次徐斯远韵寄稼轩[①]

兴泼元同宇。唤君来、浮君大白[②]，为君起舞。满袖斑斑功名泪，百岁风吹急雨。愁与恨、凭谁分付。醉里狂歌空漫触，且休歌、只倩琵琶诉。人不语，弦自语。
诗成更将君自赋。渺楼头、烟迷碧草，云连芳树。草树那能知人意，怅望关河梦阻。有心事、笺天天许。绣帽轻裘真男子，政何须、纸上分今古。未办得，赋归去。

［注释］

①徐斯远：徐文卿，字斯远，玉山人。嘉定进士。 ②大白：大酒杯。魏文侯与大夫饮酒，使公乘不仁为觞政，曰：“饮不釂（jiào）者，浮以大白。”见刘向《说苑·善说》。

［集评］

何严云：“‘人不语，弦自语’，自是伤心人沉痛之言。满腹国仇身恨，在此六字传出。”

乳燕飞

秋意今如许。怪征鞍、底事匆匆，翩然难驻。斗帐屏围山六曲[①]，怕见琐窗欲暮[②]。倩谁伴、梧桐疏雨。路入衡阳天一角，更山环、水绕无重数。容易□[③]，便难阻。相思才信相思苦。省疏狂、迷歌殢酒，把人轻误。问取归期何日是，指点庭前幽树。定冷蕊、疏花将吐。此去西风吹雁过，家身心、别后安平否。聊慰我，至诚处。

[注释]

①斗帐：小帐。帐形如覆斗，故名。 六曲：指屏风为六摺者。 ②琐窗：雕刻连琐图案之窗棂。 ③容易□：疑脱"别"字或"去"字。

[集评]

何严云："'相思才信相思苦'七字，语极淡，味甚浓，非过来人不能道。"

摸鱼儿

惜春归，送春惟有，乱红扑蔌如雨[①]。乱红也怨春狼藉，揾得泪痕无数。肠断处，更唤起、群鸦催发长亭路[②]。征鞍难驻。但脉脉含颦，嗔人底事，刚爱逐春去。 阑干凭，芳草斜阳凝伫。愁连满眼烟树。鬓鬆不理金钗溜[③]。鸾镜一奁香雾。花谁主。怅玉容寂寞，试问春知否[④]。单衣懒御。任门外东风，流莺声里，尽日搅飞絮。

[注释]

①乱红：指桃花。 扑蔌：花落貌。 ②群鸦：别本作"琼鹊"，误，失律，此据《词综》卷十六校改。 ③鬓鬆：头髮蓬鬆。 ④"怅玉容寂寞"二句：《全宋词》脱"试问"二字，据《听秋声馆词话》卷十三校补。

水龙吟

晴江滚滚东流，为谁流得新愁去。新愁都在，长亭望际，扁舟行处。歌罢翻香，梦回呵酒，别来无据。恨荼蘼吹尽，樱桃过了，便只恁、成孤负。　须信情钟易感，数良辰、佳期应误。才高自叹，彩云空咏[①]，凌波谩赋[②]。团扇尘生[③]，吟笺泪渍，一觞慵举。但丁宁双燕[④]，明年还解，寄平安否。

［注释］

①彩云：本李白《宫中行乐词》"只愁歌舞散，化作彩云飞"。　②凌波：本曹植《洛神赋》"凌波微步，罗袜生尘"。　③团扇：即宫扇。汉代班婕妤初为孝成所宠，其后赵飞燕受宠，作纨扇诗以自悼。　④丁宁：同"叮咛"。

喜迁莺

香风亭上

平湖百亩。种满湖莲叶，绕堤杨柳。冉冉波光，辉辉烟影，空翠湿沾襟袖。静惬邻鸡啼午[①]，暖逼沙鸥眠昼[②]。西园路，更红尘不断，蝶酣蜂瘦。　知否。堪画处，野荠芜菁，罥地铺茵绣[③]。桃李阴边，桑麻丛里，斜矗酒帘夸酒。竹寺小依山趾，茅店平窥津口。春又晚，正香风有客，倚阑搔首。

［注释］

①邻鸡啼午：本刘禹锡《秋日送客》诗"枫林社日鼓，茅屋午时鸡"。②沙鸥眠：本杜甫诗"笋根稚子无人见，沙上凫雏傍母眠"。　③罥（juàn）地：垂地。

木兰花慢

次岳总干韵

叹镜中白髮,元不向、酒边栽。奈诗习未除,客愁易感,剩要安排。浮名任他有命,怕青山、颇怪不归来。出屋长松招鹤,绕渠流水行杯。　浪驱羸马踏江淮,幽梦苦相催。甚狭路嵚崎,雄心突兀,谁忍徘徊。此事正烦公等,笑曹刘、只合作舆台[①]。我自人间屈曲,青云有眼休回。

[注释]

①曹刘:指曹操、刘备。　舆台:指地位低、能力小之人。古代分人为十等,舆为第六等,台为第十等。见《左传·昭公十年》。

[集评]

陈廷焯云:"结言少年壮志,今老无能恢复之业,惟望之总干也。"(《放歌集》卷二)

木兰花慢

寿

政胡尘满野,问谁与、作坚城。有老子行年,平头六十[①],无限声名。向来试陈大略,便群儿、啁哳耳边鸣[②]。争识规模先定,破羌终属营平[③]。　吾心惟有忠诚。羞媚妩,做逢迎。谓干戈锋镝,动关民命,此不宜轻。听渠自分勇怯,奈何他、天理若持衡。只把从前不杀,也应换得长生。

[注释]

①平头六十:整整六十岁。不带零头的整数,称平头数。白居易《除夜》诗:"火消灯尽天明后,便是平头六十人。" ②嘲哳(zhāo zhā):形容声音杂乱。 ③营平:赵充国,善骑射,沉着有大略。汉武帝时,击匈奴有功,擢后将军。宣帝初,以定册功,封营平侯。西羌叛,充国时年七十馀,率军击破之,振旅而还。

[集评]

何严云:"读词人自寿词,至'向来试陈大略,便群儿、嘲哳耳边鸣'至'谓干戈锋镝,动关民命,此不宜轻'数语,盖痛斥投降派,作诛心论也。"

木兰花慢

次岳总干韵

问功名何处,算只合、付悠悠。怕僮仆揶揄,长年为客,楚尾吴头[①]。春来故园渐好,似不应、不醉把春休。剩买蒌蒿荻笋,河豚已上渔舟[②]。　人间太半足闲愁,蓑笠梦汀洲。向桃杏花边,招邀同社,秉烛来游。连台听渠拗倒,更麴生、元不厌诛求[③]。世事翻云覆雨,满怀何止离忧。

[注释]

①楚尾吴头:谓地当吴楚之间。今江西、安徽,位于春秋时楚之下游,吴之上游,如头尾相连,故称。 ②"剩买蒌蒿"二句:本苏轼《惠崇春江晓景》"蒌蒿满地芦芽短,正是河豚欲上时"。 ③麴生:美酒的拟人之称。道士叶法善会客数十人于玄真观,满座思酒,忽一美少年人,自称麴秀才,与诸人辩论,词锋势不可当。法善疑为鬼魅,密以小剑击之,坠于阶下,化为满瓶美酒,饮之其味甚佳。众人揖其瓶曰:"麴生风味,不可忘也。"见唐人郑棨《开天传信记》。

满江红

呀鼓声中[①],又妆点、千红万绿。春试手、银花影粲,雪梅香馥。归梦不知家近远,飞帆正挂天西北。记年时、歌舞绮罗丛,凭谁续。　烟水迥,云山簇;劳怅望,伤追逐。把蛛丝鹊喜[②],意□占卜。月正圆时羞独照,夜偏长处怜孤宿。悔从前、轻被利名牵,征尘扑。

[注释]

①呀鼓:大鼓。　呀:高大貌。　②蛛丝鹊喜:指喜兆。蟢子,即蜘蛛的一种,俗名喜子。"今野人昼见蟢子者,以为有喜乐之瑞。"见北齐刘昼《刘子》卷三。　鹊喜:鹊噪兆喜。

满江红

万灶貔貅[①],便直欲、扫清关洛[②]。长淮路、夜亭警燧[③],晓营吹角。绿鬓将军思饮马[④],黄头奴子惊闻鹤[⑤]。想中原、父老已心知,今非昨。　狂鲵剪,於菟缚[⑥]。单于命[⑦],春冰薄[⑧]。政人人自勇,翘关还槊[⑨]。旗帜倚风飞电影,戈铤射月明霜锷。且莫令、榆柳塞门秋[⑩],悲摇落。

[注释]

①万灶貔貅:指南宋大军。　万灶:形容军队之多。　貔貅:猛兽名,作勇猛军队之称。　②扫清关洛:驱逐关中与洛阳一带敌人。　唐氏按:"关"原作"阕"。毛校,应"关"。　③长淮路:指淮河地区。淮河,当时是宋、金分界线。　④绿鬓将军:指宋军强大。　绿鬓:黑髪,以喻壮年军队。　思饮马:指到边关饮马。　⑤黄头奴子:此处泛指敌军。　惊闻鹤:苻坚军队在淝水之战溃败时,"闻风声鹤唳,皆以为王(晋)师。"见《晋书·谢玄传》。　⑥狂鲵(ní)於菟(wū tú):借斥金兵为不义之师,金国

为虎狼之国。　鲸鲵：大鱼。　於菟：老虎。《左传·宣公十二年》："古者明王伐不敬，取其鲸鲵而封之，以为大戮。"《史记·苏秦列传》："夫秦，虎狼之国也，有吞天下之心。"　⑦单（chán）于：汉时匈奴称其君长为单于，此借称金主。　⑧春冰薄：谓金国已到危亡境地。　⑨翘关还槊：举关门，弄长矛。意即奋勇杀敌。《文选·左思〈吴都赋〉》："翘关扛鼎。"　⑩榆塞：古时北方边塞，多种榆柳，因称榆塞。

满江红

云暗山昏，西风撼、一天悲雨。隐君问、短墙修竹①，故园何处。九月江南无雁到，素书封了谁传与。待从头、拚却把心宽，还如故。　吴姬唱，燕姬舞。持玉斝②，温琼醑③。怅人生欢会，一年几许。莫上小楼高处望，楼前诘曲来时路。便直须、匹马两苍头④，东归去。

［注释］

①隐君问：即凭君问。　隐：凭。　②玉斝（jiǎ）：玉制酒器。　③琼醑（xǔ）：即玉醑，美酒。"清管彻时斟玉醑，碧筹回处掷金船。"见黄滔《江州夜宴》诗。　④苍头：指奴仆。汉代奴仆以深青色布巾包头，故名。见《汉书·鲍宣传》。

酹江月

春愁几许，似春云蔼蔼，连空无数。隐约眉尖偏易得①，没个因由分付。杨柳烟浓，海棠花暗，绿涨墙头路。小楼应是，有人和泪凝伫。　长记宝轴妆成②，鸳鸯绣懒，轻笑歌金缕③。香雪精神依旧否，风月谁怜虚度。带减衣宽，十分憔悴，两下平分取。黄昏可更，子规声碎烟坞。

[注释]

①"隐约"二字原缺,据《词综》卷十六校补。　②宝轴:疑是"宝钿"之误。妇女首饰。　③金缕:即《金缕衣》,曲调名。"劝君莫惜金缕衣,劝君须惜少年时。"见《才调集》卷二。

酹江月

东篱成趣,有西风解事,催开丛菊。碎摺黄金谁试手,一一清香堪掬。露湿凉轻,霞凝寒重,秀发如新沐。宫妆匀就,岂知红紫粗俗。　因念昔日渊明,微官不受,归伴花幽独。弹压秋光三径里[1],浊酒床头初熟。饮剧肠宽,醉深吻燥,更把纶巾漉。此翁无恙,唤渠同醉船玉[2]。

[注释]

①弹压:占尽之意。　②船玉:杯酒。船,指酒杯。玉,指美酒。"嚼玉餐香咽一杯。"见杨万里《怀古堂前小梅渐开》诗。"白玉舟横酒星宽。"见司马光《温国文正公集》卷十三。

水调歌头

为施少仪作

此日足可惜,心事正崔嵬。江淮踏遍,经岁相识定谁来。每向酒边长叹,更向花边长笑,意虑叵能猜。邂逅忽相遇,有客在尘埃。　脱儒冠,著武弁,太多才。笔墨争似,钩戟容易到云台。馀子何须转手[1],便把平生胸臆,勇去莫徘徊。事业上金石[2],人世自欢哀。

[注释]

①馀子：其馀平庸的人。"馀子碌碌，莫足数也。"见《后汉书·祢衡传》。　②金石：古代颂功、纪事、寓戒，多铭刻于金石。

水调歌头

次下洞流杯亭作

金篆锁岩穴，玉斧凿山湫。飞泉溅沫无数，六月自生秋。夭矫长松千岁，上有泠然天籁，清响眇难收。亭屋创新观，客鞅棹还留[①]。　推名利，付飘瓦[②]，寄虚舟。蒸羔酿秫，醅瓮戢戢蚁花浮[③]。唤取能歌能舞，乘兴携将高处，杯酌荐崑球[④]。径醉双股直，白眼视庸流[⑤]。

[注释]

①客鞅：客舟之缆绳。鞅，本指马之缰绳，此借用。　棹：船桨。　②飘瓦：偶然飘落之瓦。《庄子·达生》："虽有忮心者不怨飘瓦。"《注》："飘落之瓦，虽复中人，人莫之怨者，由其无情。"　③蚁花：酒滓。　④崑球：昆仑山之美玉，借喻美酒。　⑤白眼：表示鄙薄之意。晋人阮籍能为青白眼，"见凡俗之人，以白眼对之"。见《世说新语·方正》。

六州歌头

岳总干隐括《上吴荆州启》，以此腔歌之，因次韵

百年忠愤，无泪洒江渍[①]。曹刘事，埋露草，锁烟榛，哭英魂。此恨谁知者，时把剑，频看镜，徒自苦，拳破裂，眼眵昏。从古时哉去速，郧人子、反袂伤麟[②]。望家山何在，衮衮已鞶缨[③]。欲划还生，猛堪惊。　膏肓危病，宁有药，针匕具[④]，献无门。荆州启，条旧画，汉将军，已不存。便合囊封去[⑤]，仓庾地[⑥]，尚间关。此不用，心漫有，恐

无干。人世欢哀数耳，天或者、又假人言。又一番春尽，高柳暗如云，梦断重阍。

[注释]

①江渍：江边。　②鄹（zōu）人子：孔子鄹人。《论语·八佾》："孰谓鄹人之子，知礼乎？"　反袂：以袖掩面。　伤麟：鲁哀公十四年，西狩获兽，以为不祥。孔子视之，曰：麟也。　③鞶缨：王侯贵人之车马带饰。④针匕：治病器械。　⑤囊封：奏章。　⑥仓庾地：富庶的土地。

[集评]

何严云："国土沦陷之恨，报国无门之悲，一起涌上心头。千载之下，不忍卒读。惟用韵杂乱，是其疵病。"

六州歌头

次岳总干韵

将军何日，去筑受降城。三万骑，貔貅虎，戮鲵鲸，洗沧溟。试上金山望，中原路，平于掌，百年事，心未语，泪先倾。若若累累印绶[1]，偏安久，大义谁明。倚危栏欲遍，江水亦吞声。目断蘋汀，海门青。　停杯与问，焉用此，手虽子[2]，积如京[3]。波神怒，风浩浩，勃然兴，卷龙腥。似把渠忠愤，伸恳请，翠华巡[4]。呼壮士，挽河汉，荡欃枪[5]。长算直须先定，如细故、休苦营营。正清愁满抱，鸥鹭却多情，飞过邮亭。

[注释]

①若若累累：重重叠叠。　②手虽子：不详。　③京：高大、多。　④翠华：皇帝的车驾。　巡：巡视前线。　⑤荡欃枪：指荡平金寇。　欃枪：彗星之别名。《尔雅·释义》："彗星为欃枪。"

永遇乐

章史君席上[①]

别院春深，华堂昼永，嘉燕初启。翠玉樽罍，红牙丝管，睡鸭沉烟里[②]。弄晴云态，行空絮影，漠漠似飞如坠。最多情，紫绵团就，错落乱星流地。　史君自有，元龙豪气[③]，唤客且休辞醉。蝶困蜂酣，燕娇莺姹，欢意浓如此。侃其笑语[④]，止乎礼义，衣佩细纫兰芷。遥归去，残更欲尽，晓鸦又起。

[注释]

①史君：同"使君"，州郡长官之称。　②睡鸭：古代一种香炉，形似凫鸭入睡。"睡鸭香炉换夕熏。"见李商隐《促漏》诗。　③元龙豪气：陈登，字元龙，志向高尚。许汜与刘备共论天下人物，汜曰："陈元龙湖海之士，豪气不除。"事见《三国志·魏书·陈登传》。　④侃其：侃侃快谈。

传言玉女

次岳总干韵

日薄风柔，池面欲平还皱。纹楸玉子[①]，磔磔敲春昼[②]。衾绣半卷，花气浓熏香兽[③]。小团初试[④]，辘轳银甃[⑤]。　梦断阳台，甚情怀，似病酒。凤衾羞对，比年时更瘦。双燕乍归，寄与绿笺红豆。那堪又是、牡丹时候。

[注释]

①纹楸玉子：画有棋纹的棋盘及玉一般的棋子。杜牧《送国棋王逢》诗："玉子纹楸一路饶，最宜檐雨听萧萧。"　②磔磔敲：《听秋声馆词话》卷十三云，应作"正闲敲"。　③香兽：以炭屑为细末，杂以香料，制成兽形，置熏炉中燃烧之。李煜《浣溪沙》词："红日已高三丈透，金炉次第添

香兽。” ④小团:茶名,即小龙团的省称。 ⑤银甃:银白色的井壁。

清平乐

西园啼鸟,留得春多少。客里情怀无日好,愁损连天芳草。　　博山灰冷香残[①],微风吹满银笺。卓午花阴不动[②],一双蝴蝶团圞。

[注释]

①博山:博山炉,古香炉名。长安巧匠丁缓“作九层博山香炉,镂为奇禽怪兽”。见《西京杂记》卷一。 ②卓午:正午。

清平乐

柬邢宰

晓窗晴日,一点黄金橘。万事如毛随日出,多少人间头白。　　未春长恨春迟,春来生怕春归。办取揭天箫鼓[①],莫教孤负荼蘼[②]。

[注释]

①揭天箫鼓:谓箫鼓之声高入云天。 ②荼蘼:或作酴醾。花有白色、蜜色、红色三种,春尽时开放。苏轼《杜沂以酴醾花见饷》诗:“酴醾不争春,寂寞开最晚。”

清平乐

为缪推官寿　清容,缪之亭名也

烟融雨腻,春去三之二。了却兰亭修禊事[①],判与仙翁一醉。　　方壶日月偏长[②],清容花草吹香。辨取此身强健，功名饱看诸郎。

[注释]

①修禊：古代民间风俗，于农历三月三日到水边嬉游采兰，以驱不祥，称为修禊。　②方壶：古代传说中之仙山。见《列子·汤问篇》。

眼儿媚

粉墙朱阁映垂杨，晴绿小池塘。东风飏暖，单衣初试，昼日偏长。　鬔鬆两鬓飞云影，钿合未梳妆[①]。阑干侧畔，闲抛荔子，惊散鸳鸯。

[注释]

①钿（diàn）合：嵌以金玉的首饰盒。陈鸿《长恨歌传》云："定情之夕，授金钗、钿合以固之。"

眼儿媚

东风挟雨苦无端，恻恻送轻寒。那堪更向，湘湾六六[①]，浅处留船。　诗阄酒戏成孤负[②]，春事已阑珊[③]。离愁都在，落花枝上，杜宇声边。

[注释]

①湘湾六六：指湘阴县内湘江三十六个湾。《读史方舆纪要》卷八十："县南十里曰三十六湾，湘水分派东流，为三十六折也。"　②诗阄（jiū）：写有诗题或诗韵的纸团，令人拈取而为诗戏。　孤负：错过。　③阑珊：将尽。后主李煜《浪淘沙令》词："帘外雨潺潺，春意阑珊。"

眼儿媚

莫嗔日日话思归，归也却便宜[①]。东邻招茗，西邻唤酒，一笑开眉。　　人生万事无缘足，待足是何时。妻能纺绩，儿能耕获，未必寒饥。

[注释]

①便(pián)宜：指有好处。“凡事只认自家有便宜处做。”见《朱子语类》卷二十六。

谒金门

风又雨，墙外落红无数。人不归来春不住，佳期还已误。　　细细一团愁绪，薄幸疏狂何处[①]。化作青鸾飞得去，问天天亦许。

[注释]

①薄幸：此指轻薄夫婿。杜牧《遣怀》诗：“十年一觉扬州梦，赢得青楼薄幸名。”

谒金门

风雨后，枝上绿肥红瘦[①]。乐事参差团不就，一春如病酒。　　楼外暖烟杨柳，忆得年时携手。燕子双双来未久，颇知人意否。

[注释]

①绿肥红瘦：叶茂花稀。李清照《如梦令》：“应是绿肥红瘦。”

谒金门

愁万叠，春在雨条烟叶。翠袖倚风寒霎霎[①]，傍阑看乳鸭。　　何处一声啼鸩，架上荼蘼欲雪。绣被薰香香未歇，可怜音信绝。

［注释］

①霎霎（shà）：寒气袭人。

谒金门

寿何令

冬十月，记取生申时节[①]。梅傍小春融绛雪，浅寒犹未却。　　且醉笙歌蕉叶[②]，富贵不须频说。国太夫人头半白，看君金印烨。

［注释］

①生申时节：生辰。《诗经·大雅·崧高》："维岳降神，生甫及申。维申及甫，维周之翰。"此乃借用周卿士尹吉甫送申伯与甫侯就封于南邦，以屏藩周室，来为何县令祝寿。　②蕉叶：浅的酒杯。以其形似而得名。

霜天晓角

梅　花

玉粲冰寒，月痕侵画栏。客里安愁无地，为徙倚、到更残。　　问花花不言，嗅香香欲阑。消得个温存处，山六曲、翠屏间[①]。

［注释］

①山六曲：即六摺屏山。

霜天晓角

仪真江上夜泊

寒江夜宿，长啸江之曲。水底鱼龙惊动，风卷地、浪翻屋。　　诗情吟未足，酒兴断还续。草草兴亡休问，功名泪、欲盈掬。

霜天晓角

金山吞海亭①

长江千里，中有英雄泪。却笑英雄自苦，兴亡事、类如此。　　浪高风又起，歌悲声未止。但愿诸公强健，吞海上、醉而已。

[注释]

①吞海亭：在镇江金山留云亭侧。

霜天晓角

夜舟过娥眉山①

江涵落日，风转飞帆急。问讯蛾眉好在，无一语，送行客。　　闲情眠未得，倚窗消酒力。却怕鱼龙惊动，且莫要，夜吹笛。

[注释]

①娥眉山：即天门山，在安徽当涂县与和县之间的长江两岸，为东梁山与西梁山之合称。两山对峙如门阙，故称天门山；又如眉黛横列，亦称娥眉山。杨廷秀《题东西二梁》诗："二梁双黛点东西，牛渚看来活底眉，

阿敞画时微失手，一眉高着一眉低。"

夜行船

京口南园

红溅罗裙三月二，露桃开、柳眠又起。百尺游丝，罥莺留燕[①]，判与南园一醉[②]。　　历历斜阳明野水，倚危阑、暮云千里。说似游人，直须烧烛[③]，早晚绿阴青子。

[注释]

①罥（juàn）：挂，缠。　②判：拼。　③烧烛：秉烛。

长相思

娥眉亭[①]

东梁山，西梁山。占断长江相对闲，古今双鬓斑。天漫漫，水漫漫。人事如潮多往还，浅颦深恨间。

[注释]

①娥眉亭：在安徽采石矶，望见天门山。郭功父《娥眉亭》诗："娥眉耸双碧，斩斩天堑断。披榛结危亭，突兀出天半。"

[集评]

何严云："'浅颦深恨'，寓无限国仇人事于文字之外。"

乌夜啼

云容晓色相涵，趣征骖。碎点遥山如豆、是淮南。路渐远，家渐远，恨难堪。□见窗花叶底、鬓毵毵[①]。

[注释]

①□:空格原无,今据律补。　毵毵(sān):毛髮长貌。白居易《除夜寄微之》诗:"鬓毛不觉白毵毵,一事无成百不堪。"

祝英台近

试单衣,扶短策,沙路净如洗。乍雨还晴,花柳自多丽。争知话别南楼,片帆天际,便孤了、同心连理。　镇萦系。谩有罗带香囊,殷红閗轻翠。一纸浓愁,无处倩双鲤[①]。可堪飞梦悠悠,春风无赖,时吹过、乱莺声里。

[注释]

①双鲤:指书信。古乐府《饮马长城窟行》:"客人远方来,遗我双鲤鱼。呼儿烹鲤鱼,中有尺素书。"

鹊桥仙

次韵湖上

黄花似钿,芙蓉如面,秋事凄然向晚。风流从古记登高,又处处、悲丝急管。　有愁万斛[①],有才八斗[②],慷慨时惊俗眼。明年一笑复谁同,料天远、争如人远。

[注释]

①有愁万斛:极言愁绪之多。庾信失题诗:"谁知一寸心,乃有万斛愁。"　②有才八斗:极言才华出众。谢灵运谓天下共有才华一石,曹植独占八斗,自己占一斗,天下人分一斗。见北宋佚名撰《释常谈》卷二。

西江月

泛洞庭青草

漠漠波浮云影，遥遥天接山痕[①]。一声渔唱起蘋汀，名利缘渠唤醒。　　短棹拟携西子[②]，长吟时吊湘灵[③]。白鸥容我作同盟[④]，占取两湖清影[⑤]。

[注释]

①山：指君山。在洞庭湖中。　②“短棹”句：西子，即西施。范蠡既雪会稽之耻，乃携西施，乘扁舟，游五湖而去。事见《吴越春秋》、《越绝书》等。　③湘灵：湘水之神。舜二妃娥皇、女英死为湘水之神。　④“白鸥”句：与白鸥为友。比喻隐居。黄庭坚诗：“万里归船弄长笛，此心吾与白鸥盟。”　⑤两湖：指洞庭、青草两湖。青草湖亦名巴丘湖。南接湘水，北通洞庭，水涨则与洞庭相接，所谓重湖。

西江月

垂丝海棠，一名醉美人

捻翠低垂嫩萼，匀红倒簇繁英。秾纤消得比佳人[①]，酒入香肌成晕。　　帘幕阴阴窗牖，阑干曲曲池亭。枝头不起梦春酲[②]，莫遣流莺唤醒[③]。

[注释]

①消得：抵得上。　②春酲：春日病酒。　③“莫遣”句：本唐人金昌绪《春怨》诗“打起黄莺儿，莫教枝上啼。啼时惊妾梦，不得到辽西”。

[集评]

况周颐云：“黄几仲《竹斋诗馀·西江月》题云：‘垂丝海棠，一名醉美人’云云，紫艳沉酣，信足当醉美人品目。”（《蕙风词话》卷二）

忆秦娥

秋萧索，梧桐落尽西风恶。西风恶，数声新雁，数声残角。　　离愁不管人飘泊，年年孤负黄花约[1]。黄花约，几重庭院，几重帘幕。

[注释]

①黄花约：重九的约会。“待到重阳日，还来就菊花。”见孟浩然《过故人庄》。

定风波

短策飘飘胜著鞭，携壶与客洗愁颜。兴到为君拚剧饮，狂甚，论诗说剑口澜翻。　　画烛烧残花影褪，长鲸要使百川乾[1]。醉处不知谁氏子，只记，开窗临水便迎山。

[注释]

①长鲸：形容剧饮之态。“饮如长鲸吸百川。”见杜甫《饮中八仙歌》。

虞美人

黄州江上寄王帅

三年万里黄尘路，只欠江湖去。扁舟二月下湘湾，过了洞庭青草、又春残。　　□□□□□□□。□□□□□□。□□□□□□□。□□□□□□□、□□□。

踏莎行

云树参差，烟芜平远，沙头只欠飞来雁。西风方做一分秋，凄凉已觉难消遣。　　窗底灯寒，帐前香暖，回肠偏学车轮转。剩衾闲枕自无眠，谯门更著梅花怨[①]。

[注释]

①"谯门"句：谓谯楼上笛声中传来《梅花落》的曲子。　谯门：建有望楼的城门。

蝶恋花

碧树凉飔惊画扇。窗户齐开，秋意参差满。先自离愁裁不断[①]，蛩螀更作声声怨。　　山绕千重溪百转。隔了溪山，梦也无由见。归计凭谁占近远，银缸昨夜花如糁[②]。

[注释]

①离愁裁不断：谓离愁难以忘却。"剪不断，理还乱，是离愁。"见李煜《乌夜啼》。　②"银缸"句：点灯花，卜归期。"今日喜时闻喜鹊，昨宵灯下拜灯花。"见鱼玄机《迎李近仁员外》诗。　糁(sǎn)：米粒。

好事近

鸿雁几时来[①]，目断暮山凝碧。别后故园无恙，定芙蓉堪折[②]。　　休文多病废吟诗[③]，有酒怕浮白[④]。不是孤他诗酒，更孤他风月。

[注释]

①鸿雁：指书信。古有鸿雁传书之说。　②芙蓉堪折：惜取时光之意。"花开堪折直须折，莫待无花空折枝。"见唐佚名《金缕衣》诗。③休文：沈约字，约性不饮酒，能诗善文章，见《梁书》卷十三、《南史》卷五十七。　④浮白：此谓满饮一杯。

小重山

梧竹因依山尽头。潇潇疏雨后，几分秋。轻凉无数入西楼。凭栏久，满眼动离愁。　飞鹭下汀洲。怕知鸿雁到，带书否。诗阄酒戏一齐休[1]。人如削，身在水边洲。

[注释]

①诗阄：集体赋诗，拈阄以定诗韵。　酒戏：猜拳饮酒以赌胜负之游戏。

丑奴儿

绿阴窗几明如拭，粉黛初匀。无限芳心，翻动牙签却殢人[1]。　多娇爱学秋来曲，微颤朱唇。别后销魂，字底依稀记指痕。

[注释]

①殢（tì）人：逗人。吕渭老《思佳客》词："秋意早，暑衣轻，殢人索酒复同倾。"

更漏子

秋点长，秋梦短，怕见黄昏庭院。风窸窣，雨萧骚，倚窗魂欲销。　候蛛丝，占鹊喜[1]，依旧浓愁一纸。红袖皺，翠钿蔫，泪痕犹未乾。

[注释]

①候蛛丝，占鹊喜：旧时民俗，见蜘蛛在屋檐结网，喜鹊在门前叫，便以为是喜兆，因蜘蛛一名嬉子。

减字木兰花

西风淅淅，满眼芙蓉红欲滴。无限相思，百叠青山百曲溪。　凭谁说与，衣带别来宽几许。好片心肠，不道秋来早晚凉。

临江仙

上巳清明都过了，客愁惟有心知。子规昨夜忽催归。驿程那复记，魂梦已先飞。　回首故园花与柳，枝枝叶叶相思。归来拚得典春衣①。绿阴幽远处，不管尽情啼。

[注释]

①典春衣：典当春衣以换酒。杜甫《曲江》诗："朝回日日典春衣，每向江头尽醉归。"

临江仙

凤翥鸾飞空燕子，宝香犹惹流苏。旧欢凄断数行书。终山方种玉①，合浦忽还珠②。　午枕梦圆春寂寂，依然刻雪肌肤。觉来烟雨满平芜。客情殊索莫，肯唤一尊无。

[注释]

①终山种（zhòng）玉：洛阳人杨伯雍，居无终山，山上无水，杨常汲水以供人饮。三年，有人饮后，以石子一斗与之，曰：种之生玉，又得好妇。杨种之果得玉，又得白璧五双娶徐公女，名其地曰"玉田"。见晋人干宝《搜神记》卷十一。　②合浦还珠：传说汉时合浦郡（今属广西）不产谷物，而海产珠。因郡守多贪真珠，致使真珠迁徙别处。后来孟尝为合浦太守，严禁贪污，真珠又还合浦生殖。

南乡子

帘幕闷深沉，灯暗香销夜正深。花落画檐鸣细雨[①]，岑岑[②]，滴破相思万里心。　晓色未平分，翠被寒生不自禁。待得梦成翻恶况，堪颦，飞雁新来也误人[③]。

[注释]

①画：《全宋词》注，此下原有“屏”字，据毛校本删。　②岑岑：烦闷。　③“飞雁”句：谓书信不至。　新来：近来。

鹧鸪天

细听楼头漏箭移，客床寒枕不胜攲[①]。凄凉夜角偏多恨[②]，吹到梅花第几枝[③]。　人间阔，雁参差，相思惟有梦相知。谢他窗外芭蕉雨，叶叶声声伴别离。

[注释]

①攲（qī）：侧身而卧。　②夜角：夜中号角。　③“吹到”句：指夜角所吹《梅花落》曲子。

鹧鸪天

元日呈王帅

柳际梅边腊雪乾，钗头蝴蝶又成团。飘零萍梗江湖客，冷落笙箫灯火天。　浇浊酒，惜流年。牙旗夜市几时穿。太平乐事终须在，老去心情恐不然。

鹧鸪天

济楚偏宜淡薄妆，冰涵清润玉生香。只因梦峡成云雨[①]，便拟吹箫跨凤皇[②]。　　新间阻，旧思量。多情翻不似垂杨。年年才到春三月，百计飞花入洞房。

［注释］

①梦峡成云雨：楚怀王游高唐，昼寝，梦一妇人，自称巫山之女，愿荐枕席，王因幸之。去而辞曰："妾旦为朝云，暮为行雨，朝朝暮暮，阳台之下。"事见《文选·宋玉〈高唐赋〉》。　②吹箫跨凤皇：秦缪公时，有萧史者善吹箫，缪公有女号弄玉，好之。缪公随以弄玉妻之，萧史教弄玉作凤鸣。居数十年，吹箫似玉声，凤皇止其屋。作凤台，夫妇居其上，一旦皆随凤凰飞去。事见刘向《列仙传》。　唐氏按："跨"原作"夸"，毛校云，疑"跨"。

菩萨蛮

池落开遍莲房老，秋声已入梧桐表。葵扇与桃笙[①]，尚宜相带行。　　危亭三百尺，爽气真堪挹。瀹茗且盘旋[②]，翩翩吾欲仙。

［注释］

①葵扇与桃笙：蒲葵叶所制之扇；桃枝竹所编之席。　②瀹茗（yuè míng）：煮茶，烹茶。

菩萨蛮

相思绕遍天涯路，相思不识行人处。多病怕逢春，那堪春正深。　　日高梳洗懒，鸾镜香尘掩。双鬓绿蓬鬆，一帘花信风[①]。

［注释］

①花信风：应花开之期而来之风。一年共二十四番花信风。

菩萨蛮

次杜叔高韵[①]

惜山不厌山行远[②]，山中禽鸟频惊见。小雨似怜春，霏霏容易晴。　　青裙田舍妇，馌饷前村去[③]。溪水想平腰，唤船依断桥。

[注释]

①杜叔高：杜游字。浙江金华人，其词已失传。与兄杜旟，字伯高；杜旃，字仲高；弟杜旞，字季高；杜旝，字幼高，号“金华五高”。　②惜山：爱山。　③馌（yè）饷：给耕者送饭。《诗经·豳风·七月》：“同我妇子，馌彼南亩。”

浣溪沙

绿锁窗前双凤奁，调朱匀粉玉纤纤。妆成谁解尽情看。　　柳转光风丝袅娜，花明晴日锦斓斑。一春心事在眉尖。

浣溪沙

送杜仲高

绿绮空弹恨未平，可堪执手送行人。碧酒谩将珍重意，莫辞斟。　　我定忆君吟渭北[①]，君须思我赋停云[②]。未信高山流水曲，断知音。

[注释]

①忆君吟渭北：指思念友人杜旃。杜甫《春日忆李白》诗：“渭北春天树，江东日暮云。何时一樽酒？重与细论文。”　②思我赋停云：指杜旃思

念黄机。陶渊明《停云》诗《序》云：“停云，思亲友也。”诗云：“静寄东轩，春醪独抚。良朋悠邈，搔首延伫。”

浣溪沙[1]

流转春光又一年，春愁尽日两眉尖。草草幽欢能几许，已天边。　　会得音书生羽翼，免教魂梦役关山[2]。帘卷落花千万点，雨如烟。

［注释］

①以上二首上、下片两结，增三字，名《摊破浣溪沙》。　②役关山：奔走于关山之间。

［集评］

何严云：“春愁两眉尖，魂梦役关山，世称几仲长于闺情，信然。”

浣溪沙

日转雕栏午漏分，井梧落尽小窗明。宝床丝索懒关心。　　愁压春山应脉脉[1]，困凝秋水想沉沉[2]。低头时露一湾金[3]。

［注释］

①春山：喻眉黛。文君姣好，眉色如望远山，脸际常若芙蓉。见《西京杂记》卷二。　②秋水：喻眼波。白居易《筝》诗：“双眸剪秋水，十指剥春葱。”　③一湾金：未详。疑指头上金钗。

浣溪沙

墨绿衫儿窄窄裁，翠荷斜亸领云堆。几时踪迹下阳台。　　歌罢樱桃和露小，舞馀杨柳趁风回[1]。唤人休诉十分杯。

[注释]

①樱桃、杨柳：樱桃比喻女子之口，杨柳比喻女子之腰。白居易家伎樊素善歌，小蛮善舞。居易尝作诗曰："樱桃樊素口，杨柳小蛮腰。"见唐人孟棨《本事诗·事感》。

浣溪沙

著破春衫走路尘，子规啼断不禁闻。功名似我却羞人。象板且须歌皓齿[1]，褭蹄何苦惜黄金[2]。尊前休负此生身。

[注释]

①象板：以象牙制作用来调节乐曲节拍之拍板。　②褭蹄：铸成马蹄形之金锭。

卜算子

柬赵佥

忆自别郎时，数到郎归日。及至郎归郎又行，泪脸香红湿。　　残梦怕寻思，罥绣慵收拾。夏簟青青白昼长，背倚阑干立。

醉蓬莱

寿史帅[1]

政槐云浓翠，榴火殷红，暑风凉细。紫府神仙，向人间游戏。瑞节珠幢，琼缨宝珮，炯冰壶标致。经济规模，登庸衣钵[②]，家传如此。　　礼乐醇儒，诗书元帅，尽洗凡踪，平吞馀子。敬简堂深[③]，且从容一醉。庆祉绵绵[④]，功名衮衮，比衡山湘水。更把阳和[⑤]，从头付与，满门桃李。

[注释]

①史帅：指史弥宁，丞相史浩之从子，字安卿，宋宁宗嘉定中，以国子舍生位春坊事，带阁门宣赞舍人知邵阳，领武冈军。著《友林乙稿》一卷。②登庸：举用，擢升。　③敬简堂：史氏堂名，在邵阳。　④庆祉：福庆。祉：福。　⑤阳和：春日暖气。"时在中春，阳和方起。"见《史记·秦始皇本纪》。

醉落魄

初藕花发，薰风庭院凉成霎。碧纱金缕笼香雪[①]。记得年时，心事凭栏说。　　如今陡顿音书绝，夜窗羞见团团月。锦囊尘暗黄金玦。留取多情，归趁好时节。

[注释]

①笼香雪：笼罩香艳洁白之身躯。

虞美人

十年不作湖湘客，亭堠催行色。浅山荒草记当时，[illegible]竹篱边羸马、向人嘶。　　书生万字平戎策[①]，苦泪风前滴。莫辞衫袖障征尘，自古英雄之楚、又之秦[②]。

[注释]

①平戎策：指平定金兵侵略之策。"拟上平戎策，惭无属国才。"见北

宋晁仲之诗。 ②“自古英雄”句:战国苏秦习纵横家言,说秦惠王,不用。于是往说燕、赵、韩、魏、齐、楚,合纵抗秦,为纵约长,秦兵不敢窥函谷关者十五年。见《史记·苏秦列传》。

[集评]

陈廷焯云:“‘书生万字平戎策,苦泪风前滴。’此类皆慷慨激烈,髪欲上指。词境虽不高,然足以使懦夫有立志。”(《白雨斋词话》卷六)

虞美人

云情雨意才端的,津鼓催行色[①]。因缘虽浅是因缘,犹胜当初无分、小留连。 刘郎双鬓青堪照[②],君也方年少。尊前不用苦沾衣,未信桃源别后、路成迷。

[注释]

①津鼓:津关所设之鼓。唐人李端《古别离》诗:“天晴见海樯,月落闻津鼓。” ②刘郎:指刘晨。传东汉永平五年,剡县刘晨、阮肇到天台山采药迷路,遇二仙女,邀至家中,众仙人持桃祝贺。半年后回家,子孙已过七代。刘、阮重入天台访仙女,踪迹渺然。事见南朝宋刘义庆《幽明录》。

清平乐

寿林守

钗头蝴蝶,趁舞梅边雪。酒泻黄縢光夺月[①],岁岁年年蕉叶[②]。 边城莺唤春归,沙场马到秋肥。□□熊韬虎略,换渠金甲牙旗。

[注释]

①黄縢(téng):以黄绫缄封之酒。陆放翁《酒》诗:“一壶花露拆黄縢。” ②蕉叶:浅的酒杯。以其形似而得名。

清平乐

风韶烟腻，春事三之二。说与人生行乐耳，富贵古来如此。　　西园已有心期，姚黄魏紫开时[①]。纤指金荷潋滟，香唇银竹参差。

[注释]

①姚黄魏紫：两种名贵牡丹。姚黄，为宋代姚姓人家培育之千叶黄色牡丹花；魏紫，为魏仁溥家培育之千叶肉红色牡丹。见欧阳修《洛阳牡丹记》。

江城子

次洪如晦韵

醉来玉树倚风前[①]，举吟鞭，指青帘。乌帽低昂，摇兀似乘船。傍路谁家妆束巧，斜映日，半窥帘。　　寻欢端合趁芳年。对鹍弦[②]，且陶然。纸上从渠，刘蹶与嬴颠[③]。漠漠绿阴春复夏，多少事，总悬天[④]。

[注释]

①玉树倚风：喻丰姿超逸。杜甫《饮中八仙歌》："宗之潇洒美少年，举觞白眼望青天，皎如玉树临风前。"　②鹍弦：段成式《酉阳杂俎》卷六："古琵琶弦用鹍鸡筋。"苏轼《杜介熙熙堂》诗："鹍弦铁拨响如雷。"　③刘蹶、嬴颠：谓秦、汉之亡。韩愈《桃源图》诗："嬴颠刘蹶了不闻。"　④总悬天：都关于天命。王充《论衡》："命悬于天。"

鹊桥仙

寿葛宰

松梢擘雪，竹枝泫露，炯炯照人清韵。仙家谱系合长生,元不藉、药炉丹井。　　凌云壮志,垂天健翮,九万扶摇路稳。发闻政最有公车[1],定飞下、日边音信[2]。

[注释]

①发闻:公布。　政最:政绩第一曰最。　②日边:比喻京都。此指南宋首都临安。

鹊桥仙

一番雨过,江头绿涨,催唤扁舟解去。重来言语是相宽[1],怎得似、而今且住。　　阳关声断[2],同心未绾,簌簌泪珠无数[3]。秋鸿春燕往还时,莫忘了、锦笺分付。

[注释]

①是相宽:《词综》卷十六作"纵堪凭"。　②阳关声断:本王维《送元二使安西》诗"渭城朝雨浥轻尘,客舍青青柳色新。劝君更尽一杯酒,西出阳关无故人"。自此诗传出后,时人将它加上乐谱,称为《渭城曲》,或《阳关曲》,作为送别的流行歌曲。　③簌簌:流泪貌。李璟《摊破浣溪沙》:"簌簌泪珠多少恨,倚栏干。"见《南唐二主词》。

鹊桥仙

薄情也见,多情也见,不似这番著相[1]。如何容易买归舟,报南浦、桃花绿涨[2]。　　随君无计,留君无计,赢得泪珠两行[3]。夕阳明处一回头,有人在、高楼凝望。

[注释]

①著相:着意相看。　②南浦:泛指面南水边。《楚辞·九歌·河伯》:"送美人兮南浦。"　桃花绿涨:称桃汛或春汛,又称桃花水、桃花浪。见《汉书·沟洫志》。　③行:读去声。

[集评]

李调元云："黄机《竹斋诗馀》，清真不减美成，而《草堂集》竟不选一字。竹垞谓《草堂》'最下，最传'，信然。如《鹊桥仙》云云，言赅而意远。"（《雨村词话》卷二）

诉衷情

宿琴圻江上①

子规声老又残春，犹作未归人。天意不能怜客，何事苦教贫。　归去也，莫逡巡②。好从今，秧田车水，麦陇腰镰③，总是关心。

[注释]

①琴圻江：未详。　②逡巡：徘徊不定。　③腰镰：腰带镰刀，准备务农。

临江仙

寒食清明都过了，客中无计留春。东风吹雨更愁人，系船芳草岸，始信是官身。　怅望故园烟水阔，几时匹马骎骎①，别肠何止似车轮②，殢天天不管③，转作两眉颦。

[注释]

①骎骎（qīn）：马疾行貌。　②"别肠"句：形容愁肠万转。　③殢天：疑是"殢人"。即困人、疲人之意。

朝中措

驳云行雨苦无多①，晴也快如梭。春思正难拘束，客愁谁为销磨。　　寻花觅谶[2]，传杯托意，种种蹉跎。消息不来云锦[3]，泪痕湿满香罗[4]。

［注释］

①驳(bō)云：杂色之云。《汉书·梅福传》："一色成体谓之醇，黑白杂合谓之驳。"　②觅谶(chèn)：占卜得失预兆。　③云锦：此指书信。李白诗："手迹尺素中，如天落云锦。"　④香罗：指手帕或衣襟。杜甫《端午日赐衣》诗："细葛含风软，香罗叠雪轻。"

朝中措

逢逢船鼓绿杨津，彼此是行人。先是离愁无数，那堪病酒伤春。　　岸花樯燕，低飞款语[1]，满面殷勤。后会不知何日，因风时惠嘉音[2]。

［注释］

①"岸花"两句：本杜甫《发潭州》诗"岸花飞送客，樯燕语留人"。②时惠：及时惠赐。

柳梢青

征路迢迢，征旗猎猎，征袖徘徊。扑簌珠泪[1]，怕闻别语，慵举离杯。　　春风花柳齐开，只唤做、愁端恨媒。一片衷肠，十分好事，等待回来。

［注释］

①扑簌：眼泪纷纷下垂貌。

丑奴儿

绮窗拨断琵琶索，一一相思，一一相思，无限柔情说似谁[1]。　银钩欲写回文曲[2]，泪满乌丝[3]，泪满乌丝，薄幸知他知不知[4]。

［注释］

①说似谁：说与谁听？似，与也，给也。晏几道《长相思》："欲把相思说似谁？浅情人不知。"　②银钩：形容书法笔姿遒劲。《晋书·索靖传》："盖草书之为状也，婉若银钩，飘若惊鸾。"　回文曲：即回文诗。③乌丝：乌丝栏之省称。于缣帛上以乌丝织成栏，其间用朱墨界行，用以书写诗文。陆游《雪中感成都》诗："乌丝阑殿新诗就。"　④薄幸：此指薄情郎。

满庭芳

次仁和韵，时欲之官永兴[1]

二十年间，旧游踪迹，梦飞岳麓湘湾[2]。征衫再理，秋老菊花天。为客问君何好，爱水光、山色争妍。经行处，旗亭酤酒[3]，曾记屋东偏。　噫其[4]，吾甚矣，不断蹇拙，欲鬥婵娟。办轻舆短艇，强载衰颜。人道郴阳无雁[5]，奈情钟、藕断丝联。须相忆，新诗赋就，时复寄吴笺[6]。

［注释］

①永兴：县名，今湖南永兴。　②岳麓：岳麓山，在今湖南长沙市湘江西岸。　湘湾：湘江流经湘阴县境，有三十六湾。　③旗亭：酒楼。李贺《开愁歌》："旗亭下马解秋衣，请贳宜阳一壶酒。"　④噫其：唉呀！叹词。其：助词，无义。　⑤人道郴阳无雁：本秦观《阮郎归》"衡阳犹有雁传书，郴阳和雁无"。　⑥吴笺：吴地所产之笺。陈师道《渔家傲》词："一舸姑苏风雨疾，吴笺满载红犹湿。"

清平乐

江上重九

西风猎猎，又是登高节。一片情怀无处说，秋满江头红叶。　谁怜鬓影凄凉，新来更点吴霜[①]。孤负萸囊菊琖[②]，年年客里重阳。

[注释]

①吴霜：吴地之霜，此指两鬓如霜白。李贺《还自会稽歌》："吴霜点归鬓。"　②萸囊菊琖：旧俗重九登高，携茱萸囊，饮菊花酒。事见南朝梁吴均《续齐谐记》。　琖（zhǎn）：小杯子。

谒金门

秋晚□蕙花为赋[①]

秋向晚，秋晚蕙根犹暖。碧染罗裙湘水浅，羞红微到脸。　窣窣绣帘围遍[②]，月薄霜明庭院。妆罢宝奁慵不掩，无风香自满。

[注释]

①蕙：俗名蕙兰，兰的一种。一茎一花者为兰，一茎八九花者为蕙。故蕙又名"九华"。　②窣窣（sū）：象声词，此指绣帘被摩擦而发出的细微声。

木兰花慢

为同年赵必达寿

亶文王前子[①]，自不与、世人同。况地望既华[②]，天资更伟，云骥行空[③]。年少才名蜚动，泛星槎、曾到广寒宫[④]。

桂子香浓秋月，桃花浪暖春风。　　神仙之说朦胧。铅与汞、亦何功[5]。政磐石规模[6]，维城事业[7]，倚重周宗。休要碧油红旆，趁黑头时节、做三公[8]。堂上双亲未老，稳看金紫重重。

（以上吴讷《唐宋名贤百家词》本《竹斋诗馀》，讹字据毛扆校汲古阁本《竹斋诗馀》改，不一一注出）

[注释]

①亶：指古公亶父。周文王祖父。周朝开国领袖，于岐山下建城市，置官吏，开垦荒地，发展生产，使周族逐渐强盛，周人追尊为太公王。见《史记·周本纪》。　前子：即前王、先王之意。黄用此典，谓赵必达是赵宋宗室。　②地望：地位与名望。唐人段成式云：韦斌生于贵门，“地望素高”。见《酉阳杂俎·续集》卷三。　③云骥行空：天马行空，唐人元稹《谢赐告身衣服并借马状》：“忽降天书，乍乘云骥。”　④星槎：仙槎。传天河与海通，有人乘槎而去，十馀日犹见星月日辰，自后茫茫不见昼夜。后至一处，有城郭，遇牛郎织女，此人问牛郎，“此是何处？”答曰：“君还至蜀访严君平则知之。”后至蜀，问君平。曰：“某年月日有客星犯牵牛宿。”计年月正是此人到天河时也。见晋人《博物志》卷十。黄词指赵氏蟾宫折桂，即中进士。　⑤铅与汞：指赵氏炼丹学道。　⑥磐石规模：指辅佐王室，如磐石之安。《汉书·文帝纪》：“汉祖王子弟，地犬牙相制，所谓磐石之宗也。”　⑦维城事业：指连城以卫国。《诗经·大雅·板》：“维德维宁，宗子维城。”　⑧黑头时节：喻壮年时代。杜甫《远行口号》诗：“远愧梁江总，还家尚黑头。”　三公：辅佐帝王，掌握军政大权的最高官员。周朝以太师、太傅、太保为三公，见《尚书·周官》。西汉以大司马、大司徒、大司空为三公，见枚乘《上书重谏吴王》。东汉以太尉、司徒、司空为三公，见《汉书·百官公卿表》。唐宋仍称三公，已无实权。

严　羽

严羽,生卒不详,字仪卿,一字丹邱,自号沧浪逋客、沧浪先生。南宋邵武军邵武(今福建邵武)人。著有《沧浪集》二卷,《沧浪诗话》一卷,皆存。羽长于论诗,而词非所长。提出"论诗如论禅"之主张,大旨以盛唐为宗,主妙悟,谓盛唐之诗,如羚羊挂角,无迹可求。如空中之音,相中之色,水中之月,镜中之象,言有尽而意无穷。而宋人之诗,以议论为主,少含蓄、神韵、雄浑之气,于一唱三叹之音,有所歉焉。其诗论对后世颇有影响。词无专集传世,今存词两首。

满江红

送廖叔仁赴阙

日近觚棱[①],秋渐满、蓬莱双阙。正钱塘江上,潮头如雪。把酒送君天上去,琼裾玉珮鹓鸿列。丈夫儿、富贵等浮云,看名节。　　天下事,吾能说。今老矣,空凝绝。对西风慷慨,唾壶歌缺[②]。不洒世间儿女泪,难堪亲友中年别。问相思、他日镜中看,萧萧髮[③]。

[注释]

①觚(gū)棱:殿堂屋角之瓦脊,因其为方角棱瓣之形,名故。班固《西都赋》:"设璧门之凤阙,上觚棱而栖金爵。"　②唾壶:痰盂。晋裴启《语林》:"王大将军(敦)每酒后,辄咏魏武帝(曹操)《乐府歌》:'老骥伏枥,志在千里。烈士暮年,壮心未已。'以铁如意击唾壶为节,壶尽缺。"　③萧萧:髮稀疏貌。

沁园春

为董叔宏赋溪庄

问讯溪庄，果如之何，吾为平章[①]。自月湖不见[②]，江山零落，骊塘去后[③]，烟月凄凉。有老先生，如梅峰者，健笔纵横为发扬。还添得、石屏诗句[④]，一段风光。　主人雅兴徜徉，每携客临流泛羽觞。想归来松菊[⑤]，小烦管领，同盟鸥鹭[⑥]，未许相忘。我道其间，如斯人物，只合盛之白玉堂。还须把、扁舟借我，散髮沧浪[⑦]。

（以上二首见《沧浪先生吟卷》卷三）

[注释]

①平章：评论，品评。陆游《自笑》诗："平章春韭秋菘味。"　②月湖：浙江鄞县与湖北汉阳都有月湖，在南宋疆域内。　③骊塘：地名。亦无考。王安石《送邓监簿南归》："不见骊塘路，茫然四十春。"　④石屏诗句：石屏，戴复古的字。他著有《石屏集》六卷，《石屏词》一卷。　⑤归来松菊：本陶渊明《归去来辞》"三径就荒，松菊犹存"。　⑥同盟鸥鹭：谓与鸥鹭为友。喻隐者生活。陆游《夙兴》诗："鹤怨凭谁解？鸥盟恐已寒。"　⑦散髮沧浪：喻超脱尘俗，畅怀旅游。《孟子·离娄上》："沧浪之水清兮，可以濯我缨；沧浪之水浊兮，可以濯我足。"李白《饯别校书叔云》："明朝散髮弄扁舟。"

严　仁

严仁,生卒不详,字次山,号樵溪,邵武(今福建邵武)人。与严羽、严参齐名,人称“邵武三严”。时吴曦叛,杨巨源与安丙合谋诛曦。又有人诬告巨源将作乱,安丙又杀巨源,李洪为之雪冤。严仁为作《长愤歌》悲吊巨源,为时传诵。严仁好古博雅,工为长短句。时有警句佳章,为“三严”之冠。《文献通考》著录其《清江欸乃集》一卷,已失传,今存词三十首。

贺新郎

寄上官伟长。序云:扁舟何时下沧湾,孤剑尚客东楚,渺二千里,寄一曲歌,睹物怀人,想见临风激烈也

兰芷湘东国。正愁予、一江红叶,水程孤驿。欲写潇湘无限意,那得如椽彩笔[①]。但满眼、西风萧瑟。我所思兮何处所,在镡津、津上沧湾侧[②]。谁氏子,阆风客[③]。
阆风仙客才无敌。赋悲秋、抑扬顿挫,流离沉郁。百赋千诗朝复暮,解道波涛春力。忆共尔、乘槎吹笛。八表神游吾梦见,渺洞庭、青草烟波隔[④]。空怅望,楚天碧。[⑤]

[注释]

①椽笔:比喻大手笔,才情横溢。　②镡津:地名。隋永平县,唐改名镡津,宋沿用,明省。故治在今广西藤县北。　③阆风:山名。相传为仙人所居之处,在昆仑之巅,昆仑有三角,一角正北,名曰“阆风巅”;一角正西,名曰“玄圃堂”;一角正东,名曰“昆仑宫”。见汉人东方朔《海内十洲记》。　④洞庭、青草:在今湖南省洞庭湖中,水涨则两湖合而为洞庭;水落,则北为洞庭,南为青草,故亦称“重湖”。　⑤注者按:此首又误作杨炎正词,见《永乐大典》卷一万四千三百八十一“寄”字韵。

［集评］

邹祗谟云："诗家有王、孟、储、韦一派，词流惟务观、仙伦、次山、少鲁诸家近似，与辛、刘徒作壮语者有别。"（《远志斋词衷》"词有闲澹一派"）

贺新郎

清浪轩送春

碧浪摇春渚。浸虚檐、蒲萄滉漾，翠绡掀舞。委曲经过台下路，载取落花东去。问花亦、漂流良苦。花不能言应有恨，恨十分、都被春风误。同此恨，有飞絮。　　人生聚散元无据。尽凭阑、一尊相对，蘋洲春暮。嫉色冲冲空怅望，泪尽世间儿女。君不见、千金求赋①。飞燕婕妤今何在②，看黏云、江影伤千古。流不去，断魂处。

［注释］

①千金求赋：汉武帝陈皇后，罢居长门宫，愁闷悲思。闻司马相如善为文，奉黄金百斤，相如为作《长门赋》以悟主，陈皇后复得亲幸。辛弃疾《摸鱼儿》："千金纵买相如赋，脉脉此情谁诉？"　②飞燕：赵飞燕，汉成帝皇后。初学歌舞，以身轻如燕，称"飞燕"。　婕妤：班婕妤，成帝时选入宫为婕妤。后为赵飞燕所谮，退处东宫，作赋及诗以自伤悼。事见《汉书·外戚传》。

［集评］

杨慎云："秦少游'山抹微云，天粘衰草'；赵文升词'玉关芳草粘天碧'；严次山词'粘云江影伤千古'；叶梦得词'浪粘天'；刘行简词'山翠欲粘天'；刘叔安词'暮烟细草粘天远'。粘字极工，且有出处。"（《词品》卷三）

又云："次山词名《清江欸乃》，其佳处有'粘天江影伤千古，流不去断魂处'之句。"（《词品》卷四）

沈雄云："近代选家，无有不知次山词者，《玉楼春》春思，《鹧鸪天》别情,《多丽》之记恨,《金缕曲》之送春,有不能释卷者。独'粘云江影伤千古,流不去断肠处',是才人创句,而亦削之,为咄咄怪事。"(《古今词话·词评》上卷)

贺新郎

送杜子野赴省

说到城南杜[1]。尽风流、至今人号,去天尺五。家世联翩苍玉佩,自有文章机杼。看鸾凤、九霄轩翥。文阵堂堂新得隽,正少年、壮气虹霓吐。拈彩笔,月城去。
出关相送梅千树。雪连空、马蹄特特[2],晓寒人度。帝里春浓花似海,催入明光奏赋[3]。须快展、亨衢阔步。随世功名真漫浪,要平生、所学期无负。须记得,别时语。

[注释]

①城南杜:本辛氏《三秦记》"城南韦杜,去天尺五"。言其声势煊赫。 ②特特:象声词,马蹄声。温庭筠《长林欢歌》:"马声特特荆门道。" ③明光:汉宫殿名。汉武帝时代建置。见佚名《三辅黄图》卷三。后来也泛指宫殿。张籍《节妇吟》:"妾家高楼连苑起,良人执戟明光里。"

归朝欢

南剑双溪楼[1]

五月人间挥汗雨,离恨一襟何处去。双溪楼下碧千寻,双溪楼上匏尊举。晚凉生绿树,渔灯几点依洲渚。莫狂歌,潭空月净,惨惨瘦蛟舞。 变化往来无定所,求剑刻舟应笑汝[2]。只今谁是晋司空[3],斗牛奕奕红光吐。我来空吊古,与君同记凭阑语。问沧波,乘槎此去,流到天河否。

[注释]

①南剑双溪楼：故址在今福建南平。金良弼《双溪楼记》："剑溪环其左，樵川带其右，二水交流。" ②求剑刻舟：即刻舟求剑，比喻拘泥成法而不能根据已经变化之客观实际办事。 ③晋司空：张华，曾官司空，吴未灭时，斗牛之间常有紫气。华闻豫章人雷焕长于天文纬象之学，令焕至丰城掘狱屋，得石函，中有龙泉、太阿两宝剑。事见《晋书□□》。

归朝欢

寿萧禹平知县

云表金茎珠璀璨[①]，当日投怀惊玉燕[②]。文章议论压西雍[③]，风流姓字翔东观[④]。紫皇嗟见晚，祥麟五色留金殿。大江西，铜章墨绶，暂尔烦君绾。 十二金钗扶玉盏，锦瑟掺掺随急管。兽炉烟动彩云高，秋声拍碎红牙板。趣君归翰苑，莱衣焕烂潘舆稳[⑤]。任方瞳[⑥]，从今看到，弱水波清浅。

[注释]

①金茎：铜柱，上有承露盘，以接露水。 ②投怀惊玉燕："张说母梦有一玉燕，自东南飞来，投入怀中，而有孕，生说。果为宰相，其至贵之祥也。"见五代王仁裕《开元天宝遗事》"梦玉燕投怀"条。 ③西雍：古代天子所设立之太学。见《诗经·周颂·振鹭》。 ④东观：在洛阳南宫。东汉明帝时，命班固等在此修撰《汉记》。以后东观二字泛指宫中藏书和著书之处。 ⑤潘舆：潘岳孝奉母亲的安车。见潘岳《闲居赋》。 ⑥方瞳：方形瞳孔，长寿之征。

归朝欢

别　意

朱户绿窗深窈窕，闪闪华旗红干小[①]。相逢斜柳绊轻舟,渚香不断蘋花老。西风吹梦草,题诗未了还惊觉。独伤心,凄凉故馆,月过西楼悄。 楼外斜河低浸斗[②],夜已如何夜将晓。心期欲寄赤鳞鱼[③],愁云不动秋江渺。相思千里道,多情直被无情恼。玉台前,请君试看,华髮添多少。

[注释]

①华旗:光彩华丽之大旗。“或曰:力有扛洪鼎,揭华旗,智德亦有之乎?”见扬雄《方言》卷十三。 ②“楼外”句:宋人填此调,如柳永、张先、苏轼、辛弃疾等,下片第一句都押韵,严仁所填此调三词,其他两首都押韵,唯《别意》一首于此处以“斗”押韵,不知何故,疑“杓”字之误。 ③赤鳞鱼:鲤鱼,书信的代称。汉蔡邕《饮马长城窟行》:“客从远方来,遗我双鲤鱼。呼儿烹鲤鱼,中有尺素书。”

水龙吟

题连州翼然亭呈欧守[①]

翼然新榜高亭,翰林铁画燕公手[②]。滁阳盛事[③],何人重继,湟川太守。太守谓谁,文章的派,醉翁贤胄。对千峰削翠[④],双溪注玉[⑤],端不减、琅琊秀。 坐啸清香画戟,听丁丁、滴花晴漏。棠阴昼寂,细赓宾客[⑥],竹枝杨柳。只恐明朝,绨封趣觐[⑦],未容借寇[⑧]。尽江山识赏,盐梅事业[⑨],焕青毡旧。

[注释]

①翼然亭:建于南宋,已毁。故址在今广东连县。 ②燕公:指张说。唐玄宗时,燕国公张说与许国公苏颋,以文章齐名,时号“燕许大手笔”。③滁阳盛事:此指欧阳修为滁州太守,作《醉翁亭记》,记中有“有亭翼然”句,后人于连州筑亭,遂取“翼然”为名。 ④千峰削翠:连州有桂山、方

山、静福山、阳岩山、黄连岭、天际岭等。北宋陶弼《连州天际岭》诗云："南来未见此高峰，下际沧溟上际空。" ⑤双溪注玉：连州湟川有八景，一曰"双溪春涨"。双溪，指湟水与桂水。见《方舆胜览》卷三十七。⑥赓：酬和。 ⑦绨封：绸质书信，此指朝廷诏书。 趣觐：催促返回朝廷，觐见皇上。 ⑧借寇：东汉寇恂为颍川太守，有政绩。后随光武帝复至颍川，百姓于途中邀帝曰："愿从陛下复借寇君一年。"后以"借寇"二字作为地方挽留官员之典故。 ⑨盐梅事业：宰相功勋。盐与酸梅，为调味之物，用以喻整治国家大政。《尚书·说命下》："若作和羹，尔唯盐梅。"

水龙吟

题天风海涛呈潘料院

飙车飞上蓬莱，不须更跨琴高鲤[①]。砉然长啸[②]，天风澒洞，云涛无际。我欲乘桴[③]，从兹浮海，约任公子[④]。办虹竿千丈，犗钩五十，亲点对、连鳌饵。 谁榜佳名空翠。紫阳仙、去骑箕尾[⑤]。银钩铁画，龙拏凤翥，留人间世。更忆东山，哀筝一曲，洒沾襟泪。到而今，幸有高亭遗爱，寓甘棠意。

[注释]

①琴高鲤：琴高，战国赵人，能鼓琴，为宋康王舍人。学涓子、彭祖长生之术，游戏冀州、涿郡之间二百馀年。一日，欲入涿水中取龙子，与诸弟子期某日返，命于祠屋以待。至期，果乘赤鲤鱼出，万人观之。留一月，复入水去。事见人干宝《搜神记》卷一。 ②砉（huā）然：划然，大声貌，象声词。 ③乘桴：乘坐竹木小筏。孔子曰："道不行，乘桴浮于海。"后世以"乘桴浮海"表示避世隐居。 ④任（rén）公子：传说中善于钓鱼之人。每次钓鱼，用大钩、巨绳，以五十头牛（犗）为饵。蹲于会稽山，钓于东海中。事见《庄子·物外》。 ⑤紫阳仙：朱熹曾主讲紫阳书院。

[集评]

杨慎云:“赵如愚题鼓山寺云:‘几年奔走厌尘埃,此日登临亦快哉。江月不随流水去,天风常送海涛来。’朱晦庵摘其中‘天风海涛’四字题匾,人莫知为赵公诗也。严次山有《水龙吟》题壁(词略)。前段言江山景,后段紫阳仙去指文公,东山甘棠指赵公也。赵诗、朱字、严词,可谓三绝。”(《词品》卷五)

水龙吟

题盱江伟观[①]

城头杰观峥嵘,重阑下瞰苍龙脊。镂珉盘础,雕檀竦楶[②],玲珑金碧。华子冈头,麻源谷口,神仙窟宅。道至今清夜,月明风冷,常隐隐、闻笙笛。　翠壁烟霞缥缈,更寒泉、飞空千尺。数峰江上,孤舟天际,夕阳红湿。抖擞征尘,浩然长啸,跨青鸾翼。向凤岗西望,遥酾斗酒,酹文章伯[③]。

[注释]

①盱江:流经江西南城。凤皇山在南城北。严仁此词,指在李觏(字泰伯)墓上酹酒。李觏(1009—1059),著有《李觏集》四十卷。　②竦楶(jié):竦立的斗栱。　③文章伯:指李觏。《全宋词》注:李泰伯墓在凤皇山下。

[集评]

俞陛云云:“次第写来,应有尽有,笔亦朗健……‘夕阳红湿’四字尤佳。结句乃为山下故友之墓而作也。”(《唐五代两宋词选释》)

水调歌头

上韶州方检详，时有节制之命[①]

惨淡望京阙，慷慨梦天山。引杯中夜看剑，壮气刷幽燕。鼍鼓满天催曙，画角连云啸月，吹断戍瓶烟[②]。犀角赤兔马，虎帐绿熊毡。　　仗汉节，伸大义，伐可汗。青冥更下斧钺，赤子要君安。铁骑千群观猎，宫样十眉环座[③]，磔砺听鸣弦。莫厌兜鍪冷，归去又貂蝉[④]。

[注释]

①检详：官名。宋熙宁四年置，掌管审定枢密院诸房公文。见《宋史·职官志》二。　节制：节度使之简称。　②戍瓶：军中炊具。　③宫样十眉：即十样宫眉，指美女。　④貂蝉：古代王公大官冠上之饰物。始于汉代武官。

木兰花慢

社日有怀

东风吹雾雨，更吹起、夹衣寒。正莽莽丛林，潭潭伐鼓[①]，郁郁焚兰。阑干曲、多少意，看青烟如篆绕溪湾。桑柘绿阴犹薄，杏桃红雨初翻。　　飞花片片走潺湲，问何日西还。叹扰扰人生，纷纷离合，渺渺悲欢。想云軿、何处也[②]，对芳时、应只在人间。惆怅回纹锦字，断肠斜日云山。

[注释]

①潭潭：鼓声。欧阳修《黄牛峡词》诗："潭潭村鼓隔溪闻，楚巫歌舞送迎神。"　②云軿：云车，喻其迅速。梁简文帝《诏真治碑》："羽衣可服，云軿易通。"

[集评]

黄昇云:"次山词,极能道闺阁之趣。"(《词苑萃编》卷五引)

蝶恋花

快 阁

杰阁青红天半倚。万里归舟,更近阑干舣。木落山寒凫雁起,一声渔笛沧洲尾。 千古文章黄太史[①]。扪虱高风[②],长照冰壶里。何以荐君秋菊蕊,瘿瓢为酌西江水[③]。

[注释]

①千古文章黄太史:指黄庭坚之诗文"妙绝当世"。山谷《登快阁》诗云:"痴儿了却公家事,快阁东西倚晚晴。落木千山天远大,澄江一道月分明。朱弦已为佳人绝,青眼聊因美酒横。万里归船弄长笛,此心吾与白鸥盟。"严氏登快阁,忆山谷《登快阁》诗,故有"千古文章"之评。快阁故址在今江西省泰和县山谷中。 ②扪虱:王猛为人放任无拘,桓温入关,猛被褐诣之,扪虱而谈,旁若无人。此处形容谈吐不凡,态度从容。 ③瘿瓢:疑是"瘿瓢"之误。瘿瓢,以瘿木所制酒瓢。

蝶恋花

春 情

院静日长花气暖。一簇娇红,得见春深浅。风送生香来近远,笑声只在秋千畔[①]。 目力未穷肠已断。一寸芳心,更逐游丝乱。朱户对开帘卷半,日斜江上春风晚。

[注释]

①笑声只在秋千畔:本苏轼《蝶恋花》"墙里秋千墙外道。墙外行人,墙里佳人笑"。

鹧鸪天

怨　别

一径萧条落叶深，离肠凄断月明砧。征鸿送恨连云起，促织惊秋傍砌吟。　风悄悄，夜沉沉。鸳机坐冷晓霜侵。挑成锦字心相向[①]，未必君心似妾心[②]。

[注释]

①锦字：苏蕙夫窦滔徙流沙，苏氏思之，织锦为旋图诗以赠，后称妻寄夫之书信为“锦字”。杜甫《江月》诗：“谁家挑锦字，烛灭翠眉颦。”

②未必君心似妾心：本后蜀顾敻《诉衷情》“换我心，为你心，始知相忆深”。

鹧鸪天

闺　思

多病春来事事慵，偶因扑蝶到庭中。落红万叠花经雨，斜碧千条柳因风。　深院宇，小帘栊。几年离别恰相逢。擎觞未饮心先醉[①]，为有春愁似酒浓。

[注释]

①擎觞未饮心先醉：本范仲淹《御街行》“愁肠已断无由醉，酒未到，先成泪”。

鹧鸪天

别　意

行尽春山春事空，别愁离恨满江东。三更鼓润官楼雨，五夜灯残客舍风。　寒淡淡，晓胧胧。黄鸡催断丑时钟。紫骝嚼勒金衔响,冲破飞花一道红。

鹧鸪天

惜　别

一曲危弦断客肠,津桥捩柂转牙樯[①]。江心云带蒲帆重,楼上风吹粉泪香。　　瑶草碧,柳芽黄。载将离恨过潇湘。请君看取东流水,方识人间别意长。

[注释]

①津桥:天津桥的省称。故址在今河南洛阳市西南。隋炀帝大业元年迁都,以洛水贯都,有天汉津梁之象,因建此桥,名天津桥。此指渡口附近之桥。　捩柂(liè duò):转舵。柂,通"舵"。

[集评]

何严云:"不着一字,尽得风流。"

鹧鸪天

春　思

病去那知春事深,流莺唤起惜春心。桐舒碧叶悭三寸[①],柳引金丝可一寻[②]。　　怜绣阁,对云岑。苦无多力懒登临。翠罗衫底寒犹在,弱骨难支瘦不禁。

[注释]

①悭(qiān)三寸:不够三寸宽。　悭:不够,缺少。　②一寻:长度单位,八尺长。　可:大约。

鹧鸪天

闺 情

高杏酣酣出短墙，垂杨袅袅蘸池塘。文鸳藉草眠春昼，金鲫吹波弄夕阳。　　闲倚镜，理明妆。自翻银叶炷衔香①。鸣鞭已过青楼曲，不是刘郎定阮郎②。

[注释]

①自翻银叶炷衔香：指焚香烹茶。　银叶：茶名。《清波杂志》云，北苑茶第四纲，有"万春银叶"及"玉叶长春"等名。　②不是刘郎定阮郎：刘晨与阮肇入天台山采药，遇仙女，留居半年，归来世上已历七世。事见南朝刘宋刘义庆《幽明录》。

鹧鸪天

闺 情

公子诗成著锦袍①，王家桃叶旧妖娆②。檀槽摐急斜金雁③，彩袖翩跹亸翠翘。　　沉水过④，懒重烧。十分浓醉十分娇。复罗帐里春寒少，只恐香酥拍渐消。

[注释]

①公子诗成著锦袍：比喻出众之才华。武后游洛阳龙门，命群臣赋诗。东方虬诗先成，后赐锦袍。俄顷，宋之问诗成，更胜虬诗，后夺袍以赐之问。严词暗中活用此典。　②王家桃叶：指晋人王献之之妾桃叶艳丽过人。　③金雁：筝柱。如雁行排列，故称。温庭筠《赠弹筝人》诗："钿蝉金雁皆零落，一曲伊州泪万行。"　④沉水：沉香之别名。

玉楼春[①]

春 思

春风只在园西畔,荠菜花繁胡蝶乱。冰池晴绿照还空,香径落红吹已断。　　意长翻恨游丝短,尽日相思罗带缓。宝奁明月不欺人,明日归来君试看。

[注释]

①唐氏按:此首周济《词辨》误作刘过。

阮郎归

春 思

鳃花轻拂紫绵香[①],琼杯初暖妆[②]。贪凭雕槛看鸳鸯,无心上绣床。　　风絮乱,恣轻狂,恼人依旧忙。梦随残雨下高唐[③],悠悠春梦长。

[注释]

①鳃花:喻深红花朵,如鱼鳃之红。　②琼杯:玉杯。　③梦随残雨下高唐:指梦中男女幽合之事。　高唐:楚台观名。宋玉《高唐赋序》略云:楚襄王与宋玉游于云梦之台,望高唐之观,上有朝云。玉曰:"昔怀王,游高唐,梦巫山神女,愿荐枕席,遂行云雨之事。"

婆罗门引

春 情

花明柳暗,一天春色绕朱楼。断鸿声唤人愁,欲问归鸿何处,身世自悠悠。正东风留滞,楚尾吴头。　　追思旧游,叹双鬓、飒惊秋。可惜等闲孤了,酒令花筹[①]。断弦难续，谩题诗、分付水东流。流不到、蓬岛瀛洲。

[注释]

①酒令：饮酒行令取乐。 花筹：花的名签。

醉桃源

春 景

拍堤春水蘸垂杨，水流花片香。弄花噆柳小鸳鸯[①]，一双随一双。 帘半卷，露新妆，春衫是柳黄[②]。倚阑看处背斜阳，风流暗断肠。

[注释]

①噆（zǎn）：叼，衔。 ②柳黄：嫩柳鹅黄颜色。

[集评]

况周颐云："严仁词《醉桃源》云：'拍堤春水蘸垂柳，水流花片香。弄花噆柳小鸳鸯，一双随一双。'描写芳春景物，极娟妍鲜翠之致，微特如画而已。政恐刺绣妙手，未必能到。"（《蕙风词话》卷二引《织馀琐述》）

好事近

舟 行

晓色未分明，敲动月边鼍鼓[①]。卯酒一杯径醉[②]，又别君南浦。 春江如席照晴空，大舶夹双橹。肠断斜阳渡口，正落红如雨[③]。

[注释]

①鼍鼓：用鼍皮所蒙之大鼓。 鼍（tuó）：扬子鳄。 ②卯酒：清晨所

饮之酒。 ③落红如雨:状桃花纷落如雨。李贺《将进酒》:“桃花乱落如红雨。”

诉衷情

章贡别怀[1]

一声水调解兰舟,人间无此愁。无情江水东流去,与我泪争流。 人已远,更回头,苦凝眸。断魂何处,梅花岸曲,小小红楼。

[注释]

①章贡:二水名。章水为赣江西源,源出大庾岭。贡水为赣江东源,源出武夷山脉木马山。二水合流后称赣江,会于今江西赣州。

[集评]

何严云:“读此词至‘人已远,更回头,苦凝眸。断魂何处?梅花岸曲,小小红楼’,亦不禁黯然魂销。”

多 丽

记 恨

最无端,官楼画角轻吹。一声来、深闺深处,把人好梦惊回。许多愁,尽教奴受,些个事、未必君知。泪滴兰衾,寒生珠幌,翠云撩乱枕频攲。窗儿上、几条残月,斜玉界罗帷[1]。更堪听,霜摧败叶,静扣朱扉。 念别离、千里万里,问何日是归期。关情处、鱼来雁往,断肠是、兔走乌飞。美景良辰,赏心乐事,风流孤负缕金衣[2]。谩赢得、花颜玉骨,瘦损为相思。归须早,刘郎双鬓,莫遣成丝。

[注释]

①斜玉:指月色横斜。 ②缕金衣:即金缕衣,饰以金缕的舞衣。

一落索

春　怀

清晓莺啼红树,又一双飞去。日高花气扑人来,独自价、伤春无绪[①]。　别后暗宽金缕[②],倩谁传语。一春不忍上高楼,为怕见、分携处。

[注释]

①价(jie):方言,助词。 ②别后暗宽金缕:谓腰肢瘦也。

[集评]

贺裳云:"词虽以险丽为工,实不及本色语之妙。如李易安'眼波才动被人猜';萧淑兰'去也不教知,怕人留恋伊';魏夫人'为报归期须及早,休误妾一身闲';孙光宪'留不得、留得也应无益';严次山'一春不忍上高楼,为怕见、分携处'。观此种句,觉红杏枝头春意闹尚书,安排一个字,费许大气力。"(《皱水轩词筌》引《词苑丛谈》卷一)

田同之云:"萧叔兰之'怕人留恋伊',严次山之'为怕见分离处',两'怕'字用来妙不可言。若用一'恐'字,亦未尝说不出,然毫厘差,则千里谬矣。"(《西圃词说》)

南柯子

柳陌通云径,琼梳启翠楼。桃花纸薄渍冰油。记得年时诗句、为君留。　晓绿千层出,春红一半休。门前溪水泛花流。流到西州犹是、故家愁。

菩萨蛮

双溪亭

征鸿点破空云碧，丹霞染出新秋色。返照落平洲，半江红锦流。　风清渔笛晚，寸寸愁肠断。寄语笛休横，只消三两声。　（以上三十首见《中兴以来绝妙词选》卷五）

存目词

《历代诗馀》卷八十八有严仁《沁园春》“竹焉美哉”一首，乃严参作，见《中兴以来绝妙词选》卷五。

严 参

严参，生卒不详，字少鲁，南宋邵武（今福建邵武）人。严羽族人。志气傲岸，或劝其广交延誉，则掩耳不答。慕唐司空图为人，自号“三休君士”。能词，无专集传世，存词二首。

沁园春

自 适

曰归去来，归去来兮，吾将安归。但有东篱菊，有西园桂，有南溪月，有北山薇。蜂则有房，鱼还有穴，蚁有楼台兽有依。吾应有、云中旧隐，竹里柴扉。　人间征路熹微，看处处丹枫白露晞[①]。况寒原衰草，牛羊来下[②]，淡烟秋水，鲈鳜初肥。自笑平生，颓然骨相[③]，只合持竿坐钓矶。都休也，对西风无语，落日斜晖。

［注释］

①晞：晒干。　②牛羊来下：感行役劳苦。《诗经·王风·君子于役》：“日之夕矣。羊牛下来。君子于役，如之何勿思！”　③骨相：指人之骨骼、形体和相貌。古人以骨相来推断人之命运。《隋书·赵绰传》：“上每谓绰曰：‘朕于卿无所爱惜，但卿骨相不当贵耳。’”

［集评］

邹祗谟云：“诗家有王、孟、储、韦一派，词流惟务观、仙伦、次山、少鲁诸家近似。系闲澹一派。”（《远志斋词衷》）

沁园春

题吴明仲竹坡

竹焉美哉，爱竹者谁[①]，曰君子欤。向佳山水处，筑宫一亩，好风烟里，种玉千馀。朝引轻霏，夕延凉月，此外尘埃一点无。须知道，有乐其乐者，吾爱吾庐[②]。　竹之清也何如，应料得诗人清矣乎。况满庭秀色，对拈彩笔，半窗凉影，伴读残书。休说龙吟，莫言凤啸，且道高标谁胜渠。君试看，正绕坡云气，似渭川图。[③]

（以上二首见《中兴以来绝妙词选》卷五）

［注释］

①爱竹者谁：用王羲之长子王徽之爱竹的典故。徽之发现某大宦家有一座好竹林，便命轿夫直接将轿子抬进竹林。既吟诗，又长啸，不与主人打招呼。事见《世说新语·简傲》。王维《访吕逸人》诗："看竹何须问主人。"　②吾爱吾庐：本陶渊明《读山海经》诗"众鸟欣有托，吾亦爱吾庐"。　③唐氏按：此首别误作严仁词，见《历代诗馀》卷八十八。

张 辑

张辑，生卒不详，字宗瑞，别号庐山道人、东泽、东泽诗仙、东仙。南宋饶州鄱阳（今江西波阳）人。尝学诗法于姜夔，著有《欸乃集》与《东泽绮语债》各一卷。放浪湖山，以布衣终老。其词清挺沉郁，颇近白石。其谱皆倚旧腔，多以篇末之语，而别立新名，亦好奇之过也。存词四十四首。

疏帘淡月

寓桂枝香[①]

秋 思

梧桐雨细，渐滴作秋声，被风惊碎。润逼衣篝，线袅蕙炉沉水[②]。悠悠岁月天涯醉。一分秋、一分憔悴。紫箫吟断，素笺恨切，夜寒鸿起。 又何苦、凄凉客里。负草堂春绿[③]，竹溪空翠[④]。落叶西风，吹老几番尘世。从前谙尽江湖味。听商歌、归兴千里[⑤]。露侵宿酒，疏帘淡月，照人无寐。

[注释]

①寓桂枝香：词调为《桂枝香》，因取词中语句另标调名，故名“寓桂枝香”。下二十一首同。 ②沉水：沉香之别名。 ③草堂：杜甫于成都西郊浣花溪畔，筑浣花草堂。见《旧唐书·杜甫传》。 ④竹溪：李白与孔巢父、韩准、裴政、张叔明、陶沔，居泰安徂徕山下之竹溪，日纵酒酣歌，时号“竹溪六逸”。见《新唐书·李白传》。 ⑤商歌：秋声。

[集评]

朱谌卢云：“东泽得诗法于姜尧章，世谓谪仙复作，不知其又能词也。”（《蓼园词评》引）

阮辅之云:"'悠悠岁月天涯醉。一分秋、一分憔悴';'落叶西风,吹老几番尘世';'露侵宿酒,疏帘淡月,照人无寐。'警句。"(《词旨》下)

王闿运云:"梧桐雨细,疏帘淡月,轻重得宜,再莽不得。"(《湘绮楼评词》)

李佳云:"词家有作,往往不能竟体无疵。每首中,要亦不乏警句,摘而出之,遂觉片羽可珍。张东泽之'悠悠岁月天涯,一分秋、一分憔悴';'落叶西风,吹老几番尘世'云云。"(《左庵词话》卷下)

貂裘换酒

寓贺新郎

乙未冬别冯可久[①]

笛唤春风起。向湖边,腊前折柳,问君何意。孤负梅花立晴昼,一舸凄凉雪底。但小阁、琴棋而已。佳客清朝留不住,为康庐、只在家窗里[②]。湓浦去[③],两程耳。
草堂旧日谈经地。更从容、南山北水,庾楼重倚[④]。万卷心胸几今古,牛斗多年紫气[⑤]。正江上、风寒如此。且趁霜天鲈鱼好[⑥],把貂裘、换酒长安市[⑦]。明夜去,月千里。

[注释]

①乙未:宋理宗端平二年(1235),此词作于是年。 冯可久:未详。似是冯可迁兄弟行。可迁亦张辑文友。 ②康庐:即庐山。相传周朝匡氏兄弟结庐隐此,名匡庐。避宋太祖讳,改名庐山。 ③湓浦:亦称湓口,即湓水入长江之处。在今江西九江西。 ④庾楼:即庾公楼。晋人庾亮为江、荆、豫州刺史,治武昌,曾与殷浩等部属登南楼赏月咏诗。事见《世说新语·容止》。后来江州治所移于浔阳,好事者遂于此建楼,名庾公楼。白居易已有"浔阳欲到思无穷,庾亮楼南湓口东"之诗,盖承误已久矣。 ⑤牛斗、紫气:借喻人之才华。晋司空张华夜见异气起牛斗,问雷焕,焕曰:"此谓宝剑气。"见《太平御览》卷三百四十三引《雷焕别传》。 ⑥霜天鲈鱼:张翰在洛阳,见秋风起,因思故乡鲈鱼脍,遂命驾而归。事见《世说新语·识鉴》。 ⑦貂裘换酒:貂裘贵重之物,以之换酒,形容名士之风流放诞。晋

阮孚曾以金貂换酒，见《晋书 · 阮孚传》。

淮甸春

寓念奴娇

丙申岁游高沙[①]，访淮海事迹

短髯怀古，更文游台上[②]，秋生吟兴。闻说坡仙来把酒[③]，月底频留清影。极目平芜。孤城四水，画角西风劲。曲阑犹在，十分心事谁领。　　词卷空落人间，黄楼何处[④]，回首愁深省。斜照寒鸦知几度，梦想当年名胜。只有山川，曾窥翰墨，仿佛馀风韵。旧游休问，柳花淮甸春冷。

［注释］

①丙申岁：南宋理宗端平三年（1236），此词作于是年。　高沙：地名。在江苏高邮东。存高沙馆遗址。　②文游台：在高邮城东二里，短髯东坡先生与王巩、孙觉、秦观、李公麟同游于此，论文饮酒，因以名台。公麟画为图，刻之石。　③坡仙：苏轼，字东坡，才华出众，为人敬仰，称“坡仙”。金人元好问《奚官牧马图息轩画》诗：“世无坡仙谁赏音。”　④黄楼：故址在今江苏徐州铜山县城东门。熙宁十年（1077）七月，河决澶渊，水至彭城，太守苏轼使民蓄土积石为备。水退，因增筑徐城，即城之东门为大楼，粉以黄土，意即“土胜水”。苏登楼吊水，作《黄楼赋》。

如此江山

寓齐天乐

西风扬子江头路，扁舟雨晴呼渡。岸隔瓜洲，津横蒜石[①]，摇尽波声千古。诗仙一去[②]，但对峙金焦，断矶青树。欲下斜阳，长淮渺渺正愁予。　　中流笑与客语。把貂裘为浣，半生尘土。品水烹茶[③]，看碑忆鹤[④]，恍似旧曾游处。聊凭陆谞，问八极神游，肯重来否。如此江山，更苍烟白露。

[注释]

①蒜石：指蒜山。在江苏镇江西。《舆地纪胜》陆龟蒙题曰算山，或以为周瑜与武侯议拒曹兵，谋算于此，故名。 ②诗仙：指李白。谓其诗才飘逸如仙，严羽《沧浪诗话·诗评》："太白天仙之词。"李白曾游镇江北固、金、焦诸山，尚存《焦山望松寥山》（海门山）之诗。 ③品水烹茶：金山之西，有中泠泉，用泉水烹茶，醇香甘冽。 ④看碑忆鹤：焦山自六朝以来有碑刻二百馀方，《瘗鹤铭》石刻是其中珍品之一。其碑现已残缺，保存在镇江市博物馆中。

[集评]

何严云："满腹中原沦陷之恨，俱从言外见出。'长淮渺渺'一句，不要轻易读过。"

钓船笛

寓好事近

载酒岳阳楼，秋入洞庭深碧。极目水天无际，正白蘋风急。 月明不见宿鸥惊，醉把玉阑拍。谁解百年心事[1]，恰钓船横笛。

[注释]

①"醉把玉阑拍"二句：本辛弃疾《登建康赏心亭》"把吴钩看了，栏干拍遍，无人会，登临意"。

[集评]

陈廷焯云："一片热中，却不染湖海习气。是之谓'雅正'。"（《词则》）

广寒秋

寓鹊桥仙

杯行将半，月来犹未，潇洒水亭无暑。清宵数客一阑秋，对冰雪、荷花似语。　雄边台上，文游台上，咫尺红云容与[①]。天风吹送广寒秋[②]，正画舸、湖光佳处。

[注释]

①容与：安逸自得貌。《楚辞·九歌·湘夫人》："聊逍遥兮容与。"

②广寒：指广寒宫，神话中的月中仙宫。

月当窗

寓霜天晓角

看朱成碧[①]，曾醉梅花侧。相遇匆匆相别，又争似、不相识。　南北，千里隔，几时重见得。最苦子规啼处，一片月、当窗白。

[注释]

①看朱成碧：状心乱目眩，不辨五色。南朝梁人王僧孺《夜愁》诗："谁知心眼乱，看朱忽成碧。"

山渐青

寓长相思

山无情，水无情。杨柳飞花春雨晴，征衫长短亭。

拟行行，重行行。吟到江南第几程，江南山渐青。

碧云深

寓忆秦娥

风凄凄，井阑络纬惊秋啼[1]。惊秋啼，凉侵好梦，月正楼西。　卷帘望月知心谁，关河空隔长相思。长相思，碧云暮合，有美人兮。[2]

［注释］

①络纬："莎鸡，一名络纬，一名蟋蟀，谓其鸣如纺绩也。"见晋人崔豹《古今注》卷中"鱼虫"条。俗名络丝娘、纺织娘。　②唐氏按：此下原有《沁园春》东泽先生一首，又见《清江渔谱》，题较详，因留后一首，而删此处一首。

［集评］

陈廷焯云："神行官止，合拍无痕。"（《大雅集》）

南浦月

寓点绛唇

赋潇湘渔父

来剪莼丝，江头一阵鸣蓑雨。孤篷归路，吹得蘋花暮。　短髮萧萧，笑与沙鸥语。休归去，玉龙嘶处[1]，邀月过南浦。

［注释］

①玉龙：指白色的马。苏轼《韩幹画马》诗："最后一匹马中龙，不嘶不动尾摇风。"

沙头雨

寓点绛唇

带醉归时，月华犹在吹箫处[1]。晚愁情绪，忘却匆匆语。　客里风霜，诗鬓空如许。江南去，岸花迎舻，遥隔沙头雨。

［注释］

①月华犹在吹箫处：指月亮悬于楼头。葛洪《列仙传》下云：秦穆公时，有萧史，善吹箫，作凤鸣，穆公以女弄玉妻之，作凤楼以居。后仙去。江总《萧史曲》："来时兔月照，去后凤楼空。"

花自落

寓谒金门

春寂寞，帘底蕙炉烟薄。听尽归鸿书怎托，相思天一角。　象笔鸾笺闲却[1]，秀句与谁商略。睡起愁怀何处著，无风花自落。

［注释］

①象笔：以象牙为管之笔，曰象笔。罗隐《清溪江令公宅》诗："蛮笺象管夜深时，曾赋陈宫第一诗。"　鸾笺：彩笺。蜀人造十色笺，逐幅以方版砑之，则隐起花木麟鸾，千状万态。见宋人苏易简《文库四谱·纸谱》。后人遂称彩笺为"鸾笺"。

［集评］

何严云："'无风花自落'一语，自是神来之笔。景生情中，情在言外。"

垂杨碧

寓谒金门

花半湿，睡起一窗晴色。千里江南真咫尺，醉中归梦直。　前度兰舟送客，双鲤沉沉消息[①]。楼外垂杨如此碧，问春来几日。

[注释]

①双鲤：指书信。

[集评]

杨慎云："《草堂》词选其《疏帘淡月》一篇，即《桂枝香》也。予爱其《垂杨碧》一篇，即《谒金门》。"（《词品》卷五）

何严云："予尤爱其'千里江南空咫尺，醉中归梦直。'二语。"

阑干万里心

寓忆王孙

小楼柳色未春深，湘月牵情入苦吟。翠袖风前冷不禁，怕登临，几曲阑干万里心。

杏梁燕

寓解连环

小楼春浅。记钩帘看雪，神沾芳片。似不似、柳絮因风[①]，更细与品题，屡呵冰砚。宛转吟情，纵真草、凤笺都遍[②]。到灯前笑谑，酒祓峭寒，移尽更箭[③]。　而今柳阴满院。知花空雪似，人隔春远。叹万事、流水斜阳，谩赢得前诗，醉污团扇。脉脉重来，算惟有、画阑曾见。把千种旧愁，付与杏梁语燕。

[注释]

①柳絮因风：谢道蕴聪明有才华，叔父谢安冬日寒，与儿女论文，俄而大雪。安曰："白雪纷纷何所似？"兄子谢朗曰："撒盐空中差可拟。"道蕴曰："未若柳絮因风起。"安大悦。事见《世说新语·言语》。 ②真草：楷书与草书。欧阳修单日学草书，双日学楷书。 ③更箭：古代用铜壶滴漏，以计时间。更箭是浮在漏水上指示时间之箭头。杜甫《湖城东送孟云卿》诗："可惜刻漏随更箭。"

比　梅

寓如梦令

深夜沉沉尊酒，酒醒客衾寒透。城角挟霜飞，吹得月如清昼。僝僽[1]，僝僽，比著梅花谁瘦。

[注释]

①僝僽（chán zhòu）：愁苦，烦恼。王质《清平乐·梅影》："从来清瘦，更被春僝僽。"

[集评]

何严云："易安'应是绿肥红瘦'，东仙'比着梅花谁瘦'，皆自铸伟词，正堪伯仲。"

月上瓜洲

寓乌夜啼

南徐多景楼作[1]

江头又见新秋，几多愁。塞草连天何处、是神州。

英雄恨,古今泪,水东流。惟有渔竿明月、上瓜洲[②]。

[注释]

①南徐多景楼:东晋南迁,侨置徐州于京口(今江苏镇江)。多景楼,在镇江北固山后峰上,后峰临江,有古甘露寺,寺后有多景楼。南朝刘宋郡守陈天麟所建。 ②瓜洲:在今江苏扬州江都县南四十里之长江滨。由扬子江之沙碛而成,状如瓜子,故名。

[集评]

何严云:"'英雄恨,古今泪,水东流'九字,寓无限金瓯残缺之根。"

月底修箫谱

寓祝英台近

乙未之秋高邮朱使君钱塘北关舟中

客西湖,听夜雨,更向别离处。小小船窗,香雪照尊俎[①]。断肠一曲秋风,行云不语。总写入、征鸿无数。认眉妩。唤醒岩壑风流,丹砂有奇趣。羞杀秦郎[②],淮海谩千古。要看自作新词,双鸾飞舞。趁月底、重修箫谱。

[注释]

①香雪:指白菊花。韩偓《叹白菊衰谢》:"正怜香雪披千片,忽讶残霞覆一丛。" ②秦郎:指北宋著名词人秦观。

一丝风

寓诉衷情

泊松江作

卧虹千尺界湖光[①],冷浸月茫茫。当日三高何处[②],渔唱入凄凉。 人世事,纵轩裳,梦黄粱。有谁蓑笠,一钓丝风，吹尽荷香。

[注释]

①卧虹千尺：指垂虹桥。即利往桥，东西千馀尺，用木万计，前临具区（太湖），横绝松陵，湖光海气，荡漾一色，乃三吴之绝景。垂虹桥在今江苏吴江松陵镇上，创建于北宋庆历八年（1048）。 ②三高：指春秋范蠡、晋张翰、唐陆龟蒙三高士。“吴江三高亭，祠鸱夷子皮、张季鹰、陆鲁望。”见南宋周密《齐东野语》卷七。

忆萝月

寓清平乐

客盱江[1]，秋夜鼓琴，思故山作

新凉窗户，闲对琴言语。弹到无人知得处[2]，，两袖五湖烟雨。　坐中斗转参横，珠躔碎落瑶觥。忆著故山萝月[3]，今宵应为谁明。

[注释]

①盱江：一称旴江、汝江、抚河，在今江西东部。 ②弹到无人知得处：此喻乐曲高妙。伯牙善鼓琴，钟子期善听音。伯牙鼓琴志在高山，钟曰：“峨峨若泰山。”伯牙志在流水，钟曰：“洋洋兮若江河。”见《列子·汤问》。 ③萝月：藤萝间之月色。卢照邻《悲昔游》：“萝月寡色。”杜甫《秋兴八首》：“请看石上藤萝月。”

倚秋千

寓好事近

人在玉屏间，逗晓柳丝风急。帘外杏花微雨，罩春红愁湿。　单衣初试麹尘罗[1]，中酒病无力。应是绣床慵困，倚秋千斜立。[2]

[注释]

①麹尘罗:淡黄色之绫罗。麹衣,黄桑服也,色如麹尘,像桑叶始生。见《周礼·天官·内司服》郑玄注。 ②唐氏按:此首见《阳春白雪》卷五作赵闻礼词。又见《绝妙好词》卷四作楼采词。

断肠声

寓南歌子

柳户朝云湿,花窗午篆清[①]。东风未放十分晴,留恋海棠颜色、过清明。 垒润栖新燕,笼深锁旧莺。琵琶可是不堪听,无奈愁人把做、断肠声。

[注释]

①午篆:盘旋上升的烟缕。 午:中午。

念奴娇

嫩凉生晓,怪今朝湖上,秋风无迹。古寺桂香山色外,肠断幽丛金碧。骤雨俄来,苍烟不见,苔径孤吟屐。系船高柳,晚蝉嘶破愁寂。 且约携酒高歌,与鸥相好[①],分坐渔矶石。算只藕花知我意,犹把红芳留客。楼阁空濛,管弦清润,一水盈盈隔。不如休去,月悬良夜千尺。[②]

[注释]

①与鸥相好:指隐居自乐,与鸥为友。海上有人好鸥鸟,每日至海上,从鸥鸟游。事见《列子·黄帝》。 ②注者按:此首别误作刘镇,见《广群芳谱》卷五《天时谱秋》。

[集评]

陆辅之云："'算只藕花知我意，犹把红芳留客'，警句。"（《词旨》下）

祝英台近

竹间棋，池上字，风日共清美。谁道春深，湘绿涨沙觜。更添杨柳无情，恨烟颦雨，却不把、扁舟偷系。去千里。明日知几重山，后朝几重水。对酒相思，争似且留醉。奈何琴剑匆匆[①]，而今心事，在月夜、杜鹃声里。

（以上《彊村丛书》本《东泽绮语》）

[注释]

①琴剑匆匆：指旅途匆忙。古代文士常以琴和剑随身。

[集评]

李佳云："作词须用词眼。如潘元质之'燕娇莺奼'，李易安之'绿肥红瘦'……玉田之'雨今云古'，东泽之'恨烟愁（颦）雨'，梅心之'燕窥莺认'，皆是。"

忆秦娥

有寄

春寂寂，画阑背倚春风立。春风立，楚山无数，暮天云碧。　琴心写遍愁何极[①]，断肠谁与传消息。传消息，当年情墨[②]，泪痕犹湿。

[注释]

①琴心：寄心思于琴声之中。卓王孙有女文君新寡，好音乐，司马相如以琴心挑之。事见《史记·司马相如列传》。　②情墨：指情书上之墨迹。

浣溪沙

寿老母

夏果初收唤绿华，冰盘巧簇映金瓜。荷香飞上玉流霞[①]。　　明月长留千岁色，蟠桃多结几番花。谁知罗带有丹砂。

[注释]

①流霞：指美酒。庾信《卫王赠桑落酒》："喜得送流霞。"

霜天晓角

日　暮

暮天云阔，懒泛琴三叠[①]。恰有梅花相伴，窗儿上、一枝月。　　忆别，恁时节，吟情谁共说。攲枕偶成清梦，画角晓、更愁绝。

[注释]

①三叠：古歌曲对某些句子要反复咏唱，称三叠。有人画《奏乐图》，王维曰："此是《霓裳羽衣曲》第三叠第一拍。"好事者集乐工验之，一无差谬。见李肇《国史补》卷上。

临江仙

望庐山

迢递关山身历遍，烟霞胜处曾游。九江江畔系孤舟。匡庐如画里，南望插天浮。　　瀑布香炉齐五老[①]，层层爽气陵秋。何须魂梦觅瀛洲。云松终可卜，我与谪仙俦[②]。

[注释]

①瀑布香炉齐五老：香炉峰，在庐山之北，奇峰突起，状如香炉，故名。山下有瀑布，著称于世。五老峰，在庐山万松坪二里处。群峰绵延，从海会寺仰望群峰，如五位老人并坐，故名。　②谪仙：指李白。

洞仙歌

代寿张辰川

莲舟玉字，得真人亲授。圯上家风又还有[①]。问因何五马，踏月云台，秋色里，却赏烟霞袖手。　酒边听说剑，歌舞升平，方许君为赤松友[②]。任浊世纷纭，海水扬尘[③]，再相见，雪鬓依旧。且岁岁、中秋后逾旬，更半月东篱，菊花重九。

[注释]

①圯（yí）上家风：张良刺秦始皇不中，逃匿下邳，于圯上遇一老人，命其于桥下取鞋，张良从命取来。又伸足命穿上，张良又为穿上。老人授以《太公兵法》。后来张良成为“汉初三杰”。事见《史记·留侯世家》。圯：桥。　②赤松：赤松子，古代传说中的仙人。张良辅佐刘邦已成帝业，辞别曰：“愿弃人间事，欲从赤松子游耳。”见《史记·留侯世家》。　③海水扬尘：喻沧桑之变。麻姑云，已见东海三为桑田。向到蓬莱，水又浅于往日略半。王远叹曰：“圣人皆言，海中行复扬尘也。”事见晋人葛洪《神仙传》卷二。

满江红

题马蹄山壁[①]　予读书晋王伯辽马蹄山居，雨中欲访道会稽，山空鹤寒，落叶自语。大书此句于碧崖丹壑间，以坚归盟

醉髪吹凉，但拂剑、狂歌而已。倩谁问、九霄黄鹤，更曾来未。玉女窗深松昼静，研朱重点参同契[②]。记前回、

赤水得玄珠[3]，骊龙睡[4]。　空扰扰，人间世。除学道，无真是。把洪崖肩拍[5]，挹浮丘袂[6]。朝驾长风沧岛上，夜骑明月青天际。更几时、回首旧山川，三千岁。

[注释]

①马蹄山：在江西安福县境。　②参同契：又名《周易参同契》。旧题汉人魏伯阳作。以《周易》、黄老、炉火三者相参同，实借《周易》爻象附会道家炼丹修养之说。　③赤水：神话中之水名，在昆仑山。　玄珠：道家以玄珠比喻道之本体。《庄子·天地》："黄帝游乎赤水之北，登乎昆仑之丘，而南望还归，遗其玄珠。"　④骊龙：古代寓言，渊中藏有骊龙，骊龙颔下有千金之珠。见《庄子·列御寇》。　⑤洪崖：亦作洪涯，传说中之仙人，即黄帝之臣伶伦，帝尧时已三千岁，仙号洪崖。张衡《西凉赋》："洪涯立而指麾。"　⑥浮丘：传说中之仙人。郭璞《游仙诗》："左挹浮丘袖，右拍洪崖肩。"李善注："《列仙传》曰：'浮丘公接王子乔以上嵩高山。'"

东风第一枝

代寿李夫人[1]

雨蕊方桃，晴梢渐杏，东风娇语弦管。爱香帘约馀寒，唤舞袖翻嫩暖。红颜清健，旧墨竹、扶疏手段。且碧窗、写就黄庭[2]，画楫海山开卷[3]。　春自好、得花不淡。花又好、得春不浅。晓莺瑶佩秋生，月蘸翠尊波满。长逢花处，笑西母、霜娥偷换。要日边、争看貂蝉，彩侍更迎宣劝[4]。

[注释]

①李夫人：李延年妹得宠于汉武帝，称李夫人。此当指内宫嫔妃。②黄庭：《黄庭经》之简称。乃道经名。　③画楫：犹画册。楫，通"辑"。④宣劝：帝王赐酒劝饮。

瑞鹤仙

寿赵右司

柳风双燕语。问有谁留人，岸花去舻[①]。星辰快平步。俯圜扉草色[②]，青青如许。儿童拥路，玉溪边、当年杜母[③]。料从今、指点山川，总是绣衣行处。　回顾。东堂深窈，楚帖长春，竹尊清午。红云帝所，摇佩玉，更容与。把蓬莱一笑，几番清浅，绿野为花作谱。向花前、三叠琴心，看苍鹤舞。

［注释］

①岸花：本杜甫《发潭州》诗“岸花飞送客，樯燕语留人”。　②圜扉：牢狱。　③杜母：后汉杜诗为南阳太守，爱民有惠政。时人称之为杜母。

绮罗香

寿赵太卿

欲雨凉生，初弦月在，画戟香中清啸。旋种芙蕖，深夏木兰芳沼。银汉入、天镜挽秋[①]，福星度[②]、雪阑争照。又谁写、万幅莼波，一江佳思到鱼鸟。　吴儿眉语笑里，要见圜扉绿遍，平畴青绕。羽扇纶巾，萧洒玉貌长好。问千年、庆会风云，正此日、静春花草。更弦管、非雾非烟，鹤声帘幕晓。

［注释］

①天镜：明月。　挽秋：带来了秋意。　②福星：木星，又称岁星。

沁园春

予顷游庐山，爱之，归结屋马蹄山中，以“庐山书堂”为匾。包日庵作记，见称庐山道人，盖援涪翁山谷例。黄叔豹谓予居鄱，不应舍近取远，为更东泽。黄鲁庵诗帖往来，于东泽下加以“诗仙”二字。近与冯可迁遇于京师，又能节文，号予“东仙”，自是诗盟遂以为定号。十年之间，习隐事业，略无可记，而江湖之号凡四迁。视人间朝除夕缴者①，真可付一笑。对酒而为之歌曰

东泽先生，谁说能诗，兴到偶然。但平生心事，落花啼鸟，多少盟好，白石清泉。家近宫亭②，眼中庐阜，九叠屏开云锦边。出门去，且掀髯大笑，有钓鱼船。　　一丝风里婵娟，爱月在沧波上下天。更丛书观遍，笔床静昼，篷窗睡起，茶灶疏烟。黄鹤来迟，丹砂成未，何日风流葛稚川③。人间世，听江湖诗友，号我东仙。

[注释]

①朝除：早上拜官。　夕缴：晚上被免职。　②宫亭：蠡湖之别称。③葛稚川：葛洪，字稚川，自号抱朴子。

[集评]

何严云：“此词自论其诗，自评其人。人乃风流佳士，词属南宋名家。”

贺新郎

代寿赵饶州

绿荫凉尊俎。映双旌、飞翻新带，日边恩露①。千里湖山添鲜碧，玉宇光浮眉妩。料范老、应难独步②。君亦胸中兵十万，把甘霖、小小春东楚③。江上早，一犁雨。

赤城霞起连天姥。有丹经、亲曾密授，八篇奇语。道骨仙风骑鲸客，合侍红云帝所。且画戟、清香时度。散入邦人箫鼓里，恰春留、芍药丛歌舞。还更诵，大鹏赋。

［注释］

①日边恩露：指朝廷恩泽。旧以“日边”指代京城、朝廷、帝王。韩愈《圣德诗》：“日君月妃。” ②范老：指范仲淹，与韩琦率兵同拒西夏，镇守延安，夏人畏惧，互相警戒曰：“小范老子胸中有数万甲兵。”见孔平仲《孔氏谈苑》卷四。 ③东楚：饶州在楚之东，故称。 春：此指施惠。

贺新郎

寿湛卢先生

鹊喜花间晓。惜凝香、低将帘卷，海棠开早。前度登楼清啸月，吹入春风不老①。后五日、花朝方到②。趁舞罗衣花讯暖，捻吟髭、玉勒迎东笑。留肯往，春邮小。

庐峰青里壶天好③。一千春、棋声昼永，剑光云表。绛雪骊珠看丹转，金鼎龙盘虎绕。且未可、飞仙蓬岛。河洛烟芜眠狐兔④，握风雪、办此升平了。却共我，拾瑶草。

（以上十二首见《江湖》后集卷十七）

［注释］

①春风不老：青春长在。 ②花朝：旧历二月十五日为花朝节。见吴自牧《梦粱录》卷一。田汝成曰：“世俗恒以二、八两月为春、秋之中，故以二月半为花朝，八月半为月夕也。”见《西湖游览志馀》卷二十。 ③壶天：道家所谓神仙之境。东汉费长房楼居，见一卖药翁，常悬一壶于屋上，日落之后，卖药翁跳入壶中，长房知其奇人，日日为其扫地。一夕，卖药翁携其入壶一游。入壶之后，“不复是壶，惟见仙宫世界”。事见晋葛洪《神仙传》卷五。 ④河洛烟芜眠狐兔：谓中原沦陷之后，田园荒芜，变成狐兔的巢穴。 注者按：“洛”原作“落”，从《彊村丛书》本。

徵 招

飞鸿又作秋空字，凄凄旧游湘浦。凉思带愁深，渺苍茫何许。岁华知几度，奈双鬓、不禁吟苦。独倚危楼，叶声摇暮，玉阑无语。　　尺素。欲传将，故人远、天涯屡惊回顾。心事只琴知，漫闲相尔汝。甚时江海去。算空负、白蘋鸥侣。更谁与、剪烛西窗，且醉听山雨[①]。

（《阳春白雪》卷四）

[注释]

①“更谁与剪烛西窗”二句：本李商隐《夜雨寄北》“何当共剪西窗烛，却话巴山夜雨时”。

木兰花慢

寿秘监

望瀛州尺五[①]，听海客、诧登临[②]。记岛月分秋，天星降夕，神壁精金。他年作霖雨手，且明光奏赋寓良箴[③]。槐府黑头旧业[④]，芹宫青岁雄襟[⑤]。　　骎骎。宝勒向东吟，戏彩看而今。更袜步黄云，琴弹碧玉，汇泽杯斟。争先长至几日，料春风、多喜鹊传音。梅蕴和羹心在[⑥]，线添补衮工深[⑦]。

（《截江网》卷四）

[注释]

①望瀛州尺五：以宫廷喻天上，羡秘书监身居清要之职。杜甫《赠韦七赞善》诗：“尔家最近魁三家，时论同归尺五天。”　②听海客、诧登临：听秘监谈宫廷之事，如海客谈三神山一样新鲜。李白《梦游天姥吟留别》诗：“海客谈瀛洲，烟涛微茫信难求。”　③明光：汉宫殿名，后来用以泛指宫殿。　④槐府黑头：谓少壮之人而身居高位。周代宫廷外种三株槐树，

朝见天子时，三公向三槐而立。见《周礼·秋官·朝士》。后世遂以三槐比喻三公一类高官。诸葛恢为县令，丞相王导曰："明府当为黑头公。"见《世说新语·识鉴》。 ⑤芹宫青岁：谓少壮之年便已学问超群。《诗经·鲁颂·泮水》："思乐泮水，薄采其芹。"毛《序》："颂僖公能修泮宫也。"芹宫即泮宫。 ⑥梅蕴和羹：比喻大臣辅助君王，治理国政。盐多则咸，梅多则酸，盐梅适当，则成和羹。《尚书·说命》："若作和羹，尔惟盐梅。" ⑦补衮：帝王服衮龙之衣。故称补救和规谏帝王之过失为补衮。

醉蓬莱

舟次东山忆西湖旧游

记澄湖抱练[①]，画舫参差，闹花时节。油壁鸣堤，有障萦屏列。燕草香融，鸦条香浅，似渭城烟雪。急管斜阳，卫娘葱茜[②]，带围寒怯。 苏小闲情[③]，绿杨如织，阑槛东边，好山千叠。料得如今，也翠销红歇。何限繁华，春来都付与，数声啼鴂。谩怆羁魂，扁舟买醉，谢公明月[④]。

（《永乐大典》卷二千二百六十五"湖"字韵引《清江渔谱》）

[注释]

①澄湖抱练：谓湖水清澈，洁静如白练。谢朓《晚登三山还望京邑》诗："澄江静如练。" ②卫娘：指游湖所携歌伎。李贺《浩歌》："漏催水咽玉蟾蜍，卫娘髪薄不胜梳。" ③苏小：苏小小的省称，乃南齐钱塘著名歌伎。④谢公明月：谢庄（421—466），字希逸，七岁能文，善诗赋，著文章四百馀篇，而以《月赋》著称，其警句云"美人迈兮音尘缺，隔千里兮共明月"。

好溪山

寓阮郎归[①]

别盱之胡正臣已数秋，复会于盱馆，圃菊正芳，因留小醉

孤鸿遥下夕阳寒，秋清怀抱宽。篱根香满菊金团，客

中邀客看。　　呼浊酒，共清欢，五弦随意弹[②]。西窗仍见好溪山，几年谁倚栏。

（《永乐大典》卷一万一千三百十三“馆”字韵引《东泽绮语》）

[注释]

①寓阮郎归：别本“归”后有一“词”字，删。　②五弦：乐器名，似琵琶而小，不知何人所造，盖出自北国。嵇康《赠秀才入军》诗：“目送归鸿，手挥五弦。俯仰自得，游心泰玄。”

山庄劝酒

寓霜天晓角

家君十一月二十九日生[①]，癸酉冬，自长沙趋京，辑于鄱之境田家，酿酒以俟，先递词为寿

清吟湘碧，马首春风驿[②]。闻说西湖梅早，又邀我、能诗客。　　书尺知到日[③]，月随人合璧。儿拟山庄劝酒，田家酿，尽篘得。

（《永乐大典》卷一万二千零四十三“酒”字韵引《鄱阳张辑词》）

[注释]

①家君：父亲。　②“马首”句：车马到达驿站。　③书尺：书信。

临江仙

寄西镛黄大闻

忆昔风流秋社里，几人冰雪襟期。凉风吹散梦参差。寒灯多少恨，长笛不堪吹。　　别去化龙潭上水[①]，东来不寄相思。白鸥应笑太忘机。沙头重载酒，休负桂花枝。

［注释］

①化龙潭：指剑津，一名延平津，在今福建南平。张华见斗牛之间有紫气，闻雷焕长于纬象之学，问之，焕曰："宝剑之精。"华令焕至丰城掘之，得龙泉、太阿二剑，一与华，一自佩。华卒，剑失所在。焕卒，其子持剑过延平津，剑忽跃出投水中，化双龙而飞去。叹曰："先君化去之言，张公终合之论，此其验乎！"事见《晋书·张华传》。

［集评］

何严云："东仙此词，发纤秾于简古，寄至味于淡泊。"

琐窗寒

怀旧寄林七膳部

露漏沉沉，洞房灯悄，鹊翻庭树。夜凉如水，人倚玉箫何处。澹纵横、疏星断河，点衣黄叶飞四五。向此时感旧，非关宋玉，悲秋情绪①。　追念章台路②。共缓辔芳尘，妒花惹絮。旧游梦寐，总付相思新句。想风流还在匆匆，暗惊鬓底霜几缕。凭危栏、立尽归鸿，脆角凝清曙。

（以上二首见《永乐大典》卷一万四千三百八十一"寄"字韵引《清江渔谱》）

［注释］

①宋玉悲秋：宋玉《九辩》云"悲哉秋之为气也，萧瑟兮草木摇落而变衰"。　②章台：宫名。战国时建，以宫内有章台而名，故址在陕西长安县故城西南隅。词中借指临安宫殿。

画蛾眉

寓豆叶黄

清明小院杏花开，半启朱扉燕子来。晓起梳头对玉

台，照香腮，羞睹惊鸿瘦影回[1]。 （《花草粹编》卷一）

［注释］

①惊鸿瘦影：女郎倩影。陆游《沈园》诗："伤心桥下春波绿，曾是惊鸿照影来。"

存目词

调名	首句	出处	附注
谒金门	春寂寂	《花草粹编》卷三	陈克词，见《乐府雅词》卷下
谒金门	花事浅	同上	黄昇词，见《中兴以来绝妙词选》卷十
满江红	春水连天	《古今图书集成·人事典》卷一百零五	张元幹作，见《芦川词》卷上
渔家傲	楼外天寒山欲暮	同上	张元幹作，见《芦川词》卷下

苏茂一

苏茂一，生平不详，字才叔，号竹里。邹登龙《梅屋吟》有《竹里苏材叔见梅怀友韵》诗。

琐窗寒

重游东湖

云浦苍寒，烟堤幂翠，旧痕新涨。春愁十里，冉冉碧丝摇荡。记登临、少年思豪，唾壶击玉歌清壮[①]。到如今梦里，秋风鸿阵，晚波渔唱。　惆怅。重来处，望画舫天边，辔丝原上[②]。山阴秀句，付与一声云响。正东湖、谁家柳下，午阴漠漠人荡桨。最堪怜、白髮周郎[③]，为江山自赏。

[注释]

①唾壶击玉：晋王敦每醉后辄咏曹操"老骥伏枥，志在千里，烈士暮年，壮心不已"，以铁如意击唾壶为节，壶尽缺。　②辔丝：指辔绳。《诗经》有"六辔如线"之句。　③周郎：周瑜。周瑜年少得志，吴中呼为周郎。

点绛唇

竹翠藏烟，杏红流水归何处。透帘穿户，更洒黄昏雨。　织锦题书[①]，谁寄愁情去。浑无绪，绿杨千缕，不似真眉妩。　（以上二首见《阳春白雪》卷六）

[注释]

①织锦：用五色丝织成回文诗。前秦窦滔妻曾织锦为回文诗以寄滔。

祝英台近

结垂杨，临广陌，分袂唱阳关[①]。稳上征鞍，目极万重山。归鸿欲到伊行，丁宁须记，写一封、书报平安。

渐春残，是他红褪香收，绡泪点斑斑。枕上盟言，都做梦中看。销魂啼鴂声中[②]，杨花飞处，斜阳下、愁倚阑干。

（《阳春白雪》卷八）

［注释］

①分袂：分离。 袂：衣袖。 阳关：离别之曲。 ②鴂：杜鹃，鸣声悲切如啼。

史 愚

史愚，生平不详，明陈耀文编《花草粹编》卷三，录其《谒金门》词一首。

谒金门

深院宇，寂寂不禁风雨。苔径流钱青莫数[1]，银泥蜗篆古[2]。　　满院多应无主，却被痴儿拈取。穿向柳丝喧笑语，买将春色去。（《花草粹编》卷三）

[注释]

①"苔径"句：苔点形圆如钱，故称。　②蜗篆：蜗牛所行之处，留下粘液的痕迹，似篆书一般。

赵灌园

赵灌园,自号灌园耐得翁,有《都城纪胜》。

满江红

寿云山章尚书[①]

看尽公卿,都输与、云山居士。肯掉了、龙章金印[②],归来闾里。云染笔头成五色,山来胸次堆空翠。更结庐、近在白鸥边[③],弄烟水。 只恐怕,明天子。黄纸唤[④],先生起。教依前插脚,孔鸾丛里[⑤]。岩壑烟沙真作戏[⑥],貂蝉衮绣从兹始[⑦]。酌凤凰、池沼九天浆[⑧],三千岁。

(《截江网》卷四)

[注释]

①章尚书:章颖(1141—1218),宁宗朝任礼部尚书,立朝有节。 ②龙章:龙形图形,古时用于王侯仪卫旗帜。 金印:指高级官员的官印。 ③“结庐”句:喻其无机心。事见《列子·黄帝》。 ④黄纸:指诏书。 ⑤孔鸾丛:喻朝班。 孔:孔雀。 鸾:鸾凤。 ⑥岩壑烟沙:喻隐居生活。 ⑦貂蝉衮绣:指青云仕路。 ⑧凤凰池:禁苑中的池沼。唐时以之喻宰相。

葛长庚

葛长庚(1194—?)，南宋道士，字如晦，又字白叟，祖籍福建闽清，幼至琼州（今海南琼山），故自号海琼子、晚号白玉蟾。少举童子科，长游方外。因任侠杀人，逃亡至武夷山。师事陈楠九年，得其内丹之学。陈楠死后，长庚往还于罗浮、九日诸山，赤足破衣，神清气爽。曾赴临安伏阙上书。嘉定中，应诏赴阙，封紫清明道真人。后于鹤林寺羽化。长庚曾自谓对世间有字之书，无不过目。他“心通三学，学贯九流，多览佛书”，为全真道南五祖之一，继承并发展了张伯端的内丹理论，其丹法、学术对后世影响很大。著述甚丰，有《玉隆集》、《上清集》、《武夷集》等。据宋俞琰《席上腐谈》称，张伯端《金丹四百字》、石泰《还源篇》、薛式《复命篇》和陈楠《翠虚篇》这些内丹重要著作，真正的作者实为葛长庚。词作方面，有《海琼集》词二卷。

兰陵王

一溪碧，何处桃花流出[①]。春光好，寻个□□，小小蓝舆漫行适[②]。苍苔满白石，涧底阴风凛栗。疑无路，幽壑琮琤[③]，峡转山回入林僻。　千峰呈翠色。时亦有声声，樵唱渔笛。忽然一树樱桃白。又回头一顾，掀髯一笑，诗情酒思正豪逸，虎蹄过新迹。　幂幂[④]，雾如织。见异草珍禽，问名不识。山灵勒驾雨来急[⑤]。欲游观未已，仆言日夕。看来看去，似那里，似少室。

［注释］

①桃花流出：刘晨、阮肇二人同入天台山，见溪水中有桃花流出，后得遇仙女。见《幽明录》。　②蓝舆：竹轿。　③琮琤：形容泉水激石声如玉

石碰击般悦耳。 ④幂幂:深浓貌。 ⑤山灵:山神。 勒驾:停驾。

兰陵王

题笔架山[1]

三峰碧,缥渺烟光树色。高寒处,上有猿啼,鹤唳天风夜萧瑟。山形似笔格,人道江南第一。游紫观,月殿星坛,积翠楼前吹铁笛。 客来访灵迹。闻王郭当年[2],曾此驻锡[3]。二仙为谒浮丘伯[4]。从骖鸾去后[5],云深难觅。丹炉灰冷杵声寂[6],依然旧泉石。 泉石,最幽阒。更禽静花闲,松茂竹密。清都绛阙无消息[7]。共羽衣挥麈[8],感今怀昔。堪嗟人世,似梦里,驹过隙[9]。

[注释]

①笔架山:在江西抚州北。 ②王郭:王、郭二仙至抚州访浮丘伯。见颜真卿《仙桥观记》。 ③驻锡:僧人出行以锡杖自随,因称僧人住止为驻锡。此用作逗留意。 ④浮丘伯:传说黄帝时仙人。 ⑤骖鸾:骑鸾。⑥丹炉:炼丹炉。 杵:捣药用的器具。 ⑦清都:天帝所居的宫阙。绛阙:此处亦指天帝宫殿。 ⑧羽衣:指道士。 挥麈:清谈时挥动麈尾。⑨驹过隙:白驹过隙。形容时光飞逝。

兰陵王

紫元席上作[1]

桃花瘦,寒食清明前后。新燕子,禁得馀寒,风雨把人苦僝僽[2]。梅粒今如豆。减却春光多少,空自有,满树山茶,似语如愁卧晴昼。 幽人展襟袖。惜莺花未老,江山如旧。杜鹃声里同携手。叹陌上芳草,堤边垂柳。一春十病九因酒。愁来独搔首。 荳蔻,枝头小。应可惜年华，孤负时候。九十韶光那得久[③]。问芍药觅醉，牡丹索笑。三万六千[④]，能几度，君知否。

［注释］

①紫元：留长之，字子善，宗州人，师从葛长庚学道，号紫元子。 ②僝僽(chán zhòu)：忧心、恼乱。 ③九十韶光：春季三个月，共九十日。 ④三万六千：百年三万六千日，指人的一生。

沁园春

嫩雨如尘，娇云似织，未肯便晴。见海棠花下，飞来双燕，垂杨深处，啼断孤莺。绿砌苔香，红桥水暖，笑捻吟髭行复行。幽寻懒、就半窗残睡，一枕初醒。 消凝，次第清明[①]。渺南北东西草又青。念镜中勋业，韶光冉冉，尊前今古，银髪星星[②]。青鸟无凭[③]，丹霄有约[④]，独倚东风无限情。谁知有，这春山万点，杜宇千声。

［注释］

①次第：依次，接着。 ②"念镜中"四句：揽镜自照，功业无成，而韶光流逝；饮酒之际，伤今怀古，头髪已斑白。 ③青鸟：仙家信使。 无凭：不为通报。 ④丹霄：天廷。

沁园春

暂聚如萍，忽散似云，无可奈何。向天涯海角，两行别泪，风前月下，一片离骚。啼罢栖乌，望穷芳草，此恨与之谁较多。昏黄后，对青灯感慨，白酒悲歌。 梦中作梦知么。忆往事落花流水呵。更凭高□远，沈腰不瘦[①]，怅今怀昔，潘鬓须皤[②]。去燕来鸿，寻梅问柳，寸念从他寒暑熬。消魂处，但烟光缥渺，山色周遭③。

[注释]

①沈腰：沈约在给徐勉的信中曾说自己因多病而腰围减损，后因以沈腰作为身体瘦损的通称。 ②潘鬓：潘岳《秋兴赋》序曾说自己三十二岁时出现白髮。后因以潘鬓代指中年鬓髪初白。 ③遭：同韵属第八部，"骚"、"熬"亦同。与属于第九部的"何"、"歌"、"皤"、"多"有别。此乃以方言相协也。

沁园春

送王侍郎帅三山①

锦绣文章，圭璋闻望，碧落侍郎②。昨履声渐近，星辰避次③，竹符重剖④，湖海生光。委羽天空⑤，石桥水冷，每为众生时雨滂。君知否，是民心襦袴⑥，吏胆冰霜。
少须召入鵷行。也不念无人荷紫囊⑦。有本朝曾旦⑧，移春手段，旧家羲献⑨，补月心肠。此去三山，却登八座⑩，已准金瓯姓氏香⑪。还朝处，双凫作对⑫，五马成行⑬。

[注释]

①王侍郎：王居安，理宗朝以敷文阁待制，知福州。 ②碧落侍郎：天上的仙官。 ③星辰避次：谓王侍郎威仪整肃。古代有"郎官上应列宿"的说法，见《后汉书·明帝纪》。 ④竹符重剖：古代以竹为符证。剖而为二，授官时，一给本人，一留官府。因以剖竹为授官之称。 ⑤委羽：山名。在今浙江黄岩南。传说有仙人刘奉林乘鹤落羽于此，故名委羽山。此指王侍郎重新出仕前栖隐之地。 ⑥民心襦袴：东汉廉范任蜀郡太守，有政绩，百姓作襦袴之歌颂之。后以之喻惠民的德政。 ⑦紫囊：琴名。苏舜钦有诗咏之。 ⑧曾旦：王曾、王旦，北宋名相。 ⑨羲献：王羲之、王献之父子，均以书法著称。 ⑩八座：封建王朝的高级官员。 ⑪金瓯姓氏香：祝其拜相。李德裕《明皇十七事》："上命相，先以八分书姓名，以

金瓯覆之。” ⑫双凫：成对之水鸟。汉代王乔有仙术，上朝时无车骑，但有双凫从东南飞来。见《后汉书·王乔传》。 ⑬五马：太守的代称。

沁园春

大丈夫儿，冰肝玉胆，砺山带河[①]。算此身此世，无过驹隙，一名一利，未值鸿毛。相府如潭，侯门似海，那得烟霄尔许高[②]。当初我，是乘云御气，几百千遭。　此生勋业无多。也手种梅花三百窠。又底曾嗅著，庙堂钟鼎[③]，底曾拈得，帷幄弓刀[④]。玉帝遥知，金书何晚，时有鹤鸣于九皋[⑤]。如今且，向风前浪舞，月下高歌。

[注释]

①砺山带河：山如砺石，河如衣带。汉高祖封爵给臣子时，发誓说：“使黄河如带，泰山若砺。”意何时黄河会变成衣带？泰山会变成磨刀石？喻指时间久远，福泽绵长。 ②烟霄：喻隐逸生涯。 尔许：如此。 ③庙堂：宗庙明堂，指朝廷。 钟鼎：陈列在庙堂里的钟鼎之类礼器，用以喻有治理国家才能的人。 ④帷幄：军中的帐幕。 帷幄弓刀：喻戎马生涯。⑤鹤鸣九皋：本《诗经·小雅·鹤鸣》“鹤鸣于九皋，声闻于野”。 九皋：深远的水泽淤地。

沁园春

寄鹤林[①]

三径就荒，松菊犹存，归去来兮。叹折腰为米[②]，弃家因酒[③]，往之不谏，来者堪追[④]。形役奚悲[⑤]，途迷未远[⑥]，今是还知悟昨非[⑦]。舟轻飏[⑧]，问征夫前路[⑨]，晨色熹微[⑩]。

欢迎童稚嘻嘻。羡出岫云闲鸟倦飞[⑪]。有南窗寄傲[⑫]，东皋舒啸，西畴春事，植杖耘耔[⑬]。矫首遐观，壶觞自酌,寻壑临流聊赋诗。琴书外,且乐天知命,复用何疑。

[注释]

①鹤林:葛长庚弟子。彭报,字季益,居福州鹤林,因以为号。 ②折腰为米:陶渊明《归去来兮辞序》感叹自己为了养家糊口而做官。 ③弃家因酒:"彭泽去家百里,公田之利,足以为酒,故便求之。" ④"往之"二句:语出《论语·微子》,而《归去来兮辞》用之。 谏:劝止、挽回。 追:补救。 ⑤形役:心志为形体所驱使。 奚:为什么。 ⑥途迷:迷失道路,指出仕。 ⑦"今是"句:今日弃官为"是",昨日出仕为"非"。 ⑧飏:飞扬,形容船轻快地行驶。 ⑨征夫:行人。 ⑩熹微:天色微明。 ⑪鸟倦飞:鸟倦飞而知还,喻对仕途感到厌倦而归隐。 ⑫南窗寄傲:靠在南窗上以寄托傲世之情。 ⑬植杖:把手杖插在田边。 耘耔:除草。

[集评]

潘飞声云:"白玉蟾有演《归去来辞》入词者,《沁园春·寄鹤林》……为词家创格。"(《粤词雅》)

沁园春

乍雨还晴,似寒而暖,春事已深。是妇鸠乳燕[①],说教鱼跃,豪蜂醉蝶,撩得莺吟。鬥茗分香[②],脱禅衣裓,回首清明上巳临。芳菲处,在梨花金屋,杨柳琼林。 如今,诗酒心襟。对好景良辰似有妊[③]。念恨如芳草[④],知他多少,梦和飞絮,何处追寻。病酒时光,困人天气,早有秋秧吐嫩针。兰亭路,渐流觞曲水,修禊山阴[⑤]。

[注释]

①妇鸠:即鹁鸪。《埤雅·释鸟》:"鹁鸪灰色,无绣项,阴则屏逐其匹,晴则呼之。"民间有"天将雨,鸠逐妇"的说法。 ②鬥茗:比赛茶之优劣。 ③妊:怀孕。谓诗思郁积于内,一吐为快。 ④恨如芳草:芳草绵

绵无穷，喻恨之绵长久远。 ⑤“兰亭”三句：晋王羲之于穆帝永和九年三月三日同谢安等四十一人会于会稽山阴之兰亭，修祓禊之礼。 流觞：流杯。把盛酒的杯子，放在流水的上游，任其漂流而下，停在谁的面前，谁就取而饮之。 曲水：环曲的水渠。 修禊：古人于三月上旬的巳日（魏以后规定为三月三日）行祭，以祓除不祥，谓之“修禊”。

沁园春

吹面无寒，沾衣不湿[①]，岂不快哉。正杏花雨嫩，红飞香砌，柳枝风软，绿映芳台。燕似谈禅，莺如演史，犹有海棠连夜开。清明也，尚阴晴莫准，蜂蝶休猜。 朝来，应问苍苔。甚几日都成锦绣堆。念四方宾友，不堪渭树[②]，一年春事，已属庭槐。宿酒难醒[③]，多情易老，争奈传杯不放杯。如何好，看秋千戏剧，蹴鞠诙谐[④]。

[注释]

①“吹面”二句：本僧志南《绝句》“沾衣欲湿杏花雨，吹面不寒杨柳风”。 ②渭树：本杜甫《春日忆李白》“渭北春天树，江东日暮云”。在渭北见树而思人，忍受不住别离之苦，故曰“不堪”。 ③宿酒：隔夜酒。 ④蹴鞠（cù jū）：古代游戏，类似今天的踢足球。 诙：别本作“恢”。

沁园春

赞吕公

渭水秋深，湓江春老，洞庭一湖。问城南古树[①]，如今在否，洛中狂客，还更来无。独上君山，渺观岩石，八百里鲸波泛巨区。何曾错，有茶中上灶，酒里仙姑。 终须，度了肩吾[②]。稽首终南钟大夫[③]。自太平寺里，题诗去后，东林沈宅，大醉归欤。天上筵多，人间到少，更不向庐山索鳜鱼。如何好,好借君黄鹤,上我清都。

[注释]

①城南古树:“惟有城南老树精,分明知道神仙过。”为吕洞宾诗句。②肩吾:施肩吾,唐代诗人。好诗酒,重仙道,中进士后隐居于洪州西山。③钟大夫:钟馗传说为终南山之不第进士,能捉鬼驱邪。

沁园春

题罗浮山

且说罗浮,自从石洞,水帘以还。是向时景泰,初来卓锡[①],旧家勾漏[②],曾此修丹。药院空存,铁桥如故,上更有朱仙朝斗坛[③]。飞云顶,在石桥高处,杳霭之间。山前,拾得清闲。也分我烟霞数亩宽。自竹桥人去,青莲馥郁,柴门闭了,绿柳回环。白酒初篘[④],清风徐至,有桃李时新饤几盘[⑤]。仙家好,这许多快活,做甚时官。

[注释]

①卓锡:指僧人的居止。 卓:植立。僧人出行,多拿锡杖。 ②勾漏:山名。在今广西北流县。以岩穴勾曲穿漏得名。晋葛洪曾为勾漏令,道书遂附会说葛洪在此修炼,为道家所传三十六小洞天的第二十二洞天。 ③朝斗:也称礼斗、拜斗,道家礼拜北斗星的仪式。《古今图书集成·山川典·罗浮山部》:“朱明洞在罗山中麓,道书谓之第七洞,朱明耀真之天,朱灵芝治之……朱明洞口有朱真人朝斗坛。” ④篘:用竹编成的漉酒具。此作动词,谓以篘漉取。 ⑤饤:堆叠蔬果于盘中。

沁园春

赠胡葆元

要做神仙,炼丹工夫,亦有何难。向雷声震处,一阳来复[①]，玉炉火炽[②]，金鼎烟寒[③]。姹女乘龙[④]，金公跨虎[⑤]，片晌之间结大还[⑥]。丹田里[⑦]，有白鸦一个[⑧]，飞入泥丸[⑨]。

河车运入崑山[⑩]，全不动纤毫过玉关[⑪]。把龟蛇乌兔[⑫]，生擒活捉，霎时云雨[⑬]，一点成丹。白雪漫天[⑭]，黄芽满地[⑮]，服此刀圭永驻颜[⑯]。常温养[⑰]，使脱胎换骨，身在云端。

［注释］

①一阳来复：道教内丹学说认为，冬至日夜半子时，日月合朔，为新历元的开始。复卦一阳萌动，为十二消息卦之始，表示自然界开始出现一线生机，人体是自然界的一部分，外界环境对人体有着很大的影响。所以在冬至日开始炼丹，可以使人体与宇宙交换信息量，是炼丹的最好时机。②玉炉：内丹术语，以三丹田之内为玉炉。 ③金鼎：道教内丹学说以自己的身体为鼎炉。 ④姹女：人体内部阴气为姹女，为五金之汞。 龙：指阳气。 姹女乘龙：指阴阳二气相交。 ⑤金公：五金之铅，《云笈七签》六十三《金丹诀》："时人不知金公之理。金者太白之名，公者物中之尊，呼之曰铅。"人体内阴阳二气中，阳气为婴儿，为五金之铅。 虎：指人体内的阴气。 金公跨虎：指阴阳二气相交。 ⑥大还：道教炼丹名。李白《草创大还歌》："赫然成大还，与道本无隔。" ⑦丹田：在人身脐下三寸。 ⑧白鸦：指修炼成的精气。韩湘子诗："宝鼎存金虎，玄田养白鸦。" ⑨泥丸：道教以人体为小天地，各部分均赋以神名。脑神称精根，字泥丸。 ⑩河车：河车起于北方正水之中。北方正水指肾，肾中藏有真气，真气所生的正气上下运转就是河车。 崑山：即昆仑，指泥丸。吕洞宾《七言》："千日功夫不暂闲，河车搬载上崑山。"《黄庭经》："三关之中精气深，子欲不死修昆仑。" ⑪玉关：指玉枕关，在脑后。钟吕炼丹法有"肘后飞金晶"之说，谓气到玉枕关时，经过修炼，可以撞开三关（尾闾、夹脊、玉枕），打通督脉，直入泥丸。 ⑫龟蛇、乌兔：阴阳之意。道教炼内丹，取天地日月之精华，日中有三足乌，月中有玉兔，以乌兔代指日月之精华。道教以阴阳为大道二气。张伯端《金丹四百字·序》："阳气属离，阴精属坎，故曰乌兔药物。" ⑬云雨：张伯端《金丹四百字·序》："夫采药之初也，动乾坤之橐籥，取坎离之刀圭。初时如云满千山，次则如月涵万

水。自然如龟蛇之交合,马牛之步骤。” ⑭白雪:萧廷芝《金丹问答》说白雪乃“铅汞之异名也”。 ⑮黄芽:苏玄朗《龙虎金液还丹通元论》谓脾气在五行属土,比作黄芽。薛道光云:“昔日遇师亲口诀,只要凝神入气穴。以精化气气化神,炼作黄芽并白雪。”黄芽喻人体内罕为人闻的某种至宝。⑯刀圭:古时量取药物的用具,借指药物。 ⑰温养:内丹认为炼丹成功后,再经沐浴温养,即可飞升。

沁园春

岁去年来,思量人生,空自沉埋。既这回冬至,一阳来复①,便须修炼,更莫疑猜。好个鼎炉②,见成铅汞③,片晌工夫结圣胎④。人身里,三千世界,十二楼台⑤。 周年造化安排,只这些些真妙哉。要先擒日月,后攒星斗⑥,黄庭中畔⑦,化作琼瑰⑧。谁会天机⑨,分明说破,恰似江头雪里梅⑩。丹成后,做些功行,归去蓬莱。

[注释]

①一阳来复:见前首《沁园春》(要做神仙)注①。 ②鼎炉:内丹学说以自己的身体为鼎炉,以自己的精气为药物,以炼成“长生不老药”。③见成铅汞:铅汞为外丹药物,内丹中的铅汞是用来比喻人体内丹修炼过程的基本要素精、气、神三者,它们是内炼的药物。人体内精气神是内丹修炼的基本东西。所以说它们是“现成”的。 ④圣胎:圣胎即金丹,指神炁高度凝结、元神大定。其中绝无形质可寻。因它是入圣的始基,如孕身之有胎,故名。 ⑤三千世界,十二楼台:道教以人体为小宇宙,故云。萧廷之《金丹问答》释“十二重楼”:“人之喉管有十二节,是也。” ⑥擒日月、攒星斗:日月阴阳之象,是内炼的药物。萧廷之《金丹问答》“日精月华”条:“非外之日月也。采心中真液,肾中真气也。”张伯端《金丹四百字》:“斗柄运周天,要人会攒簇。” ⑦黄庭:道教以人之脑中、心中、脾中为黄庭。 ⑧琼瑰:指金丹大药。 ⑨谁会天机:道教内丹著作故意闪烁其词,高深莫测,故云。 ⑩雪里梅:雪、梅皆白色,不易辨别,喻“天机”之难测,在乎学者用心细察之。

沁园春

题桃源万寿宫

黄鹤楼前，吹笛之时，先生朗吟[①]。想剑光飞过，朝游南岳，墨篮放下，夜醉东邻。铛煮山川，粟藏世界[②]，有明月清风知此音。呵呵笑，笑酿成白酒，散尽黄金。　知音，自有相寻，休踏破葫芦折断琴。唱白蘋红蓼，庐山日暮，西风黄叶，渭水秋深。三入岳阳，再游湓浦，自一去优游直至今。桃源路，尽不妨来往，时共登临。

［注释］

①朗吟：吕洞宾有“朗吟飞过洞庭湖”之句。　②“铛煮”二句：本吕洞宾偈“一粒粟中藏世界，半升铛内煮山川”。

沁园春

题湖头岭庵

客里家山，记踏来时，水曲山崖。被滩声喧枕，鸡声破晓，匆匆惊觉，依旧天涯。抖擞征衣，寒欺晓袂，回首银河西未斜[①]。尘埃债，叹有如此鬓，空为伊华[②]。　古来客况堪嗟，尽贫也输他□在家。料驿舍旁边，月痕白处，暗香微度[③]，应是梅花。拣折一枝，路逢南雁，和两字平安寄与他。教知道，有长亭短堠[④]，五饭三茶。

［注释］

①银河西未斜：拂晓时光景。　②华：白，变白。　③暗香微度：本林逋《山园小梅》“疏影横斜水清浅，暗香浮动月黄昏”。　④堠(hòu)：记里程的土堆。五里只堆，十里双堠。

水龙吟

层峦叠巘浮空[1]，断崖直下分三井。苍苔路古，鹿鸣芝涧，猿号松岭。露浥凤箫，烟迷枸杞，绿深翠冷。笑携筇一到，登高眺远，是多少、仙家景。　长念青春易老，尚区区、枯蓬断梗[2]。人间天上，喟然俯仰，只身孤影。世事空花[3]，春心泥絮[4]，此回还省。向琼台双阙，结间茅屋，坐千峰顶。

［注释］

①巘(yǎn)：山峰。　②枯蓬断梗：喻人生之漂泊无定。　③空花：佛家语，谓虚幻不实如空中之花。　④泥絮：本道潜《口占绝句》"禅心已作沾泥絮，不逐春风上下狂"。柳絮沾泥，春风吹拂不起，喻得道之心，不受世俗欲望之勾引。

［集评］

潘飞声云："辞意高超，飘飘欲仙，当与吕纯阳、吾家逍遥子同传。"(《粤词雅》)

水龙吟

采药径

云屏漫锁空山，寒猿啼断松枝翠。芝英安在[1]，术苗已老[2]，徒劳屐齿[3]。应记洞中，凤箫锦瑟，镇常歌吹。怅苍苔路杳，石门信断，无人问、溪头事。　回首暝烟无际，但纷纷、落花如泪。多情易老，青鸾何处[4]，书成难寄。欲问双娥[5]，翠蝉金凤[6]，向谁娇媚。想分香旧恨，刘郎去后，一溪流水[7]。

[注释]

①芝英:灵芝的花。灵芝是长生不老之仙药。 ②朮(zhú):草名。根茎可入药。 ③徒劳屐齿:木屐的齿。因我寻不到仙药,故云“徒劳”。 ④青鸾:爱之信使。 ⑤双娥:女子双眉,借指美女。 ⑥翠蝉:指女子鬓式。蝉翼黑而光润,故称光泽而缥渺之鬓式为翠蝉。 金凤:凤形金钗。 ⑦“刘郎”二句:用刘晨入天台山采药逢仙女事。

瑞鹤仙

残蟾明远照[1],正一番霜讯,四山秋老。孤村带清晓。有鸣鞭归骑,乱林啼鸟。青帘缥缈,懒行时,持杯自笑。甚年来、破帽凋裘,惯得淡烟荒草。 多少,客愁羁思,雨泊风餐,水边云杪。西窗正好。疏竹外,粉墙小。念归期相近,梦魂无奈,不为罗轻寒悄。怕无人、料理黄花,等闲过了。

[注释]

①残蟾:残月。俗传月中有蟾蜍,故云。

[集评]

卓人月云:“有烟霞骨相,自无尘土心情。是以出与芳草为缘,人惟黄花为念。”(《古今词统》卷十四)

瑞鹤仙

赋情多懒率[1],每醉后疏狂[2],醒来飘忽。无心恋簪绂[3]。漫才高子建[4],韵欺王勃[5]。胸中绝物。所容者、诗兵酒卒。一两时,调发将来,扫尽闷妖愁孽。 莫说。杀人一万,自损三千,到底鶂鸱[6]。悬河口讷[7]。非夙世[8],无灵骨[9]。把湖山牌印[10],莺花权柄[11],牒过清风朗月。且束之、高阁休休,这回更不。

[注释]

①赋情:禀赋、性情。 懒率:懒散、粗率。 ②疏狂:疏放狂荡,任意无拘束。 ③簪:冠簪。 绂:丝制之缨带,喻显贵。 ④漫:空。 子建:曹植。谢灵运曾说天下之才共一石,曹子建独占八斗。后人遂以才高八斗称曹植。⑤王勃:初唐文学家,诗赋并工。 ⑥臲卼(niè wù):动摇不安貌。 ⑦悬河口:口若悬河,喻能言善辩,滔滔不绝。 讷:语言迟钝。 ⑧夙世:宿世,前生。 ⑨灵骨:仙骨。 ⑩牌印:金牌印信。 ⑪权柄:权力。

祝英台近

月如酥,天似玉,长啸弄孤影。十二楼台[1],昨梦暗寻省。自怜露满衣襟,风吹毛鬓,浑无寐、寒宵漏永。
捧香鼎。翻起一片龙涎[2],梅花对人冷。庭户冰清,何处鹤声警[3]。少时烛暗梧窗,烟生苔砌,晓钟动,忽然心醒。

[注释]

①十二楼台:仙家之境。 ②龙涎:一种名贵香料,香气经久不散。③鹤声警:相传白鹤性警觉,八月白露降,流于草叶,滴嘀有声,即高鸣示警,转移宿处。

水调歌头

咏 茶

二月一番雨,昨夜一声雷。枪旗争展[1],建溪春色占先魁[2]。采取枝头雀舌[3],带露和烟捣碎,炼作紫金堆。碾破香无限,飞起绿尘埃。 汲新泉,烹活火[4],试将来。

放下兔毫瓯子，滋味舌头回。唤醒青州从事[⑤]，战退睡魔百万，梦不到阳台。两腋清风起，我欲上蓬莱。[⑥]

［注释］

①枪旗：茶叶嫩芽挺立似枪，新叶初展如旗。　②建溪：闽江上游。宋时建溪贡龙团凤饼茶，名冠天下。　③雀舌：嫩茶芽。　④活火：有火焰的炭火。　⑤青州从事：美酒。桓温有位部下善于品酒，美酒叫做青州从事，且言青州有齐郡。意为到脐（齐），即酒力至肚下。　⑥唐氏按：此首《广群芳谱》卷二十一误作苏轼词。

菊花新[①]

渺渺烟霄风露冷，夜未艾、凉蟾似水[②]。海山外、五云散彩，三峰凝翠。一鹤横空何缥缈，见殿阁、笙歌拥罗绮。笑劳生，空如尺鷃[③]，恋槿花篱。　于中青鸾唱美[④]，丹鹤舞奇。有粉娥琼女[⑤]，齐捧芳卮。天真皇人陈玳席[⑥]，宴太姥、思之暗生悲。念如今，红尘满面，漫洒晚风泪。

［注释］

①菊花新：据今人胡忌考证，此九首为大曲。见《全宋词订补续记》。笃文按：故其句式与《词谱》五十二字体不同。九首中亦不一致。　②艾：尽。凉蟾：冷月。传说月中有蟾蜍，故名。　③尺鷃：小雀名，飞翔不能高远。④青鸾：传说中的神鸟。　⑤粉娥：红粉佳人。　琼女：玉女，美女。⑥天真皇人：即天皇真人，道教神名。

菊花新

十二楼台，但前回旧迹。想琪花似雪[①]，忘了还思。朝暮痴痴地，只有老天知。却自省，玉阶金砌，错抛离。

梧桐声颤，窗外草蛩吟细。醉魂觉，又听秋鸿悲呖。极目寒空,叹未有紫云梯[2],绛阙消息子。也无一二、枉垂涕。

[注释]

①琪花:神话中的玉树,开白色花。 ②紫云梯:升天得道的阶梯。紫云:祥云瑞气。

菊花新

宝鸭温香[1],诉丝诚寸意。记当年事,闷本愁基。人间天上,只争得那些儿。吃禁持[2],却念九霄风味。

清晨雁字[3],一句句在天如在纸。只得向风前,默默自嗟惜。业债俱消[4],还未了、甚时已。一日里,滴了俺儿来泪。

[注释]

①宝鸭:香炉,因作鸭形,故称。 ②吃:被。 禁持:摆布,折磨。 ③雁字:雁飞时排列成"人"字形或"一"形,称雁字。 ④业债:罪孽之债。佛家认为此生之债乃上世罪孽所形成。

菊花新

念我东皇大帝儿[1],是操觚弄翰之职[2]。飞落尘寰,似此度,算应希。向这里,安能便、策景御气[3]。 灰头土面、千河水[4]。把我如何洗。纵便有铢衣[5],已失眉峰翠[6]。看看皓首,瞒不过镜台儿[7]。除是去、青松下、碧云底。

[注释]

①东皇大帝:道教天神。 ②操觚弄翰:谓掌管文书。 觚:木简,古

人用以书写。 翰:毛笔。 ③策景:驱赶光景。 景:影。 御气:乘气。 ④灰头土面:指奔走尘世。 ⑤铢衣:极轻的衣服。此指得道成仙者的衣服。 ⑥已失眉峰翠:指年岁已高,鬓眉皆白。 ⑦镜台:镜奁之大者,兼储化妆品,上可架镜。

菊花新

弱水去蓬莱①,四万八千里。远漠漠,俯仰天水青无际。鸟飞不到船去难,渺无依。剪锦字②,云信待凭鸾翼。

青芝素瀑,草舍儿、隐隐烟霞里。向闲处,批风切月烹天地③。三岛十洲④,去有日,几何时。胎仙就⑤,直待鹤书来至⑥。

[注释]

①弱水:神话中水名。 蓬莱:海上三神山之一。 ②锦字:此泛指书信。 ③批风切月:犹吟风弄月。 ④三岛:即海上三神山蓬莱、方丈、瀛洲。 十洲:传说中在八方大海中的十个洲,为神仙居处。 ⑤胎仙:即胎灵大神,也叫胎真,居明堂中。 ⑥鹤书:指仙书。

菊花新

铜壶四水①,寒生素被。夜迢迢,烟月熹微。池浸霜荷,槛竹响,井枫飞。宝枕潭无梦②,念忡忡地。 形留神往,镇日价、忘食应忘寐③。省得起、都是天上仙家事。珠歌舞,酌玉液,饭云子④。怎得麒麟脯,更教知味。

[注释]

①铜壶:古计时器。 ②潭无梦:深睡无梦。 ③镇日价:整日里。④云子:仙药名。西王母曾对汉武帝说太上之药有风实云子。见《汉武内传》。或云武帝炼丹成,以赤者为桃实,白者为云子。杜甫《与源大少府宴

渼陂》:“饭抄云子白。”

菊花新

有个闷甚处,一向如痴醉。独倚住危阑,坐咬无名指。金鱼玉雁一从去[1],绝消息。念念怀天帝,密与冥契[2]。　晴霞照水。叹细草、新蒲寒萋萋。对夕照,树色烟光相紫翠。花落莺啼,把往事似川逝[3]。光阴速,何日是伊归日。

[注释]

①金鱼玉雁:指仙家之信使。古时有鱼雁传书之说,金、玉乃美称。②冥契:暗相投合,默契。　③川逝:“子在川上曰:逝者如斯夫,不舍昼夜。”见《论语·子罕》。

菊花新

雪牖风轩度岁。时听芭蕉,雨声凄恻。情多易感,渐不觉鬓成丝。忽又成千古,诮如梦里。　西山南浦尽秋意,一望芦花飞。有一点沙鸥,点破松梢翠。凄然念起,觉两腋凉飙细。诗兴浑飞,在渔乡橘里。

菊花新

忽水远天长,笑把玉龙嘶[1]。一声声,吹断寒云沧波里。幽愁暗恨,弄皓月,怨白日。问太虚不尚[2],则成休矣。　云心鹤性,死也要冲霄,乘风去。分自有、终合仙飞。感古怀今聊把笔。落叶寒蝉悲,使人增怨抑。

[注释]

①玉龙：竹笛。 ②太虚不尚：不一心学道。 尚：崇尚。

菩萨蛮

送刘贵伯

阁山云冷风萧瑟[1]，野猿啼罢蟾光白[2]。听彻太清弦[3]，断肠云水天。 金陵君此去，秋入蒹葭浦。兴满即回辕[4]，明年二月春。

[注释]

①阁山：在江西清江县东，山形如阁，道书以为七十二福地之一。 ②蟾光：月光。 ③太清弦：仙乐。太清为道家所谓三清之一。 ④回辕：回车，归来。

谒金门

春又去，愁杀一声杜宇。昨夜海棠无□□，晓来闻燕语。 缥缈佳人何处，镇日愁肠万缕。千里无家归未得，春风知我苦。

水调歌头

自 述

金液还丹诀[1]，无中养就儿。别无他术，只要神水入华池[2]。采取天真铅汞[3]，片晌自然交媾[4]，一点紫金脂[5]。十月周天火[6]，玉鼎产琼芝[7]。 你休痴，今说破，莫生疑。乾坤运用，大都不过坎和离[8]。石里缘何怀玉，因甚珠藏蚌腹，借此显天机。何况妙中妙，未易与君知。

[注释]

①金液还丹:翁葆光《紫阳真人悟真篇注疏序》说,运以阴阳之真气,养育精气,化成金液之质,走河车,降入口中,名金液还丹。咽到下丹田结成圣胎,十月始圆,化为纯阳之躯。萧廷之《金丹问答》释“金液还丹”曰:“金液者,金水也。金为水母,母隐于胎,固有还丹之号也。前贤有曰:丹者,丹田也。液者,肺液也。以肺液还于丹田,故曰金液还丹。” ②神水:唾液。华池:舌下。 ③天真铅汞:铅汞为外丹药物,内丹中的铅汞是用来比喻人体内丹修炼过程的基本要素精、气、神三者,它们是内炼的药物。人体内精气神是内丹修炼的基本东西。所以说它们是“现成”的。钟吕认为:“内丹之药材,出于心肾,是人皆有也。” ④交媾:“前贤上圣,道成不离于此二物(真火、真水),交媾而变黄芽,数足胎完,以成大药,乃真龙真虎者也。”见《钟吕传道集》。钟离权和吕洞宾提出要交媾龙虎,以采黄芽而成丹药。“坎是虎,离是龙,二体本来同一宫。”内药即本于龙虎,龙虎交媾而变黄芽。 ⑤紫金脂:本张伯端《金丹四百字》“铅汞结丹砂,耿耿紫金色”。 ⑥周天火:道教内丹修炼法。运用此法时要微微敛身,轻轻收腹,默运心气下达丹田,呼吸缓缓若存,意念守在中宫,以神驭气,自然地从下丹田过督脉三关,直上上丹田泥丸宫。然后,从任脉回到下丹田。这样,真气在体内任督二脉中上下周流,运转不绝,精气神紧密结合,周身运转。魏伯阳《周易参同契》主张修丹之士起运周天火候必须与宇宙活动同步进行。 ⑦玉鼎:内丹认为炼丹先须设鼎,鼎亦称玉鼎,位于大脑中心。 琼芝:金丹大药。 ⑧坎和离:阴阳二气。坎离为乾坤之用。张伯端《金丹四百字》:“此窍非凡窍,乾坤共和成。名为神气穴,内有坎离精。”

水调歌头

吃了几辛苦,学得这些儿。蓬头赤脚,街头巷尾打无为。都没蓑衣笠子,多少风烟雨雪,便是活阿鼻[①]。一具骷髅骨,忍尽万千饥。 头不梳,面不洗,且憨痴。自家屋里,黄金满地有谁知[②]。这里一声惭愧,那里一声调数,满面笑嘻嘻。白鹤青云上,记取这般时。

[注释]

①阿鼻：佛教八热地狱之一，意为永远痛苦的地狱。　②"自家"二句：用禅宗语。禅宗有"自家宝藏"的说法，谓人的自性圆满，是无价之宝，犹如黄金满地，但一般人却不自觉知，沉迷物欲。

水调歌头

有一修行法，不用问师传。教君只是，饥来吃饭困来眠[①]。何必移精运气，也莫行功打坐，但去净心田。终日无思虑，便是活神仙。　不憨痴，不狡诈，不风颠。随缘饮啄[②]，算来命也付之天。万事不由计较，造物主张得好，凡百任天然[③]。世味只如此，拚做几千年。

[注释]

①饥来吃饭困来眠：禅宗著名语录。是慧海禅师开示学僧的话，见《景德传灯录》六，指率性适意的生活方式。　②随缘：佛家语，意为顺应自然，无为处世。　饮啄：如鸟类之饮水啄食，喻饮食随心，生活闲适。③凡百：各项事情。

水调歌头

一个清闲客，无事挂心头。包巾纸袄，单瓢只笠自逍遥。只把随身风月，便做自家受用，此外复何求。倒指两三载[①]，行过百来州。　百来州，云渺渺，水悠悠。水流云散，于今几度蓼花秋。一任乌飞兔走[②]，我亦不知寒暑，万事总休休。问我金丹诀，石女跨泥牛[③]。

[注释]

①倒指：屈指。　②乌飞兔走：日月飞逝。　③石女跨泥牛：言绝不可能，乃禅宗截断理路之语。

水调歌头

不用寻神水,也莫问华池①。黄芽白雪,算来总是假名之②。只这坤牛乾马③,便是离龙坎虎④,不必更猜疑。药物无斤两,火候不须时⑤。　偃月炉⑥,朱砂鼎,总皆非。真铅真汞不炼⑦,之炼要何为。自己金公姹女⑧,渐渐打成一块,胎息象婴儿⑨。不信张平叔⑩,你更问他谁。

[注释]

①神水:唾液。　华池:舌下。　②黄芽:苏玄朗《龙虎金液还丹通元论》谓脾气在五行属土,比作黄芽。薛道光云:“昔日遇师亲口诀,只要凝神入气穴。以精化气气化神,炼作黄芽并白雪。”黄芽喻人体内罕为人闻的某种至宝。　白雪:萧廷芝《金丹问答》说白雪乃“铅汞之异名也”。假名之:《古文参同契集解》上《指玄篇》曰,“求仙不识真铅汞,闲读丹书千万篇。盖丹书所谓铅汞,皆比喻也。在学者触类而长之尔。不当舍吾身而外求也。”　③坤牛乾马:马为阳,主升,牛为阴,主降。马牛也称龙虎。坤牛乾马即阴阳相济意。　④离龙坎虎:苏玄朗《龙虎金液还丹通元论》“阴中有阳,是为婴儿,即身中坎也。八石之中,惟用砂汞,阳中有阴,是为姹女,即身中离也。”心为阳,为火,卦象为离,故曰离龙。肾为阴,为水,卦象为坎,故曰坎虎。修炼内丹就是要使心肾相交,水火相济,以坎水济离火,取坎中之阳填离中之阴,使之成为纯阳(乾)。《钟吕传道集·论龙虎》:“前贤上圣,道成不离于此二物(真火、真水),交媾而变黄芽,数足胎完,以成大药,乃真龙真虎者也。”龙阳虎阴。肾水生气(真火),气中有真一之水,叫做阴虎,阴虎出在坎位(肾)真火(肾气)之中。心火生液(真水),液中有正阳之气,称为阳龙。阳龙出于离宫(心)真水(心液)之中。　⑤火候:火候一词取法外丹烧炼,喻人体在神意呼吸的配合下,元精炁产生的不同阶段的变化。张伯端《金丹四百字》:“火候不用时,冬至不在子。”宇宙中阴阳二气在一日之中相交于亥子(21:00—1:00),在一月之中相交于晦朔,在一年之中相交于冬至。所有这些时辰,都是内炼的天赐良机,比其馀时辰修炼效果都要好得多。这就是正子时。但除了正子外,还有活子时。所谓活子时,就是人体内部生机萌发之时。这在道教属于不传之秘。道光说:

“炼丹不用寻冬至，身中自有一阳生。” ⑥偃月粮：是人体内部的修炼之所。脐后、肾前中间有一穴，叫偃月炉。 ⑦真铅真汞：真铅也通称铅，是精气的纯粹状态、高级状态。神的代名则为真汞，通称汞，发于心田。⑧金公：人体内阴阳二气中，阳气为婴儿，为五金之铅。《云笈七签》六十三《金丹诀》：“时人不知金公之理。金者太白之名，公者物中之尊，呼之曰铅。” 姹女：人体内部阴气为姹女，为五金之汞。 ⑨胎息象婴儿：道教认为，人与天地一样，禀受阴阳二气。由于父母二气相成，混合成珠。此珠玉内存藏着一点元阳真气，珠外包裹精血，与母呼吸相连。经过十月左右，胎圆气足。婴儿在未生之前，就是所谓的先天。此时的状态是受母滋养，混混沌沌，纯一不杂，双手抱住头面，口鼻等九窍未通。内外药在下丹田凝结成大药，即丹经上所说的“丹母”。元气尽化，而与元神合一，即形成“婴儿”乃是内丹的最高级状态。 ⑩张平叔：张伯端，字平叔，宋天台人。少好学，熙宁间游蜀，遇刘海蟾，授金液还丹火候之诀。治平间访扶风马处厚于河东，以所著《悟真篇》授处厚。元丰初坐化，年九十九。张伯端其所著《悟真篇》、《金丹四百字》，是内丹学的重要著作，《四库全书》收入了有关张伯端《悟真篇》的《悟真篇注疏》、《直指详说》两部研究专著。张伯端是全真派南派五祖的始祖，而葛长庚则是南派五祖的第五祖。

水调歌头

要做神仙去，工夫譬似闲。一阳初动[①]，玉炉起火炼还丹。捉住天魂地魄[②]，不与龙腾虎跃[③]，满鼎汞花乾。一任河车运[④]，径路入泥丸[⑤]。 飞金精，采木液[⑥]，过三关[⑦]。金木间隔[⑧]，如何上得玉京山。寻得曹溪路脉[⑨]，便把华池神水[⑩]，结就紫金团。免得饥寒了，天上即人间。

［注释］

①阳初动：道教以自身精气神的锻炼为主，人体内部一阳来复之机，也即炉鼎设立之时。吕洞宾《沁园春·丹词》：“七返还丹，在人先须炼己待时。正一阳初动，中宵漏永。”古传丹经：“金丹大药不难知，妙在一阳下

手时。”阳生之际,便是修炼的最好时机,也就是道教所说的天机。 ②天魂地魄:日月精华。 ③龙腾虎跃:大丹药物为心液、肾气。心属火,中藏正阴之精,丹经称之为龙;肾属水,中藏元阳真气,丹经称之为虎。这种形象的说法表明了人的生理状态:心若猿马奔放,烈火上炎、银汞流泻、草木勃发、蛟龙飞腾,本性使然,难以制止。以虎斗龙……都是指精气神意要互为生克,这便是丹经术语“交媾”之意。 ④河车运:河车起于北方正水之中。北方正水指肾,肾中藏有真气,真气所生的正气上下运转就是河车。 ⑤泥丸:道教以人体为小天地,各部分均赋以神名。脑神称精根,字泥丸。 ⑥金精、木液:指阴阳二气、元神元气。陈楠指出丹书上所云红铅绿汞,就是金精木液。 ⑦三关:尾闾、夹脊、玉枕。玉枕关在头部背后玉枕穴之下,夹脊关在背中,尾闾关在脊椎骨的最下端。三关为气通督脉中的三个重要部分。真气在下丹田充盈之后,便凝聚在尾闾之前的会阴穴,一旦运行,便冲关而出,贯通上下,周流一身。 ⑧金木间隔:道光《还丹复命篇》序文云:“大道之祖,不出一气而成变。喻之为日月,名之为龙虎,因之为阴阳,托之为天地。一清一浊,金木间隔。” ⑨曹溪路脉:指禅宗六祖惠能开创的南宗禅法。因其弘法之地在曹溪,故又名曹溪禅。葛长庚初学禅,后学道,故有融合禅道的倾向。 ⑩华池:舌下。 神水:唾液。

水调歌头

草涨一湖绿,天䉶四山青[1]。这千年里。几多兴废不容声。无分貂金佩玉[2],不梦歌钟食鼎[3],何处有车旌[4]。便念旌阳剑[5],枉自染蛟腥。 生诸葛,少马援,尚云萍[6]。醉乡日月[7],飘然身世付刘伶[8]。知道东门黄犬[9],不似西山白鹭[10],风月了平生。起来忽清啸,惊落夜潭星。

[注释]

①䉶(gǎn):笼罩。 ②无分:无缘。 貂金佩玉:指仕路通达,位至显要。 ③歌钟食鼎:显贵之家钟鸣鼎食。 ④车旌:仪仗。 ⑤旌阳:晋汝南人许逊,学道,官旌阳令。相传得道升天前曾斩蛟除害,道家称为许真君。

⑥云萍：云飘萍泛，喻身世飘零。 ⑦醉乡日月：指醉中境界。 ⑧刘伶：晋代名士，竹林七贤之一，有《酒德颂》。 ⑨东门黄犬：秦相李斯受赵高诬陷被腰斩于咸阳东市时，对其子感叹，再也不能和他一起牵黄犬在故乡东城门外追逐狡兔了。 ⑩西山白鹭：指隐士生涯。

水调歌头

杜宇伤春去，蝴蝶喜风清。一犁梅雨，前村布谷正催耕。天际银蟾映水，谷口锦云横野，柳外乱蝉鸣。人在斜阳里，几点晚鸦声。 采杨梅，摘卢橘。饤朱樱[1]，奉陪诸友，今宵烂饮过三更。同入醉中天地，松竹森森翠幄，酣睡绿苔茵。起舞弄明月，天籁奏箫笙。

[注释]

①饤：堆集。

水调歌头

一个江湖客，万里水云身。鸟啼春去，烟光树色正黄昏。洞口寒泉漱石，岭外孤猿啸月，四顾寂无人。梦魂归碧落，泪眼看红尘。 烟濛濛，风惨惨，暗消魂。南中诸友，而今何处问浮萍[1]。青鸟不来松老，黄鹤何之石烂[2]，叹世一伤神。回首南柯梦，静对北山云。

[注释]

①浮萍：喻漂零之身世。 ②黄鹤：道家以黄鹤为仙人坐骑。

水调歌头

昔在虚皇府[1]，被谪下人间。笑骑白鹤，醉吹铁笛落星湾。十二玉楼无梦，三十六天夜静，花雨洒琅玕。瑶台归未得，忍听洞中猿。　　也休休，无情绪，炼金丹。从来天上，神仙官府更严难。翻忆三千神女，齐唱霓裳一曲，月里舞青鸾。此恨凭谁诉，云满武夷山。

[注释]

①虚皇：道教太虚之神。

水调歌头

和懒翁

昔在虚皇府，啸咏紫云中。不知何事，误蒙天谪与公同。偶到金华洞口[①]，忽见懒翁老子，挺挺众中龙[②]。握手归仙隐，谈笑起天风。　　忽相逢，一转瞬，酒杯空。几时再会，唱赓词翰倒金钟[③]。只恐武夷山里，千古猿啼鹤唳，未便蹑飞虹。公欲归仙去，我欲继公踪。

[注释]

①金华洞：在浙江金华市北金华山下，道书称三十六洞之一。　②挺挺：卓尔不群貌。　③赓：和。　倒：倾。　金钟：酒杯。

水调歌头

误触紫清帝[①]，谪下汉山川。既来尘世，奇奇怪怪被人嫌。懒去蓬莱三岛，且看江南风月，一住数千年。天风自霄汉，吹到剑峰前。　　做些诗，吃些酒，放些颠。木精石怪，时时唤作地行仙[②]。朝隐四山猿鹤，夜枕一天星斗，纸被裹云眠。梦为蝴蝶去，依约在三天[③]。

[注释]

①紫清：天上，神仙居处。　②地行仙：仙人的一种，道家指住在人间的仙人。　③三天：道家三天，指紫微天、禹馀天、大赤天。

水调歌头

丙子中元后风雨有感

一叶飞何处[①]，天地起西风。夜来酒醒，月华千顷浸帘栊。塞外宾鸿来也[②]，十里碧莲香满，泽国蓼花红。万象正萧爽[③]，秋雨滴梧桐。　钓台边，人把钓，兴何浓。吴江波上，烟寒水冷剪丹枫[④]。光景暗中催去，览镜朱颜犹在，回首鹫巢空。铁笛一声晓，唤起玉渊龙。

[注释]

①一叶：指梧桐叶。梧桐一叶落而知天下秋。　②宾鸿：雁为候鸟，秋季自北方塞外飞向南方，故曰宾鸿。　③萧爽：高敞超逸。　④"吴江"二句：化用唐崔明信"枫落吴江冷"诗意。

[集评]

卓人月云："东坡《水调歌·明月几时有》一词，画家大劈斧皴，书家擘窠体也。后有海琼子一词，足与匹敌。起句云：'一叶飞何处，天地起西风。'卒章云：'铁笛一声晓，唤起五湖龙。'此岂胸中有烟火、笔下有纤尘者所能仿佛其一二耶。"（《词苑萃编》）

水调歌头

江上春山远，山下暮云长。相留相送，时见双燕语风樯。满目飞花万点，回首故人千里，把酒沃愁肠，回雁峰前路[①]，烟树正苍苍。　漏声残，灯焰短，马蹄香。浮云飞絮，一身将影向潇湘。多少风前月下，迤逦天涯海角，魂梦亦凄凉。又是春将暮,无语对斜阳。

[注释]

①回雁峰:在湖南衡阳南,为衡山七十二峰之一。相传雁至衡阳就不再南飞,遇春则北回。

[集评]

陈廷焯云:"葛长庚词,风流凄楚,一片热肠,无方外习气。余尤爱其《水调歌头》。"(《白雨斋词话》)

水调歌头

石知院生辰

两鬓青丝髮,双眼黑方瞳[①]。人皆道是,昭庆一个老仙翁。暂别蓬莱弱水,自把星冠月帔,玉佩舞薰风[②]。醉入桃源路,归去不知踪。　举云璈[③],鸣铁笛[④],抚丝桐[⑤]。满前剑弁森列[⑥],稽首捧金钟[⑦]。挺挺松形鹤貌,任待桑田变海,宝鼎粒丹红。玉帝下明诏,独骑上瑶空。

[注释]

①方瞳:方形瞳孔。道家说眼方者寿千岁,因以方瞳为仙人之征。　②薰风:和风,初夏时的东南风。　③云璈:乐器名。道家仙人上元夫人曾弹云林之璈,见《汉武内传》。　④铁笛:铁制的笛管。　⑤丝桐:琴。古多用桐木制琴,故称。　⑥剑弁:指佩剑戴冠之护卫人员。　⑦稽首:旧时所行跪拜礼。

满江红

咏武夷

忆昔秦时,中秋日、武夷九曲[①]。烟寂寂、斜阳数尺,寒鸦枯木。三十六峰凝晓翠，一溪流水生秋绿。正满林、桂子散天香，飞金粟。　　神仙客，金丹熟。玉诏下，云生足。岩头新换骨[2]，尚黏红肉。夜半月华明似昼，玉皇降辇铺殽悚[3]。笑曾孙、回首幔亭前，空松竹。

[注释]

①武夷九曲：武夷山绵亘百二十里，有三十六峰，三十七岩，溪流缭绕其间，分为九曲。道书称为第十六洞天。　②换骨：道家谓学仙者必服金丹，换去凡骨为仙骨，方能成仙。　③殽悚（xiáo sù）：殽，带肉的骨。悚，鼎中食物。

满江红

咏白莲

昨夜姮娥，游洞府、醉归天阙。缘底事、玉簪坠地，水神不说[1]。持向水晶宫里去，晓来捧出将饶舌。被薰风、吹作满天香，谁分别。　　芳而润，清且洁。白似玉，寒于雪。想玉皇后苑，应无此物。只得赋诗空赏叹，教人不敢轻攀折。笑李粗、梅瘦不如他，真奇绝。

[注释]

①说：通“悦”。

满江红

听陈元举琴

树色冥濛，山烟暮、鸟归日落。凭阑处、眼空宇宙，心游碧落。古往今来天地里，人间那有扬州鹤[1]。幸而今、天付与青山，甘寥寞。　　好花木，多岩壑。得萧散，耐淡泊。把他人比并,我还不错。一曲瑶琴知此意,从前心事都忘却。况新秋、不饮更何时,何时乐。

[注释]

①扬州鹤:"有客相从,各言所志:或愿为扬州刺史,或愿多资财,或愿骑鹤上升,其一人曰:'腰缠十万贯,骑鹤上扬州。'欲兼三者。"见《殷芸小说》。

满江红

别鹤林

明日如今,我已是、天涯行客。相别后、麻姑山上[①],齐云亭侧。几个黄昏劳怅想,几宵皓月遥思忆。与二仙、不但此今生,皆畴昔。　　频到此,欢无极。今去也,来无的。念浪萍风絮,东西南北。七八年中相契密,三千里外来将息。怅金丹、未就玉天辽,还凄恻。

[注释]

①麻姑山:在今江西南城。

满江红

钧天高处[①],元自有、琼楼玉阙。又那更、九霞隐映,五云斗绝[②]。八面玲珑光不夜,四围晃耀寒如月。有广寒、宫殿隐姮娥,冰壶洁。　　飘飘去,天风冽。星河外,花飞雪。见三千神女,尊前一阕。来到人间浑似梦,未能归去空悲咽。问仙都、此去几由旬[③],归心热。

［注释］

①钧天：天之中央。　②五云：青白赤黑黄五色云。　③由旬：古代印度计长度的单位，为行军一日的路程，或言四十里，或言三十里。

满江红

赠豫章尼黄心大师，尝为官妓

荳蔻丁香[①]，待则甚、如今休也。争知道、本来面目[②]，风光洒洒[③]。底事到头鸾凤侣，不如躲脱鸳鸯社。好说与、几个正迷人，休嗟讶。　纱窗外，梅花下。酒醒也，教人怕。把翠云剪却[④]，缁衣披挂。柳翠已参弥勒了[⑤]，赵州要勘台山话[⑥]。想而今、心似白芙蕖，无人画。

［注释］

①荳蔻丁香：喻少年时的官妓生涯。　②本来面目：禅宗指生命的原真状态。　③洒洒：洒落，不染纤尘。　④翠云：乌黑亮泽的头髮。　⑤柳翠：妓女名。宋人话本有《月明和尚度柳翠》，叙妓女柳翠在月明和尚点化下顿悟入道之事。　弥勒：指得道高僧如月明和尚之类。　⑥"赵州"句：赵州禅师与五台山婆子的一则鬥法故事，见《五灯会元》四。　话：话头。《五灯会元》四："师归隐谓僧曰：'台山婆子为汝勘破了也。'"

摸鱼儿

问苍江、旧盟鸥鹭，年来景物谁主。悠悠客鬓知何似，吹满西风尘土。浑未悟，漫自许，功名谈笑侯千户。春衫戏舞。怕三径都荒，一犁未把，猿鹤笑君误[①]。
君且住，未必心期尽负。江山秋事如许。月明风静蘋花路，敧枕试听呜舻。还又去。道唤取，陶泓要草归来赋[②]。相思最苦。是野水连天，渔榔四处[③]，蓑笠占烟雨。

[注释]

①"猿鹤"句:讥讽隐士出仕,用孔稚圭《北山移文》语意。 ②陶泓:砚之别称。语出韩愈《毛颖传》。 ③榔:船上木板,击船以惊鱼。

[集评]

潘飞声云:"情辞伉爽,一气呵成,置之苏辛集中,所谓词家大文者。"(《粤词雅》)

摸鱼儿

寿觉非居士[①]

雨肥梅、亭台初夏,昙花开向前夜。纯阳鹤会先三日,何处神仙降驾。知得也,□□是、西山彭抗来胎化[②]。平生性野。自倒指今年,七旬有六,使节半天下。 焚金兽,毋惜满斟玉斝。儿孙况又潇洒。公今骨相如松在,一掬精神堪画。于今且。□□炼、金丹成了为凭藉。归心莲社[③]。便做得乃翁,年登八百,未是寿长者。

[注释]

①觉非居士:彭耜(鹤林)之父,曾官吏部。 ②彭抗:晋人,密修仙业,白日飞升。此言觉非为彭抗转世。 ③莲社:东晋高僧慧远与刘遗民等十八人同修净土,中有白莲池,号莲社。

摸鱼儿

这身儿、从来业障[①],一生空自劳攘[②]。生生死死皆如梦,更莫别生妄想。没伎俩,只管去、天台雁荡寻方广[③]。几人不省。被妻子萦缠,生涯拘束,甘自归黄壤。 世间事,一斤两个八两。问谁能去俯仰。道义重了轻富贵,却笑轮回来往。休勉强。老先生、从来恬淡无妆幌[4]。一声长啸，把拄杖横肩，草鞋贴脚，四海平如掌。

［注释］

①业障：罪孽，意为前世所种恶果，致为今生的障碍。 ②劳攘：劳碌、奔波。 ③方广：寺名，在天台石梁飞瀑附近，风景幽绝。 ④妆幌：装腔作势，做作。

摸鱼儿

寿傅枢阁中李夫人[1]

跨飞鸾、醉吹瑶笛，蓬莱知在何处。薰风飘散荷花露。梦觉已非帝所。忘归路，谁知道、人间别有神仙侣。身游枢府[2]，奈诏入玉楼，猛骑箕尾[3]，四海忆霖雨[4]。

问王母，天上桃红几度[5]。蕊宫今是谁主[6]。明年甲子从头数，春入鬟云鬓雾[7]。如今去，是处里、福田都著黄金布[8]。庭前玉树。看子早生孙，孙还生子，岁岁彩衣舞[9]。

［注释］

①傅中：生平事不详。 ②枢府：政权中枢，宋时多指枢密院。 ③骑箕尾：谓跨骑箕尾二宿之间。“身骑箕尾归天上，气作山河壮本朝”为赵鼎语。 ④霖雨：喻恩泽。 ⑤天上桃：传说西王母仙桃三千年一结果，食之长生不老。 ⑥蕊宫：道家传说天上上清宫有蕊珠宫，神仙所居。 ⑦“春入”句：谓返老还童，鬟鬓乌亮。 ⑧是处：到处。 福田：祝福。佛家谓积善行可以得福报，犹如播种田地，秋获其实。 ⑨彩衣：老莱子彩衣娱亲，为孝顺之典。

洞仙歌

鹤林赋梅[1]

南枝漏泄，一点春光别。无蝶无蜂正霜雪。向竹梢疏处，瘦影横斜，真个是，潇洒冰肌玉骨。　　黄昏人静，踏碎阶前月。忍冻相看惜攀折。巡檐空索笑，似笑无言，夜悄悄、香入寒风清冽。更那堪、画角恼幽人，又满地落英，愁肠万结。

[注释]

①鹤林：地在福州凤丘山。长庚弟子彭耜居此。

满庭芳

和陈隐芝韵

百雉城边[1]，乱花深处，竹间一笑双清。天公解事，为我弄阴晴。雨过槐阴绿净，女墙外、杨柳丝轻[2]。堪嗟惜，诗尤酒殢[3]，镜里失青春。　　清和，如许在，莺莺燕燕，相与忘情。谪仙风度[4]，命代万人英。游戏琴棋书画，人间世、别有方瀛[5]。酕醄后[6]，玄裳效舞，所欠董双成[7]。

[注释]

①百雉城：三百丈长一丈高的城墙。　②女墙：城墙上面呈凹凸形的小墙。　③诗尤酒殢：沉浸于诗酒。　④谪仙：从天上遣谪下来的仙人。唐李白有谪仙之称。作者也多次自称谪仙。　⑤方瀛：方丈、瀛洲。此指海上三神山，举部分以代全体。　⑥酕醄（máo táo）：大醉貌。　⑦董双成：西王母侍女。炼丹宅中，丹成得道升仙。

瑶台月

烟霄凝碧。问紫府清都，今夕何夕。桐阴下、幽情远，与秋无极。念陈迹、虎殿虬宫，记往事、龙箫凤笛。露华冷，蟾光白。云影净，天籁息。知得。是蓬莱不远，身无羽翼。　　广寒宫，舞彻霓裳，白玉台，歌罢瑶席。争不思下界，有人岑寂[①]。羡博望、两泛仙槎[②]，与曼倩、三偷蟠实[③]。把丹鼎，暗融液。乘云气，醉挥斥。嗟惜。但城南老树，人谁我识。

[注释]

①岑寂：冷清，寂寞。　②泛仙槎：传说博望侯张骞乘仙槎至天河。③偷蟠实：传说东方朔（字曼倩）曾偷得西王母仙桃。

永遇乐

懒散家风，清虚活计[①]，与君说破。淡酒三杯，浓茶一碗，静处乾坤大。倚藤临水，步屧登山，白日只随缘过。自归来，曲肱隐几，但只恁和衣卧。　　柴扉草户，包巾纸袄，未必有人似我。我醉还歌，我歌且舞，一恁憨痴好。绿水青山，清风明月，自有人间仙岛。且偎随、补破遮寒，烧榾柮火[②]。

[注释]

①清虚：清闲散淡。　②榾柮（gǔ duò）：柴块，树疙瘩。

永遇乐

寄鹤林靖[①]

银月凄凉，绮霞明灭，秋色如此。露满清襟，风生衰鬓，夜已三更矣。寻思往事，千头万绪，回首诮如梦里。指烟霄，不如归去，不知今夕何夕。　鹑衣百结[②]，胑脂垢腻[③]，犹是小蛮针指。对酒逢诗，高吟大笑，四海今谁似，荷亭竹阁，共风同月，此会今生能几。君须记，去来聚散，只□底是。

[注释]

①鹤林靖：彭耜斋号名。　②鹑衣：鹑指鹌鹑鸟，尾秃，貌不雅。此言衣服反复补缀如结。形容衣衫破烂。　③胑(zhī)脂：累积的油脂。

好事近

赠赵制机

行到竹林头，探得梅花消息。冷蕊疏英如许，更无人知得。　冰枯雪老岁年徂[①]，俯仰自嗟惜。醉卧梅花影里，有何人相识。

[注释]

①岁年徂(cú)：一年将尽。

[集评]

潘飞声云："白玉蟾画梅，见称于金冬心题画集中，而真迹实不易睹……读此词，可知其画境之妙矣。"(《粤词雅》)

好事近

何事雁来迟，独步秋园默默。莫恨桂花开尽，有菊花堪惜。　　回头顾影背斜阳，听西风萧瑟。无限诗情酒思，那早梅知得。

桂枝香

楼前凝望，见水满一溪，云满千嶂。将晚欲行无绪，欲眠无况。岩花涧草春无极，倚东风、忽然惆怅。淡烟飞过，幽禽叫断，远钟嘹亮。　　为底事、沉吟一晌。念只影飘浮，寸心虚旷。无限游丝落絮[1]，此怀难状。江湖淮海行将遍，觉诗肠、酒胆超畅。一丘一壑归来，念我旧家天上。

[注释]

①游丝落絮：喻心绪之零乱、漂浮不定。

南乡子

爱阁赋别二首

夜月照千峰，影满荷池静袅风。明日今宵还感慨，梧桐。叶叶随云飐碧空。　　聚散与谁同，野鹤孤云有底踪[1]。别处要知相忆处，无穷。总在青山夕照中。

[注释]

①有底踪：有何踪迹。　底：何。

南乡子

前度几相逢，此日游从乐不同。竹阁荷亭欢聚处，雍容，如在蓬莱第一宫。　　夜半月朦胧，秉烛东园风露中。明日匆匆还入浙，忡忡[①]，却把音书寄远鸿。

[注释]

①忡忡(chōng)：忧伤。

霜天晓角

绿净堂

五羊安在[①]，城市何曾改。十万人家阛阓[②]，东亦海、西亦海。　　年年蒲涧会[③]，地接蓬莱界。老树知他一剑，千山外、万山外。

[注释]

①五羊：传说有五个仙人乘五色羊执六穗秬来到广州，遂称广州为羊城。　②阛阓(huán huì)：集市。　阛：市垣。　阓：市外门。古代市道在垣与门之间，故称市肆为阛阓。　③蒲涧：在广州城北十五里。相传为安期生得道飞升之处。

[集评]

潘飞声云："壮游中饶有仙气，自成一格。"(《粤词雅》)

贺新郎

且尽杯中酒。问平生、湖海心期，更如君否。渭树江云多少恨[①]，离合古今非偶。更风雨、十常八九。长铗歌弹明月堕[②]，对萧萧、客鬓闲携手。还怕折，渡头柳。　小楼夜久微凉透。倚危阑、一池倒影，半空星斗。此会明年知何处[③]，蘋末秋风未久[④]。漫输与、鹭朋鸥友。已办扁舟松江去，与鲈鱼、莼菜论交旧[⑤]。因念此，重回首。

［注释］

①渭树江云：本杜甫《春日忆李白》“渭北春天树，江东日暮云”。后以渭树江云喻朋友之间的深切思念。　②长铗：长剑。冯谖曾弹长铗作歌曰：“长铗归来乎，食无鱼！”见《战国策·齐策》。　③“此会”句：本杜甫《九日蓝田崔氏庄》“明年此会知谁健？醉把茱萸子细看”。　④蘋末：风起则蘋叶动，故宋玉《风赋》有“风生于地，起于青蘋之末”语，因以蘋末喻风。　⑤“已办”二句：晋张翰吴人，善属文。曾任大司马东曹掾。时政事混乱，翰为避祸南归，遂借口见秋风起，思故乡菰菜、莼羹、鲈鱼脍，辞官归吴。

贺新郎

梦绕荷花国。遍□□、橘州柳市，芙蓉巷陌。桂社兰乡白蘋里，月冷波寒之夕。有孤鹜、落霞知得。一鹤横空云漠漠，见梅梢、万粒真珠滴。犹未把，寒香惜。　画楼何处吹瑶笛。便□□、酥颦玉笑[①]，露鬆霜瘠。姑射真人游紫府[②]，下戏三江七泽。此莫是、冰魂雪魄。半逐风飞半随水，半在枝、半落苍苔白。酒醒后，晓窗碧。

［注释］

①酥颦玉笑：以拟人手法写梅之情态。　②姑射真人：姑射山上的仙人，肌肤白皙，喻梅之洁白。

贺新郎

雪

是雨还堪拾。道非花、又从帘外,受风吹入。扑落梅梢穿度竹,恐是鲛人诉泣[①]。积至暮、萤光熠熠。色映万山迷远近,满空浮、似片应如粒。忘炼得,我双睫。
吟肩耸处飞来急。故撩人、黏衣噀袖,嫩香堪浥。细听疑无伊复有,贪看一行一立。见僧舍、茶烟飘湿[②]。天女不知维摩事,漫三千、世界缤纷集[③]。是剪水[④],谁能及。

[注释]

①鲛人:神话传说中居于海底的人,哭泣时眼泪皆化为珍珠。 ②僧舍茶烟飘湿:本郑谷《雪中偶题》"乱飘僧舍茶烟湿,密洒歌楼酒力微"。③"天女"二句:《维摩经·观众生品》载,维摩诘室有一天女,以天花抛散到诸菩萨及大弟子身上,以验其向道之心。花至诸菩萨身皆堕落;大弟子结习未尽,故花不堕落。后常以天女散花喻大雪纷飞之景。 ④剪水:本陆畅《惊雪》"天人宁许巧,剪水作花飞"。

贺新郎

咏牡丹

晓雾须收霁。牡丹花、如人半醉,抬头不起。雪炼作冰冰作水,十朵未开三四。又加以、风禁雨制。□是东吴春色盛,尽移根、换叶分黄紫。所贵者,称姚魏[①]。
其间一种尤姝丽。似佳人、素罗裙在,碧罗衫底。中有一花边两蕊。恰似妆成小字。看不足、如何可比。白玉杯将青玉绿,据晴香、暖艳还如此。微笑道,有些是。

[注释]

①姚魏：姚黄、魏紫，两种名贵的牡丹花。

贺新郎

紫元席上作[①]

飞尽桃花片。倚东风、高吟大啸，开怀消遣。芍药牡丹开未遍，不道韶华如电[②]。无心向、小庭幽院。秉烛夜游虽不倦，奈一番、风雨花容变。春去也，无人见。
何处莺莺啼不断。探后园、红稀翠减，青稠绿满。蝶在花间犹死恋，早有行人摇扇。故自要、与春为饯。笑指白云归去好，对夕阳、泻酒凭谁荐。柳深处，有双燕。

[注释]

①紫元：留元长，号紫元子，泉州人，长庚弟子。　②韶华如电：美好时光，飞逝如电。

贺新郎

肇庆府送谈金华、张月窗

谓是无情者[①]。又如何、临歧欲别，泪珠如洒。此去兰舟双桨急，两岸秋山似画。况已是、芙蓉开也。小立西风杨柳岸，觉衣单、略说些些话。重把我，袖儿把。
小词做了和愁写。送将归、要相思处，月明今夜。客里不堪仍送客，平昔交游亦寡。况惨惨、苍梧之野。未可凄凉休哽咽，更明朝、后日才方罢。却默默，斜阳下。

[注释]

①无情者：作者所送别的对象是方外道士，无世俗之情，故云。

[集评]

陈廷焯云:“真人词最工发端。此篇低徊反复,情至文亦至,绝唱也。”(《别调集》)

贺新郎

再送前人

风雨今如此。问行人、如何有得,许多儿泪。为探木犀开也未,只有芙蓉而已。九十日、秋光能几。千里送人须一别,却思量、我了思量你。去则是,住则是。　归归我亦行行矣。便行行、不须回首,也休萦系。一似天边双鸣雁,一个飞从东际。那一个、又飞西际。毕竟人生都是梦,再相逢、除是青霄里。却共饮,却共醉。

贺新郎

隐括菊花新①

露白天如洗。淡烟轻、疏林映带,远山横翠。对此情怀成甚也,云断小楼风细。独倚遍、画阑十二。花馆云窗成憔悴。听宾鸿、天外声嘹唳。但不过,闷而已。　房栊深静难成寐。夜迢迢、银台绛蜡,伴人垂泪。巴得暂时朦胧地,还又匆匆惊起。漫自展、云间锦字。往后各收千张纸。念梦劳魂役空凝睇。终不负,骖鸾志。

[注释]

①隐括菊花新:作者前有《菊花新》九首,多游仙之意。此则以《贺新郎》词述求仙之意也。

贺新郎

罗浮作

醉见千山面。晚晴初、蝉声未了，乌声尤远。知道仙人丹灶在，尚有陈灰犹暖。但只恐、松枯石烂。笑问年华应不换，又如何、洞里笙箫断。还念我，去归晚。　千岩万壑猿啼遍。一思量、一回懊恨，一回泪眼。岂是自家无仙骨，尚被红尘牵绊。要分此、烟霞一半。当日朱仙和葛老[①]，更老黄、亦合同萧散[②]。上帝近，永容懒。

［注释］

①朱仙：朱尹芝，与葛洪同在罗浮修炼。　②老黄：葛洪之弟子。

贺新郎

贺大卿生日

仙鹊梁银汉[①]。见青原、白鹭一点，秋光犹嫩。青鸟密传云外信，王母夜临香案。与河鼓、天孙为伴[②]。太素真人乘此景，到芗城、即嗣胡忠简[③]。南极上，星璀璨。　松溪居士多词翰。是神仙风骨，元自无心仕宦。人道月卿临总饷[④]，便合机廷揆馆[⑤]。还又爱、山林萧散[⑥]。玉女金钟萦暖响，指灵椿、仙鹤祈遐算。公自有，青精饭[⑦]。

［注释］

①梁：架起桥梁。　②河鼓：牵牛星。　天孙：织女星。　③胡忠简：胡铨。　④月卿：朝中贵官，语本《尚书·洪范》之“卿士为月”。　⑤机廷揆馆：处理朝中要务。　⑥萧散：闲散。　⑦青精饭：用南烛木枝叶的汁浸米，蒸饭晒干，色青碧。道家谓久服可以益寿养颜。

贺新郎

送赵师之江州

倏又西风起。这一年光景，早过三分之二。燕去鸿来何日了，多少世间心事。待则甚、功成名遂。枫叶荻花动凉思[①]，又寻思、江上琵琶泪。还感慨，劳梦寐。　　愁来长是朝朝醉。刬地成、宋玉伤感[②]，三闾憔悴[③]。况是凄凉寸心碎。目断水苍山翠。更送客、长亭分袂。阁皂山前梧桐雨[④]，起风樯、露舶无穷意。君此去，趁秋霁。

[注释]

①枫叶荻花：本白居易《琵琶行》“浔阳江头夜送客，枫叶荻花秋瑟瑟”。　②刬：平白，无端地。　宋玉伤感：宋玉《九辩》抒悲秋之感，是文学史上的名作。　③三闾憔悴：屈原仕楚，官三闾大夫。被流放时，憔悴枯槁，行吟泽畔。　④阁皂山：在江西樟树，道家名山。

贺新郎

一别蓬莱馆。看桑田成海，又见松枯石烂。目断虚皇无极处，安得殿头宣唤。指归路、钧天早晚。此去罡风三万里[①]，但九霞、渺渺青云远。望不极，空泪眼。　　瑶池昔会群仙宴。此秋来、荻花枫叶，令人凄惋。满面朱尘那忍见，酒病花愁何限。知几度、春莺秋雁。从此飞神腾碧落，向清都、来往应无间。丹渐熟，骨将换。

[注释]

①罡(gāng)风：高空的风。

贺新郎

遥想阳明洞。夜深时、猿啼鹤唳，露寒烟重。家住神霄归未得，十二玉楼无梦。梦里听、瑶琴三弄。醉卧长安人不识，晚秋天、此意西风共。黄金印，吾何用。　云衢高策青鸾鞚。把天书玉篆，留与世人崇奉。垂手入廛长是醉[①]，醉则从教懵懂[②]。那些子、凝然不动[③]。一剑行空神鬼惧，金粟儿、日向丹田种[④]。把得稳，任放纵。

[注释]

①垂手入廛（chán）：禅宗谓修炼成功后，尚须回到人间世，普渡众生。《牧羊图颂》之十即为《入廛垂手》。　廛：社会。　②懵懂：糊涂。　③那些子：指心性。　④金粟儿：丹胎。

贺新郎

西湖作呈章判镇、留知县

万顷湖光绿。是处里、芙蓉金盏，木犀金粟。鹢御飘飘行水縠[①]，正是蟹香橙熟。山色似、风梳雨沐。携取阿娇命豪杰[②]，过北山、疃处南山曲。寒烟淡，晴鸦浴。
巨觥数引苍髭矗。便论诗说剑，人各有怀西北。两见西风客京国，多在红楼金屋。凝情处、落霞孤鹜[③]。蒲柳凄凉今如许[④]，问功名、志在何时足。更簪取，一枝菊。

[注释]

①鹢御：船。古时画鹢（一种水鸟）首于船头。　水縠（hú）：波纹如縠的水面。　②阿娇：指歌伎。　③落霞孤鹜：本王勃《滕王阁序》“落霞与孤鹜齐飞，秋水共长天一色”。　④蒲柳：喻脆弱易衰老的人生。

贺新郎

赠紫元

极目神霄路。斗柄南、丹华翠景[1]，红霞紫雾。手折琪花今似梦，十二楼台何处。犹记得、当时伴侣。东府西台知谁主，忆当时、自泻金瓶雨。人间事，等风絮。

上皇赫赫雷霆主。我何缘、清都绛阙，遽成千古。白鹤青乌消息断，梦想鸾歌凤舞。应未得、翻身归去。业债须教还净尽，这一回、尝遍红尘苦。归举似[2]，西王母。

[注释]

①斗柄南：指中国海内。　②举似：说向。犹言向西王母说这些经历。

贺新郎

别鹤林

昔在神霄府。是上皇娇惜，便自酣歌醉舞。来此人间不知岁，仍是酒龙诗虎[1]。做弄得、襟情如许。俯仰红尘几今古。算风灯、泡沫无凭处[2]。即有这，烟霄路。

淮山浙岸潇湘浦。一寻思、柳亭枫驿，泪珠溅俎。此去何时又相会，离恨萦人如缕。更天也、愁人风雨。语燕啼莺莫相管，请各家、占取闲亭坞。人事尽，天上去。

[注释]

①酒龙诗虎：喻酒量之大，诗才之高。　②风灯、泡沫：佛家语，喻人生短暂无常。

贺新郎

游西湖

倚剑西湖道。望弥漫、苍葭绿苇，翠芜青草。华表凄凉市朝古[1]，极目暗伤怀抱。秋色与、芰荷俱老。桂棹兰舟聊遣兴，仗金风、吹使芙蓉破。柳阴里，堪少坐。

衷肠底事君知那。要繁弦急管，又且沉酣则个。烟水冥茫黄叶断，嘹唳数声雁过。醉归去、山寒云暮。整日消闲镇来往，问城南、老树知渠么。黄鹤氅，青纱帽。

[注释]

①华表：丁令威学仙，化鹤归来，立华表上，叹山川市朝已变。　朝古：今古。

贺新郎

赋西峰

风送寒蟾影。望银河、一轮皎洁，宛如金饼。料得故人千里共[1]，使我寸心耿耿。浑无奈、天长夜永。万树萧森猿啸罢，觉水边、林下非人境。睡不著，酒方醒。

芙蓉池馆梧桐井。悄不知、今夕何夕，寒光万顷。年少风流多感慨，况此良辰美景。须对此、大拚酩酊。满目新寒舞黄落[2]。嗟此身、何事如萍梗。桂花下，露华冷。

[注释]

①故人千里共：本谢庄《月赋》“隔千里兮共明月”。　②黄落：飘落的黄叶。

贺新郎

咏雪二首

俯仰天黏水。尽□□、山河大地,光涵表里。一夜春风搜万象,檐外雨声不已。到晓来、六花靡靡[①]。瑶树琪林寒彻骨,知谁家、娇女慵梳洗。且捏个,小狮子。

琼楼架就东皇喜。□□使、玉龙战罢[②],柳绵飞起。千古佳人诗句在,一任如盐似米[③]。君试看、岩头溪底。刹刹尘尘银世界[④],记当年、曾赴瑶池会。玉清境,还如此。

[注释]

①六花:雪花的结晶呈六角形。 ②玉龙:飞雪。张元《雪》:"战死玉龙三百万,败鳞残甲满天飞。" ③"千古"二句:晋谢安指雪问诸侄:"大雪飘飘何所似?"谢朗说:"撒盐空中差可拟。"谢道蕴说:"未若柳絮因风起。"谢安大悦。 ④刹刹尘尘:红尘与佛寺之通称。

贺新郎

银汉千丝雨。被东风作恶,吹落满空柳絮。恰自江南消息断,才此六花飞舞。最好是、鹅毛鹤羽。万顷平田三尺玉,月明中、不见沙头鹭。苍烟里,一渔父。

鹊桥半夜寒云妒。到晓来、千岩万壑,了无认处。极目四方银世界,五凤楼前如许[①]。应自感、伤心凝伫。人在神霄玉清府,小狮儿、捏就无佳句。骑汗漫[②],好归去。

[注释]

①五凤楼:皇家宫殿名。 ②汗漫:高远缥缈的云气。

贺新郎

赠林紫元

月插青螺髻[①]。柳梢头、夕阳荏苒，西风摇曳。数粒苍山黏远汉，树色烟光紫翠。飞骑气、半醒半醉。剑跨秋空磨星斗，指琼童、不得鸣金辔。恐惊动，紫清帝。
浮云飞度蓬莱水。忆山中、松寒露冷，猿啼鹤唳。家在武夷岩谷里，一亩烟霞活计。叹捻指、人生百岁。兰畹芝田几今古[②]，洞门前、小鹿衔花戏。不知有，人间世。

［注释］

①螺髻：螺壳状的髮髻。喻矗立耸起如髻的峰峦。 ②兰畹芝田：种植芝兰的土地。语见屈原《离骚》。

贺新郎

赋白芍药号为玉盘盂

静看春容瘦。未清明、荼蘼避席，蔷薇出昼。花里流莺骂桃李，似与东风管句[①]。怕虚度、兰亭时候。我也别来天上夕，向年时、感叹湖山旧。旧日事，君知否。
玉皇驾出清都晓。就御前、三千神女，指麾八九。化作花神下人世，如把粉团搦就[②]。又一似、玉盘在手。莫是蕊珠亲付属[③]，教小心、劝我杯儿酒。也只得，为陪笑。

［注释］

①管句(gòu)：管理。 ②搦就：捏就。 ③蕊珠：仙女名。

贺新郎

怀仙楼

极目飙尘表。醉酣时、楼中起舞，楼前舒啸。坐见四山烟雾散，是处落花啼鸟。忽惊下、九天星斗。双鹤飞来风露爽，一声声、清唳苍松杪。奈对景，不釃酒[1]。 旧家三点蓬莱小[2]。有琼台双阙，长是香花缭绕。铁笛夜吹金剑吼，恨此瀛州路杳。知几度、琪林春老。闲倚朱阑思昨梦，对江山、感慨无人晓。但千里，月华皎。

[注释]

①釃(shī)酒:斟酒。 ②三点:指海上三神山，远望之景，仅有三点。

[集评]

陈廷焯云:"葛长庚词，一片热肠，不作闲散语，转见其高。其《贺新郎》诸阕，意极缠绵，语极俊爽，可以步武稼轩，远出竹山之上。"(《白雨斋词话》)

柳梢青

海 棠

一夜清寒，千红晓粲[1]，春不曾知。细看如何，醉时西子，睡底杨妃。 尽皆蜀种垂丝，晴日暖、薰成锦围。说与东风，也须爱惜，且莫吹飞。

[注释]

①粲:明亮鲜艳。

柳梢青

寄鹤林

鹤使南翔，词珍翰绮，谊暖情香。如在琼台，梦回初饮，月液云浆。　风吹芦叶冥茫，夕照外、山高水长。遥想东楼，琪花玉树，梅影昏黄。

柳梢青

送温守王侍郎帅三山[①]

五马风流，销金帐暖[②]，药玉船宽[③]。放下荷囊，携来铜虎[④]，又举熊幡[⑤]。　棠阴已接三山[⑥]，此列郡、彼食大藩。柳雪萦旗[⑦]，东风拦马，父老争看。

[注释]

①王侍郎：王居安，曾知福州。　三山：福州山名。　②销金帐：用金或金线装饰的帐子。　③药玉船：以药玉制成的酒杯。药玉是以药煮成的石头，色泽如玉。　④铜虎：虎形铜符。　⑤熊幡：画有熊形的旗帜仪仗。　⑥棠阴：喻惠政。　⑦柳雪：柳絮。

一剪梅

赠紫云友

剑倚青天笛倚楼，云影悠悠，鹤影悠悠。好同携手上瀛洲，身在阎浮，业在阎浮[①]。　一段红云绿树愁，今也休休，古也休休。夕阳西去水东流，富又何求，贵又何求。

[注释]

①阎浮：佛家所谓秽地，此指人间世。

虞美人

蘋花零乱秋亭暮，篱落江村路。棹歌摇曳钓船归[1]，搅碎清风千顷、碧琉璃[2]。　　山衔初月明疏柳，平野垂星斗。莫辞沉醉伴孤吟，他日江南江北、两关心。

[注释]

①棹歌：鼓棹而歌，船歌。　②碧琉璃：澄澈晶莹之水面。

阮郎归

舟行即事

淡烟凝翠锁寒芜，斜阳挂碧梧。沙头三两雁相呼，萧萧风卷芦。　　何处笛，一声孤，岸边人钓鱼。快帆一夜泊桐庐，问人沽酒无。

酹江月

思量世事，几千般翻覆，是非多少。随分随缘天地里，心与江山不老。道在天先[1]，神游物外，自有长生宝。洞门无锁，悄无一个人到。　　一条柱杖横肩，芒鞋紧峭，正风清月好。惊觉百年浑似梦，空被利名萦绕。野鹤纵横，孤云自在，对落花芳草。来朝拂袖，谁来南岳寻我[2]。

[注释]

①道在天先：本《老子》“有物混成，先天地生。……吾不知其名，字之曰道”。　②寻我：“我”疑是“找”字之讹。

酹江月

咏 梅

孤村篱落，玉亭亭、为问何其清瘦。欲语还愁谁索笑，临水嫣然自照。甘受凄凉，不求识赏，风致何高妙。松挨竹拶，更堪霜雪僝僽。　　争奈终是冰肌，也过了几个，晴昏雨晓。冷艳寒香空自惜，后夜山高月小。满地苍苔，一声哀角，疏影归幽渺。世无和靖[1]，三花两蕊不少。

[注释]

①和靖：宋诗人林逋字和靖，性酷爱梅。

酹江月

当初误触，紫微君、谪下神霄玉府[1]。醉后骑龙吹铁笛，酒醒不知何处。绛阙寥寥，红尘扰扰，老泪滂如雨。人间天上，桑田沧海如许。　　遥想十二楼前，琪花开已遍，鸾歌鹤舞。梦到三天还又落，愁听空中箫鼓。独倚阑干，笑拈花片，细写思归字。东风还会，为伊吹上天去。

[注释]

①紫微君：主北极之神名。

酹江月

次韵东坡赋别

寄言天上，石麒麟、化作人间英物[1]。醉拥诗兵驱笔阵[2]，百万词锋退壁[3]。世事空花，赏心泥絮，一点红炉雪[4]。识时务者,当今惟有俊杰。　　我本浩气天成,才逢知己,便又清狂发。富贵于我如浮云[5],且看云生云灭。羊石论交[6],鹅湖惜别[7],别恨多于髮。共君千里,登楼何患无月。

[注释]

①天上石麒麟:徐陵年少时,宝志上人以手摩其顶,说他是天上石麒麟。见《陈书·徐陵传》。　②笔阵:诗文雄健有力如军阵。　③词锋:文章议论,锋芒毕露,锐不可挡。　④一点红炉雪:禅宗语,片雪落入红炉,旋即融化,喻得道之心,无纤毫妄念。　⑤"富贵"句:即孔子"不义而富且贵,于我若浮云"意。　⑥羊石论交:羊昙与谢安石之交谊。谢死,羊不入西州门。见《晋书·谢安传》。　⑦鹅湖:鹅湖寺,在信州铅山县(今属江西)。宋孝宗淳熙十五年陈亮访辛弃疾于鹅湖,欢聚十日,依依惜别。

酹江月

罗浮赋别

罗浮山下,正秋高气爽,凄凉风物。瘦落丹枫飞紫翠,峭拔青山石壁。客鬓萧疏,诗肠清苦,病骨如冰雪。怒髯铁立,有怀不下三杰[1]。　　袖里宝剑生寒[2],中宵起舞,引酒清歌发。襟曲屡兴猿鹤梦[3],坐看月痕生灭。露沁桃花,云笼芝草,任长莓苔髮。如今话别,橙黄橘绿时月。

[注释]

①三杰:萧何、张良、韩信史称汉初三杰。　②宝剑生寒:言宝剑寒光闪闪,锋芒逼人。　③襟曲:怀抱。　猿鹤梦:归隐山林与猿鹤为伴之梦。

酹江月

旧家宋玉,是何人、偏到秋来凄惨。细雨疏风天气冷，离别令人销黯[1]。樯燕飞归，岸花吹送[2]，自是生怀感。挑灯酌酒，平生明目张胆。　二十年在江湖，枫亭柳驿，往事都曾览。胸次可吞云梦九[3]，也没尘埃一糁。木落山高[4]，云寒雁断，水瘦溪痕减。不知把菊，又在何处轩槛。

[注释]

①销黯：本江淹《别赋》"黯然销魂者，唯别而已矣"。　②"樯燕"二句：本杜甫《发潭州》"岸花飞送客，樯燕语留人"。　③吞云梦九：本司马相如《子虚赋》"吞云梦者八九"。　④木落山高：本黄庭坚《登快阁》"落木千山天远大，澄江一道月分明"。

酹江月

海天秋老，夜凄清、坐对香温金鸭。听得寒蝉声断续，一似离歌相答。鸿雁初来，骅骝欲去，永夜烧红蜡。不须别酒，有时亦呷一呷。　丈夫南北东西，何天不可，鸣剑雄开匣，岂特东湖徐孺子，下得陈蕃之榻[1]。黄叶声乾，碧莲香减，枕上凉萧飒。出门一笑，四方风起云合。

[注释]

①徐孺子：东汉徐稺字孺子，家贫，躬耕而食。朝廷多次征召，都没有出仕。陈蕃为太守，不接宾客。只有在徐稺来访时，才专门为他设一榻，走后则将榻悬起。

酹江月

送周舜美

道人于世，已忘情、尚更区区饯别。栖碧先生辞蕙帐[1],夜夜猿声凄切。剑上星寒,琴中风惨,眉宇飞黄色[2]。一杯判袂,出门烟水空阔。　　我今流落江南,朝朝还暮暮,千愁万结。那更荻花枫叶景,又见长亭短驿。世事空花,人情风絮,山外云千叠。君还到阙,为言踪迹风雪。

[注释]

①栖碧:栖隐碧山。　②飞黄:飞黄腾达,形容前程远大。

酹江月

春　日

桃花开尽,正溪南溪北,春风春雨。寒食清明都过了,愁杀一声杜宇。醉跨蹇驴,踏翻芳草,满满斟鹦鹉[1]。游仙梦觉,不知身在何处。　　因甚青鸟不来,一年春事,捻指都如许[2]。人在白云流水外,多少莺啼燕语。遣兴成诗,烹茶解酒,日落蔷薇坞。玉龙嘶断[3],乱鸦惊起无数。

[注释]

①鹦鹉:鹦鹉杯,即海螺盏。用海螺琢磨而成,作酒杯。　②捻指:屈指,算来。　③玉龙嘶断:此指马嘶。

酹江月

武昌怀古[1]

汉江北泻,下长淮、洗尽胸中今古。楼橹横波征雁远,谁见鱼龙夜舞。鹦鹉洲云,凤凰池月,付与沙头鹭。功名何处,年年惟见春絮。　　非不豪似周瑜,壮如黄祖，亦随秋风度。野草闲花无限数，渺在西山南浦。黄鹤楼人，赤乌年事[②]，江汉亭前路。浮萍无据，水天几度朝暮。

[注释]

①武昌：今湖北鄂城，三国时曾为吴首都，名武昌。 ②赤乌：三国时吴大帝孙权年号，为公元238—251年。

[集评]

杨慎云："此调雄壮，有意效坡仙乎。"（《词品》）

沈雄曰："词中语意参差，尽人各倚以为法。……白玉蟾词'汉江北泻下长淮，洗尽胸中千古'……以七字句起，随作六字叶者，又一法也。"（《词辨》引）

潘飞声云："感慨淋漓，读之令人神往。"（《粤词雅》）

酹江月

西　湖

绿荷十里吐秋香，湖水掌平如镜。日落云收天似洗，况又月明风静。露逼葭蒲，烟迷菱芡，缩尽寒鸦颈。两枝画桨，柳阴浓处乘兴。　遥想和靖东坡[①]，当年曾胜赏，一觞一咏。是则湖山常不老，前辈风流去尽。我兴还诗，我欢则酒，醉则还草圣[②]。明朝却去，冷泉天竺双径[③]。

[注释]

①和靖东坡：林逋（和靖）隐居西湖孤山，梅妻鹤子，为时所称；苏轼（东坡）游西湖，留下了"欲把西湖比西子，淡妆浓抹总相宜"等珠玉般的诗句。 ②草圣：醉中作草。杜甫《醉中八仙歌》："张旭三杯草圣传。" ③冷泉、天竺：冷泉亭、天竺寺皆西湖湖畔名胜。

促拍满路花

和纯阳韵[1]

多才夸李白，美貌说潘安。一朝成万古，又徒闲。如何猛省，心地种仙蟠。堪叹人间事，泡沫风灯[2]，阿谁肯做飞仙。　　莫思量、骏马与高轩。快乐任天然。最坚似松柏、更凋残。有何凭据，谁易复谁难。长啸青云外，自嗟自笑，了无恨海愁山。

[注释]

①纯阳：吕洞宾，号纯阳子。　②泡沫风灯：形容世事无常，一瞬即逝。

行香子

题罗浮

满洞苔钱，买断风烟，笑桃花流落晴川。石楼高处，夜夜啼猿。看二更云，三更月，四更天。　　细草如毡，独枕空拳，与山麋、野鹿同眠。残霞未散，淡雾沉绵。是晋时人，唐时洞，汉时仙。[1]

[注释]

①作者自注："洞府自唐尧时始开，至东晋葛稚川方来。及伪刘称汉，此时方显，遂兴观。"　观：道观，即石楼，五代刘汉时建。

八六子

戏改秦少游词[1]

倚危亭。恨如芳草，萋萋刬尽还生。念柳外青骢去后，洞中白鹤归来，恍然暗惊。　　吾家渺在瑶京。夜月一帘花影，春风十里松鸣。奈昨梦、前尘渐随流水，凤箫歌杳，水长天远，那堪片片、飞霞弄晚，丝丝细雨笼晴。正消凝，子规又啼数声。

［注释］

①秦少游词：秦观《八六子》词写男女恋情，此词改为抒身世之感。

汉宫春

次韵李汉老咏梅[1]

潇洒江梅，似玉妆珠缀，密蕊疏枝。霜风应是，不许蝶近蜂欺。嫣然自笑，与山矾、共水仙期[2]。还亦有，青松翠竹，同今凛冽年时。　　何事向人如恨，带苍苔，半倚临水荒篱。孤山嫩寒放晓。尚忆前诗。黄昏顾影，说横斜、清浅今谁。他自是，移春手段，微云淡月应知。

［注释］

①李汉老：即李邴，北宋末进士，南宋初参知政事，工诗能词。　②山矾：常绿灌木，又名七里香。

卜算子

景泰山次韵东坡三首

云散雨初晴，蝉噪林逾静[1]。古寺敲钟暮掩门，灯映琉璃影。　　浩气镇长存，昨梦还重省。独倚阑干啸一声，毛鬓萧萧冷。

[注释]

①"蝉噪"句:本隋王籍《入若耶溪》诗。

卜算子

古寺枕空山,楼上昏钟静。饥鼠偷灯尾蘸油,悄悄无人影。　　长剑匣中鸣,今古深思省。此夕行藏独倚楼[①],风雨凄凄冷。

[注释]

①行藏:出处或行止。出仕即行其所学之道,退隐则藏道以待时机。杜甫《江上》:"勋业频看镜,行藏独倚楼。"

卜算子

渔火海边明,烟锁千山静。独坐僧窗夜未央,寂寞孤灯影。　　感慨辄兴怀,往事无人省。江汉飘浮二十年,一枕西风冷。

鹧鸪天

雨过山花向晚香,烟丝空翠柳微茫。旧家丹灶何人葛[①],今日帘泉阿姥黄。　　犀角枕,象牙床。椰心织簟昼生凉。杯行无算何曾醉[②],不觉罗浮日月长。

[注释]

①葛:葛洪。　②杯行无算:劝了无数次酒。

鹧鸪天

西畔双松百尺长，当时亲自见刘王[①]。山前今日莲花水，往者将军洗马塘。　南粤路，汉宫墙。晚风历历说兴亡。摩挲东晋苍苔灶，细说仙翁炼药方。

[注释]

①刘王：刘陟，五代时据广州建立南汉，自号为汉王。

鹧鸪天

灯夕天谷席上作[①]

翠幄张天见未曾，驼峰鹅掌出庖烹。醉酣浑是迷天地，但见尊前万点星。　人似玉，酒如饧[②]。果盘簇饤不知名[③]。东风吹我三山下，如在神霄上帝庭。

[注释]

①天谷：葛长庚弟子名，曾于武夷山向葛问道。　②饧（xíng）：糖。③簇饤：堆积在盘中的果品。

蝶恋花

题爱阁

冷雨疏风凉漠漠。云去云来，万里秋阴薄。笑倚玉阑呼白鹤，烟笼素月青天角。　竹影松声浑似昨。醉胆如天，谁道词源涸。满地苍苔霜叶落，今宵不饮何时乐。

蝶恋花[①]

绿暗红稀春已暮。燕子衔泥，飞入谁家去。柳絮欲停风不住，杜鹃声里山无数。　　白马青衫无定据。好底林泉，信脚随缘寓。拚却此生心已许，一川风月聊为主。

[注释]

①唐氏按:《词综》卷二十四此首误作于真人词。

蝶恋花

楼上风光都占断。楼下风光，还许诗人管。管领风光谁是伴，一堤杨柳开青眼。　　波面琉璃花影乱。玉笋持杯[①]，画舸歌声颤。醉里寻春春不见，夕阳芳草连天远。

[注释]

①玉笋:美人手指。

[集评]

潘飞声云:"海琼词《蝶恋花》二阕有句云:'柳絮欲停风不住。杜鹃声里山无数。'又,'醉里寻春春不见,夕阳芳草连天远。'均见缠绵不尽之思,得古大家神解。"(《粤词雅》)

杨柳枝

挼碎梅花一断肠[①]，送斜阳。风烟缥缈月微茫，又昏黄。　　平野寒芜何处断，接天长。短篱浅水橘青黄，度清香。

(以上《彊村丛书》本《玉蟾先生诗馀》)

[注释]

①挼（ruó）：揉搓。

沁园春

要做神仙，炼丹工夫，譬之似闲。但姹女乘龙，金公御虎①，玉炉火炽②，土釜灰寒③。铅里藏银，砂中取汞，神水华池上下间④。山田内，有一条径路，直透泥丸⑤。

一声雷震昆山⑥，真橐籥、飞冲夹脊关⑦。见白雪漫天，黄芽满地⑧，龟蛇缭绕，乌兔掀翻⑨。自古乾坤，这些离坎⑩，九转烹煎结大还。灵丹就，未飞升上阙，且在人寰。

[注释]

①姹女乘龙、金公御虎：指阴阳二气相交。　姹女：人体内部阴气为姹女，为五金之汞。　龙：指阳气。　金公：人体内阴阳二气中，阳气为婴儿，为五金之铅。《云笈七签》六十三《金丹诀》："时人不知金公之理。金者太白之名，公者物中之尊，呼之曰铅。"　虎：指人体内的阴气。　②玉炉：内丹术语，以三丹田之内为玉炉。　③土釜：指人体内部的修炼之所，为三丹田中的下丹田。　④神水、华池：分别指唾液、舌下。　⑤泥丸：道教以人体为小天地，各部分均赋以神名。脑神称精根，字泥丸。　⑥雷震昆山：内修已达最高境界时的迹象。石泰诗："雷破泥丸穴，真身驾火龙。不知谁之手，打破太虚空。"即是雷震昆山，阳神出窍，证成永恒。　⑦橐籥：指鼓风之具。　夹脊关：尾闾、夹脊、玉枕。玉枕关在头部背后玉枕穴之下，夹脊关在背中，尾闾关在脊椎骨的最下端。三关为气通督脉中的三个重要部分。真气在下丹田充盈之后，便凝聚在尾闾之前的会阴穴，一旦运行，便冲关而出，贯通上下，周流一身。　⑧白雪：萧廷芝《金丹问答》说白雪乃"铅汞之异名也"。　黄芽：苏玄朗《龙虎金液还丹通元论》谓脾气在五行属土，比作黄芽。薛道光云："昔日遇师亲口诀，只要凝神入气穴。以精化气气化神，炼作黄芽并白雪。"黄芽喻人体内罕为人闻的某种至宝。⑨龟蛇、乌兔：阴阳之意。道教炼内丹，取天地日月之精华，日中有三足乌，月中有玉兔，以乌兔代指日月之精华。道教以阴阳为大道二气。张伯

端《金丹四百字·序》:“阳气属离,阴精属坎,故曰乌兔药物。” ⑩离坎:阴阳二气。坎离为乾坤之用。张伯端《金丹四百字》:“此窍非凡窍,乾坤共和成。名为神气穴,内有坎离精。”

水调歌头

土釜温温火,橐籥动春雷。三田升降,一条径路属灵台[①]。自有真龙真虎,和合天然铅汞,赤子结真胎。水里捉明月,心地觉花开。　一转功,三十日,九旬来。抽添气候[②],炼成白血换骷骸[③]。四象五形聚会[④],只在一方凝结,方寸绝纤埃。人在泥丸上,归路入蓬莱。

[注释]

①一条径路属灵台:内丹周天火候修炼法:敛身收腹,默运心气下达丹田,呼吸缓缓若存,意念守在中宫,以神驭气,自然地从下丹田过督脉三关,直上上丹田泥丸宫。然后,从任脉回到下丹田。 ②抽添:见王重阳《二十四诀》“除一切尘垢,一切杂念。又神气常存,于本性不昧,名曰抽添火候”。 ③白血:修炼得道者的血色,不会枯败,与一般的红血不同。 ④四象:《云笈七签》卷七十二《大还丹契秘图》载,“四象者乃青龙白虎朱雀玄武也。(分别为水银、白金、朱砂、黑汞四物)如志士烧炼丹鼎,知此四象者,十方天人莫不瞻奉。古经云:四神之丹,此是也。” 形:形作“行”。张伯端《金丹四百字·序》:“以东魂之木,西魄之金,南神之火,北精之水,中意之土,是为攒簇五行;以含眼光,凝耳韵,调鼻息,缄舌气,是为和合四象。”

水调歌头[①]

一个奇男子,万象落心胸。学书学剑,两般都没个成功[②]。要去披缁学佛,首下一拳轻快,打破太虚空。末后生华髮,再拜玉清翁。　二十年,空挫过,只飘蓬。这回归去,武夷山下第三峰。住我旧时庵子,碗水把柴升米，活火煮教浓。笑指归时路，弱水海之东。

[注释]

①此词自述生平经历：先学佛，后入道。 ②“学书”两句：项羽少年时志气豪壮，学书学剑两无成，后学用兵谋略，遂成大器。

水调歌头

自 述

苦苦谁知苦，难难也是难。寻思访道，不知行过几重山。吃尽风僝雨僽[①]，那见霜凝雪冻，饥了又添寒。满眼无人问，何处扣玄关[②]。 好因缘，传口诀，炼金丹。街头巷尾，无言暗地自生欢。虽是蓬头垢面，今已九旬来地，尚且是童颜。未下飞升诏，且受这清闲。

[注释]

①僝僽：折磨。 ②玄关：指入道之门。

水调歌头

天下云游客，气味偶相投。暂时相聚，忽然云散水空流。饱饫闽中风月[①]，又爱浙间山水，杖屦且逍遥。太上包中下，只得个无忧。 是和非，名与利，一时休。自家醒了，不成得恁地埋头。任是南州北郡，不问大张小李，过此便相留。且吃随缘饭，莫作俗人愁。

[注释]

①饱饫：饱尝。

水调歌头

未遇明师者,日夜苦忧惊。及乎遇了,得些口诀又忘情。可惜蹉跎过了,不念精衰气竭,碌碌度平生。何不回头看,下手采来烹。　　天下人,知得者,不能行。可怜埋没,如何恁地不惺惺[1]。只见口头说著,方寸都无些子,只管看丹经。地狱门开了,急急办前程。

[注释]

①惺惺:清醒。

水调歌头

堪笑麈中客,都总是迷流。冤家缠缚,算来不是你风流。不解去寻活路,只是担枷负锁[1],不肯放教休。三万六千日,受尽百年忧。　　得人身,休蹉过,急须修。乌飞兔走刹那,又是死临头。只这眼前快乐,难免无常两字,何似出尘囚。炼就金丹去,万劫自逍遥。

[注释]

①担枷负锁:喻为种种欲望所困扰。

念奴娇

咏　雪

广寒宫里,散天花、点点空中柳絮。是处楼台皆似玉,半夜风声不住。万里盐城,千家珠瓦,无认蓬莱处。但呼童、且去探梅花,攀那树。　　垂帘未敢掀开,狮儿初捏就,佳人偷觑。溪畔渔翁蓑又重,几点沙鸥无语。竹折庭前，松僵路畔，满目都如许。问要晴，更待积痕消，须无雨。

满庭芳

鼎用乾坤[1]，药须乌兔[2]，恁时方炼金丹。水中虎吼，火里赤龙蟠[3]。况是兑铅震汞，自元谷、上至泥丸[4]。些儿事，坎离复垢[5]，返老作童颜。　五行[6]，全四象，不调停火候，间断如闲。六天罡所指，玉出昆山。不动纤毫云雨，顷刻处、直透三关。黄庭内，一阳来复，丹就片时间。

[注释]

①乾坤：内丹以乾坤喻炼丹之鼎。所谓“先把乾坤为鼎器，次搏乌兔药来烹。”张伯端《金丹四百字·序》：“心属乾，身属坤，故曰乾坤鼎器。”②药须乌兔：“日魄玉兔脂，月魄金乌髓。摄来归鼎中，化作一泓水”。见张伯端《金丹四百字》。　③水中虎吼，火里赤龙蟠：《钟吕传道集·论五行》说，“元阳一气为体，气中生液，液中生气。肾为气之根，心为液之源。寻根坚固，恍恍惚惚，气中自生真水；心源清净，杳杳冥冥，液中自生真火。火中识取真龙，水中识取真虎。龙虎相交而结成黄芽，合就黄芽而变成大药，乃曰金丹。金丹既成，乃曰神仙。”萧廷芝《金丹问答》：“虎，西方金也。金生水，反藏形于水。龙，东方木也。木生火，反受克于火。太白真君曰：五行不顺行，虎向水中生。五行颠倒术，龙从火里出。”　④泥丸：道教以人体为小天地，各部分均赋以神名。脑神称精根，字泥丸。　⑤坎离：阴阳二气。坎离为乾坤之用。张伯端《金丹四百字》：“此窍非凡窍，乾坤共和成。名为神气穴，内有坎离精。”　复垢：内丹法火候行姤复之说。垢当作“姤”。　⑥五行：内丹理论主张炼丹只有察于五行变化之道，才能领略、洞悉丹法之精微。《云笈七签》卷六十三《金丹诀》：“夫金虎铅汞者不出五行，万物生成因阳而结，因阴而生。”

满庭芳

两种汞铅,黄婆感合[①],如如真虎真龙[②]。周年造化,蹙在片时中。炉里温温种子,玄珠象、气透三宫[③]。金木处[④],炼成赤水[⑤],白血自流通。　　无中,胎已兆,见龟蛇乌兔[⑥],恍惚相逢。但坎离既济[⑦],复垢交融[⑧]。了得真空命脉,天地里、万物春风。阴阳外,天然夫妇[⑨],一点便成功。

[注释]

①黄婆感合:意是性、神,丹经称为真土、黄婆。心中之意为黄婆,又称作戊己,位于人体之中。神中真意寄托在双眸之中,真意在五行中属土,土居中宫,有调和作用。故以黄婆、媒妁作为真意的譬喻。张伯端《金丹四百字·序》:"恍惚之中见真铅,杳冥之内有真汞,以黄婆媒合,守在中宫。"　②真虎真龙:"前贤上圣,道成不离于此二物(真火、真水),交媾而变黄芽,数足胎完,以成大药,乃真龙真虎者也。"见《钟吕传道集·论龙虎》。　③玄珠象:"龙虎交会时,宝鼎产玄珠。"见张伯端《金丹四百字》。三宫:三丹田。　④金木:金木相并意为神入气穴,呼吸相合,人身大药有静极生动、无中生有之妙。《云笈七签》:"还丹交媾,不离于水火金木土。"　⑤赤水:道光诗"龙飞赤水波涛涌,虎啸丹山风露清"。　⑥龟蛇乌兔:阴阳之意。道教炼内丹,取天地日月之精华,日中有三足乌,月中有玉兔,以乌兔代指日月之精华。道教以阴阳为大道二气。张伯端《金丹四百字·序》:"阳气属离,阴精属坎,故曰乌兔药物。"　⑦坎离:阴阳二气。坎离为乾坤之用。张伯端《金丹四百字》:"此窍非凡窍,乾坤共和成。名为神气穴,内有坎离精。"　⑧复垢交融:垢当作"姤"。复卦一阳初动,姤卦阴生阳退。阳火主进,阴水主退,阴阳进退,循环不已。　⑨天然夫妇:"非阴不全,非阳不成。还丹交媾,不出于火水金木土。"见《云笈七签》六十三。张伯端《金丹四百字》:"夫妇交会时,洞房云雨作。一载生个儿,个个会骑鹤。"

酹江月

冬至与胡胎仙[①]

因看斗柄，运周天，顿悟神仙妙诀。一点真阳生坎位，点却离宫之缺[②]。造物无声，水中起火[③]，妙在虚危穴[④]。今年冬至，梅花依旧凝雪。　先圣此日闭关，不通来往，皆为群生设。物物□含生育意，正在子初亥末。自古乾坤，这些离坎，日日无休歇。如今识破，金乌飞入蟾窟[⑤]。（以上《彊村丛书》本《玉蟾先生诗馀续集》）

[注释]

①胡胎仙：即胡衎，庐陵人。葛长庚弟子。　②真阳生坎位，点却离宫之缺：元陈致虚《上阳子金丹大要》卷五《金丹妙用章》："夫纯阳者，乾也；纯阴，坤也。阴中阳者，坎也；阳中阴者，离也。喻人之身，亦如离卦。却向坎心取出阳爻而实离中之阴，则成乾卦，故曰纯阳。以其坎中心爻属金，故曰金丹。"　③水中起火：心为阳，为火，卦象为离；肾为阴，为水，卦象为坎。修炼内丹就是要使心肾相交，水火相济，以坎水济离火，取坎中之阳填离中之阴，使之成为纯阳（乾）。肾中一点真阳，就是真火，也叫作坎水之阳；可见水火之妙，在于阳中藏阴，阴中寓阳。真火（肾气）出于水（肾）中。　④虚危穴：虚危穴在任督一脉所起止之处，又名"河车路"。柳华阳《金仙证论》："虚危穴，即任督二脉交会之处。立斗柄，运河车，皆由此而起止。"《周易参同契》："晦朔中间，日月并会北方虚危之地。天入地中，月包日骨，斯时日月停轮，复返混沌，自相交媾，久之渐渐凝聚，震之一阳，乃出而受符矣。"　⑤金乌飞入蟾窟："日魄玉兔脂，月魄金乌髓。摄来归鼎中，化作一泓水。"见张伯端《金丹四百字》。萧廷芝《金丹问答》："日中乌，比心中之液也。月中兔，比肾中之气也。"

珍珠帘

阴阳内感相交结，有铅汞、分八卦罗列[①]。金鼎炼黄芽，正一阳时节。子后午前方进火，向玉炉、烹成白雪。通彻。这玄关、深奥难轻泄[2]。　因师指诀幽微，把金丹大药，将来分说。捉住虎龙精[3]，自然日月。造化天机人怎晓，换俗骨、永无魔折。超越。望仙都稽首，朝元金阙。

（《鸣鹤馀音》卷三）

[注释]

①分八卦罗列：内丹修炼依据道法自然的原则。伏羲氏效仿天象而画八卦，炼丹术亦效法天象，依据八卦而动。有“万古丹经王”之誉的《周易参同契》即是借助八卦中论述天象变化来说明炼丹变化的。所谓“八卦列布曜，运移不失中”。　②玄关：《金丹正宗》的作者胡混成认为玄关窍“上通绛宫而透泥丸，下接丹田而至黄泉。上彻下空，而黄道中通焉。此即聚药物之圣地也”。玄关窍在人体中贯通上中下丹田。此在道教为千古不传之秘。故云“深奥难轻泄”。　③虎龙精：龙阳虎阴，虎龙精即天地日月的精华。

[集评]

陈廷焯云：“两宋词家各有独至处，流派虽分，本原则一。唯方外之葛长庚，闺中之李易安，别于周、秦、姜、史、苏、辛外，独树一帜，而亦无害其为佳，可谓难矣。”又云：“诗以穷而后工，倚声亦然，故仙词不如鬼词。哀则幽郁，乐则浅易也。宋代唯白玉蟾脱尽方外气。”（《白雨斋词话》）

【增　补】

水调歌头

罗浮山会仙桥[1]

一辆踏云屐[2]，几尺倚云筇。探奇揽胜，忽声长啸起天风。睇望石楼烟外，惆怅云来海上，碧眼送千峰。叫住青精子[3]，笑问稚川翁。　是何年，曾此地，瘗金龙[4]。水帘不卷，中藏灵物待飞冲。远契岩边黄老，玩弄室间姹女，九转著亲功。鸾鹤看飞举，龙虎谩勋庸[⑤]。

（《古今图书集成·方舆汇编·山川典》第一百九十卷《罗浮山部艺文二·诗词》）

[注释]

①会仙桥：即罗浮山东南之石桥。传说麻姑于此得授仙箓。 ②踏云屐：乘云之鞋。 ③青精子：汉朱灵芝从太素真人受青精饭，终岁不饥，得道，号青精子。 ④瘗金龙：东坡《题罗浮》云“有葛稚川丹灶……观坛上所获铜龙六、鱼四”。 瘗（yì）：埋藏。 ⑤勋庸：功劳。

华清引

是庵胸次有罗浮[①]，弭驾南州[②]。笙箫缥缈鸾鹤，飞云顶上头。　　仙踪从此去策瀛州[③]，谩留玉唾银钩[④]。且酬轩冕志，还伴赤松游。

[注释]

①是庵：王胄，字希戴，号是庵，嘉定癸未（1223）进士，著有《罗浮山志》。 ②弭驾：息驾。 ③从此去：于律当作“此去”，“从”字衍文。 ④玉唾银钩：言其文如玉唾，字似银钩。

华清引

乘龙来访白云乡，手抉天章[①]。罗浮无限风物，收藏云锦囊。　　文明垂世与天长，昭回草木辉光[②]。从今山上气，秀彻斗牛傍。

[注释]

①天章：天上的星象，指极美的文章。 ②昭回：回旋的星日之光。

华清引

仙人满酌紫霞卮[①],握手相期。勉公经济尘世,云来约早归。　罗浮风日且清彝[②],欢游凤沼鳌扉[③]。笑扪空洞腹,芥子纳须弥[④]。

(《古今图书集成·方舆汇编·山川典》第一百九十一卷《罗浮山部纪事》)

[注释]

①紫霞卮:仙酒之杯。　卮:杯盏。　②清彝:清和。　③凤沼鳌扉:犹凤池龙阁,中书秘阁之地。　④须弥:佛家传说之神山。　芥子纳须弥:纳于芥子中,可见神通之大。

[集评]

笃文云:“此皆赞颂王冑著作之美,清虚骚雅,不染俗尘,可谓高格健笔,难能可贵矣。”

三台令

自　赞

千古蓬头跣足[①],一生服气餐霞[②]。笑指武夷山下,白云深处吾家。

(《涌幢小品》卷二十九)

[注释]

①跣(xiǎn)足:赤足。　②服气:吐纳练气。

存目词

调名	首句	出处	附注
水龙吟	雨馀叠巘浮空	《玉蟾先生诗馀》	韩元吉词，见《中兴以来绝妙词选》卷三
山坡羊	默坐寒灰清静	《诸真玄奥集成》	此乃元人小令，盖出依托
山坡羊	不刻时阴阳交并	同上	同上
山坡羊	独坐无为宫殿	同上	同上
山坡羊	圆觉金丹太极	同上	同上

刘克庄

刘克庄(1187—1269),字潜夫,莆田人,号后村。学于真西山(德秀)。以荫入仕,除潮倅,迁建阳令,移仙都。尝咏落梅,有"东君谬掌花权柄,却忌孤高不主张"。读者笺其诗以示柄臣,由此病废十载。后起至将作簿,端平初,为玉牒所主簿,奉祠,起知袁州,累迁广东运判,又奉祠,起江东提刑。召封,以将作监直华文阁,兼参议。赐同进士出身,专史事。无何,用秘阁修撰出为福建提刑。有《后村大全集》一百九十六卷传世。汲古阁《宋六十家词》有《后村别调》一卷。《彊村丛书》则作《后村长短句》五卷,编次不同,盖从大全集出者,较为完善。

[集评]

俞彦云:"唐诗三变愈下,宋词殊不然。欧、苏、秦、黄,足当高、岑、王、李。南渡以后,矫矫陡健,即不得称中宋、晚宋也。惟辛稼轩自度粱肉不胜前哲,特出奇险为珍错供,与刘后村辈俱曹洞旁出。学者正可钦佩,不必反唇并捧心也。"(《爰园词话》)

杨慎云:"刘克庄,字潜夫,号后村。有《后村别集》一卷,大抵直致近俗,效稼轩而不及也。"(《词品》)

焦循云:"黄玉林《花庵绝妙词选》,不名一家,其中如刘克庄诸作,磊落抑塞,真气百倍,非白石、玉田所能到。"(《雕菰楼词话》)

《瀛奎律髓》云:"宝庆初,史弥远废立之际,钱唐书肆陈起宗之能诗,凡江湖诗人,俱与之善,刊《江湖集》以售,刘潜夫《南岳稿》与焉。宗之赋诗有云:'秋雨梧桐皇子府,春风杨柳相公桥。'本改刘屏山句也。或嫁秋雨春风之句为敖器之所作,言者并潜夫《梅诗》论列,劈《江湖集》版,二人皆坐罪。初,弥远议下大理逮治,郑丞相清之在琐闼,白弥远中辍,而宗之坐流配。于是诏禁士大夫作诗,如孙花翁之徒,改业为长短句。绍定癸巳,弥远死,诗禁解,潜夫为'访梅'绝句云:'梦得因桃却左迁,长源为柳忤当权。幸然不识桃并李,也被梅花累十年。'"(《词苑萃编》)

谢章铤云："吾闽词家，宋元极盛，要以柳屯田、刘后村为眉目。"（《赌棋山庄词话》）

凌廷堪云："稼轩为盛唐之太白，后村、龙洲亦在微之、乐天之间。"（《赌棋山庄词话》）

冯煦云："后村词，与放翁、稼轩，犹鼎三足。其生丁南渡，拳拳君国，似放翁。志在有为，不欲以词人自域，似稼轩。"（《蒿庵论词》）

刘熙载云："刘后村词，旨正而语有致。真西（山）文章正宗，诗歌一门，属后村编类，且约以世教民彝为主，知必心重其人也。"（《词概》）

陈廷焯云："张安国词，热肠郁思，可想见其为人。刘后村则感激豪宕，其词与安国相伯仲。去稼轩虽远，正不必让刘（过）、蒋（捷）。世人多好推刘、蒋，直以为稼轩后劲，何耶？"（《白雨斋词话》）

蒋兆兰云："自东坡以浩瀚之气行之，遂开豪迈一派。南宋辛稼轩，运深沉之思于雄杰之中，遂以苏辛并称。他如放翁、后村诸公，皆嗣响稼轩，卓卓可传者也。"（《词说》）

胡云翼云："刘克庄是南宋后期独树一帜的重要词人，关怀国家的命运和揭露统治阶级内部矛盾，是他的词的主要内容。刘克庄词继承了辛派词人的爱国主义传统及其豪放的风格，他着重发展了词的散文化、议论化。"（《宋词选》）

刘大杰云："刘克庄为人豪爽，很想干一番事业，结果没有什么成就……其词中特多家国悲愤之情。所作小词，亦复清新可喜。"（《中国文学发展史》）

哨　遍

昔坡翁以《盘谷序》配《归去来词》。然陶词既隐括入律，韩序则未也。暇日，游方氏龙山别墅，试效颦为之，俾主人刻之崖石云

胜处可宫，平处可田，泉土尤甘美。深复深，路绝住人稀，有人兮、盘旋于此。送子归，是他隐居求志，是要明主媒当世。嗟此意谁论，其言甚壮，孔颜犹有遗旨。大丈夫之被遇于时，入则坐庙朝出旗麾。列屋名姬，夹道武

夫，满前才子。　　噫。有命存焉，吾非恶此而逃之。富贵人所欲，如之何、幸而致。向茂林堪休，清泉可濯，谷中别有闲天地。况脍细于丝，蕨甜似蜜，采于山，钓于水。大丈夫不遇之所为，唐处士、依稀是吾师。觉山林、尊如朝市。五侯门下宾客[①]，扰扰趋形势。嗟盘之乐，谁争子所，占断千秋万岁。呼童秣马更膏车[②]，便与君，从此逝矣。

[注释]

①五侯：有四，都出在汉代。西汉成帝封王氏诸舅五侯，东汉光武帝封王氏五子为侯。梁冀擅权时，其亲属五人都封侯。桓帝时封单超等五个太监为侯，后泛指权贵。　②秣(mò)马：喂马。　秣：马的草料。　膏车：在车轴里加油。　膏：油脂。

[集评]

阳九逐客云："世浊，不遇，无展才之地，不逃世将奚为？归隐乃无可奈何耳。"(《养酒斋词话》)

六州歌头

客赠牡丹

维摩病起[①]，兀坐等枯株。清晨里，谁来问，是文殊[②]，遣名姝[③]。夺尽群花色，浴才出，酲初解，千万态，娇无力，困相扶。绝代佳人，不入金张室[④]，却访吾庐。对茶铛禅榻[⑤]，笑杀此翁臞[⑥]。珠髻金壶，始消渠。　忆承平日，繁华事，修成谱，写成图。奇绝甚，欧公记[⑦]，蔡公书[⑧]，古来无。一自京华隔，问姚魏、竟何如[⑨]。多应是，彩云散，劫灰馀。野鹿衔将花去，休回首、河洛丘墟[⑩]。漫伤春吊古，梦绕汉唐都[⑪]。歌罢歔欷。

［注释］

①维摩：人名。即维摩诘，意译为“净名”，是佛在世时的大居士。发愿为天下病，佛使文殊探之，又令天女散花，花落而身不染。 ②文殊：菩萨名。文殊师利的简称，意译为“妙首、妙德、妙吉祥”。在密教经文中称“文殊师利童子”。 ③名姝：著名的美女。 ④金张：泛指权贵。 金：金日磾(mī dì)，本匈奴休屠王太子，羁留汉庭，后封侯，七世内侍。 张：张安世，封富平侯，拜大司马。“金张籍旧业，七叶珥汉貂。”见左思《咏史》。 ⑤铛(chēng)：锅子一类。 ⑥臞(qú)：瘦。 ⑦欧公：欧阳修。 ⑧蔡公：蔡襄。 ⑨姚魏：姚黄魏紫，由黄家和魏家培育的牡丹优良品种。见欧阳修《洛阳牡丹记》。 ⑩河洛丘墟：黄河与洛水地区成了一片废墟。 ⑪汉唐都：指长安，这里指代中原沦陷区。

［集评］

阳九逐客云：“‘梦绕汉唐都’，念念不忘故国。”（《养酒斋词话》）

水调歌头

游蒲涧追和崔菊坡韵

余顷为仪真督邮[1]，白事维扬[2]，崔公锐欲罗致[3]，属先受制置使李公之辟[4]，崔公始聘洪公舜俞入幕[5]。后二十五年，奉使岭外，拜公祠像，俯仰今昔，辄和公所作《水调歌头》以寓悲慨云

敕使竟空反[6]，公不出梅关。当年玉座记忆[7]，仄席问平安[8]。羽扇尉佗城上[9]，野服仙游阁下，辽鹤几时还[10]。赖有蜀耆旧[11]，健笔与书丹[12]。 青油士，珠履客[13]，各凋残。四方鼙鼙靡骋[14]，独此尚宽闲。丞相祠堂何处[15]，太傅石碑堕泪[16]，木老瀑泉寒。往者不可作，置酒且登山。

［注释］

①督邮：汉代设置的官吏，为郡的佐吏（副职）。 ②维扬：扬州的别

称。 ③罗致:聘请。 ④辟:聘请并任命官职。 ⑤洪舜俞:洪咨夔。 幕:幕府,相当于今之参谋部。 ⑥反:同“返”。 ⑦玉座:即“玉帐”,古代大将军居住的军帐。“大将军居太乙玉帐下,吉,攻之不得。”见《太白阴经·推玉帐法》。 ⑧仄席:即“侧席”,不敢正坐,表示恭敬。“有忧者侧席而坐。”见《礼记·曲礼》。 ⑨尉佗:秦二世时人,真定人赵佗为南海尉,故称尉佗,自立为南越武王。汉高祖派陆贾去立他为南越王。“南越王尉佗自立为武帝。”见《史记·文帝纪》。 ⑩辽鹤:即“辽城鹤”。辽东人丁令威入山学道,后化鹤归辽。见《搜神后记》。 ⑪耆旧:年老而又德高望重的人。“寿撰《益都耆旧传》十篇。”见《晋书·陈寿传》。 ⑫书丹:用朱砂红笔写字。“《石经》蔡邕书丹,使工镌刻。”见《隶释》。 ⑬珠履:用珍珠穿成的鞋子。“春申君家三千馀人,其上客皆蹑珠履。”见《史记·春申君列传》。“堂上三千珠履客,瓮中百斛金陵春。”见李白《寄韦南陵冰》。 ⑭蹙蹙(cù):缩小的样子。“蹙蹙靡所骋。”见《诗经·小雅·节南山》。 ⑮丞相祠堂:成都诸葛武侯祠。“丞相祠堂何处寻?锦官城外柏森森。”见杜甫《蜀相》。 ⑯“太傅”句:晋羊祜爱民,死后百姓于岘山建碑立庙,岁时祭奠,望其碑者,莫不流涕,杜预因名为堕泪碑。见《晋书·羊祜传》。

水调歌头

喜　归

遣作岭头使,似戍玉门关①。来时送者,举酒珍重祝身安。街畔小儿拍笑,马上是翁矍铄②,头与璧俱还③。何处得仙诀,鬓白颊犹丹。　屋茅破④,篱菊瘦⑤,架签残⑥。老夫自计甚审⑦,忙定不如闲。客难扬雄拓落⑧,友笑王良来往⑨,面汗背芒寒⑨。再拜谢不敏⑩,早晚乞还山。

[注释]

①戍:古代罪刑之一,即发配到边远地区服苦役。 ②矍铄:年老而

有精神。此用山涛醉倒，小儿拍笑之典，以山公自居。 ③头与璧俱还：用蔺相如完璧归赵事。见《史记·廉颇蔺相如列传》。 ④屋茅破：破陋的茅草房屋。“卷我屋上三重茅。”见杜甫《茅屋为秋风所破歌》。 ⑤篱菊瘦：陶潜《饮酒》言“采菊东离下，悠然望南山”。 ⑥架签：本韩愈《送诸葛觉往随州读书》“邺侯家多书，插架三万轴，一一悬牙签，新若手未触”。 ⑦审：明白。 ⑧客难（nàn）：假设别人提问题。“因著论设客难己。”见《汉书·东方朔传》。 扬雄：字子云，成都人，汉代的大文学家。⑨王良：后汉兰陵人，官大司徒司直，病归，一年后再征召，其友人曰：“不有忠言奇谋而取大位，何其往来屑屑不惮烦也。” ⑨“面汗”句：言猛吃海鲜而脸上出汗。韩愈《初南食贻元十八协律》：“咀吞面汗骍。”《汉书·霍光传》：“上内严惮之，若有芒刺在背。” ⑩不敏：本《论语·颜渊》“回虽不敏，请专斯语矣”。

[集评]

阳九逐客云：“见‘报国之志未酬，归又何喜。’”（《养酒斋词话》）

水调歌头

解印有期戏作①

老子颇更事②，打透利名关。百年扰扰于役③，何异入槐安④。梦里偶然得意，醒后才堪发笑，蚁穴驾车还⑤。恰佩南柯印，仿佛毂曾丹⑥。 客未散，日初昳⑦，酒犹残。向来幻境安在，回首总成闲。莫问浮云起灭，且跨刚风游戏⑧，露冷玉箫寒。寄语抱朴子⑨，候我石楼山。

[注释]

①解印：放下公章不做官。 ②更事：阅历世事。 ③扰扰：世道混乱。“胶胶扰扰乎。”见《庄子·天道》。 于役：远行无定。见《诗经·王风·君子于役》。 ④槐安：淳于棼梦至大槐安国，为南柯太守。见唐李公佐《南柯记》。 ⑤蚁穴：槐安国为蚂蚁窝。 ⑥毂曾丹：古代做了大

官,车毂涂红色。 ⑦昳(dié):太阳偏西。 ⑧刚风:天空极高的风,也作“罡风”。“问天有形否?曰:‘只是个旋风,下软上坚,道家谓之刚风’。”见朱熹《朱子全书·理气》。 ⑨抱朴子:晋葛洪,自号抱朴子。

[集评]

阳九逐客云:“邦无道则隐。”(《养酒斋词话》)

水调歌头

八月上浣解印别同官席上赋①

半世惯歧路,不怕唱阳关②。朝来印绶解去,今夕枕初安。莫是散场优孟③,又似下棚傀儡④,脱了戏衫还。老去事多忘,公莫笑师丹⑤。 笔端花⑥,胸中锦⑦,两消残。江湖水草空旷,何必养天闲⑧。久苦诸君共事,更尽一杯别酒,风露夜深寒。回首行乐地,明日隔云山。

[注释]

①上浣:一个月的上旬。唐代的办公制度,十天一休假,以上、中、下旬为上、中、下浣。 ②阳关:阳关曲,送别之曲,即王维的《渭城曲》。③优孟:春秋时楚国的伶人,多智辩,常寓讽刺于谈笑间。见《史记·滑稽列传》。 ④傀儡:木偶。 ⑤师丹:字仲公,西汉东武人,官大司空,封高乐侯,因切谏得罪哀帝被免职,平帝即位,嘉其忠诚,再封为义阳侯。⑥笔端花:唐李白少年时,梦笔头生花,从此天才赡逸,名闻天下。见《开元天宝遗事》。 ⑦胸中锦:《南史·江淹传》说,神人张景阳把“一匹锦”寄存江淹胸中,故其文显,后被要走,残锦留与丘迟,自尔“文章踬矣”。⑧天闲:帝厩,御马的厩。

[集评]

阳九逐客云:“‘公莫笑师丹’,忠诚之心,惟天可表。”(《养酒斋词话》)

水调歌头

客散循堤步月而作[①]

落日几呼渡，佳夕每留关。有时来照清浅，鬓雪似潘安[②]。一曲亲蒙君赐，两岸更无人迹，惟见鹭飞还。隙地欠栽接[③]，蕉荔杂黄丹。　柳全疏，松尚幼，怕摧残。旁人笑我痴计，管钥费防闲[④]。翁意在乎林壑，客亦知夫水月，满腹贮清寒。赋咏差有愧，赤壁与滁山[⑤]。

[注释]

①循：沿着。　②鬓雪似潘安：指未老先衰，头发斑白。　潘安：即潘岳，字安仁，晋代文学家。“余春秋三十有二，始见二毛。……斑鬓髟以承弁兮，素发飒以垂领……”见潘岳《秋兴赋》。　③隙地：空地。　④管：钥匙。　⑤滁山：安徽滁州的山。“环滁皆山也。”见欧阳修《醉翁亭记》。

水调歌头

次夕，觞客湖上，赋葛仙事[①]

羯虏问周鼎[②]，柱史出秦关[③]。苦求句漏何意[④]，身世远差安。不见跕鸢堕水[⑤]，时有飞鸿遵渚[⑥]，乐此久忘还。采药寓言耳[⑦]，胸次有灵丹[⑧]。　钓游处，榕叶暗，荻花残[⑨]。自翁仙后千载，输与水鸥闲。我读内篇未竟[⑩]，忽被急符驱去，洞闭白云寒。回首愧幽子，隐约海中山[⑪]。

[注释]

①葛仙：指晋代的葛洪，也称小葛仙翁。　②羯虏：羯，原为匈奴的别族，此指金人。　问周鼎：侵略吞并中国。周定王派王孙满犒劳楚子，楚子问鼎的大小轻重，因那时以九鼎为传国之宝，只有得了天下的才拥有。见《左传·宣公三年》。　③“柱史”句：老子为周朝的柱下史（后世的御

史),后骑青牛出函谷关。 ④句漏:山名。在广西北流县东北,相传葛洪曾在此修炼。 ⑤跕鸢:鸢鸟坠落。形容山岚瘴气的猛烈,即使鸢鸟也要掉下,难以飞越。“矧兹跕鸢之隅,克修设羽之贡。”见《宋史·交趾传》。 ⑥飞鸿:鸿雁。 遵:沿着。 渚:水中小块陆地,小沙洲。 ⑦寓言:原为《庄子》中提出的一种表达方式。这里意为“表象”。 ⑧胸次:胸中,心里。 ⑨荻花:芦苇类。 ⑩内篇:古代指论著中的主要部分,对“外篇”而言。此处的“内篇”,当指葛洪的《抱朴子·内篇》。 竟:完毕。 ⑪海中山:传说中仙山,指蓬莱、瀛洲、方丈三山。

水调歌头

十三夜,同官载酒相别,不见月作

怪事广寒殿[1],此夕不开关。林间乌鹊相贺,暂得一枝安。只在浮云深处,谁驾长风挟取,明镜忽飞还。玉兔呼不应,难觅臼中丹[2]。 酒行深,歌听彻,笛吹残。嫦娥老去孤另,离别匹如闲[3]。待得银盘擎出,只怕玉峰醉倒[4],衰病不禁寒。卿去我欲睡,孤负此湖山。

[注释]

①广寒殿:即月亮。“明皇游月宫,见匾曰‘广寒清虚之府’。”见《天宝遗事》。 ②“玉兔”二句:俗传月中有玉兔,不停地在臼中捣仙丹。 ③匹:配。 ④玉峰醉倒:喻人酒醉。玉峰,即玉山。“嵇叔夜(康)……其醉也,傀俄若玉山之将崩。”见《世说新语·容止》。

水调歌头

癸卯中秋作[1]

老年有奇事,天放两中秋。使君飞榭千尺,缥缈见麟洲[2]。景物东徐城上,岁月北征诗里[3],圆缺几时休。俯仰慨今昔,惟酒可浇愁。 风露高,河汉澹[4],素光流[5]。

贾胡野老相庆，四海十分收。竞看姮娥金镜，争信仙人玉斧[⑥]，费了一番修。衰晚笔无力，谁伴赋黄楼[⑦]。

[注释]

①癸卯：南宋理宗淳熙三年（1243）。 ②麟洲：传说中的仙岛，亦名凤麟洲。 ③北征：杜甫《北征诗》，首二句为“皇帝二载秋，闰八月初吉”。 ④澹：安静。 ⑤素光流：月光像水一般倾泻。 ⑥仙人玉斧：相传月中有被谪仙人吴刚伐桂之说。 ⑦黄楼：宋熙宁十年（1077），苏轼作徐州太守，黄河决于澶渊，大水淹至徐州，因有准备，故水至而人民不恐惶。水退，增筑徐城，即城之东门为大楼，垩以黄土，因名黄楼。苏辙、秦观等都作了《黄楼赋》。故址在今江苏省铜山县东门上，上文的“东徐城上”即指此。

水调歌头

和仓部弟寿词

岁晚太玄草[①]，深悔赋长杨[②]。向来户外之屦，已饱各飞扬。阁上青藜安在[③]，院里金莲去矣[④]，且爱短檠光[⑤]。衰懒倦宾客，谁访老任棠[⑥]。 叹时人，怜黠小，笑鲐黄[⑦]。汝曹变灭臭腐[⑧]，侬底愈芳香[⑨]。苦羡阿龙则甚[⑩]，学取幼安亦可[⑪]，坐穴几藜床。零落雁行小，敢不举君觞。

[注释]

①太玄：又称《太玄经》，西汉时扬雄所著。 ②长杨：汉行宫名，故址在今陕西省周至县东南。此处指文学作品，即《长杨赋》，扬雄所作。 ③青藜：拐杖。“刘向……夜有老人着黄衣，植青藜杖，登阁而进。”见晋王嘉《拾遗记》。 ④金莲：南齐国君东昏侯凿金莲花以贴地，令潘妃在上面行走，说“此步步生莲花也”。后世即以代妇女的小脚。此处似借指姬妾。 ⑤短檠：短矮的灯架，借指灯烛。 ⑥任棠：后汉汉阳人，隐居教授，有高节。太守庞参曾登门拜访。见《后汉书·庞参传》。 ⑦鲐黄：老

年人。 鲐(tái):鲐背,长寿。“鲐背、耇老,寿也。”见《尔雅·释诂》。 黄:白头髮。“黄髮垂髫,并怡然自乐。”见陶潜《桃花源记》。 ⑧汝曹:你们。 ⑨侬底:我们。 ⑩阿龙:晋元帝丞相王导的小名。 ⑪幼安:管宁字幼安。庾信《小园赋》:“管宁藜床,虽穿可坐。”

沁园春

梦孚若①

何处相逢,登宝钗楼②,访铜雀台③。唤厨人斫就,东溟鲸脍④,圉人呈罢⑤,西极龙媒⑥。天下英雄,使君与操⑦,馀子谁堪共酒杯⑧。车千两⑨,载燕南赵北⑩,剑客奇才。 饮酣画鼓如雷,谁信被晨鸡轻唤回⑪。叹年光过尽,功名未立,书生老去,机会方来。使李将军,遇高皇帝⑫,万户侯何足道哉。披衣起,便凄凉感旧⑬,慷慨生哀。

[注释]

①孚若:方信孺字孚若,福建莆田人,以出使金国不屈而著名。《宋史》有传。 ②宝钗楼:汉武帝时建,故址在今陕西咸阳。见《咸阳县志》。宋时为著名的酒楼。 ③铜雀台:曹操在邺城造的建筑物,故址在今河北临漳。 ④东溟鲸脍:把东海的大鱼细切。 ⑤圉人:古代官名,管理养马与放牧之事。 ⑥西极龙媒:西方极边远的地方。 龙媒:神龙之类的天马,泛指骏马。“天马徕,自西极。”见《汉书·郊祀歌》。 ⑦使君与操:《三国志·蜀书·先主传》载曹操对刘备说:“今天下英雄,惟使君与操耳,本初袁绍之徒,不足数也。” ⑧馀子:其馀的人。 ⑨两:即辆。 ⑩燕南赵北:“燕赵古称多感慨悲歌之士。”见韩愈《送董邵南序》。赵:一作“代”。 ⑪轻唤:一作“催唤”。 ⑫使李将军,遇高皇帝:汉代名将李广抗击匈奴有军功,汉文帝却对李广说:“惜乎! 子不遇时,如令子当高帝时,万户侯岂足道哉!”见《史记·李将军列传》。 高皇帝:汉高祖刘邦。 ⑬感旧:一作“四顾”。

［集评］

张德瀛云："刘潜夫《沁园春》词用史（记）、汉（书），亭然以奇，别出机杼。"（《词徵》）

张德瀛云："刘潜夫《沁园春》：'使李将军，遇高皇帝，万户侯何足道哉。'……皆所谓拔地倚天，句句欲活者。"（《词徵》）

陈廷焯云："刘潜夫《沁园春》云：'天下英雄，使君与操，馀子何堪共酒杯。'沉痛激烈，几欲敲碎唾壶。"（《白雨斋词话》）

沁园春

送孙季蕃吊方漕西归①

岁暮天寒，一剑飘然，幅巾布裘。尽缘云鸟道，跻攀绝顶，拍天鲸浸，笑傲中流②。畴昔奇君，紫髯铁面，生子当如孙仲谋③。争知道，向中年犹未，建节封侯④。　南来万里何求，因感慨桥公成远游⑤。叹名姬骏马⑥，都成昨梦，只鸡斗酒⑦，谁吊新丘⑧。天地无情，功名有命，千古英雄只么休。平生客，独羊昙一个，洒泪西州⑨。

［注释］

①孙季蕃：孙惟信，开封人，字季蕃，号花翁，居婺州。尝客方孚若家。光宗时弃官隐于西湖。　方漕：方孚若。方死后，孙徒步万里吊之。　西归：去世。　②"拍天"二句：晋谢安等人泛海游，风起浪涌，他人欲回而谢安意态自若，吟啸不辍。　鲸浸：大海。　③"生子"句：此句是曹操对孙权的评价。"（曹操）喟然叹曰：'生子当如孙仲谋，刘景升（表）儿子若豚犬耳！'"见《三国志·吴书·孙权传》。　④建节：拿着符节，出使外国。节：符节，古代的使臣拿着表示征信。"乃拜相如为中郎将，建节往使。"见《史记·司马相如列传》。　⑤桥公：即桥玄。玄识曹操于微时，操常感其知己，后经玄墓，辄悽怆致祭。见《后汉书·乔玄传》。此用桥公指方孚若。　⑥名姬骏马：项羽有名姬虞，骏马乌骓。　⑦只鸡斗酒：祭奠亡友。"及（黄）琼卒归葬，稚乃负粮徒步到江夏赴之，设鸡酒薄祭，哭毕而去，不

告姓名。”见《后汉书·徐稚传》。 ⑧新丘:新葬的坟墓。 ⑨“独羊昙”二句:甥舅亲戚的情谊深厚。 羊昙:晋代泰山人。谢安的外甥,有才学,为谢安所爱重。谢安去世,羊昙走路就不打谢安所居住的西州路经过。一天,喝醉了酒,走了州门,从人告诉了他,他十分悲痛,吟了曹植的诗句“生存华屋处,零落归山丘”,恸哭而去。见《晋书·谢安传》。

[集评]

陈廷焯云:“沉痛激烈,敲碎唾壶。”(《放歌集》)

阳九逐客云:“人到中年还未建节封侯,当抱恨九泉。”(《养酒斋词话》)

沁园春

送包尉

我羡君归,一路秋风,芙蓉木犀。想慈颜望久[①],灵乌乍噪[②],新眉画就[③],郎马频嘶。忙脱征衫,快呼斗酒,细为家人说建溪。争知道,这中年怀抱,最怕分携。 丈夫南北东西,应笑杀篱筵粉泪啼。怅佳人来未,碧云冉冉[④],王孙去后,芳草萋萋[⑤]。明日相思,山重水复[⑥],古道人稀茅店鸡[⑦]。元龙老,有高楼百尺,谁共登梯[⑧]。

[注释]

①慈颜:母亲。 ②灵乌:古人认为乌鸦能反哺,是孝鸟。 ③新眉画就:指妻子。汉代京兆尹张敞替妻子画眉。见《汉书·张敞传》。 ④“怅佳人”二句:用江淹《休上人怨别》诗“日暮碧云合,佳人殊未来”。 ⑤“王孙”二句:王孙,古代贵族子弟的通称。“王孙游兮不归,春草生兮萋萋。”见《楚辞·招隐士》。 ⑥山重水复:本陆游《游山西村》诗“山重水复疑无路,柳暗花明又一村”。 ⑦茅店鸡:客行起身早。“鸡声茅店月,人迹板桥霜。”见唐温庭筠《商山早行》。 ⑧“元龙”三句:三国时陈登,字元龙,有盛名。许汜在刘表处,与刘备评论人物,说:“元龙湖海之士,豪气未

除。”刘备问为什么？许汜说他曾经过下邳，见元龙没有主客之礼，自己睡上大床，让客人睡下床。刘备说：“君求田问舍，言无可采……如小人欲卧百尺楼上，卧君于地，何但上下床之间耶！”见《三国志·魏书·陈登传》。

沁园春

答九华叶贤良

一卷阴符①，二石硬弓，百斤宝刀。更玉花骢喷②，鸣鞭电抹③，乌丝阑展，醉墨龙跳④。牛角书生⑤，虬髯豪客⑥，谈笑皆堪折简招⑦。依稀记，曾请缨系粤⑧，草檄征辽。　当年目视云霄，谁信道凄凉今折腰⑨。怅燕然未勒⑩，南归草草，长安不见，北望迢迢。老去胸中，有些磊块⑪，歌罢犹须著酒浇。休休也，但帽边鬓改，镜里颜凋。

［注释］

①阴符：即《阴符经》，旧题黄帝撰，有太公、范蠡、鬼谷子、张良、诸葛亮、李筌六家注，经文384字，一卷。内容讲虚无之道，修炼之术。　②玉花骢：唐玄宗所养的龙驹宝马。　③鸣鞭：挥动鞭子发出响声。“荐枕青娥艳，鸣鞭白马骄。”见刘长卿《少年行》。　④乌丝阑：《唐国史补》谓宋亳间有织成界道，谓之乌丝阑。指黑色墨线。　醉墨：在醉中所作的书画。“坏壁尘埃寻醉墨，孤灯饼饵对邻翁。”见陆游《归云门》。　⑤牛角书生：以喻读书勤奋之士。“（李密）以蒲鞯乘牛，挂《汉书》一帙角上，行且读。”见《新唐书·李密传》。　⑥虬髯豪客：指唐人小说中的风尘三侠之一的西京人张仲坚，因髯赤而卷曲，故号虬髯客。和红拂认为兄妹，把所有家财赠给李靖。《太平广记》有《虬髯客传》。　⑦折简：古代以竹简作书，简长二尺四寸（汉制为二尺），短者半之。所谓折简，即写信。　⑧请缨：自动参军击敌。汉代的终军入朝自请“愿受长缨，必羁南越王而致之阙下”。见《汉书·终军传》。　⑨折腰：弯腰。晋代陶潜为彭泽县令，上级派督邮到，下属告诉他要束带迎接，陶潜感叹说：“吾不能为五斗米折腰，拳拳事乡里小人！”见《晋书·陶潜传》。　⑩燕然未勒：东汉窦宪破匈

奴,登燕然山,刻石纪功,命班固作《燕然山铭》。后世常以“勒燕然”表示抗击外族建立军功的业绩。 ⑪磊块:也作垒块、块磊,结郁在胸中的不平之气。“阮籍胸中垒块,故须酒浇之。”见《世说新语·任诞》。

沁园春

同 前

我梦见君,戴飞霞冠[1],著宫锦袍[2]。与牧之高会[3],齐山诗酒[4],谪仙同载[5],采石风涛[6]。万卷星罗,千篇电扫,肯学穷儿事楚骚[7]。掀髯啸,有鱼龙鼓舞,狐兔悲嗥。

英雄埋没蓬蒿[8],谁摸索当年刘与曹[9]。叹事机易失,功名难偶,诛茅西崦[10],种秫东皋[11]。栅有鸡豚[12],庭无羔雁[13],道是先生索价高。人间窄,待相期海上,共摘蟠桃。

[注释]

①飞霞冠:道士所戴的金冠。 ②宫锦袍:用宫中特制的锦缎做的袍子。“白衣宫锦袍,于舟中顾瞻笑傲,旁若无人。”见《旧唐书·李白传》。 ③牧之:晚唐诗人杜牧的字。 ④齐山诗酒:唐杜牧曾任池州刺史,于九月九日登池州齐山。针对春秋时齐景公游牛山有感于山河壮丽、人生短促而落泪的事发议论,认为不必悲伤,只须一醉,“但将酩酊酬佳节,不用登临恨落晖。”见杜牧《九日齐山登高》。 ⑤谪仙:指李白。 ⑥采石:采石矶,在今安徽当涂西北,相传李白于此落水而死。 ⑦楚骚:指《楚辞·离骚》。 ⑧蓬蒿:乡村,农村。“仰天大笑出门去,我辈岂是蓬蒿人?”见李白《南陵别儿童入京》。 ⑨刘与曹:刘备和曹操。 ⑩诛茅西崦:割茅草盖屋于西山。 西崦:西山。 ⑪秫:黏高粱。 东皋:高地或田野的泛称。 ⑫豚:小猪。 ⑬羔雁:指政府征聘的礼物。“(陈纪)父子并著高名,时号三君。每宰府辟召,常同时旌命,羔雁成群。”见《后汉书·陈纪传》。

沁园春

癸卯佛生翼日[1]，将晓，梦中有作。既醒，但易数字

有个头陀[2]，形等枯株，心犹死灰。幸春山笋贱，无人争吃，夜炉芋美，与客同煨。何处幡花[3]，忽相导引，莫是天宫迎赴斋。又疑道，向毗耶城里[4]，讲席初开。　这边尚自徘徊，笑那里纷纷早见猜[5]。有尊神奋杵，拳粗似钵，名缁竖拂[6]，喝猛如雷。老子无能，山僧不会，谁误檀那举请哉[7]。山中去，便百千亿劫[8]，休下山来。

［注释］

①佛生：佛家谓农历四月初八日为佛生日。"四月八日，佛生日，十大禅院各有浴佛斋会。"见孟元老《东京梦华录》。　翼日：即翌日，第二天，也就是四月初九日。　②头陀：和尚。梵语称僧人为头陀。　③幡花：长幅下垂的绣花旗帜，上围圆罩，幅下系铃，旗杆曲柄。　④毗耶城：古印度的大城名，一说国名。相传为释迦牟尼逝世的地方。　⑤见猜：被怀疑，被妒忌。　⑥名缁：著名的和尚。　拂：拂尘。　⑦檀那：梵语为"陀那钵底"，也作"檀越"，即施主。　⑧劫：灾难。"劫波"的省称。佛经上说天地的一成一改为一劫。

沁园春

和吴尚书叔永[1]

我所思兮，延陵季子[2]，别来九春[3]。笑是非浮论，白衣苍狗[4]，文章定价，秋月华星。独步岷峨，后身坡颍，何必荀家有二仁[5]，中朝里，看叔兮衮斧[6]，伯也丝纶[7]。　洛中曾识机云[8]。记玉立堂堂九尺身[9]。叹苕溪渔艇[10]，幽人孤往，雁山马鬣[11]，吊客谁经。宣室厘残[12]，玄都花谢[13]，回首旧游存几人。新腔美，堪洗空恩怨，唤起交情。

[注释]

①吴尚书叔永:吴泳,字叔永,曾为代理刑部尚书。 ②延陵季子:延陵是春秋时吴国公子季札的封地,当时人因称之为延陵季子。 ③九春:九个春天,就是九年。 ④白衣苍狗:一作“白云苍狗”,比喻世事的变幻无常。“天上浮云如白衣,斯须改变如苍狗。”见杜甫《可叹》。 ⑤荀家二仁:指荀彧、荀攸。 ⑥叔:老三,第三。 衮:古代的礼服。后世表示做了大官。 ⑦伯:老大,长兄。 ⑧机云:晋代著名文学家陆机和陆云两兄弟。 ⑨玉立:丰姿秀美。“赵公玉立高歌起。”见杜甫《赵公大食刀歌》。 ⑩苕溪:水名,在浙江。 ⑪雁山:即雁荡山,在浙江乐清。 马鬣:坟墓。 ⑫宣室:汉代宫殿名。未央宫中有宣室殿,为皇帝斋戒的地方。汉文帝曾在宣室召见贾谊,问鬼神之事。见《史记·屈原贾生列传》。 厘:赐福。 ⑬玄都花谢:玄都,隋唐道观名,原中通道观。此处用唐刘禹锡《戏赠看花君子》诗“玄都观里桃千树,尽是刘郎去后栽”的典故。

沁园春

吴叔永尚书和余旧作,再答

莫羡渠侬①,白玉成楼②,黄金筑台③。也不消颠怪,骑驎被髮④,谁能委曲,令鸩为媒⑤。鬓有二毛⑥,袖闲双手,只了持螯与把杯⑦。公过矣,赏陈登豪气⑧,杜牧粗才。

便烦问讯张雷⑨,甚斗宿无光剑不回⑩。想阁中鸣佩⑪,时携客去,壁间悬榻⑫,近有谁来。撤我虎皮,让君牛耳⑬,谁道两贤相厄哉⑭。中年后,向歌阑易感,乐极生哀。

[注释]

①渠侬:他,他们。 ②白玉成楼:从前称文人之死。相传唐诗人李贺将死时,有穿红衣的人来召他去,说:“帝成白玉楼,立召君为记,天上差乐,不苦也。”不久,李贺气绝。见《唐文粹·李贺小传》。 ③黄金筑台:黄金台,又称金台、燕台,故址在今河北易县东南。相传战国时燕昭王在此处筑台,放置千金于上,延请天下的士人,故名。 ④骑驎被髮:用韩愈

《杂诗》“翩然下大荒，被髪骑骐驎”诗意。 ⑤令鸩为媒：“吾令鸩为媒兮，鸩告余以不好。”见屈原《离骚》。 ⑥二毛：头髮花白。后世以二毛称老人。 ⑦只了：只知道，只懂得。 了：明白，了解。 持螯：拿着螃蟹大脚，即吃螃蟹。晋代的毕卓曾说：“一手持蟹螯，一手持酒杯，拍浮酒池中，便足了一生。”见《世说新语·任诞》。 ⑧陈登豪气：陈登，字元龙。《三国志·魏书·陈登传》：“陈元龙湖海之士，豪气不除。” ⑨张雷：晋代的文学家张华和丰城县令雷焕。 ⑩“甚斗宿”句：豫章人雷焕通晓纬象，晋武帝时，斗牛间有紫气，雷焕见了，知道丰城有宝剑，就告诉了张华，张华让他当了丰城县令去寻找，结果在丰城的监狱地下发掘到龙泉、太阿两把宝剑。见《晋书·张华传》。 斗宿：星座名，即南斗六星，属人马座。 ⑪阁中鸣佩：指宴会的盛况。“滕王高阁临江渚，佩玉鸣銮罢歌舞。”见唐王勃《滕王阁序》。 ⑫悬榻：接待所尊敬的客人。“陈蕃为（豫章）太守……在郡不接宾客，唯稚来特设一榻，去则悬之。”见《后汉书·徐稚传》。 ⑬牛耳：古代诸侯会盟，要割牛耳取血，分喝为誓，以表示守信，由盟主执牛耳。“诸侯盟，谁执牛耳？”见《左传·哀公十七年》。 ⑭“谁道”句：“两贤岂相厄哉。”见《史记·季布乐布列传》。

沁园春

维扬作

辽鹤重来[①]，不见繁华，只见凋残。甚都无人诵，何郎诗句[②]，也无人报，书记平安[③]。闾里俱非，江山略是，纵有高楼莫倚栏。沉吟处，但萤飞草际，雁起芦间。 不辞露宿风餐，怕万里归来双鬓斑。算这边赢得，黑貂裘敝[④]，那边输了，翡翠衾寒[⑤]。檄草流传[⑥]，吟笺倚阁，开到琼花亦懒看。君记取，向中州差乐，塞地无欢。

[注释]

①辽鹤：“丁令威本辽东人，学道于灵虚山，后化鹤归辽，集城门华表柱。……徘徊空中而言曰：‘有鸟有鸟丁令威，去家千年今始归。城郭如

故人民非,何不学仙冢累累。'"见陶潜《搜神后记》。　②何郎:三国魏何晏。　③"也无"两句:"马上相逢无纸笔,凭君传语报平安。"见唐岑参《逢入京使》。　④黑貂裘敝:黑色的貂皮袍子破烂了,即穷困潦倒。"(苏秦)说秦王书十上而说不行,黑貂之裘敝,黄金百斤尽,资用乏绝,去秦而归。"见《战国策·秦策一》。　⑤翡翠衾:翠绿色的衾被,形容华贵的卧具。"翡翠珠被,烂齐光些。"见《楚辞·招魂》。　⑥檄草:古代有关征召、晓喻、申讨等文章的草稿。"琳作诸书及檄,草成,呈太祖(曹操)。太祖先苦头风,是日疾发,卧读琳所作,翕然而起曰:'此医我病……'"见《三国志·魏书·王粲传附陈琳》注。

沁园春

答陈上舍应祥

华髮萧萧,归碧鸡坊[①],出金马门[②]。把一枝色笔,掷还郭璞[③],些儿残锦,回乞天孙[④]。永免朝参[⑤],更无宣锁[⑥],送老三家水竹村[⑦]。休休也,任巫阳来下,未易招魂[⑧]。　茅檐安得庖阍[⑨],倩便了沽来酒满樽[⑩]。叹角巾东路[⑪],吾寻初服[⑫],上书北阙[⑬],子漫危言[⑭]。漏院霜靴[⑮],火城雪辔[⑯],得似先生败絮温[⑰]。安危事,付布衣融泰[⑱],鼎足膺蕃[⑲]。

[注释]

①碧鸡坊:地名,在今四川成都。　②金马门:汉武帝得大宛马,命以铜铸像,立马于鲁班门外,因称金马门。　③"一枝"两句:南朝梁江淹少年时曾梦见有人给他一支五色笔,从此文思大进。到晚年再梦见一个魁梧的男子,自称郭璞,向江淹索还那支笔。以后作诗,一句好诗也没有,人称"才尽"。见《南史·江淹传》。　④天孙:即织女星。　⑤朝参:古时官吏上朝参见皇帝。　⑥宣锁:打开锁。《玉堂杂记》:"间遇除授宣锁,讲筵官已入直,率闻命仓皇而出。"　⑦三家水竹村:三家村,乡野人烟稀少的地方。"永谢十年旧,老死三家村。"见苏轼《用旧韵送鲁元翰知洛

州》。 ⑧"任巫阳"二句：巫阳，古代善占卜的人。"帝告巫阳曰：'有人在下，吾欲辅之，魂魄离散，汝筮予之。'"见《楚辞·招魂》。 ⑨庖阇：专设的大厨房。 ⑩倩：请。 便了：一童仆名，此指代童仆。 ⑪角巾东路："尝与从弟秀书曰：'既定边事，当角巾东路归故里，为容棺之墟。'"见《晋书·羊祜传》。 ⑫初服：没有做官的服装。"退将复修吾初服。"见《楚辞·离骚》。 ⑬上书北阙：向皇帝陈说政见，以求取功名。"北阙休上书，南山归敝庐。"见孟浩然《岁暮归南山》。 ⑭危言：直言。"扶风魏齐卿，并危言深论，不隐豪强。"见《后汉书·党锢传》。 ⑮漏院：古代百官清早入朝，准备朝拜皇帝，称为"待漏"。唐元和初，设立待漏院，为朝臣晨集之所。见唐李肇《国史补》。 霜靴：以喻起得早，鞋上沾了霜。 ⑯火城：古代朝会时的火炬仪仗。"晓色严天仗，春寒避火城。"见唐罗隐《寄金吾李荪常侍》。 雪辔：马在雪中行走。 ⑰败絮：破烂棉絮。 ⑱融泰：东汉的符融、郭泰。 ⑲膺蕃：东汉的李膺和陈蕃。

沁园春

平章生日丁卯[①]

某兹者恭审某官[②]，笃生名世[③]，光辅新朝[④]。昴储精、岳降神[⑤]，方启中兴之运；河如带、山若砺[⑥]，未酬再造之功。某逾望三台[⑦]，敬熏一瓣[⑧]。短衣饭牛而至旦[⑨]，业已归耕；搢笏笼鸽以放生[⑩]，未由旅贺

载籍以来，于宇宙间，有功者谁。自唐尧咨禹[⑪]，水行由地，宗周微管，夏变为夷[⑫]。谢傅棋边[⑬]，莱公骰畔[⑭]，淝水澶渊送捷旗。天不偶，生堂堂国老，真太平基。 雅怀厌倦台司，新天子殷勤留帝师[⑮]。向朝堂衮绣[⑯]，万羊非泰，湖山绦褐，两鹤相随。寿过皤溪[⑰]，德如淇澳[⑱]，进了丹书作抑诗[⑲]。蒯缑客[⑳]，愿年年岁岁，来献新词。

[注释]

①平章：指贾似道。 丁卯：咸淳三年（1267）。 ②兹者：现在。

③笃生：生而不平凡。“长子维行，笃生武王。”见《诗经·大雅·大明》。 名世：有名于当世。 ④光辅：荣幸地辅佐。 ⑤昴储精：颂扬显贵之门。相传汉相萧何为昴星之精所生。 昴：二十八宿之一，有星七颗，即所谓七姊妹星团。 岳降神：称颂官僚门阀的高贵。“维岳降神，生甫（甫侯）及申（申伯）。”见《诗经·大雅·崧高》。 ⑥河如带、山若砺：比喻国运久长，国基坚固。 河：黄河。 山：泰山。凝缩为四字格成语“河山带砺”。“使河如带，泰山若厉，国以永宁，爰及苗裔。”见《史记·高祖功臣侯者年表》。 ⑦三台：指高官。汉代继承秦制，设置尚书为中台，御史为宪台，谒者为外台。见《汉官仪》。 ⑧一瓣：“一瓣心香”的省略，表示内心崇拜。“祝公寿共诗书久，一瓣心香已敬焚。”见宋王十朋《行可生日诗》。 ⑨饭牛：喂牛。 ⑩搢笏（jìn hù）：把笏版插在腰带上。笏的作用相当于现代的笔记本。 笼鸽：《倦游录》谓王丞相生日，笼鸽放生，每放则祝曰：“愿相公百二十岁。” ⑪唐尧咨禹：“帝曰：‘咨！禹，汝平水土。’”见《尚书·舜典》。 ⑫“宗周”两句：坚持中原正统。“微管仲，吾其被髪左衽矣！”见《论语·宪问》。 宗周：以周朝为正宗。 管：管仲，春秋时齐桓公的宰相，帮助齐桓公成为五霸之一。 夏：中国。 夷：外族，上古时在东方的少数民族。 ⑬谢傅棋边：淝水之战，晋军大胜，“谢安得驿捷书，知秦兵已败，时方与客围棋，将书置床上，了无喜色，围棋如故。客问之，徐答曰：‘小儿辈遂已破贼。’”见司马光《资治通鉴》。 ⑭莱公：宋太宗的宰相寇准。辽兵入侵，深入宋境，朝野震骇，寇准力排众议，劝请真宗亲征，真宗乃至澶州，辽国在战争中不得利，就奉书请盟，史称“澶渊之盟”。王钦若则谗曰，此事类乎掷骰，孤注一掷。见《宋史·寇准传》。 ⑮帝师：皇帝的老师。 ⑯衮绣：绣花的官服。指代大官。 ⑰磻溪：地名，在今陕西宝鸡东南，相传姜子牙未遇文王时就在这里钓鱼。见《水经注》。 ⑱淇澳：一作“淇奥”，《诗经·卫风》的篇名。郑玄笺：“淇奥，美武公之德也。” ⑲抑：《诗经·大雅》的篇名。“抑抑威仪，维德之隅。人亦有言，靡哲不愚。”郑玄笺：“卫武公刺厉王，亦以自警也。” ⑳蒯缑（kuǎi gōu）客：贫士。 蒯缑：用蒯草缠绕剑把。是说贫士的宝剑没有什么东西可装饰。“冯先生甚贫，仅有一剑耳，又蒯缑。”见《史记·孟尝君列传》。

沁园春

二 鹿

驯于蹇驴[①]，清于赐驹[②]，我行尔从。幸柴车堪驾[③]，何惭韩众[④]，药苗可采，长伴庞公[⑤]。野涧泉甘，阳坡草暖，有柏叶松枝充短供[⑥]。休梦想，去游灵囿沼[⑦]，入望夷宫[⑧]。与夸夺子争雄[⑨]，生与死未知谁手中[⑩]。况嗾獒者众[⑪]，放麑人少[⑫]，大将触网，小亦伤弓。风月和柔，山林深密，折角何如且养茸。二虫喜[⑬]，各衔花拜跪，来寿樗翁[⑭]。

［注释］

①蹇驴：行走迟缓的驴子。 ②清于赐驹：皇帝赏赐的宝马，不敢亵渎骑坐，只好供养。 ③柴车：简陋的小车。 ④韩众：仙人名。葛洪《神仙传》载其乘白鹿车。 ⑤庞公：《高士传》说，建安中，庞德操携妻子隐于鹿门山，入山采药不返。 ⑥短供：粗简的菜肴。 ⑦灵囿沼："王在灵囿，麀鹿攸伏。"见《孟子·梁惠王上》。 ⑧望夷宫：秦宫殿名。"望夷宫中鹿为马，秦人半死长城下。"见王安石《桃源行》。 ⑨夸夺子：争名夺利之徒。"向者夸夺子，万坟压其颠。"见韩愈《杂诗》。 ⑩"生与死"句：有关鹿的典故，即"鹿死谁手"。"勒笑曰：'……脱遇光武，当并驱于中原，未知鹿死谁手。'"见《晋书·石勒载记》。 ⑪嗾獒：（提弥明）遂扶（赵盾）以下，公嗾夫獒焉，明搏而杀之。"见《左传·宣公二年》。 ⑫放麑：言行中辨识人的品质。孟孙打猎得到小鹿，让秦西巴拿回去。母鹿跟在后面哀啼，秦西巴不忍心，就把小鹿放还给母鹿。孟孙回来，大怒，便把秦西巴赶走了。过了三个月，把秦西巴召回，让他当儿子的老师，说："夫不忍麑，又且忍吾子乎！"见《韩非子·说林》。 ⑬二虫：即二鹿。古代以"虫"泛指一切动物。 ⑭樗翁：没有用的老头。作者亦别号樗翁。

沁园春

剥啄谁欤[①]，户外一宾，布衣麻鞋。有舌端雄辨，机锋破的[2],袖中行卷[3],锦绣成堆。阍启上宾,侬观诸老,个主人公喜挽推[4]。怎奈向,今十分衰飒,非昔形骸[5]。 阍言宾怒如雷,因底事朱门晏未开[6]。假使汝主公,做他将相,懒迎揖客,紧闭翘材[7]。病叟惭惶,尊官宁耐[8],待铁拐先生旋出来。宾性急,怀生毛名纸[9],兴尽而回。

[注释]

①剥啄:敲门声。"岂有白衣来剥啄,亦从乌帽自攲斜。"见唐高适《重阳》。 ②破的(dì):言论中肯。"长史(王濛)曰:'韶音令辞不如我,往辄破的胜我。'"见《世说新语·品藻》。 ③行卷:唐代到京城应举的人,把自己所作的诗文写成卷轴,投献给朝中的达官贵人,希望得到赏识,叫做行卷。"唐人举进士,必有行卷,为缄轴,录其所著文,以献主司。"见宋程大昌《演繁露·唐人行卷》。 ④挽推:即"推挽"。前拉叫挽,后送叫推。比喻扶植推荐后进。"(子厚)既退,又无相知有气力得位者推挽,故卒死于穷裔。"见唐韩愈《柳子厚墓志铭》。 ⑤形骸:人的躯壳、形体。"今子与我游于形骸之内,而子索我于形骸之内,不亦过乎?"见《庄子·德充符》。 ⑥底事:什么事,为什么。 朱门:古代王侯贵族家的大门漆成红色,表示尊贵。 晏:迟,晚。"冉子退朝,子曰:'何晏也?'"见《论语·子路》。 ⑦翘材:高才。汉公孙弘为宰相,设翘材馆,以罗致天下人才。见《西京杂记》。 ⑧宁耐:忍耐。 ⑨生毛名纸:名片纸已磨出毛,上边的字漫灭不可读。《唐摭言》卷十,刘鲁风为典谒者所阻,因赋诗云:"无钱乞与韩知客,名纸毛生不为通。"

沁园春

寄竹溪

老子衰颓,晚与亲朋,约法三章[1]。有谈除目者[2],勒回车马,谈时事者,麾出门墙[3]。已挂衣冠[4],怕言轩冕[5],犯令先当举罚觞[6]。书尺里,但平安二字,多少深长。 溪翁苦未相忘,我今有双鱼烦寄将[7]。道荒芜羞对,宫中莲烛，昏花难映，阁上藜光。闻庙瑟音，识关雎乱[8]，诗学专门尽不妨。百年后，尚庶几申白[9]，不数韦康[10]。

[注释]

①约法三章：订立简明条款，大家共同遵守。“吾与诸侯约，行在关者王之，吾当王关中。约，法三章耳：杀人者死，伤人及盗抵罪。”见《史记·高祖本纪》。　②除目：任免名单。“一日看除目，终年损道心。”见唐姚合《武功县中作》。　③门墙：原指师门，此处只是指家门。　④挂衣冠：辞去官职，也作“挂冠”。王莽杀了儿子王宇。逄萌说：“三纲绝矣！不去，祸将及人。”就解下官帽挂在东都城门，回去带着家眷走了。见《后汉书·逄萌传》。　⑤轩冕：指代官位爵禄。　轩：轩车，古代大夫（高级官员）以上乘坐的豪华车子。　冕：大夫以上官员所戴的礼帽。　⑥令：酒令。　罚觞：罚酒。　觞：酒杯。　⑦双鱼：书信。“五马何时到，双鱼会早传。”见杜甫《送梓州李使君之任》。　⑧关雎：《诗经》的第一篇。“《关雎》之乱，洋洋乎盈耳哉。”见《论语·泰伯》。　乱：音乐的结尾。　⑨申白：鲁人申公、白生，受诗于浮丘伯，申公汉文帝时为文学博士，传诗号鲁诗。　⑩韦：韦贤，及其子玄成，鲁国邹人，治鲁诗，并传其子。　康：匡衡（宋避赵匡胤讳改），淹贯六经，尤善说诗。

沁园春

梦中作梅词

天造梅花，有许孤高[1]，有许芬芳。似湘娥凝望[2]，敛君山黛[3]，明妃远嫁[4]，作汉宫妆。冷艳谁知，素标难亵[5]，又似夷齐饿首阳[6]。幽雅意，纵写之缣楮[7]，未得毫芒[8]。

曾经诸老平章[9]，只一个孤山说影香[10]。便诏书存问，漫招处士[11]，节旄落尽，早屈中郎[12]。日暮天寒，山空月堕，茅舍清于白玉堂[13]。宁淡杀，不敢凭羌笛[14]，告诉凄凉。

[注释]

①孤高:情志高洁,不随波逐流。 ②湘娥:指舜的妃子娥皇和女英。 ③君山:在湖南洞庭湖中,也叫湘山。是湘君所游的地方。见郦道元《水经注》。 ④明妃:即王昭君,汉元帝宫人,为国和番,远嫁匈奴呼韩邪单于。因避晋文帝司马昭的名讳,故把“昭”字改为“明”,后世称之为明妃。 ⑤亵:亵渎,轻慢,不尊敬。 ⑥夷齐饿首阳:伯夷、叔齐是商代孤竹君的两个儿子,相传周武王伐商,夷、齐拦马劝谏。周灭商,两人耻食周粟,隐于首阳山,采薇而食,最后饿死。见《孟子·万章下》。 ⑦缣:双丝织的略带黄色的细绢。 楮:纸。 ⑧毫芒:毛的尖端,形容非常细微。“宋人有为其君以象(牙)为楮叶者,三年而成,丰杀茎柯,毫芒繁泽,乱之楮叶之中,而不可别也。”见《韩非子·喻老》。 ⑨平章:评论。 ⑩孤山说影香:林逋写有咏梅花诗,其中有两句“疏影横斜水清浅,暗香浮动月黄昏”最著名。 ⑪处士:指林逋。 ⑫“节旄”两句:苏武,汉武帝时以中郎将出使匈奴,匈奴单于胁迫他投降,苏武不屈服,就被扣留放逐于北海(今俄罗斯贝加尔湖),让他放牧公羊,要等公羊产子以后释放他。苏武持汉节,牧羊十九年,“节旄尽落”。见《汉书·苏武传》。 ⑬白玉堂:泛指富贵之家。“黄金为君门,白玉为君堂。”见《古诗·相逢行》。 ⑭羌笛:乐器,出古羌族。“羌笛何须怨杨柳,春风不度玉门关。”见唐王之涣《凉州词》。

沁园春

和林卿韵①

畴昔遭逢,薰殿之琴②,清庙之璋③。谢锦袍打扮,佯狂太白④,黄冠结裹,老大知章⑤。种杏仙人⑥,看桃君子⑦,得似篱边嗅晚香。从人笑,笑安车迎晚⑧,只履归忙⑨。 后身定作班扬⑩,彼撼树蚍蜉不自量⑪。偶有时戏笔,官奴藏去⑫,有时醉坠,宗武扶将⑬。永别鹓鸾,已盟猿鹤,肯学周颙出草堂⑭。从人笑,我韩公齿豁⑮,张镐眉苍⑯。

[注释]

①林卿：即林希逸，作者的友人。 ②薰殿之琴："昔者舜作五弦之琴，以歌《南风》。"见《礼记正义·乐记》。 薰殿：唐有南薰殿，泛指宫殿。 ③清庙：《诗经·周颂》篇名。其词有"于穆清庙，肃雍显相。济济多士，秉文之德。" 璋：玉器名。古代在朝聘、丧葬、祭祀等活动中使用。④佯狂：假装疯颠。 太白：即唐代大诗人李白。 ⑤"黄冠"两句：贺知章，中进士后，官正银青光禄大夫兼正授秘书监。唐玄宗天宝初，要求为黄冠道士。 老大：年老。贺知章《回乡偶书》："少小离家老大回，乡音无改鬓毛衰。儿童相见不相识，笑问客从何处来？" ⑥种杏仙人：董奉为人治病，不取钱，重病愈者便栽杏五株，轻者一株。数年得十馀万株，杏成熟，以杏易谷，赈救贫乏。……奉在人间三百馀年乃去。"见晋葛洪《神仙传·董奉》。 ⑦看桃君子：指唐刘禹锡有《戏赠看花诸君子》诗。⑧安车：古代以蒲轮迎接耆老之车。此用汉武帝安车驷马以迎申公之典。 ⑨只履：用达摩手持只履往西天去的故事。 ⑩班扬：汉代文学家班固和扬雄。 ⑪撼树蚍蜉：摇动树木的大蚂蚁。"蚍蜉撼大树，可笑不自量。"见唐韩愈《调张籍》。 ⑫官奴：王献之小字，此指《官奴帖》，王的名笔。 ⑬宗武：杜甫的次子。 ⑭周颙出草堂：周颙，字彦伦，南朝齐安成人，在钟山建筑隐居草堂。此处是用孔稚珪《北山移文》嘲讽周颙隐居而又出来做官的典故。 ⑮韩公齿豁：韩愈的牙齿掉了。 ⑯张镐：字从周，唐代博州人。肃宗时拜同平章事，被宦官毁谤而罢相。杜甫《洗兵马》："张公一生江海客，身长九尺须苍。"

沁园春

再　和

惭愧清朝，罢贡包茅①，住发牙璋②。便羊裘归去，难留严子③，牛衣病卧，肯泣王章④。畴昔忧天⑤，如今怀土⑥，田舍鸡肥社酒香。甘雨足，且免扶锄苦⑦，免踏车忙⑧。　先生少拟荀扬⑨，晚自觉才衰可斗量。甚都无白凤⑩，飞来玄草⑪，亦无紫气⑫，下烛干将⑬。待得新亭⑭，倒持手版⑮，何似抽还政事堂⑯。荣与辱，算到头由我，不属苍苍[17]。

[注释]

①贡包茅:茅,古代祭祀时用来过滤酒的菁茅,因裹束后放在柙中,故称包茅。“尔贡包茅不入,王祭不共,无以缩酒。”见《左传·僖公四年》。②牙璋:发兵的牙符信,头部像刀,两旁没有刃,旁出有牙,故称牙璋。“牙璋以起军旅,以治兵守。”见《周礼·春官·典瑞》。 ③“羊裘”两句:严光,字子陵,后汉馀姚人。本姓庄,因避汉明帝名讳,改姓严。年轻时和刘秀同游学。等到刘秀当皇帝,他改变姓名,隐身不见。光武帝派人寻找。齐国上书,言有一男子,披羊裘钓泽中,于是遣使聘得之,除谏议大夫,不就,耕于富春山。后人名其钓处为“严陵濑”。见《后汉书·逸民传》。④“牛衣”两句:王章,字仲卿,汉巨平人。“章疾病,无被,卧牛衣中,与妻决,涕泣,妻正言曰:‘京师尊重,谁逾仲卿?今值病厄,不自激昂,反涕泣,何鄙也!’……及为京兆,欲上封事,妻又止之,曰:‘人当知足,独不念牛衣中涕泣时耶!’”见《汉书·王章传》。 牛衣:用麻或稻草编织的披盖在牛身上以御寒的东西,又叫牛被。 ⑤畴昔:从前。 忧天:即杞人忧天。指不必要的忧虑。“杞国有人,忧天地崩坠,身亡所寄废寝食者。”见《列子·天瑞》。 ⑥怀土:本意为安于所处,后引申为怀念故乡。 ⑦扶钽:拿着锄头锄草。钽,同“锄”。 ⑧踏车:踏水车汲水。 ⑨荀扬:荀子和扬雄。 ⑩白凤:仙鸟名。“帝既耽于灵怪,常得丹豹之髓,白凤之膏。”见汉郭宪《洞冥记》。 ⑪玄草:《太玄经》的草稿。《西京杂记》:扬雄著《太玄》,梦吐凤凰,集《玄》之上。 ⑫紫气:宝物出现的先兆。“吴之未灭也,斗牛之间常有紫气。”见《晋书·张华传》。 ⑬干将:古代宝剑名。相传春秋时吴国人干将和妻子莫邪善于铸剑,曾铸有二剑,锋利无比,一把叫干将,一把叫莫邪,献给吴王阖闾。见《吴越春秋·阖闾内传》。 ⑭新亭:建筑物名,即劳劳亭,故址在今江苏江宁南。东晋时,南渡的士大夫每到春秋佳日,多在此聚会宴饮。见《世说新语·语言》。 ⑮倒持手版:“(桓温)呼(谢)安及(王)坦之,欲于坐杀之……王入失措,倒执手版,汗流沾衣。”见宋明帝《文章志》。 ⑯政事堂:唐宋时宰相办公的地方,又称都堂。 ⑰苍苍:天。“泣血仰天兮诉苍苍,生我兮独罹此殃。”见汉蔡琰《胡笳十八拍》。

沁园春

三　和

吉梦维何，男子之祥，载弄之璋[1]。嗟我辰安在[2]，斯文后死，力侔元气，手抉天章[3]。学稼田荒，炼丹灶坏，稽首南华一瓣香[4]。休休也，免王良友笑，屑往来忙。浮名斗挹箕扬[5]，世岂有明珠百斛量。叹种来瑶草[6]，年深未熟，挑成锦字[7]，道远难将。迁转不行，形容尽变，盍改称呼号瞎堂[8]。遗弓远[9]，怆帝乡云白[10]，禹会山苍[11]。

[注释]

①弄璋：生儿子。璋是圭璋，玉器，是祝孩子将来也做王侯拿着圭璧，有出息。"乃生男子，载寝之床，载衣之裳，载弄之璋。"见《诗经·小雅·斯干》。　②辰：时刻，时运。　③天章：皇帝的手迹。"御纸风飞，天章海溢。"见南朝陈徐陵《丹阳上庸路碑》。　④南华：《南华经》，即《庄子》。"灯下南华卷，祛愁当酒杯。"见唐贾岛《病起》。　⑤斗挹箕扬：空有名声，不能实用。"维南有箕，不可以簸扬；维北有斗，不可以挹酒浆。"见《诗经·小雅·大东》。　斗：北斗星。　箕：南斗星。　⑥瑶草：仙草，泛指珍异之草。"不可使尘网名缰拘锁……相期拾瑶草，吞日月之光华，共轻举耳。"见汉东方朔《与友人书》。　⑦锦字：指苏蕙的织锦回文。"（前秦）窦滔为秦州刺史，被徙流沙，其妻苏氏思之，织锦为回文旋图诗以赠滔。"见《晋书·列女列传》。　⑧盍："何不"两字的合音。即"为什么不"。　瞎堂：作者自注，"瞎堂远，僧中尊宿也。"　⑨遗弓：去世，死亡。相传黄帝在荆山下铸鼎成，有龙下迎，黄帝乘龙升天，群臣后宫从上者七十多人。其余小臣不能上龙身，就抓住龙髯，而龙髯拔脱，并堕黄帝之弓，百姓就抱弓和龙髯而哭号。见《史记·封禅书》。　⑩帝乡：神话中天帝居住的地方。"乘彼白云，至于帝乡。"见《庄子·天地》。陶潜《归去来兮辞》："富贵非吾愿，帝乡不可期。"　⑪禹会：禹会村，一名"禹墟"，在今安徽怀远县东南，相传为夏禹会诸侯的遗迹。

沁园春

四　和

余少之时,赋如仲宣[①],檄如孔璋[②]。也曾观万舞[③],铺陈商颂[④],曾闻九奏[⑤],制作尧章[⑥]。抖擞空囊,存留谏笏,犹带虚皇案畔香[⑦]。今归矣,省听鸡骑马[⑧],趁早朝忙。

榻前密启明扬[⑨],宰物者方持玉尺量[⑩]。元未尝弃汝,自云耄及[⑪],无宁寿我[⑫],或者天将[⑬]。富有图书,贫无钗泽,不似安昌列后堂[⑭]。新腔好,任伊川看见[⑮],非亵穹苍[⑯]。

[注释]

①仲宣:王粲,字仲宣,三国魏山阳高平人,是建安七子中最著名的一位。擅长辞赋,最有名的是《登楼赋》。　②孔璋:陈琳,字孔璋,后汉广陵射阳人。曾为曹操记室,草檄成,操方头风,见其檄文曰:"是愈我疾。"　③万舞:用于宗庙的舞蹈。"简兮简兮,方将万舞。"《诗经·邶风·简兮》。　④商颂:《诗经》三颂(周颂、鲁颂、商颂)之一。　⑤九奏:即九成。"箫韶九成,凤凰来仪。"见《尚书·益稷》。郑玄疏:"成,犹终也。每曲一终,必变更奏。故《经》言九成,《传》言九奏。"　⑥尧章:指《尚书·尧典》,泛指太平盛世的典章。　⑦虚皇:道教中的太虚之神。　⑧听鸡:听朝鸡,听到鸡叫赶紧上朝。　⑨明扬:选拔,举用。　⑩宰物者:主宰事物,引申为治理百姓的人。　玉尺:玉制的尺。"仙人持玉尺,度君多少才。玉尺不可尽,君才无时休。"见李白《上清宝鼎》。　⑪耄及:老年已到。　耄:八十、九十曰耄,泛指老年。　⑫无宁:不如。　⑬天将:注者按,李泰伯云:"天将寿我欤。"　李泰伯即李觏。　⑭安昌:汉张禹封安昌侯,性习音律,内奢淫,身居大第,后堂理丝竹管弦。见《汉书·张禹传》。⑮伊川:程颐,字正叔,世称伊川先生,洛阳人。为宋代的著名理学家。⑯穹苍:天,上帝。

沁园春

五和。韵狭不可复和，偶读《孔明传》，戏成

昔卧龙公，北走曹瞒，西克刘璋。看沙头八阵[①]，百神呵护，渭滨一表，三代文章。绝笑渠侬，平生奸伪，死未忘情履与香[②]。筹笔处[③]，遣子丹引去[④]，仲达奔忙[⑤]。
纷纷跋扈飞扬，这老子高深未易量。但纶巾指授[⑥]，关河震动，灵旗征讨，夷汉宾将[⑦]。到得市朝，变为陵谷，千载烝尝丞相堂[⑧]。锦城外[⑨]，有啭鹂音好，古柏皮苍[⑩]。

[注释]

①沙头八阵：即诸葛亮在鱼腹浦摆的八阵图。 ②“死未”句：陆机《吊魏武帝文》序引魏武《遗令》，“馀香可分与诸夫人。诸舍中无所为，学作履组卖也。” ③筹笔：筹笔驿，古驿站名，在今四川广元北，亦称朝天驿。相传诸葛亮出师运筹于此。 ④子丹：曹真的表字。 ⑤仲达：即司马懿。 ⑥纶（guān）巾：古时用青丝带编的头巾，又叫诸葛巾，相传是诸葛亮所制。“羽扇纶巾，谈笑间，强虏灰飞烟灭。”见苏轼《念奴娇·赤壁怀古》。 ⑦“灵旗”两句：“招摇灵旗，九夷宾将。”见《汉郊祀志》。宾将：归顺。 ⑧烝尝：古代冬祭叫烝，秋祭叫尝。泛指祭祀。 丞相堂：即在今四川成都的武侯祠。 ⑨锦城：成都市的别称。 ⑩古柏皮苍：写古柏的形态。“霜皮溜雨四十围，黛色参天二千尺。”见杜甫《古柏行》。

沁园春

六　和

少工艺文，朱丝练弦，黄流在璋[①]，值虞廷戛击[②]，箫韶之乐[③]，周王寿考[④]，追琢其章[⑤]。汾水雁飞，鼎湖龙远[⑥]，魂返今无异域香[⑦]。浮生短，更两轮屋角，来去荒忙。
人言八十鹰扬[⑧]，笑千岁如何尺捶量[⑨]。但负图龟马[⑩]，藏

之为宝，舐丹鸡犬[11]，去不能将。友鲁申公，师浮丘伯，尚可教书村学堂[12]。投老泪，瞻越山紫翠，陵树青苍。

[注释]

①黄流：黄色的酒。古代酿秬黍为酒，以郁金草为色，故名黄流，祭祀时用以灌地。一说指古代玉瓒上的黄金勺鼻。此处据中华书局本《全宋词》注：古注云："璋，瓒也。"应该是后者。"瑟披玉瓒，黄流在中。"见《诗经·大雅·旱麓》。 ②戛击：敲打。"戛击鸣球，搏拊琴瑟以咏。"见《尚书·益稷》。 ③箫韶：虞舜时的乐曲名。 ④周王寿考：周文王长寿。 ⑤追琢其章："追琢其章，金玉其相。"见《诗经·大雅·棫朴》。 追琢：雕琢。 ⑥鼎湖龙远：用黄帝荆山铸鼎乘龙升天之典。 ⑦魂返：返魂香。汉武帝时，西域月氏国贡返魂香三枚。焚此香，病者闻之即起，死未三日者，熏之即活。见《海内十洲记》。 ⑧八十鹰扬：言姜子牙在年老时还大展雄才。"维师尚父，时维鹰扬。"见《诗经·大雅·大明》。 ⑨尺捶：一尺长的木棍。此句用《庄子·天下》"一尺之捶，日取其半，万世不竭"之意。 ⑩负图龟马：传说上古有龙马从黄河负图而出，就是河图；乌龟从洛水负书而出，就是洛书。 ⑪舐丹鸡犬：相传淮南王刘安学道……得道后举家升天。仙药有馀，鸡犬食之，随之升天。 ⑫"友鲁申公"三句：申公，名培，汉代鲁人，少时与刘郢同师齐人浮丘伯受《诗》。后刘郢为楚王，令申公为其太子戊当老师。戊不好学，对申公施徒刑，申公感到耻辱而归鲁，在家教《诗》。见《史记·儒林列传》。

沁园春

七　和

安得奇材，颈系单于[1]，首提子璋[2]。便做些功业，胜穷措大[3]，聚萤武子[4]，吞凤君章[5]。笑杀竖儒[6]，错翻故纸[7]，屈马何曾有艳香[8]。榆塞外[9]，恰枣红时候，想羽书忙[10]。　腰钱骑鹤维扬[11]，分表事谁能预测量[12]。叹防身一剑，壮图濩落[13]，建侯万里，老境相将。读枕函书[14]，宝家藏笏，免使他人笑弗堂⑮。吾衰矣，虽尚存右臂，不解擎苍⑯。

[注释]

①颈系单于：即“系单于颈”。 单于：汉时匈奴的皇帝。 ②首提子璋：即“提子璋首”。子璋：唐梓州刺史段子璋，反，为花敬定所平。杜甫戏作《花卿歌》：“子璋髑髅血模糊，手提掷还崔大夫。” ③穷措大：对贫穷的读书人的篾称。 ④聚萤武子：车胤，字武子，晋代南平人。少时好学，家贫不常有灯油，夏天，把萤装在袋子里，借萤光照着读书。见《晋书·车胤传》。 ⑤吞凤君章：罗含，字君章。晋代耒阳人，桓温极重其才，以为江左之秀。传说罗尝梦一文采异常的鸟飞入口中，自后藻思日进。 ⑥竖儒：对读书人的鄙称，说他贱得像童仆。“汉王辍食吐哺，骂曰：‘竖儒，几败而公事！’”见《史记·留侯世家》。 ⑦故纸：旧纸。借指古旧书籍和文件。 ⑧屈马：屈原和司马相如。此句反用杜牧《冬至日寄小侄阿宜》“高摘屈宋艳，浓熏班马香”句意。 ⑨榆塞：边塞名，一名榆溪塞，秦蒙恬在此“累石为城，树榆为塞”。见《汉书·韩安国传》。后来泛指边关。 ⑩羽书：军中的文书，插上羽毛表示紧急，近乎现代的鸡毛信。 ⑪“腰钱”句：从前有几个人聚在一起，大家说自己的愿望。有人说要做扬州刺史，有人说希望多钱财，有人说愿意骑鹤成仙。其中一个人说他要“腰缠十万贯，骑鹤上扬州”，欲三者兼得。见南朝梁殷芸《小说》。维扬：扬州的别称。 ⑫分表：分兵屯戍，画境而守。“今日之事，殆非时贤所及，经营分表，疲民以逞。”见《资治通鉴·晋穆帝永和五年》。 ⑬濩落：空廓无用，无聊失意。“濩落人皆笑，幽独岁逾赊。”见唐韦应物《郡斋赠王卿》。 ⑭枕函书：放置在枕匣里的书籍，指珍本书籍。 ⑮弗堂：不肯为之堂基。见《尚书·大诰》。 ⑯“虽尚存”两句：“左牵黄，右擎苍。”见苏东坡词《江城子》。

沁园春

八和。景定壬戌①，经筵读《唐鉴》彻章②，余忝劝诵，蒙恩赐赉内墨二笏。后四年，发箧见之有感帝赐玄圭③,臣妾潘衡④,奴隶侯璋⑤。因封还除目⑥,见瞋鬼质⑦,窜涂贽卷⑧,取怨奇章⑨。肯比寒儒,自夸秘宝,十袭庭邽寸许香⑩。下岩石,要朝朝磨试,不论闲忙。

何须狗监揄扬⑪,这衡尺曾经圣手量。纵埋之地下,居然光怪⑫,栖之梁上,亦恐偷将⑬。蓬户无人,花村有犬,添几重茅覆野堂。交游少,约文房四友⑭,泛浩摩苍⑮。

[注释]

①景定壬戌:南宋理宗景定三年(1262)。 ②经筵:古代帝王为研读经史而特设的御前讲席。 唐鉴:书名,宋代范祖禹撰。原本十二卷,吕祖谦加注,重分为二十四卷。 ③玄圭:黑色的玉圭,是古代帝王在举行典礼时所用的玉器。“禹锡玄圭,告厥成功。”见《尚书·禹贡》。 ④臣妾潘衡:把潘衡当做臣妾。 潘衡:“宣和初有潘衡者,卖墨江西,自言尝为子瞻造墨海上,故人争趋之。”见《佩文韵府》引《避暑录话》。 ⑤奴隶侯璋:把侯璋当作奴隶。 侯璋:理宗朝禁中寿筵吹笙艺人。见《武林旧事》卷一。 ⑥除目:任免名单。“一日看除目,终年损道心。”见唐姚合《武功县中作》。 ⑦瞋:发怒时睁大着眼睛。 鬼质:形貌丑陋粗野。此指贞元年间人卢杞,“体陋甚,鬼貌蓝色”。唐贞元元年诏拜饶州刺史,袁高不肯草诏。 ⑧贽卷:即“行卷”,投送给当朝显贵的诗文。 ⑨奇章:奇章子,唐牛僧孺封爵。牛赴举时曾投贽卷于刘禹锡,刘对客涂改其文。后牛之位在禹锡之上,遂作诗嘲之。 ⑩十袭:层层包裹了十重,郑重保藏的意思。 庭邽:即李庭珪,南唐知名墨工,做的墨相当有名。 ⑪狗监揄扬:司马相如经过狗监杨得意的推荐而受汉武帝召。“蜀人杨得意为狗监。侍上,上读《子虚赋》而善之,曰:‘朕独不得与此人同时哉!’得意曰:‘臣邑人司马相如自言为此赋。’”见《史记·司马相如列传》。 狗监:汉代掌管皇帝猎狗的官。 揄扬:宣扬,介绍。 ⑫光怪:光象怪异,后作“光怪陆离”,表示事情的新异离奇。 ⑬偷将:偷去。 ⑭文房四友:指“纸、墨、笔、砚”四物。也作“文房四士”。 ⑮泛浩摩苍:“李杜泛浩浩,韩柳摩苍苍。”见杜牧《冬至日寄小侄阿宜》诗。

沁园春

九　和

历事三朝，觐而执圭[①]，祭而祼璋[②]。更宫莲引入[③]，视淮南草[④]，御屏录了，露会稽章[⑤]。贪膜外荣[⑥]，遗身后臭[⑦]，晔也平生漫传香[⑧]。颜鬓改，独丹基无恙[⑨]，事在休忙。　　曹丘生莫游扬[⑩]，这瞎汉还曾自配量。已化为蝴蝶[⑪]，穿花栩栩，懒陪鹓鹭[⑫]，佩玉锵锵。机蹉面前[⑬]，钟闻饭后[⑭]，我上堂时众下堂。从前错，欲区区手援，天下黔苍[⑮]。

[注释]

①觐而执圭：执圭是一种爵位名。春秋时诸国把圭赐给功臣，以便让他们执圭来朝见。　觐：朝见皇帝。　②祼璋：即"祼圭"，古代的一种酒器，帝王用它来盛酒祭祀祖先或赐宾客饮酒。　③宫莲：宫灯。　④淮南草：因淮南王好文艺，武帝为报书，"常召司马相如等视草同乃遣"。　⑤会稽章：疑指王羲之《兰亭集序》　⑥膜外荣：本魏了翁《次韵苏味父自郫见寄》"况彼膜外荣，皇皇复滋滋"。　膜外：度外。　⑦遗身后臭：东晋大司马桓温云"大丈夫不能留芳百世，亦当遗臭万年"。　⑧晔也平生漫传香：范晔著有《和香方》，自谓"悉以比类朝士"。　⑨丹基：道家谓生命根本。　⑩曹丘生：汉代楚人，辩士。起初，季布很讨厌他，他就去见季布，说："楚人谚曰'得黄金百斤，不如得季布一诺'，足下何以得此声于梁楚间哉？且仆楚人，足下亦楚人也。仆游扬足下之名于天下，顾不重邪？何足下拒仆之深也！"见《史记·季布乐布列传》。　⑪化为蝴蝶：庄周梦化为蝴蝶。见《庄子·齐物论》。　⑫鹓鹭：群鸟飞时有序，以比喻朝官的班行也有秩序，借指做官。　⑬机蹉：机缘失误。　⑭钟闻饭后：寺庙里和尚打钟吃饭。唐代王播在贫困时，寄住在扬州惠昭寺的木兰院，随僧斋餐。和尚戏弄他，在饭后敲钟。王播到，饭已吃罢，王播很愧恨，题下两句诗："上堂已了各东西，惭愧阇梨饭后钟。"后来王播做了大官，为淮南节度使，重游旧地，见早先题的诗句，已用碧纱遮笼在上面，他又续上两句："二十

年来尘扑面,而今始得碧纱笼。”见五代王定保《唐摭言·起自苦寒》。⑮黔苍:黔首和苍生,即老百姓。

沁园春

十和。林卿得女

莫信人言,虺不如熊,瓦不如璋①。为孟坚补史,班昭才学②,中郎传业,蔡琰词章③。尽洗铅华④,亦无璎珞⑤,犹带旃檀国里香⑥。笑贫女,尚寒机轧轧,催嫁衣忙⑦。

好逑不数潘杨⑧,占梦者曾言大秤量⑨。待银河浪静,金针穿了⑩,蓝桥路近,玉杵携将⑪。倩似凝之⑫,媲如道韫⑬,帘卷燕飞王谢堂⑭。恁时节,看孙皆朱紫⑮,翁未皤苍⑯。

[注释]

①虺不如熊,瓦不如璋:生女孩子不如生男孩子。“大人占之,维熊维罴,男子之祥。维虺维蛇,女子之祥。乃生男子,载寝之床,载衣之裳,载弄之璋。……乃生女子,载寝之地,载衣之裼,载弄之瓦。”见《诗经·小雅·斯干》。 ②“孟坚”二句:后汉班固,字孟坚,父班彪撰《汉书》,未成而卒,由班固续撰,尚馀“八表”及《天文志》未成而卒,由其妹班昭续成之。见《后汉书·班固、班昭传》。 ③“中郎”两句:蔡邕,东汉大文学家。汉灵帝时官拜中郎,后世称之为蔡中郎。女儿蔡琰,字文姬,博学能文,善音律,作有《悲愤诗》,相传《胡笳十八拍》也是她作的。见《后汉书·蔡邕传、董祀妻传》。 ④铅华:古代妇女的化妆品,擦脸的白粉。⑤璎珞:珠玉串起来的项链之类的妇女饰物。 ⑥旃檀国:产旃檀的国家。 旃檀:香木,即檀香。 ⑦“笑贫女”三句:“苦恨年年压金线,为他人作嫁衣裳。”见唐秦韬玉《贫女》。 ⑧好逑:幸福的配偶。“窈窕淑女,君子好逑。”见《诗经·周南·关雎》。 潘杨:潘岳和妻子杨氏的侄子杨绥(仲武),后来用以表示姻亲关系。 ⑨大秤量:上官婉儿之母怀婉儿时,梦人送给她一杆大秤,占梦者谓其当秉国权衡,后果如所言。见《旧唐

书·后妃传》。　⑩金针：唐郑代的女儿采娘，七夕夜设香筵向织女祈祷，希望乞巧，于是用寸馀长的金针，缀于纸上，置裙带中。见唐冯翊《桂苑丛谈·史遗》。　⑪“蓝桥”两句：秀才裴航下第，路经蓝桥，很口渴，有个云英姑娘给他水浆喝。云英很美，裴航想要娶为妻子，因遍访得玉杵臼作为聘礼。见《太平广记·裴航》。　⑫凝之：王凝之，晋代大书法家王羲之的儿子。　倩：女婿。　⑬道韫：谢道韫，谢安的从女，王凝之的妻子，有名的才女。　⑭燕飞王谢堂：燕子是从王谢堂那里飞来的，意思是说所生的女孩子的资质优秀，和王谢家的才女一样。“旧时王谢堂前燕，飞入寻常百姓家。”见唐刘禹锡《乌衣巷》。　⑮朱紫：朱衣紫绶，古代高级官员的服色。“若乃群公百辟，卿士常伯，被朱佩紫，耀金带白。”见《晋书·夏侯湛传》。　⑯皤苍：鬓白，年老。

汉宫春

秘书弟家赏红梅

青女初晴[①]，向丑梢枯干，幻出妍姿。休烦苑吏剪彩，别有神司。东皇太乙[②]，敕瑶姬、淡傅胭脂[③]。还似得、华清汤暖[④]，薄绡半卸冰肌。　应笑楚宫痴绝[⑤]，略施朱则个[⑥]，便妒蛾眉。唐人更无籍在[⑦]，浪比红儿[⑧]。祥云难聚，且丁宁、铁笛轻吹。拚醉倒，花间一霎，莫教绛雪离披[⑨]。

[注释]

①青女：神话中的霜雪之神。“至秋三月……青女乃出，以降霜雪。”见《淮南子·天文训》。　②东皇太乙：东方青帝，为春之神。《楚辞·九歌》第一篇。　③瑶姬：也作姚姬，女神名。　傅：搽，擦。　④华清汤暖：华清池，在今陕西临潼骊山下，为唐代华清宫中的温泉。“春寒赐浴华清池，温泉水滑洗凝脂。”见白居易《长恨歌》。　⑤楚宫痴绝：据说楚灵王喜欢女子细腰，宫女们为了邀宠，都尽量节食，有饿死的。“楚灵王好细腰，而国中多饿人。”见《韩非子·二柄》。　⑥则个：语气词，略同“者”。即“略染红色”之意。　⑦籍在：宋时方言，犹顾藉、随便之意。　⑧比红儿：红儿，唐代鄜州李孝恭的歌伎。与罗虬相交往，后来被罗虬杀了。罗

虬在追悔之馀,作《比红儿》绝句百首,历数古来美人相比,都不如红儿。见五代王定保《唐摭言》。 ⑨绛雪:指红梅。 离披:散乱的样子。“白露既下降百草兮,奄离披此梧楸。”见宋玉《九辩》。

汉宫春

再和前韵

多谢句芒[①],露十分春信,一种仙姿。主人领客卜夜[②],也唤分司[③]。天葩国艳[④],几曾烦、薄粉浓脂。微似有、酒潮玉颊[⑤],更无粟起香肌[⑥]。 犹记老婆年少,爱斜簪宝髻,浅印红眉。回头笑他桃杏,太赤些儿[⑦]。而今零落,更禁当、多少风吹。君看取,梢头点滴,绝胜树下纷披[⑧]。

[注释]

①句(gōu)芒:相传为司木之官。 ②卜夜:连夜聚饮。“(陈敬仲)饮(齐)桓公酒,乐,公曰:‘以火继之。’(敬仲)辞曰:‘臣卜其昼,未卜其夜,不敢。’”见《左传·庄公二十二年》。 ③分司:官称,相当于现代的驻某地办事处。 ④天葩:天上的花朵。 ⑤酒潮玉颊:洁白如玉的脸蛋上起了像喝了酒一样的红晕。 ⑥粟起香肌:因寒冷而皮肤上起了鸡皮疙瘩。 ⑦太赤些儿:太红了一点。“东家之子……著粉则太白,施朱则太赤。”见宋玉《登徒子好色赋》。 ⑧纷披:散乱的样子。

汉宫春

三 和

酷爱名花,本不贪妖艳,惟赏幽姿。乌台旧案累汝[①],牵惹随司。冰层雪积,独伊家、点绛凝脂。应冷笑、海棠醉睡,牡丹未免丰肌。 舞殿歌台此际,各新涂妆额[②],

别画宫眉。那知有人淡泊，不识虫儿。春莺去也，玉参差、分付谁吹[3]。空传得，暗香疏影[4]，琐窗卷了还披。

［注释］

①乌台旧案：文字冤狱。宋神宗元丰二年（1079）权监察御史何正臣、权御史中丞李定等把苏轼写诗深文周纳，牵强附会，肆意曲解，指控他讪谤朝廷。如"时相因举轼《桧》诗云：'根到九泉无曲处，世间唯有蛰龙知。'陛下飞龙在天，轼以为不知己，而求地下之蛰龙，非不臣而何？"见《西林诗话》。　乌台：御史台。　②妆额：即额黄。六朝时妇女在额上涂黄色的流行妆，一直传到唐代。"寿阳公主嫁时妆，八子宫眉捧额黄。"见唐李商隐《蝶》。　③玉参差：镶宝玉的排箫，一说是玉笙。"月前秋听玉参差。"见唐杜牧《望少华》。　④暗香疏影：用林逋《山园小梅》"疏影横斜水清浅，暗香浮动月黄昏"诗意。

汉宫春

四　和

墙角残红，恍徐娘虽老，尚有丰姿[1]。纷纶绛节导从[2]，不要街司[3]。随波万点，似阿房、漂出残脂[4]。休懊恼、丹铅褪尽，本来冰雪为肌。　老子平生心铁，被色香牵动，愁上双眉。且祝东风小缓，沥酒芒儿。道伊解冻，甚潘郎、鬓雪难吹[5]。犹忆侍，钧天广宴，万红舞袖披披[6]。

［注释］

①"恍徐娘"两句：妇女年老而尚有风韵。"徐娘（指梁元帝萧绎的妃子徐氏）虽老，犹尚多情。"见《南史·后妃传》。　②绛节：使者所拿的红色符节。　③街司：掌管巡察街道的官吏，一作"街吏"。　④似阿房漂出残脂：像从阿房宫里流出的洗下来的胭脂花粉。"渭流涨腻，弃脂水也。"见唐杜牧《阿房宫赋》。　⑤潘郎鬓雪：潘岳中年鬓髮初白。　⑥"犹忆侍"三句：赵简子梦到天上，醒来对诸大夫说："我之帝所甚乐，与百神游于

钧天,广乐九奏万舞,不类三代之乐。”见《史记·扁鹊仓公列传》。

汉宫春

呈张别驾

京辇相逢[1],忆茂陵临御[2],俱诣天官。绛纱玉斧咫尺[3],先引头班。桃花满观[4],与贞元、朝士同看[5]。归骑晚,春城笳吹,冶游侵晓方还。　　回首龙髯何在[6],漫共谈前事,泪洒桥山[7]。谁怜白头柱史,独出函关[8]。君如春柳,到而今、也带苍颜。凭寄语,江州司马[9],琵瑟且止休弹[10]。

[注释]

①京辇:京城。　②茂陵:汉武帝的陵墓。在今陕西兴平东北。　③玉斧:神话云月中常有工匠用玉斧修凿,以称誉他人诗文技艺高超。“玉斧修成宝月圆。”见王安石《题扇》。　④桃花满观:刘禹锡《再游玄都观》诗引中说,玄都观有道士所植仙桃,满观灿如红霞。　⑤贞元:唐德宗李适年号。刘禹锡《听旧宫中乐人穆氏唱歌》:“休唱贞元供奉曲,当时朝士已无多”。　⑥龙髯:黄帝在荆山铸鼎成,有龙垂胡髯下迎黄帝,……小臣不得上,乃悉持龙髯……见《史记·封禅书》。　⑦桥山:山名,在今陕西黄陵西北,有沮水穿山而过,山呈桥形,故名。“黄帝崩,葬桥山。”见《史记·五帝本纪》。　⑧“谁怜白头”两句:白头柱史,即老子。曾为周室的柱下史,后骑青牛西出函谷关,不知所终。见《史记·老子韩非列传》。　⑨江州司马:“就中泣下谁最多?江州司马青衫湿。”见唐白居易《琵琶行》。　⑩琵瑟:“瑟”字于律当用平声字。疑为“琶”字之讹。

汉宫春

癸亥生日[1]

老子今年,忽七旬加七,饱阅炎凉。夜窗犹坐书案,点勘偏旁[②]。浮荣膜外[③]，这些儿、感谢苍苍[④]。试看取、名园甲第[⑤]，主人几个还乡。　淇澳磻溪二叟[⑥]，向王朝抑抑[⑦]，牧野洋洋[⑧]。申公被蒲轮算[⑨]，来议明堂[⑩]。平章前哲[⑪]，驾青牛、去底差强[⑫]。自隐括[⑬]，山歌送酒，不消假手长房[⑭]。

[注释]

①癸亥：宋理宗景定四年（1263）。　②点勘偏旁：校订书籍。　偏旁：汉字之两部分，左边叫偏，右边叫旁，现在已不分，统称偏旁。　③浮荣膜外：虚假的荣华富贵置之度外。　膜外：度外。“况彼膜外荣，皇皇复滋滋。”见魏了翁《次韵苏味父自郫见寄》。　④苍苍：指天。　⑤甲第：旧时贵族豪门的住宅。“赐列侯甲第，僮千人。”见《史记·孝武本纪》。　⑥淇澳：亦作“淇奥”，是《诗经·卫风》的篇名，其内容是“美武公之德也”。即以之借指卫武公。　磻溪：姜子牙曾在磻溪钓鱼，即以之借指姜子牙。⑦抑抑：谦恭谨慎的样子。“其未醉止，威仪抑抑。”见《诗经·小雅·宾之初筵》。　⑧洋洋：广远无边的样子。“牧野洋洋，檀车煌煌。”见《诗经·大雅·大明》。　⑨申公：申公，名培，汉代鲁人，少时与刘郢同师齐人浮丘伯受《诗》。后刘郢为楚王，令申公为其太子戊当老师。戊不好学，对申公施徒刑，申公感到耻辱而归鲁，在家教《诗》。见《史记·儒林列传》。　蒲轮：古时聘请贤士，用蒲草裹住车轮，以减轻车子的震动，表示礼敬。“遣使者安车蒲轮，束帛加璧，徵鲁申公。”见《汉书·武帝纪》。　⑩明堂：古代帝王宣明政教的地方。凡是祭祀、庆赏、养老、教学、选士等大典，都在这里举行。见汉蔡邕《明堂月令章句》。　⑪平章前哲：评论从前的贤人。　⑫驾青牛：指老子骑青牛出函谷关。　差强：差强人意，比较令人满意。“吴公差强人意，隐若一敌国矣！”见《后汉书·吴汉传》。　⑬隐括：原为矫正竹木弯曲的工具，后引申为对文章的修改。　⑭长房：疑是“君房”之误。文莹《湘山野录》：“祥符中……当制者词学不优，常以张君房代之。”

汉宫春

吴侍郎生日[1]

此老先生，尚不留东阁[2]，肯博西凉[3]。我侬争敢，来近思旷之旁。朱颜未改，绝胜如、蔡义张苍[4]。元自有、安丹灶地[5]，何须求白云乡[6]。 欲缀小词称寿[7]，□譬如河伯，观海盳洋[8]。遥知垂弧甲第，置酒华堂。且吟梁甫[9]，谁管他、冶子田强[10]。试问取，壶翁仙诀[11]，几时传与君房[12]。

[注释]

①吴侍郎：吴季永，曾以权工部侍郎参赞四川宣抚司军事。 ②东阁：汉代宰相招致、款待宾客的地方。“郎君官贵施行马，东阁无因再得窥。”见唐李商隐《九日》。 ③肯博西凉：肯谋取西凉太守之职？ 西凉：即凉州。 ④蔡义张苍：蔡义，西汉丞相。年八十馀，常两吏扶挟乃能行。见《汉书·蔡义传》。 张苍：汉文帝时为丞相。免相后，口中无齿，食乳。见《史记·张丞相列传》。 ⑤丹灶：道士炼丹的炉子。 ⑥白云乡：传说中仙人居住的地方。 ⑦称寿：祝寿。 ⑧“譬如”两句：“（河伯）顺流而东行，至于北海，东面而视，不见水端。于是焉河伯始旋其面目，望洋向若而叹。”见《庄子·秋水》。 盳（máng）洋：即“望洋”。 ⑨梁甫：《梁甫吟》，也作《梁父吟》，乐府楚调曲名。 ⑩冶子田强：古冶子和田开强，与公孙接三人同为齐景公的勇士，被晏婴用计，皆自杀。所谓“二桃杀三士”。见《晏子春秋》。 ⑪壶翁：即壶公，仙人名。费长房为市掾，市有老翁卖药，挂一壶于座，市罢，常跳进壶中。后来费长房从他学道，得到了符箓，就能役使鬼神。见《后汉书·方术传下费长房》。 ⑫君房：当为“长房”之误。

汉宫春

丞相生日乙丑[1]

吉语西来，已衮归行阙[2]，册拜头厅。唐家岂可[3]，一日轻去玄龄[4]。洛英蜀客[5]，老成人、几半朝廷。但管取、三边无警[6]，活他百万生灵。　槐第安排敕设[7]，有藕如船大，有枣如瓶。瑶环瑜珥绕席，个个宁馨[8]。一般奇特，中台星、拜老人星[9]。谁知得、眉攒万国，华筵少醉多醒。

［注释］

①乙丑：宋度宗咸淳元年（1265）。这年贾似道为相，"丞相"指贾。②衮：古代三公（高级官员）穿的礼服。　行阙：皇帝行宫前的阙门。　③唐家：唐朝。此处借指宋朝。　④玄龄：房玄龄。辅佐唐太宗征战，后作宰相。见《唐书·房玄龄传》。　⑤洛英：指洛阳耆英会。元丰年间的一个士大夫会。　⑥三边：古代以幽、并、凉三州为三边，后泛指边境。　警：警报，紧急情况。　⑦槐第：出《周礼·秋官·朝士》"面三槐三公位焉"。《宋史·王旦传》："（王）祐手植三槐于庭，曰：吾之后世必有为三公者，此其所以志也。"　⑧宁馨：这样，如此。晋代的吴方言。"何物老妪，生此宁馨儿！"见《晋书·王衍传》。　⑨老人星：即南极星。"今宵南极外，甘作老人星。"见杜甫《泊松滋江亭》。

汉宫春

陈尚书生日[1]

公似寒梅，向层冰积雪，越样清奇[2]。仙溪前辈相望[3]，可比方谁。百篇剀切[4]，似君谟、又似当时[5]。更正简，相君颛面[6]，崇清老子庞眉[7]。　未可卷怀袖手，续平泉庄记[8]，绿野堂诗[9]。苦言譬如食榄，回味方思[10]。嗣皇访落，怪鹤书、直恁来迟[11]。烦借问，二童一马，几时入尉瞻仪。

[注释]

①陈尚书：陈卓，字立道，绍熙元年进士，兴化军人。曾任签书枢密院事。 ②越：更加。 ③仙溪：源出德化流经兴化军之仙游县，故以之指代陈卓的家乡。 ④剀切：切实。“凡二百馀奏，无不剀切当帝心者。”见《新唐书·魏徵传》。 ⑤君谟：蔡襄字君谟，仙游人。是宋代的大书法家。官至端明殿学士。 ⑥颛面：古代君臣上朝时，都按照朝仪在廷中各奏一面。颛，同“专”。 ⑦庞眉：眉毛花白。形容人的老态。 ⑧平泉庄记：平泉庄，在洛阳，为唐李德裕别墅。李文饶有《平泉山居草木记》。 ⑨绿野堂：旧址在洛阳。裴度辞去宰相后，在午桥建别墅，种花木万株，中筑凉台暑馆，名曰绿野堂，和白居易、刘禹锡等作诗酒之会。 ⑩回味：吃东西后的馀味。“良久有回味，始觉甘如饴。”见宋王禹偁《橄榄》。 ⑪鹤书：一种书体，即鹤头书。古代征辟贤士的诏书用这种书体。 直恁：竟然这样。

汉宫春

题钟肇长短句[1]

谢病归来，便文殊相问[2]，懒下禅床。雀罗晨有剥啄[3]，颠倒衣裳[4]。袖中贽卷，原夫辈、安敢争强[5]。若不是、子期苗裔[6]，也应通谱元常[7]。 村叟鸡鸣籁动[8]，更休烦箫管[9]，自协宫商[10]。酒边唤回柳七[11]，压倒秦郎[12]。一觞一咏[13]，老尚书、闲杀何妨。烦问讯、雪洲健否[14]，别来莫有新腔。 （以上《彊村丛书》本《后村长短句》卷一）

[注释]

①《后村大全集》卷一百一十一《钟肇史论跋》：“余始见钟君乐章而异之，及见其史论一斑，作而曰：此非曲子中缚得住者，惜余已老，而君方少，

不得究其论而别。” ②文殊：菩萨名，是梵语“文殊师利”的简称。与普贤菩萨常侍于如来佛左右。 ③剥啄：敲门声。 ④颠倒衣裳：上下倒置，事物错了位置。“东方未明，颠倒衣裳。”见《诗经·齐风·东方未明》。 ⑤原夫：试帖程文之发语词。原夫辈，指咬文嚼字之迂腐文士。 ⑥子期：钟子期，春秋时楚国人，精于音律。 ⑦元常：钟繇，字元常，三国魏颍川人，官至太傅，是当时的大书法家。 ⑧籁：从空穴中发出的声音。“地籁则众窍是已，人籁则丝竹是已，敢问天籁。”见《庄子·齐物论》。 ⑨箫管：泛指乐器。 ⑩宫商：我国古代的音乐分七声：宫、商、角、徵、羽、变宫、变徵，以宫商泛指乐曲。 ⑪柳七：柳永，宋代著名词人，字耆卿，排行第七，故称柳七。 ⑫秦郎：指秦观。 ⑬一觞一咏：饮酒赋诗。“一觞一咏，亦足以畅叙幽情。”见晋王羲之《兰亭集序》。 ⑭雪洲：人名，黄孝迈之别号。

念奴娇

木　犀

绕篱寻菊，菊犹迟、舍北芙蓉浑未①。却是小山丛桂里，一夜天香飘坠。约束奴兵，丁宁稚子②，莫扫青苔砌。风高露冷，倚栏疑匪人世③。　客有载酒过余，朗吟招隐④，洗尽悲秋意⑤。白髪长官穷似虱，刚被天公调戏。遍地堆金，满空雨粟，不济渊明事。残英剩馥，明朝犹可同醉。

[注释]

①芙蓉：此指木芙蓉，秋末开花。 ②丁宁稚子：再三嘱咐小孩子。稚子：儿童。“僮仆欢迎，稚子候门。”见晋陶潜《归去来辞》。 ③匪：不是。 ④招隐：邀约人隐居。晋代的左思、陆机都作了《招隐》诗。 ⑤悲秋：对秋景伤感。语出宋玉《九辩》“悲哉秋之为气也”。“万里悲秋常作客，百年多病独登台。”见杜甫《登高》。

念奴娇

菊

老夫白首,尚儿嬉、废圃一番料理。餐饮落英并坠露[①],重把离骚拈起。野艳幽香,深黄浅白,占断西风里。飞来双蝶,绕丛欲去还止。　　尝试诠次群芳[②],梅花差可,伯仲之间耳[③]。佛说诸天金色界[④],未必庄严如此。尚友灵均[⑤],定交元亮[⑥],结好天随子[⑦]。篱边坡下,一杯聊泛霜蕊[⑧]。

[注释]

①落英:落下的花瓣,一说刚开的花朵。"朝饮木兰之坠露兮,夕餐秋菊之落英。"见屈原《离骚》。　②诠次:选择和编次。"纸墨遂多,辞无诠次。"见晋陶潜《饮酒诗序》。　③伯仲之间:评定人物等级,不相上下。"傅毅之于班固,伯仲之间耳。"见三国魏曹丕《典论·论文》。　④诸天:佛经上说,三界(欲界、色界、无色界)共有三十三天,从四天王天到非有想非无想天,总称诸天。见《经律异想·三界诸天》。　⑤灵均:屈原字。"肇锡余以嘉名,名余曰正则兮,字余曰灵均。"见屈原《离骚》。　⑥元亮:陶潜字。　⑦天随子:唐陆龟蒙号。取《庄子·在宥》"神动而天随"之义。　⑧霜蕊:菊花。

念奴娇

壬寅生日[①]

比如去岁前年,今朝差觉门庭静。玉轴锦标无一首,知道先生远佞[②]。假使文殊,携诸菩萨,来问维摩病[③]。无花堪散,亦无香积斋衬[④]。　　回首雪浪惊心,黄茅过顶,瘴毒如炊甑。山鬼海神俱长者,饶得书生穷命。不慕飞仙,不贪成佛,不要钻天令[⑤]。年年今日,白头母子家庆。

[注释]

①壬寅：宋理宗淳祐二年（1242）。　②“玉轴”二句：指无人以词祝贺。刘子翚《临池歌》：“当时尺牍来邺下，锦标玉轴争流传。”　③维摩：佛名，即“维摩诘”，也作“毗摩罗诘”，意译“净名”，和释迦牟尼同时代。见南朝梁僧佑《胡汉译经同异记》。　④香积：香积厨，和尚的厨房。“有国名众香，佛号香积……其食香气。”见《维摩诘经·香积品》。　⑤钻天令：升为高官。北京留守王宣徽，其洛中园宅尤胜，中堂七间，上起高楼，更为华奢。司马公在陋巷，所居才能芘风雨，又作地室，常读书于其中。洛人戏云：“王家钻天，司马家入地。”见宋庞元英《文昌杂录》。

念奴娇

寿方德润[①]

卯君来处[②]，与眉州仙子[③]，依稀同日。一自前朝龚蔡后[④]，颇觉壶山岑寂[⑤]。谁料端平，继居遗补，复有斯人出。幅巾林下，姓名玉座长忆。　须信谄语尤甘[⑥]，忠言最苦，橄榄何如蜜。诸老萧疏星欲晓，留取南都铁壁。洛社自佳[⑦]，镜湖虽好[⑧]，莫问君王乞。年年岁岁，大家同做真率[⑨]。

[注释]

①方德润：方大琮，字德润，号壶山，累官直学士。　②卯君：卯年所生的人。“缭绕无穷合复分，东坡持是寿卯君。”见苏轼《子由生日以檀香观音……为寿》。子由，苏轼弟苏辙字。子由是己卯年生，故称卯君。　③眉山仙子：即苏子由。苏氏兄弟是四川眉山人，故云。　④龚蔡：龚茂良，蔡襄，二人均莆田人。　⑤壶山：山名，在莆田城南，因方也是莆田人，故及龚原二人言之。　⑥谄语：拍马屁的话语。　⑦洛社：指文彦博罢政居洛，与诸老人雅集的耆英会，亦号真率会。　⑧镜湖：在今浙江绍兴，一名鉴湖。　⑨真率：坦率，直率。“贵贱造之者，有酒辄设，潜若先醉，便语客：‘我醉欲眠卿可去。’其真率如此。”见《南史·陶潜传》。

念奴娇

丙午郑少师生日①

禁中张宴，苦留公、未许归寻初服②。千载君臣鱼有水③，不比严光文叔④。火德中天⑤，客星一夕，草草聊同宿⑥。重来凝碧⑦，依然赓载相属。　过眼夸夺纷纷，浮云野马⑧，几度棋翻局。客话凤池三入事⑨，洗耳湖光一曲⑩。伯始泉荒⑪，稚珪圃冷⑫，占断西风菊。年年岁岁，金英常泛芳醁⑬。

[注释]

①丙午：宋理宗淳祐六年（1246）。　郑少师：郑清之，字德源，淳祐五年拜少师。　②初服：未官时的衣服。指旧时官吏退职。　③君臣鱼有水：君臣之间关系融洽，非常合得来。“孤之有孔明，犹鱼之有水也。”见《三国志·蜀书·诸葛亮传》。　④严光：即严子陵。　文叔：汉光武帝刘秀，字文叔。　⑤火德中天：汉为火德。　⑥“客星”两句：严光和刘秀是同学，刘秀即帝位以后，思其贤，寻觅得之，“复引光入，论道故旧……因共偃卧，光以足加帝腹上，明日，太史奏客星犯御座甚急。帝笑曰：‘朕与故人严子陵共卧耳。’”见《后汉书·严光传》。　⑦凝碧：凝碧池，唐代皇帝园囿中的池塘名。　⑧野马：原野间蒸腾浮游之气。“野马也，尘埃也，生物之以息相吹也。”见《庄子·逍遥游》。　⑨凤池：凤凰池的省称。凤凰池为禁苑中的池沼。六朝时设中书省于禁苑，是接近皇帝的机要部门，因称中书省为凤凰池。　⑩洗耳：不愿过问世事。上古时，唐尧要把天下让给许由，许由逃到了颍水之阳，箕山之下。尧又要召他为九州长，“由不欲闻之，洗耳于颍水滨”。见晋皇甫谧《高士传·许由》。　⑪伯始泉荒：汉代的胡广，字伯始，曾饮菊水泉治愈风疾，年八十二而薨。见《后汉书·胡广传》注引《荆州记》。　⑫稚珪：即孔稚珪。他居宅盛营山水。院庭之内，草莱不剪。见《南齐书·孔稚珪传》。　⑬醁：美酒。

念奴娇

居厚弟生日①

素馨茉莉，向炎天、别有一般标致②。淡妆绰约堪□□，导引海山大士。从者谁欤、青藜阁下③，汉卯金之子④。云阶月地，夜深凉意如水。　客又疑这仙翁，唐玄都观里，咏桃花底⑤。且赌樽前身见在，休管汉唐时事。坡颍归迟⑥，机云发早⑦，得似侬兄弟。屦来户外，但言二叟犹醉。

［注释］

①居厚：刘克庄的族弟。　②标致：文采，风韵。　③青藜阁下：刘向校书天禄阁，夜有老人着黄衣，植青藜杖，登阁而进。见向暗中独坐诵书，老父乃吹杖端烟燃，因以见向，说开辟以前，向因受《五行洪范》之文。见晋王嘉《拾遗记·后汉》。　④卯金：刘姓的代称。刘字拆开为"卯金刀"三字，省"刀"而称"卯金"。"刘秀发兵捕不道，卯金修德为天子。"见《后汉书·光武帝纪》。　⑤"唐玄都观"两句：即刘禹锡《戏赠看花君子》咏玄都观桃花事。　⑥坡颍：苏轼自号东坡居士，苏辙号颍滨遗老。　⑦机云：晋代的陆机、陆云兄弟俩。

念奴娇

七月望夕观月，昔方孚若每以是夕泛湖觞客，云修坡公故事①

天风浩动，扫残暑、推上一轮圆魄②。爱举眉山公旧话③，与客泛舟赤壁④。一自奎星⑤，去朝帝所⑥，叹洞箫声息⑦。空馀二赋⑧，至今凄动金石。　长记诗境平生，诗豪酒圣，亦自仙中谪⑨。畴昔停桡追欢处，忍听邻人吹笛。董相林荒⑩，贺公湖在⑪，俯仰成陈迹。两翁已矣⑫，年年孤负今夕。

[注释]

①坡公:苏轼自号东坡先生,后人尊称为坡公。 ②圆魄:月亮。 ③眉山公:苏轼为四川眉山人,故名。 ④与客:“壬戌之秋,七月既望,苏子与客泛舟,游于赤壁之下。”见苏轼《赤壁赋》。 ⑤奎星:又写作魁星,掌管文章之神。见顾炎武《日知录》。此处指苏轼。 ⑥朝帝所:上天堂,“死”的委婉语。 ⑦洞箫声息:游赤壁的韵事过去了。“客有吹洞箫者,倚歌而和之。”见苏轼《前赤壁赋》。 ⑧二赋:指前、后《赤壁赋》。 ⑨仙中谪:谪仙,指李白。“太子宾客贺公,于长安紫极宫一见余,呼余为‘谪仙人’。”见李白《对酒忆贺监诗序》。 ⑩董相:指西汉时的董仲舒,他曾为江都相、胶西王相。为博士时下帐讲诵,三年不窥舍园。见《汉书·董仲舒传》。 ⑪贺公:指贺知章,他在为道士归里后,曾求鉴湖数顷为放生地。 ⑫已矣:过去了。

[集评]

阳九逐客云:“‘忍听邻人吹笛’,于修坡公故事中仍不忘国耻。沉痛!”(《养酒斋词话》)

念奴娇

少时独步词场,引弦百发无虚矢[①]。岁晚却蒙昆体力[②],世业工修鞋底[③]。曾裂白麻[④],曾涂墨敕[⑤],谪堕俄征起[⑥]。鼎湖龙去[⑦],老臣何以堪此。 回首当日遭逢,譬如春梦,误入华胥里[⑧]。推枕黄粱犹未熟[⑨],封拜几王侯矣。似瓮中蛇[⑩],似蕉中鹿[⑪],又似槐中蚁[⑫]。先人书在,尚堪追补遗史。

[注释]

①矢:箭。 百发无虚矢:引养由基百发百中典。 ②昆体:宋初杨

亿、刘筠等彼此写诗唱和，有《西昆酬唱集》行世。后称他们的诗体为西昆体，简称昆体。 ③注者按：用杨文公事。杨文公指杨亿。 ④白麻：即诏书。诏书旧皆用白纸，至高宗上元间，以白纸易蠹，改用麻纸。凡由翰林院学士草制，凡立皇后太子、施赦、讨伐、除免三公将相，皆用白麻书，封付阁门，由阁门集朝士宣读施行。 ⑤墨敕：皇帝亲笔书写，不经外廷直接下达的命令。 ⑥谪：罚罪，旧时官吏有罪错降级或调往边远地区都叫"谪"。 ⑦鼎湖龙：古代传说。黄帝铸鼎于荆山下，鼎成，有龙垂胡髯迎黄帝上天。 ⑧华胥：寓言中的理想国。 ⑨黄粱犹未熟：卢生于邯郸客居中遇道者吕翁，自叹穷困，翁乃授之枕，使入梦。生梦中历尽富贵荣华。及醒，主人炊黄粱犹未熟。后用来比喻富贵终归虚幻或欲望破灭。 ⑩瓮中蛇：用"杯弓蛇影"之典而赋以新意，即指富贵功名虚幻莫测。 ⑪蕉中鹿：农夫击毙鹿，以蕉叶覆盖藏匿，后又忘却藏匿处而恍惚以为梦中事之典。后人用以比喻真假杂陈，得失无常。 ⑫槐中蚁：即槐安梦、南柯梦。淳于棼饮酒古槐树下，醉后梦入古槐穴，见一城楼题大槐安国，被其王招为驸马，任南柯太守三十年，享尽富贵荣华。醒后在槐下见一大蚁穴，南枝又有一小蚁穴，即梦中槐安国和南柯郡。后多用其比喻人生如梦，得失无常。

念奴娇

和诚斋休致韵

此翁双手，顿闲处、且把香篝笼袖①。西掖北门辞不要②，肯要南柯太守③。小小亭台，些些竹木，何必灵和柳。地行仙里，合推侬做班首④。　取次著绝交书⑤，续归田录⑥，谁掣先生肘⑦。莫遣朝衣梅醮了⑧，留祝南山之寿。苍妓上厅，老僧封院，得似樗庵叟。虚名身后，生前且一杯酒。

［注释］

①香篝：熏笼。 ②西掖：中书省的别称。 北门：北门学士，参与草制，位置清要。 ③南柯太守：淳于棼醉后梦入槐安国被招为驸马，任南柯太守。 ④班首：一班人之首，首领，领导人物。 ⑤绝交书：引嵇康

《与山巨源绝交书》典。 ⑥归田录:欧阳修撰,为其晚年辞官居颍州时作。所记自朝廷轶闻及士大夫的琐事、议论等,大都为其亲身经历的见闻。 ⑦掣肘:比喻使人作事而故意刁难牵制。 ⑧醭:东西受潮而生的霉斑。

念奴娇

再 和

梦中忘却,已闲退、谏草犹藏怀袖[1]。文不会、铺张粉饰,武又安能战守。秃似葫芦,辣于姜桂,衰飒同蒲柳。没安顿处,不如归去丘首[2]。 岁晚筋力都非,任空花眩眼,枯杨生肘。客举前修三数个,待与刘君为寿。或号憨郎[3],或称钝汉[4],或自呼聱叟[5]。一篇齐物[6],读时咽以卮酒。

[注释]

①谏草:谏书的草稿。"避人焚谏草,骑马欲鸡栖。"见杜甫《晚出左掖》。 ②丘首:狐死首丘,以喻不忘本土,古之人有言曰:"狐死正丘首,仁也。"见《礼记·檀弓》。 ③憨郎:杨朴,宋代郑州人,字契元。 ④钝汉:《全宋词》注,玉川。唐卢仝,号玉川。 ⑤聱叟:唐元结字次山,号聱叟。 ⑥齐物:《庄子·齐物论》。内容以齐是非、齐彼此、齐物我、齐夭寿为主。

念奴娇

三 和

戏衫抛了,下棚去、谁笑郭郎长袖[1]。小小草庵无宝贝,何必神呵鬼守。黄奶篝灯[2],青奴拂榻[3],莫要他桃柳[4]。客来问字,此翁高卧摇首。 仿佛曾子当年,商歌满屋[⑤]，衣不完衿肘[⑥]。混沌若教休凿窍[⑦]，巧历安知其寿。文叔故人[⑧]，仲华几个[⑨]，输与羊裘叟[⑩]。浮生如寄，切身之物惟酒。

[注释]

①郭郎：戏剧行当中的丑角。　②黄奶：书卷。“黄奶换灯余旧癖，素侯野服拜新封。”见林景熙《次翁青峰》。　③青奴：竹夫人别名。夏天床席间取凉的用具，用竹青篾编成。　④桃柳：退之二妾，即绛桃和柳枝。见《唐语林·补遗》。　⑤商歌：悲凉低音的歌，表示自伤不遇。　⑥衿肘：曾子捉衿而肘见。　⑦凿窍：开窍。南海之帝鲦与北海之帝忽一起谋画报答中央之帝混沌，说：“人皆有七窍以视听食息，此独无有，尝试凿之。”日凿一窍，七日而混沌死。见《庄子·应帝王》。　⑧文叔：光武帝刘秀字。　⑨仲华：邓禹字，他也是光武帝的故人。　⑩羊裘叟：严光，光武帝故人。光武登基后遣人寻访，齐国上言，有一男子披羊裘钓泽中，即是严光。

念奴娇

丙寅生日[①]

老逢初度[②]，小儿女、盘问翁翁年纪。屈指先贤，仿佛似，当日申公归邸[③]。跛子形骸，瞎堂顶相，更折当门齿。麒麟阁上[④]，定无人物如此。　　追忆太白知章[⑤]，自骑鲸去后[⑥]，酒徒无几。恶客相寻，道先生、清晓中酲慵起[⑦]。不袖青蛇[⑧]，不骑黄鹤[⑨]，混迹红尘里。彭聃安在[⑩]，吾师淇澳君子[⑪]。

[注释]

①丙寅：宋度宗咸淳二年(1266)，时作者八十岁。　②初度：生日。③申公：汉鲁人，名培。因朝廷好老子言，不说儒术，遭到朝廷的冷遇。　④麒麟阁：汉阁名。在未央阁内。汉武帝时建，汉宣帝甘露三年，画功臣霍光、苏

武等十一人图像于阁。 ⑤太白知章:即李白、贺知章。 ⑥骑鲸:指隐遁或死亡。 ⑦酲:酒醒后困惫如病的感觉。 ⑧青蛇:剑。 ⑨黄鹤:指仙人子安所骑黄鹤。 ⑩彭聃:彭祖与老聃,都是古代传说中的长寿者。 ⑪淇澳:亦作"淇奥",《诗经·卫风》篇名,卫国人民赞美武公之德。

念奴娇

二 和

并游英俊,从头数、富贵消磨谁纪。道眼看来,叹人生如寄,家如旅邸。教婢羹藜[①],课奴种韭,聊诳残牙齿。草堂绵蕝[②],百年栖托于此。 岁晚笔秃无花,探怀中残锦,剪裁馀几。腰脚顽麻,赐他灵寿杖,也难扶起。离绝交游,变更名姓,日暮空山里。老儋复出[③],不知谁氏之子。

[注释]

①羹藜:用藜煮成的羹,指粗劣的食物。 ②绵蕝:绵蕞,意为表率。"为诸生之龟蓍,作后来之绵蕝。"见唐皮日休《移成均博士书》。 ③老儋:传说为周太史之名,或曰即为老子。

念奴娇

三 和

四朝遗老,鬓眉白、巧历不知其纪[①]。真唤九重为座主,肯谒侯门王邸[②]。晚会耆英[③],未论爵德,乡曲无如齿[④]。酒酣度曲,妙音久不闻此。 堪叹化鹤重来,但累累华表[⑤],旧人存几。散尽黄金,留箧中团扇,怕秋风起。结绮歌阑[⑥],披香宴悄[⑦],放出深宫里。颠毛虽秃,尚堪封管城子[⑧]。

[注释]

①纪:岁。《瘗鹤铭》云:鹤寿不知其纪。 ②谒:晋见上级。 ③耆英:指文彦博于洛阳集年老士大夫相聚的洛阳耆英会。 ④乡曲:犹言乡下。以其偏处一隅,故称乡曲。后引申指乡里。 ⑤“堪叹化鹤”两句:喻去世。辽东人丁令威学道成仙,千年后化鹤归辽。集城门华表柱上,言:“有鸟有鸟丁令威,去家千岁今始归,城郭如故人民非,何不学仙冢累累!” ⑥结绮:即结绮阁。陈后主光昭殿三阁之一,张贵妃居其中。 ⑦披香:即披香殿。汉时后宫殿名,在长安。 ⑧管城子:指笔。见韩愈《毛颖传》。

念奴娇

四　和

太丘晚节[①],把家事、一切传他谌纪[②]。业已休休,又谁解露绶,会稽郡邸。张丈殷兄[③],阮生朱老[④],相与为唇齿。酒楼犹记,谪仙尝醉于此[⑤]。　一二耆旧贻书[⑥],新来强健否,问年今几。谢傅当时[⑦],却因个甚,抛了东山起。对局含嚬[⑧],闻筝堕泪,围在愁城里。吾评晋士[⑨],不如归去来子[⑩]。

[注释]

①太丘:指东汉的陈寔。 ②谌纪:陈寔的两个儿子,陈谌字季方,陈纪字元方。 ③张丈殷兄:“犹有夸张年少处,笑呼张丈唤殷兄”。见白居易《岁日家宴》。 ④阮生朱老:泛指经常往来的好友。“梅熟许同朱老吃,松高拟对阮生论。”见杜甫《绝句四首》。 ⑤谪仙:即李白。 ⑥耆旧:故老,年老的旧好。 贻:赠送。 ⑦谢傅:谢安。 ⑧对局含嚬:温飞卿对局诗“含嚬见千里”。 ⑨晋士:晋代的士大夫。 ⑩归去来子:陶渊明,借其《归去来辞》代称之。渊明自称陶子。

念奴娇

五 和

隆乾间事[①],两翁有、手泽遗编曾纪[②]。余掌兰台[③],修纂到、景定初开忠邸[④]。坏起复麻,奋涂归笔[⑤],嚼碎张巡齿[⑥]。德音犹在,非卿何足语此。 老来兹事都休,问门前宾客,今朝来几。达汝空函[⑦],投伊大瓮内[⑧],谁曾提起。丹汞灰飞,黄粱炊熟,跳出槐宫里[⑨]。儿童不识,秃翁定是谁子。

[注释]

①隆乾:宋孝宗的两个年号隆兴和乾道。 ②纪:通“记”,记载。 ③兰台:史官。东汉班固曾为兰台令。后村于淳熙六年兼国史编修官,景定元年,复以秘书监兼史馆同修撰。 ④景定:宋理宗赵昀年号。 邸:王侯府邸。 ⑤“坏起”二句:此二句回忆自己早年直言敢谏的往事。 复麻:唐德宗想用裴延龄为相,谏议大夫阳城说:白麻若出,吾必裂之。德宗就放弃了这个想法。 涂归:唐代门下省给事中,诏敕不便者,涂窜而奏还,谓之涂归。因宋度宗原封忠王,于景定元年立为太子,故云。 ⑥张巡:唐邓州南阳人。开元末进士。安禄山起兵,张巡与许远合兵守睢阳,拜御史中丞,坚守数月,因援绝粮尽,城陷被执。尹子奇谓巡曰:“闻君每战,眥裂,嚼齿皆碎,何至此耶?”巡曰:“吾欲气吞逆贼,但力不遂耳。”子奇以大刀剔巡口,视其齿,存者不过三数。”见《旧唐书·张巡传》。 ⑦达汝空函:晋代桓温将用殷浩为尚书令。殷浩因为担心有缪误,竟然答以空函。 ⑧“投伊”句:宋初赵普为相,于厅事坐屏后置大瓮,凡有人置利害文字,皆置中。 ⑨“丹汞”三句:比喻人生如梦。

念奴娇

六 和

轮云世故[①],千万态、过眼谁能殚纪。只履携归消许急，日暮行人问邸。麝以脐灾[②]，狨为尾累[③]，焚象都因齿[④]。后之览者，亦将有感于此。　　检点洛下同盟[⑤]，萧疏甚，白髪戴花人几。一觉齁齁，笑仆家越石，闻鸡而起[⑥]。颜髪俱非，头皮犹在，胜捉来官里[⑦]。俗间俚耳，未曾闻这腔子。

［注释］

①轮云："韩云如布，楚云如日，周云如轮，秦云如美人。"见《淮南子》。　②麝脐：麝的脐下有香，即麝香。　③狨：猿属，大小类猿，长尾，尾作金色，俗称金线狨、金丝猴。尾巴可以作卧褥鞍被坐毯。　④焚象："象有齿，以焚其身，贿也。"见《左传·襄公二十四年》。　⑤洛下同盟：指洛阳耆英会。　⑥闻鸡而起：晋代祖逖和刘琨同睡，半夜听到荒野鸡啼，就踢醒刘琨说："此非恶声也"，因而就起来舞剑。见《晋书·祖逖传》。　⑦"头皮"二句：宋真宗时，有隐者杨朴，能为诗，即将入朝，妻赠诗云："今日捉将官里去，这回断送老头皮。"

念奴娇

自填曲子，自歌之，岂是行家官样。眼瞎背驼方引去，羞杀陈抟种放[①]。搯起残编，寄声太乙[②]，不必烦藜杖。陈人束阁[③]，让他来者居上。　　安乐值几多钱，由幅巾绦褐，准云台象[④]。长扇矮壶山南北，忘却晓随天仗。六逸七贤[⑤]，五更三老[⑥]，元不论资望。香山误矣[⑦]，渔翁何减为相[⑧]。

［注释］

①陈抟：宋真源人，字图南。先后隐居武当山、华山，自号扶摇子，宋太宗赐号希夷先生。抟有先天图，数传而为周敦颐之太极图，宋人象数之学始于其人。著有《指玄篇》，言道养与还丹之事。　种（chóng）放：字名逸，宋洛阳人，自号云溪醉侯，隐士。　②太乙：宇宙万物的本原，"至乐本

太一,幽琴和乾坤。"见唐吴筠《听尹炼师弹琴》。 ③陈人束阁:废弃不用。京兆杜乂、陈郡殷浩并才名冠世,而(庾)翼弗之重也,每语人曰:"此辈宜束之高阁。"见《晋书·庾翼传》。 ④云台:汉宫中高台名。明帝图画中兴功臣三十二人于此。 ⑤六逸:(李白)更客任城,与孔巢父、韩准、裴政、张叔明、陶沔居徂徕山,日沉饮,号竹溪六逸。 七贤:指竹林七贤。 ⑥五更三老:相传古代设三老五更,天子以父兄之礼养之,"遂设三老五更群老之席位焉。"见《礼记·文王世子》。蔡邕认为"更"是"叟"之误。 ⑦香山:白居易号香山居士。 ⑧"渔翁"句:指姜子牙以渔翁而为周相。

念奴娇

丁卯生朝①

小孙盘问翁翁,今朝怎不陈弧矢②。翁道暮年惟只眼③,不比六根全底④。常日谈玄⑤,馀龄守黑⑥,赤眚从何起⑦。鬓鬚雪白,可堪委顿如此⑧。 心知病有根苗,短檠吹了⑨,世界朦胧里。纵有金篦能去翳⑩,不敢复囊萤矣⑪。但愿从今,疾行如鹿,更细书如蚁。都无用处,留他教传麟史⑫。

[注释]

①丁卯:度宗咸淳三年,后村八十一岁。 ②弧矢:弓箭。古代生男孩,用桑弧蓬矢以射天地四方。见《礼记·射仪》。 ③只眼:有见识。④六根:佛教谓眼、耳、鼻、舌、身、意六者为罪孽根源。 ⑤谈玄:谈论玄理。 ⑥守黑:本《老子》"知其白,守其黑,为天下式"。道家主张无为,言处世对是非黑白,虽白,当如蒙昧无所见,如是可以全生免祸,为天下法式。 ⑦眚(shěng):眼睛生翳。 ⑧委顿:疲乏狼狈。 ⑨檠:灯架,借指灯。⑩翳:眼病,目疾引起的障膜。 ⑪囊萤:车胤学而不倦,家贫不常得油,夏日用练囊盛数十萤火,以夜继日读书。后用以形容刻苦读书。⑫麟史:指春秋。"凤池伤旧草,麟史泣遗编。"见张说《崔司业挽歌》。

解连环

戊午生日[①]

旁人嘲我。甚鬓毛都秃，齿牙频堕。不记是、何代何年，尽元祐熙宁[②]，侬常喑么[③]。退下驴儿，今老矣、岂堪推磨。要挂冠神武，几番说了，这回真个。　亲朋纷纷来贺。况弟兄对榻，儿女团坐。愿世世、相守茅檐，便宰相时来，二郎休作[④]。白苎乌巾[⑤]，谁信道、神仙曾过。拣人间、有松风处，曲肱高卧[⑥]。

[注释]

①戊午：宋理宗宝祐六年，公元 1258 年。　②元祐：宋哲宗年号。熙宁：宋神宗年号。　③喑：不能出声，不说话。　④"便宰相"二句：宋太祖时，许王佑为相而又贬之，佑曰：我不做，儿子二郎必做。　作：注者按，佐。　⑤白苎乌巾：本饶节《李太白画像歌》"乌纱之巾白苎袍"。　⑥曲肱高卧：弯着胳膊睡觉，表示闲适。"曲肱而枕之。"见《论语·述而》。

解连环

甲子生日[①]

揆余初度[②]。笑汝曹绯绿[③]，乃翁苍素[④]。一甲子、带水拖泥[⑤]，今岁谢君恩，放还山去。政事堂中[⑥]，把手版、分明抽付[⑦]。向门前客道，老子出游，人不知处。　小车万花引路。又谁能记得，观里千树[⑧]。老冉冉、欢意阑珊，纵桃叶多情[⑨]，难唤同渡。买只船儿，稳载取、笔床茶具。便芸瓜、一生一世[⑩]，胜侯千户。

[注释]

①甲子：宋理宗景定五年（1264）。　②初度：出生。"皇览揆余初度

兮,肇锡余以嘉名。"见屈原《离骚》。 ③汝曹:你们。 绯绿:红红绿绿。《宋史·舆服志》:"六品以上绯,九品以上绿。" ④乃翁:你的父亲。 ⑤一甲子:六十年。 ⑥政事堂:唐宋时宰相办公的地方。 ⑦手版:即笏。古代官吏上朝或进见上司时所持,以备记事用。 ⑧观里千树:用唐代刘禹锡咏玄都观桃花的典故。 ⑨桃叶:晋代王献之的妾。在南京秦淮河畔有桃叶渡,相传王献之在此送桃叶,作《桃叶歌》。 ⑩芸瓜:种瓜。秦时的召平,封东陵侯。秦亡,在长安城东种瓜,瓜美,时称东陵瓜。见《史记·萧相国世家》。

解连环

悬弧之旦[①]。忆争骑竹马[②],各怀金弹[③]。恨岁月、去我堂堂,向酒畔愁生,镜中颜换。灶坏丹飞,慢追悔、邺侯婚宦[④]。已发心忏悔,免去猴冠[⑤],卸下麟楦[⑥]。 依稀仆家铁汉[⑦]。虽末梢老寿[⑧],初节魔难。幸闻早、省了柳枝[⑨],更送了朝云[⑩],尘念俱断。丈室萧然,独病与、乐天相伴[⑪]。但归依西方[⑫],拈起向来一瓣[⑬]。

[注释]

①悬弧:古代风俗,家里生了男孩子,就在家门口左边挂弓一张。 ②"忆争骑"句:殷侯既废,桓公语诸人曰:"少时与渊源共骑竹马,我弃去已,辄取之,故当出我下。"见《世说新语·品藻》。渊源,殷浩字。 ③金弹:汉武帝宠臣韩嫣好弹,受以金为丸,所失者日有十馀。 ④邺侯:唐李泌,累封邺县侯,"自丁家艰,无复名宦之冀,服气修道,周游名山"。见《太平广记》引《邺侯外传》。 ⑤猴冠:即"沐猴而冠"。猴子戴帽子,徒具人形,没有人性,比喻人虚有仪表。"人言楚人沐猴而冠耳,果然。"见《史记·项羽本纪》。 ⑥麟楦:即"麒麟楦",指虚有其表的人。"唐杨炯每呼朝士为麒麟楦。或问之,曰:'今假弄麒麟者,必修饰其形,覆之驴上,宛然异物。及去其皮,还是驴耳!无德而朱紫,何以异是!'"见唐张鹜《朝野佥载》。 ⑦仆家铁汉:指元祐中刘安世,被苏轼评为铁汉。 ⑧末梢:结局,结尾。"如人做塔,先从下面大处做起,到末梢,自然合尖。"见宋

朱熹《朱子语类·论语》。　⑨柳枝：韩愈的侍妾。　⑩朝云：苏轼的侍妾。　⑪乐天：白居易字。　⑫归依西方：信仰佛法。归依，又作“皈依”。　⑬一瓣：即“一瓣心香”，佛教用语。比喻虔诚的心意，好像供佛的焚香。

解连环

乙丑生日①

左弧悬了②。把柴门闩定③，悄无人到。惭愧得、一二亲朋，□□□□□，温存枯槁。玉轴银钩，撺掇我、比磻溪老④。乏琼琚可报⑤，惟有声声，司马称好。　卷收狨鞯锦袄⑥。且行拾遗穗，醉藉芳草。做一个、物外闲人，省山重担擎，天大烦恼。昔似龙鸾⑦，今踏飒、不惊鱼鸟⑧。愿从兹、享回仙寿，准汾阳考⑨。

［注释］

①乙丑：宋度宗咸淳元年（1265）。　②左弧悬了：生子于门左悬弧。　③闩（shuān）：闩上门。　④撺掇：在旁边鼓动别人（做某件事），怂恿。　磻溪：相传太公望（姜子牙）未遇周文王时在这里钓鱼。　⑤琼琚：优质的佩玉。“投我以木瓜，报之以琼琚。”见《诗经·卫风·木瓜》。⑥狨鞯：一作“狨鞍”，用狨皮做的马具。　狨：金丝猴。　⑦龙鸾：龙和凤，喻贤士。　⑧踏飒：也作“踏趿”，不振作，迟缓的样子。　⑨汾阳：唐郭子仪以平安史之乱封汾阳王，并得高寿。

木兰花慢

寿王实之

瀛洲真学士①，为底事、在红尘②。为语触宫闱，沉香亭里③，瞋谪仙人④。为亲近君侧者，见万言策子惎刘蕡[5]。为是尚方请剑，汉廷多惮朱云[6]。　君言往事勿重陈，且黯酒边身。也不会区区，算他甲子，记甚庚寅。尔曹譬如朝菌[7]，又安知、老柏与灵椿。世上荣华难保，古来名节如新。

[注释]

①瀛洲：唐太宗时留心文士，凡入文学馆者谓之登瀛洲。　②底事：何事，何以。　③沉香亭：唐宫中亭名。唐玄宗命移植牡丹于沉香亭前，与杨贵妃共赏。召李白作新词，白成《清平乐》三章，有"可怜飞燕倚新妆"之句，高力士谗于贵妃，用是遂疏，见乐史《李翰林别集序》。　④谪仙人：李白。　⑤刘蕡：唐昌平人。文宗大和二年授秘书部。由于参试贤良策，论宦官之弊，言论激烈，不得中。后贬柳州司户参军。　⑥朱云：汉鲁人。少任侠，元帝时为槐里令，数忤权贵，以是获罪被刑。成帝时复上书，愿借上方剑斩佞臣，帝怒欲杀，仍不屈。后来用其指直谏之人。⑦尔曹：你们。　朝菌：菌类植物，朝生暮死。借喻极短的生命。

木兰花慢

癸卯生日

病翁将耳顺[1]，牙齿落、鬓毛疏。也惭愧君恩，放还田舍，免诣公车[2]。儿时某丘某水，到如今、老矣可樵渔。宝马华轩无分[3]，蹇驴破帽如初。　浮名箕斗竟成虚[4]，磨折总因渠。帝锡余别号[5]，江湖聱叟，山泽仙臞[6]。樽前未宜感慨，事犹须、看岁晏何如[7]。卫武耄年作戒[8]，伏生九十传书[9]。

[注释]

①耳顺：六十岁代称。取于《论语·为政》"六十而耳顺"。　②公车：举人入京应试的代称。　③华轩：华丽富贵的车。　④箕斗：虚有其名。"维南有箕，不可以簸物；维北有斗，不可以挹酒浆。"见《诗经·小

雅·大车》。 ⑤锡：与，赐给。 ⑥仙臞：臞仙，容貌清瘦的仙人，以喻清瘦而精神矍铄的老人。 ⑦岁晏：晚年。 ⑧卫武耄年作戒："昔卫武公年数九十有五矣，犹箴儆于国，曰：'自卿以下至于师长士，苟在朝者，无谓我耄而舍我，必恭恪于朝，朝夕以交戒我。'"见《国语·楚语上》。 ⑨伏生：即伏胜，字子贱，济南人。秦时博士。秦始皇焚书，伏生将《尚书》藏屋壁中。汉王朝建立后，书已散佚，仅得二十九篇。汉文帝时伏生已九十馀岁，文帝派晁错向他学习《尚书》。西汉的《尚书》学者都出于他门下。

木兰花慢

送郑伯昌

古人吾不见，君莫是、郑当时[①]。更筑就山房，躬耕谷口，名动京师。诸公任他衮衮[②]，与杜陵野老共襟期[③]。有客至门先喜，得钱沽酒何疑。 昔年连辔柳边归，陈迹恍难追。况种桃道士，看花君子[④]，回首皆非。相逢故人问讯，道刘郎、老去久无诗。把作一场春梦，觉来莫要寻思。[⑤]

[注释]

①郑当时：字庄，汉陈人。汉武帝时为大农令，所交皆名士，以任侠声闻梁楚间。客至无贵贱俱留之。后为客所累，落职。 ②衮衮：相继不绝。"诸公衮衮登台省，广文先生官独冷。"见杜甫《醉时歌》。 ③杜陵野老：即杜甫。杜甫因居杜曲，有少陵原之名，自称杜陵布衣少陵野老。 ④"种桃"两句：用刘禹锡《玄都观桃花》、《再游玄都观》诗之典。 ⑤唐氏按：此首别见《古今图书集成·友谊典》卷七十七饯别部，误题为范成大作。

木兰花慢

丁未中秋

水亭凝望久，期不至、拟还差。隔翠幌银屏，新眉初画，半面犹遮[①]。须臾淡烟薄霭，被西风扫尽不留些。失了白衣苍狗[②]，夺回雪兔金蟆[③]。　乘云径到玉皇家，人世鼓三挝。试自判此生，更看几度，小住为佳。何须如钩似玦[④]，便相将、只有半菱花。莫遣素娥知道[⑤]，和他鬓也苍华[⑥]。

[注释]

①半面犹遮："犹抱琵琶半遮面。"见白居易《琵琶行》。　②白衣苍狗：亦同白云苍狗，比喻世事变幻无常。"天上浮云如白衣，斯须改变如苍狗。"见杜甫《可叹》。　③雪兔金蟆：月亮。　④如钩似玦：弯月。　玦：环形玉器。　⑤素娥：月中女神，即嫦娥。　⑥苍华：头鬓斑白。

木兰花慢

渔父词

海滨蓑笠叟，驼背曲、鹤形臞。定不是凡人，古来贤哲，多隐于渔。任公子、龙伯氏[①]，思量来岛大上钩鱼。又说巨鳌吞饵，牵翻员峤方壶[②]。　磻溪老子雪眉须[③]，肘后有丹书。被西伯载归[④]，营丘茅土[⑤]，牧野檀车[⑥]。世间久无是事，问苔矶、痴坐待谁欤。只怕先生渴睡，钓竿拂著珊瑚。

[注释]

①任公子：即任父。古代传说中善于捕鱼的人。后多用指超世的高士。　龙伯：古代神话中巨人国的人。巨人之国即龙伯之国。"龙伯钓其灵鳌，任公获其巨鱼。"见李白《大猎赋》。　②员峤、方壶：海中仙山名。《列子·汤问》谓渤海之东有大壑，其中有五山：一名岱舆、二名员峤、三名方壶、四名瀛州、五名蓬莱。　③磻溪老子：指姜子牙。　④西伯：西方诸侯之长，即周文王。　⑤营丘茅土：姜子牙封于营丘。　⑥牧野檀车：指

代功绩。“牧野洋洋，檀车煌煌，驷騵彭彭，维师尚父，时维鹰扬。”见《诗经·大雅·大明》。

木兰花慢

赵叟生日

郡人元未识，新太守、定何如。待说向诸贤，西桥人物，个个清臞。相将下车许久[①]，但凝香之乐一些无。残漏几筹视事，浓油一琖观书[②]。　旁人徒见两轮朱，[③]玉色未尝腴。有无穷阴骘[④]，三农衣食[⑤]，万衲钟鱼[⑥]。尔侬迎新送旧，似君侯、清约更谁欤[⑦]。欲举一杯寿酒，却愁破费兵厨[⑧]。

[注释]

①下车：即到任。　②琖：同“盏”，小杯。　③两轮朱：比喻家世显赫，当朝权贵。“今王氏一姓，乘朱轮华毂者三十三人。”见《汉书·刘向传》。　④阴骘：阴德。　⑤三农：春、夏、秋三个农时。　⑥万衲：众多的和尚。　钟鱼：形同鲸鱼的撞钟大木。“粥后钟鱼未动时。”见陆游《西林傅庵主求定庵诗》。　⑦清约：清廉俭约。　⑧兵厨：步兵厨。比喻善于酿造、储存美酒之处。“籍闻步兵厨营人善酿，有贮酒三百觞，乃求为步兵校尉。”见《晋书·阮籍传》。

木兰花慢

己未生日

新来衰态见，书懒读，镜休看。笑量窄才悭，卷无警策[①]，杯有留残。思量减些年甲，怎柰何、鬚与鬓难瞒。假使诏催上道，不如敕放还山[②]。　数年前乞挂衣冠[③]，耄矣尚盘桓[④]。且行歌拾穗[⑤]，未应天上，解胜人间。仙家更无理会，至今传、都厕处刘安[6]。莫怪是翁矍铄，止缘老子痴顽[7]。

[注释]

①卷：书。 警策：精炼义深的文句。 ②敕：上对下命令之词，特指皇帝的诏书。 还山：归隐。 ③挂衣冠：即挂冠，辞官之代称。 ④耄：老，高年。《礼记·曲礼》："八十、九十曰耄。"泛指老年。 盘桓：逗留，周旋。 ⑤行歌拾穗："林类，年且百岁，冬春被裘，拾遗穗于故畦，并歌并进。"见《列子·天瑞》。 ⑥刘安：刘安未得上天，遇诸仙伯，言行无礼，被谪守都厕三年。见葛洪《神仙传》。 ⑦老子痴顽：老头迟钝愚蠢。"德光诮之曰：'尔是何等老子？'对曰：'无才无德痴顽老子。'"见《新五代史·杂传·冯道》。

木兰花慢

客赠牡丹

维摩居士室[1]，晨有鹊、噪檐声。排闼者谁欤，冶容袨服[2]，宝髻珠璎。疑是毗耶城里[3]，那天魔、变作散花人[4]。姑射神仙雪艳[5]，开元妃子春酲[6]。 鄜延第一次西京[7]。姚魏是知名[8]。向欧九记中[9]，思公屏上[10]，描画难成。一自朝陵使去[11]，赚洛阳、花鸟望升平。感慨桑榆暮景，抉挑草木微情。

[注释]

①维摩：佛名。释迦同时人，也作毗摩罗诘。尝发愿为众生病，佛使天女散花，维摩心静无尘独不著身。 ②袨(xuàn)服：玄黄色的庄重礼服。 ③毗耶城：梵语，古印度大城名，相传为释迦牟尼逝世地。 ④散花：为供佛而散布花朵，以示敬意。 ⑤姑射神仙：典出《庄子·逍遥游》。 ⑥开元妃子：即杨贵妃。 ⑦鄜延：地名。鄜州、延州在今陕北，古出牡丹。 次：第二。 ⑧姚魏：姚黄魏紫的简称，指牡丹花。 ⑨欧

九记：欧阳修《洛阳牡丹记》。 ⑩思公：钱惟演。 ⑪朝陵使：宋真宗以王旦为朝陵使，往洛阳朝拜陵墓。

摸鱼儿

怪新年、倚楼看镜，清狂浑不如旧。暮云千里伤心处，那更乱蝉疏柳。凝望久。怆故国，百年陵阙谁回首。功名大谬[①]。叹采药名山，读书精舍，此计几时就[②]。
封侯事，久矣输人妙手。沧洲聊作渔叟。高冠长剑浑闲物，世上切身惟酒。千载后。君试看，拔山扛鼎俱乌有[③]。英雄骨朽。问顾曲周郎[④]，而今还解，来听小词否。

［注释］

①谬：错误，差错。 ②就：成就，成功。 ③拔山扛鼎：举山举鼎，形容勇力盖世的大英雄。"力拔山兮气盖世"、"力能扛鼎，才气过人"。俱见《史记·项羽本纪》。 ④顾曲周郎：三国时东吴周瑜精于音乐，演奏如有差错，他一定知道，知道了一定要注视，故当时的人说："曲有误，周郎顾。"见《三国志·吴书·周瑜传》。

［集评］

阳九逐客云："报国之思深，爱国之情切，有力而无使处，惟有故作达观。"（《养酒斋词话》）

摸鱼儿

海 棠

甚春来、冷烟凄雨，朝朝迟了芳信[①]。蓦然作暖晴三日，又觉万姝娇困。霜点鬓。潘令老[②]，年年不带看花分。才情减尽。怅玉局飞仙[③]，石湖绝笔[④]，孤负这风韵。
倾城色，懊恼佳人薄命。墙头岑寂谁问。东风日暮无聊赖，吹得胭脂成粉。君细认。花共酒，古来二事天尤吝。年光去迅。漫绿叶成阴[⑤]，青苔满地，做得异时恨。

[注释]

①芳信：春天的信息。“梅花未足凭芳信。”见宋晏几道《玉楼春》之八。 ②潘令：指晋代的潘岳，岳曾为河阳令，在县中满种桃李，一时传为美谈。 ③玉局：宋代祠官有玉局观提举，苏轼曾任此官，后称苏轼为“苏玉局”。《东坡集》卷十三有《海棠》诗。 ④石湖：湖名，在江苏苏州西南。南宋范成大是年居此，面湖筑亭榭。宋孝宗御书“石湖”二字以赐，成大死不久，亭榭即荒废。 ⑤绿叶成阴：（杜）牧佐宣城幕，游湖河，刺史崔君张水戏，使州人毕观。令牧间行阅奇丽，得垂髫者十馀岁，后十四年，牧刺湖州，其人已嫁生子矣。乃怅而为诗曰：“自是寻春去校迟，不须惆怅怨芳时。狂风落尽深红色，绿叶成阴子满枝。”见记有功《唐诗记事》卷五十六。

摸鱼儿

用实之韵

便披蓑、荷锄归去，何须身著宫锦[①]。与谁共话桑麻事[②]，朱老阮生尤稔[③]。筛样饼，瓮样茧，长鬚赤脚供樵饪[④]。清流浊品。尽扫去胸中，置诸膜外[⑤]，对酒莫辞饮。

华胥梦[⑥]，怕杀人惊晓枕。疏窗惟月来闯。一生常被弓旌误，且告朝家追寝。愁个甚。君管取，有薇堪采松堪荫[⑦]。茅山再任。幸不是谋臣，又非世将，免犯道家禁。

[注释]

①宫锦：“（李白）尝月夜乘舟自采石达金陵，自衣宫锦袍，于舟中顾瞻笑傲，旁若无人。”见《旧唐书·文苑传》。 ②话桑麻：谈论农事。陶潜《归田园居》：“相见无杂言，但道桑麻长。” ③朱老阮生：常来常往的好友，泛指经常往来的好友。“梅熟许同朱老吃，松高拟对阮生论。”见杜

甫《绝句四首》。 ④长鬟赤脚："一奴长鬟不裹头，一婢赤脚老无齿。"见韩愈《寄卢仝》。 ⑤置诸膜外：即置之度外，不放在心上。 ⑥华胥：寓言中的理想之国。"（黄帝）昼寝而梦，游于华胥氏之国。"见《列子·黄帝》。 ⑦有薇堪采：采薇，称代隐居。周武王灭殷，伯夷、叔齐不食周粟，隐居于首阳山，采薇而食，终于饿死。见《史记·伯夷列传》。

转调二郎神

余生日，林农卿赠此词，终篇押一韵，效嚬一首[①]

抽还手版[②]，受用处、十分轻省。便衣剪家机[③]，饭炊躬稼[④]，且免支移系省。帝悯龙钟躏朝谒[⑤]，予长假、毋烦申省。笑木石虚斋，暮年忺做[⑥]，端明提省[⑦]。 闲冷。橐金散尽，书筒来省。有小小楼儿，看山待月，绝胜崔公望省[⑧]。两鹤随轩[⑨]，一奴负锸[⑩]，此外诸馀从省。把一身本末，绿章奏过[⑪]，泰玄都省[⑫]。

［注释］

①效嚬：也作效颦。喻不善模仿，弄巧成拙。终篇押一韵，称作"独木桥体"或"福唐体"。 ②手版：即笏。古代官吏上朝或谒见上司时所执，备记事用。 ③家机：自家织的布。 ④躬稼：亲治农事。 ⑤龙种：老态。 ⑥忺：适意，高兴。 ⑦端明：端明殿学士，即西京正卫殿也。见《宋史·职官志》。 ⑧崔公：本崔恭之《同先禄弟冬日述怀》"功名守留省，滥迹在文昌。家园遥可见，台寺近相望"。 ⑨两鹤随轩：《吊小鹤赋》云："余晚擯于朝兮，户寂庭空，赖二羽衣兮，伴一秃翁。"见张荃《考证》。 ⑩一奴负锸：刘伶纵酒放达，乘鹿车，携一壶酒，使人荷锸随之，曰："死便埋我。"见《晋书·刘伶传》。 锸（chā）：铁锹。 ⑪绿章：旧时道士祈天时用青藤纸朱书所写的奏文，也叫青词。"绿章夜奏通明殿，乞借春阴护海棠。"见陆游《花时遍游诸家园》。 ⑫泰玄：《汉书·礼乐志》载《郊祀歌·惟泰元》："惟泰元尊。" 玄：通"元"。

转调二郎神

再和

黄粱梦觉[①]，忽跳出、北扉西省。今似得何人，老僧退院，秀才下省。罢草河西淮南诏[②]，没一字、谘尚书省[③]。已交侣樵渔，免教人道，弥封官省。　　多幸。条冰解去[④]，新衔全省。笑杀太师光[⑤]，赐灵寿杖[⑥]，有诏扶他入省。死谥醉侯[⑦]，生封诗伯[⑧]，此事不关朝省。便茅屋、送老云边，也胜倚金华省[⑨]。

[注释]

①黄粱梦：卢生于邯郸客居中遇道者吕翁，生自叹穷困，翁乃授生枕，使之入梦。生梦中历尽富贵荣华。及醒，主人炊黄粱尚未熟。后以黄粱梦比喻富贵终归虚幻或欲望破灭。　②"罢草"句："遣长史刘钧奉书献马。先是帝闻河西完富，地接陇蜀，常欲招之。……发使遗融书，遇钧于道，即与俱还。帝见钧欢甚，礼飨毕，乃遣令还，赐融玺书。"见《后汉书·窦融传》。　淮南诏："淮南王安，为人好书。……时武帝方好艺文，以安属为诸文，甚尊重之。每为报书及赐，常召司马相如等视草迺遣。"见《汉书·淮南王传》。　③尚书省：官署名。　咨尚书省：《全宋词》注，学士院文字至朝廷，皆云谘报，不云申也。　④条冰：清贵的官职，"陈彭年在翰林，所兼十馀职，皆文翰清秘之目，时人谓其署衔为一条冰。"见宋晁载之《续谈助》。　⑤太师光：即孔光。西汉鲁人，字子更。治经学，熟习汉朝制度法令，历三朝，官至御史大夫、丞相、太师，封侯。　⑥灵寿杖：用灵寿木制的杖。灵寿为树木名，似竹，有枝节，自然合杖制，不须削治。　⑦醉侯：对善饮者的美称。"他年谒帝言何事，请赠刘伶作醉侯。"见唐皮日休《夏景冲澹偶然作》。　⑧诗伯：诗坛领袖。杜甫《赠毕四》："才大今诗伯。"　⑨金华省：官署名。杜甫《八哀诗》："倚君金华省。"

转调二郎神

三　和

一筇两屦[1]，导从比、在京差省。更不草白麻[2]，不批黄敕[3]，稍觉心清力省。幸有善和书堪读[4]，何必然藜芸省[5]。且阁起庄骚，专看老易[6]，课程尤省。　梦境。槐阴禁苑，药翻纶省[7]。纸裹里，有青铜钱三百，送与酒家展省[8]。吊李白坟，挂徐君剑[9]，零落端平同省[10]。仅留得、老子婆娑[11]，怎不拂衣华省。

［注释］

①筇：竹名，可为杖，故杖也叫筇。　屦：鞋子，汉以后称履。　②白麻：诏书。《唐会要·翰林院》："凡将相出入，皆翰林草纸，谓之白麻。"　③黄敕：诏书，用黄纸书写的诏书。"唐高宗上元三年，以制敕施行既为永式，用白纸多为虫蛀，自今已后，尚书省颁下诸州诸县，并用黄纸。敕用黄纸，自高宗始也。"见宋高承《事物纪原·黄敕》。　④善和书：善和里，地名。柳宗元有三千卷书藏此。见《寄许京兆孟谷书》。　⑤藜芸：太乙老人点燃藜杖给在天禄阁校书的刘向讲开辟以前事。见《拾遗记》。　芸：芸阁，指天禄阁。　⑥老易：《老子》、《周易》。　⑦纶省：本《礼记·缁衣》"王言如丝，其出如纶"。中书掌草诏敕，故称中书省为纶省。　⑧"青铜钱"两句：穷饮酒。杜甫："速宜相就饮一斗，恰有三百青铜钱。"见杜甫《偪仄行赠毕曜》。　⑨挂徐君剑：指朋友知己生死不变。"（吴）季札之初使，北过徐君，徐君好季札剑，口弗敢言，季札心知之，为使上国未献。还至徐，徐君已死，于是乃解其宝剑，系之徐君冢树而去。从者曰：'徐君已死，尚谁予乎？'季子曰：'不然，始吾心已许之，岂以死倍吾心哉！'"见《史记·吴太伯世家》。　⑩端平：宋理宗年号。公元1234至1236年。作者自注：端平乙未，李元善为都官，徐直翁为司封，余为侍右，同在南廊。　⑪婆娑：盘旋。

转调二郎神

四　和

近来塞上，喜蜡弹、羽书清省[①]。更万灶分屯，百年和籴，惭愧而今半省。蒙鞑残兵骑猪遁[②]，永绝生猺侵省[③]。做个太平民，戴花身健，催租符省。　　何幸。行人来密[④]，佥军抽省。但进有都俞[⑤]，退无科琐[⑥]，不用依时出省。子厚南宫[⑦]，仲舒西掖[⑧]，又报岑参东省[⑨]，趁此际、纳禄悬车[⑩]，亦为大司农省。

[**注释**]

①蜡弹：封在蜡丸中之书信，即蜡书。　②鞑：鞑靼，亦单称鞑。蒙古族别称。　骑猪遁：狼狈得屁滚尿流而逃。猪即豕，豕屎同音。"玄贼七百里，隈墙独自战，忽然逢著贼，骑猪向南逮。"则天曰："懿宗无马耶？元一曰：'骑猪，夹豕也。'则天大笑。"见张鷟《朝野佥载》。　③猺：旧时对瑶族的蔑称。　④行人：使者的通称。　⑤都俞："都"为叹美之词。"俞"为应答之词。见《尚书·皋陶谟》。　⑥科琐：科条琐屑。　⑦子厚：柳宗元，唐河东人，字子厚。　南宫：古称尚书省。南宫本为南方列宿，汉用它拟尚书省。　⑧仲舒：董仲舒，汉广川人，生平讲学著书，推尊儒术，抑黜百家，开以后两千多年封建社会以儒学为正统的局面。　西掖：中书省的别称。　⑨岑参：唐诗人。　东省：门下省。唐宫内有宣政殿，殿前东廊名日华门，门下省在门东，故称东省，又称左省。　⑩纳禄：归还俸禄，即辞官。　悬车：致仕，即离退休不必用车了。

转调二郎神

五　和

人言官冗，老病底、法当先省。况行则蹒跚[①]，立时跛倚[②]，幸免做他两省[③]。客怕逢迎书慵答，得省处、而今姑省。笑落尽桃花[④]，仆家梦得，重来郎省[⑤]。　　凉冷，练衣差薄[⑥]，蒲葵堪省[⑦]。叹三纪单栖[⑧]，二毛纯白[⑨]，情味似潘骑省[⑩]。鬻马遣姬[⑪]，惟书与画，点检依然难省。也不用、畜犬防偷，老去睡眠常省。

［注释］

①蹒跚（pán shān）：行路一瘸一拐之貌。 ②跛：指瘸了一条腿。跛倚：《礼记·礼器》"跛倚"孙希旦《集解》："立而偏任一足曰跛（bì）。" ③两省：侍立官号小两省。当时的侍立官为起居舍人、起居郎。前者属西省，后者属东省。词人曾先后除起居舍人和起居郎。 ④落尽桃花：刘禹锡其《再游玄都观》引："余贞元二十一年为屯田员外郎时，此观未有花。是岁出牧连州，寻贬朗州司马。居十年，召至京师，人人皆言有道士手植仙桃，满观如红霞。……旋又出牧。今十有四年，复为主客郎中，重游玄都观，荡然无复一树，唯兔葵燕麦动摇于春风耳。"诗曰："百亩中庭半是苔，桃花净尽菜花开。种桃道士归何处？前度刘郎今又来。" ⑤仆家：谦称。仆，在古代称奴隶或差役为仆，后来泛指供役使者。 ⑥练：粗麻织物。 ⑦蒲葵：即扇叶葵。叶可制蒲扇。 ⑧三纪单栖：古代以十二年为一纪。词人妻林夫人殁于绍定元年（1228），至本词的写作年代景定三年（1262）共历三十五年。 ⑨二毛纯白：雪白的头髮。《左氏传》杜预注曰："二毛，头白有二色也。" ⑩潘骑省：指潘岳。 骑省：官署名。唐门下省、中书省设散骑常侍，故亦称骑省。潘岳曾任此职，故称潘骑省。⑪鬻马遣姬：典出白居易《不能忘情吟》序。序曰："乐天既老，又病风，乃录家事，会经费，去长物。妓有樊素者，年二十馀，绰绰有歌舞态，善唱《杨枝》，人多以曲名名之，由是名闻洛下，籍在经费中，将放之。马有骆者，驵壮骏稳，乘之亦有年，籍在长物中，将鬻之。"

长相思

惜 梅

寒相催，暖相催，催了开时催谢时。丁宁花放迟[①]。
角声吹，笛声吹，吹了南枝吹北枝[②]。明朝成雪飞。

[注释]

①丁宁:叮嘱,告诫。 ②"吹了"句:本《白氏六帖》"大庾岭上梅,南枝落,北枝开"。

长相思

寄远

朝有时,暮有时,潮水犹知日两回[①]。人生长别离。
来有时,去有时,燕子犹知社后归[②]。君行无定期。[③]

[注释]

①潮:海水定时涨落为潮。 ②社:社日的省称。社日为古代祀社神之日。汉以前只有春社,以立春后第五个戊日为春社。汉以后始有春秋二社,秋社为立秋后第五个戊日。此处所言为春社。"过社纷纷燕,新晴淡淡霞。"见徐铉《寒食日作》。 ③注者按:《林下词选》卷三此首误作易祓妻词。

长相思

饯别

风萧萧,雨萧萧,相送津亭折柳条[①]。春愁不自聊。
烟迢迢,水迢迢,准拟江边驻画桡[②]。舟人频报潮。

[注释]

①折柳:送别之词的代称。汉人送客至长安东灞桥折柳相赠。取"柳"、"留"谐音之意。后则以折柳为送别之词。 ②桡:船桨。

长相思

烟凄凄,草凄凄,野火原头烧断碑。不知名姓谁。

印累累，家累累，千万人中几个归。荣华朝露晞[1]。

[注释]

①晞：干。“蒹葭苍苍，白露未晞。”见《诗经·秦风·蒹葭》。

长相思

劝一杯，复一杯，短锸相随死便埋[1]。英雄安在哉[2]。
眉不开，怀不开，幸有江边旧钓台[3]。拂衣归去来。

[注释]

①“短锸”句：“（刘伶）常乘鹿车，携一壶酒，使人荷锸而随之，谓曰：‘死便埋我。’”见《晋书·刘伶传》。 ②英雄安在：英雄都过去了。“固一世之雄也，而今安在哉？”见苏轼《赤壁赋》。 ③钓台：古迹名，即严子陵的钓鱼台。

昭君怨

牡 丹

曾看洛阳旧谱[1]，只许姚黄独步[2]。若比广陵花[3]，太亏他。 旧日王侯园圃，今日荆榛狐兔。君莫说中州，怕花愁。

[注释]

①洛阳旧谱：“《洛阳牡丹记》一卷，宋欧阳修撰。……周必大作《欧集考异》，称当时士大夫家有修《牡丹谱》印本。”见《四库全书总目》卷一百一十五。 ②姚黄：牡丹花的一种，为宋姚姓人家培育的千叶黄花。 ③广陵花：指芍药与琼花。

昭君怨

琼　花[1]

后土宫中标韵[2]，天上人间一本[3]。道号玉真妃[4]，字琼姬。　　我与花曾半面[5]，流落天涯重见。莫把玉箫吹，怕惊飞。

[注释]

①唐氏按：《扬州琼花集》误作刘辰翁词。　②后土：古时称地神或土神为后土。此处系指扬州后土祠。该祠有琼花一株，相传为唐人所植，为稀有珍异植物。　③本：株，棵。　④玉真：九华真妃。　⑤苏轼《惠州近城数小山……》："花曾识面香仍好。"

昭君怨

一个恰雷州住[1]，一个又廉州去[2]。名姓在金瓯[3]，不如休。　　昨日沙堤行马[4]，今日都门飘瓦[5]。君莫上长竿[6]，下来难。

[注释]

①雷州：地名，唐贞观八年改东合州为雷州。即今广东海康。　②廉州：地名，唐贞观八年改合浦郡为廉州。即今广西合浦。　③"名姓"句：李德裕《次柳氏旧闻》，玄宗凡命相皆先以御笔书其姓名，置案上。会太子入侍，上举金瓯覆其名以告之曰："此宰相名也，汝庸知其谁也？"即射中，赐尔卮酒。肃宗拜而称曰："非崔琳，卢从愿乎？"上曰："然。"因举瓯以示之，乃赐卮酒。　④沙堤：凡拜相，礼绝班行，府县（令民）载沙铺路，从宰相私邸铺到子城东街，名曰沙堤。见李肇《国史补》。　⑤飘瓦：落下的瓦片。比喻外来的祸患。　⑥"君莫"句："……刁氏对（梅尧臣）曰：'君于仕宦，何异鲇鱼上竹竿耶！'"见欧阳修《归田录》。

生查子

元夕戏陈敬叟

繁灯夺霁华，戏鼓侵明发[①]。物色旧时同，情味中年别。　浅画镜中眉，深拜楼西月[②]。人散市声收，渐入愁时节。　（以上《彊村丛书》本《后村长短句》卷二）

[注释]

①明发：天刚亮。　②拜楼西月：唐宋妇女有拜月的习惯。

满江红

夜雨凉甚，忽动从戎之兴

金甲雕戈[①]，记当日、辕门初立。磨盾鼻、一挥千纸[②]，龙蛇犹湿[③]。铁马晓嘶营壁冷[④]，楼船夜渡风涛急[⑤]。有谁怜、猿臂故将军[⑥]，无功级[⑦]。　平戎策[⑧]，从军什[⑨]，零落尽，慵收拾。把茶经香传[⑩]，时时温习。生怕客谈榆塞事[⑪]，且教儿诵花间集[⑫]。叹臣之壮也不如人[⑬]，今何及。

[注释]

①金甲雕戈：铁甲衣及刻有花纹的兵器。　②磨盾鼻：在盾鼻上磨墨，是说在军队里当文书。　盾：古代的防御武器。　③龙蛇：形容笔势、字形飞舞的样子。　④铁马：披上铁甲的战马。　⑤楼船：高大的军舰。　⑥猿臂故将军：指李广。"广为人长，猿臂，其善射亦天性也。"见《史记·李将军列传》。　⑦无功级：说李广立下了许多战功而不得封侯。　⑧平戎策：平定入侵外族的策略。唐王嗣忠曾上"平戎十八策"。见《新唐书·王嗣忠传》。　⑨从军什：反映军旅生活的诗篇。　什：诗歌。　⑩茶经：唐人陆羽嗜茶，著有《茶经》一卷。　香传：《宋史·艺文志》载有侯氏《萱堂香谱》一卷、丁谓《天香经》一卷、沈立《香谱》一卷等。　⑪榆塞：北方边关。　⑫花间集：唐五代词集，五代蜀人赵崇祚编。　⑬臣之壮也：春

秋时郑国烛之武对郑文公说:“臣之壮也,犹不如人,今老矣,无能为也已。”见《左传·僖公三十年》。

[集评]

胡云翼云:“后段说的全是反话。怕谈的正是他所关怀的。”(《宋词选》)

阳九逐客云:“烈士暮年,壮心不已。”(《养酒斋词话》)

满江红

二月廿四夜海棠花下作

老子年来,颇自许、心肠铁石。尚一点、消磨未尽,爱花成癖。懊恼每嫌寒勒住[1],丁宁莫被晴烘坼[2]。奈暄风烈日太无情[3],如何得。　　张画烛,频频惜。凭素手,轻轻摘。更几番雨过,彩云无迹。今夕不来花下饮,明朝空向枝头觅。对残红满院杜鹃啼,添愁寂。

[注释]

①寒勒:因寒冷而推迟开花。　②坼:开裂,开放。　③暄风:春风。“春曰青阳……风曰阳风,春风,暄风,柔风,惠风。”见南朝梁元帝《纂要》。

满江红

题范尉梅谷

赤日黄埃,梦不到、清溪翠麓。空健羡、君家别墅,几株幽独。骨冷肌清偏要月,天寒日暮尤宜竹[1]。想主人、杖履绕千回,山南北。　　宁委涧[2],嫌金屋。宁映水,羞银烛。叹出群风韵,背时装束,竞爱东邻姬傅粉[3],谁怜空谷人如玉。笑林逋、何逊漫为诗，无人读。

[注释]

①天寒日暮："天寒翠袖薄，日暮倚修竹。"见杜甫《佳人》。 按：宋人用杜此语以咏梅者，陆游《射的山观梅》云"倚竹真成绝代人"，姜夔《疏影》词云"客里相逢，篱角黄昏，无言自倚修竹"，俱在后村之前。 ②宁委涧：宁可抛弃在山涧，即隐居。 ③东邻：指东边邻居的美女，泛指美女。"臣里之美者莫若臣东家之子。"见战国楚宋玉《登徒子好色赋》。

满江红

送宋惠父入江西幕①

满腹诗书，馀事到、穰苴兵法②。新受了、乌公书币③，著鞭垂发④。黄纸红旗喧道路，黑风青草空巢穴。向幼安、宣子顶头行⑤，方奇特。 溪峒事⑥，听侬说⑦。龚遂外⑧，无长策⑨。便献俘非勇⑩，纳降非怯⑪。帐下健儿休尽锐⑫，草间赤子俱求活⑬。到崆峒、快寄凯歌来⑭，宽离别。

[注释]

①宋惠父：宋普，建阳人，作者为建阳县令所交之友。 ②穰苴：人名，春秋时齐国人，官做到大司马，故名司马穰苴，是当时的军事家。 ③乌公书币：中唐名将乌重胤，积军功封张掖郡公，后进封为邠国公。爱才礼士，聘请了不少当时的名士。韩愈《送石处士序》载乌重胤"课书词，具马币"，以迎石处士。 ④著鞭垂发：拿了马鞭马上出发。 ⑤幼安、宣子：辛弃疾字幼安，曾在江西消灭以赖文政为首的茶商军。王佐字宣子，曾在湖南消灭以陈峒为首的暴动队伍。 ⑥溪峒：指南方山区的少数民族。 ⑦侬：我。 ⑧龚遂：西汉宣帝时的清官，在当渤海太守时，遇荒年，多盗贼，龚遂不用捕捉镇压的办法，劝人民大搞农业，"民有带持刀剑者，使卖剑买牛，卖刀买犊。"见《汉书·龚遂传》。 ⑨长策：好办法。 ⑩献俘：俘虏

了敌人献给朝廷,指打了大胜仗。 ⑪纳降:投降。 ⑫尽锐:用尽锐气,指军队的大屠杀。 ⑬草间赤子:上山落草为寇的老百姓。 ⑭崆峒:山名,有好几处,此指江西赣县的空山。

[**集评**]

卓人月云:"大经济才,大功德主,非如少不更事,一直向前厮杀者。"(《古今词统》卷十二)

冯煦云:"后村词,与放翁、稼轩,犹鼎三足。其生丁南渡,拳拳君国,似放翁。志在有为,不欲以词人自域,似稼轩。《满江红》'送宋惠父入江西幕'云:'帐下健儿休尽锐,草间赤子俱求活。'胸次如此,岂剪红刻翠者比邪?升庵称其壮语,子晋称其雄力,殆犹之皮相也。"(《蒿庵词话》)

满江红

落日登楼[①],谁管领、倦游狂客。待唤起、沧浪渔父[②],隔江吹笛。看水看山身尚健,忧晴忧雨头先白。对暮云、不见美人来,遥天碧。 山中鹤,应相忆。沙上鹭,浑相识。想石田茅屋[③],草深三尺。空有鬓如潘骑省[④],断无面见陶彭泽[⑤]。便倒倾、海水浣衣尘,难湔涤[⑥]。

[**注释**]

①辛弃疾《水龙吟》登建康赏心亭:"落日楼头,断鸿声里,江南游子。把吴钩看了,栏干拍遍,无人会,登临意。" ②沧浪:即汉水。《楚辞·渔父》:"渔父莞尔而笑,鼓枻而去,乃歌曰:'沧浪之水清兮,可以濯吾缨;沧浪之水浊兮,可以濯吾足。'" ③石田:石多不能耕种的田。杜甫《醉时歌》:"先生早赋《归去来》,石田茅屋荒苍苔。" ④潘骑省:此处指潘岳。⑤陶彭泽:陶潜曾为彭泽县令,故名。 ⑥湔涤:刷洗。

满江红

送王实之

天壤王郎[①]，数人物、方今第一。谈笑里、风霆惊座，云烟生笔。落落元龙湖海气[②]，琅琅董相天人策[③]。问如何、十载尚青衫[④]，诸侯客。　易爱底，些官职。难保底，些名节。拟闭门投辖[⑤]，剧谈三日[⑥]。畴昔评君天下宝[⑦]，当为天下苍生惜。向临分、慷慨出商声[⑧]，摧金石。

[注释]

①天壤王郎：晋代的谢道蕴有高才，嫁给王凝之，回家来很不高兴。她的叔父谢安安慰她说："王郎，逸少（王羲之字）子，不恶，汝何恨之？"道蕴回答说："一门叔父，则有阿大、中郎，群从兄弟，复有封胡、羯末，不意天壤之中，乃有王郎！"见《晋书·列女传》。　②落落：态度大方。　元龙：东汉时下邳人陈登的字。陈登深沉有大略，为当时的名人。　湖海气：许汜和刘备在刘表那里谈论人物时说："陈元龙湖海之士，豪气未除。"见《三国志·魏书·陈登传》。　③董相天人策：董相，指西汉的董仲舒，曾任江都相。他有天人际的学说，认为："《春秋》之中，视前世已行之事，以观天人相与之际，甚可畏也。"见《汉书·董仲舒传》。　④青衫：指官职卑小。"江州司马青衫湿。"见唐白居易《琵琶行》。　⑤闭门投辖：殷勤招待，留住客人。汉代的陈遵，每次大饮，宾客满堂，经常把门关上，又把客人的车辖丢到井里去，客人虽有急事，也走不了。见《汉书·陈遵传》。　⑥剧谈：原为谈吐流畅的意思，后来用作痛痛快快的谈论。"（扬雄）口吃不能剧谈。"见《汉书·扬雄传》。　⑦天下宝：《南史·王彬传》载，"好文章，习篆隶，与兄志齐名，时人为之语曰：'三真六草，为天下宝。'"　⑧商声：乐曲的旋律激昂慷慨，悲壮凄凉。

[集评]

卓人月云："'如此送客诗，竟可当一篇大序。'又云：'实之虽贤，得后村之文词，而名乃不朽。'"（《古今词统》卷十二）

满江红

寿王实之

鹤驭来时[①],长占定、一年清绝。九万里、纤云收尽,帝青空阔[②]。月露偏为丹桂地,风霜欲放黄花节。听玉笙、缥缈度缑山[③],吹初彻。 曾直把,龙鳞批[④]。曾戏取,鲸牙拔。向绛河濯足[⑤],咸池晞髪[⑥]。俗子底量吾辈事,天仙不在臞儒列[⑦]。世岂无、瑶草与蟠桃,堪樊掇。

[注释]

①鹤驭:相传仙人多骑鹤,故指仙人或得道的人。 ②帝青:原指佛家的青色宝珠,此处指澄澈、明净的天空。 ③缑山:即缑岭,又名缑氏山,在今河南偃师东南。道家相传,仙人王子乔对桓良说,七月七日在缑氏山岭相见。见刘向《列仙传》。 ④龙鳞批:触怒帝王。传说龙的颈喉下有逆鳞,如触碰了它,龙一定大怒而杀人。见《韩非子·说难》。 ⑤绛河濯足:在银河里洗脚。 ⑥咸池:在东方的大沼泽,神话相传是太阳洗澡的地方。 晞髪:晾干头髮。“与女沐兮咸池,晞女髪阳之阿。”见屈原《楚辞·九歌·少司命》。 ⑦臞儒:消瘦的读书人。臞,亦作“癯”。

满江红

和王实之韵送郑伯昌

怪雨盲风[①],留不住、江边行色。烦问讯、冥鸿高士[②],钓鳌词客[③]。千百年传吾辈话,二三子系斯文脉。听王郎、一曲玉箫声,凄金石。 晞髪处,怡山碧。垂钓处,沧溟白。笑而今拙宦[④],他年遗直[⑤]。只愿常留相见面,未宜轻屈平生膝。有狂谈、欲吐且休休,惊邻壁。

[注释]

①盲风：疾风。“仲秋之月，盲风至，鸿雁来，玄鸟归。”见《礼记·月令》。　怪雨盲风：本韩愈《南海神庙碑》“盲风怪雨，发作无节”。　②冥鸿：飞得很高的大雁，比喻避世隐居的人。“我今垂翅附冥鸿，他日不羞蛇与龙。”见唐李贺《高轩过》。　③钓鳌：比喻抱负远大或举止豪迈。李白自称“海上钓鳌客”。见宋赵德麟《侯鲭录》。　④拙宦：不善于做官。“以予惭拙宦，期子遇良媒。”见唐宋之问《酬李丹徒见赠之作》。　⑤遗直：直道而行，有古人的遗风。“叔向，古之遗直也。”见《左传·昭公十四年》。

满江红

四首并和实之

往日封章[1]，曾耸动、君王颜色。今似得、三闾公子[2]，四明狂客[3]。古不能箝言者口[4]，天方欲寿中朝脉[5]。算人间、岂有病无医，须针石。　年冉冉，袍犹碧。心耿耿，头先白。笑臣舒迂缓[6]，臣山愚直[7]。拂袖归来羞炙手[8]，望尘拜了难伸膝[9]。把富春濑与首阳山，图斋壁[10]。

[注释]

①封章：向皇帝递交的奏章。古代的奏章都是不封口的，如有机密事，则用黑色袋子封了再进奏。“营平守节，屡奏封章。”见汉扬雄《赵充国颂》。　②三闾公子：楚屈原曾为三闾大夫。　③四明狂客：唐代贺知章的自号。　④箝(qián)：封闭，夹住，限制。　⑤寿：延长。　⑥臣舒迂缓：“宣帝初即位，温舒上书言宜尚德缓刑。”见《汉书·路温舒传》。　⑦臣山愚直：贾山曾借秦为谕，对皇上言治乱之道，且在《至言》中说：“臣闻为人臣者，尽忠竭愚，以直谏主，不避死亡之诛者，臣山是也。”见《汉书·贾山传》。　⑧炙手：火焰烫手。炙手可热，比喻权势气焰之盛。“炙手可热势绝伦，慎莫近前丞相嗔。”见杜甫《丽人行》。　⑨望尘拜：“岳性轻躁，趋世利，与石崇等谄事贾谧。每候其出，辄望尘而拜。”见《晋书·潘岳传》。　⑩图：绘画。

满江红

三黜归来[①],饭疏食、浑无愠色[②]。中年后、家如旅舍,身如行客。轩冕岂非疣赘具[③],烟霞已是膏肓脉。有些儿、隙地更疏泉,堆卷石[④]。　　邻媪饷,新笋碧。溪友卖,鲜鳞白[⑤]。向陈编冷笑[⑥],孔明元直[⑦]。俗事不教污两耳[⑧],宴居聊可盘双膝。取当年、行脚一枝笻[⑨],悬高壁。

[注释]

①三黜:做官不如意,多次被罢免。“柳下惠为士师,三黜。人曰:‘子未可以去乎?’曰:‘直道而事人,焉往而不三黜!’”见《论语·微子》。　②愠色:恼怒的脸色,不高兴的样子。　③轩冕:古代卿大夫的轩车(高级轿车)和冕服(大礼服),后来指代官位和爵禄。　疣赘:人身上多馀的肉。　疣:俗称瘊子。　赘:无用的,多馀的。　④卷石:小石头。　⑤鲜鳞:刚捉起来的鱼。　⑥陈编:前人的著作。“踵常途之促促,窥陈编以盗窃。”见唐韩愈《进学解》。　⑦孔明元直:诸葛亮和徐庶。　⑧污两耳:弄脏了两只耳朵,以表示清高。“尧又召(许由)为九州长,由不欲闻之,洗耳于颍水之滨。”见晋皇甫谧《高士传》。　⑨行脚:脚行天下。“寻访师友,求法证悟也。”见《祖庭事苑》。　笻:竹子,常借指手杖。

满江红

畴昔胪传[①],仗下奏、祥云五色。何况是、西山弟子[②],鹤山宾客[③]。上帝照临忠义胆,老师付授文章脉。问此君、仿佛似何人,徂徕石[④]。　　园官菜,登盘碧。田舍米,翻匙白。懒投诗见素,寄书杓直[⑤]。德耀不嫌为隐髻[⑥],龟儿已解摇吟膝[⑦]。有谁怜、给札老相如,家徒壁[⑧]。

［注释］

①胪传：即传胪。把皇帝的话传达到下面，或科举时代，殿试后宣制唱名。 ②西山弟子：宋代大儒真德秀的学生。真德秀世称西山先生，为宋代的道学家，其学说为朱熹所宗。后村、实之皆其门生。 ③鹤山：山名，在四川省邛崃县西，一名白鹤山，亦名四明山。山上有鹤山书堂。宋代魏了翁兄弟曾读书于此，故世称魏为鹤山先生。 ④徂徕石：石介，宋代早期的古文学家。初居于徂徕山下，人称徂徕先生，著有《石徂徕集》。 ⑤杓直：《旧唐书·李逊传》载，"（弟）建，字杓直。"柳宗元有《与李翰林建书》。 ⑥德耀：汉代名士梁鸿的妻子孟光，字德耀，随夫隐居，常荆钗布裙，食则举案齐眉。见晋皇甫谧《高士传》。 ⑦龟儿：唐白居易弟白行简的儿子字阿龟，白居易有《闻龟儿咏诗》，后因称年幼的子侄。 ⑧相如家徒壁："文君夜亡奔相如，相如乃与驰归成都，家居徒四壁立。"见《史记·司马相如列传》。

满江红

下见西山，料他日、面无惭色。君记取、不为吕党[①]，亦非秦客[②]。有意挽回当世事，无方延得诸贤脉。笑海波、渺渺几时平，空衔石[③]。　园五亩，纷红碧。家四世，传清白。任天孙笑拙[④]，女媭嫌直[⑤]。老去何烦援以手，向来不要加诸膝。待深山、深处著茅斋，看青壁。

［注释］

①吕党：吕为吕夷简。 ②秦客："秦会之（桧）有十客。曹冠以教其孙为门客，王会以妇弟为亲客，郭知运以离婚为逐客，吴益以爱婿为娇客，施全以剸刃为刺客，李季以设醮奏章为羽客，某人以治产为庄客，丁禩以出入其家为狎客，曹咏以献计取林一飞还作子为说客。初止有此九客耳，秦既死，葬于建康，有蜀人史叔夜者，怀鸡絮号恸墓前，其家大喜，因厚遗之，遂为吊客，足十客之数。"见宋陆游《老学庵笔记》。宋赵彦卫《云麓漫钞》也有十客的记载，门客、逐客、娇客、刺客姓名相同，其他的朱希真上客、曹咏食客、康伯可狎客、汤鹏举恶客，庄客、词客名未记。 ③空衔石：

指精卫填海的典故。见《山海经·北山经》。 ④天孙:星名,即织女星。 ⑤女媭:战国时楚国人称姐姐。“女媭之婵媛兮,申申其詈予。”见屈原《离骚》。

满江红

寿唐夫人

八十加三,人尽讶、还童返少。争信道、夜舂晓织,总曾经了。凛凛共姜当日誓[1],谆谆孟母平生教[2]。到如今、象服拥鱼轩[3],天之报。 如船藕,如瓜枣。斑衣舞[4],金钟釂[5]。望秋宵一点,老人星照[6]。尘世少如娘福寿,上苍知得儿忠孝。待看他、孙子又生孙,添怀抱。

[注释]

①共姜:周时卫世子共伯之妻。共伯早死,她不再嫁,后用作女子守节之典。《诗经·鄘风·柏舟》序:“柏舟,共妻自誓也,卫世子共伯蚤(早)死,其妻守义,父母夺而嫁之,誓而弗许,故作是诗以绝之。” ②谆谆:形容不断恳切地教导。 孟母:孟子(轲)的母亲。有“三迁之教”。见汉刘向《列女传》。 ③象服:古代王后和诸侯夫人的衣服。“象服是宜。”见《诗经·鄘风·君子偕老》。 鱼轩:古时贵妇人所乘用的用鱼兽皮装饰的车子。“归夫人鱼轩。”见《左传·闵公二年》。 ④斑衣舞:相传春秋时楚国的老莱子,已经七十岁了,父母都健在,他经常穿了五色彩衣,嬉戏在父母面前,故意跌倒了学小儿啼哭。见《初学记·孝子传》。 ⑤釂:干杯。“长者未举釂,少者不敢饮。”见《礼记·曲礼》。 ⑥老人星:即南极星。

满江红

和叔永吴尚书,时吴丧少子[1]

著破青鞋[2],浑不忆、踏他龙尾[3]。更冷笑、痴人擘划,二三百岁。殇子彭篯谁寿夭[4]，灵均渔父争醒醉[5]。向江天、极目羡禽鱼，悠然矣。　杯中物[6]，姑停止。床头易[7]，聊抛废。慨事常八九，不如人意。白雪调高尤协律[8]，落霞语好终伤绮[9]。待烦公、老手一摩挲，文公记[10]。

［注释］

①叔永：吴泳之字。　少子：幼子。　②青鞋：山野人所穿的鞋子。　③龙尾：龙尾道，皇宫里升殿的斜坡道。“螭头阶下立，龙尾道前行。”见白居易《浔阳岁晚寄元八》。　④殇子彭篯谁寿夭：殇子，未成年而死的人。彭篯，也叫彭祖，古代最长寿的人，相传他享寿八百岁。“莫寿于觞子，而彭祖为夭。”见《庄子·齐物论》。　⑤灵均渔父争醉醒：灵均，屈原的字。屈原被流放，在江边遇见渔父，渔父问他为什么憔悴？屈原说：“众人皆醉，我独醒。”渔父说：“众人皆醉，何不餔其糟而啜其醨？”见《楚辞·渔父》。　⑥杯中物：酒。“天运苟如此，且进杯中物。”见晋陶潜《责子》。　⑦易：古代的哲学书《周易》。　⑧白雪：《阳春》《白雪》，古代比较高深的歌曲。“其为《阳春》《白雪》，国中属而和者，不过数十人。”见战国楚宋玉《对楚王问》。　协律：合乎音律。　⑨落霞：指唐王勃《滕王阁序》中的“落霞与孤鹜齐飞，秋水共长天一色”之句。　⑩文公记：韩愈谥曰文，他有《新修滕王阁记》。

满江红

丹　桂

昨日梢头，点点似、玉尘珠砾[1]。一夜里、天公染就，金丹颜色。体质翻嫌西子白，浓妆却笑东邻赤。尽重重、帘幕不能遮，香消息。　寒日短，霜飞急。未摇落，须怜惜。且乱簪破帽，旋呼鸣瑟。便好移来云月地[2]，莫教归去旃檀国[3]。怕彩鸾、隐见霎时间[4]，寻无迹。

[注释]

①玉尘:形容雪花或白色的花朵。“若逐微风起,谁言非玉尘?”见南朝梁何逊《咏雪》。“千枝花悰玉尘飞。”见唐张籍《同严给事闻唐昌观玉蕊……》。 ②云月地:“月地云阶拜洞仙。”见《周秦行记》。 ③旃檀国:佛国,名由旃檀佛而来。相传释迦牟尼在世时,拘睒弥国优填王欲见无从,乃用旃檀木仿释迦形容造像,谓之旃檀佛。 ④见:现,出现。

满江红

祷祝封姨[1],休把做、扬沙吹砾[2]。费西帝、许多薰染[3],浓香深色。满插铜匜芳气烈[4],高张画烛祥光赤。向先生、鼻观细参来[5],三千息[6]。 人老大,年华急。花妖艳,天公惜。到一枝摇落,千林萧瑟。摘蕊莫教轻糁地,返魂依旧能倾国。待彩云、月下再来时,寻陈迹。

[注释]

①封姨:封十八姨,神话传说中的风神。见唐郑还古《博异志》。 ②把做:当作。 ③西帝:司秋之神。 ④匜(yí):水瓢,古代洗盥时舀水用具。 ⑤鼻观:鼻子,嗅觉。佛家有观想法,观鼻端白谓之鼻观,是一种修炼养性之法。见《楞严经》。 ⑥息:人的一呼一吸称一息。“野马也,尘埃也,生物之以息相吹也。”见《庄子·逍遥游》。

满江红

月露晶英,融结做、秦宫块砾。长殿后、一年芳事,十分秋色。织女机边云锦烂,天台赋里晴霞赤[1]。恍女仙、空际驾翔鸾,来游息。 装束晚,飘零急。今不乐,空追惜。欠红牙按舞[2],朱弦调瑟。岂是时无花鸟使[3],是他自择风霜国。任落英、狼藉委苍苔[4],稀行迹。

[注释]

①天台赋：见孙绰《游天台山赋》"赤城霞起而建标"。 ②红牙：拍板，调节乐曲节拍的乐器，多用红色的檀木做成，又叫红牙檀板。"红牙板急弦声咽，白玉舟横酒量宽。"见宋司马光《和王少卿……》。 ③花鸟使：唐玄宗从开元十年(722)开始，每年派使者到民间选取美女入宫，使者称花鸟使。"天宝年中花鸟使，撩花押鸟含春思。" 自注："天宝中，密号采取艳异者为花鸟使。"见唐元稹《上阳白髮人》。 ④落英：落花。"芳草鲜美，落英缤纷。"见晋陶潜《桃花源记》。

满江红

谁把灵丹，点化了、荒园瓦砾。奇特处、恰当秋杪[①]，不争春色。因甚素娥脂粉艳，怪他白帝车旗赤[②]。叹暮年、无句比红儿，芳心息。 狂飙起，行云急。开与谢，俱堪惜。唤妓行按酒，客来操瑟。扑鼻微香薰世界，解颜一笑迷人国。怕匆匆、归去广寒宫，难踪迹。

[注释]

①秋杪：暮秋。 ②白帝：五帝之一，西方主神。

满江红

楮叶工夫[①]，辛苦似、镂冰炊砾[②]。君看取、天公巧处，自然形色。髪彩已非前度绿[③]，眼花休问何时赤。又谁能、月下待红娘，传音息。 投辖饮[④]，追欢急。持帚扫，痴心惜。有埙篪谐律[⑤]，不消竽瑟。点点散来居士室[⑥]，丛丛生占骚人国。便高烧、绛蜡写乌丝[⑦]，留真迹。

[注释]

①《列子·说符》:“宋人有为其君以玉为楮叶者,三年而成,锋杀茎柯,毫芒繁泽,乱之楮叶中而不可别也,此人遂以巧食宋国。” ②镂冰炊砾:指事情费日损功,难以达成。 ③鬓彩:指头鬓花白。 ④投辖:“遵嗜酒,每大饮,宾客满堂,辄关门,取客车辖投井中,虽有急,终不得去。”见《汉书·陈遵传》。 ⑤埙篪:两种乐器。埙,土制;篪,竹制。二者能相和,后来比喻兄弟和睦。 ⑥《维摩诘所说经·观众生品》:“时维摩诘室有一天女,见诸大人,闻所说法,便现其身,即以天华散菩萨大弟子上。” ⑦绛蜡:红烛。 乌丝:即乌丝栏,指上下用乌丝织成栏,即用朱墨界行的绢素,后亦指有墨线格子的笺纸。

满江红

糁径红茵[①],莫要放、儿童抛砾。知渠是、仙家变幻[②],佛家空色[③]。青女无端工剪彩[④],紫姑有祟曾迷赤[⑤]。但双双、戏蝶绕空枝,飞还息。 鲸量减[⑥],驹阴急[⑦]。芳事过,馀情惜。漫新腔窈渺,奏云和瑟[⑧]。飘荡随他红叶水[⑨],萧条化作青芜国[⑩]。忆桥边、池上共攀翻,空留迹。

[注释]

①糁径:洒落道上。 茵:毯子,褥垫。 ②仙家:指仙人住的地方。 ③空色:佛教指超乎色相现实境界为空。空是精神,色是物质。 ④青女:神话中的霜雪之神。 ⑤紫姑:亦称“子姑”,中国古代神话中的厕神。 ⑥鲸量:巨大的酒量。杜甫《饮中八仙歌》:“饮如长鲸吸百川。” ⑦驹阴:易逝的光阴。 ⑧云和:古时琴瑟等乐器的代称。 ⑨红叶水:指唐人小说红叶题诗的故事。 ⑩青芜国:指杂草丛生的地方。

满江红

端　午

梅雨初收，浑不辨、东陂南荡[1]。清旦里、鼓铙动地，车轮空巷。画舫稍渐京辇俗，红旗会踏吴儿浪[2]。共葬鱼娘子斩蛟翁[3]，穷欢赏。　麻与麦，俱成长。蕉与荔，应来享。有累臣泽畔[4]，感时惆怅。纵使菖蒲生九节[5]，争如白髮长千丈。但浩然一笑独醒人，空悲壮。

[注释]

①东陂南荡：东边山坡南边沼泽。　②"红旗"句：赛龙舟时健儿拿着红旗踏浪。"弄潮儿向涛头立，手舞红旗旗不湿。"见潘阆《酒泉子》。③鱼娘子：孝女曹娥。因思念其在端午迎神被水淹死的父亲，而自投于江而死。见《会稽典录》。　斩蛟翁：除患。澹台子羽携璧渡河，两蛟挟舟。子羽操剑斩蛟。蛟死波休。见《水经注·河水》。　④累臣：古时被拘囚于异国的官吏，对所在国的自称。此指泽畔行吟的屈原。　⑤菖蒲生九节：民间有端午节喝菖蒲酒以辟瘟疫之说。南朝梁宗懔《荆楚岁时记》："端午节以菖蒲一寸九节者，泛酒以辟瘟气。"

满江红

丁巳中秋

说与行云，且捐就、嫦娥今夕[1]。俄变见、金蛇能紫[2]，玉蟾能白[3]。九万里风清黑青[4]，三千世界纯银色。想天寒、桂老已吹香，堪攀摘。　湘妃远[5]，谁鸣瑟。桓伊去[6]，谁横笛。叹素光如旧，朱颜非昔。老去欢悰无奈减，向来酒量常嫌窄。倩何人、天外挽冰轮，应留得。

[注释]

①掴就:迁就或温存。 ②金蛇:喻闪电之光。 能:很,十分。 ③玉蟾:指月亮。 ④黑眚:此指乌云。 ⑤湘妃:传说中的湘水之神。 ⑥桓伊:东晋人,精音乐,善吹笛。曾对皇帝抚筝而歌《怨诗》,道出内心的忠直与为良臣之不易。

满江红

林元质侍郎生日 四月二十九日

天上人间,好时节、无过初夏。君记取、瞿昙生后[①],纯阳来也[②]。风骨清臞如野鹤,门庭低小才旋马。更旁无红粉有青奴[③],堪娱夜。 鲸口吸,银瓶泻。蝇头字[④],篝灯写[⑤]。数而今铁笔,谁如公者。便合去开丞相阁[⑥],未应牵入耆英社[⑦]。待调羹事了却归来[⑧],寻前话。

[注释]

①瞿昙:梵语音译,佛教创始人释迦牟尼。 ②纯阳来也:吕洞宾于唐贞元十四年四月十四日生。 ③青奴:竹夫人的别名。夏天床席间取凉的用具,用竹青编成。 ④蝇头字:指字体极小的楷书。 ⑤篝灯:即灯笼,以笼蔽灯。 ⑥丞相阁:公孙弘当宰相时,起客馆,开东阁以延贤人,与参谋议。见《汉书·公孙弘传》。 ⑦耆英社:即耆英会。宋文彦博留守西都洛阳,集年老的士大夫十一人聚会作乐,时人谓之"洛阳耆英会"。 ⑧调羹:指宰相之职。

满江红

庆抑斋元枢八十[①]

屈指耆英,谁似得、三朝元老。尚留个、管夷吾在[②],何忧江表。世道方占公出处,裔夷争问今年貌。怎不移、此手整乾坤,长闲了。 灵寿却[③],斑衣绕[④]。如瓶李,如瓜枣[⑤]。把禅龛闭定，怕蒲轮到[⑥]。师尚父年浑未艾[⑦]，中书令考犹为少[⑧]。看画盆、岁岁浴曾玄，添怀抱[⑨]。

［注释］

①抑斋：陈韡之号。官至参知政事。　②管夷吾：即管仲。　③灵寿：手杖。　④斑衣：用老莱子彩衣娱亲典故，喻儿孙孝顺。　⑤如瓶李，如瓜枣："李少君谓武帝：'溟海枣大如瓜，钟山之李大如瓶，臣以食之，遂生奇光。'"见《汉武帝内传》。　⑥蒲轮：用蒲草包轮，使车不颠，古时征聘贤士时用，以示礼敬。　⑦师尚父：指齐太公吕望。　未艾：未老。⑧考：老也。　⑨"看画盆"句："至满月……大展洗儿会，亲宾盛集，煎香汤于盆中，下菓子采钱葱蒜等，用数丈采绕之，名曰围盆，以钗子搅水，谓之搅盆，观者各撒钱于水中，谓之添盆。……浴儿毕，落胎髪，遍谢座客。"见孟元老《东京梦华录·育子》。

满江红

次韵徐使君癸亥灯夕

笳鼓春城，处处有、丰年语笑。浑忘却、金莲前导[①]，青藜下照[②]。白雪唱来偏寡和[③]，朱颜老去难重少。羡遨头、四十已专城[④]，真英妙。　奎文宠[⑤]，崇儒教。田毛喜[⑥]，宽租诏。有春陵之什[⑦]，无潮州表[⑧]。怪雨盲风稀发作，华星秋月争光耀。看来年、此夜侍端门，开佳兆。

［注释］

①金莲：宫中蜡烛。　②青藜：指拐杖。太乙真人吹藜杖以照刘向校书之事，见《拾遗记》。　③白雪：《阳春》《白雪》的简称，是歌曲名，属于高级音乐。　④遨头：苏轼有诗句"何必遨头出"。施元之注引《成都记》："太守凡出游乐，士女列于木床视之，势如磴道，谓之遨床，故谓太守为遨头。"　专城：古时以称州牧太守等地方长官，言为一城之主。"三十侍中郎，四十专城居。"见《陌上桑》。　⑤奎文："世以秘监为奎府，御书

为奎画，谓奎宿主文章也，故宋有奎文阁，宝奎楼之称。”李治《敬斋古今黈》。 ⑥田毛：农作物，借指农民。“蔬甲喜临社，田毛乐宽征。”见韩愈、孟郊《城南联句》。 ⑦春陵：地名，在湖南宁远县西北。 什：篇什。《诗经》大雅、小雅、周颂以十篇诗为什，后用以泛指诗篇或文卷。 春陵之什：元结《元次山文集》卷四有《春陵行》，是他为官道州刺史时作。 ⑧潮州表：指韩愈的《潮州刺史谢上表》，为愈贬官潮州时所上。

满江红

再　和

奎墨西来[①]，落笔处、亲蒙天笑。谁信道、郡人生怕，福星移照。宾客唱予还和汝，使君安老兼怀少。况醉能同乐醒能文，新腔妙。　　无诸国[②]，渐声教[③]。元结辈[④]，宣明诏。恍梦中辽鹤，重来华表[⑤]。一戋勘书殊简径，万灯侍辇曾荣耀。怪晴檐、乾鹊语查查，公归兆。

[注释]

①奎墨：御书，诏书。 ②无诸国：今福建。 无诸：汉时闽越王之名，建国于闽中郡。 ③声教：声威教化。 ④元结：“天宝十二载举进士。……拜道州刺史……进授容管经略使，身谕蛮豪绥定八州。”见《新唐书》。 ⑤“恍梦中”两句：用丁令威学道化鹤归来之典。见陶潜《搜神后记》。

满江红

傅相生日癸亥[①]

江左惟公，争些子、吾其衽髮[②]。谈笑里、旄头泛扫[③]，斗杓旋斡[④]。投一粒丹元气转，下三数著输棋活[⑤]。把晋朝王谢传同看，谁优劣。　　飞凯奏，清夔峡。蠲和籴，宽畿浙。有三千功行，待从头说。玉斝满斟长寿酒，冰轮探借中秋月⑥。更慈帏、喜见凤将雏⑦，添丹穴⑧。

[注释]

①傅相：贾似道时年五十一岁，以少傅任右丞相。 ②争些子：差一点，几乎。 吾其衽髮：左衽被髮，少数民族的装束。 ③旄头：星宿名，昴星，二十八宿之一，相传萧何为昴宿转世，故用为称颂显贵之词。 ④斗杓：北斗星的柄。比喻权柄，众人的引导者。 ⑤“投一粒”二句：谀颂似道于败后取胜之功。 ⑥探借：预借。贾似道生日在八月八日，故有此语云。 ⑦凤将雏：吴声十曲之三曰《凤将雏》。 ⑧丹穴：凤皇栖息的地方，指丹穴之山。

满江红

傅相生日甲子

见宰官身，出只手、擎他宇宙。筹边外、招徕名胜①，登崇勋旧。不下莱公扶景德②，又如涑水开元祐③。尽从渠、干赘及吾门，归斯受。　上林苑④，多花柳。祁连塞⑤，稀刁斗⑥。更红旗破贼，黄云栖亩⑦。阿母瑶池枝上实⑧，仙人太华峰头藕。泻铜盘、沆瀣入金卮⑨，为公寿。

[注释]

①筹边：筹边楼。在四川成都西郊，唐李德裕建。 招徕：招引，延揽。 名胜：名流。 ②景德：宋赵恒（真宗）年号。 莱公：寇准，封莱国公。 ③元祐：宋赵煦（哲宗）年号。 涑水：司马光为山西夏县涑水乡人，故称涑水。 ④上林苑：在长安西。 ⑤祁连塞：指祁连山一带，即塞北。 ⑥刁斗：古代军中用具，白天用来烧饭，夜则击以巡更。 ⑦黄云：王安石有“畦稼卧黄云”诗句。喻稻麦黄熟。 ⑧瑶池：古代传说中昆仑山上的池名，西王母所居住的地方。 枝上实：指王母仙桃。 ⑨铜盘：指汉武帝的金人承露盘。 沆瀣：夜间的清气。

满江红

礼乐衣冠，浑靠定、堂堂国老。出双手、把天裂处，等闲补了[①]。谢傅东山心未遂[②]，周郎赤壁功犹小[③]。事难于张赵两元台[④]，扶炎绍[⑤]。　恢鹤禁[⑥]，迎商皓[⑦]。开兔苑[⑧]，延枚叟[⑨]。喜奎星来聚[⑩]，旄头都扫[⑪]。重译争询裴令貌[⑫]，御诗也祝汾阳考[⑬]。更何须、远向海山求，安期枣[⑭]。

[注释]

①"出双手"两句：用女娲炼石补天典故。　②谢傅东山：晋代谢安起初为著作郎，因病辞职，隐居东山。见《晋书·谢安传》。　③周郎赤壁：三国时周瑜火烧赤壁大破曹兵。见《三国志·吴书·孙权传》。　④张赵两元台：张浚、赵鼎，高宗时为相，力主抗金。　⑤炎绍：建炎、绍兴：俱高宗年号。　⑥鹤禁：周灵王的太子晋骑白鹤驻缑山岭以谢时人，后来就称太子的大驾为鹤驾，太子居住的地方为鹤禁。见《列仙传》。　⑦商皓：汉初有东园公、绮里季、夏黄公、甪里先生，因避秦乱，隐居在商雒山中，四人鬚眉皆白，故称"商山四皓"。汉高祖欲废太子，吕后用张良的计谋，迎四皓辅助太子。见《史记·留侯世家》。　⑧兔苑：汉梁孝王刘武所筑的名园，为享乐和蓄养宾客的场所。后来也称"梁园"，故址在今河南省开封市东。见《史记·梁孝王世家》。　⑨枚叟：汉代的辞赋家枚乘，字叔，淮阴人，为梁孝王文学侍从，曾著有《梁王兔园赋》。见《汉书·枚乘传》。　⑩奎星：也作魁星，旧时以为主宰文运之神。"今人所奉魁星，不知始自何年，以奎为文章之府，故立庙祀之，乃不能像奎，改奎为魁……"见明顾炎武《日知录》。　⑪旄头：星宿名，昴星，二十八宿之一，相传萧何为昴宿转世，故用为称颂显贵之词。　⑫裴令：裴度，字中立，闻喜人。唐宪宗宰相，因平淮蔡叛乱之功，封晋国公。见《唐书·裴度传》。　⑬汾阳：郭子仪，唐名将，以功封汾阳王，世称"郭汾阳"。"校中书令考二十有四。"见《唐书·郭子仪传》。　⑭安期枣：传说中仙果名。汉方士"李少君言于帝(汉武帝)曰：'臣常游海上，见安期生食巨枣大如瓜。'"见《史记·封禅书》。

满江红

海　棠

压倒群芳，天赋与、十分秾艳。娇嫩处、有情皆惜，无香何慊。恰则才如针粟大，忽然谁把胭脂染。放迟开、不肯婿梅花，羞寒俭。　　时易过，春难占。欢事薄，才情欠。觉芳心欲诉，冶容微敛。四畔人来攀折去，一番雨有离披渐[①]。更那堪、几阵夜来风，吹千点。

[注释]

①离披：散乱貌。

满江红

嫌杀双轮，驾行客、之燕适粤[①]。也不喜、船儿无赖，载他江浙。荡子不归鸳被冷，昭君远嫁毡车发[②]。叹子规、闲管昔人愁[③]，啼成血[④]。　　渭城柳，争攀折[⑤]。关山月，空圆缺[⑥]。有琵琶改语[⑦]，锦书难说[⑧]。若要人生长美满，除非世上无离别。算古今、此恨似连环，何时绝。

[注释]

①之：到。　适，往，到。　②毡车：挂毡毯的大车。　③子规：即杜鹃。　④啼成血：相传杜鹃啼声最苦，啼甚则口中流血。　⑤渭城柳，争攀折：即唱着渭城曲，折柳送别。　⑥关山月，空圆缺：本徐陵《关山月》诗“关山三五月，客子忆秦川”。　⑦琵琶改语：琵琶胡语，琵琶改语，都表示对外屈辱求和的意思。“千载琵琶作胡语，分明怨恨曲中论。”见杜甫《咏怀古迹》。　⑧锦书：锦字书，指前秦苏蕙寄给丈夫窦滔的织锦回文诗。

水龙吟

己亥自寿二首

年年岁岁今朝，左弧悬罢浑无事[①]。吾衰久矣，我辰安在，老之将至。懒写京书，怕看除目[②]，败人佳思。把东篱掩定，北窗开了，悠然酌、颓然睡。　　客有过门投贽[③]，道先生访华胥氏[④]。谁能辛苦，陪他绮语[⑤]，记他奇字[⑥]。屈指先贤，戴花老监[⑦]，岂其苗裔。待异时约取，宽夫彦国[⑧]，入耆英会。

［注释］

①弧悬：古代风俗，家生男孩于门左挂弓一张，后因此而称男子生日为悬弧令旦。　②除目：除授官吏的文书。　③投贽：见面所送的礼物。　④华胥氏：古代寓言中的理想国。"黄帝昼寝，梦游于华胥氏之国，其国无帅长，自然而已；其民无嗜欲，自然而已。"见《列子·黄帝》。　⑤绮语：华美的语句。"绮语洗晴雪。"见韩愈、孟郊《城南联句》。　⑥奇字：汉王莽时六体书之一，大多根据古文加以改变而成。"刘棻尝从雄学作奇字。"见《汉书·扬雄传》。　⑦戴花老监：司马光《洛阳耆英会序》载与会者"秘书监致仕刘几，字伯寿，年七十五"。　⑧宽夫：文彦博，字宽夫，年七十七。　彦国：富弼，字彦国，年七十九。

水龙吟

先生放逐方归，不如前辈抽身早。台郎旧秩[①]，看来俗似，散人新号。起舞非狂，行吟非怨[②]，高眠非傲[③]。叹终南捷径[④]，太行盘谷[⑤]，用卿法、从吾好。　　闭了草庐长啸，后将军来时休报。床头书在，古人出处，今人非笑。制个淡词，呷些薄酒，野花簪帽。愿云台任满[⑥]，又还因任，赛汾阳考[⑦]。

［注释］

①台郎:尚书郎。　②行吟:漫步歌吟,以抒忧愤。“屈原既放,游于江潭,行吟泽畔。”见《楚辞·渔父》。　③高眠:“尝言五六月中北窗下卧,遇凉风暂至,自谓是羲皇上人。”见陶潜《与子俨等疏》。　④终南捷径:唐卢藏用举进士,居终南山中,至中宗朝以高士名得官累居要职,人称为随驾隐士。后以比喻谋求官职或名利的捷径。　⑤盘谷:在今河南济源北,唐李愿隐居于此。韩愈有《送李愿归盘谷序》。　⑥云台:宋代的祠禄之官。云台在华山下,后村曾自袁州守罢主云台观。　⑦汾阳:指唐名将郭子仪,以平安史之乱军功,封汾阳王。

水龙吟

自和前二首

病翁一榻萧然[①],不知世有欢娱事。雀罗庭院,载醪客去,催租人至。报答秋光,要些酒量,要些诗思。奈长鲸罢吸[②],寒蛩息响,茶瓯外、惟贪睡。　穷巷幸无干贽[③],或相过、莫知谁氏。柴门草户,阙人守舍[④],任伊题字。自和山歌,国风之变[⑤],离骚之裔[⑥]。待从今向去,年年强健,插花高会。

［注释］

①病翁:刘翚,字屏山,号病翁。崇安人,南宋大儒。　②长鲸罢吸:形容酒量极大。“罢如长鲸吸百川”为杜甫《饮中八仙歌》诗句。　③干贽:进奉礼物以求官职。　④阙:通“缺”。　⑤国风之变:即变风,多指讥讽时政之作。　⑥离骚之裔:即屈原一类的诗人。

水龙吟

平生酷爱渊明,偶然一出归来早。题诗信意[①],也书甲子[②],也书年号。陶侃孙儿,孟嘉甥子,疑狂疑傲。与柴桑樵牧，斜川鱼鸟[3]，同盟后、归于好。　除了登临吟啸，事如天、莫相谘报[4]。田园闲静，市朝翻覆，回头堪笑。节序催人，东离把菊，西风吹帽。做先生处士，一生一世，不论资考[5]。

[注释]

①信意：随意。　②也书甲子：陶潜入宋以后，所著诗文，皆题甲子年月。义熙（晋末年号）以前，则书皇帝年号。　③柴桑、斜川：皆陶潜居处地名。　④谘报：告知。　⑤资考：论资考绩，为晋升之用。

[集评]

卓人月云："四词（含自寿、自和为四首）目穷千里，笔挽万钧，识力双高，可与稼轩相尔汝。"又云："'长鲸罢吸'，酒量减也。'寒蛩息响'，诗思衰也。"（《古今词统》卷十四）

水龙吟

辛亥安晚生朝[1]

祁公一度貂蝉[2]，先生三度貂蝉了。燔柴升辂[3]，银蟾烛夜，金乌腾晓。喜动龙颜，瑞班虹玉[4]，归功元老。纵擎天力倦，明农心切[5]，先还取、中书考。　末著留侯难办，算除非、烦他商皓[6]。紫芝产遍[7]，赤松待久，何时高蹈。人世无过，鱼羹饭美，布衾铭好。待角巾东路[8]，蹇驴北阜，伴公游钓。

[注释]

①安晚：郑清之号安晚。理宗时宰相，生日在九月，卒于辛亥（1251）十一月，年七十六。　②祁公：杜衍官至宰相，封祁国公。　③燔柴：祭天时所烧的柴火。"燔柴于泰坛，祭天也。"见《礼记·祭法》。　④虹玉："孔

子作《春秋》,制《孝经》即成……赤虹自上下,化为黄玉,长三尺,上有刻文,孔子跪受而读之。”见《宋书·符瑞志》。 ⑤明农:劝勉农业。 明:通“勉”。“兹予其明农哉。”见《尚书·洛诰》。 ⑥“末著”两句:指张良为吕后谋画请商山四皓辅助太子刘盈的事。见《史记·留侯世家》。 留侯:张良。 商皓:商山四皓指东园公、绮里季、夏黄公、甪里先生。 ⑦紫芝:指隐居。四皓见秦政暴虐,“乃退入蓝田而作歌曰:‘……晔晔紫芝,可以疗饥。唐虞世远,吾将何归?驷马高盖,其忧甚大……’乃共入商洛,隐地肺山。”见晋皇甫谧《高士传》。 ⑧角巾东路:隐居。“既定边事,当角巾东路,归故里。”见《晋书·羊祜传》。

水龙吟

癸丑生日,时再得明道祠

依然这后村翁,阿谁改换新曹号。虚名砂砾,旁观冷笑,何曾明道①。吟歇后诗②,说无生话③,热瞒村獠④。被儿童盘问,先生因甚,身顽健、年多少。 不茹园公芝草⑤,不曾餐、安期瓜枣⑥。要知甲子,陈抟差大⑦,邵雍差小⑧。肯学痴人,据鞍求用⑨,染髭藏老⑩。待眉毛覆面,看千桃谢,阅三松倒⑪。

[注释]

①明道:指提举亳州明道宫职事。 ②歇后诗:以歇后语形式写的诗。“多侮剧刺时,故落格调。”时称郑五歇后体。见《旧唐书·郑綮传》。 ③无生话:佛学的言谈。 无生:不生不灭、无生无死。 ④村獠:粗笨的人。 ⑤茹:吃。 园公:东园公商山四皓之一。 ⑥安期瓜枣:传说仙果名,汉方士李少君对武帝说,仙人安期生食巨枣,大如瓜。 ⑦陈抟:五代宋初道士,自号扶摇子,亳州真源人,其学说成为宋代理学一部分。其年龄较后村为大。 ⑧邵雍:宋共城人,字尧夫,好易理,以太极为宇宙本体,有象数之学。 ⑨据鞍求用:虽年老,但仍能为国出力。“援据鞍顾盼,以示可用。”见《后汉书·马援传》。 ⑩染髭:染黑胡鬚显得年轻。

“染鬓种齿笑人痴。”见陆游《岁晚幽兴》。 ⑪三松倒：松树长青不老，三次见松倒，极言历时长久，以形容人的寿长。“世传寿可三松倒，此语难为常人道。”见王安石《酬王濬贤良松泉二诗·松》。

水龙吟

丙辰生日①

儿童不识樗翁②，挽衣借问年今几。少如彦国③，大如君实④，披襟高比。德业天渊，有些似处，鬓眉而已。愿老身无事，小车乘兴，名园内、行窝里⑤。 做取出关周史⑥，莫做他、下山园绮⑦。从人谤道，是浮丘伯⑧，是庚桑子⑨。背伛肩高，幅巾藜杖，敝袍穿履。向画图上面，十分似个，见端门底⑩。

[注释]

①丙辰：宝祐四年(1256)后村七十岁。 ②樗翁：后村号。 ③彦国：富弼，字彦国，年七十九。 ④君实：司马光字。 ⑤行窝：邵雍为他的房子取名为“安乐窝”，“出则乘小车，一人挽之，惟意所适”。有人便建屋如邵雍所居，“以候其至，名曰行窝”。见《宋史·道学传》。 ⑥周史：相传老子曾为周柱下史，后来因称为周史。 ⑦园绮：指汉初商山四皓中的东园公和绮里季。 ⑧浮丘伯：即孙卿的门人。 ⑨庚桑子：又作亢桑子，战国时楚人，是《庄子》篇中虚构的代表老庄思想的至人。 ⑩端门：宫殿的正门。

水龙吟

即令七十平头，岂能久作人间客。左车牙落①，半分臂小，几茎须白。挟种树书，举障尘扇，著游山屐。任蛙蟆胜负②，鱼龙变化③，侬方在、华胥国。 岛大功名官职[4]，眼中花、须臾无迹。小儿破贼[5]，二郎作相[6]，有何奇特。同辈萧疏，且留铁汉[7]，要摩铜狄[8]。向宝钗楼里[9]，天津桥上[10]，月明横笛。

［注释］

①左车：左边的大颚骨，也作牙车。俗称下牙床。 ②蛙蟆胜负："元鼎五年……秋蛙蝦蟆鬥。"见《汉书·武帝纪》。 ③鱼龙变化：古代的变幻杂戏，即现代的魔术。见《汉书·西域传》。 ④岛大：夏承焘曰，岛大或斗大一音之转。 ⑤小儿破贼：晋淝水之战大破苻坚，捷报送到谢安家，谢安刚和人在下围棋，看罢书信没说话，棋友问淮上的胜败。谢安说："小儿辈大破贼。"见宋刘义庆《世说新语·雅量》。 ⑥二郎作相："王晋公祐事太祖，为知制诰。……太祖遣使魏州，以便宜付之曰：'使还，与卿王溥官职，时溥为相也。'……还朝……贬华州。祐尝曰：'我不做，儿子二郎必做，二郎，文正（旦）也。'"见邵伯温《邵氏闻见录》。 ⑦铁汉：刚直不屈的人。宋刘安世被贬梅州及许多边远恶劣地区而不屈，苏轼称他为铁汉。见《元城语录解》。 ⑧铜狄：铜人。"与一老公共摩挲铜人。"见《后汉书·蓟子训传》。 ⑨宝钗楼：在咸阳。 ⑩天津桥：在河南洛阳西南。

水龙吟

丁巳生日[1]

不须更问旁人，劝君自拂青铜照[2]。幅巾短褐，有些野逸，有些村拗。两度呼来，也曾批敕，也曾还诏。笑先生此手，今堪何用，苔矶上、堪垂钓[3]。　白雪新腔高妙，把侬家、调疏称道。六韬未试[4]，抑诗未作[5]，如何归老。玉带金貂，星儿快活，天来烦恼。待自笺年甲，缴还官职，换山翁号[6]。

[注释]

①丁巳:宝祐五年(1257)。后村七十一岁。 ②青铜:镜子。 ③垂钓:垂杆钓鱼,表示隐逸。 ④六韬:"《太公六韬》五卷。"见《隋书·经籍志》。 ⑤抑:《诗经·大雅》篇名。《序》:"卫武公刺厉王,亦以自警也。" ⑥《全宋词》注:李建勋云"幸有山翁号,如何不见呼"。

水龙吟

徐仲晦、方蒙仲各和余去岁笛字韵为寿,戏答二君

行藏自决于心①,不消谋及门前客。平生慕用,著书玄晏②,挂冠贞白③。帝奖孤高,别加九锡④,一筇双屐⑤。更赐之车服,胙之茅土⑥,依稀在、槐安国⑦。 频领竹宫清职⑧,仰飞仙、犹龙无迹。与谁同去,挑包徐甲⑨,负辕班特⑩。蹉过明师,且寻狎友,杜康仪狄⑪。笑谢公旷达⑫,暮年垂泪,听桓郎笛⑬。

[注释]

①行藏:本《论语·述而》"用之则行,舍之则藏"。用因以"行藏"指出处或行止。 ②玄晏:"居贫,躬自稼穑,带经而农,遂博综典籍百家之言。沉静寡欲,始有高尚之志,以著述为务,自号玄晏先生。"见《晋书·皇甫谧传》。 ③挂冠:辞官归隐。《后汉书·逢萌传》:"时王莽杀其子宇,萌谓友人曰:'王纲绝矣!不去,祸将及人。'即解冠挂东都城门,归,将家属浮涉,客于辽东。" ④九锡:古代帝王赐给有大功或有权势的诸侯大臣的九种物品。《公羊传·庄公元年》:"加我服也。"何休解诂:"礼有九锡,一曰车马,二曰衣服,三曰乐则,四曰朱户,五曰纳陛,六曰虎贲,七曰弓矢,八曰铁钺,九曰秬鬯。" ⑤筇(qióng):竹名,筇竹可以作杖,因称杖为筇。 屐:鞋子的一种,通常指木底的。《宋书·谢灵运传》:"灵运常著木屐,上山则去前齿,下山则去后齿。" ⑥胙(zuò):赐。《左传·隐公八年》:"胙之土而命之氏。" 茅土:帝王分封诸侯时,用白茅包着某种颜色(代表某一方向)的泥土,授予被封者,象征授予土地和权力,称之"茅

土”。 ⑦槐安国：即槐安梦。 ⑧竹宫：《后汉书·礼乐志》：“（汉武帝）以正月上辛用事甘泉圜丘，使童男女七十人使歌，昏祠至明，夜常有神光如流星止集于祠坛，天子自竹宫而望拜，百官侍祠者数百人皆肃然动心焉。”颜师古注：“韦昭曰：‘以竹为宫，天子居中。’” ⑨徐甲：仙人名。⑩班特：指青牛。 ⑪杜康：相传为首先造酒的人，亦指酒。曹操《短歌行》：“何以解忧，唯有杜康。” 仪狄：相传为发明酒的人。 ⑫谢公：指谢灵运。 ⑬桓郎笛：用桓伊吹笛之典故。《晋书·桓伊传》：“善音乐，尽一时之解，为江左第一。”

水龙吟

方蒙仲、王景长和余丙辰、丁巳二词，走笔答之

先生避谤山栖，戒门不纳高轩客[①]。谁欤来者，吟诗张碧[②]，诙谐侯白[③]。礼数由他，谢郎著帽[④]，王郎穿屐[⑤]。且问花随柳，举杯邀月，那须预、人家国[⑥]。 香案旁边供职，鸟飞空、何曾留迹。臞翁铁汉[⑦]，两贤安在，百夫之特。但愿王师，早俘颉利[⑧]，早禽长狄[⑨]。使太平无事，卖薪沽酒，骑牛腰笛。

[注释]

①高轩：“七岁能辞章。韩愈、皇甫湜始闻未信，过其家，使贺赋诗，援笔辄就，如素构，自目曰《高轩过》。”见《新唐书·李贺传》。高轩过，谓贵宾乘车过访。 ②张碧：唐诗人，字太碧，贞元间屡应进士试不第。诗学元白，其《农夫》诗反映人民疾苦较为突出。孟郊谓其诗“下笔证兴亡，陈辞备风骨”。 ③侯白：“侯白字君素，好学有捷才，性滑稽，尤辩俊……好为诽谐杂说，人多爱狎之，所在之处，观者如市。”见《隋书·侯白传》。④谢郎著帽：“（桓）温后诣安，值其理髮，安性迟缓，久而方罢，使取帻。温见留之曰：‘令司马著帽进。’其见重如此。”见《晋书·谢安传》。 ⑤“王郎”句：王子敬兄弟见郗公，蹑履问询，甚修外甥礼，及嘉宾死。皆著高屐，仪容轻慢……郗公慨然曰：“使嘉宾不死，鼠辈敢尔！”见《世说新语·简

傲》。 ⑥人家国:指他人之事,不是自己该管的事情。 ⑦臞:同“癯”,清瘦。此为王实之。 铁汉:此为方德润,自号铁庵。 ⑧颉利:颉利可汗,东突厥可汗,在位时(620—630)突厥连年灾荒。颉利屡扰唐。贞观四年(630)被唐将俘送长安。此处泛指边患。 ⑨禽:同“擒”。 长狄:古族名,春秋时狄人的一支,流动于西起今山西临汾、长治,东至山东边境的山谷间,经常侵扰周王室和鲁、卫、宋、齐、晋、郑诸国。此处亦泛指少数民族的侵扰。

水龙吟

当年玉立清扬,屋梁落月偏相照①。而今衰飒,形骸百丑②,情怀十拗③。久已饰巾④,尚堪扶杖,听山东诏。尽后车载汝,营丘封汝⑤,何必在、磻溪钓。 晚悟儋书玄妙⑥,懒从他、钟离传道⑦。不论资望推排,也做五更三老⑧。宋玉多悲⑨,唐衢喜哭⑩,好闲烦恼。问天公,扑断散人二字,赐龟蒙号⑪。

[注释]

①“屋梁”句:“落月满屋梁,犹疑照颜色。”见杜甫《梦李白》。 ②形骸:谓人的身体。 ③拗:即违逆,扭曲。此指郭功父老人十拗。 ④饰巾:饰巾待尽,死之婉词。 ⑤营丘:古邑名,在今山东淄博市临淄北,以营丘山得名。周武王封吕尚于齐,建都于此。 ⑥儋书:“而史记周太史儋见秦献公曰:‘始秦与周合,合五百岁而离,离七十岁而霸,王者出焉。’或曰:儋即老子。或曰:非也,世莫知其然否。”见《史记·老子韩非列传》。 ⑦钟离:八仙之一钟离权。“世传神仙吕洞宾……五代间从钟离权得道。权,汉人。”见郑景璧《蒙斋笔谈》。 ⑧五更三老:两个官名,都是为年老致仕者设立。 ⑨宋玉:战国楚辞赋家。 ⑩唐衢:“见人文章有所伤叹者,读讫必哭,涕泗不能已。每与人言论,既相别,发声一号,音辞哀切,闻之者莫不凄然泣下。”见《旧唐书·唐衢传》。故世称唐衢善哭。 ⑪龟蒙:陆龟蒙,唐代文学家,长洲(今江苏吴县)人,曾任苏湖二郡从事,后隐居甫里,自号江湖散人。

水龙吟

此翁饱阅人间，三生似是刘宾客[①]。若论辈行，早陪韩柳[②]，晚交元白[③]。老矣安能，为人取履，与人争屐。叹酒泉郡远，醉乡路绝，今何处、堪开国。 解去冰衔华职[④]，遍空山、难寻行迹。道旁喘月，田间卧草，也胜郊特[⑤]。宰相□□，周公留召[⑥]，娄公容狄[⑦]。喜时平身健，三行社饮[⑧]，一声樵笛。

[注释]

①刘宾客：指刘禹锡，唐代文学家，曾任太子宾客，加检校礼部尚书，世称刘宾客。这是以刘禹锡自比。 ②韩柳：指唐代文学家韩愈、柳宗元。 ③元白：指唐代诗人元稹、白居易。 ④冰衔华职：清贵的官位头衔。 ⑤郊特：指用来祭天的牛。 ⑥周公：指周公旦。 召：指召公奭。周、召皆周成王之辅弼。 ⑦“娄公”句：“初，狄仁杰未入相时，师德尝荐之。及为宰相，不知师德荐己，数排师德，令充外使。则天尝出师德旧表示之，仁杰大惭。”见《旧唐书·娄师德传》。 ⑧社饮：“世言社日饮酒治聋。”见叶梦得《石林诗话》。

水龙吟

病夫鬓秃颜苍，不堪持向清溪照。一生枘凿[①]，壮夫瞋懦，通人嫌拗。让当行家，勒浯西颂[②]，草淮南诏[③]。幸脱离沮洳[④]，浮游江海，悠然逝、毋吞钓[⑤]。 宴坐蒲团观妙，怪痴儿、舂粮求道[⑥]。古人尚齿，迎他商皓[⑦]，拜他庞老[⑧]。鸠杖蒲轮[⑨]，把身束缚，替人愁恼。煞为僧不了，下梢犹要[⑩]，紫衣师号[⑪]。

[注释]

①枘:榫头。　凿:榫眼。　枘凿:方枘圆凿的简语,比喻两不相合或两不相容。　②浯西颂:《舆地纪胜·大唐中兴碑》,在祁阳浯溪石崖上,元结文,颜真卿书,大历六年刻,俗谓之摩崖碑。　③淮南诏:淮南王安,为人好文,每为武帝草拟诏书,润色鸿业,都得到武帝的欢喜与尊重。"每为报书及赐,常召司马相如等视草乃遣。"见《汉书·淮南王传》。　④沮洳:低湿之地。《诗经·魏风·汾沮洳》:"彼汾沮洳。"孔颖达疏:"沮洳,润泽之处。"　⑤毋吞钓:勿吞服钓钩。意即不为功名利禄所诱。　⑥舂粮:准备干粮。"适百里者,宿舂粮。"见《庄子·逍遥游》。　⑦商皓:即商山四皓。商山又名商阪,在陕西商县东南,地形险阻,景色幽胜,秦末汉初东园公等四老人隐居于此,号曰"商山四皓"。　⑧庞老:即庞德公,东汉襄阳(治今湖北襄樊)人。躬耕于襄阳南岘山,与诸葛亮、司马徽、徐庶等友善,曾称亮为"卧龙",徽为"水镜",庞统(其侄)为"凤雏",被誉为知人。　⑨鸠杖:杖头刻有鸠形的拐杖。《后汉书·礼仪志》:"……年始七十者授之以玉杖,长九尺,端以鸠鸟为饰,鸠者不噎之鸟也,欲老人不噎。"⑩下梢:结果,最后。　⑪作者自注:"余以年劳,该赐龟紫。"

水龙吟

林中书生日　六月十九日

鬳斋不是凡人[①],海山仙圣知来处[②]。清英融结,佩瑶台月,饮金茎露[③]。翰墨流行,禁中有本,御前停箸[④]。向弘文馆里[⑤],薰风殿上,亲属和、微凉句。　已被昭阳人妒[⑥],更那堪、鼎成龙去。曾传宝苑[⑦],曾将玉杵,付长生兔[⑧]。地覆天翻,河清海浅,朱颜常驻。算给扶朝者,临雍拜者[⑨],下梢须做。

[注释]

①鬳斋:为林希逸之号。　②海山仙圣:俗传六月十九日为观音诞日。　③金茎露:"(武帝)又作柏梁,铜柱,承露仙人掌之属。"见《汉书·

郊祀志上》。“抗仙掌以承露，擢双立之金茎。”见《文选·班固〈西都赋〉》。李善注：“金茎，铜柱也。” ④御前停箸：《宋史·苏轼传》载，神宗爱其文，读之忘食。 箸：筷子。 ⑤弘文馆：唐武德四年（621）置修文馆于门下省，九年太宗即位，改为弘文馆。置校书郎，掌校理典籍，刊正错谬。⑥昭阳：宫殿名。《三辅黄图·未央宫》：“武帝时，后宫八区，有昭阳等殿。”⑦曾传宝苑：“向……本名更生……上复兴神仙方术之事，而淮南有《枕中鸿宝苑》……世人莫见，而更生父德，武帝时治淮南狱得其书，更生……以为奇，献之。”见《汉书·刘向传》。 ⑧长生兔：指月中之兔。⑨辨：同“拥”。

水龙吟

丁卯生日

此翁幸自偏盲，那堪右目生微翳。羽流禳谢①，缁郎忏悔②，天乎无罪。客曰不然，也因口腹，也因瞻视。汝夜披黄卷，日餐丹荔③，贻伊感、将谁怼④。 长智都缘更事，尽今生、十分珍卫。暮年怕杀，汗青蠹简⑤，擘红高会⑥。也莫贪他，君谟旧谱⑦，子云奇字⑧。特邀张司业⑨，看花题竹，韩家园内⑩。

［注释］

①羽流：犹羽人或羽客，指神仙或道士。 禳谢：祭祷消灾。 ②缁郎：指僧尼。 ③丹荔：即荔枝，因其果皮呈鲜红或紫红，故称丹荔。④怼：怨恨。 ⑤汗青：古时在竹简上书写，先以火炙竹青令汗，取其易书并可免虫蛀，谓之汗青，后用为成书之意。 蠹简：亦指书册。 ⑥擘红高会：杜甫有诗句云“重碧拈春酒，轻红擘荔枝”。 ⑦君谟：蔡襄，字君谟。 ⑧子云：西汉文学家、哲学家、语言学家扬雄号子云。 ⑨张司业：即唐诗人张籍，贞元进士，历任太常寺太祝、水部员外郎、国子司业等职，故世称张司业或张水部，有《张司业集》。 ⑩作者自注：韩（愈）喜张籍眸子清朗云“忽见孟生题竹处”。籍诗，“昨日韩家后园内，看花犹自未分明。”

风流子

白　莲

松桂各参天，石桥下，新种一池莲。似仙子御风，来从姑射[①]，地灵献宝，产向蓝田[②]。曾入先生虚白屋[③]，不喜傅朱铅。记茂叔溪头[④]，深衣听讲。远公社里[⑤]，素衲安禅。　　山间。多红鹤，端相久，蓦地飞去蹁跹。但蝶戏鹭翘，有时偷近旁边。对月中乍可，伴娥孤另[⑥]。墙头谁肯，窥玉三年。俗客浓妆，安知国艳天然。

［注释］

①姑射：山名。《庄子·逍遥游》："藐姑射之山，有神人居焉，肌肤若冰雪，淖约若处子，不食五谷，吸风饮露，乘云气，御飞龙，而游于四海之外。"　②蓝田：在今陕西蓝田县东南，产玉。唐李商隐《锦瑟》："沧海月明珠有泪，蓝田日暖玉生烟。"此处以蓝田美玉形容白莲。　③虚白："虚室生白，吉祥止止。"见《庄子·人间世》。后常以虚白形容恬淡洁静的心境。④茂叔：周敦颐，字茂叔。著有《爱莲说》。　⑤远公："谢灵运至庐山，一见远公，肃然心伏。乃即寺筑坛，翻《涅槃经》凿池植白莲。时远公诸贤，同修净土之业，因号白莲社。"见《莲社高贤传》。　⑥伴娥孤另：伴嫦娥之孤寒。

满庭芳

凉月如冰，素涛翻雪[①]，人世依约三更。扁舟乘兴，莫计水云程[②]。忽到一洲奇绝，花无数、多不知名。浑疑是，芙蓉城里[③]，又似牡丹坪。　　蓬莱，应不远，天风海浪，满目凄清。更一声铁笛，石裂龙惊[④]。回顾尘寰局促，挥袂去、散髮骑鲸[⑤]。蘧蘧觉[⑥]，元来是梦，钟动野鸡鸣。

（以上《彊村丛书》本《后村长短句》卷三）

［注释］

①素涛：如水的月色。 ②水云程：水云弥漫的路程。 ③芙蓉城：四川成都的别称。五代后蜀的孟昶在宫苑城上都种上了芙蓉，故名。花开似锦，又名锦城、锦官城。 ④石裂龙惊：形容笛声的高扬激昂。 ⑤骑鲸：指游仙。 ⑥蘧蘧：梦醒。“俄然觉，则蘧蘧然周也。”见《庄子·齐物论》。

贺新郎

吾少多奇节。颇揶揄、玉关定远[①]，壶头新息[②]。一剑防身行万里，选甚南溟北极[③]。看塞雁、衔来秋色。不但槊棋夸妙手[④]，管城君、亦自无勍敌[⑤]。终贾辈[⑥]，恐难匹[⑦]。 酒肠诗胆新来窄。向西风、登高望远，乱山斜日。安得良弓并快马，聊与诸公角力。漫醉把、栏干频拍[⑧]。莫恨寒蟾离海晚[⑨]，待与君、秉烛游今夕[⑩]。欢易买，健难得。

［注释］

①揶揄：嘲笑。 玉关定远：指汉班超投笔从戎事。 ②壶头新息：指马援的军功。 壶头：山名，在湖南沅陵县东接桃源县界处，后汉马援曾驻军于此。 新息：县名，在河南息县东，春秋时为息国，被楚国所灭。马援曾封新息侯。见《后汉书·马援传》。 ③南溟北极：形容极边远的地区。 南溟：南海。 ④槊棋：古代博戏双陆的一种，也叫握槊。 ⑤管城君：又作管城子，笔的别称，借代为写文章。 勍敌：强大的敌人。 ⑥终：终军。字子云，济南人。汉武帝时，自请“愿受长缨”，必羁南越王而致之阙下。见《汉书·终军传》。 贾：贾捐之，字君房。光武帝以为都护将军，以军功封胶东侯。 ⑦匹：配对，平起平坐。 ⑧栏干频拍：古人往往把胸中的不平感情用拍栏杆来发泄。“把吴钩看了，栏干拍遍，无人会，登临意。”见辛弃疾《水龙吟·登建康赏心亭》。 ⑨寒蟾：月亮。 ⑩秉烛游：晚上拿着灯烛出游。“昼短苦夜长，何不秉烛游？”见南朝陈徐陵

《玉台新咏·古诗十九首》。

贺新郎

送陈真州子华[①]

北望神州路。试平章、这场公事[②],怎生分付[③]。记得太行山百万[④],曾入宗爷驾驭[⑤]。今把作、握蛇骑虎[⑥]。君去京东豪杰喜,想投戈、下拜真吾父[⑦]。谈笑里,定齐鲁[⑧]。

两河萧瑟惟狐兔[⑨]。问当年、祖生去后[⑩],有人来否。多少新亭挥泪客[⑪],谁梦中原块土。算事业、须由人做。应笑书生心胆怯,向车中、闭置如新妇。空目送,塞鸿去。

[注释]

①送陈真州子华:《宋六十名家词·后村别调》作"送陈子华赴真州"。一作"送陈仓部知真州"。陈韡,字子华,福建侯官人,曾任知真州兼淮南东路提点刑狱。 真州:今江苏仪征。 ②平章:评论,筹划。 这场公事:指抗金卫国之事。 ③分付:处理。 ④太行山:当时中原人民抗金的根据地。"自靖康以来,中原之民不从金者,于太行山相保聚。"见熊克《中兴小纪》。 ⑤"曾入"句:中原的抗金义军都归宗泽统率。 ⑥握蛇骑虎:手里握着蛇,骑在虎背上,形容南宋统治者对义军的歧视、惧怕心理。 ⑦"想投戈"句:张用在江西作乱,岳飞写信去晓谕他,张用看信后说:"真吾父也!"就投降。见《宋史·岳飞传》。 ⑧齐鲁:山东。春秋时山东分属齐、鲁等国,故名。 ⑨"两河"句:形容黄河两岸敌占区的荒凉景象。 ⑩祖生:东晋元帝时的爱国将领祖逖,曾统兵北伐,击破石勒,收复黄河以南地区。见《晋书·祖逖传》。此指曾在中原抗金之宋将宗泽、岳飞等。宋金和议以后,宋兵未践中原,至此已八十年。 ⑪新亭挥泪客:空谈忧国的士大夫。"过江诸人,每至美日,辄相邀新亭,藉卉饮宴。周侯中坐而叹曰:'风景不殊,正自有河山之恸!'皆相视流泪。"见刘义庆《世说新语·言语》。

［集评］

杨慎云："'庄语亦可起懦。'见《天机馀锦》。"（《词品》）

贺新郎

杜子昕凯歌[1]

尽说番和汉[2]。这琵琶、依稀似曲，蓦然弦断。作么一年来一度[3]，欺得南人技短。叹几处、城危如卵。元凯后身居玉帐[4]，报胡儿、休作寻常看。布严令，运奇算。

开门决鬥雌雄判。笑中宵、奚车毡屋[5]，兽惊禽散。个个巍冠横麈柄，谁了君王此段。也莫靠、长江能限。不论周郎并幼度[6]，便仲尼、复起嗟微管[7]。驰露布[8]，筑京观[9]。

［注释］

①杜子昕：杜杲字子昕。曾任淮西安抚使，大败攻城之蒙古兵。　②尽说番和汉："虏使王楫来续和议，公曰："虏将察罕有言，撒花自撒花，厮杀自厮杀，和可恃耶？督师史嵩之主和，怒形辞色。……谍言虏下令三年毋南牧，嵩之信之，谓八月未动，其不来矣。公曰："是将疑我，其来必速。"见《杜尚书神道碑》。　③作么：为什么，干什么。一作"作么生"，僧家的语录多用之。　④元凯：杜预，字元凯，京兆杜陵人。　元凯后身：指杜子昕。　玉帐：军中主帅所居之帐篷。　⑤奚车：指胡人的车。　毡屋：用毡做的帐篷。　⑥周郎并幼度：周瑜和谢玄。谢玄，字幼度。　⑦微管：此用指管仲，六朝人作为称颂功劳卓著的套用语，语出《论语·宪问》。⑧露布：不缄封之文书，多指捷报、檄文等。　⑨筑京观：古代战争，胜者将敌人尸体封土成高冢来炫耀武功，称为京观。

贺新郎

跋唐伯玉奏稿[1]

宣引东华去。似当年、文皇亲擢[2]，马周徒步[3]。殿上风霜生白简[4],下殿扁舟已具。怎不与、官家留住。古有一言腰相印[5],谁教他、满箧婴鳞疏[6]。还笏退,不回顾。

新来边报犹飞羽[7]。问诸公、可无长策,少宽明主。攀槛朱云头雪白[8],流落如今底处。但一片、丹心如故。赖有越台堪眺望[9],那中原、莫已平安否。风色恶,海天暮。

[注释]

①唐伯玉:唐璘,字伯玉。曾知广州。 ②文皇:指唐太宗。 ③马周:唐清河人,唐太宗时任于门下省。 ④白简:古代于御使有所弹奏,用白简,后称弹劾之章奏曰白简。 ⑤腰相印:掌握宰相之权。 腰:腰间佩戴。 相印:指宰相之权。 ⑥婴鳞:撄龙逆鳞,即触怒天子。 ⑦飞羽:插了鸟羽的边关紧急公文。 ⑧朱云:汉鲁人,字少游,刚直不阿,因要斩成帝的老师张禹而触怒皇帝,治死罪,御史将之下,云攀殿槛,槛折。”见《汉书·朱云传》。 ⑨越台:即越王台,南越王赵佗筑,在广州越秀山上。

贺新郎

送唐伯玉还朝

驿骑联翩至。道台家、筹边方急[1],酒行姑止。作么携将琴鹤去[2],不管州人堕泪[3]。富与贵、平生无味。可但红尘难著脚,便山林、未有安身地。搔白髮,兀相对。

前身小范疑公是[4]。忆当年、天章阁上[5],建明尤伟。庆历诸贤方得路[6],便不容他老子。须著放、延州城里。一语殷勤牢记取,在朝廷、最好图西事。何必向,玉关外[7]。

[注释]

①台家:汉称尚书为中台,台家谓尚书省。台者在外者曰行台,伯玉为广东经略安抚使,故以台家称之。 ②琴鹤:比喻为官清高廉洁。 ③堕

泪：用晋羊祜堕泪碑之典。　④小范：此指范仲淹。　⑤天章阁：宫中藏书的阁名，专藏真宗御制文集，御书。　⑥庆历：宋仁宗年号（1041—1048）。　⑦玉关：玉门关，在敦煌郡内。

贺新郎

送黄成父还朝

飞诏从天下。道中朝、名流欲尽，君王思贾[①]。时事只今堪痛哭，未可徐徐俟驾。好著手、扶将宗社。多少法筵龙象众[②]，听灵山、属付些儿话[③]。千百世，要传写。
子方行矣乘骢马。又送他、江南太史，去游毡厦[④]。老我伴身惟有影，倚遍风轩月榭。怅玉手、何时重把。君向柳边花底问，看贞元、朝士谁存者[⑤]。桃满观，几开谢[⑥]。

［注释］

①思贾：思念贾谊，即思念贤人。　②法筵龙象：讲经的高僧。　法筵：和尚讲经说法的坐席。　龙象：佛家称在诸阿罗汉中修行勇猛有最大力者为龙象，因为在水中龙力最大，在陆地象力最大，所以用龙象作比喻。见《大智度论》。　③灵山：即灵鹫山，又名鹫峰，在古印度摩揭陀国王舍城东北，释迦牟尼在此讲《法华经》。　④毡厦：北方金人统治地区。北方民族住的是毡帐（蒙古包）。　⑤贞元：唐德宗李适年号。　⑥桃满观，几开谢：用刘禹锡《再游玄都观》的典故。

贺新郎

戊戌寿张守[①]

南国秋容晚。晓寒轻、菊花台榭，拒霜池馆[②]。试向壶山堂上望，万顷黄云刈遍[③]。总吃著、君侯方寸[④]。不要汉廷夸击断[⑤]，要史家、编入循良传[⑥]。春脚到[⑦]，福星见。

家家香火人人愿。要还他、庆元犹座，建炎蝉冕。稳奉安舆迎两国[8]，谁谓山遥水远。福寿比、河沙难算[9]。来岁而今黄花节，早骖鸾、入侍瑶池宴。风浩荡，海清浅。

[注释]

①戊戌：宋理宗嘉熙二年(1238)。 张守：张友。时知兴化军。 ②拒霜：木芙蓉花的别名，又名木莲、华木，仲秋开花，耐寒不落，故名。 ③黄云：形容成熟稻子。 ④君侯方寸：大人您的心中。 君侯：秦汉时称封侯爵的为君侯，此处是对太守的敬称。 方寸：心。 ⑤击断：决断。 ⑥循良传：《史记》有《循吏列传》，《汉书》以后因之，《旧唐书》有《良吏传》。 ⑦春脚：指人所到之处，像阳春三月，和煦的太阳照耀万物一样，用宋璟爱民恤物之典。见王仁裕《开元天宝遗事》。 ⑧"稳奉安舆"句："懿宗诞日，宴慈恩寺，隐侍母以安舆临观。"见《新唐书·赵隐传》。 注者按：张友之母，当是封两国夫人者，其姓及所封两国之名，无可考。 ⑨河沙：恒河沙数的省称，形容事物之多。

贺新郎

端　午

深院榴花吐。画帘开、綀衣纨扇[1]，午风清暑。儿女纷纷夸结束[2]，新样钗符艾虎[3]。早已有、游人观渡[4]。老大逢场慵作戏[5]，任陌头、年少争旗鼓。溪雨急，浪花舞。

灵均标致高如许[6]。忆生平、既纫兰佩[7]，更怀椒糈[8]。谁信骚魂千载后[9]，波底垂涎角黍[10]。又说是、蛟馋龙怒。把似而今醒到了，料当年、醉死差无苦。聊一笑，吊千古。

[注释]

①綀衣：苎麻一类夏季衣服。 ②结束：打扮。 ③艾虎：用艾草制成虎形，以辟邪。"五月五日，以艾为虎形，或剪彩为小虎，贴以艾叶，内人

争相戴之。"见《荆楚岁时记》。 ④观渡：观看龙舟竞赛。 ⑤慵：懒，提不起劲。 ⑥灵均：即屈原。 标致：风格，品格。 如许：如此，这样。⑦纫兰佩：佩戴兰花，表示高洁。"纫秋兰以为佩。"见《离骚》。 ⑧怀椒糈："怀椒糈而要之。"见《离骚》。 糈（xǔ）：祭神用的精米。 ⑨骚魂：指屈原。 ⑩角黍：即粽子。

［集评］

黄苏云："'深院榴花吐'沈际飞曰：'驳世俗见闻，洗灵均心事，词坛有创立之功。'非为灵均雪耻，实为无识者下一针砭，思虑超超，意在笔墨之外，可细玩之。是就竞渡者及沉角黍者落想，是从实处落想。"（《蓼园词评》）

贺新郎

九　日①

湛湛长空黑②。更那堪、斜风细雨，乱愁如织。老眼平生空四海③，赖有高楼百尺④。看浩荡、千崖秋色。白髮书生神州泪，尽凄凉、不向牛山滴⑤。追往事，去无迹。

少年自负凌云笔⑥。到而今、春华落尽⑦，满怀萧瑟。常恨世人新意少，爱说南朝狂客。把破帽、年年拈出⑧。若对黄花孤负酒⑨，怕黄花、也笑人岑寂。鸿北去，日西匿。

［注释］

①九日：农历九月初九日，重阳节。 ②"湛湛"句：形容乌云满天。③四海：古人以为中国的四面都是海，即以四海指代中国。 ④高楼百尺："许汜与刘备共在荆州牧刘表坐，表与备共论天下人，汜曰：'陈元龙湖海之士，豪气不除。'……备问汜：'君言豪，宁有事耶？'汜曰：'昔遭乱，过下邳，见元龙。元龙无客主之意，久不相与语，自上大床卧，使客卧下床。'备曰：'君有国士之名。今天下大乱，望君忧国忘家，有救世之意；而君求田问舍，言无可采，是元龙所讳也，何缘当与君语？如小人（刘备自称），欲卧百尺楼上，卧君于地，何但上下床之间耶！'"见《三国志·魏书·陈登传》。

⑤“不向”句：不考虑个人的生死问题。　牛山：“景公游于牛山，北临其国城而流涕曰：‘若何滂滂去此而死乎？’”见《晏子春秋·内篇谏上》。杜牧《九日齐山登高》诗：“古往今来只如此，牛山何必独沾衣。”　⑥凌云笔：作辞赋的能手。“相如既奏《大人》之颂，天子大悦，飘飘有凌云之气，似游天地之间意。”见《史记·司马相如列传》。　⑦春华：才华，豪气。⑧“常恨”三句：对文人的没有创新表示不满。每年重阳登高，总是老一套，把孟嘉落帽的典故搬出来。　南朝狂客：指孟嘉。东晋孟嘉，九月九日，随桓温等游龙山登高，风吹孟嘉帽落，嘉自己还不觉得，桓温命孙盛作文章嘲笑他。见《晋书·孟嘉传》。　⑨若：谁，哪个。

[集评]

胡云翼云：“写重阳风雨，千古秋色作为衬托，以抒发诗人怀念中原故国和自伤老大的凄凉情绪。”（《宋词选》）

阳九逐客云：“于‘乱愁如织’中‘春华落尽’，岂止‘满怀萧瑟’而已矣！”（《养酒斋词话》）

贺新郎

寄题聂侍郎郁孤台[1]

绝顶规危榭。跨高寒、鸟飞不过，云生其下。斤劚无声人按堵，翕𢈪青红变化[2]。览城郭、山川如画。阁老凤楼修造手[3]，笑谈间、突出凌云厦。台上景，买无价。

唾壶麈尾登临暇[4]。似当年、滁阳太守，欧阳公也[5]。倾倒赣江供砚滴，判断雪天月夜。更唤取、邹枚司马[6]。铜雀凌歊歌舞散[7]，访残砖、断甓无存者。馀翰墨[8]，被风雅。

[注释]

①郁孤台：古台名，在江西赣州西南贺兰山顶，因高阜郁然孤起，故名。　聂侍郎：名子述，仕至工部侍郎、赣州知州，重修郁孤台。　②翕（xì）：聚合。　𢈪（hū）：同“忽”。　③阁老：此谓聂子述带华文阁直学士

衔。李肇《国史补》下："两省相呼为阁老。" 风楼手：指擅长于写作文章。 ④唾壶：承唾之器。《世说新语 · 豪爽》："王处仲每酒后，辄咏'老骥伏枥，志在千里，烈士暮年，壮心不已'，以如意打唾壶，壶口尽缺。"后人因以"击碎唾壶"作为游赏诗文之辞。 麈（zhǔ）尾：拂尘。魏晋人清谈时常执的一种拂子，用麈（似鹿而大）的尾毛制成。 ⑤欧阳公：即北宋文学家欧阳修。曾任滁州太守，作《醉翁亭记》。 ⑥邹：指邹阳，西汉文学家，齐人。初从吴王刘濞，有《上吴王书》。后去为梁王客，被谗下狱，有《狱中上梁王书》申诉冤屈。 枚：指枚乘，西汉辞赋家，淮阴人，今存《七发》等三篇。 司马：指司马相如，西汉辞赋家，成都人。 ⑦铜雀：指铜雀台。 ⑧翰墨：指郁孤台帖。

贺新郎

动地东风起。画桥西、绕溪桑柘，漫山桃李。寂寂墙阴苍苔径，犹印前回屐齿。惊岁月、飙驰云驶[①]。太息攀翻长亭树，是先生、手种今如此。君不乐，欲何俟。

傍人错会渊明意。笑斯翁、皇皇汲汲[②]，登山临水。佳处径呼篮舆去[③]，仿佛柴桑栗里[④]。从我者、门生儿子。尝试平章先贤传[⑤]，屈原醒、不似刘伶醉[⑥]。拚酩酊，卧花底。

［注释］

①飙：暴风，龙卷风。"扶摇谓之飙。"注："暴风从下上。"见《尔雅 · 释天》。 ②皇皇汲汲：慌慌张张。 ③篮舆：竹轿，滑竿。"潜有脚疾，使一门生二儿举篮舆。"见《晋书 · 陶潜传》。 ④柴桑：古县名，在今江西九江西南，因县西南有柴桑山而得名。 栗里：晋陶潜的故里为栗里原，或称柴桑里，靠近柴桑山。 ⑤平章：评论。 先贤传：魏明帝时有《海内先贤传》，此借用其名，泛指，非实指一书。 ⑥刘伶醉：刘伶，字伯伦，晋沛国人。是竹林七贤之一。喜好饮酒，曾经带了酒，坐上鹿车，让人扛着铁锹跟在后面，说："死便埋我。"见《晋书 · 刘伶传》。

贺新郎

宋庵访梅

鹊报千林喜。还猛省、谢家池馆，早寒天气。要与瑶姬叙离索，草草杯盘藉地。怅减尽、何郎才思[①]。不愿玉堂并金屋，愿年年、岁岁花间醉。餐秀色[②]，挹高致[③]。
西园飞盖东山妓[④]。问何如、半山雪里[⑤]，孤山烟外[⑥]。管甚夜深风露冷，人与长瓶共睡。任翠羽、枝头多事[⑦]。老子平生无他过，为梅花、受取风流罪[⑧]。簪白发，莫教坠。

[注释]

①何郎才思：何逊，东海剡人，举本州秀才，射策为当时之魁，以词艺闻于当世。 ②餐秀色：秀色可餐，形容妇女容貌之美，也形容山川的秀丽。"剩向青山餐秀色。"见辛弃疾《临江仙·探梅》。 ③挹高致：酌取高卓的情趣。 ④西园飞盖：西园在邺县旧治北，传为曹操所建。"清夜游西园，飞盖相追随。"见魏曹植《公宴诗》。 东山妓：谢安的妓女。东晋的谢安每出外游赏，一定要携带妓女相随。谢安曾隐于东山，故以东山代之。见《晋书·谢安传》。 ⑤半山：从南京城里到钟山的半途，有半山亭，宋王安石所建，安石曾在此隐居。 ⑥孤山：山名，在杭州里西湖和外西湖之间，宋代林逋隐居于此。 ⑦翠羽：翠绿色的鸟毛，指代美丽的鸟儿。 ⑧为梅花、受取风流罪：张荃《考证》按，指梅花诗案也。《北史·郎基传》："在官写书，亦是风流罪过。"

贺新郎

游水东周家花园

溪上收残雨。倚画栏、薄绵乍脱，日阴亭午。闹市不知春色处，散在荒园废墅。渐小白、长红无数。客子虽非河阳令[①]，也随缘、暂作莺花主[②]。那可负，瓮中醑[③]。

碧云四合千岩暮。恨匆匆、余方有事，子姑归去[4]。趁取群芳未摇落，暇日提鱼就煮。叹激电、光阴如许。回首明年何处在，问桃花、尚记刘郎否[5]。公莫笑，醉中语。

[注释]

①河阳令：指潘岳，他在做河阳县令时，满县都种桃李，一时传为美谈。 ②莺花：莺啼花开，春色烂漫的意思。“莺花烂漫君不来，及至君来花已老。”见唐卢仝《楼上女儿曲》。 ③醑：美酒。“惜别倾壶醑，临分赠马鞭。”见唐李白《送别》。 ④“恨匆匆”二句：“对树二松，日哦其间。有问者，辄对曰：‘余方有公事，子姑去！’”见韩愈《蓝田县丞厅壁记》。 ⑤“问桃花”句：用刘禹锡《再游玄都观》“戏赠看花君子”诗典故。

贺新郎

和咏荼蘼

曾与瑶姬约[1]。恍相逢、翠裳摇曳，珠鞲联络[2]。风露青冥非人世，揽结玉龙骖鹤[3]。爱万朵、千条纤弱。祷祝花神怜惜取，问开时、晴雨须斟酌。枝上雪，莫消却。

恼人匹似中狂药[4]。凭危栏、烛光交映，乐声遥作。身上春衫香薰透，看到参横月落。算茉莉、犹低一著。坐有缑山王郎子[5]，倚玉箫、度曲难为酢[6]。君不饮，铸成错[7]。

[注释]

①瑶姬：神女名，一作姚姬。帝女姚姬，葬于巫山之阳，故曰巫山之女。“不会瑶姬朝与暮，更为云雨待何人？”见唐唐彦谦《楚天》。 ②鞲（gōu）：皮革袖套。 ③骖鹤：用仙鹤为骖马。 ④匹似：譬如，亦作匹如。 ⑤缑山：山名，又名缑岭、缑氏山。仙人王子乔约桓良于此相见。 王郎子：应指王子乔。 ⑥度曲：按曲谱作曲。“度曲未终，云起雪飞。”见汉张衡《西京赋》。 酢：客人向主人敬酒。 ⑦铸成错：造成过错。唐魏博节度

使罗绍威引入朱全忠的军队杀尽自己的骄横牙将,从此魏博衰弱不振,罗绍威非常后悔,对亲信说:“聚六州四十三县铁,打一个错,不能成也。”见宋孙光宪《北梦琐言·神告罗宏信》。

贺新郎

用前韵赋黄荼蘼

想赴瑶池约。向东风、名姬骏马,翠鞯金络。太液池边鹄群下[①],又似南楼呼鹤[②]。画不就、秾纤娇弱。罗帕封香来天上,泻铜盘、沆瀣供清酌[③]。春去也,被留却。
芳魂再返应无药。似诗咏、绿衣黄里[④],感伤而作。爱惜尚嫌蜂采去,何况流莺蹴落[⑤]。且放下、珠帘遮著。除却江南黄九外[⑥],有何人、敢与花酬酢。君认取,莫教错。

[注释]

①太液池:皇宫中的池塘名。唐代的太液池在大明宫中的含凉殿后面。 ②南楼呼鹤:“鄂州南楼,在郡治正南黄鹄山顶。”见王象之《舆地纪胜》。世传仙人子安乘黄鹤过此。唐图经云:“费祎文登仙,驾黄鹤返憩于此。” ③铜盘沆瀣:铜盘里承接到的露水。 沆瀣:夜间水气,露水。④绿衣黄里:尊卑贵贱颠倒,失去正常秩序。古代以黄色为正色,只能做衣服的面子;绿色为间色,只能做里子,把正色做里子,是不正常的。“绿兮衣兮,绿衣黄里。”见《诗经·邶风·绿衣》。 ⑤流莺:鸣声圆转的黄莺。“流莺啼碧树。”见唐李白《对酒》。 ⑥黄九:黄庭坚。

贺新郎

再用约字

浅把宫黄约[①]。细端相、普陀烟里[②],金身珠络[③]。萼绿华轻罗袜小[④],飞下祥云仙鹤。朵朵赛、蜂腰纤弱。已被色香撩病思,尽鹅儿、酒美无多酌[⑤]。看不足,怕残却。

人间难得伤春药。更枝头、流莺呼起，少年狂作。留取姚家花相伴[⑥]，羞与万红同落。未肯让、蜡梅先著。乐府今无黄绢手[⑦]，问斯人、清唱何人酢。休草草，认题错。

[注释]

①宫黄：即额黄，六朝时妇女涂在额上的化妆品。　②端相：审视，仔细看。　普陀：普陀山，在今浙江舟山，佛教四大名山之一，为观世音菩萨的道场。　③金身珠络：此指观音之金身形状如花。　④萼绿华：仙女名，简称萼绿。自言是九嶷山中得道女罗郁。见南朝梁陶弘景《真诰运象》。　⑤鹅儿美酒：杜甫《舟前小鹅儿》有诗句云"鹅儿黄似酒"。⑥姚家花：指牡丹花。牡丹的名种千叶黄花，出洛阳姚氏民家，称"姚黄"。⑦黄绢：黄绢幼妇，"绝妙"二字的隐语。"魏武（曹操）尝过《曹娥碑》下，杨修从，碑背上题作'黄绢幼妇，外孙齑臼'八字，修解曰：'黄绢，色丝也，于字为绝；幼妇，少女也，于字为妙；外孙，女子也，于字为好；齑臼，受辛也，于字为辞，所谓绝妙好辞也。'"见南朝宋刘义庆《世说新语·捷悟》。

贺新郎

客赠芍药

一梦扬州事[①]。画堂深、金瓶万朵，元戎高会[②]。座上祥云层层起，不减洛中姚魏[③]。叹别后、关山迢递。国色天香何处在[④]，想东风、犹忆狂书记[⑤]。惊岁月，一弹指。

数枝清晓烦驰骑。向小窗、依稀重见，芜城妖丽。料得花怜侬消瘦，侬亦怜花憔悴。漫怅望、竹西歌吹。老矣应无骑鹤日，但春衫、点点当时泪。那更有，旧情味。

[注释]

①一梦扬州：感怀往事。"十年一觉扬州梦，赢得青楼薄幸名。"见唐杜牧《遣怀》。　②元戎高会：高官雅集。　③姚魏：姚黄魏紫，牡丹花的优良品种，由洛阳的姚家、魏家培育出来的。　④国色天香：赞美牡丹芍

药的有香有色。“天香夜染衣,国色朝酣酒。”见唐李正封《咏牡丹》。⑤狂书记:此指杜牧。有诗云:“忽发狂言惊四座,两行红袖一时回。”

贺新郎

郡宴和韵

草草池亭宴。又何须、珠韝络臂,琵琶遮面[①]。宾主一时词翰手,倏忽龙蛇满案[②]。传写处、尘飞莺啭。但得时平鱼稻熟,这腐儒、不用青精饭[③]。阴雾扫,霁华见。使君偿了丰年愿。便从今、也无敲扑[④],也无厨传[⑤]。试拂笼纱看壁记[⑥],几个标名渠观[⑦]。想九牧、闻风争羡[⑧]。此老饱知民疾苦,早归来、载笔薰风殿[⑨]。诗有讽,赋无劝。

[注释]

①琵琶遮面:指歌伎歌舞时的情态。“千呼万唤始出来,犹抱琵琶半遮面。”见唐白居易《琵琶行》。 ②龙蛇:形容草书书法的笔势。“时时只见龙蛇走。”见唐李白《草书歌行》。 ③青精饭:采南烛(植物)枝叶,用其汁浸米,蒸熟后晒干,呈青碧色,道家认为常吃可以延寿不老。“岂无青精饭,使我颜色好。”见唐杜甫《赠李白》。 ④敲扑:刑讯。 ⑤厨传:驿站。厨,指供应过往的人饮食。传,指供应过往的人、车马住宿、过夜。⑥拂笼纱看壁:唐代的王播曾落魄在扬州昭惠寺,受到和尚的憎厌,就在墙壁上题诗两句:“上堂已了各东西,惭愧阇黎饭后钟。”后来王播显贵了,重游旧地,见从前在墙壁上所题的诗句和尚已经用碧纱笼罩保护,王播因之在原诗句后面再题两句:“二十年来尘扑面,而今始得碧纱笼。”见五代王定保《唐摭言·起自苦寒》。 ⑦渠观:两地名。渠,指石渠阁,为汉初萧何所建的宫中藏书之处。观,指东观,在汉洛阳南宫。东汉明帝时,命班固等人在此修撰《汉记》,书成,名为《东观汉记》。以后该处成为聚藏图书之处。 ⑧九牧:九州,全国。“此其所以代殷王而受九牧也。”见《荀子·解蔽》。 ⑨载笔:记史。“史载笔,士载言。”见《礼记·曲礼》。薰风殿:宫殿名,取虞舜“作五弦之琴,以歌南风”的歌词“南风之薰兮,可

以解吾民之愠兮”而名。

贺新郎

再和前韵

梦断钧天宴[①]。怪人间、曲吹别调，局翻新面。不是先生喑哑了，怕杀乌台旧案[②]。但掩耳、蝉嘶禽啭。老去把茅依地主，有瓦盆盛酒荷包饭。停造请[③]，免朝见。
少狂误发功名愿。苦贪他、生前死后，美官佳传。白髮归来还自笑，管辖希夷古观[④]。看一道、冰衔堪羡[⑤]。妃子将军瞋未已[⑥]，问匡山、何似金銮殿[⑦]。休更待，杜鹃劝。

[注释]

①梦断钧天宴："赵简子疾，五日不知人，大夫皆惧。……居二日半，简子寤，语大夫曰：我之帝所甚乐，与百神游于钧天，广乐九奏万舞，不类三代之乐。"见《史记·赵世家》。 ②乌台：即御史台，也称乌府。 旧案：指苏轼的乌台诗案。 ③造请：往见。 ④希夷：陈抟号。 古观：谓云台观。 ⑤冰衔：清贵的官职。典出晁载之《续谈助》，"陈彭年在翰林，所兼十馀职，皆文翰清秘之目，时人谓其署衔为一条冰。" ⑥妃子将军：李白侍明皇，醉中令内侍将军高力士脱靴。力士耻之。摘其清平调诗句激怒杨贵妃。帝欲官李白，妃辄止之。见《新唐书·李白传》。 ⑦匡山："匡山读书处，头白好归来。"见杜甫《近无李白消息》。

贺新郎

题蒲涧寺[①]

风露驱炎毒。记仙翁、飘然谪堕，吹笙骑鹄。历历汉初秦季事，山下瓜犹未熟[②]。过眼见、群雄分鹿[③]。想得拂衣游汗漫[④]，试回头、刘项俱蛮触[⑤]。斫鲸脍，脯麟肉。

越人好事因成俗。拥遨头、如云士女⑥，山南山北。问讯先生无恙否，齐鲁干戈满目。且游戏、扶胥黄木⑦。不是世无瓜样枣⑧，便有来、肯饱痴儿腹。聊举酒，笑相属。

[注释]

①蒲涧寺：在广州白云山麓。作者时为广东提举。　②“山下”句：此用东陵侯召平种瓜意。　③分鹿：即逐鹿，群雄争夺天下。“秦失其鹿，天下共逐之。”见《史记·淮阴侯列传》。　④汗漫：仙人名。此指与汉漫游于天外。《淮南子·道应训》：“吾与汗漫期于九垓之外。”　⑤刘项：刘邦和项羽。　蛮触：由细小之事而引起的争端叫蛮触之争。　⑥遨头：宋代成都自正月至四月浣花，太守出游，士女纵观，称太守为“遨头”。　⑦扶胥黄木：“因其故庙，易而新之，在今广州治之东南，海道八十里，扶胥之口，黄木之湾。”见韩愈《南海神庙碑》。　⑧瓜样枣：“少君言上曰：‘臣常游海上，见安期生，安期生食巨枣，大如瓜。’”见《史记·封禅书》。

贺新郎

王实之喜余出岭，命爱姬歌新词以相劳，辄次其韵

此腹元空洞。少年时、诸公过矣，上天吹送。老大被他禁害杀，身与浮名孰重。这鼓笛、休休拈弄①。彩笔掷还残锦去②，愿今生、来世无妖梦。且饭犊③，莫吞凤④。

新来喑哑如翁仲⑤。羡王郎、骖鸾缥缈，玉箫吹动。应笑夔州村里女⑥，炙面生愁进奉⑦。要绝代、倾城安用⑧。今古何人知此理，有吾家、酒德先生颂⑨。三万卷，漫充栋⑩。

[注释]

①鼓笛：鼓笛曲，乐曲名。　休休：安闲的样子。　②“彩笔”句：江淹在梦中把五色笔还给老人后江郎才尽。　残锦：也指江淹晚节才思微退，在罢归途中，夜梦张景阳，还他以数尺锦，后来江淹文章踬矣。见《南史·

江淹传》。 ③饭牸：同“饭牛”。喂牛，比喻贤才屈身于卑贱的事。 ④吞凤：也作吐凤，称美擅长写作。《晋书·罗含传》：“罗含，字君章……少有志尚，尝昼卧，梦一鸟文采异常，飞入口中。……自后藻思日新。” ⑤翁仲：传说秦初有巨人见于临洮，仿其形，铸金人以象之，称作“翁仲”，后来指称铜像或墓前石像。 ⑥夔州：古州县名。所辖相当于今之奉节、巫溪、巫山、云阳等县。 ⑦灸面：灼伤面孔，此处应作用布遮住面孔解。 ⑧绝代倾城：指美女。“北方有佳人，绝世而独立。一顾倾人城，再顾倾人国。”见《汉书·外戚传·李夫人》。 ⑨吾家酒德先生颂：我的本家刘伶著有《酒德颂》。 ⑩充栋：装满了屋子。常作“汗牛充栋”，形容藏书之多。言藏在家中可以塞满屋子，装运出去可以让牛马出汗。

贺新郎

蒙恩主崇禧，再用前韵

主判茅君洞[1]。有檐间、查查喜鹊，晓来传送。几度黄符披戴了，此度君恩越重[2]。被贺监、天随调弄[3]。做取散人千百岁，笑渠侬、一霎邯郸梦[4]。歌而过，凤兮凤[5]。

灌园织屦希陈仲[6]。问先生、加齐卿相，可无心动。除却醴泉中太乙[7]，拣个名山自奉。那捷径、输他藏用[8]。有耳不曾闻黜陟[9]，免教人、贬驳徂徕颂[10]。服兰佩[11]，结茅栋。

［注释］

①茅君洞：指汉代在句容句曲山修道成仙的茅盈、茅固、茅衷的洞府。 ②自注：“仆五任祠庙：一南岳、二仙都、三玉局、四云台、五崇禧。” ③贺监天随：贺知章和陆龟蒙，“天随子”陆之别号。 调弄：戏弄。 ④渠侬：吴俗自称我侬，指他人亦曰渠侬。 邯郸梦：即黄粱梦，用来比喻个人名利和荣华富贵不能永久享受，慨叹人生如梦。 ⑤凤兮凤：喻贤德之人不受重视。“凤兮凤兮，何德之衰也。”见《论语·微子》。 ⑥陈仲：战国齐人，其身织屦，以兄食禄万钟为不义。适楚，楚王欲以为相，不就，与妻

逃去，为人灌园。　⑦太乙：熙宁间建的宫观旧址，中太一宫，为四太一宫之一。　醴泉：甘美的泉水。　⑧藏用：指卢藏用。以居终南山博清名而得官，人称“终南捷径”。　⑨黜陟：降官曰黜，升官曰陟，指进退人才。⑩徂徕颂：徂徕先生石介，因其文章汪洋恣肆，无所讳忌，世俗颇骇其言。由是遭到无数谤议和嫉恶。　⑪服兰佩：以兰为佩带，表示志趣高洁。“纫秋兰以为佩。”见屈原《离骚》。

贺新郎

三　和

谪下神清洞[①]。更遭他、揶揄黠鬼[②]，路旁遮送。薄命书生鸡肋尔，却笑尊拳忒重[③]。破故纸、谁教播弄[④]。一枕茅檐春睡美，便周公、大圣何须梦[⑤]。门前客，任题凤[⑥]。

卜邻羊仲并求仲[⑦]。愿春来、西畴雨足，土膏犁动[⑧]。白髮巡官占岁稔，不问京房翼奉[⑨]。桴与瓮、从今无用[⑩]。醉与老农同击壤[⑪]，莫随人、投献嘉禾颂[⑫]。在陋巷，胜华栋[⑬]。

[注释]

①神清洞：欧阳修为西京留守推官时，尝游嵩山，见藓书成文，有若“神清之洞”四个字。见叶梦得《避暑录话》。　②“更遭他”句：受人恶意嘲弄。晋代襄阳人罗友路逢一鬼，大受嘲弄，说：“我只见汝送人作郡，何以不见人送汝作耶？”见南朝宋刘义庆《世说新语》。　黠鬼：狡猾之鬼。　③“薄命”两句：“（刘伶）尝醉与俗人相忤，其人攘袂奋拳而往。伶徐曰：‘鸡肋不足以安尊拳。’其人笑而止。”见《晋书·刘伶传》。　④破故纸：原为中草药补骨脂的别称，此则指故纸堆，即钻研古代资料。　⑤“便周公”句：用孔子仰慕周公之典。“甚矣吾衰也，久矣吾不复梦见周公。”见《论语·述而》。　大圣：至圣，孔子。　⑥题凤：讽刺别人子女的平凡。晋代吕安来访问嵇康，见嵇喜。吕安不进去，就在门上题写一个“凤”字而去，嵇喜没有领会，很高兴。实则“凤”为“凡鸟”二字之合。见《世说新语·简

傲》。　⑦羊仲，求仲：合成二仲，汉隐士。　⑧土膏：本《国语·周语》“阳气俱烝，土膏其动”。韦昭注：“膏，土润也，其动，润泽欲行也。”⑨京房：汉人，治《易》长于灾变之说。　翼奉：汉下邳人，字少君，好律历阴阳之占。　⑩桲：井上汲水用具。　瓮：存水器物。　⑪击壤：歌颂太平盛世。帝尧时，有老人击壤于道，观者歌曰：“我日出而作，日入而息，凿井而饮，耕田而食，帝力于我何有哉？”见晋皇甫谧《帝王世纪》。　⑫嘉禾颂：嘉禾，生长得特别茁壮的禾苗，古人以为吉祥。“周公既得命禾，旅天子之命，作《嘉禾》。”见《尚书·微子之命》。　⑬华栋：雕画的梁栋，形容华丽的房屋。

贺新郎

席上闻歌有感

妾出于微贱。小年时、朱弦弹绝，玉笙吹遍。粗识国风关雎乱[①]。羞学流莺百啭[②]。总不涉、闺情春怨。谁向西邻公子说[③]，要珠鞍、迎入梨花院。身未动，意先懒。　主家十二楼连苑[④]。那人人、靓妆按曲[⑤]，绣帘初卷。道是华堂箫管唱，笑杀鸡坊拍衮[⑥]。回首望、侯门天远。我有平生离鸾操[⑦]，颇哀而不愠微而婉。聊一奏，更三叹。

[注释]

①国风：《诗经》中的一部分。自《周南》至《豳风》十五国的诗叫《国风》。　关雎：《周南》第一篇的篇名。　乱：古代诗歌中的尾声。　②“羞学”句：不愿学歌伎的宛转缠绵的歌曲。　啭：宛转的鸟叫。　③西邻公子：由宋玉《登徒子好色赋》中的“东家之子”而来。　④十二楼连苑：形容公子家楼阁花园之多。“主家十二楼，一身当三千。”见陈师道《妾薄命》。　⑤靓妆：打扮得非常美丽。　按曲：按着拍子唱歌。　⑥鸡坊拍衮：民间流行的曲调。　⑦离鸾操：古曲名。汉庆安世“善鼓琴，能为《双凤离鸾》之曲”。见葛洪《西京杂记》。

[集评]

先著、程洪云:"'妾出于微贱',后村此调埋没于断楮敝墨之中,从前无有人拈出,真风骚之遗,不当仅作词观也。若情深而句婉,犹其馀事。"(《词洁辑评》)

卓人月云:"衮字借韵。"(《古今词统》)

刘熙载云:"'粗识《国风·关雎》乱,羞学流莺百啭。'总不涉及闺情春怨。" 又:"'我有平生《离鸾操》,颇哀而不愠,微而婉。'意殆自寓其词品耶?"(《词概》)

胡云翼云:"以正声比喻正义,以歌女的曲高和寡而被弃比喻自己的不肯同流合污而受排斥。"(《宋词选》)

贺新郎

生日用实之来韵

鬓雪今千缕。更休休、痴心呆望,故人明主。晚学瞿聃无所得[①],不解飞升灭度[②]。似晓鼓、冬冬挝五。散尽朝来汤饼客,且烹鸡、要饭茅容母[③]。怕回首,太行路。
麟台学士微云句[④]。便樽前、周郎复出[⑤],审音无误。安得春莺雪儿辈[⑥],轻拍红牙按舞。也莫笑、侬家蛮语。老去山歌尤协律,又何须、手笔如燕许[⑦]。援琴操,促筝柱。

[注释]

①瞿聃:瞿昙(释迦佛之别称)与老子(亦名老聃)。 ②飞升:成仙成佛。 灭度:寂灭超度。 ③茅容母:茅容烹鸡以孝母,非为待客。事见《后汉书·郭泰传》。 ④麟台:官署名,唐天授中曾改秘书省名麟台。 微云:"山抹微云",秦观《满庭芳》词中句。 ⑤周郎:即周瑜。 ⑥春莺:王晋卿的后房善歌者名啭春莺。 雪儿:李密的歌伎。 ⑦手笔如燕许:"自景龙后与张说以文章显,称望略等,故时号燕许大手笔。"见《新唐书·苏颋传》。 按:张说封燕国公,苏颋袭父爵许国公,并称燕许。

贺新郎

再用前韵

放逐身蓝缕[1]。被门前、群鸥戏狎[2]，见推盟主。若把士师三黜比[3]，老子多他两度。袖手看、名场呼五[4]。不会车边望尘拜[5]，免他年、青史羞潘母[6]。句曲洞[7]，是归路。

平生怕道萧萧句[8]。况新来、冠敧弁侧[9]，醉人多误。管甚是非并礼法，顿足低昂起舞。任百鸟、喧啾春语。欲托朱弦写悲壮[10]，这琴心、脉脉谁堪许[11]。君按拍，我调柱[12]。

［注释］

①蓝缕：破烂衣服。　②群鸥戏狎：指隐居自乐。　③士师三黜：春秋时柳下惠为士师（狱官），三次被罢官。见《论语·微子》。　④名场：科举时的试院。“携手践名场。”见唐刘驾《送友人登第东归》。　呼五：指五次被贬。　⑤望尘拜：迎候显贵，远远望见车子卷起的尘土就叩拜。形容对显贵阿谀奉承，卑躬屈膝的丑态。潘岳和石崇谄事贾谧，每每等到贾谧出来，和石崇一起经常望尘而拜。见《晋书·潘岳传》。　⑥潘母：指潘岳的母亲。　青史：“《青史子》五十七篇。”见《汉书·艺文志》。注：“古史官记事也。”　⑦句曲洞：句曲山，在今江苏句容。相传汉代的茅盈、茅固、茅衷兄弟在此修道，故又名茅山，道家称之为金坛华阳之洞天。见《云笈七签·洞天福地》。　⑧萧萧句：此为彭乘奉命候边帅于途为作的批答之诏：“当俟萧萧之候，爰兴靡靡之行。”见《苕溪渔隐丛话前集·东轩笔录》。　⑨冠敧弁侧：帽子歪斜。冠，指普通的帽子。弁，指礼帽。　⑩“欲托”句：要把悲壮的心情用音乐发泄出来。　朱弦：“朱弦而疏越，壹唱而三叹，有遗音者矣。”见《礼记·乐记》。　⑪琴心：用琴声传达心意。“故相如缪与令相重，而以琴心挑之。”见《史记·司马相如列传》。　⑫调柱：演奏乐器。　柱：指琴、筝等弹拨乐器上的雁柱，用以调弦。

贺新郎

实之三和[①],有忧边之语[②],走笔答之

国脉微如缕[③]。问长缨、何时入手[④],缚将戎主[⑤]。未必人间无好汉,谁与宽些尺度。试看取、当年韩五[⑥]。岂有谷城公付授[⑦],也不干、曾遇骊山母[⑧]。谈笑起,两河路[⑨]。　　少时棋柝曾联句[⑩]。叹而今、登楼揽镜[⑪],事机频误。闻说北风吹面急[⑫],边上冲梯屡舞[⑬]。君莫道、投鞭虚语[⑭]。自古一贤能制难[⑮],有金汤、便可无张许[⑯]。快投笔[⑰],莫题柱[⑱]。

[注释]

①实之:名迈。历官直秘阁、广东提举等。　三和:此为第三次唱和王迈之作。　②忧边:忧虑边境被敌人侵扰。　③"国脉"句:国家的命脉细得像一根丝线。　④长缨:指参军报国。汉代终军愿报效国家,自请:"愿受长缨,必羁南越王而致之阙下。"见《汉书·终军传》。　⑤戎主:外族敌人的首领。　⑥韩五:南宋抗金名将韩世忠母生五子,世忠排行第五。　⑦谷城公:传授张良兵书的老人,亦名黄石公。"孺子见我,济北谷城山下黄石即我矣。"见《史记·留侯世家》。　⑧骊山母:传说中的仙人。唐李筌在嵩山得黄帝《阴符经》,读不懂,"因入秦至骊山下,逢一老母,为说《阴符》之义"。见《太平广记·骊山姥》引《集仙传》。　⑨两河路:指河北东路和河北西路。今河北和黄河以北的河南地区。　⑩棋柝:唐韩愈和李正封联句"从军古云乐,谈笑青油幕。灯明夜观棋,月暗秋城柝"。　⑪揽镜:照镜子。　⑫北风吹面急:比喻金国敌人南侵急切。⑬"边上"句:边关不断受到敌人的攻打。　冲梯屡舞:"袁氏之攻,状若鬼神,梯冲舞吾楼上,鼓角鸣于地中。"见《后汉书·公孙瓒传》。　冲梯:冲车和云梯,古代的攻城器具。　⑭投鞭:原为表示军队众多,此处则指对长江侵略。前秦苻坚要想南侵吞灭东晋,臣下石越进谏,说晋有"长江之险,未宜动师"。苻坚曰:"以吾之众旅,投鞭于江,足断其流。"见《晋书·苻坚载记》。　虚语:空话。　⑮制难:制止危难,消除危难。

⑯“有金汤”句：有了坚固的防守岂可没有坚决抗敌的将领。　金：金城，钢铁的城墙，比喻城防坚固。　汤：汤池，滚开水的护城河比喻沸热不可近。　便可：岂可，怎么可以。　张许：张巡和许远，唐代的名将，在安史之乱中死守睢阳，抗击叛军而壮烈牺牲。　⑰投笔：指参军立功。汉班超少年时就有大志，曾投笔叹曰：“大丈夫无他志略，犹当效傅介子、张骞立功异域，以取封侯，安能久事笔砚间乎？”见《后汉书·班超传》。　⑱莫题柱：不要空做书生。司马相如过升仙桥，“题柱曰：‘不乘高车驷马，不过此桥。’”见《成都记》。

[集评]

胡云翼云：“通篇忧国伤时，议论风发，用典似嫌太多，却起了形象化的作用。”（《宋词选》）

贺新郎

四用偻字韵为王实之寿

万字如针偻。忆王郎、丹墀大对[①]，气为文主。贵近旁观俱失色[②]，仰止如天圣度[③]。笑杜牧、成名居五。晚面清光犹苦谏，似封人、恳切言君母[④]。谪尘世，错行路。
当时宜和薰风句[⑤]。又那知、青云一跌[⑥]，被才名误。输与灵和殿前柳[⑦]，柔软随风学舞。怪两鸟、新来停语。不是先生高索价，问何时、宰相先生许[⑧]。举杯祝，莫倾柱[⑨]。

[注释]

①丹墀：宫殿前阶上之地，漆上红色，故名。　大对：接受皇帝的提问。　对：指奏对，对策。　②贵近：担任显贵重要的职位而又接近皇帝的人。“然以为不阿贵近，由是奖礼。”见《新唐书·权万纪传》。　③仰止：仰慕，倾仰，仰望。“高山仰止。”见《诗经·小雅·车辖》。　④封人：官名，掌管守护地方疆域之官。此指华封人的祝词，祝帝尧长寿富有多子。“尧观乎华，华封人曰：‘嘻！圣人，请祝圣人，使圣人寿！……使圣人

富！……使圣人多男子！’”见《庄子·天地》。 ⑤“薰风”句：宫殿名，取虞舜“作五弦之琴，以歌南风”的歌词“南风之薰兮，可以解吾民之愠兮”而名。 ⑥青云一跌：官场失意。 青云：指高官显爵。 ⑦灵和殿前柳：南齐武帝萧赜把柳树种在灵和殿前，时常赞叹：“此杨柳风流可爱，似张绪当年时。”见《南史·张绪传》。 ⑧问何时、宰相先生许：“明瓒，释徒谓之懒残。泌尝……中夜潜往谒之。懒残命坐，拨火出芋以啗之，谓泌曰：‘慎勿多言，领取十年宰相。”见李蘩《邺侯外传》。 ⑨倾柱：国家政权的倾覆。“昔者共工与颛顼争为帝，怒而触不周之山，天柱折，地维绝。”见《淮南子·天文训》。

贺新郎

实之用前韵为老者寿，戏答

身畔无丝缕。但从前、绨裳练帨[①]，做他家主。甲子一周加二纪[②]，兔走乌飞几度[③]。赛孔子、如来三五[④]。鹤髮萧萧无可截，要一杯、留客惭陶母[⑤]。门外草，欲迷路。

朗吟白雪阳春句[⑥]。待夫君、骊驹不至[⑦]，鹊声还误。老去聊攀莱子例，倒著斑衣戏舞[⑧]。记田舍、火炉头语。肘后黄金腰下印，有高堂、未敢将身许。且扇枕[⑨]，莫倚柱。

［注释］

①绨裳练帨：苎麻的裙子与熟丝手帕。 ②二纪：二十四年。纪为古代的纪年单位，十二年为一纪。 ③兔走乌飞：时光消逝。 兔：玉兔，指代月亮。 乌：金乌，指代太阳。 ④“赛孔子”句：徐陵云“小如来五岁，多孔子三年”。见《太平广记》卷二百四十六引《出谈薮》。 ⑤“鹤髮萧萧”二句：称颂贤母。晋代陶侃少时家贫，鄱阳的孝廉范逵曾来拜访，仓促之间无物招待，陶侃的母亲湛氏把垫在床上的草荐铡了喂客人的马，又暗暗地剪下头髮卖给邻居，准备好酒菜相待。范逵知道了赞叹说：“非此母不生此子！”见《晋书·列女列传·陶侃母湛氏》。 ⑥白雪阳春：古代高

雅的音乐。　⑦骊驹：古代的逸诗篇名，客人告辞之意。“骊驹在门，仆夫具存；骊驹在路，仆夫整驾。”见《汉书·王式传》注。　⑧“老去”两句：用古代孝子老莱子斑衣娱亲的典故。　⑨扇枕：孝顺父母。后汉时的黄香，九岁丧母，侍奉父亲非常孝顺，夏月扇枕席，冬天则用自己的体温暖父亲的被窝。见《后汉书·文苑传》。

贺新郎

张倅生日①

辇路东风里②。试回头、金闺昨梦③，侵寻三纪。岁晚岿然灵光殿④，仆与君侯而已。漫过眼、几番桃李。珠履金钗常满座，问谁人、得似张公子。驰骥騄⑤，佩龟紫⑥。

宿云收尽檐声止。玳筵开、高台风月，后堂罗绮。恰近洛人修禊节⑦，莫惜飞觞临水⑧。怕则怕、追锋徵起⑨。此老一生江海客，愿风云、际会从今始⑩。宁郁郁，久居此。

[注释]

①倅：宋人称州郡副佐之官如通判等为倅。　②辇路：皇帝车子经常走的道路。　③金闺：“金闺之诸彦。”见江淹《别赋》。李善注：“《史记》曰：‘金门，宦者署。’……金马，著作之庭，东方朔云公孙弘等待诏金马门是也。”杜甫《赠李白》：“李侯金闺彦，脱身事幽讨。”　④灵光殿：宫殿名。汉景帝之子鲁恭王所建，故址在今山东曲阜东。　⑤骥騄：好马。赤骥、騄耳，都是周穆王的八骏之一。　⑥龟紫：金龟袋和紫袍，指做大官。　⑦修禊节：古代民俗在农历三月初三日（上巳，即上旬第一个巳日）到水边用香熏草药洗澡，相传可以祓除不祥。　⑧飞觞：传杯换盏畅饮。　觞：羽觞，一种酒器。“飞羽觞而醉月。”见唐李白《春夜宴桃李园序》。　⑨追锋：追锋车，晋代的一种轻便快速的驿车，以快速而得名。“乃乘追锋车昼夜兼行，自白屋四百馀里，一宿而至。”见《晋书·宣帝纪》。　⑩风云际会：碰上了好机会。

贺新郎

九日与二弟二客郊行

老去光阴驶。向西风、疏林变缬[①]，残霞成绮[②]。尚喜暮年腰脚健，不碍登山临水。算自古、英游能几。客与桓公俱臭腐[③]，独流传、吹帽狂生尔[④]。后来者，亦犹此。
篮舆伊轧柴桑里[⑤]。问黄花、没些消息，空篱而已[⑥]。赖有一般芙蓉月，偏照先生怀里。且觅个、栏干同倚。检点樽前谁见在[⑦]，忆平生、共插茱萸底[⑧]。欢未足，饮姑止[⑨]。

[注释]

①缬(xié)：纺织物上印染的花纹。 ②霞成绮：云霞变成有花纹的丝织品。“馀霞散成绮，澄江静如练。”见南齐谢朓《晚登三山还望京邑》。 ③桓公：指晋桓温，字元子。晋明帝的女婿，官至大司马，欲废晋自建王朝，未成而死。见《晋书·桓温传》。 ④吹帽狂生：指晋孟嘉，字万年，江夏人。孟嘉落帽的典故一直流传至今。见《晋书·孟嘉传》。 ⑤“篮舆”句：指陶潜有足疾而坐竹轿的典故。 伊轧：拟声词，竹轿的声音。 ⑥“问黄花”二句：此用陶潜《饮酒》“采菊东篱下”的典故。 ⑦检点樽前谁见在：见《念奴娇》(素馨茉莉)中“且赌樽前见在身”句，语本牛僧孺诗。 ⑧插茱萸：兄弟亲人相聚。“遥知兄弟登高处，遍插茱萸少一人。”见唐王维《九月九日忆山东兄弟》。 ⑨欢未足，饮姑止：《全宋词》注，末章追怀无竞、处和二弟。 姑止：暂停。

贺新郎

已未九日同季弟子侄饮仓部弟免庵，艮翁、宫教来会[①]

忆昔俱年少。向斯晨、登高怀古，赋诗舒啸。追数樽前插花客，人物并皆佳妙。禁几度、西风残照。元子寄奴曾富贵[②]，到而今、一一消磨了。君不乐，后人笑。 山南山北添华表[③]。叹归来、谢池草合[④]，黄台瓜少[⑤]。老去爱持齐物论[⑥]，谁管彭殇寿夭。待细说、教天知道。不羡两苏并二宋[⑦]，愿弟兄、岁岁同吹帽。杯到手，莫辞釂。

[注释]

①季弟：名克永，字子修。　仓部弟：后村族弟，名不详，字居厚。免庵：仓部弟室名。　艮翁：即李钢，官至礼部郎官。　②元子：指桓温，字元子。　寄奴：南朝宋武帝刘裕小名。　③华表：古代设在桥梁、宫殿、城垣或陵墓前作为标志或装饰的大柱。设在陵墓前的又名“墓表”，其时，克逊、克刚二弟俱已下世。　④谢池：南朝宋谢灵运《登池上楼》诗有“池塘生春草”句，自称“此语有神助，非我语也”。因以“谢家池”或“谢郎池”为园池之美称。　⑤黄台瓜少：“……天后方图临朝，乃鸩杀孝敬，立雍王贤为太子，贤每日忧惕，知必不保，令与二弟同侍于父母之侧，无由敢言，乃作《黄台瓜辞》，令乐工歌之，冀天后闻之，即生哀悯。辞云：‘种瓜黄台下，瓜熟子离离。一摘使瓜好，再摘令瓜稀，三摘犹尚可，四摘抱蔓归。’而太子贤终为天后所逐，死于野中。”见《旧唐书·则天皇帝纪》。天后，即武则天，后用作统治者骨肉相残的典故。　⑥齐物论：《庄子》篇名。　⑦两苏：苏轼、苏辙。　两宋：宋庠、宋祁。皆北宋名家。

贺新郎

居厚、艮翁皆和，余亦继作

何必游嵩少[①]。屋边山、松风浩荡，虎龙吟啸。旧效楚人悲秋作[②]，晚爱陶诗高妙[③]。髮如此、临流羞照。屈指向来夸毗子[④]，被西风、一笔都勾了。曾不满，达人笑。

当年玉振于江表[⑤]。怅而今、老身空在，欢娱全少。假使真如彭祖寿，蒙叟犹嗤渠夭。偶落笔、不经人道。岁晚连床谈至晓，胜冈头、出没看乌帽[⑥]。君举白，我频釂。

[注释]

①嵩少:嵩山、少室山。少室山在嵩山的西边,东边是太室。 ②楚人悲秋作:指宋玉的《九辩》。“悲哉秋之为气也。” ③陶诗:陶潜的诗。 ④夸毗:柔顺,讨好奉承。“天之方懠,无为夸毗。”见《诗经·大雅·板》。⑤玉振:击磬,也比喻文章写得声调铿锵。 ⑥“冈头”句:“登高回首坡陇隔,但见乌帽出复没。”见苏轼诗。 乌帽:官帽。

贺新郎

人老难重少。强追陪、李侯痛饮[1],刘郎清啸[2]。报答秋光无一字[3],虚说君房语妙[4]。且匣起、青铜休照[5]。赖有多情篱下菊[6],待西风、不肯先开了。留晚节[7],发孤笑。

孔璋客绍衡依表[8]。有谁怜、戴花翁病,插萸人少。生不逢场闲则剧,年似龚生犹夭[9]。吃紧处、无人曾道[10]。到得扶他迂叟出[11],算貂蝉、未抵深衣帽。街酒贱,更沽醑。

[注释]

①李侯:李艮翁。 ②刘郎清啸:舆,兄也。琨,弟也。 这里则指克永及居厚二弟。见《晋书·刘琨传》。 清啸:“在晋阳,尝为胡骑所围数重,城中窘迫无计,琨乃乘月登楼清啸,贼闻之,皆凄然长叹。”见《晋书·刘琨传》。 ③报答秋光:词人《水龙吟》(病翁一榻萧然)有句“报答秋光,要些酒量,要些诗思”。 ④君房语妙:君房,汉贾捐之字。杨兴谓其下笔为文,言语妙天下。 ⑤青铜:青铜镜。 ⑥篱下菊:“采菊东篱下,悠然见南山。”见陶渊明《饮酒》。 ⑦晚节:晚年。韩琦《九日水阁》:“虽惭老圃秋容淡,且看黄花晚节香。” ⑧孔璋客绍:“广陵陈琳,字孔璋。……琳避难冀州,袁绍使典文章。”见《三国志·魏书·王粲传》。衡依表:“(曹)操欲见之……(祢衡)不肯往。操怀忿,而以其才名,不欲杀之……令送与刘表。”见《后汉书·文苑传·祢衡》。 ⑨年似龚生犹夭:龚生,即龚胜。《汉书·龚胜传》:“胜,字君实,死时七十九矣。……有老人来吊,哭甚哀,既而曰:‘嗟乎!薰以香自烧,膏以明自销,龚生竟夭天年,非吾徒也。’” ⑩吃紧:切实,仔细,实在,当真。朱熹《答诸葛诚

书》："然吾人所学吃紧着力处，正在天理人欲二者相去之间耳。" ⑪迂叟：拘泥固执的老人。

[集评]

张炎云："潜夫负一代时名，《别调》一卷，大约直致近俗，效稼轩而不及者。"（《词源》）

贺新郎

四用韵

犹记臣之少。兴狂时、过陈遵饮①，对孙登啸②。岁晚登临多感慨，但觉齐山诗妙③。任蓉月、柳风吹照。金印不来丹飞去，拟神仙、富贵都差了。空铸错，与人笑。

九年前拜悬车表。试回看、柴桑菊老，玄都花少。周也曾言殇子寿④，佛以白头为夭⑤。末后句、岩头曾道⑥。头似秃鹙巾裹懒⑦，最不宜、蝉冕宜僧帽。杯中物，直须釂。

[注释]

①陈遵："（陈）遵嗜酒，每大饮，宾客满堂，辄关门，取客车辖投井中，虽有急，终不得去。"见《汉书·游侠传·陈遵》。 ②孙登："阮步兵啸闻数百步。苏门山中，忽有真人，樵伐者咸共传说。阮籍往观，见其人拥膝崖侧。籍登岭就之，箕踞相对。……籍因对之长啸，良久，乃笑曰：可更作。籍复啸。意尽退还，半岭许，闻上啮然有声，如数部鼓吹，林谷传响，顾看，乃向人啸也。"见《世说新语·栖逸》。此人即孙登。刘峻注谓"王隐《晋书》曰：'孙登，即阮籍所见者也。'" ③齐山：在池州贵池县东南六里。齐山诗：指杜牧《九日齐山登高诗》。诗中有"江涵秋影雁初飞，与客携壶上翠微"，后人称妙。 ④周：指庄周。 殇子寿："莫寿于殇子，而彭祖为夭。"见《庄子·齐物论》。《逍遥游》陆德明释文："彭祖，《世本》云：'姓姑，名铿，在商为守藏史，在周为柱下史，年八百岁。'" ⑤佛以白头为夭：原注，"□□□：'未得平生心，白头亦为夭。'" ⑥末后句、岩头曾道："鄂

州岩头全豁禅师,泉州人也。姓柯氏。少礼清原谊公落髮。后参德山和尚……雪峰在德山作饭头,一日饭迟,德山掌钵到法堂上,峰晒饭巾次,见德山便云:这老汉,钟未鸣鼓未响托钵向什么处去?德山便归方丈。峰举似师,师云:大小德山不会末后句。山闻,令侍者唤师至方丈问:你不肯老僧那?师密启其意。德山至来日上堂,与寻常不同,师到僧堂前,抚掌大笑云:且喜得老汉会末后句。”见《景德传灯录》卷十六。 ⑦秃鹫:“葬明皇帝于兴安陵。……太中大夫羊阐入临,无髮,号恸俯仰,帻遂脱地,帝(宝卷)辍哭大笑,谓左右曰:秃鹫啼来乎!”见《资治通鉴·齐纪七·明帝永泰元年》。

贺新郎

五用韵。读坡公和陶诗,其九篇重九作,乃叙坡事而赋之①

行乐尤宜少。忆坡公、洞箫听罢②,划然长啸③。四海共知霜鬓满④,莫问近来何妙。也不记、金莲曾照⑤。老没太官糕酒分⑥,把茱萸、便准登高了⑦。齐得丧,等嘻笑。

集无韩子潮州表⑧。数当时、南迁者众,北归人少。赤壁玉堂均一梦⑨,此岂蛮烟能夭。与同叔、俱尝知道⑩。谁向进贤冠底说⑪,画出来、不似眉山帽⑫。秋菊盏,献公醑。

[注释]

①九篇:《东坡续集》卷三《和陶诗》系为重九所作,即题中所谓读坡公的《和陶诗》。《九日闲居》、《和己酉岁九月九日》二篇外、《和陶贫士七首》引称“重九伊迩”,为九篇。 ②洞箫:“客有吹洞箫者,倚歌而和之。”见苏轼《赤壁赋》。 ③划然长啸:苏轼《后赤壁赋》有“划然长啸,草木震动”之句。 ④“四海”句:“四海共知霜鬓满,重阳曾插菊花无?”见刘孝孙《寄苏内翰》。 ⑤金莲曾照:“尝锁宿禁中,召入对便殿,已而命坐赐茶,撤御前金莲烛送归院。”见《宋史·苏轼传》。 ⑥太官糕酒:“遥怜退朝人,糕酒出太官。”见苏轼《和陶贫士》。施元之注云:“国朝故事,九月

九日，以花糕法酒赐近臣。” ⑦茱萸：“明年此会知谁健，醉把茱萸子细看。”见杜甫《九日蓝田崔氏庄》。 ⑧韩子潮州表：指韩愈被贬潮州时所上《潮州刺史谢上表》。 ⑨赤壁玉堂均一梦：苏轼于元丰年间曾两次游赤壁。一生任团练副使、翰林学士、翰林承旨、侍读学士，升迁黜贬，变化无常如梦。 玉堂：即“翰林院”。 ⑩同叔：苏辙一字同叔。 ⑪进贤冠：即古缁布冠，“文儒者之服也。前高七寸，后高三寸，长八寸”。详见《续汉书·舆服志》。 ⑫眉山帽：即东坡帽，因苏轼为眉山人之故。

［集评］

冯煦云：“后村词与放翁、稼轩犹鼎三足，其生丁南渡，拳拳君国似放翁，志在有为，不欲以词人自域似稼轩。”（《宋六十一家词选例言》）

贺新郎

六用韵。 叙谪仙为宫教兄寿①

鹏赋年犹少②。晚飘蓬、夜郎秋浦，渔歌猿啸③。骏马名姬俱散去④，参透南华微妙⑤。敛万丈、光芒回照⑥。妃子将军瞋个甚，老先生、拂袖金闺了。供玉齿，粲然笑。

解骖赖有汾阳老⑦。叹今人、布衣交薄，绨袍情少⑧。黄祖斗筲何足算，鹦鹉才高命夭⑨。与贺监、其归同道。脱下锦袍与呆底，谪仙人、白苎乌纱帽⑩。邀素月，入杯醑。

［注释］

①谪仙：指李白。 宫教兄：李钢，字汝砺，号艮翁，莆田人，与刘克庄同乡。艮翁乙未擢进士第，历官诸王宫教授、权礼部郎官、湖南提举。故有“宫教”之称。本词写于开庆元年(1259)，艮翁时年六十六。 ②鹏赋：李白《大鹏赋》。序曰：“余昔于江陵见天台司马子微，谓余有仙风道骨，可与神游八极之表，因著《大鹏遇希有鸟赋》以自广。此赋已传于世，往往人间见之。悔其少作，未穷宏达之旨，中年弃之。及读《晋书》，睹阮宣子《大鹏赞》，鄙心陋之，遂更记忆，多将旧本不同，今复存手集，岂敢传

诸作者,庶可示之子弟而已。” ③“晚飘蓬”二句:“猿啸风中断,渔歌月下闻。”见李白《过崔八丈水亭》诗。 秋浦:李白有《秋浦歌十七首》。④骏马名姬:“骏马美妾,所适二千石郊迎。”见魏颢《李翰林集序》。 ⑤南华:庄子“师长桑公子,受号南华真人”。 ⑥万丈光芒:“李杜文章在,光芒万丈长。”见韩愈《调张籍》。 ⑦解骖:“越石父贤,在缧绁中。晏子出,遭之涂,解骖赎之。”见《史记·管晏列传》。 汾阳:“又尝有知鉴,客并州,识郭汾阳(子仪)于行伍间,为免脱其刑责而奖重之。后汾阳以功成官爵请赎翰林,上许之,因免诛。”见裴敬《翰林学士李公墓碑》。 ⑧绨袍:典出《史记·范睢蔡泽列传》。范睢初事魏中大夫须贾,被辱。改名张禄,亡入秦,为相。须贾使秦,睢微服见之。“须贾意哀之,留与坐饮食,曰:范叔一寒如此哉!乃取其一绨袍以赐之。”入相府,须贾始知睢已相秦,大惊谢罪。睢曰:“绨袍恋恋,有故人之意。”李白《送鲁郡刘长史迁弘农长史》:“他日见张禄,绨袍怀旧恩。” ⑨“黄祖”二句:“魏帝营八极,蚁观一祢衡。黄祖斗筲人,杀之受恶名。……才高竟何施,寡识冒天刑。”见李白《望鹦鹉洲怀祢衡》。 ⑩白苎乌纱帽:题太白像“乌纱之中白苎袍”。

贺新郎

傅相生日壬戌[①]

低局从头错。解危机、除非唤取,国棋来著。不信胡儿能胆大,南岸安他阵脚。谈笑里、乌巢空幕[②]。西起岷峨东海岱[③],有捷旗、露布无宵柝[④]。莘渭后[⑤],到秋壑[⑥]。

淮田犁遍吴田获。问台家、山河宇宙[⑦],是谁擎托。自觉怀中残锦尽[⑧],彩色彰施技薄。视柳雅、韩碑瞠若[⑨]。稽首鲁公黄髪颂[⑩],世何人、堪继奚斯作。楚狂语[⑪],莫删却。

[注释]

①傅相:贾似道。详见《宋史·奸臣传·贾似道》。 ②乌巢空幕:以曹操大破袁绍军于乌巢,形容宋兵打退元兵。 ③岷峨:岷山和峨眉山。

④露布：捷书之别名。诸军破贼，则以帛书建诸竿上，兵部谓之露布。盖自汉以来有其名。所以名露布者，谓不封检，露而宣布，欲四方速知。宵柝（tuò）：古代巡夜者敲击报更的木梆。李商隐《马嵬》："空闻虎旅传宵柝。" ⑤莘渭：指伊尹和姜太公。伊尹耕于有辛（古国名）之野，姜太公钓于渭水之滨。 ⑥秋壑：贾似道的堂榭之名。 ⑦台家：尚书省。汉称尚书省为中台。 ⑧怀中残锦：典出《南史·江淹传》，"淹少以文章显，晚节才思微退，云为宣城太守时罢归，始泊禅灵寺渚，夜梦一人自称张景阳，谓曰：'前以一匹锦相寄，今可见还。'淹探怀中得数尺与之，此人大恚曰：'那得割截都尽。'顾见丘迟谓曰：'馀此数尺既无所用，以遗君。'自尔淹文章踬矣。" ⑨柳雅：柳宗元有《平淮夷雅》两篇。 韩碑：韩愈有《平淮西碑》。 瞠若："夫子奔逸绝尘，而回瞠若乎后矣。"见《庄子·田子方》。犹言瞪着眼睛看。 ⑩鲁公黄髪颂："乃命鲁公，俾侯于东。……黄髪台背，寿胥与试。"见《诗经·鲁颂·閟宫》。《閟宫》是赞美僖公伐淮夷之功的长诗，是鲁公子奚斯所作。 ⑪楚狂："楚狂接舆，歌而过孔子曰：'凤兮，凤兮，何德之衰？往者不可谏，来者犹可追。已而，已而！今之从政者殆而！'"见《论语·微子》。

贺新郎

癸亥九日①

宿雨轻飘洒。少年时、追欢记节，同人于野②。老去登临无脚力，徙倚屋东篱榭。但极目、海山如画。千古惟传吹帽汉，大将军、野马尘埃也。须彩笔，为陶写。

鹤归旧里空悲咤③，叹原头、累累高冢，洛英凋谢④。留得香山病居士，却入渔翁保社。怅谁伴、先生情话。樽有葡萄簪有菊，西凉州、不似东篱下。休唤醒，利名者。

[注释]

①癸亥：宋理宗景定四年（1263）。 ②同人于野：同人，与人同也。于野，谓旷远而无私也。见《易·同人》朱熹注。 ③鹤归旧里：词人于景

定三年壬戌八月“再乞纳禄”,后既还里,优游觞咏。 ④洛英凋谢:指旧友亡去。

贺新郎

拂袖归来也[①]。懒追陪、竹林嵇阮[②],兰亭王谢。谁与此翁相暖热,赖有平生伯雅[③]。且放意、高吟闲话。山鸟山花皆上客,又何须、胜似公荣者[④]。胸磊块[⑤],总浇下。

盘龙痴绝求鹅炙[⑥]。这先生、黄齑瓮熟,味珍无价。酒颂一篇差要妙,庄列诸书土苴[⑦]。任礼法、中人嘲骂。君特未知其趣耳,若还知、火急来投社。共秉烛,惜今夜。

[注释]

①拂袖归来也:又作拂衣归来。古人致仕后常用。 ②竹林嵇阮:“陈留阮籍、谯国嵇康、河内山涛,三人年皆相比,康年少亚之。预此契者,沛国刘伶、陈留阮咸、河内向秀、琅邪王戎。七人常集于竹林之下,肆意酣畅,故世谓竹林七贤。”见《世说新语·任诞》。 ③伯雅:“刘表子好酒,为三爵。大曰伯雅,受七升;次仲雅,受五升;次季雅,受三升。”见《典论》。 ④公荣:姓刘。“与人饮酒,杂秽非类。人或讥之,答曰:胜公荣者不可不与饮,不如公荣者亦不可不与饮,是公荣辈者又不可不与饮。故终日共饮而醉。”见《世说新语·任诞》。 ⑤磊块:“王孝伯问王大:阮籍何如司马相如?王大曰:阮籍胸中垒块,故须酒浇之。”见《世说新语·任诞》。 ⑥盘龙:晋刘毅小字。《晋书·刘毅传》:“初江州刺史庾悦,隆安中为司徒长史,曾至京口。毅时甚屯窭,悦食鹅,毅求其馀,悦又不答,毅常衔之。”《北史·崔瞻传》:“昔刘毅在京口,冒请鹅炙。” ⑦土苴(zhǎ):“其土苴以治天下。”见《庄子·让王》。土苴犹土渣。比喻极微贱之事物。

贺新郎

甲子端午[①]

过眼光阴驶。忆垂髫、留连节物[②]，逢场游戏[③]。初试练衣弄纨扇[④]，鬥采菖蒲涧里[⑤]。今鬓白、颜苍如此。艾子萧郎方用事，怪先生、苦死纫兰芷[⑥]。君不乐，欲何俟。

头标夺得群儿喜[⑦]。向溪边、旁观助噪，叹吾衰矣[⑧]。欲建鼓旗无气力，唤起龙泉改委[⑨]。但酒户、加封而已[⑩]。晚觉醉乡差快活，那独醒、公子真呆底。聊洗净，笛筝耳。

[注释]

①甲子：景定五年。　端午：农历五月初五日。　②垂髫：古时儿童头髮下垂，故以垂髫指童年。　③逢场：逢场作戏。随事应景，偶一为之。　④練衣：練，出于两江州洞，似苎。　纨扇："新裂齐纨素，皎洁如霜雪，裁为合欢扇，团团似明月。"见《怨歌行》。　⑤鬥采："五月五日……又有鬥百草之戏。"见宗懔《荆楚岁时记》。　菖蒲涧：广州府有蒲涧寺，在府城北白云山麓，唐朝时就有此寺。　⑥艾子：《荆楚岁时记》载，五月五日，采艾以为人，悬门户上，以禳毒气。　⑦头标：孟元老《东京梦华录》卷七载，赛龙舟时，"两行舟鸣鼓并进，捷者得标，则山呼拜舞"。　⑧叹吾衰矣："子曰：甚矣吾衰也，久矣吾不复梦见周公。"见《论语·述而》。　⑨"欲建鼓旗"二句：作者自注，"水心评余诗，有建大将旗鼓，非子孰当之语。"《后村先生大全集》卷一百一十二《杂记》："余少未为人所知，水心叶公称其诗可建大将旗鼓。"因叶适卒于嘉定十六年癸未，《大全集》卷七有《挽水心先生》诗二首。自癸未迄甲子，水心殁已四十二年，故词中云"唤起龙泉"。叶系永嘉人，永嘉县有龙泉，故以之称水心。　改委：另行任命他人。　⑩酒户：作者自注，"去秋禋霈，余忝加三百户。"此指加恩增赐食邑户数。

贺新郎

二鹤

家有仙禽二。早追随、先生杖屦[1],互乡童子[2]。旦旦池边三薰沐[3],夜夜山中警睡[4]。且伴我、人间游戏。此老生平哀大陆,到末梢、始忆华亭唳[5]。评往事,败佳思。古云鹤算谁能纪[6]。叹归来、山川如故,人民非是。但愿主君高飞去,莫爱乘轩禄位。更赛过、令威千岁。假使焦山真羽化,待华阳贞逸铭方瘗[7]。我拍手,渠展翅。

[注释]

①杖屦:拄杖漫步。 ②互乡童子:"互乡难与言,童子见,门人惑。"见《论语·述而》。谓互乡之地,言语自专,孔子不必见固执小儿。此以二鹤比童子。 ③三薰沐:"方将坐足下三浴而三薰之。"见韩愈《答吕毉山人书》。 ④警睡:据钱仲联先生《笺注》,《修文殿御览残卷》引《风土记》,"鸣鹤戒露,交交凉凉。鸣鹤,白鹤也。此鸟性警,至八月,白露降,流于草叶上,滴滴有声,即高鸣相警,移徙所宿处,虑于变害也。" ⑤"此老"二句:典出《修文殿御览残卷》引《晋八王故事》,"陆机为成都王所诛,顾左右而叹曰:今日欲闻华亭鹤唳,不可复得。" ⑥古云鹤算谁能纪:"鹤寿不知其纪也。"见《瘗鹤铭》。 ⑦"假使"二句:指欧阳修《集古录跋尾》记载,"《瘗鹤铭》,题云华阳真逸撰。刻于焦山之足,好事者伺水落时,模而传之,只得其数字云。" 羽化:变化飞升也。古人称成仙是羽化。

洞仙歌

癸亥生朝和居厚弟韵,题谪仙像

上林全树[1],曾借君栖宿[2]。朝过瑶台暮群玉[3]。忽翩然、脱下宫锦袍来[4],□□□,却向齐州受箓[5]。 等闲挥醉笔,欬唾千篇[6],长与诗家窃膏馥[7]。身是酒星文星，刚被诗人，□唤做、禁中颇牧[⑧]。便散髮、骑鲸去何妨，从我者谁欤，安期徐福[⑨]。

［注释］

①上林：上林苑。《汉旧仪》云：“上林苑方三百里，苑中养百兽，天子秋冬射猎取之。故址在今陕西西安西。东汉上林苑在今河南洛阳东。②借君栖宿：“李义府始召见，太宗试令咏鸟，其末句云：‘上林许多树，不借一枝栖。’帝曰：‘吾将全树借汝，岂惟一枝。”见《隋唐嘉话》。③瑶台：神话中西王母居处，此处泛指装饰华美的楼台。　群玉：传说中神山。《穆天子传》卷二：“癸巳，至于群玉之山。”郭璞注：“即《西山经》玉山，西王母所居者。”唐李白《清平调》词：“若非群玉山头见，会向瑶台月下逢。”　④宫锦袍：唐玄宗天宝元年赐李白入翰林院，并赐宫锦袍。⑤受箓：接受道教符箓。　⑥欬唾千篇：用咳唾成珠典故。《庄子·秋水》：“子不见夫唾者乎？喷则大者为珠，小者为雾。”后以“咳唾成珠”比喻言谈珍贵或文辞优美。　⑦膏馥：语出《新唐书·杜甫传》“残膏胜馥，沾丐后人矣”。　⑧颇：廉颇，战国时赵之名将，赵惠文王时任上卿，屡次战胜齐、魏诸国。　牧：李牧，战国末年赵将，长期防守赵之北边，击败东胡、匈奴。赵王迁三年（前 233）率军向秦反攻，大败秦军，以功封武安君，后因赵王中秦反间计，被杀死。　⑨徐福：秦方士，琅邪人。　安期：即指安期生，于海上食巨枣大如瓜。见《史记·封禅书》。

洞仙歌

和居厚弟韵

眇难揽镜[①]，跛尤难穿履。赖有胡公菊潭水[②]。信医言、断了重碧轻红，禁害杀，不遣高吟大醉。　古来稀七十，添许多年，赢得笺天致君事[③]。莫问客去门前[④]，金尽床头[⑤]，留宝扇、御诗珍秘。畴昔慕、乖崖老尚书[⑥]，到晚节依稀，有些儿似。

（以上《彊村丛书》本《后村长短句》卷四）

[注释]

①眇:瞎一只眼。“眇能视,跛能履。”见《易经·履》。 ②胡公菊潭水:指南郡华容太尉胡广,所患风疾,后因恒饮菊水,后疾遂瘳。见《后汉书·胡广传》。 ③笺天:《初学记》有刘谧之《与天笺》,乔道元《与天公笺》。 ④客去门前:失去权势以后,门庭冷落,来客很少。“始翟公为廷尉,宾客阗门,及废,门外可设雀罗。”见《史记·汲黯郑当时列传》。 ⑤金尽床头:非常贫困。“君不见床头黄金尽,壮士无颜色。”见唐张籍《行路难》。 ⑥乖崖老尚书:张咏,字复之,自号乖崖,以为乖则违众,崖不利物。濮州鄄城人。官至工部尚书,出知陈州。

八声甘州

雁

物微生处远,往还来、非但稻粱求[①]。似爱长安日[②],怕阴山雪,善自为谋。个里幸无鸣镝,随意占沙洲。归兴何妨待,风景和柔。 昔到衡阳回去[③],今随阳避地,遍海南头。与西川流寓,彼此各淹留。未得云中消息,登望乡台了又登楼。江天阔,几行草字,字字含愁。

[注释]

①稻粱求:原指鸟雀觅食,后来比喻人谋生。“君看随阳雁,各有稻粱谋。”见唐杜甫《同诸公登慈恩寺塔》。 ②长安日:晋明帝数岁时答元帝曰:“举目见日,不见长安。”见《世说新语·夙惠》。 ③衡阳回去:湖南衡阳有回雁峰,为衡山七十二峰之一,相传大雁到衡阳而止,到春天就回去。见《湖南通志·山川》。

烛影摇红

用林卿韵

拙者平生,不曾乞得天孙巧[①]。那回忝扈属车来[②],岂是齐卿小[③]。此膝不曾屈了。更休文、腰难运掉[④]。前贤样子，表圣宜休[⑤]，申公告老[⑥]。　凉簟安眠，绝胜儤直铃声搅[⑦]。集中大半是诗词，幸没潮州表。月夕花朝咏啸。叹人间、愁多乐少。蓬莱有路，办个船儿，逆风也到。

［注释］

①天孙巧：织女的巧艺。“下土之臣，窃闻天孙专巧于天。”见唐柳宗元《乞巧文》。　②扈：随从，侍从。　属车：也叫副车、贰车、佐车。皇帝的随从车子。　③齐卿小：“齐卿之位，不为小矣。”见《孟子·公孙丑》。④休文：沈约字休文，武康人。历仕南朝宋、齐、梁三朝，是当时的大文学家。常因病而腰围减损，诗词中常用作“沈腰”。　⑤表圣：唐代司空图字表圣，虞乡人。官至中书舍人，因时乱隐居中条山王官谷，作休休亭，自号知非子、耐辱居士，唐亡，绝食死。见《新唐书·文苑传》。　⑥申公：名培，汉代鲁人，所传的《诗经》称《鲁诗》。　⑦儤（bào）直：官吏值班。“何时儤直来相伴，三入承明兴渐阑。”见宋王禹偁《赠浚仪朱学士》。

祝英台近

雨凄迷，风料峭，情绪被花恼。白白红红，满地无人扫。可堪解佩盟寒[①]，坠楼命薄[②]，更杜宇、枝头闲煼[③]。

绿阴绕。青帝结束匆匆[④]，转眼朱明了[⑤]。怕与春辞，茗艼玉山倒[⑥]。后期觉做明年，春年年好，却不道、明年人老。

［注释］

①解佩盟寒：表示爱情的盟誓原是空的。　解佩：郑交甫在汉江边遇见江妃二女，不知道她们是仙人，就对他的仆人说，“我欲下请其佩。”二女就解下佩玉送给了他。见汉刘向《列仙传》。　盟寒：食言。②坠楼命薄：用绿珠坠楼之典。见《晋书·石崇传》。　③煼（chǎo）：通“吵”。　④青帝：东方之神，又为司春之神。　⑤朱明：夏季。“夏为朱

明。”见《尔雅·释天》。 ⑥茗艼玉山倒:喝得大醉。 茗艼:即酩酊,大醉的样子。

最高楼

戊戌自寿[①]

南岳后,累任作祠官。试说与君看。仙都玉局才交卸[②],新衔又管华州山[③]。怪先生,吟胆壮,饮肠宽。

去岁拥、旌旗称太守。今岁带、笭箵称漫叟[④]。慵入闹[⑤],惯投闲[⑥]。有时拂袖寻种放[⑦],有时携枕就陈抟[⑧]。任旁人,嘲潦倒,笑痴顽。

[注释]

①戊戌:宋理宗嘉熙二年(1238)。时居莆田家中。 ②仙都玉局:仙都观和玉局观。 ③新衔:新的官职头衔。此处指作者自袁州守罢主华山下的云台观一事。 ④笭箵(líng xíng):装鱼的鱼篓,渔具的总称。“所载之舟曰艋舴,所贮之器曰笭箵。”见唐陆龟蒙《渔具》。 漫叟:没有检点约束的老头。唐元结自号漫叟。 ⑤慵入闹:懒得去凑热闹。 ⑥投闲:乘隙,利用空闲,让自己闲散。 ⑦种放:字明逸,洛阳人,自称退士,号云溪醉侯,是宋代有名的隐士。见《宋史·种放传》。 ⑧陈抟:字图南,真源人。隐居华山,自号扶摇子,宋太宗赐号希夷先生。见《宋史·陈抟传》。

最高楼

再题周登乐府

周郎后[①],直数到清真[②]。君莫是前身。八音相应谐韶乐[③],一声未了落梁尘[④]。笑而今,轻郢客,重巴人[⑤]。

只少个、绿珠横玉笛[⑥]。更少个、雪儿弹锦瑟[⑦]。欺贺晏[8]，压黄秦[9]。可怜樵唱并菱曲[10]，不逢御手与龙巾。且醉眠，篷底月，瓮间春[11]。

[注释]

①周郎：周瑜，三国东吴大将，又精于音乐，当时人说“曲有误，周郎顾”。见《三国志·吴书·周瑜传》。　②清真：周邦彦，字美成，钱塘人。精于音乐，能作曲。著有《清真集》、《片玉词》等。见《宋史·文苑传》。　③八音：古代以匏（笙竽）、土（埙）、革（鼓）、木（柷敔）、石（磬）、金（钟）、丝（琴瑟）、竹（箫管）为八音。　④落梁尘：歌声高亢，大梁上的尘土都被震落。　⑤郢客：到楚国的郢都唱歌的歌唱家。　巴人：通俗歌曲名。“客有歌于郢中者。其始曰《下里》《巴人》，国中属而和者数千人。”见宋玉《对楚王问》。　⑥绿珠：西晋石崇的歌伎，善于吹笛。　⑦雪儿：隋末李密的爱姬，能歌舞、度曲。　⑧贺晏：贺铸、晏几道。　⑨黄秦：黄庭坚、秦观。　⑩樵唱：樵夫所唱的歌。　菱歌：采菱之歌。“妾家住湘川，菱歌本自便。”见南朝梁简文帝《棹歌行》。　⑪瓮间春：即瓮头春，刚热的酒。

最高楼

乙卯生日[1]

吾衰矣，百事且随缘。只字不笺天。几曾三宿为归计[2]，更巴一岁是希年[3]。记儿时，闻祖父，说隆乾[4]。

我不与、少年争遇合[5]。你莫共、老僧争戒腊[6]。靴皱面，悦垂肩[7]。锦袍夺去饶之问[8]，虎皮撤起付伊川[9]。剩空身，无长物[10]，可飞仙。

[注释]

①乙卯：宋理宗宝祐三年（1255）。　②三宿：“千里而见王，不遇故去，三宿而后出昼，是何濡滞也！”见《孟子·公孙丑》。　③希年：古稀之年。作者此时为六十九年。　巴：添。　④隆乾：宋孝宗的两个年号：隆兴、乾道。　⑤遇合：得到皇帝的赏识。　⑥戒腊：和尚受戒的年数。寺

院的和尚们禅诵的座位次序,按照戒腊的长短而定。 ⑦靴皱面:用田元均之典,他为人宽厚……尝谓人曰:"作三司数年,直笑得面似靴皮。"见欧阳修《归田录》。 ⑧锦袍夺去饶之问:之问即宋之问。"武后游洛南龙门,诏从臣赋诗,左史东方虬诗先成,后赐锦袍。之问俄顷献,后览之嗟叹,更夺袍以赐。"见《新唐书·宋之问传》。 ⑨虎皮:虎皮的座席,指老师的座位。宋代的张载尝坐虎皮讲《易经》。见《宋史·道学传》。 伊川:程颐,字正叔,世称伊川先生,宋代洛阳人。与兄程颢同为北宋理学的创始人。 ⑩长物:剩馀的物品。王忱以为王恭有多馀的六尺簟,就向他要了一领,后来知道王恭并无多馀,很吃惊,"曰:'吾本谓卿多,故求耳。'对曰:'丈人不识恭,恭作人无长物。'"见南朝宋刘义庆《世说新语·德行》。

最高楼

吾衰矣,不慕勒燕然①。不爱画凌烟②。此生惭愧支离叟③,何功消受水衡钱④。错教人,占卦气⑤,算流年⑥。

漫摘取、野花簪一朵。更拣取、小词填一个。晞素髪⑦,暖丹田⑧。罗浮杖胜如旌节⑨,华阳巾不减貂蝉⑩。这先生,非散圣⑪,即臞仙⑫。

[注释]

①勒燕然:在边疆立军功。东汉窦宪领兵大破匈奴,登燕然山,刻石纪功而回。见《后汉书·窦宪传》。 ②画凌烟:唐代皇帝把对皇朝有功之臣的图像画在凌烟阁上。其制在北周已有。"天子画凌烟之阁,言念旧臣。"见北周庾信《周柱国大将军纥干弘神道碑》。 ③支离叟:形体不全的老头儿。"夫支离其形者犹足以养身,终其天年,又况支离其德者乎!"见《庄子·人间世》。 ④水衡钱:皇室储藏的钱财,由水衡官所管理,故名。汉武帝元鼎二年,置水衡都尉、水衡丞,掌管上林苑,兼保管皇室财物及铸钱。 ⑤卦气:术数家用八卦配洛书数,以奇耦分阴阳,亦曰卦气。见《后汉书·郎青传》。 ⑥算流年:命相家占卜个人未来的吉凶。旧时星相家称人一年之运气为流年。 ⑦晞素髪:晾干白头髪。 ⑧丹田:道

家称人的脐下为丹田。 ⑨罗浮：山名，在今广东增城一带，相传晋葛洪在这里得仙术。苏轼在惠州时，有《桄榔杖寄张文潜·送佛面杖与罗浮长老》二诗，罗浮山跨惠州境，故此云罗浮杖。 旌节：《周礼·地官·掌节》"道路用旌节"，郑玄注："旌节，今使者所拥节是也。" ⑩华阳巾：道士戴的瓦棱帽。 貂蝉：古代王公显贵帽子上的饰物。见《后汉书·舆服志》。 ⑪散圣：没有授官职的有德行的人。 ⑫臞仙：清瘦的仙人。

最高楼

辛亥后[①]，六请挂衣冠[②]。甲子始休官[③]。白驹恰则来空谷[④]，青牛早已出函关[⑤]。笑狂生，还笏易[⑥]，上竿难[⑦]。　　也莫爱、宫中请内相[⑧]。也莫爱、堂中呼六丈[⑨]。但祷祝，要痴顽。懒挥玉斧重修月，不扶铁拐会登山。免飞升[⑩]，长快活，戏人间。

［注释］

①辛亥：宋理宗淳祐十一年(1251)。 ②挂衣冠：辞职。 ③甲子：宋理宗景定五年，公元1264年。 ④白驹：用《诗经·小雅·白驹》之典"皎皎白驹，在彼空谷"。毛传："宣王之末，不能用贤，贤者有乘白驹而去者。"暗寓朝廷不能用贤人。 ⑤青牛早已出函关：老子骑青牛出函谷关。⑥还笏：归还手版，即辞官。 ⑦上竿：梅尧臣妻刁对梅曰："君于仕宦，何异鲇鱼上竹竿耶？"言其甚难。 ⑧内相：指翰林学士。 ⑨六丈：范文正公为参政，富公素以丈事公，谓公曰"六丈"。见朱熹《五朝名臣言行录》。⑩飞升：飞向天空，即成仙。

最高楼

臣少也，豪举泛星槎[①]。飘逸吐天葩。穆陵误奖推儒宿[②]，龙泉曾唤做行家[③]。今耄矣[④]，文跌宕[⑤]，字麻茶[⑥]。　　同队者、多为公与相[⑦]。广坐里、都无兄与丈。生有限,望犹奢。补还瞎子重开卷,放教跛子出看花。地行仙,疑是汝,不争些。

[注释]

①泛星槎:神话言天河与大海相通,汉代曾有人乘槎到天河,遇见牵牛和织女。见晋张华《博物志》。 ②穆陵:南宋理宗葬于会稽的永穆陵,后即以穆陵代理宗。 ③龙泉:指叶适。永嘉人,永嘉有龙泉,故称。 ④耄:老,年纪大。“八十、九十曰耄。”见《礼记·曲礼》。 ⑤跌宕:没有检点约束。 ⑥麻茶:迷蒙,模糊。“趁愁得醉眼麻茶。”见唐李涉《题宇文秀才樱桃》。 ⑦同队者:一起嬉戏的玩伴。

最高楼

林中书生日

金闺彦,荷蒉过山前[①]。把钓坐溪边。呼来每得天颜笑,放归犹作地行仙。尽教人,瞋避俗,谤逃禅[②]。 且缄了、淳夫三昧口[③]。更袖了、坡公三制手[④]。宁殿后[⑤],不争先。小于卫武二十岁[⑥],大于绛老两三年[⑦]。这高名,并上寿,几人全。

[注释]

①荷蒉:扛着草筐,指隐士。“有荷蒉而过孔氏之门者。”见《论语·宪问》朱熹《集注》。 ②逃禅:逃避尘世,皈依佛法。“苏晋长斋绣佛前,醉中往往爱逃禅。”见杜甫《饮中八仙歌》。 ③“且缄了”句:慎言。“庙堂右阶之前有金人焉,三缄其口而铭其背曰:‘古之慎言人也。’”见《孔子家语·观周》。 淳夫:范祖禹,字淳夫。东坡先生尝谓某曰:范淳夫讲书……言简而当,无一冗字,无一长语,义理明白,而成文粲然,乃得讲书三昧也。”见《骈字类编·师友谈记》。 ④坡公:苏东坡。 三制手:指神宗时命郑獬草吴奎知青州及张方平、赵抃参政事三制,赐双烛送归舍人院。见《宋史·郑獬传》。 注者按:苏轼亦有莲烛归院事,故后村误以草三制属“坡

公”。 ⑤殿后：行军时队伍的尾部。 ⑥卫武：卫武公年数九十有五矣，犹箴儆于国曰：“苟在朝者，无谓我老耄而舍我，必恭恪于朝……于是乎作《懿戒》以自儆也。”见《国语·楚语》。 ⑦绛老：绛县老人，时年七十三岁。事见《左传·襄公三十年》。

风入松

福清道中作

橐泉梦断夜初长[①]，别馆凄凉[②]。细思二十年前事，叹人琴、已矣俱亡[③]。改尽潘郎鬓髮，消残荀令衣香[④]。
多年布被冷如霜，到处同床。箫声一去无消息，但回首、天海茫茫。旧日风烟草树，而今总断人肠。

［注释］

①橐泉：长安邸舍名。 ②别馆：客馆，招待所。“三年囚于别馆。”见北周庾信《哀江南赋序》。 ③人琴：“献之卒，徽之取献之琴弹之，久而不调，叹曰：‘呜呼子敬（献之字），人琴俱亡！’”见《晋书·王徽之传》。 ④荀令衣香：“荀令君（彧）至人家，坐处三日香。”见《太平御览》卷七百零三引《襄阳记》。

风入松

同 前

归鞍尚欲小徘徊，逆境难排。人言酒是消忧物[①]，奈病馀、孤负金罍[②]。萧瑟捣衣时候，凄凉鼓缶情怀[③]。
远林摇落晚风哀，野店犹开。多情惟是灯前影，伴此翁、同去同来。逆旅主人相问，今回老似前回。

［注释］

①人言酒是消忧物：曹操《短歌行》云“何以解忧，唯有杜康”。《文

选》李善注“《汉书》东方朔曰:‘臣闻消忧者莫若酒也。’” ②金罍:古代的盛酒器。 ③鼓缶情怀:悼念亡妻的情怀。鼓缶,即鼓盆。《庄子·至乐》:“庄子妻死,惠子吊之。庄子则方箕踞鼓盆而歌。”盆,瓦缶也。

[集评]

况周颐云:“刘潜夫《风入松·福清道中作》云:‘多情惟是灯前影,伴此翁、同去同来。逆旅主人相问,今回老似前回。’语真质可喜。”(《蕙风词话》卷二)

风入松

癸卯至石塘追和十五年前韵①

残更难睚抵年长②,晓月凄凉。芙蓉院落深深闭,叹芳卿、今在今亡。绝笔无求凰曲③,痴心有返魂香④。
起来休镊鬓边霜⑤,半被堆床。定归兜率蓬莱去⑥,奈人间、无路茫茫。缘断漫三弹指⑦,忧来欲九回肠⑧。

[注释]

①癸卯:宋理宗淳祐三年(1243)。 ②睚:疑为“捱”之误。 ③求凰曲:指司马相如的琴曲《凤求凰》,后用作向女子求爱之词。“凤兮凤兮归故乡,遨游四海求其凰。”见宋郭茂倩《乐府诗集》。 ④返魂香:汉武帝时,西域月氏国贡返魂香三枚。“燃此香,病者闻之即起,死未三日者,熏之即活。”见汉东方朔《海内十洲记》。 ⑤霜:白头发。“徒霜镜中髮,羞彼鹤上人。”见唐李白《古风》。 ⑥兜率:兜率天,佛家谓欲界六天中的第四天,为妙足、知足的意思。见《经律异相》。 ⑦弹指:极短的时间。“俱舍云:‘壮士弹指顷六十五刹那。’”见《翻译名义·时分》。 ⑧九回肠:过度的忧思,肠子多次迴转。“是以肠一日而九迴。”见汉司马迁《报任少卿书》。

风入松

攀翻宰树暂徘徊[①]，草草安排。昔人徒步陈鸡絮[②]，愧公家、仆马觥罍[③]。华表旧愁满目，黄粱残梦伤怀。
欲将庄列等欢哀，对卷慵开。凭高指点虚无路，问何年、辽鹤归来。宿酒得风渐解，小舆待月同回。

[注释]

①宰树：墓上的树木。　②鸡絮：指致祭的礼品。典出谢承《后汉书》中"徐稚常预鸡一支，以绵渍酒中暴乾以裹鸡……以鸡置前，酹酒毕，留谒即去，不见丧主"之事。　③觥罍：都是古代的盛酒器，也用以盛水。仆马觥罍："陟彼崔嵬，我马虺隤。我姑酌彼金罍，维以不永怀。……陟彼高冈，我马玄黄。我姑酌彼兕觥，维以不永伤。""陟彼砠矣，我马瘏矣，我仆痡矣，云何吁矣！"见《诗经·周南·卷耳》。

临江仙

已酉和实之灯夕

玉笛钿车当日事[①]，东涂西抹都曾。等闲曲子压和凝[②]。纵游非草草，已醉强惺惺。　　今向三家村送老，身如罢讲吴僧。高楼百尺不须登。半炉烧叶火，一盏勘书灯。

[注释]

①钿车：饰以金花之车。　②自注："曲子相公。""和凝少年时，好为曲子词，布于汴、洛……契丹人夷门，号为曲子相公。"见孙光宪《北梦琐言》。

临江仙

县圃种花

落魄长官江海客[①],少豪万里寻春。而今憔悴向溪滨[②]。断无觞咏兴[③],惟有簿书尘[④]。　手插海棠三百本[⑤],等闲妆点芳辰[⑥]。他年绛雪映红云。丁宁风与月,记取种花人。

[注释]

①长官:上官。也为官吏的泛称。　江海客:“张公一生江海客,身长九尺鬚眉苍。”见杜甫《洗兵马》。张公为张镐,本终南山隐士,后于肃宗时为相。　②溪滨:指建溪,源从武夷山下。　③觞咏:“一觞一咏,亦足以畅叙幽情。”见王羲之《兰亭集序》。　④簿书:“而大臣特以簿书不报,期会之间以为大故。”见《汉书·贾谊传》。　⑤本:此用作记数单位,犹株、棵。　⑥芳辰:美好的时辰。

临江仙

庚子重阳[①],余以漕摄帅[②],会前帅唐伯玉、前漕黄成父于越王台。明年是日,寓海丰县驿作

去岁越王台上饮,席间二客如龙。凭高吊古壮怀同。马嘶千嶂暮,乐奏半天中。　今岁三家村市里,故人各自西东。菊花时节酒樽空。可怜双雪鬓,禁得几秋风。

[注释]

①庚子:宋理宗嘉熙四年(1240)。　②漕:宋人称转运使、转运判官为漕。　摄帅:兼理广东经略安抚使之职。

临江仙

潮惠道中

不见仙湖能几日[①]，尘沙变尽形容。夜来月冷露华浓。都忘茅屋下，但记画船中。　两岸绿阴犹未合，更须补竹添松。最怜几树木芙蓉[②]。手栽才数尺，别后为谁红。

［注释］

①仙湖：指菊湖，在广州菖蒲涧，今湮。　②木芙蓉：花木名，即柜霜。

浪淘沙

丁未生日[①]

去岁诣公车[②]，天语勤渠[③]。绛纱玉斧照寒儒[④]。恰似昔人曾梦到，帝所清都[⑤]。　骨相太清臞[⑥]，谪堕须臾[⑦]。今年黄敕换称呼[⑧]。只为此翁霜鬓秃[⑨]，老不中书。

［注释］

①丁未：宋理宗淳祐七年（1247）。时主管明道宫。　②公车：汉代的官署名。凡是臣民上书言事及征召，都由公车给食（招待）。汉文帝时，张释之为公车令。见《史记·冯唐张释之列传》。　③天语：皇帝的诏谕。　勤渠：《诗经·秦风·权舆》“夏屋渠渠”郑玄笺：“渠渠，犹勤勤也。”　④绛纱玉斧：《周礼·春官》“王位设黼依”郑玄注：“斧谓之黼，其绣黑白采，以绛帛为质；依，其制如屏风然。”　⑤清都：神话中上帝所住的宫殿，也指帝王所居的都城。　⑥臞：同“癯”，消瘦。　⑦须臾：片刻，极短的时间。　⑧黄敕：用黄纸写的诏书。“敕用黄纸，自（唐）高宗始也。”见宋高承《事物纪原·黄敕》。　⑨“只为”句：“按后村晚年髪落成髡，故常自称髡翁。”见张荃《考记》。

[集评]

卓人月云:“用《毛颖传》,甚趣。”(《古今词统》卷七)

浪淘沙

早岁类寒蛩[①],晚节遭逢[②]。曾开黄卷侍重瞳[③]。归去青藜光照牖[④],阶药翻红。　　出昼颇匆匆[⑤],主眷犹浓。除官全似紫阳翁[⑥]。换个新衔头面改,又似包公[⑦]。

[注释]

①寒蛩:蟋蟀。　②晚节:晚年。　③黄卷:书籍。　重瞳:眼睛里有两个瞳仁,指代帝王。“舜目盖重瞳子,又闻项羽亦重瞳子。”见《史记·项羽本纪》。　④青藜:典出王嘉《拾遗记》中一着黄衣老人,植青藜杖……奉天帝命下而观博学者刘向之事。　⑤出昼:离开“昼”邑。　昼:齐邑。孟子出昼,迟迟而行。见《孟子·公孙丑》。　⑥紫阳翁:原注,“宝文、漳州。”紫阳翁,朱熹自号。以指词人仕历似朱。　⑦又似包公:原注,“辞郡得小龙。”　注者按:龙图阁待制为小龙。包拯(包公)曾任此职,故云。

浪淘沙

纸帐素屏遮[①],全似僧家。无端霜月闯窗纱。唤起玉关征戍梦[②],几叠寒笳[③]。　　岁晚客天涯,短鬓苍华[④]。今年衰似去年些。诗酒新来俱倚阁,孤负梅花。

[注释]

①纸帐:用纸做的帐子。古代用藤皮茧纸缠绕在木棍上,拿绳索缠紧,勒作皱纹,不用糊,用纸缝连,再用稀布作帐顶,取其透气。“纸帐卷空床。”见唐齐己《夏日草堂作》。　②玉关:玉门关,泛指边疆。　③叠:音乐名词,号角吹十二声为一叠。　笳:汉代流行于西域一带少数民族间的管乐器。　④苍华:头鬓花白。

浪淘沙

叠嶂碧周遮[1]，游子思家。掩藏白髮赖乌纱。落日倚楼千万恨，社鼓城笳[2]。　老去淡生涯，虚掷年华。腊茶盂子太清些[3]。待得痴儿公事毕，谢了梅花。

[注释]

①叠嶂：重叠的像屏障一般的山峰。　②社鼓：祭祀社神时所敲的鼓。“佛狸祠下，一片神鸦社鼓。”见辛弃疾《永遇乐·京口北固亭怀古》。　③腊茶：茶名。一作“蜡茶”。“建（州）茶名蜡茶，为其乳泛汤面，与熔蜡相似，故名蜡面茶也。”见宋程大昌《演繁露续集·蜡茶》。

浪淘沙

素　馨

目力已茫茫，缝菊为囊。论衡何必帐中藏。却爱素馨清鼻观[1]，采伴禅床。　风露送新凉，山麝开房[2]。旋吹银烛闭华堂。无奈纱厨遮不住[3]，一地闻香。

[注释]

①素馨：观赏花木名，花白色，有浓烈香气，怕冷，养于温室中。　鼻观：初习坐禅法，教注意，观鼻头。　②山麝开房：麝脐散发香气，以形容素馨的芳香。　③纱厨：纱帐。

凤凰阁

元规端委，得似幼舆丘壑[1]。人言此辈宜高阁。几载种天随菊[2]，采庞公药[3]。龙尾道、难安汗脚[4]。　浮荣菌蕣[5]，选甚庶官从橐。对床句、子真佳作[6]。安用羡伊结驷[7],叹侬罗雀[8]。呼便了、沽来共酌[9]。

[注释]

①“元规”两句:“明帝问谢鲲:‘君自谓何如庾亮?’答曰:‘端委庙堂,使百僚准则,则臣不如亮;一丘一壑,自谓过之。’”见南朝宋刘义庆《世说新语·品藻》。 元规:庾亮字。 端委:古代的礼服,借指礼仪庆典。 幼舆:谢鲲字。 丘壑:本指山陵溪谷。此借指深远而高明的思虑。 ②天随菊:“或号天随子。”见《新唐书·陆龟蒙传》。陆龟蒙《杞菊赋》序:“宅前宅后,皆树以杞菊。” ③庞公药:“庞公者,南郡襄阳人也。……携妻子登鹿门山,因采药不返。”见皇甫谧《高士传》卷下。 ④龙尾道:皇宫里升殿的斜坡。“(安禄山)每过朝堂龙尾道,南北睥睨,久乃去。”见《新唐书·安禄山传》。 难安汗脚:“羊昭业等拟将一尺三寸汗脚,踏他烧残龙尾道。”见五代王定保《唐摭言》。 安:安放,放置。 ⑤蕣:木槿花,朝开晚落。 ⑥对床句:“宁知风雨夜,复此对床眠。”见唐韦应物《示全真元常》。 ⑦结驷:四匹马并辔驾一辆车,形容显赫。“于是楚王游于云梦,结驷千乘,旌旗蔽日。”见《战国策·楚策》。 ⑧罗雀:用捕鸟网逮雀子。“门可罗雀”的省略,形容家门口冷落,没有客人上门。 ⑨便了:汉代王褒的家僮名,后为僮仆的通称。见汉王褒《僮约》。

法驾导引

樵柯烂[1],丹灶熟[2],一跳出红尘。斗紫一双龙奋蛰[3],帝青九万里为程[4]。赤脚踏层云。 鞭鸾上[5],骑麟下,仿佛睹昆仑。洒马鬉泉苏赤地[6],翻蟾滴水涨沧溟[7]。笑杀懵仙人[8]。

[注释]

①樵柯烂:相传晋代王质入山砍樵,见几个小孩一边下棋一边唱歌,王质放下斧子听唱。不久,小孩催他回去,王质去拿斧子,发现斧子柄已经烂掉了,回到家,原来离家已久,亲戚朋友全都死光了。见南朝梁任昉《述异记》。 ②丹灶:道家炼仙丹的炉子。 ③斗紫:指斗、牛二宿之

间的紫气，古人以为是宝剑之精上彻于天。借指宝剑。 ④帝青：佛门中的青色宝珠。“帝青，梵言，因陀罗尼罗目多，是帝释宝，亦作青色。”见唐释玄应《一切经音义·摄大乘论》十。 ⑤鞭：用鞭子打。 ⑥马鬉（zōng）泉：用李靖代为龙王行雨，私滴马鬉水的典故。见唐李复言《续玄怪录·李卫公靖》。 苏：复苏，醒过来。 赤地：地里什么都不生长。 ⑦蟾滴水：喻水微少。 蟾滴：文房用的水盂。“蟾滴寒夜，水浮微冻。”见陆游《风游子》。 ⑧懵仙人：“又常好子史，手不释卷，一览必诵之于口。众或问云，要此何为？答曰：“上天无愚懵仙人。”见沈汾《续仙传·侯道华》。

一剪梅

袁州解印[①]

陌上行人怪府公[②]。还是诗穷，还是文穷。下车上马太匆匆。来是春风，去是秋风。 阶衔免得带兵农[③]。嬉到昏钟，睡到斋钟[④]，不消提岳与知宫[⑤]。唤作山翁，唤作溪翁。

［注释］

①袁州：今江西宜春。 解印：去官，不做官。 ②府公：六朝时称权贵府第的主人为府公，唐五代时称节度观察使为府公，后来泛指官府的长官。 ③阶衔：“绍兴以后阶官：元丰新制，以阶易官，定为二十四阶。”见《宋史·职官志》。 ④斋钟：寺庙里和尚吃饭时所敲的钟。 ⑤提岳、知宫：宋时的两种官职名。

一剪梅

余赴广东，实之夜饯于风亭[①]

束缊宵行十里强[②]。挑得诗囊[③]，抛了衣囊。天寒路滑马蹄僵。元是王郎，来送刘郎。 酒酣耳热说文章[④]。惊倒邻墙，推倒胡床[⑤]。旁观拍手笑疏狂。疏又何妨，狂又何妨。

[注释]

①作者到广东去做潮州通判。 ②束缊:束扎乱麻为火把。 ③诗囊:贮放诗稿的袋子。唐李贺外出，常叫小书童背一古锦囊，想到有好句子，就投放囊中。见唐李商隐《李长吉传》。 ④酒酣耳热:形容喝酒喝得畅快。 ⑤胡床:坐具，即交椅，又名交床。

[集评]

胡云翼云:"疏狂态度，正是对当时束缚思想自由的、严峻的礼法制度表示抗议。"(《宋词选》)

踏莎行

甲午重九牛山作[①]

日月跳丸[②]，光阴脱兔[③]，登临不用深怀古。向来吹帽插花人[④]，尽随残照西风去。 老矣征衫，飘然客路，炊烟三两人家住。欲携斗酒答秋光，山深无觅黄花处。

[注释]

①甲午:宋理宗端平元年(1234)。 牛山:在山东临淄南。 唐氏按:此首别又误入《须溪词》。 ②跳丸:把弹丸上下相掷，形容日月交替升落，以比喻时间过得快速。 ③脱兔:逃跑的野兔，比喻行动的快速。 ④吹帽:指孟嘉龙山落帽。 插花:用王维《九月九日忆山东兄弟》"遍插茱萸少一人"的典故。

[集评]

况周颐云:"'向来吹帽插花人，尽随残照西风去。'的警句。"(《蕙风词话》)

踏莎行

巧 夕

驱鹊营桥[①]，呼蟾出海[②]，朝朝暮暮遥相望。谁知风雨此时来，银河便有些波浪。　玉兔迷离，金鸡嘲哳[③]，二星无语空惆怅[④]。元来上界也多魔，天孙长怨牵牛旷[⑤]。

［注释］

①驱鹊营桥：神话说每年七月七日牛郎、织女相会，许多喜鹊衔接搭成桥，让他们渡过银河。“织女七夕当渡河，使鹊为桥。”见《风俗通》。　②蟾：蟾蜍，俗名癞蛤蟆。神话月亮里有蟾蜍，故叫月亮为蟾。“孤蟾久未上，五马不成归。”见宋司马光《伫月亭》。　③嘲哳（zhā）：禽鸟叫声。“嘲哳鸣山禽。”见唐柳宗元《苦竹桥》。　哳：别本作“哳”，误。　④二星：指牛郎、织女。　⑤天孙：星座名，即织女星。　牵牛：星座名，即河鼓星，俗名牛郎星。　旷：空缺，男子单身。见《孟子·梁惠王上》。

玉楼春

戏林推[①]

年年跃马长安市，客舍似家家似寄。青钱换酒日无何[②]，红烛呼卢宵不寐[③]。　易挑锦妇机中字，难得玉人心下事。男儿西北有神州，莫滴水西桥畔泪[④]。

［注释］

①戏林推：黄昇《花庵词选》作“戏呈林节推乡兄”。　戏：开玩笑。　推：节度推官。　②青钱：古代的铜钱有青、黄两种颜种，青色的叫青钱。杜甫《偪仄行赠毕曜》：“速宜相就饮一斗，恰有三百青铜钱。”　③呼卢：赌博。古代掷骰子，五子全黑为卢，得卢的全胜，故赌博时都争着叫喊“卢”。晏几道《浣溪沙》：“床前红烛夜呼卢。”　④水西桥：妓女住的地方。

[集评]

冯煦云:"《玉楼春》云:'男儿西北有神州,莫滴水西桥畔泪。'伤时念乱,可以怨矣。"(《蒿庵论词》)

况周颐云:"后村《玉楼春》云:'男儿西北有神州,莫滴水西桥畔泪。'杨升庵谓其'壮语足以立懦',此类是也。"(《蕙风词话》)

朱东润云:"当时朝臣,文恬武嬉,醉生梦死,对国事毫不关心。"(《中国历代文学作品选》)

鹊桥仙

戊戌生朝[①]

金风淅淅,银河淡淡,长少群贤毕会[②]。平生心事麹生知[③],怪此夕、惺惺相对。　玄花生眼[④],新霜点鬓[⑤],不肯遮藏老态。人间何处有仙方,擘划得、二三百岁。

[注释]

①戊戌:宋理宗嘉熙二年(1238)。　②"长少"句:"群贤毕至,少长咸集。"见晋王羲之《兰亭集序》。　③麹生:酒。叶法善会朝客数十人于玄真观,思饮酒。忽一人傲睨直入,自称麹秀才,与诸人抗声论难,词锋敏锐。法善疑其为鬼魅,密以小剑击之,应手坠于阶下,化为瓶酒,众饮之,其味甚佳,曰:"麹生风味不可忘也。"见唐郑棨《开天传信记》。　④玄花:眼生黑花,指视力衰退。　⑤新霜:初生的白鬓。

鹊桥仙

桃巷弟生日[①]

御屏录了[②],冰衔换了[③],酷似香山居士。草堂丹灶莫留他,且领取、忠州刺史[④]。　移来芳树,摘来珍果,压尽来禽青李[⑤]。三千年一荐金盘[⑥],又不是、玄都栽底。

[注释]

①桃巷：地名，在莆田驿前街，为其弟之住所。　②御屏：宫门当门的屏风。《宋史·吕夷简传》：“帝识姓名于屏风，将大用之。”　③冰衔：官职清贵。　④忠州刺史：（元和）十三年冬，量移忠州刺史。见《旧唐书·白居易传》。　⑤来禽青李：果名。王羲之《青李来禽帖》：“青李来禽樱桃日给藤子，皆囊盛为佳。”　⑥三千年一荐金盘：《汉武故事》中说王母种蟠桃，三千年一结子。　荐：呈献，进奉。

鹊桥仙

答桃巷弟和篇

阁中芸冷[①]，观中桃谢[②]，谁问贞元朝士[③]。吾宗一句好书绅[④]，但记取、毋污青史[⑤]。　不交平勃[⑥]，不游田窦[⑦]，也不朋他牛李[⑧]。平章此去似何人，似洛社、戴花舞底[⑨]。

[注释]

①阁中芸冷：芸阁，又称芸台，古代藏书的地方，即秘书省。芸香能治蠹鱼，藏书处多用之。　②观中桃谢：玄都，隋唐道观名，原中通道观。此处用唐刘禹锡《戏赠看花君子》诗“玄都观里桃千树，尽是刘郎去后栽”的典故。　③贞元：唐德宗年号（785—805）。　④书绅：把重要的话写在绅带上。“子张书诸绅。”见《论语·卫灵公》。　⑤毋污青史：（刘）知几告张说语。见《唐会要·史馆杂录下》。　⑥平：陈平，汉初阳武人，封曲逆侯，吕后时为右丞相。　勃：周勃，汉初沛人，封绛侯，为太尉。与陈平等密谋诛诸吕，安定了汉室。　⑦田窦：田玢、窦婴，都是汉初的大臣。　⑧牛李：牛僧孺、李宗闵，中唐党派斗争的两个首领。　⑨洛社：指洛阳耆英会。

鹊桥仙

林侍郎生日

出通明殿[①]，入耆英社[②]，谁似侍郎洪福。掌中元自有三珠[3],更检校、诸孙夜读。　　管他莱相[4],管他鹤相[5],留我本来面目。希夷一枕未曾醒,笑人世、几回翻局。

[注释]

①通明殿:神殿名,也指皇帝的大殿。“侍臣鹄立通明殿。”见宋苏轼《上元侍饮楼上三首呈同列》。　②耆英社:老年退休官员的集会。宋元丰五年,文彦博留守西京,仿效唐白居易九老会,聚集住在洛阳的士大夫年高而有德行的十一人。在富弼家置酒相乐,当时人称之为“洛阳耆英会”。见宋司马光《洛阳耆英会》。　③掌中三珠:身边有三个儿子,即宗焕、宗寿、深甫,如掌上明珠。　④莱相:寇准,字平仲,华州下邽人。宋真宗时为宰相,封莱国公。见《宋史·寇准传》。　⑤鹤相:丁谓。“丁晋公为玉清昭应宫使……又以其令威之裔,而好言仙鹤,故呼为‘鹤相’。”见宋魏泰《东轩笔录》。

鹊桥仙

居厚弟生日

俱登瀛馆[1],俱还洛社[2],各自健如黄犊。不消外监与留台[3],也不要、嵩山崇福[4]。　　我如原父[5],君如贡父[6],且把汉书重读。韩公当局等闲过[7],又看到、温公当局[8]。

[注释]

①瀛馆:瀛洲,指唐太宗在长安宫城西的文学馆,杜如晦、房玄龄等十八人以本官兼学士,分三番轮流宿于阁下,访以政事,讨论典籍。命阎立本图像,褚亮为赞,题名字爵里号“十八学士”,时称选中者为“登瀛洲”。见《唐会要·文学馆》。　②洛社:见前首注②。　③外监:宋代置诸路转运使,兼带按察之位,谓之监司又别置提点刑狱官,皆称监司。　台:尚书省。　④嵩山崇福:宫观名。《宋会要辑稿·任宫观》:“嵩山崇福宫。”⑤原父:刘敞,字原父,号公是,吉州临江人。见《宋史·刘敞传》。　⑥贡父:刘敞之弟刘攽,字贡父,号公非。与兄刘敞齐名。见《宋史·刘敞传附》。　⑦韩公:韩琦,字稚圭,相州安阳人。宋仁宗时的名相,封魏国公。

见《宋史·韩琦传》。 ⑧温公：司马光，字君实，夏县涑水人。历仕仁宗、英宗、神宗三朝。为宋代的名相，封温国公。见《宋史·司马光传》。

鹊桥仙

乡守赵丞相生日[1]

去年无麦，今年多稼，尽是君侯心地。向来寺寺总拘桩[2]，今有不拘桩底寺。 省仓展日[3]，米场镌价[4]，万落千村蒙惠。更将补纳放宽些[5]，便是个、西京循吏[6]。

［注释］

①乡守赵丞相：钱仲联以为"丞相"当是"寿丞"之讹。后村有《赵寿丞和陶诗序》可证。 ②拘桩：不详。《续文献通考》："宋有封桩，犹今之存仓也。"未知即拘桩之义否？ ③省仓展日：谓征粮入仓之限放长也。④镌价：削价。 ⑤"更将"句：当指宽展缴纳时限之事。 ⑥循吏：奉公守法的好官。"奉法循理之吏，不伐功矜能。"见《史记·太史公自序》。

鹊桥仙

庚申生日[1]

香芸辟蠹[2]，青藜烛阁[3]，天上宝书万轴。前回读得未精详，更罚走、一遭重读。 松风如故，丹炉如故，坐阅人间陵谷[4]。回头调戏窃桃儿[5]，且宁耐、等他桃熟[6]。

［注释］

①庚申：宋理宗景定元年（1260）。 ②香芸辟蠹：芸香能治蠹鱼，藏书处多用之。 ③青藜烛阁：用功勤读。"刘向于成帝之末，校书天禄阁，专精覃思。夜有老人著黄衣，植青藜杖，叩阁而进见。向暗中独坐诵书，老父乃吹杖端烟然，因以见向，授五行洪范之文。"见《三辅黄图》六。④陵谷："高岸为谷，深谷为陵。"见《诗经·小雅·十月之交》。

⑤窃桃儿:指东方朔。神话中说,西王母的仙桃每三千年一结果,东方朔去偷了三次。见汉班固《汉武帝内传》。 ⑥宁耐:忍耐。

鹊桥仙

足 痛

有时块坐[①],有时扶起,门外草深三尺。山禽肯唤我为哥,句句道、哥行不得[②]。 此儿害跛[③],群儿拍手,次第加公九锡[④]。不消长麈短辕车[⑤],但乞取、一枝鹤膝[⑥]。

[注释]

①块坐:独坐。 ②哥行不得:鹧鸪鸟叫声的拟音为"行不得也哥哥。"见《本草纲目·禽·鹧鸪》。后用以比喻世路艰难。 ③害跛:后村暮年患跛。 ④九锡:古代皇帝对大臣优礼,赏赐九种器物,称为"加九锡"。 ⑤麈:古代用驼鹿的尾巴做拂尘,故把拂尘叫做麈尾,省称"麈"。 ⑥鹤膝:原为兵器,矛的一种,此处指拐棍。

鹊桥仙

生日和居厚弟

女孙笄珥[①],男孙袍笏[②],少长今朝咸集。且留晚节伴寒香,莫要似、春华性急。 大招吟了[③],巫咸下了[④],未爱修门重入。我侬不做佛漳闽[⑤],免大雪、庭中呆立[⑥]。

[注释]

①女孙笄珥:成年的女孩子穿着盛装。 笄:女孩子插定髮髻的簪子。"女十五而笄"。 珥:耳环。 ②男孙袍笏:成年的男孩子穿着大礼服。 ③大招:《楚辞》篇名。汉王逸认为是屈原所作,有的说是景差所作。 ④巫咸:古代传说中的神巫。"巫咸将夕降兮,怀椒糈而要之。"见屈原《离骚》。 ⑤佛漳闽:似谓不在漳闽无佛地称尊。 ⑥免大雪:有旷

达之士名神光，参见达摩时，夜降大雪，坚立不动，到天明，积雪过膝。见《景德传灯录》卷三。

鹊桥仙

林卿生日

一封奏御[①]，九重知己，不假吹嘘送上。从今稳稳到蓬莱，三万里、没些风浪。　　臣年虽老，臣卿尚少[②]，一片丹心葵向[③]。何须远比马宾王[④]，且做取、本朝种放。

[注释]

①奏御：奏章，向皇帝打的报告。“一封朝奏九重天。”见唐韩愈《左迁至蓝关示侄孙湘》。　②“臣年”两句：“绍……为太府少卿，会因朝见，灵太后谓曰：‘卿年稍老矣。’绍曰：‘臣年虽老，臣卿乃少。’太后笑之，迁右将军，太中大夫。”见《北史·孙绍传》。　③葵向：像葵花一样向着太阳。　④马宾王：马周，字宾王，清河人也。西游长安。……舍于中郎将常何之家，后因帮何草具奏章，被皇上召见，并令其直门下省。见《旧唐书·太宗纪》。

鹊桥仙

居厚生日

我如龚胜[①]，君如龚舍[②]，拂袖同归乡里。共骑竹马有谁存，总唤入、耆英社裹。　　苍华尚黑[③]，黄婆方旺[④]，争问翁年今几。一门两个老人星，直看见、孙儿生子。

[注释]

①龚胜：字君宾，汉代彭城人。汉哀帝时，征为谏议大夫，王莽执政，归隐乡里。王莽几次征召，拜上卿，都不接受。对学生高晖等说：“旦暮入地，岂以一身仕二姓！”绝食十四日而死。见《汉书·两龚传》。　②龚舍：字君倩，汉代武原人。与龚胜并著名节，世称楚两龚。见《汉书·两龚

传》。 ③苍华:原注“髪神”。道家以人身为小天地,对人体各部位都赋予神名。“髪神苍华,字太元。”见宋张京房《云笈七签·黄庭内景经·至道》。 ④黄婆:原注“脾神”。

鹊桥仙

乡守赵计院生日

蒲鞭渐弛[1],缿筒渐少[2],安用知他帘外。从今也莫察渊鱼[3],做到不忍欺田地[4]。 四民香火[5],五营笳吹[6],来献一杯寿水。大家赞祝太夫人,长伴取、鲁侯燕喜[7]。

[注释]

①蒲鞭:用蒲草作鞭子,象征处罚,这是说刑罚的宽厚。“吏人有过,但用蒲鞭罚之,示辱而已。”见《汉书·刘宽传》。 ②缿(xiàng)筒:接受信件的用具。“又教吏为缿筒,及得投书。”见《汉书·赵广汉传》。 ③渊鱼:深渊里的鱼。“夫明暗之徵,上乱飞鸟,下动渊鱼,各以类推。”见《汉书·终军传》。 ④田地:地步,程度。 ⑤四民:指士、农、工、商四种人。“司空掌邦土,居四民,时地利。”见《尚书·周官》。 ⑥五营:指长水、步兵、射声、屯骑、越骑五校尉。 ⑦燕喜:同“宴喜”,宴饮喜悦。“吉甫燕喜,既多受祉。”见《诗经·小雅·六月》。

柳梢青

贺方听蛙八十[1]

申白苛留[2]。绮园浪出[3],老不知羞。输与先生,一枝鹤膝[4],一领羊裘。 便教赐履营丘[5]。争似把、渔竿到头。冷落磻溪,张皇牧野[6],著甚来由。

[注释]

①方听蛙：方审权，号听蛙，作者友人。 ②申白：鲁人申公和白生的并称。 苛留：极力挽留。"十步出门九步坐，儿女遮说相苛留。"见范成大《爱雪歌》。 ③绮园：商山四皓中之二位东园公和绮里季。 ④鹤膝：竹名。此指竹杖。 ⑤营丘：地名。周封太公于营丘。汉为临淄营陵，皆属营丘地。在今山东临淄西北。 ⑥牧野：地名，在今河南淇县南。周武王与八百诸侯会师大败商纣军于此。

鹧鸪天

腹疾困睡和朱希真词

前度看花白髮郎[1]，平生痼疾是清狂。幸然无事污青史，省得教人奏赤章[2]。 游侠窟[3]，少年场[4]。输他群谢与诸王[5]。居人不识庚桑楚[6]，弟子谁从魏伯阳[7]。

[注释]

①前度看花：指刘禹锡，此借指作者自己。 ②赤章：道士祈天禳灾时所用的赤色奏章。 ③游侠窟："京华游侠窟。"见郭璞《游仙诗》。④少年场："安所求子死，桓东少年场。"见《汉书·尹赏传》。 ⑤群谢与诸王：指晋代的大门阀谢家和王家。 ⑥庚桑楚：庄子篇名。篇中称庚桑楚为老子弟子，战国时楚人。也作元桑子，是虚构的代表老庄思想的至人。⑦魏伯阳：汉吴人，性好道术。后与弟子三人入山炼丹，丹成，知弟子心怀未尽，乃试之。……独一弟子……乃取丹服之，亦死。二弟子……遂不服，乃共出山。……二子去后，伯阳即起，将所服丹纳死弟子及白犬口中，皆起，弟子姓虞，遂皆仙去。见葛洪《神仙传》。

鹧鸪天

戏题周登乐府

诗变齐梁体已浇[1]，香奁新制出唐朝[2]。纷纷竞奏桑间曲[3]，寂寂谁知爨下焦[4]。 挥彩笔，展红绡。十分峭措称妖娆[5]。可怜才子如公瑾，未有佳人敌小乔。

［注释］

①齐梁体：指南朝齐与梁之诗体而言。齐梁诗人作诗，讲究音律、对偶、词藻等，内容多贫乏，风格颓靡，后世称为齐梁体。 ②香奁：香奁体，也叫艳体，指专以妇女身边琐事为题材，用绮罗脂粉的词语的诗词。晚唐韩偓为代表。 ③桑间曲：“桑间濮上之音，亡国之音也。”见《礼记·乐记》。注：“濮水之上，地有桑间者，亡国之音，于此之水出也。昔殷纣使师延作靡靡之乐，已而自沉于濮水。” ④爨下：指灶下烧剩的良木。用蔡邕焦尾琴故事。 ⑤峭措：俏丽时尚之意。

卜算子

惜海棠

尽是手成持[1]，合得天饶借。风雨于花有底仇[2]，著意相陵藉[3]。 做暖逼教开，做冷催教谢。不负明年花下人，只负栽花者。

［注释］

①成持：扶持，成长。 ②底：何，什么。“久待无消息，终朝有底忙？”见杜甫《寄邛州崔录事》。 ③陵藉：欺压。

卜算子[1]

片片蝶衣轻[2]，点点猩红小。道是天公不惜花，百种千般巧。 朝见树头繁，暮见枝头少。道是天公果惜花，雨洗风吹了。

[注释]

①周密《绝妙好词》题作“海棠为风雨所损”。　②蝶衣:比喻花瓣。

[集评]

潘游龙云:“(卜算子)二词,极率易,正自难得,妙！妙!”(《古今诗馀醉》卷十三)

卜算子

乱似盎中丝[①],密似风中絮。行遍茫茫禹迹来[②],底是无愁处[③]。　　好客挽难留,俗事推难去。惟有翻身入醉乡,愁欲来无路。

[注释]

①盎:一种大腹敛口的盆。　②禹迹:禹治洪水,足迹遍于九州,故称九州大地为禹迹。　③底:何,什么。

卜算子

良翁礼部生日[①]

开阁广延贤,负扆勤求旧[②]。应念南宫老舍人[③],闲袖丝纶手[④]。　　两制必当仁[⑤],五福无过寿[⑥]。且喜新年不要□,天要开元祐[⑦]。

[注释]

①良翁:疑是艮翁之讹。艮翁,李钢之号,曾任礼部郎官。　②负扆(yǐ):扆,户牖间画有斧纹的屏风。天子朝诸侯,背扆南面而立,故称负扆。　旧:故旧,老朋友。注者按:指度宗。　③南宫:尚书省的别称。舍人:掌管传宣诏命的官员。　④丝纶:帝王的诏书。　⑤两制:翰林为内制、中书为外制。　当仁:勇于承担。　⑥五福:旧时所说的五种幸福。

一曰寿,二曰富,三曰康宁,四曰攸好德,五曰考终命。 ⑦元祐:宋哲宗年号。

卜算子

曹守生朝十二月初六日

东畊宁馨儿[1],南国循良守。先把炉熏祝帝尧,次祝君侯寿。 广致米商船[2],多酿兵厨酒[3]。客有鬚眉似盖延[4],许至华堂否。

[注释]

①东畊:为曹守之号。 宁馨儿:这样的孩儿。美好的孩子,子弟。②致:传达。 ③兵厨:步兵厨。用阮籍求为步兵校尉之典。 ④盖延:字巨卿,安阳人,后与吴汉一起归光武帝,封安平侯,为东汉云台二十八将之一。

卜算子

燕

已怪社愆期[1],尚喜巢如故。过了清明未肯来,莫被春寒误。 常傍画檐飞,忽委空梁去。忘却王家与谢家[2],别有衔泥处。

[注释]

①愆期:误期,失期。 ②王家与谢家:东晋时王、谢为望族,故常并称。此处用刘禹锡"昔时王谢堂前燕,飞入寻常百姓家"诗意。

卜算子

茉　莉

老圃献花来，异域移根至。相对炎官火伞中，便有清凉意。　　淡薄古梳妆，娴雅仙标致。欲起涪翁再品花[①]，压了山矾弟[②]。

[注释]

①涪翁：宋黄庭坚曾贬涪州别驾，因自号涪翁。　②山矾：常绿灌木，又名七里香。“山矾是弟梅是兄”为黄庭坚句。

朝天子

宿雨频飘洒，欢喜西畴耕者[①]。终朝连夜，有珠玑鸣瓦。　　渐白水、青秧鸥鹭下。老学种花兼学稼，心两挂。这几树、海棠休也。

[注释]

①西畴：西边的田园。

清平乐

五月十五夜玩月

纤云扫迹，万顷玻璃色。醉跨玉龙游八极[①]，历历天青海碧。　　水晶宫殿飘香，群仙方按霓裳[②]。消得几多风露，变教人世清凉。

[注释]

①八极：八方极远的地方。　②霓裳：以霓为裳。《霓裳羽衣曲》的省称。

清平乐[1]

风高浪快，万里骑蟾背[2]。曾识姮娥真体态，素面元无粉黛[3]。　身游银阙珠宫[4]，俯看积气濛濛[5]。醉里偶摇桂树[6]，人间唤作凉风。

[注释]

①陶氏园影宋本《后村居士诗馀》题作“五月十五夜玩月”。　②蟾：蟾蜍。传说嫦娥偷了后羿的不死药奔月，是为蟾蜍。见《后汉书·天文志》刘昭注引张衡《灵宪·浑仪》。此处为月的代称。　③素面：不搽胭脂花粉。　元：一作“原”。　④银阙珠宫：都指月宫。　⑤积气：天。“天，积气耳，亡（无）处亡气。”见《列子·天瑞》。　⑥桂树：传说月中有一棵五百丈高的桂树。见段成式《酉阳杂俎》前集。

[集评]

俞陛云云：“一扫咏月陈言，奇逸之气，见于楮墨。”（《唐五代两宋词选释》）

朱东润云：“在咏月词中别具一格，富有浪漫色彩。”（《中国历代文学作品选》）

游国恩云：“在美丽的想象中表现他要摆脱那沉闷的现实处境。意境和辛弃疾的《太常引·建康中秋夜为吕叔潜赋》词十分接近。”（《中国文学史》三册）

清平乐

赠陈参议师文侍儿

宫腰束素[1]，只怕能轻举[2]。好筑避风台护取，莫遣惊鸿飞去[3]。　一团香玉温柔，笑颦俱有风流。贪与萧郎眉语[4]，不知舞错伊州[5]。

[注释]

①宫腰:苗条的腰身。 束素:形容腰肢灵活如束住之绸帛。 ②轻举:轻轻举起,形容体轻,像仙人一样可以飞升。见孙绰《天台赋》。 ③惊鸿:形容美人体态轻盈。“翩若惊鸿,婉若游龙。”见曹植《洛神赋》。 ④萧郎:原指年轻的萧姓男子。在此诗中指陈师文,意在表现侍儿之风流可爱。眉语:眉目传情。 ⑤伊州:商调曲,西凉节度盖嘉运所进也。

[集评]

王又华云:“刘潜夫‘贪与萧郎眉语,不知舞错伊州’入神之句。”(《古今词论》)

贺裳云:“写景之工者,如……刘潜夫‘贪与萧郎眉语,不知舞错伊州’皆入神之句。”(《皱水轩词筌》)

陆辅之云:“‘贪与萧郎眉语,不知舞错伊州。’警句。”(《词旨》)

冯金伯云:“‘贪与萧郎眉语,不知舞错伊州。’妙语也。”(《词苑萃编》)

叶申芗云:“刘潜夫在扬州陈师文参议家,见其舞姬绝妙,为赋《清平乐》词云:‘宫腰束素……’”(《本事词》)

俞陛云云:“上阕惜其轻盈……下阕窥其衷曲……后村词大率与辛稼轩相类……此词独标妩媚,殆如忠简梨涡,欧阳江柳耶?”(《唐五代两宋词选释》)

清平乐

丹阳舟中作①

休弹别鹤②,泪与弦俱落。欢事中年如水薄,怀抱那堪作恶。 昨宵月露高楼,今朝烟雨孤舟。除是无身方了,有身长有闲愁③。

[注释]

①丹阳:江苏县名,在镇江市南。 ②别鹤:古琴曲名,即《别鹤操》,为周代商陵牧子所作,牧子娶妻五年而无子,父兄欲为改娶,妻闻之,中夜起,

倚户悲啸,牧子乃援琴作《别鹤操》,仍为夫妇。见《古今注》。 ③“除是”二句:沈雄、张德瀛等词评家都以为用《楞严经》,恐误。老子《道德经》第十三章:“吾所以有大患者,为吾有身;及吾无身,吾有何患。”

[集评]

沈雄云:“后村《清平乐》云:‘除是无身方了,有身定有闲愁。’特用《楞严》‘因我有身,所以有患’句也。疑是妙悟一流人语。”(《古今词话·词品》)

张德瀛云:“刘后村《清平乐》词用《楞严经》,亭然以奇,别出机杼。”(《词徵》)

冯金伯云:“‘除是无身方了,有身常有闲愁’,悟语也。”(《词苑萃编·品藻》)

清平乐

居厚弟生日

冰轮万里,云卷天如洗。先向海山生大士[①],却诞卯金之子[②]。 冰盆荔子堪尝,胆瓶茉莉尤香。震旦人人炎热[③],补陀夜夜清凉[④]。

[注释]

①“先向海山”句:“于此南方有山,名补怛洛迦。彼有菩萨,名观自在。”见《大方广佛华严经》。《法华文句记》:“大士者,《大论》称菩萨为大士。” ②卯金:“刘”之繁体“劉”字,析之为卯金刀,或省刀称卯金。此言与观音大士同日生。 ③震旦:即中国,为古印度语的音译。 ④补陀:即普陀山。

清平乐

居厚弟生日

人间喘汗,无计翻银汉[①]。有个至人来震旦,宴坐补陀岩畔。　　吾闻福寿难量，待看海底生桑[②]。乞取净瓶一滴[③]，普教大地清凉。

[注释]

①银汉："天河谓之天汉、银汉、银河。"见《白氏六帖》。　②海底生桑：即沧海桑田的意思。　③净瓶：净瓶为佛教徒盥水用的澡瓶，梵语军迟的意译。也作军持、军推。旧时观音大士像，手执净瓶。

好事近

壬戌生日和居厚弟

老不计生朝，惭愧阿连书尺[①]。雪鬓霜髭不管，管眼腰黄赤[②]。　　待将心事自笺天，莫费子公力[③]。乞赐先生处士，换一张黄敕[④]。

[注释]

①阿连：晋代的谢惠连，谢灵运之弟。　书尺：尺牍，书信。　②"眼腰"句：宋翰林学士腰佩金带，朱衣吏为前导。有诗云："眼前何日赤，腰下甚时黄。"盖羡之也。见孔平仲《谈苑》。　③子公力：求人推荐。　子公：汉陈汤字。西汉成帝时，陈汤被车骑将军王音所信任，郡守陈咸曾多次送给陈汤财物，给他写信，希望调进京都。见《汉书·陈咸传》。　④黄敕：皇帝的诏书，因用黄纸写，故名。

菩萨蛮

戏林推

小鬟解事高烧烛，群花围绕摴蒱局[①]。道是五陵儿[②]，风骚满肚皮。　　玉鞭鞭玉马，戏走章台下[③]。笑杀灞桥翁，骑驴风雪中。

[注释]

①摴(chū)蒲:博戏名,以掷骰决胜负,得采有卢、雉、犊、白等称。看掷骰色而定。后来泛称赌博为摴蒲。 ②五陵儿:豪门贵族子弟。汉朝皇帝每立陵墓把四方富豪家族和外戚迁至陵墓附近居住。最著名的为五陵,即长陵、杜陵、阳陵、茂陵、平陵。诗文中常以五陵为豪门贵族聚居之地。 ③"玉鞭"二句,典出《汉书·张敞传》,"然敞无威仪,时罢朝会,过走马章台街,使御吏驱,自以便面拊马。"

忆秦娥

暮 春

游人绝,绿阴满野芳菲歇。芳菲歇,养蚕天气,采茶时节。　　枝头杜宇啼成血[1],陌头杨柳吹成雪。吹成雪。淡烟微雨,江南三月。

[注释]

①杜宇:传为古蜀帝名,化为杜鹃。因称杜鹃为杜宇。

忆秦娥

上 巳[1]

修禊节,晋人风味终然别。终然别,当时宾主,至今清绝。　　等闲写就兰亭帖,岂知留与人闲说。人闲说,永和之岁,暮春之月。

[注释]

①上巳:农历每月上旬巳日。三月上巳为修禊日。古代民俗于三月上旬的巳日(魏以后固定为三月初三),到水边嬉游采兰,以驱除不祥,称为修禊。

［集评］

卓人月云："末八字，天造地设。"（《古今词统》卷五）

忆秦娥

泥滑滑，一声声唤征鞍发。征鞍发，客亭杨柳，不禁攀折[①]。　荀郎衣上香初歇[②]，萧郎心下书难说。书难说，霎时吹散，一生愁绝。

［注释］

①不禁：经受不起。　②荀郎：汉荀彧。

忆秦娥

春酲薄[①]，梦中球马豪如昨。豪如昨，月明横笛，晓寒吹角。　古来成败难描摸[②]，而今却悔当时错。当时错，铁衣犹在[③]，不堪重著。

［注释］

①酲：病酒。《急就篇》："侍酒行觞宿昔酲。"注："病酒曰酲，谓经宿饮酒故曰酲也。"　②描摸：描模。摸，通"模"。　③铁衣：古代战士所服有铁片的战衣。

忆秦娥

梅谢了，塞垣冻解鸿归早[①]。鸿归早，凭伊问讯，大梁遗老[②]。　浙河西面边声悄[③]，淮河北去炊烟少。炊烟少，宣和宫殿[④]，冷烟衰草。

[注释]

①塞垣:泛指北方边塞地区。 ②大梁遗老:北宋遗民。 大梁:北宋的国都,叫东京,即今河南开封。 ③浙河西面:指浙江西路。安吉,常,严,三州江阴一带为西路。 ④宣和:宋徽宗年号(1119—1125)。

[集评]

冯煦云:"《忆秦娥》云:'宣和宫殿,冷烟衰草。'伤时念乱,可以怨矣。又其宅心忠厚,亦往往于词得之。"(《蒿庵论词》)

西江月

腰痛,旧传陈复斋名方,岁久失之

思邈方书去失[①],休文老病来攻[②]。新年筋力太龙钟[③],腰似铁猫儿重。 雅拜怎生搢笏[④],徐行也要扶筇[⑤]。田翁邀饮不能从,难伴诸公上雍[⑥]。

[注释]

①思邈:指孙思邈。 方书:医书。 ②休文:南朝梁沈约字。 ③龙钟:老态衰惫貌。 ④搢笏:插笏版于腰带上。 笏版:古朝会时所执手板,有事则写于其上。 ⑤扶筇:拄杖。 ⑥上雍:参加皇帝的一些礼仪大典。 雍:辟雍,国子监。

朝中措

元质侍郎生日

恰为仙佛做生辰,公又绂麒麟[①]。黑白几枰屡变[②],丹青百奏如新。 都门饯底[③],洛中画底,莫是前身。虽老不扶灵寿[④],有时更上蒲轮[⑤]。

[注释]

①绂麒麟:以绣绂系麟角,为孔子生日之祥。见《拾遗记》。　②黑白枰:围棋盘。　③都门钱底:疏广为太傅,广兄子受,为少傅。……并为师傅,朝廷以为荣,在位五岁,上疏乞骸骨,上许之,公卿大夫故人等设祖道,供张东都门外。及道路观者皆曰:“贤哉二大夫!或叹息为之下泣!”见《汉书·疏广传》。　④灵寿:树木名,可作杖。　⑤蒲轮:以蒲裹轮,使车不震动,古时征聘贤士时用,以示礼敬。

朝中措

艮翁生日

受持鼻祖五千言[①],留得谷神存[②]。伴我赋诗茅屋[③],饶渠待诏金门[④]。　此翁岁晚,有书充栋,有酒盈樽。君看多花早落,孰如仙李蟠根[⑤]。

[注释]

①受持:佛教语,以道授受,久持不忘。　五千言:指老子《道德经》。②谷神:谷中空虚之处,虚怀深藏之意,一说为腹中之神。《老子》:“谷神不死,是谓玄牝,玄牝之门,是谓天地根。绵绵若存,用之不勤。”　③茅屋:隐者所居。　④金门:金马门的简称,金马门者宦署门也。　⑤“孰如”句:“仙李盘根大。”见杜甫《冬日洛城北谒玄元皇帝庙》。

朝中措

艮翁生日

仙风道骨北山翁,万卷著胸中。涣若宦情冰释,作□醉面桃红。　千林冻槁,一枝雪艳,消息先通。颜色□青精饭[①],姓名在碧纱笼。

[注释]

①青精饭:旧时立夏吃的乌米饭,相传为道家太极真人所制,吃了延年益寿。佛教徒在四月初八日以饭供佛。

朝中措

陈左藏生日

海天万顷碧玻璃,风露洗炎曦。鹦䴖绿毛导从[①],蟾□雪色追随。　分明来处,补陀大士[②],先后同时。觅取善财童子[③],膝边要个孙儿。

(以上《彊村丛书》本《后村长短句》卷五)

[注释]

①导从:官员出行时,其前驱者称导,后随者称从。　②补陀:补陀落迦的简称,即观音大士。补陀,今多作“普陀”。　③善财童子:观世音的侍者。

水调歌头

和西外判宗湖楼韵[①]

君看郭西景,浑不减孤山。飞楼突兀百尺、轮奂侈前观[②]。绝唱新词寡和,堕泪旧碑无恙,往事付惊澜。不见辽鹤返,惟对水鸥闲。　又何必,珠翠盛,管弦欢。唾壶麈尾潇洒,领客上高寒。丞相功存宗庙,祭酒义兼家国,世事尚相关。风月寓意耳,莫作晋人看。

(《后村别调》)

[注释]

①西外判宗:即西外宗正司之判官。主管宗室事务之官员。此处之判宗,钱仲联考得为赵汝谈,宁宗时官至宗正。　②轮奂:美轮美奂,形容

房屋的高大华美，众多。

贺新郎

琼　花

　　辜负东风约。忆曾将、淮南草木[①]，笔端笼络。后土祠中明月夜[②]，忽有瑶姬跨鹤。迥不比、水仙低弱。天上人间惟一本，倒千钟、琼露花前酌[③]。追往事，怎忘却。　　移根应费仙家药。漫回头、关山信断，堡城笳作。问讯而今平安否，莫遣玉箫惊落。但画卷、依稀描著[④]。白髮愧无渡江曲，与君家、子敬相酬酢[⑤]。新旧恨，两交错。

（《全芳备祖》前集卷五“琼花门”）

[注释]

　　①淮南草木：指琼花。扬州属淮南东路。故云。　②后土祠：后改为蕃釐观，因琼花而得名，亦曰琼花观。　③自注：“琼露，丹阳酒名。”④自注：“往年崔帅画轴见赐。”　⑤子敬：晋王献之字。

满江红

寿汤侍郎

　　晓色朦胧，佳色在、黄堂深处[①]。记当日、霓旌飞下，鸾翔凤翥。兰省旧游隆注简[②]，竹符新剖宽忧顾[③]。有江南、千里好溪山，留君住。　　牙板唱，花茵舞。云液滑[④]，霞觞举[⑤]。顾朱颜绿鬓，年年如许。见说相门须出相，何时再筑沙堤路[⑥]。看便飞、丹诏日边来[⑦]，朝天去。

[注释]

　　①黄堂：太守之厅事。　②兰省：指兰台，即秘书省。　注简：著作。

③竹符：古代朝廷用以传达命令，调兵遣将的凭证，以竹木为之，各存其一，用时相合以为征信。 ④云液：酒名。 ⑤霞觞：华丽的酒杯。 ⑥沙堤路：唐代官员拜相，自私宅至子城东街，由县衙载沙填路，谓之沙堤，见《国史补》。 ⑦丹诏：皇帝的敕令。

水调歌头

寿胡详定

风露洗玉宇，星斗灿银潢[①]。云间笙鹤来下，人世变凄凉。九转金丹成后[②]，一朵红云深处，玉立侍虚皇[③]。却笑跨夺子[④]，草草梦黄粱。 君记否，齐桓□[⑤]，鲁灵光[⑥]。中原公案未了，直下欠人当。试问玉门关外，何似金銮殿上，此段及平章[⑦]。富贵倘来耳，万代姓名香。

（以上二首见《截江网》卷四）

［注释］

①银潢：即银河。 ②九转金丹：道家的仙丹，道家炼丹有一至九转的区别，九转最好。"九转之丹服之，三日得仙。"见晋葛洪《抱朴子·金丹》。 ③虚皇：道教太虚之神。 ④跨夺：跨，为"夸"字之误。韩愈《杂诗》："向者夸夺子，万坟压其颠。"指名利之徒。 ⑤齐桓：春秋时齐侯，五霸之一。 □：元刊本漫漶，似是"寝"字，字迹不清。 ⑥鲁灵光：宫殿名，故址在今山东曲阜。也称硕果仅存的人或事物为鲁灵光。 ⑦平章：评论。

乳燕飞[①]

寿干官

风流八十，是人间妆点，孩儿眉额。再著三星添上面[②]，又是一般奇特。且置零头，举将成数，算起君须识。从今十倍，恰当彭祖八百。 更把百倍添来，庄椿身世[③]，又十头添撇[④]。况迈非熊年纪在[⑤]，管取方来勋业。子既生孙，孙还又子，堆几床牙笏。瑶池会宴，饱看几度桃实[⑥]。

［注释］

①乳燕飞：《念奴娇》的别名，因苏轼词有"乳燕飞华屋"句而得名。 ②三星：指福禄寿三神。 ③庄椿："上古有大椿者，以八千岁为春，八千岁为秋。"见《庄子·逍遥游》。后来用为祝人长寿之辞。 ④十头添撇：即为"千"字，祝人长寿之辞。 ⑤非熊年纪：姜子牙的年纪。 ⑥"瑶池"二句：王母园中的仙桃三千年一成熟。

水龙吟

寿赵癯斋

昔人风调谁高，二疏盛日还乡里[①]。公卿祖道，百城围尽[②]，争传佳事。闻自垂车日[③]，都门外、送车几几。今世无工，尽置之勿道，焜煌处、独青史[④]。 佳甚东阳山水。是昔时、钓游某地。风流脱似，洛中耆老，一人而已。好为霞觞醽，正庭阶、彩衣荣侍。便明朝有诏，启门解说，值先生醉。

（以上二首见《截江网》卷五）

［注释］

①二疏：汉疏广为太傅，其侄疏受为少傅，因年老同时辞官，公卿大夫在东都门外盛会欢送。 ②百城围尽：喻送行人之多。 ③垂车：退休。 ④青史：古以竹简记事，故称史籍为青史。

【补　辑】

卜算子

四大因缘做[①]，苦海凭船渡[②]。一艀清风到岸头，得上无生路[③]。　　人叹风贫苦[④]，我步闲闲趣[⑤]。脱体全空没一文[⑥]，胜似石崇富。

[注释]

①四大：佛教以地水火风为四大。　②苦海：佛教以尘世间的烦恼与苦难为苦海。　舩：同"船"。　③无生：佛教谓万物的实体无生无灭。　④风贫：清贫。　⑤闲闲：从容自在貌。　⑥脱体：赤身。

卜算子

自入玄门户[①]，寂寂清虚做。静里披搜四假身[②]，勘破尘行路[③]。　　悟上还重悟，得得真闲趣[④]。收住身中无价真，岂逐人情去。

[注释]

①玄门：此指佛法之门。　②四假：《三论玄义》谓一切诸法皆是假。凡有四门：一、因缘假；二、随缘假；三、对缘假；四、就缘假。　③尘行路：人生之路。　④"得得"句：体味佛法的乐趣。

卜算子

风汉闲中做[①]，彼岸神舟渡。万里晴空无片云，月照南溪路。　　割断冤情苦，默默明玄趣[②]。一任旁人笑我贫，肚里非常富。

[注释]

①风汉：即疯汉。疯癫异常之人。　②玄趣：佛理。

卜算子

纤软小腰身，明秀天真面。淡画修眉小作春[①]，中有想思怨。　　昔立向人羞，颜破因谁倩[②]。不比阳台梦里逢[③]，亲向尊前见。

[注释]

①小作春：略露怀春之态。　②颜破：笑曰破颜。　倩：俊俏。　③阳台梦：指梦见巫山神女之事。

卜算子

梅岭数枝春[①]，疏影斜临水。不借芳华只自香，娇面长如洗。　　还把最繁枝，过与偏怜底[②]。试把鸾台子细看[③]，何似丹青里。

（以上五首见《诗渊》第二十三册，引自孔凡礼《全宋词补辑》[④]）

[注释]

①梅岭：即大庾岭，多梅，亦名梅岭。　②过与：付与。　③鸾台：镜台。　④孔凡礼按：《诗渊》此处共收《卜算子》组调六首，其一“乱似盎中丝”一首，已见“全”刘克庄词。馀五首之前三首，与后二首格调颇不类，疑为金元之际全真道士词，今不录。　注者按：保留五首，姑录于此。

存目词

调名	首句	出处	附注
烛影摇红	蜀锦华堂	《翰墨大全》后戊集卷六	翁元龙作，见《全芳备祖》前集卷七“海棠门”

调名	首句	出处	附注
沁园春	思远楼前路	《类编草堂诗馀》卷四	甄龙友作,见《齐东野语》卷十三
醉太平	情高意真	《啸馀谱》卷二	刘过作,见《龙洲词》
如梦令	今夜荼蘼风起	《历代诗馀》卷八	无名氏作,见《全芳备祖》前集卷十五“荼蘼门”
最高楼	司春有序	《广群芳谱》卷四十二	同上
好事近	秋色到东篱	《广群芳谱》卷五十一	刘子寰词,见《全芳备祖》前集卷十二“菊花门”

赵癯斋

赵癯斋，生平不详。刘克庄友人，荣退归乡，清誉甚高。

买陂塘[①]

寿监丞吴芹庵

闻掀髯、岭头长啸[②]，梅花一夜香吐。正看鸣凤朝阳影[③]，何事惊鸿翩举。来又去。但赢得、儿童拍手笑无据。人间何处。有九曲栽芹，一峰横砚，江上听春雨。　功名事，不信朝鳞暮羽[④]。九关虎豹如许[⑤]。午桥见有闲风月[⑥]，正自不妨嘉趣。君记取。人尽道、东山安石难留住[⑦]。伏龙三顾[⑧]。待报了君恩，勋铭彝鼎，归作子期侣[⑨]。

（《截江网》卷五）

[注释]

①买陂塘：《摸鱼儿》别名。　②掀髯：笑时开口张鬚的样子。　啸：打口哨。　③鸣凤：比喻贤者待礼而行。“凤凰鸣矣，于彼高冈。”见《诗经·大雅·卷耳》。　④朝鳞暮羽：早晨是鱼，晚上是鸟。比喻变化不定。⑤九关：天门有九重。以指代皇城。“虎豹九关，啄害下人些。”见《楚辞·招魂》。　⑥午桥：午桥庄，唐宰相裴度的别墅。　⑦东山安石：东晋谢安，字安石，因病辞官，隐居东山（今浙江上虞西南）。见《晋书·谢安传》。　⑧伏龙三顾：刘备三顾草庐聘请诸葛亮。“先帝……三顾臣之草庐之中。”见诸葛亮《出师表》。　⑨作者自注：“华子期在芹溪砚峰廋舟。”　廋舟：把小船藏好。

程正同

程正同,生平不详。《永乐大典》卷八百九十九"诗"字韵有小湖程正同诗,殆即其人。

贺新郎

寿县宰

久矣无循吏[1]。自当年,弘宽去后[2],风流谁继。律令喜为鹰击勇[3],无复柔桑驯雉[4]。何幸见、真儒小试。手种海棠三百本[5],有几多、遗爱人须记[6]。潘岳县[7],未为贵。

文章政事通枫陛[8]。看傅岩、霖雨岁旱[9],要须均施。玉色温其山似立,气禀新秋清厉。便好据、经纶要地。却笑庞才非百里[10],骤天衢、自合还天骥[11]。卮酒祝,八千岁[12]。

(《截江网》卷五)

[注释]

①循吏:清官。历代史书中都有《循吏传》一章。　②弘宽:西汉的公孙弘和桓宽。　③鹰击:法治严厉。"是时赵禹、张汤以深刻为九卿矣,然其治尚宽,辅法而行,而纵以鹰击毛挚为治。"见《史记·酷吏列传》。④柔桑:"遵彼微行,爰求柔桑。"见《诗经·豳风·七月》。　驯雉:《后汉书·鲁恭传》,恭为中牟令,桑下有驯雉之异,以见其治绩。　⑤本:花木的计量单位,棵。　⑥遗爱:遗留给后世的爱心。　⑦潘岳县:晋潘岳曾为河阳县令,在县里种满桃李,留下了美谈。　⑧枫陛:朝廷。汉代的宫殿中多种植枫树,陛是皇宫里的台阶。　⑨傅岩:上古殷商宰相傅说微贱时干版筑活的地方。"说筑傅岩之野。"见《尚书·说命》。　⑩庞才非百里:庞统不是百里之才。刘备派庞统当耒阳县令,鲁肃写信给刘备说:"庞士元非百里才也,使处治中、别驾之任,始当展其骥足耳。"见《三国志·蜀书·庞统传》。　⑪天衢:天路。比喻显贵的仕途。"攀龙附凤,并乘天衢。"见《汉书·叙传》。　天骥:天马。　⑫八千岁:长寿。大椿树八千

岁为春，八千岁为秋。见《庄子·逍遥游》。

沁园春

为友人寿

富敌陶猗[①]，才卑贾马[②]，气吞曹刘[③]。更妓娱安石，东山名胜[④]，樽盈文举，北海风流[⑤]。事冷千年，身兼八子[⑥]，豪举伊谁与匹俦。应还笑，为天将降任[⑦]，未欲东周。

优游，宁久淹留。管蓬矢桑弧志早酬[⑧]。有棠棣联芳[⑨]，庭萱不老[⑩]，砌兰擢秀[⑪]，蟾桂传秋[⑫]。要颂椿龄[⑬]，若将柏叶[⑭]，婢膝奴颜应合羞。直须是，功名期会，同跨鳌头[⑮]。

［注释］

①陶猗：古代的两位大富商陶朱公（即范蠡）和猗顿。　②贾马：汉代的两位大文学家贾谊和司马相如。　③曹刘：曹操、刘备。辛弃疾《南乡子》："天下英雄谁敌手，曹刘，生子当如孙仲谋。"　④"妓娱安石"二句：东晋谢安，字安石，每出游，必带歌伎相从。曾因病辞官，隐居于东山。见《晋书·谢安传》。　⑤"樽盈文举"二句：孔融，字文举，鲁人。汉献帝时为北海相，后人称为孔北海。建安七子之一，被曹操所杀。孔融好客，常叹曰："座上客常满，樽中酒不空，吾无忧矣。"见《后汉书·孔融传》。　⑥八子：指上述陶猗等八人。　⑦天将降任："天将降大任于是人也，必先苦其心志，劳其筋骨，饿其体肤，空乏其身……"见《孟子·告子》。　⑧蓬矢桑弧：生男孩子。古代的礼制，生了男孩，用蓬蒿做箭，用桑木做弓，射天地四方。"国君世子生……射人以桑弧蓬矢六，射天地四方。"见《礼记·内则》。　⑨棠棣：一作常棣，指兄弟。典出《诗经·小雅·常棣》。⑩庭萱：萱，又名忘忧、宜男、金针花，借指母亲。"焉得谖（萱）草，言树之背。"见《诗经·卫风·伯兮》。　⑪砌兰：子女。古人赞美子女优秀为芝兰玉树。见南朝宋刘义庆《世说新语·言语》。　⑫蟾桂：指获得功名。科举时代把应试考中，叫蟾宫折挂。　⑬椿龄：大椿树的年龄，为祝长寿

之词。见《庄子·逍遥游》。 ⑭柏叶:柏叶酒,古人以柏叶后凋而耐久,用以浸酒,到元旦共饮,以祝长寿。见南朝梁宗懔《荆楚岁时记》。 ⑮鳌头:科举时代称状元及第为独占鳌头。

满庭芳

答友人

五柳先生[1],宦情无几,赋成归去来兮[2]。吾归何所,任运且随时。曾向高人问道,清妙处、已悟希夷[3]。谁能羡,胸中芥子,容易纳须弥[4]。 竹林,新职事,神交狂客,志慕天随[5]。但能乐天知命[6],夫复何疑。多谢故人念我,平安报、不必纲维[7]。饮君酒,愿君同寿,此外本无为[8]。

(以上二首见《截江网》卷六)

[注释]

①五柳先生:陶潜自号。 ②归去来兮:陶潜《归去来辞》中首句即此词。 ③希夷:虚寂微妙。"视之不见名曰夷,听之不闻名曰希。"见《老子·第十四章》。 ④"胸中"二句:须弥芥子,把最大的须弥山放进最小的芥子中,表示不可思议。"唯应度者,乃见须弥入芥子中,是名住不思议解脱法门。"见《维摩诘经·不思议品》。 ⑤天随:自然而然。"神动而天随。"见《庄子·在宥》。又,陆龟蒙,号天随子。 ⑥乐天知命:承认和接受命运的安排。"乐天知命,故不忧。"见《周易·系辞》。 ⑦纲维:即竹报平安之典。李德裕言:"北都是惟童子寺有竹一窠,才长数尺。相传其寺纲维,每日报竹平安。"纲维,指要务。 ⑧无为:清净无为,是老庄哲学的核心,即顺其自然,不求有所作为。"为无为,则无不治。"见《老子·三章》。

思越人

题挟弹人簇[1]

曾把隋珠抵鹊来[2],拓弓花下不虚开。醉馀戏把行人弹，堪笑齐王谩筑台[③]。　　穿兔手，落雕材。狭斜衢路共徘徊[④]。流星一点高飞处，笑坐金鞍歌落梅[⑤]。

[注释]

①挟弹人簇：以弹丸射物也。　簇：不详。疑指画轴、图卷。　②隋珠抵鹊：用稀有的隋侯珠来打喜鹊，比喻不分轻重，得不偿失。　③齐王筑台：弹人事据《左传》“晋灵公不君，厚敛以雕墙，从台上弹人而观其辟丸也”。作“齐王”疑误。　④狭斜：一作“狭邪”，曲巷小街。“长安有狭斜，狭斜不容车。”见《古诗·长安有狭斜行》。后因大多为娼妓所居，即以指代妓院场所。　⑤歌落梅：“朱槛满明月，美人歌落梅。”见于武陵《王将军宅夜听歌》。　落梅：即《梅花落》，笛曲。

朝中措

题集闲教头簇

少年不入利名场。花柳作家乡[①]。一片由甲口觜[②]，几多耍俏心肠。　　周郎学识[③]，秦郎风度[④]，柳七文章[⑤]。聊借生绡一幅，与君写尽行藏[⑥]。

（以上二首见《翰墨大全》壬集卷十六）

[注释]

①花柳：繁华的地方。也指秦楼楚馆等风月场所。　②由甲口觜：疑为当时俗语，有颠倒是非，上下不分之意。　③周郎：周瑜。　④秦郎：秦观。　⑤柳七：柳永。　⑥行藏：施展才能和等待时机。“用之则行，舍之则藏。”见《论语·述而》。

阳 枋

阳枋(1187—1267),字宗骥,又字正父,合州巴川人。淳祐四年(1244)赐进士出身。历昌州监酒税、大宁理掾、绍庆学官。人称字溪先生。有《字溪集》十二卷,辑自《永乐大典》。

临江仙

涪州北岩玩易有感[①]

乐意相关莺对语[②],春风遍满天涯。生香不断树交花。个中皆实理,何处是浮华。　　收敛回来还夜气[③],一轮明月千家。看梅休用隔窗纱。清光辉皎洁,疏影自横斜。

[注释]

①涪州:今四川涪陵。　玩易:研究《易经》。　②乐意:石曼卿《题章氏园亭》诗“乐意相关禽对语,生香不断树交花”,此用其意。　③夜气:夜间清澈之气。

念奴娇

丁卯中元作示儿

白尽蒹葭,衰从蒲柳,我只松筠节。君民尧舜,老翁揩眼勋业。

(以上二首[①]见《字溪集》卷十二有宋朝散大夫字溪先生阳公行状)

[注释]

①唐氏按:此二首《临江仙》、《念奴娇》原不著调名,据律补。

周端臣

周端臣，生平不详，字彦良，号葵窗，建业（今江苏南京）人。卒于淳祐宝祐间。斯植《采芝集》有《挽周彦良》诗。《武林旧事》云：御前应制。

清夜游

越　调[①]

西园昨夜，又一番、阑风伏雨[②]。清晨按行处，有新绿照人，乱红迷路。归吟窗底，但瓶几留连春住。窥晴小蝶翩翩，等闲飞来似相妒。　迟暮。家山信杳，奈锦字难凭，清梦无据。春尽江头，啼鴂最凄苦。蔷薇几度花开，误风前、翠樽谁举[③]。也应念、留滞周南[④]，思归未赋[⑤]。

［注释］

①越调：古代音乐名，商声七调之一。　②阑风伏雨：斜风苦雨。③“蔷薇”二句：此两句误断。按词意，应作“蔷薇几度花开误，风前翠樽谁举。”　④周南：地名，指成周以南，今河南南部。　⑤思归：《思归引》，古琴曲名。

春归怨

越　调

问春为谁来、为谁去，匆匆太速。流水落花，夕阳芳草，此恨年年相触。细履名园，闲看嘉树，蔼翠阴成簇。争知也被韶华，换却诗人鬓边绿。　小花深院静[①]，旋引清尊，自歌新曲。燕子不归来，风絮乱吹帘竹。误文

姬、凝望久[②],心事想劳频卜[③]。但门掩黄昏,数声啼鴂[④],又唤起、相思一掬。 (以上二首见《阳春白雪》卷五)

[注释]

①深院静:“深院静,小庭空,断续寒砧断续风。”见五代南唐李煜《捣练子令》。 ②文姬:蔡琰,字文姬,东汉陈留人,大文学家蔡邕的女儿,博学能文,精通音律。曾流落匈奴十馀年,曹操派人去赎回。见《后汉书·董祀妻传》。 ③卜:占卜吉凶。 ④啼鴂:即杜鹃,在春分时鸣叫。

木兰花慢

送人之官九华[①]

霭芳阴未解,乍天气、过元宵。讶客袖犹寒,吟窗易晓,春色无聊。梅梢。尚留顾藉[②],滞东风、未肯雪轻飘。知道诗翁欲去,递香要送兰桡[③]。 清标。会上丛霄。千里阻、九华遥。料今朝别后,他时有梦,应梦今朝。河桥。柳愁未醒,赠行人、又恐越魂销[④]。留取归来系马,翠长千缕柔条。

[注释]

①之官:赴任。 九华:山名,在安徽青阳西南。 ②顾藉:依恋不舍的样子。 ③兰桡:用木兰制作的桨,指代船只。 ④“柳愁”二句:用“霸桥折柳赠别”的典故。

玉楼春

华堂帘幕飘香雾,一搦楚腰轻束素[①]。翩跹舞态燕还惊,绰约妆容花尽妒。 樽前谩咏高唐赋[②],巫峡云深留不住[③]。重来花畔倚阑干,愁满阑干无倚处。

(以上二首见《绝妙好词》卷五)

[注释]

①一搦楚腰：形容美人的腰细。　一搦：一把，一握。　楚腰：“楚灵王好细腰，而国中多饿人。”见《韩非子·二柄》。　②高唐赋：文章篇名，战国楚宋玉作。　③巫峡云深：宋玉《高唐赋序》中所记楚襄王游云梦台馆，梦一妇人，自称“妾在巫山之阳，高丘之阻，旦为朝云，暮为行雨，朝朝暮暮，阳台之下”。

六桥行

西　湖

芙蓉苑。记试酒清狂，亸鞭游遍[1]。翠红照眼。凝芳露、洗出青霞一片。垂杨两岸，窥镜底、新妆深浅。应料似、锦帐行春，三千粉春矜艳。　　邂逅系马堤边，念玉笋轻攀[2]，笑簪同欢，岁华暗换。西风路、几许愁肠凄断。仙城梦黯。还又是、六桥秋晚[3]。凝望处、烟淡云寒，人归雁远。

[注释]

①亸：下垂。　②玉笋：美女的手。“暖白肤红玉笋芽，调琴抽线露尖斜。”见唐韩偓《咏手》。　③六桥：杭州西湖苏堤中有六桥，即：映波、锁澜、望山、压堤、东浦、跨虹，为苏轼所建。

六桥行

苏堤路。正密柳烘烟，嫩莎收雨[1]。野芳竞吐。山如画、隐隐云藏山坞。六桥徙倚，喧处处、行春箫鼓。鸥影外、一片湖光，夷犹彩舟来去[2]。　　凝想禊饮花前[3]，爱裙幄围香，款留连步，旧踪未改。还曾记、揽结亭边芳树。愁情几许。更多似、一天飞絮。空自有、花畔黄鹂，知人笑语。

[注释]

①莎:莎草,地下有纺锤形的块根,叫香附子,是一味中草药。 ②夷犹:迟疑不前。"君不行兮夷犹,蹇谁留兮中洲。"见屈原《九歌·湘君》。③禊饮:古代民俗,在农历三月初三日到水边修禊,宴饮行乐。

少年游

西湖

四山烟霭未分明,宿雨破新晴[1]。万顷湖光,一堤柳色,人在画图行。 清明过了春无几,花事已飘零。莫待斜阳,便寻归棹,家隔两重城。

[注释]

①宿雨:昨夜的雨。"桃红复含宿雨,柳绿更带春烟。"见唐王维《田园乐》。

喜迁莺令

西湖

青嶂绕,翠堤斜,晴绮散馀霞[1]。一湖春水碧无瑕[2],可惜画船遮。 燕交飞,莺对语,风软香尘凝路。一年春事又杨花,诗酒□韶华[3]。

(以上四首见《永乐大典》卷二千二百六十五"湖"字韵)

[注释]

①晴绮散馀霞:化用谢朓"馀霞散成绮"之句。 ②无瑕:没有毛病。 瑕:玉上的斑点,泛指缺点,过失,疵病。 ③注者按:原无空格,据律补。

贺新郎

代　寄

怕听黄昏雨。到黄昏、陡顿潇潇[①]，雨声不住。香冷罗衾愁无寐[②]，难奈凄凄楚楚。暗试把、佳期重数。楼外一行征雁过，更偏来、撩理芳心苦。心自苦，向谁诉。　　菱花憔悴羞人觑[③]。叹红低翠黯，不似旧家眉妩。目断阳台幽梦阻，孤负朝朝暮暮。怕泪落、瑶筝慵拊。手捻梅花春又近，料人间、别有安排处。云碧袖，为君舞。

（《永乐大典》卷一万四千三百八十一“寄”字韵引《葵窗词稿》）

（以上周端臣词九首，用周泳先辑《葵窗词稿》）

[注释]

①陡顿：突然发生变化。　②无寐：失眠。　③菱花：镜子。古代的铜镜，呈六角形的或是镜背刻有菱花图案的，叫菱花镜。

赵福元

赵福元,生卒不详。刘克庄《千家诗》中有赵福元诗多首。词存五首。

沁园春

庆赵运幹

一剑凌风,跨六鳌头①,登群玉峰②。听金童宣敕③,琼胎掇送④,大唐进士,圣宋仙翁⑤。琪树玲珑,宝花散漫,香霭天枝绕绛空。后五日,有竹湖公相⑥,梦叶非熊⑦。峥嵘得子如龙。傲南墅修篁皓鹤中⑧。似银瓶碾月,一清彻底,玉虹贯斗,千丈蟠胸。洛殿催班⑨,燃灯赐对,九万鹏程瞬息通。蟠桃宴,与蟾宫双桂,长伴乔松。

(《截江网》卷五)

[注释]

①跨鳌头:唐宋时翰林学士和承旨等官员,在朝见皇帝时立于刻有巨鳌的殿陛石正中,故称进入翰林院为跨鳌头。 ②群玉峰:即群玉山,神话中的仙山,为王母所居。"若非群玉山头见,会向瑶台月下逢。"见李白《清平调》。 ③金童:金童玉女,侍候仙人的童男童女。 宣敕:宣读皇帝的诏谕。 ④琼胎:犹仙胎、麟儿。 掇送:送下仙胎儿子。 ⑤圣宋:圣明的宋朝。 ⑥竹湖公相:不详,待考。 ⑦梦叶:入梦,示以梦兆。 非熊:指姜太公(吕尚)。周文王在打猎之前占了一卦,说"将大获,非熊非罴,天遣汝师以佐昌"。果然在渭水得到吕尚。见《宋书·符瑞志》。 ⑧修篁:长长的竹子,茂盛的竹林。 ⑨洛殿催班:指朝廷急于召用。

沁园春

寿朱漕　正月初八

斗柄御寅[①]，序启苍涂[②]，气转洪钧[③]。正乾坤交泰[④]，圣贤相遇，风生虎啸，雾滃龙兴[⑤]。华渚流虹[⑥]，璿枢绕电[⑦]，期迈三朝嵩降申[⑧]。真希有，庆吾皇万岁，重臣千春。

枫宸宠数来频[⑨]。绾叠组累累辉楚城。看袍将赐锦，带仍佩玉，十行丹诏[⑩]，单骑红尘。入赞中兴，泰阶上宰，寿域八荒歌太平[⑪]。运化笔，管烘□桃李[⑫]，又一番新。

[注释]

①斗柄御寅：北斗星的柄指向寅位，即已到了农历正月。古代以天干纪年月日时，夏历正月为建寅之月。　②序启苍涂：时序开启了大地的绿色。　③气转洪钧：天的气候转变了。万物都由天化育而成，故称天为洪钧。钧是制作陶器的转轮。“洪钧陶万物，大地禀群玉。”见晋张华《答何劭》。　④乾坤交泰：天地之气相交融，阴阳平和。《周易》六十四卦的第十一卦坤上乾下，为泰卦，是最吉利的卦。“象曰：‘天地交，泰。’”见《周易·泰》。　⑤“风生”二句：“云从龙，风从虎，圣人作而万物睹。”见《周易·乾》。　⑥华渚流虹：天人感应而生贵人。“帝挚少昊氏，……见星如虹，下流华渚，既而梦接意感，生少昊。”见《宋书·符瑞志》。　⑦璿枢：北斗星。　⑧嵩降申：嵩岳降灵，诞生申公。　⑨枫宸：宫廷。汉代宫中多种枫树，宸是北极星所居，泛指帝王的宫殿。　宸：原作“震”，《全宋词》注：“震”疑是“宸”字之误。从之。　⑩丹诏：皇帝的敕命（指示）。　⑪八荒：国家周围的最边远地区。　⑫注者按：原无空格，据律补，疑应是“春”字。

沁园春

寿黄虚庵　三月廿九

珠斗阑干[①]，银河清浅，梦箓帝关[②]。见六丁拥道[③]，一声传跸[4],翠幢舞风,彩扇交鸾。寿祝天齐,神夸岳降,报道明朝重整班。璇星烂[5],有赤松黄石[6],雾凑苍坛。　仙风绿鬓朱颜。才奏罢、呼麟游海山。命飞琼步月[7],瑶台凝净,云英捣雪,玉杵光寒[8]。鹤立芝庭,龟迎荷□[9],鼎看翩翩彩袖翻。留春醉,醉何须归去,常在人寰。

（以上二首《翰墨大全》丁集卷二）

[注释]

①珠斗:北斗。　阑干:横斜。　②梦笅帝关:做梦踏上了天帝的宫殿。　笅(niè):踏,蹑。“笅浮云,奄上驰。”见《汉书·礼乐志》。　③六丁:道教神名。　④跸:古代帝王出行时,禁止行人以清道,等于现代的戒严。　⑤璇星:北斗星。　⑥赤松黄石:二仙人名,赤松子和黄石公。⑦飞琼:仙名。姓许,王母的侍女。　⑧“云英”二句:唐代长庆(唐穆宗年号)间,秀才裴航经过蓝桥驿,渴甚,见路旁茅舍一老妪在绩麻,因往求浆,妪呼云英捧一瓯饮之。航见云英绝美,欲娶之为妻,老妪曰:“昨有神仙与药一刀圭,须玉杵臼捣之,欲娶云英,须以玉杵臼为聘,为捣药百日乃可。”航求得玉杵臼,遂娶云英。见唐裴铏《传奇·裴航》。　⑨唐氏按:原无空格,据律补。

减字木兰花

赠草书颠

吮煤弄笔[1],草圣寰中君第一[2]。电脚摇光,骤雨旋风声满堂。　毫厘巧辨,唤起羲之当北面[3]。醉眼摩研,错认书颠作酒颠[4]。

[注释]

①吮煤:吮墨。　②寰中:寰宇之中,世界上。　③羲之当北面:晋代的大书法家王羲之也应当佩服。　北面:北面称臣,表示佩服。　④书颠:指草圣张旭。

鹧鸪天

赠歌妓

裙曳湘波六幅缣[①]，风流体段总无嫌。歌翻檀口朱樱小[②]，拍弄红牙玉笋纤。　　腔子里[③]，字儿添，嘲撩风月性多般。忔憎声里金珠迸[④]，惊起梁尘落无帘[⑤]。

（以上二首《翰墨大全》壬集卷十六）

[注释]

①缣：带微黄的双丝织的细绢。　②檀口：浅红的嘴唇。　③腔子里：唱腔中。　④忔憎：可爱的样子。“思量模样忔憎儿，恶又怎生恶。”见黄庭坚《好事近》。　⑤无帘：注者按，“无”字误，圣译楼钞本《翰墨大全诗馀》作“舞”。

李　亿

李亿，号草堂。生平不详。刘克庄《千家诗》中有李亿咏柳绝句。

念奴娇

镜鸾分影[①]，望天涯肠断，悄无红叶[②]。几度秋风吹翠被，一缕幽香难灭。燕卜新梁，花移别槛，回首春如客。欢情何在，绿杨空锁愁色。　　可是今古风流，小乔姝丽，只许周郎得[③]。金谷珠帘空百尺[④]，不碍梦魂飞入。钗股盟深，旧缘未断，月有重圆日。蓝桥路近，乘云先问消息。

[注释]

①镜鸾分影：失去配偶。"昔罽宾王获彩鸾鸟，甚爱之，欲其鸣而不能致。夫人曰：'尝闻鸟见其类而后鸣，何不悬镜以映之。'王从其言。鸾睹影悲鸣，哀响中宵，一奋而绝。"见南朝宋范泰《鸾鸟诗序》。　②红叶：用"红叶题诗"之典。唐僖宗时于佑，于御沟得红叶，上有题诗，后在河中娶得遣放宫女韩氏，即题诗之人。　③"小乔"二句：用苏轼《念奴娇·赤壁怀古》"遥想公瑾当年，小乔初嫁了"句意。　④金谷：晋代石崇的金谷园。

菩萨蛮

画楼酒醒春心悄，残月悠悠芳梦晓。娇汗浸低鬟，屏山云雨阑[①]。　　香车河汉路[②]，又是匆匆去。鸾扇护明妆，含情看绿杨。　（以上二首《阳春白雪》卷五）

[注释]

①阑：残尽，衰退。 ②河汉：银河。“迢迢牵牛星，皎皎河汉女。”见南朝陈徐陵《玉台新咏·古诗十九首》。

徵招

梅

翠壶浸雪明遥夜，初疑玉虬飞动[①]。莫弄紫箫吹，堕寒琼惊梦。把红炉对拥。怕清魄、不禁霜重。爱护殷勤，待长留作，道人香供。 尘暗古南州，风流远、谁寻故枝幺凤[②]。谩举目销凝，对愁云曚暡[③]。向霞扉月洞。且嚼蕊、细开春瓮[④]。这奇绝，好唤苍髯，与竹君来共[⑤]。

（《阳春白雪》卷七）

[注释]

①玉虬：传说中的无角龙。“驷玉虬以乘鹥兮。”见屈原《离骚》。②幺凤：鸟名，因常在桐花开的时候飞来集于桐树上，故又叫桐花凤。“幺凤集桐花。”见苏轼《异鹊》。 ③曚暡：昏暗不明的样子。 ④春瓮：酒。 ⑤“好唤苍髯”二句：把松树和竹子一起叫来，松、竹、梅称为岁寒三友。

刘　颉

刘颉，字吉甫，号雪窗。生平不详。刘克庄《千家诗》中有刘吉父诗。

满庭芳

莺老梅黄，水寒烟淡，断香谁与添温。宝缸初上[①]，花影伴芳尊。细细轻帘半卷，凭阑对、山色黄昏。人千里，小楼幽草，何处梦王孙[②]。　十年，羁旅兴，舟前水驿，马上烟村。记小亭香墨，题恨犹存。几夜江湖旧梦，空凄怨、多少销魂。归鸦被，角声惊起，微雨暗重门。

（《阳春白雪》卷五）

[注释]

①宝缸：灯。　②王孙：贵族官宦的子弟。“王孙游兮不归，春草生兮萋萋。”见《楚辞·招隐士》。

冯取洽

冯取洽(1188—?)，字熙之，号双溪拟巢翁，延平(今福建南平)人。与黄昇同时，常有唱和。淳祐八年(1248)，已六十余岁。所作《自题交游风月楼》诗之颔联："一溪流水一溪月，八面疏楼八面风"，被诗林称为秀杰之句。有《双溪词》。存词二十四首。

贺新郎

寿张宜轩①

九日明朝是。问宜轩何事，今朝众宾交至②。长记每年八月八，曾庆饮仙出世③。直推到、于今何意。要待千崖秋气爽，向东篱、试探花开未④。挝急鼓，舞长袂⑤。　主人臭味花相似⑥。笑争春、红紫低昂⑦，转头扫地。独占西风摇落候⑧，旋屑黄金点缀⑨。做得个、秋花元帅。旧说东阳流菊水，饮之者、寿过百馀岁⑩。泛此酒⑪，劝公醉。

[注释]

①张宜轩：作者的朋友。生平未详。　②交至：并至，不断地到来。③饮仙：唐贺知章、李白等八人，性豪饮不羁，时人称为"饮中八仙"。此处谓张氏善饮酒而性豪放。　④东篱："采菊东篱下，悠然见南山。"见晋陶渊明《饮酒》诗。后因以借指菊花或种菊之处。　⑤挝(zhuā)：敲打、击。⑥臭味：气味。因同类的东西气味相同，故用以比喻同类的人或事物。⑦低昂：高低起伏。　⑧候：时令。　⑨旋：马上。　屑：使变为碎屑。⑩"旧说"二句：菊水，在今河南内乡县西北。《艺文类聚》八十一《风俗通》："南阳郦县有甘谷。……谷中有三十余家，不复穿井，悉饮此水，上寿百二、三十，中百余，下七、八十者，尤以为夭。菊花轻身益气故也。"东阳，疑"南阳"之误。　⑪泛：覆，倾倒。

贺新郎

黄玉林为风月楼作[1],次韵以谢

自顾卑栖翼[2]。似沧洲、白鸟悠悠[3],静依拳石[4]。聊寄一梯云木表[5],俯视霁虹千尺。乐江上、山间声色。镜样清流环样绕,笑赐湖、一曲夸唐敕[6]。尘外趣,有谁识。

飞来妙墨痕犹湿。走盘珠流出[7],不火食人胸膈[8]。三叹阳春知和寡[9],但觉光生虚室[10]。何处觅、倚歌箫客[11]。他日玉林来得否,待平分、风月供吟笔[12]。添一友,共闲逸。

[注释]

①黄玉林:指黄昇,号玉林,建安(今福建建瓯)人。 ②"自顾"句:谓自感住处太低。 卑:低。 ③沧洲:滨水的地方。古称隐者所居。 ④拳石:园林中的假山。"国家不敢兴拳石撮土之役。"见《旧唐书·阳惠之传》。 ⑤表:外。谓楼高。 ⑥"笑赐湖"句:贺知章归隐时,唐玄宗曾赐鉴湖一曲。 ⑦"走盘"句:谓黄氏词圆润融通,如明珠走玉盘。 ⑧不火食:不食人间烟火,清高之意也。 ⑨"三叹"句:谓黄氏词曲高和寡。 阳春:即《阳春》《白雪》所谓高妙之古曲。 ⑩虚室:空室。 ⑪倚歌:以歌配曲。 ⑫吟笔:诗笔。

贺新郎

次韵江定轩咏菊

句里思黄九[1]。笑王郎、不奈寒芳[2],腰围如柳。得似江郎饶雅趣[3],时揽黄花诳口[4]。吐妙语、与之争秀。闲绕珍丛吟不尽,尽风前、露下栾栾瘦[5]。香自足,岂劳嗅。　一尊问我能同否[6]。叹双溪、冷落篱边[7],傲霜犹有[8]。浩唱云笺金缕调,兴发小槽珠酒。待唤醒、早春梅友。独恨爱花人易老，漫一年、好景还依旧。东望处，立良久。

[注释]

①黄九：黄庭坚。此指黄昇，作者的朋友。②王郎：作者的朋友，未详。③江郎：指江定轩。④黄花：指黄菊。⑤栾栾：瘦瘠貌。⑥"一尊"句：意为能同饮一杯否。尊：酒具。⑦双溪：指作者自己。⑧傲霜：赞美菊花，不怕寒冷。"菊残犹有傲霜枝。"见苏轼《赠刘景文》。

贺新郎

送别定轩

梦折营门柳[①]。送君归、暂戏斑衣[②]，又拢征袖。到得皇州风景异[③]，只有湖山似旧。把感慨、寓之杯酒。雨抹晴妆西子样[④]，且平章、剩赋诗千首[⑤]。富与贵，本来有。

青油幕底筹攻守[⑥]。拥貔貅、朝气凌云[⑦]，夜锋冲斗[⑧]。蜀祲淮氛犹在眼[⑨]，一扫正须健帚[⑩]。又何惜、驱驰奔走。快展韬钤资世用[⑪]，看归来、金印悬双肘。倾玉斝[⑫]，为亲寿。

[注释]

①"梦折"句：谓睡梦中亦在挽留。"柳"，"留"也。按军营有周亚夫细柳营。江定轩似是武将。语带双关。②斑衣：彩衣。相传老莱子着彩衣为儿戏以娱亲，后因以斑衣为老养父母的典故。③皇州：指帝都。④雨抹晴妆西子样：化用东坡《饮湖上初晴后雨》句"欲把西湖比西子，淡妆浓抹总相宜"。⑤平章：品评。剩：更，更加。⑥青油幕：涂有油的帐幕。此处指代军帐。⑦貔貅（pí xiū）：一种猛兽。比喻勇猛的军队。朝气凌云：谓英豪之气难以掩抑。⑧冲斗：即"气冲牛斗"之意。⑨蜀祲（jìn）淮氛：指蜀、淮两地的宋金战事不休。祲、氛：皆为不祥、灾祸之征兆。⑩一扫：谓扫除（灾异）净尽。⑪韬钤（qián）：兵法之书《六韬》及《玉钤篇》的合称。亦指用兵谋略。⑫斝

(jiǎ):古代酒器,三足圆口。

贺新郎

次玉林见寿韵[①]

那得身无事。问双溪老子[②],而今万缘空否[③]。正使尘劳偿未了[④],毕竟难昏灵府[⑤]。已笑唾、功名如土。五十九年风雨过,算非非、是是何须数。垂老也,信缘度[⑥]。
绿阴朱夏回清暑[⑦]。叹病来、觞怯流霞[⑧],扇闲白羽[⑨]。方念生初增感慨,谁寄乐章新语。知是我、花庵庵主[⑩]。一别三年惟梦见,定何时、相对倾琼醑[⑪]。惊世路[⑫],有豺虎[⑬]。

[注释]

①见寿:为己祝寿。 ②双溪老子:自称之词。 ③万缘:佛家指一切因缘,即事物的因果关系。 ④尘劳:佛教徒谓世俗事务的烦恼。也泛指事务劳累。 ⑤灵府:精神之宅,即心。 ⑥缘度:缘分,命。 ⑦朱夏:《尔雅·释天》"夏为朱明",因称夏季为朱夏。 回清暑:犹避暑。 ⑧觞怯流霞:伤酒。流霞:美酒。 ⑨扇闲白羽:怯风。 白羽:羽扇。 ⑩花庵庵主:作者自注,"玉林有池馆,扁曰花庵。" ⑪琼醑(xǔ):美酒。 ⑫世路:世事,世道。 ⑬豺虎:喻贪残暴乱之人。

贺新郎

次玉林感时韵

知彼须知此[①]。问筹边、攻守规模[②],云何则是[③]。景色愔愔犹日暮[④],壮士无由吐气。又安得、将如廉李[⑤]。燕坐江沱甘自蹙[⑥],笑腐儒、枉楦朝家紫[⑦]。用与舍[⑧],徒为耳。 黄芦白苇迷千里[⑨]。叹长淮、篱落空疏[⑩],仅馀残垒[⑪]。读父兵书宁足恃[⑫],击楫谁盟江水[⑬]。有识者、知其庸矣。多少英雄沉草野，岂堂堂、吾国无君子。起诸葛⑭，总戎事⑮。

[注释]

①知彼须知此：本《孙子·谋攻》“知彼知己，百战不殆”。 ②筹边：筹划边境防卫之事。 攻守规模：进攻和防守的格局、部署。 ③云何则是：说什么才好呢？ ④愔愔（yīn）：寂静无声的样子。 ⑤廉李：指战国时赵国名将廉颇和李牧。 ⑥燕坐：闲坐。燕，同“宴”。 江沱：指江南地区。沱，本指长江的支流沱水。 ⑦杠楦朝家紫：指白白地硬挤在国家的政府部门。 楦（xuàn）：用楦头填塞或撑大。楦头，即楦鞋子用的木制模型。 紫：指紫衣，古代公服。唐制，亲王及三品服用紫，或指紫微省即中书省，中书令又名紫微令，中书侍郎又名紫微郎。 ⑧用：被任用，指出仕。 舍：不被任用，指退隐。“用之则行，舍之则藏。”见《论语·述而》。 ⑨黄芦：枯黄的芦草。 白苇：芦苇开白花，故称。黄茅白苇，皆是无用之物。 ⑩长淮：指淮河。 篱落：即篱笆，引申为防卫工事。 ⑪残垒：残破不堪的堡垒。 ⑫读父兵书：指战国时赵国名将赵奢的儿子赵括。他只会读兵书，喜欢纸上谈兵，结果长平一战被秦军打得大败。 ⑬“击楫”句：用祖逖中流击楫为誓的典故。见《晋书·祖逖传》。 ⑭诸葛：指三国时隐居隆中的诸葛亮。 ⑮总戎事：主持军机大事。

贺新郎

花庵老子以游戏自在三昧，寓之乐府①。溪翁随喜和韵以咏叹之，不知维摩燕坐次，可授散花女，俾歌之以侑茗饮否②？艾子③，汝为老人书以寄之

问讯花庵主。这一宗、拍板门槌④，是谁亲付。逢翰墨场聊作戏⑤，那个是真实语。算惟有、青山堪住。玉立林幽真脱洒⑥，又何妨、白石和泉煮⑦。底用判，云游据⑧。

朝三暮四从渠赋⑨。且随缘、家养园收⑩，自然成趣。此外盘蜗馀一室⑪，人我两俱无负。要参到、道心微处⑫。

尽做逃禅逃得密[13],也难遮、拨草来寻路[14]。应为拨,懒残芋[15]。

[**注释**]

①三昧:佛教语,梵文音译。又作“三摩提”或“三摩帝”。意为“定”、“正定”等,即排除一切杂念,使心神平静。 乐府:词之别名。 ②维摩:佛名。即“维摩诘”。释迦同时人,也作毗摩罗诘。 燕坐:闲坐。 散花:天女散花,维摩不染。 俾(bǐ):使。 侑(yòu):劝,辅助。 ③艾子:冯取洽之子伟寿,字艾子。 ④拍板门槌:禅门老师讲经说法用之道具。 ⑤翰墨:笔墨。 ⑥“玉立”句:揉“玉林”(花庵)入句。 ⑦白石和泉煮:相传神仙方士烧煮白石为粮,后即为道家修炼的典故。“(白石先生)常煮白石为粮,因就白石山居。”见晋葛洪《神仙传·白石先生》。 ⑧底用判,云游据:何用分辨云游山野之证据。 底:何。 ⑨朝三暮四从渠赋:意谓随意收入之薄厚。“朝三暮四”,见《庄子·齐物论》。 赋:给予。 ⑩家养园收:谓躬耕畜养之出产。 ⑪盘蜗:即“蜗舍”。谓居室极狭小。 ⑫参:即“参禅”,佛家语。谓玄思冥想,探究真理。 道心微处:道心,犹言道德观念。荀子解蔽:“故道经曰,人心之危,道心之微。”微:幽深,精妙。 ⑬逃禅:逃避世事,归依佛法。 逃得密:谓深隐山林。 ⑭遮:挡。 ⑮懒残芋:唐和尚明瓒居衡山,号懒残。曾煨芋给李泌吃,并说:“慎勿多言,令取十年宰相。”

贺新郎

追次玉林所赋溪楼燕集韵[1]

二老交相访。正不妨、勃窣媻姗[2],舍车而杖。忆在蓉村新雨过,门外春流浩荡。中有个、列仙臞相[3]。把酒论诗饶胜韵[4],更柳边、花底同心赏。临别句,几回唱。 忽传风驭来溪上[5]。遣儿曹、策马郊迎[6],老怀欣畅。争讶金华佳父子,飞下蓬莱昆阆[7]。有四士、追随仙仗。我爱君如何次道,便令人、直欲倾家酿[8]。歌妙曲,郑声放[9]。

[注释]

①燕集:即“宴集”。会聚宴饮。　②勃窣(bó sū)媻姗:匍匐而上的样子。　③臞(qú):瘦。　④饶胜韵:诗味浓厚。　⑤风驭:即“驭风”,谓仙家驭风而行。　⑥儿曹:儿辈。　⑦昆阆:昆仑、阆苑,都是传说神仙居住的地方。　⑧“我爱君”二句:作者自注,“何充为刘惔所贵,每言见次道饮,令人欲倾家酿。言其能温克也。”　温克:蕴藉自持以胜外物。　次道:何充之字。　⑨郑声放:即“放郑声”。　郑声:古代郑地的俗乐。属靡靡之音,为提倡雅乐的儒家所排斥。“放郑声,远佞人。郑声淫,佞人殆。”见《论语·卫灵公》。

贺新郎

用前韵自寿

往事休寻访。幸老来、筋力差强,未须扶杖。收脚八风波外立[①],一片虚空荡荡。悟寿者、本来无相。今日不知何日也,便戊申、重见何须赏。大梦曲,此时唱[②]。　团栾儿女溪堂上[③]。且一觞、一咏陶然,此情堪畅。漫说神仙华屋好,缥缈峤壶蓬阆[④]。这浮幻、也难凭仗[⑤]。何似薰风来岁岁[⑥],蔼一家、和气如春酿[⑦]。婚嫁了,尽闲放。

[注释]

①八风:佛教称利、衰、毁、誉、称、讥、苦、乐为八风,又称世八法。　②大梦:喻昧于道者,如常在昏梦之中。《庄子·齐物论》:“方其梦也,不知其梦也,梦之中又占其梦焉,觉而后知其梦也。且有大觉,而后知此其大梦也。”后常用以表示人生虚幻无常。　③团栾:团聚。宋范成大《石湖集》二十三《喜周妹自四明到》诗:“团栾话里老庞衰,一妹仍从海浦来。”　④峤壶蓬阆:员峤、方壶、蓬莱、阆苑,仙人居住的地方。　⑤凭仗:依靠。　⑥薰风:和风,指东南风或南风。　⑦蔼:和气。

沁园春

次韵四友,吴会卿次子西上

我爱□君,结屋并山[①],友松竹梅。有倦游孤剑[②],暂悬素壁,醉吟行履,时印苍苔。得失不惊,知恬交养[③],浩浩胸中何壮哉。须知道,似骅骝万里[④],道路方开。
相期湖上舒怀。莫放过花枝与酒杯。况上天已办,河东新赋[⑤],圜桥乐得[⑥],海内英才。矍铄溪翁,据鞍一笑[⑦],画饼功名赋傥来[⑧]。长堤上,正柳花荷气,尽可追陪。

[注释]

①"我爱"二句:《历代诗馀》作"我爱之君,结屋屏山",于义为长,当从。 屏山:如屏之山。 ②孤剑:一把剑,借指孤独的武士。"孤剑将何讬,长摇塞上风。"见唐陈子昂《东征答朝臣相送》。 ③知恬交养:领悟恬淡,物我双修。"由天地气交而生养万物。"见《易经·泰》孔颖达注。 ④骅骝(huá liú):赤色骏马。 ⑤河东新赋:《河东赋》,汉扬雄作。 ⑥圜桥:即圜桥门。汉明帝于此讲经,听者上万。 ⑦据鞍:汉马援年六十二,请出征,光武帝以其老,未许。援曰:"臣尚能披甲上马。"帝令试之。援据鞍顾眄,以视可用,帝笑曰:"矍铄哉是翁也!" ⑧"画饼"句:谓已无意虚名。 赋:授予。 傥来:即"傥来物",无意得来的东西。

沁园春

次玉林惠示韵[①]。二月三日,诸少载酒邀往遗蜕观桃[②]。半酣,追省昨游,因诵雅词"从此一春须一到"之句,竟堕渺茫,为之黯然。辄用惠示元日《沁园春》韵,写此怀思,一酹桃花也

人事好乖[③],云散风流[④],暗思去年。记竹舆伊轧[⑤],报临村里,筇枝颠倒[⑥],忙返溪边。剪韭新炊,寻桃小酌,取次欢谣俱可编[⑦]。难忘处,是阳春一曲,群唱尊前。 新晴

又放花天。况家酿堪携不用钱。想有人如玉，已过南市。无人伴我，重醉西阡。旧约难凭[8]，新词堪赋，乐事赏心那得全。归来也，命儿将此意，写以朱弦。

［注释］

①次玉林惠示韵：黄昇《沁园春》词《全宋词》中不载，有《贺新郎》词，其序云，"乙已正月十日，双溪携酒遗蜕亭，桃花方开，主人浩歌酌客，欢甚，即席作此。"词中有"从此一春须一到，愿东君，长与花为主"句。②少：年青人。 ③好乖：喜欢相反。 乖：背离，不一致。 ④云散风流：谓友人离散。 ⑤竹舆：山轿。 伊轧：拟声词，山轿作响。 ⑥筇枝颠倒：竹杖倒拄，忙乱貌。 ⑦取次：任意，随便。 ⑧凭：依仗。

沁园春

用定轩雨馀有感韵，写山中之趣

一雨霈然[1]，六合全清[2]，空无点埃。喜秋容新沐，为谁媚妩，凉蟾留照[3]，正尔徘徊。蜡屐清游[4]，渔蓑淡话[5]，富贵於予何有哉。双溪上，总旧盟鸥鹭[6]，来往无猜。 烟霞竹石松梅，更无数幽花陆续开。渐黄鸡啄黍，肥堪一箸，浮蛆拍瓮[7]，美可三杯。儿解鹰门[8]，翁方索句，俗客来时莫放来。青山好，尽从今日日，闼不妨排[9]。

［注释］

①霈然：充盛貌。 ②六合：指天地四方。 ③凉蟾：秋月。 ④蜡屐：涂蜡的木屐。皮日休《访鲁望不遇》诗："雪晴墟里竹攲斜，蜡屐徐吟到陆家。" ⑤淡话：家常话。 ⑥旧盟鸥鹭：古人以盟鸥表示退隐。⑦浮蛆拍瓮：谓酿酒已熟。 浮蛆：酒面上的泡沫。 ⑧鹰门：看门。鹰：应答。 ⑨闼：小门。 排闼：推门。王安石《书湖阴先生壁》诗："一水护田将绿绕，两山排闼送青来。"

沁园春

用前韵谢魏菊庄[①]

举世纷纷，风靡波流[②]，名氛利埃[③]。有幽人嘉遁[④]，长年修洁，寒花作伴[⑤]，竟日徘徊。餐荐夕英，杯迎朝露[⑥]，世味何如此味哉。扬扬蝶[⑦]，尽弄芳来往，我又奚猜。 双溪约玉林梅[⑧]。拟真到庄门一扣开。奈衢山风急，勒教回驾，横塘水弱，未许浮杯[⑨]。恨结停云，神驰落月，白雪风前忽堕来[⑩]。教儿唱，侑衰翁一醉，无闷堪排。

[注释]

①魏菊庄：即魏庆之，号菊庄，著有《诗人玉屑》。 ②风靡波流：谓随风而倒，随波而流。 ③名氛利埃：即“名利氛埃”，谓追名逐利之心甚嚣尘上。 ④幽人：隐士。 嘉遁：及时退隐。 ⑤寒花：秋、冬天开的花，多指梅、菊。 ⑥“餐荐”二句：化自《离骚》诗句“朝饮木兰之坠露兮，夕餐秋菊之落英”。 荐：进。 ⑦扬扬：得意貌。 ⑧约玉林梅：即“约玉林”。梅，用以协韵，兼有以梅喻人意味。 ⑨“奈衢山”四句：作者自注，“衢山、横塘，皆菊庄所居地名。” 水弱：即水浅。 ⑩“恨结”三句：谓因雪所阻，未能赴约，遂有无穷遗憾。

沁园春

和答吕柳溪

问讯柳溪，溪上柳容，胡为带埃[①]。叹阳春陡变[②]，孰为披拂[③]，赏音难遇[④]，谁与徘徊。好在湖山，吾容不辱，寄径垂条岂偶哉。休摇荡，且深根宁极[⑤]，免俗人猜。
何妨傍竹依梅。待青眼春回一笑开[⑥]。尽攀丝弄叶，效颦施黛，笼鞯拂帽[⑦]，藉荫传杯[⑧]。未碍飞绵[⑨]，一高千丈，风力微时稳下来。天难问，便陶门汉苑[⑩]，一任安排。

[注释]

①“问讯”三句：从“柳”字上做文章，谓秋柳憔悴，容颜不展。 ②阳春：双关春柳与《阳春》妙曲。 ③披拂：拂动。 ④赏音：知音。 ⑤宁极：无极。 宁：竟，乃。 ⑥青眼：柳眼。初生的柳树嫩叶。 ⑦鞯：衬托马鞍的坐垫。 ⑧藉荫：坐在树荫下。 ⑨飞绵：纷飞的柳絮。 ⑩陶门：渊明植柳门前，因有《五柳先生传》。此处代指隐居地。 汉苑：皇帝的花园。

沁园春

二月二日寿玉林

禀气之中[①]，具圣之和，生逢令辰[②]。算三春仲月[③]，方才破二，百年大齐，恰则平分[④]。立玉林深，散花庵小，中有翛然自在身。诗何似，似苏州闲远[⑤]，庾府清新[⑥]。 青鞋布袜乌巾。试勇往蓉溪一问津。有心香一瓣[⑦]，心声一阕[⑧]，更携阿艾[⑨]，同寿灵椿[⑩]。劫劫长存[⑪]，生生不息，宁极深根秋又春。聊添我，作风流二老，岁岁寻盟[⑫]。

[注释]

①禀气：承受天地自然之气。 ②令辰：好时辰，也指吉日。 ③三春仲月：三春，指春季三个月。农历正月称孟春，二月称仲春，三月称季春，合称三春。 ④“百年”二句：平分百年，则五十岁也。 ⑤苏州闲远：唐韦应物的诗风。 ⑥庾府清新：庾信的诗的风格。“清新庾开府，俊逸鲍参军。”见杜甫《春日忆李白》。 ⑦心香：佛教语，比喻虔诚的心意。 ⑧心声：指言语。 ⑨阿艾：指艾子，取洽之子。 ⑩同寿灵椿：灵椿，喻指父。五代周窦禹钧五子相继登科，冯道赠禹钧诗曰：“灵椿一株老，仙桂五枝芳。”此处指玉林。 ⑪劫劫：世世之意。唐白居易《画水月菩萨赞》：“生生劫劫，长为我师。” ⑫寻盟：重申前盟或旧约。

沁园春

赠锦江歌者何琮①

有孤竹君②,音节拂云,谥曰洞箫③。纵柳郎填就④,周郎顾罢⑤,欠伊品藻⑥,律也难调。惭愧何郎,呜呜袅袅,翻入腭唇齿舌喉⑦。谁知道,是郭郎亲授⑧,共贯同条⑨。

后来一辈枵枵⑩。甚声响都如鹦鹉娇。叹秦青已往⑪,嘉荣何在⑫,念奴骨朽⑬,李八魂消⑭。试向尊前,听君一曲,前辈风流未觉凋。冯郎老⑮,但点头咽唾,拚解金貂⑯。

[注释]

①锦江:在四川成都平原。这里指成都。 ②孤竹君:商代末年人,为孤竹国的国君。"孤竹",也是古代的一种管乐器名,用孤生之竹制成,故名。 ③谥(shì)曰:称为,号为。 洞箫:竹制管乐器,即"箫"。作者自注:"王褒《洞箫赋》云:幸得谥为洞箫兮,蒙圣主之渥恩。" ④柳郎:指北宋词人柳永。 ⑤周郎:指三国时的周瑜。 ⑥伊:指何琮。 品藻:评论,品题。 ⑦腭唇齿舌喉:音韵学上按照声母的发音部位,可分为腭音、唇音、齿音、舌音、喉音,也就是所谓的"五音"。 ⑧郭郎:指擅长音乐歌舞的乐人,在戏场中为俳优之首。见《乐府杂录·傀儡子》。 ⑨共贯同条:同一体系,一脉相承。 ⑩枵枵(xiāo):空虚、虚心。 ⑪秦青:传说中古代的善歌者。见《列子·汤问》。 ⑫嘉荣:米嘉荣,唐代歌者。 ⑬念奴:唐天宝时著名女艺人,善歌,出入宫禁。 ⑭李八:李八郎,唐玄宗时著名歌者。 ⑮冯郎:作者自称。 ⑯金貂:古代侍从贵臣的冠饰。晋阮孚以金貂换酒,后遂以此喻文人狂放不羁。这里是说何琮的歌声优美动听,作者解下金貂相赠。

水调歌头

四月四日自寿，用玉林韵，兼效其体

林叶润而密，莺语老犹娇。懒翁那记生日，兀兀度昏朝①。勘破富贫贵贱，参透死生寿夭，至竟本同条②。胸次绝疑碍③，物外自超遥。　又何尝，贪七贵④，慕三乔⑤。溪山吾所自有，宜钓更堪樵。窃笑傍门小法，休觅驻颜大药⑥，揠长只伤苗⑦。造化大炉耳⑧，愚智一齐销。

［注释］

①兀兀：昏沉貌。唐白居易《对酒诗》："所以刘阮辈，终年醉兀兀。"②至竟：犹言到底，毕竟。　③胸次：胸怀，胸间、胸中之意。　碍（ài）：遮蔽。　④七贵：指两汉时七个外戚，泛指权贵。　⑤三乔：乔，为高山，三乔，或指三神山，借为神仙。　⑥大药：道家的金丹。　⑦"揠长"句：化用"揠苗助长"。"宋人有闵其苗之不长而揠之者，芒芒然归，谓其人曰'今日病矣，予助苗长矣。'其子趋而往视之，苗则槁矣。……助之长者，揠苗者也，非徒无益，而又害之。"见《孟子·公孙丑上》。后喻强求速成，无益反而有害。　⑧造化：指自然的创造化育。

水调歌头

社后三日，诸少邀登北山之巅，把酒展眺，异趣同乐，又奚可不可之有。因赋是词付何琮，俾歌之以侑一醉

雪霁春已半①，露重午方暄②。一筇拄上高绝③，便觉眼前宽。指点数家楼阁，检校一村花柳，绿水接青烟。峦岫竞围绕④，风日更清妍。　闹媒蜂，纷使蝶，菜花繁。少年正尔行乐⑤，谁复顾华颠⑥。自有此丘此坂，那得游人箫鼓，暖响出中天⑦。归步不妨晚⑧，恰则月初弦⑨。

[注释]

①雪霁(jì):霁,雪止。 ②暄:温暖也。 ③筇:竹名,可为杖,故杖也叫筇。 ④峦:山的泛称。 岫:山谷。 ⑤正尔:正如此。 ⑥华颠:犹白头,谓老年。 颠:头顶。 ⑦中天:天空之中。 ⑧归步:返回,往回走。 ⑨月初弦:初七、初八,半圆之月。

念奴娇

次韵玉林寄示

高堂素壁,漫生绡十幅[1],图张消暑。不奈火云烧六合[2],逃也略无逃处。小派秋声,巨簏凉点[3],吸欻来何许[4]。故人词翰,此时飞落蓬户。　　何幸一笑掀髯,停杯浩唱,三叹遗音古。雪碗冰瓯无表里,更贮三危鲜露[5]。咀咽生香,清寒入梦,展转忘宵曙。对床误喜,与君同听风雨。

[注释]

①漫:满、遍及。 生绡:没有漂煮过的丝织品。古以生绡作画,故也指画卷。 ②六合:指天地四方。 ③巨簏(shāi):大竹筛。 ④吸欻:同"翕欻"(xī xū),即倏忽,如火光之一现,转瞬即逝。 ⑤三危鲜露:"其色变者通为五云之浆,其味美者结为三危之露。"见庾信《温汤碑》。

金菊对芙蓉

奉同刘篁嵘、魏菊庄、冯竹溪、吕柳溪、道士王溪云,赏西渚荷花,醉中走笔用篁嵘韵[1],庚寅

宝镜缘空,玉簪点水,荡摇千顷寒光。正江妃月姊,鬥理明妆[2]。扶阑一笑开诗眼[3],少容我、吟讽其旁。一川风露,满怀冰雪,云海弥茫。　　不妨倚醉乘狂。问天公觅取,几曲渔乡。听小楼哀管[4],偷弄初凉。夜深欢极忘归

去，锦江酿透碧筒香[5]。对花无语，花应笑我，不似张郎[6]。

［注释］

①走笔：谓运笔疾书。　篁嵲：刘子寰之号，原作已佚。　②鬥理明妆：比赛梳妆打扮。　鬥：比赛、竞胜之意。　③诗眼：诗人的观察力。④哀管：凄凉的笛声。　⑤碧筒：荷茎之称。　⑥张郎：张易之。用杨再思在武则天面前谀张易之"人言六郎面似莲花，再思以为莲花似六郎，非六郎似莲花也"之典。见《旧唐书·杨再思传》。

木兰花慢

次韵奉酬玉林病中见示

叹年光婉晚[1]，蒲柳质、易惊秋[2]。况念远怀人[3]，停云幂幂[4]，时雨飕飕[5]。西风堕来雁信，似知予、竟日倚溪楼[6]。报道归调汤剂，不知谁护衣篝[7]。　悠然富贵不须求。安乐万缘休[8]。但饱饭煎茶，婆娑永日，也胜闲愁。寒花自便寂寞[9]，怕纷纷、蝶引与蜂勾。莫问障从何起[10]，只凭心有天游。

［注释］

①婉晚：迟暮。　②蒲柳：蒲和柳。二者均早落叶，故以喻人之早衰。③念远怀人：思念在远方的亲友。　况：更加之意。　④停云：晋陶潜诗四首，自序称"停云，思亲友也。"　幂幂（mì）：深浓貌。　⑤时雨：应时之雨。　飕飕：风雨之声。　⑥竟日：终日，自朝至暮。　⑦衣篝：熏衣用的竹熏笼。　⑧万缘：佛家指一切因缘，即事物的因果关系。　⑨寒花：秋冬天开的花，言寒花，多指梅、菊。　⑩障：魔障。外界的一切干扰。

摸鱼儿

玉林君为遗蜕山中桃花赋也。花与主人,何幸如之,用韵和谢

叹刘郎、那回轻别,霏霏三落红雨①。玄都观里应遗恨②,一抹断烟残缕③。愁望处。想雾暗云深,忘却来时路。新花旧主。记刻羽流商④,裁红剪翠,山径日将暮。

空枝上,时有幽禽对语。声声如问来否。人生行乐须闻健,衰老念谁免此。吾所与。在溪上深深,锦绣千花坞。何时定去。但对酒思君,呼儿为我,频唱小桃句⑤。

(以上《彊村丛书》本《双溪词》)

[注释]

①"霏霏"句:本李贺歌诗《将进酒》"况是青春日将暮,桃花乱落如红雨"。霏霏,纷飞貌。红雨,比喻落花。 ②玄都观:用刘禹锡《玄都观桃花》之典。 ③一抹:一片,一丝,形容轻微的痕迹。 ④刻羽流商:欣赏音乐。 羽、商:古代的乐调:宫、商、角、徵、羽。 ⑤小桃句:欧阳公(修)、梅宛陵(尧臣)、王文恭(珪)集皆有小桃诗。见陆游《老学庵笔记》。

蝶恋花

和玉林韵

秋到双溪溪上树①。叶叶凉声,未省来何许②。尽拓溪楼窗与户③,倚阑清夜窥河鼓。 那得吟朋同此住④。独对秋芳,欲寄花无处。杖履相从曾有语⑤,未来先自愁君去。

[注释]

①双溪:这里指作者所居之地。 ②何许:何处,什么地方。 省:明白,察也。 ③拓(zhí):举,推。 ④吟朋:指一起吟诗的朋友。 ⑤曾

有语：黄昇《贺新郎》云“从此一春须一到”，《摸鱼儿》云“待有重来日，同君一笑，拈起看花句”。

西江月

太岁日作①

老子齐头六十②，新年第一今朝。放开怀抱不须焦，万事付之一笑。　　烟柳效颦翠敛，露桃献笑红妖。已拼行乐到元宵，尚可追随年少。

（以上二首《中兴以来绝妙词选》卷十）

[注释]

①太岁日：此指正月初一。据“新年第一今朝”可正。后又云，“行乐到元宵”则开怀半月了。另杜甫《太岁日》诗亦云，“阊阖开黄道，衣冠拜紫宸”，与此正同。　②老子：作者自称之词。　齐头：平头。齐头为当时口语。

赵以夫

赵以夫(1189—1256),字用父,号虚斋,长乐(今属福建)人。郧国公德钧七世孙,彦括第四子。嘉定十年(1217)进士。历知邵武军、漳州,皆有治绩。嘉熙初,为枢密都承旨。二年(1238),拜同知枢密院事,淳祐初罢。寻加资政殿学士、进吏部尚书、兼侍读,诏与刘克庄同修国史。宝祐四年卒,年六十八。有《虚斋乐府》。

万年欢

庆元圣节[①]

凤历开新[②],正微和乍转,丽景初晓。五荚蓂舒[③],光映玉阶瑶草。在在东风语笑。庆此日、虹流电绕[④]。鲸波静,翠涌鳌山[⑤],嵩呼声动云表[⑥]。 绛节霓旌缥缈。望珠星灿烂,紫微深窈。琬液香浮,露湿蟠桃犹小。叠叠仙韶九奏,知春到、人间多少。蓬莱外[⑦],若木扶疏[⑧],万年枝上长好。

[注释]

①庆元圣节:作于庆元元年,宋宁宗赵括生日。 ②凤历:《左传·昭公十七年》载,少皞氏挚即位时,“凤鸟适至”,故以鸟名官,名历正(管历事的官)为凤鸟氏,后因称历为“凤历”。 ③蓂荚:古代传说中的一种瑞草。它每月初一到十五,每日结一荚,从十六到月终,每日落一荚。故从荚数多少,可以知道是何日。 五荚蓂:应指初五。 ④虹流电绕:传说为帝王、伟人出生的吉光。 ⑤鳌:鳌山,旧时元宵灯景之一种,把彩灯堆迭成一座山,象传说中巨鳌形状。 ⑥嵩呼:即山呼,向皇帝山呼万岁。⑦蓬莱:古传说海外仙山之一。 ⑧若木:古代神话中的树名,生在昆仑山的极西处,日落的地方。

大 酺

牡 丹

正绿阴浓，莺声懒，庭院寒轻烟薄。天然花富贵，逞夭红殷紫[①]，叠葩重萼。醉艳酣春，妍姿浥露[②]，翠羽轻明如削。檀心鸦黄嫩[③]，似离情愁绪，万丝交错。更银烛相辉，玉瓶微浸，宛然京洛[④]。　　朝来风雨恶，怕僝僽、低张青油幕[⑤]。便好倩、佳人插帽，贵客传笺，趁良辰、赏心行乐。四美难并也，须拚醉、莫辞杯勺。被花恼、情无著。长笛何处，一笑江头高阁。极目水云漠漠[⑥]。

[注释]

①夭：夭夭，茂盛艳丽貌。　②浥（yì）：湿润。　浥露：为露水所润泽。　③檀心鸦黄嫩：指牡丹之花蕊呈黄色。　④京洛：即洛阳，唐时为东都，以牡丹著称。　⑤僝僽（chán zhòu）：摧折、磨损。　⑥注者按：此首刘毓盘误辑入谭宣子《在庵词》。

孤 鸾

梅

江南春早。问江上寒梅，占春多少。自照疏星冷，只许春风到。幽香不知甚处，但迢迢、满汀烟草。回首谁家竹外，有一枝斜好。　　记当年、曾共花前笑。念玉雪襟期[①]，有谁知道。唤起罗浮梦[②]，正参横月小[③]。凄凉更吹塞管，漫相思、鬓华惊老。待觅西湖半曲[④]，对霜天清晓。

[注释]

①襟期：抱负，志愿。　玉雪襟期：指高尚的志向。　②罗浮梦：隋开皇间，赵师雄于罗浮见一淡妆美人，遂与语共饮，赵醉醒，起视在梅树下，时

月落参横,惆怅不已。 ③参(shēn):星名,二十八宿之一。 ④西湖半曲:似指西湖弯曲之僻地。

[集评]

李调元云:“虚斋梅花词……可谓一尘不染。”(《雨村词话》卷三)

金盏子

水 仙

得水能仙,似汉皋遗珮[1],碧波涵月。蓝玉暖生烟[2],称缟袂黄冠[3],素姿芳洁。亭亭独立风前,照冰壶澄彻。当时事,琴心妙处谁传,顿成愁绝。 六出自天然[4],更一味清香浑胜雪。西湖秋菊寒泉,似坡老风流[5],至今人说。殷勤折伴梅边,听玉龙吹裂[6]。丁宁道,百年兄弟,相看晚节。

[注释]

①汉皋:汉水岸傍高地。《韩诗外传》:“郑交甫将南适楚,遵彼汉皋台下,遇二女。” 遗(wèi):赠与。 珮:玉佩。 ②“蓝玉”句:古时蓝田县出产美玉。唐李商隐有“蓝田日暖玉生烟”之句。 ③缟袂黄冠:以素衣黄冠比喻水仙之洁白的花瓣与金黄的花蕊。 缟(gǎo):白色。 ④六出:指水仙花开花冠为六瓣。 ⑤坡老:指北宋大诗人苏东坡(轼)。 ⑥玉龙:笛。“甚处玉龙三弄,声摇动,枝头月。”见林逋《霜天晓角·题梅》。

天 香

牡 丹

蜀锦移芳,巫云散彩[1],天孙剪取相寄[2]。金屋看承[3],玉台凝盼[4],尚忆旧家风味。生香绝艳,说不尽、天然富贵。脸嫩浑疑看损[5],肌柔只愁吹起。 花神为谁著意。把韶华、总归姝丽。可是老来心事，不成春思。却羡宫袍仙子，调曲曲清平似翻水⑥。笑嘱东风，殷勤劝醉。

[注释]

①"蜀锦"二句：以蜀地之丝锦、巫山之彩云比喻牡丹之华贵艳丽。②天孙：指织女星。织女为民间神话中巧于织造的仙女，为天帝之孙，故名。此句形容牡丹为天孙剪取所织之云锦寄到人间而成。　③"金屋"句：以金屋藏娇故事比喻牡丹为美人。　④玉台：传说中天神居处。《楚辞·九思·伤时》："登太乙兮玉台，使素女兮鼓簧。"此句意为牡丹花为神仙凝盼之名花。　⑤"脸嫩"句：此句意为牡丹就像是美人的嫩脸，被人看一看，都会有伤损。　⑥"调曲"句：用李白为唐玄宗与杨贵妃于沉香亭赏牡丹而作"清平调"三章的故事。　翻水：形容曲调如水面泛起的涟漪。"调"为"一字逗"，领以下七字。

探春慢

立　春

南国收寒，东郊放暖，条风初回台榭①。小燕横钗，闹蛾低鬓，根底吴娃妖冶②。纤手传生菜，向人道、新春来也。莫须沉醉樽前，这些风景无价。　长记年年此日，迎著个牛儿，彩鞭羞打③。飐飐金幡④，星星华发，得似家山闲暇⑤。都把心期事，待问讯、柳边花下。箫鼓声中，温存小楼深夜。

[注释]

①条风：东北风。《史记·律书》："条风居东北，气出万物。务之言条治万物而出，故曰条风。"又指立春之风。　②吴娃：吴地的美女。　③"迎著个牛儿"二句：旧俗立春前一日，用土牛打春，以示迎春劝农。　④金幡：指胜幡。旧时立春日戴的首饰。剪纸或绸绢为旗幡形和彩胜，故称"幡胜"。《宋史·礼志二十二》："立春，奉内朝者皆赐幡胜。"　⑤得似：哪似。

探春慢

四明除夜[1]

屑璐飘寒[2]，镂金献巧，妆成水晶亭榭。飞絮悠扬，散花零乱，绝胜翠娇红冶[3]。粉艳嘻嘻道，尽飞上、使君鬓也[4]。多情莫笑衰翁，旧时梁苑声价[5]。　窗外小梅羞涩，倩羯鼓尊前[6]，慢敲轻打。鲸海停波[7]，鹤谯宾月[8]，赢得残年清暇。心事知谁会，但梦绕、越王城下[9]。白玉青丝，且同醉吟春夜。

[注释]

①四明：浙江宁波之别称，以境内有四明山得名。　②屑璐：指雪花。形容其为玉屑。　③翠娇红冶：指装扮艳丽的美女。　冶：妖冶，妖艳的容饰。　④使君：汉时称刺史为使君。汉以后用以对州郡长官的尊称，此处为作者自指。　⑤梁苑：即梁园，汉代梁孝王刘武所造，故址在今河南开封东。梁孝王多宾客，司马相如、枚乘等辞赋家皆曾延居园中，因而有名。　⑥尊：即"樽"，酒杯。　⑦鲸海：大海。　⑧鹤谯：独立的了望亭。宾：通"傧"，迎接。　⑨越王城：指古越国都城会稽（今浙江绍兴）。公元前494年，越王勾践为吴王夫差所败，卧薪尝胆，刻苦图强，于前473年攻灭吴国，并向北扩展，称为霸主。

探春慢

四明次黄玉泉[1]

宝胜宾春[2]，华灯照夜，穷冬浑然如客。炉焰麟红[3]，杯深翡翠，早减三分寒力。一笑团栾处，恰喜得、雪消风息。苔枝数蕊明珠，恍疑香麝初拆。　懊恨东君无准[4]，甚朝做重阴，暮还晴色。唤燕呼莺，雕花镂叶，机巧可曾休得[5]。静里无穷意，漫看尽、纷纷红白[6]。且听新腔，红牙玉纤低拍[⑦]。

[注释]

①黄玉泉：名载，黄大受之子，能诗。 ②宝胜：古代妇女的首饰，也指门窗，屏风上的装饰物。 宾：通"傧"。引导，迎接。《尚书·尧典》："寅宾出日"。 ③麟红：麒麟状的火炉冒出红焰。 ④东君：春神。 ⑤机巧：机巧之心计。《庄子·天地》："有机事者，必有机心。"《魏书·公孙表传》："不可启其机心，而导其巧利。" ⑥红白：红白之花，即百花。 ⑦红牙：指调节乐曲板眼的拍板或牙板，以檀木制成，色红，故名。俞文豹《吹剑录》："东坡在玉堂，有幕士善讴。因问：'我词比柳词何似？'对曰：'柳郎中词，只好十七八女孩儿，执红牙拍板，唱"杨柳岸晚风残月"；学士词，须关西大汉，执铁绰板，唱"大江东去"公为之绝倒。'"

龙山会

南丰登高[①]

重整登高屐[②]。群玉峰头[③]，万里秋无极。远山青欲滴。新雁过、缥缈孤云天北。烟入小桥低，水痕退、寒流澄碧。对佳辰、惊心客里，鬓丝堪摘。 风流晋宋诸贤[④]，骑台龙山[⑤]，俯仰皆陈迹。凭阑看落日。嗟往事、惟有黄花如昔。醉袖舞西风，任教笑、参差凫舄[⑥]。但回首、东篱久负[⑦]，有谁知得。

[注释]

①南丰：县名，在江西东部，杭河上游，邻接福建省。三国吴置县，宋代曾在此烧造瓷器，称"南丰窑"。 ②登高屐：南朝宋诗人谢灵运游山时常穿一种有齿木屐，上山时去掉前齿，下山时去掉后齿，亦名谢公屐。 ③群玉峰：群玉山，仙人所居之山。 ④晋宋诸贤：指东晋王羲之、南朝宋谢灵运等文人雅士。 ⑤骑台：未详。疑指徐州之戏马台。 龙山：晋征西大将军桓温九月九日登龙山，有风吹孟嘉帽落。温命作文嘲之，嘉即时

作答,观者皆服。 ⑥凫舄:传说东汉时,叶县令王乔曾化两舄(鞋子)为双凫,乘之至京师。后因用为地方官的故实。 ⑦东篱:陶渊明有“采菊东篱下,悠然见南山”之句,后世泛指归隐处。

龙山会

去年九日,登南涧无尽阁,野涉赋诗,仆与东溪、药窗诸友皆和。今年陪元戎游升山[①],诘朝始克修故事,则向之龙蛇满壁者,易以山水矣。拍阑一笑。游兄、几叟分韵得苦字,为赋商调龙山会

九日无风雨[②]。一笑凭高,浩气横秋宇。群峰青可数。寒城小、一水萦洄如缕。西北最关情,漫遥指、东徐南楚[③]。黯销魂,斜阳冉冉,雁声悲苦。 今朝黄菊依然,重上南楼[④],草草成欢聚。诗朋休浪赋。旧题处、俯仰已随尘土,莫放酒行疏[⑤],清漏短、凉蟾当午[⑥]。也全胜、白衣未至[⑧],独醒凝伫[⑨]。

[注释]

①元戎:大将的敬称,名字未详。 ②九日:指农历九月九日重阳节。 ③东徐南楚:徐,指古徐州;楚,指楚地。 ④南楼:用庾亮赏月之典。楼又名玩月楼,在今湖北省鄂城县南。 ⑤酒行:即酒令。旧时饮酒行令取乐:推一人为令官,馀人听令轮流说诗词或做其他游戏,违令或负者罚饮。 ⑥清漏:古时以铜壶滴漏计时。 清漏短:言时光匆促。 凉蟾:指冷月。 当午:子夜。 ⑧白衣:用陶潜“白衣送酒”之典。 ⑨伫:久立而等待。

龙山会

四明重阳泛舟月湖

佳节明朝九[①]。彩舫凌虚[②],共醉西风酒。湖光蓝滴透。云浪碎、巧学波纹吹皱。碧落杳无边[③],但玉削、千峰

寒瘦。留连久，秋容似洗，月华如昼。　　回头南楚东徐，暝霭苍烟，处处空刁斗[4]。山公今健否[5]。功名事、付与年时交旧。白髮苦欺人，尚堪插、黄花盈首。归去也、东篱好在，觅渊明友。

[注释]

①“佳节”句：农历九月九日为重阳节。　②凌虚：高入天空。此指倒影水中的天影。　③碧落：碧空。白居易《长恨歌》：“上穷碧落下黄泉，两处茫茫皆不见。”　④刁斗：古代军中用具，白天用以烧饭，夜间用以巡更。代指军事行动。　⑤山公：山简，晋河内怀县人，永嘉初，累官至尚书左仆射，领吏部。永嘉三年任征南将军，都督荆、湘、交、广四州诸军事，镇襄阳。

芙蓉月[1]

黄叶舞碧空，临水处、照眼红苞齐吐。柔情媚态，伫立西风如诉。遥想仙家城阙，十万绿衣童女[2]。云缥缈，玉娉婷，隐隐彩鸾飞舞。　　樽前更风度。记天香国色，曾占春暮。依然好在，还伴清霜凉露。一曲阑干敲遍，悄无语。空相顾。残月淡，酒阑时、满城钟鼓[3]。

[注释]

①唐氏按：此首别误作吴仲方词，见《永乐大典》卷五百四十“蓉”字韵引吴仲方《江湖诗乐府》。　②绿衣童女：指荷叶。　③阑：残，尽。

夜飞鹊

七夕和方时父韵[1]

微云拂斜月，万籁声沉。凉露暗坠桐阴。蛾眉乞得天孙巧[2],愔愔楼上穿针[3]。佳期鹊相误,到年时此夕[4],欢浅愁深。人间儿女,说风流、直到如今。　　河汉几曾风浪[5],因景物牵情,自是人心。长记秋庭往事,钿花剪翠,钗股分金。道人无著[6],正萧然、竹枕练衾[7]。梦回时,天淡星稀,闲弄一曲瑶琴[8]。

[注释]

①方时父:方遇字时父,莆田人,刘克庄表弟。　②蛾眉:美女眉毛,此处代指妇女。　天孙:织女星。织女为民间神话中巧于织造的仙女,为天帝之孙。故七夕传说民间女子向其乞巧。唐彦谦《七夕》诗:"而予愿乞天孙巧,五色纫针补衮衣。"　③愔愔:安静和悦貌。周邦彦《瑞龙吟》词:"愔愔坊陌人家,定巢燕子,归来旧处。"　穿针:女子穿针乞巧。　④年时:今年。　⑤河汉:指银河。　⑥道人:作者自指。　无著:无着,心中没有牵挂。　⑦练(shū),织品,似苎织,有花曰花练。　⑧唐氏按:此首《江湖》后集卷十七误作吴仲方词。

秋蕊香

木　樨[1]

一夜金风,吹成万粟,枝头点点明黄。扶疏月殿影,雅澹道家装[2]。阿谁倩,天女散浓香。十分熏透霓裳。徘徊处,玉绳低转[3],人静天凉。　　底事小山幽咏[4],浑未识清妍,空自情伤。忆佳人,执手诉离湘。招蟾魄、和酒吸秋光[5]。碧云日暮何妨。惆怅久,瑶琴微弄,一曲清商[6]。

[注释]

①木樨:即木犀,俗称桂花,秋季开花,极芳香。　②雅澹:即雅淡。③玉绳:星名,共两星,在玉衡(北斗第五星)之北。玉绳低转,则秋天来

临。 ④底事:何事。 小山:晏几道。 ⑤蟾魄:指月亮。 ⑥清商:即清商乐,古代汉族的民间音乐,包括平调、清调、侧调(即宫调、商调、角调在当时的俗称)的歌曲,因称为清商三调,亦简称清商。

角 招

姜白石制角招,徵招二曲[①]。仆赋梅花,以角招歌之。盖古乐府有大小梅花,皆角声也

晓风薄。苔枝上、剪成万点冰萼[②]。暗香无处著。立马断魂,晴雪篱落。横溪略彴[③]。恨寄驿、音书辽邈[④]。梦绕扬州东阁。风流旧日何郎,想依然林壑。 离索。引杯自酌。相看冷淡,一笑人如削。水云寒漠漠。底处群仙,飞来霜鹤。芳姿绰约。正月满、瑶台珠箔。徙倚阑干寂寞。尽分付,许多愁,城头角。

[注释]

①姜白石:名姜夔,号白石道人,著名词人。 角、徵:皆为五音之一。五音亦称"五声",即中国五声音阶中宫、商、角、徵、羽五个音级。 ②萼(è):"花萼"的简称。 ③略彴(bó):小木桥,"独木架成新略彴。"见陆游《闭门》。 ④辽邈:杳远。

徵 招

雪

玉壶冻裂琅玕折[①],騣騣逼人衣袂[②]。暖絮张空飞[③],失前山横翠。欲低还又起,似妆点、满园春意。记忆当时,剡中情味[④],一溪云水。 天际。绝行人,高吟处,依稀灞桥邻里[⑤]。更剪剪梅花,落云阶月地。化工真解事[⑥],强勾引、老来诗思。楚天暮,驿使不来[⑦],怅曲阑独倚。

[注释]

①琅玕:指竹。 ②骎骎(qīn):马速行貌。引申为“疾速”。形容寒气逼人。 ③张:铺,满。 ④剡中情味:用王子猷雪夜访戴逵的典故。 ⑤灞桥:在长安东之渭河上,为行人送别之处。 ⑥化工:天工。贾谊《鹏鸟赋》:“天地为炉兮,造化为工。” ⑦驿使不来:用陆凯寄范晔诗“折花逢驿使,寄与陇头人”之典。

扬州慢

琼花惟扬州后土殿前一本,比聚八仙大率相类[①],而不同者有三:琼花大而瓣厚,其色淡黄;聚八仙花小而瓣薄,其色微青,不同者一也。琼花叶柔而莹泽,聚八仙叶粗而有芒,不同者二也。琼花蕊与花平,不结子而香,聚八仙蕊低于花,结子而不香,不同者三也。友人折赠数枝,云移根自鄱阳之洪氏[②]。赋而感之,其调曰扬州慢

十里春风,二分明月[③],蕊仙飞下琼楼。看冰花剪剪,拥碎玉成球。想长日、云阶伫立,太真肌骨[④],飞燕风流[⑤]。敛群芳、清丽精神,都付扬州。 雨窗数朵,梦惊回、天际香浮。似阆苑花神[⑥],怜人冷落,骑鹤来游[⑦]。为问竹西风景[⑧],长空淡、烟水悠悠。又黄昏羌管,孤城吹起新愁。

[注释]

①大率相类:大体相似。 ②鄱阳:郡名。在今江西鄱阳湖东岸。洪氏:似指洪迈家族。鄱阳望族也。 ③二分明月:言扬州的风光美好。“天下三分明月夜,二分无赖是扬州。”见唐徐凝《忆扬州》。 ④太真:杨贵妃,唐明皇(玄宗)之宠妃。 ⑤飞燕:赵飞燕,汉成帝之宠妃。 ⑥阆苑:传说中的神仙居处。又常指宫苑。 ⑦骑鹤:“腰缠十万贯,骑鹤下扬州。”见南朝梁殷芸《小说》。 ⑧竹西:亭名,在扬州城东禅智寺旁,风景幽美。

扬州慢

诸贤咏赏琼花之次日，复得牡丹数枝。方兹溪又以词来索和，遂并为二花著语

梁苑吟新[①]，高阳饮散[②]，玉容寂寞妆楼。故人应念我，折赠水晶球。不须倩、东风说与，吹箫云路[③]，解佩江流[④]。似天涯、邂逅相逢，低问东州。　为花更醉，细挼香、酒面酥浮[⑤]。记桥月同看，帘风共笑，仙枕曾游。无奈乍晴还雨，江天暮、飞絮悠悠。莫先教偷取，春归满地清愁。

［注释］

①梁苑：即兔园，汉代梁孝王刘武所造，亦名梁园，故地在今河南开封东。　②高阳：用“高阳酒徒”的典故。《史记·郦生陆贾列传》：“初沛公引兵过陈留，郦生（郦食其）踵军门谒：……使者出谢曰：‘沛公敬谢先生，方以天下为事，无暇见儒生也。’郦生瞋目按剑叱使者曰：‘走！复入言沛公，吾高阳酒徒，非儒生也。’”后因以指为饮酒而狂放不羁的人。　③吹箫云路：用萧史、弄玉故事。　④解佩江流：用刘向《列仙传》故事，“江妃二女者，不知何所人也。出游于江汉之湄，逢郑交甫，见而悦之，不知其神人也，遂手解珮与交甫。”　⑤挼：揉，揉弄。

惜黄花

菊

众芳凋谢。堪爱处、老圃寒花幽野。照眼如画。烂然满地金钱[①]，买断金钱无价。古香逸韵似高人，更野服、黄冠潇洒。向霜夜。冷笑暖春，桃李夭冶[②]。　襟期问与谁同[③]，记往昔、独自徘徊篱下。采采盈把。此时一段风流，赖得白衣陶写[④]。而今为米负初心[⑤]，且细摘、轻浮

三雅[⑥]。沉醉也，梦落故园茅舍。

[注释]

①烂然：灿烂地。　②夭冶：妖艳。　③襟期：抱负，志趣。人与人之间的互相期许。　④白衣：指江州刺史派白衣人送酒给陶潜的事。　⑤为米负初心：用陶渊明“为五斗米折腰”典故，暗指为生计奔忙而违逆了自己原先的打算。　⑥三雅：刘表有酒盏三：大曰伯雅，次曰仲雅，小曰季雅。

忆旧游慢

荷花，泛东湖用方时父韵

爱东湖六月，十里香风，翡翠铺平[①]。误入红云里[②]，似当年太乙[③]，约我寻盟。叶舟荡漾寒碧，分得一襟冰。渐际晚轻阴，修蒲舞绿[④]，倦柳梳青。　娉婷。黯无语。想怨女三千，长日宫庭。六六阑干曲[⑤]，有玉儿才貌[⑥]，谁与看承。柔情一点无奈，频付酒杯行。到夜静人归，凉蟾自照鸥鹭汀。

[注释]

①“翡翠”句：形容碧绿的荷叶平铺满湖之中。　②红云：指荷花盛开如红云满天。　③太乙：一作“太一”，传说中的天神。　④修蒲：修长的蒲苇。　⑤“六六”句：三十六阑干，形容栏干曲折众多，三千怨女凭栏寂寞。　⑥玉儿：南齐东昏侯的妃子潘淑妃的小字。泛指美人。

忆旧游慢

望红渠影里[①]，冉冉斜阳，十里堤平。唤起江湖梦，向沙鸥住处，细说前盟[②]。水乡六月无暑，寒玉散清冰。笑老去心情，也将醉眼，镇为花青[③]。　亭亭。步明镜。

似月浸华清，人在秋庭。照夜银河落，想粉香湿露，恩泽初承。十洲缥缈何许，风引彩舟行。尚忆得西施，馀情袅袅烟水汀。

[注释]

①渠：芙蕖，荷花。 ②"向沙鸥"二句：与沙鸥"细说前盟"，即完成当年想归隐的愿望。 ③镇为花青：镇日流连于花丛。 镇：整日。 醉眼为花青：给荷花以青眼相看。

解语花

东湖赋莲后五日，双苞呈瑞。昌化史君持以见遗[①]，因用时父韵

红香湿月，翠影停云，罗袜尘生步[②]。并肩私语。知何事、暗遣玉容泣露。闲情最苦。任笑道、争妍似妒。倒银河，秋夜双星，不到佳期误。 拟把江妃共赋。当时携手，烟水深处。明珠溅雨。凝脂滑、洗出一番铅素。凭谁说与。莫便化、彩鸾飞去。待玉童，双节来迎，为作芙蓉主。

[注释]

①见遗(wèi)：见赠。 ②"罗袜"句：本曹植《洛神赋》"体迅飞凫，飘忽若神，凌波微步，罗袜生尘"。言步态轻盈。

烛影摇红

乍冷还暄[①]，小春时候今朝转。三分历日二分休，镜里清霜满。云幕低垂不展。矮窗明、红麟初暖[②]。老来活计，浊酒三杯，黄庭一卷[③]。 万里关河，朔风吹到边声远。倚楼脉脉数归鸿，谁会愁深浅。最苦山寒日短。但

梅花、相看岁晚。何人金屋[4],巧啭歌莺,慢调筝雁。

[注释]

①暄:暖和。 ②红麟:用炭屑制成麒麟形的兽炭。 ③黄庭:黄庭经,道教经名,因晋代名书法家王羲之写本而著称于世。李白《送贺宾客归越》:"山阴道士如相见,应写黄庭换白鹅。" ④金屋:用"金屋藏娇"典故,此处泛指华屋中之美女。

薄媚摘遍

重九登九仙山和张芳岿韵[1]

桂香消,梧影瘦,黄菊迷深院。倚西风,看落日,长江东去如练。先生底事,有赋飘然。刚道为田园,独醒何为,持杯自劝。未能免。　　休把茱萸吟玩,但管年年健。千古事、几凭阑。吾生早、九十强半。欢娱终日,富贵何时,一笑醉乡宽。倒载归来[2],回廊月满。

[注释]

①九仙山:福建仙游有九仙山。 ②"倒载"句:用《晋书·山简传》故事,"简每出游嬉,多之池上,买酒辄醉……有儿童歌曰:'山公出何许?往至高阳池。日夕倒载归,酩酊无所知。'"

沁园春

次刘后村[1]

秋入书帏,漏箭初长[2],熏炉未灰。向酒边陶写[3],韩情杜思[4],案头料理,汉蠹秦煨[5]。天有高情,世无慧眼[6],刚道先生是不斋[7]。人都笑,这当行铺席[8],又不成开。　　忘怀。物外徘徊。与鸥鹭同盟两莫猜。似琉璃匣里,光涵牛斗，凤皇台上[9]，声挟风雷。宝汞一钱[10]，冰衔三字[11]，浮利浮名安在哉。太平也，要泥金缕玉[12]，除是公来。

[注释]

①刘后村：刘克庄。 ②漏箭：古代计时器刻漏上的指标。 ③陶写：娱养性情，排除忧闷。《晋书·王羲之传》："年在桑榆，自然至此，须正赖丝竹陶写。" ④韩情杜思：韩愈之情，杜甫之思。 ⑤汉蠹秦煨：汉代古籍秦代残编。 蠹：蠹鱼，蛀书之虫。 煨：煨烬，燃烧后的残余。 ⑥慧眼：佛家语，指能洞明一切之目力。 ⑦是不斋：不持斋戒之意。 ⑧当行铺席：泛指屋内陈设，生活状况。 ⑨凤皇台：古台名，故址在今南京之南。 ⑩宝汞：指道家以铅汞炼的丹药。 ⑪冰衔三字：指"一条冰"。清贵的官职。用陈彭年事。见晁载之《续谈助》 ⑫泥金缕玉：古代帝王行封禅礼时所用的玉牒有玉检、石检，检用金缕缠住，用水银和金屑泥封。见《后汉书·祭祀志》。

沁园春

自鄞归赋[1]

客问吾年，吾将老矣，今五十三。似北海先生[2]，过之又过，善财童子[3]，参到无参。官路太行[4]，世情沧海[5]，何止嵇康七不堪[6]。归来也，是休官令尹[7]，有髮瞿昙[8]。 千岩。秀色如蓝。新著个楼儿恰对南。看浮云自在，百般态度，长江无际，一碧虚涵。荔子江珧[9]，莼羹鲈鲙[10]，一曲春风酒半酣。凭阑处，正空流皓月，光满寒潭。

[注释]

①鄞：鄞县，在浙江东部沿海，即今宁波。 ②北海：指东汉孔融。曾官北海相，人称"孔北海"。 ③善财童子：佛教菩萨之一。《华严经》所说的求道者。因文殊的指点，"参访"了五十三个"善知识"（名师）而成了菩萨。因他参过观音，所以观音的塑像或画像旁一般带有善财童子的像。

④官路太行:太行山路崎岖曲折,故以之形容官路仕途。 ⑤世情沧海:沧海桑田变化极大,以之喻世事的变迁。 ⑥嵇康:三国魏文学家、思想家、音乐家,字叔夜,谯郡镇(今安徽宿县西南)人。其《与山巨源绝交书》中有“七不堪”(七种不堪忍受之事)之谈。 ⑦令尹:官名。春秋战国时楚国所设,为楚国的最高官职,掌军政大权。此处为官员的代称。 ⑧瞿昙:释迦牟尼之姓,故以之代佛与佛门弟子。 ⑨江珧:即江瑶柱。贝类。 ⑩莼羹鲈鲙:用西晋文学家张翰(季鹰)故事。张乃吴(治所在今江苏苏州)人,因秋风起,思念故乡菰菜、莼羹、鲈鱼脍,遂归吴。

沁园春

次方时父

自笑生来,骨相无奇,壬三甲三①。觉紫宸班里②,都忘故步,维摩室内③,添个新参④。壮也不如,老之将至,今日将军战岂堪。江湖客,况诗肥贾岛⑤,笔瘦王昙⑥。

纷纷纡紫拖蓝。送水北山人又水南。喜支离得佚⑦,散材可寿⑧,一丘自足,万象中涵。脍炙功名⑨,膏肓富贵⑩,举世黄粱梦正酣⑪。知谁健,且茹芝商岭⑫,饮菊胡潭⑬。

[注释]

①壬三甲三:相家术语,不详所指,盖贵者之相也。 ②紫宸:指朝廷。 ③维摩:即维摩诘,意译“净名”或“无垢称”,是一位大乘居士,与释迦牟尼同时,善于应机化导。此处为佛家之代称。 ④参:参禅,佛教禅宗的修行方式。 新参:新的修行所。 ⑤诗肥贾岛:旧有郊(孟郊)寒岛(贾岛)瘦之说,“诗肥贾岛”意为己诗似贾岛但风格较其为腴。 ⑥王昙:不详待考。 ⑦支离:残缺不全。《庄子·人间世》:“夫支离其心也,犹是以善其身,终其天年。” 佚:通“逸”。 ⑧散材:处于“材”与“不材”之间之材。庄子认为:“材”与“不材”皆为世人所用,前者为栋梁,后者为薪柴。唯“材”与“不材”之间之“材”方可得其天,故曰可寿。 ⑨脍炙功名:贪图功名如贪食脍炙人口之美味。 ⑩膏肓富贵:企求富贵如病入膏

盲。 ⑪黄粱梦：唐沈既济《枕中记》载，卢生在邯郸客店中昼寝入梦，历尽富贵繁华。梦醒，主人炊黄粱尚未熟，后以喻虚幻之事和欲望之破灭。⑫商岭：指商山，在陕西商县东南。秦末汉初东园公等四人隐居于此，号商山四皓。此句意为如四皓一样茹食灵芝。 ⑬饮菊：南阳内乡有菊潭，饮其水可以长寿。见《水经注》。

贺新郎

四明送上官尉归吴

满酌蓬莱酒[①]，最苦是、中年作恶[②]，送人时候。一夜朔风吹石裂，惊得梅花也瘦。更衣袂、严霜寒透。卷起潮头无丈尺[③]，甚扁舟、拍上三江口。明月冷，载归否。

分携欲折无垂柳。但层楼徙倚，两眉空皱。海阔天高无处问，万事不堪回首。况目断，孤鸿去后。玉样松鲈今正美[④]，想子真、微笑还招手[⑤]。且为我，饮三斗。

[注释]

①蓬莱：传说中海上仙山之一。 蓬莱酒：仙酒。 ②作恶：指离别之苦。谢安告王羲之："中年伤于哀乐与亲友别，辄作数日恶。"见《世说新语·言语》。 ③无丈尺：非丈尺可计，形容潮头已高。 ④松鲈：用西晋文学家张翰"秋风起思故乡莼羹、鲈鱼脍，遂归吴"典故。 ⑤子真：汉郑朴字，居谷口修道守默，聘之不应。

贺新郎

次刘后村

葵扇秋来贱。阿谁知、初回轻暑，又教题遍。不是琵琶知音少，无限如簧巧啭[①]。倩说似、长门休怨[②]。莫把蛾眉与人妒，但疏梅、淡月深深院。临宝鉴[③]，欲妆懒。

少时声价倾梁苑。到中年、也曾落魄,雾收云卷。待入汉庭金马去,洒笔长江衮衮。好留取、才名久远。过眼荣华俱尘土,听关雎、盈耳离骚婉[4]。歌不足,为嗟叹。

[注释]

①如簧巧啭:“巧舌如簧”之意。 ②长门:陈皇后阿娇被汉武帝废,弃于长门宫。请司马相如作《长门赋》以寄其情。 ③宝鉴:宝镜。 ④关雎:《诗经·国风》首篇篇名。 离骚:战国时楚国大诗人屈原之代表作。

贺新郎

送郑怡山归里

载酒阳关去[1]。正西湖、连天烟草,满堤晴絮。采翠撷芳游冶处,应和娇弦艳鼓。看柳外、画船无数。万顷琉璃浑镜净,陡风波、汹汹鱼龙舞。谈笑里,遽如许[2]。

流觞满引浇离绪[3]。便东西、斜阳立马,绿波前浦。自是莼鲈高兴动[4],恰值春山杜宇[5]。漫回首、软红香雾。咫尺佳人千里隔,望空江、明月横洲渚。清梦断,恨如缕。

[注释]

①阳关:故址在今甘肃敦煌西南,因在玉门关之南,故名。和玉门关同为汉唐时出入西域交通的门户。 ②遽(jù):急速,骤然。 ③流觞:古代风俗于阴历三月三日就水滨宴饮,相与为乐。王羲之《兰亭集序》:“又有清流激湍,映带左右,引以为流觞曲水。”后因有曲水流觞的典故。④莼鲈高兴:用张翰秋风起思莼鲈遂归故乡之典故。

贺新郎

芝山堂下,兰开双花,瓣外环,两心中并,有同人之义焉[1]。瑞莲、嘉禾,歌颂多矣。此独创见,小词纪之草色庭前绿。掩重门、国香伴我[2]，画帘幽独。无奈薰风吹绿绮，闲理离骚旧曲。觉鼻观、微闻清馥。可是花神嫌冷淡，碧丛中、炯炯骈双玉[3]。相对久，各欢足。
冰姿带露如新沐。想当年、夷齐二子，独清孤竹[4]。千古英雄尘土尽，凛凛西山云木。总付与、一樽醽醁[5]。学得汉宫娇姊妹，便承恩、贮向黄金屋。终不似，在空谷。

［注释］

①同人：易卦名。离上乾下，为与人和协之象。　②国香：指兰花之香。因孔子称兰为王者香，故称国香。　③骈：并列，对偶。　④"想当年"二句：古孤竹国国君有伯夷、叔齐二子。初孤竹君以次子叔齐为继承人。孤竹君死后，叔齐让位于兄，伯夷不受。后二人都投奔到周。因反对周武王讨伐商王朝，又逃避到首阳山，不食周粟而死。　⑤醽（líng）醁：酒名。

贺新郎

夜来月色可人，兰香满室，再用前调

碾破长空绿。看银蟾、一轮似水[1]，照人清独。缥缈风摇环珮碎，疑是英茎妙曲[2]。忽散作、天花芬馥[3]。帝子双双来洞户[4]，炯肌肤、冰雪颜如玉。愁易老，意难足。
楚江万顷疏汤沐。悲佳人、依然携手，碧云修竹。葱茜玲珑方寸许[5]，清过千重夏木。速就我、同倾湘醁[6]。追忆兰亭当日事[7]，尽凄凉、也胜卢仝屋[8]。应不到，羡金谷[9]。

［注释］

①银蟾：明月。　②英茎：花茎。　③"忽散"句：用天女散花典故。《维摩诘经·观众生品》：谓以天女散花试菩萨和声闻弟子的道行。　④帝子：《楚辞·九歌·湘夫人》"帝子降兮北渚"，王逸注："帝子，谓尧女也。"尧二女为娥皇、女英，嫁于舜。　⑤葱茜：葱茏鲜艳貌。　方寸：指狭小的空

间。 许:处。 ⑥醁:美酒。 湘醁:湘地之美酒。 ⑦兰亭:在浙江绍兴西南。 ⑧卢仝:唐诗人,自号玉川子,范阳人。年轻时隐居少室山,家境贫困,刻苦读书,不愿仕途。甘露之变时,因宿宰相王涯家,与王同时遇害。 ⑨金谷:地名,在今河南洛阳东北。晋石崇筑园于此,世称金谷园。

贺新郎

次孙花翁乙酉①

春事浑如客,趁新晴、花骢骄俊②,纻衫轻窄。腊瓮初倾光欲动③,笑把黄甘旋擘④。更喜得、酒朋诗敌。陶写襟怀觞咏里⑤,似风流、王谢当年集⑥。忘尔汝,任争席。
疏帘画舫梅妆白。看斜阳、波心镜面,照伊颜色。缥缈笙歌天上谱,一刻千金莫惜。谁信道、高楼占得。柳外暝烟人去也,但月钩、冷浸阑干湿。知过了,几寒食⑦。

[注释]

①孙花翁:孙惟信,字季蕃,号花翁。不仕,以诗词名重一时。 ②骢(cōng):青白色的马,亦泛指马。 ③腊瓮:腊月酿制的酒。 ④黄甘:黄柑。 擘(bò):剖,分开。白居易《秦中吟》:“果擘洞庭橘,脍切天池鳞。” ⑤陶写:娱乐性情,排除忧闷。《晋书·王羲之传》:“年在桑榆,自然至此,须正赖丝竹陶写。” ⑥“似风流”句:东晋穆帝永和九年(353)王羲之与谢安等四十一人在山阴兰亭雅集赋诗,羲之作《兰亭集序》。 ⑦寒食:清明前一天,相传起于晋文公悼念介之推事,以介子推抱木焚死,就定于是日禁火寒食。

汉宫春

次方时父元夕见寄

投老归来,记踏青堤上,三度逢君。寒窗冷淡活计,明月空尊①。红红白白,又一番、春色撩人。谁信道,闲中天地，园林几见成尘。　　今夕偶无风雨，便满城箫鼓，来往纷纷。鳌山宝灯照夜[2]，罗绮千门。珠帘尽卷，看娉婷、水上行云。应自笑，周郎少日，风流羽扇纶巾。[3]

（以上陶氏涉园景宋本《虚斋乐府》卷上）

［注释］

①尊：同“樽”。　②鳌山：旧时元夕灯景的一种，把彩灯叠成一座山，像传说中巨鳌的形状。　③唐氏按：此首《江湖》后集卷十七误作吴仲方词。

暗　香

为毅斋知院赋[1]

冰花炯炯。记那回占断，春风鳌顶。独抱寒香，得意西湖酒初醒。为问玉堂富贵[2]，争得似、山中深靓[3]。向岁晚、竹翠松苍，闲伴一枝冷。　　南浦，水万顷。想月湿断矶，云弄疏影。粉英落尽[4]，孤鹤长鸣夜方永[5]。将见青青似豆，又迤逦、传黄风景[6]。听报道、催去也，再调玉鼎。

［注释］

①毅斋：郑性之号。官至知院事，福州人。　②玉堂：汉侍中有玉堂署，宋以后翰林院亦称玉堂。　③靓（jìng）：安静。　④粉英：花瓣。⑤永：深。夜永即夜已深。　⑥迤逦：连绵曲折。　传黄：北宋元宵夜宫中宴请近臣，多以黄柑相赠。

疏　影

为意一侍郎赋[1]

晴空漠漠。怪雪来底处，飘满篱落。元是花神[2]，管领春风,幽香忽遍林壑。玉仙缓辔江城路,全不羡、扬州东阁[③]。似天教、瑶珮琼裾,荐与翠尊冰勺。　　闻道儿童好语,丰年瑞覆斗,占取红萼。驿使飞驰,羹鼎安排,速趁良辰行乐。联镳一一清都客[④],也肯把、山翁同约[⑤]。醉归来、梦断西窗,怕听丽谯悲角[⑥]。

[注释]

①意一:即徐荣叟,字茂翁,号意一。浦成人。　②元是:原是。③东阁:旧传何逊为扬州法曹,公廨有梅一株,逊常赋诗其下。后居洛,思梅花不得,请再任扬州。至日,花盛开,逊于东阁延诸名士醉赏之。④镳(biāo):马具。与衔合用,衔在口内,镳在口旁。引申为马。　联镳:谓众公皆御马联辔。　清都:神话传说中天帝居住之处。　⑤山翁:退居林下的老人。　⑥丽谯:华美的城楼。

尾　犯

重九和刘随如[①]

长啸蹑高寒,回首万山,空翠零乱。渺渺清秋,与斜阳天远。引光禄、清吟兴动[②],忆龙山、旧游梦断。夹衣初试,破帽多情,自笑霜蓬短[③]。　　黄花长好在,一俯仰、节物惊换。紫蟹青橙,觅东篱幽伴[④]。感今古、风凄霜冷,想关河、烟昏月淡。举杯相属[⑤],殷勤更把茱萸看。

[注释]

①刘随如:名镇,字叔安,南海人。有《随如百咏》。　②光禄:官名。主要掌皇宫的膳食。　③霜蓬:喻白髮。　④东篱幽伴:指隐逸不慕荣利之士。陶潜有诗云:“采菊东篱下,悠然见南山。”东篱幽伴,指陶渊明式的人物。　⑤属:同“嘱”。

燕春台

送徐意一

绣地残英[①]，画空飞絮，东风又送春归。雨足郊埛[②]，相将翠密成帷。燕莺犹恋芳菲，向枝头、叶底依依。留春不住，绿波渺渺，碧草萋萋。　　锦帆开晓，彩仗迎熏[③]，峰回路转，月淡天低。红云影里，群仙报道班齐。九奏箫韶[④]，算人间、无此埙篪[⑤]。步新堤，金鼎调羹也，梅子黄时。

［注释］

①残英：落花。　②埛(jiōng)：遥远的郊野。《尔雅·释地》："邑外谓之郊，郊外谓之牧，牧外谓之野，野外谓之林，林外谓之埛。"　③熏：即曛，落日的馀光。　④箫韶：舜乐名。　⑤埙：土制。　篪：竹制，这两种乐器合奏起来声音和谐。

燕春台

送郑毅斋人觐

锦里春回，玉墀天近[①]，东风稳送雕鞯[②]。祖帐移来[③]，光流万斛金莲。十分香月娟娟。照人间、一点魁躔[④]。此时新事，飞来双凤，催上甘泉[⑤]。　　寻思京洛，少日芳游，柳遥禁雪[⑥]，花淡宫烟。鳌山涌翠，通宵脆管繁弦。再见升平，想红云、缥缈群仙。看明年，金殿传柑宴，衮绣貂蝉[⑦]。

［注释］

①玉墀：指皇宫之台阶。　②雕鞯：雕鞍。　鞯(jiān)：衬托马鞍的垫子，代指马鞍。　③祖帐：古代送人远行，在野外路旁为饯别而设的帷帐，

亦指送行的酒筵。 ④魁:北斗七星第一至第四为魁。 躔(chán):日月星辰运行的次度。 ⑤甘泉:宫名,故址在今陕西淳化西北甘泉山。 ⑥禁:禁中,禁城,即皇宫。 ⑦衮(gǔn):古代皇帝及上公的礼服。 貂蝉:汉代侍从官礼帽上的装饰物。后用作达官贵人的代称。

玉烛新

和方时父,并怀孙季蕃

寒宽一雁落[①]。正万里相思,被渠惊觉[②]。春风字字吹香雪,唤起西湖盟约。当时醉处,仿佛记、青楼珠箔[③]。又不是、南国花迟,徘徊酒边慵酌。 家山月色依然,想竹外横枝,玉明冰薄。而今话昨。空对景、怅望美人天角。清尊淡薄。便翠羽、殷勤难托。休品入、三叠琴心[④],教人瘦却。

[注释]

①寒宽:寒气缓和。 宽:松缓。 ②渠:他,它。 ③珠箔:珠帘。 ④三叠琴心:指"阳关三叠",又名阳关曲,琴曲。因曲分三段,原诗反复三次,故称三叠。

念奴娇

寒食次卢野涉,并怀孙季蕃

重门翠锁,笑侯鲭断绝[①],又逢寒食。社瓮初开春浩荡[②],荠蕨漫山谁摘[③]。榆火传新,柳绵吹老,愁绪空千忆。百花过了,游蜂将次成蜜。 追思共醉西湖,诗朋馀几,俯仰成悲恻[④]。月射波心光万丈,犹想当时颜色。黄鹄翩翩,白驹皎皎,莫待山灵勒[⑤]。金貂蒻笠[⑥],问渠还肯相易。

[注释]

①侯鲭(zhēng)：精美的荤菜，佳肴。 鲭：细鱼片合成的菜肴。②社瓮：指社日之酒。社日是古时春、秋两季祭祀土神之日，一般在立春、立秋后第五个戊日。此处指春社。 ③荠：荠菜。 蕨：蕨菜，幼叶可食。④俯仰：转瞬之间。晋王羲之《兰亭集序》："俯仰之间，已为陈迹。" ⑤勒：约束。 ⑥金貂蒻笠：喻仕宦与隐逸。 蒻：嫩的香蒲。蒻笠，犹箬笠，代指隐逸江湖。

念奴娇

次朱制参送其行

尊前一笑，问梅花消息，几枝开遍。咳唾随风人似玉[①]，寒夜春生酒面。故里天遥，殊乡岁晚[②]，忍对骊驹宴[③]。无情潮汐，可能为我留恋。 目断雪棹烟帆，匆匆轻别，岂是如鸿燕。要趁盘椒供燕喜[④]，舞袖斓斑双旋。屈指重来，扬鞭催去，想在金銮殿。云萍无据，莫辞蘸甲深劝[⑤]。

[注释]

①咳唾：比喻谈吐、议论。《庄子·渔父》："窃待于下风，幸闻咳唾之焉。"故有"咳唾成珠"之语，以比喻言谈的珍贵。 ②殊乡：他乡。 ③骊驹：古代客人告别时唱的诗篇。 骊驹宴：即告别的筵席。 ④燕喜：宴饮喜乐。燕，通"宴"。 ⑤蘸甲：酒斟得满满的，端酒时手指甲蘸在酒里。形容欢乐畅饮。"为君蘸甲十分饮，应见离心一倍多。"见唐杜牧《后池泛舟送王十》。

念奴娇

梅花度曲，被多情勾引，枝枝看遍。暗忆孤山今夜月，疏影横斜镜面[①]。萼绿凌风，云英怯冷[②]，未放瑶池宴[3]。人间蜂蝶,也知无计迷恋。　闻道管领多才,清词好句,泥落空梁燕[4]。好唤蕊珠供彩笔,莫待随风面旋。千岁蟠虬[5],双栖么凤[6],咫尺蓬莱殿。湖边春暗,料应日日酬劝。

[注释]

①"暗忆孤山"二句:北宋诗人林逋隐居西湖孤山。其咏梅名句有"疏影横斜水清浅,暗香浮动月黄昏"。　②萼绿:萼绿华,传说中的仙女。云英,裴航所聘之女。这里指绿色和白色花瓣。　③瑶池:古代传说中昆仑山上的池名。西王母所居的地方。　④"泥落"句:借用隋薛道衡"空梁落燕泥"诗句变化而来。　⑤蟠虬:蟠屈的虬龙。　⑥么凤:鸟名。又名桐花凤。

风流子

中秋群贤集于蜗舍,值雨作,和刘随如

忆昔少年日,吴江上、长啸步垂虹[1]。看飞出玉轮,十分端正,幻成冰壑,一碧澄空。当此际、醉魂游帝所[2],凉袂飏秋风。桂殿凤笙,妙音何处,莼羹鲈脍,清兴谁同。

今宵欢娱地,千钧笔、模写拟付良工。无奈云沉顾兔[3],雨挂痴龙。误骚客宿吟,杯仙梦醉[4],负他佳节,戏我衰翁。毕竟孤光长在,后夜重逢。

[注释]

①垂虹:桥名,在今吴江。　②帝所:天帝居处。李清照《渔家傲》:"仿佛梦魂归帝所。"　③顾兔:"兔"亦作"菟"。《楚辞·天问》:"厥利维何,而顾兔在腹。"王逸注:"言月中有菟,何所贪利,居月之腹,而顾望乎?"后因用作月的代称。　④杯仙:即酒仙。酒亦称"杯中物"。

二郎神

次方时父送春

一江渌净[①]，算阅尽、燕鸿来去。便系日绳长，修蟾斧妙[②]，教驻韶华未许。白白红红多多态，问底事、东皇无语[③]。但碧草淡烟，落花流水，不堪回伫。　晴雨。陡寒乍热，清阴庭户。任诗卷抛荒，棋枰休务，寂寞风帘舞絮。我酌君斟，我词君唱，谁似卿卿萧史[④]。拚酩酊，断送春归，恰好听鸠呼妇[⑤]。

[注释]

①渌：水清曰渌。　②蟾：指月亮，因月中有蟾蜍，故以之代月。月中有仙人吴刚，常用玉斧修月。　③底事：何事。　东皇，即东君，春神。④萧史：萧史、弄玉。二人为古代传说中的一对夫妇。萧史善吹箫，能以箫作鸾凤之音。秦穆公的女儿弄玉也好吹箫，穆公就将她嫁给萧史，并筑凤台给他们居住。数年后，弄玉乘凤、萧史乘龙升天而去。事见《列仙传》。　萧：别本作“箫”。　⑤鸠呼妇：斑鸠，天放晴时，斑鸠就呼唤母鸠。

二郎神

次陈唯道[①]

野塘暗碧，渐点点、翠钿明镜。想昼永珠帘[②]，人闲金屋，时倚妆台照影。睡起阑干凝思处，漫数尽、归鸦栖暝。知月下莺黄，云边蛾绿，为谁低整。　曾倩。雁传鹊报，心期千定[③]。奈柳絮浮云，桃花流水，长是参差不并[④]。莫怨春归，莫愁柘老[⑤]，蚕已三眠将醒。肠断句，枉费丹青[⑥]，漠漠水遥烟迥[⑦]。

[注释]

①陈唯道:即陈淳祖,瑞安人。 ②昼永:昼长。 ③心期:心愿、心意。 ④参差:不一致。 ⑤柘(zhè):桑科植物,亦名“黄桑”。 ⑥丹青:丹与青是绘画所用的主要颜色,亦指绘画。此处引申为描绘。 ⑦迥:深远。

木兰花慢

漳州元夕

玉梅吹霁雪,觉和气、满南州。更连夕晴光,一番小雨,朝霭全收。人情不知底事,但黄童白叟总追游。驾海千寻彩岫,涨空万点星球[①]。 风流。秀色明眸。金莲步、度轻柔。任往来燕席[②],香风引舞,清管随讴[③]。何曾见痴太守[④],已登车、去也又迟留。人似多情皓月,十分照我当楼。[⑤]

[注释]

①“驾海”二句:形容元夜彩灯如山,花树满天的盛况。 ②燕席:通“宴席”。 ③清管随讴:管乐与唱歌相伴相随。 ④痴太守:作者自称。 ⑤唐氏按:此首《江湖后集》卷十七误作吴仲方词。

满江红

牡丹和梁质夫

倾国精神,娇无力、亭亭向谁。还知否,羞沉月姊[①],妒杀风姨。满地胭脂春欲老[②],平池翡翠水新肥[③]。祗花王、富贵占韶光,真绝奇。 香暗动,人未知。翻玉拍,度金衣。任轻红殷紫,对景偏宜。闻道洛阳夸此地[④],因思京国太平时。向沉香亭北按新词[⑤],乘醉归。

[注释]

①羞沉:古时形容美人之辞云“有闭月羞花之貌,沉鱼落雁之容”。②胭脂:指落花。 ③平池翡翠:指池面平铺的绿萍。 ④洛阳夸此地:洛阳一向以牡丹著称。 ⑤沉香亭:唐明皇与杨贵妃在沉香亭赏牡丹,命李太白填新词,有“沉香亭北倚栏干”之句。

摸鱼儿

荷花归耕堂用时父韵

古城阴、一川新浸,天然尘外幽绝。谁家幻出千机锦,疑是蕊仙云织。环燕席[1]。便纵有万花,此际无颜色。清风两腋。炯玉树森前,碧筒满注[2],共作醉乡客。
长堤路,还忆西湖景物。游船曾点空碧。当时总负凌云气,俯仰顿成今昔。愁易极。更对景销凝,怅望天西北。归来日夕。但展转无眠,风棂水馆[3],冷浸五更月。

[注释]

①环燕席:指环绕宴席。“燕”通“宴”。 ②碧筒:酒杯。此指以荷柄吸酒。 ③棂:栏干或窗户上的格子。

水龙吟

次周月船

塞楼吹断梅花,晓风瑟瑟添凄咽。关河万里,烟尘四野,眼前都别。击楫功名[1],椎锋意气[2],是人都说。问周郎何日,小乔到手[3],为君赋、酹江月[4]。 休把愁肠暗结。又相将、鲁云书节[5]。锦围放密。金樽任满,歌声莫歇。赢得朝朝,半醒半醉,佯痴佯劣。尽瞢腾[6],深入无何,管甚鬓鬓成雪。

[注释]

①击楫功名:祖逖渡江北伐,中流击楫誓曰:"祖逖不能清中原而复济者,有如大江。" ②椎锋:用毛遂自荐的典故。谓椎处囊中,其锋自脱出。③"问周郎"二句:语意双关,以三国时周瑜喻友人周月船。苏轼《赤壁怀古》词:"遥想公瑾当年,小乔初嫁了,羽扇纶巾,雄姿英发……" ④酹江月:以酒祭江月。苏轼《赤壁怀古》词:"一樽还酹江月。"故后人即以"酹江月"为《念奴娇》的别名。 ⑤鲁云书节:古代王侯于冬至、夏至登台望云,书之简册。后用以指冬至或夏至日。见《左传·僖公五年》。 ⑥瞢腾:模模糊糊的样子。

水龙吟

次李起翁中秋[①]

谁家明镜飞空,海天绀碧浮秋霁[②]。西风淡荡,纤云卷尽,小星疑坠。宇宙冰壶,襟怀玉界,飘然仙思。炯灵犀一点,蟾辉万丈[③],长相射、清清地。 只有桂花长好,照人间、几番荣悴。年年此夕,持杯嚼露,挥毫翻水。宝瑟凄清,玉箫缥缈,佩环声碎。唤谪仙起舞[④],古今同梦,不知何世。

[注释]

①李起翁:李振祖,字起翁,号中山,福州人。 ②绀:天青色,一种深青带红的颜色。 ③蟾辉:月光。 ④谪仙:指李白。《新唐书·李白传》:"往见贺知章,知章见其文,叹曰:'谪仙人也。'"

水调歌

次方时父癸卯五月四日

竞渡楚乡事[①],夸胜锦缠头[②]。湖光渌净,转胜雪浪舞潜虬[③]。刚道琉璃宝苑,移作水晶珠阙,鳌顶出中流。一钓惊天地，能动此心不。　活千年，封万户，等虚舟④。渺然身世，烟水浩荡一沙鸥⑤。听得长淮风景，唤起离骚往恨，杜若满汀洲⑥。相对老榕下，五月已先秋。

[注释]

①"竞渡"句：旧历五月五日端阳节楚地有龙舟竞渡之风俗，为纪念诗人屈原自沉于汨罗江之举。②锦缠头：此指奖品。③虬：龙之一种。④等虚舟：等同于虚幻之舟。⑤沙鸥：本杜甫诗"飘飘何所似，天地一沙鸥"。⑥杜若：别称竹叶莲。多年生草本，夏季开花，花白色，分布于长江中下游以南各地。

双瑞莲

千机云锦里。看并蒂新房，骈头芳蕊。清标艳态，两两翠裳霞袂。似是商量心事。倚绿盖、无言相对。天蘸水。彩舟过处，鸳鸯惊起。　缥缈漾影摇香，想刘阮风流①，双仙姝丽。闲情不断，犹恋人间欢会。莫待西风吹老，荐玉醴、碧筒拚醉②。清露底，明月一襟归思。

[注释]

①刘阮：相传东汉永平年间，剡县人刘晨、阮肇同入天台山采药，遇二女子，邀至家，留半年，其地气候草木常如春时，迨还乡，子孙已历七世。②玉醴：美酒。

桂枝香

四明鄞江楼九日

水天一色。正四野秋高，千古愁极。多少黄花密意①，付他欢伯②。楼前马戏星球过③，又依稀、东徐陈迹[④]。一时豪俊,风流济济,酒朋诗敌。　　画不就、江东暮碧。想阅尽千帆,来往潮汐。烟草萋迷,此际为谁心恻[⑤]。引杯抚剑凭高处,黯消魂、目断天北。至今人笑,新亭坐间,泪珠空滴[⑥]。

[注释]

①黄花:指菊花。　②欢伯:酒的别名。《易林·坎之兑》:"酒为欢伯,除忧来乐。"　③马戏星球:疑指马球游戏,球飞如星驰。　④东徐:即东徐州,在今江苏邳县南。　⑤恻:凄怆,伤痛。　⑥"新亭"二句:《晋书·王导传》:"过江人士,每至暇日,相要集新亭饮宴。周顗中坐而叹曰:'风景不殊,举目有山河之异。'皆相视流涕。惟导愀然变色曰:'当共戮力王室,克服神州,何至作楚囚相对泣邪?'众收泪而谢之。"

桂枝香

四明中秋

青霄望极。际万里月明,无点云色。一片冰壶世界,水乡先得。年年客里惊秋半,倚西风、鬓华吹白[①]。觅闲无路,相逢且醉,好天凉夕[②]。　　听曲曲、仙韶促拍[③]。趁画舸飞空,雪浪翻激。行乐风流,暗省旧时京国。插空翠巇连星麓[④],但波痕、浮动金碧。不如归去,扁舟五湖[⑤],钓竿渔笛。

[注释]

①鬓华:鬓边华发。　②"好天"句:本辛弃疾词"却道天凉好个秋"。③仙韶:仙乐。　韶:虞舜乐名。《尚书·益稷》:"箫韶九成,凤皇来仪。"促拍:唐宋曲子词中的术语。繁声促节之意,即所谓"急曲子",相当于现在的"快板"。　④巇:危险。此处引申为险要之山。　麓:山脚,此处指星空之最低处。　⑤扁舟五湖:用范蠡故事。越王勾践灭吴后,范蠡载西施乘扁舟泛五湖烟水而去。

永遇乐

七夕和刘随如①

云雁将秋，露萤照夜，凉透窗户。星网珠疏，月奁金小②，清绝无点暑。天孙河鼓③，东西相望，隐隐光流华渚。妆楼上，青瓜玉果，多少骙儿痴女④。　金针暗度⑤，珠丝密结，便有系人心处。经岁离思，霎时欢爱，愁绪空万缕。人间天上，一般情味，枉了锦笺嘱付。又何似，吹笙仙子⑥，跨黄鹤去⑦。

[注释]

①注者按：原脱“如”字，据江标刻本《虚斋乐府》补。　②奁（lián）：古代盛放梳妆用品的器具。此处以之比喻月亮。　③天孙：指织女星。织女为民间传说中巧手织造的仙女，为天帝之孙，故名。　④骙（ái）：傻。痴骙。　⑤金针：传说郑侃的女儿采娘，在七月初七晚祭织女，织女给她一根金针，从此她刺绣的技能更加精巧。见冯翊《桂苑丛谈·史遗》。⑥吹笙仙子：王子乔好吹笙，见《列仙传》。　⑦黄鹤：传说中仙人所乘的一种鹤。崔颢《黄鹤楼》诗：“黄鹤一去不复返，白云千载空悠悠。”后因以黄鹤比喻一去不复返。

鹊桥仙

富沙七夕为友人赋

翠绡心事，红楼欢宴，深夜沉沉无暑。竹边荷外再相逢，又还是、浮云飞去。　锦笺尚湿，珠香未歇，空惹闲愁千缕。寻思不似鹊桥人①，犹自得、一年一度。②

[注释]

①鹊桥人：即牛郎与织女。古代传说，每年农历七月七日，由喜鹊在

银河搭桥,使牛郎织女相会。 不似:不如。 ②唐氏按:以上二首《江湖后集》卷十七误作吴仲方词。

虞美人

天凉来傍荷花饮,携手看云锦①。城头玉漏已三更,耳畔微闻新雁、几声声。 兰膏影里春山秀②,久立还成皱。酒阑天外月华流,我醉欲眠卿且、去来休③。

[注释]

①云锦:伶玄《飞燕外传》载遗女弟昭仪物,有"云锦五色帐"。 ②兰膏:古时用泽兰炼成的油脂,用来燃灯有香气。《楚辞·招魂》:"兰膏明烛,华容备些。" 春山:谓春日之山容,其色如黛,比喻妇女之眉。 ③"我醉"句:"我醉欲眠卿且去,明朝有意抱琴来。"见李白《山中与幽人对酌》。

虞美人

红木樨次谢主簿

素娥冷淡愁无奈①,小作施朱态②。霓裾霞佩下瑶台,一朵绿云围绕、送春来③。 玄霜捣尽丹砂就④,拚醉长生酒。羡君幽壑狎流年,把住西风长对、广寒仙⑤。

[注释]

①素娥:古代传说中嫦娥的别称。亦泛指月宫中的仙女。 ②施朱:搽饰胭脂。 ③"一朵"句:指绿叶围绕。 ④玄霜捣尽:用裴航娶云英典故,指捣丹砂。 ⑤广寒仙:广寒宫中之仙子,指月中嫦娥。

荔支香近

乐府有荔支香调，似因物命题而亡其词，辄为补赋

翡翠丛中，万点星球小[①]。怪得鼻观香清，凉馆薰风透[②]。冰盘快剥轻红，滑凝水晶皱。风姿，姑射仙人正年少[③]。　红尘一骑，曾博妃子笑[④]。休比葡萄，也尽压江瑶倒[⑤]。诗情放逸，更判琼浆和月釂[⑥]，细度冰霜新调[⑦]。

[注释]

①"翡翠"二句：形容绿叶丛中荔枝硕果累累。　②薰风：和暖的东南风。亦指花草的芳香。　③姑射仙人："藐姑射之山有神人居焉，肌肤若冰雪，淖约若处子。"见《庄子·逍遥游》。　④"红尘"二句：杨贵妃爱食鲜荔枝，以快骑自岭南运送，累殆马匹无数。唐杜牧《过华清宫绝句》："一骑红尘妃子笑，无人知是荔枝来。"　⑤江瑶：即江瑶柱，俗称"干贝"。　⑥釂（jiào）：喝干杯中酒。　⑦度：度曲，作曲。

西江月

次方蒙斋月夜

几点垂垂北斗，一床悄悄西风。山河天地点尘空。月殿蟾蜍欲动[①]。　舌本琼浆甘彻，鼻端玉蕊香通。棋边切莫笑衰翁，个里本来空洞[②]。

[注释]

①"月殿"句：传说月中有蟾蜍。李白《朗月行》："蟾蜍蚀圆影，大明夜已残。"　②个里：个中。

一落索

牡丹次谢主簿韵

露沁香肌娇秀，燕脂微透[①]。蕊宫仙子驾祥鸾[②]，被风卷、霞衣皱。　轻剪倩他红袖[③]，簪来盈首。直须沉醉此花前，怕花到、明朝瘦。

［注释］

①燕脂：即胭脂。　②蕊宫：即蕊珠宫，神仙所居。　③倩：请，央求。

青玉案

荷花，赣州巢龟亭为曾提管赋

水亭横枕荷花浦。觉水面、香来去。亭上佳人云态度。天然娇韵，十分揾就[①]，唱尽黄金缕[②]。　耳边低道清无暑，我欲卿卿卿且住。自笑风情衰几许。一床明月，五更残梦，不到阳台路[③]。

［注释］

①揾：温存。何梦桂《喜迁莺》词："夜雨帘拢，柳边庭院，烦恼有谁揾就？"　②黄金缕：词调名。《蝶恋花》的别名。　③阳台：宋玉《高唐赋序》，昔年先王尝游高唐，怠而昼寝，梦见一妇人，曰："妾巫山之女也……闻君游高唐，愿荐枕席。"王因幸之。去而辞曰："妾在巫山之阳，高丘之阻，旦为朝云，暮为行雨，朝朝暮暮，阳台之下。"后因称男女合欢之处所为阳台。

小重山

红木樨次谢先辈韵

一种分香自月宫。人间清绝处，小山丛。谁将仙米掷虚空。丹砂碎，糁遍碧云中[1]。　好是窦家风[2]。年年秋色里，又香浓。风流全在主人翁。青青鬓，相映脸潮红。

[注释]

①糁：撒落此处形容木樨小花朵的洒落状。　②窦家风：燕山窦禹钧，五子登科。冯道贺诗云："丹桂五枝芳。"

谒金门

梅共雪，著个玉人三绝[1]。醉倒醉乡无宝屑，照人些子月[2]。　催得花王先发，一曲阳春圆滑[3]。疑是嵬坡留锦袜[4]，至今香未歇。

[注释]

①著个：加个。　②些子月：月初之蛾眉月。　③阳春：曲名，又名《阳春古曲》，简称阳春。琵琶曲。　④嵬坡：即马嵬坡，在陕西兴平西。唐安史之乱玄宗从长安奔成都，缢死杨贵妃于此。传说死后曾留有锦袜于世。

醉蓬莱

寿安晚郑丞相[1]

正三边月静[2]，万国年丰，菊多梅小。吐玉擎香，蔼皇都清晓。龙驾徐驱，貂冠夹侍[3]，天也和人笑。紫陌欢谣，如今事事，胜端平好。　玉带垂虹，衮衣华日[4]，秋水精神，臞仙容貌[5]。长对凝旒[6]，不羡商岩老[7]。胸次乾坤，掌中霖雨，造化知多少。便好重将，绛人甲子[8]，数中书考[9]。

[注释]

①安晚:郑清之,号安晚。理宗朝为左相。 ②三边:汉时指匈奴、朝鲜、南越。泛指边关。 ③貂冠:显贵高官。 ④衮衣:古代皇帝及上公的礼服。 ⑤臞(qú):亦作癯。瘦,清癯。 ⑥旒:古代冕冠前后悬垂的玉串。 ⑦商岩老:传说商代高宗相。曾隐于山岩,故名。 ⑧绛人:祝颂高寿。一作“绛县老人”。年已七十三岁。见《左传·襄公三十年》。⑨数中书考:谓久历史书令之官职。见《旧唐书·郭子仪传》。

凤归云

正愁予,可堪去马便骓骓[①]。拟折一枝,堤上万垂丝。离思无边,离席易散,落日照清漪。苦是禁城催鼓,虚床难寐,梦魂无路归飞。 陡寒还热[②],急雨随晴,化工无准[③],将息偏难[④],更向分携处、立多时。吟鬓凋霜,世味嚼蜡[⑤],病骨怯朝衣。我有一壶风月,荔丹芝紫,约君同话心期[⑥]。

[注释]

①骓骓:马行走不停貌。《诗经·小雅·四牡》:“四牡骓骓。” ②陡寒:突然冷,乍寒。 ③化工:天工,自然创造或生长万物的功能。 ④将息:养息。 ⑤嚼蜡:没有味道。“我无欲心,庆汝行事,于横陈时,味如嚼蜡。”见《楞严经》。 ⑥心期:心意,心愿。

芰荷香

端午和黄玉泉韵[①]

倚晴空。爱湖光潋滟,楼影青红。彩丝金黍,水边还又相逢。怀沙人问[②],二千年、犹带酸风[③]。骚人洒墨香浓。幽情要眇[④],雅调惺松[⑤]。 天上菖蒲五色[⑥],倩掺掺素手，分入雕钟。新欢往恨，一时付与歌童。斜阳正好，且留连、休要匆匆。应须倒尽郫筒[⑦]。归鞭笑指，月挂苍龙[⑧]。（以上陶氏涉园景宋本《虚斋乐府》卷下）

［注释］

①黄玉泉：黄载，字伯厚，号玉泉，黄大受之子，南丰人。　②怀沙：《楚辞·九章》篇名。《史记·屈原贾生列传》谓此篇为屈原自投汨罗前的绝笔。　③酸风：酸楚、酸痛之风。　④要眇：亦作"要妙"，"美好"貌。《楚辞·九歌·湘君》："美要眇兮宜修。"　⑤惺松：苏醒，轻灵。　⑥菖蒲：多年生水生草本，有香气。　⑦郫（pí）筒：酒名。　⑧苍龙：东方七宿的总称。《史记·天官书》："东宫苍龙。"

［集评］

田同之云："白石而后，有史达祖、高观国羽翼之。张辑、吴文英师之于前，赵以夫、蒋捷、周密、陈允衡、张炎、张翥效之于后。譬之于乐，舞箾至于九变，而词之能事毕矣。"（《西圃词说》）

丁绍仪云："词综所采各词，中有未经订正、词律复沿其误者……赵以夫《角招》云：'溪横略彴'落横字。"（《听秋声馆词话》）

谢章铤云："考词综脱误甚多，如赵以夫《角招》'溪横略彴'脱横字。"（《赌棋山庄词话》）

谢章铤云："炯甫为予序词话后，余报以书曰：'……闽中宋元词学最盛，近日殆欲绝响，而议者辄曰，闽人蛮音鸩舌，不能协律吕。试问晓风残月，何以有井水处皆擅名乎？而张元幹（长乐）、赵以夫（长乐）、陈德武（闽县）、葛长庚（闽清）诸家，皆府治以内之人，其词莫不价重鸡林。即林岂尘以锁韵扫，此乃用古韵通转，不得以闻见录之言而讥诮之也。'"（《赌棋山庄词话》）

凌廷堪云："填词之道须取法南宋，然其中亦有两派焉：一派为白石，以清空为主，高、史辅之，前则有梦窗、竹山、西麓、虚斋、蒲江；后则有玉田、圣与、公谨、商隐诸人，扫除野狐，独称正谛，犹禅之南宋也。"（《赌棋山庄词话》）

陈廷焯云："白石词如白云在空，随风变灭，独有千古。同时史达祖、高观国两家,直欲与白石并驱,然终让一步。他如张辑、吴文英、赵以夫、蒋捷、周密、陈允平、王沂孙诸家,各极甚盛,然未有出白石之范围者。”(《词坛丛话》)

汪玉峰云:“言情者或失之俚,使事者或失之伉。鄱阳姜夔出,句琢字炼,归于醇雅。于是史达祖、高观国羽翼之。张辑、吴文英师于前,赵以夫、蒋捷、周密、陈允平、王沂孙、张炎、张翥效之于后,譬之于乐,舞箾至于九变,而词之能事毕矣。”(《白雨斋词话》)

陈廷焯云:“汪玉峰之序词综云(见上),此论盖阿附竹垞之意,而不知词中源流正变也。”(《白雨斋词话》)

陈廷焯云:“赵以夫《龙山会》(九日)云:‘西北最关情,漫遥指、东徐南楚。黯销魂,斜阳冉冉,雁声悲若。’感时之作,但说得太显,不耐寻味。金氏所谓鄙词也。感时伤世者,必熟读碧山词,而后可以作不平鸣。”(《白雨斋词话》)

张德瀛云:“赵以夫有薄媚摘遍词。薄媚曲名,宋官本杂剧有薄媚错取、薄媚郑生遇龙女、薄媚柳毅诸曲。若历弦薄媚,属琵琶曲,南宋时已不传矣。”(《词徵》)

存目词

调名	首句	出处	附注
醉花间	独立花间星又月	《词鹄初编》卷二	冯延巳作,见《阳春集》

郑觉斋

郑觉斋，生平不详。

扬州慢

弄玉轻盈，飞琼淡泞[①]，袜尘步下迷楼[②]。试新妆才了，炷沉水香球。记晓剪、春冰驰送，金瓶露湿，缇骑新流[③]。甚天中月色，被风吹梦南州。　尊前相见，似羞人、踪迹萍浮。问弄雪飘枝，无双亭上[④]，何日重游。我欲缠腰骑鹤，烟霄远、旧事悠悠。但凭阑无语，烟花三月春愁。

（《全芳备祖》前集卷五“琼花门”）

[注释]

①淡泞（zhù）：明净清澈貌。　②袜尘：本曹植《洛神赋》“罗袜生尘”。　迷楼：隋炀帝在扬州所建。　③缇骑：古代当朝贵官的前导和随从的骑士。　新流：《南宋杂事诗》作“星流”。　④无双亭：在扬州江都。

[集评]

俞陛云：“起数语即由本题发挥，且人与花合写。‘缇骑’、‘驰送’数句，隋宫逸事，类蜀道之送荔枝。下阕无双亭上陈迹依依……殆名花倾国，皆在回忆中也。”（《唐五代两宋词选释》）

周密云：“扬州后土琼花，天下无二本，绝类聚八仙，色微黄而有香。仁宗庆历中，尝分植禁苑，明年辄枯，遂复栽还祠中，敷荣如故。淳熙中，寿皇亦尝植南内，逾年，憔悴无花，仍送还之。其后，宦者陈源命园了取孙枝移接聚八仙根上，遂活，然其香色则大减矣。”（《齐东野语》卷十七）

笃文云：“一起三句，用弄玉、飞琼、洛神之事，写琼花淡雅绝尘，可谓入手擒题之妙笔。结句亦深于感慨。”

念奴娇

卷帘酒醒，怕无言、慵理残妆啼粉。记绾同心双绣带，珠箔青楼花满。琢玉传情，断金订约[①]，总是愁根本。谁知薄幸[②]，肯于长处寻短。　　旧日掌上芙蓉，新来成刺，变却风流眼。自信华年风度在，未怕香红春晚。恩不相酬，怨难重合，往事冰澌泮[③]。分明诀绝，股钗还我一半[④]。

［注释］

①断金："二人同心，其利断金。"见《易经·系辞上》。后因用"断金"为"同心"的代辞。　②薄幸：薄情，负心，此处指薄情、负心之人。　③澌泮：融化，融解。此句意为往事如冰融化无可恢复。　④"股钗"句：古代情人以金钗为信物，各留一半以示忠贞不二，现将其半还给对方表示恩断情绝。

谒金门

秋夜永[①]。叶叶梧桐霜冷。皓月窥人深院静。孤鸿窗外影。　　情是相思深井，恩是相思修绠[②]。别后信音浑不定。银瓶何处引[③]。　　（以上二首《阳春白雪》卷七）

［注释］

①永：深，长。　②修绠：汲水桶上的长绳。　③银瓶：汲水器。白居易《井底银瓶引》诗："井底引银瓶，银瓶欲上丝绳绝。"

张　榘

张榘，字方叔，号芸窗，润州（今江苏镇江）人。淳祐（1241—1252）间任句容（今属江苏）令。宝祐（1253—1258）中，任江东制置使参议、机宜文字。有诗集并乐府。今传《芸窗词稿》一卷。

孤　鸾

次虚斋先生梅词韵[①]

塞鸿来早。正碧瓦霜轻，玉麟寒少[②]。昨夜南枝，一点阳和先到。黄昏半窗淡月，照青青、谢池春草[③]。此际虚斋心事，与此花俱好。　算巡檐、索共梅花笑[④]。是千古风流，少陵曾道。争似油幢下[⑤]，对一枝春小。江城惯听画角，且休教、玉关人老。好试和羹手段[⑥]，向凤池春晓[⑦]。

[注释]

①注者按：原底本题作"次韵"二字，前列赵以夫原词，下首同。　虚斋：赵以夫之号。　②玉麟：指白梅花瓣。　③谢池春草：用谢灵运《登池上楼》中"池塘生春草，园柳变鸣禽"典故。钟嵘《诗品》"谢惠连"条引《谢氏家录》云："康乐（谢灵运号）每对惠连（谢灵运族弟），辄得佳语。后在永嘉西堂，思诗竟日不就。寤寐间忽见惠连，即成'池塘生春草'，故尝云'此语有神助，非我语也。'"　④"巡檐"句："巡檐索共梅花笑，冷蕊疏枝半不禁"见杜甫《舍弟观赴蓝田取妻子》诗。　⑤油幢：以油布作帷幕的车。　⑥和羹：原指为羹汤调味。后因以比喻宰相辅佐帝王综理朝政。张说《恩制赐食》诗："位窃和羹重，恩叨醉酒深。"　⑦凤池：凤凰池的简称，魏晋时中书省掌管一切机要，因接近皇帝，故称凤凰池。

烛影摇红

再次虚斋先生梅词韵

春小寒轻，南枝一夜阳和转[①]。东君先递玉麟香[②]，冷蕊幽芳满。应把朱帘暮卷。更何须、金猊烟暖[③]。千山月淡，万里尘清，酒樽经卷。　　楼上胡床[④]，笑谈声里机谋远。甲兵百万出胸中，谁谓江流浅。憔悴犯胡计短。定相将、来朝悔晚。功名做了，金鼎和羹，卷藏袍雁[⑤]。

［注释］

①阳和：指温暖的春光。　②东君：春神。　③金猊：香炉的一种。炉盖作狻猊形，空腹。焚香时，烟从口出。　④胡床：亦称"绳床"，一种可以折叠的轻便坐具。　⑤袍雁：袍，谓绯色朝服；雁，指绯袍多以雁衔瑞草为图案。语见白居易《予与行简俱年五十始着绯》诗。

摸鱼儿

送邵瓜坡赴含山尉，且坚后约[①]

正挑灯、共听檐雨[②]，问谁催动行色。风前千点离亭恨，惟有落梅知得。王谢宅。记前度斜阳，燕子曾相识[③]。花香露舄[④]。无计强追随，阳关声断[⑤]，回首暮云隔。　　文章贯[⑥]，合上薇垣梧掖[⑦]。征鞍底事江北[⑧]。青衫莫对韩彭著[⑨]，还是玉麟佳客。须记忆，有衿佩锵锵[⑩]，正愿依重席。荼蘼未折[⑪]。次第牡丹开，一樽留待，相与醉寒食[⑫]。

［注释］

①邵瓜坡：名有焕，字梅仙。　含山：县名，在今安徽中部偏东。②"正挑灯"句：用唐李商隐"何当共剪西窗烛，却话巴山夜雨时"诗意。

③“王谢宅”三句:用唐刘禹锡《乌衣巷》“朱雀桥边野草花,乌衣巷口夕阳斜,旧时王谢堂前燕,飞入寻常百姓家”诗意。 ④舄:鞋,此处指远行者的踪迹。 ⑤阳关:指阳关三叠,泛指别离之曲。 ⑥贯:熟习。 ⑦薇垣梧掖:指中书、门下省等禁苑之地。 ⑧底事:何事。 ⑨韩彭:未详。疑指韩信和彭越。 ⑩衿:衣衿。 ⑪荼蘼:即酴醾,初夏开花。 ⑫寒食:指寒食节。

摸鱼儿

送上元主簿回府

正桃花、渐蜚红雨[1],依稀一半春色。东风十里离亭恨,杨柳丝丝如织。远又忆。向雪月梅边,陶写吟情逸[2]。清愁拍拍[3]。算只暮山知,栖鸦斜照,春树渺空碧。

文章贯[4],合整垂云健翼。翔鸾底用栖棘[5]。要寻玉洞烟霞胜,聊趁麟符蜚檄。归骑急。看尘袂方清[6],有恩纶催入[7]。凫仙倦舄[8]。相与问孤山,开樽抵掌[9],一舸画桥侧。

[注释]

①蜚:通“飞”。红雨,指落花。 ②陶写:娱情养性,排除忧闷。 ③拍拍:通“迫迫”,意指为清愁所困扰。 ④贯:熟习。 ⑤栖棘:困在荆棘中。 ⑥尘袂:借指尘俗之琐屑。 ⑦恩纶:恩诏。 ⑧凫仙倦舄:传说东汉时,叶县令王乔尝化两舄(鞋子)为双凫,乘之至京师,后因用为地方官的故实。 ⑨抵掌:击掌。《国策·秦策一》:“见说赵王于华屋之下,抵掌而谈。”

青玉案

被檄出郊,题陈氏山居

西风乱叶溪桥树,秋在黄花羞涩处。满袖尘埃推不去。马蹄浓露，鸡声淡月[1]，寂历荒村路[2]。　身名多被儒冠误[3]，十载重来漫如许。且尽清樽公莫舞。六朝旧事[4]，一江流水，万感天涯暮。

[注释]

①鸡声淡月：出自温庭筠《商山早行》"鸡声茅店月，人迹板桥霜"。②寂历：犹寂寞。韩偓《曲江晚思》诗："云物阴寂历，竹木寒青苍。"　③儒冠：借指读书治学之事。　④六朝：三国的吴、东晋，南朝的宋、齐、梁、陈都以建康（吴名建业，今江苏南京）为首都，历史上合称六朝。

浪淘沙

和上元王仇香猷、含山邵梅仙有焕叙别[1]

风色转东南，翠拥层峦。杏花疏雨逗清寒。钟阜石城何处是[2]，烟霭漫漫。　行旆已西关[3]，一霎时间。芳樽聊复挽馀欢。明日断魂分付与，万叠云山。

[注释]

①王仇香猷：王猷主簿。　邵梅仙有焕：邵有焕尉。上元、含山均地名。仇香本指汉主簿仇览，梅仙本指汉南昌尉梅福。　②钟阜：钟山。　石城：石头城，今江苏南京。　③行旆（pèi）：泛指旌旗。指官员出行时所打的旗帜。

浪淘沙

再　和

雨过暮天南，高下青峦。小楼燕子话春寒。多少夕阳芳草地，雾掩烟漫。　别恨正相关，心上眉间。离歌一曲间悲欢[1]。后夜月明何处梦，钟阜容山[2]。

[注释]

①间悲欢：悲欢相间。 ②钟阜：即钟山，又名紫金山，在今江苏南京。容山：句容县之山名。作者曾为句容县令。

[集评]

李调元云："人谓张榘《芸窗词》饶贫气。今观其全集如'小楼燕子话春寒'……俱不减少游丰韵"（《雨村词话》卷三）

水龙吟

次韵虚斋先生雨花宴[1]

暮云低锁荒台，凭阑四望天垂地。曼花半夜[2]，蜚香缭绕[3]，昔人曾记。往事悠悠，物华非旧，江山仍丽。怅斜阳芳草，长安不见，谁共洒、新亭泪。　开放青峦旧址。动骚人、一番词意。青油幕里，相忘鱼鸟，水边云际。却恨清游，未能追逐，区区僚底。问何时，脱了尘埃墨绶[4]，为虚斋醉。

[注释]

①雨花宴：指赵以夫设宴于雨花台，因次其韵。 ②曼：柔美。 ③蜚：同"飞"。 ④绶：古代官员系印纽的丝带。此处代指官职。

西江月

春事三分之二，落花庭院轻寒。翠屏围梦宝熏残[1]，窗外流莺声乱。　睡起犹支雪腕，觉来慵整云鬟。闲拈乐府凭阑干[2]，宿酒才醒一半[3]。

[注释]

①宝熏:指古时用来熏香的贵重香炉。 ②乐府:指乐府诗,古诗中的一种,此处泛指诗篇。 ③宿酒:隔夜之酒。即昨夜所饮之酒。

孤 鸾

以梅花为赵孏窝寿[①]

荆溪清晓[②]。问昨夜南枝,几分春到。一点幽芳,不待陇头音耗[③]。亭亭水边月下,胜人间、等闲花草。此际风流谁似,有孏窝诗老。 向虚檐、淡然索笑。任雪压霜欺,精神越好。最喜庭除,下映紫兰娇小。孤山好寻旧约,况和羹[④]、用功宜早。移傍玉阶深处[⑤],趁天香缭绕。

[注释]

①赵孏窝:似即赵汝说,号"懒庵"。 孏:同"懒"。 ②荆溪:在今江苏南部宜兴一带。 ③陇头:指陇西,即今甘肃一带。泛指西部边疆和北方地区。 音耗:音信。 ④和羹:原为羹汤调味。后因以比喻宰相等高官辅佐帝王综理朝政。 ⑤玉阶:化指皇宫、朝廷。

水龙吟

寄 兴

暮天丝雨轻寒,二分春色看看过。梅花谢了,苍苔万点[①],香残粉污。犹喜墙头,一枝娇袅,杏腮微露。算几回逗晓,朱阑独倚,悄只怕、东风大。 浮世名缰利锁,这区区、要须识破。沧波夜月,翠微云树[②],依然还我。重结鸥盟[③],细听莺语,自歌自和。问黄沙飞镞,红尘走马,又还知么。

[注释]

①苍苔：青苔。 ②翠微：青翠的山气。 ③鸥盟：谓与鸥鸟订盟同住水云乡里，指退隐。辛弃疾《水调歌头·壬子三山被召》词："富贵非吾事，归与白鸥盟。"

水龙吟

昼长帘幕低垂，时时风度杨花过。梁间燕子，芹随香嘴[①]，频沾泥污。苦被流莺，蹴翻花影，一阑红露。看残梅飞尽，枝头微认，青青子，些儿大。 谁道洞门无锁。翠苔藓、何曾踏破。好天良夜，清风明月，正须著我。闲展蛮笺[②]，寄情词调，唱成谁和。问晓山亭下，山茶经雨，早来开么。

[注释]

①嘴：鸟嘴。 ②蛮笺：即蜀笺。《谈苑》载韩浦寄弟诗云："十样蛮笺出益州，寄来新自浣花头。"

水龙吟

颓雪欺春[①]，葵轩兄用韵，因次

先来花较开迟，怎禁风雪摧残过。红英紫萼，从他点缀，翻成沾污。一点清香，几多秾艳，紧藏不露。伴杨花散漫，逡巡堆积[②]，纤粟处、妆成大。 多谢东君造化[③]。把群阴、一朝除破。千机锦绣，露浓香软，中间坐我。嚼徵含商[④]，振金敲玉，埙篪相和[⑤]。问西湖，别有一番桃李，肯同游么。

[注释]

①顽雪:猛雪、大雪。 ②逡巡:顷刻,须臾。 ③东君:春神。 ④徵(zhǐ)、商:我国古代五声音阶中的两个音级。 五声为:宫、商、角、徵、羽。 ⑤埙篪:乐器名。 埙(xūn):土制。 篪(chí):竹制。这两种乐器合奏起来,声音和谐。

水龙吟

丁经之用韵咏园亭,次韵以谢

近家添得园亭,晓山时看飞云过。拥石栽梅,疏池傍竹,剪除芜污。更喜南墙,杏腮桃脸,含羞微露。算莺花世界[1],都来十亩,规模好、何须大。 开放两眉上锁。把春前、新醅拨破[2]。病酒无聊,且容觞客,无多酌我。底用歌喉[3],柳边自有,鸣禽相和。逗归来[4],折得花枝教看,似人人么。

[注释]

①莺花世界:南朝梁文学家丘迟《与陈伯之书》中有“暮春三月,江南草长,杂花生树,群莺乱飞”三句。 ②新醅:新酿未滤之酒。 ③底用:何用。 ④逗归来:临到归来。

念奴娇

重午次丁广文韵

楚湘旧俗,记包黍沉流[1],缅怀忠节。谁挽汨罗千丈雪[2],一洗些魂离别[3]。赢得儿童,红丝缠臂,佳话年年说。龙舟争渡,搴旗捶鼓骄劣[4]。 谁念词客风流,菖蒲桃柳[5],忆闺门铺设。嚼徵含商陶雅兴,争似年时娱悦。青杏园林,一樽煮酒,当为浇凄切。南薰应解[6],把君愁袂吹裂。

[注释]

①包黍：即以苇叶和糯米包成粽子。　沉流：沉于江中。　②汨罗：汨罗江，湘江支流，在湖南省东北部。屈原自沉于汨罗江。　③些（suò），语助词。《楚辞·招魂》："魂兮归来，去君之恒幹，何为少方些？"洪兴祖补注："凡禁咒句尾皆称些，乃楚人旧俗。"据此，些魂可解作楚魂，屈子之冤魂。　④搴（qiān）：拔取。　⑤菖蒲：草名，端午节民间插以辟邪。　⑥南薰：指虞舜所作的《南风歌》，歌中有"南风之薰兮，可以解吾民之愠兮"等句。

念奴娇

三闾何在[1]，把离骚细读[2]，几番击节[3]。蓠蕙椒兰纷江渚[4]，较以艾萧终别[5]。清浊同流，醉醒一梦，此恨谁能说。忠魂耿耿，只凭天辨优劣。　须信千古湘流，彩丝缠黍[6]，端为英雄设。堪笑儿童浮昌歜[7]，悲愤翻为嬉悦。三叹灵均[8]，竟罹谗网，我独中情切。薰风窗户，榴花知为谁裂[9]。

[注释]

①三闾：即三闾大夫，战国时楚国诗人屈原曾官三闾大夫。　②离骚：屈原之代表作。　③击节：赞赏。　④蓠蕙椒兰：均为香草，代表君子、忠良。　⑤艾萧：即萧艾，恶草名。代表小人、奸佞。　终别：终究有别。　⑥彩丝缠黍：湘楚风俗，端午之日（旧历五月五日），家家以苇叶包糯米并以彩丝紧缠，名为粽子，投江以祭屈原。　⑦昌歜（chù）：菖蒲根的腌制品，又名昌菹。民间在端阳节有吃菖蒲菹和喝菖蒲酒的风俗。　⑧灵均：屈原字。　⑨榴花：农历五月盛开，宋朱熹有"五月榴花照眼明"句。

虞美人

和兰坡催梅

金炉钑就裙纹折[①],香烬低云月。玉钿粘唾上眉心,不似寿阳檐下、六花清[②]。　　翠禽飞起南枝动,惊破西湖梦。仗谁为作水龙声,吹绽寒葩诗眼、为君青[③]。

[注释]

①钑(sà):用作动词,烫熨之意。　②寿阳檐下:即指梅花妆。《太平御览》卷九百七十十引《宋书》:"武帝女寿阳公主人日卧于含章檐下。梅花落公主额上,成五出之华(花),拂之不去,皇后留之。自后有梅花妆,后人多效之。"含章,殿名。　③寒葩:指梅花。　为君青:君指兰坡。此句意为,梅花给兰坡以青眼,意即为他而开。

虞美人

小蛮才把鸳衾折[①],妆就梳横月。探梅不似旧年心,却爱窗前纸帐、十分清。　　朔风吹起寒云动,午寝都无梦。黄昏更被竹枝声[②],唤起醒醒相对、一灯青。

[注释]

①小蛮:唐代诗人白居易有家伎名小蛮。唐孟棨《本事诗·事感》:"白尚书(居易)家伎樊素善歌,小蛮善舞,尝为诗曰:'樱桃樊素口,杨柳小蛮腰。'"　折:折叠。　②竹枝:即"竹枝词",乐府名。本巴渝(今四川东部)一带民歌。唐诗人刘禹锡根据民歌改作新词,歌咏三峡风光和男女恋情,但也曲折地流露出他遭受贬谪后的心情,盛行于世。此后各代诗人写《竹枝词》的很多,也多咏当地风俗和男女爱情,形式都是七言绝句,语言通俗,音调轻快。

虞美人

借韵

龙香浅渍罗屏折[①]，睡思低眉月。闲愁闲闷不关心，心似窗前梅影、一般清。　绣帏交掩流苏动[②]，一觉华胥梦[③]。枕山轻戛宝钗声[④]，粉褪香腮零乱、鬓鸦青。

[注释]

①龙香：即龙涎香，极名贵的香料。　②流苏：下垂的穗子，用五彩羽毛或丝线制成，古代用作帏帐的装饰品。　③华胥梦："（黄帝）昼寝，而梦游于华胥氏之国。华胥氏之国在弇州之西，台州之北，不知斯离国几千万里，盖非舟车足力之所及，神游而已。"见《列子·黄帝》。后因用为梦境的代称。　④戛（jiá）：敲击。

沁园春

为赵孄窝寿

静寿先生，笑傲四并，醉眠孄窝。甚一枰棋壤[①]，掉头不顾，同舟风紧，袖手高歌。太白词华[②]，更生忠愤，为问山林老得么。须知道，有淮碑未作[③]，浯石当磨[④]。　年来君子无多。试屈指、如公能几何。况蓊茏公论[⑤]，新曾推许，冕旒异眷[⑥]，行见搜罗。泽润生民，洗清兵甲，待挽钱塘江上波。功名就，访蟠桃把玩[⑦]，铜狄摩挲[⑧]。

[注释]

①壤：疑"坏"字之误。　②太白词华：言静寿先生有李太白般的才华。　③淮碑：指韩愈所作《平淮西碑》，内容写元和十一年（816）李愬平定吴元济的叛乱。　④浯（wú）：浯溪，源出湖南祁阳西南松山，东北流入湘江，水清石峻，唐诗人元结爱其胜景，居于溪畔，作《大唐中兴颂》刻碑溪

石。　⑤蒭荛(chú ráo):割草打柴之人。泛指平民百姓。　公论:群众意见。　⑥冕旒异眷:皇帝异常恩宠。　⑦蟠桃:古代神话中仙桃。　⑧铜狄:即铜人,亦称金人。陆游《斋中杂兴》诗:"何当五百多,相与摩铜狄。"

凯　歌

为壑相寿[①]

双阁护仙境,万壑渺清秋。台躔光动银汉[②],神秀孕公侯。胸次千崖灏气[③],笔底三江流水,姓字桂香浮。十载洞庭月,今喜照扬州。　捧丹诏,升紫殿,建碧油[④]。胡儿深避沙漠,钤阁飏轻裘[⑤]。点检召棠遗爱[⑥],酝酿潘舆喜色[⑦],英裔蔚文彪。整顿乾坤定,千岁侍宸旒[⑧]。

[注释]

①壑相:贾似道,号秋壑。　②躔(chán):日月星辰运行的度次。台:天上的星宿。　③灏:同"浩"。　④碧油:碧油幢,此指绿色的军帐。⑤钤阁:将帅或州郡长官办事的地方。　⑥召棠:周代召伯巡行南方时,曾在甘棠树下休息,人们因相戒不要伤害此树,并称之为召棠,以示怀念。旧时常借以称颂官吏有善政者。　⑦潘舆:"(岳)除长安令,迁博士,未召拜,亲疾,辄去官免。"见晋潘岳《闲居赋》序。又云:"太夫人在堂,有羸老之疾,尚何能违膝下色养,而屑屑从斗筲之役?于是览止足之分,庶浮云之志,筑室种树,逍遥自得。……乃作《闲居赋》以歌遂情焉。其辞曰……太夫人乃御板舆,升轻轩,远览王畿,近周家园。"后因以"潘舆为养亲"之典。　⑧宸(chén):北宸所居,因以指帝王的宫殿,又引申为王位、帝王的代称。　旒(liú):帝王冠冕前后悬垂的玉串。

[集评]

《四库全书总目》云:"词仅五十首,而应酬之作凡四十三首……寿贾似道(壑相,壑翁)者五……尘容俗状,开卷可憎。"(《芸窗词提要》)

飞雪满堆山

次赵西里耑行喜雪韵[①]

爱日烘晴，梅梢春动，晓窗客梦方还。江天万里，高低烟树，四望犹拥螺鬟[②]。是谁邀滕六[③]，酿薄暮、同云沍寒[④]。却元来是，铃阁露薰，俄忽老青山。　都尽道、年来须更好，无缘农事，雨涩风悭[⑤]。鹅池夜半[⑥]，衔枚飞渡[⑦]，看樽俎折冲间[⑧]。尽青油谈笑，琼花露、杯深量宽。功名做了，云台写作画图看[⑨]。

[注释]

①赵西里：赵希迈之号。　耑：同“专”。　②螺鬟：指青山。　③滕六：古代神话中的雪神名。　④同云：下雪时带有红色的云。　沍（hù）：冻结。　⑤悭：欠缺。陆游《怀昔》诗：“泽国气候晚，仲冬雪犹悭。”　⑥鹅池夜半：“李愬雪夜袭蔡州，自张柴行七十里，比至悬孤城，夜半，雪愈甚。近城有鹅鸭池，愬令惊击之，以杂其声。贼恃吴房、朗山之固，晏然无一人知者。”见《旧唐书·李愬传》。遂破蔡州，擒吴元济，平淮西之乱。　⑦衔枚：枚，形如箸，两端有带，可系于颈上。古代进军袭击敌人时，常令士兵衔在口中，以防喧哗。　⑧樽俎：古代盛酒和盛肉的器皿，常用为宴席的代称。　折冲：抵御敌人。折冲樽俎，在会盟的宴席上制胜对方。　⑨云台画图：“永平中，显宗追感前世功臣，乃图画二十八将于南宫云台。”见《后汉书·马武传论》。后用作建功立业、流芳百世的典故。

绛都春

次韵赵西里游平山堂二词[①]

平山老柳。寄多少胜游，春愁诗瘦。万叠翠屏[②]，一抹江烟浑如旧。晴空栏槛今何有。寂寞文章身后。唤回奇事，青油上客[③]，放怀樽酒。　知不。全淮万里[④]，羽书静[5],草绿长亭津堠[6]。小队出郊,花底赓酬闲时候[7]。和薰筹幕垂春昼。坐看蓉池波皱。主宾同会风云,盛名可久。

[注释]

①平山堂:在扬州,欧阳修建。 ②万叠翠屏:指重重密密之垂柳。 ③青油:青油幕,用青油涂饰的帐幕,军中幕僚所居,故幕僚称为"青油士"。 ④淮,指淮河源出河南桐柏山,东流经河南、安徽等省到江苏入洪泽湖,又入长江。 ⑤羽书:古时征调军队的文书,上插鸟羽表示紧急必须速递。 ⑥津堠(hòu):古代渡口探望敌情的土堡。 ⑦赓:连续,继续。 赓酬:指以诗赠达。

朝中措

前 题

谁云万事转头空,春寓不言中[1]。底问垂杨在否,年年一度东风。 凭高慨古,英雄亦泪,我辈情钟[2]。事业正须老手,清吟留与山翁。

[注释]

①"春寓"句:春所寓含之意尽在不言之中。承下二句意垂杨条条绿,并非"万事转头空"。 ②情钟:犹钟情。情有独钟。 钟:汇聚、专注。

千秋岁

为壑翁母夫人寿[1]

鹤城秋晓,又庆生朝到。人与月,年年好。黑头公相贵[2],膝下欢娱笑。君知否。个般福分人间少[3]。 塞上西风老,红入霜前枣。日日有,平安报。慈颜酡晕浅[4],一呷金杯小。香缭绕,寿星明处台星照[5]。

[注释]

①壑翁:贾似道。 ②黑头公相:指年纪轻轻就当了公卿宰相。 ③个般:这般。 ④酡晕:因饮酒而面带红晕。 ⑤台星:与三公相应,三公亦称三台,系汉代对尚书、御史、谒者的总称。此句意为寿星高照台星,母之寿喜荣及儿子。

青玉案

和何使君次了翁韵词三首

严城寂寞山缭绕,觉寒透、貂裘峭。云压江天风破晓。飞琼万顷,看来浑似,泽国芦花老。　　玉山不怕频频倒[①],要笔阵、纵横快挥扫[②]。见说今年梅较早。笑将名胜,千钟万字[③],谁似邦侯好。

[注释]

①玉山倒:形容醉态。《世说新语·容止》:"嵇叔夜之为人也,岩岩若孤松之独立;其醉也,傀俄若玉山之将崩。" ②"要笔阵"句:古有"笔阵横扫千军"之语,言文章盖世,无有匹敌者。 ③千钟:食禄千钟粟,指朝中高官。 唐氏按:"千"原作"下",从朱居易校《芸窗词》。

青玉案

少时贪看琼林绕,任马上、寒威峭。昨暮六花飞逗晓[①]。拥衾慵起,鬓丝笼帽,顿觉年来老。　　朱阑翠竹枝枝倒,把玉甃、棱层趁风扫[②]。楼上一樽须放早。同云收尽[③],红轮初上[④],对面狼峰好。

[注释]

①六花:指雪花。 ②甃(zhòu):井壁。 ③同云:下雪时特有的带红色的阴云。 ④红轮:指太阳。

青玉案

龙香熏被罗屏绕[1]，任窗外、风儿峭。鸳枕梦回鸡唱晓。丫鬟惊笑，琼枝低亚，错认梅花老。　红炉兽炭装还倒，强梳洗、忙将黛眉扫。贪趁清欢争怕早。弓靴微湿[2]，玉纤频袖，塑出狮儿好。

[注释]

①龙香：龙涎香，一种名贵的香料。　②弓靴：即弓鞋，旧时缠足妇女所穿的鞋子。

沁园春

为壑相寿

思昔买臣[1]，怀绶会稽，年犹五旬。算初无功用[2]，维持国事，但将富贵，夸耀时人。未若先生，方当强仕，掌握长淮百万军。难摹写，是擎天拄地，纬武经文。　河滨。胡马嘶春。便密运机筹出万全。拥熊旗指绶，鹰扬虓啖[3]，毡裘胆落，鼠逸狐奔。褒诏飞来，威名加盛，从此不须关玉门。归朝也，看云台画像[4]，金鼎调元。

[注释]

①买臣：即朱买臣，西汉吴县人。武帝时为会稽太守，与横海将军韩识等击破东越首领的叛乱。曾官至爵都尉，后被杀。　②初无：全无。　③虓(xiāo)：虎叫。　④云台画像："永平中显宗追感前世功臣，乃图画二十八将于南宫云台。"见《后汉书·马武传论》。后用作建功立业、流芳百世的典故。

[集评]

笃文云："此阿谀之俗笔。过片"出万全"，"全"字又失韵。可谓手忙脚乱，失却方寸。”

金缕曲

次韵拙逸刘直孺见寄言志

枌社新相识[1]。恍瞻君、丰神气貌，飘然仙白[2]。笔底三江鲸浪注[3]，胸次一瓯冰雪[4]。怎不做，龙门上客[5]。坎止流行元无定[6]，敢一朝、挨却尘泥迹。且剩把、锦云织。　试看自古贤侯伯。一时间、失虽暂失，得还终得。儋石空无君家事[7]，百万付之一掷。渐养就、抟风鹏翼[8]。任你祖鞭先著了，占鸥天、浩荡观浮没。挈富贵[9]，等儿剧[10]。

[注释]

①枌社：即枌榆社，在丰县。刘邦起兵，祷于此社。后用代指故乡。　②“飘然”句：飘然如谪仙李白。　③鲸：海洋中最大的哺乳类，大可达三十米。　鲸浪：以鲸翻动的巨漾洪波来形容文章的气势。　④瓯：小盆也。　⑤龙门：“是时朝廷日乱，纲纪颓弛，膺独持风裁，以声名自高。士有被其容接者，名为登龙门。”见《后汉书·李膺传》。后因称位高望重者的门第为龙门。　⑥坎止：坎为八卦之一，易经说“坎为险，遇险难而止也。”　⑦儋石：亦作“担石”，常用来形容米粟为数不多。《汉书·扬雄传上》：“家产不过十金，乏无儋石之储。”　⑧抟风鹏翼：语出《庄子·逍遥游》。此处喻雄伟抱负。　⑨挈：提。　⑩剧：嬉玩。

贺新凉

次拙逸刘直孺维扬客中贺新凉韵

襟度天为侣[1]。价平生、放浪江湖，浮云行住。倒挽峡流归笔底，衮衮二并四具[2]。何尚友、沧波鸥鹭[3]。藻薮皇猷君能事[4]，况贤书、两度登天府[5]。急著手，佐明主。

晴风一舸来瓜步[6]，剪灯花、樽酒论诗[7]，顿忘羁旅。逗晓蛮笺传金缕[8]。一片瑰词绮语。甚独茧、抽成长绪。当代夔翁文章伯，定不教、弹铗轻辞去[9]。留共济，孤舟渡。

[注释]

①襟度：襟怀之广度。 ②二并：即贤主、嘉宾。 四具：良辰、美景、赏心、乐事。"四美具，二难并。"见唐王勃《滕王阁序》。 ③沧波鸥鹭：谓无私心而与沧波鸥鹭相亲。 ④藻黻皇猷：为皇帝出谋划策和起草文诰。 ⑤天府：指皇宫。 ⑥瓜步：地名"步"一作"埠"。在江苏六合东南。 ⑦剪灯花：暗用唐李商隐《夜雨寄北》诗"何当共剪西窗烛，却话巴山夜雨时"意。 ⑧蛮笺：蜀笺。 ⑨弹铗："齐人有冯谖者，贫乏不能自存，使人属孟尝君，愿旁食门下……居有顷，倚柱弹其铗，歌曰：'长铗归来乎，食无鱼。'……居有间，复弹其铗，歌曰：'长铗归来乎，食无车！'"见《战国策·齐策》。后因以"弹铗"为自得穷困、向人求助或怀才不遇、自抒愤懑之词。 铗(jiá)：剑柄。

醉落魄

次韵赵西里梅词

瑶姬妙格[1]，冰姿微带霜痕折。一般恼杀多情客。风弄横枝，残月半窗白。 孤山仙种曾移得[2]，结根久傍王猷宅[3]。欲笺心事呼云翮[4]。为报年芳，萍梗正南北[5]。

[注释]

①瑶姬：瑶池仙子。瑶池乃神话中西王母所在。此处喻梅花有仙子之妙格。 ②"孤山"句：宋处士林逋(和靖)隐居西湖之孤山，以梅为妻，以鹤为子，"疏影横斜水清浅，暗香浮动月黄昏"乃其咏梅之名句。 ③王猷：即王子猷。《世说新语·任诞》："王子猷居山阴，夜大雪，眠觉。开室

命酌酒，四望皎然，因起彷徨。咏左思《招隐诗》。” ④云翮：云中飞鸟，指大雁。古人以鸿雁传书。 ⑤萍梗：浮萍与泛梗。比喻漂泊不定。

摸鱼儿

为赵孄窝寿

猛思量、孄窝初度[①]，鲁云呈瑞时节。平山杨柳苍茫外，犹是乡关明月。春漏泄。定知有、梅花先向江南发。烟波梦阔。谩约住西风，呼将塞雁，把酒为君说。
君看取，世道羊肠屈折[②]。依然熟路轻辙[③]。林泉暂洗经纶手[④]，桐柏夜香熏彻。趋魏阙[⑤]。指天上星辰，平步仪清切[⑥]。蟠桃未结。待做著功名，却寻曼倩[⑦]，相与带花折。

[注释]

①初度：指初生之时。《离骚》：“皇览揆余初度兮，肇锡余以嘉名。”后称生日为初度。 孄：同“懒”。 ②屈折：曲折。 ③熟路轻辙：犹轻车熟路。 ④经纶：整理丝缕，引申为处理国家大事。 ⑤魏阙：古代宫门上有巍然高出的楼观称魏阙，其下两旁为悬布法令的地方，因以为朝廷的代称。《庄子·让王》：“身在江海之上，心居乎魏阙之下。” ⑥仪：测度、测候。“是以仪天步晷，而修短可量。”见陆机《演连珠》。 ⑦曼倩：东方朔，号曼倩。传说曾三窃蟠桃。

瑞鹤仙

次韵陆景思喜雪[①]

碧油推上客。有神机沉密，参运帷幄[②]。威声际沙漠。庆云飞川泳[③]，和熏三白。霄渊敻鬲[④]。甚探梅、也来相约。更谁怜久客，泥深穿履，栖栖东郭。 农麦。年来管好，禾黍离离[5]，讵忘关洛[6]。风高水涸。多少事、待韬略。看鹅池夜渡，黎明飞捷[7]，儿辈惛惛未觉。便冲寒，铁骑横驱，汛扫六合[8]。

[注释]

①陆景思：陆睿，字景思，号云西。 ②参运帷幄：出谋划策于密室之中。 ③泳：潜行水中。 ④敻(xiòng)：通"迥"，远。 鬲：当作"隔"。 ⑤离离：茂盛貌。 ⑥讵忘：岂忘。 关洛：关中、洛阳，泛指中原大地。 ⑦唐氏按："黎"原作"犁"，校语云，"犁"疑"黎"。 ⑧汛扫：扫除，清除。 六合：天地四方。泛指天下。

沁园春

代人上吴履斋集贤寿

绿野归来，筇杖角巾[1]，岂不快哉。有清泉白石，东西岩岫，翠阴红影，高下楼台。况是蕤宾[2]，槐庭暑薄，照眼葵榴次第开。轻熏里，剪香蒲为寿，一笑传杯。 栽培。多少英材。更霖雨、看看遍九垓[3]。算支撑厦屋，正资梁栋，调和钧鼎，须用盐梅[4]。旒冕兴思，搢绅颙望，应有天边丹诏催。依还是，为苍生一起，重位元台[5]。

[注释]

①筇(qióng)：竹名。筇竹可以作杖，因即称杖为筇。 ②蕤(ruí)宾：十二律中的第七律。因位于午，在五月，故指农历五月。 ③九垓：九州之极数也，即九州地面。 ④盐梅："若作和羹，尔惟盐梅。"见《尚书·说命下》。殷高宗命傅说作相之辞。盐味咸梅味酸，为调味所需，比喻傅说是国家所需要的人。后因用来赞美作宰相的人。 ⑤元台：三台之首。汉代称尚书、御史、谒者为三台，三台之首尚书，即宰相之位。

木兰花慢

上壑翁寿

豆花轻雨霁，更七日、是中秋。记分野三台[①]，家山双阙[②]，孕秀名流。平生佐时大略，有忠勤、一念等伊周[③]。十载清风楚泽，三年明月扬州。　须知万灶出貔貅[④]。智勇迈前猷[⑤]。自向来捣颖，□番平海，胆落毡裘[⑥]。红旗指关定洛[⑦]，看春融、喜色动宸旒[⑧]。著取斑衣绣衮[⑨]，揭开玉字金瓯[⑩]。

［注释］

①分野：我国古代星占术中的一种概念。它认为，地上各州郡邦国和天上一定的区域相对应，在该天发生的天象预兆着各对应地方的吉凶。　三台：星官名。《晋书·天文志》："三台六星，两两而居，西近文昌二星曰上台；次二星曰中台；东二星曰下台。"此处"分野三台"意指壑翁出生地正分天象三台星相对应，故可为相。　②双阙：古代宫殿前的高建筑物，通常左右各一，建成高台，台上起楼观，以两阙上间有空缺，故名阙或双阙。　③伊：伊尹，名挚，商初大臣，帮助汤攻灭夏桀。　周：周公，名旦，西周初年政治家，曾助武王灭商，后辅佐成王。　④貔貅：比喻勇猛的军士。　⑤猷：谋划，运筹。　⑥毡裘：代指胡人。　⑦指关定洛：指大军直指关、洛，平定中原。　⑧宸：宫殿。　旒：冕旒，皇冠。代指皇帝。　⑨斑衣绣衮：指皇帝赏赐的锦袍玉带。　⑩金瓯：盛酒器，亦比喻疆土完整。

好事近

九日登平山和王帅干应奎[①]

素壁走龙蛇[②]，难觅醉翁真迹。惟有断岗衰草，是几番经历。　紫萸黄菊又西风，同作携壶客。清兴未阑归去[③]，负晴空明月。

[注释]

①平山:扬州平山堂,欧阳修所建。　王应奎:不详。　帅干:官名。　②走龙蛇:笔走龙蛇。形容书法矫夭,字迹如龙飞蛇舞。　③未阑:未尽。

摸鱼儿

九日登平山和赵子固帅机[①]

望神京、目断烟草,青天长剑频倚[②]。香街十里朱帘月,空想当年华丽。堪叹处,渺沙霭蒹葭[③],咿哘雁声起[④]。平山谩记。怅杨柳春风,晴空栏槛,陈迹总非是。　重阳好,红叶黄花满地。良辰美景如此。青油幕府传芳罣[⑤],苒苒露琼花气。还更喜。看玉阃规恢[⑥],笑骋伊吾志[⑦]。尘清北冀[⑧]。便向关洛联镳[⑨],巍巍冠佩,麟阁画图里[⑩]。

[注释]

①赵子固:赵孟坚,字子固。　帅机:官名。　②长剑频倚:语出宋玉《大言赋》"方地为车,圆天为盖,长剑耿耿倚天外"。　③蒹葭:芦苇。《诗经·秦风·蒹葭》:"蒹葭苍苍,白露为霜。"　④咿哘:象声词,大雁的叫声。　⑤青油幕:涂有青油的帷幕。此指主帅居处。　⑥玉阃(kǔn):同"玉帐",主帅所居,借指主帅。　规恢:规模恢宏。　⑦伊吾:郡名,在今新疆哈密,此指边疆地区。　⑧尘清北冀:扫清大河以北之敌尘。　⑨关洛:关中、洛阳。时为蒙古所占领。　联镳:战马相联。　⑩麟阁画图:"甘露三年,单于始入朝。上(汉宣帝)思股肱之美,乃图画其人于麒麟阁,法其形貌,署其官爵姓名。"见《汉书·苏武传》。后用作建功立业、荣耀千秋的典故。

唐多令

九日登平山和朱帅幹

斜日淡芜烟，重阳又一年。怅垂杨、几度飞绵。只把晴空山色看，多少恨、倩谁笺①。　沙霭暗中原②，横戈谁夜眠③。尽今宵、且醉花边。准拟来秋天气好，重把菊、嗅芳妍。

[注释]

①倩：请。　笺：作动词“抒写”用。　②沙霭：尘沙，雾霭。　③“横戈”句：即枕戈待旦之意，比喻报国杀敌心切一刻不懈。《晋书·刘琨传》：“琨少负志气，有纵横之才……与范阳祖逖为友，闻逖被用，与亲故书曰：‘吾枕戈待旦，志枭逆虏，常恐祖生先吾著鞭。’”

贺新凉

寿壑相母夫人

萸菊香凝雾。记重阳、才经三日，帨悬朱户①。紫殿玉垣称寿斝②，潋滟琼花清露。正万里、尘清淮浦。地宝从来标瑞应，甚新会、秀出金芝树。正此处，诞申甫。　人间小住千秋岁。画堂深、彩侍怡声，慈颜笑语。况是加恩封大国③，锦诰鸾翔凤舞。便娱侍、鱼轩沙路④。御果金泥宣晓宴，卷宫帘、争看元台母⑤。家庆事，耀今古。

[注释]

①帨（shuì）：佩巾。　②斝（jiǎ）：古代酒器，青铜制，用以温酒。　③《全宋词》注：“是年加封大国。壑相生于宝应，近芝生于是邦。”　壑相：贾似道。　④鱼轩：古代贵族妇女所乘之车。《左传·闵公二年》：“归夫人鱼

轩。”杜预注:“鱼轩,夫人车,以鱼皮为饰。” 沙路:唐李肇《国史补》卷下:“凡拜相,礼绝班行,府县载沙填路,自私邸至关子城东街,名曰沙堤。”后用作拜相的典故。 ⑤元台:宰相之尊称。

贺新凉

送刘澄斋制幹归京口①

匹马钟山路②。怅年来、只解邮亭,送人归去。季子貂裘尘渐满③,犹是区区羁旅。谩空有、剑锋如故。髀肉未消仪舌在④,向樽前、莫洒英雄泪。鞭未动,酒频举。 西风乱叶长安树⑤。叹离离、荒宫废苑,几番禾黍⑥。云栈萦纡今平步,休说襄淮乐土。但衮衮、江涛东注。世上岂无高卧者,奈草庐、烟锁无人顾⑦。笺此恨,付金缕。

[注释]

①京口:故址在今江苏镇江。 ②钟山:即紫金山,在今南京郊外。 ③季子:指苏秦。苏秦游说秦王失败“黑貂之裘敝,黄金百斤尽,落魄而归。” ④“髀肉未消”句:用《三国志·蜀志·先主传》典故,“备住荆州数年,尝于表坐起至厕,见髀里肉生,慨然流涕。还坐,表怪问备。备曰:‘吾尝身不离鞍,髀肉皆消;今不复骑,髀里肉生,日月若驰,老将至之矣,而功业不建,是以悲耳。’” 仪舌:指张仪之舌,即指高妙的辩才。 ⑤“西风”句:本唐贾岛《忆江上吴处士》诗。“秋风吹渭水,落叶满长安。” ⑥禾黍:“彼黍离离,彼稷之苗。行迈靡靡,中心摇摇。”见《诗经·王风·黍离》。《诗序》曰:“《黍离》,闵周室也。 ⑦“奈草庐”句:用刘备三顾茅庐,起用诸葛亮于草野的典故。叹息今世虽有如孔明般的高卧者,却无人一顾。

[集评]

陈廷焯云:“后半纵横跌宕,感慨不尽。”(《词则》)

满江红

寿壑相

淮海波澄，湛桂影、半规凉月。又还是、中秋相近，垂弧时节[①]。纶诰飞来宸眷重[②]，彩衣著处慈颜悦。注紫清、花露入瑶卮[③]，琼香滑。　挥羽扇，持旄钺[④]。鲸海浪，阴山雪[⑤]。看威声到处，遐冲都折[⑥]。沙溪远标铜柱界，关河尽补金瓯缺。庆君臣、千载会风云，看伊说[⑦]。

[注释]

①垂弧：即悬弧，古代生男孩要在门口挂弓矢。后以指生日。　②纶诰：皇帝的诏令。　宸：北宸所居，因以指帝王的宫殿，又引申为王位、帝王的代称。　宸眷：皇帝的眷顾恩宠。　③瑶卮：玉做的酒器。　卮：古代盛酒器皿。　④旄钺：军中的仪仗。　⑤阴山：在今内蒙自治区中部。　⑥遐冲：远方的要冲。　⑦伊：伊尹，商初大臣，帮助汤灭夏桀。说：傅说，商王武丁的大臣。

浪淘沙

次韵孙霁窗制参雨中海棠

春梦草茸茸，愁雨愁风。对花须拚酒频中。莫遣枝头银烛暗[①]，辜负嫣红。　推起簿书丛[②]，何苦匆匆。慳吟却讶少陵公[③]。天定为花开一笑，日上篱东[④]。

[注释]

①"莫遣"句：指应秉烛夜游。《文选·〈古诗十九首〉其十五》："生年不满百，常怀千岁忧，昼短苦夜长，何不秉烛游？"　②簿书丛：指案头文牍。　③少陵公：杜甫，唐代大诗人，诗中自称少陵野老。　慳吟：指吟诗特别认真仔细推敲。杜甫有诗云："老去渐于诗律细，语不惊人死不休。"④篱东：暗用陶渊明"采菊东篱下，悠然见南山"典故。

浪淘沙

再用前韵定出郊之约

烟缕暗蒙茸,杨柳轻风。雨声多在夜窗中。春水渐生春事去,流尽残红。　　新笋绿丛丛,莺语匆匆。一樽同酹定林公[①]。十里长松青未了[②],山北山东。

[注释]

①定林:定林寺,在钟山,王安石常游此。　②青未了:本杜甫《望岳》"齐鲁青未了"。

摸鱼儿

荼　蘼

正莓墙、柳绵低度,枝头红紫飞尽。秾阴涨绿冰钿碎,浥浥麝兰成阵[①]。仙骨嫩。悦姑射瑶姬[②],青幰游琼苑[③],风前有恨。也一似宫梅,飘香坠粉,轻点寿阳鬓[④]。

梨花雪,讲道全无清韵。何曾留到春晚。柔条不受真珠露,滴沥紫檀心晕。芳又润。待挼放金樽[⑤],拚作通宵饮。日高慵困。任翠幄低云,玉薰泛梦[⑥],路入醉乡稳。

[注释]

①浥浥:香气盛貌。　②姑射瑶姬:"藐姑射之山有神人居焉。肌肤若冰雪,淖约若处子。不食五谷,吸风饮露,乘云气,御飞龙,而游乎四海之外。"见《庄子·逍遥游》。　③幰:车幔。　④寿阳鬓:即寿阳妆(梅花妆)。　⑤挼:采摘。　⑥玉薰:指熏炉飘散出来的香气。

木兰花慢

次韵孙霁窗赋牡丹

渐稠红飞尽，早秾绿、遍林梢。正池馆轻寒，杨花飘絮，草色萦袍。天香夜浮院宇，看亭亭、雨槛渍春膏[①]。趁取芳时胜赏，莫将年少轻抛。　鞭鞘。驱放马蹄高。世事一秋毫[②]。便飞书倥偬[③]，运筹闲暇，何害推敲[④]。花前效颦著句[⑤]，悄干镆、侧畔奏铅刀[⑥]。何日重携樽酒，浮瓯细剪香苞[⑦]。

[注释]

①膏：肥沃的泥土。　②秋毫：鸟兽在秋天新长出来的细毛。《孟子·梁惠王上》："足以明察秋毫之末。"比喻极纤小的事物。　③倥偬（kǒng zǒng）：事多、繁忙。急迫貌。　④推敲：典出贾岛。宋胡仔《苕溪渔隐丛话》前集卷十九引《刘公嘉话》："贾岛初赴举京师，一日于驴上得句云：'鸟宿池边树，僧敲月下门。'始欲著'推'字，又欲著'敲'字。炼之未定。……时韩愈吏部权京兆，岛不觉冲撞。左右拥至尹前，岛具对所得诗句云云。韩立马良久，谓岛曰：'作敲字佳矣。'遂与并辔而归，留连论诗，以为布衣之交。"后因称反复斟酌诗文字句为推敲。　⑤"花前"句：自谦之辞，言己次韵和诗犹东施之效颦，只是出乖弄丑而已。　⑥干镆：指干将、莫邪，古有名利剑。镆，通"莫"。此二句亦自谦之辞，言己之诗与公诗相比，犹铅刀之于干将、莫邪。　⑦浮瓯：饮酒。瓯，酒具也。

祝英台近

赋牡丹

柳绵稀，桃锦淡[①]，春事在何许。一种秾华，天香渍冰露[②]。嫩苞叠叠湘罗[③]，红娇紫妒。翠葆护、西真仙侣[④]。

试听取。更饶十日看承，霞腴污尘土。池馆轻寒，次第少风雨。好趁油幕清闲,重开芳醑[⑤]。莫孤负、莺歌蝶舞。

[注释]

①锦:比喻鲜艳华美。 ②“天香”句:形容天香国色之牡丹为晶莹的露珠所浸润。 ③“嫩苞”句:形容牡丹之花苞如叠叠之湘罗所攒。 湘罗:湘地所产的著名丝绸。 ④西真仙侣:疑指西王母。《汉武帝内传》:“(西)王母上殿,东向坐,视之可年三十许,修短得中,天姿掩蔼,容颜绝世,真丽人也。” ⑤醑:美酒。

满江红

寿壑相

玉垒澄秋[①],又还近、桂华如璧[②]。算六载、筹边整暇[③],几多功绩。铁壁连云东海重[④],惊波截断狂鲵翼。把向来、捣颍旧规模[⑤],平淮北。 经济妙,谁知得。都总是,诗书力。有召公家法[⑥],范公胸臆[⑦]。赫赫勋名俱向上,绵绵福寿宜无极。著莱衣、辉映衮衣荣[⑧],恢霖泽[⑨]。

[注释]

①玉垒:玉垒山,在四川灌县。唐时土蕃频犯境,战氛不断。 澄秋:太平无事。 ②桂华:指月亮。 ③筹边整暇:从容处理边务。 ④铁壁:喻抵御敌人的防线。 ⑤捣颍:似指刘锜大败金兀术于顺昌(颍州)。事见《宋史·刘锜传》。 ⑥召公:一作邵公。与周公旦同辅成王,为古之名相。 ⑦范公:指范仲淹,北宋政治家、文学家。曾任陕西经略副使,改革军事,巩固边防。 ⑧莱衣:用老莱子彩衣娱亲故事。 衮衣:官服,以代官爵之荣。 ⑨恢:扩大、发扬,犹恢弘。 霖泽:泽被霖雨,指帝王对百姓的恩惠。

鹧鸪天

寿定庵运管兄

饱挹台城白鹭秋[①]，又骑黄鹄上江州[②]。恩波浩荡三千里，多少人家愿借留。 □寿斝[③]，菊香浮。姓名还喜到宸旒[④]。片□□□□□□，□振□□□下流。

[注释]

①台城：故址在今南京鸡鸣山南。 白鹭：南京有白鹭洲。李白《登金陵凤凰台》诗有"三山半落青天外，一水中分白鹭洲"句。 ②"又骑"句：南朝任昉《述异记》卷上载，"荀瑰字叔伟，尝东游，憩江夏黄鹤楼上，望西南有物飘然降自霄汉，俄顷已至，乃驾鹤之宾也……已而辞去，跨鹤腾空而灭。"《南齐书·州郡志下》载，"夏口城据黄鹄矶，世传仙人子安乘黄鹄过此上也。"鹄，通"鹤"。 江州：今江西九江一带。 ③斝：酒器。 ④宸旒：借指皇宫，朝廷。

安庆摸

和孙霁[窗]

渺长江、浩无今古，悠悠经几流景[①]。桥家松竹知何在，寂历丹枫如锦[②]。行阵整。想鬥舰连艘，谈笑烟灰冷[③]。寒光万顷。算只有当年，暮天霜月，惨澹照山影。

元戎队[④]，画角梅花缓引[⑤]。楼船飞渡波稳。中流击楫酬初志，此去君王高枕。应暗省。使万里尘清，谁逊周公瑾。勋名不泯。看阳蛰潜开[⑥]，老龙挟雨，渊睡为民醒。

（以上陆敕先校本《芸窗词》）

[注释]

①流景：流逝的光阴。 ②寂历：犹寂寞。韩偓《西江晚思》："云物

阴寂历，竹木寒青苍。"　③"谈笑"句：苏轼《赤壁怀古》词中有"谈笑间强虏灰飞烟灭"之句。　④元戎：主将。　⑤画角：古管乐器。出自西羌。发声哀厉高亢，军中多用之，以警昏晓。　梅花：指"梅花三弄"，又名"梅花行"，琴曲。　⑥阳蛰：潜入地下的阳气、蛰虫。

［**集评**］

李调元云："人谓张桀《芸窗词》饶贫气，今观其全集，如：'小楼燕子话春寒'，又'秋在黄花羞涩处'，又'苦被流莺，蹴翻花影，一栏红露'，俱不减少游风韵。"（《雨村词话》卷三）

李调元云："虚斋（赵以夫）梅花词可谓一尘不染。其时张方叔桀次'好'字韵云：'此际虚斋心事，与此花俱好。'相去不啻万里。"（《雨村词话》卷三）

冯煦云："词家各有途迳，正不必强事牵合。毛子晋于洪叔屿，则举'燕子又归来，但惹得满身花雨'，及'花上蝶，水中凫，芳心密意两相於'等语，而信其不减周美成。杨用修于李俊明，则以为《兰陵王》一首，可并秦、周。至芸窗全卷只五十阕，而应酬谀颂之作，几及十九。子晋而取其警句，分配放翁、邦卿、秦七、黄九。以一人之笔兼此四家，恐亦势之所不能也。"（《蒿庵论词》）

刘克逊

刘克逊(1189—1246)，字无竞，号西墅，刘克庄之弟，淳熙十六年生。仕为古田令、通判临安、江东提刑。淳祐六年卒，年五十八。有《西墅集》，不传。

水调歌头

同黄主簿登清风峡刘魁读书岩赋水调歌头调①

解变西昆体②，一赋冠群英。清风峡畔，至今堂已读书名。富贵轻于尘土，孝义高于山岳，惜不大其成③。陵谷纵迁改，草木亦光荣。　　与仇香④，穿阮屐⑤，试同登。石龛虽窄，可容一几短檠灯。千仞苍崖如削，四面翠屏不断，云雾镇长生。最爱岩前水，犹作诵弦声。

（《永乐大典》卷九千七百六十五“岩”字韵引刘克逊《西墅集》）

［注释］

①唐氏按：此首别作章谦亨词，见《铅山县志》卷十五，未知孰是。　②西昆体：北宋初，杨亿、刘筠、钱惟演等十馀人所作的倡和诗，集成一册，名《西昆酬唱集》。他们的诗作大多学唐代的李商隐、温庭筠，追求词藻声律，好用典故，文字绮丽而语意轻浅，一时学的人很多，世称西昆体，简称昆体。“盖自杨刘倡和，《西昆集》行，后进学者争效之，风雅一变，谓之昆体。”见欧阳修《六一诗话》。　③成：成就，成果。　④仇香：东汉仇览的别名，因其曾任主簿，此以仇香代主簿。　⑤阮屐：晋代阮咸之子阮孚喜好屐，并且自己做，有人去他家，见他亲自吹火给屐上蜡，叹气说：“未知一生当著几两屐？”见刘义庆《世说新语·雅量》。

王广文

王广文殆官教之称,或非名也。生平不详。宋赵汝鐩《野谷诗集》中屡见王广文,未知即其人否。

金缕歌[①]

辜负东风约。忆曾将、淮南草木,笔端笼络。后土祠中明月夜[②],忽有瑶姬跨鹤。迥不比、水仙低弱[③]。天上人间惟一本,倒千钟、琼露花前酌。追往事,怎忘却。

移根应费仙家药。漫回头、关山信断,堡城笳作[④]。问讯而今平安否,莫遣玉箫惊落。但画卷、依稀描著。白髮愧无渡江曲,与吾家、子敬相酬酢[⑤]。新旧恨,两交错。

(曹璿《琼花集》卷三)

[注释]

①唐氏按:此首又见《全芳备祖》前集卷五"琼花门",题刘克庄作,而本集不载。曹璿《琼花集》所收各词,原从《宝祐维扬志》出,作王广文词,当别有据。　②后土祠:供奉土神的场所。"共工氏有子曰句龙,为后土。"见《左传·昭公二十九年》。　③迥:远,差得远。　④堡城:土城。　笳:古代西域少数民族的管乐器。　⑤吾家子敬:王献之。作者姓王,和王献之是本家,故称"吾家"。　子敬:王献之的字。　酬酢:主人和客人互相敬酒。"觞酌俎豆,酬酢之礼,所以效善也。"见汉刘安《淮南子·主术训》。

宋自道

宋自道，生平不详，字吉甫，号兰室。金华人，徙居新建。弟兄六人：自适、自道、自逢、自迪、自述、自逊，皆承其父学。

点绛唇

山雨初晴，馀寒犹在东风软[①]。满庭苔藓。青子无人见[②]。　　好客不来，门外芳菲遍。难消遣。流莺声啭，坐看芭蕉展。

（《阳春白雪》卷六）

[注释]

①馀寒：剩馀的寒冷，指初春的气候。　②青子：梅子。

宋自逊

宋自逊,生卒不详,字谦父,号壶山,金华人,居南昌。所著乐府,名《渔樵笛谱》,不传,有赵万里辑本。

蓦山溪

自　述

壶山居士,未老心先懒。爱学道人家,办竹几、蒲团茗碗[①]。青山可买,小结屋三间,开一径,俯清溪,修竹栽教满。　客来便请,随分家常饭[②]。若肯小留连[③],更薄酒、三杯两盏。吟诗度曲,风月任招呼,身外事,不关心,自有天公管。

[注释]

①茗碗:茶杯。　②随分:照例,照样。"只应随分过。"见唐姚合《武功县中作》。随意,随便。"当如随分尊前醉,莫负东篱菊蕊黄。"见李清照《鹧鸪天》。　③留连:不想走,舍不得离开。

[集评]

阳九逐客云:"清新恬淡,直隐士风范。文辞通俗自然,一扫雕琢之气,读之如吃腻了山珍海味后务必萝卜青菜。"(见《养酒斋词话》)

沁园春

送戴石屏[①]

归去来兮,田园将芜,云胡不归[②]。既有诗千首,如斯者少,行年七十,从古来稀[③]。地阙东南,天倾西北[④],人事何缘有足时。江湖上,转不如前日,步步危机。　石屏自有柴扉。占海岸、潮头岸一矶。唤彩衣孙子[⑤]，携壶挈榼，白头翁媪，举案齐眉[⑥]。身外声名，世间梦幻，万事一醒无是非。书来往，都不须长语，直写心期[⑦]。

[注释]

①戴石屏：戴复古号。 ②"归去来"三句：用陶潜《归去来辞》原字句。 ③"行年七十"二句："酒债寻常行处有，人生七十古来稀。"见杜甫《曲江》。 ④"地阙"二句：上古共工氏头触不周山，天柱折而天倾西北，地维绝而地陷东南。见《淮南子·冥览训》。 ⑤彩衣孙子：孝顺的子女。用老莱子彩衣娱亲的典故。 ⑥举案齐眉：梁鸿和妻子孟光，互相敬爱，每次吃饭，孟光都要把饭碗举起，和眉毛一样齐，以表示礼敬。见《后汉书·梁鸿传》。 案：食具，盘盂之类。别本作"桉"，同"案"。 ⑦心期：两相期许。"（向）柳曰：'我与士逊（颜峻）心期久矣，岂可一旦以势利处之？'"见《南史·向柳传》。

贺新郎

题雪堂

唤起东坡老。问雪堂、几番兴废[①]，斜阳衰草。一月有钱三十块，何苦抽身不早。又底用、北门摛藻[②]。儋雨蛮烟添老色[③]，和陶诗、翻被渊明恼。到底是，忘言好。 周郎英发人间少[④]。谩依然、乌鹊南飞，山高月小。岁月堂堂留不住，此世何时是了。算不满、英雄一笑。我有丰淮千斗酒，把新愁、旧恨都倾倒。三弄笛，楚天晓。

[注释]

①雪堂：苏轼贬谪在黄州时，寓居临皋亭，就着东坡筑雪堂。故址在今湖北黄冈东。 ②北门摛藻：发泄仕途不得志的话。 北门：《诗经·邶风》的篇名，其诗序云"北门，刺仕不得志也"。 摛藻：铺张词藻。"虽驰辩如波涛，摛藻如春华。"见汉班固《答宾戏》。 ③儋：儋州，在今海南

儋,苏轼流放的地方。 ④“周郎”句:指苏轼《念奴娇·赤壁怀古》。

[集评]

卓人月云:“东坡一生任达,看来还跳不出圈子。当局不如旁观。”(《古今词统》卷十七)

李佳云:“此词慷慨激昂,坡老见之,定当把臂入林。”(《左庵词话》卷上)

贺新郎

七 夕

灵鹊桥初就[1]。记迢迢、重湖风浪,去年时候。岁月不留人易老,万事茫茫宇宙。但独对、西风搔首。巧拙岂关今夕事,奈痴儿、騃女流传谬[2]。添话柄,柳州柳[3]。 道人识破灰心久。只好风、凉月佳时,疏狂如旧。休笑双星经岁别[4],人到中年已后。云雨梦、可曾常有[5]。雪藕调冰花熏茗,正梧桐、雨过新凉透。且随分,一杯酒。

[注释]

①灵鹊桥:传说每年七月七日晚,牛郎、织女相会,有许多喜鹊衔接成桥以渡银河。 ②“巧拙”二句:旧时风俗,每年七月七夕妇女们穿针乞巧。“七夕,人家妇女结彩缕,穿七孔针,或以金银鍮石为针,陈瓜果于庭中以乞巧。有喜子网于瓜上,则以为得。”见《荆楚岁时记》。 ③柳州柳:指唐柳宗元。他曾作《乞巧文》。 ④双星:指牵牛和织女二星。 ⑤云雨梦:指楚襄王游高唐梦会巫山神女之事。

[集评]

潘游龙云:“古诗‘双星今夜贪欢乐,那得工夫赐巧丝’可证柳大之谬也。”(《古今诗馀醉》卷十五)

黄苏云:“古人云:‘文徵实而难巧,意翻空而易奇。’观潜夫两作并此

作，益信。结语，有含蓄。妙在'随分'二字。"（《蓼园词选》）

满江红

秋感

举扇西风，又十载、重游秋浦[①]。对旧日、江山错愕，鬓丝如许。世事兴亡空感慨，男儿事业谁堪数。被老天、开眼看人忙，成今古。　　江上路，喧鼙鼓[②]。山中地，纷豺虎。谩乾坤许大[③]，著身何处。名利等成狂梦寐，文章亦是闲言语。赖双投、酒熟蟹螯肥[④]，忘羁旅。

［注释］

①秋浦：地名。在今安徽贵池境内。　②鼙鼓：一作鞞鼓，军鼓。"渔阳鼙鼓动地来，惊破霓裳羽衣曲。"见白居易《长恨歌》。　③许大：那么大。　④双投：两种赌博性的游戏，双陆和投壶。

西江月

何敢笑人干禄[①]，自知无分弹冠[②]。只将贫贱博清闲，留取书遮老眼。　　世上风波任险，门前路径须宽。心无妄想梦魂安，万事鹤长凫短[③]。

（以上六首见《中兴以来绝妙词选》卷九）

［注释］

①干禄：求官，也指做官。"子张学干禄。"见《论语·为政》。　②弹冠：把帽子刷刷干净，比喻将要出来做官。"或辞禄而反耕，或弹冠而来仕。"见南朝梁沈约《郊居赋》。　③鹤长凫短：鹤腿长，鸭脚短，应该顺其自然，不必去增加和减少。"凫胫虽短，续之则忧；鹤胫虽长，断之则悲。"见《庄子·骈拇》。

昼锦堂

上李真州

荷叶龟游，庭皋鹤舞，应是秋满淮涯。昨夜将星明处[①]，仿佛峨眉。干戈已净银河淡，尘沙不动翠烟微。邦人道[②]，半月中秋，当歌不饮何为。　谁知心事远，但感慨登临，白羽频挥[③]。恨不明朝出塞，猎猎旌旗。文南一矢澶渊劲[④]，夔门三箭武关奇[⑤]。挑灯看，龙吼传家旧剑，曾斩吴曦[⑥]。

（《翰墨大全》丁集卷三）

（以上宋自逊词七首，用赵万里辑《渔樵笛谱》）

[注释]

①将星：古人认为作大将的在天上有一颗星，是为将星。　②邦人：国人，老乡。　③白羽：白色的羽毛扇。“圣朝若用西凉簿，白羽犹能效一挥。”见苏轼《射猎》。　④文南一矢：似指澶渊之役中李继降军射杀契丹将萧挞览事。　澶渊：此指“澶渊之盟”。宋真宗景德元年（1004），辽军南侵，朝廷震动，宰相寇准力排众议，决定宋真宗御驾亲征抗辽。在澶渊签订了和约。见《宋史·寇准传》。　文南：文城（今山西吉县西北）之南。　⑤夔门：地名，在四川奉节。　武关：地名。战国时秦昭王约楚怀王会于此，被秦扣留，故云“武关奇”。　⑥吴曦：是南宋末年的叛将。先是投靠韩侂胄，得为四川宣抚副使，兼陕西河东招抚使，献地于金，求封为蜀王。后被擒斩首。

存目词

沈际飞本《草堂诗馀正集》卷六有宋自逊《贺新郎》“步自雪堂去”一首，乃无名氏作，见《类编草堂诗馀》卷四。

黄　载

黄载，生平不详，字伯厚，号玉泉，南丰人。仕至广东兵马钤辖。

昼锦堂

牡　丹

丽景融晴，浮光起昼，玉妃信意寻春①。一笑酒杯翻手，满地祥云。宝台艳蹙文绡帕②，郎官娇舞郁金裙③。嫣然处，况是生香微湿，腻脸馀醺。　暖烘肌欲透，愁日炙还销，风动成尘。细为品归雪调，度与朱唇④。翠帏晚映真图画，金莲夜照越精神。须拚醉，回首夕阳流水，碧草如茵。

［注释］

①玉妃：杨贵妃。此指牡丹。　信意：随意。　②宝台：此指花坛。　③郎官：似指协律郎等歌者舞者。　郁金裙：用郁金香草染色的彩裙。"垂手乱翻雕玉佩，招腰争舞郁金裙。"见唐李商隐《牡丹》。　④"细为"二句：谓谱成《阳春白雪》之雅调，交付歌娥演唱。

隔浦莲

荷　花

瑶妃香透袜冷，伫立青铜镜。玉骨清无汗①，亭亭碧波千顷。云水摇扇影。炎天永，一国清凉境②。　晚妆靓。微酣不语，风流幽恨谁省。沙鸥少事，看到睡鸳双醒。兰棹歌遥隔浦应，催暝。藕丝萦断归艇。

[注释]

①玉骨清无汗:化用五代蜀孟昶《木兰花》"冰肌玉骨清无汗,水殿风来暗香满"之句。　②一国:一方。

洞仙歌

姑苏旧台在三十里外,今台在胥门上,次潘紫岩韵[①]

吴宫故墅,是天开图画。缥缈层云出飞榭。隐隐楼空翠巘,水绕芜城[②],平畴迥,点染霜林凋谢。　越来溪上雁[③],声切阑干,似觅胥门怨吴霸。属镂沉、香溪断[④],梦散云空,千年外、等是渔樵闲话。但极目荒台郁苍烟,衰草里、又还夕阳西下。　（以上三首见《阳春白雪》卷五）

[注释]

①姑苏台:又作姑胥台,旧台在今江苏吴县西南姑苏山上。　潘紫岩:潘牥号。　②芜城:即广陵城,因鲍照的《芜城赋》而得名,后为扬州的别称。此指姑苏。　③越来溪:在吴县西,越兵自此溪入。　④属镂:宝剑名。吴王夫差赐伍子胥属镂剑自杀。见《左传·哀公十一年》。

孤　鸾

四明后圃石峰之下,小池之上,有梅花

冰心孤寂。恋几插灵峰,半泓寒碧[①]。骨瘦和衣薄,清绝成愁极。萧然满身是雪,怕人知、镜中消息。独向百花梦外,自一家春色。　记罗浮幽梦浑如昔[②]。有浸眼鲸波,倚云丹壁。夜醉空山酒,叫裂横霜笛。回头洞天未晓,但迢迢、江南千驿[③]。饮散东风落月,正海山浮碧。

［注释］

①泓:清水一道或一片叫泓。 ②罗浮幽梦:讲梅花的典故,也作“罗浮魂”。隋开皇(隋文帝杨坚年号)中,赵师雄迁罗浮,日暮于松林酒肆旁见一美人,淡妆素服出迎,与语,芳香袭人,因与共饮。师雄醉寝,及醒起视,乃在梅花树下。见唐柳宗元《龙城录》。 ③江南千驿:用南朝宋陆凯赠范晔诗“折梅逢驿使,寄与陇头人”的典故。

东风第一枝

探　梅

迅影雕年[1],嫩晴贳暖[2],意行问讯春色。不知春在谁家,闯香慢拢玉勒[3]。一枝竹外,似欲诉、经年相忆。奈情多、难剪愁来,寂寞水寒烟碧。　　吟正好、悲笳唤恨,酒正殢、夕阳催客。殷勤片月飞来,更随暗香细索。横斜瘦影,看尽未开时消息。为春来,还怕春多,肠断夜阑霜笛。

（以上二首见《阳春白雪》卷六）

［注释］

①雕年:残年,岁暮。 ②贳:出借。 ③闯香:闯进香气中,即探梅。 玉勒:玉制的马口衔铁。以用具借指马匹。“控玉勒而摇星。”见北周庾信《华林园马射赋》。

王平子

王平子,吴郡(今江苏苏州)人。生平不详。

谒金门

春恨

书一纸,小砑吴笺香细①。读到别来心下事,蹙残眉上翠②。　怕落傍人眼底,握向抹胸儿里。针线不忺收拾起③,和衣和闷睡。（《吹剑录》）

[注释]

①砑:轧光。古代用青石碾磨纸、布、皮等,使之光洁密实。　吴笺:吴地出产的纸张。　②翠:翠黛,古代妇女画眉毛的化妆品,相当于现代的眉笔。　③忺(xiān):高兴,惬意。

俞文豹

俞文豹，生卒不详，字文蔚，括苍（今浙江丽水）人。有《吹剑录》，成于淳祐年间。

喜迁莺

小梅幽绝。向冰谷深深，云阴幂幂[1]。饱阅年华，惯谙冷淡[2]，只恁清臞风骨[3]。任他万红千紫，勾引狂蜂游蝶[4]。惟只共、竹和松，同傲岁寒霜雪[5]。　喜得。化工力[6]。移根上苑，向阳和培植。题品还经，孤山处士[7]，许共高人攀折。一枝垂欲放[8]，只等春风披拂。待叶底、结青青，恰是和羹时节[9]。（《吹剑三录》）

[注释]

①幂幂：又深又厚的样子。“盖江烟幂幂。”见唐韩愈《叉鱼招张功曹》。　②谙：熟悉。　③清臞：清逸而消瘦。　④勾引：挽留。　⑤“惟只共”二句：松、竹、梅都是经冬不凋，被称为“岁寒三友”。　⑥化工：大自然的创造力“且夫天地为炉，造化为工。”见汉贾谊《鹏鸟赋》。　⑦孤山处士：指林逋。　⑧注者按：此处缺一字，疑应作“垂垂”。　⑨和羹：烹饪调味，后来用以比喻大臣辅佐皇帝治理国家。“若作和羹，汝惟盐梅。”见《尚书·说命》。

赵希迈

赵希迈,生卒不详,字端行,号西里,永嘉(今浙江温州)人。燕王德昭八世孙。《有西里藁》,不传。《湖南通志》卷一百十二《职官》三有理宗朝知武冈军赵希迈,当即其人。

满江红

三十年前,爱买剑、买书买画。凡几度、诗坛争敌,酒兵取霸[①]。春色秋光如可买,钱悭也不曾论价[②]。任粗豪、争肯放头低,诸公下。　今老大,空嗟讶。思往事,还惊诧。是和非未说,此心先怕。万事全将飞雪看,一闲且问苍天借。乐馀龄、泉石在膏肓[③],吾非诈。

(《浩然斋雅谈》卷下)

[注释]

①酒兵:即酒。以酒能消愁,如同兵能克敌,故称酒兵。“酒犹兵也,兵可千日而不用,不可一日而不备;酒可千日而不饮,不可一饮而不醉。”见南朝陈陈暄《与兄子秀书》。　②悭(qiān):吝啬,缺少。　③泉石膏肓:爱好山水上了瘾,好像病入膏肓,不可医治。“臣泉石膏肓,烟霞痼疾。”见《旧唐书·田游岩传》。

[集评]

陈廷焯云:“粗豪中有劲直之气,词品不必高,而笔趣甚足。”(《放歌集》卷二)

八声甘州

竹西怀古[①]

寒云飞万里，一番秋、一番搅离怀。向隋堤跃马[②]，前时柳色，今度蒿莱。锦缆残香在否[③]，枉被白鸥猜。千古扬州梦[④]，一觉庭槐[⑤]。　歌吹竹西难问，拚菊边醉著，吟寄天涯。任红楼踪迹，茅屋染苍苔。几伤心、桥东片月[⑥]。趁夜潮、流恨入秦淮。潮回处，引西风恨，又渡江来。

（《绝妙好词》卷三）

[注释]

①竹西：江苏扬州城东禅智寺侧有竹西亭，环境清幽。"谁知竹西路，歌吹是扬州。"见唐杜牧《题扬州禅智寺》。　②隋堤：隋炀帝开运河，两岸御道种植杨柳，后人就叫它隋堤。　③锦缆：用彩绸做的纤绳。隋炀帝乘龙舟游江都，强征江南民间少女五百人，名为殿脚女，用彩缆十条做纤绳，让少女和羊一起拉纤。见唐无名氏《开河记》。　④扬州梦：杜牧《遣怀》有"十年一觉扬州梦，赢得青楼薄幸名"之句。　⑤一觉庭槐：指淳于棼醉后梦入大槐安国，做了南柯太守，享尽荣华富贵。后以槐安梦比喻人生如梦。见唐李公佐《南柯太守传》。　⑥桥东片月：杜牧《寄扬州崔绰判官》有"二十四桥明月夜，玉人何处教吹箫"之句。　片月：弦月。

吴　渊

吴渊(1190—1257),字道夫,号退庵,德清人。登嘉定七年(1214)进士第。累官直焕章阁、知平江府。以枢密副都承旨知江州,迁太府少卿,加集英殿修撰,知镇江、太平州、隆兴府。历江西安抚使、升兵部尚书、进端明殿学士、江东安抚使、拜资政殿大学士、封金陵公、徙知福州、福建安抚使,予祠。起拜参知政事。卒,赠少师、谥庄敏。有《退庵》集。

念奴娇

我来牛渚[①],聊登眺、客里襟怀如豁。谁著危亭当此处[②],占断古今愁绝。江势鲸奔,山形虎踞,天险非人设。向来舟舰,曾扫百万胡羯。　追念照水然犀[③],男儿当似此,英雄豪杰。岁月匆匆留不住,鬓已星星堪镊[④]。云暗江天,烟昏淮地,是断魂时节[⑤]。栏干捶碎,酒狂忠愤俱发。

[注释]

①牛渚:山名。在今安徽当涂西北,其山脚突出于长江部分,即著名的采石矶。　②危亭:高亭。　③照水然犀:晋温峤至牛渚矶,水深不可测。世云其下多怪物,峤遂燃犀角而照之,须臾见水族覆火,奇形异状,或乘马车著赤衣者。见《晋书·温峤传》。　然:燃的古字。　④星星:鬓发花白的样子。“星星白发,生于鬓垂。”见晋左思《白发赋》。　⑤“云暗”三句:当时淮地已为金人占据。

[集评]

况周颐云:“崎嵚磊落,吐属固自不凡。”(《历代词人考略》)

水调歌头

太白已仙去[①],诗骨此山藏[②]。胸中锦绣如屋,都乞与东皇。碎剪杏花千树,浓抹胭脂万点,妖艳断人肠。晓露沐春色,晴日涨风光。　孤村路,逢休暇[③],共徜徉。酒旗斜处,□□一簇几红妆。暂息江头烽火,无奈鬓边霜雪,聊复放疏狂。倚俟玉壶竭,未肯宝鞭扬。

[注释]

①太白:李白的字。　②此山:指牛渚山,采石矶上有李白墓。　③休暇:休息假日,相当于现代的星期天休假。古代每十天休假沐浴一次。"十旬休暇,胜友如云。"见唐王勃《滕王阁序》。

沁园春

寿弟相国[①]

喜我新归,逢戎初度[②],关情更深。正昼掩柴扉,□寻隐遁[③],□舒槐府[④],戎正经纶。白石清泉[⑤],紫枢黄阁[⑥],□□□□□□□。□□□,□弟为宰相,兄作闲人。　南园借我登临。都不怕、近前丞相嗔[⑦]。但曳履扶筇,堪怜独步,携壶载酒,每叹孤斟。七秩开颜[⑧],六旬屈指,风雨对床频上心。殷勤祝,道何时回首,及早抽身。

[注释]

①弟相国:指作者的弟弟吴潜。　②初度:生日。"皇览揆余初度兮,肇锡余以嘉名。"见屈原《离骚》。　戎:未详。疑是王戎,西晋宰相。　③隐遁:隐居,隐避。　④槐府:也作槐厅。"学士院第三厅学士阁子,当前有一巨槐,素号槐厅,旧传居此阁者,多至入相。"见宋沈括《梦溪笔谈·故事》。　⑤白石清泉:隐士生活。　⑥紫枢:一作紫阁。唐

开元间改中书省为紫微省,中书令为紫微令,后来就称相府为紫阁。黄阁:汉代丞相听事阁及以后三公官署厅门涂黄色,故称黄阁。⑦近前丞相瞋:“炙手可热势绝伦,慎莫近前丞相瞋。”见杜甫《丽人行》。⑧七秩:十年为一秩,七秩即七十岁。

沁园春

梅

十月江南,一番春信①,怕凭玉栏。正地连边塞,角声三弄②,人思乡国,愁绪千般。草草村墟,疏疏篱落,犹记花间曾卓庵③。茶瓯罢,问几回吟绕,冷淡相看。　堪怜。影落溪南。又月午无人更漏三④。虽虚林幽壑,数枝偏瘦,已存鼎鼐⑤,一点微酸。松竹交盟⑥,雪霜心事,断是平生不肯寒。林逋在,倩诗人此去,为语湖山。

(以上《彊村丛书》本《退庵词》)

[注释]

①春信:春天的花信。②三弄:古曲名,《梅花三弄》。③曾卓庵:不详。疑即与之唱和之曾寓轩。④月午:月亮到了午夜,即半夜。“午月树无影。”见唐·李贺《感讽》。⑤鼎鼐:烹饪用具。鼎是用来调和五味,大的鼎叫鼐。后用以比喻宰相之位。⑥松竹交盟:松、竹、梅为岁寒三友。

满江红

雨花台再用弟履斋乌衣园韵

秋后钟山①,苍翠色、可供餐食。登临处、怨桃旧曲,催梅新笛。江近蘋风随汛落,峰高松露和云滴。叹头童、齿豁已成翁②,犹为客。　老怀抱,非畴昔。欢意思,须寻觅。人间世、假饶百岁[3]，苦无多日。已没风云豪志气，只思烟水闲踪迹。问何年、同老转溪滨，渔钩掷。

[注释]

①钟山：即紫金山，在南京市东。 ②头童、齿豁：老年人头秃齿落，形容人的衰老。“头童齿豁，竟死何裨？”见唐韩愈《进学解》。 ③假饶：如果多到。

满江红

乌衣园

投老未归，太仓粟、尚教蚕食[1]。家山梦、秋江渔唱[2]，晚风牛笛[3]。别墅流风惭莫继，新亭老泪空成滴[4]。笑当年、君作主人翁，同为客。 紫燕泊，犹如昔。青鬓改，难重觅。记携手、同游此处，恍如前日。且更开怀穷乐事，可怜过眼成陈迹[5]。把忧边、忧国许多愁，权抛掷。

（以上二首《景定建康志》卷二十二）

[注释]

①太仓粟：皇帝粮库里的粮食。 蚕食：蚕吃桑叶，比喻逐步逐步地侵占。 ②渔唱：渔歌，渔民所唱的歌。“殷勤听渔唱，渐渐入吴音。”见唐郑谷《江行》。 ③牛笛：牧童的短笛。 ④新亭老泪：又作新亭泪，新亭对泣。东晋初，王导等逃到江南的士大夫在新亭聚会，为忧国而悲伤。见《晋书·王导传》。 ⑤陈迹：过去的事迹。“夫六经，先王之陈迹也。”见《庄子·天运》。

[集评]

况周颐云：“‘晚风牛笛’句，绝雅炼可喜。”（《历代词人考略》）

曾寓轩

曾寓轩,不详其人。有寿制帅吴退庵词,当是与吴渊同时。

满江红

寿章殿院

细数班行,阿谁是、调元手段[①]。君不见、当涂往岁,饥民流散。天幸立庵来歇马,留心济粜无遗算[②]。未须臾、千里复安居,无愁叹。　　公与相,天皆愿。天施报,如符券。看青州阴骘[③],富公公案[④]。已筑新堤旌异数[⑤],便膺虚席非常眷[⑥]。待明年、弧矢再垂门[⑦],蒙宣劝。

[注释]

①调元:宰相调和阴阳,掌握政治。　②济粜(tiào):在灾荒之年,以平价卖出粮食。　③阴骘:上帝在暗中安排定了的。后指阴德,即在暗中做好事。　④富公公案:指宋神宗的宰相富弼因反对王安石新法而被贬的事。　⑤旌:表彰。　异数:特殊的待遇。　⑥虚席:留着空位等待贵宾。"可怜夜半虚前席,不问苍生问鬼神。"见唐李商隐《贾生》。　眷:器重,得到信任。　⑦弧矢:此指生日。

沁园春

寿制帅吴退庵[①]

运在东南,千古金陵,帝王旧州[②]。看地雄江左,蟠龙踞虎,事专阃外[③],缓带轻裘[④]。惟断乃成,非贤罔任[⑤],真是富韩文范俦[⑥]。难兄弟,久齐名天壤,谁劣谁优。　　冕旒[⑦]。似欲兼收。命四辈传宣难借留。记适遵昆季[⑧],

迭行沙路，育充伯仲⑨，并在金瓯⑩。或后或先，相推相逊，等是延陵德泽流⑪。称觞了，便促装西上，同奉宸游⑫。

（以上二首见《截江网》卷四）

［注释］

①吴退庵：吴渊。 ②旧州：历史长久的州府。 ③阃外：统兵在外。 ④缓带轻裘：宽松的衣带，轻暖的皮袍子。形容闲适雍容的风度。"在军常轻裘缓带，身不被甲。"见《晋书·羊祜传》。 ⑤罔任：不要任命，不要信任。 ⑥富韩文范：北宋的四大名臣，富弼、韩琦、文彦博、范仲淹。 俦：同一辈，同样的人。 ⑦冕旒：帝王的礼帽。 ⑧适遵：洪适、洪遵。 昆季：兄弟。长为昆，幼为季。 ⑨育充：吴育、吴充。 伯仲：兄弟，老大为伯，老二为仲，泛指兄弟。 ⑩并在金瓯：指吴渊、吴潜两兄弟都在朝廷为国家出力。 金瓯：金盘，指代国家。 ⑪延陵德泽：春秋时吴国的公子季札有贤名，封于延陵，世称延陵季子。吴渊姓吴，又做着大官，故云"延陵德泽"。 ⑫宸游：皇帝出外视察。

存目词

本书（今按：指《全宋词》）初版卷二百八十一有曾寓轩《小重山》"薄雪初消银月端"一首，据所引《翰墨全书》后甲集卷五，乃曾实轩作。《阳春白雪》卷六作曾原一词，或实轩亦曾原一之别号。

吴　淇

吴淇,生平不详。《浙江通志》有吴淇,庆元(今浙江宁波)人。嘉定七年(1214)进士。南剑知州。或即其人。

南乡子

寿牟国史　三月二十

十日借春留,芍药荼蘼不解愁。检点笙歌催酿酒,西州。有谪仙人烂熳游。　　白鹭自芳洲,咫尺红云最上头[①]。万古沧江波不尽[②],风流。谁似监州旧姓牟。

(《翰墨大全》丁集卷二)

[注释]

①咫尺:八寸叫咫,咫尺比喻距离很近。　②沧江:青色的江水,泛指江水,此处或指长江。

杜　东

杜东，生平不详，字晦之，号月渚。见《诗家鼎脔》。《福建通志》云：邵武人，嘉定七年（1214）进士。

喜迁莺

寿杨韩州　正月初五

生申华席。便占却新春，前头五日。椒颂梅英[①]，金幡彩缕，好个早春天色。使君以仁得寿[②]，和气融春无极。人总道，是阳春有脚[③]，恩浮南国。　应看，丹诏下，昨夜天边，初报春消息。日转黄麾[④]，风生绛伞[⑤]，春殿龙颜咫尺。共庆一堂嘉会，万宇同沾春泽。祝眉寿，便从今细数，好春千亿。[⑥]

（《翰墨大全》丁集卷二）

［注释］

①椒颂：晋代的刘臻妻子陈氏，曾在正月初一日献《椒花颂》，后即用为新年祝颂之典。见《晋书·列女列传》。　②以仁得寿：仁者安静，故能多寿。"知者乐，仁者寿。"见《论语·雍也》。　③阳春有脚：美称爱护人民的地方官吏。"宋璟爱民恤物，朝野归美，时人咸谓璟为有脚阳春，言所至之处，如阳春煦物也。"见五代后周王仁裕《开元天宝遗事·有脚阳春》。　④黄麾：皇帝仪仗队里所用的黄色旌旗。　⑤绛伞：皇帝仪仗队里所用的深红色伞。　⑥唐氏按：此首原题杜月渚作。

赵汝迕

赵汝迕，生卒不详，字叔午，一作叔鲁，号寒泉，乐清人。商王元份七世孙。登嘉定七年(1214)进士，佥判雷州，谪官而卒。

清平乐

初莺细雨[1]，杨柳低愁缕。烟浦花桥如梦里。犹记倚楼别语。　　小屏依旧围香，恨抛薄醉残妆。判却寸心双泪[2]，为他花月凄凉。　　(《绝妙好词》卷五)

[注释]

①初莺：刚会飞的幼莺。　②判却：拚得。

[集评]

许昂霄云："'判却寸心双泪'二句，情至之语，不嫌其苦。"(《词综偶评》)

楼 采

楼采，生卒不详，字君亮，鄞（今浙江宁波）人。楼钥從孙。登嘉定十年（1217）进士。

瑞鹤仙

冻痕销梦草。又招得春归，旧家池沼。园扉掩寒峭。倩谁将花信，遍传深窈。追游趁早。便裁却、轻衫短帽。任残梅、飞满溪桥，和月醉眠清晓。　年小。青丝纤手[①]，彩胜娇鬟[②]，赋情谁表。南楼信杳[③]。江云重，雁归少。记冲香嘶马，流红回岸，几度绿杨残照。想暗黄[④]，依旧东风，灞陵古道。

［注释］

①青丝：乌黑的头髮柔美的手。"君不见高堂明镜悲白髮，朝如青丝暮成雪。"见李白《将进酒》。　②彩胜：古代风俗在立春那天，用有色绢、纸剪成的小旗幡或其他饰物，叫做彩胜，也叫幡胜，插在头髮上，或系在花枝上，表示迎春，并互相赠送。后成为装点节令的一般饰物。　③南楼：古楼名，又名玩月楼，在湖北省鄂城县南。此借指对方居处。　④暗黄：柳条。

玉漏迟

絮花寒食路。晴丝罥日[①]，绿阴吹雾。客帽欺风[②]，愁满画船烟浦。彩柱秋千散后，怅尘锁、燕帘莺户。从间阻[③]。梦云无准，鬓霜如许。　夜永绣阁藏娇[④]，记掩扇传歌，剪灯留语。月约星期，细把花须频数[⑤]。弹指一襟幽恨，谩空趁、啼鹃声诉。深院宇，黄昏杏花微雨。[⑥]

[注释]

①罥(juàn):缠绕,挂。　②客帽:旅途中的帽子,指代在外奔波的人。　③间阻:阻隔,隔开。　④藏娇:宠爱的妻妾。"(汉武帝)……乃笑对曰:'好!若得阿娇作妇,当作金屋贮之也。'"见《太平御览·汉武故事》。　⑤花须频数:不断地数花蕊,占卜爱人回不回来。　⑥唐氏按:此首别误入吴文英《梦窗词集》。

法曲献仙音[①]

花匣么弦[②],象奁双陆[③],旧日留欢情意。梦到银屏,恨裁兰烛,香篝夜阑鸳被[④]。料燕子重来地。桐阴锁窗绮。　倦梳洗。晕芳钿、自羞鸾镜[⑤],罗袖冷,烟柳画栏半倚。浅雨压荼縻,指东风、芳事馀几。院落黄昏,怕春莺、惊笑憔悴。倩柔红约定,唤取玉箫同醉[⑥]。

[注释]

①唐氏按:此首别误作姜夔词,见洪正治本《白石诗词集》。　②么弦:琵琶的第四弦,最细,故名。　③象奁:象牙做的镜匣。　双陆:古代的赌具。　④香篝:罩在火盆上的竹笼子,熏笼。　⑤鸾镜:镜子的美称,铸有鸾凤图案的镜子。　⑥玉箫:人名,小说中韦皋的侍妾。

好事近[①]

人去玉屏间[②],逗晓柳丝风急[③]。帘外杏花细雨,罥春红愁湿。　单衣初试麹尘罗[④],中酒病无力[⑤]。应是绣床慵困[⑥],倚秋千斜立。

[注释]

①唐氏按:以上四首,并见《词学丛书》本《阳春白雪》卷五,作赵闻礼词。《阳春白雪》乃赵氏所编,当不至攘他人之作以为己作。惟《瑞鹤仙》一

首、《法曲献仙音》一首，宛委别藏本，清吟阁本《阳春白雪》俱无撰人姓氏。且周密与赵闻礼时代相接，或另有所据，姑两收之。 ②玉屏：玉制的或镶嵌玉的屏风。 ③逗晓：临到拂晓，即早晨。 ④麹尘：淡黄色的霉菌。因麹上的霉菌孢子淡黄色，又像很细的尘埃。又指淡黄色。 ⑤中酒：酒喝到似醉似醒的时候，此处应该是喝醉而且过度成病了。 ⑥慵困：懒洋洋，倦怠。

二郎神

露床转玉[①]，唤睡醒、绿云梳晓[②]。正倦立银屏，新宽衣带[③]，生怯轻寒料峭。闷绝相思无人问，但怨入、墙阴啼鸟。嗟露屋锁春，晴风喧昼，柳轻梅小。 人悄。日长谩忆，秋千嬉笑。怅烬冷炉薰[④]，花深莺静，帘箔微红醉袅。带结留诗，粉痕销帕，情远窃香年少[⑤]。凝恨极，尽日凭高目断，淡烟芳草。

[注释]

①露床转玉：美人在凉床上翻身。 露床：铺设竹席的凉床。 ②绿云梳晓：早起梳头。"绿云扰扰，梳晓鬟也。"见唐杜牧《阿房宫赋》。 ③新宽衣带：新近衣带宽松了，指因思想负担而消瘦。"衣带渐宽终不悔，为伊消得人憔悴。"见柳永《凤栖梧·伫立危楼》。 ④烬冷炉薰：熏笼里火炉灰都冷了。 ⑤窃香年少：晋代韩寿美姿容，为贾充之女贾午所爱，两人私结姻缘。后贾午把皇帝赐给其父的外国进贡异香偷送给韩寿，因而秘密泄露，贾午终于嫁给了韩寿。见宋刘义庆《世说新语·惑溺》。

玉楼春

东风破晓寒成阵，曲锁沉香簧语嫩[①]。凤钗敲枕玉声圆，罗袖拂屏金缕褪。 云头雁影占来信[②]，歌底眉尖萦浅晕。淡烟疏柳一帘春，细雨遥山千叠恨。

（以上六首见《绝妙好词》卷四）

［注释］

①簧语：鸟鸣。　②雁影占来信：见到大雁，就预测远方爱人是否有书信到。用“雁足传书”的典故。

失调名

紫丁香

珠燮花舆，翠翻莲额。

失调名

汗粉难融，袖香新窃。　（以上《词旨》属对）

［集评］

沈雄云：“楼君亮词，见于草窗所选者，《瑞鹤仙》、《玉漏迟》、《二郎神》、《法曲献仙音》、《好事近》、《玉楼春》诸阕，词意具足，而又工力悉敌者也。”（《古今词话·词评》）

况周颐云：“王定甫云：诸楼以君亮为最良。”又云：“楼君亮词，见《绝妙好词》，凡六首……并如初写《兰亭》，恰到好处。宜乎龙壁山人评为诸楼之冠也。”（《历代词人考略》）

雷应春

雷应春，生卒不详，字春伯，郴（今湖南郴州）人。嘉定十年（1217）进士，分教岳阳，除监行在都进奏院，擢监察御史。归隐九年，又起知临江军。官终江东宪。

好事近

梅片作团飞[①]，雨外柳丝金湿。客子短篷无据[②]，倚长风挂席[③]。　回头流水小桥东，烟扫画楼出。楼上有人凝伫，似旧家曾识。

（《阳春白雪》卷四）

[注释]

①团飞：旋转着飞舞。　②短篷：小船。　③长风：顺风。

沁园春

官满作

问讯故园，今如之何，还胜昔无。想旧耘兰蕙，依然葱茜[①]，新栽杨柳，亦已扶疏。韭本千畦，芋根一亩，雨老烟荒谁为钼[②]。难忘者，是竹吾爱甚，梅汝知乎。　茅亭低压平湖。有狎鹭驯鸥尚可呼[③]。把绛纱准拟，新官到也。寒毡收拾，贱子归欤。略整柴门，更芟草径[④]，惟有幽人解枉车[⑤]。丁宁著，与做添棋局，砌换茶垆。

（《阳春白雪》外集）

[注释]

①葱茜：一作“葱倩”。草木青翠而又茂盛。　②钼：同“锄”。　③狎鹭：驯熟了的、可以一起玩的白鹭。　④芟（shān）：除去，除草。　⑤枉车：

屈就。“不远千里,枉车骑而交臣。”见《战国策·韩策》。

[集评]

陈模云:“雷春伯尝言:只为未曾读书,但是花头草艳,终是易厌。”(《怀古录》卷中)

包荣父

包荣父，生卒不详，字景仁，连江人。嘉定十年（1217）进士。建阳知县，奉议郎。

西江月

寿游侍郎

某恭审某官瑞纪门弧，辉增从橐。适逢八秩，共庆千秋。挂神虎之冠，未酬雅志；叶非熊之卜，会有好音。某受知最深，赞喜尤剧。康宁富寿，公其五福之具全；倬耆期颐[1]，我则一忱而有祷。谩寄《西江月》调，以寿似山仙人。倘蒙薰慈，特赐采瞩，某下情宠耀之至

雅意浯亭宽碧[2]，何心禁路宽华。芝兰玉树侍臣家[3]，一段洛滨图画[4]。　庆事两年亲见，今年福寿堪夸。更从头上人添些。却是八千岁也[5]。　（《截江网》卷四）

［注释］

①倬耆：强健、长寿。　期颐：百岁。　②浯亭：唐代元结在湖南祁阳县浯溪畔所筑的亭子。泛指风景幽雅的亭子。　③芝兰玉树：比喻家中子弟优秀。“譬如芝兰玉树，欲使其生于庭阶耳。”见南朝宋刘义庆《世说新语·言语》。　④洛滨：吹笙，泛指乐器。周灵王的太子晋喜爱吹笙，游伊、洛之间。见汉刘向《列仙传》。　⑤八千岁：长寿的祝词。上古的大椿以八千岁为春，八千岁为秋。

游文仲

游文仲,生平不详。

千秋岁

侄庆侍郎致政[1]

今年为寿,都道是、不比寻常时节。预庆我公年八秩[2],来献新词一阕。算得年时,恰当尚父[3],入相周西伯[4]。亲逢盛事,宗孙也五十八。　一门富贵荣华,盈床牙笏[5],何待拈来说。且上祝龟龄鹤算,从此千千百百。笑道儿时,风流丹篆[6],写向龙驹额。更将彩笔,十字头上添一丿[7]。

(《截江网》卷六)

[注释]

①唐氏按:此首按调乃《念奴娇》,或别名《千秋岁》,亦未可知。　致政:把政事还给皇帝,辞官回家,退休。“六十不亲学,七十致政。”见《礼记·王制》。　②八秩:八十岁。　③尚父:尊崇为父亲一辈,把对方作为父亲看待。后世作为皇帝赐给大臣的尊号。周武王尊姜子牙为尚父。“维师尚父,时维鹰扬。”见《诗经·大雅·大明》。　④周西伯:周文王姬昌,周以前是殷朝的西伯侯。　⑤盈床牙笏:满床的象牙手版,形容子孙做官的人数多。唐开元中,崔神庆的儿子琳、珪、瑶等都做高官,每逢时节家宴,用一张床榻放牙笏,重叠放满了床榻。见《旧唐书·崔义玄传附崔神庆》。　⑥丹篆:用朱砂写篆字。　⑦“十字”句:十字头上加一撇,就是“千”字。

刘清夫

刘清夫，生平不详，字静甫，建阳人。与刘子寰齐名。

念奴娇

武夷咏梅

乱山深处，见寒梅一朵，皎然如雪。的皪妍姿羞半吐[①]，斜映小窗幽绝。玉染香腮，酥凝冷艳、容态天然别。故人虽远，对花谁肯轻折。　疑是姑射神仙[②]，幔亭宴罢[③]，迤逦停瑶节。爱此溪山供秀润，饱玩洞天风月[④]。万石丛中，百花头上，谁与争高洁。粗桃俗李，不须连夜催发[⑤]。

[注释]

①的皪：也作“的历”。鲜明光亮的样子。　②姑射神仙：美丽的仙女。“藐姑射之山，有神人居焉，肌肤若冰雪，淖约若处子。”见《庄子·逍遥游》。　③幔亭：用幕帐围成的亭子。“武夷山君，地官也。相传每于八月十五日大会村人于武夷山，上置幔亭，化虹桥通山下。”见《云笈七签·赞颂歌》。　④洞天：道家称神仙居住的地方。　风月：清风明月，指优美的景色。　⑤催发：催促开花。相传武则天曾下诏催牡丹开放。

沁园春

咏刘篁崠碧莲，时内子将诞

浅碧芙蓉，素艳亭亭，前身阿娇[①]。记湘滨露冷[②]，酥容倍洁，华清水滑[③]，酒晕全消。瑶剪丰肥，云翻碎萼，白羽鲜明时自摇。风流处，是古香幽韵，时度鲜飙[④]。琼枝璧月清标[⑤]。对千朵婵娟倾翠瓢[⑥]。况水晶台榭，低迷净绿，冰霜词调，隐约轻桡。细认金房⑦，钟奇孕秀⑧，已觉青衿横素腰⑨。西风晚，看花开十丈，玉井非遥⑩。

[注释]

①阿娇：姓陈，汉武帝的姑母长公主刘嫖的女儿，汉武帝的皇后。“金屋藏娇”说的就是她。见《汉书·外戚传》。 ②湘滨：用屈原《九歌·湘夫人》之典。 ③华清：指杨贵妃“春寒赐浴华清池”。 ④鲜飙：好风。 ⑤琼枝：玉树的枝干，比喻秀美的枝条。“折琼枝以继佩”。见屈原《离骚》。 清标：幽清飘逸的风采。 ⑥翠瓢：形容碧莲的花瓣。 ⑦金房：莲房初露时为黄色，故美称为“金房”。 ⑧钟奇孕秀：集中奇异，孕育秀丽。 ⑨青衿：古代士子衣服的青色。“青青子衿，悠悠我心。”见《诗经·郑风·子衿》。 ⑩玉井：皇宫中的方形水池子，这就是说碧莲将移植于玉井里，成为皇家的观赏花。

金菊对芙蓉

沙邑宰绾琴妓，用旧韵戏之

浅拂春山①，慢横秋水②，玉纤闲理丝桐③。按清泠繁露④，淡伫悲风⑤。素弦瑶轸调新韵⑥，颤翠翘、金簇芙蓉。叠𨰝重锁，轻挑慢摘⑦，特地情浓。 泛商刻羽无穷⑧。似和鸣鸾凤，律应雌雄。问高山流水⑨，此意谁同。个中只许知音听，有茂陵、车马雍容⑩。画帘人静，琴心三叠⑪，时倒金钟。

[注释]

①春山：美女的眉毛。 ②秋水：美女的眼睛。“双眸剪秋水，十指剥春葱。”见白居易《筝》。 ③玉纤：美女的手指。 ④繁露：王褒《洞箫赋》“朝露清冷而陨其侧兮”，这里形容琴声清幽。 ⑤悲风：凄厉的寒风。“白杨多悲风。”见李白《古风》。 ⑥瑶轸：用美玉做的调弦柱。轸：弦乐器上调节弦线松紧决定声音高低的柱子。 ⑦挑、摘：两种弹琴

的手法。 ⑧商、羽：两种古代的乐律。我国古代的乐律为五音阶，即：宫、商、角、徵、羽，后来在角徵、羽宫之间加了变徵和变宫，成了七音阶。见宋沈括《梦溪笔谈·乐律》。 ⑨高山流水：高妙的乐曲。后即以此表示知音难遇。“伯牙善鼓琴，钟子期善听。伯牙鼓琴，志在高山，钟子期曰：‘善哉，峨峨兮若泰山。’志在流水，钟子期曰：‘善哉，洋洋兮若江河。’伯牙所念，钟子期必得之。”见《列子·汤问》。 ⑩茂陵：汉武帝的坟墓。⑪琴心：用音乐传递情愫。卓王孙之女卓文君新寡，司马相如“以琴心挑之。”见《史记·司马相如传》。

水调歌头

残腊卷愁去，春至莫闲愁。荣枯会有成说，无处著机谋[①]。身世石中敲火[②]，富贵草头垂露[③]，何用苦贪求。三尺布衣剑[④]，千载赤松游[⑤]。 忆亲朋，方丱角[⑥]，总白头。羊肠世路巇崄[⑦]，莫莫且休休[⑧]。选甚范侯高爵[⑨]，遮莫陶公巨产[⑩]，争似五湖舟[⑪]。万事付蜗角[⑫]，止坎谩乘流。

[注释]

①机谋：用机巧之心谋划策略。 ②石中敲火：从敲石取火，敲出的火星瞬息即灭，以比喻人生的短暂。 ③草头垂露：早晨小草头上的露水，很快就乾，形容不能持久。“富贵何如草头露。”见杜甫《送孔巢父谢病归游江东兼呈李白》。 ④三尺布衣剑：指刘邦提三尺剑白手起家得天下之典。 ⑤赤松游：指张良功成身退从赤松子游之事。 ⑥丱（guàn）角：儿童。小孩子把头髮梳成两个角。“总角丱兮。”见《诗经·齐风·甫田》。 ⑦巇崄（xī xiǎn）：高峻艰险。 ⑧莫莫休休：忍耐与宽容。 ⑨范侯高爵：范蠡辅勾践灭吴，功第一。 ⑩陶公巨产：范蠡辅佐越王勾践灭吴后，见勾践不能共安乐，就离开越国而到齐国，至陶，称朱公，经商致富。见《史记·货殖列传》。 ⑪五湖舟：越国灭吴后，范蠡载西施泛舟五湖。 ⑫蜗角：蜗牛的角，比喻极细微的境地。“有国于蜗之左角者曰触氏，有国于蜗之右角者曰蛮氏，时相与争地而战，伏尸数万，逐北旬有五

日而后反。”见《庄子·则阳》。

玉楼春[①]

柳梢绿小眉如印。乍暖还寒犹未定[②]。惜花长是为花愁，殢酒却嫌添酒病[③]。　蝇头蜗角都休竞[④]。万古豪华同一尽。东君晓夜促归期，三十六番花递信[⑤]。

（以上《中兴以来绝妙词选》卷五）

[注释]

①唐氏按：此首《历代诗馀》卷三十二误作刘因词。　②乍暖还寒：初春时候。“乍暖还寒时候，最难将息。”见李清照《声声慢》（寻寻觅觅）。　③殢（tì）酒：饮酒过度而病。　④蝇头：微小，极细微。“蜗角虚名，蝇头微利。”见苏轼《满庭芳》。　⑤三十六番花递信：仅见二十四番花信，此言三十六，待考。

祝　穆

祝穆，生卒不详，初名丙，字和父，建阳（今属福建）人。理宗时，除迪功郎，为兴化军涵江书院山长。有《方舆胜览》七十卷，《事文类聚》四集。

贺新郎

此木生林野。自唐家、丝纶置阁[1]，托根其下。长伴词臣挥帝制[2]，因号紫微堪诧[3]。常缥缈、紫微仙驾[4]。料想紫微垣降种[5]。紫微郎、况是名同者。兼二美[6]，作佳话。　一株乃肯临茅舍。肌肤薄、长身挺立，扶疏潇洒。定怯麻姑爬痒爪[7]，只许素商陶冶[8]。擎绛雪、柔枝低亚。我忆香山东坡老[9]，只小诗、便为增声价。后当有，继风雅[10]。

（《全芳备祖》前集卷十六“紫薇花门”）

［注释］

①丝纶：皇帝的诏书。“王言如丝，其出如纶。”见《礼记·缁衣》。　②词臣：文学侍从之臣。　帝制：皇帝的命令。　③紫微：唐宋时中书舍人的别称，也称紫微郎。　诧：惊讶，赞叹。　④缥缈：高远隐约的样子。　紫微仙驾：皇宫。“皇穹垂象，以示帝王，紫微之则，弘诞弥光。”见汉李尤《德阳殿铭》。　⑤紫微垣：唐开元初改中书省为紫微省，取天文紫微垣为义，后就在省里种植紫微花，故称紫微垣。　⑥二美：指紫微省和紫微郎。　⑦麻姑爬痒爪：东汉桓帝时，仙人王方平到蔡经家，召麻姑至，似十八、九岁的美女。蔡经见麻姑的手指纤细如鸟爪，心想“背大痒时，得此爪以爬背，当佳。”见晋葛洪《神仙传》。又《广群芳谱》云：“紫薇花又名怕痒花。人以手抓其肤，顶彻动摇。　⑧素商：秋季。古代的五行家以金配秋，其色白，故称素秋。以五音中的商音配秋，故又叫素商。秋季也叫三秋、九秋、素秋、商秋、高商。见《初学记》。　⑨香山东坡老：白居易和苏轼。　⑩风雅：《诗经》的《国风》和《大、小雅》。

沁园春

寿宋通判

自有东阳[①],锦水城山,几千百年。记往时仅说,拥麾刻郡[②]。而今创见,持橐甘泉[③]。地脉方兴[④],天荒欲破,还为盐梅生巨贤[⑤]。清和候[⑥],正风薰日永,作地行仙。

题舆小驻樵川。常只恐祖生先著鞭[⑦]。算谁从井落[⑧],重新疆理[⑨],谁从襄岘[⑩],一洗腥膻[⑪]。幕府归来,未应袖手,行有诏书来九天[⑫]。勋名就[⑬],使吾乡夸诧,盛事流传。

(《翰墨大全》丙集卷十三)

[注释]

①东阳:古郡名,即今浙江金华。　②拥麾:执掌指挥的旗帜,即当官治理一方。　③持橐:指近臣负橐簪笔以备顾问。　甘泉:汉宫名。　④地脉:土地的脉络。古人认为大地跟人一样,也有血脉。见《周礼·天官·疡医》。　⑤盐梅:咸盐和酸梅,是调味品。用以比喻整治国政,古人认为朝廷的宰相治理国家,跟厨师烹饪一样,咸酸都要掌握好分寸。“若作和羹,尔唯盐梅。”见《尚书·说命》。　巨贤:大贤,最有才能的人。　⑥清和候:四月份。清和本指天气清明暖和,泛指暮春初夏天气,后为农历四月的代称。　⑦祖生先著鞭:比别人先走一步。“刘琨与亲旧书曰:‘吾枕戈待旦,志枭逆虏,常恐祖生(逖)先吾著鞭耳。’”见晋孙盛《晋阳秋》。　⑧井落:乡里村落。　⑨疆理:划分整理。“我疆我理。”见《诗经·小雅·信南山》。　⑩襄岘:湖北襄阳县南的岘山,晋代的名将羊祜镇守襄阳时,曾登此置酒言咏。　⑪腥膻:牛羊的骚味,指北方的侵略者。　⑫行有:马上有,即将有。　⑬勋名:军功。

周文谟

周文谟，生平不详。官郡守，有爱姬为史弥远夺去。

念奴娇[1]

棋声特地，把十年心事，恍然惊觉。杨柳楼头歌舞地，长记一枝纤弱。破镜重圆[2]，玉环犹在，鹦鹉言如昨。秦筝别后，知他几换弦索。　谁念顾曲周郎[3]，樽前重见，千种愁难著。犹胜玄都人去后[4]，空怨残红零落。绿叶成阴，桃花结子[5]，枉恨东风恶[6]。盈盈泪眼，见人欲下还阁。　（《珊瑚网·法书题跋》卷十引郭天锡手录《诗文杂记》）

［注释］

①据《诗文杂记》周文谟太守，有爱姬为史弥远夺去。后周谒史，忽见姬与史对弈。四目相顾，惊喜不已。乃作《念奴娇》词。　唐氏按：此首别作金蔡松年词，见词学丛书本、清吟阁本《阳春白雪》卷四。惟宛委别藏本无撰人姓名。　②破镜重圆：比喻夫妻失散后重新团聚。用南朝陈徐德言和妻子乐昌公主破开镜子为信物，在国亡失散后又重新团聚的典故。见唐孟棨《本事诗·情感》。　③顾曲周郎：三国周瑜善音律，如发现有演奏错误的一定要回头看看，当时人说“曲有误，周郎顾”。见《三国志·吴书·周瑜传》。　④玄都人去：用唐刘禹锡“玄都观里桃千树，尽是刘郎去后栽”的典故。　⑤“绿叶”二句：女子出嫁后生有子女。杜牧在吴兴，见一美女，尚未成年，相约等待十年，过期可以另嫁。后杜牧过了十四年来作湖州刺史，立刻寻访，女已出嫁三年并有两个儿子了。杜牧作《叹花》诗，中有“绿叶成阴子满枝”之句。　⑥东风恶：暗喻家中长辈的可恨。“东风恶，欢情薄。”见陆游《钗头凤·红酥手》。

李好古

李好古[①],生平不详。自署乡贡免解进士。有《碎锦词》。

八声甘州

扬　州

壮东南、飞观切云高[②],峻堞缭波长。望蔽空楼橹[③],重关警柝[④],跨水飞梁。百万貔貅夜筑[⑤],形胜隐金汤[⑥],坐落诸蕃胆[⑦],扁榜安江[⑧]。　游子凭阑凄断,百年故国,飞鸟斜阳。恨当时肉食[⑨],一掷赌封疆[⑩]。骨冷英雄何在,望荒烟、残戍触悲凉。无言处,西楼画角,风转牙樯。

[注释]

①唐氏按:宋时姓李名好古或字好古者,约有四五人之多,不知此李好古为何许人。清吟阁本《阳春白雪》云,李好古字仲敏,下邽人。　②飞观:高耸宏伟的宫阙。“阳榭外望,高楼飞观。”见汉王延寿《鲁灵光殿赋》。③楼橹:军事上观察敌人用的无顶盖了望台。　“望”别作“叠”。　④柝:巡夜打更所敲的木梆。　⑤貔貅:豹子一类的猛兽,比喻勇猛的将士。“命貔貅之士,鸣柝前驱。”见《晋书·熊远传》。　⑥金汤:金城汤池,钢铁的城墙,滚开的护城河水,形容城池的坚固。“莫取金汤固,长令宇宙新。”见杜甫《有感》。　⑦诸蕃:各外族。　⑧扁榜:同“扁额”,即用大字书写的题额,挂在门头、堂室、亭园等处。　⑨肉食:光会吃喝拿工资的无能官员。“肉食者鄙,未能远谋。”见《左传·庄公十年》。　⑩赌封疆:以边疆作赌注。

八声甘州

古扬州、壮丽压长淮,形胜绝东南。问竹西歌吹[①],蜀冈何许[②],杨柳毵毵[③]。行乐谁家年少,两两更三三。知我江南客，走马来看。　　过却长亭烟树，云山点点，烟浪漫漫。料桐花飞尽，夜合绕阑干[4]。倦绣闲庭昼永，望天涯、芳草忆征鞍。平安使，吴笺谩遣[5]，欲寄愁难。

[注释]

①竹西歌吹：扬州城东禅智寺侧有竹西亭，环境清幽。"谁知竹西路，歌吹是扬州。"见杜牧《题扬州禅智寺》。　②蜀冈：山名，在江都北。　③鬖鬖（sān）：下垂的样子。　④夜合：即夜合花。　⑤吴笺：吴地出产的纸张。

江城子

从来难剪是离愁[1]。这些愁，几时休。才趁风樯，千里到扬州。见说苍茫云海外，天杳杳，水悠悠。　　男儿三十敝貂裘[2]。强追游，梦魂羞。可解筹边[3]，谈笑觅封侯。休傍塞垣酾酒去[4]，伤望眼，怕层楼。

[注释]

①"从来"句：用李煜《相见欢》"剪不断，理还乱，是离愁"句意。　②敝貂裘：穿烂了貂皮袍子，比喻潦倒不得志。"（苏秦）黑貂之裘敝，黄金百斤尽。"见《战国策·秦策》。　③筹边：谋划边防。成都西郊有筹边楼。　④酾酒：斟酒，饮酒。

江城子

平沙浅草接天长。路茫茫，几兴亡。昨夜波声，洗岸骨如霜。千古英雄成底事，徒感慨，谩悲凉。　　少年有意伏中行[1]。馘名王[2]。扫沙场。击楫中流[3]，曾记泪沾裳。欲上治安双阙远[4]，空怅望，过维扬。

[注释]

①伏中行:仰慕(佩服)中军主帅的指挥。　中行:中军。即投笔从戎之意。"荀林父将中行。"见《左传·僖公二十八年》。　②馘(guó)名王:把名王的左耳朵割下来记功。　馘:截耳。古代在战争中把敌人的左耳朵割下来以记功。　名王:敌方的将帅。神爵二年(公元前60年)"匈奴单于遣名王奉献。"见《汉书·宣帝纪》。　③击楫中流:决心收复失地,复兴祖国。"(祖逖)仍将本流徙部曲百馀家渡江,中流击楫而誓曰:'祖逖不能清中原而复济者,有如大江!'辞色壮烈,众皆慨叹。"见《晋书·祖逖传》。　④治安:治安策。汉文帝时,贾谊上疏陈述时弊及使国家长治久安的方略。见《汉书·贾谊传》。　双阙:指皇帝居处。

[集评]

丁丙云:"集中若《八声甘州》、《江城子》等阕,雄声壮态,仿佛稼轩,所逊者生辣耳。"(《善本书室藏书志》卷四十)

水调歌头

和金焦

历历江南树,半在水云间。不须回首,且来著眼向淮山。过尽金山晕碧[1],望断焦山空翠[2],杨柳绕江边。此意无人会,独自久凭阑。　夜吹箫,朝问法,记坡仙[3]。只今何许,当时三峡倒词源[4]。水调翻成新唱[5],高压风流前辈,使我百忧宽。有酒更如海,容我醉时眠。

[注释]

①金山:在江苏镇江西北,原在长江中,后沙涨和南岸相连。　②焦山:在江苏镇江东北长江中,和金山对峙,并称金焦。古名樵山,相传汉末处士焦先隐居于此,因名焦山。　③坡仙:苏东坡。　④三峡倒词源:文词像倒翻长江三峡的水那样层出不穷。"词源倒流三峡水,笔阵独扫千人军。"见杜甫《醉歌》。　⑤水调:曲调名。

酹江月[1]

西风横荡，渐霜馀黄落，空山乔木。照水依然冰雪在，耿耿梅花幽独。抖擞征尘，扶携短策[2]，步绕沧浪曲[3]。怅然心事，浮生翻覆陵谷。　试向商乐亭前[4]，冷风台上[5]，把酒招黄鹄[6]。四十男儿当富贵，谁念漂零南北。百亩春耕，三间云卧[7]，此计何时卜。功名休问，卖书归买黄犊[8]。

[注释]

①酹江月：《念奴娇》的别名。因苏轼词有“一樽还酹江月”而得名。　②短策：短的手杖。　③沧浪曲：青翠的河湾。　④商乐亭：不详，待考。　⑤冷风台：不详，待考。　⑥黄鹄：天鹅。　⑦云卧：山中的房屋。　⑧卖书买黄犊：放弃读书，从事农业。原为汉龚遂教育齐地人民“卖剑买牛，卖刀买犊”，改业务农。见《汉书·龚遂传》。这里则是放弃官宦，隐于农耕的意思。　犊：小牛。

酹江月

平生英气，叹年来、都付山林泉石。不作云霄轩冕梦[1]，只拟纶竿蓑笠[2]。见说湖阴，飞飞鸥鹭，半是君曾识。梅花时节，试来相与寻觅。　休谩汩没尘埃[3]，浮生能几，镜里催华发。趁取尊前强健在，莫负花前倾碧[4]。自遣长鬚[5]，亲题短句，去约萧闲客。休教惆怅，梅花飞尽寒食。

[注释]

①云霄轩冕：做官飞黄腾达。　②纶竿蓑笠：钓鱼竿、蓑衣、斗笠，借代隐于渔。　③汩没：埋没。　④倾碧：斟酒。　花前：别本作“花朝”。　⑤长鬚：仆人的代称。

贺新郎

僧如梵摘阮[①]

人物风流远。忆当年、江东跌宕，知音南阮[②]。惯倚胡床闲寄傲，妥腹难凭琴桉[③]。妙制拥、银蟾光满。千古不传谁好事，忽茂陵、金碗人间见[④]。轻擘动，思无限。 长安钗鬓春横乱[⑤]。仿规模、红绦带拨，媚深情浅。安识高山流水趣，儿女空传恩怨[⑥]。使得似、支郎萧散[⑦]。听到三闾沉绝处[⑧]，惨悲风、摇落寒江岸。不肠断，也肠断。

[注释]

①摘阮：弹奏阮咸。阮咸，类似三弦的乐器，晋代阮咸所制。 摘(tì)：弹奏。 ②南阮：指阮咸。“阮仲容(咸)步兵居道南，诸阮居道北。北阮皆富，南阮贫。”见宋刘义庆《世说新语·任诞》。 ③妥腹：应作“馁腹”，肚子饥饿。 琴桉：琴桌。 桉：同“案”。 ④茂陵金碗：“县又有一人于市货玉杯，吏疑其御物，欲捕之，因忽不见。县送其器，推问，又茂陵中物也。霍光自呼问之，说市人形貌如先帝。”见《太平御览·汉武帝故事》。杜甫《诸将》诗“昨日玉鱼蒙葬地，早时金碗出人间。”则从玉杯变成金碗。 ⑤“长安”句：“人未寝，攲枕钗横鬓乱。”见苏轼《洞仙歌·冰肌玉骨》 ⑥“儿女”句：本韩愈《听颖师弹琴》“昵昵儿女语，恩怨相尔汝”。 ⑦支郎：僧人的泛称。三国时，月支国僧支谦，细长黑瘦，眼多白而睛黄，精究经籍，时人语曰“支郎眼中黄，形躯虽细是智囊”。见隋费长房《历代三宝记·魏吴录》。 ⑧三闾：三闾大夫屈原。

清平乐

清淮北去，千里扬州路。过却瓜州杨柳树，烟水重重无数。 柁楼才转前湾[①]，云山万点江南。点点尽堪肠断，行人休望长安。

［注释］

①柁楼：高大的双层船。

清平乐

瓜州渡口，恰恰城如斗[①]。乱絮飞钱迎马首[②]，也学玉关榆柳[③]。　　面前直控金山，极知形胜东南[④]。更愿诸公著意，休教忘了中原。

［注释］

①恰恰：恰好。　②飞钱：飞舞的榆钱。　③玉关：玉门关。　④形胜东南：在东南形势重要、交通便利的地区。“东南形胜，三吴都会。”见柳永《望海潮》。柳永指的是杭州，此指的是镇江。

浣溪沙

为怯赪云挟暑飞[①]，嫩凉故故著征衣[②]。江风吹雨过楼西。　　未必男儿生不遇，时来咳唾是珠玑[③]。功名终岂壮心违。

［注释］

①赪（chēng）：浅红色。　②故故：常常，好几次。“时时开暗室，故故满青天。”见杜甫《月》。　③咳唾是珠玑：比喻语言的珍贵，形容说出的话有分量。“咳吐自成珠。”见后汉赵壹《刺去疾邪赋》。

菩萨蛮

东园映叶梅如豆，西园扑地花铺绣。春水晓来深，日华娇漾金[①]。　　带烟穿径竹，步入飞虹曲。何处早莺啼，曲桥西复西。

[注释]

①“日华”句:日光照射在春水中好像荡动的金子。

菩萨蛮

垂丝海棠零落

东风一夜都吹损,昼长春殢佳人困[1]。满地委香钿[2],人情谁肯怜。　　诗人犹爱惜,故故频收拾。云彩缕丝丝,娇娆忆旧时[3]。

[注释]

①殢:烦扰,打扰。　②香钿:芳香的金花,比喻零落的海棠花瓣。③娇娆:娇艳美好。“艳丽最宜新著雨,娇娆全在欲开时。”见唐郑谷《海棠》。

菩萨蛮

纳红销翠春风里,精神一撮金莲底。不是睡杨妃[1],绿珠娇小儿[2]。　　一般娇绝处,半带疏疏雨。不解吐繁香,却教人断肠。　　(以上《宋元三十一家词》本《碎锦词》)

[注释]

①杨妃:唐明皇的宠妃杨玉环。　②绿珠:晋代大富翁、大官僚石崇的歌伎。

阮秀实

阮秀实，生卒不详，号梅峰，兴化军人。早见知于赵蕃。岳珂主淮南饷，秀实妙年布衣登门，游贾似道之门最久，人号阮怪。咸淳初，摄芜湖茶局。卒年八十馀。

酹江月

庆王漕六十九

汉庭用老[①]，想君王、也忆潜郎白首[②]。底事煌煌金玉节，奔走天涯许久。江右风流[③]，湖南清绝，要借诗翁手。明年七十，人间此事希有[④]。　固是守约堂间[⑤]，舫斋亭下[⑥]，要种归来柳[⑦]。只恐夜深思贾傅[⑧]，便有锋车迎候[⑨]。寿岳峰前[⑩]，寿星池畔[⑪]，且寿长沙酒[⑫]。期颐三万[⑬]，祖风应管依旧。[⑭]

（《翰墨大全》丁集卷一）

［注释］

①汉庭用老：汉文帝爱用老年人，汉武帝爱用年轻人。“文帝爱老，臣年少；武帝爱少，臣年老。”见《汉武故事》。　②潜郎白首：埋没在郎一级小官位上直到头白。　③江右：古人在地理概念上以东为左，西为右，现在的江苏为江左，江西为江右。　④“明年”二句：用杜甫《曲江》“人生七十古来稀”句意。　⑤守约堂：当是王漕所居之堂名。　⑥舫斋亭：当是王漕所居之亭名。　⑦归来柳：指陶潜归来在住宅种五柳。　⑧夜深思贾傅：汉文帝夜间召见贾谊。“可怜夜半虚前席，不问苍生问鬼神。”见唐李商隐《贾生》。　⑨锋车：即追锋车。特快车。常指朝廷用以征召的快车。　⑩寿岳：指南岳衡山。“壮堪扶寿岳，灵合置仙檀。”见唐齐已《回雁峰》。　⑪寿星：老人星，借喻长寿。　⑫长沙酒：酒名。杜甫《发潭州》：“夜醉长沙酒，晓行湘水春。”　⑬期颐：百岁之人。百年为人生年数的极点，故曰期。此时一切生活起居都要人侍奉养护，故曰颐。“百年曰期颐。”见《礼记·曲礼》　⑭唐氏按：此首别见《截江网》卷五，李刘作。《翰墨大全》丙集卷十三此词亦重出，题李梅亭（李刘）作。丁集卷一题梅峰作，疑误。

刘子寰

刘子寰，生卒不详，字圻父，号篁嵝，建阳（今属福建省）人。嘉定十年（1217）进士。官至观文殿学士。居麻沙。早登朱熹之门。刘克庄序其诗。词有辑本《篁嵝词》一卷。

昼锦堂[①]

（上缺）思纵步，时自驻篮舆，策杖荒郊。为有柔荑可坐，野草时挑。思忆家山行乐处，片心时逐野云飘。歌长铗，遥寄故人，归路赋隐辞招。

［注释］

①唐氏按：此首调名原缺，赵万里补。

解语花

雪

龙沙殿腊[①]，兔苑留寒[②]，花照冰壶夜。乱山平野。装珠树满眼，买春无价。墙头苑下。浑不见、桃夭杏冶[③]。疑趁风、庾岭寒梅[④]，触处都飘谢。　吹面峭寒未怕。览瑶池万里，飞观高榭。霓旌鹤驾。歌黄竹、胜跃踏青骄马[⑤]。峰峦似画。但点缀、片时相借。惊望中、玉宇琼楼，残溜空鸳瓦[⑥]。

［注释］

①龙沙：泛指北方边塞地区。　殿腊：腊月末尾。　②兔苑：即兔园。汉刘歆《西京杂记》卷二：“梁孝王好营宫室苑囿之乐，作曜华之宫，筑兔园。园中有百灵山，山有肤寸石、落猿岩、栖龙岫。又有雁池，间有鹤洲凫

渚。” ③桃夭：桃花盛开。语出《诗经·国风》“桃之夭夭，灼灼其华”。④庾岭：即大庾岭，又名梅岭，在今江西大余、广东南雄交界处，向为岭南、岭北的交通咽喉。 ⑤黄竹：指黄竹诗，古逸诗。传为周穆王作。据《穆天子传》载：周穆王往苹泽打猎“日中大寒，北风雨雪，有冻人，天子作诗三章以哀民。”盖出于后人伪托。诗为四言，每章七句，以首句为“我徂黄竹”，故名。 ⑥鸳瓦：即鸳鸯瓦，互相成对的瓦。《邺中记》：“邺中铜雀台，皆鸳鸯瓦。”

玉漏迟

夏

翠草侵园径。阴阴夏木，鸣鸠相应。纵目江天，窈窈雨昏烟暝[①]，屋角黄梅乍熟，听落颗、时敲金井。深院静。闲阶自长，花砖苔晕。 楼居簟枕清凉，尽永日阑干[②]，与谁同凭。旧社鸥盟[③]，零落断无音信。辽鹤追思旧事[④]，向华表、空吟遗恨。萦念损。休怪暮年多病。

[注释]

①窈窈：形容天空阴暗云深。 ②永日：昼长。 阑干：同栏杆。③鸥盟：谓与鸥鸟订盟同住在水云乡里，旧指退隐。 ④辽鹤：“丁令威本辽东人，学道于灵虚山。后化鹤归辽，集城门华表柱。时有少年举弓欲射之，鹤乃飞，徘徊空中而言曰：‘有鸟有鸟丁令威，去家千年今始归。城郭如故人民非，何不学仙冢累累。’遂高上冲天。”后用作久别重归、人世沧桑的典故。见旧题晋陶潜《搜神后记》卷一。

玉漏迟

秋

暮天初过。两凄清，顿觉今年秋早。夜景虚明，仿佛露华清晓。蕙草繁花竞吐，向暗里、幽香缥缈。（下缺）

（以上见《典雅词》本《篁嵘词》）

醉蓬莱

访莺花陈迹，姚魏遗风[①]，绿阴成幄[②]。尚有馀香，付宝阶红药[③]。淮海维阳，物华天产，未觉输京洛。时世新妆，施朱傅粉，依然相若[④]。　束素腰纤，捻红唇小，鄣袖娇看[⑤]，倚阑柔弱。玉珮琼琚，劝王孙行乐[⑥]。况是韶华，为伊挽驻，未放离情薄。顾盼阶前，留连醉里，莫教零落。

（《全芳备祖》前集卷三“芍药门”）

[注释]

①姚魏：指洛阳牡丹中著名品种姚黄、魏紫。　②幄：篷帐。　③红药：指芍药。　④相若：相似，相当。　⑤鄣：通“障”。　鄣袖：以袖遮脸。　⑥王孙：古代贵族子弟的通称。《楚辞·招隐士》：“王孙游兮不归，春草生兮萋萋。”

阮郎归

长条袅袅串红绡[①]，无风时自摇。十分妖艳更苗条，殢春情态娇[②]。　风影舞，露痕潮，买来和蝶饶。故园愁绝楚宫腰[③]，相逢恨怎销。

（《全芳备祖》前集卷八“桃木门”）

[注释]

①绡：生丝做成的薄绸、薄纱。白居易《琵琶行》：“一曲红绡不知数。”　②殢(tì)：困扰，纠缠不清。　③楚宫腰：即楚腰。《韩非子·二柄》：“楚灵王好细腰，而国中多饿人。”后称女子细腰为楚腰。杜牧《遣怀》诗：“楚腰纤细掌中轻。”

好事近[①]

秋色到东篱[②]，一种露红先占。应念金英冷淡[③]，摘胭脂浓染。　　依稀十月小桃花，霜蕊破霞脸。何事渊明风致，都十分妖艳。　　（《全芳备祖》前集卷十二“菊花门”）

［注释］

①唐氏按：此首别误作刘克庄词，见《广群芳谱》卷五十一菊花门。　②东篱：用陶渊明“采菊东篱下，悠然见南山”典故。　③金英：指菊花。

齐天乐

寿史沧洲

雅歌堂下新堤路，柳外行人相语。碧藕开花，金桃结子，三见使君初度[①]。楼台北渚[②]。似画出西湖，水云深处。彩鹢双飞[③]，水亭开宴近重午。　　溪蒲堪荐绿醑[④]。幔亭何惜，为曾孙留住。碧水吟哦，沧州梦想，未放舟横野渡。维申及甫。正夹辅中兴[⑤]，擎天作柱。愿祝嵩高，岁添长命缕[⑥]。

［注释］

①初度：指生日。原指初生之时。《离骚》：“皇览揆余初度兮，肇锡余以嘉名。”后称生日为初度。　②渚：水中的小块陆地。《尔雅·释水》：“水中可居者为洲，小洲曰渚。”　③彩鹢：指船。　鹢：水鸟。古人常在船头用彩色画鹢，因称船为彩鹢。　④醑：美酒。　⑤夹辅：在左右辅佐。《左传·僖公二十六年》：“昔周公太公股肱周室，夹辅成王。”　⑥长命缕：南朝梁宗懔《荆楚岁时记》：“五月五日，以五彩丝系臂，名曰辟兵，令人不病瘟。”

花发沁园春

呈史沧洲

换谱伊凉[①],选歌燕赵,一番乐事重起。花新笑靥,柳软纤腰,济楚众芳围里[②]。年年佳会。长是傍、清明天气。正魏紫衣染天香[③],蜀妆红破春睡。　　一簇猩罗凤翠。遍东园西城,点检芳事。铃斋吏散[④],昼馆人稀,几阕管弦清脆。人生适意。流转共、风光游戏。到遇景,取次成欢,怎教良夜休醉。

[注释]

①伊凉:曲调名,即伊州与凉州曲。　②济楚:犹俗言"齐楚",整饰美净貌。　③魏紫:姚黄、魏紫,宋代洛阳两种名贵的牡丹花品种。姚黄为千叶黄花,出于姚氏民家,魏紫为千叶肉红花,出于魏仁溥家。　④铃斋,即铃阁,将帅或州郡长官办事的地方。白居易《郡斋暇日》诗:"衙门排晚戟,铃阁开朝锁。"

玉楼春

题小竿岭

今来古往吴京道[①],岁岁荣枯原上草[②]。行人几度到江滨,不觉身随风树老。　　蒲花易晚芦花早,客里光阴如过鸟。一般垂柳短长亭[③],去路不如归路好。

[注释]

①吴京:指姑苏,春秋时吴国之都,今江苏苏州。　②"岁岁"句:语出唐白居易《赋得古原草送别》"离离原上草,一岁一枯荣"。　③一般:一样。

［集评］

杨慎云："其《玉楼春》云：'今来古往……去路不如归路好。'颇有警悟。"（《诗品》卷五）

沁园春

西岩三涧

云壑泉泓，小者如杯，大者如罂[①]。更石筵平莹，宽容数客，淙流回激，环绕飞觥[②]。三涧交流，两崖悬瀑，捣雪飞霜落翠屏。经行处，有丹荑碧草[③]，古木苍藤。 徘徊却倚山楹。笑山水娱人若有情。见傍回侧转，峰峦叠叠，欲穷还有，岩谷层层。仰视云间，茅茨鸡犬[④]，疑是仙家来避秦。青林表[⑤]，望烟霞缥缈，隐隐鸾笙。

［注释］

①罂（yīng）：盛酒器，小口大腹，比缶大。 ②觥（gōng）：古代酒器。 ③荑：茅草的嫩芽。 ④茅茨：用芦苇、茅草盖的屋顶。泛指茅屋。 ⑤林表：林梢。

［集评］

潘游龙云："'捣雪飞霜'、'山水娱人'句俱妙。"（《古今诗馀醉》卷十一）

贺新郎

登玉田峰

拄杖凌高绝。望千山隐隐，波澜动摇天末。下有白云平远壑，涌起潮头喷雪。浸绝岛、孤峰出没。赤县神州何处是[①]，但风烟、杳杳迷空阔。呼不见，古人物。 碧松枝下青瑶石。举头看、长空湛湛，淡琉璃色。上界星辰多官府，夸父忙鞭日月[②]。任兔走、乌飞超忽[③]。宇宙茫茫如许大，百年间、何用争优劣。身世事，一毛髮。

[注释]

①赤县神州：中国的别称。战国齐人邹衍创立“大九州”学说，谓“中国名曰赤县神州，赤县神州内自有九州。”见《史记·孟子荀卿列传》，亦简称赤县或神州。 ②夸父：神话人物。他立志追赶太阳，赶到太阳入口处，感到焦渴，便喝乾了黄渭两河之水，仍感不足，终于渴死。他遗下的杖却化成“邓林”。见《山海经·海外北经》及《山海经·大荒北经》。 ③兔：玉兔，代指月亮。 乌：金乌，代指太阳。 兔走、乌飞：指日月不居，时间流驶。

满江红

风泉峡观泉

云壑飞泉，蒲根下，悬流陆续。堪爱处、石池湛湛，一方寒玉。暑际直当磐石坐，渴来自引悬瓢掬[①]。听泠泠、清响泻琮琤，胜丝竹。 寒照胆，消炎燠。清彻骨，无尘俗。笑幽人忻玩，滞留空谷。静坐时看松鼠饮，醉眠不碍山禽浴。唤仙人、伴我酌琼瑶，餐秋菊。

[注释]

①悬瓢：即挂瓢。《太平御览》卷七百六十二引《琴操》：“许由无杯器，常以手捧水，人以一瓢遗之。由操饮毕，以瓢挂树。风吹树，瓢动，历历有声，由以为烦扰，遂取捐之。”许由，尧时隐士。后以“挂瓢”代指隐逸生活。

[集评]

杨慎云：“《观泉》二句云：‘静坐时看松鼠饮，醉眠不碍山禽浴。’亦新。”（《词品》卷五）

江尚质云：“是咏山泉之极肖者。”（《古今词话·词评》卷上）

霜天晓角

春 愁

横阴漠漠，似觉罗衣薄。正是海棠时候，纱窗外、东风恶①。　惜春春寂寞，寻花花冷落。不会这些情味②，元不是、念离索③。

[注释]

①东风恶：指春风恼人。陆游《钗头凤》词："东风恶，欢情薄，一怀愁绪，几年离索。" ②会：感知。 ③离索：离群索居的略语。白居易《和微之四月一日作》："两地诚可怜，其奈久离索。"

[集评]

潘游龙云："这些情味"，妙甚，妙甚。（《古今诗馀醉》）

洞仙歌

寄刘令君潜夫①

风餍雨足，也解为花地。收拾浮云放新霁。爱调亭小翠②，点滴猩红，新妆了，妃子朝来睡起。　遥知春有主，整顿欢娱，兴在新亭锦围底。便选歌燕赵③，授简邹枚④，须记作他日，城山盛事。笑东君不用管杨花，任飞去天涯，在东风里。（以上见《中兴以来绝妙词选》卷十）

[注释]

①刘潜夫：刘克庄字潜夫，曾为建阳令。 ②调亭：即调停。 ③选歌燕赵："燕赵之地，丈夫相聚游戏，悲歌慷慨；女子弹弦跕躧，游媚富贵。"见《汉书·地理志下》。 ④邹：邹阳，西汉文学家，齐人。 枚：枚乘，西汉辞赋家，淮阴人。

醉蓬莱

寿参政

正霜浮菊浅，露染枫深，九秋佳景。梅报南枝，一点和羹信[①]。峻岳生申，太山瞻鲁，瑞启千年运。飞帛奎文，仪皇韶祉，明良相庆[②]。　岁值丰登，道方开泰，塞骑尘收，海鲸波静。几斗璿枢，仰三阶平正[③]。保定乾坤，亲扶日月，万宇同歌咏。比寿彭聃[④]，侔勋周召[⑤]，致君尧舜。

（《截江网》卷四）

［注释］

①和羹"若作和羹，尔惟盐梅。"见《尚书·说命下》。此殷高宗命傅说做相之辞。后因之比喻宰相辅佐君主治理国家。　②明良：君明臣良，指政治清明。　③三阶平：即泰阶平。三阶平则阴阳和，风雨时，社稷神祇咸获其宜，天下大安，是为太平。　④彭聃：谓彭祖、老聃（即老子）皆古之长寿者。　⑤侔：相等。　周召：指周公、召公。周公，西周初年政治家，周武王之弟，名旦。曾助武王灭商，后摄政辅佐成王。召公，周代燕国的始祖。曾佐武王灭商，成王时任太保，与周公旦分陕而治，陕以西由他治理。

醉蓬莱

寿史令人[①]

正花深绣阁，带拂流酥[②]，暖帘初试。窈窕笙歌，拥新鲜珠翠。艳菊留金，早梅催粉，趁得瑶池会[③]。画馆凝香，仙家正住，芙蓉城里。　禓寝开祥[④]，玉枝祝寿，列院欢娱，满堂佳瑞。福寿双星，现碧霄云际。京兆时妆，如皋乐事[⑤]，占世间荣贵。象服鱼轩[⑥]，疏封大国，齐眉千岁。

[注释]

①令人:宋制太中大夫以上之夫人封令人。 ②流酥:即流苏。 ③瑶池会:神话传说西王母居瑶池,仙人年年来此为其祝寿。此处喻史令人之寿礼。 ④裼(tì):裹婴儿之小被。 寝:放置床上。 ⑤如皋乐事:昔贾大夫貌丑娶美妻,三年不言不笑。载之往如皋,射雉,获之,乃笑。事见《左传·昭公二十八年》。后用为取悦美妻之典。 ⑥象服:古代贵妇人穿的一种礼服,上面绘有各种图形作为装饰。 鱼轩:古代贵族妇女所乘的车,用鱼皮为饰。

霜天晓角

子庆母八十

满前儿女,今日都欢聚。今也阿弥八十[1],儿也五十五[2]　　瓷瓯并瓦注,山歌和社舞。但管年年强健,妆成个、西王母。

（以上二首见《截江网》卷六）

[注释]

①阿弥,亦作阿奶,指母亲。 ②唐氏按:此句缺一字。

沁园春

庆叶镇　五月初八

长寿真人,玉珮琼裾,霞衣月裳。趁桃迎初度[1],千年方熟,蒲经端午。三日留春[2]。兰杜绥旌[3],芙蓉搴盖[4],飞下清源云水乡。摛烟雾[5],引天机织组,官样文章。　　丁年壁水横翔[6]。馀剩馥残膏沾四方。仰平生声望,九霄星斗。方来事业,万里风樯。经世规模[7],出尘丰骨[8],须合盛之白玉堂。轩腾去,看雍容槐棘,福艾耇厖[9]。

（《翰墨大全》丁集卷二）

(以上刘子寰词十九首,用赵万里辑《篁嵘词》。《典雅词》文字全从赵辑)

[注释]

①初度:指初生之时。《离骚》:“皇览揆余初度兮,肇锡余以嘉名。”后称生日为初度。 ②留春:“春”字失韵,疑为“香”字之讹。 ③绥:旌旗之旒下垂。《礼记·曲礼上》:“武车绥旌。”郑玄注:“绥,谓舒垂之也。” ④搴(qiān):通“褰”。撩起,揭起。 ⑤摛(chī):舒张。 ⑥丁年:成丁之年,壮年。 璧水:璧池。古代学宫前半圆形水池。璧水横翔:喻学业精进,功名有成。 ⑦经世:经时济世。 ⑧丰骨:丰姿、风骨。 ⑨艾耆:古称六十为耆,五十为艾。 厖(máng):厖眉,眉毛花白,喻高寿之人。

姚 镛

姚镛，生卒不详，字希声，一字敬庵，号雪篷。剡溪（今浙江嵊县）人。嘉定十年（1217）进士，为吉州判，擢赣州太守。坐事贬衡阳。有《雪篷稿》。

谒金门

吟院静，迟日自行花影。熏透水沉云满鼎[①]，晚妆窥露井[②]。　　飞絮游丝无定，误了莺莺相等[③]。欲唤海棠教睡醒，奈何春不肯。　　（《阳春白雪》卷八）

［注释］

①注者按："熏"原作"重"，从《绝妙好词》卷三改。　②露井：没有盖的井。贺知章《望人家桃李花》诗："桃李从来露井旁。"王昌龄《春宫曲》诗："昨夜风开露井桃。"　③莺莺：唐元稹《会真记》中的女主人翁，此处指作者的意中人。

［集评］

况周颐云："'迟日'句，颇得春昼静中之趣"。（《历代词人考略》）

醉高歌[①]

十年燕月歌声，几点吴霜鬓影。西风吹起鲈鱼兴[②]，已在桑榆暮景[③]。　　荣枯枕上三更，傀儡场中四并[④]。人生幻化如泡影，几个临危自省。

［注释］

①唐圭璋《全宋词》将此首作为《存目词》云：金绳武本《花草粹编》卷

八有姚镛《醉高歌》(十年燕月歌声)一首,乃元人小令,姚燧作,原为二首,见《朝野新声太平乐府》卷四,附录于后。　②“张翰字季鹰,吴郡吴人也。因见秋风起乃思吴中菰菜、莼羹、鲈鱼脍,曰:‘人生贵得适志,何能羁宦数千里以要名爵乎?’遂命驾而归。”见《晋书·文苑传》。后多用作思乡的典故。　③桑榆:落日馀光所在处,谓日暮。《初学记》卷一引《淮南子》:“日西垂景(影)在树端,谓之桑榆。”李贤注:“桑榆谓晚也。”后以“桑榆”比喻晚年。　④傀儡:木偶戏里的木头人。比喻受人利用毫无自主权的人或集团,以及无意义的机械行为。　傀儡场:即傀儡戏。

尹　焕

尹焕，生卒不详。字惟晓，山阴（今浙江绍兴）人。嘉定十年（1217）进士。自畿漕除右司郎官，淳祐八年（1248）朝奉大夫、太府少卿兼尚书左司郎中兼敕令所删定官。有《梅津集》，今不传。

霓裳中序第一

茉莉咏

青颦粲素靥[①]，海国仙人偏耐热。餐尽香风露屑。便万里凌空，肯凭莲叶。盈盈步月。悄似怜、轻去瑶阙。人何在，忆渠痴小[②]，点点爱轻撧[③]。　愁绝。旧游轻别。忍重看、锁香金箧。凄凉清夜簟席。杳杳诗魂，真化风蝶[④]。冷香清到骨，梦十里、梅花霁雪。归来也，恹恹心事，自共素娥说[⑤]。

[注释]

①青颦：翠眉：此指绿叶。　素靥：此指白色茉莉花。　②渠：他。③撧（jué）：折断。　④真化风蝶：见《庄子·齐物论》。"昔者庄周梦为胡蝶，栩栩然胡蝶也，自喻适志与！不知周也。"后因称睡梦为化蝶。亦喻世事虚幻，人生如梦。　⑤素娥：即嫦娥，代指月亮。

眼儿媚

柳

垂杨袅袅蘸清漪，明绿染春丝。市桥系马，旗亭沽酒[①]，无限相思。　云梳雨洗风前舞，一好百般宜。不知为甚,落花时节,都是颦眉[②]。

(以上二首见《阳春白雪》卷七)

[注释]

①旗亭:指酒楼。 ②颦眉:皱眉蹙目,不快乐的样子。

唐多令

茗溪有牧之之感[①]

蘋末转清商,溪声供夕凉。缓传杯、催唤红妆。慢绾乌云新浴罢[②],裙拂地、水沉香。 歌短旧情长,重来惊鬓霜。怅绿阴、青子成双[③]。说著前欢佯不睬,飏莲子、打鸳鸯。

(《绝妙好词》卷三)

[注释]

①牧之之感:《齐东野语》卷十载,尹焕未第时尝薄游苕溪籍中,适有所盼。后十年自吴来问讯旧游,则久为人据,已育子而犹挂名籍中。于是假之郡将,久而始来,颜色瘁赧,不足膏沐,相对若不胜情。作者遂赋此词。 籍:乐伎身份。 牧之:唐代诗人杜牧,曾与一少女约十年不得嫁,过十四年重遇,则已嫁而有子,杜牧遂作《叹花》诗。 ②乌云:指浓密的黑髮。 ③"怅绿阴"句:暗用杜牧《叹花》"自是寻春去较迟,不须惆怅怨芳时。狂风落尽深红色,绿叶成阴子满枝"诗意。

[集评]

陈廷焯云:"情态可想。"(《闲情集》卷二)

夏元鼎

夏元鼎，生卒不详，字宗禹，自号云峰散人，又号西城真人，永嘉（今浙江温州）人。屡试不第，宝庆中为小校武官。弃官入道。有《蓬莱鼓吹》一卷。

沁园春

和吕洞宾①

大道无名②，金丹有验③，工夫片时。似婴儿娇俊④，不离门户，盈盈姹女⑤，缓步深帏。二八当年，黄婆匹配⑥，隔碍潜通势似危。须臾见，见灵明宝藏，一点星飞。
其时。似执躬圭⑦。深保护阴阳造化儿⑧。转南辰北斗⑨，回风混合，雷轰雨骤，只许天知。梦幻浮生，天长地久，云路著鞭休要迟⑩。金不坏⑪，合朋合德，三教同归⑫。

[注释]

①吕洞宾：传说中的八仙之一，名岩，字洞宾，一名岩客，别号纯阳子，亦称回道人。唐礼部侍郎吕渭之孙。河中府永乐人，一说京兆人。喜戴华阳巾，穿黄白襕衫，系大皂绦。咸通（唐懿宗年号）举进士不第，游长安酒肆，遇钟离权，相传得其道，后不知所终。传世的词很多，大多是好事者伪托，不可信。张璋编《全唐五代词》中收词共157首，其中《沁园春》二十首，此是和其第一首。吕词如下："七返还丹，在我先须，炼已待时。正一阳初动，中宵漏永，温温铅鼎，光透帘帏。造化争驰，虎龙交媾，进火功夫牛斗危。曲江上，看月华莹净，有个乌飞。　当时自饮刀圭。又谁信无中就养儿。辨水源清浊，木金间隔，不因师指，此事难知。道要玄微，天机深远，下手忙修犹太迟。蓬莱路，待三千行满，独步云归。"　②大道无名：深奥的道理是不能言传的。这是从老子《道德经》"道可道，非常道；名可名，非常名"中化出来的。　③金丹：古代方士用金石炼出来的药，据

说吃了可以长生不老,道家视之为仙丹。见晋葛洪《抱朴子·金丹》。 ④婴儿:道者把铅称作婴儿。 ⑤姹女:道家把汞称作姹女。 ⑥黄婆:道家把脾脏称作黄婆。 ⑦躬圭:古代诸侯朝见天子时所持的六瑞之一,表示诸侯的等级。“以玉作六瑞,以等邦国。王执镇圭,公执桓圭,伯执躬圭……”见《周礼·春官·大宗伯》。 ⑧造化儿:司命之神,戏称造化小儿。 ⑨南辰:也叫南箕,南斗。 ⑩云路:原指青云之路,宦途,此处应指修炼成仙之路。 ⑪金不坏:即金刚不坏,佛家语,谓修炼成真,能像金刚般坚固,永不损坏。“不坏金刚光明心殿中。”见《瑜祇经》。 ⑫三教:儒教、释教、道教。

[集评]

阳九逐客云:“多少高僧高道,如今只能在书本上见其成佛成仙。”(见《养酒斋词话》)

沁园春

和张虚靖①

太极才分②,鸿濛凿破③,云收雾开。见曦魂蟾魄④,升沉昼夜,光含万象⑤,机应丹台⑥。火里栽莲⑦,水中捉月⑧,两个人人暗去来。鹊桥畔,任传神送气,巽户轰雷⑨。

微哉。火候休猜。无师授、徒劳颜闵材⑩。问从头下手,收因结果,争魂夺命,何处胚胎。小法旁门⑪,辛勤一世,谩道修真不惹埃。争如我,水晶宫里,独步琼阶。

[注释]

①张虚靖:即张继先。此首为和张《沁园春》“真一常存”一首。 ②太极:原始混沌之气,分阴阳两气。“易有太极,是生两仪,两仪生四象,四象生八卦。”见《易经·系辞》。 ③鸿濛:宇宙形成之前浑沌状态。“云将东游,过扶摇之枝,而适遭鸿濛。”见《庄子·在宥》。 ④曦魂蟾魄:太阳和月亮。 ⑤万象:自然界的一切事物、景象。 ⑥丹台:神仙居住的地方。

⑦火里栽莲：佛家语，比喻稀有和难得，后来也指身在火坑而能保持清白。⑧水中捉月：比喻虚空幻想。“水中捉月争拈得？”见宋释道原《景德传灯录·永嘉真觉禅师证道歌》。 ⑨巽户：风的家。“巽为木，为风。”见《易经·说卦》。 ⑩颜闵：孔子的学生颜渊和闵子骞。 ⑪旁门：非正宗的。

沁园春

李将使访道有年，近得旁径。予憩其后圃，且问光透帘帏之秘，不敢隐默，不取戏传，始以小词，庸谢雅意

天下江山，无如甘露，多景楼前①。有谪仙公子，依山傍水，结茅筑圃，花竹森然。四季风光，一生乐事，真个壶中别有天②。亭台巧，一琴一鹤，泥絮心田。 不须块坐参禅③。也不要区区学挂冠④。但对境无心，山林钟鼎⑤，流行坎止⑥，闹里偷闲。向上玄关⑦，南辰北斗，昼夜璇玑炼火还⑧。分明见，本来面目，不是游魂。

[注释]

①多景楼：在今江苏镇江北固山甘露寺内。 ②壶中别有天：“施存……后遇张申为云台治官，常悬一壶如五升器大，变化为天地，中有日月，如世间，夜宿其内，自号壶天，人谓曰壶公。”见《云笈七签·二十八治》。③块坐参禅：独坐冥想，参究佛理。 ④挂冠：把官帽挂起来。即辞职。“即解冠挂东都城门，归将家属浮海，客于辽东。”见《后汉书·逄萌传》。⑤山林钟鼎：隐居和做官。 钟鼎：即钟鸣鼎食的缩语。 ⑥流行坎止：顺流而行，遇坎而止。即随着自然发展而行动，根据客观环境而决定，不强求。 坎：《周易》的坎卦为危险，遇险而止。“旧管新收几妆镜，流行坎止一虚舟。”见宋黄庭坚《赠李辅圣》。 ⑦玄关：佛家指入道的门径。“无劳别修道，此即是玄关。”见唐白居易《宿竹阁》。 ⑧璇玑：星名，北斗魁的第四星。

水调歌头

天台元漠子王枞,炷香问道,初意未降。后以子午寅申之说,破其胎息注想之迷①,因与酬唱水调歌头于后

采取铅须密,诚意辨妍媸。休教错认,夺来鼎内及其时。二物分明真伪,一得还君永得,此事契天机。记取元阳动②,妙用在虚危③。　法寅申,行子午,总皆非。自然时节,梦里也教知。不属精津气血,不是肺肝心肾,真土亦非脾。言下泄多矣,凡辈奈无知。

[注释]

①胎息:古代道家修炼的一种方法,“习闭气而吞之,名曰胎息;习嗽舌下泉咽之,名曰胎食。”见《后汉书·王真传》注引《汉武内传》。　②元阳:人的精神,灵魂。　③虚危:二十八宿中的二星宿名。虚宿为北方玄武七宿的第四宿。危宿为北方玄武七宿的第五宿。

水调歌头

要识刀圭诀①,一味水银铅。驴名马字,九三四八万千般②。愚底转生分别,刬地唤爷作父③,荆棘满心田。去道日以远,至老昧蹄筌④。　譬如人,归故园,上轻帆。顺风得路,夜里也行船。岂问经州过县,管取投明须到⑤,舟子自能牵。悟道亦如此,半句不相干。

[注释]

①刀圭:古时计算药物的量名,这里指服药长生之诀。　②九三四八:奇奇偶偶,即阴阳相配。　③刬地:照样,依旧。　④昧蹄筌:分辨不清事物。　昧:糊涂,看不清楚。　蹄:捕捉兔子的网。　筌:捕鱼的竹篓子。“筌者所以在鱼,得鱼而忘筌;蹄者所以在兔,得兔而忘蹄;言者所以

在意，得意而忘言。”见《庄子·外物》。 ⑤投明：到天亮。

水调歌头

耳目身之宝，固塞勿飞扬[①]。存无守有，中间无念以为常。把定玄关一窍，视听尽收归里，坎兑互堤防[②]。寤寐神依抱，形气两相忘。 圆陀陀，光烁烁，貌堂堂。分明真我，罔象里全彰[③]。此即非空非色[④]，自是本来面目，阴鼎炼元阳。出世真如佛[⑤]，馀二莫思量。

[注释]

①勿飞扬：肾开窍于耳，肝开窍于目。宜固其精，勿令散洩。 ②坎兑互堤防：水要筑堤防止溢出。 坎兑：八卦中的两卦。坎象水，兑象泽。堤防：拦水的坝。“薮泽堤防足以畜。”见《商君书·算地》。 ③罔象：传说中的水怪。此指虚无之境。 ④非空非色：不是精神，不是物质。 空色：佛教语。“色不异空，空不异色；色即是空，空即是色。”见《心经》。⑤真如：佛教语，指永恒常在的实性、实体。真，诸法之体性离虚妄而真实；如，常住而不变不改。“真谓真实，显非虚妄；如谓如常，表无变异，谓此真实于一切法，常如其性，故曰真如。”见《唯识论》。

水调歌头

真一北方气[①]，玄武产先天[②]。自然感合，蛇儿却把黑龟缠[③]。便是蟾乌遇朔[④]，亲见虎龙吞啖[⑤]，顷刻过昆仑。赤黑达表里，炼就水银铅。 有中无，无中有，两玄玄[⑥]。生身来处，逆顺圣凡分[⑦]。下士闻之大笑[⑧]，不笑不足为道，难为俗人论。土塞命门了[⑨]，去住管由君。

[注释]

①真一:道家语,指保持本性,自然无为。“专守真一者,则头髮不白,秃者更轸。”见南朝梁陶弘景《真诰》。 ②玄武:北方太阴之神,其形象为龟、蛇。“说者曰:‘玄武谓龟蛇:位在北方,故曰玄;身有鳞甲,故曰武。’”见宋洪兴祖《楚辞·远游》补注。 ③蛇儿:见上注。 ④蟾乌遇朔:月亮和太阳碰到了朔日。 朔:农历初一。这一天,月亮运行到地球与太阳之间,地面上看不到月光,叫做朔。 ⑤虎龙:即龙虎,道教语,谓水与火。“坎离、水火、龙虎、铅汞之属,只是互换其名,其实只是精气二者而已。精,水也、坎也、龙也、汞也;气,火也、离也、虎也、铅也。”见宋朱熹《考异》。二气于黄庭前互相吞啖于是混合为一。 ⑥“有中无”三句:“故常无,欲以观其妙;常有,欲以观其徼(边际),此两者,同出而异名,同谓之玄,玄之又玄,众妙之门。”见《老子·道德经·一章》。 ⑦圣凡:圣人和凡人。 注者按:此下三韵字“分”、“论”、“君”,与上不协。 ⑧“下士”句:愚下之人听了大笑。“下士闻道,大而笑之。”见《老子·道德经·四十一章》。 ⑨命门:眼睛。“太阳根于至阴,结于命门,命门者,目也。”见《灵枢经·根结》。

水调歌头

律应黄钟候[1],天地尚胚浑[2]。腾腾一气,家园平地一枝春。下手依时急采,莫放中宫芽溢,害里却生恩。火候精勤处[3],加减武和文[4]。 定浮沉,明主客,别疏亲。真铅留汞,造化合乾坤。此是身中灵宝[5],谁信龙从火出,二八共成斤[6]。些子希夷法[7],只在弄精魂。

[注释]

①律应黄钟候:农历十一月。古代以音乐配月份,音乐有十二调,称作律吕。阳调六,为:黄钟、太簇、姑洗、蕤宾、夷则、无射,叫做律;阴调六,为:大吕、夹钟、中吕、林钟、南吕、应钟,叫做吕。“仲冬之月……其虫介,其音羽,律中黄钟。”见《礼记·月令》。 候:时候。 ②胚浑:胚胎浑沌,即起始。 ③火候:道家指炼丹的功夫。 ④加减武和文:掌握修炼

功夫的快慢缓急。 ⑤灵宝：道教语，指长生之法。“此乃灵宝之方，长生之法。”见晋葛洪《抱朴子·辨问》。 ⑥二八成斤：铅汞各一半，和起来就修炼完满。旧时一斤为十六两，半斤是八两，故云“二八成斤”。 ⑦些子希夷法：一丁点儿虚寂微妙的修炼方法。 些子：唐宋时的口语，即“一点儿”。 希夷：无声叫做希，无色叫做夷，形容虚空寂静的境界。“视之不见名曰夷，听之不闻名曰希，搏之不得名曰微。”见《老子·十四章》。

水调歌头

擒得铅归舍，进火莫教迟。抽添沐浴[①]，临炉一意且防危。只为婴儿未壮，全藉黄婆养育，丁老共扶持[②]。火力频加减，外药亦如之。 汞生芽[③]，铅作祖，土刀圭[④]。火生于木，炎盛汞还飞。要得水银真死，须待阴浮阳伏，杂类降灰池。用铅终不用，古语岂吾欺。

［注释］

①抽添：道家的一种修炼方法。“辐来凑毂水朝宗，妙在抽添运用。”见唐吕岩《西江月》十八。 ②丁老：道家指修炼时的真火。 ③汞生芽：水银升华。 ④土刀圭：刀为水中之金，圭为戊己真土。炼丹必假戊土化火，逼金，上入泥丸。

水调歌头

要蹑天仙步[①]，金丹是法身[②]。不知谓气，须还识后自然真。大道从花孕子[③]，点出个中阴魄，乌兔合阳魂。北斗随罡转[④]，天地正氤氲。 采依时，炼依法，莫辞勤。立跻圣域，从此脱沉沦。夜气正当过半，龙虎自然蛰动，势欲撼乾坤。片饷工夫耳，庄算八千春[⑤]。

[注释]

①蹑(niè):放轻(脚步)。 ②法身:佛教语,指佛的真身。 ③大道:大道理,自然规律。 ④罡(gāng):北斗星的斗柄。“又思作七星北斗,以魁覆其头,以罡指前。”见晋葛洪《抱朴子·杂应》。 ⑤庄算八千春:寿长。“时古有大椿者,以八千岁为春,八千岁为秋”见《庄子·逍遥游》。

水调歌头

神气精三药[①],举世没人知。气随精化,镇常神逐气无归。心地不明天巧,业识更缠地网,背却上天梯。今古多豪杰,生死醉如泥。 树头珠,潭底日,显金机[②]。两般识破,性命更何疑。活捉金精入木[③],炼就当初真一,方表丈夫儿。信取玄中趣,端的世间稀。

[注释]

①神气精:在道家认为,气精是阴阳元气,事理玄妙谓之神。“精气为物,游魂为变,是故知鬼神之情状。”“阴阳不测谓之神”俱见《易经·系辞》。在医家认为,精气是人的元气,神是人的表情状态。“阴阳决离,精气乃绝。”见《素问·生气通天论》。 ②金机:弩上钩住弓弦的金属机括。 ③金精:西方之神,太白金星。“太白者,西方金之精。”见唐张守节《正义》。

水调歌头

闻道不嫌晚[①],悟了莫悠悠。遇时不炼,今生乌兔恐难留。些子乾坤简易,不问在朝居市,达者尽堪修。火候无斤两,大药本非遥[②]。 守旁门,囚冷屋,望升超[③]。迷迷相授,生死不相饶。未识先天一气[④],孰辨五行生克[⑤],不向眼前求。试道工夫易,福薄又难消。

[注释]

①闻道:领会接受某一种道理。“闻道有先后,术业有专攻。”见唐韩愈《师说》。 ②大药:指道家的金丹。“苦乏大药资,山林迹如扫。”见唐杜甫《赠李白》。 ③升超:上升超越,指飞升成仙。 ④先天一气:先于天时的混然之气。此指身中的真阳。 ⑤五行生克:古代的阴阳家说,金木水火土五行之间存在着相生相克的规律,相生是:木生火,火生土,土生金,金生水,水生木;相克是:木克土,土克水,水克火,火克金,金克木。

水调歌头

我有一竿竹,偏会取根源。从来汲水桔槔[①],直挈上西天。不许常人著手,管定竿头先折,提桶落寒泉[②]。拨得机关转,北斗向南看。 仗回风,乘偃月,匆波澜。麻姑此日[③],西北见张骞[④]。选佛妙高峰顶[⑤],饮罢醍醐似醉[⑥],独坐玩婵娟[⑦]。水湛月明处,太极更无前。

[注释]

①桔槔:井上的汲水工具。“且子独不见夫桔槔乎?引之则俯,舍之则仰。”见《庄子·天运》。 ②提桶:拎水的小木桶。 ③麻姑:传说中的女仙。东汉桓帝时,仙人王方平降于蔡经家,召麻姑至,年十八九,甚美。见晋葛洪《神仙传》。 ④张骞:西汉汉中成固人。建元二年(公元前139)以郎应募出使月支,经匈奴,被留十馀年,后逃回,拜大中大夫,随大将军卫青击匈奴,以功封博望侯。后又出使乌孙、大宛、康居、月支、大夏等西域国家。”见《汉书·张骞传》。 ⑤妙高峰:应为妙高山,即须弥山,在古印度。 ⑥醍醐:美酒。“一瓮醍醐迎我归。”见唐白居易《将归一绝》。 ⑦婵娟:明月。“千里共婵娟。”见苏轼《水调歌头·明月几时有》。

西江月

予登龙虎山[①],朝神谒帝,以祈心事。夜梦神人语之曰:四十修真学道,金鱼要换金丹[②],龟龄鹤算不知年[③],子其勉之,当遇赤城人矣[④]。后于祝融峰遇圣师[⑤],指迷金丹大道[⑥],果应存无守有[⑦],顷刻而成之妙。乃知十馀年间钻冰取火[⑧],盲修瞎炼,今一得永得,实在目前。因足前梦为《西江月》调以纪其实并简同行林质父。质父见和,意谓有道无丹,当求画前大易,遂与酬唱十首于后

四十修真学道,金鱼要换金丹。龟龄鹤算不知年,行满身冲霄汉。　　此事希夷玄奥,功参造化难言。眼前有药耀山川,好把元阳修炼。

[注释]

①龙虎山:道教名山,在今江西贵溪西南八十里。相传汉代张道陵,俗称张天师在此修道,其子孙世代居住在上清宫。　②金鱼:指做官。唐代官制,三品以上穿紫色衣服,挂鲤鱼形金符。“犀带金鱼束紫袍,不能将命报分毫。”见唐元稹《自责》。　③龟龄鹤算:相传乌龟的年龄都在百岁以上,鹤为长寿之鸟,故以之比喻长寿。　④赤城:道教传说中的仙山名。“赤城山下有丹洞,在三十六洞天数,其山足丹。”见《初学记·登真隐诀》。　⑤祝融峰:南岳衡山的最高峰。　⑥金丹大道:道家修炼的真谛。金丹有两种:一是外丹,即烧炼丹砂金石为药的有形之丹;一是内丹,即修炼自己体内的丹田之精气,吐故纳新而成的无形之丹。　⑦存无守有:“故常无,欲以观其妙;常有,欲以观其徼(边际),此两者,同出而异名,同谓之玄,玄之又玄,众妙之门。”见《老子》。　⑧钻冰取火:一作“钻冰求酥”,比喻绝对不可能得到。“譬如钻冰求酥,是实难得。”见《菩萨本缘经·兔品》。

西江月

面目本来是道,阴阳造化成丹。骑牛寻犊不知原[①],

真是三家村汉[②]。　古圣立言设象[③]，后人得象忘言[④]。且如乾画必三川[⑤]，舍此如何烹炼。

［注释］

①骑牛寻犊：一作“骑牛觅牛”、“骑驴觅驴”，比喻忘记了本来有的而到处寻求。“问：‘如何是正真道？’师曰：‘骑驴觅驴。’”见《景德传灯录·白龙院道希禅师》。　②三家村汉：乡下人。三家村，只有三户人家的村庄，形容乡下人烟稀少的地方。　③立言设象：创立学说，观察形象。“圣人设卦观象。”见《易经·系辞》。　④得象忘言：只满足于获得会心处而放弃了言说。和“得鱼忘筌”相似。　⑤乾画必三川：八卦中的乾卦为三画“三”，故云。

西江月

太一画前是道[①]，全凭龙虎成丹。九还七返保长年[②]，好个逍遥闲汉。　日诣金门玉殿，青衣引赞无言[③]。回风混合万神安，功向虚无中炼。

［注释］

①太一：一作“太乙”“大一”，天地未分时的混沌之气。“大一者，天地混沌未分之元气也。”见《礼记·礼运疏》。　②九还七返：道家的两种仙丹名。　九还：即九转金丹。道家烧炼丹药，烧炼的转（循环变化）数多则药力足，故以九（九为老阳之数）转为贵。“一转之丹，服之三年得仙……九转之丹，服之三日得仙。”见晋葛洪《抱朴子·金丹》。　七返：即七返灵砂，是道家的的起死回生的灵丹。“炉中炼药，乃七返灵砂也。”见宋康骈《剧谈录·说方士》。　③青衣：婢女。汉以后以青衣为卑贱者的服装。

西江月

举世沉迷大道，傍门小法求丹。咽津纳气等成仙[①]，真个无知痴汉。　何异雄鸡抱卵，梦同哑子交言。阴阳非类隔天渊。总是盲修瞎炼。

［注释］

①咽津纳气：即道家修炼的胎息之法。古代道家修炼的一种方法，“习闭气而吞之，名曰胎息；习嗽舌下泉咽之，名曰胎食。”见《后汉书·王真传》注引《汉武内传》。　津：口水。

西江月

不死谷神妙道[①]，杳冥中有还丹[②]。坤牛乾马运无边，却是修行真汉。　脱去名缰利锁，金童玉女传言[③]。工夫片饷彻玄关[④]，水火从教法炼。

［注释］

①不死谷神：永恒的虚无玄妙之道。　谷：山谷，代表虚空，虚无。神：奥妙难测的变化。　不死：永恒常存。“谷神不死，是谓玄牝。”见《老子·六章》。　②还丹：即九还丹，九转金丹。　③金童玉女：侍候仙人的少年男女。“金童擎紫药，玉女献青莲。”见唐徐彦伯《幸白鹿观应制》。④彻：贯通。

西江月

大隐居尘奉道[①]，衰颜能返朱丹。要须有主种三田[②]，方免驱驰淮汉[③]。　天下江山第一，昆仑景胜何言。希夷妙处集真仙，默默重帘修炼。

［注释］

①大隐居尘奉道：最高级的隐居是在尘世，就是说只要品行高洁，住在大城市里也是隐士。　奉道：修道。“小隐隐林薮，大隐隐朝市。”见王

康琚《反招隐》。　②三田：道家谓两眉间为上丹田，心为中丹田，脐下为下丹田，合称三丹田或三田。种三田即修炼。　③淮汉：淮河、汉水。谓跋涉远行。

西江月

万里担簦访道[①]，要知一点灵丹。日乌月兔在朝元[②]，岂在迢迢云汉。　罔象求珠易得[③]，离明契后难言[④]。五金八石是虚传[⑤]，争似阳修阴炼。

［注释］

①担簦(dēng)：一作"檐簦"，形容长途跋涉。　簦：有柄的斗笠，好像现代的伞。"蹑跻担簦，说赵孝成王。"见《史记·平原君虞卿列传》。　②朝元：道教徒礼拜神仙。"洞里朝元去不逢。"见唐白居易《寻郭道士不遇》。　③罔象：虚无也。传说黄帝游赤水之北，遗其玄珠，罔象求之而得。见《文选·王褒〈洞箫赋〉》"罔象相求"注。　④离明：火。离卦象火。"象曰：'明两作离。'"见《易经·离》。"离也者，明也，万物皆相见，南方之卦也。"见《易经·说卦》。　⑤五金八石：古代以黄金、白银、赤铜、青铅、黑铁为五金。见《汉书·食货志》颜师古注。道家的服食之品有丹砂、雄黄、雌黄、空青、硫黄、云母、戎盐、硝石，谓之八石，又名"八琼"。见《云笈七签·上清黄庭内景经》。

西江月

达磨西来说道，十年面壁安丹[①]。争知水火不交煎，因果谩成罗汉。　仰箭射空力尽，依然坠地何言。虚空拶破强参禅[②]，肯把金丹烧炼。

［注释］

①"达磨"二句：达磨，也作达摩，本名菩提多罗，天竺国香至王第四

子。于南朝梁普通元年(520)来中国,梁武帝派人迎接到建业(今江苏南京),话不投机,就渡江到北魏,在嵩山少林寺面壁九年,传法及袈裟于慧可而坐化。他是禅宗东土的初祖。见南朝梁释慧皎《高僧传》。②拶(zā)破:压破。

西江月

几载鸡窗求道[1],费他兔楮铅丹[2]。经书子史尽蹄筌[3],鹿走徒嗟秦汉[4]。　百代兴亡瞬息,徒留纸上陈言。谁知太始道常存[5],乌兔仙家修炼。

[注释]

①鸡窗:书房。“晋兖州刺史沛国宋处宗尝买得一长鸣鸡,爱养甚至,恒笼著窗间,鸡遂作人语,与处宗谈论,极有言智,终日不辍。”见《艺文类聚·幽明录》。后来就把鸡窗借代为书窗,书斋。　②兔楮铅丹:书写用的。兔毫笔和校勘用的铅粉和朱砂。　③子史:从前对图书的分类。　子:古代的个人专著,如《庄子》《墨子》《荀子》等。　史:记载历史的书。　④鹿走:争夺政权。“秦失其鹿,天下共逐之,于是高材捷足者先得焉。”见《史记·淮阴侯传》。　⑤太始:天。“乐著于大始。”疏:“言乐象于天,天为生物之始。”见《礼记·乐记》。大始,通“太始”。

西江月

行处青牛引道[1],飞来鹤顶呈丹。谈玄玉局在西川[2],此日方当龙汉[3]。　千载寂寥吾道,可怜平叔多言[4]。画蛇添足悟真篇,付与谁人修炼。

[注释]

①青牛:道教的始祖老子骑青牛出函谷关。　②谈玄玉局:在玉局观谈论玄理(哲学)“王夷甫(衍)容貌整丽,妙于谈玄。”见宋刘义庆《世说新

语·容止》。玉局观在西川，东汉永寿元年，李老君与张道陵到此，有局脚玉床自地而出，老君升坐为道陵说道，既去而床隐。　③龙汉：道家认为天地之数有五劫：龙汉、赤明、上皇、开皇、延康。龙汉为始劫，一运历九万九千九百九十九劫……赤明经二劫，天地又坏，无复光明，具更五劫，天地乃开。“敢问龙汉末，如何辟乾坤。”见唐吴均《步虚词》。　④平叔：张伯端，天台人。游蜀，遇刘海蟾，授金液还丹火候之诀，乃改名用成，字平叔，号紫阳。后以所著《悟真篇》传授给马处厚。

水调歌头

三月三日，佑圣降诞。胡节干季辙，捧香设醴，愿以今日闻穷理尽性之道[①]。顾方为世唾弃，曷能明子贡不传之旨[②]。荷来诚既切，竟以诞圣于北方壬癸之位[③]，为水调一词以谢，并呈乡人赵抚干季清、周提干达道，幸反求之，有馀师矣

三三乾妙画[④]，佑圣诞弥辰。北方壬癸，水生于坎产元精[⑤]。一数先天有象[⑥]，元始化生相应[⑦]，灵气属阳神。寿永齐天地，万物尽回春。　说龟蛇，名黑杀[⑧]，蕴深仁。阴中阳长[⑨]，要知害里却生恩。此意宜参造化，正是金丹大道，不在咽精津。富贵公方逼，肯问出人伦。

[注释]

①穷理尽性：深刻探究事物的义理、人的本性。“穷理尽性，以至于命。”见《易·说卦》。　②子贡：姓端木，名赐，字子贡，春秋时卫国人。孔子弟子，为七十二贤人之一。能言善辩，善于经商。　③北方壬癸：古代的阴阳家以天干五行五色配五方，即：东方甲乙木青色，南方丙丁火赤色，西方庚辛金白色，北方壬癸水黑色，中央戊己土黄色。　④“三三”句：三月三日两个“三”，像乾卦之形。《易经》六十四卦中乾卦是乾上乾下，即两个三画“☰”，故云。　⑤水生于坎：后天八卦的坎位在北方，坎卦代表水。　元精：人的精气。“天禀元气，人受元精。”见汉王充《论衡·超奇》。　⑥一数先天有象：一是先于天而存在的，一切都从一开始。“惟初太始，道立于一，造分天地，化成万物。”见汉许慎《说文解字》。　⑦元

始:本元,最初。 化生:发育滋长。“天地感而万物化生。”见《易经·咸》。 ⑧黑杀:也作“黑煞”,凶星。 ⑨阴中阳长:坎卦的符号是两阴爻中夹一阳爻,故云。

水调歌头

甲申灯夕①,云水唐介然来谒。愿问金丹大道,且举张平叔、薛道光诸丹经以质难②。意初未释,凡辨问数十条,乃噤不语,垂首怅然而去。后忽具信香誓状,谓历江、淮、闽、浙,拜师几百,不识向上玄关,觉今是而昨非③。不知其所觉何事,谬赠以水调一词。有天台郭应昌、仪真胡尧咨、徐勋、金陵赵拱、湖湘唐纯素预焉

人身藏宇宙,乌兔走西东。昼舒夜卷,不拘春夏与秋冬。存想非心非肾,吐纳非精非气④,子午谩行功。一点真灵宝,混合自回风。 感婴儿,交姹女,爱丁公⑤。黄婆匹配,一时辰内上仙宫。恍惚无中有象,阳火阴符密契⑥,大道属鸿濛。火候能调理,天地与无穷。

[注释]

①甲申:宋宁宗嘉定十七年(1224)。 灯夕:正月十五,元宵节。②薛道光:名式,又名道原,宋鸡足山人。尝为僧,法号紫贤,又号毗陵禅师。注解张伯端的《悟真篇》。 ③觉今是而昨非:“实迷途其未远,觉今是而昨非。”为陶潜《归去来辞》的原句。 ④吐纳:呼吸。道家的一种炼气术,从口中呼出浊气,从鼻中吸进新鲜气,吐故纳新。 ⑤丁公:指火,火属南方丙丁,故称丁公。 ⑥阴符:《阴符经》,旧题黄帝撰,专讲虚无之道,修炼之术,和谈兵法的《周书阴符》不是一本书。夏元鼎撰有《阴符经讲义》。

西江月

答王和父送□错认水酒

甘露醴泉天降[①],琼浆玉液仙方。一壶馥郁喷天香,麹蘖人间怎酿[②]。　要使周天火候[③],不应错认风光。浮沉清浊自斟量,日醉蓬莱方丈[④]。

[注释]

①醴泉:甘美的泉水。"故天降膏露,地出醴泉。"见《礼记·礼运》。　②麹蘖:酒母,俗称酒药。"若作酒醴,惟尔麹蘖。"见《尚书·说命》。　③周天:绕天球大圆一周,一周为三百六十度,一日一夜为一周天。"凡二十八宿及诸星,皆循天左行,一日一夜一周天"。见《礼记·月令》疏。　④蓬莱方丈:古代传说海上有三座神山,蓬莱、方丈、瀛洲。

西江月

送腊茶答王和父

万汇阳春吐秀[①],争如雀舌含英[②]。先天一气社前升[③],啖出昆仑峰顶。　要得丁公煅炼[④],飞成宝屑窗尘。蜜脾神用脱金形[⑤],送与仙翁体认。

[注释]

①万汇:万物。"五行叙气,万汇顺成。"见唐韩愈《祭董相公文》。　②雀舌:嫩茶芽。"茶芽,古人谓之雀舌、麦颗,言其至嫩也。"见沈括《梦溪笔谈·杂志》。　③社前:在社日以前所采的茶叶,为茶中的最上品。　社:指春社,在立春后第五个戊日。　④丁公煅炼:炒茶叶。　⑤蜜脾:蜜蜂用蜡造成的蜂房。"红露花房白蜜脾。"见唐李商隐《闺情》。

贺新郎

和刘宰潜夫韵[①]

天上神仙路。问谁能、超凡入圣[②],平虚交付。三岛十洲无限景[③],稳驾鸾舆鹤驭。更驯伏、木龙金虎。造化小儿真剧戏,炼阳精、要戴乾为父[④]。须定力,似愚鲁。 三旬一遇交乌兔[⑤]。便丹成、天长地久,桑田变否。四象五行攒簇处[⑥],全藉黄婆真土[⑦]。无私授、人多胡做。堪叹红尘声利客,向花朝月夕寻妆妇。应不解,乘槎去[⑧]。

[注释]

①刘宰潜夫:即刘克庄。此为和刘克庄“送陈真州子华”之作。时在宝庆三年(1227)。 ②超凡入圣:超越平凡,进入圣境。形容造诣精深,到了登峰造极的地步。“定袪邪行归真见,必得超凡入圣乡。”见《景德传灯录·神晏国师》。 ③三岛:即海上三神山,蓬莱、方丈、瀛洲。 十洲:在八方巨海之中有十洲,为神仙所居住。其名为:祖洲、瀛洲、玄洲、炎洲、长洲、元洲、流洲、生洲、凤麟洲、聚窟洲。见汉东方朔《十洲记》。 ④乾为父:乾为八卦之首,代表阳、天、君、父。 ⑤三旬:一旬是十天,三旬即一个月。 ⑥四象:金、木、水、火。“太极生两仪,两仪生四象,四象生八卦。”疏:“四象谓金、木、水、火。震木、离火、兑金、坎水,各主一时。”见《易经·系辞》。 ⑦黄婆真土:脾脏在五行中属土,其色黄。 ⑧乘槎:相传一个住在海边的人,乘槎浮海到达天河,碰到了牛郎和织女。见晋张华《博物志》。 槎:竹、木筏。

满江红

人世何为,江湖上、渔蓑堪老。鸣榔处[①],汪汪万顷,清波无垢。欸乃一声虚谷应[②],夷犹短棹关心否[③]。向晚来、垂钓傍寒汀,牵星斗。 砂碛畔,蒹葭茂[④]。烟波际，盟鸥友[⑤]。喜清风明月，多情相守。紫绶金章朝路险[⑥]，青蓑篛笠沧溟浩[⑦]。舍浮云、富贵乐天真，酾江酒。

［注释］

①鸣榔：一作"鸣根"，敲打船舷作声，驱鱼入网。"艇楫凌乱，云流雨散。鸣榔络绎，雾罢烟释。"见唐王勃《采莲赋》。 ②欸乃一声：渔船摇橹声。"烟销日出不见人，欸乃一声山水绿。"见唐柳宗元《渔翁》。 欸乃：拟声词，橹脐和支柱间的磨擦声。 ③夷犹：迟疑不前。"君不行兮夷犹，蹇谁留兮中洲。"见屈原《九歌·湘君》。 ④蒹葭：荻和芦苇。 ⑤盟鸥：和鸥鸟订立盟约交朋友，比喻隐士生活。 ⑥紫绶金章：用紫色的丝带系的黄金印章，指代大官。"相国、丞相皆秦官，皆金印紫绶。"见《汉书·百官公卿表》。 ⑦青蓑篛笠：青蓑衣和竹斗笠，指湖海隐居生活。"青蓑笠，绿蓑衣，斜风细雨不须归。"见唐张志和《渔歌子》。

［集评］

况周颐云："惟《满江红》云：'人世何为……'此阕词人之词，亦复清超拔俗。'老'、'浩'二韵，用古韵通叶。"（《历代词人考略》）

满庭芳

久视长生，登仙大道，思量无甚神通。正心诚意[①]，儒释道俱同。虽是无为清净[②]，依然要、八面玲珑[③]。朝朝见，日乌月兔，造化运西东。 黄婆能匹配，天机玄妙，朔会相逢。正三旬一遇，消息无穷。不待存心想肾，非关是、打坐谈空[④]。君知否，灵明宝藏，收在水晶宫。

（以上吴讷《唐宋名贤百家词》本《蓬莱鼓吹》）

［注释］

①正心诚意：格物、致知、诚意、正心、修身、齐家、治国、平天下，是儒家的一套修养身心的哲学。见《礼记·大学》。 ②无为清静：是老庄哲

学的中心思想。 ③八面玲珑:指为人圆滑,敷衍周到,各方面都能不得罪人。“八面玲珑,多虚少实。”见《续传灯录·绍隆禅师》。 ④打坐:和尚、道士盘腿闭目而坐,使思想上不生杂念,入于安定。

王　埜

王埜（？—1254），字子文，号潜斋，金华人。嘉定十三（1220）年登进士第，辟漕帅幕。历江西转运副使，知隆兴府、移镇江府。淳祐末，迁沿江制置使、江东安抚使。宝祐二年（1254），拜端明殿学士签书枢密院事、封吴郡侯、主管洞霄宫卒。《词综》云：一名王彧。未知所据。

西　河[①]

天下事，问天怎忍如此。陵图谁把献君王[②]，结愁未已。少豪气概总成尘，空馀白骨黄苇。　千古恨，吾老矣。东游曾吊淮水。绣春台上一回登[③]，一回揾泪[④]。醉归抚剑倚西风，江涛犹壮人意。　只今袖手野色里。望长淮、犹二千里。纵有英心谁寄。近新来、又报胡尘起[⑤]。绝域张骞归来未[⑥]。　（《中兴以来绝妙词选》卷九）

［注释］

①唐氏按：此首《词律》卷十八题王彧撰。　②陵图：皇帝坟墓的设计图纸。　③绣春台：楼台名，在今安徽贵池县齐山。　④揾泪：抹眼泪。“倩何人唤取，红巾翠袖，揾英雄泪。”见辛弃疾《水龙吟·旅次登楼作》。　⑤胡尘：北方少数民族的侵略军。　⑥张骞：西汉汉中成固人。建元二年以郎应募出使月支经匈奴，被拘留十余年，后逃回；又以校尉从大将军卫青击匈奴，以功封博望侯。元鼎二年又以中郎将出使乌孙，分遣副使使大宛、康居、月支、大夏等国。见《汉书·张骞传》。

［集评］

阳九逐客云：“爱国之心拳拳，不亚稼轩。非著名词人未必无佳作。”

（见《养酒斋词话》）

六州歌头

龙蟠虎踞[1]，今古帝王州。水如淮，山似洛，凤来游。五云浮[2]。宇宙无终极，千载恨，六朝事[3]，同一梦休。更莫问闲愁。风景悠悠。得似青溪曲[4]，著我扁舟。对残烟衰草，满目是清秋。白鹭汀洲。夕阳收。　黄旗紫盖，中兴运，钟王气[5]，护金瓯[6]。驻游跸[7]，开行殿，夹朱楼。送华辀[8]。万里长江险，集鸿雁，列貔貅[9]。扫关河[10]，清海岱[11]，志应酬。机会何常，鹤唳风声处[12]，天意人谋[13]。臣今虽老，未遣壮心休。击楫中流。

（《景定建康志》卷三十七）

［注释］

①龙蟠虎踞：形容地形的雄壮险要。常用来赞美南京之词。“秣陵地形，钟山龙蟠，石城虎踞，此帝王之宅。”见晋吴勃《吴录》。　②五云：原指五种颜色的云，古人以云彩的颜色来占卜吉凶。此指五彩的瑞云。　③六朝：指三国吴、东晋、宋、齐、梁、陈的南方六朝。　④青溪：古水名。发源南京钟山西南，入秦淮，逶迤九曲。　⑤王气：指象征帝王运数的祥瑞之气。“玉树歌残王气终。”见唐许浑《金陵怀古》。　⑥金瓯：黄金的盆子，比喻完整巩固的国土。“我国家犹若金瓯，无一伤缺。”见《梁书·侯景传》。　⑦跸：古代帝王出行时，开路清道，禁止通行，相当于现代的戒严。　⑧华辀：华丽的车子。　辀：车辕，泛指车子。“驾龙辀兮乘雷。”见屈原《九歌·东君》。　⑨貔貅：猛兽，豹一类，常用来比喻勇猛的士兵。“教熊罴貔貅貙虎，以与炎帝战于阪泉野。”见《史记·五帝本纪》。　⑩关河：函谷关与黄河，关中及中原地区。　⑪海岱：东海与泰山，指青、徐二州。“浮云连海岱。”见杜甫《登兖州城楼》。　⑫鹤唳风声：形容自相惊扰。前秦苻坚南侵，大败于淝水，闻风声鹤唳，都以为晋军追赶来了。见《晋书·谢玄传》。　⑬天意人谋：上帝的安排和人的图谋。

[集评]

焦竑云:"长短句中,《六州歌头》音节最为悲壮。昨见王潜斋埜咏金陵二阕,读之亦自爽然。"(《焦氏笔乘续集》)

沁园春

子寿母

月地云阶,碧山丹水,春满北园。正慈闱初度[①],酡颜绿髮[②],黄堂称寿[③],画戟朱幡。戏彩斓斑[④],安舆游衍[⑤],未数当时莱与潘[⑥]。今朝好,把一家和气,散在千门。　潜藩[⑦]。误玷君恩。人尚说、淳熙前状元[⑧]。幸物情如旧,亲年未老,且开玉帐,共祝金樽。罗绮飘香,管弦度曲,晚岁欢娱谁与论。亭峰宴,似仙家大姥,尽见曾孙。

(《截江网》卷六)

[注释]

①慈闱:母亲。　初度:生日:"皇览揆余初度兮,肇锡余以嘉名。"见屈原《离骚》。　②酡颜:喝醉了酒的面孔,指红润的脸。　③黄堂:太守办公的厅堂。　④戏彩斑斓:用老莱子彩衣娱亲的典故。　⑤安舆:老年妇女乘坐的车子。　⑥莱与潘:老莱子和潘岳。潘岳很孝顺母亲。潘岳升任长安令,迁博士,因母病而辞职。在他写的《闲居赋》中有"太夫人乃御板舆,升轻轩"之句。　⑦潜藩:帝王在没有正式的皇储名位以前所住的地方。　⑧淳熙:宋孝宗年号。

哀长吉

哀长吉,生卒不详,字叔巽,又字寿之,晚号委顺翁,崇安人。嘉定十三年(1220)进士,授邵武簿,调靖江书记,归隐武夷,年八十九,有《鸡肋集》。

水调歌头

贺人新娶,集曲名①

紫陌风光好,绣阁绮罗香。相将人月圆夜,早庆贺新郎。先自少年心意,为惜殢人娇态,久俟愿成双。此夕于飞乐,共学燕归梁。 索酒子,迎仙客,醉红妆。诉衷情处,些儿好语意难忘。但愿千秋岁里,结取万年欢会,恩爱应天长。行喜长春宅,兰玉满庭芳。

(《翰墨大全》乙集卷十七)

[注释]

①此词每句嵌一词调名,先后为:《风光好》、《绮罗香》、《人月圆》、《贺新郎》、《少年心》、《殢人娇》、《愿成双》、《于飞乐》、《燕归梁》、《索酒子》、《迎仙客》、《醉红妆》、《诉衷情》、《意难忘》、《千秋岁》、《万年欢》、《应天长》、《喜长春》、《满庭芳》。

[集评]

阳九逐客云:"游戏文章,构思颇巧。"(《养酒斋词话》)

齐天乐

贺人入赘

青鸾海上传芳信[①]，蓝田路入仙境[②]。万卷书传，六奇计运，冰玉炯然清润。帷褰凤锦。□镜启鸾台[③]，烟横鸳枕。一笑相迎，一双两好恰厮称[④]。　风流人在仙隐。更一县、陶柳春近[⑤]。梦想金桃，宴分玉果，指日送尝汤饼[⑥]。枌榆接畛。管此去亲盟，镇长交聘。自古朱陈，一村惟两姓[⑦]。

（《翰墨大全》乙集卷十九）

[注释]

①青鸾：凤的一种，赤色多者凤，青色多者鸾。见《洽闻记》。　②蓝田：地名，在陕西省蓝田县东南，也称覆军山，出美玉，也叫玉山。　③《全宋词》注：空格据律补。　镜启鸾台：晋温峤以玉镜台聘娶从姑之女。见刘义庆《世说新语·假谲》。　④厮称：相配。　⑤唐氏按："陶柳"上下缺二字。　⑥汤饼：俗生子三日请客，称汤饼筵。　⑦"自古"二句：朱陈：地名，朱陈村，在今江苏省丰县东南，世多用朱陈表示两姓缔结婚姻。"徐州古丰县，有村曰朱陈。一村惟两姓，世世为婚姻。"见白居易《朱陈村诗》。

朝中措

贺生第三子

自从佳偶共黄姑[①]，几见设门弧[②]。方喜阶庭联玉，又闻老蚌生珠[③]。　一门三秀，贾家虎子[④]，薛氏鸾雏[⑤]。从此公侯衮衮，看看百子成图。

[注释]

①黄姑：星名，牛郎星，河鼓的音转。见《荆楚岁时记》。　②设门弧：古代风俗，生男孩于大门左边挂弓一张。见《礼记正义·郊特牲·内

则》。 ③老蚌生珠:称人老年有好儿子。“不意双珠,近出老蚌。”见《三国志·魏志·荀彧传》注引《三辅决录》。 ④贾家虎子:东汉定陵人贾彪,字伟节,兄弟三人,并有高名,而彪最优秀,当时人说:“贾氏三虎,伟节最怒。” ⑤薛氏鸾雏:唐薛元敬与叔薛收,族兄薛德音齐名,世称“河东三凤。”

西江月

贺人生日生孙

百和香凝宝络,长生酒满金尊。葱葱佳气蔼庭萱,同把椿龄祝愿[①]。 玉树已生谢砌[②],孙枝复长于门[③]。伫看百子共千孙,此去公侯衮衮。

(以上二首《翰墨大全》丙集卷三)

[注释]

①椿龄:祝人长寿之词。“绵绵庆不极,谁谓椿龄多。”见唐吴筠《步虚词》。 ②“玉树”句:言生得了好的子女。谢玄少年时得到叔父谢安的器重。谢安曾问子侄说:“子弟亦何豫人事,而正欲使其佳。”诸人莫有言者,玄答曰:“譬如芝兰玉树,欲使其生于庭阶耳!”见《晋书·谢安传》。③于门:汉东海剡人于公,为县狱吏,断案公正。家中闾门坏,街坊一起来修理,于公说:“少高大,令容驷马车盖,我治狱多阴德,子孙必有兴者。”后来儿子于定国为丞相,孙于永为御史大夫,皆封侯。 孙枝:树的嫩枝。比喻为孙子。

瑞鹤仙

寿南康钱守 正月初六

天基佳节后[①]。又诗咏嵩生[②],贤歌天佑。千龄运非偶。庆一堂风虎,云龙感召,相门华胄[③]。盛少屈、一钱太守[④]。听吏歌、一径棠阴[⑤],民颂两岐麦秀[⑥]。 知否。

海峰天柱，道骨仙风，总天所授。席虚机右[7]。金瓯下[8]，署名久。伫泥封飞下[9]，沙堤归去，指日家声复旧。年年献、金鉴千秋，玉卮万寿。 （《翰墨大全》丁集卷二）

[注释]

①天基节：此为当朝天子诞辰。“天基令节，一圣节名，逐朝换一，臣等不胜大庆，谨上千万岁寿。”见周密《武林旧事·圣节》。 ②嵩生：祝长寿。“唯岳降神，生申及甫”见《诗经·嵩高》。 ③华胄：显贵者后代。“遥遥华胄。”见《南史·何昌寓传》。 ④一钱太守：清官的美誉。后汉刘宠为会稽太守，将上调为将作大匠。山阴县五、六老人，各人赍百钱相送，宠谢之，为选受一大钱。后刘宠在会稽号为“取一钱太守”。见《后汉书·刘宠传》。 ⑤棠阴：惠政。传说周召公，巡行南国，在棠树下听讼断案，后人思之，不忍伐其树。“陕左清郊，棠阴虚馆。”见南朝宋谢庄《孝武帝哀策文》。 ⑥两歧麦秀：一棵麦子上长出两个穗，指因官长清明而丰收。“张堪为渔阳太守，百姓歌曰：‘桑无附枝，麦穗两歧；张君为政，乐不可支。’”见《后汉书·张堪传》。 ⑦“机”又似“揆”字。 ⑧金瓯：指代国家完固。“我国家犹若金瓯，无一伤缺。”见《梁书·侯景》。 ⑨泥封：即“封泥”。古人的简牍、书函用绳穿连，绳端打结处用泥封闭，泥上加盖印章，以防偷拆，后来用火漆。

瑞鹤仙

寿萧通判　十月初一日

小春天未雪[1]。见两蕊三花，放梅时节。昴宿孕人杰[2]。对梅花雪片，平分风月。冰清玉洁。天赋与、仙风道骨。更等闲、来访刘仙，觅取秘传真诀。　闻说。辉联台宿[3]，瑞应文昌[4]，世承阀阅[5]。相门事业。有祖父、旧风烈。管泥封飞下，沙堤归来[6]，光复青毡旧物[7]。庆家传、八叶联芳，又添一叶。 （《翰墨大全》丁集卷四）

[注释]

①小春:农历十月,也称小阳春。“十月小春梅蕊绽。”见欧阳修《渔家傲》。 ②昴宿:星名,二十八宿之一,属西方白虎七宿,有四颗星。相传汉丞相萧何为昴星之精降生,后来就把昴星作为颂扬显贵之词。“汉相萧何,长七尺八寸,昴星精。”见《初学记》。 ③台:尚书台。 ④文昌:官署名,尚书省的别称。“文昌新入有光辉,紫界宫墙白粉闱。”见白居易《闻杨十二新拜省郎遥以贺》。 ⑤阀阅:官宦人家。 ⑥沙堤:唐故事:宰相初拜,京兆使人载沙填路,自私第至子城东街,名沙堤。“载向五门官道西,绿槐阴下铺沙堤。昨日新拜右丞相,恐怕泥涂污马蹄。”见白居易《新乐府》。 ⑦青毡:儒素,知识分子。晋王献之夜卧斋中,有小偷进来,财物都偷光了,献之慢慢地说:“偷儿,青毡我家旧物,可特置之。”见《晋书·王羲之传附王献之》。

存目词

调名	首句	出处	附注
鱼水同欢	棣萼楼前佳气蔼	《花草粹编》卷七	无名氏词,见《翰墨大全》丁集卷四
剔银灯	古来五子伊谁有	《花草粹编》卷八	无名氏词,见《翰墨大全》丙集卷三

黄师参

黄师参，生卒不详，字子鲁，号鲁庵，三山（今福建福州）人。嘉定十三年（1220）进士。官国子学正、南剑州添差通判。许应龙《东涧集》卷六有黄师参转一官制。

沁园春

饯郑金部去国①

谷口高人，偶泝明河②，近尺五天。见紫霄宫阙③，空中突兀，玉皇姬侍，云里蹁跹④。滴露研朱，披肝作纸，细写灵均孤愤篇⑤。排云叫，奈大钧不管⑥，沙界三千。

语高天上惊传。早斥去、人间伴谪仙。念赤城丹籍⑦，香名空在，蓬莱弱水⑧，欲到无缘。还倚枯槎⑨，飘然归去，回首清都若个边⑩。家山好，有一湾风月，小小渔船。

（《中兴以来绝妙词选》卷九）

［注释］

①郑金部：不详。疑是金部郎官。　去国：离开首都。　②泝：同“溯”，逆着水流方向走。　明河：银河。　③紫霄宫阙：天宫。　④蹁跹：旋转舞蹈。　⑤灵均：屈原。　孤愤篇：指《离骚》。　⑥大钧：天。“大钧播物兮。”见汉贾谊《鹏鸟赋》。　⑦赤城：道家的仙境。　丹籍：朱红写的书册，指“天书。”　⑧蓬莱：海中仙山名。　弱水：神话小说中的水名，羽毛都会下沉。“凤麟洲四面有弱水绕之，鸿毛不浮。”见汉东方朔《十洲记》。　⑨槎：竹、木筏。传说有人乘槎浮海到达天河。见晋张华《博物志》。　⑩清都：天帝居住的地方。见《列子 · 周穆王》。

李义山

李义山，生卒不详，字伯高，号后林，丰城（今属江西）人，一云嘉鱼人。嘉定十三年（1220）进士。历任大宗正丞兼金部郎中、知吉州。湖南提举摄帅漕，江东提刑、守池州，劾罢。经赦，主管玉局观。

祝英台近

寿张路钤　四月初一[①]

夏初临，春正满，花事在红药[②]。一阵光风，香雾喷珠箔[③]。画堂旧日张家，梦中玉燕[④]，早拂晓、飞来帘幕。酒深酌。曾记走马长安，功名戏樊郭。螺浦如杯，豪气怎生著。直须用了圯编[⑤]，封侯万户，却归共、赤松翁约[⑥]。

（《翰墨大全》丁集卷二）

［注释］

①唐氏按：此首原题“义山作”，不著其姓。丁集卷二另有李义山作品，盖即一人。　路钤：武官有钤辖之职。　②红药：红芍药花。　③珠箔：用珠串起来的帘子。　④梦中玉燕：唐张说的母亲，梦有一玉燕投入怀中，怀孕而生张说，后说为宰相。事见《开元天宝遗事》。　⑤圯编：张良曾游下邳圯上，遇一老父，授一编书，曰：“读此则为王者师矣。”视之，乃《太公兵法》。见《史记·留侯世家》。　⑥赤松翁：即赤松子，古仙人，神农时为雨师。“愿弃人间事，欲从赤松子游耳。”见《史记·留侯世家》。

牟子才

牟子才，生卒不详，字存叟，其先井研（今属四川）人。客湖州。嘉定十六年（1223）进士。宝祐元年（1253）自军器少监除秘书少监。咸淳初，授翰林学士。以资政殿学士致仕卒。

风瀑竹[①]

元　宵

阁住杏花雨。便新晴、等闲勾引，香车成雾。壁月光中箫风远，袅袅馀音如缕。诮一似、群仙府。天意乍随人意好，渐星桥、度汉珠还浦[②]。又何啻、列千炬。　晚来乍觉阴盘固[③]。笑人间、玉瓶瑶瑟，锦茵雕俎[④]。无限升平宣政曲[⑤]，回首中原何处。慨鸣镝、已无宫武[⑥]。扑面胡尘浑未扫，强欢讴、还肯轩昂否。萦旧恨，为谁赋。

（《翰墨大全》后甲集卷十）

[注释]

①风爆竹：《贺新郎》的别名。　②星桥：原为传说中银河上的鹊桥，此处用唐苏味道《观灯诗》“火树银花合，星桥铁锁开”诗意。　汉：河汉，即银河。　珠还浦：即“合浦珠还”。事见《后汉书·孟尝传》。　③阴盘：圆月。　④锦茵雕俎：形容器物的豪华精美。　茵：衬垫的毯子。俎：切肉的案板。　⑤宣政：宣和、政和，徽宗年号。　⑥宫武：臧宫、马武，此处喻指勇将。

戴 翼

戴翼,生卒不详,字汝谐,自号凤池,闽县人。嘉定十六年(1223)进士。摄南康军,知邕州。

水调歌头

寿陈仓使

某共审:瑞启福星,祥开诞月。江左两三年兵火,暂烦一出于虚危[①];部内几万户生灵,喜遇再来之父子。欢均列郡,喜溢崇台。某忝出师门,幸依化治。忻逢华旦[②],上南丰一瓣之香[③],敬缉斐章[④],祝东道千龄之算[⑤]。退惭下俚,上渎清都。敢冀熏慈,俯垂采览。

嵩岳周王佐,昴宿汉宗臣。从来间世英杰,出则致升平。况我皇华直指,元是福星出现,来此活生灵。五百岁初度[⑥],十一郡欢忻。 挽西江,苏涸辙[⑦],洗尘埃。笑谈顷刻间宜,宇宙变为春。泽满赣川无限,福与崆峒齐耸[⑧],颂咏几多人。潋滟一卮寿,愿早秉洪钧[⑨]。

[注释]

①虚危:二十八宿之二,属北方玄武七宿:斗、牛、女、虚、危、室、壁。 ②华旦:尊称别人的生日。 ③南丰:地名,今江西南丰。 ④斐章:华美的词章。"吾党之小子狂简,斐然成章。"见《论语·公冶长》。 ⑤东道:主人。 ⑥初度:生日。"皇览揆余初度兮。"见《离骚》。 ⑦涸辙:窘困的境况。在快要干涸的车辙中有一条鲋鱼,向过路的庄子讨乞一点水求活,庄子答应到西江去弄水来。见《庄子·外物》。 苏:醒过来。 ⑧崆峒:山名,在甘肃平凉。 ⑨洪钧:指"天",指自然。"洪钧陶万类。"见张华《答何劭诗》。 秉洪钧:指出任宰相。

水调歌头

寿彭守

某共审：某官，瑞启福星，祥开诞月。横浦十万家生齿[1]，焚一瓣香；章江五十里附庸[2]，上千岁寿。万诚芜句，申庆椒觞[3]。仰冀熏慈，俯垂采览。

渤海卖刀剑[4]，河汉洗戎兵。千金六月一雨，万陇稼云横。时节可人如许，天意开祥有在，申月岳生申。五百岁初度，千万户欢声。　　栋梁材，霖雨手，庙堂身。日边褒玺已到[5]，岂久试鱼城。快上承明步武[6]，展尽玉堂事业[7]，再使旧毡青。公寿更天远，鼻祖等长生[8]。

（以上二首见《截江网》卷五）

[注释]

①横浦：地名，当在江西。　生齿：人口。　②章江：江西赣江之西源。　③椒觞：盛椒酒的杯子。　椒酒：椒是玉衡星精，服之令人身轻耐老。见《荆楚岁时记》。　④"渤海"句：卖掉武器，从事农业生产。见《汉书·循吏传·龚遂》。　⑤褒玺：朝廷的嘉奖令。　⑥承明：汉代的宫殿名，在未央宫中。　步武：效发前人的作为。　⑦玉堂：翰林院。　⑧鼻祖：此指彭祖，传说寿至八百。

徐经孙

徐经孙(1192—1273),字仲立,初名子柔,丰城人。生于绍熙三年。宝庆二年(1226)进士。累迁刑部侍郎、太子詹事、拜翰林学士、知制诰。忤贾似道,罢归闲居。咸淳九年卒。年八十二,谥文惠。有《矩山存稿》。

水调歌头

致仕得请①

客问矩山老,何事得优游②。追数平生出处,为客赋歌头。三十五时侥幸,四十三年仕宦,七十□归休。顶踵皆君赐③,天地德难酬。　书数册,棋两局,酒三瓯。此是日中受用,谁劣又谁优。寒则拥炉曝背④。暖则寻花问柳,乘兴狎沙鸥⑤。知足又知止,客亦许之不⑥。

[注释]

①致仕:退休。　②优游:闲暇自得。“慎尔优游,勉尔遁思。”见《诗经·小雅·白驹》。　③顶踵:从头到脚,整个的。　④曝背:以背向日取暖,晒太阳。“百岁老翁不种田,惟知曝背乐残年。”见唐李颀《野老曝背诗》。　⑤狎沙鸥:人没有坏心眼,可以跟异类亲近。见《列子·黄帝》。⑥不(fóu):疑问助词,等于“吗”。

百字令①

八旬加二,荷君天垂祐②,扶持老拙③。目送新来檐外燕,手拣好花轻折。比似去年,十分强健,日看朱诗说④。篇三百五,岁前尽有披阅。　天教两子供官,一男留养⑤,左右相娱悦。五见孙枝三拜授⑥,童冠参差袍笏。四侍鳌峰[7]，拿舟在即，次五今圆月。曾孙淳老，想能随叔嬉劣。

[注释]

①百字令：《念奴娇》的别名。 ②荷（hè）：承蒙，承受恩惠。 ③老拙：老人自称的谦词。 ④朱诗：朱熹注有《诗集传》。 ⑤留养：留在身边侍候。 ⑥孙枝：孙儿。 拜授：拜官授职。 ⑦鳌峰：指翰苑（翰林院）。鳌山为神仙所居，从前以为翰苑清贵，比之登仙，故名。

哨遍[1]

江山风月，耳目声色。取之无禁，用之不竭。造物之无尽藏，月白风清，有客有酒。踞虎登龙，放舟中流。听其所止而休焉。　　归去来兮，昨非今是。旧菊都荒，新松老矣。吾年今已如此。归去来兮，忘我忘世。草木欣荣，幽人感此。吾生行且休矣。

[注释]

①宋人填《哨遍》，皆长调，未见有少于200字者，即金元人词，亦在160字以上，此词仅89字，乃中调，句式亦大异且不分片，为单调。韵亦甚杂。玩词意，从首句“江山”至“休焉”，乃写苏轼《赤壁赋》事；“归去”至末句“休矣”则写陶潜《归去来辞》事，似为上下两片。押韵不合规范。前部用了三声四韵：“色”、“竭”为入声十三“职”与九“屑”韵；“酒”为上声二十五“有”韵，“流”为下平声十一“尤”韵，勉强可算是“同部三声叶”；后部用“纸”“真”韵虽不错，但两“矣”两“此”重韵，又非独木桥体，在词谱中实为绝无仅有！如在“焉”字处分片，则又不是韵处，自唐宋以来，所有词作，从无在分片处不押韵的。总之，此词决非《哨遍》，似为两首劣作串杂在一处，亦疑非徐经孙所作。

乳燕飞[1]

一雨炎□洗。似天知、溪山佳处，玳筵珠履。六十年前今朝庆,门左桑弧蓬矢[②]。也似恁、郁葱佳气。绿鬓童颜春未老[③],问寿星、模样君真是。新甲子[④],从头起。　应门有子能承志。总人间、皱眉底事,不关君耳。看不日孙枝毓秀,衮衮教人满意。更又报、门阑多喜。饱受人生真富贵,便蟠桃、三熟堪弹指[⑤]。知几个,千秋岁。

[注释]

①乳燕飞:《贺新郎》的别名。　②桑弧蓬矢:古时男孩子出生,以桑木作弓,蓬草为矢,使射人射天地四方,含有志在四方之意。　③绿鬓:头发乌黑。　童颜:儿童的面孔,形容老人不老。　④甲子:甲是天干十位之首,子是地支十二位之首,干支相配,如:甲子、乙丑、丙寅、丁卯……再到甲子,其变化有六十,旧历法借以纪年、月、日、时,每六十年为一甲子。⑤蟠桃三熟:形容年代久远。神话中说,西王母有蟠桃,三千年一结果实。见《汉武帝内传》。　弹指:一弹指的省略,极言时间的短暂。“弹指不留,水流灯焰。”见王维《能禅师碑铭》。

鹧鸪天

安分随缘事事宜,平生快活过年时。长歌赤壁东坡赋,又咏归来元亮词[①]。　开八秩[②],望期颐[③]。人生如此古犹稀[④]。香飘金粟如来供[⑤],岁岁今朝荐酒卮[⑥]。

(以上明万历刻本《宋学士徐文惠公存稿》卷四)

[注释]

①归来:指《归去来辞》。　元亮:陶潜字。　②八秩:八十岁。十年为一秩。　③期颐:一百岁。百年为人生岁数之极,所以叫“期”,这时在生活上需要人服侍,所以叫“颐”。“延历百年,寿越期颐。”见晋皇甫谧《高士传》。　④古犹稀:七十岁。“人生七十古来稀。”见唐杜甫《曲江》。　⑤金粟如来:即维摩居士。见《维摩经会疏》。　⑥卮:大号酒杯。

冯去非

冯去非（1189—1265?），字可迁，号深居，南康军（今江西星子）人。淳祐元年（1241）进士。尝干办淮东转运。宝祐四年（1256），召为宗学谕。理宗下诏立石，禁三学诸生上书，去非不肯书名，遂罢归。

八声甘州

过松江

买扁舟、载月过长桥，回首梦耶非。问往日三高，清风万古，继者伊谁。惟有茶烟轻飏，零露湿莼丝[①]。西子知何处[②]，鸿怨蛩悲[③]。　遥想家山好在[④]，正倚天青壁，石瘦云肥。甚抛奇弹秀，猿鹤互猜疑。归去好、散人相国[⑤]，迥升沉、毕竟总尘泥。须还我，松间旧隐，竹上新诗。

[注释]

①莼：植物名，嫩叶可供食用，味美。　②西子：西施，春秋时越国的美女。　③蛩：蟋蟀。　④家山：故乡。　⑤散人：闲散不为世用之人，隐士。

点绛唇

秋满孤篷[①]，翠蒲红蓼留人住。一帘香缕，边影惊鸿度。　小据胡床[②]，旧事新情绪。凭谁诉。蜡灯犀麈[③]，拟共西风语。　（以上二首见《阳春白雪》卷四）

[注释]

①篷:船。 ②胡床:圈椅,太师椅。 ③犀麈:用犀角制的拂尘。麈:动物名,麋的一种,古代用其尾为拂子。见《名苑》。

喜迁莺

凉生遥渚[①]。正绿芰擎霜[②],黄花招雨[③]。雁外渔村,蛩边蟹舍,绛叶满,秋来路。世事不离双鬓,远梦偏欺孤旅。送望眼,但凭舷微笑,书空无语[④]。 慵觑[⑤]。清镜里,十载征尘,长把朱颜污。借箸青油[⑥],挥毫紫塞[⑦],旧事不堪重举。间阔故山猿鹤[⑧],冷落同盟鸥鹭。倦游也,便樯云柁月,浩歌归去。 (《阳春白雪》卷五)

[注释]

①渚:水中可居住的小洲。 ②芰:植物名,菱。 ③黄花:菊花。"明日黄花蝶也愁。"见苏轼《九日》诗。 ④书空:用手指在空中写字。晋代的殷浩被撤职,在信安终日书空作字。见南朝宋刘义庆《世说新语·黜免》。 ⑤慵觑:懒得看。 ⑥青油:青油幕帐。 借箸青油:谓参与军机策划。 箸:筹。 ⑦紫塞:北方边疆雁门关一带。"北走紫塞雁门。"见南朝宋鲍照《芜城赋》。 ⑧间阔:隔开和疏远。

善 珍

善珍(1194—1277)，字藏叟，福建泉州人。曾主持杭州径山寺法席。有《藏叟摘稿》，日本存其刻本。

浪淘沙

寄剑阁

相对两衰翁。身似枯蓬。分飞吹聚谢天风。零落交游无一个，五十年中。　生客语藏锋[①]。不答阳聋[②]。心期难话与儿童。共结庵招猿鹤侣，烟锁云封[③]。

[注释]

①藏锋：禅宗以机锋话语开示禅侣，生客乍到，则不宜如此。　②阳聋：装聋作哑。阳，同“佯”。　③“共结”二句：指归隐。

浪淘沙

九日登钓台怀思溪旧游[①]

七十二年翁。曾客吴中[②]。清游占断水晶宫[③]。几度藕花归棹晚，月渚烟钟。　追记已陈踪。回首空濛。凭高荒草夕阳同。欲问谢公歌舞地[④]，落叶鸣蛩[⑤]。

[注释]

①钩名：即严子陵钓台，在浙江桐庐。　②吴中：指今江苏吴县一带。③水晶宫：浙江吴兴毗陵太湖，号水晶宫，荷花极盛。　④谢公：晋谢安。⑤蛩：蟋蟀。

望梅词

寸阴堪惜。趁身强健去，结茅苍壁①。错斜事、临老方知，国师与高僧，二途俱失。识字吟诗，敌不得、死生何益。看寒山着语②，李杜也输，莫道元白③。　千年过如瞬息。共飞鸿缥缈，沉没空碧。问懒瓒、因甚遭逢，芋魁亦联翩，著名金石④。遗臭流芳，老子勿、许多心力⑤。旋消磨、数百瓮齑⑥，掩关入寂⑦。

（以上三首见日本五山版印善珍《藏叟摘稿》）

[注释]

①结茅：搭一个茅舍。　②寒山：唐代诗僧。　③元白：元稹、白居易。　④“问懒瓒”三句：《宋高僧传》十九载，唐僧人明瓒，性懒，常吃剩饭：曾煨芋给李泌吃，并说：“慎勿多言，领取十年宰相”，此用其事。　⑤老子：自称。犹老头。　⑥齑（jī）：细碎的菜蔬。　⑦掩关：把门关上。　入寂：僧人圆寂，指去逝。

熊大经

熊大经，生卒不详，字仲常，丰城人。建阳县主簿。授龙泉令，不行。除从事郎、广南西路提点刑狱司干办公事。有《胖斋集》，不传。

酹江月[1]

子庆母八十

人生八十，自儿时祝愿，这般年数。滴露研朱轻点笔，个个眉心丹字。萱草丛边[2]，梅花香里，真有人如此。红颜青鬓，儿时依旧相似。　　堪笑生子愚痴，投身枳棘，欲了官中事。万叠关山遥望眼，遐瞬白云飞处[3]。膝下称觞，门前问寝，幸有嵩谟子[4]。更望此去，十分好学彭祖[5]。

（《截江网》卷六）

[注释]

①酹江月：《念奴娇》的别名。　②萱草：母亲。"焉得萱草，言树之背。"见《诗经·卫风·伯兮》。　③白云飞处：思亲之辞。"仁杰登太行山，反顾，见白云孤飞，谓左右曰：'吾亲舍其下。'瞻怅久之。"见《唐书·狄仁杰传》。　④嵩谟子：未详。　⑤彭祖：人名，传说中古代的长寿者，尧时封在彭城，因其道可祖，故名彭祖。寿八百岁。见刘向《列仙传》。

张□□

喜迁莺

英声初发。记舍选齐驱，祖鞭先著①。风月平分，尊罍谈旧，各已苍颜白髮。屈指待拚一醉，祝生申嵩岳。怎知道，为清湘□润，暂移贤杰。　　休说。予心渴。里巷争先，拟持杯阶闼。毕竟人间，赏心乐事，种种尽归缘法。拈取瑞香一瓣，爇向湘山名刹②。无量寿，和一身见在，两尊菩萨。　　　　（《金石补正》卷九十二载《浯溪题刻》③）

［注释］

①祖鞭：奋勉争先之辞。晋刘琨与祖逖为友，互相期许，闻逖被用，琨与亲故书曰："吾枕戈待旦，志枭逆虏，常恐祖生先吾著鞭。"见《晋书·刘琨传》。　②爇（ruò）：点燃。　③此后注云："同舍臧馀庾赋《喜迁莺》，为贱生寿生申之日，适□事□□用调和韵，以谢先施，断不可移之他人。越明年，椿□沙堤之上，话□又驰□。嘉定甲戌夏五月崇椿张□□□。"注者按：嘉定甲戌为宋宁宗嘉定七年（1214）。

赵　某

失调名

□□□□皆卩□□流垂□断崖依旧横碧。□□独有千古文章，铿锵炳耀，不与名□□□□□□□□□□□□□□尽□□远□□□□□□□□不□□拳石。举杯相属，坐还有此客。

（《金石补正》卷九十二载《浯溪石刻词》①）

［注释］

①此后注云："末署嘉定庚辰夏五月□日赵□□□□书。"

翁　定

翁定，生卒不详，字应叟，建安（今属福建）人。活动于宁理间。工诗，与刘克庄、真德秀友善。晚尊洛学，广交善士。有《瓜圃集》。

壶中天[①]

寿致政邑宰六十三，子任尉[②]，孙领荐[③]

昔时彭祖，闻道有、八百穹崇遐寿。屈指我公今几许，历岁才方七九[④]。七百修龄，更三十七，犹是公之有。此逢诞节，盍须来献尊酒[⑤]。　好是子舍孙枝，居官领荐，迭复青毡旧。陶令解龟何太早[⑥]，去作幔亭仙友[⑦]。只恐九重[⑧]，思贤梦觉，未屈调羹手[⑨]。周公居左[⑩]，鲁公还是居右[⑪]。

（《翰墨大全》丁集卷一）

[注释]

①壶中天：《念奴娇》别名。　②任尉：出任县尉。　③领荐：在乡试中被录取。　④七九：用乘法，即六十三。　⑤盍：何不，应该。　⑥陶令解龟：陶潜辞去彭泽县令。　解龟：辞去官职。古代官印的印钮雕刻成乌龟形。　⑦幔亭仙友：修仙学道。　幔亭：用帐幕围成的亭子。“武夷君，地官也。相传每于八月十五日大会村人于武夷山，上置幔亭，化虹桥通山下。”见宋张君房《云笈七签·赞清虚真人歌》。　⑧九重：天，指代皇帝。⑨调羹手：旧以宰相治理天下，处理万事，好比厨师做菜。　⑩周公：周武王之弟姬旦。　居左：古代以左为贵。　⑪鲁公：周公旦之子伯禽。

留元崇

留元崇，生卒不详，字积翁，泉州人。宝庆中，充广东安抚司主管机宜文字，又曾知连州。

菩萨蛮

江头日落孤帆起①，归心拍拍东流水。山远不知名，为谁迢递青。　　危桥来处路②，尚带潇湘雨③。楚尾与吴头④，一生离别愁。（《阳春白雪》卷七）

[注释]

①孤帆：孤单单的一条船。“孤帆远影碧空尽。”见李白《送孟浩然之广陵》。　②危：高。　③潇湘：潇水和湘水，指代湖南。　④楚尾吴头：江西。江西在吴国（江苏）的上游，楚国（湖北）的下游，如首尾衔接，故有吴头楚尾之称。

沈刚孙

沈刚孙，生卒不详，荆溪（今江苏宜兴）人。宝庆元年（1225）昌国县令。二年（1226），致仕。

酹江月

我来访古。把尘襟、都付一声鸣橹[①]。笑把瑶觞波浩荡，却忆长鲸吞吐。坐挹高风[②]，骨清毛冷，不作嚣尘语。客星何在[③]，谩留遗像江渚。　试问泽畔羊裘，当时何事，笑禹弇宫武[④]。金印貂蝉谁不爱[⑤]，只为汗颜巢许[⑥]。幸有高台，较他箕颍[⑦]，未肯轻输与。酒酣长啸，翩然谁共飞举。

（《钓台集》卷下）

[注释]

①鸣橹：摇船。摇橹时发出声响。　②挹：牵引，援引。　③客星：此指严光。“（光武帝）复引光入，因共偃卧，光以足加帝腹上。明日，太史奏：‘客星犯御座甚急。’帝笑曰：‘朕故人严子陵共卧耳。’”见《后汉书·严光传》。　④禹弇宫武：邓禹、耿弇、臧宫、马武，为协助汉光武中兴的功臣。见《后汉书》。　⑤金印：古代的高官用黄金印。　貂蝉：汉代官帽上的装饰。“侍中、中常侍冠武弁大冠，加黄金珰，附蝉为文，貂尾为饰。”见《后汉书·舆服志》。　⑥巢许：巢父和许由，上古唐尧时的著名隐士。相传尧要把天下让给许由。许由听了，忙到颍水去洗耳朵。巢父正在下游饮牛，忙把牛牵到上游去，他怕洗耳水污了牛口。见晋皇甫谧《高士传》。　⑦箕颍：许由耕于中岳箕山之下，颍水之阳。后指代隐士的居处。

王　澜

王澜，生卒不详，蕲州（今湖北蕲春）乡贡进士。以卫盗功，特授以事郎。

念奴娇

避地溢江，书于新亭[①]

凭高远望，见家乡、只在白云深处。镇日思归归未得[②]，孤负殷勤杜宇。故国伤心，新亭泪眼，更洒潇潇雨。长江万里，难将此恨流去。　　遥想江口依然，鸟啼花谢，今日谁为主。燕子归来，雕梁何处，底事呢喃语。最苦金沙[③]，十万户尽，作血流漂杵[④]。横空剑气，要当一洗残虏。

（《辛巳泣蕲録》[⑤]）

[注释]

①新亭：即劳劳亭，在南京。　②镇日：终日。　③最苦金沙：指嘉定十四年（1221）金兵犯蕲州，州守李诚之等奋起抗击，血战于横槎桥、沙河一带。凡二十五日，终因援兵不至，寡不敌众，城破、守城将士及家属殉难被杀者无数。详见《辛巳泣蕲录》。　④血流漂杵：形容血流成河，可以浮起杵棒之类。　⑤唐氏按：常见本《辛巳泣蕲录》俱不载此词。此据南京图书馆藏述古堂钞本。　注者按：关于破蕲之役《宋史》多略。《金史·仆散安贞传》云，“进克蕲州，前后杀略，不可胜计。获宋宗室男女七十馀口，献之。”其惨烈之状，由此可见。

吴 潜

吴潜(1195—1262),字毅夫,号履斋,德清人,吴渊弟。嘉定十年(1217)进士第一。淳祐十一年(1251),为参知政事,拜右丞相、兼枢密使,次年罢相,后拜庆国公,判宁国府。改封许国公。曾论丁大全、沈炎、高铸之奸,终为沈炎论劾,谪化州团练使、循州安置。卒于贬所,赠少师。有《履斋诗馀》四卷。

满江红

送李御带祺①

红玉阶前②,问何事、翩然引去。湖海上、一汀鸥鹭,半帆烟雨。报国无门空自怨,济时有策从谁吐。过垂虹亭下系扁舟③,鲈堪煮④。 拚一醉,留君住。歌一曲,送君路。遍江南江北,欲归何处。世事悠悠浑未了,年光冉冉今如许。试举头、一笑问青天,天无语。

[注释]

①词作于嘉熙元年(1237)八月,知平江府(今苏州)任上。 李御带祺:李祺,字开伯,吴郡人。历官御带,国子司业。有《春秋王霸列国世纪编》一书。 ②红玉阶:红色玉石砌成的台阶,借指宫殿朝堂。 ③垂虹亭:在今江苏吴江垂虹桥上。 ④鲈堪煮:西晋张翰,字季鹰。翰在洛阳做官,见秋风起,思念家乡的莼菜羹和鲈鱼脍等美味,便弃官归隐。事见《晋书·张翰传》。

[集评]

杨慎云:"'报国无门空自怨,济时有策从谁吐',亦自道也。"(《词品》卷五)

满江红

送陈方伯上襄州幕府①

露驿星程，又还控、西风征辔。原自有、孔璋书檄②，元龙豪气③。蜀道尚惊鼙鼓后，神州正在干戈里④。佐元戎、一柱稳擎天⑤，襄之水。　　功名事，山林计。人易老，时难值。看新丝一髮，甚吾衰矣。转首从游十五载，关心契阔三千里。便秋空、边雁落江南，书来未⑥。

[注释]

①陈方伯：作者同官友人。　襄州：故治即今湖北襄阳。　②孔璋：陈琳，字孔璋，建安七子之一，善章表檄文。曹操爱其才，"军国书檄，多出琳手"。见曹丕《典论·论文》。　③元龙：陈登，字元龙，三国魏人，有威名。后许汜在刘表处与刘备共论人物，言"陈元龙湖海之士，豪气不除"，说元龙自睡大床，让客人睡下床。刘备责讽许汜不思经国济世，只知求田问舍为个人打算；并且说如果是自己，那就自己睡在百尺楼上，而让许汜睡在地下，岂只是上下床之间。事见《三国志·魏书·陈登传》。　④"蜀道"二句：言国家正有战乱。　鼙(pí)鼓：古代军中用的战鼓。　干：盾。　戈：戟。干戈，指战争。　⑤元戎：主帅。　⑥书：信。古有大雁传书之说。

满江红

齐山绣春台①

十二年前，曾上到、绣春台顶。双脚健、不烦筇杖②，透岩穿岭。老去渐消狂气习，重来依旧佳风景。想牧之、千载尚神游③，空山冷。　　山之下，江流永。江之外，淮山暝④。望中原何处，虎狼犹梗。勾蠡规模非浅近⑤，石苻事业真俄顷⑥。问古今、宇宙竟如何，无人省。

[注释]

①齐山：位于安徽贵池县（宋属池州）东南，景色秀丽。　绣春台：在齐山峰巅。历代名人，至齐山多有题咏。　②筇（qióng）杖：即竹杖。　③牧之：晚唐诗人杜牧，字牧之。曾任池州刺史，重阳节登上齐山，并写了一首《九日齐山登高》诗。　④淮山：指淮水两岸的群山。宋金以淮水为界。　⑤勾蠡：指越王句践和他的大臣范蠡。勾践曾败于吴国，后卧薪尝胆，任用范蠡、文种等整顿朝纲，终于灭了吴国。事见《史记·越王句践世家》。　⑥石苻：指五胡十六国时的后赵石勒和前秦苻坚。后赵和前秦都是短命王朝。

满江红

豫章滕王阁①

万里西风，吹我上、滕王高阁。正槛外、楚山云涨，楚江涛作。何处征帆木末去，有时野鸟沙边落。近帘钩、暮雨掩空来，今犹昨。　　秋渐紧，添离索。天正远，伤飘泊。叹十年心事，休休莫莫。岁月无多人易老，乾坤虽大愁难著。向黄昏、断送客魂消，城头角。

[注释]

①词作于端平元年（1234）九月，时任江西转运副使兼知隆兴府事。豫章滕王阁：豫章，汉郡名，治所在南昌。唐代改称洪州，设都督府。唐高祖李渊之子李元婴于贞观十三年（639）受封为滕王，他在任洪州都督时建阁，人称滕王阁。故址在今南昌赣江边。唐王勃作《滕王阁序》并于序末附有《滕王阁诗》。

[集评]

陈廷焯云："警快语，然近于廓矣，不可不防其渐。"（《放歌集》卷二）

满江红

金陵乌衣园[①]

柳带榆钱，又还过、清明寒食[②]。天一笑、满园罗绮，满城箫笛。花树得晴红欲染，远山过雨青如滴。问江南、池馆有谁来，江南客。　乌衣巷，今犹昔。乌衣事，今难觅。但年年燕子，晚烟斜日。抖擞一春尘土债，悲凉万古英雄迹。且芳尊、随分趁芳时，休虚掷。[③]

[注释]

①词作于端平元年左右，时居金陵，领淮西财赋。　金陵：今江苏南京。乌衣园：在乌衣巷之东，宋代成为游乐场所。乌衣巷，在今南京市东南，秦淮河南，曾是高门士族的聚居区，东晋王导、谢安等都居于此。唐刘禹锡《乌衣巷》诗有句云："旧时王谢堂前燕，飞入寻常百姓家。"吴潜词中"乌衣巷"、"年年燕子"等句均本此。　②寒食：节令名。古人从清明节前一日（一说前二日）起，三天不生火做饭，故曰寒食。　③唐氏按：《广群芳谱》卷二十六误作郑履斋词。

[集评]

陈霆云："史称履斋为人豪迈，不肯附权要，然则固刚肠者。而"抖擞"、"悲凉"等句，似亦类其为人。"（《渚山堂词话》）

满江红

和吕居仁侍郎东里先生韵

拟卜三椽[①]，问何处、水回山曲。朝暮景、清风当户，白云藏屋。更得四时瓶贮酒，未输一品腰围玉[②]。待千章、手种木成阴，周遮绿。　且休殢，陶令菊[③]。也休羡，子猷竹[④]。算百年一梦，谁荣谁辱。唤客烹茶闲话了，呼童取枕佳眠足。但晨香、一炷愿天公,时丰熟。

[注释]

①三椽:佛寺和尚的卧床,每人横占三尺左右,相当于瓦顶三条椽宽的地方,因称禅床为“三条椽下”。此指简朴的房舍。 ②一品腰围玉:指高官。 腰围:腰带。 ③陶令菊:晋陶渊明,曾任彭泽令,故称陶令。辞官归隐后有《饮酒》诗云:“采菊东篱下,悠然见南山。” ④子猷竹:王徽之,字子猷,王羲之之子。性卓异不羁,爱竹,尝指竹曰:“何可一日无此君邪!”

满江红

寄赵文仲、南仲领淮东帅宪①

岳后湘灵②,曾孕个、擎天人物。临古岘、纶巾羽扇③,笑驱胡羯④。护塞十年高叔子⑤,出师一表侪诸葛⑥。有孤忠、分付与佳儿,真衣钵。 刘家骥⑦,驰空阔。薛家凤⑧,飞横绝。比君家兄弟,可能豪杰。草木声名如电扫,毡裘心胆闻风折⑨。待安排、江汉一篇诗,归来说。

[注释]

①文仲:疑为武仲。赵范,字武仲。 南仲:赵葵,赵范弟。范与弟葵屡破金人,累迁直徽猷阁。知扬州,淮东安抚使。范、葵父赵方,字彦直,淳熙进士。一意主战,数败金人。累官刑部尚书。方曾帅边十年,以战为守。使朝廷无北顾之忧。 淮东:今安徽淮河南岸一带习称淮东,也称淮左。 帅宪:制置使、安抚使之称。 ②湘灵:湘水之神。 ③古岘:指岘山。在湖北襄阳县南。 纶巾羽扇:古代儒将的装束。 纶(guān):青丝带。 ④胡羯:泛指西北部少数民族。我国古代泛称北方边地与西域的民族为胡。 羯(jié):古匈奴族别部。 ⑤叔子:晋羊祜,字叔子,魏末任相国从事中郎。晋王朝建,封钜平侯,都督荆州诸军事,长达十年。在任开屯田,储军备,筹划灭吴;平日与吴将陆抗互通使节,绥怀远近,以牧江汉及吴人之心。

死后,南州人为之罢市巷哭。其部属于岘山祜平生游息之所建碑立庙。杜预命名为坠泪碑。 ⑥侪(chái):同辈,同类的人。 诸葛:诸葛亮,三国蜀相。著有《出师表》。 ⑦刘家骥:汉刘德有千里驹之称。 ⑧薛家凤:唐薛元敬,薛牧从子。少与牧及牧族兄德音齐名,世称“河东三凤”。⑨“草木”二句:用“八公山上,草木皆兵”典。前秦王苻坚率军南下,与东晋谢石、谢玄军交锋,战败;望见八公山上的草木,以为都是晋军。事见《十六国春秋》卷三十八。 毡裘:用毛制成的衣服,我国西北少数民族所服。

满江红

细阅浮生①,为甚底、区区碌碌。算只是、信缘随分,早寻归宿。造物小儿忺簸弄②,翻云覆雨难摸触③。谩一堆、岁月鬓边来,跳丸速。　　田二顷,非无粟。官四品,非无禄。更不知足后,待何时足。恰好园池原自有,近来新创三椽屋。且饥时吃饭、困时眠,平为福。

[注释]

①浮生:指人生。《庄子·刻意》:“其生若浮,其死若休。”老庄以人生在世,虚浮无定。 ②造物:天。 忺(xiān):高兴,适意。 ③翻云覆雨:比喻反覆无常。唐杜甫《贫交行》诗云:“翻手为云覆手雨,纷纷轻薄何须数?”

满江红

送吴叔永尚书①

举世悠悠,何妨任、流行坎止②。算是处、鲜鱼羹饭,吃来都美。暇日扁舟清霅上③,倦时一枕薰风里④。试回头、堆案省文书,徒劳尔。　　南浦路,东溪水。离索恨⑤,飘零意。况星星鬓影,近来如此。万事尽由天倒断,三才自有人撑抵[⑥]。但多吟、康节醉中诗[⑦],频相寄。

[注释]

①词作于嘉熙二年(1238)左右,时作者知镇江府。 吴叔永:吴泳,字叔永,宋潼川人。嘉定进士。累迁吏部侍郎,权刑部尚书,进宝章阁学士,知泉州。 ②流行坎止:顺流而行,遇坎则止。喻进退不强求,视境况而定。 坎:《易》卦名。坎为险。 ③霅:霅溪,在浙江。 ④薰风:和风。 ⑤离索:"离群索居"之省。 ⑥三才:天、地、人。 ⑦康节:宋人邵雍,字尧夫,自号安乐先生。隐居苏门山,名其居为"安乐窝"。元祐中赐谥康节。有《安乐窝中四长吟》:"安乐窝中快活人,闲来四物幸相亲:一编诗逸收花月,一部书严惊鬼神,一炷香清冲宇泰,一樽酒美湛天真。"

满江红

九日郊行

岁岁登高[①],算难得、今年美景。尽敛却、雨霾风障[②],雾沉云暝。远岫四呈青欲滴[③],长空一抹明于镜。更天教、老子放眉头[④],边烽静[⑤]。 数本菊,香能劲。数朵桂,香尤胜。向尊前一笑,几多清兴。安得便如彭泽去[⑥],不妨且作山翁酩[⑦]。尽古今、成败共兴亡,都休省。

[注释]

①岁岁登高:农历九月九日重阳节,有登高的风俗。 ②敛:收起,收住。 ③岫:山。 ④老子:同"老夫",老年人的自称。 ⑤边烽:边疆的烽火,指战争。 ⑥彭泽:指晋代大诗人陶渊明。陶曾任彭泽令,后弃官归隐。 ⑦山翁酩:晋山季伦(简)每临池大醉而归,恒言此是我高阳池。时人为之歌,有句云:"山公出何去,往至高阳池。日暮倒载归,酩酊无所知。"事见《水经注·沔水》。 酩:大醉。

[集评]

况周颐云:“履斋词《满江红·九日郊行》云:‘数本菊,香能劲。’劲韵绝隽峭,非菊之香不足以当此。”(《蕙风词话》卷二)

满江红

禾兴月波楼和友人韵①

日薄寒空,正泽国、一汀霜叶②。过万里、西风塞雁,数声哀咽。耿耿有怀天可讯,悠悠此恨谁能说。倚阑干、老泪落关山,平芜隔③。　提短剑,腰长铗④。昔壮志,今华发。有江湖征棹⑤,水云深阔。要斩鼪鼯埋九地⑥,可怜乌兔驰双辙⑦。羡渠侬、健笔扫磨崖⑧,文章别。

[注释]

①禾兴:浙江嘉兴之别名。　月波楼:在嘉兴城西北二里城上。　②泽国:水乡。　汀:水边平地,小洲。　③平芜:杂草繁茂的原野。　④长铗:长剑。　⑤征棹:远行之舟,犹言征帆。　征:远行。　⑥鼪鼯:鼪鼠与鼯鼠,喻敌寇。　⑦乌兔:日月。古代神话言日中有乌,月中有兔;因称太阳为金乌,月亮为玉兔。　⑧渠侬:他,他们。古吴方言。

满江红

和吴季永侍郎见寄①

乍雨还晴,正轻暖、轻寒帘幕。时怅望、故人烟水,鹭翻鸥落。老去可堪离恨结②,新来转觉吟情薄。况等闲、客里送年华③,成挥霍。　天一顾,西南角。人万里,风埃阔。笑长卿归蜀④,锦衣徒著。不是等闲螳臂怒⑤,也休刚道鸡声恶⑥。但千年、往事误平凉⑦,今番莫。

[注释]

①词作于嘉熙元年初(1237),时作者权兵部侍郎。　吴季永:吴昌裔,字季永,吴泳(字叔永)弟。潼川人,宋嘉定进士。端平中拜监察御史,后以宝章阁待制致仕。　②可堪:犹言那堪。　③等闲:寻常,随便。　④长卿:司马相如,字长卿,汉成都人。景帝时为武骑常侍,后因病免职归蜀,此喻吴季永曾外调四川复因病未赴任事。　⑤螳臂怒:用“螳臂当车”典,喻不自量力。《庄子·人间世》:“汝不知夫螳螂乎?怒其臂以当车辙,不知其不胜任也。”　⑥鸡声恶:古代汝南所产之鸡善鸣。南朝陈徐陵《乌栖曲》之二:“惟憎无赖汝南鸡,天河未落犹争啼。”唐陆龟蒙《古别离》诗:“何事离情畏明发,一心唯恨汝南鸡。”　⑦平凉:郡名。唐贞元三年,侍中浑瑊与吐蕃相尚结赞盟于平凉,为吐蕃军所劫,陷将吏六十馀人。事见《旧唐书·马燧传》。

满江红

刘长翁右司席上

痴霭顽阴[①],风扫尽、安排今夕。便放出、一轮金镜,皎然虚碧。照彻肺肝明似水,是中空洞无他物。倚亭皋[②]、搔首问天公,天应识。　　人共景,都非昔。君共我,俱成客。且相逢一笑,笙歌箫笛。老去可怜杯酒减,醉来谩把阑干拍[③]。便明朝、烟水挂征帆,还相忆。

[注释]

①痴霭顽阴:指阴霾浓重。　②亭皋:水边的平地。　亭:平。　皋:水旁地。　③谩:徒,空。

满江红

姑苏灵岩寺涵空阁[①]

客子愁来,闲信马、到涵空阁。谁为我、敛云收雾,青天为幕。八万顷湖如镜静，波神护断东南角。望孤帆、杳杳度微茫，山邀却。　三塞外，纷狐貉。三径里[②]，悲猿鹤。笑鸱夷老子，占他头著[③]。正使百年能几许，看来万事难描摸。问吴王、池馆复何如[④]，霜枫落。

[注释]

①词作于嘉熙元年(1237)，知平江府任上。　姑苏：苏州。　灵岩寺：在苏州西灵岩山上。灵岩山上有涵空阁，下临太湖。　②三径：指家园。西汉末，王莽专权，兖州刺史蒋诩告病辞官，隐居乡里，于院中辟三径，唯与求仲、羊仲往来。事见赵岐《三辅决录·逃名》。　③鸱(chī)夷老子：春秋越范蠡。蠡佐越王勾践灭吴，知勾践为人不可以共安乐，因浮海出齐，变姓名，自谓鸱夷子皮。事见《史记·越王句践世家》。　④吴王：春秋吴王夫差，吴王阖闾子。夫差曾报父仇，大败越国。越王勾践求和。后越灭吴，夫差自杀。事见《史记·吴世家》、《吴越春秋·夫差内传》。

满江红

梅

试马东风，且来问、南枝消息。正小墅、几株斜倚，数花轻折。自有山中幽态度，谁知世上真颜色。叹君家、五岭我双溪[①]，俱成客。　长塞管，孤城笛。天未晓，人犹寂。有几多心事，露清月白。好把寒英都放了[②]，莫教春讯能占得。问竹篱、茅舍景如何，惟渠识[③]。

[注释]

①五岭：山名。说法不一。这里当是五岭之一的大庾岭，因大庾岭之梅名冠天下。南朝陆凯赠范晔诗："折梅逢驿使，寄与陇头人。江南无所有，聊赠一枝春。"　双溪：江名，在浙江。　②寒英：冬天开的花，犹言寒花。此指梅。　③渠：他。

满江红

京口凤凰池和芦川"春水连天"韵。池,苏魏公旧游也①

借问如何,春能好、客怀偏恶。消遣底、闲言闲语,近都慵作。岁月从今休点检,江湖自古多流落。倚危亭、目断野云边,孤舟泊。　　人事改,人情薄。退后步,争先著。且开尊洗盏②,为君斟酌。拂拭凤凰池上景,凄凉猿鹤山中约。更东阳、憔悴到腰围③,浑如削。

[注释]

①词作于嘉熙二年(1238)左右,知镇江府任上。　京口:今江苏镇江。　芦川:张元干,字仲宗,号芦川居士,长乐(今属福建)人。金兵南侵,为李纲幕僚,协助抗金。以将作监丞致仕。曾作《满江红》(春水迷天)词。有《芦川词》。吴潜此小序中所提"芦川'春水连天'"即指张元干《满江红》(春水迷天)。　苏魏公:苏颂,封魏国公。有宅在镇江化龙坊。　②盏:小杯。　③东阳:沈约,字休文,南朝文学家。后世有"沈郎腰瘦"一典。事见《南史·沈约传》。

哨　遍

括兰亭记①

在晋永和,癸丑暮春,初作兰亭会。集众贤,临峻岭崇山,有茂林修竹流水。畅幽情,纵无管弦丝竹,一觞一咏佳天气。于宇宙之中,游心骋目,此娱信可乐只②。念人生相与放形骸。或一室晤言襟抱开。静躁虽殊,当其可欣,不知老至。　　然倦复何之。情随事改悲相系。俯仰间遗迹,往往俱成陈矣。况约境变迁,终期于尽,修龄短景都能几③。谩古换今移,时消物化,痛哉莫大生死。每临文吊往一兴嗟,亦自悼不能喻于怀。算彭殇、妄虚均尔④。今之视昔如契，后视今犹昔。故聊叙录时人所述。慨想世殊事异。后之来者览斯文，将悠然、有感于此。

[注释]

①括：隐括，把原文内容改编进去。　兰亭：在会稽山阴。晋王羲之于穆帝永和九年三月三日同谢安等四十一人会于兰亭，修祓禊之礼，羲之作《兰亭序》，后世盛传。　②只：语助词。　③修龄：长寿。　④彭：彭祖，古之长寿者。　殇：未成年而死。《兰亭序》："固知一死生为虚诞，齐彭殇为妄作。"

水调歌头

焦　山①

铁瓮古形势②，相对立金焦③。长江万里东注，晓吹卷惊涛。天际孤云来去，水际孤帆上下，天共水相邀。远岫忽明晦，好景画难描。　　混隋陈④，分宋魏⑤，战孙曹⑥。回头千载陈迹，痴绝倚亭皋。惟有汀边鸥鹭，不管人间兴废，一抹度青霄。安得身飞去，举手谢尘嚣。

[注释]

①焦山：位于今江苏镇江东北长江之中。东汉末年，处士焦先隐居于此，因而得名。　②铁瓮：指镇江。镇江形势险固，故有铁瓮之称。　③金焦：金山、焦山。金山也在镇江，原在长江之中，现已淤连南岸。　④混隋陈：指隋灭陈，统一天下。　⑤分宋魏：指南朝的宋与北朝的魏南北对峙。⑥战孙曹：指三国时孙吴与曹魏争战不休。

水调歌头

霅川溪亭

皎月亦常有，今夜独娟娟。浮云万里收尽，人在水晶杳。矫首银河澄澈，搔首金风浩荡，毛髪亦泠然。宇宙能空阔，磨蚁正回旋[1]。　倩渔翁，撑舴艋[2]，柳阴边。垂纶下饵，须臾钓得两三鲜。唤客烹鱼酾酒，伴我高吟长啸，烂醉即佳眠。何用骖鸾去，已是地行仙。

［注释］

①磨蚁：蚁行磨上，磨左旋而蚁右去，磨快而蚁慢，故不得不随磨左旋。见《晋书·天文志》。　②舴艋：小船。

水调歌头

送赵文仲龙学

宛水才停棹[1]，一舸又澄江[2]。岩花篱蕊开遍，时节正重阳。唤起沙汀渔父，揽取一天秋色，无处不潇湘。有酒时鲸吸[3]，醉里是吾乡。　济时心，忧国志，问穹苍。是非得失，成败何用苦论量。年事飞乌奔兔[4]，世事崩崖惊浪，此别意茫茫。但愿身强健，努力报君王。

［注释］

①宛水：宛奚，在宣城。　②澄江：即江阴之澄江河。　③鲸吸：以鲸鱼吸百川之水喻豪饮。　④飞乌奔兔：比喻日月之速。

水调歌头

送叔永文昌

才惜季方去，又更别元方[1]。惊心天上双凤，接翅下高冈。万里瞿塘烟浪，一片昭亭云月[2]，渺渺正相望。夜雨连风壑，此意独凄凉。　杜鹃声，犹不住，搅离肠。黄鸡白酒，吾亦归兴动江乡。人事纷纷难料，世事悠悠难说，何处问穹苍。肯落儿曹泪[3]，一笑付沧浪。

[注释]

①季方、元方：东汉陈寔子陈湛，字季方；陈纪，字元方，均有才德。陈寔称赞他俩“元方难为兄，季方难为弟”。意为难分高下。事见《世说新语·德行》。此以元方、季方指叔永、季永兄弟。 ②昭亭：在安徽宣城宛水畔。山谷诗：“晚楼明宛水，春骑簇昭亭。” ③儿曹：孩子们。

水调歌头

江淮一览

勋业竟何许，日日倚危楼。天风吹动襟袖，身世一轻鸥。山际云收云合，沙际舟来舟去，野意已先秋。很石痴顽甚[1]，不省古今愁。　　郗兵强，韩舰整[2]，说徐州。但怜吾衰久矣，此事恐悠悠。欲破诸公磊块，且倩一杯浇酹，休要问更筹[3]。星斗阑干角，手摘莫惊不。

[注释]

①词作于嘉熙二年(1238)，知镇江任上。 很石：即狠石。东坡《甘露寺诗》序：“寺有石如羊，相传谓之狠石。” ②“郗兵、韩舰”句：郗当作郄，指东晋郄鉴，曾为扬州刺史，平定苏峻之乱。韩指韩世忠，建炎初在镇江大破金兀术。 ③更筹：古代夜间报更的牌。也泛指时间。

沁园春

多景楼[1]

第一江山，无边境界，压四百州。正天低云冻，山寒木落，萧条楚塞，寂寞吴舟。白鸟孤飞，暮鸦群注[2]，烟霭微茫锁戍楼。凭阑久，问匈奴未灭，底事菟裘[3]。　　回头。祖敬何刘[④]。曾解把、功名谈笑收。算当时多少，英雄气概，到今惟有，废垅荒丘。梦里光阴，眼前风景，一片今愁共古愁。人间事，尽悠悠且且，莫莫休休。

[注释]

①词作于嘉熙二年(1238)七月至嘉熙四年间。 多景楼:在江苏镇江北固山上甘露寺内，北面长江。 ②注:聚集。 ③"问匈奴"二句:西汉骠骑将军霍去病，先后六次征伐匈奴，威震北边，功盖群僚。汉武帝为了嘉奖他，特为他营造长第。霍曰:"匈奴不灭，无以家为。"辞而不受。见《汉书·霍去病传》。 底事:何事，何以。 菟裘:地名。故地在山东泗水境。后世称告老退隐之地为"菟裘"。 ④祖敬何刘:似指祖狄，刘琨等英雄抱负。 敬:汉有扬州刺史敬歆。 何:未详。

沁园春

江西道中

落雁横空，乱鸦投树，孤村暮烟。有渔翁拖网，牧儿戴笠，行从水畔，唱过山前。雨阁还垂，云低欲堕，何处行人唤渡船。萧萧处，更柴门草店，竹外松边。 凄然。倚马停鞭。叹客袂征衫岁月迁[①]。既不缘富贵，功名系绊，非因妻子，田宅萦牵。只有寸心，难忘斯世，磊块轮困知者天[②]。愁无奈，且三杯浊酒，一枕酣眠。

[注释]

①袂:袖子。 ②轮困:屈曲貌。

贺新郎

送吴季永侍郎

说著成凄楚。正尘飞、岷峨滟滪，兔嗥狐舞①。颇牧禁中留不住②，弹压征西幕府。便一舸、月汀烟渚。四塞三关天样险，问何人、自辟鼪鼯路③。成败事，几今古。　荼蘼芍药春将暮。最无情、飘零柳絮，搅人离绪。屈指秋风吹雁信，应忆西湖夜雨。谩岁月、消磨如许。上下四方男子志，肯临歧、昵昵儿曹语④。呼大白⑤，为君举。

[注释]

①滟滪：滟滪堆，长江三峡瞿塘峡中的险滩。　②颇牧：廉颇与李牧，均为名将，此指吴季永。　③鼪鼯路：鼠鼬类往来的小路。喻荒凉偏僻的小路。　④临歧：到歧路之处，指分别。　⑤大白：大酒杯。

贺新郎

吴中韩氏沧浪亭和吴梦窗韵①

扑尽征衫气。小夷犹、尊罍杖履②，踏开花事。邂逅山翁行乐处，何似乌衣旧里③。叹芳草、舞台歌地。百岁光阴如梦断，算古今、兴废都如此。何用洒，儿曹泪。　江南自有渔樵队。想家山、猿愁鹤怨，问人归未④。寄语寒梅休放尽，留取三花两蕊。待老子、领些春意。皎皎风流心自许，尽何妨、瘦影横斜水⑤。烦翠羽，伴醒醉。

[注释]

①词作于嘉熙元年（1237）八月，作者改知平江时。　沧浪亭：江苏苏州名园之一。北宋诗人苏舜钦于园内建沧浪亭。舜钦死，屡易主。绍兴（南宋高宗赵构年号）时曾归韩世忠家。　吴梦窗：南宋词人吴文英，字君

特,号梦窗。　②夷犹:迟疑不前。　③乌衣:即乌衣巷,在今南京市东南。三国吴时于此置乌衣营,以兵士服乌衣(黑衣)而名。东晋时,王谢等望族居此。唐刘禹锡《乌衣巷》诗:“旧时王谢堂前燕,飞入寻常百姓家。”④“想家山”二句:化用孔稚圭《北山移文》“蕙帐空兮夜鹤怨,山人去兮晓猿惊”。　⑤瘦影横斜水:语出北宋诗人林逋《山园小梅》“疏影横斜水清浅”。

贺新郎

寓　言

可意人如玉[①]。小帘栊、轻匀淡泞,道家装束。长恨春归无寻处,全在波明黛绿[②]。看冶叶、倡条浑俗[③]。比似江梅清有韵,更临风、对月斜依竹。看不足,咏不足。　曲屏半掩青山簇。正轻寒、夜来花睡,半敧残烛。缥缈九霞光里梦,香在衣裳剩馥。又只恐、铜壶声促[④]。试问送人归去后,对一奁、花影垂金粟[⑤]。肠易断,倩谁续[⑥]。

[注释]

①可意人:称心如意之人。　②波:此指流转的目光。　黛绿:指眉。黛:青黑色的颜料,古时女子以黛染眉,眉呈微绿。　③冶叶倡条:形容杨柳枝叶婀娜多姿,借指歌伎。　④铜壶:指古计时的刻漏。　⑤金粟:灯花。　⑥倩:请。

[集评]

邹祇谟云:“吴履斋赠妓词,不载于集,又与生平手笔不类……文人固不可测。”(《皱水轩词荃》)

贺新郎

用赵用父左司韵送郑宗丞

又是春残去。倚东风、寒云淡日，堕红飘絮。燕社鸿秋人不问[①]，尽管吴笙越鼓。但短鬓、星星无数。万事惟消彭泽醉[②]，也何妨、袖卷长沙舞[③]。身与世，只如许。　阑干拍手闲情绪。便明朝、苍鸥白鹭，北山南浦。笑指午桥桥畔路，帘幕深深院宇。尚趁得、柳烟花雾。我亦故山猿鹤怨[④]，问何时、归棹双溪渚。歌一曲，恨千缕。

[注释]

①燕社：即社燕。相传燕子于春天的社日从南方飞来，秋天的社日飞回去，故称社燕。　②彭泽：指晋诗人陶渊明。陶曾为彭泽令。　③长沙：指西汉政治家、文学家贾谊。贾曾为长沙王的太傅，后世称贾长沙。　④故山猿鹤怨：山中猿鹤都怪怨主人离他们而去做官。孔稚圭《北山移文》："蕙帐空兮夜鹤怨，山人去兮晓猿惊。"

贺新郎

寄赵南仲端明

烟树瓜洲岸[①]。望旌旗、猎猎摇空，故人天远。不似沙鸥飞得渡，直到雕鞍侧畔。但徙倚、危阑目断。自古钟情须我辈[②]，况人间、万事思量遍。涛似雪，风如箭。　扬州十里朱帘卷。想桃根桃叶[③]，依稀旧家庭院。谁把青红吹到眼，知有醉翁局段。便回首、舟移帆转。渺渺江波愁未了，正淮山、日暮云撩乱。阁酒盏，倚歌扇。

[注释]

①词作于嘉熙三年(1239)左右，赵葵兼知扬州期间。　瓜洲：在今江

苏扬州南运河入长江处，与镇江隔长江相对。　②“自古”句：晋王戎丧子，云：“圣人忘情，最下不及情，情之所钟，正在我辈。”见《世说新语·伤逝》。　③桃根桃叶：桃叶，晋王献之（字子敬）妾名，相传桃根是桃叶的妹妹。

贺新郎

春　感

笑口开能几。把年年、芳情冶思，总抛闲里。桃杏枝头春才半，寒食清明又是。但岁月、飙飞川逝。回首秦楼双燕语，到如今、目断斜阳外。将往事，试重记。　香罗尚有相思泪。算人生、新愁易积，旧欢难继。水上流红无觅处[1]，还隔关山万里。但赢得、新来憔悴。昨夜东风颠狂后，想馀芳、尽是飘零底。词写就，倩谁寄。

［注释］

①水上流红：用红叶题诗典。一宫女题诗于红叶，从御沟漂出，巧得姻缘。诸书所载大同小异。

满庭芳

春　感

漠漠春阴，疏疏春雨，鹁鸠唤起春眠[1]。小园人静，独自倚秋千。又见飘红堕雪，芳径里、都是花钿[2]。年年事，闲愁闲闷，挂在绿杨边。　寻思，都遍了，功名竹帛，富贵貂蝉。但身为利锁，心被名牵。争似依山傍水[3]。数椽外、二顷良田。无萦绊，炊粳酿秫，长是好花天。

[注释]

①鹁鸠：鸟名，又叫鹁鸪、鹁姑。因其将雨时鸣声急，故俗亦呼为水鹁鸪。 ②花钿：古代妇女首饰。此指落花。 ③争似：怎似。

满庭芳

西 湖

春水溶溶，春山漠漠，淡烟浅草轻笼[①]。危楼阑槛，掠面小东风。又是飞花落絮，芳草暗、万绿成丛。闲徙倚，百年人事，都在画船中。 故园，无恙否，一溪翠竹，两径苍松。更有鱼堪钓，有秫堪舂。底事尘驱物役，空回首、社燕秋鸿。功名已，萧骚短鬓，分付与青铜[②]。

[注释]

①草：别本作“罩”。唐氏按：“罩”原作“草”，据《永乐大典》卷二千二百六十五“湖”字韵改。 ②青铜：指镜子。古代以青铜为镜。

酹江月

瓜洲会赵南仲端明[①]

红尘飞骑，报元戎小队[②]，踏青南陌。雪浪堆边呼晓渡，吴楚半江分坼。岁月惊心，风埃眯目，相对头俱白。杨花撩乱，可怜如此春色。 谁道燕燕莺莺，多情犹自，认得年时客。重唱江南肠断句，为我满倾云液[③]。画鼓舟移，金鞍人远，一饷烟波隔。斜阳冉冉，依然无限凄恻。

[注释]

①赵南仲：赵葵，时知扬州。作者知镇江。 ②元戎：指军队的统

帅。　③云液：酒。

酹江月

梅

晓来窗外，正南枝初放，两花三蕊。千古春风头上立，羞退秾桃繁李。姑射神游[1]，寿阳妆褪[2]，色界尘都洗。竹扉松户，平生所寄聊耳。　堪笑强说和羹，此君心事，指高山流水[3]。陇驿凄凉，却怕被、哀角城头吹起。此处关情，为他凝伫，淡月清霜里。巡檐何事，岁寒相誓而已。

［注释］

①姑射：也称藐姑射，山名。《庄子·逍遥游》言，藐姑射山中有神女居焉。后姑射转为神仙或美人之称。此指梅花。　②寿阳妆褪：南朝宋武帝女寿阳公主，曾睡在含章殿檐下，梅花落额上，成五出之花，拂之不去。后称梅花妆，或梅妆，也称寿阳妆。　③高山流水：喻知音。伯牙善鼓琴，钟子期善听。伯牙所奏或"志在高山"，或"志在流水"，钟子期均能解悟。事见《列子·汤问》。

酹江月

暇日登新楼，望扬州于云烟缥缈之间，寄赵南仲端明

半空楼阁，把江山图画，一时收拾。白鸟孤飞飞尽处，最好暮天秋碧。万里西风，百年人事，谩倚阑干拍。凝眸何许，扬州烟树历历。　应念老子年来，浮名浮利，已作虚空掷。三径才寻归活计[1]，又是飘零为客。回首平生，惊心双鬓，容易成凄恻。尊前一笑，且由醉帽攲侧。

[注释]

①三径：西汉末年，王莽专权，兖州刺史蒋诩告病辞官，隐居乡里，于院中辟三径，唯与求仲、羊仲来往。后常用三径指家园或归隐的田园。事见赵岐《三辅决录·逃名》。

八声甘州

和魏鹤山韵[①]

任渠侬、造物自儿嬉，安能止吾归。有秋来竹径，春时花坞，夏里荷漪。何事东涂西抹，空遣鬓毛稀。矫首看鸿鹄，远举高飞。　　点检人间今古，问谁为赢局，底是输棋。谩区区成败，蚁阵与蜗围[②]。便掀天卷地勋业，怕山中、拍手笑希夷[③]。如何是，一尊相属，万事休知。

[注释]

①魏鹤山：即魏了翁，字华甫，号鹤山。此词作于端平三年(1236)。
②蜗围：犹蜗角。蜗牛角，境地极小。左角和右角各有一国，曰触氏，曰蛮氏，时相争地而战。后称因细事而争为蜗角之争。事见《庄子·则阳》。
③希夷：陈抟被宋太宗赐号希夷先生，这里泛指隐者。

八声甘州

寿吴叔永文昌、季永侍郎

记高冈、两凤揽朝晖，翩翻万里来。向槐厅深处，松厅紧里，却立徘徊。一舸风帆烟浪，拟竖锦江桅。聊为玄晖老[①]，共拂尘埃。　　我亦归来岩壑，正不妨散诞，笑口频开。算人间成败，何用苦惊猜。便江南、求田问舍[②]，把岁寒、三友一圈栽[③]。今宵酒，只消鲸吸，不要论杯。

[注释]

①玄晖:谢朓,字玄晖,南朝齐诗人。　②求田问舍:专营家产而无远大志向。　田:田地。　舍:房产。　③岁寒三友:指松、竹、梅。松、竹经冬不凋,梅花寒时开放,故称岁寒三友。

二郎神

小楼向晚,正柳锁、一城烟雨。记十里吴山[①],绣帘朱户,曾学宫词内舞。浪逐东风无人管,但脉脉、岁移年度。嗟往事未尘,新愁还织,怎堪重诉。　凝伫。问春何事,飞红飘絮。纵杜曲秦川[②],旧家都在,谁寄音书说与。野草凄迷,暮云深黯,浑自替人无绪[③]。珠泪滴,应把寸肠万结,夜帷深处。

[注释]

①吴山:在浙江杭州市西湖东南,春秋时为吴南界,故名。　②杜曲:地名。在今陕西长安县东少陵原东南,唐时为大姓杜氏聚居处。　秦川:地名。约包括今陕、甘两省之地,以秦之故国,故称秦川。　③浑:还。

解连环

彩桡芳苑。嗟东风梦断,燕残莺懒。谩记得、标格精神[①],正云涨暮天,雨荒闲馆。嫩绿殷红,但回首、一川波暖。想娇情慧态,倚褪淡妆,画楼帘卷。　吴歌数声冉冉。料移商变羽[②],人共天远。须信道、飞絮游丝,尽春去春来,景色偷换。扫罢蛮笺。难寄我、浓愁深怨。且如今,问龟问卜,望伊意转。

[注释]

①标格：风范、风度。　②商、羽：均为古代五音之一。古代五音为宫、商、角、徵、羽。

汉宫春

吴中齐云楼①

楼观齐云，正霜明天净，一雁高飞。江南倦客徙倚，目断双溪。凭阑自语，算从来、总是儿痴。青镜里，数丝点鬓，问渠何事忘归。　幸有三椽茅屋，更小园随分，秋实春菲。几多清风皎月，美景良时。陶贤乐圣②，尽由他、歧路危机。须信道，功名富贵，大都磨蚁醯鸡③。

[注释]

①词作于嘉熙元年(1237)，时知平江府。　吴中：苏州吴县。　齐云楼：即古月华楼，在吴县。此为吴潜知平江府作，时为嘉熙元年(1237)。②乐圣：饮酒。曹操臣僚的隐语，称清酒为圣人。　③磨(mò)蚁：即用“蚁旋磨上”典。　醯(xī)鸡：小虫名。

祝英台近

和吴叔永文昌韵①

碧云开，红日丽，宫柳碎繁影。犹记朝回，马兀梦频醒②。天教一舸江湖，数椽涧壑，渐摆脱、世间尘境。

已深省。添买竹坞千畦，荷漪两三顷。鹤引禽伸，日月峤壶永③。不须瓮里思量，隙中驰骛④，也莫管、玉关风景⑤。

[注释]

①《全宋词》注：“和”原作“送”，从吴讷本《履斋诗馀》。　②马兀：即马

机,坐具。　③峤壶:传说中仙山方壶、员峤的并称。　④驰骛:奔走。　⑤玉关:即玉门关,在今甘肃敦煌县西北。玉关风景,有投身边塞、建功立业之意。

祝英台近

和辛稼轩"宝钗分"韵[1]

雾霏霏,云漠漠,新绿涨幽浦。梦里家山,春透一犁雨。伤心塞雁回来,问人归未,怎知道、蜗名留住[2]。
镜中觑。近年短髮难簪,丝丝不禁数。蕙帐尘侵,凄切共谁语。被他轻暖轻寒,将人憔悴,正闷里、梅花残去。

[注释]

①辛稼轩:辛弃疾,字幼安,号稼轩,山东济南人。南宋大词人。曾作《祝英台近》(宝钗分)。　②蜗名:用蜗角之争典,喻不足道的名声。

祝英台近

旋安排,新捻合,莺谷共烟浦。好处偏悭,一向风和雨。今朝捱得晴明,拖条藜杖[1],一齐把、春光黏住。
且闲觑。水边行过幽亭,修竹净堪数。百舌楼罗[2],渐次般言语。从今排日追游,留连光景,但管取、笼灯归去。

[注释]

①藜杖:用藜的老茎制成的手杖。　②百舌:鸟名,即反舌,以其鸣声反复如百鸟之音,故名。　楼罗:犹啰嗦,絮絮叨叨。

摸鱼儿

满园林、瘦红肥绿[1],休休春事无几。杜鹃唤起三更梦，窗外露澄风细。浑不寐。但目看、一帘夜月移花未。推衾自起。念岁月如流，容颜不驻，镜里留无计。　人间事，休说贱贫富贵。天公长把人戏。萧裴曹郭今何在[②]，空有旧闻千纸。君谩试。数青史荣名，到底三无二。浮生似寄。争似得江湖，烟蓑雨笠，不被蜗蝇系[③]。

[注释]

①瘦红肥绿：指花儿稀少，叶子茂盛。　②萧裴曹郭：萧何、裴度、曹参、郭子仪。为汉唐名将功臣。　③蜗蝇：指蜗角蝇头，比喻微小。苏轼《满庭芳》："蜗角虚名，蝇头微利。"

喜迁莺

良辰佳节。问底事，十番九番为客。景物春妍，莺花日闹，自是情怀今别。只有思归魂梦，却怕杜鹃啼歇。消凝处，正丝杨冉冉，寸肠千折。　谩说。临曲水，修竹茂林，人境成双绝。俯仰俱陈，彭殇等幻[①]，何计世殊时隔。倚楼碧云日暮，漠漠远山千叠。沉醉好，又城头画角[②]，一声声咽。

[注释]

①彭殇：犹言寿夭。　彭：彭祖，古之长寿者。殇：未成年而卒。　②画角：古乐器名，外加彩绘，故称画角。发音哀厉高亢，古时军中多用。

千秋岁

水晶宫里，有客闲游戏。溪漾绿，山横翠。柳纾阴不断，荷递香能细。撑小艇，受风多处披襟睡。　回首看朝市[①]，名利人方醉。蜗角上，争荣悴。大都由命分，枉了劳心计。归去也，白云一片秋空外。

[注释]

①朝市：朝廷与市肆。“臣闻争名者于朝，争利者于市。”见《史记·张仪列传》。后因以朝市泛指名利之场。

[集评]

况周颐云：“《二郎神》云：‘凝伫久，蓦听棋边落子，一声声静。’《千秋岁》云：‘荷递香能细。’此静与细，亦非雅人深致，未易领略。”（《蕙风词话》卷二）

声声慢

和吴梦窗赋梅①

挨晴拶暖，载酒呼朋，夷犹东圃西园②。绿萼枝头，两三初破轻寒。平生自甘寂寞，占冷妆、不为人妍。林逋去，问影疏香暗，谁赋其间③。　空想故山奇事，正烟横岭曲，月浸溪湾。杏错桃讹，那时青子都圆。惟饶梦窗知处，对翠禽、依约神仙。休引角④，怕征人、泪落塞边。

[注释]

①吴梦窗：吴文英，字君特，号梦客，晚号觉翁，四明（今浙江宁波）人。南宋著名词人，与吴潜很有交谊。　②夷犹：从容不迫。唐氏按：“夷犹”原作“犹夷”，据《中兴以来绝妙词选》卷九改。　③“林逋”三句：林逋，字君复，北宋诗人，卒谥和靖先生。林逋《山园小梅》有咏梅名句“疏影横斜水清浅，暗香浮动月黄昏”。　④角：画角。

青玉案

黄昏先自无情绪。更几阵、风和雨。闲把楼头更点数。挑残灯烬，装成香缕。此际凭谁诉。 新词旧曲歌还住。欲说相思渺无处，围定寒炉人不语。暗蛩啾唧[①]，征鸿嘹唳[②]，憔悴都如许。

[注释]

①蛩(qióng)：蟋蟀。 ②嘹唳：形容声音响亮凄清。

青玉案

和刘长翁右司韵

人生南北如歧路，惆怅方回断肠句[①]。四野碧云秋日暮。苇汀芦岸，落霞残照，时有鸥来去。 一杯渺渺怀今古，万事悠悠付寒暑。青箬绿蓑便野处[②]，有山堪采，有溪堪钓，归计聊如许。

[注释]

①方回：贺铸，字方回，号庆湖遗老，北宋词人。贺《横塘路》(凌波不过)词有"彩笔新题断肠句"。 ②野处：放诞自由的生活。

江城子

示表侄刘国华

家园十亩屋头边。正春妍，酿花天。杨柳多情，拂拂带轻烟。别馆闲亭随分有[①]，时策杖[②]，小盘旋[③]。 采山钓水美而鲜。饮中仙，醉中禅。闲处光阴，赢得日高眠。一品高官人道好，多少事，碎心田。

[注释]

①别馆：别墅。 ②策杖：扶杖。 ③盘旋：犹盘桓。

鹧鸪天

和古乐府韵送游景仁将漕夔门[①]

去日春山淡翠眉，到家恰好整寒衣。人归玉垒天应惜[②]，舟过松江月半垂[③]。　千万绪，两三卮[④]。送君不忍与君违。书来频寄西边讯，是我江南肠断时。

[注释]

①送游景仁赴任夔门，时为绍定四年(1231)十二月。　游景仁：游似，字景仁。南充人，嘉定进士，累官吏部尚书。淳祐中拜丞相，兼枢密使。　漕：水道运粮主管。　夔门：瞿塘峡，因地当川东门户，故又称夔门。　②玉垒：山名。在四川灌县西北。　③松江，水名。即吴松江。　④卮(zhī)：酒器。

[集评]

笃文云："凄丽近后主、晏郎，情深一往，《履斋词》中别调。"

南柯子

池水凝新碧，阑花驻老红[①]。有人独立画桥东。手把一枝杨柳、系春风。　鹊绊游丝坠，蜂拈落蕊空[②]。秋千庭院小帘栊。多少闲情闲绪、雨声中。

[注释]

①老红：残红。　②拈：似当作"粘"。

踏莎行

红药将残[①]，绿荷初展。森森竹里闲庭院。一炉香烬一瓯茶，隔墙听得黄鹂啭。　陌上春归，水边人远。尽将前事思量遍。流光冉冉为谁忙，小桥伫立斜阳晚。

[注释]

①红药：花名，即芍药。

糖多令

湖口道中①

白鹭立孤汀，行人长短亭②。正垂杨、芳草青青。岁月尽抛尘土里，又隔日、是清明。　日暮碧云生，魂伤老泪横。算浮生、较甚浮名③。万事不禁双鬓改，谁念我、此时情。

[注释]

①湖口：县名，今属江西。在彭蠡（鄱阳）湖之口，故名。　②长短亭：秦汉十里置亭，谓之长亭，其后五里有短亭，为行人休息及饯别之处。北周庾信《哀江南赋》："十里五里，长亭短亭。"　③浮生：飘浮无定的短暂的人生。

谒金门

霅上秀邸溪亭①

溪边屋，不浅不深团簇。野树平芜秋满目，有人闲意足。　旋唤一尊醽醁②，菱芡煮来新熟③。归去来辞歌数曲④，醉时无检束⑤。

[注释]

①霅上：霅溪，在浙江吴兴县境。　②醽醁（líng lù）：酒名。　③菱芡：

菱、芡均为一年生水生草本植物。 菱:俗称菱角。 芡:俗称鸡头。 ④归去来辞:辞赋篇名,晋陶潜作。 ⑤检束:检点约束。

谒金门

东风恶,一片梅花吹落。独上小楼闲濩索[1],云垂天四角。 春自于人如昨,人自于春难托。惆怅光阴虚过却,情怀无处著。

[注释]

①濩索:“转关濩索”的省称,古乐府琵琶曲名。

谒金门

庭垂箔[1],数点杨花飞落。倚遍阑干人寂寞,闲铺棋一角。 客里春寒偏觉,睡起春衫偏薄。想得故山猿共鹤,笑人身计错。

[注释]

①箔:帘。

鹊桥仙

扁舟昨泊,危亭孤啸,目断闲云千里。前山急雨过溪来,尽洗却、人间暑气。 暮鸦木末,落凫天际[1],都是一团秋意。痴儿骏女贺新凉[2],也不道、西风又起。

[注释]

①凫:野鸭。 ②痴儿骏女:天真无知的少男少女。

更漏子

柳初眠，花正好。又被雨催风恼。红满地，绿垂堤。杜鹃和恨啼[1]。　对残春，消永昼。乍暖乍寒时候[2]。人独自，倚危楼，夕阳多少愁。

[注释]

①杜鹃：鸟名，又名子规。声似“不如归去”，颇动客子乡思之情。②乍暖乍寒：“乍暖还寒时候，最难将息。”见李清照《声声慢》。

海棠春

郊　行

天涯芳草迷征路。还又是、匆匆春去。乌兔里光阴[1]，莺燕边情绪。　云梢雾末，溪桥野渡[2]，尽是春愁落处。把酒劝斜阳，小向花间驻。

[注释]

①乌兔：古代神话日中有乌，月中有兔，因称太阳为金乌，月亮为玉兔。合称日月为乌兔。　②野渡：荒野的渡口。

卜算子

春事到西湖，处处梅花笑。抖擞长安车马尘，眼底青山好。　身世两悠悠，岁月闲中老。极目烟波万顷愁，此意谁知道。

卜算子

苕霅水能清[1]，更有人如水。秋水横边簇远山，相对盈盈里。 溪上有鸳鸯,艇子频惊起[②]。何似收归碧玉池,长在阑干底。

[注释]

①苕雪:苕溪,雪溪。 ②艇子:轻便小船。

忆秦娥

娇滴滴,婵娟影里曾横笛[①]。曾横笛,一声肠断,一番愁织。 隔墙频听无消息,龙吟海底难重觅。难重觅,梅花残了,杏花消得。

[注释]

①婵娟:指明月。

长相思

要相逢,恰相逢。画舫朱帘脉脉中[①]。霎时烟霭重。 怨东风,笑东风。落花飞絮两无踪。分付与眉峰[②]。

[注释]

①画舫:装饰华丽的游船。 ②眉峰:形容女子眉如远山。

长相思

燕高飞,燕低飞。正是黄梅青杏时。榴花开数枝。

梦归期,数归期。想见画楼天四垂。有人攒黛眉[①]。

[注释]

①攒黛眉：蹙眉，皱眉。

长相思

上帘钩，下帘钩。夜半天街灯火收[1]。有人曾倚楼。

思悠悠，恨悠悠。只有西湖明月秋。知人如许悠。[2]

[注释]

①天街：京城中的街道。　②唐氏按：以上二首误入沈愚本《龙洲词》。

柳梢青

衬步花茵[1]，穿帘柳絮，堆地榆钱。乍暖仍寒，欲晴还雨，春事都圆。　　午窗睡起厌厌。屋角外、初啼杜鹃。百种凄凉，几般烦恼，没个人怜。

[注释]

①花茵：指落花满地。　茵：垫子或褥子。

柳梢青

断续残虹，翩飞去鸟，别岸孤村。傍水楼台，满城钟鼓，又是黄昏。　　悠悠岁月如奔。正目断、边尘塞云[1]。两鬓秋风，百年人事，无限消魂[2]。

[注释]

①边尘：指战争。　②消魂：魂渐离散，形容极度的悲伤、愁苦或极度的欢乐。

阮郎归

软风轻霭弄晴晖，鹁鸠相应啼[①]。画堂人静画帘垂，阑干独倚时。　　闲拾句[②]，困寻棋。沈吟心是非。荼蘼开遍柳花飞[③]，惜春春不知。

[注释]

①鹁鸠：鸟名，即鹧鸪。　②拾句：指作诗。　③荼蘼：花名。

诉衷情

几回相见见还休，说著泪双流。又听画角呜咽，都和作、一团愁。　　云似絮，月如钩，忆凭楼。蕙兰情性，梅竹精神，长在心头。

霜天晓角

云收雾辟[①]，万里天空碧。舟过蛾眉亭下[②]，景似旧、人非昔。　　年事如梭掷，世事如棋弈。抚掌扣舷一笑，今古恨、问谁得。

[注释]

①辟：开。　②蛾眉亭：在采石矶边长江中。

点绛唇

禁鼓三敲，参旗初挂阑干角。浅屏疏箔，夜气侵衣薄。　　欸乃吴歌[①]，艇子当溪泊。休休莫。五湖烟浪，不是鸱夷错[②]。

[注释]

①欸乃：行船摇橹声，象声词。唐元结有《欸乃曲》。　②鸱夷：有二义。一为鸱夷子皮（范蠡）之省称，一为指伍子胥。此用后一义。子胥是民间传说的潮神。

蝶恋花

吴中赵园

野树梅花香似扑。小径穿幽，乐意天然足。回首人间名利局，大都一觉黄粱熟[①]。　别墅谁家屏簇簇。绮户疏窗，尚有藏春屋。镜断钗分何处续[②]，伤心芳草庭前绿。

[注释]

①黄粱熟：卢生于邯郸客店中遇道者吕翁，生自叹穷困，翁乃授之枕，使入梦。生梦中历尽富贵荣华。及醒，主人炊黄粱尚未熟。后因以喻富贵终归虚幻，或欲望破灭。　②镜断钗分：喻夫妇离别。　钗分：夫妇离别时分钗以作纪念。　镜断：徐德言与陈后主妹乐昌公主"破镜重圆"典。陈衰，德言谓妻曰："以君之才容，国亡必入权豪之家。"乃破镜各持其半，约他日正月望日卖于都市。陈亡，公主为杨素所得。德言依期至京，见有苍头卖半镜，出半镜合之，题《破镜诗》一绝。公主得诗，悲泣不食。素知之，召德言还其妻。事见孟棨《本事诗》。

蝶恋花

客枕梦回闻二鼓。冷落青灯，点滴空阶雨[①]。一寸愁肠千万缕，更听切切寒蛩语。　世事翻来还覆去。造物儿嬉[②]，自古无凭据。利锁名缰空自苦，星星鬓影今如许。

［注释］

①“点滴”句：本温庭筠《更漏子》“梧桐树，三更雨，不道离情更苦。一叶叶，一声声，空阶滴到明”。　②造物：天，自然。

天仙子

舟行阻风

百舌搬春春已透，长驿短亭芳草昼。家山肠断欲归人[①]，风宿留，船津候。一夜朱颜烦恼瘦。　不用寻思闲宇宙，倦鸟入林云返岫[②]。小园自有四时花，铺锦绣。钟醇酎[③]，尽胜累累悬印绶[④]。

［注释］

①家山：家乡。　②岫：山谷。　③醇酎：酒名。重酿之醇酒。　④印：官印。　绶：系印的丝带。

如梦令

插遍门前杨柳，又是清明时候。岁月不饶人，鬓影星星知否。知否，知否。且尽一杯春酒。

如梦令

昨日春衫初试，今日春寒犹殢。待得晚风收，独上危楼闲倚。闲倚，闲倚。目断半空烟水。

如梦令

江上绿杨芳草，想见故园春好[①]。一树海棠花，昨夜梦魂飞绕。惊晓，惊晓。窗外一声啼鸟。

［注释］

①故园：旧家园，故乡。

如梦令

楼外残阳将暮，江上孤帆何处。搔首立东风，又是少年情绪。凝伫，凝伫[①]。一抹淡烟轻雾。

［注释］

①凝伫：出神，发愣。

如梦令

枝上蝶纷蜂闹，几树杏花残了。幽鸟亦多情，片片衔归芳草。休扫，休扫。管甚落英还好。

如梦令

镇日春阴漠漠[①]，新燕乍穿帘幕。睡起不胜情[②]，闲拾瑞香花萼。寂寞，寂寞，没个人人如昨。

［注释］

①镇日：整日。 ②不胜：受不了。

如梦令

庭院深深春寂，还是他乡寒食。闲利与闲名，谩把光阴虚掷。虚掷，虚掷。知道几时归得。

如梦令

闲向园林点检[1]，又见小桃开遍。切莫便飘零，且为春光留恋。留恋，留恋。待我持杯深劝。

[注释]

①点检：查核，清理。

如梦令

一饷园林绿就。柳外莺声初透。轻暖与轻寒，又是牡丹花候。花候，花候。岁岁年年人瘦。

如梦令

雨过远山如洗，云散落霞如绮。嫩绿与残红[1]，又是一般春意。春意，春意。只怕杜鹃催里[2]。

[注释]

①嫩绿与残红：指嫩叶与残花。　②：里：哩，句末语气词。

望江南

家山好，好处是三春。白白红红花面貌，丝丝袅袅柳腰身。锦绣底园林。　行乐事，都付与闲人。挈榼携壶从笑傲[1]，踏青挑菜恣追寻[2]。赢得个天真。

[注释]

①榼（kē）：古时盛酒的器具。 ②挑菜：挖菜。唐代风俗，农历二月初二日，曲江拾菜，士民游观其间，谓之挑菜节。

望江南

家山好，好是夏初时。习习薰风回竹院[①]，疏疏细雨洒荷漪[②]。万绿结成帷。 呼社友[③]，长日共追随。瀹茗空时还酌酒[④]，投壶罢了却围棋[⑤]。多少得便宜。

[注释]

①薰风：和风。指初夏时的东南风。 ②漪：微波。 ③社友：志趣相同者结社，互称为社友。 ④瀹（yuè）茗：烹茶。 ⑤投壶：古人宴会时的游戏。设特制之壶，宾主以次投矢其中，中多者为胜，负者饮。

望江南

家山好，好处是秋来。绿橘黄橙随市有，岩花篱菊逐时开。管领付尊罍[①]。 新筑就，别馆共闲台[②]。摇手出离名利窟，掉头摆脱簿书堆。只在念头灰。

[注释]

①尊罍：酒器。 ②别馆：别墅。

望江南

家山好，好处是三冬。梨栗甘鲜输地客[①]，鲂鳊肥美献溪翁[②]。醉滴小槽红[③]。 识破了，不用计穷通[④]。下泽车安如驷马[⑤]，市门卒稳似王公[⑥]。一笑等鸡虫[⑦]。

[注释]

①输:献纳。　地客:农夫。　②溪翁:住在溪水边的山野老人。③槽:酿酒或注酒器。　小槽红:指酒。“琉璃钟,琥珀浓,小槽酒滴珍珠红。”见李贺《将进酒》。　④穷通:贫困与显达。　⑤下泽车:便于在沼泽地行走的短毂车。见《后汉书·马援传》。　⑥市门卒:城市守门人。⑦鸡虫:用“鸡虫得失”典。“家中厌鸡食虫蚁,不知鸡卖还遭烹。”见杜甫《缚鸡行》。

望江南

家山好,结屋在山椒[①]。无事琴书为伴侣,有时风月可招邀。安乐更相饶。　伸脚睡,一枕日头高。不怕两衙催判事,那愁五鼓趣趋朝[②]。此福要人消。

[注释]

①山椒:山顶。　②趋朝:上朝。

望江南

家山好,底事尚忘归。但我辞荣还避辱,从渠把是却成非。跳出世关机。　将五十,老相已相催。争得气来有甚底,更加官后亦何为。奉劝莫痴迷。

望江南

家山好,一室白云中。时唤道人谈命蒂[①],也呼和尚说禅宗。孔佛老和同[②]。　淘汰尽,八面总玲珑。欲把捉时无把捉[③],道虚空后不虚空。且问主人公。

[注释]

①命蒂：胎儿的脐带叫命蒂。此指谈道。 ②孔佛老：指儒家、佛家、道家。 孔：孔子，儒家。 老：老子，道家。 ③把捉：掌握。

望江南

家山好，负郭有田园①。蚕可充衣天赐予，耕能足食地周旋。骨肉尽团圆。 旋五福②，岁岁乐丰年。自养鸡豚烹腊里③，新抽韭荠荐春前④。活计不须添。

[注释]

①负郭：靠近城郭。 ②五福：旧时所说的五种幸福。"一曰寿，二曰富，三曰康宁，四曰攸好德，五曰考终命。"见《尚书·洪范》。 ③腊里：指农历腊月。 ④韭荠：韭菜、荠菜。 荐：献，进。

望江南

家山好，有底尚萦牵。马后乐听馀十载①，眼前赤看也多年②。滋味只如然。 身外事，不用强探拈。自古几番成与败，从来百种丑和妍。细算不由贤。

[注释]

①乐听：听说的世情。 ②赤看：眼见的世面。

望江南

家山好，好处是安居。无事不须干郡县①，有馀但管济乡闾②。及早了王租③。 随日力，也著几般书。静里精神偏爽快，闲中光景越舒徐。腊月尽工夫。

[注释]

①干郡县:指拜见郡县长官。　②济乡闾:救助乡邻。　济:救助,接济。　乡闾:乡里。　③了王租:指交纳国家租税。　了:了结。

望江南

家山好,无事挂心怀。早课畦丁勤种菜①,晚科园户漫浇花②。只此是生涯。　　尘世里,扰扰正如麻。散复聚来膻上蚁③,左还右旋壁闲蜗。只为那纷华。

[注释]

①课:考查,指督促。　畦丁:园丁。　②科:指督促。　园户:唐宋时种茶设场,茶户称园户。　③膻上蚁:蚂蚁慕羊肉膻味,“羊肉不慕蚁,蚁慕羊肉,羊肉膻也”。见《庄子·徐无鬼》。

望江南

家山好,百事尽如如①。渴饮饥餐都属我,倒横直立总由渠。更不要贪图。　　三径里,恰好小茅庐。种竹梅松为老伴,养龟猿鹤助清娱。扣户有樵渔②。

[注释]

①如如:佛教指真如常在,圆融而不凝滞的境界。引申为常在。　②扣门:敲门。

望江南

家山好,不是撰虚名。世上盛衰常倚伏①,天家日月也亏盈②。退步是前程。　　且恁地,卷索了收绳。六字五胡生口面[③]，三言两语费颜情。赢得鬓星星。

[注释]

①倚伏：指事物相互依存，相互影响，相互转化。　②天家：指造物。③六字：天、地、四方。　五胡：犹言胡里胡涂。　生口面：争吵。

望江南

家山好，凡事看来轻。一壑尽由侬饾饤[①]，三才不欠你称停[②]。有耳莫闲听。　静地里，点检这平生。著甚来由为皎皎，好无巴鼻弄醒醒[②]。背后有人憎。

[注释]

①侬：我。　饾饤（dòu dìng）：堆砌貌。　②三才：天、地、人。　②巴鼻：把握，根据，来由。

浪淘沙

和吴梦窗席上赠别

家在敬亭东[①]，老桧苍枫。浮生何必寄萍蓬。得似满庭芳一曲[②]，美酒千钟。　万事转头空[③]，聚散匆匆。片帆稳挂晓来风。别后平安真信息，付与飞鸿。

[注释]

①敬亭：山名。在安徽宣城县北，山上有敬亭，相传为南齐谢朓赋诗之所，山以此名。　②满庭芳：词调名。名出晚唐吴融诗“满庭芳草易黄昏”。　③“万事”句：本唐白居易《自咏》诗“百年随手过，万事转头空”。

浪淘沙

长记去年时，雪满征衣[①]。佳人携手画楼西。今日关山千里外,此恨谁知。 想见绿窗低,依旧空闺。惜春还是惜花飞[2]。纵有游蜂偷得去,争似帘帏。

[注释]

①征衣:旅外远人所穿的衣服。 ②“惜春”句:本宋辛弃疾《摸鱼儿》“惜春长怕花开早,何况落红无数”。

小重山

溪上秋来晚更宜。夕阳西下处,碧云堆。谁家舟子采莲归。双白鹭,惊起背人飞。 烟水渐凄迷[1]。渔灯三数点,乍明时。西风一阵白蘋湄[2]。凝伫久,心事有谁知。

[注释]

①凄迷:迷茫。 ②白蘋:一种水中浮草。 湄:岸边,水和草相接的地方。

昭君怨

小雨霏微如线,人在暮秋庭院。衣袂带轻寒[1],睡初残。 脉脉此情何限,惆怅光阴偷换。身世两沉浮,泪空流。

[注释]

①袂:衣袖。

南乡子

去岁牡丹时,几遍西湖把酒卮[1]。一种姚黄偏韵雅[2],

相宜。薄薄梳妆淡淡眉。　　回首绿杨堤，依旧黄鹂紫燕飞。人在天涯春在眼，凄迷。不比巫山尚有期[③]。

［注释］

①几：几乎。　②姚黄：一种名贵的牡丹花，为宋民间姚姓人家培育的千叶黄花。　③巫山尚有期：楚襄王游高唐，白日梦见一妇人，自称巫山神女，愿侍枕席，襄王因与合欢。神女临去时说，她身居巫山，"旦为朝云，暮为行雨，朝朝暮暮，阳台之下"。见宋玉《高唐赋序》

虞美人

美人一舸横秋水，冉冉烟波里。绿杨也解织离愁。故向东风摇曳、不能休。　　是非得失都休计，只有抽身是[①]。橙黄蟹熟正当时。想见双溪风月、待人归。

［注释］

①抽身：引退，脱身。

生查子

谁家白面郎，画舫朱帘挂。十二列金钗，一局文楸罢[①]。　　歌舞不知休，醉倒荷花下。归棹踏烟波，灯火芜城夜[②]。

［注释］

①楸：棋盘。　②芜城：古城名，即广陵城。故址在今江苏江都县境。南朝宋竟陵王刘诞据广陵反，兵败死，城邑荒芜。鲍照作《芜城赋》讽之，因名芜城。

武陵春

惨惨凄凄秋渐紧，风雨更潇潇。强把炉薰寄寂寥，无语立亭皋[①]。 客路十年成底事，水国更停桡[②]。苍鸟横飞过野桥。人不似、汝逍遥。

（以上《彊村丛书》本《履斋先生诗馀》）

[注释]

①亭皋：水边的平地。 亭：平。 皋：水旁地。 ②桡：船桨。

二郎神

小亭徙倚[①]，慢一步、立秋千影。渐夕照林梢，晚风池上，缉缉轻寒嫩冷。又是将他春僝僽[②]，酿一种、花愁花病。空客鬓岁迁，征衫人老，倚楼看镜。 还省。故园多少，紫殷红凝。窗外晓莺啼，拂墙金缕，烟柳慵眠乍醒。挑菜踏青，趁蜂随蝶，长负清明时景。凝伫久，蓦听棋边落子，一声声静。

[注释]

①徙倚：徘徊。 ②僝（chán）僽：愁苦、烦恼。

[集评]

况周颐云："《二郎神》云：'凝伫久，蓦听棋边落子，一声声静。'《千秋岁》云：'荷递香能细。'此静与细，亦非雅人深致，未易领略。"（《蕙风词话》卷二）

满江红

为问人生，□要足、何时是足。这个底、蜗名蝇利，但添拘束。便使积官居鼎鼐[①]，假饶累富堆金玉。似浮埃、抹电转头空，休迷局。　分已定，心能服。宛句畔[②]，昭亭曲[③]。有水多于竹，竹多于屋。闲看白云归岫去，静观倦鸟投林宿。那借来、拍板与门槌[④]，休掀扑。

[注释]

①鼎鼐：喻宰辅之位。　鼎：国之重器。　鼐：大鼎。　②宛句：宛溪、句溪，两水合于宣城。　③昭亭：在宣城附近。　④拍板、门槌：禅师布道说法使用的响器。“借君拍板与门槌”，见东坡《南柯子》词。

瑞鹤仙

小亭山半枕。又一番园林，春事整整。微阴护轻冷。早蜂狂蝶浪，褪黄消粉[①]。阑干日永。数花飞、残崖断井。仗何人、说与东风，莫把老红吹尽。　休省。烟江云嶂，楚尾吴头，自来多景。愁高怅远。身世事，但难准。况禁他，东兔西乌相逐，古古今今不问。算鸱夷、办却扁舟[②]，个中杀稳[③]。

[注释]

①褪黄消粉：指花朵枯萎。　②鸱夷：范蠡退隐后的化名。　③杀：通“煞”。甚，很。

贺新郎

一笑春无语。但园林、阴阴绿树，老红三数。底事东风犹自妒，片片狂飞乱舞。便燕懒、莺残初起。芍药荼蘼还又是，仗何人、说与司花女[1]。将岁月，浪如许[2]。悠悠倦客停江渚。寄扁舟、浮云荡月，棹烟帆雨。留得闲言闲语在，可是卿卿记取。待尽把、愁肠说与。泛梗浮萍无定准[3]，怕吴鳞、楚雁成离阻[4]。歌未了，恨如缕。

[注释]

①司花女：隋炀帝时，洛阳进合蒂迎辇花，帝命御车女袁宝儿持之，号曰司花女。此借指管理百花的神女。　②浪：轻率。　③泛梗浮萍：浮动在水面的树梗和萍草。比喻飘荡不定。　④吴鳞楚雁：鳞，指鱼。古有鱼雁传书之说。

水调歌头

每怀天下士，要与共艰危。谁知暗里摸索，得此世间奇。却笑当年坡老[1]，过眼翻迷五色，遇合古难之。访我鸳湖上，真足慰心期。　醉谈兵，愁论世，夜阑时。自怜磊块[2]，近来鬓底两三丝。目送云帆西去，肠断风尘北起，老泪欲垂垂。骐骥思长坂[3]，好鸟择高枝。

[注释]

①坡老：苏轼，字子瞻，号东坡居士。　②磊块：垒石高低不平，喻心中郁结不平。　③长坂：犹高坡。

青玉案

十年三过苏台路[1]。还又是、匆匆去。迅景流光容易度。鹭洲鸥渚，苇汀芦岸，总是消魂处。　苍烟欲合斜阳暮，付与愁人砌愁句[2]。为问新愁愁底许。酒边成醉，醉边成梦，梦断前山雨。

（以上《彊村丛书》本《履斋先生诗馀续集》）

［注释］

①“十年三过”句：吴潜于绍定六年（1233）知建康，嘉熙元年知平江，嘉熙二年至四年（1240）知镇江，皆过苏州。　②砌愁：愁苦堆积。秦观《踏莎行》：“砌成此恨无重数。”

水调歌头

闻子规

榆塞脱忧责[①]，兰径遂游嬉。吾年逾六望七，休退已称迟。日日登山临水，夜夜早眠晏起，岂得不便宜。有酒数杯酒，无事一枰棋。　　休更□，世途恶，宦久羁。□深林密，去处人物两忘机[②]。昨日既盟鸥鹭[③]，今日又盟猿鹤[④]，终久以为期。蜀魄不知我，犹道不如归[⑤]。

［注释］

①榆塞：本指榆林塞，也用为边塞的通称。　②忘机：忘却计较或巧诈之心。指自甘恬淡与世无争。　③盟鸥鹭：谓与鸥鹭为友。喻隐者生活。　④盟猿鹤：意同注②。　⑤“蜀魄”二句：传说古时蜀王杜宇称帝，号望帝，死后魂魄化为子规（又名杜鹃）。后人因以蜀魄为杜鹃鸟的别称。杜鹃啼声凄切，啼似“不如归去”。

水调歌头

题烟雨楼[①]

有客抱幽独，高立万人头。东湖千顷烟雨，占断几春秋。自有茂林修竹，不用买花沽酒，此乐若为酬。秋到天空阔,浩气与云浮。　　叹吾曹,缘五斗[2],尚迟留。练江亭下,长忆闲了钓鱼舟。矧更飘摇身世[3],又更奔腾岁月,辛苦复何求。咫尺桃源隔[4],他日拟重游。

[注释]

①此词为绍兴四年(1134)通判嘉兴时作。　烟雨楼:在浙江嘉兴鸳鸯湖上。练江在其附近。　②五斗:陶渊明为彭泽令,仅有五斗米的薪俸。　③矧(shěn):况且。　④桃源:晋陶潜《桃花源记》虚构的与世隔绝的乐土。

满江红

乌衣园[1]

唤出山来,把鸥鹭、盟言轻食[2]。依旧是、江涛如许,雨帆烟笛。歌罢莫愁檀板缓,杯倾白堕琼酥滴[3]。但惊心、十六载重来,征埃客。　　秋风鬓,应非昔。夜雨约,聊相觅。叹主恩未报,无多来日。故国千年龙虎势,神州万里麒麟迹。笑谢儿、出手便呼卢[4],摴蒱掷。

[注释]

①乌衣园:在金陵乌衣巷。此词及下词(玛瑙冈头)皆作于淳祐年间官建康时。　②轻食:指失言,忘记了与鸥鹭同隐的诺言。　③白堕:美酒。北魏河东人刘白堕,善酿酒,其酒醇美,后因称美酒为白堕。　④呼卢:古时一种赌博,又叫樗蒲、五木。削木为子,共五个,一字两面,一面涂黑,画牛犊,一面涂白,画雉。五子都黑,叫卢,得头彩。掷子时,高声大喊,希望得全黑,所以叫呼卢。此喻指谢安子侄辈淝水之战大获全胜就像赌博一样。

满江红

雨花台用前韵

玛瑙冈头，左酾酒、右持螯食[①]。怀旧处，磨东冶剑[②]，弄清溪笛。望里尚嫌山是障，醉中要卷江无滴。这一堆、心事总成灰，苍波客。　叹俯仰，成今昔。愁易揽，欢难觅。正平芜远树，落霞残日。自笑频招猿鹤怨，相期早混渔樵迹。把是非、得失与荣枯，虚空掷。

（以上《彊村丛书》本《履斋先生诗馀续集补遗》）

［注释］

①左酾酒：毕卓尝谓人曰："……右手持酒杯，左手持蟹螯，浮沉酒船中，便足了一生矣。"见《晋书·毕卓传》。　酾（shī）：斟酒。　②东冶：古地名，相传为越王勾践冶铸之处。故城在今福建闽侯东北冶山之麓。

沁园春

丙辰十月十日

夜雨三更，有人攲枕[①]，晓檐报晴。算顽云痴雾，不难扫荡，青天白日，元自分明。权植油幢[②]，聊张皂纛[③]，坐听前驺鼓角鸣。君休诧，岂宣申南翰，成旦东征。　鸿冥[④]。哽噎秋声。正万里榆关未罢兵[⑤]。幸扬州上督，为吾石友[⑥]，荆州元帅，是我梅兄。约束鲸鲵，奠安鼪鼠，更使嵎夷海晏清[⑦]。连宵看，怕天狼隐耀[⑧]，太白沉枪[⑨]。

［注释］

①攲枕：斜枕着。　攲（qī）：倾斜。　②权：故且，暂且。　幢：古代的一种旗帜。　③聊：故且。　皂：黑色。　纛（dào）：大旗。　④鸿冥："鸿飞冥冥"之省。鸿飞入于远空，距远形微，矰缴不及，因以喻脱羁远害，

遁隐避祸。 ⑤榆关:地名,即山海关。 ⑥石友:情谊坚如金石之友。此指贾似道,正督师江上。 ⑦嵎夷:东海地名。 ⑧天狼:星名,主侵略。 ⑨太白:星名,相传它如出入失时,天下将有兵祸,甚且破国。

沁园春

戊午自寿

笑指颓龄[①],循环雌甲[②],卦数已圆。叹蜀公高洁,休官去岁,温公耆旧[③],入社今年。底事崎岖,苍颜白鬓,犹拥貔貅护海堧[④]。君恩重,算何能报国,未许归田[⑤]。 遥怜。宛句山前。正水涨溪肥系钓船。纵葵榴花闹,菖蒲酒美[⑥],都成客里,争似家边。寄语儿曹,若为翁寿,只把鸥盟更要坚。翁还祝,愿欃枪日静[⑦],穲稏云连[⑧]。

[注释]

①颓龄:衰老之年。 ②雌甲:年逾花甲之同庚者二人,其少者之甲子为雌甲。 ③耆旧:年老的旧好。 ④貔貅(pí xiū):猛兽名,比喻军队。 海堧:指疆土。 堧(ruán):城郭旁或河边的空地。 ⑤归田:旧时称辞官还乡为归田。 ⑥菖蒲酒:用菖蒲叶泡制的药酒。传说服之可避瘟气。 菖蒲:草名。 ⑦欃枪:彗星的别名。 ⑧穲稏:稻名。“绿波春浪满前坡,极目连云穲稏肥。”见韦庄《稻田》诗。

沁园春

己未翠山劝农[①]

二十年前,君王东顾,诏牧此州[②]。念昔时豪杰,犹难辟阖[③],如今老大,却更迟留。四载相望,三春又半,邂逅劭农得纵游[④]。田畴事,是桑条正长,麦含初抽。 悠悠。身世何求。算七十迎头合罢休。谩绕堤旌纛[⑤],牵连鹢棹[6]，喧天鼓吹，断送龙舟。翠巘层边[7]，碧云堆处，一担担来天外愁。如何好，且同斟绿醑[8]，自课清讴。

［注释］

①劝农：勉励农耕。 己未：宝祐七年（1259）。 ②牧：官名。州官为牧。 此州：即明州庆元府（今浙江宁波）。 ③辟阖（pī hé）：指大作为。 辟：开。 阖：关闭，闭合。 ④劭农：即劝农。 劭：劝勉，自强。 ⑤旌纛：大旗。 ⑥鹢棹：船。古时画鹢首于船头，故名。 鹢：水鸟名。 ⑦巘（yǎn）：小山。 ⑧绿醑（xǔ）：美酒。

宝鼎现

和韵己未元夕[1]

晚风微动，净扫天际，云裾霞绮。将海外、银蟾推上[2]，相映华灯辉万砌。看舞队、向梅梢然昼[3]，丹焰玲珑玉蕊。渐陆地、金莲吐遍，恰似楼台临水。 老子欢意随人意[4]。引红裙、钗宝钿翠[5]。穿夜市、珠筵玳席，多少吴讴联越吹。绣幕卷、散缤纷香雾，笼定团圆锦里[6]。认一点、星球挂也，士女桃源洞里。 闻说旧日京华[7]，般百戏、灯棚如履。待端门排宴[8]，三五传宣禁侍[9]。愿乐事、这回重见，喜庆新开起。瞻圣主、齐寿南山，势拱东南百二。

［注释］

①元夕：农历正月十五日，即元宵。 ②银蟾：月。古神话称月中有蟾，故称。 ③然昼：指灯光照耀如同白昼。然，通“燃”。 ④老子：自称。 ⑤“引红裙”句：指带领妇女。钗、钿均为妇女首饰。 ⑥锦里：地名。在四川成都市南。此指京都。 ⑦京华：即京都。 ⑧端门：宫殿南面正门。 ⑨三五：正月十五。

昼锦堂

己未元夕

绮縠团成，珠玑搦就[①]，极目灯火楼台。七子八仙三教[②]，耍队相挨。管箫笙簧相间閧，远如声韵碧霄来[③]。环千炬，宝栅绛纱，云球雾衮交加。 千里人笑乐，游妓合、脂尘香霭笼街。尽道今宵节物[④]，天与安排。晚来风阵全收了，夜阑还放月儿些。休辞醉，长愿每年时候，一样情怀。

[注释]

①搦(nuò)：握。 ②七子八仙三教：泛指各色人物。 ③碧霄：天空。 ④节物：应时节的景物。

贺新郎

丁巳岁寿叔氏[①]

未是全衰暮。但相思、昭亭数曲[②]，水村烟墅。只比儿儿额上寿[③]，尚有时光如许。况坎子、常交离午[④]。须信火龙能陆战，更驱他、水虎蟠沧浦。昆仑顶，时飞度。 东皇蓦向昆仑遇[⑤]。道如今、金阶玉陛，待卿阔步。犹恐荆人攀恋切[⑥]，未放征帆高举。怕公去、狐狸嗥舞。江汉一时谁作者，想声声、赞祝明良聚。天下久，望霖雨。

[注释]

①丁巳岁：宋理宗宝祐五年(1257)。 ②昭亭：在安徽宣城宛水之畔。 ③儿儿：儿辈。此自指之词。 ④坎：卦象水，子鼠属水。 离：卦象火，午马属火。 ⑤东皇：东皇太乙，司春之神。 ⑥荆人：荆楚之人(指任职的地方百姓)。 攀恋切：舍不得放走。

贺新郎

和翁处静桃源洞韵[1]

拍手阑干外。想回头、人非物是，不知何世。万事情知都是梦，聊复推迁梦里。也幻出、云山烟水。白白红红虽褪尽，尽倡条、浪蕊皆春意[2]。时可醉，醉扶起。　瀛洲旧说神仙地。奈江南、猿啼鹤唳[3]，怨怀如此。三五阿婆涂抹遍[4]，多少残樱剩李。又过雨、亭皋初霁。惭愧故人相问讯，但一回、一见苍颜耳。谁念我，鹪鹩志[5]。

[注释]

①翁处静：即翁元龙，吴文英之兄。　②倡条：柔嫩美艳的支条。　③猿啼："巴东三峡巫峡长，猿鸣三声泪沾裳。"见《水经注·江水》引民谣。　鹤唳：用"华亭鹤唳"典。　唳：鸣。　④"三五阿婆"句：唐薛逢晚年失意，单骑瘦马赴朝，值新进士列队而出。前导责薛让路，薛派一人对他说："报道莫贫相！阿婆三五少年时，也曾东涂西抹来。"见王定保《唐摭言》。此谓曾到处写诗词。此句为自谦之意。　⑤鹪鹩（jiāo liáo）：小鸟名。"鹪鹩巢于深林，不过一枝。"见《庄子·逍遥游》。比喻志向不高，只求有栖身之所或低微职务即可。

贺新郎

再　和

宇宙原无外。问当年、渠缘底事，强逃人世。争似刘郎栽种后，长恁玄都观里[1]。何用羡、武陵溪水[2]。一见桃花还一笑，领春工、千古无穷意[3]。儿女恨，且收起。　洞中空阔多闲地。但人间、羊肠九折，未能知此。我已衰翁君渐老，那复颠张醉李。看翻覆、雨阴风霁。捱得清和时候了，舣扁舟、只待归来耳[4]。惟处静，解吾志。

[注释]

①“争似刘郎”二句:刘郎,中唐诗人刘禹锡。刘参加永贞革新失败后,被贬朗州司马。十年后回京。其时借玄都观看花一事,作《元和十年,自朗州至京,戏赠看花诸君子》诗讽刺朝中新贵。诗有句云:“玄都观里桃千树,尽是刘郎去后栽。”旋又贬十四年后,回京。其时再作诗《再游玄都观》,有句云:“种桃道士归何处?前度刘郎今又来。” ②武陵:郡名,此指桃花源。 ③春工:以春天拟人。指生物得春而发育滋长。 ④舣:使船靠岸。

贺新郎

三　和

了却儿痴外。撰园林、亭台馆榭,谩当吾世。红楯朱桥相映带①,人在百花丛里。更依约、垂杨衬水。桧柏芙蓉橙桂菊,也还须、收拾秋冬意。闲坐久,忽惊起。

繁华寂寞千年地。便渊明、桃源记在,几人知此。双手上还银菟印②,趁得东风行李。看鄮岭、鄞江澄霁③。从此归欤无一欠④,但君恩、天大难酬耳。嗟倦鸟,投林志。

[注释]

①楯(shǔn):栏干。 ②银菟(tú):银制虎形的兵符。 菟:於(wū)菟,虎也。 ③鄮岭:山名。在浙江鄞县东三十里。 鄞(yín)江:水名。在浙江鄞县。 ④欤(yú):语气词。

贺新郎

和赵丞相见寿①

雪鬓难重绿。但翛然、黄庭境界②,抱藏龟六③。也向无何乡里去④,白堕舟边漾渌⑤。算种种、尘缘都足。争那名缰犹系绊，尽辜他、猿鹤双溪曲。时又夏，暑将溽[⑥]。虚舟飘瓦何烦歜[⑦]。奈羊肠、千歧万折，近来纯熟。怅望老仙烟水外，惟把江云送目。想裴墅、碧梧金竹[⑧]。安得结庐相近傍，买闲田、数亩躬耕筑。已梦断，大槐国[⑨]。

[注释]

①赵丞相：赵葵。 ②翛（xiāo）然：自然超脱貌。 黄庭：道家以人之脑中、心中、脾中，或自然界之天中、人中、地中为黄庭。 ③藏龟六：即龟藏六。龟遇危险，将首尾四足缩甲中。后因以喻防止失误而不出头。 ④无何乡：空想的境界。 ⑤白堕：美酒。 ⑥溽（rù）：闷热。 ⑦虚舟：空船。 歜（chù）：盛怒。 ⑧裴墅：即唐裴度的别墅"绿野堂"。旧址在河南洛阳。度以宦官擅权，自请罢相，于午桥创别墅，名曰绿野堂，与白居易，刘禹锡等作诗酒之会。 ⑨大槐国：唐李公佐作传奇《南柯记》，叙述淳于棼到槐安国，娶公主，为南柯太守荣华富贵。后出征战败，公主亦死，遭国王疑忌，被遣归。至此梦醒，在庭中槐树下寻得蚁穴，即梦中槐安国。

贺新郎

夜来梦游一所，园林台榭甚饰，数羽流在焉[①]。余与语，相酬酢[②]，有言诗者，有言词者。须臾，以酒见酌。中有一人举令云：各和古词一首。且目余云：相公和叶石林睡起流莺语[③]。余素熟此词成诵，遂援笔赓之，掷笔而寤。枕上记忆，不遗一字，亦异矣。以词意详之，余三上丐归之疏，君父其从欲乎。因录呈同官诸丈，恐可为他时一段佳话云

燕子呢喃语。小园林、残红剩紫，已无三数。绿叶青枝成步障，空有蜂旋蝶舞。又宝扇、轻摇初暑。芳沼拳荷舒展尽，便回头、乱拥宫妆女。惊岁月，能多许。 家山占断凫鸥渚。最相宜、岚烟水月，雾云霏雨。三岛十洲虽铁铸[④]，难把归舟系取。且放我、渔樵为与。从此细斟

昌歇酒，况神仙洞府无邀阻。何待结，长生缕。

[注释]

①羽流：道士。 ②酬酢：宾主互相敬酒。泛指应酬。 酬：向客人敬酒。 酢：向主人敬酒。 ③“叶石林”句：叶石林即宋词人叶梦得，字少蕴，号石林居士。有《贺新郎》（睡起流莺语）一词。 ④三岛十洲：神仙居所。

贺新郎

因梦中和石林贺新郎，并戏和东坡乳燕飞华屋[①]

碧沼横梅屋。水平堤、双双翠羽[②]，引雏偷浴。倚户无人深院静，犹忆棋敲嫩玉。还又是、朱樱初熟。手绾提炉香一炷，黯消魂、伫立阑干曲。闲转步，数修竹。
新来有个眉峰蹙。自王姚、后魏都褪[③]，只成愁独。凤带鸾钗宫样巧，争奈腰围倦束。谩困倚、云鬟堆绿。淡月帘栊黄昏后，把灯花、印约休轻触。花烬落，泪珠簌。

[注释]

①东坡乳燕飞华屋：苏东坡有《贺新郎》（乳燕飞华屋）词。 ②翠羽：指水禽。 ③王姚、后魏：指牡丹。牡丹名品有姚黄魏紫之说，此又以王、后分说之。

贺新郎

和刘自昭俾寿之词

宝扇驱纤暑。又凄凉、蒲觞菰黍，异乡重午[①]。巧索从来无人系，惟对榴花自语。也何用、讴秦舞楚。生愧孟尝挽一日，叹三千、客汗挥成雨[②]。如伯始，谩台傅[③]。 循环浩劫无终古。但坤牛、乾马抽换，是长生谱。安得笺天天便许，归炼金翁木父。问海运、争如穴处[④]。一笑流行还坎止[⑤]，算陈陈、往事俱灰土。南墅鹤，相思主。[⑥]

[注释]

①重午：农历五月初五，即端午节。 ②“生愧”二句：孟尝，战国时齐贵族，姓田名文，号孟尝君。以好客著称，门下食客至数千人。 ③“如伯始”二句：胡广，东汉华容人，字伯始。举孝廉，奏章为当时第一。历官至太傅。广性谨素，达练事体，故京师谚曰：“万事不理问伯始，天下中庸有胡公。”广历任安、顺、冲、质、桓、灵六帝。时朝廷衰微，外戚宦官擅政，广惟顺自保而已。 注者按：“傅”原作“传”，不叶。疑与“傅”形近之误。 ④穴处：穴居。 ⑤流行还坎止：顺流而行，遇坎而止。喻进退不强求，视境况而定。《易经》坎为险。 ⑥作者原注：“田文、胡广皆生于五日。”

暗　香

犹记己卯、庚辰之间，初识尧章于维扬[①]。至己丑嘉兴再会。自此契阔[②]。闻尧章死西湖，尝助诸丈为殡之，今又不知几年矣。自昭忽录示尧章暗香、疏影二词[③]，因信手酬酢，并赓潘德久之诗云

晓霜一色，正恁时陇上，征人横笛。驿使不来，借问孤芳为谁折[④]。休说和羹未晚[⑤]，都付与、逋仙吟笔[⑥]。算只是，野店疏篱，樵子共争席。　寒圃，众籁寂。想暗里度香，万斛堆积。恼他鼻观[⑦]，巡索还无最堪忆。萼绿堂前一笑[⑧]，封老干、苔青莓碧。春漏也，应念我、要归未得。

[注释]

①尧章：姜夔字尧章，号白石道人，南宋词人。饶州波阳（今属江西）人。 维扬：扬州的别称。 ②契阔：离合、聚散。偏指离散。 ③暗香、

疏影：南宋绍熙二年(1191)冬天，姜夔在大雪中到苏州探访老诗人范成大。范家有花圃，有梅树。姜夔在这里写成《暗香》、《疏影》两首赞赏梅花的著名词作。　④“正恁”四句：化用南朝梁诗人陆凯诗“折梅逢驿使，寄与陇头人。江南无所有，聊赠一枝春”。　孤芳：指梅。　⑤和羹：用不同调味品配制的羹汤。用来比喻大臣辅助君上，和心合力，治理国政。　⑥逋仙：指宋诗人林逋。逋咏梅诗颇著名。下文“野店疏篱”、“想暗里度香”分别本林逋咏梅名句“雪后园林才半树，水边离落忽横枝”(见《梅花》)，“疏影横斜水清浅，暗香浮动月黄昏。”(见《山园小梅》)。⑦鼻观：鼻闻。　⑧萼绿：萼绿华指绿色萼片的梅花。“京师艮岳有萼绿华堂。”见宋范成大《范村梅谱》。

疏　影

佳人步玉[①]。待月来弄影，天挂参宿[②]。冷透屏帏，清入肌肤，风敲又听檐竹。前村不管深雪闭[③]，犹自绕、枝南枝北。算平生、此段幽奇，占压百花曾独。　　闲想罗浮旧恨[④]，有人正醉里，姝翠蛾绿[⑤]。梦断魂惊，几许凄凉，却是千林梅屋[⑥]。鸡声野渡溪桥滑，又角引、戍楼悲曲。怎得知、清足亭边[⑦]，自在杖藜巾幅。

[注释]

①玉：指梅花，梅花像玉一般。　②参宿：星座名，二十八宿之一。③前村不管深雪闭：本唐齐己《早梅》诗句“前村深雪里，昨夜一枝开”。④罗浮：山名，在广东。相传晋葛洪于此得仙术。山上有洞，道教列为第七洞天。　⑤姝翠蛾绿：指美女。　⑥千林梅屋：元末王冕，以天下将乱，携妻儿隐居九里山，植梅千株，自号梅花屋主。　⑦作者自注：“梅圣俞诗云：十分清意足。余别墅有梅亭，扁曰清足。”

暗　香

再　和

雪来比色。对澹然一笑，休喧笙笛。莫怪广平，铁石心肠为伊折[①]。偏是三花两蕊，消万古、才人骚笔。尚记得，醉卧东园[②]，天幕地为席。　回首，往事寂。正雨暗雾昏，万种愁积。锦江路悄，媒聘音沉两空忆。终是茅檐竹户，难指望、凌烟金碧[③]。憔悴了、羌管里，怨谁始得。

［注释］

①"莫怪广平"二句：广平，唐宰相宋璟，封广平郡公。璟为人刚正，工文辞，尝作《梅花赋》。唐皮日休《桃花赋序》："余尝慕宋广平（璟）之为相，贞姿劲质，刚态毅状，疑其铁肠石心，不解吐婉媚辞。"宋张邦基《墨庄漫录》三："（晁）无咎叹曰：'人疑宋开府铁石心肠，及为《梅花赋》，清艳殆不类其为人。'"　②吴潜《暗香》（澹然绝色）序云："仪真去城三数里东园，梅花之盛甲天下。"仪真，地名。宋有仪真郡，后废为县。清改仪征县，属江苏扬州市。　③凌烟：指凌烟阁，封建王朝为表彰功臣而建筑的高阁，绘有功臣图象。

疏　影

寒梢砌玉[①]。把胆瓶顿了[②]，相伴孤宿。寂寞幽窗，筛影横斜，宜松更自宜竹。残更蝶梦知何处，□只在、昭亭山北。问平生、雪压霜欺，得似老枝孳独。　何事胭脂点染，认桃与辨杏，枝叶青绿。莫是冰姿，改换红妆，要近金门朱屋。繁华艳丽如飞电，但宛转、断歌零曲。且不如、藏白收香，旋学世间边幅[③]。

[注释]

①寒梢砌玉:寒冷时节,梅花簇拥在枝头上。玉,指梅花。 ②胆瓶:胆形花瓶。 顿了:指折梅置于瓶内观赏。 ③边幅:本指布帛的边缘,借以喻人的仪表、衣着。此言梅花。

暗 香

仪真去城三数里东园,梅花之盛甲天下。嘉定庚辰、辛巳之交,余犹及歌酒其下,今荒矣。园乃欧公记、君谟书①,古今称二绝。犹忆其词云:高甍巨桷,水光日影,动摇而下上,其宽间深靓,可以答远响而生清风,此前日之颓垣断堑而荒墟也。嘉时令节,州人士女,啸歌而管弦,此前日之晦冥风雨、鼪鼯鸟兽之嗥音也。令人慨然

澹然绝色。记故园月下,吹残龙笛。怅望楚云,日日归心大刀折②。犹怕冰条冷蕊,轻点污、丹青凡笔。可怪底,屈子离骚③,兰蕙独前席。 院宇,深更寂。正目断古邗,暮霭凝积。何郎旧梦,四十馀年尚能忆④。须索梅兄一笑,但矫首、层霄空碧。春在手、人在远,倩谁寄得⑤。⑥

[注释]

①欧公:欧阳修。 君谟:北宋书法家蔡襄字。 ②大刀折:大刀头有环,谐音还。大刀折,指归人情切。 ③屈子:屈原。 离骚:屈原作品篇名。 ④“何郎”二句:何逊曾官扬州,后调他处,因思扬州梅花,请重官扬州。 ⑤“春在手”二句:用陆凯寄范晔诗“折梅逢驿使,寄与陇头人。江南无所有,聊赠一枝春”之意。 ⑥原注:“末段怀故人。”

疏 影

嗤琼笑玉。向画堂可肯,风露边宿。耐冻禁寒,便瘦

宜枯，前生莫是孤竹。从来不上春工谱，梦不到、沉香亭北[①]。算只消、澹影疏香，伴个幽栖人独。　莫待痴蜂骇蝶，倩青女捺住[②]，多少红绿。落雁寒芦，翠鸟冰枝，近傍三间茅屋。□□□□□□□，□□□、□□□□。想这般，夷旷襟怀[③]，渺视乾员坤幅[④]。

[注释]

①沉香亭：唐玄宗命移植牡丹（木芍药）于沉香亭前，与杨贵妃共赏。　②青女：神话中霜雪之神。　③夷旷：平夷豁达。　④乾员坤幅：指整个天地。乾、坤，天、地。　员、幅：广狭称幅，周围称员，故称疆域为幅员。

暗　香

用韵赋雪

九垓共色[①]。想洛滨剑客，吹呼长笛。髀豸老松[②]，别树平欺烂柯折。应是千官鹤舞，腾贺表、谁家椽笔[③]。赐宴也，内劝宣来，真个是瑶席。　休怪，巷陌寂。有一种可人[④]，扫了还积。悲饥闭户，僵卧袁安我偏忆[⑤]。凝望天童列嶂[⑥]，谁大胆、偷藏遥碧。待问讯、清友看，怕难认得。

[注释]

①九垓：九州。　②髀豸：（bì zhì）：枝干盘曲貌。　③贺表：历代皇帝有庆典武功等事，臣属上书颂扬，称为贺表。　椽笔：用王珣梦得大笔之典。《晋书·王导传附王珣》："珣梦人以大笔如椽与之，既觉，语人云：'此当有大手笔事。'俄而帝崩，哀册谥议，皆珣所草。"此指卓异的写作才能。　④可人：使人满意的人。此指雪。　⑤僵卧袁安：东汉汝南汝阳人。为人严谨，州里敬重，洛阳令举为孝廉。永平间，拜楚郡太守。时因

楚王英谋反事，株连数千人，死者甚众。安到郡理狱，平反冤案，获释者四百馀家。少贫，雪中僵卧，不肯求人。 ⑥天童：山名，在浙江宁波。

疏 影

千门委玉。是个人富贵，才隔今宿。冒栋摧檐[1]，都未商量，呼童且伴庭竹。千蹊万径行踪灭，渺不认、溪南溪北。问白鸥，此际谁来，短艇钓鱼翁独。 偏爱山茶雪里，放红艳数朵，衣素裳绿。兽炭金炉[2]，羔酒金钟[3]，正好笙歌华屋。敲冰煮茗风流衬，念不到、有人洄曲[4]。但老农、欢笑相呼，麦被喜添全幅[5]。

［注释］

①冒栋：厚雪积满屋栋。 ②兽炭：制为兽形的炭。 ③羔酒：即羊羔酒。 ④洄曲：地名。在河南商水县西南，漯河市沙河与澧河会流处。沣水于此回曲，故名。唐宪宗元和十年淮西节度使吴元济反，元济精兵皆在洄曲。十二年，李愬雪夜绕道径袭蔡州，擒元济，即此地。 ⑤麦被：指雪。大雪兆丰年，故喜。

水龙吟

戊午元夕[1]

十洲三岛蓬壶[2]，是花锦、一团装就。轻车细辇，绮罗香里，夜光如昼。朱户笙箫，画楼帘幕，有人回首。想金莲灿烂，星球缥缈[3]，那风景、年时旧。 应念白头太守。怎红旗、六街穿透。铺排玳席，追陪珠履，且酾春酎[4]。楚舞秦讴，半慵莺舌，叠翻鸳袖。把千门喜色，万家和气，祝君王寿。

[注释]

①戊午：宝祐六年（1258）元宵作。 ②“十洲”句：以神仙之地喻人间。 ③金莲、星球：均指灯。 ④且酾春酎：斟酒劝饮。 酾：犹斟酒。 春酎：酒。 注者按：“酎”原作“耐”，疑形近之误。

永遇乐

己未元夕

和气熏来，这般光景，管无风雨。画栋朱甍，锦坊绣巷，娘子将嫫母[①]。星球高挂，灯楼趱出，良夜正消增五。遨头事[②]，牙旗铁马，且还那时鄞府[③]。 甘泉见说，捷书频奏，渐次不烦鞞鼓。双凤云间，六鳌海上，祝赞齐手舞。三呼声里，君王万寿，岁岁传柑笑语[④]。便都把，升平旧曲，腔儿旋补。

[注释]

①嫫母：古代传说中的丑妇。 ②遨头：指太守出游位于前列，称遨头。 ③鄞府：庆元府（今浙江宁波），作者时任庆元守。 ④传柑：北宋时元夕夜于宫中宴近臣，贵戚宫人得以黄柑相遗，谓之传柑。

永遇乐

再 和

天上人间，这般光景，管无风雨。绣户珠帘，锦坊花巷，戏队将嫫母。月扇团圆，星球灿烂，路遍市三街五。升平事，牙旗铁马，且还旧家藩府。 三陲见说，凯歌频奏，渐次不烦鼙鼓。双凤云间，六鳌尘外，想见都人欢舞。火城春近，金莲地匝，消夜果边曾语[①]。如今但，梅花纸帐[②]，睡魔欠补。

[注释]

①消夜果:泛指夜间小食。 作者原注:“元宵,宰执赐消夜果”。②梅花纸帐:纸作的帐子,帐上常画梅花蝴蝶等为饰。

永遇乐

三 和

祝告天公,放灯时节,且收今雨。万户千门,六街三市,绽水晶云母。香车宝马,珠帘翠幕,不怕禁更敲五。霓裳曲[1],惊回好梦,误游紫宫朱府。 沉思旧日京华,风景逗晓,犹听戏鼓。分镜圆时,断钗合处,倩笑歌与舞。如今闲院,蜂残蛾褪,消夜果边自语。亏人煞[2],梅花纸帐,权将睡补。

[注释]

①霓裳曲:即霓裳羽衣曲,唐乐曲名。 ②煞(shà):甚,极。

隔浦莲

和叶编修士则韵

兰桡环城数叠[1],雾雨侵帘箔[2]。翠竹交苍树,幽鸟声声如答。苇岸游绿鸭,暮山合。天际浓云罨[3],水周匝。

提携一醉,浊贤清圣欢洽[4]。瀛洲美景,尽道东南都压。今日愁颜回笑颊。飞屧[5],且将萱草归插[6]。

[注释]

①兰桡:兰舟。 桡:船桨。 ②帘箔:用竹子或芦苇编成的方帘。③罨(yǎn):覆盖。 ④浊贤清圣:指酒,亦喻指人。汉末曹操主政,禁酒甚严。当时人讳说酒字,把清酒叫圣人,浊酒叫贤人。 ⑤屧(xiè):鞋子,木

屐。 ⑥萱草：又名忘忧草。

隔浦莲

会老香堂，和美成[①]

扇荷偷换羽葆[②]，院宇人声窈。独步亭皋下，阑干并、栖幽鸟。新雨抽嫩草，檐花闹。一片萍铺沼，燕雏小。书空底事[③]，那堪手版持倒[④]。今来古往，几见北邙人晓[⑤]。乡号无何但日到。休觉，陶然身世尘表[⑥]。

［注释］

①老香堂：在明州（今浙江宁波）府堂后。 美成：周邦彦，字美成，号清真居士。北宋末年著名词家。 ②扇荷：荷叶在风中扇动。 羽葆：用羽毛妆饰的车盖。此言摆脱车盖。 ③书空：晋殷浩被废后，口无怨言，但终日以手在空中书画“咄咄怪事”四字。咄咄，感叹声。事见《世说新事·黜免》。 ④手版：即笏，古代官吏上朝或谒见上司时所持，备记事用。 手版持倒：晋简文帝死，桓温欲加害谢安与王坦之。王坦之见桓温，汗流沾衣，倒持手版，此喻临危难而惊慌失措。事见《晋书·谢安传》。 ⑤北邙（máng）：山名。在今河南洛阳市东北。汉魏以来，王侯公卿贵族的葬地多在于此，后因以此泛指墓地。 ⑥尘表：世外。

水调歌头

出郊玩水

小队旌旗出，画鹢倚篙行[①]。青秧白水无际，中有一犁耕。听得田翁相语，今岁时年恰好，眨眼是秋成。老守何能解，持此报皇明。 望家山，千里外，楚云平。良田二顷，非村非郭枕柴扃[②]。况有薝林香透，更有杨堤阴合，魂梦每宵征。巴得西风起，吾亦问前程[③]。

［注释］

①画鹢：船。 鹢：水鸟，善飞翔，不怕风，古时画在船头以图吉利。所以称船为画鹢。 ②柴扃：柴门。 ③“巴得西风起”二句：晋张翰，字季鹰。在洛阳为官，见秋风起，因思吴中菰菜、莼羹鲈鱼鲙，曰：“人生贵得适志，何能羁宦数千里以要名爵乎？”遂命驾而归。事见《世说新语·识鉴》。 巴得：盼得。

水调歌头

小憩袁氏园用前韵

老圃无关锁，放客意中行[①]。颇欣天地开阔，烟钓与云耕。荷长亭亭翠盖，竹长森森翠葆，景致闹装成[②]。几树榴花发，映水色偏明。 绮楼空，金屋静，恨难平。鼓笙箫笛，谁怜冷落暗尘扃。回首百年人事，转眼几番今古，日迈月俱征。且尽一杯酒，退步是前程。

［注释］

①意中行：随意行走，无拘无碍。 ②闹装：用金银珠宝装缀之饰物。此有拼合诸景之意。

水调歌头

夜来月佳甚，呈景回、自昭二兄。戊午八月十八日[①]

过了中秋后，今夜月方佳。看来前夜圆满，才自阙些些[②]。扫尽乌云黑雾，放出青霄碧落，恰似我情怀。把酒自斟酌，脱略到形骸。 问渠侬，分玉镜，断金钗。少年心事，不知容易鬓边华。千古天同此月，千古人同此兴，不是旋安排。安得高飞去，长以月为家。

[注释]

①景回、自昭：胡景回、刘自昭，吴潜文友。　戊午：宝祐六年（1258）。②阙：同“缺”。　些些：少许。

水调歌头

戊午九月，偕同官延庆阁过碧沚①

重九先三日，领客上危楼。满城风雨都住，天亦相遨头②。右手持杯满泛，左手持螯大嚼，萸菊互相酬。徙倚阑干角，一笑与云浮。　望平畴，千万顷，稻粱收。江澄海晏无事，赢得小迟留。但恨流光抹电，假使年华七十，只有六番秋。戏马台休问③，破帽已飕飕。

[注释]

①碧沚：亭名，在明州月湖中。　②遨头：不详。疑是遨头之讹。太守春间赏花，人称遨头。录以备考。　相：助。　③戏马台：古迹名。在今江苏铜山县南，即项羽掠马台。晋义熙中刘裕曾大会宾僚赋诗于此。

水调歌头

再用前韵

天宇正高爽，更蹑最高楼。长风为我驱驾，极目海山头。不用牛山孟浩①，不用齐山杜牧②，人景自堪酬。举酒酹空阔，汗漫与为游。　捻黄花，怜白首，恨难收。颓龄使汝能制③，何待更封留④。眼底朱甍画栋，往往人非物是，蟋蟀自鸣秋。万里一搔首，无处著萧飕。

[注释]

①牛山：在今山东淄博。此指岘首山。　孟浩：唐代诗人孟浩然，他

的诗《与诸子登岘山》有"人事有代谢，往来成古今"的名句。　②齐山：在今安徽贵池县南三里。唐杜牧有《九日齐山登高》诗。　③能制：能阻止衰老（颓龄）。　④封留：张良封为留侯。

水调歌头

喜晴赋

屯结海云阵，奋击藉雷公。忽然天宇轩豁[①]，杲日正当空[②]。照出榴花丹艳，映出栀花玉色，生意与人同。闭纵一翻手，造化不言功。　　想平畴，禾穟穟，黍芃芃[③]。老农拍手相问，相劳笑声中。办取黄鸡白酒，演了山歌村舞，等得庆年丰。此际莼鲈客，倚楫待西风[④]。

［注释］

①轩豁：开朗。　②杲（gǎo）：光明。　③穟穟（suì）、芃芃（péng）：均茂盛貌。　④"此际"二句：用张翰因思美食而辞官之典，喻作者归隐之意。

二郎神

己未自寿

古希近也，是六十五翁生日。恰就得端阳，艾人当户[①]，朱笔书符大吉。卦气周来从新起[②]，怕白髮、苍颜难必。随见定性缘，餐饥眠困，喜无啾唧[③]。　　盈溢。书生做到，能高官秩。况碌碌儿曹，望郎名郡，叨冒差除不一[④]。积世主恩，满家天禄，婚嫁近来将毕。还自祝，愿早悬车里社[⑤]，始为收拾。

[注释]

①艾人：以艾草束成人形。南朝梁宗懔《荆楚岁时记》："五月五日，四民并踏百草……采艾以为人，悬门户上，以禳毒气。" ②卦气：以六十四卦分配气候。相传文王序《易》，以《坎》、《离》、《震》、《兑》为四时卦，自《复》至《乾》，自《姤》至《坤》为十二月消息卦。汉京房等因以所馀四十八卦分布十二月，每月并消息卦共五卦，凡三十爻，以当一月日数。又以每月五卦，分配君臣等位，谓之卦气。 周来：重来，周而复始。 ③啾唧：细碎声。 ④叨冒：贪得。 ⑤悬车：古人年七十辞官家居，废车不用，故曰悬车。 里：民户居处。 里社：古时里中祀土地神之处，此指民间。

二郎神

再　和

近时厌雨，喜午日、放开天日。不用辟兵符，从今去也，管定千祥万吉。已报甘泉新捷到，况更是、年丰堪必。任景物换来，蛙鸣蝉噪，耳边啾唧。　洋溢。尽教愿乞，兵厨闲秩[①]。看恰好园池，随宜亭榭，人道瀛洲压一[②]。且恁浮沉，奈何衰悴，惟怕牧之名毕。安得去，占却三神绝顶[③]，瑞芝同拾[④]。

[注释]

①兵厨：即步兵厨。三国魏阮籍寄情诗酒，遗弃世事，时步兵校尉厨中有酒数百斛，籍因求为步兵校尉。见《世说新语·任诞》。后因称储存美酒之处为步兵厨。 ②压一：第一。 ③三神绝顶：指传说中的三仙山，蓬莱、方丈、瀛洲，上有灵芝。 ④瑞芝：灵芝。 同拾：用东方朔"相期拾瑶草"之意。

传言玉女

己未元夕[①]

众绿庭前，都是郁葱佳气。越姬吴媛，粲珠钿翠珥。红消粉褪，几许粗桃凡李。连珠宝炬，两行缇骑[②]。
自笑衰翁，又行春锦绣里。禁肴宫酝[③]，记当年宣赐。休嫌拖逗[④]，且向画堂频醉。从今开庆，万欢千喜。

[注释]

①己未：开庆元年(1259)。 元夕：元宵灯节。 ②缇：橘红色。缇骑：秦设中尉，掌京师治安，皇帝出行，在驾前先导。汉武帝太初元年更名执金吾，下有缇骑二百人。后汉相承。以服橘红色，乘马，故称缇骑。 ③酝：酒。 ④拖逗：撩拨，勾引。

满江红

戊午二月十七日四明窗赋[①]

芳景无多，又还是、乱红飞坠。空怅望、昭亭深处，家山桃李。柳眼花心都脱换，蜂须蝶翅难沾缀。谩相携、一笑竞良辰，春醪美。 金兽爇[②]，香风细。金凤拍，歌云腻。尽秦箫燕管，但逢场尔[③]。只恐思乡情味恶，怎禁寒食清明里。问此翁、不止四宜休[④]，翁归未。

[注释]

①戊午：宝祐六年(1258)。 ②金兽：兽形的铜香炉。 爇(ruò)：点燃。 ③逢场：本谓江湖艺人于所居择空场，用随带竿木，蒙巾幔成台，当众演奏。后谓随事应景，偶一为之，为逢场作戏。 ④四宜休：宋太医孙昉，字景初，自号四休居士。黄庭坚问其故，孙曰："粗茶淡饭饱即休，被破遮寒暖即休，三平二满过即休，不贪不妒老即休。"

满江红

再　和

聊把芳尊，殷勤劝、斜阳休坠。吾老矣，难从仙客[①]，采丹丘李[②]。且趁风光一百五[③]，园林尚有残红缀。更忉忉、百舌对般春[④]，声能美。　　鸾钗绊，游丝细。鸳袖惹，香尘腻。想吴姬越女，踏青才尔[⑤]。争似江南樗枥社[⑥]，俚歌声拂行云里。又枝头、梅子正酸时，莺知未。

[注释]

①仙客：对道士的尊称。　②丹丘：仙人居所。　③一百五：寒食日。从冬至到寒食，共一百零五天，故称。　④百舌：鸟名，即反舌。以其鸣声反复如百鸟之音，故名。立春后鸣啭不已，夏至后即无声。人或畜之，入冬即死。　⑤踏青：春日郊游。古代踏青节的日期，因时地而异，也有在二月二或三月三的。后也多以清明出游为踏青。　⑥樗枥社：普通乡社。春秋祭土神曰社祭。

满江红

戊午二月二十四日，会碧沚，三用韵

楼观峥嵘，浑疑是、天风吹坠。金屋窈[①]，几时曾贮，粗桃凡李。镜断钗分人去后，画阑文砌苍苔缀。想当年、日日醉芳丛，侯鲭美[②]。　　春水涨，鳞鳞细。春草暗，茸茸腻。算流连光景，古犹今尔。椿菌鸠鹏休较计，倚空一笑东风里。喜知时、好雨夜来稠，秧青未[③]。

[注释]

①金屋：极言屋之华丽。汉武帝为太子时，其姑母长公主欲以女配帝，问曰：“阿娇好不？”帝曰：“好！若得阿娇作妇，当作金屋贮之。”见班

固《汉武帝故事》。　②侯鲭美:“娄护、丰辩,传食五侯间,各得其欢心,竞致奇膳,护乃合以为鲭,世称五侯鲭,以为奇味焉。”见《西京杂记》。五侯,即汉成帝同日所封母舅王谭、王商、王立、王根、王逢时五人。鲭,是鱼和肉合烹成的食物,后称美味佳肴为五侯鲭。　③“喜知时”二句:化自唐杜甫《春夜喜雨》诗“好雨知时节,当春乃发生。随风潜入夜,润物细无声”。

满江红

碧沚月湖,四用韵

一笑相携,且休管、兔升乌坠[①]。那更是,可人宾客,未饶崔李[②]。金叵罗中醽醁莹[③],玉玲珑畔歌珠缀。望湖光、一片浸韶光,真双美。　云絮襞,能纤细。云彩聚,能黏腻。料出山归岫,等闲间尔。碧沚风流人去后,石窗景物春深里。算邯郸、客梦几惊残,炊犹未。

[注释]

①兔:月。相传月中有玉兔。　乌:日。相传日中有三足乌。　②崔李:名士,谓崔戢,李封。杜甫诗:“晚定崔李交,会心真罕俦。”　③金叵罗:古代酒器。　醽醁(líng lù):美酒名。

满江红

二园花卉仅有海棠未谢,五用韵

问海棠花,谁留恋、未教飘坠。真个好,一般标格,聘梅奴李。怯冷拟将苏幕护,怕惊莫把金铃缀[①]。望铜梁、玉垒正春深[②],花空美。　非粉饰,肌肤细。非涂泽,胭脂腻。恐人间天上,少其伦尔。西子颦收初雨后[③],太真浴罢微暄里[④]。又明朝、杨柳插清明,鹃归未。

［注释］

①金铃：指护花铃。系于花梢上，拉动发声以阻止鹊鸟伤害花朵。②铜梁、玉垒：山名。均在四川。 ③西子：美女西施，春秋越苎萝人。西子因病捧心颦眉，自有别样美态。 ④太真：杨贵妃，唐蒲州永乐人，小名玉环。初为寿王妃，后为女道士，号太真。入宫后得玄宗宠爱，封为贵妃。世多谈及贵妃出浴之美。唐白居易《长恨歌》有“温泉水滑洗凝脂”、“侍儿扶起娇无力”。此处以颦眉西子、浴罢太真写海棠。

满江红

景回计院行有日，约同官数公，酌酒于西园，取吕居仁《满江红》词“对一川平野，数间茅屋”九字分韵[①]，以饯行色，盖反骚也。余得对字，就赋

把手西园，有山色、波光相对。金马客[②]，明朝飞棹，水肥帆驶。问我年华旬并七，异乡时景春巴二[③]。最堪怜、游子送行人，垂杨外。 聊小小，旌旗队。聊且且，笙歌载。正冥濛烟雨，许多情态。南北枝头犹点缀，东西玉畔休辞避[④]。待莼鲈、归思动西风，相携未。

［注释］

①分韵：数人相约为诗，选定数字为韵，由各人分拈，并以所拈的韵赋成诗句。 ②金马客：指为官之人。汉武帝得大宛马，乃命东门以铜铸象，立马于鲁班门外，因称金马门。后沿用为官署的代称。 ③巴二：盼望着二月。 ④东西玉：即玉东西，酒杯名。

满江红

苍云堂后有桂树，为冬青遮蔽，低垂将陨矣。戊午八月，呼梓人为伐而去之[①]，赋□

斫却凡柯，放岩桂、出些头地。从此去，引风披露，畅

条昌蕊。待得清香千万斛,且饶老子为知己[②]。趁今宵、新月驾空来,浮觞里。 刘安笑,淹留耳。吴猛约,何时是[③]。想故山深处,翠垂金缀。须信人生归去好,他乡未必江山美。问钗头、十二意如何,非吾事。

[注释]

①梓人:木工。 ②老子:自称,同“老夫”。 ③“刘安笑”四句:刘安,汉文帝弟淮南厉王长的长子。文帝十六年,袭父封为淮南王。好文学,曾招致宾客方术之士数千人,集体编写《鸿烈》一书,即今所传《淮南子》。相传白日飞升。 吴猛:晋豫章人。从丁义学神仙之术。此四句意为我何时才能学道。

满江红

戊午秋半,偕胡景回,刘自昭二兄小饮待月

试问平生,几番见、中秋明月。今老矣,一年紧似,一年时节。底事层阴生障碍,不教玉界冰壶彻。莫姮娥[①]、嫌此白头翁,心肠别。 风动处,浮云揭。云绽处,清光泄。倩何人扫荡,大家澄澈。且掉悲欢离合事,相逢只怕尊中竭。放儿童、今夜上青霄,探蟾穴[②]。

[注释]

①姮娥:即嫦娥。 ②蟾穴:借指月宫,月亮。古代神话言月中有蟾蜍。

满江红

戊午八月二十七日进思堂赏第二木樨[①]

丹桂重开,向此际、十分香足。最好处,云为幕护,雨为膏沐。树杪层层如宝盖，枝头点点犹金粟。算人间、天上更无花，风流独。　　玉坛畔，仙娥簇。玉梁上，仙翁掬。叹吾今老矣，两难追逐。休把淹留成感慨，时闲赏玩时闲福。怕今宵、芳景便凋零，高烧烛。

[注释]

①进思堂：在宁波。　木樨：即木犀，桂花的别名。

满江红

戊午九月七日，碧沚和制几韵

岁岁重阳，何曾是、两般时景。人自有、悲欢离合①，晦明朝暝。日月湖边来往艇，楼台水底参差影。又何妨、时暂狎沧波，轻鸥并②。　　闲顿放，朱门静。新结裹，朱帘整。尽百年人事，移场换境。欲插黄花身已老，强倾绿醑心先醒。羡游鱼、有钓不能收，钩空饼。

[注释]

①“人自有”句：本苏轼《水调歌头》“人有悲欢离合，月有阴晴圆缺，此事古难全”。　②“又何妨”二句：用鸥鸟忘机典。有海上之人每日与鸥鸟相处戏游。后其父让捉来为之玩。“明日之海上，鸥鸟舞而不下也。”此指湖边山林的隐居生活。

满江红

郑园看梅①

安晚堂前，梅开尽、都无留萼。依旧是、铁心老子，故情堪托。长恐寿阳脂粉污②，肯教摩诘丹青摸③。纵沉香、为榭彩为园，难安著。　　高节耸，清名邈。繁李俗，粗桃恶。但山矾行辈[4]，可来参错。六出不妨添羽翼[5]，百花岂愿当头角。尽暗香、疏影了平生[6]，何其乐。

［注释］

①郑园：即安晚园，在鄞县，丞相郑清之居所。　②“长恐”句：用寿阳公主梅花妆典。此言寿阳梅妆有污梅花的雅洁。　③摩诘：唐诗人王维，字摩诘。工诗，善画。　丹青：泛指绘画用的颜料。　④山矾：常绿灌木，又名七里春。宋黄庭坚《戏咏高节亭边山矾花》序云：“江湖南野中有一种小白花，木高数尺，春开极香，野人号为矾花。”　⑤六出：雪花。雪花的结晶成六角形，称为六出。　⑥暗香、疏影：指梅。本宋林逋咏梅名作《山园小梅》“疏影横斜水清浅，暗香浮动月黄昏”。

满江红

再用韵怀安晚[1]

犹记长安，共攀折、琼林仙萼。人已去，年年梅放，怨怀谁托。和靖吟魂应未醒[2]，补之画手何能摸[3]。更堪怜、老子此时来，愁难著。　　云昼晚，烟宵邈。春欲近，风偏恶。早阑干片片，飘零相错。邂逅聊拚花底醉，迟留莫管城头角。且起居、魏卫国夫人[4]，闻安乐。

［注释］

①安晚：郑清之，字德源，别号安晚。有《安晚集》。　②和靖：即林逋。性爱梅，以咏梅诗著称。不娶，种梅养鹤以自娱，因有“梅妻鹤子”之称。卒谥和靖先生。　③补之：扬无咎，字补之。善画梅，有《逃禅词》。　④魏卫国夫人：此当指郑清之丞相夫人封诰。

满江红

戊午八月十二日赋后圃早梅

问信江梅，渐推出、红苞绿萼。堪爱处，平生怀抱，岁寒为托。瘦骨皱皮犹老硬，孤标独韵难描摸。怕东君、压住等春来[①]，鞭先著。　止渴事[②]，风烟邈。和羹事，风波恶。想翠禽啁哳[③]，笑他都错。争似花开颓醉玉，月天更引霜天角。使一年、强作十年人，山中乐。

[注释]

①东君：司春之神。　②止渴事：三国时，曹操领兵行军，士兵干渴难忍，曹操诳称前有梅林，部卒竟然望梅而止渴。见《世说新语·假谲》。③啁哳(zhāozhā)：声音烦杂、细碎。

满江红

上巳后日即事[①]

寒食清明，叹人在、天涯海角。饶锦绣，十洲装就，只成离索。岁去已空莺燕侣，年来尽负鸥凫约。想南溪、溪水一篙深，孤舟泊。　天向晚，东风恶。春向晚，花容薄。又荼蘼架底[②]，绿阴成幄。舴艋也闻钲鼓闹，秋千半当笙歌乐。问山公、倒载接篱无[③]，都休却。

[注释]

①上巳：农历每月上旬的巳日。三月上巳，为古代踏青节日。　②荼蘼：花名。　③"问山公"句："山季伦（简）为荆州，时出酣饮，人为之歌曰：'山公一时醉，径造高阳池。日暮倒载归，茗艼无所知。复能乘骏马，倒箸白接篱。'"见《世说新语·任诞》。　接篱：帽名。

满江红

己未四月九日会四明窗

饤饾残花,也随分、红红白白。缘底事,春才好处,又成轻别。芳草凄迷归路远,子规更叫黄昏月。倚阑干、触处是浓愁,凭谁说。　　我不厌,尊罍挈。君莫放,笙歌彻。自河南丞相[①],有兹宾客。一笑何曾千古换,半醺便觉乾坤窄。怕转头、天际望归舟,江山隔[②]。

[注释]

①河南丞相:未详。或指信陵君重待侯嬴,宾客皆惊。待考。　②"怕转头"句:本谢朓《之宣城出新林浦向板桥》"天际识归舟,云中辨江树"。

满江红

己未赓李制参直翁俾寿之词

午枕神游[①],晓鸡唱、城关偷度。俄顷里、笋舆伊轧[②],征夫前路。路入江南天地阔,黄云翠浪千千亩。有皤翁、三五喜相迎[③],邻田父。　　旋策杖,寻幽圃。旋挈榼[④],陈高俎[⑤]。疑此身归去,朱陵丹府[⑥]。布谷数声惊梦断,纱窗小阵梅黄雨。把人间、万事一般看,投芳醑[⑦]。[⑧]

[注释]

①午枕:午睡。　②笋舆:竹舆。　伊轧:象声词,指车摇动声。③皤(pó)翁:老人。　④榼(kē):酒器。　⑤俎(zǔ):古代祭祀时盛牛羊等祭品的器具。　⑥朱陵:道书洞天名。朱陵洞天,周回七百里,在湖南衡山县。　⑦芳醑:美酒。　⑧唐氏按:此首下有《满江红》"拟卜三椽"一首,与原集重出不录。

满江红

和刘右司长翁俾寿之词

回首家园，竹多屋、水还多竹。那更是，千峰凝翠，一溪凝绿。多谢故人相问讯，奚奴步步收珠玉[①]。叹暮林、飞鸟也知还，寻归宿。　遍历了，岳与牧[②]。享过了，官与禄。算平生万事，尽无不足。争奈乞身犹未可[③]，可缘欠种清闲福。想瞿硎、仙子亦相思[④]，山之隩。

[注释]

①“奚奴”句：据《李贺传》载，贺每出有小奚奴随之，背一囊，得句即投囊中。这里借指刘长翁的词句。　②岳与牧：相传尧舜时有四岳、十二州牧分管政务和方国诸侯，合称岳牧。　③乞身：封建时代以作官为委身事君，因称请求退职为乞身。　④瞿硎：瞿硎先生，晋时隐者，姓名不详。太和末，常居宣城界文脊山中，山有瞿硎，因以为名。

念奴娇

咏白莲用宝月韵[①]

一般妙质，笑乐天、夸诧小蛮樊素[②]。万柄参差罗翠扇，全队西方靓女。不假施朱，也非涂碧，所乐惟幽浦。神仙姑射，算来合共游处。　一任冶妓秾姬，采莲歌里，尽是相思苦。花气荷馨清入骨，长傍银河东注。月澹风轻，雾晞烟细，忽洒霏微雨。此时心事，美人泽畔停伫。

[注释]

①宝月：僧仲殊集名《宝月》。此用其韵。　②“笑乐天”句：乐天，唐诗人白居易，字乐天。小蛮、樊素，皆白居易的家伎。樊素善歌，小蛮善舞。白曾有诗云：“樱桃樊素口，杨柳小蛮腰。”事见唐孟棨《本事诗·事感》。

念奴娇

再　和

为嫌涂抹，向万红丛里，澹然凝素。非粉非酥能样别，只是凌波仙女[①]。隋沼浓妆，汉池冶态，争似沧浪浦[②]。净鸥洁鹭，有时飞到佳处。　梦绕太华峰巅[③]，与天一笑，不觉跻攀苦。十丈藕船游汗漫，何惜浮生孤注。午鼓惊回，依然尘世，扑簌疏窗雨。起来寂寞，倚阑一饷愁伫。

[注释]

①凌波仙女：本三国魏曹植《洛神赋》"凌波微步，罗袜生尘"。　②沧浪浦：即沧浪水，在汉寿洞庭湖畔。　③太华：山名，即西岳华山。在陕西渭南县东南。因远望其形如华（花），故称华山；因其西有少华山，故又称太华。

念奴娇

三　和

白蘋影里，向何人可话，平生心素。月魄冰魂凝结就，犹薄湘妃洛女[①]。吴沼芙蓉，陈陂菡萏[②]，散入玄珠浦。采花蜂蝶，雾深都忘归去。　堪笑并蒂霞冠，双头酡脸[③]，只为多情苦。空遣隔江游冶子，撩乱心飞目注。同出泥涂，独标玉质，不是曼陀雨[④]。风清露冷，有人长自迟伫。

[注释]

①湘妃：舜二妃娥皇、女英。传说二女死后成为湘水之神，故称。洛女：洛水女神。　②"吴沼"二句：芙蓉、菡萏，皆荷花别名。　陂：池塘。③酡（tuó）脸：醉脸。酡，饮酒面红貌。　④曼陀雨：曼陀罗，花名。梵语音译，

义译为悦意花。《阿弥陀经》:“昼夜六时,天雨曼陀罗华。”

念奴娇

四　和

天然皓质,想当年此种,来从太素[①]。一点红尘都不染,罗列蟾宫玉女。色压薝林[②],香欺兰畹,肯向闻筝浦。灵龟千岁,有时游漾其处。　应念社结庐山,翻嗤靖节[③],底事攒眉苦。纽叶为盘花当盏,有酒何妨频注。太液波边[④],昆明池上,岂必沾金雨。从教同辈,为他皦皦凝伫。

[注释]

①作者原注:“太素,国名,出荷花。”　②薝(zhān):薝蔔,花名,即郁金香。　③靖节:东晋大诗人陶渊明,私谥靖节。　④太液:池名。汉太液池在建章宫北。唐太液池在长安大明宫内含章殿后。此泛指皇宫御苑。

[集评]

况周颐云:“吴潜词《念奴娇》咏白莲云:‘天然缟质,想当年种此,来自太素。’自注云:‘太素,国名,出荷花。’此国名甚新,殆即所谓香国耶?”(《历代词人考略》)

念奴娇

戏和仲殊　己未四月二十七日

午飙褪暑,向绿阴深处,引杯孤酌。啼鸟一声庭院悄,日影偷移朱箔。杏落金丸,荷抽碧筒,景物挨排却。虚檐长啸,世缘菌蕈箕箨[①]。　休问雪藕丝蒲,佩兰钿艾,旧梦都高阁。惟有流莺当此际,舌弄笙簧如约。短棹双溪，么锄三径[②]，归计犹难托。料应猿鹤，近来多怨离索[③]。

[注释]

①菌：胞子植物之属，古亦称蕈。　筼簹：竹。　箨：竹皮，笋壳。　②三径：西汉末年，王莽专权，兖州刺史蒋诩告病辞官，隐居乡里，于院中辟三径，唯与求仲、羊仲来往。后常用“三径”指家园或归隐的田园。事见赵岐《三辅决录·逃名》。　③“猿鹤”句：用《北山移文》典，山中猿鹤都怪怨主人离他们而去做官。孔稚圭《北山移文》：“蕙帐空兮夜鹤怨，山人去兮晓猿惊。”

八声甘州

赓叶编修俾寿之词

向鄞江、面熟是薰风[①]，吹燕麦凫葵[②]。赖君王洪福，河清海晏，物阜人熙。想见搴帷使者，随处采声诗。羡高禽矰弋[③]，离贴天飞。　飞到苍云深处，便敛收毛羽，望暮林归。可以人不若，刬地挂征衣[④]。且招呼、麹生为友[⑤]，对槐阴、时唱两三卮。今宵好，如钩佳月，放出光辉。

[注释]

①鄞江：在宁波境内。　薰风：和风，指初夏时的东南风。　②凫葵：即莼菜。　③矰弋：系有生丝的射鸟短矢。　④刬地：依然。　⑤麹生：酒。唐人故事，叶法善会朝客数十人于玄真观，思饮酒。忽一人傲睨直入，自云麹秀才。与诸人论难，词锋敏锐。法善疑鬼魅为惑，密以小剑击之，坠阶下，视之乃盈瓶醅酝。皆大笑，饮之味甚嘉，因揖其瓶曰：“麹生风味，不可忘也。”见唐郑棨《开天传信记》。后因以麹生作酒的拟人之称。

感皇恩

和广德知军韵

老去最难禁，流光如水。甲子从头试□指[①]。年年生日，怕被旁人拈起。若攀儿额，颓龄犹未[②]。　方丈瀛洲，蓝溪碧沚。转眼鲈莼便秋意。君王定许，整顿江头行李。角巾归去也[③]，休里第。

［注释］

①甲子：甲为天干首位，子为地支首位，用干支依次相配，可得六十数，统称为六十甲子。甲子所以纪岁月，因亦以甲子为年岁的代称。　②颓龄：衰老之年。　③角巾：隐士之巾，意谓戴上平民的头巾，放弃官宅。

谒金门

枕上闻鹃赋

纱窗晓，杜宇数声声悄[①]。真个不如归去好，天涯人已老。　攲枕欲眠还觉，犹有青灯残照。谩道惜花春起早，家山千里杳[②]。

［注释］

①杜宇：鸟名。即杜鹃，又名子规。鸣声凄厉，声似“不如归去”，颇动客子乡思之情。　②杳：远貌。

谒金门

和赵参谋

停画鹢[①]，天外水澄烟碧。莫看遨头人似织[②]，今年都老色。　最苦今朝离夕，未卜今年归日。生怕晚风消酒力,愁城难借一[3]。

[注释]

①画鹢:船。　鹢:鸟名。古人"画鹢首怪兽于船首,以惧江神。"后因称船为画鹢。　②遨头:宋代成都自正月至四月浣花,太守出游,士女纵观,称太守为遨头。　③愁城:愁苦的境地。　借一:"背城借一"的省称,决战胜负之意。

谒金门

和刘制几

山客野,新把朝衔书写。应想江南樗枥下[1],踏歌鸡黍社[2]。　　休问坤牛乾马,大率人生且且。聊唤玉人斟玉斝[3],莫辞沉醉也。

[注释]

①枥:同"栎"。　樗、栎:两种不材之木。事见《庄子·逍遥游》及《庄子·人间世》。后用以喻才能低下,多作为自谦之词。　②鸡黍:杀鸡煮黍。后用为招待朋友情意真率之语。　③斝(jiǎ):古代酒器,圆口,三足。

谒金门

和自昭木香

风韵彻,满架平平铺雪。贾女何郎盟共结[1],睡浓香更冽。　　春去情怀怎说,却喜不闻啼鴂[2]。月夜时来闲蹀屧[3],故园三载别。

(以上《彊村丛书》本《履斋先生诗馀别集》卷一)

[注释]

①贾女：晋贾充女貌美，与韩寿私通情好，便把家中所藏珍贵异香送给韩。见《世说新语·惑溺》。 何郎：即三国时何晏。《世说新语·容止》："何平叔（晏，字平叔）美姿仪，面至白。"晏平日喜修饰，人称"傅粉何郎"。 ②鴂：鶗鴂，即杜鹃。 ③蹀屧：散步。

浣溪沙

己未元夕

庆赏元宵只愿情[①]，天公每事秤能平。管教檐溜便收声[②]。 三市海巡那惜夜，九街社火亦争名[③]。权将歌酒作工程。

[注释]

①注者按："情"疑是"晴"字之误。 ②檐溜：雨下得沿着屋檐向下流。 ③社火：节日迎神赛会所扮演的杂戏、杂耍。

浣溪沙

和谦山

春岸春风荻已芽，推排春事到芦花。只应推上鬓边华。 投老未归真左计[①]，久阴得霁且舒怀[②]。红红白白有残葩。

[注释]

①投老：到老、临老。 左计：不恰当的策划，失策。 ②霁：凡雨雪止、云雾散，皆谓之霁。

浣溪沙

再用韵

海棠已绽牡丹芽，犹有东君向上花[1]。不须惆怅怨春华。　　装缀园林新景物，推敲风月旧情怀。也饶浪蕊与浮葩。

[注释]

①东君：司春之神。

浣溪沙

三用韵

正好江乡笋蕨芽[1]，他乡却看担头花。只将蝶梦付南华[2]。　　万事纷纭都入幻，一杯邂逅且忘怀。年年秋卉与春葩。

[注释]

①蕨（jué）：蕨菜。　②蝶梦：庄周梦为蝴蝶，醒而为庄周。“不知周之梦为蝴蝶与，蝴蝶梦为庄周与？”见《庄子·齐物论》。　南华：《南华经》，《庄子》的别名。

浣溪沙

四用韵

雨过池塘水长芽，放开晴日正宜花。十洲三岛撰繁华[1]。　　水畔丽人唐客恨[2]，山阴佳客晋人怀[3]。可怜云蕊与风葩。

［注释］

①十洲三岛：均为仙人居所，在大海中。　②“水畔”句：唐杜甫《丽人行》诗云“三月三日天气新，长安水边多丽人”。诗讽刺杨贵妃兄妹骄纵荒淫的生活，曲折地反映了君王的昏庸和时政的腐败。　③“山阴”句：晋穆帝永和九年(353)三月三日，王羲之和名士谢安、孙绰等四十一人燕集于会稽山阴之兰亭，修祓禊之礼。羲之作《兰亭序》记叙了当时燕集的盛况，并且即事抒情，对人事聚散无常、年寿不永发出深沉的喟叹。

浣溪沙

己未三月二十五日赏荼蘼

最好荼蘼白间黄[①]。消他蜂蝶采花忙。春残红粉厌梳妆。　　毕卓正思身夜瓮[②]，刘章底用令秋霜[③]。今宵帏枕十分香。

［注释］

①荼蘼：花名。　②“毕卓”句：毕卓，晋新蔡人，字茂世。太兴末为吏部郎，常饮酒废职。邻宅酿熟，卓至其瓮间盗饮，为掌酒者所缚，明晨视之，乃毕吏部，即解缚。因与主人共饮翁侧，醉后始去。见《晋书》本传。诗文中多用为嗜酒的典故。　③“刘章”句：刘邦死后，吕后专权，任用诸吕。刘章借宴会监酒之机，斩了逃酒的吕氏一人。　秋霜：喻严肃。

浣溪沙

再　赋

宫额新涂一半黄[①]，蔷薇空自效颦忙[②]。澹然风韵道家妆。　　可惜今宵无皓月，尚怜向晓有繁霜。何妨手捻一枝香。

[注释]

①“宫额”句:古代妇女,以金黄色纸剪成星月花鸟等形贴于额上,或于额上涂点黄色。　②效颦:东施效颦典。美女西施因病捧心颦眉,丑女东施见而美之,效颦,愈丑。见《庄子·天运》。　颦:皱眉。

海棠春

已未清明对海棠有赋

海棠亭午沾疏雨[①],便一饷、胭脂尽吐。老去惜花心,相对花无语。　　羽书万里飞来处[②],报扫荡、狐嗥兔舞[③]。濯锦古江头,飞景还如许[④]。

[注释]

①此词作于开庆元年已未(1259),时四川传来挫败元军之捷报。故有“报扫荡”之语。　亭午:正午。　②羽书:插有鸟羽的军用紧急文书。③狐嗥兔舞:此指蒙古入犯。　④“濯锦”二句:传说蜀人织锦濯于锦江则锦色鲜艳,濯于他水则锦色暗淡。　飞景:流光。“景”通“影”。

海棠春

再用韵

嫩晴还更宜轻雨,最好处、欲开未吐。一点聘梅心[①],千古凭谁语。　　脸霞晕锦娇人处,肯浪逐、红围翠舞。银烛莫高烧,春梦无多许。

[注释]

①聘梅:爱梅。林和靖以梅为妻以鹤为子,此化用其意。

海棠春

三用韵

苍龙夭矫停今雨，正不待、云吞雾吐。绝笑大夫松[①]，今古闲言语。　清光冷艳侵人处，漏月影、婆娑自舞。拟作岁寒人，此愿天应许。

[注释]

①大夫松：秦始皇在泰山遇雨，“休于树下，因封其树为五大夫”。见《史记·秦始皇本纪》。

霜天晓角

和叶检阅仁叔韵

倚花傍月，花底歌声彻。最好月筛花影，花月浸、香奇绝。　双溪秋月洁，桂棹何时发[①]。客里明朝送客，多少事、且休说。

[注释]

①桂棹：船。　棹：桨。

霜天晓角

此花此月，一段风流彻。更好参横斗转[①]，更漏断、人声绝[②]。　有谁秋共洁，篱菊相将发。留取岁寒心事，待此际、向君说。

[注释]

①参横斗转：指时光流逝。参、斗，皆星座名。　②更漏：古计时器。

霜天晓角

和刘架阁自昭韵[1]

杯中吸月，桂树飞琼屑。莫道胡床老子[2]，怕风露、向凄冽。　　回首云娥折，老大成痴绝。且醉今宵光景，莫容易、向人说。

[注释]

①架阁：管理图书文献的官职。　②胡床：一种可以折叠的轻便坐具，也叫交椅，交床。由胡地传入，故名。

霜天晓角

为花问月，谁把金瑰屑。犹有残英剩蕊，秋向老、香逾冽。　　且莫都攀折，有个人愁绝。纵使姮娥念旧[1]，星星鬓、如何说。

[注释]

①姮娥：嫦娥。

霜天晓角

和赵教授韵

新词唱彻，字字珠玑屑。更有张颠草圣[1]，何止是、成双绝。　　金粟如霏雪[2]，扫地为芳席。且令诸公一笑，怕明夜、无此月。

[注释]

①张颠草圣：张旭，唐吴人。字伯高，曾任左率府长史，故又称张长

史。精楷法，尤善草书。嗜酒，每大醉，呼叫狂走，乃下笔，或以头濡墨而书，时称张颠，又称草圣。　②金粟：桂花的别名。

霜天晓角

小山幽彻[①]，遍地堆香雪。只恐今宵入梦，梦到处、魂孤绝。　　八公头已雪，淮南分半席[②]。莫道淹留何事，且长啸、对佳月。

［注释］

①小山：屏风。　②"八公"二句：汉淮南王刘安让客，有苏非、李尚、左吴、田由、雷被、毛被、伍被、晋昌八人，称八公。他们奉淮南王之招，和诸儒大山、小山相与论说，著《淮南子》。见汉高诱《淮南子注·序》。

霜天晓角

戊午十二月望安晚园赋梅上银烛[①]

梅花一簇，花上千枝烛。照出靓妆姿态，看不足、咏不足。　　便欲和花宿，却被官身局。借问江南归未，今夜梦、难拘束。

［注释］

①戊午：宋理宗宝祐六年(1258)。

霜天晓角

己未五月九日，老香堂送监簿侄归，和自昭韵

秋凉佳月，扫尽轻衫热。便欲乘风归去，冰玉界、琼林阙[①]。　　不须持寸铁，孤吟风措别[②]。且唱东坡水

调[3],清露下、满襟雪。

[注释]

①“便欲”二句:本苏东坡《水调歌头》“我欲乘风归去,惟恐琼楼玉宇,高处不胜寒”。　②风措:风度、风味。　③东坡水调:指苏东坡《水调歌头》(明月几时有)一词。

霜天晓角

再　和

举杯吸月,一洗烦襟热。想见摩诃池上[1],星斗转、挂银阙[2]。　　金吾传漏铁[3],此时滋味别。阶砌寒蛩声细[4],携手处、人如雪。

[注释]

①摩诃池:池名。故池在今四川成都旧县城东南,为隋萧摩诃所置。萧摩诃,南朝陈兰陵人。以战功授车骑大将军,改授侍中。后兵溃被执。入隋,授开府仪同三司。从汉王谅至并州。隋仁寿四年,太子广杀父文帝自立,谅起兵反,兵败,摩诃与谅等皆死。　②银阙:指月。　③金吾:汉置官名。掌管京城戒备,巡徼传呼,禁人夜行。　漏铁:即漏板,古代报时用的铜板。此指漏铁声。　④寒蛩:蟋蟀。

蝶恋花

和处静木香

澹白轻黄纯雅素,一段风流,攲枕疏窗户。夜半香魂飞欲去,伴他月里霓裳舞[1]。　　消得留春春且住,不比杨花,轻作沾泥絮。况是环阴成幄处,不愁更被红妆妒。

[注释]

①霓裳:“霓裳羽衣曲”的省称。唐乐曲名。

朝中措

和自昭韵

春空一鸟落云干[①],只遣客心酸。芍药牡丹时候,午窗轻暖轻寒。　流光冉冉,清尊易倒,青镜难看。谩道华堂深院,谁怜凤只鹓单[②]。

[注释]

①云干:云边。　②凤只鹓单:凤凰与鹓鸟都孤单无偶。

朝中措

再用韵

可人想见倚庭干,嚼句有甘酸。休问沈腰潘鬓[①],何妨岛瘦郊寒[②]。　时光转眼,兔葵燕麦[③],又是看看。谁念衰翁衰处,春衫晚际尤单。

[注释]

①沈腰:沈约想辞官,帝不许。遂以书陈情于徐勉,言己老病,百日数旬,革带常应移孔。后因以“沈腰”为腰围减损、身体消瘦的代称。见《南史·沈约传》。　潘鬓:典出晋潘岳《秋兴赋序》“余春秋三十有二,始见二毛”。后世因以“潘鬓”为鬓发斑白的代词。　②岛瘦郊寒:原作“郊寒岛瘦”。“郊”指孟郊,“岛”指贾岛。苏轼认为孟郊诗寒苦,贾岛诗清瘦。后因以“郊寒岛瘦”表示诗文中类似的意境风格。　③兔葵:植物名。

朝中措

三用韵

杨花撩乱与云干,春事可悲酸。况是雨荒院落,江南但有春寒。　莺残燕懒,蜂慵蝶褪,谩等闲看。不是无情描貌,奚奴且放安单[①]。

[注释]

①奚奴:书童。见《新唐书·李贺传》。　安单:安于独身。

朝中措

四用韵

夜来梦绕宛溪干[①],啼鸩梦中酸。过了他乡寒食,白鸥划地盟寒。　云溪雨壑,月台风榭,借与人看。得似野僧无系,孤藤杖底挑单[②]。

[注释]

①宛溪:水名,在安徽。　干:岸,水畔。　②挑单:单幅的僧衣称单。此指衣物。

朝中措

五用韵戏呈

兰皋彻夜树旌干[①]。战渴望梅酸。想有歌姬半臂[②],更深自可鏖寒。　敲门寄曲,惊回蝶梦,旋篝灯看。坛下已收降将,火牛不用田单[③]。

［注释］

①兰皋：生长兰草的水边。　旄干：竿顶用旄牛尾为饰的旗。　②半臂：即今之背心。宋祁多姬妾。偶微寒，命取半臂。诸婢各送一件。恐有厚薄，忍冷而归。见《东轩笔录》。　③田单：战国时齐人。燕攻齐，下七十馀城，仅莒、即墨未下。即墨守将战死，城中人推单为将军。单用反间计，使燕撤换其名将乐毅，用火牛突阵，大破燕军，收复七十馀城，以功封安平君。见《史记·田单列传》。

朝中措

老香堂和刘自昭韵①

衰翁老大脚犹轻，行到净凉亭。近日方忧多雨，连朝且喜长晴。　　漫寻欢笑，翠涛杯满②，金缕歌清③。况有兰朋竹友，柳词贺句争鸣④。

［注释］

①老香堂："在府堂北，前置百桂。堂扁丞相吴潜自题。"见《鄞县志》。　②翠涛：指酒。　③金缕：曲词名。即《贺新郎》。　④柳词贺句：柳，宋词人柳永。贺，宋词人贺铸。

虞美人

和刘制几舟中送监簿韵

东风催客呼前渡，宿鸟投林暮。欲归人送得归人，万碌青山罗列、是愁城。　　谁家台榭当年筑，芳草垂杨绿。云深雾暗不须悲，只缘盈虚消息、少人知①。

［注释］

①盈：满。　虚：空。　消息：谓一消一长，互为更替。《易经·丰》："天地盈虚，与时消息。"

秋 霁

己未六月九日雨后赋

阶砌吟蛩，正竹外萧萧，雨骤风驶。凉浸桃笙[①]，暑消葵扇[②]，借伊一些秋意。枕边茉莉。满尘奁、贮香能腻。也不用，玉骨冰肌，人伴佳眠尔。　　谁信此境，渐入华胥[③]，旷然不知，庄蝶谁是。笑邯郸、羁魂客梦。贪他荣贵暂时里。飞鼠扑灯还自坠。展转惊寤，才听禁鼓三敲，夜声寥阒[④]，又般滋味。[⑤]

[注释]

①桃笙：桃枝竹所编的席子。　②葵扇：蒲葵叶制的扇子，即蒲葵扇。唐柳宗元《行路难》三："盛时一去贵反贱，桃笙葵扇安可常？"　③华胥：指梦。相传黄帝曾梦游华胥国。见《列子·黄帝》。后因称梦为华胥。④寥阒(qù)：寂静无声貌。　⑤唐氏按：以下原缺《秋霁》一首、《洞仙歌》一首。

洞仙歌

□□□□，□□□□瘦。□□□□□□□酒。□□深，碎蕊残萼都收，归簟枕，谁道栀橐敢就。　　月边偏爱惜，冰玉肌肤，应对姮娥共搔首。疑怪得中原，讹道天花[①]，胡尘后、可堪怀旧[②]。且海国、浮沉醉花心，喜近日烽烟，渐消亭候。[③]

[注释]

①天花：雪花。　②胡尘：指入侵的西北部少数民族。　③注者按：空格原缺叶韵字，据下首补。

洞仙歌

三用韵

冠儿遍簇，那时人消瘦。玉斝琼卮劝君酒。是清凉境界，露湿烟凝，香更重，非是沉檀合就[①]。　四窗花满砌，争似家山，橙蟹将肥重回首。花亦为君怜，草木禽鱼，相思处、莫如乡旧。更西风、溪莼与江鲈[②]，想别墅樵渔，费他侦候。

［注释］

①沉檀：沉香与檀香。　②"更西风"句：用张翰因秋风起而思莼鲈而辞官回乡之典。

小重山

己未六月十四日老香堂前月台玩月

碧宵如水月如钲[①]。今宵知为我，特分明。冰壶玉界两三星。清露下，渐觉湿衣轻。　高树点流萤。秋声还又动，客心惊。吾家水月寄昭亭[②]。归去也，天岂太无情。

［注释］

①碧宵：天空。　钲：灯。　②昭亭：在其家乡宣城。

醉桃源

东风阑槛两三亭，游人步晚晴。蜂回蝶转得能轻，忽然春意生。　花未老，酒须倾。劝君休独醒[①]。古来我辈最钟情，举头百舌声。

[注释]

①独醒:喻异乎流俗。屈原《渔夫》:“举世皆浊我独清,众人皆醉我独醒,是以见放。”

青玉案

己未三月六日四明窗会客[①]

流芳只怕春无几。拚夜饮、更才二。不用追他欢乐事,绮窗朱户,燕帷莺馆,多少人憔悴。　　踏歌梦想江南市,管春尽、扁舟放行李。寒食休倾游子泪。归去来兮[②],不如归去,铁定知今是。

[注释]

①四明窗:吴潜于鄞县池上作厅堂,曰:四明洞天为石窗。此堂作新窗户,玲珑四达,故名曰“四明窗”。见《鄞县志》。　②归去来兮:晋陶渊明《归去来兮辞》是他与官场诀别的宣言,开首云:“归去来兮,田园将芜胡不归!”

[集评]

况周颐云:“(吴潜)四明窗会客云:‘归去来兮,不如归去,铁定知今是。’‘铁定’字入词亦新。”(《历代词人考略》)

点绛唇

己未三月末浣木香亭赋

岸舣扁舟[①],江南有个人归老。簇新亭沼,分付还他了。　　凝伫晴空,一抹天边鸟。嗟潦倒,去多来少,莫问钟昏晓。

［注释］

①舣（yǐ）：使船靠岸。

清平乐

和刘制几

轻轻却暑，只是些儿雨。喜看新抽麻与苎[①]，他家烟水墅[②]。　晚山放出青青，是谁簸弄阴晴。老子何时去也，只应露湿金茎[③]。

［注释］

①苎：植物名，麻属。　②唐氏按：此句缺一字。　③金茎：汉武帝所建金人承露盘，亦称金茎。

渔家傲

和刘制几

每日困慵当午昼，出来便解双眉皱。一带朦胧烟雨岫，山翁瘦。林泉纵好他园囿。　一见此君如话旧，玉版老师呼唤候[①]。万立琅玕争劝酒[②]。踌躇久，清风收拾归怀袖。

［注释］

①玉版：竹笋的别名。苏轼诗："不怕石头滑，来参玉版师。"　②琅玕：指竹。宋苏过《从范信中觅竹》诗："十亩琅玕寒照坐，一溪罗带恰通船。"

渔家傲

再用前韵

遍阅芳园闲半昼，残花尚有榴裙皱。倦鸟投林云返岫，人影瘦。可怜身世为他囿[①]。　燕子飞来还忆旧，回头又是梅黄候。且尽一杯昌歜酒[②]。凝睇久，晚风细雨沾衫袖。

［注释］

①囿：拘泥，局限。　②昌歜：昌蒲歜，昌歜酒，气味浓香之酒。

柳梢青

戊午十二月十五日安晚园和刘自昭

绿野平泉[①]，古来人事，空里飞花。月榭风亭，荷漪藓石，说郑公家[②]。　老梅傍水茶牙[③]，人那得、光阴似他。万种思量，百年倒断[④]，付与残霞。

［注释］

①绿野：绿野堂为唐朝宰相裴度的别墅，旧址在洛阳午桥。　平泉：平泉庄为唐朝宰相李德裕的别墅，旧址在洛阳郊外三十里处。宋辛弃疾《水龙吟·为韩南涧尚书寿，甲辰岁》云："绿野风烟，平泉草木。"　②郑公：郑清之，安晚园主人，官至宰相。　③茶牙：同"杈枒"。　④倒断：解决，了结。

柳梢青

己未元夕

好把元宵，良辰美景，暮暮朝朝。万盏华灯，一轮明月，燕管秦箫。　何人帕坠鲛绡[①]，有玉凤、金鸾绣雕。

目下欢娱，眼前烦恼，只在今宵。

[注释]

①鲛绡：相传为海中鲛人（人鱼）所织之绡。此指手帕。

贺圣朝

己未三月六日

捷书夜半甘泉去，报天骄膏斧[①]。摩空铜垒，闸流瞿滟[②]，扫清云雾。　楼兰飞馘[③]，焉耆授首[④]，谩夸称前古。须知开庆[⑤]，太平千载，方从今数。

[注释]

①天骄：汉朝称北方匈奴为“天之骄子”，简称“天骄”。　膏斧：以油涂斧钺（yuè），即以斧钺斩首。　②瞿滟：瞿塘峡为长江三峡之首，两岸峻峭对峙，中贯一江，滟滪堆正当其口，于江心突兀而出。　③楼兰：西域古国名。汉武帝时，遣使通大宛，楼兰阻挡道路，攻击汉朝使臣。昭帝元凤四年（前77），大将军霍光派平乐监傅介子前往楼兰，计斩其王。另立王，改国名鄯善。　馘（guó）：杀而取敌左耳曰馘。　④焉耆：西域古国名。　授首：斩首。　⑤开庆：宋理宗年号。吴潜作此词的己未年，正是开庆元年（公元1259）。

浪淘沙

戊午中秋和刘自昭

望月眼穿东，云幕千重。有时推出赖他风[①]。恰似玉环犹未实[②]，得恁玲珑。　谁在华山峰，一半天中。君逾五十我成翁，未必明年如此夜，笑口难逢。

[注释]

①赖他风:指因为风吹开云翳而得以见月。 赖:因为。 ②窦:打通。

贺新郎

玩 月

汲水驱炎热。晚些儿、披衣露坐,待他凉月。俄顷银盘从海际,推上璇霄壁阙。尽散作、满怀冰雪。万里河潢收卷去[①],掩长庚、弧矢光都灭[②]。一大片,琉璃揭。

玉鵕捣药何时歇[③]。几千年、阴晴隐现,团圆亏缺。月缺还圆人但老,重换朱颜无诀。想旧日、嫦娥心别。且吸琼浆斟北斗,尽今来、古往俱休说。香茉莉,正清绝。

[注释]

①河潢:指银河。 ②长庚:金星的别名。 弧矢:星名。共有九星,位于天狼星东南,因形似弓箭,故名。 ③玉鵕(jùn):即玉兔,指月。

贺新郎

月绽浮云里。未须臾、长风扫荡,碧空如水。谁在冰壶玉界上,眇视征蛮战蚁[①]。便弃掷、尘寰脱屣[②]。绤葛清泠襟袖冷[③],露华浓、暗袭人肌理。和酷暑,争些气。

谯楼漏转三更二。夜沉沉、经星纬宿,换垣移市。万籁渐生秋意思[④],时节那堪屈指。奈投老、未酬归计。矫首高天天不应,忽林梢、睡鹊惊飞起。同一梦,我与尔。

[注释]

①征蛮:蜗牛角的蛮氏与触氏“争地而战,伏尸数万”。见《庄子·则

阳》。征蛮战蚁：喻人世间无谓的争逐。②脱屣：喻看得很轻，不足介意。屣：鞋。③絺（chī）葛：精细的葛布。④万籁：指自然界的一切声响。

鹊桥仙

己未七夕①

银河半隐，玉蟾高挂②，已觉炎光向后。穿针楼上未眠人③，应自把、荷花挼揉。　双星缥缈④，霎时聚散，肯向鹊桥回首。原来一岁一番期，却捱得、天长地久⑤。

[注释]

①七夕：农历七月初七夜。民间传说牛郎织女此夜在天河相会。后还有妇女穿针乞巧，祈祷福寿等活动。②玉蟾：月。③穿针楼：汉宫女于七月七日登开襟楼，穿七子针。南齐武帝起层城楼，七夕宫女登之穿针，称穿针楼。此处泛指女子所居之楼。④双星：牛郎、织女星。⑤"原来"二句：本宋秦观《鹊桥仙》"金风玉露一相逢，便胜却人间无数"，"两情若是久长时，又岂在朝朝暮暮"。

鹊桥仙

馨香饼饵，新鲜瓜果，乞巧千门万户①。到头人事控抟难②，与抽底、无多来去。　痴儿妄想，夜看银汉，要待云车飞度③。谁知牛女已尊年④，又那得、欢娱意绪。

[注释]

①乞巧：旧时的一种风俗。传说农历七月初七牛郎织女相会，妇女于当晚穿针，称为乞巧。②控抟：引持，把握。③云车：传说神仙以云为车。④尊年：指年事已高。

秋夜雨

和韵刘制几立秋夜观月,喜雨

不嫌天上云遮月,雨来正是双绝。雷公驱电母,尽收卷、十分袢热[1]。 三更又报初秋了,少待他、西风凄冽。灵悟话头莫说[2],且唱饮、刘郎一阕。

[注释]

①袢(pàn)热:炎热。 ②作者原注:“灵悟,四明日者自号,众推其术。”

秋夜雨

客有道《秋夜雨》古词,因用其韵,而不知“角”之为“阁”也。并付一笑

云头电掣如金索,须臾天尽帏幕。一凉恩到骨,正骤雨、盆倾檐角。 桃笙今夜难禁也[1],赖醉乡、情分非薄。清梦何处托,又只是、故园篱落[2]。

[注释]

①桃笙:桃枝竹编的席子。 笙:古时方言,席子。 ②离落:离散流落。

秋夜雨

再 和

单于系颈须长索[1],捷书新上油幕[2]。尽沉边柝也[3],更底问、悲笳哀角。 衰翁七十迎头了,先自来、声利都薄。归计犹未托,又一叶、西风吹落。

[注释]

①单于：匈奴部族首领的称号。 ②油幕：涂有青油的军营帐幕。③柝(tuò)：巡夜所敲的木梆。

秋夜雨

己未八月二日新桃源和韵[①]

吴翁里第还巾角[②]，不妨天地席幕。家僮归报道，快酿酒、休教醨薄[③]。 相逢聚散应搔首，且趁时、一笑为乐。人世大都濩落[④]，更莫问、是非今昨。

[注释]

①新桃源：明州郡圃，旧名桃源洞。扩建后，改名曰新桃源。见《鄞县志》。 ②吴翁：作者自称。 还巾角：指恢复平民装束。 ③醨(lí)薄：酒薄。 ④濩(hù)落：同"瓠落"、"廓落"。大而无当意。

秋夜雨

西风半入孤城角，人生归燕巢幕。倦翁衰甚也，又不是、官卑禄薄。 收绳卷索今番稳，尽一丘一壑足乐[①]。还是远空雁落，报宛句、溪光犹昨[②]。

[注释]

①一丘一壑：指古代隐士居住的地方。《世说新语·品藻》："明帝问谢鲲：'君自谓何如庾亮？'答曰：'端委庙堂，使百官准则，臣不如亮；一丘一壑，自谓过之。'" ②宛句：宛溪、句溪，在安徽宣城。

秋夜雨

晚来小雨鸣檐角，又还烟障云幕。四明窗透荡，渐夜永、练衫轻薄[1]。　候虫但要吟教老[2]，不管人老欠欢乐。闲看烛花烬落，浮世事、转头成昨。

[注释]

①夜永：夜深。　②候虫：随节候出没的虫类，如蝉、蟋蟀等。后多指昆虫。

生查子

己未八月二日四明窗和韵

坐临芳沼边，荷气侵衣湿。唧唧暗蛩鸣，点点流萤入。　人生歧路中，底用杨朱泣[1]。一笑倚阑干，颓玉当风立[2]。

[注释]

①"人生"二句："杨子（杨朱）见逵路（歧路）而哭之，为其可以南，可以北。"见《淮南子·说林训》。　歧路：岔道。　杨朱：战国时魏人。　②"颓玉"句：醉态。"蓝田醉倒玉山颓"，见白居易《蓝田刘明府携酌相过》。

生查子

夜夜云气浮，带得香烟湿。万籁本无情，一一秋声入。　须臾离合间，应笑儿曹泣。新雨涨鄞江，明日桅樯立。

西　河

和旧韵

都会地，东南盛府堪记[1]。蓬莱缥缈十洲中，雉城拥起[2]。凭高一盼大江横，遥连沧海无际。　壁衕众山翠倚[3]。赤龙、白鹞争系[4]。风帆指顾便青齐[5]，势雄万垒。越栖吴沼古难凭，兴亡都付流水。　画堂绮屋锦绣市。是洛阳、耆旧州里。富贵荣华当世。问昔年、贺老疏狂，何事轻寄平生、烟波里。

［注释］

①“都会”二句：本柳永《望海潮》“东南形胜，三吴都会”。　都会：大城市。　②雉城：城墙。　③衕：通“洞”。　④赤龙、白鹞：当是船名。　⑤青齐：青州、齐州，今属山东。

桂枝香

三年海国。又荏苒素秋[1]，天净如沐。凄砌寒蛩暗语，杵声相续[2]。梧桐一叶西风里，对斜阳、好个团簇。老香堂畔，苍然古桧，无限心曲。　叹石室、棋方半局[3]。便时换人非，光景能蹙。千古鸱夷[4]，尚恐欠些归宿。倚空笑把轮云事[5]，付坤牛、乾马征逐。且巴重九[6]，昭亭句溪[7]，杖藜巾幅。

［注释］

①素秋：秋季。　②杵声：捣衣声。　③“叹石室”句：石室山，又名烂柯山。在今浙江衢州南。传说王质入山伐木，见童子数人对棋而歌，因置斧听之。童子与一物如枣核，食之不饥。不久，童子催归，质起视斧柯（柄）已烂尽。既归，去家已数十年，亲故殆尽。事见南朝梁任昉《述异

记》。 ④鸱夷:指范蠡。 ⑤轮云:浮云。 ⑥巴:巴望。 ⑦昭亭、句溪:均宣城地名。

南乡子

和韵,己未八月十日郊行

野思浩难收,坐看渔舟度远洲。芦苇已凋荷已败,风飕。桂子飘香八月头。 归计这回酬,犹及家山一半秋。虽则家山元是客,浮休[①]。有底欢娱有底愁。

[注释]

①浮休:其生若浮,其死若休。语出《庄子·刻意》。

南乡子

野景有谁收,只在苍鸥白鹭洲。风树飘摇云树暗,衣飕。目断青天天际头。 壮志世难酬,丹桂红蕖又晚秋[①]。多少心情多少事,都休。载取江湖一片愁。

[注释]

①红蕖:红荷花。

行香子

开庆己未八月十夜[①],同官小饮逸老堂,李直翁制参出示东坡题钓台行香子,走笔和韵

世事尘轻,宠辱何惊。□不须、更问君平[②]。一帆客棹,几曲渔汀。正年华晚,露华澹,月华明。 休论烟阁[③],莫说云屏。算惟堪、瓜种东陵[④]。驹阴短景[⑤],蜗角

浮名。但岁难留，身难健，鬓难青。

［注释］

①开庆己未：宋理宗开庆元年（1259）。②君平：严君平，名遵，汉蜀郡人。卜筮于成都市上。③烟阁：即凌烟阁。封建王朝为表彰功臣所建筑的高阁，绘有功臣图像。④瓜种东陵：汉初有召（邵）平，本秦东陵侯。秦亡，为民，种瓜于长安城东。相传瓜味甜美，俗称东陵瓜。⑤驹阴：易逝的时光。《庄子·知北游》："人生天地之间，若白驹之过却（同隙），忽然而已。"白驹谓日影也。隙，壁隙也。

秋夜雨

依韵戏赋傀儡[①]

腰棚傀儡曾悬索，粗瞒凭一层幕。施呈精妙处，解幻出、蛟龙头角。　谁知鲍老从旁笑[②]，更郭郎、摇手消薄[③]。歧路难准托。田稻熟、只宜村落。

［注释］

①傀儡：用土木制成的偶像，即木偶。②鲍老、郭郎：均宋时戏剧角色名。③消薄：即诮薄，刻薄地嘲弄。

糖多令

答和梅府教

鸥鹭水中洲，夕阳天际流。倚西风、底处危楼。若使中秋无好月，虚过了、一年秋。　举眼望云头，蟾光一线不。想嫦娥、自古多愁[①]。安得仙师呼鹤驾，将我去、广寒游[②]。

[注释]

①孀娥:嫦娥。　②广寒:广寒宫,月中仙宫名。

南乡子

答和惠计院

黄耳讯初收[①],为说鸥汀与鹭洲。争问主人归近远,飕飕。定是登高九月头[②]。　有酒且相酬,莫管西风满鬓秋。今日是今明日古,休休。转首鄞江总别愁。

[注释]

①黄耳:犬名。晋陆机有犬名黄耳,甚爱之。后仕洛,久无家信,因戏语犬曰:"我家绝无书信,汝能赍书持取消息不?"犬摇尾作声应之。机试为书,盛以竹筒,系犬项。犬走向吴,遂至其家,得报还洛。　②"定是"句:古时重阳节有登高的习俗。唐王维《九月九日忆山东兄弟》:"遥知兄弟登高处,遍插茱萸少一人。"

诉衷情

和　韵

今宵分破鹘沦秋[①],孤客兴何悠。要向云中邀月,真个是呆头。　风阵紧,电光流。雨声飕。嫦娥应道,未卜明年,是乐还愁。

[注释]

①鹘沦:犹言"囫囵"。

水调歌头

己未中秋无月

今岁月和桂,不肯作中秋。一年惟此佳节,底事白教休。我已侵寻七秩[①],况复轮囷万感[②],合恨更分愁。先自无聊赖,雨意得能稠。　　天柱峰,知何处,老难游。痴云如妒,不知弦管可吹不。安得风姨扫荡[③],推出团圆月姊[④],便遣桂香浮。世事十常九,不使展眉头。

[注释]

①侵寻:渐近。　秩:十年为一秩。　②轮囷:屈曲貌。　③风姨:风神。泛指风。　④月姊:月神。

水调歌头

和梅翁韵预赋山中乐,己未中秋中浣书于老香堂[①]

已是三堪乐[②],更是百无忧。山朋溪友呼酒,互劝复争酬。钓水肥鲜鳊鳜,采树甘鲜梨栗,稏稏一齐收[③]。树底飞轻盖,溪上放轻舟。　　笑鸱夷,名已谢,利还谋[④]。蜗蝇些小头角,何事被渠钩。春际鹭翻蝶舞,秋际猿啼鹤唳,物我共悠悠。倚棹明当发,归梦落三洲。

[注释]

①中浣:古代十天休息一次,每月中旬为中浣。　②三堪乐:孟子认为是“父母俱存,兄弟无故”,“仰不愧于天,俯不怍于地”,“得天下英才而教育之”。列子认为是为人、为男、得寿。这里可能用后者意。　③稏稏:稻名。　④“笑鸱夷”三句:鸱夷,即范蠡。蠡助勾践灭吴后,去越入齐,改名鸱夷子皮。到陶称朱公,经商致富。

水调歌头

老子百般足，无事可闲忧。几年思返林壑，今日愿方酬。潦倒戏衫舞袖，郎讲门槌拍板[①]，端的这回收。日月两浮毂[②]，身世一虚舟。　想鹪鹩，与鸿鹄，不相谋[③]。惊鳞万里深逝[④]，谁肯更吞钩。醉则北窗高卧，醒则南园行乐，莫莫更悠悠。云在山中谷，月在水中洲。

[注释]

①郎讲：即踉跄（走路不稳）。引申为不顺利。　②毂：车。　③"想鹪鹩"三句：鹪鹩，鸟名。《庄子·逍遥游》："鹪鹩巢于深林，不过一枝。"鸿鹄，鸟名，即天鹅。《汉书·陈胜传》："燕雀安知鸿鹄之志哉。"鹪鹩、鸿鹄喻志向不同之人。　④惊鳞：受惊的鱼。喻作者自己。

水调歌头

若说故园景，何止可消忧。买邻谁欲来住，须把万金酬。屋外泓澄是水，水外阴森是竹，风月尽兜收。柳径荷漪畔，灯火系渔舟。　且东皋，田二顷，稻粱谋[①]。竹篱茅舍，窗户不用玉为钩。新擘黄鸡肉嫩，新斫紫螯膏美，一醉自悠悠。巴得春来到，芦笋长沙洲。

[注释]

①稻粱谋：指鸟觅食。后喻人谋求衣食。

水调歌头

且尽一杯酒，莫问百年忧。胸中多少磊块[①]，老去已难酬。见说旄头星落[②]，半夜天骄陨坠[③]，玉垒阵云收[④]。

世运回如此，稳泛辋川舟[⑤]。　鸥鹭侣，猿鹤伴，为吾谋。主人归也，正是重九月如钩。便把三程为两，更趱两程为一[⑥]，尚恐是悠悠。旁有渔翁道，肯负白蘋洲。

［注释］

①磊块：叠石高低不平，喻心中郁结不平。　②旄头星落：旄头，也称"髦头"，即昴（mǎo）星名，二十八宿之一。据《史记·天官书》："昴为髦头胡星也。"古人认为旄头跳跃主胡兵大起，而"旄头落"则主胡兵覆灭。③天骄：原是古代匈奴自称，此指对方侵略军。　④玉垒：四川成都山名。"玉垒浮云变古今。"杜甫《登楼》诗语。　⑤稳泛辋川舟：唐王维晚年在陕西蓝田辋川得宋之问蓝田别墅，改筑别业，风景奇胜，与友裴迪浮舟往来其间。　⑥趱：赶，加快。

水调歌头

处处羊肠路，归路是安便。从头点检身世，今日岂非天。未论分封邦国[①]，未论分符乡国[②]，晚节且圆全。但觉君恩重，老泪忽潸然[③]。　谢东山[④]，裴绿野[⑤]，李平泉[⑥]。从今许我，攀附诸老与齐肩。更得十年安乐，便了百年光景，不是谩归田。谨勿伤离别，聊共醉觥船[⑦]。

［注释］

①分封：分地以封诸侯。　②分符：即剖符。帝王分一半符节给功臣作为信物。　③潸（shān）然：泪下貌。　④谢东山：东晋谢安，曾寓居东山。　⑤裴绿野：唐宰相裴度，其别墅名绿野堂。　⑥李平泉：唐宰相李德裕，其别墅名平泉庄。　⑦觥（gōng）船：容量大的饮酒器。

浣溪沙

和桃源韵

半饷西风暖换凉，岩花月魄衬云裳。一杯旋擘翠橙香。　旧酝不妨排日醉[①]，新篘尚可去时尝[②]。无何乡里是吾乡[③]。

[注释]

①旧酝：陈酒。　②新篘：指新酒。　篘（chōu）：用篾编成的漉酒器。　③无何乡："无何有之乡"的简称。《庄子·逍遥游》："今子有树，患其无用，何不树之于无何有之乡，广莫之野。"白居易《读庄子》诗："为寻《庄子》知归处，认得无何是本乡。"此用其意。

谒金门

老香堂和韵

秋已老，又是败荷蓑草。客子安排归棹了[①]，回头烟树渺。　檀板休教歌杳，金兽且教香绕。一醉秋堂秋夜悄，从他霜漏晓。

[注释]

①客子：旅居异地的人。　归棹：归舟。　棹：桨。

谒金门

和韵赋茶

汤怕老，缓煮龙芽凤草[①]。七碗徐徐撑腹了，卢家诗兴渺[②]。　君岂荆溪路杳，我已泾川梦绕。酒兴茶酣人语悄，莫教鸡聒晓。

[注释]

①龙芽凤草:茶名。 芽:茶之嫩芽。 ②卢家:指卢仝,有茶诗传世。

谒金门

休怨老,更替北邙荒草[①]。勘破人生都已了,江湖归兴渺。 盘谷深深杳杳,曲水弯弯绕绕。啼鸟空山山更悄,钟昏钟又晓。

[注释]

①北邙(máng):山名。在今河南洛阳市北。汉魏以来,王侯公卿贵族的葬地多在于此。因以此泛称墓地。

水调歌头

开庆已未秋社维舟逸老堂口占[①]

倚舵秋江浒[②],明日片帆轻。从头点检身世,百事已圆成。及第曾攀龙首,仕宦曾居鸱阁,衣锦更光荣[③]。若又不知止,天道恐亏盈[④]。 借称呼,遮俗眼,便归耕。但馀心愿,朝暮香火告神明。一愿君王万寿,次愿干戈永息[⑤],三愿岁丰登。四愿老安乐,疾病免相萦。

[注释]

①口占:作词不起草稿,随口吟诵而成。 ②江浒:江边。 ③“及第”三句:吴潜嘉定十年(1217)进士第一。曾官知政事,拜右丞相,兼枢密使,封庆国公,判宁国府,改封许国公。 鸱阁:在屋脊上筑有鸱吻装饰的殿阁,为高官居所。 ④“天道”句:本《管子·重令》“天道之数,至则反,盛则衰”。《左传·哀公十一年》载伍子胥语,“盈必毁,天之道也”。 ⑤干戈:指战争。 干:盾。 戈:戟。

水调歌头

奉别诸同官

便作阳关别[①]，烟雨暗孤汀。浮屠三宿桑下，犹自不忘情[②]。何况情钟我辈，聚散匆匆草草，真个是云萍。上下四方客，后会渺难凭。　愿诸公，皆衮衮，喜通津。老夫从此归隐，耕钓了馀生。若见江南苍䴖[③]，更遇江东黄耳，莫惜寄音声。强阁儿女泪[④]，有酒且频倾。

[注释]

①阳关：关名。在今甘肃煌县西南，以居玉门关之南而名。唐王维《送元二使安西》有句云："劝君更尽一杯酒，西出阳关无故人。"　②"浮屠"二句：浮屠即佛氏，即和尚也。三宿，留宿三夜。《后汉书·襄楷传》："浮屠不三宿桑下，不欲久生恩爱，精之至也。"言浮屠之人寄桑下者，不经三宿便即移去，示无爱恋之心也。　③苍䴖(gē)：雁的一种。　④阁：同"搁"，停止。

贺新郎

和惠检阅惜别

晚打西江渡。便抬头、严城鼓角，乱烟深处。无限珠玑双手接[①]，颇觉奚囊暴富[②]。强载月、空舟回去。劝子不须忧百草，四周维、自著灵鳌柱[③]。亘今古，只如许。
杭州直北还乡路。想山中、猿呼鹿啸，鹭翔鸥舞。尽道翁归真个也，只怕颜容非故。愿从此、耕云钓雨。盘谷幽深空谷杳[④]，但书来、时寄相思句。千里外，镇延伫。

（以上《彊村丛书》本《履斋先生诗馀别集》卷二）

[注释]

①珠玑:喻诗文之美者。　②奚囊:典出李贺。李商隐《李贺小传》:“每旦日出,与诸公游,恒从小奚奴,骑距驴,背一破锦囊,遇有所得,即书投囊中。”后因称诗囊为奚囊。　③四周维:即周围,四边。　灵鳌柱:古代神话共工氏怒触不周山,天柱折,地维缺。女娲氏断鳌足以立地之四极。鳌,传说海中之大龟。　④盘谷:地名。在今河南济源市北。唐李愿曾隐居读书于此。唐韩愈曾作《送李愿归盘谷序》。

存目词

《至元嘉禾志》卷三十一有吴潜醉翁操“冷冷潺潺”一首,乃郭祥正作,说见前。

方君遇

方君遇,生平不详,名号待考,疑为湖州人。

风流子

春被雨禁持。伤心事、仿佛去年时。记芳径暮归,褪妆微醉,暗帏先寝,闻笑佯痴。回首□、别离容易过①,杨柳又依依②。红烛怨歌,鬓花零落,青绫牵梦,屏影参差。

桃源今何在,刘郎去,应念瘦损香肌③。误约夜阑,从前怪我多疑。但怕收残泪,对人徐语,指弹新恨,推户潜窥。还是恹恹病也④,无计怜伊。 (《阳春白雪》卷五)

[注释]

①别本作“回首别离容易过”,误。注者按:“回首”下当脱一字,见丁绍仪《听秋声馆词话》卷十三。 ②依依:柳枝迎风披拂的样子。“昔我往矣,杨柳依依。今我来思,雨雪霏霏。”见《诗经·小雅·采薇》。 ③“桃源”三句:“东汉永平年间,刘晨、阮肇入天台山采药,迷不得返。过十三日,饥饿已甚,遥望山上有桃树,子熟,遂采数枚食之。又遇二仙女,被邀还家。后怀乡求归。”事见《太平广记》卷六十一引《神仙记》。 桃源:指仙境。刘郎:即刘晨,此处为作者自称。 ④恹恹:患病时精神疲乏的样子。“把酒送春惆怅在,年年三月病恹恹。”见韩偓《春尽日诗》。“千里空回首,两地恹恹瘦。春去也,归来否?”见赵闻礼《千秋岁》。

平江妓

平江妓，宋宁宗嘉定间人，馀未详。

贺新郎

送太守①

春色元无主。荷东君、著意看承，等闲分付。多少无情风与浪，又那更、蜂欺蝶妒。算燕雀、眼前无数。纵使帘栊能爱护，到如今、已是成迟暮。芳草碧，遮归路。　看看做到难言处。怕宣郎、旌旗轻转②，易歌襦袴③。月满西楼弦索静，云蔽昆城阆府④。便恁地、一帆轻举⑤。独倚阑干愁拍碎，惨玉容、泪眼如红雨。去与住，两难诉。

（《豹隐纪谈》）

[注释]

①唐氏按：《豹隐纪谈》云，或云是蒲江卢申之作。　②宣郎：才美政优之官员。谢朓曾任宣城太守，故名。　③易歌襦袴：东汉廉叔度（范）治理蜀郡有方，百姓作歌颂曰："廉叔度，来何暮。不禁火，民安作。平生无襦今五袴。"见《后汉书·廉范传》。后以"歌襦袴"称颂地方长官的政绩。此谓太守调任他职，会同样受到百姓的赞美。　襦（rú）：短袄。　袴（kù）：即裤。　④昆城阆府：昆仑、阆苑。传说中神仙栖居之地。此指太守办公的府第。　⑤恁（rèn）地：宋时俗语，如此、这样的。

陈　垲

陈垲（？—1268），字子爽，号可斋，三山（今福建福州）人。寓居崇德（今属浙江桐乡）。历江西安抚使、知庆元府兼沿海制置副使、户部、工部侍郎、兵部尚书、湖南安抚使、提举太平兴国宫、加端明殿学士。重名节，轻利禄。卒谥清毅，有《可斋瓿稿》二十卷，不传。《宋史·理宗纪》："景定三年（1262）正月诏：陈垲等耆年奉祠，宜示崇奖。"

满江红

循视江兴水备舟中赋[①]

万里长江，天与限、东南吴楚[②]。何人者、提英□□，指鞭欲渡[③]。孟德舳舻烟赤壁[④]，佛狸心胆寒瓜步[⑤]。问波涛、说尽几英雄[⑥]，今犹古。　　中原地，纷（下缺）

（《阳春白雪外集》）

[注释]

①唐氏按：此首原题陈可斋撰。　陈垲字可斋。　②东南吴楚：指长江以南一带。　③指鞭欲渡：意谓率众兵渡江。前秦苻坚将攻晋，石越以为晋有长江之险，不宜动师。坚曰："以吾之众旅，投鞭于江，足断其流。"见《晋书·苻坚载记》下。　④孟德：曹操字孟德。　舳舻（zhú lú）：指战船。曹军因不善水战，被孙刘联军打败于赤壁。"谈笑间，樯橹灰飞烟灭。"见苏轼《念奴娇·赤壁怀古》。又《前赤壁赋》："舳舻千里，旌旗蔽空。"　⑤"佛狸"句：北魏太武帝拓跋焘小名佛狸。拓跋焘南犯时，在瓜步山（今江苏六合县东南二十里处）上建五行宫，后改为佛狸祠。见《宋书·索虏传》。　⑥"问波涛"句：抒发今昔之慨。"大江东去，浪淘尽、千古风流人物。"见苏轼《念奴娇·赤壁怀古》。

淮上女

淮上良家女，姓名及生平事迹均不详。宋宁宗嘉定年间（金兴定末），金人南侵，被掠去。途经泗州，题《木兰花》词于旅舍壁间。

减字木兰花

淮山隐隐，千里云峰千里恨。淮水悠悠①，万顷烟波万顷愁。　　山长水远②，遮住行人东望眼。恨旧愁新，有泪无言对晚春。　　（《续夷坚志》卷下）

[注释]

①悠悠：遥远。　②山长水远：本晏殊《蝶恋花》"山长水阔知何处"。

黄孝迈

黄孝迈，生卒不详，字德文，号雪舟。黄师参之子。约生活于宁宗朝，与词人刘克庄有交往。著有《雪舟词》，今仅存四首。风格清丽秀婉。

行香子

一春花下，幽恨重重。又愁晴，又愁雨，又愁风。

水龙吟

自侧金卮[①]，临风一笑，酒容吹尽。恨东风、忙去熏桃染柳，不念淡妆人冷。……惊鸿去后，轻抛素袜[②]，杳无音信。细看来，只怕蕊仙不肯[③]，让梅花俊。

（以上《后村先生大全集》卷八十九）

[注释]

①侧：宋时俗语，指注酒、斟酒。　金卮：金制酒杯。此句意谓自斟自饮。　②“惊鸿”二句：曹植《洛神赋》“翩若惊鸿”，“罗袜生尘”。这里形容女子的体态。　③蕊仙：天上的仙女，此处指水仙。

湘春夜月

近清明，翠禽枝上消魂。可惜一片清歌，都付与黄昏。欲共柳花低诉，怕柳花轻薄，不解伤春。念楚乡旅宿[①]，柔情别绪，谁与温存。　空樽夜泣[②]，青山不语，残月当门。翠玉楼前[③]，惟是有、一波湘水[④]，摇荡湘云。天长梦短，问甚时、重见桃根[⑤]。这次第[⑥]，算人间没个并刀[7]，剪断心上愁痕。

［注释］

①楚乡：泛指长江中下游地区。 ②空樽夜泣：形容相思之苦怀。姜夔《暗香》："翠樽易泣。" ③翠玉楼：装饰着绿色玉石的高楼，谓居处之华丽。 ④湘水：即湘江，在湖南境内。 ⑤桃根：晋王献之妾，桃叶之妹。此处借指所恋之人。"双桨来时，有人似旧曲桃根桃叶。"见姜夔《琵琶仙》。 ⑥这次第：这一连串的情况。"这次第，怎一个愁字了得。"见李清照《声声慢》。 ⑦并刀：山西并州（今太原一带）产的快剪刀。杜甫《戏题王宰画山水图歌》："焉得并州快剪刀，剪取吴淞半江水。"姜夔词："算空有并刀，难剪离愁千缕。"见《长亭怨慢》。

［集评］

万树云："此调他无作者，想雪舟自度，风度婉秀，真佳词也。或谓首句'明'字起韵，非也。如此佳词，岂有借韵之理！"（《词律》）

查礼云："情有文不能达、诗不能道者，而独于长短句中，可以委宛形容之。如黄雪舟（孝迈）自度《湘春夜月》云云……雪舟才思俊逸，天分高超，握笔神来，当有悟入处，非积学所到也。刘后村跋雪舟乐章，谓其清丽，叔原、方回不能加其绵密，骎骎秦郎'和天也瘦'之作。后村可谓雪舟之知音。"（《铜鼓书堂词话》）

陈廷焯云："芊绵凄咽起，数语便觉牢愁满纸。"（《词则·大雅集》卷四）

麦孟华云："时事日非，无可与语，感喟遥深。"（梁令娴《艺蘅馆词选》丙卷）

水龙吟

闲情小院沉吟，草深柳密帘空翠。风檐夜响，残灯慵剔，寒轻怯睡。店舍无烟，关山有月，梨花满地。二十年好梦，不曾圆合，而今老、都休矣。 谁共题诗秉烛[1]，两厌厌、天涯别袂[2]。柔肠一寸，七分是恨，三分是泪。芳

信不来[3]，玉箫尘染，粉衣香退。待问春、怎把千红换得，一池绿水。　　(以上二首见《绝妙好词》卷四)

[注释]

①谁共题诗:谓无缘与情人相会。唐宣宗时,卢渥赴京应举。偶临御沟,拾得红叶,叶上题诗云:"流水何太急,深宫尽日闲。殷勤谢红叶,好去到人间。"后宣宗放出部分宫女,许从百官司吏。渥得一人,即题诗于红叶者。事见唐范摅《云溪友议》卷十。　②厌厌:慵懒愁闷的样子。　③芳信:佳音,指情人的消息。

[集评]

刘克庄云:"十年前曾评君乐章,老至矣,复观新腔一卷。……其清丽,叔原、方回不能加;其绵密,骎骎秦郎'和天也瘦'之作。"(《后村先生大全集》卷一百零八)

况周颐云:"黄雪舟词,清丽芊绵,颇似北宋名作。惟传作无多,殊为憾事。其《水龙吟》云:'柔肠一寸,七分是恨,三分是泪。'盖仿东坡'春色三分,二分尘土,一分流水'之句。所不逮者,以刻镂稍著痕迹耳。其歇拍云:'待问春,怎把千红换得,一池绿水。'亦从'一分流水'句引申而出。"(《蕙风词话续编》卷一)